ን፡ ኣሮን፡

ንነዊሕ፡ ዕድመን

ጥዕናን

ህልኽ

ተስፎምን ሃብቶምን

ዛንታ

ፍትሕን ዓመጽን ፡ ጥልመትን ጽንዓትን

ተስፋይ፡ መንግስ

07/01/22

ተስፋይ መንግስ ገብረመድህን

መሰል ድርሰት © 2019 ተስፋይ መንግስ ገብረመድህን።

Copyright © 2019 Tesfay Menghis Ghebremedhin

ምሉእ መሰል ደራሲ ዝተሓለወ እዩ። All rights reserved

No part of this publication may be reproduced, stored in a retrieval system or transmitted in any form or by any means electronic, mechanical, photocopying, recording or otherwise without the prior written permission of the publisher

Layout and cover design by **beteZION** Graphics
info@betezion.com
www.betezion.com

Contact Information (ንሓበሬታ መወከሲ):

Tesfay Menghis Ghebremedhin
Email address: fantes32@gmail.com or tes_men61@yahoo.com

Address in Eritrea:
Ruba Haddas Street, House No 27, Asmara, Eritrea- Zip 186 Or
Cathedral Pharmacy, PO BOX 12, Asmara, Eritrea.
Tel. 291-1-127188 or Residence: 291-1-181783 or Cell: 291 7 112875.

Address in the US:
Springfield, Virginia, Zip 22152 and Burien, Washington, Zip 98146

Website: www.fltetmenghis.com

Book printed by Ingram Spark. USA
ISBN: 978-0-578-45468-9
1st edition 2019. Printed in the USA.

TESFOM & HABTOM's RIVALRY

Story of

Justice, agression, betrayal & steadfastness

Tesfay Menghis Ghebremedhin

መተሓሳሰቢ

መጽሓፍ “ህልኽ ተስፎምን ሃብቶምን” ልብ ወለድ ዛንታ ስለ ዝኾነት ፡ ኣብኡ ጠቒሰዮም ዘሎኹ ገጸ ባህርያትን ኣስማትን ባዕለይ ዝፈጠርኩዎም ስለ ዝኾኑ ፡ ንዝኾነ ሰብ ዘይውክሉን ዘየመልክቱን ምዃኖም ከረጋግጽ እፈቱ።

ደራሲ ፋርማሲስት ተስፋይ መንግስ

ወፈያ

ኣደይ ኣብ መበል 31 ዓመታ'ያ ካብዛ ዓለም ብሞት ተፈልያ። ኣነ ወዲ 14 ዓመት ፡ እቲ ሕሳስ ልደት ሓወይ ከኣ ፡ ወዲ ዓሰርተ ኣዋርሕ እዩ ነይሩ። ኣብቲ እዋን'ቲ ኣቦይ ወዲ 41 ዓመት'ዩ ነይሩ። ካብ ሽው እዋን ጀሚሩ'ዩ'ምበኣር ኣቦና ፡ ምስ ኣደኡን ፡ ኣሕዋቱን ፡ ስድራ ቤቱን ኮይኑ ፡ ካልኣይ ምምርዓው ተሓሲሙ በይኑ ኣዕብዩና።

ሰለስተ ካብቶም ዘዕበዮም ደቁ ፡ ሰለስተ ኸኣ ካብ ናእሽቱ ኣሕዋቱ ፡ ኩሎም ኣብ ንኡስ ዕድመኦም ፡ ኣብ ሽምግልናኡ ክቐብር ተገዲዱ ኢዩ። እዚ ኹሉን ካልእን ክገጥሞ ኸሎ ግን ፡ እንትርፎ "በቲ ብቐደሙው'ን ናቱ ህያብ ዝኾነ ዝሃበና ኢና ክነምስግኖ ዝግበኣና'ምበር ፡ ከም ናትና ዝወሰደልና ክነማርር ኣይግባእን'ዩ" እናበለ ፡ ሓንቲ መዓልቲ'ውን ትኹን ከየማረረን ፡ ተመስገን ምባል ከየቋረጸን'ዩ ናብ ኣምላኹ ብኽብሪ ተፋንዩ።

እግዚኣቢሄር ፈቒዱለይ ፡ ምሉእ ህይወተይ ምስኡ ክነብር ዓቢ ዕድል ስለ ዝረኸብኩ ፡ ብዙሕ ካብዚ ኣብዚ መጽሓፍ'ዚ ዘሎ ብሂልን ኣበሃህላን ፡ ሓሳባትን ኣተሓሳስባታትን ፡ ካብኡ ዝሰማዕኩዎን ዝተመሃርኩዎን'ዩ።

በዚ ምኽንያት'ዚ ፡ መጽሓፍ "ህልኽ ተስፎምን ሃብቶምን" ነዚ ንልዕሊ 50 ዓመታት ከም ኣቦን ኣደን ኮይኑ ፡ ብሓላፍነትን ጽንዓትን ኣርኣያነትን ሓልዮትን ፍቕርን ፡ ንኣካላተይ ጥራይ ዘይኮነ ፡ ነ'እምሮይ'ውን ለይትን መዓልትን ኮስኲሱን ሃኒጹን ተኸናኺኑን ዘዕበየኒ ክቡር ወላዲየይ ፡ ነፍስሄር ቀኛዝማች መንግስ ገብረመድህን ሰገድ ኣወፍያ።

ህልኽ
ተስፎምን ሃብቶምን

ተስፋይ መንግስ ገብረመድህን

መቕድም

ካብ ንእስነተይ ክሳዕ'ዚ እዋን'ዚ ፡ ምንባብን ሓድሽ ነገር ምፍላጥን ፡ እቲ ካብ ኩሉ ካልእ ነገራት ኣዝዩ ዝፍተወንን ዝስሕበንን ንጥፈታት ሓደ'ዩ። ካብ ንእስነተይ ሓደ ገጽ ጽሑፍ ወይ ሓደ ገጽ ደብዳበ ምስ ጸሓፍኩ ፡ ዓሰርተ ግዜ ዝኸውን ከእርሞን ከመሓይሾን ንሓሳባተይ ከይስልከኹ ብንጹር ከቐምጦን ባህ'ዩ ዝብለኒ ነይሩ። በዚ ምኽንያት'ዚ ኣብ ጽሑፍን ኣጸሓሕፋን ፡ ኣብ ቃላትን ሓረጋትን ፡ ኣብ ንጹርነት ኣገላልጻ ሓሳባትን ርእይ ተገዳስነትን ተመስጦን ክማዕብል ጀመርኩ።

ዕድመ እናወሰኽኩ ምስ ከድኩ ኸኣ ፡ ቃላትን ዝርርብን ፡ ብሂልን ኣበሃህላን ፡ ጽሑፍን ኣጸሓሕፋን ኣብ ምርድዳእናን ኣብ ኣተሓሳስባናን ዘለዎም ወሳንነትን ርዝነትን ፤ ከምኡ ኸኣ ኣብ ህይወትናን ሰላምናን ማሕባራዊ ናብራናን ዘለዎም ኣዝዩ ወሳኒ ተራ ክምስጠኒ ጀመረ። እዚ ኸኣ ነቲ ዝነበረኒ ተገዳስነት ኣዝዩ ኣዕሞቖን ኣዛየዶን። ብድሕሪ'ዚ ኢዩ ምንባብ ጥራይ ዘይኮነ ፡ ብንጹር ምዝራብን ምጽሓፍን'ውን ከም ዝፍተወንን ኣዝዩ ከም ዘገድሰንን ዝምስጠንን ክግንዘብ ዝጀመርኩ።

ድሕሪ ብፋርማሲ ሞያ ምምራቐይ ዕድለኛ ኾይነ ፡ ካብ 1970 ከም ኮማዊ ፋርማሲስት ኣብ ፋርማሲ ካቴድራል ኣስመራ ፡ ነ'ርብዓን ሓሙሽተን ዓመታት ንህዝቢ ብሞያይ ኣገልግሎት ክህብ በቒዐ'የ። እዚ ኣብ ስራሕ ዓለም ምስ ተጸንበርኩ ካብ ህዝቢ ዝቐሰምኩዎ ትምህርትን ዘጥረኹዎ ልቦናን ፡ ኣብ ምምእዛን ህይወተይን ኣተሓሳስባይን ዕዙዝ ተራ ኢዩ ተጻዊቱ።

ኣብኡ ኾይነ ኸኣ ከም ደቂ ሰባት ፍሉይነት ባህርያትናን ጠባያትናን ፡ ብደቂቕ ክስተብህልን ክዕዘብን በቒዐ። ብሳላኡ ኸኣ ብዛዕባ ነብሰይን ካልኦትን ዝነበረኒ ኣፍልጦን ርድኢትን ክዓዝዝን ክዓሙቕን ክኢሉ ኢዩ። ኣብ ፋርማሲ ካቴድራል ኮይነ ዝሰማዕኩዎን ዝተመሃርኩዎን ኣበሃህላታትን ብሂላትን ቁጽሪ የብሉን። እቲ ኣብኡ ዝተመሃርኩዎ ፡ ካብ ኣብ ትምህርቲ ዓለም ዝተመሃርኩዎ ፍልጠት ኣዝዩ ዝሰፍሐን ዝዓዘዘን ዝዓሞቐን ኢዩ።

እቲ እምነትን ክብረትን ተዋሂቡኒ ፡ ኣብ ውሽጢ ሕብረተሰብና ኣትየ ፡ መዓልታዊ ብዛዕባ ምስጢራት ጥዕናኡን ጥዕና ስድራ ቤቱን ክመያየጥን ክዋሳእን ፡ ክመክርን

ከምከርን፣ ክምህርን ክመሃርን ዝተዋህበኒ ዕድልን ጸጋን መወዳድርቲ ዘይብሉ ትዕድልቲ ኢዩ። ብሓፈሻ እዚ ኹሉ ተደማሚሩ ኣብ ኣጠማምታይን፣ ኣተሓሳስባይን፣ ኣብ ጉዕዞ ህይወተይን እንታይነተይን ኣብ ዕምቆት ጽሑፈይን ኣዝዩ ዕዙዝ ተራ ኢዩ ተጻዊቱ።

ኣብ ስራሕ ዓለም ምስ ተጸንበርኩ፣ እቲ ናይ ምጽሓፍ ባህገይ ክዓዝዝ ይፍለጠኒ ነይሩ። እንተኾነ እቲ ስረሐይን ሞያየይን፣ ብዙሕ ዕድልን ግዜን ዝህብ ስለ ዘይነበረ ክስዕቦ ኣይከኣልኩን። ብድሕሪኡ ናብ ሓዳርን ስድራ ቤት ምምስራትን ሰገርኩ። ቆልዑ ምስ ተወለዱ ኸኣ ኣብ ልዕሊ ናይ ፋርማሲ ሓላፍነተይ፣ ንኣኣቶም ብዝግባእ ንምዕባይን ትምህርቶም ክሳዕ ዝውድኡ ምክትታልን፣ ሙሉእ ግዜይን ኣተኩሮይን ዝሓትትን ዝጠልብን ሓላፍነት ስለ ዝነበረ፣ ናብ ምጽሓፍ ከተኩር ኣይከኣልኩን።

ዝኾነ ኾይኑ፣ ብኣኡን ብኻልእ ብዙሕ ምኽንያታትን፣ ከምኡ እናበለ ጊዜ ሓለፈ። ድሕሪ'ዚ ግዜኡ ባዕሉ ምስ ኣኸለን፣ ፍቓድ ካብ ሰማያት ምስ ረኸብኩን፣ ኣብ 2008 ክጽሕፍ ጀመርኩ። እዚ ቅድሚ ኹሉን፣ ልዕሊ ኹሉን ዘግሃደለይን ዘረጋገጸለይን ነገር እንተነይሩ፣ ሓቅነት ናይቲ ወለድና፣ *"ሰብ ይሓስብ፣ እግዚኣብሄር ይፍጽም!"* ዝብልዎ ኣበሃህላ እዩ ነይሩ።

ድሕር'ዚ'ውን እንተኾነ፣ ክልተ ነገራት'ዩ በሪሁለይ። ክትጽሕፍ ምስ ጀመርካ ኣብ ቅድሜኻ ዝግተር ክዓገትካን ተስፋ ክቖርጸካን ዝፍትን፣ ግድን ከተፍርሶ ዘሎካ መንደቕ ከም ዘሎን፥ ከምኡ ኸኣ ኣብ ሞንጎ ክትጽሕፍ ምውሳንን፣ ምጽሓፍን፣ ዓቢ ሓምቢስካ ክስገር ዝግበኦ፣ ናይ ዓቕምን ኣፍልጦን ክእለትን ሰፊሕ ባሕሪ ተገቲሩ ከም ዘሎን ኣኢዩ።

በዚ ምኽንያት'ዚ፣ ንቑሩብ ኣዋርሕ ምስ ጸሓፍኩ፣ እቲ ጀሚረዮ ዝነበርኩ 100 ገጻት ዝኸውን ጽሑፍ ኣየዕገበንን። እቲ ጽሑፍ፣ ነቲ ክሕልፎ ዝደሊ መልእኽትን፣ ነቲ ክትርኾ ዝደሊ ዛንታን ዘይበቅዕ ምንባሩ በርሃለይ። ሸው ባህግን ድልየትን ዝንባለን ናይ ምጽሓፍ ጥራይ'ምበር፣ ሓሳባተይን ድርሰተይን ከመይ ገይረ ተነባብን ሰሓብን ኣገዳስን ከም ዝገብሮ ግን፣ ገና እንዶ ከም ዘይነበረኒ'ዩ በሪሁለይን ተጋሂዱለይን።

ብተወሳኺ ኣብቲ እዋን'ቲ፣ ካብ ብትግርኛ ብእንግሊዝኛ ምጽሓፍ ከም ዝቐለለይ ዝነበረ'ውን በርሃለይ። ግን እታ ንእሽቶን ብዙሕ ዘይትረብሕን ጽሑፍ'ውን ትኹን፣ ነቲ ምስ ውሱን ዓቕሙን ዘይውዳእ ጸገሙን፣ ብትዕግስትን ጽንዓትን ዘዕበየንን ዘምሃረንን ዝመሃረንን ሕብረተሰብ እንተ ዘየበርኪተ፣ ንመን ደኣ'ሞ

ዝብል ሕልናን ንሒን ግን ነይሩኒ'ዩ።

ብድሕሪኡ'የ ናብ ነብሰይ ምስትምሃር ዝሰገርኩ። በቲ ክረኽቦ ዝኸኣልኩ ኣዝዩ ውሱንን ዝሑልን መሳለጢ ናይ ኢንተርነትን ኤሌክትሮኒካዊ መጻሕፍትን ተሓጊዘ ኸኣ ፣ ኣጸሓሕፉ ልብ ወለድ ክመሃር ጀመርኩ። እቲ ኣርእስቲ ምስ ኣተኹዎ ከምቲ ዝመሰለኒ ንእሽቶ ቀላይ ዘይኮነስ ፣ ሰፊሕ ውቅያኖስ ኮይኑ ጸንሓኒ። እዚ ነብሰይ ናይ ምስትምሃር መስርሕ ኣዝዩ ብዙሕ ግዜ ኢዩ በሊዑለይ። ይኹን'ምበር ፣ እቲ ትምህርትን እቲ ዝቐሰሞ ዝነበርኩ ፍልጠትን ግን ፣ ኣዝዩ ይምስጠንን ይፍተወንን ስለ ዝነበረ ፣ ክሳዕ ዝረውን ዝዓግብን ኣየቋረጽኩዎን።

ብድሕር'ዚ እቲ ዝቐሰምክዎ ትምህርቲ ፣ ዋላ'ኳ ማይ ዘይሓለፎ ጽሑፍ ከቕርብ ዘየብቕዓኒ ክኸውን ተኽእሎ እንተ ነበሮ ፣ መባእታዊ ጽሑፍ ክጽሕፍ ዘኽእለኒ ሓበሬታን ኣፍልጦን ክውንን ከም ዝበቓዕኩ ግን ተረድኣኒ። እዚ መስርሕ'ዚ ሓደ ዓመትን ፈረቓን'ዩ ወሲዱለይ። ብድሕር'ዚ ኣብ መጀመርያ 2010 ፣ ኣንደጌና ከም ብሓድሽ ክጽሕፍ ጀመርኩ። ናይ መጀመርያ ጽሑፈይ ፣ ኣስታት 900 ገጻት ዝሓዘለ ንድፊ ፣ ኣብ ውሽጢ ሰለስተ ዓመታት ክውድእ በቓዕኩ።

ኣብ መወዳእታ 2013 መጽሓፍተይ ወዲአ እየ ፣ ድሕሪ ደጊም ቁሩብ ምትእርራም ጥራይ'ዩ ዝተርፈኒ ኢለ ከዛነ ጀመርኩ። ድሕር'ዚ'ዩ እቲ ምኩራት ጸሓፍቲ ፣ *"መጽሓፍ ኣብ ሓደ ግዜ ብሓደ ንድፊ ኣይኮነን ዝድረስ ፣ ደጋጊምካ ብምጽሓፍ ኢዩ ዝድረስ !"* ናይ ዝብልዎ ኣበሃህላ ትርጉም ብግብሪ ዝተረድኣኒ። መጽሓፍተይ ወዲአ'የ ኢለ ካብ ዝደምደምኩሉ ንደሓር ክሳዕ'ዚ እዋን'ዚ ጥራይ ፣ ክእርመንን ክተዓራርየንን ክቐያይረንን ከዕምቘንን ከጻፍፈንን ዳርጋ ሓሙሽተ ዓመታት'ዩ ወሲዱለይ። ብሓፈሻ መጽሓፍቲ *"ህልኽ ተስፎምን ሃብቶምን"* ከምኡ ኸኣ ካልእይቲ መጽሓፍ ፣ *"ሕድሪ መድህንን ኣልጋነሽን"* ኣስታት ዓሰርተ ዓመታት'የን ወዲኣናለይ።

ድርሰተይ እናተመላለስኩ ንመበል 25 ግዜ ኣንቢበዮን ቀያይረዮን ኣሪመዮን'የ። ንመጽሓፍተይ ዋላ'ኳ ከምዚ ገይረ ቆሚለየን እንተ ኾንኩ ፣ ሕጂ'ውን ግን ጌና ሚእቲ ካብ ሚእቲ ኣጻፊፈየን'የ ኢለ ክምክሓለን ዘይኽእል ምኽንያይ እርደኣኒ'ዩ። ምስቲ ክጅምር ከሎኹ ዝነበረኒ ዓቕሚ ክወዳድሮ ከሎኹ ግን ንባዕለይ ዕጉብ'የ።

ካብ ቁልዕነተይ ጀሚረ ቋንቋ ትግርኛ ብወግዓዊ መንገዲ ፣ ብስሩዕ ክመሃሮ ዕድል ኣይገጠመንን። ኣብ ልዕሊኡ ቋንቋ ኣምሓርኛ ኣብ ትምህርትን ስራሕን ጽሑፍን ብዙሕ ንጥቀመሉ ስለ ዝነበረናን ፣ ተመሳሳልነት ዘለዎ ቋንቋ ስለ ዝኾነን ፣ ምስቲ ቁሩብ እንፈልጦ ትግርኛ ከተሓዋወሰና በቒዑ ኢዩ። ጣልያንኛን ዓረብኛን

እንግሊዝኛን'ውን ግደኦም ገይሮም'ዮም። ብሓፈሻ ብዛዕባ ናይ ትግርኛ ቋንቋ ሰዋስውን ፡ ኣገባብን ፡ ስርዓተ ነጥብን ብዙሕ እንዶ ኣይነበረንን።

ኣብቲ ናይ መጀመርያ 40 ዓመታት ህይወተይ ፡ ብዙሓት ናይ ትግርኛ መጻሕፍቲ ስለ ዘይነበሩ'ውን ፡ ዘንበብኩዎም ናይ ትግርኛ መጻሕፍቲ ካብ ኣጻብዕቲ ኢድ ዘይበዝሑ ኢዮም። ትግርኛ ናይ ኣደይ ቋንቋ ስለ ዝኾነ እቲ ዝፈልጦ ኩሉ ካብ ምስማዕን ምዝርራብን ዝመጸ ናይ ልምዲ ቋንቋ ኢዩ። በዚ ምኽንያት'ዚ ናይ ቋንቋ ትግርኛ ሰዋስው ኣፍልጦይ ድሩት ኢዩ። ካብ ምዝርራብን ምስማዕን ንዝርከብ ሓፈሻዊ ናይ ቋንቋ ኣፍልጦ ግን ፡ ሙሉእ መዋእለይ እኹልን ትሩፍን ዕድል ረኺበ እየ።

በዚ ኣብ ላዕሊ ዝገለጽኩዎ ምኽንያታት ኩሉ ፡ ዋላ'ኳ እሩም ትግርኛ ንኽጥቀም ዝከኣለኒ ጽዒተ እንተኾንኩ ፡ መጽሓፍተይ ሕጂ'ውን ብዙሕ ናይ ሰዋስውን ናይ ስርዓተ ነጥብን ጉድለታት ከም ዝህልወን እፈልጥ እየ። ነዚ ኸኣ ካብ ፈላጣትን ክኢላታትን ክእረመሉን ክመሃረሉን ቅሩብ እየ። ብተወሳኺ ኣብ ሜላ ኣጻሓሕፋ'ውን ብዙሕ ከም ዝተርፈኒ እኣምን'የ። እዚ ይኹን'ምበር እቲ ጸሓፍ-ጸሓፍ ዝብለኒ ስምዒተይ ከርዊ ስለ ዝኸኣልኩ ግን ዕጉብ እየ።

ደራሲ ፋርማሲስት ተስፋይ መንግስ

ምዕራፍ 1

ሰዓት ኣርባዕተ ድሕሪ ቐትሪ ክኸውን ከሎ መድህን ናብ ተስፎም ስልኪ ደወለት።

"ሂሎ ፡ መን ክብል?" በለ ተስፎም።

"ሄሎ ተስፎም ሓወይ?" በለቶ።

"ሄሎ ፡ መድህን? እንታይ ደኣ'ዩ'ዚ ድምጽኺ? ደሓን ዲኺ?" በላ።

"ደሓን'የ። ግን ኣብ ዝሓለፈ ሰዓት ነብሰይ ከቢዱኒን ከም ገለ ተሰሚዑንን'ሞ ተሰኪፈ። ምስቲ እቶም ሓኻይም ዘጠንቀቑኒ ዝነበሩ ኣተሓሒዘዮ'ስ ተሻቒለ። ካብ ደሓር ኣዝዩ ምስ ገደደንስ ሕጂ ንሆስፒታል ክትወስደኒ ፡" በለቶ።

ካልኣይ ኣየዛረባን ፡ "መጻኹ ፡" በላ።

ስልኪ ብቕጽበት ዓጽዩ ፡ ሓፍ ኢሉ ፡ ጁባኡ ኣልዕል ኣቢሉ ፡ ንጸሓፊቱ ከም ዝወጽእ ዘሎ ሓቢሩ ፡ ብቑልጡፍ ስጉሚ ናብ መኪናኡ ኣምረሐ። ናብታ ኣብ ቪያለ ረጂና ፡ ኣብ ጐድኒ ባር ቪቶርያ ጠጠው ኢላ ዝነበረት መኪናኡ ንክበጽሕ ግዜ ኣይወሰደሉን።

መድህን ከም ባህሪ ኣዝያ እንተ ዘይተሰኒፋን እንተ ዘይተኻኢላን ፡ ሓሚመ ወይ ተቖንዚየ ኣይትብልን'ያ። ብኣኡ ምኽንያት ተስፎም ፡ "መድህን ከምኡ እንተይላ ደኣ ኣጸቢቓ ሓሚማ ኣላ ማለት ኢዩ ፡" ኢሉ ሓሰበ። ኣብ መኪናኡ ኣትዩ ፡ መኪናኡ ናብ ሰታንታ ኦቶ ፡ ጥቓ እንዳ ሜሎቲ ፋብሪካ ቢራ ዝርከብ ገዛውቲ ገጹ ኣቕንዓ።

መኪናኡ እናዘወረ ኸኣ ብዛዕባ ናይ መድህን ኩነታት ጥዕና ክሓስብን ክዝክርን ጀመረ። ዝሓለፋ ኣዋርሕ መድህን ቅድሚኡ ዘይትፈልጦን ዘይነበራን ጸቕጢ ደም ኣማዕቢላ ነበረት። ስለዚ ሓኻይም ብቐጻሊ ክትከታተል ይምዕድዋን የጠንቅቕዋን ነበሩ። ከምቲ ንሳቶም ዝደልይዎን ዝኣዘዙላን'ኳ እንተ ዘይተመላለሰት ፡ ሓሓሊፋ ግን ትርእ ነበረት።

ኣብዘን ዝሓለፋ ሰለስተ ኣዋርሕ ግን ፡ እቲ ጸቕጢ ደማ እናደየበን እናገደደን ስለ ዝኸደ ፡ ሓኻይም ብኹነታታ ይስከፉ ነበሩ። ቀቀልጢፉ ክትመላለስን ክትረአን እውን መኺሩዋ። መድህን ግን ዝስመዓንን ዘቐንዝወንን ነገር ስለ ዘየሎ ፡ ደሓን'የ እናበለት ከምቲ ዝድለ ኣይትከታተልን ኢያ ነይራ።

"ዘረባ ሰብ እንድያ ኸኣ ምስማዕ ኣብያ። ንመድህንን ንብዙሓት መሰልታን ፡ ሕማም ማለት ዘቐንዝወካን ዘሳቕየካን ፡ ኣብ ዓራት ዘውድቐካን ጥራይ ኢዩ መሲሉ ዝርኣየን። እንታይ'ሞ ክግበር'ዩ እስከ እዝግሄር ይኸደነና !" ኢሉ እናሓሰበ ፡ ኣብ ሻቕሎትን ሓሳባትን ጥሒሉ ከይተፈለጠ ገዛ በጽሐ።

ካብ መኪናኡ ብቕጽበት ወሪዱ ፡ ነታ ንእሽቶ ቀጽሪ ሰጊሩ ፡ ናብተን ቀንዲ ክልተ ክፍልታት ገዛ ኣተወ። መድህን ኣብ ኩሩኹሮኣ ዝበጽሕ ቀምሽ ተኸዲና ፡ ብላዕሊ ጋቢ ደሪባ ፡ ርእሳ ብጻዕዳ ሻሽ ሸፊና ፡ ምቕርራባ ወዲኣ ከም ዝጸንሐቶ ኣስተብሃለ። ድሮ ኣብ ሸቐልቀል ኣትዩ ስለ ዝነበረ ኸኣ ፡ ከመይ ከም ዘላ ከይሓተታ ፡ "እሞ ንኺድ ፡" ኢሉ በቲ ሓደ ኢዳ ክድግፋ ጸግዐ በላ።

"ኣንታ ደሓን'የ'ኮ ፡ ምድጋፍ ኣየድልየንን'ዩ ፡" ኢላ ፍንትት በለት።

"ኦክይ ሕራይ በሊ ፡" ኢሉ መኪና ክኸፍተላ ዘብዘብ እናበለ ተቐዳዲሙ ወጸ።

ካብቲ ብሰታንታ ኦቶ ዝፍለጥ ገዛውቲ ወጺኦም ፡ ናብቲ ቀንዲ መገዲ ምስ ተሓወሱ ፡ ንላዕሊ ን'ንዳ ተስፋማርያም ዱኳን ገጾም ኣምርሑ። ኣብ ጥቓኡ ዝርከብ ናይ ኣዲስ ኣለም መደበር ፖሊስ ንየማን ገዲፎም ፡ ንባር ቶሪኖ ገጾም ተሓምበቡ። ኣብ ባር ቶሪኖ ንጸጋም ተዓጺፎም ፡ ንሲነማ ክሮቸ ሮሳ ሓሊፎም ፡ ነቲ ቁልቁለት መገዲ ተተሓሓዝዎ። ድሕሪኡ ናብቲ ኣብ ባር ዚሊ ዘሎ ቃራና መገዲ ምስ በጽሑ ፡ ትኽ ኢሎም በቲ ን'ንዳ ሚካኤል ቤተ ክርስትያንን ንጸጸራትን ዝወስድ መገዲ ቀጸሉ።

ንቤት ትምህርቲ ኮምቦኒ ሓሊፎም ፡ ነቲ ቤት ትምህርቲ ንየማን እናገደፉን ፡ ንኣኡ ተጸጊዖምን ንየማን ተዓጸፉ። ካብኡ ንኣስታት ሓሙሽተ ሚኢቲ ሜትሮ ከይከዱ ፡ ረጂና ኤሌና ሆስፒታል በጽሑ። ኣብ ኣፍደገ ናይቲ ሆስፒታል ኸለው ሰዓቱ እንተ

ረኣየ ፡ ኣብ ውሽጢ ውሑዳት ደቓይቕ ከም ዝበጽሑ ኣስተብሃለ።

ናብ ውሽጢ'ቲ ቀጽሪ ሆስፒታል ድሕሪ ምእታው ፡ ናብቲ ናይ ምርመራ ክፍሊ ከዱ። ኣብኡ እቶም ኣለይቲ ሕሙማት ተቐቢሎም ናብ ሓኪም ኣቕረብዋ። ኩነታታ ምስ መርመሩ ፡ ብህጹጽ ኣብ ሆስፒታል ክትድቅስ ወሰኑ። ሸው ወሲዶም ዓራት ኣትሓዝዋ።

እታ መድህን ዝነበረታ ክፍሊ ጻባብ ክነሳ ፡ ኣርባዕተ ዓራታውቲ ሒዛ ምንባራ ተስፎም ኣስተውዓለ። መድህን ራብዐይተን ስለ ዝኣተወት ፡ እታ ክፍሊ ክሳብ ኣፋ ጥርንቕ ከም ዝበለት ኣስተብሃለ። ድሮ ኣብቲ ክፍሊ ክኣቱን ፡ ናይ ሕክምናን ፈውስን ዝተሓዋወሰ ሽታ ሃንገፍ ክብሎን ሓደ ኾነ። ካብ ቁልዕነቱ ሕክምናን ኣፋውስን ስለ ዘይፈቱ ኸኣ ስግድግድ ኣበሎ። ሓደ ፍርቂ ሰዓት ምስኣ ምስ ጸንሐ ኩነታታ ኣረዲኦም ፡ ንኣኡ ዘድሊ ነገር ስለ ዘይነበረ ድራር ሒዙላ ክመጽእ ነጊሮም ኣፋነውዎ።

ዕለቱ ሓሙስ ክልተ ጥሪ 1952 ዓመተ ምሕረት'ዩ ነይሩ። ኣብ ኣስመራ ወርሒ ጥሪ ብተዛማዲ ካብቲ ቆራሪ ወቕቲ ናይ ከበሳ ኢዩ። ተስፎም ካብ ሆስፒታል ክወጽእ ከሎ ብርቱዕ ቁሪ ተሰምዖ። ረቂቕ ጻዕዳ ካሚቻ ምስ ቀይሕ ክራቫታን ፡ ሓሙኽስታዊ ስረን ፡ ጸሊም ረቂቕ ጁባን'ዩ ለቢሱ ነይሩ። "ድራር ክወስደላ ክምለስ ከሎኹ ፡ ናይ ግድን ጎልፎ ክድርብን ሻርፓ ክማላእን ክዝክሮ'ሎኒ ፡" በለ ብውሽጡ።

ተስፎም ኣብ ኣከዳድናኡን ትርኢቱን ኣዝዩ ጥንቁቕን ግዱስን'ዩ። ኩሉ ዝለብሶ ብሕብርን ብዓይነትን ዝሰማማዕን ፡ ኣሎ ዝተባህለ ክዳውንትን ጫማታትን ናይ ዓዲ ጣልያን'ዩ ዝኸደንን ዝወድን ነይሩ። ሸው መዓልቲ ግን ንተስፎም ልዕሊ ኣከዳድናኡ ፡ ናይ መድህን ኩነታት'ዩ ኣሻቒልዎን ጎቦ ልቡ ገይሩዎን ዝነበረ።

ሸው መዓልቲ ኣልጋነሽ ብንጉሆኡ ክትቀናዘን ክትመጣላዕን ኢያ ውዒላ። ስና ነኺሳ ክትጻወሮ'ኳ እንተ ፈተነት ፡ ኣብ መወዳእታኡስ ኣይከኣለትን። ሸው'ኳ ሓቦ ኢያ ገይራ'ምበር ፡ ኣልጋነሽ ብተፈጥሮ'ውን ቃንዛ ትጻወር ኣይኮነትን።

ክትጽመም ውዒላ ሰዓት ሰለስተ ምስ ኮነ ግን ፡ ኣዝያ ስለ ዝተሸገረት ፡ ንሃብቶም ክጽውዕላ ንቑልዑ ጎረቤት ናብ ሹቕ ክትልእኾ ወሰነት። ነቶም ቈልዑ ክትልእኮም ከላ'ውን እናተሰከፈት ኢያ። ካብ ስራሕ ኣብኩርክኒ ኢሉ ክመዓትኒ ኢዩ ፡ ግን

ዝበለ ይበል ኢላ ወሰነት። ምኽንያቱ ሃብቶም በዘይካ እቲ ካብ ስራሕ ክባኾር ብዝኾነ ምኽንያት ዘይደሊ ምዃኑ ፡ ንሕክምና ምኻድን ምምልላስን ዝበሃል ኣተሓሳስባ'ውን ፡ ብዙሕ ኣይድግፎን ኢዩ ነይሩ።

ንሳ ግን ሓንሳብ ተጸሊኡዋ ኣብ ዝተመርመረትሉ ግዜ ፡ እቶም ሓካይም ኣጠንቂቖማ ነይሮም ኢዮም። ዋላ ከምኡ ይኹን'ምበር ሃብቶም ግን ፡ "ክላ ንሳቶም ደኣ እንታይ ዘይብሉ ፡ ንዝኾነ ንእሽቶ ነገር ምስ ኣጋነንዎ ኢዮም ፡" ብዝብል ሕክምና ክትከይድ ኣየተባብዓን'ዩ ነይሩ።

ዝኾነኾይኑ ሕክምና እንተ ዘይከይዳ እቲ ደሓር ዝስዕብ ፡ "ኣይ ብስርዓት ነጊሮማ እንድዮም ነይሮም ፡ ዘይተጠንቀቐት!" ዝብል ዘረባን ፡ እቲ ኣብ ህይወታን ኣብ ጥዕናኣን ክኸስት ዝኽእል ሓደጋን ሽግርን ኩሉ ፡ ናብኣ ምዃኑ ስለ ዝተረድኣ ፡ ዝበለ ይበል ኢላ መጺኡ ንሆስፒታል ክወስዳ ለኣኸለትሉ።

ሃብቶም ኣብ ስራሕ ኣዝዩ ጥብቅን ውፉይን ኢዩ ነይሩ። መልእኽቲ ኣልጋነሽ ምስ በጽሐ ዘይከውን ስለ ዝኾኖ ፡ እና'ዕዘምዘመ ንክኸይድ ክቀራረብ ጀመረ። ከም ልምዲ ናብ ዝኾነ ክኸይድ ከሎ ፡ ናይ ስራሕ ክዳኑ (ግርምብያለኡ) ኣየውጽእን ኢዩ ነይሩ። ሽው ግን ንሆስፒታል ስለ ዝኾነን ፡ ሕማቕ ኣሎ ጽቡቕ ኣሎ ስለ ዘይፍለጥን ፡ ግርምብያለኡ ኣውጺኡ ክዳኑ ክለብስ ወሰነ። ሃብቶም ቡናዊ ካኪ ስረን ፡ ሰማያዊ ካኪ ጁባን ፡ ክፉት ሰንደል ጫማን ኢዩ ገይሩ ነይሩ።

ክምቲ ኣልጋነሽ እትብሎ ዝነበረት ፡ ግድን ንሆስፒታል ክትከይድ እንተ ኾይና ፡ መጓዓዝያ ከም ዘድልያ ተረድኦ። "ግን ከኣ ደሓን እንተ ኾይና ካብ ካብዚ ፡ ካብ ሹቕ መጓዓዝያ ዝወስደላስ ፡ ቅድም ከይደ ኩነታታ ክርእያ ይሓይሽ ፡" ኢሉ ሓሰበ።

ብሽክለታኡ ኣልዒሉ ኸኣ ናብ ኣልጋነሽ ነቕለ። ኣብ መገዲ እናኸደ ኸኣ ፡ ኣብቲ እተመርመረትሉ ግዜ እቶም ሓኻይም ኢሎማ ዝነበሩ እናዘከረ ኸደ። ርግእ ኢሉ ክሓስብ ምስ ጀመረ ኸኣ ፡ እቲ ሕርቃኑን ምዕዝምዛሙን እናጎደለ ኸደ። "ግድን ዘድሊ እንተ ኾነኸ? ካብ ደሓር ምጥዓስስ ዋላ እንተ ኸደት ይሓይሽ ፡" ናብ ዝብል ሓሳባት ዛዘወ።

ከምኡ ኢሉ እና'ሰላሰለ ኸኣ ከይተፈለጦ ገዛ በጽሐ። ተቐላጢፉ ካብ ብሽክለታኡ ብምውራድ ፡ ናብቲ ገፊሕ ብዙሓት ስድራ ቤታት ዝቕመጣኦ ቀጽሪ ኣተወ። ገዛ እትው ምስ በለ ኣልጋነሽ ኣጸቢቓ ክትቅንዞ ጸንሓቶ። ኣልጋነሽ ሰማያዊ ሃሳስ ዝምድሩ ፡ ቀይሕን ጻዕዳን ዕምባባ ዝነበሮ ፡ ክሳብ ኩሩኹሮኣ ዝበጽሕ ቀምሽ ብታሕቲ ገይራ ፡ ብላዕሊ ኸኣ ነጸላ ደሪባ ፡ ጸጉራ ብቐይሕ ሻሽ ሸፊናቶ ነበረት።

ምስ ረአየቶ ክምስ ክትብል'ኳ እንተ ፈተነት፡ ዝነበራ ቃንዛ ግን ዝኸወል ኣይነበረን።

"ኢሂ'ቲ ደሓን ዲኺ?" በላ።

ኣልጋነሽ ቅድሚ ምምላሻ፡ ብርቱዕ ቃንዛ ከም ዘለዋ ዘርኢ፡ "ኣኣይይይይይ፡" ዝብል ድምጺ ፈነወት።

"ምድሓንስ ኣይድሓንን'የ። ብቓንዛ ከመውት እንድየ ደልየ፡ ዝተረፈኒ ዘይብለይ! ሕጂ ተቓላጢፍካ ንሆስፒታል ውሰደኒ፡" በለቶ ብዝተቖራረጸ ድምጺ፡ እንቅዓ እና'ስተንፈሰትን፡ ስና ነኺሳ ብቓንዛ እናተመጣለዐትን።

"እ.እ.እ! ተኻኢልኪ እንዲኺ ደኣ! በሊ ሕራይ መጻእኩ መጓዓዝያ ከምጽእ፡ " ኢሉ ተቐላጢፉ ወጸ።

ሃብቶም ድሕሪ ዓሰርተ ደቃይቕ መጓዓዝያ ሒዙ ተመልሰ። ሽዑ ምስታ ካብ ዓዲ ዝመጸት ዘመዶም ቈልዓ ብኽልተ ወገን ደጊፎም፡ ናብታ ተዳልያ ዝነበረት ሰረገላ ፈረስ (*ካሮሳ*) ሰቐልዋ። ሽዑ ነቲ በዓል ካሮሳ፡ "በል ንኺድ ንሆስፒታል፡ ኣነ ብብሽክለታይ ደድሕሬኹም ክስዕብ'የ፡" በሎ።

በዓል ካሮሳ ልጓም ፈረሱ እናስሓበ፡ መልሓሱ ናብ ትንሓጉ እናጸቐጠ፡ ቒቕ፡ ቒቕ፡ ቒቕ ዝብል ድምጺ ንፈረሱ እና'ስመዐ፡ ቀስ ኢሉ ብጥንቃቐ ናብቲ ቀንዲ መገዲ ተጥውየ። ጥንቃቐኡ ዝተወጸዐት ሕምምቲ ሒዙ፡ ንኣምቡላንስ ወኪሉን ሓላፍነታ ተሰኪሙን ከም ዝነበረ፡ ኣጸቢቑ ዝተረድኦ ኢዩ ዝመስል ነይሩ።

ብመጀመርያ ናብቲ ዓቢ ንሓዝሓዝ ዝወስድ መገዲ ተጸንበሩ። ካብኡ ንታሕቲ ናብ ባር ትብለጽ ናብ እትረከብ ደሴት በጽሑ። ኣብኡ ንየማን ተጠውዮም፡ ትኽ ኢሎም ናብ ናይ ቀደም ናይ ሳታየ ኣውቶቡሳት ዝጽገናሉ ምስ በጽሑ፡ ንጸጋም ተዓጽፉ። ካብኡ ንናይ ሃንሰንያን ናይ ደዌ ሕክምና ሓሊፎም፡ ትኽ ኢሎም ናብ ሬጂና ኤሌና ሆስፒታል ገጾም ኣቕንዑ።

ሽዑ ነታ ብየማን ንፎርቶ እትዕጸፍ፡ ብጸጋም ከኣ ንቤተ መንግስቲ እትድይብ ቃራና መገዲ ብቐጥታ ሓሊፎም፡ ኣብቲ ቀንዲ ኣፍደገ ናይቲ ሆስፒታል በጽሑ። በዓል ካሮሳ ከም ኣጀማምራኡ ከይተሃወኸን፡ ብዝተኻእሎ መጠን ከይነዋነወን፡ ፈረስ ከኣ ኳዕ፡ ኳዕ፡ ኳዕ፡ እናበለ ብሰላም ኣብ ሆስፒታል ኣብጽሕዋ። ኣልጋነሽ

ዳርጋ ኣብታ ካሮሳ ከላ ፣ ናብ ሓደ ጎድኒ ዕጽፍ ኢላ ኢያ እትጎዓዝ ነይራ።

እቶም ነቲ ማዕጾ ናይቲ ቀጽሪ ዝቋጻጸሩ ሸማግለ ሰብኣይ ፣ ቅርብ ኢሎም ምስ ረኣይዋ ትቃናዞ ምንባራ ኣስተብሂሎም ፣ ተቐላጢፎም ማዕጾ ከፈቱሎም። ሃብቶም ከኣ ብቕጽበት ካብ ብሽክለታኡ ወሪዱ ፣ ምስኦም ምኺኑ ሓቢሩ ፣ ብሽክለታኡ እናደፍአ ተኸተሎም። ብሓባር ከኣ ኣብቲ መመርመሪ ክፍሊ በጽሑ።

ምስቲ በዓል ካሮሳ ኮይናም ደጊፎም ፣ ናብቲ ክፍሊ ኣእተውዋ። ምርመራኣ ክሳዕ እትውድእ ፣ ኮፍ ኢሎም ክጽበዩዋ ሓበርዎም። ድሕሪ ቁሩብ ትጽቢት ፣ ኣልጋነሽ ግድን ሆስፒታል ክትኣቱን ፣ ዓራት ክትሕዝን ምኺና ኣፍለጥዎም።

ሽው ሃብቶም ነቲ በዓል ካሮሳ ኣመስጊኑ ፣ ሕሳቡ ከፊሉ ኣፋነዎ። ሽው ብቐጥታ ናብ ኣልጋነሽ ዝነበረቶ ክፍሊ ኣተወ። ሻቡ እታ ክፍሊ ሸሞንተ ዓራታውቲ ሒዛ ከም ዝነበረት ኣስተውዓለ። ኣብኣ ኸኣ ነ'ልጋነሽ ውሲኽካ ፣ ድሮ ሽዱሽተ ደቀ'ንስትዮ ከም ዝነበራ ረኣየ። ኣልጋነሽ ሆስፒታል ብምብጽሓን ፣ ዓራት ብምሓዛን ግዲ ኾይና ፣ ካብቲ ዝነበረቶ ዝያዳ ዝተረጋግአት ኮይኑ ተሰምዖ። ናታ ምርግጋእ ንኣኡ'ውን ኣቕሰኖ። ሽው "ብቐደሙስ ስቕ ኢላ ተረቢሻ ኢያ'ምበር ፣ ምምጻእ'ውን ምናልባሽ ኣይመድለያን ፣" ዝብል ሓሳብ ተቐልቀሎ። ግን "ደሓን ካብ ኮነስ" ብምባል ፣ ነታ ሓሳብ ንበይኑ ሒዙዋ ትም በለ።

እቲ ሓቂ ግን ኣልጋነሽ ብስነ ኣእምሮኣዊ ፍናን ኢያ ተረጋጊኣ ነይራ'ምበር ፣ ኣብ ጥዕናዊ ኩነታታ ግን ፣ ዝኾነ ዝተለወጠ ወይ ዝተመሓየሸ ነገር ኣይነበረን። ነቶም ሓኺይም ጥብቕ ኢሎ ብዛዕባ ኩነታታ እንተ ዝሓቶም'ውን ፣ ካብዚ ዝፍለ መልሲ ኣይምሃብዎን ነይሮም። *ሽው ባዕላዊ ገምጋም ፣ ብፍላይ ኣብ ዘይትፈልጦ ምያ ፣ ክንድምንታይ ኣጋጋይ ምኺኑ ምተገንዘበ ነይሩ። ንዘኾነ ንዘይትፈልጦ ነገርን ፣ ኣብ ዘይትፈልጦ ሞያን ዓውድን ፣ ካብ ከየፈለጥካ ኣብ መደምደምታ ምብጻሕ ፣ ምሕታት ምኺኑ ፈውሱ ንሃብቶም ዘረድኦ ምደለዩ።* ሽው እቲ ኣምሓሩ ፣ *'ጠያቂ ኣዋቂ ፣ ወይ ከኣ ፣ ሓታቲ ኢዩ ፈላጢ'* ናይ ዝብልዎ ብሂል ቁምነገር ምተረድኦ ነይሩ። ሃብቶም ግን ንኸምዚ ኣተሓሳስባን ትንተናን ፣ ንነብሱ ግዜ ይኹን ዕድል ዝህብ ባህርን ልምድን ኣይነበሮን።

ናይ ስራሕ ምስ ተዘከሮ ፣ ስራሕ በይኑ ገዲፍዎ ብምምጽኡ ተሻቐለ። ስለዚ ኮፍ ኢሉ ንኽንቱ ተወሳኺ ግዜ ከጥፍእ ኣይደለየን። እተን ኣለይቲ ሕሙማት'ውን ፣ "ዘይ ባዕላተን መጺአንስ ክውጽኣኒ'የን ፣" ዝብል ተወሳኺ ምኽንያትን ድርኺትን ፈጠረ። ሽው ብድድ ኢሉ ፣ "እሞ ሕጂ ክኸይድ ፣ ምሸት ድራር ሒዘልኪ ክመጽእ'የ ፣" ኢሉ ነ'ልጋነሽ ተፋንይዋ ወጸ።

ተስፎም ምስ መድህን ሓደ ፍርቂ ሰዓት ኢዩ ጸኒሑ። ክኸይድ ምስ ነገርዎ ብቕጽበት ብድድ ኢሉ ፡ ተፋንይዋ ናብቲ መኪናኡ ዝነበረቶ ቦታ ገጹ ከደ። ኣብ ጥቓ መኪናኡ ክበጽሕን ምስ ሃብቶም ጎፊ-ጎፍ ክራኸቡን ሓደ ኾነ። ክልቲኦም ዘይተጸበይዎ ነገር ኮይኑዎም ሰንበዱ። ተስፎም ኢዩ ቀልጢፉ ካብ ስንባደኡ ዝተገላገለ።

"ኢሂ'ታ ሃብቶም በየን ደኣ ጸኒሕካ? ደሓን ዲኻ? ዝሓመመ ሰብ ኣሎ ድዩ?" ዝብሉ ተኸታተልቲ ሕቶታት ጨረሓሉ።

"ደሓን'የ። ኣይ ነ'ልጋነሽ እንድየ ኣምጺኢያስ ዓራት ክትሕዝ ኣለዋ ኢሎምኒ። ሕጂ ኣእትየያ ካብኣ እየ ዝመጽእ ዘሎኹ። ንስኻኸ ደኣ እንታይ ኣምጺኡካ? ደሓን ዲኻ?" ሓተቶ ሃብቶም ብግደኡ።

"ሕጂ ነ'ልጋነሽ ኣእቲኻያ?! እምቧእ እንታይ ዓይነት ኣጋጣሚ ደአ ኢዩ'ዚ! ኣነስ ኣይ መድህን ከቢድዋ ካብ ስራሕ ጸዊዓትኒ ሕጂ እንድየ ከእትዋ ጸኒሐ፡" በለ ተስፎም ኣዝዩ ከም ዝተገረመ ብዝገልጽ ኣካላዊ ቋንቋ።

"ዋእ! እንታይ? መድህን ሕጂ ኣብዚ ሆስፒታል ኣትያ'ላ?" በሎ ብግደኡ በቲ ኣጋጣሚ ኣዝዩ እናተገረመ።

ብድሕሪኡ ንኽልቲኦን በብተራ ክርእዩወን ስለ ዝወሰኑ ፡ ብመጀመርያ ናብቲ ኣልጋነሽ ደቂሳቶ ዝነበረት ክፍሊ ተተሓሒዞም ከዱ። ናብቲ ክፍሊ ክኣትው ኸለው እቲ ድሮ ክርስያ ቀሪቡ ዝነበረ ሽታ ሆስፒታል ንተስፎም ተቐበሎ። ናብ ኣልጋነሽ በጺሖም ኩነታታ ኩሉ ምስ ሓተታ ፡ መድህን'ውን ከቢድዋ ንሆስፒታል ሒዝዋ ከም ዝመጸን ፡ ኣብ ቁጽሪ ኣርባዕተ ኣትያ ከም ዘላን ነገራ። ኣልጋነሽ ኣብ ሓደ መዓልትን ኣብ ሓደ ሰዓትን ክልቲኣን ኣብ ሆስፒታል ምእታወን ኣዝዩ ኣገረማ።

ንቑሩብ ደቓይቕ ምስ ኣልጋነሽ ምስ ጸንሑ ፡ ሃብቶም ንመድህን መታን ክርእያ ናብቲ ደቂሳትሉ ዝነበረት ክፍሊ ከዱ። ነቲ ገፊሕ መተሓላለፊ ክፍሊ (ኮሪዶር) ስጉም ስጉም ኣቢሎም ወዲኦም ፡ ንጸጋም ተዓጺፎም ናብ መድህን ዝነበረቶ ክፍሊ በጽሑ። ሃብቶም ንመድህን ኩነታታ ምስ ሓተታ ፡ ብተመሳሳሊ ኣገባብ ኣልጋነሽ'ውን ኣትያ ከም ዘላ ነገርዋ። መድህን ከኣ ከም ናይ ኣልጋነሽ ፡ በቲ ኣጋጣሚ ተገረመትን ተደነቐትን። ንውሱናት ደቓይቕ ምስኣ ድሕሪ ምጽናሕ ከኣ ተፋንዮማ ከዱ።

ደገ ምስ ወጹ ሃብቶም ፡ ነ'ኣልጋነሽ ብካሮሳ ሒዝዋ ከም ዝመጸ ንተስፎም ሓበሮ። ተስፎም ከኣ እንተ ዝፈልጥ መንዓዝያ ክሕግዞ ይኽእል ምንባሩ ሓበሮ። ሽው ተስፎም ክልቲኣን ብሰላም ካብ ሕክምና ክወጻሎም ብምትስፋው ፡ ኣብቲ እዋን'ቲ ግን ባዕሉ ንገዛ ከብጽሓሉ ምኽኣሉ ተመባጻዓሉ። ድሕሪኡ ንሃብቶም ንሽው መዓልቲ ካልእ ክሕግዞ ዝኽእል ነገር እንተ'ሎ ሓተቶ።

ሃብቶም መልሲ ቅድሚ ምሃቡ ተሰኪፉ ይጠራጠር ከም ዝነበረ ተስፎም ኣስተብሃለ። ሽው ተቐላጢፉ ፡ "ሎሚ'ውን ድራር ከተምጽኣላ ካብ ንስኻ ዱኳን ገዲፍካ ትመጽእ ፡ ይቀረብ'ሞ ኣነ ብገዛ ሓሊፈ ከምጽኣላ እኽእል'የ ፡" በሎ።

"ከምኡ እንተ ጌርካለይ ደኣ ኣዝዩ ጽቡቕ'ምበር። ደሓር ኣነ ኣብ ዝጠዓመኒ ዋላ ምስ ዓጸኹ መጺአ ይሪኣ።"

'ኖ ፕሮብለም፡ ጸገም የብሉን። ካልእከ ገለ ክገብረልካ ዝኽእል ነገር ኣሎድዩ?"

"እንድሕር ዘይትሸገር ኴንካ ፡ ሕጂ ዘይኮነስ ፡ ስራሕ ምስ ዓጾኻ ፡ ናብ በዓል ኣቦይ ኬድካ ፡ ኣልጋነሽ ሆስፒታል ኣትያ ከም ዘላ እንተ ትነግረለይ ከኣ ጽቡቕ ነይሩ።"

"ሹውር፡ ዋላ ሓንቲ ሽግር የብሉን። ከምቲ ዝበልካዮ ሕጂ ንቤት ጽሕፈት ክኸይድ'የ። ካብ ስራሕ ምስ ወጻእኩ እነግሮም።"

በዚ ተሰማሚዖም ከኣ ተፈላለዩ።

ተስፎም ካብ ሆስፒታል እናተመልሰ ፡ ፍርቂ ሓሳቡ ኣብ መኪና ምዝዋር ፡ ፍርቂ ኸኣ ኣብቲ ናይታ መዓልትን ናይታ ኣጋምሽትን ኣጋጣሚ ተዋሒጡ ነበረ። ከምኡ ኢሉ እናሰላሰለ ከይተፈለጦ ኣብ ስራሑ በጽሐ። ተስፎም ኣብቲ ጥቓ ቤተ መንግስቲ ዝርከብ ሃገራዊ ባንክ ኢዩ ዝሰርሕ ነይሩ። ኣብኡ ኾይኑ ናብ ስራሕ ኣቦኡ ፡ ናብ ክፍሊ ሕርሻ ደወለ። ንኣቦኡ ንግራዝማች ሰልጠነ ፡ መድህን ከቢድዋ ሆስፒታል ከም ዝኣተወት ሓበሮም።

ሰዓት ናብ ምእካሉ ስለ ዝነበረ ፡ ዝነበራኦ ህጹጻት ስራሓውቲ ፈጺሙ ፡ ወረቓቕቱ ኣራነበ። ተስፎም ካብ ባንካ ብቐጥታ ናብ ገዛ ተመልሰ። ኣቦኡ ግራዝማች ሰልጠነን ፡ ኣደኡ ወይዘሮ ብርኽትን ጸንሕዎ።

ግራዝማች ሰልጠነ ድሮ 50 ዓመቶም ረጊጾም ነበሩ። ብየማንን ብጸጋምን ልዕሊ ጉንዲ እዝኖም ፡ ሽበት ዘረር-ዘረር ከብሉ ጀሚሮም ነበሩ። ግራዝማች እቲ ኣብቲ ግዜኦም ፡ ሓበሻ ክመሃሮ ዝፍቀዶ ዝለዓለ ናይ ጣልያን ትምህርቲ ዝዛዘመ ኢዮም ነይሮም። ኣብ ግዜ መግዛእቲ ጣልያን ፡ ሓበሻ ልዕሊ ራብዓይ ክፍሊ ክመሃር ኣይፍቀደሉን'ዩ ነይሩ። ነቲ መግዛእታዊ ስርዓት ንምግልጋል እኹል ትምህርቲ ክም ዝቐስሙ ፡ ግን ከኣ ነቶም ገዛእቲ ከይዳረግዎምን ከይብድህዎምን ፡ ካብኡ ንላዕሊ ክመሃሩ ኣይድለን ነይሩ ጥራይ ዘይኮነ ፡ ኣይፍቀድን'ውን'ዩ ነይሩ።

ግራዝማች ጽቡቕ መነባብሮ ዝነበሮም ፡ ናይ መንግስቲ ሰራሕተኛ ኢዮም ነይሮም። ኣርባዕተ ቆልዑ ኢዮም ወሊዶም። ተስፎም ካብ ኣደኡ ቂሕ እንተ ዘይኮይኑ ፡ ኩሉ መሸከሉን መልክዑን ፡ ቅምጥ ኢሉ ኣቦኡ ኢዩ። ኣደኡ ወይዘሮ ብርኽቲ ጓል 46 ዓመት'የን።

ክልቲኦም ወለዱ ፡ ኣብታ ክም መቐበል ኣጋይሽ ዝጥቀሙላ ካልኣይቲ ክፍሊ'ዮም ኮፍ ኢሎም ጸኒሖም። ተስፎም እግሩ ከይኣተወ ኸአ ፡ ክልቲኦም ብሓደ ድምጺ ፡ "እሂታ ፡ እዛ ቆልዓ ደሓን ድያ?" በልዎ ብተርባጽ።

"ደሓን'ያ። ሕጂ እንድየ ምስኣ ጸኒሐ ፡" በሎም።

"እታ ጸቕጢ ደማ ከመይ ጸኒሓ?" በሉዎ ግራዝማች።

"ኣጸቢቓ ልዒላ ኣላ ፡ ድሮ ፈውሲ'ውን ጀሚሮሙላ ኣለው ፡" በሎም።

ሻቕሎት ኣቦኡን ኣደኡን ብግልጺ ኣብ ገጾም ይንበብ ነበረ። ሽዑ መታን ከቕስኖም ብምባል ፡ "ዝኾነ ኾይኑ ሕጂ ብዙሕ ዘሸግር ኣይክህሉን'ዩ ፡ እንቋዕ ደኣ ብግዜ ንሆስፒታል ኣተወት'ምበር ፡" በሎም።

ክልቲኦም ብናይ ወዶም ዘረባ ካብ ሻቕሎቶም ክም ዘይተናገፉ ይረአ ነበረ። ብሓባር ከኣ ፡ "እስከ ኣምላኽ ባዕሉ ይሓግዛን ይሓግዘናን ፡" በሉዎ። ብድሕሪኡ ናብ ካልእ ኣርእስቲ ክኣልዮም ብምባል ፡ ንሃብቶም ኣብ ሆስፒታል ክም ዝረኸቦን ፡ ኣልጋነሽ'ውን ምስ መድህን ኣብ ተመሳሳሊ ሰዓት ንሆስፒታል ክም ዝኣተወትን ሓበሮም።

ሽዑ ንሳቶም ካብ ናይ ኩነታት መድህን ምስካፍ ሰጊሮም ፡ ክልቲአን ብሓደ ግዜ ንሆስፒታል ምእታወን ስለ ዘገረሞም ፡ ብዙሕ ሕቶታት ሓታተትዎ። ኣዒንቱ እናናሻዕ ናብ ኣፍደገ እናሰደደ ፡ መልስታቱ ቁርጽ-ቁርጽ እናበለ መለሰሎም።

ምስ ወድኡ ብቕጽበት ፡ "በሉ ነዛ ቆልዓ ድራር ቀርበለይ ኢለያ ነይረ'የ'ሞ ፡

እንተ ተዳልዩ ሒዘላ ክኸይድ ፡" በሎም።

ሽው ወለዱ ምስኡ ብሓባር ክኸዱ ከም ዝደልዩ ሓበርዎ። ተስፎም ከኣ ኣብቲ ሰዓት'ቲ ስለ ዘየእትው ፡ ንጽባሒቱ ባዕሉ ሒዝዎም ከም ዝኸይድ ኣረጋገጸሎም። ግን መድህን ሆስፒታል ምእታዋ ነ'ርኣያ ሓውን ፡ ንኣሓቱ ምስጋናን ሰላምን ባዓላቶም ክሕብርዎም ነገሮም። ድሕሪኡ ናብታ ሓጋዚቶም ዝነበረቶ ክሽነ ከይዱ ነቲ ዝተቐራረበ መግቢ ሒዙ ተመልሰ።

"እሞ ድራር ተቐራሪቡ'ዩ ኣነ ክኸይድ ፡" ከኣ በሎም ተርባጽ ብዝተሓወሶ ኣዘራርባ።

"ሕራይ ዝወደይ ብሰላም ኪድ ፡" በልዎ ግራዝማች።

"ኣሜን ኣቦ ፡" በሎም።

"ኣጆኻ ዝወደይ ኣይትሻቐል ብሰላም ትጽናሕካ ፡" በላኦ ኣደኡ ፡ ተርባጽን ሸቐልቀልን ወደን ስለ ዘስተብሃላ።

"ኣሜን ኣደ ፡" ኢሉወን ወጸ።

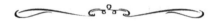

"ሕጂ ኣቐዲመ ብወለዲ ሃብቶም እንተ ሓሊፈ ፡ ሕጂ ዘይከድና ኢሎም ከሽግሩኒ ኢዮም ፡" ኢሉ ሓሰበ ተስፎም። "ቅድም ናብ እንዳ ሃብቶም ከይደ ፡ ድራር ሒዘ ፡ ናብ ክልቲኦን ኣብጺሐዮ ምስ ተመለስኩ ክነግሮም ይሓይሽ ፡" ኢሉ ወሰነ። ንኽልቲኦን ርእዩን ፡ ድራር ኣበጻጺሑን ካብ ሆስፒታል ተመልሰ። ብድሕሪኡ ናብ እንዳ ባሻይ ጎይትኦም ኣምረሐ።

ባሻይ ጎይትኦም ኣቦኡ ንሃብቶም ፡ ወዲ 55 ዓመት'ዮም። ንግራዝማች ብሓሙሽተ ዓመት'ዮም ዝመርሕዎም። እዚ ይኹን'ምበር ፡ ጥብ እትብል ሽበት'ውን ኣይነበረቶምን። ኣብ መንከሶም ዝነበራ ብግቡእ ዝቐርጽወን ጭሕሚ'ውን እንተኾና ፡ ጌና ሃሪ ኢየን ዝመስላ ነይረን። ባሻይ ጎይትኦም ትምህርቲ ኣይነበሮምን። ምስ ጣልያን ኣብ እንዳ ባኒ ዝሰርሑ ፡ ትሑት መነባብሮ ዝነበሮም ኢዮም። በዓልቲ ቤቶም ወይዘሮ ለምለም ፡ ጓል 49 ዓመት ኢየን። ብሓባር ሓሙሽተ ቆልዑ'ዮም ወሊዶም።

ተስፎም ምስ ክልቲኦም ወለዲ ሰላምታ ተለዋወጠ። ኮፍ እናበለ ፡ "መታን

ከይስንብዱ ብናይ መድህን ምጅማር ይሓይሽ ፧" ኢሉ ሓሰበ። ኣቐዲሙ መድህን ሆስፒታል ምእታዋ ገለጸሎም። ከመይ ገይሩዋ ፧ መዓስ ደኣ ፧ እሞ ደሓን ድያ ፧ ሕጂኸ ፧ ወዘተ ፧ ዝብሉ ሕቶታት ሓታተትዎ። ንሱ ኸኣ ይኣኽሎምን የዕግቦምን'ዩ ዝበሎ ሓበሬታ ሃቦም። ብድሕሪኡ ናብ ናይ ኣልጋነሽ ኣርእስቲ ሰጊሩ ክገልጸሎም ኢሉ ፧ "ኣልጋነሽ'ውን ከቢድዋ ሆስፒታል ፧" ኢሉ ጅምር ኣበለ።

"ኪቢድዋ ሆስፒታል ኣትያ? በላ ወ/ሮ ለምለም ፧ ብስንባደ ካብ መንበሪኣን ዳርጋ ሓፍ ብምባል።

"ሆስፒታል ምእታዋ'ኮ ብዙሕ ዘሰንብድ ኣይኮነን ኣደይ ለምለም ፧" በለን።

"ኣንታ ተስፎም ወደይ ፧ እዛ ቆልዓ'ኮ *ብሮብሮ* ክንደይ ኢያ ኣሕሊፋ። ናታ ኩነታት ፍሉይ ብምዃኑ'ኮ'ያ ኣዴኻ ለምለም ሰንቢዳ ፧" በሉዎ ባሻይ ጎይትኦም ፧ ነተን ኣብ መንከሶም ዝነበራ ጭሕሚ እናወጠጡ።

ተስፎም ከኣ እቲ ናይ ኣልጋነሽ ኩነታት ንሱ'ውን ከም ዝፈልጦ ፧ ግን ኣብቲ ግዜ'ቲ ጽቡቕ ከም ዘላ ብምንጋር ኣረጋገኦም። ብዛዕባ ምርኣይ ከኣ ንሸው ስለ ዘየእትው ፧ ንጽባሒቱ ፍርቂ መዓልቲ ግን ክይዶም ክርእዩዋ ከም ዝኽእሉ ሓበሮም። ብዛዕባ ኣልጋነሽ ፧ ካብ ሃብቶም ብዝያዳ ፧ ባሻይ ጎይትኦምን ወ/ሮ ለምለምን ኣዝዮም ተሰኪፎምን ተሻቒሎምን ምንባሮም ኣስተብሃለ።

ድሕሪኡ ብድድ እናበለ ፧ "እሞ ኣነ ሕጂ ክኸይድ። ንደቅኹም ደርማስን ፧ ኣብርሃለይን ፧ ልዕልትን ፧ ብሩርን ከኣ ፧ ኣልጋነሽ ሆስፒታል ከም ዝኣተወት ንገርዎም ኢኹም ፧" በሎም።

"ሕራይ ዝወደይ። በል ኪድ ፧ ጻላኢኻ ይኺድ'ዚ ወደይ። ጽቡቕ የስምዓና ፧" ኢሎም ክልቲኦም ወለዲ መሪቖም ኣፋነውዎ።

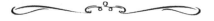

ተስፎም ዓርቢ ንጉሆ ንስራሕ እናኸደ ኸሎ ፧ ብሕልፊ'ቲ ንሰሜን ዝጥምት ፊት ካተድራል ዝርከብ ጽርግያን መገዲ ኣጋርን ፧ ከም ዝናብ ዝኻፈዮ ጠልቀዩ ምንባሩ ኣስተብሃለ። ብውሽጡ ኸኣ ፧ "ብርቱዕ ዛዕዛዕታ'ዩ ሓዲሩ ማለት'ዩ ፧" እናበለ መኪናኡ ምምራሕ ቀጸለ። ድሮ ክፋል ኣስመራ ብግመ ክሽፈን ጀሚሩ ነይሩ'ዩ። ዓበይቲ ከምዚ ክርእዩ ከለው ፧ 'ባሕሪ ኢያ ማይ ጸጊባ ፧' እዮም ዝብሉ። ተስፎም ንባጽዕ ክወርድን ክድይብን ከሎ ብዛዕባ ኩሉ ግዜ ዝምስጦ ዝነበረ ትርኢት ክሓስብ ጀመረ።

እቶም ብየማነ ጸጋም መገዲ ዝርከቡ ፡ ንኽትሪኦም ዝምስጡ ፡ ግርማ ሞገስ ዝለበሱ ጎቦታትን ፡ ስንጭሮታትን ክርኣዩዎ ጀመሩ። ብድሕሪኡ እቲ መኪና እናዘወረ ከሎ ፡ ካብ ኣስመራ ካብ ዓሰርተ ሽዱሽተ ኪሎሜተር ንደሓር ፡ ልክዕ ከም ኣብ ልዕሊ ደበና ዝሕንበብ ዝነበረ ኮይኑ ዝስምዖ ስምዒትን ፡ ዝርኣዮ ትርኢትን ትዝ በሎ። ተስፎም ኣይሮፕላን ተሰቒሉ ስለ ዘይፈልጥ'ዩምበር ፡ ኣቲ ዝዝከሮን ዝስምዖን ዝነበረ ትርኢት ፡ ልክዕ ከም ኣብ ውሽጢ ኣይሮፕላን ኰንካ ኣብ ልዕሊ ደበና ምብራር ኢዩ ነይሩ።

ብተወሳኺ እቲ ካብ ሕዳር ክሳዕ ክፉል ለካቲት ፡ ነቲ መገዲ ዝሸፍኖን ዝጋርዶን ፡ ሻሽ ዝመስል ግመ'ውን ተራእዮ። እቲ ግመ ብፍላይ ካብ ታሕቲ ፡ ንጎቦታት ናይ ዓርበረቡዕን ሽግርንን ስንጢቑ ፡ በቲ ስንጭሮታት ኣርከብ ከም እተባህለ ፡ ነ'ስመራ ገጹ ክሸብብ ከም ስእሊ ኣብ ሓንጎሉ ተቐሪጹ ተራእዮ።

ከምዚ ኢሉ እናሓሰበ ኣብ ስራሑ በጽሐ። ሽው'ዩ ኣብ መገዲ ኣስመራ መንደፈራ ፡ ብንጉሆኡ ኣዝዩ ኣስካሕካሕን ሕማቕን ሓደጋ ከም ዘጋጠመ ዝሰምዐ። ክልተ ኣውቶቡሳት ነፍሲ ወከፈን ልዕሊ ሓምሳ ዝኾኑ ተጓዓዝቲ ዝሓዛ ፡ ኣብ መገዲ ኣስመራ-መንደፈራ ፡ ኣብ መንጉዳ ክተሓላለፋ ተጋጭየን ንታሕቲ ጸደፋ። ብሰንኩ ኣብ ልዕሊ ህይወት ከቢድ ዕንወት ወረደ።

መንጉዳ ካብ ኣስመራ ፡ ኣብ ከባቢ 22 ኪሎሜተር እትርከብ ፡ ኣዝያ ጥውይዋይን ጸባብን መገዲ ኢያ። ብተወሳኺ ኣብ ሓጺር ርሕቀት ፡ ንታሕቲ ብቕጽበት ብዙሕ እትንቆት ኮይና ፡ ብሓደ ወገና ዓቢ ጎቦ ፡ በቲ ኻልኣይ ሸነኽ ኸኣ ፡ ብኣዝዩ ዓሙቕን ነዊሕን ጸድፊ እተኸበበት ኣዝያ ሓደገኛ መገዲ ኢያ።

ዝሞቱን ፡ ብኸቢድ ዝተጎድኡን ፡ ቀሊል ማህሰይቲ ዝነበሮምን ፡ ኣዝዮም ብዙሓት ስለ ዝነበሩ ፡ ኣብ ሰለስተ ሆስፒታላት ከም ዝመቓቐሉ ተገብረ። ከምኡ ይኹን እምበር ፡ እቲ ጻዕቂ ልዕሊ ዓቕሚ እተን ሆስፒታላት ስለ ዝኾነ ፡ ዕልቕልቕን ሕንፍሽፍሽን ኣኸተለ። ኣብ ልዕሊኡ እተን ሆስፒታላት ፡ ሃለዋት ኣዝማዶም ንኽፈልጡ ብዝጓየዩ ሰባት ተጨናነቓ ። እቲ ብንቡር ንኽምርመር ዝመላለስ ሕሙም ፡ ዳርጋ ቁሊሕ ዝብሎ ሰኣነ።

ሆስፒታል ከም ንቡር ፡ ብጸዋታን ብዝግታን እትመላለሶ ፡ ብዙሕ ዋዕ ዋዕ ዘይትሰምዓሉ ቦታ'ዩ። ሽው መዓልቲ ግን ሆስፒታል ዘይኮነስ ፡ ከምዚ ከቢድ እምባጓሮ ዝተኻየደሉን ዝተፈጸመሉን ቦታ ኢዩ መሲሉ ነይሩ።

በቲ ሓደ መዳይ ፡ ቤተ ሰቦም ኣዝዮም ከም ዝተወጸዑ ዝፈለጡ ፡ ብሰቕታ ንብዓቶም ክፍንውዎን ፡ ኢዶም ጨቢጦም ንሰማይ እና'ንቃዕረሩ ፡ ንኣምላኾም

ምሕረት ክልምኑን ትርኢ። በቲ ካልእ ከኣ ቤተሰቦም ከም ዝዓረፈ ዝፈለጡ ስድራ ቤታት ፥ ዋይዋይታ ክፍንውዎን ፥ ኣብ መሬት ክኹርመዩን ክጭበጡን ትዕዘብ። በ'ንጻሩ ኸኣ ኣባላት ስድራ ቤቶም ዘይጠቅም ሕንጥጣጥ ጥራይ ከም ዝገጠሞምን ፥ ዳርጋ ከይተተንከፉ ከም ዝወጹን ዘረጋገጹ ስድራቤታት ከኣ ፥ ክፍስሑን ብሓጎስ ዳርጋ ክዘልሉን ይረአን ይስማዕን ነበረ። ምስ'ዚ ኹሉ ናይ በጻሕቲ ትርኢት ኸኣ ፥ ሰብ ሞያ ሕክምና ካብ ሓደ ክፍሊ ናብ ካልእ ክጎዩን ፥ ተብ-ተብ ክብሉን ፥ ከምኡ'ውን ኣምቡላንስን ካልኦት ማእከሎት ናይ ጽዕነት መካይንን ፥ ብህጹጽ ክኣትዋን ክወጻን ይረአ ነበረ።

እቲ ተርእዮ ደቂሰባት ኣብ ዓለም ክነብሩ ከለው ፥ ኣብ ዝተፈላለዩ ግን ከኣ ዘይተርፉ ህሞታት ህይወት ዝገጥምዎም መድረኻት ፥ ኣብ ሓደ ሰዓትን ቦታን ዝረኣየሉ ትርኢት ክውንነት'ዩ ዝመስል ነይሩ። ብሓጺሩ እተን ንዓና ንደቂሰባት ካብ እንውለድ ክሳዕ ካብዛ ዓለም እንሓልፍ ፥ እናተፈራረቓ ዘሰንያና ሰለስተ መድረኻት ፤ ማለት መድረኽ ሓጎስን ዕግበትን ፥ መድረኽ ሽግርን ዓቕሊ ጽበትን ፥ ከምኡ'ውን መድረኽ ሞትን ቀብጸትን'የን ፥ ኣብ ሓደ እዋንን ኣብ ሓደ ቦታን ኮይነን ብግብሪ ስስረሐን ክስርሓ ዝረኣያ ነይረን።

ኣብ ከምዚ ኩነታት'ዮም ፥ ሃብቶም ምስ ወለዱ ተተሓሒዞም ፥ ፍርቂ መዓልቲ ንሆስፒታል ዝኸዱ። በ'ጋጣሚ ድማ ተስፎምን ወለዱን ኣብቲ ሆስፒታል ኣብ ሓደ ሰዓት በጽሑ። ኣብኡ ምስ ተራኸቡ ምዉቕ ሰላምታ ተለዋወጡ። ግራዝማች ስልጠነን ባሻይ ጎይትኦምን ደቂ ሓደ ዓዲ ኢዮም። ኣብቲ ልዕሊ ደቂ ዓዲ ምኺኖም ከኣ ፥ ኣብ ከባቢ ዕዳጋ ሓሙስ ፥ ኣብ ሓደ ዓቢ ቀጽሪ ዘለዎ ገዛ ፥ ንነዊሕ ዓመታት ጎረባብቲ ነበሩ።

እቲ ዝዓበየ ክፋል ናይቲ ገዛ ብግራዝማችን ስድራ ቤቶምን ዝተታሕዘ ኢዩ ነይሩ። በቲ የማናይ ወገን ናይቲ ቀጽሪ ፥ ግራዝማች ክልተ ክፍልን ሓደ ሽቓቕን ሓደ ክሽነን ኣብ ዝነበሮ ገዛ'ዮም ዝነብሩ ነይሮም። ባሻይ ከኣ ኣብ ጸጋማይ ወገን ናይቲ ቀጽሪ ፥ ኣብ ሓንቲ ገፋሕ ክፍሊ ምስ ስድራ ቤቶም እናነበሩ ፥ ሽቓቕን ክሽነን ከኣ ምስ ካልኦት ጎረባብቲ ተዳቢሎም'ዮም ዝጥቀሙ ነይሮም።

ክልቲኦም ስድራ ቤት ኣብ ሆስፒታል ምስ በጽሑ ፥ በቲ ዝረኣዩዎ ዕልቕልቕ ተገረሙ። ድሮ ብዛዕባ እቲ ሓደጋ ተሰሚዑ ስለ ዝነበረ ኣይሓደሶምን ፥ ግን ከኣ ክንድኡ ሕንፍሽፍሽ ኣይተጸበዩን።

"እዚ ገጢሙ ዘሎ ሓደጋስ እንታይ ይበሃል ወደይ?" በሉ ባሻይ።

"እንታይ እሞ ክበሃል ኢልካዮ ጎይትኦም ሓወይ። ክንደይ ስድራ ቤታት ተሃስየን ኣለዋ። እዚ ከምዚ ዝኣመሰለ ሓደጋ ክገጥም ከሎ፣ ናይ ዓለም ክንቱነት የስተንትነካ፣" በሉ ግራዝማች ርእሶም እናነቐነቑ።

"*ብሮብዮ'ምበር* የስተንትነካ፣" በሉ ባሻይ።

"እታ ናትናን፣ ናይ ቤትናን ጥራይ ስለ እንፈልጥን፣ ናይ ግልና ጥራይ ስለ ዘገድስናን ኢና'ምበር፣ *ጸበቕን ሕማቕን ኩሉ ግዜ ምሳና ከም ዘሎን፣ መናብርትና ከም ዝኾነን ኢዩ እዚ ዘርእየና!*" በሉ ግራዝማች።

"እወ ዓለም ደኣ ከምኡ'ንድያ። እነህልካደኣሲ፣ *በዓል መዓልቲ ይውለድ፣ በዓል መዓልቲ ኸኣ ይኸይድ።*"

"እወ ከምኡ'ዩ። ወረ ከመይ ዝኣመሰልዎ ኣጋጣሚ ደኣ ኢዩ፣ እተን ኣንስቲ ደቅናስ፣ ከም ሰብ ቆጸራ፣ ኣብ ሓደ መዓልቲ ብሓንሳብ ሆስፒታል ክኣትዋ?"

"*ቤራሜንቴ!* ኣይ ንኣይ'ሲ ኣገሪሙኒ እንድዩ። በል'ስከ ኣምላኽ ይሓግዘና።"

"ኣሜን ኣሜን፣ ይከኣሎ ኢዩ እቲ ጐይታ። ግን ናይ ሕክምና ነገር ኩሉ ግዜ የስከፈካ ኢዩ በጃኻ።"

"ደሓን ኣጆኻ፣ ንስኻ ብተፈጥሮኻ ስኩፍ ኬንካ ኢኻ'ምበር፣ እቲ ጐይታ ባዕሉ ደየሎን?! *ቻ ዲዮ* ግራዝማች!"

'ኣፍካ ይስዓር፣" በሉ ግራዝማች ስክፍታኦም ከይከወሉ።

"ይከኣሎ'ዩ ንመን ኢሉዎ። በል ከድኩ ናብቶም ቆልዑ።"

"ኣሜን ጸላኢኻ ይኺድ።"

ሽዑ ባሻይ፣ ናብ በዓል ሃብቶም ገጾም ከዱ። ንመድህንን ን'ልጋነሽን ክልቲኦም ስድራ ቤት በብተራ ረአዩወን። ሕሙማት ዝደቀሱሉ ክፍልታት ብምሉኡ፣ ነናቶም ስድራ ቤት ንምርኣይ ብዝመጹ በጻሕቲ ተመሊኡ ነበረ። ኣባላት ሕክምና ብብዝሒ በጻሒ ኩሉ ግዜ ምስተሸገሩ'ዮም። ብዛዕባ'ዚ ተርእዮ'ዚ ዝሓሰቡ ዝነበሩ ግራዝማች፣ "*መርኣያ ናይ ኣብ ጸገምን ሕማምን ህዝብና ክንደምንታይ ከም ዝደጋገፍ'ዩ!*" በሉ ብውሽጢ ልቦም።

ካብኡ ናብ ካልእ ሓሳባት ብምስጋር ፡ "ኣብቲ ምዕቡል ዝበሃል ዓለም ፡ ሕሙም ክንድ'ዚ ናትና ብብዝሒ ዝግደሰሉን ዝበጽሖን ሰብ ኣይረክብን'ዩ። ብሰንኩ ኸኣ ሓኻይም ፡ ንስድራ ቤትን ፈለጥትን ፡ ነቲ ሕሙም ክበጽሕዎ የተባብዑ ኢዮም። 'ገሊኡን ብብዝሒ ማይ ፡ ገሊኡን ብዋሕዲ ማይ' ከም ዝበሉዎ ወለድና'ዩ ነገሩ ፡" ኢሎም ሓሰቡ።

ግራዝማች ከምዚ ኢሎም ምስ ነብሶም እናተዛረቡ ኸለው ፡ ኣልጋነሽን መድህንን ዋላ'ኳ ብስድራ ቤተን ተኸቢበንን ሚሙቐንን ኣንተ ነበራ ፡ ጸጸኒሐን ግን ይቕንዘዋ ነበራ። መድህን ነቲ ቃንዛ ስና ነኺሳ ክትጻወሮ ትፍትን ምንባራ ይረኣ ነበረ። ብኣንጻሩ ኣልጋነሽ ቃንዛ ክመጻ ኸሎ ፡ ኣፋ ከፊታ ተድምጽን ትመጣለዕን ነበረት።

ተስፎምን ሃብቶምን ፡ ነ'ንስቶም ኩሉ ዘድሊ ክንክንን ክትትልን ይግበረለን ምንባሩ ስለ ዝረኣዩን ፡ ኩነታተን ዘሰክፍ ከም ዘይብሉ ስለ ዝተነግሩን ቀሰኑ። ናይ ምብጻሕ ሰዓት ስለ ዝኣኸለ ፡ ነናብ ቤቶም ክኸዱ ፡ ብስልኪ ግን ኩነታተን ክሓቱ ከም ዝኽእሉ ተነገሮም። ዓበይቲ ወለዲ ኸኣ ነ'ንስቲ ደቆም መሪቖምን ኣተባቢዖምን ፡ ክልቲኦም ስድራ ቤት ነናብ ቤቶም ከዱ።

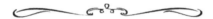

ኩሎም ሓኻይምን ተሓጋገዝቶምን ፡ ጻዕቂ ስራሕ ስለ ዘይተኻእለን ፡ ኩሉ ህጹጽ ስለ ዝነበረን ፡ ኣብ ኩሉ ክፍልታት እቲ ሆስፒታል ውሑድ ቁጽሪ ገዲፎም ፡ ናብ ክፍሊ ህጹጽ ረዲኤትን ፡ ክፍሊ መጥባሕትን ከም ዝኸዱ ኢዩ ተገይሩ። ኣብ ክፍሊ መዋልዳንን እንዳ ቆልዑትን'ውን ፡ እቶም ኣዝዮም ኣገደስቲ ጥራይ ከም ዝተርፉ ገይሮም ፡ ካልኦት ኩሎም ንኸሕግዙ ኣውፈርዎም።

ኣብዘን ክልተ ክፍልታት እዚኣተን ፡ ቁጽሪ ሓራሳትን ዝሓመሙ ህጻናትን ኣቐዲምካ ክትግምቶ ዘይከኣልን ፡ ደሓን ኣሎና እናበልካ ብቕጽበት ዝጽዕቕን ህጹጽን ዓይነት ስለ ዝኾነ ፥ እቶም ይኣኽሉ ኢዮም ኢሎም ዝገደፍዎም ኣባላቶም ስራሕ ኣዝዩ ጽዒቕዎም ነበረ። እንተኾነ እቲ ተረኺቡ ዝነበረ ሓደጋ ዝገድድን ፡ ኣዝዩ ኣስካሕካሕን ስለ ዝነበረ ፡ ሓገዝ ክሓቱ ሕልናኦም ስለ ዘይገበረሎም ፡ ብድኻም መይቶም ከለው ስኖም ነኺሶም ይቕጽሉ ነበሩ።

ኩሎም ኣባላት ሆስፒታል ካብ ወጋሕታ ጀሚሮም ፡ ንሓንሳብ'ውን ከየዕረፉ ከኾዩን ፡ ላዕልን ታሕትን ክብሉን ውዒሎም ፡ ጸሓይ ዓረበት። መሬት ምስ መሰየ ፡ ንሓጺር ግዜ ንቡር ዘይኮነ ፡ ብነጎዳን ብርቱዕ መስመስታ በርቅን ዝተሰነየ ዝናብ ዘነበ። እቲ ዝናብ ከም ዝናብ ነሓሰ ፡ ብሓደ ግዜ ወሪዱ ፡ ብኡ- ንብኡ ኣቋረጸ።

በቲ ንሓጺር ግዜ ዝተኸሰተ ብርቱዕ ዝናብን በርቅን ፡ ናይ ኤሌክትሪክ ብልሽት ኣጋጠመ። ኣብቲ ግዜ'ቲ ናይ ኤለክትሪክ ብልሽት ወይ ምቁራጽ ፡ ዳርጋ ሳሕቲ እንተ ዘይኮይኑ ፡ ዘይረኣን ዘየጋጥምን ተርእዮ ኢዩ ነይሩ።

እቲ ዘጋጠመ ሓደጋ ዘስዓቦ ሕንፍሽፍሽ ከይኣክል ፡ ብሰንኪ እቲ ናይ ኤሌክትሪክ ብልሽት ሙሉእ ከተማ ጸልመተት። ኣብ ሆስፒታል ከኣ ምስቲ ኹሉ ጻዕቂ ስራሕ ፡ ብጀነሬተር ገይሮም ክሰርሑ ጀመሩ። ብኸምኡ ዝከኣሎም እናተጓየዩ ከለው ኸኣ ፡ ጀነሬተር ሰዓታት በዚሑዋ ፡ ከባቢ ሰዓት ትሽዓተ ረሲና ኢዳ ሂባ ጠጠው በለት። ብድሕሪኡ ብሽምዓን ውሱናት ፋኑሳትን ገይሮም ፡ ብውሱን ደረጃ ኣብ ህጹጽ ኩነታት ከተኩሩ ጀመሩ።

ሳዕቤንን ጽልዋን ናይዚ ኩነታት'ዝን ናይ'ዚ ሓደጋ'ዝን ፡ ንብዙሓት ስድራ ቤታት ፡ ድሕሪ ነዊሕ ዓመታት'ውን ኣብ መጻኢ መዘዝ ከምጽኣለን ከም ዝኽእል ፡ ኣብቲ ግዜ'ቲ ብዙሕ ዘቕለበሉን ዝገመቶን ሰብ ክርከብ ዘይከኣል ኢዩ ነይሩ።

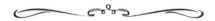

ናይ ሆስፒታል ናይ መብራህቲ ጸገም ምስ ፈለጠ ፡ ተስፎም ምቕሳን ሰኣነ። ከምኡ ስለ ዝኾነ ኸኣ ፡ በቲ ዝነበረ ጸልማት ፡ ሰዓት ትሽዓተን ፈረቓን ንሆስፒታል ከደ። በቲ ንሓጺር ግዜ ዝዘነበ ዝናብን ፡ ምሸት ብምንባሩን ብርቱዕ ቁሪ'ዩ ነይሩ። ሕጂ'ውን ንሆስፒታል ክኸይድ ከሎ ፡ ብሻቕሎት ተዋሒጡ ስለ ዝነበረ ፡ ጎልፎ ይኹን ካቦት ከይደረበ'ዩ ከይዱ። ሽው ኣቲ ብርቱዕ ቁሪ ከንፈጥፍጦ ጀመረ። ኣድህቦኡ ኣብ መድህን ስለ ዝነበረ ግን ፡ ንደሓር ከስዕቦሉ ዝኽእል ሓደጋ ወይ ሳዕቤን ፡ ሽው ኣይተራእዮን። ዝገብሮ ነገር ስለ ዘይነበሮ ፡ እቶም ኣባላት ንገዝኡ ክኸይድ ነገርዎ። ንሱ ግን ሓቦ ብምግባር ኣበየ።

ሰዓት 11 ምስ ኮነ ግን ፡ ንኣእን ንዘይሕግዘን ንርእሱ ኣብ ዘይሕማሙ ከይበጽሖ ክኸይድ ፡ ደጊሞምን ኣትሪሮምን ገንሕዎ። ስልኪ ኣብ ቤቱ ከም ዘለዎ ምስ ፈለጡን ፡ ጌና 'ደሓን-ደሓን ፡' እናበለ ምስ ኣሸገሮምን ግን ፡ ናይ ገዛኡ ስልኪ ወሲዶም ክኸይድ ኣገደድዎ። ሽው ምኽንስ ሓቆም'ዮም ፡ ንኣኣቶም'ውን ተወሳኺ ሰኽም እየ ኮይነዮም ዘሎኹ ብምባል ፡ ሰኽፍክፍ እናበሎ ፍቓዶም ንምምላእ ንገዛኡ ከደ።

ኣብ ገዛ ምስ ተመልሰ ፣ ሻቕሎቱ መሊሱ ምጽዋር ስለ ዝሰኣነ ፣ ሰዓት ኣብ ዘይመልእ ግዜ ስልኪ ደወለ። ድሮ ኣጋ ፍርቂ ለይቲ ኣቢሉ ኮይኑ ነይሩ'ዩ። ደጋጊሙ እንተ ፈተነ ግን ፣ ምስቲ ጻዕቂ ስራሕን ጸልማትን ፣ ዝምልስሉ ኣይረኸበን። ሽቓልቀል ተስፎም ኣዝዩ ዛየደ። ነብሱ ከረጋግእ እንተ ደለየ ኣበየ። ወየ መብራህቲ እውን ስለ ዘይነበረን ከንብብ ስለ ዘይከኣለን ክፈዝዝ ጀመረ። እስከ ክድቅስ ክፍትን ኢሉ ናብ ዓራት ምስ ደየበ ከኣ ፣ ጨሪሱ ኣበየ። ሓደ ሰዓት ምስ ተገላበጠ ፣ ንሓጺር ግዜ ሰለም ኣበለ።

ሰዓት ክልተ ለይቲ ስልኪ ዝሰምዐ መሲልዎ ሰንቢዱ ተበራበረ። ተንሲኡ ጽን እንተ በለ ግን ፣ ናይ ስልኪ ድምጺ ኣይነበረን። "ኣይ ብሓንጎለይ ዝሓሰብኩዎ እምበኣር'ዩ ፣" ኢሉ ተመሊሱ ክድቅስ ናብ ዓራት ደየበ።

ክድይብን ፣ ስልኪ ጭርር ክትብልን ሓደ ኾነ። ሽዑ እናጎየየ ፣ ልቡ ብቑልጡፍን ብብርቱዕን እናሃረመት ፣ ስልኪ ሓፍ ኣቢሉ ፣ "ሄሎ ሄሎ ፣" በለ ብተርባጽን ብስክፍታን።

"ሄሎ እንዳ ተስፎም ድዩ?" ዝብል ናይ ኣንስተይቲ ድምጺ ተቐበሎ።

"እወ ኣነ ተስፎም'የ ፣" በለ ተቐላጢፉ ፣ ሕማቕ ከይሰምዕ እናሰግአ።

"ካብ ሬጂና ኤሌና ሆስፒታል'የ ዝድውል ዘለኹ። ይቕረታ ህጹጽ ስለ ዝኾነ'የ'ምበር ፣ ኣብዚ ሰዓት'ዚ ክድወል ኣይግባእን'ዩ ፣" በለቶ።

"ህጹጽ ዲኺ ዝበልኪ? እንታይ ህጹጹ ደኣ?" ዝብሉ ሕቶታት ብተርባጽ ኣቕረበ።

"በዓልቲ ቤትካ መጥባሕቲ ፣" ምስ በለቶ ዘረብኣ ከየወዳኣ ፣ "መጥባሕቲ?" በላ ብስንባደ።

"ጽናሕ'ሞ ኣይትሰንብድ። ሓኺይም በዓልቲ ቤትካ መጥባሕቲ ምግባራ ዘይተርፍ'ዩ ኢሎም ፣ ደምዲሞም ኣለው።"

"እምቧእ ፣ እንታይ መጥባሕቱ ኳለይ?"

"ኣጆኻ ኩሉ መጥባሕቲ'ኮ ኣብ ሓደጋ ዘውድቕ ኣይኮነን። ዝበዝሕ ግዜ'ኮ መጥባሕቲ ፣ ካብ ሓደጋ ዘድሕንን ህይወት ዝህብን'ዩ።"

"ዋእ ፣ ዘይ እቲ ኣብኡ ምብጻሓ'ዩ ኣሰንቢዱኒ።"

"ደሓን ዝኾነኾይኑ መጥባሕቲ ንኽትገብር ክትፍርመላ ስለ ዘድሊ ፣ ሕጂ ቀልጢፍካ

ክትመጸና ኢና ደሊና። ብተወሳኺ ንመተካእታ ዝኸውን ደም ክድሊ'ውን ስለ ዝኾነ ፡ ንጽባሕ ክልተ ደም ዝልግሱ ሰባት ኣዳሊኹም ክትጸንሑእ'የ ክሕብረካ ደልየ።"

"ማይ ጎድ! እንታይ መዓቱ'ዩ ደቀይ! ሕራይ በሊ መጻእኹ ፡" ኢሉ ስልኪ ዓጸዋ።

ተስፎም ካብቲ ዝነበሮ ፡ መሊሱ ናብ ዝገደደን ናብ ዝበኣሰን ሻቅሎትን ስክፍታን ጠሓለ።

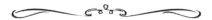

ሓንጎሉን ኣድህቦኡን ኣብ መድህን ስለ ዝነበረ ፡ እንደጌና እቲ ቀትሪ ገይሩዎ ዝወዓለ ክዳን ከኸደን ኣልዕል ምስ ኣበሎ ፡ እቲ ዝነበረ ቁሪ ተዘከሮ። ሽዑ *'ዓሻስ ክልተ ግዜ ይህረም'* ፡' እትብል ኣቦኡ ዝደጋገምዎ ምስላ ትዝ ስለ ዝበለቶ ፡ ርጉድጉድ ዝበለ ክዳውንትን ካቦትን መሪጹ ፡ ብሽበድበድ ተኸድነ።

ክዳኑ ለቢሱ ብቕጽበት ናብ ሆስፒታል ተመርቀፈ። ኣብኡ ምስ በጽሐ እቲ ዝፍረም ፈሪሙ ፡ ንበዓልቲ ቤቱ ንኽርእያ ክፈቕዱሉ ሓተተ። ክቐራርብዋ ስለ ዝነበሮም ፡ ነዛ ዓይኑ ንሓንሳብ ጥራይ ክሪኣ ፈቐዱሉ። ንሓንሳብ ርእይዋ ወጸ።

ሽዑ ነብሱ ምግባር ኣብይዎ ፡ መጥባሕቲ ክሳዕ እትገብር ኣብኡ ክጸንሕ ፍቓድ ሓተተ። ንገዛኡ ክኸይድ ከም ዘለዎን ፡ ምጽናሕ ከም ዘይከኣልን ፡ ብዛዕባ ኩነታታ ግን ፡ ብስልኪ ክሕብርዎ ም'ዃኖም ነጊሮም ኣፋነውዎ። ዘይተጸበዮ ሓድሽ ኣስጋኢ ኩነታት መድህን ስለ ዘሰንበዶ ፡ ናይ ኣልጋነሽ ጨሪሱ ኣይዘከሮን ነይሩ። ንኽወጽእ ቁሩብ ስጉምቲ ምስ ወሰደ ግን ፡ ትዝ ስለ ዝበሎ ሰንበደ። ብምዝንግዑ ነብሱ እናወቐሰ ተመልሰ። ኣለይቲ ሕሙማት ከሸግረና'ዩ ግዲ ብምባል ፡ "ነጊርናካ እንዲና ፡ እንታይ ደኣ ተመሊስካ?" በልዎ።

"እወ ብኡ ኣይኮንኩን። ትማሊ ምስ በዓልቲ ቤተይ ኣብ ሓደ ሰዓት ዘእተናያ ፡ ኣብ ቁጽሪ ሸሞንተ ዘላ ኣልጋነሽ እትበሃል ኩነታታ'የ ክሓተኩም ደልየ ፡" በሎም።

"ኦኦ ኣልጋነሽ ቁጽሪ ሾሞንተ ዘላ ፡ ክሳዕ ሕጂ ከቢድ ጸገም የብላን። ብሕጂ እንተኾነ'ውን ፡ ዝኾነ ዘሰክፈና ነገር ይገጥም'ዩ ኢልና ኣይንጽበን ኢና። ግን ቃንዛ ስለ ዘይትጻወር ፡ ቁሩብ ተሸግረና'ላ ፡" በልዎ።

ገዛ ኣትዩ ኣብ ዓራት'ኳ እንተ ደየበ፣ ቅሳነትን ድቃስን ግን በየን ክመጾ። ብድሕሪኡ ዓራት ከም ዝኾርኩሖ ብስክፍታ ዝኣክል ክገላበጥ፣ ሰም ከየበለ መዋእል ዝመስል ግዜ ኣሓለፈ። ካብ ሰዓት ኣርባዕተ ንደሓር ግን፣ ክጻወሮ ስለ ዘይከኣለ ካብ ዓራት ወረደ። ሽውን ጸጸኒሑን ደጋጊሙን፣ ክሳዕ ሰዓት ሓሙሽተ ስልኪ እንተ ፈተነ፣ ዝቕበሎ ኣይረኸበን። ዋላ'ኳ ክወግሕ ቀሪቡ እንተ ነበረ፣ ምስቲ ዝቐነየ ዒፍዒፍታ ዝተሓወሶ ግመ ግን፣ ጌና መሬት ኣይበርሀን ነይሩ።

"ክሳዕ ሕጂ ካብ ዘይደወሉለይ'ሲ፣ ገለ ነገር ኣሎ፣" ኢሉ ተሻቐለ። "ሕጅስ ዋላ ክኸይድ፣ ክወግሕ ቀሪቡ ኢዩ፣" ኢሉ ክዳውንቱ ቀያየረ። "እስከ ኣይፍለጥን ናይ መወዳእታ ሓንሳብ ክፍትን፣" ኢሉ ስልኪ ኣልዒሉ ደወለ።

ቁርር፣ ቁርር፣ ቁርር ኢላ፣ ዳርጋ ክዓጽዋ ምስ በለ፣ "ሄሎ" ዝብል፣ ካብታ ቅድም ዘዛረባ ሲስተር ዝተፈለየ ድምጺ ሰምዐ። ከይትዓጽዎ ብታህዋኽ፣ "ሄሎ፣ ሄሎ፣ ከመይ ሓዲርኩም?" በለ።

"ምሕዳርስ ኣይሓደርናን፣ ግን ዝወግሐ እግዝኣቢሄር ይመስገን፣" ዝብል ድምጺ ተቐበሎ።

"ሓቅኹም ተሸጊርኩም። ብኽብረትኪ ብዛዕባ ኣብ ቁጽሪ ኣርባዕተ ዘላ መድሀን እየ ክሓተኪ ደልየ፣" በላ።

"እንታያ ኢኻ?"

ልቡ ህርመታ ከተቃላጥፍን፣ ኣፉ ክነቕጽን እናተሰምዖ፣ ብኣዝዩ ትሑት ድምጺ፣ "በዓል ቤታ'የ።"

"ሓንሳብ ተጸበየኒ።"

ዝገደደ ልቡ ብፍርሃት ጋለበት። ምራቑ ምውሓጥ ክስእንን፣ ሰውነቱ ብረሃጽ ክጥልቅን ተሰምዖ።

ድሕሪ ክልተ ደቓይቕ፣ ንተሰፎም ግን መዋእል ዝመሰሎ ግዜ ተመሊሳ፣ "ሄሎ እንቋዕ ኣሓጎሰካ፣ በዓልቲ ቤትካ ዕዉት መጥባሕቲ'ያ ጌራ።"

"እዋይ ተመስገን! *ታንክ ዩ!*" በለ እንቅዓ እና'ስተንፈሰ።

"ኣቐዲምና ዘይደወልናልካ ስራሕ ጽዒቑና'ዩ።"

"ደሓን፣ ደሓን፣ ወይ ጉድ፣ ንስኻትኩም'ኳ ዘለኹሞ፣" በላ ድሮ ጅማታውቱ

ከፋታታሕን ፡ ነብሱ ፍኹስኩስ ክብሎን እናጀመረ።

"በል ድርብ ሓጎስ'ዩ ጌሩልካ ፡ ሰበይትኻ ብሰላም ወድን ጓልን'ያ ተገላጊላ።"

"እንታይ? ወድን ጓልን? ወድን ጓልን ዲኺ ዝበልኪ ሲስተር?"

"እወ ወድን ጓልን ፡ ማንታ ኢያ ኣምጺኣትልካ።"

"ኦ ማይ ጎድ፡ ተመስገን! የቐንየለይ ሲስተር! ክበረት ይሃበለይ!" በላ ደጋጊሙ ፡ ብሓጎስ ክፍንጫሕ እናደለየ።

"ገንዘብካ ፡ በል ቻው ፡" ኢላ ስልኪ ክትዓጽዋ ኸላ ትዝ ኢሉዎ ፡ "ሄሎ ፡ ሄሎ ሲስተር ፡" እንተ በለ ፡ ድሮ ስልኪ ስለ ዝተዓጽወት ፡ መልሲ ዝህቦ ኣይረኸበን።

"ዋይ እንታይ ዓይነት'የ ኣነስ ፡ ናይ መድህን ሓቲተስ ፡ ናይ ኣልጋነሽ ክርስዕ?" እናበለ ፡ ነብሱ ኣናወቐሰን እናተሰከፈን ፡ ካልኣይ ግዜ ናብ ሆስፒታል ክድውል ተገደደ።

"ሄሎ ፡" ዝብል ድምጺ ፡ ናይታ ኣቐዲማ ዘበሰረቶ ሲሲተር ተቐበሎ።

"ሄሎ ይቕረታ ግበርለይ ሲስተር ፡ ኣብ ልዕሊ ጻዕቂ ስራሕኩም ፡ ተወሳኺ ጸገም ጌረልኪ።"

"ኣይ ደሓን ፡ እንታይ ነይሩ?"

"ኣቐዲምኪ ናይ በዓልቲ ቤተይ ብመጥባሕቲ ማንታ ምግልጋላ ኣበሲርኪኒ ኔርኪ።"

"እሂ'ሞ ተጋግየ ከይከውን ተጠራጢርካ ዲኻ?"

"ኖኖ ፡ ኣይፋልን። ትማሊ ሰበይተይ ምስ ኣእተኹዋ ፡ ብሓደ ግዜ ምስኣ ዘእተናያ ኣልጋነሽ ስማ ፡ ኣብ ቁጽሪ ሸሞንተ ኣላ'ሞ ኣሸጊረኪ ደኣ'ምበር ኩነታታ ክትነግርኒ ደልየ'የ።"

"ንኣኣ ደኣ ኩላትና ጽቡቕ ጌርና ፈሊጥናያ ኢና። ቃንዛ ጨሪሳ ኣይትጻወርን ኢያ። ኣሸጊራትና ኢያ ሓዲራ። ብሓደ ግዜ ኢየን ኣትየን ክልቲአን ግን?"

"እወ ብሓደ ሰዓት'ምበር።"

"ዘገርም ኢዩ! ከመይ ዝኣመሰለ ኣጋጣሚ ደኣ'ዩ?"

"ኢሂ ከመይ ማለትኪ'ዩ ሲስተር?" በላ ዘረባኣ ግር ኣቢልዎ።

"በል ንሳ'ውን ምስ ሰበይትኻ ብሓደ ግዜ ፡ ኣብ ሓደ ሰዓት ፡ ወድን ጓልን'ያ ተገላገላ።"

"እዝነይ ድዩ ዋላስ እንታይ'ዩ ፡" ኢሉ ነቲ ዝሰምዖ ዝነበረ ክኣምኖ ኣይከኣለን።

"ዋእ! እንታይ? ወድን ጓልን ዲኺ ዝበልኪ? ሓቅኺ ዲኺ ሲስተር?" በላ ፡ በቲ ክእመን ዘይክእል ዝመስል እትብሎ ዝነበረት ዘረባ ተገሪሙ።

"ብኽምዚ ሓበሬታ መዓስ ጸወታ'ሎ። በል ኣልጋነሽ መዳሕንታ ጌና ስለ ዘይወረደትላ ፡ ሓኻይም ምስኣ ኢዮም ዘለው'ሞ ፡ ክገድፈካ'የ ፡" ኢላ ስልኪ እናዓጸወታ ኸላ ፡ "የቐንየለይ በሊ ፡" በላ ፡ ትስምዖ ኣይትስመዓዮ።

መድህንን ኣልጋነሽን ኣብ ግዜ ጥንሰን ይሽገራ ስለ ዝነበራ ፡ ክልቲኤን ኣብ በበይኑ ግዜ ናብ ሓኻይም ቀሪበን ነይረን'የን። መድህን ምስ ተመርዓወት ፡ ኣብ ውሽጢ ሰለስተ ኣዋርሕ'ያ ጥንሲ ሒዛ። ኣልጋነሽ ግን ድሕሪ መርዓኦም ንሽልተ ዓመታት ደንጉያ ነበረት። ብሰንኩ ኸኣ ንሓደ ዓመት ጥንሲ ከይሓዘት ምስ ደንጎየት ፡ ብዙሕ ትሒም-ትሒም ክብሃል ጀሚሩ ነበረ። ብድሕሪኡ ናብ ፊቖዶ ቤተ ክርስትያናትን ፡ ገዳማትን ፡ እናተሰኻኸመት ክኾነላን ፡ ውላድ ክህባን ብቑጻሊ ጸለየትን ፡ ሰገደትን ፡ ተማህለለትን።

መጀመርያ ቀልጢፉ ክሰምዓ ስለ ዘይከኣለ ፡ ስድራ ቤት ተሰከፉ። ንሳ ግን ኣብ እምነታ ብምጽናዕ ፡ ተስፋ ከይቆረጸትን ከይሰልከየትን ፡ ተመላለስትን ለመነትን። ኣብ መወዳእታ ጸሎታ ሰሚሩላ ጥንሲ ሓዘት። ብኽምዚ ዝተረኽበ ጥንሲ ስለ ዝነበረ ኸኣ ፡ ዋላ ቁሩብ እንተ ተጸልኣ ፡ ኣዝያ ኢያ እትስከፍ ነይራ።

ኣብ በበይኑ ግዜን ፡ ክልቲኤን በበይነንን ፡ ኣብ ሓኪም ቀሪበን ኣብ ዝተመርመራሉ ግዜ ፡ ኣብ ልዕሊ ቦካራት ምንባረን ፡ ጥንሰን ንቡር ስለ ዘይነበረ ፡ ናይ ግድን ናብ ሆስፒታል ከይደን ክሓርሳ ከም ዘለወን ኣጠንቂቐመን ነይሮም'ዮም። ተስፎም ብዛዕባ ናይ መጀመርያ ሕርሲ ኣስፊሑ ኣንቢቡ ስለ ዝነበረን ፡ በቲ እቶም ሓኻይም ሂቦመን ዝነበሩ መጠንቀቕታን ፡ ክቱር ስክፍታን ሻቕሎትን ኣሕዲሩ ነበረ። ብድሕሪኡ ኸኣ ዝገደደ መድህን ጸቕጢ ደም ስለ ዘማዕበለት ፡ ሻቕሎቱን ስክፍታኡን ገዲዱ ነበረ።

እዚ ኹሉ ድሕሪ ምሕላፈን ኢዩ እምበኣር ፡ ተስፎም እዚ ብስራት'ዚ ዝተነግሮ። ድሕሪ'ዚ ብስራት'ዚ ተስፎም ፡ ንቑሩብ ደቓይቕ ብሕልመይ ድየ ብውንይ ኢሉ ፡

ክኣምን ስለ ዘይከኣለ፣ ካብታ ዘለዋ ከይተንቀሳቐሰ ፈዚዙን ነቒጹን ተረፈ።

ብድሕሪኡ ብቕጽበት ብድድ ኢሉ፣ የማናይ ኢዱ ዓቲሩ፣ ንላዕሊ ገጹ *"የስ! የስ! የስ!"* እናበለ ኢዱ ሰንደወ። ኣብ ክንዲ ተመስገንን ናብ ካልእ ቁምነገር ምስጋርን፣ ከም ቆልዓ ይነጥር ምንባሩ ምስ ተፈለጦ ብቕጽበት ኮፍ በለ። ብድሕሪኡ ተመስገን ጐይታ ኢሉ፣ ተንሲኡ ወረቐትን ፒሮን ኣምጺኡ፣ ከገብሮን ከድውሎን ዘለዎ ሓናጠጠ።

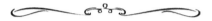

ብመጀመርያ ኸኣ ናብ ሃብቶም ክኸይድ ከም ዘለዎ ተገንዘበ። ቀልጢፉ ክዳውንቱ ቀያይሩ ናብ እንዳ ሃብቶም ከበጽሕ ግዜ ኣይወሰደሉን። እንዳ ሃብቶም ማዕጾ ተዓጽዩ ጸንሖ። "ቅድሚ እዚ ግዜ'ዚ ክወጽእ ኣይክእልን ኢዩ፡" ኢሉ ሓሰበ። ሽው ማዕጾ ኳሕኵሖ። ኣብ መጀመርያን ኣብ ካልኣይን ኣይከፈቶን። ሽው ወጺኡ ከይከውን ተጠራጠረ። እስከ ናይ መወዳእታ ክፍትን ኢሉ ኣጸቢቑ ኳሕኵሖ።

"መን?" ዝብል ድምጺ ሰብኣይ ሰምዐ።

"ኣነ እየ ተስፎም።"

ሽው ሃብቶም ተቐላጢፉ ከፈቶ።

"ኣይ ምስማዕ እንዲኻ ስኢንካኒ። ብሓቂ ክሳዕ ሕጂ ድቃስ ጸቒጡካ ደቂስካ?"

"*ላዝም! ኮሜ ኖ!* እንታይ ኮይነ ደኣኸ ዘይድቅስ? ዝገርመካ ከይተበራበርኩ ጽቡቕ እየ ደቂስ ሓዲረ። እዚ ጸልማት ከኣ ይጸቕጠካ'ንድዩ። ብደሓንካ ዲኻኸ ደኣ ጋሕ-ጋሕ ምድሪ?"

"ኣነ ደኣ ቦካራት ኣንስቲ፣ እሞ ኸኣ ጥንስን ንቡር ስለ ዘይኮነ፣ ግድን ኣብ ሆስፒታል ኢየን ክሓርሳ ዘለወን ተባሂለን መጠንቀቕታ ዝተዋህባ፣ ኣብ ሆስፒታል ኣሕዲርናስ፣ ጨሪሱ እንድዩ ድቃስ ኣብዩኒ ሓዲሩ።"

"*ኸሊ ዋእ*! ንስኻ ኸኣ ብኹሉ ክትስከፍ ክትነብር፣ ሕርሲ ደኣ ኣሸንኳይ ኣብ ሆስፒታልን ኣብ ትሕቲ ሓኻይምን ኮይነንሲ፣ ልዕሊ ተስዓን ሓሙሽተን ሚኢታዊት ካብ ኣሓትናን ኣደታትናን፣ ኣብ ገዝአን እንድየን ብዘይ ጸገም ዝገላገላ? በዝስ ድቃስ ክትስእን?"

"ምኽንያት ደሓን ፡ እንቋዕ ክልቴና ሓደ ኣይኮንና። በል ዘበስረካ ኣይክትኣምነንን ኢኻ።"

"ደዊልካ ኔርካ ዲኻ?"

"ነዊሕ ታሪኽ'ዩ። ደዊለ ፡ ከይደ ፡ ደዊለ ፡ ከይደ። ደሓን ናቱ ቀስ ኢለ ከዕልለካ'የ።"

"እሞ ደሃይ ረኺብካ ማለት ድዩ?"

"ደሃይ እንተ በሉኻኸ ፡ ነጎድጓድ ደሃይ'ምበር! በል ብወድን ጓልን ተበኪርና!"

"ናይ መን ወዲ? ናተይዶ ናትካ?"

"ናትካ እምበር ፡" በሎ ባህሩን ስምዒቱን ስለ ዘፈልጦን ፡ ካብ ቀዳመይቲ ሕቶኡ ፡ ተገዳስነቱ ኣብ ምንታይ ከም ዝነበረ ስለ ዝተረድኦን።

"እሞ እንታይ ደኣ ሃብቶም ኢልካ ዝንጥል እተብለኒ። ኣቦ ወዲ! *ኣቡ ወለድ!* ዘይትብለኒ?! ጓል ስለ ዝወለድካ ድዩ ተሰሚዑካ?" በለ ፡ እታ ብዙሕ ግዜ ዘይትርከብ ፡ ኪር-ኪር እትብል ሰሓቑ እናሰሓቐ ፡ ብርጉድ ዝበለ ናይ ጉራ ድምጺ።

"ኣየ ንስኻ! ንዓኻ መቸም ኩሉ ውድድር'ዩ። ልዕሊ ሰብ ምኽንያት ክፍተወካ መዓት ኢዩ። ንስኻ'ውን'ኮ ጓል ወሊድካ ኢኻ።"

"እንታይ ኢኻ እዚ ዘረባ ትሓዋውሶ? *ምሽ* ወዲ ናትካ ክትብለኒ ጸኒሕካ?"

"እሞ ሃብቶም ኣቦ ወዲ! ሕጂ'ውን ጌና ባዕጊግካ ኢኻ ዘለኻ ማለት ኢዩ። ኣነ'ኮ ኣልጋነሽሲ ፡ ወድን ጓልን ማንታ ወሊዳትልካ'የ ዝበልኩኻ።"

"እንታይ? ዋእ እዚ'ሞ ኸልእ ኢዩ! እሞ ዝበለጸ'ምበር! ድሕሪ ሕጂ ሃብቶም ኣቦ ኽልተ! ኢኻ ክትብለኒ ዘለካ ፡" ኢሉ እንደጌና ኪር ኪር ኢሉ ሰሓቐ። ተስፎም ርእሱ እናነቕነቐ ፡ "ንዓይከ እንታይ ኢልካ ክትጽውዓኒ ንስኻ?" ኢሉ ሓተቶ ፡ ብውሽጡ "ሃብቶም ሎሚ ተበሪህዎ'ዩ ዘሎ ፡" ኢሉ እናሓሰበ።

"ዋእ እንታይ ክብለካ ደኣ ፡ ኣቦ ጓል ይብለካ'ምበር። ግን ደሓን ኣጆኻ ወለድና ፡ '*ብጓል ዝተበከረ ምስ እዝጊ ዝተማኸረ ፡*' ይብሉ እንድዮም ፡ ብኡ ተጸናናዕ!" ኢሉ ፡ እንደጌና ካዕ-ካዕ ኢሉ ሰሓቐ። ተስፎም እንደጌና ደኒኑ ፡ ርእሱ ንየማንን ንጸጋምን ነቕነቐ። ሽው ቅንዕ ኢሉ ፡ "መድህን'ውን ወድን ጓልን ኢያ ወሊዳትለይ

እንተ ዝብለካኻ እንታይ ምበልካ?"

"*ተዓል ያሆ!* ዘይከውን! *ኢምቦሲቢለ!* እሞ እዚ ኹሉ ዘረባስ ትጻወተለይ ኢኻ ዘለኻ። በጃኻ ሓቁ ንገረኒ ፡" በለ ዕትብ ኢሉ።

"እቲ ሓቂ'ኮ መጀመርያ'ውን ነጊረካ ነይረ'የ። ምርዳእን ምቕባልን ኢኻ ኣቢኻዮ'ምበር። በል እቲ ሓቂ ፡ እቲ መጀመርያ ዝበልኩኻ'ዩ። ክልቴና ብማናቱ ወድን ጓልን ኢና ተበኪርና።"

"እንታይ? ዋእ ዘይከውን! ሓቅኻ ዲኻ'ንታ?" ኢሉ እናሓተተ ፡ ከብዲ ኢዱ ንላዕሊ ገይሩ ፡ የማነይቲ ኢዱ ንኽጠቕዓሉ ንተስፎም ቀረበሉ።

"ብሓቂ ይብለካ ኣሎኹ ፡" ኢሉ ተስፎም ፡ ብየማይቲ ኢዱ ገይሩ ንሃብቶም ጠቕዓሉ። ምስታ ምጥቃዕ ኣልግብ ኣቢሉ ፡ "ኣንቋዕ ኣሐጎሰና ጥራይ።"

"ዋእ ከመይ ዝኣመስልዎ ኣጋጣምን ብስራትን ደኣ ኢዩ እዚ?! ብሓንሳብ ኣትየንስ ፡ ብሓንሳብ መማንታ ወሊደን?"

"ኣልጋነሽ'ኳ ኣይተሸገረትን። መድህን ግን እዝግሄር'ዩ ኣውጺኡና'ምበር ፡ ተሸጊራ'ያ ፡" በሎ ተስፎም ፡ ዕትብ ኢሉ።

"ኢሂ ብኸመይ?"

"ኣብ መወዳእትኡ'ውን ብመጥባሕቲ'ዮም ገላጊሎማ።"

"እንታይ ትብል? ብመጥባሕቲ? ምሸኪነይቲ'ሞ ተሸጊራ'ያ። ዝኾነ ኾይኑ እንቋዕ'ሞ ኣብ መወዳእታኡ ብሰላም ተገላገለት።"

"እወ ሓቅኻ ብጣዕሚ'ምበር። በል ሕጂ ነንስድራና እሞ ነበስሮም ፡ ድሕሪኡ ኣብ ሆስፒታል ንራኸብ። ሕጂ ኣነ ከኸይድ ፡" ኢሉ ተስፎም ብድድ ኢሉ ተፋንይዎ ከደ።

ብድሕሪኡ ተስፎም ናብ ወለዱን ኣሕዋቱን ከይዱ ፡ እቲ ኩነታት ብሓጺሩ ገሊጹ ኣበሰሮም።

ተስፎም ናይ ኣልጋነሽ ምግልጋላ ጥራይ ኢዩ ፈሊጡ ነይሩ። ብድሕሪኡ ዝሰዓበ ግን ከኣ ክልቲኦም ዘይፈለጥዎ ኩነታት ግን ነይሩ'ዩ። እታ ሲስተር ፡ በል ኣልጋነሽ ጌና መዳሕንታ ስለ ዘይወረደትላ ፡ ሓኪይም ምስኣ ኢዮም ዘለው ዝበለቶ ዘረባ ፡ ተስፎም ኣየቕለበሉን'ዩ ነይሩ። ኣልጋነሽ ብንቡር'ኳ ተገላጊላ እንተ ነበረት ፡

ደሕሪ ምሕራሳ ግን ፥ ኣብ ሞት ዘብጽሕ ፈተነ ገጠማ። ክልቲኦም ሓደስቲ ወለዲ ፥ ነዚ ሓበሬታ'ዚ እንተ ዝፈልጡ ክንድ'ዚ ኣይምተዛነዩን ነይሮም።

ቀዳም ንጉሆ ተስፎምን ሃብቶምን ፥ ድሕሪ ምብሳሮምን ፥ ነ'ንስድራ ቤቶም ምሕባሮምን ፥ ብቐጥታ ብንጉሆኡ ነ'ንስቶምን ደቆምን ክርእዩ ኸዱ። ኣብኡ ክበጽሑ ኸለው ኣዝዮም ተሃንጥዮም'ዮም ነይሮም። ነ'ንስቶም ክርእዩ ኢሎም ምስ ሓተቱ ግን ፥ ጌና ናብ ቦትአን ከም ዘይተመልሳ ነገርዎም።

ብተወሳኺ ክልቲአን ኣደታት ፥ ጌና ደኺመን ስለ ዝነበራ ፥ ንሽዑ መዓልቲ ንሳቶም ይኹኑ ካልእ ስድራ ቤት ኣትዩ ክርእየን ከም ዘይፍቀድ ገለጹሎም። በዚ ኸኣ ክልቲኦም ሓደስቲ ወለዲ ፥ ምስቲ ተሃንጥዮሞ ዝመጹ ፥ እቲ ዝተነግሮም ኩነታት ቅር ከም ዝበሎምን ከም ዘሻቐሎምን ኣብ ገጾም ይንበብ ነበረ።

ብድሕር'ዚ ንተስፎም ብዛዕባ'ቲ ለይቲ ንመተካእታ ዘገልግል ደም ምልጋስ ዝበሉዎ ፥ እንታይ ከም ዝገበረ ሓተትዎ። ንሱ ኸኣ ብመጥባሕቲ ብሰላም ተገላጊላ ምስ በልዎ ከም ዘዋደቖ ነገሮም። ቅጽል ኣቢሉ ኸኣ ከምኡ ይኹን'ምበር ፥ ሕጂ'ውን ኣድላይ እንተ ኾይኑ ግን ፥ ኣነን እዚ ዓርከይ በዓል ቤታ ነ'ልጋነሽን ፥ ተወሳኺ እንተ ኣድልዩ ኸኣ ሓወይ ክሕግዘና ይኽእል'ዩ ኢሉ ነገሮም።

ንሳቶም ከኣ ጌና ደም ዘድለያ ዝነበረ መድህን ዘይኮነት ፥ ኣልጋነሽ ምኧና ሓበርዎም። ሓደስቲ ወለዲ ከም ዝተደናገሩን ፥ ከም ዘይተረድኦምን ኣስተብሃሉ። ሽዑ ብዝርዝር ኣልጋነሽ ድሕሪ ብንቡር ምግልጋላ መዳሕንቲ ምውራድ ኣብዩዋ ፥ ብዙሕ ደም ኣጥፊኣ ኣብ ሓደጋ ከም ዝወደቐትን ፥ ብቕጽበትን ብብዝሕን ደም ብምሃብ ካብ ሞት ከም ዝደሓነትን ነገርዎም። ቀጺሎም ከኣ እቲ ኣምጽኡልና ዝበልዎም ደም ፥ ነቲ ንሳቶም ነ'ልጋነሽ ዝሃብዋን ብሕጂ'ውን ዝህብዋን መተካእታ ምኳኑ ኣረድእዎም።

እቲ ንመተካእታ ዝኸውን ደም ናይ ምልጋስ መስርሕ ምስ ወድኡ ፥ ንግዜኡ ብመስኮት ኮይኖም ደቆም ክሪኡ ከም ዝኽእሉ ሓበርዎም። ኩሉ ወዳዲኦም ናብቲ ዝተባህሉዎ መስኮት ምስ ከዱ ፥ ክልተ ሲስተራት ፥ ክክልተ በጫርቕ ዝተዓኾለሉ ፥ ገጾም ጌና ዝተጨማደደ ህጻናት ንኽርእይዎም ኣቕረባሎም።

ነቶም ህጻውንቲ ምስ ረኣዩዎም ፥ ብዙሕ ፍልልይ ስለ ዘይረአዩሎም ፥ ኣየኖት ናይ መን ምኳኖም ምርዳእ ኣበዮም። ሃብቶም ነቶም ብየማን ዝነበሩ ፥ እቲኦም'ዮም

ናተይ በለ ተቐዳዲሙ። ተስፎም ብምልክት ገይሩ ፡ ኣየኖት'ዮም ደደቅና ኢሉ ሓተተን። እቶም ሃብቶም ናተይ'ዮም ክብሎም ዝጸንሐ ፡ ናይ ተስፎም ምኽኖም ነገሮም። ክልቲኦም ትዋሕ ኢሎም ሰሓቑ። እቲ ሰሓቕ ፡ ሰሓቕ ሓጎስን ሓበንን'ዩ ነይሩ። ደቆም ብምርኣዮም ንውሱናት ደቃይቕ ናይ ኣንስቶም ኩነታት ረስዕዎ።

ካብቲ ደቆም ዝነበርዎ ቦታ ክእለዩን ፡ ኣእምሮኦም ናብ ናይ ኣንስቶም ኩነታት ክምለስን ሓደ ኾነ። ናብቲ ህጻናት ዝነበርዎ ክይዶም ደቆም ብምርኣዮም ፡ መጠናዊ ዕግበትን ሓጎስን ተሰሚዕዎም ነበረ። ይኹን'ምበር ኣንስቶም ጌና ሙሉእ ብሙሉእ ካብ ሓደጋ ነጻ ብዘይ ምኽንን ፡ ሙሉእ እፎይታ ኣይረኸቡን ነይሮም። ናብ ገዛውቶም ምስ ተመለሱ ፡ ነ'ንስድራ ቤቶም ኩነታት መድህንን ኣልጋነሽን ኣረድእዎም። ክልቲኡ ስድራ ቤት ፡ ድሮ ኣብ ሓጎስን እልልታን ሰጊሩ ዝነበረ ፡ ቁሩብ ሰኽኽ ክብል ተገደደ።

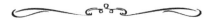

ንጽባሒቱ ሰንበት ግን ፡ መድህንን ኣልጋነሽን ድሮ ጽቡቕ ምዕባለን ለውጥን ገበራ። ሰብኡተን ብንግሆኡ ኣትዮም ክሪኢወን ከኣ ፈቐዱሎም። ንቑትሩ ኸኣ ስድራ ቤት ክሪአን ከም ዝኽእል ሓበርዎም። ክልቲአን ኣደታት ደኺመን ፡ ግን ከኣ ኣብ ጽቡቕ ኩነታት ጸንሓኦም። *'ሕማም ሕርሲ ተረስዓይ'* ከም ዝብሃል ፡ ክልቲአን ኣደታት ድሮ ኣብ ገጸን ፡ ምልክት ዓወትን ሓጎስን ሩፍታን ይንበብ ነበረ። ህጻውንቲ ኻኣ ተጠቓሊሎም በጥ ኢሎም ጸንሕዎም።

ሆስፒታልን ሕክምናን ፡ ኩሉ ግዜ ንዘኾነ ኣብኡ ዘይሰርሕ ሰብ ፍሉይ ሽታ'ዩ ዘለዎ። ኩሎም እትው ክብሉ ኸለው ናይ ኣልኮልን ፡ ኣዮዲንን ፡ ፈውስን ፡ ሕማምን ፡ ሕሙምን ፡ ክገልጽዎ ዘይክእሉ ዝተሓዋወሰ ሽታ'ዩ ተቐቢልዎም። ይኹን'ምበር ኣቓልቦ ኹሎም ፡ ኣብ ዝተጻዕራ ሓራሳት ስለ ዝነበረ ፡ ዘስተብሃለሉ'ውን ኣይነበረን። ክልቲኦም ወለዲ'ሞ ፡ ብሓበንን ብሓጎስን ኣብ ሰማይ ይንሳፍፉ ስለ ዝነበሩ ፡ ነዚ ዝተደባለቐን ዝተሓዋወሰን ናይ እንዳ ሓራሳት ሽታ ፡ ኣይሓሰቡዎን'ኳ። ሓበኖምን ደስታኦምን ፡ ኣብ ስጉምቶምን ኣብ ገጾምን ይረአ ነበረ።

ምስቲ ዓርቢ ዘጋጠመ ዘስካሕክሕ ሓደጋ ፡ እቲ ሆስፒታል ጌና ጻዕቂ ስራሕ ስለ ዝነበሮ ፡ ንዝበዝሓ ኣደታት ምስ ሓረሳ ፡ ንገዛአን ኣፋነውወን። መድህን ብመጥባሕቲ ብምሕራሳ ፤ ኣልጋነሽ ብዙሕ ደም ስለ ዝፈሰሳ ፤ ብሓፈሻ ክልቲአን ብዙሕ ስለ ዝተጻዕራን ፡ ብስንኩ ኸኣ ብርቱዕ ድኻም ስለ ዝነበረንን ፡ ክጽንሕወን ምኽኖም ሓበርዎም። ብተወሳኺ እቶም ማናቱ'ውን ፡ ዝያዳ ክንክን ስለ

ዘድልዮም ፡ ንቑሩብ መዓልታት ክጸንሓ ምዃነን ነገርዎም።

ንኣኣተንን ንደቀንን ከምጽኡለን ዘድልዮም ኩሉ ፡ ንሰብኡተን ብዝርዝር ሓበርዎም። ኣብ ገጽ ኩሎም ምልክት ሓጎስን ዕግበትን እናተንጸባረቐ ፡ ናይ ምብጻሕ ሰዓት ስለ ዝኣኸለ ፡ ነ' ንስቶምን ንደቆምን ገዲፎም ክወጹ ባህ ከይበሎም ፡ ካብቲ ዝነበርዎ ክፍሊ ንኽወጹ ገጾም ንደገ ኣቕንዑ።

ወለድን ስድራ ቤትን ክፋነውዎም ከለው ፡ እዞም ብሰላም ናብዛ ዓለም' ዚኣ ፡ ንፈለማ ግዜ ዝመጹ ንጹሃት ህጻናት ፤ እታ ናብዛ ዓለም እዚኣ ዝኣተውላ መዓልትን ኩነትን ፡ ኣብ መጻኢ ህይወቶም ተራ ከም ዝህልዋ ስለ ዘይግንዘቡን ፤ ከምኡ' ውን ናብዛ ዘይምልእቲ ዓለም ከም ዝተወለዱ ስለ ዘይርድኡን ፡ ፈዓራ ዘይብሎም ፡ በጥ ኢሎም ደቂሶም ነበሩ።

በቲ ኣስካሕካሒ ሓደጋ ዝተጎድኡን ዝተሃሰዩን ብዙሓት ሰባት ፡ ጌና ኣብቲ ሆስፒታል ስለ ዝነበሩ ፡ ንኣኦም ክበጽሕ ካብ ከተማን ገጠርን ዝተኣኻኸበ ብዙሕ ሰብ ፡ ናብቲ ቀጽሪ ሆስፒታል ይኣቱን ይወጽእን ነበረ። ኣብቲ ሆስፒታል ዝንቀሳቐሱ ዝነበሩ ሰባት ፡ ካብ ኩሉ ጽፍሒ ሕብረተሰብ ዝተኣኻኸቡን ፡ ንኹሉ ዕድመን ጾታን ዝውክሉን ነበሩ። ኣብ ሞንጎኦም እቶም ካብ ዓዲ ዝመጹ ፡ ነቲ ሆስፒታል ኣጋይሽ ብምንባሮም ፡ ክጠያይቑ ንየው ነጀው ይብሉ ነበሩ።

እቶም ውሑዳት ደቂ ዓዲ ዝነበሩ ፡ ሰብኣዮምን ፡ ሰበይቶምን ፡ ቆልዑቶምን ዝበዝሑ ኣቡጀዲድ ክዳንን ነጸላን ኢዮም ለቢሶም ነይሮም። ብዙሓት ካብኣቶም ጥራይ እግሮም ፡ ብዘይ ጫማ ነበሩ ፡ ፡ ሓደ ኽልተ ዓበይቲ ሰብኡት ፡ ቀጻዕ ጫማ ዝወደዩ ነይሮም። እቶም ኣብ ማእከላይ ዕድመ ዝነበሩ ደቂ ዓዲ ፡ ጸጉሮም ጎተና ኾይኑ ፡ መስተር ግጥም ኣቢሎም ሰኺዖምሉ ነበሩ።

ክልቲኦም ስድራ ቤትን ካልኦት ቤተ ዘመድን ፡ ኣልጋነሽን መድህንን ብሰላም ብምግልጋለንን ፡ ብማናቱ ብምብኳረንን ፡ ዕዙዝ ሓጎስ ኢዩ ተሰሚዕዎም ነይሩ። ንሰኑዩ ኽኣ ኹሎም ፡ ንመድህንን ነ' ልጋነሽን ክበጽሑን ፡ ሓጎሶም ክገልጹን ኣብ ሆስፒታል ተኣኻኸቡ።

ኣደ ተስፎም ወ/ሮ ብርኽትን ፡ ኣደ ሃብቶም ወ/ሮ ለምለምን ፡ ጸጉረን ኣልባሶ ተቖኒነን ፡ ኩሩኹሮአን ሽፊኑ ወለል ዝብል ገፊሕ ቀምሽ ገይረን ፡ ብላዕሊ ኽኣ ነጸላ ኢየን ተኸዲነን ነይረን። ንመጀመርያ ግዜ እኖሓጎታት ይኾና ብምንባረን ፡

ገጸን ብሓጎስን ብሓበንን በሪሁ የንጸባርቅ ነበረ።

ንግራዝማች ንእሸቶይ ሓብቶም ዝኾና ፣ ሰብኣየን ቅድሚ ውሑዳት ኣዋርሕ ዝመቱወን ፣ ኣብ ጎኒ ወ/ሮ ብርኽቲ ጠጠው ኢለን ነበራ። እዘን ኣሞኡ ንተስፎም ፣ ካብ ዓዲ ምስ ሓንቲ ጎርዞ ጓለንን ፣ ክልተ ናእሽቱ ኣወዳት ደቀንን ምስ መጻ ፣ ኣብ እንዳ ግራዝማች ኢየን ቀንየን።

ኣወዳት ደቀን ኣብ የማናይ እዝኖም ተሶቑሮም ፣ ጸጉሮም ተላጽዩ ፣ እቲ ሓደ ተለላ ፣ እቲ ካልኣይ ኸኣ ቁንጮ-ቁንጮ ተገይሩሎም ነበረ። ጸጉሪ ኣደኦም ብሓዘን ምኽንያት ፣ ጌና ተደርሚሙ ኢዩ ነይሩ። መንእሰይ ጓለን ግን ጋመ ኢያ ተቐኒና ነይራ። ኣብቲ ግዜ'ቲ ዝኾነት ጓለ'ንስተይቲ ፣ ከምቲ ደረጃ ዕድመኣን ፣ ኩነታታን ፣ ጓል ድያ ምርዕውቲ ፣ ሓዳስ መርዓት ድያ ዝወለደት ፣ ወይስ ኣብ ውዑይ ሓዘን እትርከብ ፣ ወዘተረፈ ፣ በቲ ቑኖኣ ኢያ እትልለ ነይራ።

ካብ ሞንጎ'ቶም ነ'ልጋነሽ ክበጽሑ ዝመጹ ሰባት ፣ ጎረባብቲ ሃብቶም ዝኾኑ ክልተ ኣመንቲ ምስልምና ነይሮም። ክልቲኦም ጻዕዳ ጀለብያ ለቢሶም ፣ ኣብ ርእሶም ሓዲኦም ኩፍየት ፣ እቲ ካልኣይ ከኣ መዐመም ገይሮም ነበሩ።

ሓውቦ ሃብቶም ፣ ካኪ ሳርያን ላዕልን ታሕትን ገይሮም ፣ ኣብ ልዕሊኡ ነጸላ ገይሮም ፣ ምስ ካኪ ዝተኸደኑ ክልተ እኹላት ደቆም ኩይኖም ፣ ምስ ባሻይ ጠጠው ኢሎም ነበሩ። ኣብቲ ግዜ'ቲ ብዘይካ ውሑዳት ዘበናውያን ፣ ዳርጋ ኩሉ ኣብ ከተማ ዝቕመጥ ወዲ ተባዕታይ ፣ ክዳኑ ካኪ ኢዩ ነይሩ። ደቂ ሓውቦኡ ንሃብቶምን ፣ ብዙሓት ካብቶም ኣብቲ ሆስፒታል ንየው ነጀው ዝብሉ ዝነበሩ ሰብኡትን ፣ ሓጺር ስረ ዝለበሱ ኢዮም ነይሮም። ኣብቲ እዋን'ቲ ኣሸንኳይ ቆልዑ ፣ ዋላ ዓበይቲ'ውን ሓጺር ስረ ክኸደኑ ንቡር ኢዩ ነይሩ። ንቖልዑ'ሞ ዋላ እቶም ዓቕሚ ዘለዎምን ዘበናውያን ዝበሃሉ ስድራ ቤት'ውን ፣ ንደቆም ነዊሕ ስረ ኣይከድኑን'ዮም ነይሮም። ቆልዓ ከም ኣገባብ ፣ ምስ ጎበዘ ጥራይ ኢዩ ነዊሕ ስረ ዝለብስ ነይሩ።

ግራዝማችን ባሻይን ፣ ምስቶም ንደቂ ኣንስቶም ክበጽሑ ዝመጹ ጎረባብትን ቤተ ሰብን ሰላምታ ተለዋዊጦም ፣ ምስጋናኦም ኣቕሪቦም ምስ ወድኡ ተራኸቡ። ነንሕድሕዶም ምውቕ ሰላምታ ድሕሪ ምልውዋጦም ፣ "ደጊም ቀሲንና ፣ ኣምላኽ ጥዑም ረዲኡና ፣ ኣንቋዕ ኣሐጎሰና ፣" ተበሃሃሉ።

እንተ ተስፎምን ሃብቶምን እሞ ፣ ብማናቱ ብምብኳሮም ፣ ኣብ ገጾም ዝረኣ ዝነበረ ፍስሃ መግለጺ ኣይነበሮን። ተስፎም ካብ ሓጎሱ ዝተላዕለ ፣ ነ'ደኡ ብላግጺ ዝተሓወሶ ኣዘራርባ ፣ "እሞ ኣደ ፣ ኣዋልድ ጥራይ ወሊድና እንተ ንኸውን ፣

ሰሰለስተ ግዜ ጥራይ ምዓለልክናለን ኔርክን። ኣወዳት ጥራይ እንተ ዝኾኑ ኸኣ፡ ከምቲ ልሙድ ነወዳት ዝግበር ሓለፋ፡ ሸሸውዓተ ግዜ ምዓለልክናሎም ኔርክን። ሕጂ ደኣ እንታይ ኢኹን ክትገብራ? ዘዋጻኣክን ደሚርክን ዓዓሰርተ ግዜ እልል ክትብላሎም ኢዩ፡" በለን እናሰሓቐ።

"ኣየ ተስፎም ወደይ፡ እንቋዕ ደኣ እዚ ኣራኣየና'ምበር፡ ዐዒስራስ ዘይንገብሮ!" በላኦ ክምስ እናበላ።

ኩሎም ኣባላት ክልቲኡ ስድራ ቤት፡ ካብ ሓጎሶም ዝተላዕለ ኣካል ናይቲ ልውውጥ ምንባሮም፡ ብምኽምስማሶምን ብኣካላዊ ቋንቋኦምን ገለጹ።

ተስፎምን ሃብቶምን ብማናቱ ክብኩሩ ኸለው፡ ተስፎም ወዲ 23 ዓመት፡ ሃብቶም ከኣ ወዲ 25 ዓመት ኢዮም ነይሮም። ብተመሳሳሊ መድህን ጓል 18፡ ኣልጋነሽ ከኣ ጓል 21 ኢየን ነይረን። ኣልጋነሽን መድህንን ድሕሪ ሰሙን ንገዝአን ተፋነዋ። ተስፎም ከምቲ ዝተመባጽዖ፡ መጀመርያ ነ'ልጋነሽ ምስ ደቃን በዓል ቤታን ንገዛኦም ኣብጽሖም። ተመሊሱ ኸኣ ንመድህን ምስ ሓደስቲ ደቁ ንገዛ ወሰዶም።

ኣብዚ ተስፎም ንሓደስቲ ሓራሳት ነናብ ቤተን ዘብጽሓሉ ዝነበረ ግዜ'ዚ፡ ምምሕዳር እንግሊዝ ኣብ ኤርትራ ካብ ዘብቅዕ ድሮ ኣዋርሕ ሓሊፉ ነበረ። ማናቱ ኣብ ኣዝዩ ወሳኒ ታሪኻዊ ግዜ፡ ኣብ ፌደረሽን ኤርትራን ኢትዮጵያን ብወግዒ ዝተጀመረሉ ዓመት ኢዮም ተወሊዶም።

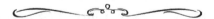

ተስፎም ድሕሪ መድህን ብሰላም ምግልጋላ ምርግጋጹ፡ ካብ ስራሕ ወጻኢ፡ ካብ ገዛ ንኸተማ፡ ካብ ከተማ ንገዛ ክጓየን ሸበድበድ ክብልን'ዩ ቀንዩ። ነቲ ኩሉ ዝተጎያየሉን መዓት ግዜ ዘጥፍኣሉን፡ መድህን ክትርእዮን ግብረ መልሳ ክርእን፡ ተሃንጥዩን ተሃዊኹን'ዩ ቀንዩ። በዚ ምኽንያት ከኣ መድህን ካብ ሆስፒታል እትወጸሉን፡ ንገዝኣ እትኣትወሉን መዓልቲ ክትመጸሉ ተረቢጹ ኢዩ ነይሩ።

መድህን ንገዛ ክትምለስ ከላ፡ ናይቲ ዘሕለፈቶ ጻዕርን መጥባሕትን፡ ካብቲ ንቡር ከደራይ መልክዓ፡ ቁሩብ ጽልምው ኢላ'ያ ነይራ። መድህን ኩሉ ብመጠኑ

ዝዓደላ ፍጥረት'ያ ነይራ። ማእከላይ ሕብሪ ሰውነት ፡ ማእከላይ መልክዕን ፡ ማእከላይ ቁመትን እትውንን ከይና ፡ ሓፈሻዊ ብመልክዓ ልዕሊ ማእከለይቲ ኢያ። መድህን ግን ካብ ብመልክዓ ፡ ምጭውቲ ብምኳና'ያ ብዝያዳ ሰብ እትማርኽ ጓለ'ንስተይቲ'ያ እትበሃል ነይራ።

ተስፎም ብወገኑ ነዊሕ ፡ ቀይሕ ፡ ኣዒንቱ ፍሩይ ፡ ኣፍንጫኡ ተሪር ፡ ጸጉሪ ርእሱ ሃሪ ዝመስል ለማሽ ኢዩ ነይሩ። ኣስናኑ ከም ዕፉን ፡ ዓቐኑ ሓልዩ ብመስርዕ ዝሰራዕካዮ ከመስል ፡ ተር ዝበለ ፤ ከምስ ክብል ከሎ ፡ ወይ ክስሕቕ ከሎ ፡ ኣብ ዝኾነ ሰብ ባህታ ዝፈጥር ፤ ሙሉእ ቁመናን መልክዕን ከይጎድሎ ተባሂሉ ፡ እናተወሰኸሉ ብጥንቃቐን ብተገዳስነትን ዝተሃንጸ'ዩ ዝመስል ነይሩ።

መድህን ምስ ማናቱ ደቃ ብሰላም ንገዝኣ ብምምላሳ ፡ ዕዙዝ ምስጋና ኣቕረበት። ገዛ እትው ምስ በሉ ናብ መደቀሲኦም ሓለፈት። መደቀሲኦም እትው ምስ በለት ብዝረኣየቶ ተደነቐት። ካብ ሓደ ናብ ካልእ ቀባሕባሕ በለት። ኢዳ ሰዲዳ ንኹሉ ሓደ ብሓደ ዳህሰሰቶን ኣድነቐቶን። ኣፋ ጠውያ ርእሳ እናነቕነቐት ከኣ ፡ ብኸመይን መዓስን ከም ዘርከበሉ ሓተተቶ። ንሱ ኸኣ ገሊኡ ባዕሉ ፡ ገሊኡ ነ'ርኣያ ሓው ልኢኹ ከም ዝገዛዝእዎ ሓበራ። እቲ ቀንዲ ዘሸገሮም እቲ ዝርዝር ናይቲ ዘድሊ ንብረት ምፍላጥ ከም ዝነበረ ነገራ።

"ኣቐዲምና ንቀራረብ እንተ በልኩኺ ኸኣ ፡ ነብሰይ ከይረኸብኩ ናብ ከምኡ ቀንጠ መንጢ ከተኩር ኣይደልን'የ ኢልኪ እንዲኺ ኣቢኺኒ ፡" በላ።

"ሕርሲ ቀሊል ነገር ኣይኮነን ተስፎም ፡ ኣሽንኳይ ከምዚ ናተይ ሕልኽላኻት ዝተወሰኾ ፡ ካልእ እውን እንተ ኾነ ቀሊል ኣይኮነን። ክንደይ ዘይሓሰብካዮ ነገር ክገጥም ከም ዝኽእል ኣብ ግምት ከተእትዎ ይግባእ። ካብ ሕርሲ ብሰላም ክገላገልን ክድሕንን ድየ ፡ ህይወት ዘለዎ ህጻን ክገላገል ድየ ዝብል ስክፍታ ነይሩኒ። ከምዚ ኢለ ብሰላም እሞ ኸኣ ፡ ምስ ሳልሳይ ርእሰይ ዝወጽእ ኣይመሰለንን'ዩ ነይሩ።"

"ማይ ጎድ ንስኺ'ኮ ፡ ንኹሉ እንተ ኾነ እንተ ዘይኮነ ኢልኪ ክትሓስቢ ድቃስ የብልክን ፡" ኢሉ ካዕ-ካዕ ኢሉ ሰሓቐ።

"ሰበይቲ ደኣ ንኹሉ ክትሓስብ ኣለዋ'ምበር ፡" ኢላ ከምስ እናበለት ነቲ ተስፎም ዝቐራረቦ ኹሉ ሓደ ብሓደ እንደጌና ክትርእዮን ክትደግሞን ጀመረት።

"እዋይ ብእውነት ዝተረፈኩም ነገር ዘየለ!" በለት ኣድናቖታ ንምግላጽ።

"ኦ ካምን መድህን ፡ ነዚ ምግባር ደኣ ክንስእን ፡ ኣየናይ ዓቢ ነገር ኮይኑ'ዩ'ዚ።

ንስኻትክን'ኳ ዘለኹኒ። ትሽዓተ ወርሒ ምስካም ጥንሲ ከይኣክል ፤ ሕማም ሕርሲ ምስ ኩሉ ሓደጋታቱ ሓሊፍክንስ ፤ ድሕሪኡ ኸኣ ተጥብዋን ትከናኸናን ተዕብያን።"

"መቸም ፡" ምስ በለት ውስኽ ኣቢሉ ፡ "ኣነስ ርይሊ ፡ ቀደም ዋላ ምስ ተመርዓና'ውን ፡ ብዙሕ ኣይረደኣንን ኢዩ ነይሩ። ድሕሪ ጥንሲ ምሓዝኪ ክስመዓኒ ጀሚሩ። ሕጂ እዚ ኣብ ግዜ ሕርሲ ዝሰገርክዮ ጸገምን ፡ ዘሕለፍክዮ ስቓይን ግን ፡ ብሓቂ ተንኪፉኒ። ንነብሰይ ከምዛ ብላሽ ኮይኑ ተሰሚዑኒ። እንድሕር ከም ተባዕታይ ደርሆ ምስራርን ምንቃውን ዘፈርፍር ምባልን ጥራይ ኳንናስ ፡ ብላሽ ኢና ማለት ኢዩ ፡" በላ ክምስ እናበለ።

"ንሱ ደኣ ኣምላኽን ተፈጥሮን ዝዓደለና ጸጋን ሓላፍነትን እንድዩ። ክትጠንስን ክትወልድን ዓቢ ጸጋ ኢዩ። እንድሕር ከምኡ ጸጋ ተዋሂቡካ ኸኣ ፡ ነቲ ምስኡ ዝኸይድ ሓላፍነት ምስካም ናይ ግድን'ዩ። ከምዚ ሕጂ ናትካ ዝፈልጠልካን ፡ ዝርደኣልካን ሰብ ክትረክብ ጥራይ ኢኻ እትደሊ ፡" በለቶ ኣብ ሞንጎ ሞንጎ ዘረብኣ ፡ ስና ንኽስ እናበለት።

ብድሕሪኡ እቲ ኹሉ ተሰፎም ዝገዛዝኦ ንብረት ፡ ኩሉ ክቡር ዝዋጋኡ ዓይነት ምዃኑ ኣስተብሃለት። እታ ከክቡር ጥራይ ናይ ምግዛእ እምነቱ ጠቒሳ ፡ ንኹሎም ኩሉ ግዜ ንሱ ጥራይ ዝገዛዝእ ነይሩ እንተ ዝኸውን ፡ ወጻኢታቶም ሰማይ ክዓርግ ይኽእል ምንባሩ ብምጥቃስ ፡ በታ ሓንቲ ካብ ቀንዲ ድኽመታቱ ኢላ እትኣምና መጸቶ።

ንሱ ኸኣ ነታ ጽብቕቲ'ምበር ፡ ድኽመት ገይሩ ዘይሓስባ ባህሩ ፡ በታ ኩሉ ግዜ ዝደጋግማ ዘረባ ገይሩ ፡ "ክንደይ ግዜ ክነግረኪ'የ መድህን ፡ ኣብ ዓለም ሓደ ግዜ ጥራይ'ዩ ዝንበር። እዚ ቆርመድመድ እናበልካ ምንባር ከኣ ኣነ ጨሪሰ ኣይኣምነሉን'የ!"

"መጠናዊ ወይ ሚዛናዊ ዝበሃል እንዶ የለን። ግን ከኣ ተስፎም ልማድካን ስምዒትካን ከምኣ እንዲያ ዝግበር የለን።"

"እሞ ሕጂ ሓቂ ተዛረቢ እዚ ኹሉ ብሉጽ ዓይነት ፡ *ኳሊቲ* ዝገዛእኩዎ ኣየሐጎሰክን ማለት ድዩ?"

"ምሕጓስ ደኣ ኣዝዩ ተሓጒሰ'ምበር።"

"በቃ *ዛት ኢዝ ኢት!* ንሱ ኢዩ'ቲ ኣገዳሲ ፡" ኢሉ ትንስእ ኢሉ ኣብ ምዕጉርታ ሰዓማ።

"ኣየ ተስፎም ሓወይ ንስኻስ ኣይትሰኣን ደኣ ፣" ኢላ ባህታኣ እናገለጸትሉ ኸላ ፣ ገጻ ጽውግ ኣቢላ ስና ንኽስ ኣበለት።

"ትቕንዘዊ'ለኺ ምሽ?"

"ቁሩብ ቁራቦ ኢዩ። እዚ ደኣ ንቡር እንድዩ። ዝገርመካ ኣብዛ ሰሙን ኣብ ሆስፒታል ዝጸናሕኩላ ግዜ ፣ መቸም ክንደይ ዘስደምምን ዘሕዝንን ነገራት እየ ተዓዚበ።"

"እንታይ ዘሕዝን? ኣብ ግዜ ሕርሲ ዝሞታ ፣ ወይ ዝሞቱወን ዲኺ ርኢኺ?"

"ኣይ ንሱ ደኣ እዝግሄር ዝፈቐዶ እንድዩ። ናይ ሰብ እምበር ኣንታ። ጠላዓት ሰብኡት ኢና እናበሉ ዝዛረብዎ ዘይፈልጡ'ምበር!"

"ከመይ ማላትኪ ኢዩ?"

"ዝገርመካ ኢዩ ንትሽዓተ ኣዋርሕ ጥንሲ ዘስዕቦ ሕማማትን መሰናኽላትን ተሰኪመንን ሰጊረንን ፣ ናይ ሕርሲ ቃንዛን ሓደጋን ሓሊፈን ፣ ደመን ኰዕየን ፣ ኢሕ ኢለን ይሓርሳ። ከም ዝሓረሳ ምስ ፈለጡ ይመጹ'ሞ ናይ መጀመርያ ሕቶኦም ፣ እንታይ ወሊዳ'ዩ።"

"እንታይ ወሊዳ ኢልካ ምሕታት'ሞ እንታይ ኣበሳ'ለዎ?"

"ወይ ንስኻ እቲ ሕቶ ኣይኮነን እቲ ሽግር። እቲ ሽግር እቲ ድሕሪ'ቲ ሕቶ ዘሎ ኢዩ።"

"ከመይ?"

"ወዲ እንተ ተባሂሎም ዘሎ ፍሽክታን ሓጎስን ክንክንን ካልእ ኢዩ። ጓል እንተ ተባሂሎም ግደፎ። ድሕሪኡ ዝስዕብ ጸወግወግን ምዕርምራምን ካልእ ኢዩ። ወረ ገሊኦምሲ ዝገርመካ ኢዩ ጸርፊ ይውስኹሉ።"

"ጸርፊ? እዚ'ሞ ዓገብ ኢዩ። ከም ዘንበብኩዎ ጾታ ናይ ዕሽል ዝውሰን ብቐንዱ ብወዲ ተባዕታይ'ዩ። ደሓር ከኣ ጓል ኣንስተይቲ'ኮ ኣብ ግዜ ጥንስን ሕርስን ፣ ህይወት ንኽትህብ ንህይወታ ዝፈታተን ኩነታት ከተሕልፍ ኢያ እትግደድ። ግን ካብ ዘይምፍላጥን ፣ ካብ እቲ ተመኩሮ ኣነ እንተ ዝኸውን ዘሕልፎ ዘሎኹኽ ኢልካ ነብስኻ ዘይምሕታትን ፣ ነብስኻ ዘይምውጣርን ዝስዕብ ናይ ዘይምምዛዛን ድኽመት እንዳኣሉ ዝነቕል።"

ከምኡ ጽቡቕን ልባውን ዕላል እናኣዕለሉ ከለው ፣ በጻሕቲ ስለ ዝመጽዎም ፣ ነታ ጥዕምቲ ዕላሎም ኣቋሪጾም ፣ ናብ ኣጋይሾም ምቕባል ሓለፉ።

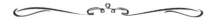

ሃብቶም ጉልቡት ፣ ጸሊም ፣ ኣዒንቱ ደቀቕቲ ፣ ኣፍንጫኡ ድፍንዕ ዝበለት ፣ ጸጉሩ ተሪርን ኮርዳድን ፣ ኣስናኑ መስርዕ ዘይሓለዋን ዝተፈናተታን ፣ ብዙሕ ሰሓቕ ዘይሞልቆን'ዩ ነይሩ። ከምዚ ይኹን'ምበር ፣ ካብ ክሳዱ ንታሕቲ ግን ድልዱል ሰብኣይ ኢዩ ነይሩ።

ኣልጋነሽ በ'ንጻር በዓል ቤታ ፣ ቆማት ፣ ቀያሕ ፣ ጸጉራ ነዊሕ ፣ ኣፍንጫኣ ተሪር ፣ በዓልቲ ጽቡቓት ኣዒንቲን ኣስናንን'ያ ነይራ። ሃብቶም ምስ ተመርዓወ ኣዕሩኽቱ ፣ "ዓርክናስ ዘርኣ ከተመሓይሽ ደልያ'ያ ፣ ነዛ ማርያም እትመስል ሰበይቲ መሪጻታ" ኢሎም ይጨርቁሉ ነይሮም'ዮም።

ኣልጋነሽ ማናቱ ካብ እትገላገል ጀሚሩ ፣ ሃብቶም በቃ ብሓጎስን ብኹርዓትን ክትኮስ'ዩ ደልዩ። እቲ ምውላድ ከምዚ ብምሉኡ ናቱ ተራ'ምበር ፣ ናይ ሰበይቱ ተራ ከም ዘይነበሮ ገይሩ'ዩ ወሲድዎ።

ኣልጋነሽ ኣብታ መደቀሲኦም ክፍሊ ፣ ኣብ ዓራቶም ግንብው ኢላ ነበረት። እንቋዕ ኣሐጎሶኩም ክብሉዎም ዝመጹ ኣዕሩኽቲ ሃብቶም ፣ ከፍ ኢሎም ነበሩ። ሃብቶም ከኣ ኣብ ቅድሚኣ ፣ ኣብ መንበር ከፍ ኢሉ ከሎ ፣ ሽው ብዘረባ ዘረባ ናይ ምውላድ ተላዕለ።

"እሞ ሃብቶምስ እዚ ኩሉ ኣድቢኻ ጸኒሕካስ ፣ ብሓንሳብ ማንታ እምበኣር ኣምጺእካ ፣" በሎ ሓደ ካብቶም ኣዕሩኽቱ።

በዚ ዝተተባብዐ ሃብቶም ፣ "ትፈልጠኒ እንዲኻ ኣነ ሓውኻ ፣ ገሊኣ ሐደ ክትስእን ከላ ፣ ሰበይቲ ብሓንሳብ ክልተ ጥብ ከም እትብል'የ ዝገበርኩ ፣" በሎ።

ሃብቶም ነዛ ዘረባ እዚኣ ፣ ነ'ንዝመጹ ክደጋግማ ኣልጋነሽ ትም ኢላ ትሰምዖ ነበረት። ሽው ግን ክትጻወሮ ኣይከኣለትን።

"ኣንታ ኣምላኽ ሂቡና ክንዲ ምባልሲ ፣ ከም ባዕልኻ ዝሰራሕካዮ ጌርካ ክትዛረብ ፣ እዚ ኣምላኽ ኣይፈትዎንዩ።"

"ኣይ ንስኺ ኸኣ ላግጺ ዘይትፈልጢ ፣" በለ ከም ጥዑይ። ሽው ምስታ ዘረባ

ኣልግብ ኣቢሉ ፣ "ግን ሓቂ እንተ ደሊኺ'ኮ ፣ ዘይሕጅስ ኣነ ኾይነ ሰብኣይኪ ኢኺ ክልተ ከተምጽኢ ክኢልኪ ፣" በላ ንፍሕፍሕ እናበለ።

"ንስኻ ከምኡ ዝበልካ ደኣ ፣ ንሕና ደቂ'ንስትዮ እንታይ ክንብል ኢና?! ሕጅስ ከኣ ብሓደ ኣፊቱ ፣ ዋላ ነቲ ባዕልና ጾርና ፣ ቃንዛን ሓደጋን ሰጊርና ዝወለድናዮ'ውን ፣ ናተይ ባዕለይ ሳላይ ክትብልሲ ዘስደምም'ዩ ፣" በለቶ ፣ ከምልስሉ ዘይክእል ክውንነት ብምቕራብ።

"ንኽትጸርዮ ፣ ንኽትወልድዮ ፣ ሓደ ዘይኮነስ ክልተ ዝገበሩኩ'ኮ ፣ ሶኖ እዮ! ኣነ እየ!" በላ ርእሱ እናነቕነቐ ፣ ርትዕን ክውንነትን ዘይዓጅቦ ሃብቶም።

"በል ደሓን ፣ ኣነ'የ ተጋግየ ምሳኻ ክትዕ ዝጀመርኩ'ምበር ፣ ሓንሳብ ንዝበልካያ ነገር ከም ዘይትቕይራ ይፈልጥ'ንድየ ፣" ክትብሎ ኸላ ካልኦት በጻሕቲ ስለ ዝመጽዎም ነታ ዘረባ ኣቋረጸዋ።

መድህንን ኣልጋነሽን ንስሙን ኣብ ሆስፒታል ኣብ ዝጸንሓሉ ግዜ ፣ ብዙሕ ሰብ'ዩ ክመላለስን ክበጽሖን ቀንዩ። ኩሉ ቤተ ዘመድ ፣ ብወገን ሰብኡተንን ፣ ብወገን ስድራ ቤተንን ፤ ሓውቦታት ፣ ሓትኖታት ፣ ኣሞታቶት ፣ ኣኮታት ፣ ሓኖታት ፣ ኣጎስማታት ፣ ከምኡ ኸኣ ፈለጥቲ ስድራ ቤታተንን ፣ ጎረባብትን ብምሉኦም ክርእይወንን ሓጎሶም ክገልጹለንን ቀነዩ። ካብ ሆስፒታል ተፋንየን ንገዛአን ምስተመለሳ እውን እንተ ኾነ ፣ እቲ ዋሕዚ በጻሕቲ ኣይጎደለን።

መድህንን ኣልጋነሽን ገዛአን ምስ ተመልሳ ፣ ከምቲ ልምዲ ኣብ ሳልስቲ ኩለን ደቀ'ንስትዮን ኣደታትን ፣ ኣብ ክልቲኡ ገዛ ንግዓት ተጸውዓ። ዝተመርጸ ጠስሚ ፣ ምስ ዝተመርጸ ንግዓት ዝኸውን ሓርጭ ፣ ምስ ጋዕ ኢሉ ዝረገአ ርግኦ ተዳለወ። ጠስሚ ንበይኑ ዝበልዓ ፣ ብጠስሚ ጥራይ ፣ ጠስምን ርግኦን ሓዊስን ዝበልዓ ብኽልቲኡ ፣ ብጾም ወይ ብጥዕና ምኽንያት ጠስምን ርግኦን ዘይበልዓ ኸኣ ፣ ብእንጣጢዕ ከመይ ዝኣመሰለ እንግዶት ተቐረበለን። ጨሪሰን ግዓት ንዘይበልዓ ኸኣ ፣ ኢድ ዘቑርጥም ቅጫ ፍትፍት ተዳለወለን።

ኣብቲ ግዜ'ቲ ጠስሚ ንኣበስንቲ ብትሕቲ ክልተ ቅርሺ ፣ ጸባ ብሳናቲም ፣ ኣእካልን ጥረ ምረን ፊኖን ንኹንታል ካብ ዓሰርተ ቅርሺ ዘይሓልፈሉ ግዜ ኢዩ ነይሩ። ኣዝዩ ጥዑም እዋን'ዩ ነይሩ። ደቀ'ንስትዮ ጥዑም ዘመንን ጥዑማት ገዛን ዝቐረቡለን ሽሻይ እናተቛደሳ ፣ ሓጎስን ብእልልታን ብቓላትን ብወኻዕካዕን ገለጻ። ዓበይቲ

ኣደታት ከኣ ፡ ነቲ ወግዕን ኣገባብን ናብተን ናእሽቱ እና'መሓላለፉ ፤ ንሓደስቲ ወለዲ ነዊሕ ዕድመን ጥዕናን ፡ ንህጻውንቲ ኸኣ ወለዶም ዝዓቑሩ ክኾኑሎም ፡ ትምኒተንን ምርቓአንን ኣፍሰሳ። ኣብ ክልቲኡ ገዛ ብኸምዚ ሕጉስን ፍሱሕን ኣገባብ ፡ ናይ ግዓት ጽምብል ተፈጸመ።

ከምዚ እናበለ ኸኣ ፡ መዓልቲ ናብ ሰሙናት እናተጠቓለለ ፡ ህጻናት ክዓኩ ጀመሩ።

ሃብቶም ብማናቱ ብምብኳሩ ኣዝዩ ተሓጕሱ ስለ ዝነበረ ፡ ዘይ ከም ቀደሙ ብዝያዳ ኣብ ገዛ ይርከብን ይመላለስን ነበረ። ይመላለስ'ምበር ፡ ሃብቶም ነ'ልጋነሽ ክሕግዛ ወይ ከብርያ ዝብል ኣተሓሳስባ ፡ ኣሸንኳይ ክገብሮስ ኣብ ሓሳቡ'ውን ኣይመጾን ኢዩ ነይሩ። ሃብቶም ኣብ ናይ ገዛ ጉዳይ ሓንቲ ኩባያ'ውን እንተ'ልዒሉ ፡ ሰብእነቱ ዝተተንከፈ ስለ ዝመስሎ ፡ ኣልጋነሽ ካብኡ ዝኾነ ኣይትጽበን'ያ።

ኣልጋነሽ'ውን እንተኾነት ፡ ብግብሪ ኣብ ስራሕ ክሕግዛ ኣይኮነትን እትጽበን ፡ እትደልን ነይራ። ሽግራ ተረዲኡ ብሞራል ከተባብዓ ፡ ቁምነገራን ኣበርክቶኣን ክፈልጠላ ጥራይ'ያ እትደሊ ነይራ። እዚኣን'ሞ ካብ ሃብቶም በየን ክርከባ። ከምዚ ክኸውን ከሎን ፡ እናናሻዕ በቶም ማናቱ ኣዝያ ክትሽገር ከላን ፡ ኣልጋነሽ ዘረባ በጨቕ ተብል ነይራ'ያ።

ሽዑ መዓልቲ'ውን ኣልጋነሽ ገዝኣ ከተለዓዕል ፡ መግቢ ክትሰራርሕ ፡ ቆልዑን ክዳውንቲ ቆልዑን ክትሓጻጽብ ፡ ክተጥብዎምን ክተዕንግሎምን ፡ በብተራ ክትረርዎምን ክትሓቑፎምን ኣርፈደት። ሽዑ መዓልቲ ወለዲ ሃብቶም በ'ጋጣሚ ኣብ ገዛ ኣብ ዝነበሩሉ ፡ ኣልጋነሽ ከምዚ በለት ፡ "ሃብቶም ወድኹም'ኳ ፡ ወድን ጓልን ወሊደ ኢሉ ምጅሃር እንተ ዘይኮይኑ ፡ ለይቲ ኾነ ቀትሪ ክሽገር ኣናረኣየኒ ፡ ክሕግዘኒ ወይ ከብርየኒ ኢሉ ወስ ኣይብልን'ዩ።"

"ሰብኣይሲ ፡ ሰብኣይ ክኸውን ኣለዎ'ምበር። ነናትካ ስራሕ እንድዩ እዛ ጓለይ። ዘይንሕናስ ከምኡ ጌርና ኢና ኣዕቢናዮም እዞም ደቅና ፡" በላ ሓማታ ወይዘሮ ለምለም ፡ ዓይነን ሰም-ሰም እናበላ።

"ኣዴኺ ትብሎ ዘላ ሓቃ'ያ። ብሮብሮ ሰብኣይ ሰሪሑን ለፊዑን ንሰበይቱ ኩሉ ዘድልያ እንተ'ምጺኡላ ፡ ካልእ እንታይ ይድለ። ሃብቶም ወደይ ከኣ ንሓዳሩን ንስድራ ቤቱን ለዮን ኢዩ ፡ ኣንበሳ ኢዩ ፡" ኢሎም ከኣ ሐሞኣ ባሻይ ወሰኹላ።

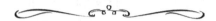

"ንሳ'ኮ ዘዛርባ ዘሎ ፡ ተስፎምሲ ንመድህን ለይቲ የታናስኣ ፡ ኣብ ምሕጻብ ቆልዑ እውን ይሕግዛ'ዩ ዝብል ሰሚዓ'ያ ፡" በለ ሃብቶም ብናይ ወለዱ ኣተሓሳስባ ፡ ዝያዳ ርትዒ ዝዓጠቐ ኮይኑ ስለ ዝተሰምዖ።

"ኣይ እዝስ ኣይግድን! ዘይናትናን ዘይባህልናን ዘይጸንሓናን ፡" ብምባል ፡ ነውሪ ነገር ከም ዝሰምዓ ፡ ገጸን ጽውግውግ እናበላ ፡ ኣፈን ጥውይውይ ኣበላኦ።

ኣልጋነሽ ከም ዝተጋገየት ቀልጢፉ ተርድኣ። ነታ ዘረባ'ሞ በየን ክትመልሳ። ብውሽጣ ፡ *"ዘረባ'ኮ ቦታን ፡ ሰብን ፡ ግዜን መሪጽካ ኢዩ ዝዝረብ ፡"* ኢላ ንነብሳ ኣዘኻኸረታን ገንሓታን። ካብታ ሓቅን ርትዕን ሒዛ ኸላ እትእረመላን እትግስጸላን ዝነበረት ዘረባ ፡ ብኸመይ ከም እተንሳሕብ ከንፈራ ነኺሳ እናሓሰበት ከላ ፡ "ደጊም ርኢኺ ኣልጋነሽ ጓለይ ፡ ሰብኣይ ፡ ሰብእይ እንተ ኾነ ፤ ሰበይቲ ኸኣ ፡ ሰበይቲ ኣንተ ኾነት ኢዩ ኽብራ ፡" ኢሎም ባሻይ ፡ ንሰበይቶም ደገፎም ብምግላጽ ወሰኹላ።

"ኣነ'ውን'ኮ ደጋጊመ ነጊረያ'የ ፡" በለ ሃብቶም ከም ዝረትዐ ብምትእምማን።

"ኣነ'ውን ምስ ደኸምኩ'ዩ በጨቅ ኢሉኒ'ምበር ፡ ከረድኣኩም ኢለ ኣይኮንኩን ነቒለ። እንተ ደኸምኩን እንተ ሰራሕኩን ፡ ዘይንደቀይ'ዩ ፡" በለት። ብውሽጣ ኸኣ ፡ ድሮስ *'ኣብ ዘይሰምዓካ ደብሪ ኣይትማህለል ፡'* ተባሂሉ'ንድዩ ብምባል ፡ ነታ ዘረባ ፋይዳ ከም ዘይብላ ፈሊጣ ዓጸወታ።

"ለባም እንዲኺ ኣልጋነሽ ፡" ኢሎም ክልቲኦም ወለዲ ፡ ዘረድእዋ መሲልዎም ተሓጎሱ።

ሃብቶም ከኣ ብዓወቱን ብርትዑን ተሓጒሱ ፡ በተን ፈኸኸት ኣስናኑ እና'ኽመስመሰ ፡ ደቀቕቲ ኣዒንቱ ፈጠጥ ኣበለን። በዚ ኸኣ እታ ኣርእስቲ ተደምደመት። ኣልጋነሽ ነታ ኣርእስቲ ካልእ ግዜ ከይተልዕላ ምስ ነብሳ ተመባጽዐት።

ግራዝማች ንኹሎም ደቆም ፡ ኣብታ ተኻርዮም ዝነብሩላ ዝነበሩ ናይ ዕዳጋ ሓሙስ ገዛኦም'ዮም ኣዕብዮሞም። በዓል ተስፎምን ኣርኣያን ኣብ መባእታ ቤት ትምህርቲ ክመሃሩ ከለው ፡ ናብ ዝሓሸ ገዛን ከባብን ክግዕዙ ዓቕሚ ነይሩዎም'ዩ።

ግራዝማች ገንዘብ ተረኺበ ኢሎም ንኽንቱ ዘየባኽኑ ብመጠኑ ቆጣቢ ኢዮም ነይሮም። መታን ክቑጥቡን ካብ መጠን ንላዕሊ ቆርመድመድ ክብሉን ፡ ንደቆምን ንበዓልቲ

ቤቶምን ብገንዘብን ብመነባብሮን ክጭኩንዎም ግን ፡ ጨሪሶም ኣይደልዩን'ዮም ነይሮም።

ግራዝማች ሓንቲ ከም ናይ ህይወቶም እምነቶምን ፡ እምነ-ኩርናዕ ፍልስፍናኦምን ገይሮም ዝጠቕስዋ ዘረባ ነይራቶም። ንሳ ኸኣ ፡ *' ቱቶ ኢን ሞደራስዮነ'* ኢሎም ፡ ብኢጣልያንኛ ዝደጋግምዋ ዘረባ እያ ነይራ።

በ'ተሓሳሰባኦምን ብእምነቶምን *" ኩሉ ነገር ፡ ህይወት ንርእሳ'ውን ከይተረፈት ፡ ብማእከላይ ወይ መጠናዊ ኣካይዳ'ያ ክትንበር ዘለዋ ፡"* ኢዮም ዝብሉ ነይሮም።

' ሰብ ብመጠኑ ክበልዕ ፡ ብመጠኑ ክኸደን ፡ ብመጠኑ ክሰቲ ፡ ብመጠኑ ክዓግብ ፡ ብመጠኑ ክዛረብ ፡ ብመጠኑ ገንዘቡ ክጥቀመሉን ክሕሸሽን ፡ ብመጠኑ ኸኣ ክቑጥብ ኣለዎ ፡' ኢዮም ዝብሉ ነይሮም። *' ኣብ ኩሉ ንጥፈታት ህይወትና ፡ ማእከላይን ምጡንን ኣገባብ እንተ ሒዝና ፡ ህይወትና ኸኣ ዝተረጋግአን ዝተመጣጠነን ኢዩ ዝኸውን ፡'* ይብሉ ነይሮም።

ወሲኾም ከኣ ፡ *' ብህይወትን ብዓለምን ብመጠኑ እንተ ዓጊብናን ተደሲትናን ፡ ይኣኽለኒ ክንብልን ፡ ክንዓግብን ኢዩ ዘሎና ፡'* ይብሉ ነይሮም። ነዚ ከረድኡ ኸኣ ፡ *' ደቂ ሰባት ፡ ዓለም ትሸዓተ ዘይትመልእ ዓሰርተ እናበልና ኢና ፡ ዓለም ምልእቲ ከም ዘይኮነት ምኒን እናበልና እንገልጻ። ግን ኣብ ክንዲ በታ ዓለም ዘጉደለትልና ሓንቲ እንጣራዕ ፡ በተን ዓለም ዝሃበትና ኣሸንዲይ ትሸዓተስ ፡ ዋላ ኣርባዕተ ሓሙሽተ'ውን ይኹና ፡ ተመስገን ኢልና ክንደስት ኢዩ ዝግበኣና። ግን ኣብ ክንድኡ ፡ ነተን ዝረኸብናየን'ውን ፡ ከይዓገብናለንን ከይተደሰትናለንን ፡ ጨሪስና ከይተጠቐምናለንን ዓለም ተርክበና ፡'* ይብሉ ነይሮም።

ዓበይቲ ደቆም መባእታ ትምህርቶም ክውድኡ ከለው'ውን ፡ ንእሽቶይን መጠነኛን ገዛ ክገዝኡ ይኽእሉ ነይሮም'ዮም። ግን ግራዝማች ተሃዊኾም ናብ ገፋሕፋሕን ፡ ደረጃ መነባብሮኦም ምትዕብባይን ክሰግሩ ኣይደለዩን። ቅድም ንኹሎም ደቆም ንትምህርትን ፡ ንዘኾነ ክኸሰት ዝኽእል ናይ ጥዕናን መነባብሮን ጸገማትን ፡ ዝኣክል ቅሙጥ ናይ ገንዘብ ውሕስነት ክሕዙ ኢዮም ዝደልዩ ነይሮም።

እኹል ቅሙጥ ትሕጃ ገንዘብ ሒዘ'የ ሕጅስ ምስ በሉ'ዮም ፡ ናብ ገዛ ምግዛእን ፡ ናብ ናብራኦም ካብቲ ዝነበሮ ምምሕያሽን ዝሰገሩ። ብኣኡ መሰረት ኣወዳት ደቆም ናይ ማእከላይ ደረጃ ትምህርቶም ከጠናቕቑ ክቀራረቡ ኸለው ኢዮም ፡ ገዛ ዝገዝኡ። ገዛ ኣብ ከባቢ ገዛ ባንዳ ጣልያን (ኣዲስ ኣለም) ምስ ገዝኡ ፡ እቲ ንነዊሕ ዓመታት ምስ እንዳ ባሻይ ተኈራቢቶም ዝነበሩሉ ዕዳጋ ሓሙስ ገዲፎም ፡ ናብ ሓድሽ ገዛኦም ገዓዙ።

ግራዝማች ሰልጠነ ኣብ መቐበል ኣጋይሽ ጋቢኦም ዘው ኣቢሎም ፡ ቁሪ መእተዊ ከይትረክብ ፡ ካብ ጽፍሪ እግሮም ክሳብ ጸጉሪ ርእሶም ተሸፋፊኖም'ዮም ነይሮም። ኣብታ ግዜ'ቲኣ ግን ሓሳባቶም ኣብቲ ናይቲ ወቕቲ ቁሪ ዘይኮነስ ፡ ኣብ ኩነታት ቦኽሪ ወዶም'ዩ ነይሩ።

ግራዝማች ወዶም ብማናቱ ብምብኳሩ ፡ ብዛዕባ ረኺቦሞ ዝነበሩ ጸጋ ኩፍ ኢሎም የስተንትኑ ነበሩ። ተስፎም ካብ ንእስነቱ ጀሚሩ ትኩር ፡ ኣብ ትምህርቱ ህርኩት ፡ በዓል ጽቡቕ ጠባይን ለጋስን'ዩ ነይሩ። ነ'ሕዋቱ ኣብ ትምህርቶም ክነፍዑን ፡ ኣብ ኣካይዳኦም ከኣ ካብ መስመር ከይወጹን ፡ ዝከታተልን ዝምዕድን'ዩ ነይሩ። ሓንቲ ከም ንእሽቶ ኣበር ዝቑጸርዋ ዝነበሩ ፡ ኣዝዩ ጹቡቕ ነገር ጥራይ ምኽዳንን ምውዳይን ፡ ከምኡ ኸኣ ኣብ ግዳማዊ ትርኢቱ ብኽቱር ኣዝዩ ምግዳሱን'ያ ነይራ። እዚኣ ግን ንእሽቶይ ስለ ዝኾነ ፡ ምስ ዕድመ ክበልየሉ'ዩ ኢሎም ሸለል'ዮም ዝብልዎ ነይሮም።

ከምዚ ኢሉ ዳርጋ ክሳዕ ምእከላይ ደረጃ ትምህርቱ ዝውድእ ፡ ባህሩን ጠባዩን ከይቀየረ ተጓዕዘ። ንዝለዓለ ትምህርቲ ንወጻኢ ሃገር ምስ ሰደድዎ ግን ፡ ዘይነበሮ ባህርታትን ልምድታትን ከም ዘጥረየ ከረጋግጹ ክኢሎም ነይሮም'ዮም። ዙረትን መስተን ፡ ከምኡ'ውን ኣዕሩኽቲ ምብዛሕን ፡ ናተይ ኢሉ ተተሓሒዝዎ ነበረ። ብተወሳኺ ማዕረ ሸጋራ'ውን ጀሚሩ ከም ዝነበረ ፈሊጦም ነይሮም'ዮም። ተስፎም ናይ ካልኣይ ደረጃ ትምህርቱ ፡ ኣብ ሃገረ ሱዳን ፡ ኣብ ከተማ ካርቱም ፡ ኣብ ኮምቦኒ ኮሌጅ ኢዩ ኣጠናቒቑ። ኣብቲ ግዜ'ቲ ኣብ ኤርትራ ፡ ናይ ካልኣይ ደረጃ ትምህርቲ ጌና ኣይተጀመረን'ዩ ነይሩ።

ተስፎም ኣብ 19 ዓመቱ ፡ ትምህርቲ ሓንሳብ'ውን ከይደገመ ተመረቐ። ድሕሪ ምምራቑን ናብ ዓዲ ተመሊሱ ስራሕ ምጅማሩን ፡ እታ ሸጋራ'ኳ እንተ ኣወገዳ ፡ እቲ ኻልእ ኣመላቱ ግን ከም ዝቕጽለሉ ዝነበረ ይፈልጡ ነይሮም'ዮም። ተስፎም ብወገኑ ኣቦኡ መታን ከይፈልጡ ፡ ዘይገብሮ ጥንቃቐታትን ጻዕርታትን ኣይነበረን።

ንግራዝማች ካልእ ናይ ተስፎም ደስ ዘይበለቶም ነገር'ውን ነበረት። ንሳ ኸኣ ትምህርቱ ወዲኡ ምስ ተመልሰን ፡ ስራሕ ምስ ሓዘን ፡ ክልተ ዓመቱ ከይመልአ ፡ መኪና ክገዝእ ምምዳቡ ኢያ ነይራ። ግራዝማች ኣብታ ናይ ህይወት ፍልስፍናኦም ብምምርኳስ ፡ ካብ ብሕጂ ኣብ መኪና ምምጥጣር እንታይ ኣድለዮ ዝብል ስምዒት ኣሕደሩ። "ኣንታ ተስፎም ወደይ ፡ መኪና ሕጂ እንታይ ተድልየካ? ኣበየናይ ክትበጽሓላን ክትከደላን ኢኻ ኣብዛ ንእሽቶ ከተማና? እዚ ሰብ ንኽርእየልካን ፡

ንኽርእየካን ዝግበር ዝኾነ ነገር ከኣ ጽቡቕ ኣይኮነን። ቀደም ኣቦይ ፡ *'እዚ ርኣዩኒ ርኣዩኒ'ኮ! ደሓር ሕብኡኒ ሕብኡኒ ኢዩ ዘምጽእ!'* ይብሉና ነይሮም'ዮ'ም ፡ " ኢሎም ከዛረብዎ ተዘኪሮም።

ተስፎም ኣብ ሓሳባቱ ስለ ዝጸንዐ ግን ፡ ኣብ መወዳእታስ ደሓን ፡ ሞራሉ ከይትንከፍ እስከ ደስ ይበሎ ኢሎም ተቓውሞኦም ስለ ዘልዓሉ ፡ ተስፎም መኪናኡ ገዝአ። ተስፎም ቅድሚ መኪና ንኽገዝእ ምምዳቡ ፡ ከመይ ዝኣመሰለት ቢኢስ እትበሃል ብሽክለታ ኢያ ነይራቶ። ኣብቲ ግዜ'ቲ ከምኣተን ብሽክለታ ዝውንኑ ፡ ዳርጋ ሰብ መካይን ኮይኖም ኢዮም ዝረኣዩ ነይሮም። ሸው እዋን ዝበዝሑ ደቀባት ፡ ኣሸንኳይ ናብ ብሽክለታ ምውናን ክመጣጠሩ ፡ ነታ ንሳቶምን ደቆምን ዝድቅሱላ ዓራት ምውናን'ውን ንጋዶ ኢያ ነይራ። መካይን ዝነበራኦም ደቂ ሃገር'ሞ ፡ ኣዝዮም ውሑዳትን ዝቑጸሩን'ዮም ነይሮም። ዋላ'ውን ብሓፈሻ እተን ኣብታ ከተማ ዝነበራ መካይን ውሑዳት ኢየን ነይረን። እታ ከተማ ንርእሳ'ውን ኣዝያ ንእሽቶ ኢያ ነይራ።

ተስፎም ብልቓሕ ዝገዝኣ መኪና ፡ ቮልክስዋገን እትበሃል ናይ ጀርመን ስርሓት ኢያ ነይራ። ኣብቲ ግዜ'ቲ ብዙሓት ሰባት ፡ ብዛዕባ ቮልክስዋገን ከልዕሉ ኸለው ፡ 'እዚኣን'ኮ ደኒነን ዝኸዳ ፡ ዕደኣን ስለ ዘይተኸፈለ ፡ ሓኒኸን ስለ ዝኾና ኢየን' ኢሎም ብሓውሲ ዋዛ የላግጹለን ነበሩ።

ብድሕር'ዚ ኩሉ'ዮም ግራዝማች ፡ ተስፎም ወዶም ከም ባህሪ ፈቓርን ፍትሓውን ስለ ዝነበረ ፡ እንተ ተመርዓወን ስድራ ቤት እንተ መስረተን ፡ ክጠቕሞ ይኽእል'ዩ ዝብል ሓሳባት ከመላለሶም ዝጀመረ። ሓዳር ግን ኣብ ናቱ ምርጫን ፡ ብናቱ መደብን ክኸውን'ዩ ዝግባእ ኢሎም ኢዮም ዝኣምኑ ነይሮም። ስለዚ ከገድድዎን ከደፋፍእዎን ስለ ዘይደለዩ ፡ ነቲ ሓሳባቶም መታን ክሓስበሉ ፡ ጸጸኒሖም ከም ሓሳባት ስንድው የብልሉ ነበሩ። ሰለስተ ዓመታት ድሕሪ ምምራቑን ስራሕ ምጅማሩን ከኣ ፡ ብናቱ ውሳነን ምርጫን ንመድህን መሪጹን ሓርዩን ተመርዓወ።

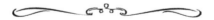

ግራዝማች ወዶም ድሕሪ ምምርዓው ፡ ኣብ ተስፎም ዝረኣዩዎ ልውጢ ፡ ባህታን ዕግበትን ፈጢሩሎም ነይሩ'ዩ። ምስ ወለደ ኸኣ ብዝያዳ ብዙሕ እወታዊ ለውጢ ክዕዘቡ ጀመሩ። ከምዚ ኢሎም ከስተንትኑን ክዝክሩን ጸኒሖም ፡ በዓልቲ ቤቶም ወ/ሮ ብርኸቲ ሻሂ ሒዘናሎም ምስ መጻ ፡ ካብ ሓሳባትን ተዘኪሮን ተበራበሩ።

"ተስፎምሲ እዚ ምምርዓው ፡ ሕጂ ኸኣ ብዝዓበየ እዚ ምውላድ ኣዝዩ ጠቒምዎ።

ትርእይዮዶ ኣሎኺ እዚ ለውጥታት?"

"እቲ ወደይ ብቐደሙስ እንታይዶ ይወጾ ነይሩ ኢዩ? ምዝንጋዕን ምምሳይን ብተስፎም ድዩ ተጀሚሩ? ዘይንስኹም ዘይተሕልፉን ፡ ንኹሉ ብጸቢብ መንፊት ከተሕልፍዎ ስለ እተደልዩን'ዩ'ምበር!" በለ ናብ ቅጽበታዊ ምክልኻል ቦኺሪ ወደን ብምስጋርን ፡ ኣሸበሸብ በዓል ቤተን ፡ ናብ ካልእ ወቐሳ ከይሰገሩ ከለው ክዓግታኦም ብምሕላንን።

"ንዒ'ሞ ግደፊ። ወደይ ወደይ ከይበልኪ ፡ ንኣይው'ን ወደይ'ንድዩ። ግን እቲ ሓቂ ዋላ ውላድና ይኹን ንመንዶ ክንህቦ ኢና? ከምኡ ዘስተውዕልን ዝነፍዕን ኣይነበረን! ኣብ ሞንጎ ግን ዘይረብሑ ኣዕሩኽቲ ሒዙ ፡ ክጸድፍ ቁሩብ ኢዩ ተሪፍዎ ነይሩ። ወረ ኣነስ እምበርዶ እዚ ቆልዓ ሓላፍነትን ሓዳርን ክስከም'ዩ ክብል ጀሚረ ነይረ'የ። ሕጂ ግን መድህን ክትነግረኒ ኸላ ፡ ለይቲ ከይተረፈ ተንሲኡ ይሕግዛ ፡ ማዕረ ቆልዑ የተሓጽባ ፡ ዝገርም ምዕባለ'ዩ።"

"ብኻልኡ እንተ ነኣድኩሞ ጽቡቕ። እንተ ለይቲ የታናስኣ ፡ የተሓጽባ ኢልካ ግን ደሓር መንዓቒኡ ኢዩ ክኸውን። ናይ ሰብኣይ ስራሕ ክሰርሕ ኣለዎ ፡" በላኦም ዕትብ ኢለንን ፡ ከም ቁጥዕ ኢለንን።

"ኣይትረስዒ'ባ ማናቱ ከም ዘዕብዩ ዘለው።"

"ማናቱ እንተ ኾኑኸ? ሰራሕተኛ'ንዶ ኣየላታን። ንሕና'ኮ ንበይንና ኢና ደቅና ኣዕቢናና።"

"ሐቅኺ ንስኻ። ንሕና ኣብቲ ግዜና በዓልቲ ቤትካ ምሕጋዝ ዝበሃል ፡ ኣይንፈልጦን ጥራይ ዘይኮነስ ፡ ከም ነውሪ እውን ኢዩ ዝሕሰብ ዝነበረ። ሕጂ ግን ግዜ ተቐይሩ ኢዩ።"

"እሞ ንስኹም ነዛ ኢድኩም'ኳ ሓዊስኩም ዘይትፈልጡስ ፡ ሕጂ ተስፎም ክገብሮ ኣለዎ ትብሉ ኣሎኹም?"

"ኣብ ግዜና ስለ ዘይገበርናዮ'ኮ ፡ ልክዕ ንገብር ኔርና ማለት ኣይኮነን። ብሓቂ ክንዛረብ እንተ ኼንና ፡ ኣብ ከተማ ምስ መጻእና'ዩ ተበላሸዩ'ምበር ፤ ኣብ ዓዲ ወለድና እንተ ኾኑ'ውን ፡ ብዘይካ ዓበይቲ ውሱናት ነናቶም ዝሰርሕዎ እንተ ዘይኮይኑ ፤ ነቲ ኻልእ ስራሓውቲ ኩሉ ናይ ደገ ናይ ውሽጢ ከይበሉ ፡ ዘሎ ስራሕ ኩሉ ተማቒሎምን ተሓጋጊዞምን'ዮም ዝዓምዎ ነይሮም።"

"ኣነ'ኮ ንደቁ ክሓልን ፡ ሓዳሩ ክኽብርን ጸሊእ ኣይኮንኩን። ግን እቲ ናይ ሰበይቲ

ስራሕ ከይገብርካ ፡ ካልእ ምሕጋዝ ይከኣል ኢዩ ፡" በላ።

"ናይ ሰበይቲ ስራሕ ጥራይ'ኮ ኣይኮነን ቆልዓ ምሕጻብን ፡ ለይቲ ተንሲእካ ውላድካ ምዕንጋልን ብርኽቲ!"

"ኣነ'ኮ ሎሚ እዚ እንተ ገይሩ ፡ ጽባሕ ከኣ ካልእ ዘይገበረ ከይበሃልን ፡ ከይልመድን ከይድፈርን ኢለ'የ ፡"

"ስክፍታኽስ ይርደኣኒ'ኮ'ዩ። ንሳ ኸኣ የለብማ ግዲ። *እምበር ንዘኽበረካ ዓጸፋ ከተኽብሮን ፡ ከትሓልየሉን ከትፈልጠሉን እምበር ፤ ከትደፍሮን ከትንዕቆን እንተ ኼንካ'ሞ ፡ ፈኵስን ከንቱን ምኻንካ'ዩ ዘግህድ።"*

"እሞ ትፈልጡ እንዲኹም ፡ እቲ ዘልመድካዮን ዝገበርካሉን ሰብ'ኮ ኢዩ ዝገደካ።"

"እንታይ ማለትኪ ኢዩ?" በሉወን ፡ ኣንፈት ዘረባአን ስለ ዘይተርድኦም።

"ሙሉእ ህይወትኩም ዝሓለኹሙሎምን ዝገበርኩሙሎምን ኣባላት ስድራ ቤትን ፈተውትን ዶይ'ኮኑን ፤ ነቲ ኹሉ ዝገበርኩሞ ድምስስ ኣቢሎም ፤ ዘይጠቕሙ ናእሽቱ ነገራት ኣይገበረለናን ፡ ኣይሓተተናን ኢሎም ዝኹርዩን ዝቕየሙልኩምን!" በላ ወ/ሮ ብርኽቲ ፡ ነታ ዘረባ ናብ ካልእ ኣዝዩ ዕቱብ ኣርእስቲ ብምስግጋር።

"ንሱ ደኣ ልክዕ ኣለኺ። ነቶም ሙሉእ ህይወቶም ከይጠለሙ ሓላፍነቶም ዝዘከሩን ዝገበሩን ፡ ገለ ንእሽቶ ጉድለት ምስ እንረኽበሎም ፤ ኩሉ ከም ዘይነበረን ፡ ከም ዘይተገብረን ድምስስ ነብሎ። *ከምዚ ኣብ ክንዲ በቲ 90% ዝገበርዎ እንፈርዶም ፡ በቲ 10% ዘጉደልዎ ፡ ንፈርዶምን ንኹንኖምን ማለት'ዩ።* በ'ንጻሩ ግን ነቶም ሰብ ቁሊሕ ዘይብሉ ፡ ከም ኣመሎምን ባህሮምን ጌርና ስለ እንወስዶ ፡ ኣይንሕዘሎምን ኢና። ግርምቢጥ ዝኾነ ኣረኣእያን ፍርድን ኢዩ። ግን ደቂ ሰባት ከምኡ ኢና።"

"እሞ እንታይ ደኣ ትብሉ'ለኹም?" በላ ወ/ሮ ብርኽቲ ፡ በቲ ዘቕረባኦ ርትዒ ፡ ግራዝማች ብምስምምዖም ተተባቢዐን።

"ግን ርኢኺ ብርኽቲ ፡ ሓደ ነገር ከነስተውዕለሉ ዘሎና ነገር ኣሎ። *ተዋሂቡካን ተዓዲሉካን ክትገብር ይሓይሽ ፡ ካብ ክግበረልካ። እቲ ዝግብረሉን ዝወሃቦን ዘሎ'ኮ ፡ ስለ ዘይተዋህቦን ዘይተዓደሎን'ዩ። ተዋሂቡካ ክትገብር ምኽኣል ዓቢ ጸጋ ኢዩ። እንተ ዘይወሃበንን ዘይዕደለንን ፡ ክህብ ዘይኽእል እንተ ዝኸውንንዶ ምሓሸኒ? ኢልካ ክሕሰብ ኣለዎ። ካብ ሰብ ቁሊሕ ምባል ፡ ጸቡቕ'ኮ ኣይኮነን። ስለዝስ ናይቲ ዝገበርናሉ ሰብ ኣረኣእያ ብዘየገድስ ፡ ክንገብር ምኽኣልና ፡ ዕድለኛታት*

ምኽንና ፍለጢ።"

"ንሱስ እወ ፣ ግን ፣"

"ጽንሒ ድኣ ክውደኣልኪ። እቲ ኻልእ ቁምነገር ግን ፣ እቲ እንህቦን እንገብሮን ፣ ነቲ ሰብ ዘይኮነ ፣ ንነብስናን ፣ ነቲ ዝሃበና ኣምላኽን ምኽኑ ክንዝንግዕ የብልናን። እቲ ጸማናን ዓስብናን ኸኣ ፣ ካብ ሰብ ዘይኮነ ፣ ካብ ኣምላኽ ኢና እንረኽቦ። እቲ ዝገበርናሉ ሰብ ዘይፈለጠልናን ዘየመስገነናን ኢልና ክንጉሂ የብልናን። ጽቡቕ ከም ዝገበርና ንሕና ባዕልናን ፣ እቲ ጐይታ ኩላትናን ይፈልጦ ስለ ዘሎ እኹል ኢዩ። ከምቲ ብናይ ሰብ ናእዳን ውዳሴን ፣ ዘይኮንናዮ ክንክውንን ፣ ዘይገበርናዮ ክኾነልናን ዘይከእል ፤ ብተመሳሳሊ ኸኣ እቲ ዝኾንናዮን ዝገበርናዮን ፣ ዝኾነ ሰብ ፣ ዝኾነ ኢሉን ዝኾነ ገይሩን ፣ ክንክዮን ክጉድሎን ፣ ወይ ክድምስሶ ኣይክእልን'ዩ። እዚ ወደሓንኪ። ብመድህን ጀሚርና ደኣ ናብ ካልእ ኣልጊስና'ምበር ፣" በሉ ክምስ እናበሉ።

"ንሱ ደኣ ኣመልኩም እንድዩ። ግን ናብ መድህን ካብ ተመለስኩም ፣ ዘይ ብቐደሙስ ንሱን ወድንሱን ፈሪህና ኢና ከምኡ ንብል ዘሎና" በላ።

ናብ ካልእ ኣርእስቲ ባዕለን በዓልቲ ቤቶም ከም ዝኣለዮም ንግራዝምቾ ኣይጠፍኦምን ፣ ግን ሕጂ'ውን ናብ ካልእ መታን ከይእለዩ ብምባል ፣ ነታ ነጥቢ ሸለል ኢሎም ፣ "ኣይ ግዲ የብልክን ፣ መድህንሲ ይመልኣላ'ምበር ከምኡ ዓይነት ኣይኮነትን።"

ወ/ሮ ብርኽቲ በቲ ሓፈሻዊ ኣተሓሳስባ'ኳ ምስኦም ክሰማምዓ እንተ ጸንሓ ፣ ንመድህን ንዝምልከት መግለጺኦም ግን ከም ዘየዕገበን ፣ ኣብ ገጸን ኩነታተንን ይረኣ ነበረ። ከምኡ ስለ ዝኾነ ኸኣ ፣ ሓፍ ኢለን ዝሰተይሉ ኣቕሑ ሒዘን ፣ ንኽሽነአን ዕዝር በላ። እታ ዘረባ ኸኣ ብኡ ኣቢላ ተደምደመት።

ግራዝማች ብሓሳባቶም ንነብሶም ፣ ብቓሎም ከኣ ንበዓልቲ ቤቶም ፣ ብናይ ተስፎም እወታዊ ለውጢ ከም ዝዓገቡ ይግለጹ'ምበር ፤ ብውሽጦምስ "እስከ ናይ ተስፎም ነገር ሙሉእ ይግበሮ ፣" ኢዮም ዝብሉ ነይሮም።

ማናቱ ደቂ ተስፎምን ሃብቶምን ጽቡቕ እናማዕበሉ ከዱ። ጥምቀት ኣወዳት ኣብ 40 መዓልታት ስለ ዝፍጸም ፣ ዕለተ ጥምቀቶም ተቓረበ። ግራዝማችን ባሻይን ፣

ደቅና ኣብ ሓደ መዓልትን ሰዓትን ብማናቱ ከም ዝብኮሩ ክገበረልና ኸሎ፣ እዝግሄር ምልክት ኢዩ ዝህበና ዘሎ ኢሎም ሓሰቡ። እቲ ናይ ነዊሕ እዋን ጉርብትናን ፍቕርን ርእዩ'ዩ፣ እዚ ጸጋ'ዚ ሂቡና ዘሎ ኸአ በሉ። ነዚ ምልክት'ዚ ተኸቲሎም፣ ነቲ ዝጸንሐ ፍቕሪ ንምርጓዱን ንምድልዳሉን፣ ነዞም ኣቐዲሞም ክጥመቑ ዝተቓረቡ ኣወዳት ህጻውንቲ፣ ተስፎምን ሃብቶምን ብልግና ይሓዝዎም ዝብል ሓሳብ ኣቕረቡ። ተስፎምን ሃብቶምን ከኣ ነቲ ናይ ወለዶም ሓሳብ ብኡ ንቡኡ ተቐበልዎ።

ኣልጋነሽን መድህንን ምስ ሓሓማውተን ኮይነን፣ ንጥምቀት ዘድልየን ኩሉ፣ ዝተመርጸ ጻዕዳ ጣፍ፣ ጠስሚ፣ በርበረ፣ ናውቲ ስዋ፣ ወዘተ ክቐራርባ ጀመራ። ኣብቲ እዋን'ቲ ዝብላዕ ዝስተ፣ ገዛ ኸራይ፣ ኩሉ ንመነባብሮ ዘድሊ ነገራት ብሓፈሻ ዓቕሚ ሰብ'ዩ ነይሩ። በቲ ሓደ መዳዩ ኸኣ ገንዘብ ኣዝዩ ክቡርን፣ ብቐሊሉ ዘይርከበሉን ግዜ ኢዩ ነይሩ። ሙሉእ ጠላዕ ሰብኣይ ብሓምሳ ሳንቲም ንመዓልቲ ዝቑጸረሉ ግዜ ኢዩ ነይሩ። በተን ወርሓዊ ትሕቲ 20 ቅርሺ ደሞዙ ግን ሓዳር ይምስርት፣ መግቡን፣ ክዳውንቲ ደቁን፣ ገዛ ኸራዩን፣ ኩሉ ካልእ ወጻኢታቱን ይሽፍን ነበረ።

'ሕምባሻ ኸሎ እምኒ፡' ዝብል ምስላ፣ ዳርጋ ብግብሪ ዝምስከረሉ ግዜ ኢዩ ነይሩ። ንሕና ደቂ ሰባት ግን፣ ፍጥረትና ስለ ዝኾነን፣ ከምቲ *'ኹሉ ጸቡቕ፣ ጸቡቕ ከይበልካዮ ይሓልፍ፡'* ዝበሃል ግዲ ኾይኑን ፤ ኣብቲ እዋን'ቲ እውን ነዚ ጸጋ'ዚ ዘስተብህለሉን፣ ዘስተማቕሮን ዘመስግነሉን ኣይነበረን።

ኣብቲ ግዜ'ቲ፣ ብዛዕባ ናይ መግብን መነባብሮን ወጻኢታት ዝበሃል ኣርእስቲ፣ ምስካፍን ምሹቕራርን ዳርጋ ኣይፍለጥን'ዩ ነይሩ። ከምኡ ይኹን'ምበር፣ ዝበዝሓ ኤርትራውያን ስድራ ቤታት፣ ዋላ እተን ዓቕሚ ዝነበረንን ዝኽእላን'ውን፣ ነቲ ኣብቲ ግዜ'ቲ ዝነበረን ጸጋ፣ ኣይጥቀማሉን ኢየን ነይረን። መብዛሕትኦም ኢጣልያውያን ዝኾኑ ወጻእታኛታት'ዮም፣ ነቲ ሕምባሻ ኸሎ እምኒ ዝመለልይኡ እዋን ዝጥቀሙሉ ነይሮም።

ኣብ ዓዲ'ውን እንተ ኾነ፣ እቲ ኣተሓሳስባን ባህልን ናይ ኣመጋግባ፣ ካብኡ ዝገድድ እንተ ዘይኮይኑ፣ ካብኡ ኣይሓይሽን'ዩ ነይሩ። እቶም ዝበዝሑ ጥቓ ከተማታት ዝተደኮና ዓድታቶም ከኣ፣ ነቲ ዘፍረይዎ ጸጹቡቑን ጠጥዑሙን ቀቑምነገሩን፣ ንኸተማ ኢዮም ንኽሸጥዎ ዘውርድዎን ዝጓርትዎን ነይሮም።

ሓደ ንግራዝማች ወዲ ሓውቦኦም ዝብጾሖም፣ ኣዝዩ መስተውዓሊ ዝኾነ ወዲ ዓዲ፣ *"ንሕና እዞም ደቂ ዓዲ'ኮ ዓያሹ ኢና። ንኣኻትኩም ጠስሚ፣ መዓር፣*

ጸባ ፡ ደርሆ ፡ እንቋቝሖ ፡ ኣባጊዕ ፡ ኣጣል ፡ ሸዊት ፡ ኣእካል ፡ ተተሰኪምና ነምጽኣልኩም። ንኣኡ ንኣኻትኩም ኣረኪብና ኸኣ ፡ ንሕና በርበረ ፡ ጨው ፡ ዘይቲ ፡ ጌሶ ፡ ቡን ፡ ሸኮር ፡ ዘብረቕርቕ ድሙቕ ዝሕብሩ ዘይጠቅምን ዘየገልግልን ክዳውንቲ ፡ ዝተረፈና ኸኣ ፡ እንዳ ሰዋን ሜስን ኣቲና ንጭልጦ!" ይብሎም ነበረ።

ነቲ ትዕዝብቱ ከጠቓልሎ ኸኣ ፡ *"ዘዝጠለለን ዘዘጥልልን ንኣኻትኩም ፡ ዘዝሓረረን ዘዘሕርርን ከኣ ንኣና።"*

ንሶም ብግደኦም ፡ "እዝስ ሓቅኻ ኢኻ ፡ ከምዚ ቀደም *' ፃፃጽሙ ንኣና ፡ ሰሰግኡ ን' ንዳ ጐይታና"* ዝበሃል ዝነበረ ኣበሃህላ ኢዩ በልዎ።

ግራዝማች ብዘረባኡን ብምስትውዓሉን ይግረሙ ነበሩ። ኣየ እዚ' ኮ ትምህርቲ እንተ ዝውስኸሉ ፡ ከመይ ምኾነ ነይሩ ኢሎም ወትሩ ምስ ኣድነቕዎ ኢዮም ነይሮም።

ኣብ ከምዚ ኩነታት ዕዳጋን ፡ መነባብሮን ፡ ኣተሓሳስባን ፡ ልምድን ዝነበሮ እዋን' ዮም' ምበኣር ፡ እንዳ ተስፎምን እንዳ ሃብቶምን ፡ ንጥምቀት ማናቱ ደቆም ዝዳለውን ዝቀራረቡን ነይሮም።

ምቅርራብ ጥምቀት ዳርጋ ናብ ኣጋ ምዝዛሙ በጽሐ። ክልቲኦም ዓበይቲ ወለዲ ብዝኣመምዎን ብዘ' ቕረብዎን ሓሳባት መሰረት ከኣ ፡ ተስፎም ንወዲ ሃብቶም ፡ ንሳምሶን ፤ ሃብቶም ከኣ ንወዲ ተስፎም ፡ ንብሩኽ ብልግና ክሕዝዎም ተሰማምዑ።

ተስፎም ህጻውንቲ ብዝሑል ማይ ክጥመቑ ኸለው ፡ ቁሪ ከይወስዱ ዝብል ሻቕሎት ሓዞ። እታ ስግኣት ክትእለየሉ ስለ ዘይከኣለት ፡ ማይ ውዑይ ሒዞም ክኸዱ ዝፈቅድ እንተ ኾይኑ ነባት ነብሶም ተወከሶም። ኣባት ነብሶም ብሕቶን ጥርጣረን ተስፎም ተቖጥዑ። ኣብ ወጻኢ ተማሂርካ ስለ ዝመጽእኻ' ኮ ፡ እምነትካ ከተጥፍእ ኣይኮንካን ተማሂርካ ኢሎም ገሰጽዎ።

ቀጺሎም ካብ ጥንቲ ካብ ዮውሃንስ መጥመቕ ኣትሒዙ ፡ ደቂ ሰባት በቲ ዘሎ ባህርያዊ ማይ ከም ዝጥመቑ ዝነበሩ ፤ ስለዚ በዚ ጨሪሱ ክስክፍ ከም ዘይግበኦ ዝነበረ ፤ እቲ ጐይታ ባዕሉ መላእኽቱ ሰዲዱ እሸንኳይ ንህጻናት ፡ ንኣና ንኹላትናን ፡ ንኣኻ' ውን እንተኾነ ለይትን ቀትርን ከም ዝሕልወና ክትኣምንን ፡ ክትተኣማመንን ኢዩ ዝግበኣካ ኢሎም ኮረዩሉ።

ካብኡ ዝያዳ ከየቐጥያም ብምስጋእ ፡ ንመግለጺኦም እሺ ኢሎ ተቐበሎም። ተስፎም ግን በታ ናይ ኣቦይ ቀሺ መግለጺ ኣይዓገበን። ምስ ኣባት ነብሶም ዘካየዶ ዝርርብ ከም ዘየዕገቦ ብምግላጽ ፡ ስክፍታኡ ንግራዝማች'ውን ገለጸሎም። ግራዝማች ከኣ ፡ ብዛዕባ'ዚ ብዙሕ ክስከፍ ከም ዘይብሉ ፤ እቲ ኣቦይ ቀሺ ዝበሉዎ ኩሉ ሓቂ ምዃኑ ፤ ናቱ መርኣያ ኸኣ ፡ *'እንኹ ኣነን ኣደኻን ብኽምኡ ተጠሚቕና ፡ ዓቢና ንኣኻትኩም ወሊድና ፤ ንስኻ ኸኣ ብኽምኡ ተጠሚቕካ ፡ እኖኻ ኸኣ ሕጂ ኣብ ምውላድ በጺሕካ ፡'* ምስ በሉዎ መልሲ ክረኽበሎም ኣይከኣለን። ብድሕሪኡ ነታ ዘረባ ኣዋደቓ።

ኣብ መዓልቲ ጥምቀት ፡ መድህንን ኣልጋነሽን ከመይ ዝኣመሰለ ግልብጭ ተቐኒነን ፡ ኣእዳወንን ኣእጋረንን ሒና ተሓኒነን ፡ ጥሽ ብኤን ተፈሻሸላ። ግራዝማች ንኽልቲአን ሓደ ዓይነት ክዳን ሓበሻ ባዕለይ እየ ዝኸድነን ብዝበሉዎ መሰረት ፡ ክልቲአን ሓደሸቲ ክዳውንተን ለቢሰን ተኾልዓ። ዓበይቲ ወለዲ ግራዝማችን ባሻይን ፡ ንኽብሪ እቲ መዓልቲ ፡ ክዳን ሓበሻ ክለብሱ ኸለው ፡ ኣንስቶም ከኣ ካብ ዝነበረን መሪጸን ክዳን ሓበሻ ተኸደና። ደቆም ዘጠምቑን ብልግነት ዝሕዙን ክልቲኦም ሓደስቲ ወለዲ ከኣ ፡ ኣሎ ዝበሃል ክዳውንቶም ለቢሶም ተቐረቡ።

ብንጉሆኡ ክልቲኦም ስድራ ቤት ፡ ኣብ እንዳ ማርያም ቤተ ክርስትያን ፡ ወጋሕታ ሰዓት ሓሙሽተ ተረኽቡ። ብድሕሪኡ ብፍላይ ንተስፎም ፡ ድሕሪ መዋእል ዝመስሎ መንፈሳዊ ስነ ስርዓት ፡ ህጻውንቲ ዝጥመቑሉ ሰዓት ኣኸለ። ተስፎም ንሳምሶን ፡ ሃብቶም ከኣ ንብሩኽ ሓቑፎም ፡ ንነብሲ ወከፍ ህጻን ናይ መንፈስ ኣቦታት ንኽኾኑዎም ፡ ሓላፍነት ብምውሳድ ፡ ናይ ጥምቀት ስነ ስርዓት ዛዘሙ።

ብወገን እንዳ ተስፎም ፡ እቲ ጥምቀት ከምታ ናይ ግራዝማች ናይ ኩሉ ግዜ ኣገባብ ፡ ብሕጽር ዝበለ ኣገባብ ኣሕለፍዎ። ብወገን እንዳ ሃብቶም ግን ፡ ብዝተኻኣሎም ዝያዳ ኣስፋሕ ኣቢሎም ጸንበልዎ። ብድሕር'ዚ ጥምቀት ህጻውንቲ ኣዋልድ'ውን ኣርኪቡ ፡ ኣብ 80 መዓልቲ ፡ ብተመሳሳሊ ኣገባብ ተጸንበለ። ንደቂ ኣንስትዮ ህጻውንቲ ኸኣ ፡ ንጓል ተስፎም ፡ ትምኒት ፤ ንጓል ሃብቶም ከኣ ፡ ክብረት ዝብል ስም መረጹለን።

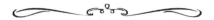

ኣብዚ ግዜ'ዚ እንዳ ተስፎምን እንዳ ሃብቶምን ፡ ድሮ ኣረርባዕተ ርእሶም ኮይኖም መጠነኛ ስድራ ቤታት መስሪቶም ፡ ህይወቶም ይመርሑ ነበሩ። እዞም ናይ ሕጂ ወለዲ ፡ ተስፎምን ሃብቶምን ፡ ከዓብዩ ኸለው ፡ ከም ናይቲ ግዜ'ቲ መሳቱኦም ፡

ኣብቲ ናይ ዝበዝሐ ሓበሻ ዝነብረሉ ከባቢ ኢዮም ዓብዮም። ኣብቲ እዋን'ቲ ኢጣልያውያን ጥራይ ዝብሕትዎን ፡ ዝያዳ ብኣኦም ዝተዓብለለን ከባቢታት ኣስመራ ነይሩ'ዩ።

ዝበዝሑ ደቀባት ኣብ ኣባሻውል ፡ ዕዳጋ ሓሙስ ፡ ገዛ ብርሃኑ ፡ ዕዳጋ ዓርቢ ፡ ኣኽርያ ፡ ሓዝሓዝ ፡ ደፖዚቶ ፡ ጸጸራት ፡ ገዛ ከንሻ ፡ ኣርባዕተ ኣስመራ ፡ ገጀረት ፡ ጎዳይፍ ፡ ቤት መኻእ ፡ ወዘተ ኢዮም ዝነብሩ ነይሮም። ዝበዝሑ ኢጣልያውያን ከኣ ኣብ ማእከል ከተማ ፡ ኣልፋ ሮመዮ ፡ ካምቦ ቦሎ ፡ ገዛ ባንዳ ጣልያን ፡ ኣምባ ጋልያኖ ፡ ወዘተ ኢዮም ዝነብሩ ነይሮም።

ኣብኡ ዝበዝሑ ደቀባት ፡ ኣብ ሓንቲ ወይ እንተ በዝሐ ፡ ክልተ ክፍልታት ኢዮም ዝነብሩ ነይሮም። ኣብቲ ግዜ'ቲ እታ ስድራ ቤት ፡ ኣብ ውሽጢ ገዛ ምስ ተኣኻኺበት ፡ ብዕላልን ፡ ብሂልን ፡ ምስላታትን ፡ ነበረያ ነበረን ፡ ዛንታ ቀዳሞት ወለድን ፡ ፍለጡለይን ፡ ሕንቅልሕንቅሊተይን ፡ ጽውጽዋይን ወዘተ ኢያ እትዘናጋዕ ነይራ። ሽው ካልእ መዘናግዒ ዝበሃል ኣይነበረን።

እቲ መዛናግዕን ግዜ መሕለፍን ፡ ኣብታ ዓቕሚ እታ ስድራ ቤት ጥራይ ይምርኮስ ብምንባሩ ግን ፡ ብዙሕ ሓለፋ ነይሩዎ'ዩ። እታ ዝተመስረተት ስድራ ቤት ፡ ነንሕድሕዳ ዝያዳ ንኽትወሃሃድን ፡ ንኽትፋቐርን ፡ ንኽትታሓላለን ፡ ንኽትጥመርን ፡ ኣዝዩ ርሒብ ዕድል ይኸፍት ነይሩ። ዝኾነ ምህዞን ምዕባለን ፡ ከም እኒ ቴሌቪዥን ፡ ዲሽ ፡ ወዘተ ፡ ብደገ ናብቲ ገዛ ኣትዩ ፡ ነታ ናይታ ገዛ ዕላል ዝዘርግን ፡ ንጥምረትን ህላወን እታ ስድራ ቤት ዝፈታተንን ሓይሊ ኣይነበረን።

ስለዚ እታ ስድራ ቤት ፡ ኣብታ ከባብ መኣዳ ፡ መኣዲ እንተ ተላዒሉ ኸኣ ፡ ኣብታ ደዱኳኣ ኣብ ፎርኔሎ ከቢባ ፡ ክሳዕ ግዜ ድቃስ ብዕላልን ወግዕን ሞይቃ ኢያ እትድቅስ። እዚ ኸኣ ኢዩ ልዕሊ ጽቡቕ መግብን ፡ ጽቡቕ ክዳውንትን ፡ ምቹእ ገዛን ፡ ገፊሕ መዳቕሶን ፡ ነታ ብደቀባት ዝተመስረተት ስድራ ቤት ዝምግባን ዘሰስናን ነይሩ።

ተስፎምን ሃብቶምን ኣብ ሓደ ቀጽሪ ፡ ኣብ ዕዳጋ ሓሙስ ተወሊዶም ከም ጎረባብቲ ኾይኖም ክዓብዩ ኸለው'ውን ፡ እቲ ዘበኖምን ግዜኦምን ከምዚ ክውንነት ዝነበሮ ኢዩ ነይሩ። ኣብ ከምዚ ኩነታት ከኣ ኢዮም ተወሊዶምን ዓብዮምን። ተስፎምን ሃብቶምን ሕጂ ወለዲ ኣብ ዝኾኑሉ ግዜ እንተ ኾነ'ውን ፡ እቲ ገዛውትን ፡ ቤትን ፡ መግብን ፡ መነባብሮን ፡ መሳለጥያታት መነባብሮን ፡ ብውሱን ደረጃ ይመሓየሽ'ምበር ፡ ብመሰረቱ ግን ብዙሕ ካብኡ ዝፈለ ኣይነበረን።

ማናቱ ኣብ መቐጸልታ ናይቲ ወለዶም ዝዓበይሉ ዘመን ኢዮም ፡ ህይወቶም ዝፍልሙ

ነይሮም። ብሓደ መዓልቲ ተወሊደን ፣ ብሓደ መዓልቲ ዝተጠመቓ ኣዋልድ ፣ ከምኡ ኸኣ ፣ ኣብ ሓደ መዓልቲ ተወሊዶም ፣ ኣብ ሓደ መዓልቲ ዝተጠመቑ ኣወዳት ደቂ ሃብቶምን ተስፎምን ፣ ጽቡቕ ምዕባለ ክገብሩ ጀመሩ። ወርሒ ናብ ኣዋርሕ ፣ ኣዋርሕ ከኣ ናብ ዓመት ተሰጋገሩ ፣ ማናቱ ዓመቶም መሊኦም ፣ ኣብ ሓደ መዓልቲ ቀዳማይ ዓመተ ልደቶም ጸንበሉ። ኣብ ዓመቶም ኣዝዩ ምዕሩግ ጽምብል'ዩ ተገይሩሎም። ሽው ዝነበረ ፍስሃን ሓጎስን ወሰን ኣይነበሮን። ኣብቲ ጽምብል'ቲ ዝነበረ ኹሉ ፣ ኣየ ከመይ ዝኣመሰሉ ዕድለኛታት ቆልዑን ወለድን ኢዮም በለ።

ንሕና ደቂ ሰባት ኩሉ ግዜ ዘይንዝክሮ ግን ፣ ሰባት ብዝተወሰነ ደረጃ ፣ ነናቶም ዕድል ሒዞም ከም ዝውለዱ'ዩ። ኣብቲ ግዜ'ቲ'ውን ፣ ሰብ ኣኣፋ ዝሃቦ ኢዩ ዝዛረብ ነይሩ'ምበር ፣ እዞም ማናቱ'ዚኦም ሒዞሞ ዝመጹ ዕድል ፣ ኣብቲ ግዜ'ቲ ክትንበዮ ዝኽእል ሰብ ዋላ ሓደ'ውን ኣይነበረን።

ምዕራፍ 2

ግራዝማችን ባሻይን ፣ ኣብታ ብሓባር ዝነብሩላ ዝነበሩ ቀጽሪ ፣ ካልኦት ጎረባብቲ'ውን ነይሮሞም ኢዮም። ግን ናይታ ደቂ ሓደ ዓዲ ምዃኖምን ፣ ፍልጠቶም ካብ ዓዲ ስለ ዝጅምርን ፣ ክልቲኦም ኢዮም ዝያዳ ዝቀራረቡ ነይሮም።

ግራዝማች ሰልጠነ ዝሓሸ ኣታዊ ስለ ዝነበሮም ፣ ደቆም ዝሓሸ ኣመጋግባ ፣ ዝሓሸ ቤት ትምህርቲ ፣ ዝሓሸ ገዛ ፣ ዝሓሸ ኣከዳድናን ነይርዎም። ደቂ ግራዝማች ኣብ ናይ ግሊ ቤት ትምህርቲ ፣ ደቂ ባሻይ ከኣ ኣብ ናይ መንግስቲ ቤት ትምህርቲ'ዮም ተማሂሮም።

ደቂ ግራዝማች ናይ ነገር ቆልዑ ፣ ኣብ ልዕሊ ደቂ ባሻይ ንኽቕንእዎም ናይ ልዕልና ከርእዩ ኽለው ፣ እቶም ቆልዑ ብሕልፊ ኸኣ ሃብቶም ኣዝዩ ይቐንእን ይስምዖን ነበረ። ካብ ኩሎም እቶም ቆልዑ ብዝያዳ መተሃላልኽቲ ዝነበሩ ተስፎምን ሃብቶምን'ዮም።

ኣብ ልዕሊ'ዚ ሃብቶም ፣ ምልኩዕ ዘይምንባሩ ይስመዖን ይፍለጦን ነይሩ'ዩ። ሃብቶም ግን ነታ ብተፈጥሮ ዝተዓደለቶ መልክዕ ኣይኮነን ዝጸልእ ነይሩ። ንሱ ዝጸልእ ዝነበረ ፣ ተስፎም ምልኩዕ ብምንባሩ ዝስመዖ ዝነበረን ፣ ንኣኡ ንኽስምዖ ኢሉ ዝገብሮ ዝነበረ ምንቅስቓስን'ዩ።

ብተወሳኺ ወላዲኡ ባሻይ ጎይትኦም ፣ ከሕርቖም ከሎ ካብ ቁልዕነቱ ፣ ግናይ ፣ ከፉእ ፣ ዝብላ ጸርፍታት መውጽእ ኣፎም'የን ነይረን። በዚ ኽልቲኡ ምኽንያታት ፣ ሃብቶም ብኹነታት መልክዑን ፣ መልክዕ ተስፎምን ብኣሉታ ይጽሎ ነበረ።

ተስፎም ከኣ መልክዑን ቁመናኡን ይፍለጦን ይስመዖን ነይሩ'ዩ። ካብ ቁልዕነቱ ጀሚሮም ዝመጹ በጻሕቲ ፥ "እዋይ እዚ ቆልዓ ክፍተወካ ፥ ክንደይ ይጽብቕ'ዩ መልክዑ ፡" ይብልዎ ነይሮም። እዚ ኸኣ ካብ ቁልዕነቱ ፥ ተወሳኺ ናይ ፍሉይነት ስምዒት የሕድረሉ ነበረ።

ኣደኡ ወይዘሮ ብርኽቲ ፥ በዚ ፍንጭሕ ኢለን ክሕጎሳ ኸለዋ ፥ ግራዝማች ግን ደስ ኣይብሎምን'ዩ ነይሩ።

"መልክዕ ወይ ቁመና ብናትካ መንፍዓት እትረኽቦ ጸጋ ኣይኮነን። ሰብ ብኡ ክንየትን ክስመዖን የብሉን ፡" ይብሉ ነይሮም።

"ኦኦይይ! ጸላኢና! እዝግሄር ብዝዓደለካ ጽባቐ እንተ ተሰምዓካ'ሞ እንታይ ኣበሳ'ለዎ ኾይኑ'ዩ!" ኢለን ይምልሳሎም ነበራ።

"መልክዕ ዝተወፈየልና'ምበር ፥ ባዕልና ዘጥረናዮ ስለ ዘይኮነ ፥ ብዙሕ ዋጋ ክወሃቦ የብሉን። ብሕልፊ ንዝዓብዩ ቆልዑ ኸኣ ፥ ብምምልክዖም ወይ ብዘይ ምምልክዖም ፥ ክንውድሶም ወይ ክንትንክፎም የብልናን። ንሓዋሩ ክልቲኡ ኣብ ባህሮምን ኣተሓሳስባኦምን ዘምጽኦ ኣሉታዊ ሳዕቤን ኣለዎ። ደሓር ከኣ መልክዕ ፈራስን ግዝያውን እምበር ነባሪ ኣይኮነን።"

"እሞ ዋላ ፈራሲ ይኹን'ምበር ፥ ክሳዕ ዘሎ እንተ ተሰምዓካን እንተ ኮራዕካሉን'ሞ ፥ እንታይ ሓጥያት ኣለዎ ኾይኑ ኢዩ?"

"በቲ ብመንፍዓትካ ዘየምጻእካዮን ዘየጥረኻዮን መልክዕ ክትጀሃርን ኣነ'ኮ ክትብልን ትነብር እንተ'ሊኻ ፤ ነቲ ብጻዕርኻ ከተማዕብሎን ክትሃንጾን ዝግበኣካ ሓንጎልን ጠባይን ድሕሪት ኢኻ እተትርፎ።"

"ኣየ ንስኹም ነዚ ነገራት ክትጠዋውይዎ?"

"ምጥውዋይ ኣይኮነን ብርኽቲ። ኣብ ክንዲ ትጠዋውይዎ ምባል ፥ ነቲ ዝብለኪ ዘሎኹ እንተ ተቐልብሉ'ኮ ምተርድኣኪ ነይሩ። እምበር ሓቂ እንተ ደሊኺ ኣሸንኳይ መልክዕ ፥ ዋላ እቲ ብመንፍዓትናን ጻዕርናን ዝረኸብናዮ ዓወት ፥ ንብረት ፥ ሃብቲ ፥ ወዘተ'ውን እንተኾነ ፥ ኩሉ ናትና ኣይኮነን። ክፋል ናቱ ኢዩ እቲ ብናትና ድኻምን መንፍዓትን እንረኽቦ። ዓቢ ክፋል ናቱ ትዕድልትን ጸጋን ምኳኑ ምርዳእን ምፍላጥን ምምስጋንን የድሊ። ብዙሓት ልክዕ ከም ናትና ደኺሞምን ጽዒሮምን ዘይኮናሉም እኮ ኣለው ኢዮም!"

"ካልእ ሰብ ብዘይናቱ'ኳ ዝኾርዕ። ብናትካን ብዘሎካን እንተ ተሰመዓካን እንተ

ኮራዕካን'ሞ ፡ እንታይ'ዩ እቲ ጸገሙ?! ግን ኩሉ ግዜ ከምታ ኣነ ዝሓሰባን ፡ ከምታ ኣነ ዝኣምናን እንተ ዘይኮይና ምስ በልኩም እንዲኹም! ደሓን ከም ድላይኩም ይኹነልኩም ፡" ኢለን ደስ ከም ዘይበለን ኣብ ገጸን ፡ ኣብ ኣካላተን ብምንጽብራቕ ሓፍ ኢለን ይኸዳ ነበራ።

ግራዝማች ከምዚ ዝኣመሰለ ኣተሓሳስባን ዘረባን ይደጋግሙ'ምበር ፡ ዝሰምዖም ግን ኣይረኸቡን ኢዮም ነይሮም። ካብ ደጋጊሞም ምፍታን'ኳ ዓዲ እንተ ዘይወዓሉ ፡ ከምዚ ምስ ገጠሞም ግን ፡ ካብ ናብ ካልእ ምትሕርራቕን ዘየድሊ ገልታዕታዕን ምእታው ኢሎም ፡ ልቢ ኣዕብዮም ፡ ነቲ ዘረባ ሸለል ኢዮም ዝብልዎ ነይሮም።

ተስፎምን ሃብቶምን ግን ከም ቆልዑ ፡ እዚ ግራዝማች ብኣሉታ ከይጸልዎም ኢሎም ዝፈርሕዎ ዝነበሩ ስከፍታ ፡ ሽው ዘይርድኦም ስለ ዝነበረ ኣይዓጅቦምን ኢዩ ነይሩ። እቲ ናይ መልከዕን ደረጃ መነባብሮን ፍልልያቶምን ፡ እቲ ምቕንናእን ኣብ ቦትኡ ከሎ ፤ ድሕሪ ትምህርቲ ብሓንሳብ ይጻወቱ ስለ ዝነበሩ ፡ ርክቦም ዕርክነትን ምትህልላኽን ፡ ፍቕርን ባእስን ዝለዋወጠ ኢዩ ነይሩ። ሓንሳብ ፍትው ሓንሳብ ጽልእ እናበሉ ኸኣ ብሓንሳብ ዓበዩ።

ብኸምዚ ኸኣ ተስፎም ትምህርቱ ቐጺሉ ፡ ናብ ወጻኢ ሃገር ከይዱ ፡ ናይ ካልኣይ ደረጃ ትምህርቱ ፈጺሙ ተመረቐ። ድሕሪ ምምላሱ ኣብ ሃገራዊ ባንክ ስራሕ ጀመረ። ብዘርኣዮ ብቕዓት ከኣ ብዙሕ ግዜ ከይወሰደ ናይ ሓላፍነት ቦታ ተዋህቦ።

ሃብቶም ግን ንስድራኡ ክሕግዝ ፡ መባእታ ምስ ወድአ ፡ ኣብ ራብዓይ ክፍሊ ትምህርቱ ኣቋሪጹ ፡ ስራሕ ጀመረ። ባሻይ ጎይትኦም ድሕሪ ቑሩብ ፡ ዘለዋኦም ኣጠራቒሞም ንእሽቶ ዱኳን ምስ ከፈቱ ፡ ሃብቶም ኢዩ ዘካይዳ ነይሩ። ሃብቶም ካብ ብንእሽቶኡ ኣትሒዙ ፡ ዓይኒ ናይ ንግዲ ነይሩዎ'ዩ። ብተወሳኺ ኣዝዩ ጻዕረኛን ፡ ገንዘብ ዘየውጽእን ቆጣብን ኢዩ ነይሩ። ከምኡ ስለ ዝኾነ ኸኣ ፡ ኣብ ንጥፈታቱ ዕዉት ብምኻን ፡ ገንዘብ ከዋህልል በቕዐ።

ተስፎም በ'ከዳድናኡን ብዝወድዮ ጫማታትን'ውን ፡ ካብ ቁልዕነቶም ንሃብቶም ከም ዝቐንእ ይገብሮ ነይሩ'ዩ። ብሕልፊ ድሕሪ ስራሕ ምጅማሩ ፡ ተስፎም ዝለብሶ ዝነበረ ፡ ነቲ ብውሕልነት ዝተሃንጸ ዝመስል ኣካላቱን ቁመናኡን ዘይበቅዕ ኮይኑ ከይርከብ ፡ ዝተኸፈለ ይከፈል ተባሂሉ ብጥንቃቐ ዝተመርጸን ዝተገዝአን'ዩ ነይሩ።

ሃብቶም ኣብ ግዜ ቁልዕነቱ ፡ ኣታዊ ወላዲኡ ኣዝዩ ድሩት ብምንባሩ ፡ ዝኽደኖ መመላኽዒ ክዳን ኣይነበሮን። ኣብ ስራሕ ዓለም ምስ ተጸንበረ ኸኣ ፡ ናይ ስራሕ እንተ ዘይኮይኑ ፡ ናይ ክዳን ዝበሃል ነገር ኣገዲስዎ ኣይፈልጥን'ዩ። ሃብቶም ንተስፎም ፡ ብኹሉ ካልእ ከወዳደሮን ክበልጾን ይደልን ይሕልንን'ኳ እንተ ነበረ ፡

ብዛዕባ መልክዕን ብኽዳን ምፍሽሻልን ዝምልከት ግን ፡ ከም ዘየዋጽእ ፈሊጡ ተቐቢልዎ ነይሩ'ዩ።

ክልቲኦም መንእሰያት ከምዚ ኢሎም ፡ ብበበይኑ መንገዲ ህይወት ክጓዓዙ ምስ ጸንሑ'ዮም ፡ ብሓደ ሰዓትን መዓልትን ብማናቱ ዝተቦኮሩ። እዚ ኸኣ ኢዩ ማዕረ ናብ ብልግና ኣብጺሑ ፡ መንገዲ ህይወቶም ዝያዳ ክቀራረቦ ዝጀመረ።

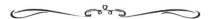

ማናቱ ሓደ ዓመቶም ምስ ጸንበሉ ፡ ባሻይ ሓደ ሓበሬታ ይረኽቡ'ሞ ፡ ምስ መን እንተ መኸሩ ከም ዝሕሾም ይሓስቡ። ድሕሪ ነዊሕ ምውራድ ምድያብ ከኣ ፡ ኣብ ሓደ ውሳነ በጽሑ።

ባሻይ መነባብሮኦም ቁሩብ ምስ ተመሓየሸን ፡ ግራዝማች ገዛ ምስ ቀየሩን ፡ ካብታ ቀጽሪ ከይወጹ ፡ ነታ ንነዊሕ እዋን ዝተቐመጡዋ ሓንቲ ክፍሊ ገዲፎም ፡ ናብታ እንዳ ግራዝማች ዝነበርዋ ዝገፍሐት ገዛ ሓለፉ። ባሻይ ብንጉሆኡ ናብቲ ዝሓሰብዎ ቦታ ከምርሑ ኸለው ፡ ኣብ ሓሳብ ተዋሒጦም'ዮም ነይሮም። ቅድሚኡ ለይቲ'ውን ዳርጋ ሓሳባት ከውርዱ ከደይቡ ፡ ጽቡቕ ከይደቀሱ ፡ ከዕለብጡ'ዮም ሓዲሮም።

ኣብቲ ግዜ'ቲ ኩሉ ሰብ ፡ ካብ ሓደ ቦታ ናብ ካልእ ክንቀሳቐስ ከሎ ፡ ብእግሩ ኢዩ ዝኸይድ ነይሩ። ባሻይ'ውን ሽው ንጉሆ ብእግሮም ኢዮም ዝጎዓዙ ነይሮም። ኣብቲ እዋን'ቲ ዝኾነ ሰብ ብኻልእ ኣገባብ ክንቀሳቐስ ፡ ኣብ ሓሳቡ'ውን ኣይመጾን ኢዩ ነይሩ። ኣውቶቡስ ምስቃል ኣይሕሰብን ኢዩ። ዋላ'ኳ እቲ ንኣውቶቡስ ዝኽፈል ሳናቲም እንተ ነበረ ፡ እቲ ናይ ሽው ሳናቲም ብዙሕ ነገር ኢዩ ክዓብስ ዝኽእል ነይሩ። ከምኡ ስለ ዝኾነ በተን እዝግሄር ዝዓደለካ እግሪ ንኽተሳልጦ ንእትኽእል ፡ ከም ንመጓዓዝያ ዝኣመሰለ ኣድላይ ዘይኮነ ነገር ገንዘብ ምውጻእ ፡ ከም ጽላለ ኢዩ ዝሕሰብ ነይሩ። ኣሽንኳይ ኣብ ውሽጢ ከተማስ ፡ ካብ ሓደ ዓዲ ናብቲ ካልእ ፡ ሰብ ብእግሩ ኢዩ ዝኸይድ ነይሩ።

ብሽክለታታት ነይረን ኢየን ፡ ግን ምስቲ ዓቕሚ እቲ ህዝቢ ይኸብራኦ ስለ ዝነበራ ፡ ብዙሕ ሰብ ክውንነን ዓቕሚ ኣይነበሮን። እዚ ይኹን እምበር ካብ ዝኾነ ካልእ ተሽከርካሪን መሳለጢ መጓዓዝያን ፡ ብሽክለታታት ኢየን እተን ዝበዝሓ ዝነበራ። ኣብቲ ግዜ'ቲ ታክሲ ዝበሃላ ዳርጋ ኣይነበራን። እተን ዝነበራ እቶም ርኹባት ብውዕል ዝጥቀሙለን ፡ በ'ጻብዕቲ ዝቑጸራ ኢየን ነይረን።

ኣስመራ ኣብቲ ግዜ'ቲ ብተዛማዲ ኣዝያ ንእሽቶ ኢያ ነይራ። ነተን ኣብቲ

ግዜ'ቲ ዝነበራ ከተማታት ፡ ብዝተዓጻጸፈ ኣይኮነትን እትዓብየን ነይራ። ብዝሒ ነበርቲ ኣስመራ ኣስታት 150,000 ኢዩ ዝኸውን ነይሩ። ካብዚኦም ኣስታት 17,000 ዝኾኑ ወጻእተኛታት ኢዮም ነይሮም። ህዝቢ ኤርትራ ንርእሱ'ውን ኣስታት ሓደ ሚልዮንን ፈረቓን ኢዩ ዝግመት ነይሩ።

ኣብቲ መወዳእታ ናይ ጣልያን መግዛእቲ ዓመታት ፡ ኣስመራ ዳርጋ ብኢጣልያውያን ኣዕለቕሊቓ'ያ ነይራ። መንግስቲ ጣልያን ምስ ተሳዕረ ግን ፡ እዚ ቁጽሪ'ዚ ቀልጢፉ ኢዩ ኣንቆልቍሉ። ብድሕሪኡ እቲ ቁጽሪ መጻእተኛታት እናነከየ ኢዩ ዝኸይድ ነይሩ። ብኣኡ ምኽንያት ድሮ ብዙሓት ኢጣልያውያን ፡ ገዛውቶምን ስራሓውቶምን ሸሺይጦም ፡ ናብ ዓዶም ይምለሱ ነበሩ።

ባሻይ ካብ ገዛኦም ዕዳጋ ሓሙስ ፡ ናብ ከባቢ ገዛ ባንዳ ጣልያን (ኣዲስ ኣለም) ንኽበጽሑ ፡ በየን በየን'ውን ከም ዝተጓዕዙ ኣይተረደኦምን። ሰብ ኣብ ሓሳብ ምስ ጠሓለ ፡ እቲ ሓንጎል ኣብ ካልኡ ስለ ዝዋፈር ፡ እቲ እግርን ዓይንን ልምድን'ዮም ተሓጋጊዞም ፡ በታ ዝለመድዋ ዝመርሕዎ። ንባሻይ ከኣ ፡ ሓንጎሎም ኣዋፊሮሞ ስለ ዝነበሩ ፡ ዓይንን እግርን'ዮም ትኽ ኣቢሎም ናብ እንዳ ግራዝማች ዘብጽሕዎም። ኣብኡ ምስ በጽሑ ከኣ ኢዮም ከም ዝኣተው ዝተረድኦም።

ብዝያዳ ኳሕኲሖም ገዛ ምስ ተኸፈተ ኢዮም ፡ ካብ ዝገሽዎ ሓሳባት ዓለም ተበራቢሮም ፡ ስንባደ ወሲኾም ፡ "ከመይ ሓዲርኪ ብርኽቲ?" ዝበሉ።

"እግዚኣቢሄር ይመስገን። ከመይ ሓዲርኩም ባሻይ? ደሓን ዲኹም ደኣ ብንጉሆኡ?"

"ኣይ ደሓን'የ። ምስ ግራዝማች ክንማኸረላ ዝደለኹ ጉዳይ ስለ ዘላትኒ'የ። ተንሲኦዶ'ሎ?"

"እወ ተንሲኦም ኣለው ፡ እተው።"

ሽው በቲ ናይቲ ቀጽሪ ሓጺን ማዕጾ ፡ ናብቲ ውሽጢ ምስ ኣተው ፡ ኣርባዕተ ሓሙሽተ ስጉምቲ ውስድ ኣቢሎም ፡ ናብቲ ቀንዲ ማዕጾ ናይቲ ገዛ በጽሑ።

ባሻይ ኣብኡ ክበጽሑን ፡ ምስ ግራዝማች ጎፈ-ጎፍ ክራኸቡን ሓደ ኾነ።

"ባሻይ ዲኻ? ኣይ ድምጺ ሰብ ሰሚዐ'ንድ'የ ተንሲአ መጺአ። ደሓንዶ ሓዲርካ?" በሉ ግራዝማች።

"እግዚኣቢሄር ይመስገን። ከመይ ሓዲርካ ግራዝማች። ሓንቲ ጉዳይ ከማኽረካ ስለ

ዝደለኹ'ንድየ ንጉሆ መጺአካ ፡" በሉ ባሻይ።

"ጽቡቕ ሕራይ። እሞ ሻሂ ገለዶ ከተምጽኣልና?"

"ኣይፋልን ፡ ቅድም ዘረባና'ሞ ንወድእ ፡ ድሕሪኡ ናብ ሻሂ ንኣቱ።"

"ጽቡቕ እምበኣር ከም ፍቓድካ። ብርኽቲ በሊ ሻሂ ደሓር ተምጽእልና። ምስ ወዳእና ክንነግረኪ ኢና ፡" ኢሎም ነታ ማዕጾ ናይታ ክፍሊ ዓጽዮም ፡ ኣብ ቅድሚ ባሻይ ፡ ኣብታ ኩሉ ግዜ ኮፍ ዝብሉላ ቡናዊት መንበሮም ኮፍ በሉ።

"እንታይ ደኣ ኢዩ'ሽ ክንድ'ዚ ዘጥፋኣካ ዘሎ? ዋላ ኣነ እንተ ጠፋእኩስ ብሓደ ኣፊቱ ፡ ኣይ ንስኻ እንዲኻ ኩሉ ግዜ ዕዉት ፡" በሉዎም ግራዝማች።

"ሓቅኻ ግራዝማች ሓወይ ፡ ምጥፋእስ ጠፊአካ። ግን በጃኻ ሓንቲ ናይ ደቂ ዓድና ሽምግልና እንዲና ሒዝና ኔርና። እንዳ ኣቦኻ ገብረኣምላኽ ፡ እቶም ደቆም ተባኢሶምስ ፡ ናብ ካልእ ህልኽን ቂምታን ህውከትን ከይበጽሑ ፡ ክንዓርቆም ኢና ቀኒና። ኣዝዮም ኣሸጊሮምናን ፡ መዓት ግዜ ኣጥፊኦምልናን ኣድኪሞምናን ኢዮም። ግን ኣብ መወዳእታኡ ደኣ ተዓዊትና ዓሪቕናዮም'ምበር።"

"እዝስ ቅዱስ ተግባር ኢዩ። እዝን ወድዝን እንደኣሉ ንነፍሲ ዝኸውን። እንቋዕ ደኣ ተዓወትኩም'ምበር ፡ ድኻምስ ንግዜኡ ኢዩ ፡ ዝገብረኩም የብሉን። ስጋና ስሪሓ ኣይስሪሓ ፡ ዘይ ንሓመድ'ያ።"

"እየወ ሓቅኻ።"

"ርኢኻ ጎይትኦም ሓወይ ፡ ገሊና ኣብ ክንዲ ሰብ ምትዕራቕን ኣብ ሞንጎ ሰባት ሰላም ምስፋንን ፤ ተዓጢቕና ሰብ ክንሓምን ፡ ክነባእስን ፡ ክነናቑትን ኢና ፡ ግዜና ኣብ ከንቱን ኣብ ሕማቕን እነባኽኖ። ስለዝስ ጽቡቕ ገበርኩም።"

"ክብረት ይሃብካ ግራዝማች። እዚ ዘይ ከማኻ ዝኣመስለ ፡ ብልህነትን ቅንዕናን ዝተዓደለ ሰብ ኢዩ ዝፈልጦ።"

"ዓበይቲ ሰባትን ዓበይቲ መጻሕፍትን ፡ *'ንሰብ እንተ ኸኢልካ ጽቡቕ ግበረሉ ፡ እንተ ዘይክኢልካ ኸኣ ፡ ጽቡቕ ሕሰበሉ ፡'* ኢዮም ዝብሉ። ኣግዚኣቢሄር ጽቡቕ ግበሩ ዝበለና ፡ ንኣኡ ምእንቲ ክጠቕሞ ኣይኮነን። ንሕና ጽቡቕ ስለ ዝገበርና ፡ ንኣኡ ብምንታይ ንጠቕሞ? እንታይከ ንገብረሉ? ንሱ ብሱሩ ካባና ዝደልዮ የብሉን። ግን ጽቡቕ እንተ ጌርና ፡ ንኣናን ፡ ንደቅናን ፡ ንስድራ ቤትናን ፡ ንሕብረተሰብናን ፡ ካብኡ ሓሊፉ'ውን ንሃገርናን ፡ ንዓለምናን'ውን መታን ክጠቕመናን ፡ ክንጥቀምን

ኢሉ'ዩ ፣ ጽቡቕ ክንገብር ዝኣዘዘና!" በሉ ብኽቱር ስምዒት።

"ሔ ሼሮ ግራዝማች! ሔ ሼሮ!"

ግራዝማች ብግብረ መልሲ ዓርኮም ተተባቢዖም ፣ "ርኢኻ ጎይትኦም ሓወይ ፣ ብዙሕ ሰብ ፣ እዛ ዓለም እዚኣ! እዛ ህይወት እዚኣ! ኢሉ ንዓለምን ንህይወትን ከማርራ ኢኻ እትሰምዖ። ዓለም ግን ንኹላትና ዝኣክልን ዝተርፍን ከም ዝህልዋ ገይሩ ኢዩ ኣዳልዩልና። ዓለም ኣይኮነትን ጸገምና! ጸገምና ንሕና ባዕላትና ደቂ ሰባት ኢና። ኩሉ ዝኣኽለና ኸሎ ፣ ንኹሉ ክንግብት ብእነርእዮ ስስዐን ፣ ብእንገብሮ በደልን ዓመጽን ኢና ኣብ ጸገም እንኣቱ። ጽን ኢልካ ስለ እትሰምዓንን ፣ እትከታተለንን ደኣ ኣጋፊሐልካ'ምበር ፣" በሉ ክምስ እናበሉ።

"ወሪዱካ ኣየጋፋሕካን። እንተ'ጋፋሕካ ኸኣ ፣ ዘይንቑምነገር'ምበር ንሃለውለውዶ ኾይኑ።"

"ክብረት ይሀብካ ጎይትኦም ሓወይ። በል ናብታ መምጽኢኻ ንስገር ፣" በሉዎም ናእዳ ብተፈጥሮኦም ስኽፍክፍ ዝብሎም ግራዝማች።

"ግርም ፣ በል ስምዓኒ ግራዝማች። እነህልካደኣሲ ኣነን ንስኻን ፣ ልዕሊ እቲ ደቂ ሓደ ዓዲ ምኳንና ፣ ነዊሕ እዋን ከም ጎረባብቲ ፣ ብሓባርን ብፍቕርን ብሰላምን ጸኒሕና ኢና። ዋላ'ኳ ብዕድመ ይመርሓካ እንተ ኾንኩ ፣ እቲ ዘሎካ ትምህርቲ ምስቲ ልቦናኻ ተደሚሩ ፣ ቅድሚ ሕጂ ኩሉ ግዜ ብሱል ሓሳባትን ምኽርን ምስ ለገስካለይ ኢኻ። ከምኡ ስለ ዝኾነ ኸኣ'ዩ ነዛ ዘዛርበካ ጉዳይ ፣ ምስ ስድራ ቤተይን ኣሕዋተይን ከይተረፈ ከየልዓልኩ ፣ ምሳኻ ክማኸረላ ዝወሰንኩ።"

"ኣባይ ብዘሎካ እምነትን ክብረትን እመስግነካ። በል ከይቋርጸካ ቀጽል።"

"ግርም። እነህልካደኣሲ ንስኻ ዘይትፈልጦ የብለይን። እቲ ጣልያን ዝረብሕ ደሞዝ ኣይህበንን'ዩ። ግን ካልእ ሞያን ክእለትን ስለ ዘይብለይ ፣ ኣብኡ ተጸቒጠ ደቀይ ኣዕብየ። በተን ዘጠራቐምክወን ገንዘብ ጌረ ነዛ ዱኳን ካብ ንገዝኣ ግን ፣ ሕማቕ ለይቲ ኣይሐደርናን። እዚ ቆልዓ ሃብቶም ከኣ ኣይሓመቐን። ካብ ንህይወትና ዘድልየና ሓሊፉ ፣ ገንዘብ እውን ከጠራቕም በቒዑ።"

"ግርም ፣ ጽቡቕ።"

"ሕጂ እዚ ዓምና ጣልያን ንዓዱ ክኸይድ ከም ዝደለየ ነጊሩኒ። ብተወሳኺ እቲ እንዳ ባኒ ክሸጦ ስለ ዝደሊ ፣ ትኽእል እንተ ኼንካ ንኣኻ ቀዳምነት ክህበካ ፣ ናይ ሓደ ሰሙን ግዜ ክህበካ ሕሰበሉ ኢሉኒ።"

"ሕራይ ፡ ዲንቂ።"

"ሕጂ ኣነ ውሑዳት ገንዘብ ኣለዋኒ። በይነይ ክዕድን ዘኽእል ዓቕሚ የብለይን። እታ ዝተረፈት ኣማራጺት ካልኣይ ዝኾነና ረኺብና ፡ ብሸርክነት ንምግዛእ ዝከኣል እንተ ኾይኑ ምፍታን ኢዩ። ኣነ ኸኣ ካባኻ ዝቐርብን ዝኣምኖን ሰብ የብለይን። ስለዚ ፍቓደኛ እንተ ኼንካን ፡ እትኽእል እንተ ኼንካን ፡ ነዛ ትካል ብሓባር ክነትርፋ እየ ክብለካ መጺአ።"

"ጽቡቕ ዘረባ ኢዩ። ሕጂ'ውን ነዚ ዓቢ ጉዳይ ተቐዳዲምካ ናባይ ምምጻእካ ፡ ምልክት ፍቕርናን ኣባይ ዘሎካ እምነትን ስለ ዝኾነ ፡ እመስግነካ። ሙሉእ ህይወትካ ዝሰራሕካሉን ፡ ኣጸቢቕካ እትፈልጦን ገዛ ስለ ዝኾነ እቲ ኣተሓሳስባኻ ጽቡቕ'ዩ። ብኽንደይ ክሸጦ ከም ዝሓስብ ዘሎ ነጊሩካ ድዩ?"

"እትግደስ እንተ ኼንካን ፡ ዓቕሚ እትረክብ እንተ ኼንካን ቅድም ኣፍልጠኒ'ሞ ፡ ደሓር ክነግረካ'የ ኢዩ ኢሉኒ።"

"ግርም እምበአር ፡ ብሓባር ኳንና ንኽነትርፎ ኣነ ተቓውሞ የብለይን። ንኹሉ ኹሉ ግን ናይ ኩሉ ርጡብ ሓበሬታ ምስ ረኽብካ ፡ ሽው ዓቲብና እንተ ተዛረብናሉ'ዩ ዝሓይሽ እብል። ንስኻ እንታይ ትብል?"

"ጽቡቕ ሓሳብ ፡ ይርሓሰና ፡" በሉ ባሻይ ፡ ዘምጽኦም ስለ ዝሰለጦም ፡ ታሕጓሶም ብግልጺ ኣብ ገጾም እናተነበበ።

ድሕሪ ሳልስቲ ኣብ እንዳ ባሻይ ክራኸቡ ብምስምማዕ ከኣ ፡ ጉዳዮም ወድኡ።

ኣብቲ እዋን'ቲ ኣብ ኤርትራ ፡ ዳርጋ ኩሎም ሰብ ሞያ ኢጣልያውያን ኢዮም ነይሮም። ብተወሳኺ ኣብ ኣስመራ ፡ ኣብ ሸቐጥ ዝተዋፈሩ ባይናን እናተባህሉ ዝጽውዑ ህንዳውያንን ፡ ከምኡ'ውን ኣይሁዳውያን ፡ ግሪኻውያን ፡ የመናውያን ፡ ኣርሜናውያንን ሱዳናውያን'ውን ነበሩ።

ኣብ ምምሕዳርን ፍርድን ፡ ትምህርትን ጸጥታን ፡ ብሓላፍነት ዝሰርሑ እንግሊዛውያን እውን ነይሮም'ዮም። ግሪኻውያንን ኣይሁዳውያንን ማዕረ ናታቶም ቤት ጸሎት ነይሩዎም ኢዩ። ህንዳውያን ከኣ ፡ እምነቶምን ናይ ቀብሪ ኣገባቦምን ኣዝዩ ፍሉይ ስለ ዝነበረ ፡ ናታቶም ናይ በይኖም መቓብር ኣብ ቤት ጊዮርጊስ ነይሩዎም።

ኣብቲ ግዜ'ቲ ዝበዝሕ ዓበይትን ናእሽቱን ሰራሕውቲ፡ ብኢጣልያውያን ጥራይ ኢዩ ዝውንን ነይሩ። ዝበዝሐ ኣብ ከተማታት ዝነብር ሰብ ከኣ፡ ኣብ ትካላቶም ኢዩ ዝሰርሕ። ኩሉ እቲ ትምህርቲ ዘይነበሮ፡ ብጉልበት ኣብ ከተሓጋገዞም ዝኽእል ቦታታት ይቖጽርዎ ነይሮም። እናተጸረፈን እናተጋፍዐን፡ ብእግሪ እናተቐልዐን'ውን፡ ተጸሚሙን ተጸቒጡን ደቂ የዕብን፡ ናብራኡ ይመርሕን ነበረ።

ኢጣልያውያን ንወዲ ዓዲ፡ ነቲ ስራሕ ከላምድዎን ክምህርዎን ጨሪሶም ኣይደልዩን ኢዮም ነይሮም። ብ'ንጻሩ እኳደኣ፡ እቲ ጥበብን ብልሓትን ናይቲ ስራሕ ይሓብኡሎም ነይሮም። እዚ ይኹን እምበር ሳላ ጻዕርን መንፍዓትን ብልሕን፡ ነቲ ስራሕ በብቑሩብ ክለምድዎን ክመልክዎን በቕዑ። እቲ ኹሉ ናይ ኢደ ጥበብን ቴክኒክን ሞያ ዘጥረየ ኤሪትራዊ፡ ነዚ ጽንኩር ኩነታት ሳላ ዝተጸመመን፡ ብትዕግስቲ ዝሰገረን ኢዩ ኣብኡ በጺሑ። ባሻይ ሓደ ካብቶም ኣብ ትሕቲ ኢጣልያውያን ተጸቒጦምን ተጸሚሞምን፡ ናይ ጉልበት ስራሕ እናሰርሑ ናብራኦም ዝመርሑ ደቀባት ኢዮም ነይሮም።

ግራዝማች ድሕሪ ሳልስቲ፡ ከም ቆጸራኦም ሰዓት ሽዱሽተ ድሕሪ ቐትሪ፡ ኣብ እንዳ ባሻይ በጽሑ። እንዳ ባሻይ፡ ነታ ገዛ ጽቡቕ ገይሮም ሒዞማ ምንባሮም ግራዝማች ኣስተብሃሉ። ግራዝማች ኮፍ ዝብሉሉ ቦታ፡ ብልምዲ ምቕያር ኣይፈትዉን'ዮም። ናብዚ እንዳ ባሻይ ክኸዱ ኸለው ኸኣ፡ በታ ቀደም መንበሮም ዝነበረታ መንደቕ ናብ እትርከብ መንበር'ዮም ዘምርሑ ነይሮም።

ከምቲ ኩሉ ግዜ ዝገብርዎ፡ ሽዑ'ውን እንተኾነ ባሻይ፡ ዝሓሸት መንበር መሪጾም "በዚኣ ትሕሽካ ግራዝማች፡" እንተ በልዎም፡ "ደሓን ደሓን፡ በዚኣ'የ ዝፈቱ፡ " ኢሎም ናብታ ቦታኦም ከይዶም ኮፍ በሉ።

ድሕሪ ምስ ወ/ሮ ለምለም ሰላምታ ምልውዋጥ ከኣ፡ ናብ ጉዳዮም ሓለፉ። ሽዑ ባሻይ፡ እቲ ኢጣልያዊ ነቲ እንዳ ባኒ፡ ብ 11,000 ክሸጦ ከም ዝደሊ፤ ንኣኻ እንተ ኾይኑ ግን፡ ናይቲ ኩሉ ኣገልግሎትካ፡ 1,000 ከጉድለልካ እየ ከም ዝበሎም፤ እንድሕር ወዲእና ኸኣ፡ ኩሉ ሰነዳት ወዳዲኡ፡ ኣብ ውሽጢ ወርሒ ከረክበካ ይኽእል'የ ከም ዝበሎም፤ ንሶም ብኽንድኡ ዋጋ ክህቦም ከም ዘይተጸበይዎ፡ ግን ንዓዱ ክኸይድ ተሃዊኹ ስለ ዝነበረ ክኸውን ከም ዝኽእል ገለጹሎም።

ግራዝማች ብወገኖም፡ ብዛዕባ ዋጋ ክሓታትቱ ከም ዝቐነዩን፤ እቲ ዝሓተቶ ዋጋ ጽቡቕን ርትዓውን ምዃኑ ምስ ባሻይ ተሰማምዑ። ብድሕሪኡ ነቲ ትካል ክልቲኦም ኮይኖም ተሻሪኾም ንኽትርፍዎ ተሰማምዑ።

ብዛዕባ'ዚ ምስ ወድኡ ባሻይ ፣ ነቲ ብወገኖም ክዋጻእ ዘለዎ ገንዘብ ክገድሎም ምኸኑ ፤ ዘጠራቐመወን 2,000 ከም ዘለዋኦም ፤ እታ ዱኳን 1,000 ክሸጥዋ ከም ዝኽእሉ ፤ ነዚ ገይሮም ግን ፣ ጌና 2,000 ክገድሎም ምኻኑ ፤ 2,000 ዝኣክል ከኣ ዘለቅሑም ከም ዘይረኸቡ ፤ ከም መፍትሒ ናብቲ ሽርክነት ፣ ንሶም ብ 3,000 ፣ ግራዝማች ከኣ ብ 7,000 ክኣትው ፤ እዚ ማለት ከኣ ንሶም ሓደ ብርኪ ፣ ግራዝማች ከኣ ክልተ ብርኪ ክገብርዎ ፣ ፍቓደኛ እንተ ኾይኖም ሓተትዎም።

ግራዝማች ትም ኢሎም ክሰምዕዎም ድሕሪ ምጽናሕ ፣ "ኣብታ በብተን ዘለዋና ገንዘብ ነዛ ትካል ንግዝኣያ ዝበልካያ እሰማማዕ'የ። እንተ ኣብቲ ነቲ ሽርክነት ሓደ ክፋልን ፣ ክልተ ክፋልን ዝበልካዮ ግን ኣይተፈተወንን። ብሓባር ፈፍርቅና ብሽርክነት ክንሰርሕ ኢና'ኮ ተሰማሚዕና።"

"ሓቅኻ ከምኡ'ዩ ኸኣ ጽቡቕ ነይሩ ፣ ግን ዘይ ናይ ገንዘብ ሽግር'ዩ ከምኡ ዘብለኒ ዘሎ።"

"ንሱ ደሓን ናባይ ግደፎ። ሓደ ኬንካ ክልተ ኣይክወንን ኢዩ። እተን ክልተ ሽሕ ዝጎድላኻ ንሕና ነሕልፈን ፣ ደሓር በብዝሰራሕናዮ ኣብ ዘዝጠዓመካ ትኸፍሎ።"

"ክብረት ይሃበለይ ነቲ እምነትካ ግራዝማች። ግን እንህልካደኣሲ ፣ '*ከም ኣሕዋት ተፋቐር ፣ ከም ጓኖት ተጻባጸብ* እንድዩ ፤' ከምዚ ዝበልካዮ እቲ ገንዘብ ንስኻ ኣሕልፈልና ፣ ግን ክሳዕ እንኸፍሎ ፣ እቲ ብርኪ በታ ናትና ሓንቲ ክፋል ፣ ናትኩም ክልተ ክፋል ትጸንሕ'ሞ ፣ ሽው ክፊልና ምስ ወዳእና ሽርክነትና ፈፍርቂ ንገብሮ።"

"ስማዕ ባሻይ ፣ ሽርክነት ብሱሩ ብእምነት ኢዩ ዝንደቕ። እነሆ ኸኣ ስለ ዝተፋቐርናን ስለ ዝተሳነናን ፣ ካብ ጉርብትና ናብ ብሽርክነትን ምስራሕ ንዘራረብ ኣሎና። ካብ መጀመርያ እቲ ሓሳብ ናትካ ሓሳብ'ዩ። እቲ ትካል ከኣ ሙሉእ ህይወትካ ዘወፈኻሉ ስራሕ ኢዩ። ሕጂ ኣነ ገንዘብ ስለ ዘለኒ ክልተ ክፋል ክውስድ ፣ ንስኻ ኸኣ ሓንቲ ክፋል ፣ ሰብ ኣይፈትዎ እዝግሄር ኣይፈትዎ! ስለዚ ከምዛ ዝበልኩኻ ኢያ እትኸውን ፣" በሉ ግራዝማች ትርር ኢሎም።

"ሕራይ ጽቡቕ። ዘይብቐደሙስ ኣነ'ውን'ኮ ፈሪሃ እግዚኣቢሄር ዘለካን ፣ ፍትሓውን ዘይናትካ ዘይትደልን ምኻንካ ፈሊጠ'የ ብሓባር ክንሰርሕ ተመንየካ። እምበር ሽርክነት ደኣ ተነቃፊ ነገር እንድዩ።"

"ሽርክነት ኣይኮነን ተነቃፊ ባሻይ። ንሕና ደቂ ሰባት ኢና ተነቀፍትን ቀየርትን። ንርስዕ ፣ ንስስዕን ንጠላለምን። ከምኡ ስለ ዝኾነ'ዩ እቲ ጸገም ዘጓንፍ። ሕጂ

ንሕና እንተ ነፊዕናን ፡ ብምትሕልላይ እንተ ተጓዒዝናን ፡ ንኣይን ንኣኻን ጥራይ ዘይኮነስ ፡ ንኽልቲኦም ስድራ ቤትናን ደቅናን እውን ፡ ዘይበርስ ፍቕርን ስምረትን ከነትርፈሎም ኢና ፡" በሉ ብኽቱር ናይ ተስፋ ስምዒት።

"ይበሎ! ይበሎ! ኣምላኽ ይሓግዘና ፡" በሉ ባሻይ ፡ ክልተ ኣእዳዎም ንላዕሊ ገይሮም ፡ ንሰማይ ገጾም እና'ንቃዕረሩ።

ብድሕሪኡ ንዝቕጽል ስጉምትታቶም እናተራኸቡ ክመያየጡ ተሰማሚዖም ተፈላለዩ።

ነቲ ኢጣልያዊ ተቐዳዲሞም ዕርቡን ከፈልዎ። እንዳ ባሻይ ዱኳኖም ሸጡዋ። ብድሕሪ'ዚ ምስቲ ኢጣልያዊ ኩሉ ወዲኦም ፡ ስራሕ ተረኪቦም ዕዮኦም ጀመሩ። እንዳ ግራዝማችን እንዳ ባሻይን ዝገዝእዎ እንዳ ባኒ ፡ ፓኒፊችዮ ፓቸ ብዝብል ዝጽዋዕ እንዳ ባኒ ኢዩ ነይሩ። ደቆም ብልግና ድሕሪ ምትሕሓዞም ፡ ልክዕ ድሕሪ ክልተ ዓመታት ሽርካታት ክኾኑ ብምብቅዖም ፡ ካልእ ተወሳኺ ጸጋ ብምርካቦም ተሓጎሱ።

ነቲ ቴክኒካዊ መዳይ ናይቲ ስራሕ ፧ ባዕሎም ባሻይ ምስቶም ዝነበሩ ሰራሕተኛታት ክዓይዎ ፧ ንዕድግን መሸጣን ዝምልከት ሃብቶም ክዓምሞ ፧ ንምምሕዳርን ሕሳብን ዝምልከት ከኣ ፡ ግራዝማች ምስ ተስፎም ሓላፍነት ክወስዱ ተሰማምዑ። ግራዝማች ነቲ ምምሕዳርን ሕሳብን ባዕሎም ክሰርሕዎ ጸገም ኣይነበሮምን። ግን ግድን ንተስፎም ከእትውዎ ዝደለየሉ ምኽንያት ነይሩዎም'ዩ። ድርብ ረብሓ ክረኽበሉ እየ ኢሎም ሓሲቦምን ኣሚኖምን ኢዮም ገይሮሞ።

ግራዝማች ምሳሕ ተመሲሖም ፡ ኣብታ ዝፈትውዋ መንበሮም ኮይኖም ፡ ከምታ ናይ ቀትሪ ልማዶም ቀም ኣቢሎም ተበራበሩ። ሽዑ ወይዘሮ ብርኽቲ ኣዕሪፎም ከም ዝወድኡ ምስ ረኣያ ፡ ናብቲ ዝነበርዎ ክፍሊ እትው ኢለን ፡ ንተስፎም ኣብ እንዳ ባኒ ክተሓጋገዞም ብምግባሮም ፡ ኣብ ልዕሊ እቲ ስራሑን ናይ ሓዳር ሓላፍነቱን ፡ የብዝሑሉ ከይህልው ስክፍተአን ገለጻሎም።

ንሶም ከኣ ከምኡ ዝገበሩ ፡ መጀመርያ ኣብ ናይ ንግዲ ዓለም ተመኩሮ መታን ክወስድ ፧ ብተወሳኺ ምሸት ምሸት ምስ በበይኖም ኣዕሩኽቲ ፡ ፈቐዶኡ ካብ ምምሳይ እንተ ኣዕረፈ ካብ ምባልን ፧ ደሓር ከኣ 'ንሕና ሎሚ ኣሎና ፡ ጽባሕ የሎናን ፡' ብምባል ኣስፊሖም ኣረድእወን።

ነታ ናይ ምዝንጋዕን ምምሳይን ዘረባ ጥራይ ምንጥል ኣቢለን ፡ "ኣብኡ ጥራይ መዓስ ኮይኑ እዚ'ሞ ፡ ዘይከም ሰቡ ኢዩ።"

"ጽንሒ'ሞ ፡ ከም ሰቡ ክኸውን ይኽእል ኢዩ። ንሕና ግን ናይቲ ወድና ኢዩ ዘገድስናን ፡ ክንኣልዮ ክንፍትን ዝግበኣናን። ሕጂ ተስፎም በዓል ሓዳርን ኣቦ ቆልዑን'ዩ። እንታይ ክጠቕሞ ኢዩ ምሸት ምሸት ምስ በበይኖም ኣዕሩኽቲ ምዛር? ንገንዘቡ ድዩ? ንጥዕናኡ ድዩ? ንሓዳሩን ንደቁን ድዩ? ኣነ ነቲ ስራሕ ባዕለይ እውን ክፍጽሞ ምኸኣልኩ'ኮ ፡ ግን ኣርሒቐ ናይ ሓዋሩ'የ ዝጥምት ዘለኹ።"

ሸው ወይዘሮ ብርኽቲ ናይ ተስፎም ጉዳይ ገዲፈን ፡ ናብ ካልእ ኣርእስቲ ብምስጋር ፡ "ምስ እዚ ወዲ ባሻይ ፡ ምስ ሃብቶምከ ይሳነዩዶ ኢልኩሞም ኢኹም? ሃብቶም ካብ ቁልዕነቱ ኣትሒዙ ቀናእን ተሃላላኽን ቂመኛን ኢዩ። ትዝክርዎ ኢኹም ቆልዑ ኸለው ሕለፍያ ኢዮም ነይሮም።"

"ንሱ ደኣ ናይ ነገር ቁልዕነት እንደኣሉ። ግን ሕጂ ምስ ዓበዩ እቲ ኩሉ ናይ ግዜ ቁልዕነቶም ገዲፎሞስ ፡ ጽቡቕ ኢዮም ዝሳነዩ ዘለው።"

"ብተወሳኺ ገንዘብ ትበሃል ምውጻእ ኣይፈቱን ኢዩ። ተስፎም ከኣ ብተፈጥሮኡ ለጋስ ኢዩ።"

"ናይ ሃብቶም ገንዘብ ዘይምውጻእ ፡ ብገሊኡ ኣረኣእያ በቓቕ ፡ ጠማዕ ፤ ብኻልእ ሰብ ኣረኣእያ ኸኣ ፡ ቆጣብን ጥንቁቕን ክበሃል ይከኣል ኢዩ። ናይ ተስፎም ወድና ኸኣ ከምዚ ዝበልክዮ ብገሊኡ ለጋስ ፡ ዘይበቕቕ ይበሃል ፤ ብኻልእ ከኣ ዘርዛሪ ፡ ሓሻሺ ይበሃል።"

"እቲ ዘረባ ክትጠዋውይዎስ ፡" በላ ወ/ሮ ብርኽቲ ከም ኣመለን ፤ በታ ዘረባ ክትብርተዐን ከላን ፡ መልሲ ክስእናላ ከለዋን ዝጥቀማላ ኣገባብ።

"ምጥውዋይ ኣይኮነን ብርኽቲ። እቲ ዝበለጸ ባህሪ ኩሉ ግዜ ማእከላይ ኣካይዳ ምሓዝ'ዩ ፡ '*ቱቶ ኢን ሞደራሲዮን*' ከም ዝበሃል። ስለዚ ተስፎም ቁሩብ ካብ ናይ ሃብቶም ባህሪ እንተ ወሰደ ይጠቕሞ'ምበር መዓስ ይጎድኦ።"

"ናቱ ባህሪ እንታይ ምስ ኮኖ ኢዩ ካብ ሃብቶም ዝወስደ?"

"ኣሸንኳይ ካብ ሃብቶም መታዓብይቱ ፡ ጽቡቕ ክሳዕ ዝኾነ ፡ ካብ ዝኾነ ሰብ እንተ ወሰደን እንተ ተለቐሐን ፡ ንጥቕሙ እንዳኣሉ። ብዛዕባ እዚ ስክፍታኺ ግን ፡ ኣነን ባሻይን'ውን ኣብ ሞንጎኦም ስለ ዘሎና ብዙሕ ኣይትሻቐሊ።"

"ሕራይ በሉ ፡" በላ ደስ ከይበለን።

ወይዘሮ ብርኽቲ ሙሉእ ብሙሉእ ከም ዘይተቐበላኦም ፡ ካብ ገጸን ኩነታተን ተርዲኡዎም ነይሩ'ዩ። ግን ነታ ጉዳይ መታን ብጽቡቕ ክዛዘሙዋ ኢሎም ፡ "በሊ ሕጂስ እታ ጽብቕቲ ቡንኪ ኣፍልሕልና'ሞ ፡ ብኣኣ ክንዛናጋዕ።"

"ዘረባ ሒዝና'ምበር ኣነ'ውን ክሓስባ ጸኒሐ'የ ፡" ብምባል ከኣ ናብ ክሽነ ከዳ።

ድሕር'ዚ ግራዝማች ቡን ክሳዕ እትፈልሕ ፡ በይኖም ኮይኖም ክሓስቡ ጀመሩ። "ነዚ ቆልዓ ምናልባሽ ይሃስዮን የብዝሓሉን ከይህሉ ብምባል ተሰከፉ። ንቦኽሪ ኩሉ ግዜ ተብዝሓሉን ትውጽያን ኢኺ ፡" ኢሎም ሓሰቡ። ከምኡ ምስ ሓሰቡ ፡ ናይ ቀደም ናይ ነብሶም ይምሓር ወላዲኦም ዘከሩ።

ግራዝማች ቦኽሪ ስለ ዝነበሩ ፡ ተሪር መግናሕትን መቕጻዕትን'ዮም ኣሕሊፎም። ናእሽቱ ኣሕዋቶም ብሕልፊ ኣቲ ሕሳስ ልደ ግን ፡ በቲ ናቶም መለክዒ ፡ ወላዲኦም ከም ዘሐንቅቕዎ ዝነበሩ ይመስሎም ነበረ።

ሽው ወላዲኦም ነታ ኩነታት ኣስተብሂሎምላ ፡ ሓደ መዓልቲ ግራዝማች ወዲ 14 ዓመት ከለው ፡ *"ስማዕ ሰልጠነ ወደይ ፡ ንስኻ ቦኽሪ ስለ ዝኾንካ ዝያዳ ተቖጺዕካን ፡ ዝያዳ ተላኢኽካን ኢኻ። ንኣኻ ስለ ዘይፈተናካን ክንውጽዓካ ደሊናን ዘይኮንናስ ፡ ንስኻ እሩምን ንፋዕን እንተ ኼንካ ኢኻ እቶም ኣሕዋትካ ፡ ናትካ ተኸቲሎም ዝነፍዑ ኢልና ኢና ፡"* ኢሎም ቁሩብ ምስ ኣዕረፉ ፡ ቅጽል ኣቢሎም ከኣ ፡ *"ቀደም ወለድና ነዚ ከምዚ ዝኣመሰለ ኩነታት ክገልጹ ክደልዩ ኸለው ፡ 'እቶም ናእሽቱ ኣሕዋት ፡ ኩሎም በታ ቦኽሪ ዘፍረሳ ኳና ኢዮም ዝመላለሱ ፡'* ይብሉ ነይሮም ብምባል ፡ ትርጉም ናይታ ብሂል ከረድእዎም ከምዛ ትማሊ ኾይኑ ተራእዮም።

ብኽምዚ ናብ ቁልዕነቶም ተመሊሶም ፡ ኣብ ዝኽሪ ጥሒሎም ዝነበሩ ግራዝማች ፡ ናብታ ናይ ሽው ዓለም ፡ "ደንጉየኩምዶ?" ዝብል ድምጺ በዓልቲ ቤቶም መለሶም።

ግራዝማችን ወ/ሮ ብርኽትን'ዮም ዘይፈለጡ'ምበር ፡ ባሻይን ወ/ሮ ለምለምን'ውን ኣብቲ ግዜ'ቲ ፡ ብዛዕባ ናታቶም ስክፍታታት ይዘራረቡ ነይሮም'ዮም።

ኣብታ ሰዓት እቲኣ ኣብ እንዳ ባሻይ'ውን ፡ ሰብኣይን ሰበይትን ዕቱብ ዝርርብ ኢዮም ሒዞም ነይሮም። ወ/ሮ ለምለም ፡ እታ ንኹሉ ዝብልዑን ዝስተዩን

ቀለቦም (*ስፒዝኦም*) ፡ ስቲራቶም ዝነበረት ዱኳን ምሻጣ ባህ ከም ዘይበለን ፤ እቲ ብሸርከነት ነቲ እንዳ ባኒ ምግዛእ እውን ከም ዘየደሰተን ፡ ንባሻይ ገለጻሎም።

ባሻይ ከኣ ዱኳን እንተ ዘይትሸየጥን ፡ ግራዝማች እንተ ዘይሕግዝዎምን ፡ እቲ ፍርቂ እውን ከረኽብዎ ከም ዘይክእሉ ዝነበሩ ፤ እቲ ስራሕ እንዳ ባኒ ግን ስለ ዝፈልጡዎ ፡ ካብታ ናይታ ዱኳን እቶት ዝተዓጻጸፈ ከም ዝረኽቡ ብርእስ ተኣማንነት ገለጹለን።

"ኣነን ሃብቶም ወደይን ብውሽጢ ፡ ግራዝማችን ተስፎምን ብደገ ኾይኖም ፡ ተሓባቢርና ጽቡቕ ክንከይድ ኢና ፡" ኢሎም መግለጺኦም ደምደሙ።

"ተስፎም'ኳ እንታይ ክሕግዘኩም ኢሉ? ንሱ ከምታ እትፍልጥዎ ኩሩዕ ኢዩ። ክዳኑን ፡ ጫምኡን ፡ ነብሱን ፡ ኣሸንኳይ ኣብ እንዳ ባንስ ፡ ኣብ ካልእ እውን ኣይትተንከፉኒ ኢዩ ፡" በላ።

"ኣብ ውሽጢ እንዳ ባኒ ኣትዩ ክሰርሓልና እኮ ኣይኮነን። ኣብ ሕሳብን ምምሕዳርን'ዩ ምስ ኣቦኡ ኾይኑ ክተሓጋገዘና።"

"ምስ ሃብቶምከ ክሳነዩ ድዮም? ይዝከረኩም ኢዩ ቆልዑ ኸለው ፡ ኣዝዩ ኩሩዕን ረኣዩለይን ስለ ዝነበረ ፡ ብሕልፊ ምስ ሃብቶም ፡ ከመይ ይተሃላለኹ ከም ዝነበሩ። ደሓር ከኣ ኣዝዩ ሓሻሽ ኢዩ። እቲ ወድና ኸኣ ክዳኑ'ውን ከይቀየረ ፡ ለይትን መዓልትን'ዩ ዝሰርሕ።"

"ንስኺ እቲ ናይ ብቑልዕነቶም ኢኺ ትዝክሪ ዘለኺ። ሕጂ ግን ይሳነዩ ኢዮም።"

"ደሓር ከኣ ለይትን መዓልትን ኣብቲ እንዳ ባኒ ድፍእ ኢልኩም ዘምጻእኩሞ ፡ ንሳቶም ሕሳብ ጥራይ ገይሮም ብፍርቂ ክትማቐሉስ ኣይዘረባን ፡" በላኦም።

ሽው ባሻይ ከም ቁጥዕ ኢሎም ፡ ድምጾም ኣልዕል ኣቢሎም ፡ "*ማደና* ኣንቲ ሰበይቲ! ብመጀመርያ ሳላኦም እንተ ዘይከውን ፡ ፍርቂ እውን ኣይመረኽብናን ኢለኪ እየ ፥ ደሓር ከኣ ኣነን ሃብቶምን ናይቲ ንሰርሖ ደሞዝ እውን ክንወስድ ኢና ፥ ልዕሊ ኹሉ ግን ተመስገን በሊ! ኣምላኽ ነዚ ዕድል እዚ ሂቡናስ ፡ ንየው ኬድኪ ዘድልን ዘየድልን ዘረባታት ተልዕሊ!? ብፍላይ ንሃብቶም ከምዚ ዘረባታት ከይተልዕልሉ!" ኢሎም ሓፍ በሉ።

"በሉ ሕራይ ኣይትቆጥዑ። ዘይ ኣነስ ክልቴኹም ከይትጉዱኡኒ ኢለ'የ።"

ኣዝዮም ከም ዝተቐጥዑ ስለ ዘረኣያ ፡ ነታ ጉዳይ ምእንቲ ከፋኹስኣ ፡ ነታ

ኣርእስቲ ግድፍ ኣቢለን ፡ "ሻሂዶ ከገብረልኩም ቡን?"

"ሻሂ ግበሪ። ቆጸራ ኣሎኒ ክወጽእ እየ ፡" በሉወን ቁርጽ-ቁርጽ ብዝበለ ዘረባ።

ሰበይቶም ሻሂ ክፍልሓ ምስ ከዳ ፡ ብመጀመርታኡ ብዛዕባ እቲ ሓሳብ ናይ ሽርክነት ምስ ነገርዎ ፡ ሃብቶም ወዶም ዘርኣዮ ተሪር ግብረ መልሲ ክዝክሮም ጀመረ። እቲ ተቓውሞኡ ኣብ እንዳ ባኒ ምግዛእ ዘይኮነስ ፡ ኣብ ምስ እንዳ ግራዝማች ብሕልፊ ምስ ተስፎም ፡ ብሓባር ኣብ ምስራሕ ዝነበሮ ስክፍታን ዕቃበን ብትሪ ኢዩ ገሊጹ።

ብዝያዳ ግን መሸጣ እታ ዱኳን ክትወሓጠሉ ኣይከኣለትን። ዋላ ካብ ካልእና ዘይንለቓቓሕ ንምንታይ ንሸጣ ኢሉ ኸኣ ፡ ነቲ መደብ ተቓወሞ። ድሕሪኡ ካልእ ካብኡ ዝበልጽ ኣማራጺ ከም ዘይብሎም ምስ ኣረድእዎ ኢዩ ፡ ባህ ከይበሎ ዝተቐበሎ። ሕጂ ምስ ሰበይቶም ቀንዲ መቐጢዒኦም ፡ ንስምዒት ሃብቶም ወዶም ከየላዓዕሉ'ሞ ፡ ናብ ካልእ ዘይምርድዳእ ከየእትወኦም ብምስጋእ ኢዩ ነይሩ።

ከምኡ ኢሎም እተን ኣብ መንከሶም ዝነበራ ጭሕሚ እናወጠጡ ፡ ኣብ ሓሳባት ጥሒሎም ድሕሪ ምጽናሕ ፡ ካብ ሓሳባቶም ናይ በዓልቲ ቤቶም ሻሂ ሒዘን ምምጻእ ኣበራበሮም።

"በሉ ብውዕይታ ምስታ ቁርሲ ጌርኩም ስተይዋ ፡" በላኦም ጌና ተቐጢዖም ከም ዘለው ስለ ዝተረድኣንን ፡ ከዝሕላኦም ብምባልን።

"ሓንቲ እየ ዝሰቲ ውሰድያ እታ በራድ። ቁርሲ ኸኣ ኣይወስድን እየ። *ዋርዳ!* ተጠንቀቒ ብዛዕባ እዚ ሽርክነትን ዱኳንን ከምዚ ምሳይ ዝበልክዮ ፡ ንሃብቶም ከይትትንክፍሉ ፡" በሉወን ዓይኖም እና'ፍጠጡ።

"እንታይ ዘዛርብ ኣሎኒ። ደሓን ብኡስ ኣይትሰከፉ።"

ቁጠዐኦም ስለ ዘይበረደሎም ከኣ ፡ ነታ ሻሂ ፊት-ፊት ኢሎም ፡ ካልእ ዘረባ ከይደገሙ ናብ ቆጸራኦም ዕዝር በሉ።

በቲ ሓደ ወገን ስክፍታ ክልቲአን ኣደታት ፡ በቲ ኻልእ ወገን ከኣ ተስፋ ክልቲኦም ወለዲ ፡ ከምቲ ሕብረተሰብና *'ኣደይን ኣቦይን በበይኑ ጸሎቶም ወይ ኣደኺ ትብሎ ኣይገበረልካ ፡'* ከም ዝበሃል ድዩ ክኸውን? ዋላስ ትምኒቶምን ጸሎቶምን ክሰምረሎም'ዩ? ግዜን ጉዕዞ ህይወትን እንተ ዘይኮይኑ ፡ ካልእ ዝምልሶ ከም ዘይርከብ ፡ ክልቲኦም ዓበይቲ ኣቦታት ይርደኦም ነይሩ'ዩ።

እንዳ ባሻይን እንዳ ግራዝማችን ዝዓደግዎ እንዳ ባኒ ፣ ኣብ ማእከል ከተማ ፣ ኣብ ፊት ዓቢ መስጊድ ፣ *ሜርካቶ* ኣብ ዝበሃል ፍሉይ ቦታ ካብ ዝድኮን ነዊሕ ዝገበረ ትካል'ዩ ነይሩ። ብተወሳኺ ንመካይን ጠጠው መበሊ እኹል ቦታ ነበሮ። እቲ ኢጣልያዊ ዝሓዞም ብዙሓት ኢጣልያውያን ዓማዊልን ፣ ብዙሓት ደቂ ሃገር ተገልገልትን ከኣ ነበርዎ።

ባሻይን ሃብቶምን ንመስራርሒ ዝኸውን ብዙሕ ክዙን ፊኖ ስለ ዘይነበሮም ፣ ተቐዳዲሞም ፊኖ ገዚኡ። ነቲ ዝገዝእዎ ፊኖ ምስ ዘጋዓዕዙሎምን ዘራጉፉሎምን ሰባት ፣ ዋጋ ዕዳጋ ገይሮም ኣብ ስምምዕ በጺሑ። እቶም ዝተወዓዕልዎም የመናውያን ኣዕራብ ፣ ብስምምዖም መሰረት ብዓረብያኦም ኣግዒዞም ፣ ብጉልበቶም ተሰኪሞም ፊኖኦም ኣረኪብዎም።

ኣብቲ ግዜ'ቲ ስድራ ቤታት እኽሊ ክገዝኣ ፣ ክጥሕና ፣ በጊዕ ገዚአን ንገዝአን ከብጽሓ ክደልያ ኸለዋ ፣ እቲ ዝኸአለ ብናይ ፈረስ ሰረገላ (*ካሮሳ*) ኢዩ ዝጥቀም ነይሩ። ንብረቱን ባዕሉን ኣብታ ካሮሳ ተጻዒኑ ይኸይድ ነበረ። እቲ ዓቕሚ ዘይብሉ ነዚ ዘይክእል ኸኣ ፣ ብናይ ኢድ ዓረብያ ንብረቱ ኣጽዒኑ ፣ ደድሕር'ታ ዓረብያ ብእግሩ እናተጓዕዘ ፣ ንብረቱ ሒዙ ንገዝኡ ይኸይድ ነበረ።

ከም እንዳ ባኒ ብርቱዕ ጽዕነት ዘለዎ ስራሕ እንተ ኾይኑ ኸኣ ፣ ብየመናውያን ዝውንና በፍራስ ዝስሓባ ዓበይቲ ዓረብያታት ፣ (ዓረብያ ጀበሊ) ብዝብል ስም ዝፍለጣ ኢዩ ዝጥቀም ነይሩ። ካብተን ዓረብያ ይኹን ፣ ካብ ዓበይቲ ናይ ጽዕነት መካይን ፣ ንብረት ዝጽዕኑን ዘራግፉን ፣ ዳናጉኦም ከክንዲ ምንታይ ዝኸውን ፣ የመናውያን ጀበሊ ኢዮም ነይሮም። ኩንታል እኽሊ ፣ ፊኖ ፣ ወይ ካልእ ንብረት ኣብዛ ሕቖኦም ተሰኪሞም ኮደድ-ኮደድ ክብሉ ኸለው ፣ ከምዛ ሰኸም ዘይብሎም ኢዮም ዝመስሉ ነይሮም። ኣብ ልዕሊ'ዚ ኣብዚ ግዜ'ዚ ፣ ዳርጋ ኩለን ናእሽቱ ዱኳውንትን እንዳ ቁርስታትን ሻሂታትን ብየመናውያን'የን ዝውንና ነይረን። ብሓጺሩ እቲ ወዲ ዓዲ ኣብ ናይ ንግዲ ምንቅስቓስ ብዙሕ ኣይነጥፍን'ዩ ነይሩ።

ስራሕ እንዳ ሕብስቲ ፣ ባሻይ ናይ ዋንነት ወኒ ሓዊሶሙሉ ፤ ሃብቶም እቲ ናይ ወትሩ ህርኩትነቱ መሊሱ ወሲኹሉ ፤ ንሕሳብን ምምሕዳርን ከኣ ግራዝማችን ተስፎምን ብዕቱብ ስለ ዝሓዝዎ ፤ ኣብ ሓጺር እዋን ብዙሕ ለውጢ እናገበረ ሰጎመ። ስድራ ቤት እንዳ ባሻይ ከኣ ፣ ካብ ግራዝማች ዝተለቅሕዎ ክልተ ሽሕ ቅርሺ ፣ ኣብ ውሽጢ ክልተ ዓመት ወዲኦም ከኸፍልዎ በቕዑ።

ኣልጋነሽ ኣብ መበል 24 ዓመታ ፣ ድሕሪ ማናቱ ደቃ ሳልሳይ ዓመቶም ምእካሎም ፣ ቆልዓ ደገመት። ነቲ ማማይ ከኣ ሓድሽ ዝብል ስም ኣጠመቐዎ። ደቃ ማናቱ

ሳምሶንን ክብረትን ከኣ ኣብ ጽቡቕ ደረጃ በጽሑ።

ከምዚ ኢሎም ክልቲኦም ስድራ ቤት ፡ ኣብ ልዕሊ ንዓመታት ዝጸንሐ ጉርብትና ፡ ሽርክነት ወሲኾምሉ ብጽቡቕ ክስጉሙ ጀመሩ። ክልቲአን እዘን ናይ ተስፎምን ሃብቶምን ሓደስቲ ስድራ ቤት ከኣ ዝያዳ ተቐራረባ። ክልቲአን ስድራ ቤት ብስራሕ ጥራይ ዘይኮነ ፡ ብቑጽሪ ስድራ ቤት'ውን ክስስና ጀመራ።

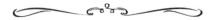

መድህን ኣብ መበል 22 ዓመታን ፡ ማናቱ ደቃ ኣርባዕተ ዓመት ድሕሪ ምምላኦምን ፡ ሓደ ዓመት ድሕሪ ኣልጋነሽን ቆልዓ ደገመት። ነቲ ሓድሽ ህጻን ከኣ ለገሰ ዝብል ስም ኣውጽኡሉ። ደቃ ማናቱ ብሩኽን ትምኒትን ፡ ናይ ኣርባዕተ ዓመት ዕድል ስለ ዝረኸቡ ኣብ ጽቡቕ ደረጃ በጽሑላ።

ቀዳም ቀዳም ተስፎም ናብ እንዳ ባኒ ገጹ ኣይቅልቀልን ኢዩ ነይሩ። ቀዳም ድሕሪ ቀትርን ሰንበትን ፡ ንኣይን ናተይን'የን ዝብል እምነት ኢዩ ነይሩዎ። ድሕሪ ቕትሪ ባንካ ስለ ዝዕጾ ፡ ንደቁን ንደቂ ሃብቶምን ኣኪቡ ፡ የዛውሮምን ዘድልዮም ይገዛዝኣሎምን ነበረ። እዚ ኸኣ ብደቁን ፡ ብደቂ ሃብቶምን ተናፋቒ ፡ በ'ልጋነሽ ከኣ ዝያዳ ተፈታዊ ከም ዝኸውን ገበሮ። ንመድህን ዘሰክፋ ዝነበረ ግን ፡ ተስፎም ድሕሪ ቆልዑ ምዝዋሩ ናብ ኣዕሩኽቱ ምስ ከደ ፡ ሙሉእ ምሸት ክሳዕ ፍርቂ ለይቲ ህልም ይብል ምንባሩን ፡ ክኣቱ ኸሎ ኸኣ ብመስተ ተሰኒፉ ምምላሱን ነበረ።

ኣብቲ ግዜ'ቲ ዝበዝሕ ባራት ብኢጣልያውያን'ዩ ዝውነን ነይሩ። ንኣልኮላዊ መስተ ዝምልከት ዝበዝሕ ህዝቢ ፡ ኣብ እንዳ ስዋ ወይ እንዳ ሜስ ከይዱ ፡ እቲ ባህላዊ መስተ ኢዩ ዝሰቲ ነይሩ። እቶም ኣሎናን ኣለናን ዝብሉ ሰብ ዘመን ኸኣ ፡ ናብ ቢራ ሜሎቲ ፡ ኣረቂ ፡ ጂን ፡ ኮኛክ 44 ይጽግዑ ነበሩ። ሖሓሊፎም ናይ ወጻኢ ሃገር ጽልዋን ዝለዓለ ደረጃ ትምህርትን ዝቐሰሙ ከም በዓል ተስፎም ዝኣመሰሉ ደቀባት ኸኣ ፡ ናይ ወጻኢ ሃገር ቢራን ፡ ናይ ዓዲ እንግሊዝ ጆኒ ዎከር ዊስኪን ፡ ጂን ጎርዶንን ይሰትዩ ነበሩ። ተስፎም ፡ ሻሂ ወይ ልስሉስ መስተ ፡ ወይ ኣፐረቲቮ ዝበሃል ኣይቀርብን ኢዩ ነይሩ። ንሱ ኣጸቢቑ ክይመስየ ኸሎ ቢራ ፡ ደሓር ከኣ ወይ ጂን ወይ ዊስኪ ኢዩ ዝሰቲ ነይሩ።

ቀዳም ምሸት መድህን ከም ዕድላ ፡ ንተስፎም ክመጽእ ጭልም ኢላ ትጽበዮ ነበረት። ቀዳም ስለ ዝኾነ ቀልጢፉ ከም ዘይመጽእ ርግጸኛ ነበረት። ተስፎም ከም ኣመሉ ነብሱ ብመስተ ጽዒንዋ ተሰኒፉ መጸ። እትው ምስ በለን ፡ ምስ ረኣየቶን ከኣ ፡ ቖለጭ ኣቢልዋ ህውኽ ኢላ ፡ "ኣንታ እንታይ ኴንካ ኢኻ ፡ ቀዳም መጸት

ናብ ካልእ ሰብ እትልወጥ?"

ቃላቱ እናሰሓበ፡ "*ካምሞምን! መመን'ዩ ናናብ ኻካልእ ሰብ ተለዊዊጡጡ* ዝብለኪኪ?" በለ እናተኾላተፈ፡ የማናይ ኢዱ ንላዕሊ እናደርበየ።

"መን ክብለኒ ደኣ፡ ኣነ እንዶ ባዕለይ ይርእየካ የለኹን፡" በለቶ ክልተ ኢዳ ናብ ተስፎም ብምዝርጋሕ፡ ናብኡ ገጻ እና'መልከተት።

"ስስምምዒ! *ሊሰን!*" በላ፡ ብየማነይቲ መመልከቲት ኢዱ፡ ናብ ገጻ ኣነጻጺሩ እናመልከተ። ኢዱ ናብኣ ገጹ ምስ ኣመልከተ፡ መድህን ቁሩብ ሰጋእ በለት። ሽዑ ኢዱ ንታሕቲ ገጹ ብምምላስ፡ "ኣነ ምሉሉእ ሰሙሙን፡ ኣብ ባንካካ ብስስራሕ ትንፋስሰይ ይወጽእ። ካብኡ ወጺኣ ኸኣኣ ኣብ እንዳ ባኒ፡ ምሸት ምሸት ሕሳሳብ ይገብር። ኣዕሩኽተይ ምሸት ምሸት እናተራኸቡ ክዘናግዑ ከለው፡ ኣነ ሙሉእ ሰሙን ከይረኸብኩዎም ይቕኒ። ሕጂ ሓንቲ ቀዳም እንተ ተዛናጋዕኩ፡ ናብ ካልእ ትትልወጥ ትትብልኒ?" በላ፡ ርእሱ ንላዕልን ታሕትን እናነቕነቐ።

"ዘይ ሰንበትስ ቆሪስካ ምስ ወጻእካ፡ ሙሉእ መዓልቲ ምስ ኣዕሩኽትኻ ኣብ መስተን፡ ኣብ ጠላዕን ኢኻ እትውዕል ዘሎኻ፡" በለቶ ዝመጸ ይምጻእ ኢላ።

"እሞ ካብ ሙሉእ ሰሙሙን፡ ቀዳመ ሰንበት ተዘናጊዐ ድዩዩ በዚሑኒ?" በላ ቃላቱ እናሰሓበን ዓው ኢሉን፡ ክልተ ኢዱ ብናይ ምልክት ሕቶ ጨቢጡ፡ ገጹ ናብኣ ገጹ ኣጸጊዑ።

"እሞ በጃኻ'ባ ዋዕ-ዋዕ ኣይትበል፡ ቆልዑ ከይትንስኡ፡" በለቶ ገጻ ካብኡ ቁሩብ ንድሕሪት ምልስ ብምባል።

"ዘይ ባዕልኺ ዘምጻእክዮ'ዩ። ሕጂ *ፓፓሊስ*፡ ሰሰላም ሃብኒ ክድቅስ፡ ካልእ ዘረባ ኣይደልን'የ፡" ኢሉ ግልብጥ በለ።

"በል ሕራይ ደሓን ብቐትሩ ንዛረብ፡" በለቶ ብምልምላም፡ ሽዑ ዘየዋጽኣ ምኺኑ ብምግንዛብ።

ክትዛረብ ምስ ሰምዓ ተስፎም እንደጌና ግልብጥ ኢሉ፡ "እዚ ዋላ ብቐትሪ ተወሳሳኺ ዘረባ ዘድልዮ ኣይኮነን! ሕጂ ብሰሰላም ክድድቅስ ግደፍኒ!" ኢሉዋ፡ ሓሊፉ ናብ መደቀሲ ኣተወ።

ድሕሪ ሒደት ደቓይቕ ናብ መደቀሲኦም እንተ ኸደት፡ ተስፎም ብመስተ ተጸቒጡ ድሮ በጥ ኢሉ ክሕርንኽ ጸንሐ። ርእሳ እናነቕነቐት ብትሕቲ ትንፋሳ፡ "ኣየ

ተሰፎም !" እናበለት ናብ ዓራት ደየበት። ድቃስ ንኽወስዳ ነዊሕ ግዜ ወሰደላ። ብድሕሪኡ ግን ከይተፈለጣ ናብ ድቃስ ጠሓለት።

መድህን ቅድሚ ምድቃሳ ፡ ንጽባሒቱ ንጉሆ ንተሰፎም ከተዘራርቦ መዲባ ኢያ ደቂሳ። ንጉሆ ቅድሚ ተሰፎም ተንሲኣ ኸኣ ንቐልዑ ኣቆራረሰቶም። ተሰፎም እቲ ናይ ዱሮኡ ኣዳኺምዎን ጸቒጥዎን ግዲ ኾይኑ ፡ ኣራፊዱ ኢዩ ተንሲኡ። ድሕሪ ምትሕጽጻቡ ኸኣ ፡ ከም ናይ ወትሩ ብቐጥታ ናብ ደቁ'ዩ ኣምሪሑ።

ቆልዑ ነ'ቦኦም ምስ ረኣዩ ፡ ዝነበሮም ሓጎስ ኣብ ገጾምን ኣብ ዓይኖምን ይንበብ ነበረ። ኣሸንኳይ ምስ ደቂ ፡ ምስ ዝኾነ ቆልዓ ምዝንጋዕን ምዕላልን ንተሰፎም ፍሉይ ሓጎስ ኢዩ ዝህቦ። እዚ ሓጎስ እዚ ኣብ ገጽ ተሰፎምን ፡ ኣብ ክምስታኡን ፡ ኣብ ሰሓቑን ይንጸባረቕ ነበረ።

መድህን ነዚ ኹሉ ርሕቕ ኢላ ሰሰሪቓ ትጥምትን ፡ ተስተብህለን ነበረት። እቲ ጸወታን ሰሓቕን ናይቶም ቆልዑ እናዓመረ ብዝኸደሉ መጠን ፡ ናይ መድህን ንኽትዛረቦ ገይራቶ ዝነበረት ውሳነ ፡ እናተዳኸመ ኸደ። ቀንዲ ምኽንያት ናይዚ ኸኣ ፡ እቶም ቆልዑ ተመሲጦምን ተሓጒሶምን እናረኣየት ፡ ነቲ ዝነበረ ፍሱሕ ኩነታት ከይተበላሸዎ ስለ ዝሰገአት ኢዩ ነይሩ።

ናይ ኣደ ነገር ፡ ናይ ደቃ ሓጎስ ከይትዘርግ ብምፍራሕ ከኣ ፡ "ኣይ ምኺንስ ፡ ኣነ'የ ቁርብ ዝተርር ዘለኹ'ምበር ፡ ፍቕሪ ሓዳሩን ሰለስተ ደቁንሲ ፡ ሙሉእ ዘይጉዱል ኢዩ ፡" እናበለት ነብሳ ከተደዓዕስ ጀመረት።

በዚ ኸኣ ነቲ ክትዛረቦ መዲባቶ ዝነበረት ሰሪዛ ተሓወሰቶም። ድሕሪ ቁሩብ ተሰፎም በሉ ባባ ቆጸራ ኣለዎ ክኸይድ'ዩ ኢሉዎም ክፋነዎም ከሎ ፡ ኣጽቅጥ ኣቢላ ኣፋነወቶ።

ኣልጋነሽን ሃብቶምን ድሕሪ ማናቱ ምውላዶም ፡ ድሕሪ ሓሙሽተ ዓመታት እንደጌና ጓል ወለዱ። ስማ ኸኣ ራህዋ በሉዋ። ሃብቶም ኣብ መበል 30 ዓመቱ ፡ ኣልጋነሽ ከኣ ኣብ መበል 26 ዓመታ ፡ ድሮ ወለዲ ኣርባዕተ ቆልዑ ኾይኖም ፡ ሓላፍነት ናይ ሓደ ምጡን ስድራ ቤት ተሰኪሞም ክጓዓዙ ጀመሩ።

ሃብቶም ናይ ዱኳን ስራሕ ካብ ዝጀምር ኣትሒዙ ፡ ቀዳመ ሰንበት ወይ በዓላት ዝበሃል ዳርጋ ኣይፈልጦን ኢዩ ነይሩ። ሃብቶም ስራሕ እንዳ ባኒ ፡ ካብ ስራሕ

ዱኳን ዝቐለለ ክኸውን'ዩ ዝብል ትጽቢት'ዩ ነይሩዎ። ምስ ጀመሩ ግን ካብ ዱኳን ዘይሓይሽ ፡ እኳ ደኣ ኣብ ገሊኡ ሸነኻቱ ዝገደደ ሰዓታት ዝጠልብ ስራሕ ኮይኑ ረኸቦ። ከምኡ ይኹን'ምበር ሃብቶም ብቐደሙ ስራሕ እንተ ዘይኮይኑ ፡ ምዝንጋዕ ወይ ምዕራፍ ዝበሃል ኣተሓሳስባ ብጥቓኡ'ውን ስለ ዘይሓልፍ ፡ ዕጅብ ኣይበሎን። ከምኡ ስለ ዝኾነ ኸኣ ሙሉእ ግዜኡ ፡ ብዘይካ ንኽበልዕን ንኽድቅስን ፡ ወይ'ውን ንገዛ ክንቀሳቐስን ዘጥፍኦ ግዜ እንተ ዘይኮይኑ ፡ ዳርጋ ካብ ስራሕ ኣይፍለን ኢዩ ነይሩ። ድሮ እንዳ ባኒ ካብ ዝገዝእዎ ኣርባዕተ ዓመቱ ገይሩ ነበረ።

ሃብቶም ግን ብስራሕ ጥራይ ዘይኮነ ፡ ከም ባህሪ'ውን ኣብ ገዛ ኮፍ ምባል ፡ ዝገደደ ኸኣ ምስ ቆልዓ ሰበይቲ ምጽዋትን ግዜ ምጥፋእን ምዕላልን ኣይኣምነሉን'ዩ ነይሩ። ቆልዑ ጌና ናእሽቱ ስለ ዝነበሩን ስለ ዝለመድዎን ፡ ከም ዘይናቶም ኢዮም ዝርእይዎ ነይሮም። እዚ ናይ ሃብቶም ባህሪ ግን ነ'ልጋነሽ ኣዝዩ ቅር ይብላ ነበረ።

ሓደ ሰንበት ሃብቶም ከም ቀደሙ ፡ ቁርሱ ብልዕ-ብልዕ ኣቢሉ ንስራሕ ክኸይድ ክቀራረብ ከሎ ፡ "ኣንታ ሃብቶም ፡ ካን ከምኡ ኢልካ ነዞም ቆልዑስ ፡ ሓንቲ መዓልቲ እውን ትኹን ኮፍ ኢልካ ምስኦም ግዜ ኣይተጥፍእ! ዋላ ኣይተዛውሮም! ሕማቕ ዘይስምዖም ድዩ መሲሉካ?" በለቶ።

"እንታይ ስለ ዝኾኑን ፡ እንታይ ስለ ዝጎደሎምን'ዩ ከምኡ ክስምዖም?"

"ከም ኣብ ካልኦት ኣቦታት ዝርእይዎ ምስ ኣቦኦም ዘይተጻወቱን ዘይተዛወሩን'ምበር።"

"ካልኦት ኣቦታት? ናይ ተስፎም ርኢኺ ዲኺ ምስኡ ክተወዳድሪ ደሊኺ?"

"ኣይፋለይን ፡ እንታይ ገዲሹኒ ዘወዳድር። ኣነስ ናይ ገዛይ'የ ዝዛረብ ዘሎኹ።"

"ናይ ገዛኺ እንተኾይኑ እምበኣር ፡ ቅድሚ ሕጂ'ውን ደጋጊመ ነጊረኪ'የ። ንቖልዓ ኩሉ ዘድልዮ እንተ ቐሪብካሉ ፡ ካብኡ ንላዕሊ ምግባር ቀበጥበጥ ኢዩ። ኣነ ኸኣ ትፈልጢ ኢኺ ንኸምኡ ዝጠፍእ ግዜ የብለይን።"

"ብዙሕ ግዜ ከም ዘይብልካን ፡ ናብ ካልእ ኬድካ ግዜ እተጥፍኦ ከም ዘይብልካን እፈልጥ'የ። እዚ ኸኣ ንምምሕያሽ ሙሉእ ስድራ ቤት ኢልካ ትደክም ከም ዘለኻ እርደኣኒ'ዩ።"

"እሞ ትፈልጢ እንተ ኼንኪ ደኣ ፡ ንምንታይ ከምዚ ዘረባ ተልዕልለይ ኣለኺ?" በላ ቁሩብ ዝሕል ኢሉ።

"ንቐልዓ ንእሽቶይ'ያ እትኣኽሎ። ዋላ ፍርቂ ሰዓት ፡ ዋላ ሓንቲ ሰዓት ኣብ ሰሙን እውን ትኹን እንተ ተማቒሎም'ውን ምኣኽሎም።"

"ሓንቲ ሰዓት ኣብ ሰሙን ስኢነሎም ወይ በቒቐሎም ኣይኮንኩን። ኣቦይ ካብ ቀደሙ ፡ *'ሰብኣይ ሰሚ* ኣሎ ፡ ጽባሕ የሎን ፥ ስለዚ ቆልዓ ምስ ኣቦኡ ብዙሕ ክጽጋዕ የብሉን ፡ እንተ ዘየለ ደሓር ክውጻዕ ኢዩ ፥ ኣቦኡ ምስ ሰኣነ ኸኣ ፡ እቲ ወጽዓ ካብ ነብሱ ኣይወጸሉን'ዩ' ኢዩ ዝብል። ሓቁ ኢዩ ኸኣ ፡ ስለዚ ናይ ግዜ ምምቓል ጉዳይ ጥራይ ኣይኮነን ፡" በላ ትርር ኢሉ።

"ቆልዓ ፍቕሪ ወላዲኡ ጸጊቡ እንተ ሰኣኖዶ ይሓይሽ? ዋላስ ወላዲኡ ከሎ እውን ፡ ጨሪሱ ፍቕሪ እንተ ዘይጠዓመን እንተ ዘይጸገበን?"

"ዘረባ ሰብዶ ትሰምዒ ኢኺ? ይኅድኦ ኢዩ ንብለኪ ኣሎና!"

"እቲ ፍቕሪ ዝጸገበን ዝሰነቐን ቆልዓ ፡ ወላዲኡ ክስእን ከሎ ብናፍቖት ክሽገር ይኽእል ኢዩ።"

"ከምኡ እየ ዝብለኪ ዘለኹ'ኮ ፡" በላ ዝተረድኣቶ ስለ ዝመሰሎ።

"ጽናሕ'ሞ። ስለ ፍቕሪ ዝመልኦን ዘለዎን ኢዩ'ኮ ዝናፍቕን ዝሽገርን ዘሎ። እቲ ኣውራ ዘሕዝን ግን እቲ ወላዲኡ ብህይወቱ ኸሎ'ውን ፡ ፍቕሪ ዘይረኸበን ዘይጸገበን'ዩ። ምኽንያቱ ወላዲኡ ብህይወቱ ኸሎ'ዩ ንፍቕሪ ወላዲኡ ዝስእኖ ዘሎ። ወላዲኡ ምስ ሓለፈ ኸኣ ፡ ሓሊፉ'ዩ" በለቶ።

"እንታይ ኢኺ ክትፈላሰፍለይ ትደልይ?" በለ ሃብቶም ፡ ናብ ምቑጣዕ ገጹ እናኸደ።

"ምፍልሳፍ ኣይኮነን ሃብቶም። ንስኻ እዚ ኹሉ ትደክም ዘለኻ ፡ ነዛ መዓልታዊ ቀለብና ጥራይ ዲኻ? ንስኻ ግን ንሎሚ ጥራይ ዘይኮነ ፡ ኣብ ዝኾነ ግዜ ከይንሽገር ፡ ንሎምን ንጽባሕን መታን ክኾነናዶ ኣይኮንካን ትጽዕር ዘለኻ?"

"እሞ ኩሉ እናፈለጥኪ ደኣ እንታይ ኢኺ ትብሊ ዘለኺ?" በለ ቁሩብ ዝሕል ኢሉ።

"እሞ እዚ ዝዛረበካ ዘሎኹ'ውን ፡ ብተመሳሳሊ ብህይወት ከሎኻ ንቖልዑ እተሰንቖም ፍቕሪ ኾይኑ ፡ በ'ጋጣሚ ወለዶም ኣብ ዝስእኑሉ ዝተርፈሎም ስንቂ ኢዩ ፡ እየ ዝብለካ ዘሎኹ።"

"ንሱን እዝን ርክብ የብሉን ፡ ሱቕ ኢልኪ ሃለውለው ኣይትበሊ ፡" በለ እንደጌና ናይ ሕርቃን ብልጭታ እናተራእየን ፡ ስኑ እናሓረቐመን።

"ወረ ሓቂ እንተ ደሊኻስ ናይ ምዕላልን ፡ ናይ ምጽዋትን ምዝዋርን ነገር ጥራይ ኣይኮንኩን ዝዛረበካ ዘለኹ ፡" ኢላ ከይተረድኣ ኣብ ልዕሊ ሓዊ ፡ ላምባ ኣፍሰሰት።

"ካልእ'ሞ እንታይ ከተምጽኢ ደሊኺ ኢኺ?" በላ ሃብቶም ፡ ዓይኑ ኣፍጥጥ ኣቢሉ ፡ ካብ መንበሩ ንቕድሚት ቁሩብ ውጥውጥ ኢሉ።

"ካልኦት ወለዲ ንደቆም ባህ ዝበሎም ነገራት ይገዝኡሎም'ዮም። ንስኻ ግን ንዝኾነ ይዕበ ይንኣስ ገንዘብ ንኸንቱ ክጠፍእ የብሉን ስለ እትብል ፡ ኩሉ ግዜ ቆልዑ ይቐንኡን የስተማስሉን'ዮም ፡" በለት ካብኡ ኣይሕለፍ ኢላ።

"ወይ ጽጋጋብ! ወይ ጽላላለ! ስምዒ እዚ ንስኽን ደቅኽን እትነብርዎ ዘለኹም ፡ ንሕና ብቐልዑትና ርኢናዮ'ውን ኣይንፈልጥን ኢና! ብኽንደይ ሸግርን ጸገምን ኢና ዓቢና! ግን ስለ ብሸግርን ብጸገምን ዝዓበና ኸኣ ኣይሓመቕናን። ብዙሕ ብምድካምን ነብስና ብምግታእን ብምቑጣብን ከኣ ፡ ዋላ'ኳ ጌና ክንዲ'ቶም ዝበልጹና እንተ ዘይኮንና ፡ በብቑሩብ ግን ንመሓየሽ ኣሎና።"

"እወ ግን" ምስ በለት ፡ "ጽንሒ! ስነ ስርዓት ግበሪ! እዚ ኹሉ ኸኣ ሳላ ዝሰራሕና ጥራይ ዘይኮነ ፡ ሳላ ገንዘብና ኣብ ዘየድሊ ዘየጥፋእናን ዝቐጠብናን ኢዩ ተረኺቡ። ከተጋንኒ እንተ ዘይደሊኽን ፡ ካብ ብሕጂ ቀበጥበጥ ክትብሊ እንተ ዘይደሊኽን ፡ ንስኺ ኾነ ደቀይ ዝጎደለኩም የብልኩምን!"

"ኣነ'ኮ" ክትብል ከላ ፡ "*ባስታ!* ይኣኽለኪ ሕጂ! ኣነ ንኸምዚ ዝጠፍእ ግዜ የብለይን!" ኢሉ ብድድ ኢሉ ፡ እተን ዝርካበን ኣዒንቱ ብዝከኣሎ ናይ ዘለወአን ኣጎልሒጡ ኣፋጠጠላ። ሰራውሩ ተገታቲሩን ፡ ኣዒንቱ ደም ሰሪቡን ፡ ገለ ተቓውሞ እንተ ሰምዑ ክገብጣ ዝደለየ እንስሳ ኾይኑ ተራእየ። ካብ ኣልጋነሽ መልሲ ምስ ሰኣነ ፡ እንቅዓ እና'ስተንፈሰን ፡ ርእሱ እናነቕነቐን ተዓዝረ።

ኣልጋነሽ ብዘይ መልሲ ትም ዝበለትን ፡ ካብኡ ዝያዳ ክትውስኽ ዘይደለየትን ፡ ጠባይን ባህርን በዓል ቤታ ኣጸቢቓ ስለ እትፈልጦ ዝነበረት'ያ። ንሃብቶም ድሮ ኣጸቢቓ ትፈልጦ'ኳ እንተ ነበረት ፤ እንተ ተረድኦ ፡ እንተ ተሰምዖ ፡ እንተ ተቐየረ ብዝብል ፤ ተስፋ ከይቖረጸት ጸጸኒሓ'ያ ትፍትን ነይራ። ዋላ ኣጸቢቓ ትፍለጦ'ምበር ፡ ዝርርቦም ብኸምዚ ከዛዘም ከሎ ግን ፡ ኩሉ ግዜ ሕማቕ ይስመዓን የጉህያን ነበረ።

ኣልጋነሽ ከምኡ ኢላ ክትሓስብ ከላ፣ ሃብቶም ከኣ ብሕርቃን ክትኮስ ደልዩ፣ ብውሽጡ *"ወይ ጽጋገብ?! ወይ ጽጋገብ!"* እናበለ ኢዩ ዝጎዓዝ ነይሩ። ቁሩብ ሕርቃኑ ዝሕል ምስ በለሉ፣ ናብ ተዘክሮ ሓለፈ። እቲ ካብ ቁልዕነቶም ክሳዕ ኣዝዮም ዝጉብዙ ዝነበረ ኩነታት ክዝክር ጀመረ።

ብመጀመርያ እታ ዝዓበዩላ ገዛ ከም ስእሊ ክትረኣዮ ጀመረት። እታ ገዛ ከም ሎሚ ኣርማድዮ ዝበሃል ኣይነበራን። ክዳውንቶም ኣብ ሳንዱቕ ኢዩ ዝቕመጥ ነይሩ። እቲ ኣዝዩ ውሑድ ክይተዓጻጸፍ ዝጥንቀቑሉ ክዳውንቲ ኣቦኦም፣ ኣብ መንደቕ ኢዩ ዝንጥልጠል ነይሩ። ነቶም ቆልዑ ዝኸውን እኹል ዓራታውቲ ኣይነበሮምን። ኣቦኡ ዝቕመጡላ ሓንቲ መንበር ኢያ ነይራቶም። ዱኳታት ግን ንኹሎም ዝኣክል ነይሩዎም'ዩ።

ኩላ ሰብ ደዱኳኣ ስለ እተለሊ፣ ዱኳይ ወሲድክለይ-ዱኳይ ወሲድክለይ ኣብ ዝብል ኣርእስቲ፣ ክንደይ ወጠጥ ከም ዝፍጠር ዝነበረ ትዝ ኢሉዎ ክምስ በለ። እታ መኣዶም ንርእሳ ኣብ ቁሩብ ንውሕ ዝበለት ዱኳ'ያ እትቕረብ ነይራ። ሽዑ መኣዲ ምስ ተቐረበ፣ ደዱኳኻ ኣውሒስካ ምስ ሓዝካ፣ ናብ ክቢ መኣዲ ምቅድዳም'ዩ። ምቅድዳም ኣብ ዝጥዕም ስልታዊ ቦታ ክሳድ ሒዝካ፣ ነታ መኣዲ ንምጥቃዕ ጥራይ ዘይኮነ ግን ፤ ምቅድዳም ነታ ዝርካባ ተቐሪባ ዘላ፣ ክይተቓበጸት፣ መታን ከተድምዓላ ኢዩ ነይሩ።

"ኣየወ ከምዚ ሕጂ ቆልዓ መግቢ ኣብይዎ፣ ወይ ቆልዓ'ምበር መግቢ ምብላዕ ኣብዩ ዝበሃል ዘረባ ከይመጽ!" እናበለ ርእሱ ነቕነቐ። ምኽንያቱ ሃብቶም ኣጸቢቑ ይፈልጥ ነይሩ ኢዩ፣ ደቁ ኣብ ድልየቶምን ኣብ ዝደለዩዎ ግዜን፣ ነቲ ሳላኡ ዝተረኽበ ባኒ እናኣተውን እናወጹን ይዓጻጽድዎ ምንባሮም። *"በዓል ኣልጋነሽ ከኣ ነዚ እናፈለጣ፣ ቆልዓ መግቢ ኣብይዎ!"* ክብላ ይደልያ እናበለ ርእሱ ነቕነቐ።

ካብ ናይ መኣዲ ኣርእስቲ ተዘክሮኡ፣ ናብ መዳቕሶ ኢዩ ሰጊሩ። እታ ዝነበረት ዓራት መጀመርያ በብኽልተ፣ ደሓር ከኣ በብሰለስተ ብሓባር ይድቅሱላ ከም ዝነበሩ ዘከረ። እቲ ኩነታት ክጥዕም ከሎ፣ ሓደ ብርእሲ ሓደ ብእግሪ ፤ ክኸፍእ ከሎ ኸኣ ክልተ ብርእሲ፣ ሓደ ብታሕቲ ኢዮም ዝድቅሱ ነይሮም። ሽዑ ለይቲ ዝሓድር ኣኹድርን፣ ብእግሪ ጌርካ ኣፍንጫ ሓውኻ ወይ ሓፍትኻ ምድርማስን፣ ንቡር ሳዕቤን ናይቲ ኩነታት ብምንባሩ፣ ከም ኮነ ኢልካ ዝተፈጸመ መጥቃዕቲ ኣይሕሰብን ኢዩ ነይሩ።

ሽዑ ምስ ነብሱ ብውሽጢ መልሓሱ፣ "ወረ ንሕና ኼንና'ምበር፣ ብዙሓት ስድራ ቤታት እንድየን ዓራት ዝበሃል ስለ ዘይነበረን፣ እንተ ተረኽበ ፍርናሽ፣ እንተ

ዘየሎ ኸኣ ተንኮበት ዝጥቀማ ዝነበራ፡" በለ። ኣብተን ከም እንዳ'ኮኡ ዝኣመስላ ስድራ ቤታት፡ እታ ዝርካባ ክፍሊ ጸባብ ስለ ዝነበረት፡ እቲ መዳቕሶ ቀትሪ-ቀትሪ ተጠቒሊሉ ከም ዝውዕል ዝነበረን፡ ምድሪ ምስ መሰየ ኸኣ ኣብ ምድሪ ቤት ተዘርጊሑ ከም ዝድቀሶ ዝነበረን ተዘከሮ።

ኣብቲ ግዜ'ቲ ዋላ እቶም ዝፈልጥዎም ኣለዎም ዝበሃሉ፡ ክልተ ክፍሊ ዝውንኑ ደቀባት'ውን እንተ ኾኑ፡ ኣቕሓ ናይ ግድን ኣድላይ ስለ ዝኾነ እንተ ዘይኮይኑ፡ ንባህታን ንባህግን ከም ዘይገዝኡን ከም ዘየጥርዩን ዝነበሩ ዘከረ። ንኣኡ ምስ ዘከረ፡ "ዘስደምም ኢዩ! ሕጂ ኸኣ በዓል ኣልጋነሽ ምስ ደቃ፡ ሙሉእ ዘይጉዱል ናውትን ንብረትን ገዛ ሒዘን፡ ምኒን ይብላ፡" በለ ብውሽጡ።

ተዘክሮኡ ካብ ናይ ቆልዑ መዳቕሶን መኣድን፡ ናብ ናይ ዓበይቲ መኣዲ ሓለፈ። ኣብ ግዝየኦም ቆልዑ፡ ምስ ወለዶም ወይ ዓበይቲ ሰባት ኣብ መኣዲ ኣይቀረቡን ኢዮም ነይሮም። ነውርን ከም ካብ ስነ ስርዓት ወጻእን ኢዩ ዝሕሰብ ነይሩ። ንቖልዑ ናይታ ወለድን ዓበይትን ዝበልዑላ መኣዲ ተረፍ፡ ቁሩብ ጸብሕን እንጀራን ወሲኽካ ኢያ እትቕረበሎም ነይራ።

ወለዲ ቅድሚ ምምጋቦምን ድሕሪ ምብልዖምን፡ ኢዶም እቲ ዝደልደለ፡ ግን ከኣ ዝነኣሰ ኢዩ ዘሕጽቦም ነይሩ። ኩሎም ቆልዑ እቲ ምንኣሶም ቆልዓ ክድልድል'ሞ፡ እታ ኢድ ምሕጻብ ክርከቦም ኢዮም ዝብህጉን ዝህወኹን ነይሮም። ኣብታ ስርርዕ እቲ ሕሳስ ልደት ኢዩ ዝያዳ ዝሸገር ነይሩ። ምኽንያቱ እታ ዝጸልኣ ምሕጻብ ኢድ፡ ዘብርዮ ወይ ዝርከቦ ከም ዘይህሉ ስለ ዝፈልጥ። ንሱ ግን ቦኽሪ ስለ ዝነበረ፡ ካብታ ኢድ ምሕጻብ ቀልጢፉ ከም ዝተገላገለ ተዘከሮ።

ንዓበይቲ ወለዲ ኢዶም ምስላም፡ ገዛ ክኣትው ኸለው ቦታ ቀልጢፍካ መታን ክትገድፈሎም ብድድ ምባል፡ ከከም ከባቢኡን መበቆል ዓዱን ልሙድ ኢዩ ነይሩ። "ብሓፈሻ ግን ዘይከም ሎሚ፡ ወለድን ዓበይትን፡ ኣዝዮም ክቡራትን ፍሩሓትን ኢዮም ነይሮም፡" ኢሉ ሓሰበ።

"ሕጂ ኸኣ በዓል ኣልጋነሽ፡ እቲ ክብረት ተሪፉስ፡ ሕሉፍ ሓሊፈን ምስ ቆልዑ ዘይወዓልካን ዘይተዛወርካን ኢለን ከይሓፈራ ይዛረባ፡" ኢሉ ሓሰበ። ከምኡ ኢሉ ምስ ሓሰበ፡ መሊሱ እታ *"ወይ ጽጋብ! ወይ ጽጋብ!"* እትብል ዘረባ ብውሽጡ ደገማ። ከምዚ ዝበሃለሉ ግዜ ምምጽኡ ኣዝዩ ኣስደመሞ።

ብኸምዚ ንዝዓበየ ሃብቶምን፡ ጌና ኣተሓሳስባኡን ኣረኣእያኡን ካብታ ቆልዓ ከሎ ዝነበረ ፍንትት ንዘይበለ ሃብቶም፡ እዚ ኣተሓሳስባ እዚ ክርድኦን ክቕበሎን ዓቐበት ኮኖ። ከምኡ ስለ ዝኾኖ ኸኣ፡ ኩነታት ኣልጋነሽ ኣስደሚሙዎ፡ ንሳልሳይ

ግዜኡ ርእሱ እናነቕነቐ ፡ "ወይ ጽጋጋብ ፡ ወይ ጽጋጋብ !" እነበለ ስራሑ በጽሐ።

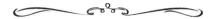

እንዳ ባኒ ሓሙሻይ ዓመቱ ኣቑጸረ። ድሮ ሃብቶም ኣብ ገዛኡን ኣብ እንዳ ስድራኡን ስልኪ ከእቱ በቒዑ ነበረ። ብዝያዳ ኸኣ ንኣኡን ንብሙሉኡ ስድራ ቤቶምን ከተገልግሎም እትኽእል ፡ እርግ ዝበለት ንእሽቶ መኪና'ውን ከገዝእ ክኢሉ ነበረ።

ግራዝማች 56 ዓመቶም ስለ ዝረገጹ ፡ ካብ ስራሕ ብጡረታ ክሳናበቱ'ዮም ዝቀራረቡ ነይሮም። ግራዝማችን ባሻይን ፡ ደቆም ብዘርኣዩዎ መንፍዓትን ስምምዕን ኣዝዮም ተሓጎሱ። ንሳቶም ናብ ሽምግልና ይኸዱ ስለ ዝነበሩ ፡ 'ድሕሪ ሕጂ ክንዕንቅጾም እምበር ፡ እንታይ ክንሕግዞም ኢልና ኢና ፡ ስለዚ ባዕላቶም ከም ዝመስሎም ገይሮም የመሓዳድርዎ' ተበሃሃሉ። ኮፍ ኢሎም ነዊሕ ድሕሪ ምምይያጥ ከኣ ፡ እቲ ምምሕዳር ናይቲ ትካል ፡ ብምሉኡ ናብ ኢድ ተስፎምን ሃብቶምን ክሰጋገር ወሰኑ። ብኣኡ መሰረት ከኣ ካብታ ግዜ እቲኣ ፡ ከም ወለዲ መጠን ክመኽርዎምን ክርእይዎምን እንተ ዘይኮይኑ ፡ መዓልታዊ ምውሳእ ኣቛረጹ።

ኣብዚ ግዜ እዚ ስራሕ ኣዝዩ ማዕቢሉ ፡ ክልቲኡ ስድራ ቤት ብዙሕ ምምሕያሽን ለውጥን ገይሩ ነበረ። ሃብቶም ንኹሉ እቲ ናይ ውሽጢ ስራሕ መሊኽዎን ተቖጻጺሩዎን ነበረ። እቲ ኢጣልያዊ ከሎ ባኒ ጥራይ ዝሰርሑ ዝነበሩ ፡ ሕጂ ሕምባሻን ግረሲኒታትን ወሰኹሉ።

ኣብቲ ዓወት ናይቲ ትካል ፡ ፍናንን ድልየትን ሰራሕተኛታቶም ዓቢ ተራ ኢዩ ነይሩዎ። እዚ ጽቡቕ ድልየትን ተገዳስነትን ሰራሕተኛታቶም ግን ፡ ሱቕ ኢሉ ዝመጸ ኣይነበረን። ነዚ ንምኹስኳስ ተራ ተስፎም ወሳኒ ኢዩ ነይሩ። ሃብቶም ገንዘብ ምውጻእ ዝበሃል ስለ ዘይፈቱ ፡ ሰራሕተኛታት እቲ ትካል ንዝኾነ ዘለዎም ጸገም ፡ ምስ ተስፎም ጥራይ ይዛረቡ ነበሩ። ተስፎም ንሃብቶም ከይነገረ ሽግሮም ይፈትሓሎምን ይሕግዞምን ነበረ። ሃብቶም ድሒሩ ምስ ፈለጠ ደስ ኣይብሎን ነበረ።

ሃብቶም ኣብ ልዕሊ ናይ ተስፎም ተራ ዝተሓዋወሰን ተጋራጫውን ስምዒት ነበሮ። በቲ ሓደ መዳይ በ'ተሓሕዛ ተስፎም ፡ ኣብ ስራሕን እቶትን ዝመጸ እወታዊ ለውጢ ይርድኦን ይሕጎሰሉን ነበረ። በቲ ኻልእ መዳይ ከኣ ገንዘብ ንኸንቱ ይወጽእ ኣሎ ፡ የብዝሖ'ሎ ዝብል ስምዒት ነበሮ።

ሰኑይ ሰዓት ሽዱሽተ ተስፎም ካብ ባንካ ብቐጥታ ናብ እንዳ ባኒ ከደ። ንኹሎም

ሰራሕተኛታትን ሃብቶምን ሰላምታ ምስ ሃቦም ፡ ሕሳብ ንኽገብር ናብታ ውሽጢ ዝነበረት ካልኣይቲ ክፍሊ ኣተወ። ሃብቶም ብኡ ንቡኡ ፡ ናብታ ተስፎም ዝኣተዋ ክፍሊ ተኸቲልዎ ኣተወ።

ተስፎም ኣብታ ሕሳብ ዝገብረላ ትሕት ዝበለት መንበርን ጣውላን ከፍ ምስ በለ ፡ ሃብቶም ከኣ ኣብታ ነዋሕ መንበር ሓፍ ኢሉ ኩድጭ በለ። ሽው ፡ "ስማዕንዶ ተስፎም ፡ ነዞም ሰራሕተኛታት ንዝሓተትዎ ኩሉ ሕራይ ጥራይ ምባል ኣመል'ምበር ጌርካዮ! ንዝዓበየ ዝነኣሰ ነገር ሕራይ ምባል ግን ልክዕ ኣይኮነን። ብኣኻ'ኳ ወዲ ግራዝማች ምኸሰርና ኔርና። ግን ሃብቶምዶ ኣየሎካን ፡ ሰተት ኣቢሉ ዝኾነ ነገር ዘየሕልፍ።"

"*ኦፍ ኮርስ!* ካብ ወዲ ባሻይ ደኣ ትሓልፍ ነገር ዘየላ። ግን ኣነ ኸኣ ንሰራሕተኛኻ ደስ ከተብሎ ከም ሕልና ጥራይ ዘይኮነ ፡ ዋላ ነቲ ስራሕ እውን ኣገዳሲ'ዩ ኢለ ስለ ዝኣምን'የ።"

"*ኦ በር ፋወረ* ተስፎም! ንግድን ሕልናን ፡ ንግድን ፍልስፍናን ደኣ መዓስ ብሓንሳብ ይኸዱ! ንሕና'ኮ እቲ ገንዘብ ብኽንደይ ድኻምን ቁጠባን ኢና ኣምጺእናዮ። ንስኻ ግን 'ወርቂ እግሩ' ከም ዝበሃል ፡ ዕድለኛ ስለ ዝኾንካ ፡ ሳላ ኣቦኻ ተቐሚጡ ኢዩ ጸኒሑካ። ስለዚ ከማና ጌርካ ስለ ዘይትፈልጦ ፡ ሱቕ ኢልካ ኢኻ ትስንድዎ።"

"*ማይ ጎድ!* እዛ ዘረባ እዚኣ ክትፈትዋስ! በቃ ኩሉ ግዜ ኢኻ ትደጋግመለይ።"

"እሞ ሓቂ ደይኮነትን ተስፎም ፡ ንስኻ'ኮ ኣብዚ ጥራይ ዘይኮንካስ ፡ ዋላ ኣብ ደገኻ ንገንዘብ ምውጻእን ምጥፋእን ዕጅብ ኣይብለካን'ዩ።"

"ሃብቶም ገንዘብ'ኮ ንኽትጥቀመሉን ንክትሕጎስሉን'ዩ ተሰሪሑ። ንኻልእ ደኣ ንምንታይ ከዓጅብ?"

"ንስኻ ሓወይ ዕድመ ንግራዝማች ፡ ቁሙጥ ዘይነቓንቕ ሕኞ መንደቕ ስለ ዘሎካ ሓቅኻ ኢኻ። ንሕና ግን ነቕ እንተ'ልና ዝድግፈና የብልናን። ፍግም ኢልካ ምውዳቕ ከይመጽእ ፡ ተጠንቂቕና ኢና ንኸይድ።"

"ሃብቶም ኣመል ደኣ ይኾነካ ከይህሉ'ምበር ፡ ሕጂ ደኣ'ሞ ሳላ እዚ ስራሕ እንታይ ሽግር ኣሎካ ፡ ምስ ሰብካ'ኮ ተመዓራሪኻ ኢኻ።"

"ምምዕርራይ ጥራይ'ኮ ኣይኮነን ዝኣክል። ብዝኾነ እንተ ተጎኒጽካ ፡ ኣብ ነቕ ዘይትብለሉ ደረጃ ክትበጽሕን ፡ ልዕሊ ሰብካ ምዃንን ኢዩ ዘድሊ።"

"እሞ እዚ ደኣ መወዳእታ ዘይብሉ ዘይረዊ ድልየትን ጽምእን'ንድዩ ኣንታ ሃብቶም!"

"ግደፍ'ባ ተስፎም እታ ትምህርቲ ከም ዘላትካ ከይርስዖ ዲኻ ፡ ነዛ ዘረባ ከም ድላይካ ትቐጻጽያ ዘለኻ?"

"ንስኻ'ምበር ናይዛ ድሮ በርቂ ነጋዳይ ምኳንካን ፡ ኣብ ሜርካቶ ምውዓልካን ፡ ምቁጽጻይ ዝበሃል ሰሚዕናዮ ዘይንፈልጥ ኣዘራርባ ተስምዓና'ለኻ።"

"ማክ! ነዚ ዲኻ ኸኣ ዘረባ ረኺብካ። ግን ስማዕ ተስፎም ንስኻ ትፍልጥ ኢኻ ፡ ንሕና ከመይ ከም ዝዓበና። ብጸገም ስለ ዝዓበናን ፡ ስለ ተጠንቂቕና እተጎዓዝናን ከኣ ኢና ኣብዚ በጺሕና።"

"እሞ ሽውን ሕጂን ሓደ ኣይኮነን ሃብቶም። ሽው ኣቦይ ባሻይ ትሕዝቶ ስለ ዘይነበሮም ኢኹም ብኸምኡ ዓቢኹም። ሕጂ ግን ንስኻ ሙሉእ ዘይጉዱል ኣሎካ። ኣብታ ናይ ቀደም ኣይኮንካን ዘለኻ ፡ ኣብኣ ኣይትንበር!"

"ከምኡ ኣይትበል ተስፎም ፡" ክብል ከሎ ፡ ሓደ ኣገዳሲ ዝደልይዎ ዝነበሩ ሰብ ስለ ዝመጾም ፡ ዘረባኦም ኣቋረጽዎ። ምስቲ ሰብ ስራሖም ምስ ወድኡ ኸኣ ሰዓት ስለ ዝኣኸለ ነናብ ገዛኦም ከዱ።

ተስፎም ንገዝኡ እናኸደ ፡ "እንታይከ ዘሰክፍ ኣሎኒ'ዩ ፡ እቲ ዝሰማዕኩዎ ነገር ዘየዛርቦ። ንሱ ብዝጠቅምን ዘይጠቅምን እናተዛረበንስ ኣነ ከስከፍ ፡" ኢሉ ሓሰበ። ብኣኡ መሰረት ከኣ ኣብ ቀረባ መዓልታት ኣብ ዝጠዓመ ግዜ ንሃብቶም ከዛርቦ መደበ።

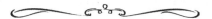

ተስፎም ፡ ንሃብቶም ኣብ ስራሕ ከዘራርቦ መደብ ሰርዐ። ኣብቲ ከዘራረብሉ ዝወጠንዎ ግዜ ግን ኣብ ኣስመራ ፡ ሰራሕታኛታትን ተመሃሮን ኩሉ ሕብረተሰብን ዝተሓወሶ ፡ ዓቢ ሰላማዊ ሰልፊ ተገብረ። ኣብቲ ግዜ'ቲ ኢትዮጵያ ፡ ንውሽጣዊ ምምሕዳር ኤርትራ ብቐጻሊ ኢያ እትብሕጉጎ ነይራ። እምበኣር ነዚ ንምቅዋም ኢዩ ነይሩ ፡ እዚ ኣብ ኣስመራ ኣብ ታሕሳስ 1958 ፡ ዓቢ ናይ ስራሕ ደው ምባል ኣድማ ዝተገብረ። እቲ ዝተገብረ ኣድማ ሰራሕተኛታት ፡ ነ'ስመራ ንሓሙሽተ መዓልታት ኣልመሳ። ጋዜጣታት ኣብ ዓምድታተን ኣስመራ ከም ዝጸመወት ኣቃልሓ።

እቲ ሰልፊ ብ'ንዳማርያም ጀሚሩ ፡ ናብ ኮምቢሽታቶ'ውን ቀጸለ። ድሕሪኡ ድምጺ

ጠያይትን ቦምባታን ፡ ኣብ እንዳ ማርያምን ኮምቢሽታቶን ተሰምዐ። ንጽባሒቱ'ውን ብዝገደደ መልክዑ ቀጸለ። ንብረትን ገዛውትን ተቓጸለ። ኣስታት 50 ሰባት ከም ዝሞቱን ፡ ኣስታት 300 ከም ዝቖሰሉን ተጸብጸበ። ናይ ህጹጹ ግዜ ኣዋጅን ፡ እቶ-እቶ ሰዓታትን ተኣወጀ። ብድሕር'ዚ ማሕበር ሰራሕተኛታትን ቤት ጽሕፈቱን ብወግዒ ተዓጽወ።

ድሕሪ'ቲ ኣብ ሰብን ንብረትን ከቢድ ክሳራ ዘስዓበ ናይ ስራሕ ደው ምባል ኣድማ ምዝሓሉን ምህዳኡን ፡ ተስፎም ንሃብቶም ኣብ ስራሕ ከዘራርቦ ፈተነ። ግን ሎሚ ጽባሕ እንተ በለ ፡ ንኽልቲኦም ዝጥዕም ብሑት ግዜ ክረክብ ኣይከኣለን። ድሕሪኡ ከዛርቦ ከም ዝደሊ ንሃብቶም ሓቢሩ ፡ ድሕሪ ስራሕ ኣብ ገዛ ንኽራኸቡ ተቛጸሩ።

ተስፎም ከም ቆጸራኦም እንዳ ሃብቶም ምስ ከደ ፡ ቆልዑ እናነጠሩ ባባ ተስፎም-ባባ ተስፎም እናበሉ ብሓጎስ ተቐበልዎ። ኣልጋነሽ ከኣ ተስፎም ምኻኑ ምስ ረኣየት ብፈገግታን ሓጎስን ተቐበለቶ። ቆልዑ እንታይ ኣምጺእካልና ፡ ከተዛውረና ዲኻ መጺእካ ፡ ዝብሉ ሕቶታት ኣዝነቡሉ።

ሃብቶም ርእሱ እናነቕነቐ ክዕዘብ ድሕሪ ምጽናሕ ፡ "ኪዱ'ዞም ደቀይ ፡ ሎሚ ምሳይ ዘረባ ስለ ዘለዎ ኢዩ መጺኡ ፡" በሎም።

ቆልዑ ደስ ከይበሎም ክሳዶም ኣድኒኖም ፡ ናይ ኩራ ከናፍሮም ደርብዮም ወጹ።

"ኣየ ናይ ነገር ቆልዑ ፡ እታ ተገድሶም ጥራይ ኢዮም ዝርእዩ ፡" በለ ተስፎም።

"ለሚዶም ስለ ዝኾኑ ኢዮም'ምበር ፡ ቆልዑ ስለ ዝኾኑ ጥራይ ኣይኮነን። ንቖልዑ ዘይምልማዶም ኢዩ እቲ ዝሓሸ።"

"ደሓን ሕጂ ብዛዕባ ቆልዑ እንተ ጀሚርና ፡ ካብታ ክንዛረበላ ዝደለኹ ነገር ከይትኣልየና ትጽናሓልና ፡" በለ ተስፎም።

"*ባቤን* ሕራይ። ብዛዕባ ምንታይ ኢኻ ክንዘራረብ ደሊኻ?"

"ባንን ሕምባሻን ሌቪቶ ይውሕዶ'ሎ። ብሰንኩ ኸኣ ገሊኦም ሰባት ፡ 'እንታይ ደኣ እዚ ባንን ሕምባሻን ከም ቀደሙ ዘይኮነ ፡' ይብሉ'ለው። ገሊኦም ከኣ 'ሚዛን ናይዚ ባኒ ፡ ከም ቀደሙ ድዩ'ምበር ፡' ዝብሉ ኣለው።"

"ምኒን ዝብሉን ከካፍኡ ጥራይ ዝደልዩን ሓደ ኽልተ ኩሉ ግዜ ኣለው።"

"ንሱ ሓቅኻ ኢኻ ኣለው። ከም ናታቶም ዝኣመሰለ ዘረባ ኣይኮነን ግን ኣነ

ዘዛርበኒ ዘሎ። ጨሪሶም ከምኡ ኣመል ዘይብሎም ሰባት'ሞ፣ ካብ ሓልዮት ተበጊሶም ከምኡ ክብሉ ኸለው ግን፣ ነብስና ክንፍትሽ ኣሎና። እስከ ናይ ብሓቂ ኣብ ሚዛን ባኒ ዝኾነ ጸገም የብልናን ዲና? ናይ ብሓቂኸ ሌቪቶ ኣይተውሕዱሉን ዲኹም ዘለኹም?"

"ኣብ ሚዛን ዝኾነ ጸገም የብልናን። ሌቪቶ ግን ዋጋ ከም ዝወሰኸ ትፈልጥ ኢኻ። ሌቪቶ ወሲኹ ኢልና፣ ዋጋ ባኒ ከም ድላይና ክንውስኽ ኣይንኽእልን ኢና። ስለዚ ነተን ንረኽበን ዝነበርና መኽሰብ ክንረክብ እንተ ኾይንና፣ ከይፈተና ከምኡ ክንገብር ኣሎና። መን ደኣ ክኸስሮ፣ ንሕና ደኣ ክንከስሮ?"

"እሞ ኩሎም ካልኦት ከምኡ ከይገበሩ ኸለው፣ ንሕና ከምኡ እንተ ጌርና ዓሚል ክሃድመና ይኽእል'ዩ። ቁሩብ ዘይንጽመም፣ ሸው ምስ ሰብና ንሪኦ።"

"ስማዕ ተስፎም፣ እቶም ካልኦት ሙሉእ ዕድሜኦም ዝበልዕሉ ስራሕ'ዩ። ንዕኣቶም ኣይጎድኦምን ይኸውን፣ ንዓና ግን፣ ብሕልፊ ንዓይ ይጎድኣኒ'ዩ።"

"እንታይ ማለትካ ኢዩ ብሕልፊ ንዓይ ትብል ደኣ?"

"ትፈልጥ ኣንዲኻ ተስፎም፣ ንስኻትኩም ክልተ ሰለስተ እቶት ኣሎኩም። ናይ ስራሕን፣ ናይዚ ትካልን። ዋላ ንሱ እንተ ዘይኣኸለ ኸኣ ሕቖ ኣሎኩም።"

"ንስኻ እውን እኮ ሕጂ ኣብ ጽቡቕ ደረጃ ኢኻ ዘለኻ። ግን ኩሉ ግዜ የብለይን፣ እንታይዶ ኣሎኒ'ዩ እትብል እንተ ኾይንካ፣ ከምኡ ክስመዓካ ይኽእል'ዩ። *'ሰብ እቲ ዝስመዖ ኢዩ ዝኸውን'ኳ፣'* ዝበሃል።"

"ንዓ ደኣ ሕጂ፣ *ላሽዖ* እቲ ፍልስፍናኻ ይጽንሓልና። ካልእ ዝዝረብ እንተ'ሎካ ንገረኒ።"

ተስፎም ገለ ክብል ከም ዝደለየ ብምምሳል፣ ሰጋእ-መጋእ በለ። ድሒሩ ግን ኣብ ውሳነ ከም ዝበጽሐ ብዘርኢ ኣካላዊ ቋንቋ፣ "ኖ የብለይን።"

ሃብቶም ኣብ ሚዛን ባኒ፣ ቁሩብ የጉድሎ ከም ዝነበረ እቶም ሰራሕተኛታት ከም ዝሓበርዎ እንተ ኒጊርዎ፣ ካልእ ገልታዕታዕ ከይፍጠር ስለ ዝተሰከፈ፣ እታ ሓበሬታ ንርእሱ ክሕዛ ወሰነ።

"እዚ እንተ ወዲእና፣ ሓንቲ ሓሳብ ዝመጸትኒ ኣላ'ሞ ክካፍለካ፣" በለ ሃብቶም።

"ሕራይ ጽቡቕ።"

"ናእሽቱ ማሽናት ኣለዋ ብኢድ ጌርካ ፓስታ ዝሰርሓ። ስፓጌቲ ፡ ታልያተሊ ፡ ከምኡ'ውን ንላዛኛ ዝኾውን ፓስታ ክትሰርሓለን ትኽእል። ሓደ ሰብ ሰለስተ ኣለዋኦ። ከምኡ'ውን ሓንቲ ናይ ቢስኮቲ መስርሒት ኣላቶ። እቲ ዋጋ ዝሓቶ ዘሎ'ውን ዝተጋነነ ኣይኮነን። ሓደ ሰራሕተኛ ንኣአን ጥራይ ዝሰርሕ ወሲኽና ፡ ንዓማዊል ብጠለብ ቀቁሩብ ፓስታን ንቑጽ ቢስኮትን ምስራሕና። ንዓና ኸኣ ሓገዝ ምኾነና።"

"ዋው! ብጣዕሚ ጽቡቕ ሓሳባት'ዩ። ከምታ ትብላ ዘለኻ ንግበር። መቸም ንስራሕን ንግድን ፡ ገንዘብ በየን ትአቱን'ሲ ኬድካ በሲልካ ኢኻ ዓርከይ!" በለ ተስፎም ከምስ እናበለ።

"እሞ በዓል ንስኻ በዛ ትምህርቲ ጥራይ ስለ እትፍርዱና ፡ ኣበይ ትኣምኑልና።"

"እንታይ ድየ ዝገብር ዘሎኹ ፡ ይኣምነልካ እንድየ ዘለኹ። ንስኻ ኢኻ ንነብስኻ ዘይትኣምነላ ዘለኻ ፡" ኢሉ ካዕ-ካዕ ኢሉ ሰሓቐ።

"እታ ናይ ቀደም ንዕቀትከ ፡ ቁሩብ ተረፍ የብላንዶ ኢልካያ ኢኻ?"

"ኖኖ!"

"ቆልዑ ከለና'ኮ ትገብረና ዝነበርካ! ብነብስና ከም ዘይንተኣማመን እንዲኻ ትገብረና ኔርካ። ብመልክዕካ ፡ ብሕብሪ ቆርበትካ ፡ ብጸጉርኻ ፡ በስናንካ ፡ በካይዳኻ ፡ ብገዛኻ ፡ ብትምህርትኻ ፡ ብምንታይከ ዘይትፍስሓልና ዝነበርካ!" በለ ኢዱ እና'ወዛውዘ።

"ንሱ ናይ ቁልዕነት ነገር'ዩ ነይሩ። ደሓር ከኣ ምስኻ እየ ከምኡ ብዝያዳ ዝገብር ዝነበርኩ ፡ ምኽንያቱ ንስኻ ክትተሃላለኽ መዓት ኢኻ ኔርካ።"

"ኩሎም እቶም ካልኦት ብመልክዕካን ኩለንተናኻን ክሰግዱልካ ቁሩብ'ዩ ዝተርፎም ነይሩ። ኣነ ስለ ኢደይ ዘይህብን ፡ ክሰግደልካን ከምልኽካን ቁሩብ ዘይነበርኩን ኢኻ ነኺስካ ሒዝካኒ ኔርካ።"

"ንስኻ ነካስ ስለ ዝኾንካ ኢኻ ሒዝካዮ'ምበር ፡ ኣነስ ኣይዝክሮ'ኳ!"

"ንስኻ ከመይ ጌርካ ክትዝክሮ ፡ ከምቲ ኣምሓሩ ዝብልዎ ፡ 'ዝወግእ እንተ ረስዐ ፡ ዝተወግአ ነይርስዕ'ዩ' ነገሩ።"

"ሃብቶም ሎሚ ጨሪስካ ኣይተኸኣልካን። ስለዚ ኢደይ ሂበ ኣለኹ። በል ሕጂ

ክኸይድ። ቆልዑ ዘይደቀሱ እንተ ኾይኖም ሰላም ክብሎም። እንተ ደቂሶም ከኣ ፣ ነ'ልጋነሽ ቻው ክብላ ፣" ኢሉ ተስፎም ብድድ በለ።

ኣልጋነሽ ክኸይድ ከም ዝተዳለወ ምስ ፈለጠት ደስ ኣይበላን። ቆልዑ እንተ ደቀሱ ንሕናዶየለናን ፣ ደሓር ከኣ ኣይ ገዛኻ'ንድዩ ምሳና ተደሪርካ ኢኻ እትኸይድ ኢላ ፣ ወጠጥ በለቶ። ተስፎም ግን ግድን ኢሉ ፣ ባህ ከይበላ ተፋንይዎም ንገዛኡ ኸደ።

ተስፎም ንገዛ እናኸደ ኸሎ ፣ በቲ ሓደ ወገን ብናይ ሃብቶም ናይ ንግዲ ተፈጥሮኣዊ ብልሕን ፣ ኣብ ስራሕ ህርኩትነቱን ተደነቐ። በቲ ኻልእ ወገን ከኣ ስስዐኡን ፣ ብዝኾነ መንገዲ ኣታዊ ናይ ምኽዕባት ዝንባለኡን ከኣ ስክፍታ ኣሕደረሉ። እቲ ንሱ ዝፈልጦ ቆልዓ ሃብቶም ግን ፣ ጌና ኣብቲ ውሽጢ ሰብኣይ ሃብቶም ፣ ብዙሕ ባህሩን ጠባዩን ከይቀየረ ፣ ተቓይጡ ከፍ ኢሉ ከም ዝነበረ ተገንዘበ።

እቲ'ቦይ ኩሉ ግዜ ፣ "*ንበዝሕ ደቂ ሰባት ፣ ካብ ቁልዕነት ናብ ግርዝውና ፣ ብድሕሪኡ'ውን ዕድመ እናወሰኸና ክንከይድ ከሎና ፤ ኣካላትና ይገዝፍ ፣ ዝያዳ ንጎርሕን ንኸፍእን'ምበር ፤ ልቢ ኾነ ብልሀነትን ፣ ሓንጎልን ኣተሓሳስባን ከይወሰኽና ኢና ፣ ትም ኢልና ዓመታት ንቖጽር ፣*" ዝብሎስ ሓቂ'ዩ።

ካብ ናይ ኣቦኡ ዘረባ ሓሊፋ ኸኣ ፣ "*ዘገርም'ዩ! ለካ እቶም እንበዝሕስ ፣ እቲ መጻወትን እቲ ጸወታን ጥራይ ኢና እንቕይር'ምበር ፣ ከምታ ቀደምና ቆልዑ ኼንና ኢና ዕድመ ጥራይ እናቖጸርና እንነብር!*" በለ።

እታ ኣነ'ኮ ምባልን ምንካስን ምትህልላኽን ግን ፣ ካብቲ ቆልዓ ሃብቶም ፣ ናብዚ ሰብኣይ ሃብቶም ከም ዝሰገረትን ፣ ኣብኡ ከም ዝተሰረተትን እናስተንተነ ተኻዕዘ። ተስፎም ከምዚ'ሉ ኣብ ናይ ህይወት ፍልስፍና እናተንሳፈፈ ገዛ በጽሐ።

ምዕራፍ 3

እንዳ ባኒ ኣብ ልዕሊ ባንን ሕምባሻን ግረሲኒን ፡ ብተወሳኺ ቢስኮትን ውሱን ዓቓን ፓስታን ከሰርሑ ምስ ጀመሩ ስራሕ ዝያዳ ማዕበለ። ሓንቲ ጽብቕቲ ገዛ እንተ እንረክብ ፡ ናይ ምቁር ሕብስቲ (ኬክ) ስራሕ ምኽፈትና ኢሎም ካብ ዝውጥኑ ነዊሕ እዋን ሓሊፉ ኢዩ። ግን ዝደለይዎ ዓይነት ገዛ ኣብ ዝደለይዎ ቦታ ኣይገጠሞምን።

ካልእ ዝተዓወቱሉ ነገር ግን ነይሩ'ዩ። ምስ ወለዶም ተማኺሮም ፡ ካብቲ እትዋት ናይ እንዳ ባኒ ፡ ንመንበሪኦም ዝኸና ክልተ ብነጸላ መንደቕ ዝራኸባ ሓንቲ ዓይነት ገዛ ረኺቦም ዓደጉ። እተን ገዛውቲ ኣብ ከባቢ ኮለጅዮ ላሳለ ፡ ማለት ጥቓ ቤተ ክርስትያን ሳን ፍራንቸስኮ ኢየን ነይረን። ክልቲኤን ከምቶም ብሓባር ዝወለድዎም ቆልዑ ፡ ከም ማንታ ተላጊበን ፡ ብሓደ ቐዲ ዝተሰርሓ'የን ነይረን። ነፍሲ ወከፈን ሰለስተ ክፍልን ፡ ሓደ ሽቓቕን ፡ ክሽነን ፡ ኣዝያ ንእሽቶ ንመቐመጢ መኪና እትኸውን ቦታን ቀጽርን ነይሩወን። ብርኽ ኢለን ስለ ዝተሰርሓ ፡ ናብተን ገዛ መእተዊ ሕጽር ዝበላ ፡ ሓሓሙሽተ መሰላል ነይሩወን።

ገዛ ክገዝኡ ከለው መድህንን ኣልጋነሽን ነፍሰ ጾራት'የን ነይረን። ሓድሽ ገዛ ምስ ኣተውዎ ኸኣ ፡ ኣብ ነናይ ክልተ ወርሒ ፍልልይ ሓረሳ። ኣቐዲማ መድህን ጓል ተገላገለት። እንዳ ተስፎም ከኣ ንጓሎም ፡ ሕርይቲ ዝብል ስም ኣውጽኡላ። ተስፎም ኣብ 31 ዓመቱ ፡ መድህን ከኣ ኣብ 26 ዓመታ ፡ ወለዲ ኣርባዕተ ቆልዑ ኾይኖም ሻድሻይ ርእሶም ኮኑ።

ኣልጋነሽ ብድሕሪ መድህን ወዲ ተገላገለት። እንዳ ሃብቶም ከኣ ፡ ነጋሲ ዝብል ስም ሃብዎ። ሃብቶም ኣብ 33 ዓመቱ ፡ ኣልጋነሽ ከኣ ኣብ 29 ዓመታ ፡ ወለዲ

ሓሙሽተ ቆልዑ ኾይኖም ሻብዓይ ርእሶም ኮኑ። ማናቱ ክልቲኡ ስድራ ቤት ፣ ድሮ ደቂ ሸሞንተ ዓመት ኮይኖም ፣ ትምህርቲ ምኻድ ጀሚሮም ነይሮም'ዮም።

ኣብቲ ሓድሽ ገዛ ምስ ሓለፉ ፣ ክልቲኦም ስድራ ቤት ፣ ካብቶም ቆልዑ ጀሚርካ ክሳብ ዓበይቲ ወለዲ ብዝያዳ ተቐራረቡ። ርክቦምን ርክብ ስድራ ቤቶምን ኣዝዩ እናደልደለ ከደ። ብሕልፊ ቆልዑ ፣ ጎረባብቲ ኾይኖም ብሓባር እናተጻወቱ ፣ ምሕዝነቶምን ፍቕሮምን ኣዝዩ ደልደለ።

እንዳ ባኒ ካብ ዝገዝእዎን ካብ ዘካይድዎን ድሮ ሻብዓይ ዓመቱ ሒዙ ነበረ። ሃብቶም ኣብ ኣተሓሕዛን ኣወጻጽኣን ገንዘብ ኣዝዩ ጥንቁቕን ቆጣብን ብምንባሩ ፣ ብዙሕ ገንዘብ ከጠራቕምን ፣ ሃብቲ ክድልብን በቕዐ። ሃብቶም ኣብ ልዕሊ እዚ ፣ ተስፎም ኮነ ካልኦት ኣባላት ስድራ ቤቱ ዘይፈለጥዎ ፣ ምንጪ ገንዘብን ኣታውን'ውን ኣዋዲዱ ነይሩ ኢዩ።

ተስፎም ግን ኣብ ልዕሊ እቲ ለጋስን ዘርዛሪን ባህሩ ፣ ብዙሕ ገንዘብ ናይ ምጥፋእ ኣመላት ስለ ዝነበሮ ፣ ዋላ'ኳ ጽቡቕ ይነብር እንተ ነበረ ፣ ዘቐምጦ መጠን ገንዘብ ግን ውሱን ኢዩ ነይሩ። በዓልቲ ቤቱ መድህንን ፣ ኣብኡ ግራዝማችን ነዚ ኣጸቢቖም ይፈልጥዎ ነይሮም ኢዮም። ግን እታ መንበሪኦም ገዛ ምስ ሃብቶም ብሓባር ብምዕዳጎም ኣዕጊብዎም ስለ ዝነበረ ፣ ብዙሕ ክጸዓንዎ ኣይደለዩን።

ሃብቶም ፣ ንተስፎም ብገንዘብ ይበልጾ ከም ዝነበረ ክርደኦ ጀሚሩ ነበረ። እዚ ኹነታት እዚ ኣብ ሃብቶም ፣ ናይ ኩርዓትን ልዕልናን ስምዒት ከለዓዕል ጀመረ። ዋላ'ኳ ኣብ ቅድሚ እንዳ ግራዝማች ፣ ናብ ከምኡ ዝእንፍት ዘረባ ካብ ምዝራብ ይጥንቀቕ እንተ ነበረ ፣ ኣብ ቅድሚ ኣባላት ስድራ ቤቱ ግን ብቐጻሊ ይዛረበሉ ነበረ።

ሓደ ዓመት ድሕሪ ገዛ ምዕዳጎም ፣ ተስፎም በ'ጋጣሚ ብዛዕባ ሓንቲ መጠናዊት ፋብሪካ ፓስታ ሓበሬታ ረኸበ። እቶም ወነንቲ እታ ፋብሪካ ኢጣልያውያን ኢዮም ነይሮም። ካልእ ሓድሽ ዘመናዊ ፋብሪካ ንኸተኽሉ ፣ ናይ ባንክ ልቓሕ ስለ ዘድለዮም ፣ ንኽሓቱ ንባንክ ከይዶም ምስ ተስፎም ተራኸቡ። እቲ ዘድልዮም መጠን ልቓሕ ምስ ተስፎም ተዘራረቡ። ኩሉ ዘድሊ ቅጥዕታት ኣቕሪቦም ንውሳነ ቆጸራ ወሰዱ።

ስራሕም ምስ ወድኡ ተስፎም ፣ ነተን ናይ ቀደም ማሽነሪታትን እቲ ገዛን እንታይ

ክገብርዎ ከም ዝመደቡ ሓተቶም። ንሳቶም ከኣ ንኣኡ ክሽጥዎ ምዃኖም ሓበርዎ። ተስፎም ሓደ ሓሳብ መጾ። ግን ንኣኦም ከየተንባሃሎም ኣፋነዎም።

ሽው ኣጋምሸት ተስፎም ኣብ ሓሳባት ጥሒሉ ፣ ምስ ነብሱ እናተዛረበ ናብ እንዳ ባኒ ኸደ። ምስ ሃብቶም ተራኺቦም ኮፍ ምስ በሉ ኸኣ ፣ "ስማዕንዶ ሃብቶም ፣ እዚ ብውሱን ደረጃ ንሰርሖ ፓስታ ፣ ጽቡቕ ተጠላብነትን ዕዳጋን ኣለዎዶ ሓቀይ?"

"ተጠላብነት ጥራይ ድዩ! *ብሮብሮ* ክንዲ እቲ ንሰርሖ ሚኢቲ ዕጽፊ እንተ እንሰርሕ'ውን ጠጠው ኣይምበለን።"

"እሞ ሚኢቲ ዕጽፊ ዘይንሰርሕ?"

"ዋእ እንታይ ማለትካ ኢዩ? ከመይ ጌርና ኢና ሚኢቲ ዕጽፊ ክንሰርሕ? ፋብሪካ'ኳ ኣይኮነን ዘሎና።"

"ፋብሪካስ የብላናን ፣ ብኢድና ኢና ሓገግ እንብል።"

"እሞ እንታይ ደኣ ኢኻ ትብል ዘለኻ?"

"እሞ መታን ሚኢቲ ዕጽፊ ከነፍሪ ፋብሪካ ዘይንገብር?"

"እንታይ ኢኻ ደሓንካ ዲኻ ሎሚ? ትጻወት ዲኻ ዘለኻ?"

"ሎሚ በ'ጋጣሚ ፣ ምስ ሓንቲ መጠነኛ ፋብሪካ ፓስታ ዘላቶም ጠላይን ተራኺበ ነይረ ፣" ኢሉ ኩሉ ብዛዕባ'ቶም ኣብ ባንክ ዝመጽዎ ኢጣልያውያን ነገሮ።

"ከም ሓሳብ ደኣ ኣበይ ክርከብ'ምበር ፣ ጽቡቕ ነይሩ። ንሕና ግን በየናይ ዓቕምና ክንገዝኦ ንኽእል? ንዕኡ ዝኣክል ጥረ ገንዘብ ካበይ ይመጽእ?"

"ከም ሓሳብ እንተ ተሰማሚዕና ፣ ኣነ ሓደ ሓሳብ ዝመጸኒ ከካፍለካ።"

"ጽቡቕ ሕራይ ንገረኒ።"

"ንሕና ክንረኽቦን ክንእከቦን ንኽእል ገንዘብ ምስ ገምገምና ፣ እቲ ዝተረፈ ነቲ እንዳ ባንን ፣ መንበሪ ገዛውትናን ኣትሒዝና ካብ ባንክ ልቓሕ ንሓትት።"

"ነቲ ዘሎካ ንብረት ኩሉ ኣትሒዝካ ፣ ሓድሽ ስራሕ ምትካል የሰክፈካ ኢዩ። ግን እዚ ናይ ፓስታ ስራሕ ዋላ ዝኾነ ሓደጋ ዘይብሉ ፣ ዘየጠራጥር ጽቡቕ ስራሕ ምዃኑ በታ ንእሽቶይ ዝሰራሕናላ ኣጸቢቕና ኣረጋጊጽና ኢና። ስለዚ ኣነ ነዚ ትብሎ ዘለኻ ሓሳብ ዝኾነ ተቓውሞ የብለይን። ነቲ ናይ ባንካ ልቓሕ ዝምልከት ከኣ

ባዕልኻ ስለ ዘለኻዮ ፡ ንዓኻ ዝግደፍ ነገር'ዩ።"

"*ኦፍ ኮርስ!* ብዛዕባኡስ ብዙሕ ዘሰክፍ የብልናን። ባዕለይ ክሪኦ እየ ኹሉ።"

"ካልእ ብዛዕባ ዋጋን ፡ ነቲ ዝኸፈል ገንዘብ ኣከፋፍላ ክገብሩልና ዝኽእሉ እንተ ኾይኖምን ፡ ኣጸቢቕካ ከተዘራርቦም ኣሎካ። ድልየት ከም ዘሎካ ኣእንፊትካሎም ዲኻ?"

"ፈጺመ! ዋላ ምልክት ኣየርኣኹዎምን። ብዛዕባ ዋጋ ብስራሕ ጽቡቕ ርክብ ስለ ዘሎናን ፡ ሕጂ ኸኣ ሓድሽ ልቓሕ ሓቲቶም ስለ ዘለውን ፡ ካብ ንዝኾነ ሰብ ንዓና ዝሓሸ ዋጋ ከም ዝገብሩልና ኣይጠራጠርን'የ።"

"እሞ ሕራይ ቀጽል።"

"ጽቡቕ እምበኣር። ክሳዕ ኣነ ዝሓታትት ግን ፡ ነቦይን ነቦይ ባሻይን ነጊርናዮም እንተ ጸናሕና ጽቡቕ ኢዩ።"

"ካብ ብሕጂ የድሊ ትብል? ኣብ ኣካይዳናን ኣመሓዳድራናን ሙሉእ እምነት ኣሕዲሮምልና ስለ ዝኾኑ'ንድዮም ፡ ንዝኾነ ክንውስን ፈቒዶምልናን ኢዶም ኣልዒሎምን።"

"እወ ግን *ስቲል* ንንገሮም ደኣ ፡ የድሊ ኢዩ።"

"ሕራይ በል ፡" በሎ ሃብቶም። በዚ ተሰማሚዖም ተፈላለዩ።

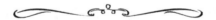

ሽው መዓልቲ ተስፎም ፡ ኣብ ገዛኡ ምስ ግራዝማች ሰዓት ሸዱሽተ ክራኽቡ ቆጸራ ገበሩ። ተስፎም ነ'ቦኡ ኣብ ገዛ ዝተቛጸሮም ፡ ኮነ ኢሉ መታን ምስ መድህን ብሓባር ክነግሮምን ከማኽሮምን ብዝብል ኢዩ።

ሽው ግራዝማች መጺኦም ንቐልው በብሓደ ድሕሪ ምስዓምን ፡ ንመድህን ምዉቕ ሰላምታ ድሕሪ ምሃብን ፡ ተስፎም ተቐላጢፉ ንደቁ ፡ "ኪዱ በሉ ተጻወቱ'ዞም ደቀይ። ኣነን ማማኹምን ኣቦይን ዘረባ ኣሎና ፡ ምስ ወዳእና ክንጽወዓኩም ኢና ፡ " ኢሉ ኣፋነዎም።

ሰለስቲኦም ኮፍ ምስ በሉ ኸኣ ፡ ብዛዕባ እቲ መደብ ናይ ፋብሪካ ፓስታ ኩሉ ብዝርዝር ገለጸሎም። ክሳዕ ዝውድእ ጽን ኢሎም ሰምዕዎ። ግራዝማች ብመጀመርያ

ርእይቶ መድህን ክሰምዑ ስለ ዝደለዩ ክትዛረብ ፈቐዱላ። ንሳ ኸኣ ቅድሚኦም ክትዛረብ ግቡእ ከም ዘይኮነ ፡ ግን ግድን ካብ በልኩም ኢላ ፍቓዶም መልአት።

እቲ ተስፎም ዘምጽኦ ሓሳባት ኣዝዩ ጽቡቕ ምዃኑ ፤ ግን መንበሪ ገዛ ኣትሒዝካ ምልቃሕ ከም ዘሰክፋ ፤ ዝያዳ ክረብሑ ክብሉ ዘለዎም ከየጥፍኡን ፡ ኣብ ዘይነበሮም ዕዳ ከይኣትዉን ከም ዘስክፋ ገለጸት። ቀጺላ ሃብቶም ካብ ተስፎም ዝያዳ ጥንቁቕን ቖጣብን ምዃኑን ፡ ባህሪ ተስፎም ግን ከምታ ኩላትና እንፈልጣ ስለ ዝኾነት ፡ እንተ እትተርፎም ከም እትመርጽ ብምግላጽ ፡ ርእይቶኣ ዛዘመት።

ተስፎም ብዘረባ መድህን ፡ ብሕልፊ በታ ናይ መወዳእታ ርእይቶኣ ደስ ከም ዘይበሎ ፤ ሃብቶም እቲ ንርእሱ ኾነ ፡ ንስድራ ቤቱ ብግቡእ ዘየንብር ምስኡ ኣወዳዲራ ፡ ንሱ ከም ዝሓይሽ ገይራ ከተቕርቦ ምፍታና ቅር ከም ዝበሎ ገለጸላ። ሃብቶም እንተ ዝኸውን ፡ ነቲ ምስኦም ኮፍ ኢላ ናይ ምዝታይ መሰል'ውን ከም ዘየፍቅደላ ብምዝኽኻር ፡ ስምዒቱን ቅሬታኡን ብቑጠዐ ገለጸ።

መድህን ብግደኣ ፡ ሃብቶም ካብ ተስፎም ከም ዘይበልጽ ልዕሊኣ ዝያዳ ዝፈልጦ ከም ዘይብሉ ፡ እቲ ርእይቶኣ ንሓንቲ ክውንቲ ንእሽቶ ክፋል ናይ ባህርን ልምድን ጥራይ ንኽትጠቅስ ከም ዘምጽኣቶ ገለጸትሉ። መድህን ድሕሪ ምድምዳማ ዘረባ ናብ ግራዝማች ኮነ።

"ተስፎም ከምዚ ዝኣመሰለ ዓቢ ቁምነገር ምሕሳብካ ዘሞግሰካ ነገር ኢዩ። ንሕና ሓደ መትከል እግሪ ትካል መስሪትናልኩም። ንስኻትኩም ከኣ ናብ ካልእ ዓቢ ትካል ክትሰጋገሩ ክትህቅኑ ከለኹም ፡ ንኣኻትኩም ዘንእደኩም ፡ ንዓና ከኣ ዘኹርዓና ኢዩ። ኣነ ብወገነይ ብዝኾነ መንገዲ ክሕግዘኩም ድሉው'የ።"

"ኦ ብጣዕሚ ጽቡቕ!" በለ ተስፎም ፡ ብደገፎም ተሓጒሱ ፡ ህውኽ ኢሉ።

"እዚ ኣብ ቦታኡ ኮይኑ ግን :" ምስ በሉ ኣቦኡ ፡ ተስፎም ብውሽጡ ፡ "እይ! እታ ግናይ ንኹሉ እተፍርስ 'ግን' ከኣ መጸት :" ኢሉ ሰኽኽ በለ።

ዘረባኦም ከየቋረጹ ግራዝማች ፡ "ሕጂ ናብቲ መድህን ዘልዓለቶ ነጥቢ ክምለስ'የ። እዚ ክትገብርዎ እትሓስቡ ዘለኹም ትካል ዓቢ ነገር ኢዩ። ስረኻ ገጥ ኣቢልካ ፡ ኢድካ ሰብሲብካ ፡ ኣብ ውሳነኻ ኣትሪርካ ብምጽናዕ እትዕወተሉ ስራሕ'ዩ። ስለዚ ነዚ ክትገብር ቁሩብ ዲኻ ኢዩ እቲ ሕቶ። ነዚ ቁሩብ ኣንተ ዘይኴንካ ግን ፡ ኣነ'ውን ነዛ መደብ ኣይድግፋን'የ!"

"ኣይትጠራጠር! ቁሩብ'የ ኣቦ!"

"ጽናሕ ደኣ። ቁሩብነት ማለት'ኮ ብዘረባን ብመብጽዓን ጥራይ ኣይኮነን። ነዚ ከተተግብር ኣብ ባህርታትካን ኣካይዳኻን ፡ ለውጢ ክትገብር ቁሩብ ምኻን'ዩ ከድልየካ። ተስፎም ብኻልእ ዝገድለካ የብልካን። ግን እዛ ገንዘብ ምዝርዛር ፡ ኣዕሩኽቲ ምብዛሕ ፡ ኣዝዩ ጽቡቕ ነገር ዋላ ልዕሊ ዓቕምኻ ይኹን ምድላይ ፡ ብተወሳኺ ኸኣ ንኹሉ ኣቃሊልካ ምውሳድን ሸለል ምባልን ኣለዋኻ። ስክፍታይን ስክፍታ መድህንን'ውን እዚ ኢዩ ፡" በሉ ግራዝማች ዕትብ ኢሎም።

"ተረዲኣካ ኣሎኹ ኣቦ ደሓን። ነዚ ስክፍታኹም ክምልስ ብዝተኻእለኒ መጠን ክጽዕር'የ።"

"ጽቡቕ ፡ ንሕና ብዝከኣለና ክንከታተለካን ፡ ኣብ ዘድሊ ክንሕግዘካን ኣብ ጎንኻ ጠጠው ክንብል ኢና። ንስኻ ዝከኣለካ እንተ ጌርካ ኸኣ ፡ ኣምላኽ ብዓቢኡ ክሕግዘካ'ዩ። ስለዚ ኣምላኽ ይተሓወሶ።"

ተስፎምን መድህንን ብሓባር ፡ "ኣሜን ኣቦ ፡ ኣሜን ኣቦ ፡" በሉዎም።

ድሕሪኡ መድህን ተንሲኣ ንኽሽነ ከደት። ተስፎምን ግራዝማችን ከኣ ፡ ነቶም ደንጉዮሞም ከዕለብጡ ዝጸንሑ ቆልዑ ጸውዕዎም። ምስቶም ቆልዑ እናተዘናግዑ ኸለው ኸኣ ፡ መድህን ድሮ ሻህን ሕምባሻን ሒዛ ደበኽ በለት።

ቁርስን ሻህን ምስ ወሰዱ ግራዝማች ፡ "በሉ'ስከ ንጥዕናን ንሰላምን ንዓወትን ይግበረልና።"

"ኣሜን ፡ ኣሜን ፡" በሉ ተስፎምን መድህንን።

ግራዝማች በሉ ሕጂስ ከይመስየኒ ኢሎም ተሰናቢቶሞም ከዱ።

ሃብቶም ብወገኑ ነ'ቦኡ ፡ ሓደ ክንማኸረሉ ዝደለኹ ነገር ኣሎ'ሞ ፡ ኣብ ገዛ ጽንሓኒ ኢሉዎም ብዝነበሮ መሰረት ተራኸቡ። ሸው ብዘይ ብዙሕ ግዜ ምጥፋእ ፡ ነ'ደኡ ሰላም ምስ በለን ፡ ማዕጾ ዓጽዮም ብቕጥታ ናብ ዘረባኦም ኣተው። ሃብቶም ኣብ ብዙሕ ዝርዝር ከይኣተወ ፡ እቲ መደብ ብሓጺሩ ኣረድኦም።

"ስማዕ ሃብቶም ወደይ። ንስኻ ኮንካ ንሕና ፡ ሕጂ ጽቡቕ ኢና ዘሎና። ማዕረ እቲ ብኽንደይ ጻዕሪ ዝተጠርየ እንዳ ባንን ፡ መንበሪ ገዛኻን ኣትሒዝና ፡ ናብ ካልእ ምምጥጣር ሓደገኛን *በሪኽሎዘን'ዩ*። እዚ ናይ ባንካ ልቓሕ ዝብሉዎ ኸኣ ፡

ንኽንደይ ሰብ ኢዩ ኣብ ሓደጋ ዘውድቖ።"

"እሞ ብኣይ ትጠራጠር ዲኻ? ኣነ ከም ካልኦት ከም ዘይኮንኩ ትፈልጥ እንዲኻ።"

"ንሱ ደኣ ኣጸቢቐ ይፈልጥ እዚ ወደይ። ብዙሓት'ንድዮም ባሻይ'ሲ ኣንበሳ'ዩ ወሊዱ ዝብሉኒ። ግን እዚ ናይ ባንካ ልቓሕ የሰክፈኒ ኢዩ። እቲ ተስፎም ወዲ ግራዝማች ፡ ውሽጡ ውሻጠኡ ይፈልጦ'ዩ። ንስኻ ግን ናይ ስራሕ ሰብ'ምበር ፡ ናይ ከምዚ ስለ ዘይኮንካ ፡ ኣብ ዘይሓሰብናዮን ዘይንፈልጦን ጸገም ከይንኣቱ።"

"ደሓን ኣቦ ብዙሕ ኣይትሰከፍ። ናይ ባንካ ብዝምልከት ከም ዝበልካዮ ተስፎም ኣጸቢቑ ይፈልጦ'ዩ። ንኹላትና ብሓባር ዝንድኣና ወይ ዝጠቕመና ስለ ዝኾነ ኸኣ ፡ ንሱ ተጠንቂቑ ከም ዝሕዞ ርግጸኛ'የ። እቲ ስራሕ ግን ንሓዋሩ ካብ ንበዓል ተስፎም ከማን ፡ ንዓና ብዝያዳ ዘርብሕ ምኽኒ ኣጸቢቐ ሓሲበሉ'የ። ደሓር ከኣ ብትምህርቲ ዋላ'ኳ ክንድኡ እንተ ዘይኮንኩ ፡ ሳላ ናይ ስራሕን ንግድን ተመኩሮ ፡ እንተ ዘይበሊጸዮ ኣይበልጸንን'ዩ።"

"በል *ባቤኒ* ደሓን እዚ ወደይ ፡ ብኣኻ ደኣ ተጠራጢረ መዓስ ይፈልጥ። ኣምላኽ ይሓግዝካ።"

"ኣሜን ኣቦ። በል ሕጂ ክኸይድ ተሃዊኸ'ለኹ። ነ'ደይ ኮነ ነ'ልጋነሽ ፡ ክሳዕ ኩሉ ዝውዳእ ፡ ብዛዕባ እዚ ኣይትዛረብ ኢኻ።"

"ዋእ እንታይ ዘዛርብ ኣሎኒ። ኩሉ ምስተወደአ ባዕልኻ ትነግረን።"

"ሕራይ በል ኣቦ ፡" ኢሉ ተፋንይዎም ከደ።

ተስፎም ካብ ንጽባሒቱ ጀሚሩ ፡ ምስቶም ኢጣልያውያን ዕቱብ ዝርርብ ክካይድ ጀመረ። ንሳቶም ተስፎም ምስ ካልኣዩ ኾይኑ ፡ ተገዳስነት ከም ዘለዎ ምስ ፈለጡ ተሓጎሱ። ንመሸጣ እታ ፋብሪካኦም ዝምልከት ጥራይ ዘይኮነ ፡ ነቲ ዝሓተትዎ ልቓሕን ፡ ነቲ መጻኢ ርክቦም ምስቲ ባንካ'ውን ፡ መንገዲ ዘጣጥሕ ምኽኒ ተራእዮም። ንተስፎም ከኣ ብዘይቃልዓለም ክተሓባበርዎን ክሕግዝዎን ወሰኑ።

በዚ መሰረት ንዋጋ ዝምልከት ፡ ብ 90,000 ክሸጥዎ ይሓቱሉ'ኳ እንተ ነበሩ ፡ ንተስፎም ግን ብ 80,000 ክህብዎ ተሰማምዑ። ንኣከፋፍላ ዝምልከት

ከኣእተን 60,000 ሽሁ ፡ እተን ዝተረፉ 20,000 ከኣ ኣብ ዓመት ክኸፈላ ተሰማምዑ። ተስፎምን ሃብቶምን ነዚ ዋጋታት'ዚ ብደገ ብኻልኦት ሰባት ገይሮም ሓቲቶሙሉ ስለ ዝነበሩ ፡ ጽቡቕ ዋጋ ምዃኑ ኣረጋጊጾም ፈሊጦም ነይሮም'ዮም።

ኣቐዲሞም ነቲ ፋብሪካ ክርእይዎን ክዕዘብዎን ምስ ከዱ ፡ በ'ሰራርሓኡን ኣዳኺኹናኡን ትሕዝቶኡን ፡ ኣዝዮም ዓጊቦም ነይሮም'ዮም። እቲ ፋብሪካ ኣብ መገዲ ከረን ፡ ኣብ ከባቢ እምባጋልያኖ ፡ ንስታውያን ድሕሪ ምሕላፍ ፡ ካብቲ ዓቢ ጽርግያ ንየማን እትው ኢሉ ዝተሰረሐ ትካል'ዩ ነይሩ።

ንገንዘባዊ ውጽኢት ብዝምልከት ፡ እተን 10,000 ካብ ክልቲኦም ክዋጽኣ ፡ እተን ዝተረፉ 50,000 ካብ ባንክ ልቓሕ ክሓቱለን ተሰማምዑ። ብኡ መሰረት እቲ ዘድሊ ሰነዳትን ቅጥዕታትን ተስፎም ኣዳልዩ ፡ ናይ ባንክ ልቓሕ መስርሕ ወድአ። እቲ ዘድሊ ክፍሊታት ኩሉ ወዳዲኦም ከኣ ፡ ምስቶም ኢጣልያውያን ኩሉ ዘድሊ ቅጥዕታትን ውዕላትን ተፈራረሙ።

ናይ ቀረጽ ዓመት ንኽዛዘም ፡ ሓደ ወርሒ ጥራይ ተሪፍዎ ስለ ዝነበረ ኸኣ ፡ እቲ ምርኽኻብ ካብቲ ሓድሽ ቀረጽ ዓመት ክኸውን ተሰማምዑ። ከምኡ መግበሪኦም ከኣ ፡ ሓደ ንሕሳብ መታን ክጥዕም ፡ ካልኣይ ከኣ እታ ወርሒ ንተስፎምን ሃብቶምን ነቲ ስራሕ ክጽንዕዎን ክለማመድዎን ፡ መታን ግዜ ክረኽቡ ተባሂሉ ኢዩ።

ኣብታ ወርሒ ኸኣ ፡ ተስፎምን ሃብቶምን ብቐጻሊ እናተመላለሱ ፡ ነቲ መስርሕ ናይቲ ፋብሪካ ፡ ንጥረ ነገርን ቀረብን ዝምልከት ፡ ንመሸጣን ዓማዊልን ዝምልከት ፡ ንሰራሕተኛታት ትካል ዝምልከት ኩሉ ፡ ኣጸቢቖም ክፈልጥዎን ክለማመድዎን ከኣሉ። መዓልትን ክልብን ከይጸዋዕካዮም ይመጹ ከም ዝበሃል ከኣ ፡ ፋብሪካ ዝርከቡሉ መዓልቲ ደበኽ በለ። ዘድሊ ኹሉ ምቅርራባት ገይሮም ስለ ዝጸንሑ ግን ፡ ፋብሪካ ተረኪቦም ክካይድዎ ዝኾነ ጸገም ኣይገጠሞምን።

ተስፎምን ሃብቶምን ኣብዚ ዓወት'ዚ ዝበጽሑ ዝነበሩ ፡ ማናቱ ደቆም ትሽዓተ ዓመቶም ኣብ ዝገበሩሉን ፡ እንዳ ባኒ ካብ ዝርከብዎ ሻሙናይ ዓመቱ ኣብ ዘቑጸረሉ ግዜን'ዩ ነይሩ።

ነቲ ፋብሪካ ቀዳም መዓልቲ ኢዮም ተረኪቦሞ። ሽሁ መዓልቲ ድሕሪ ቀትሪ ፡ ተስፎምን ሃብቶምን ኣብቲ ቤት ጽሕፈት ናይቲ ፋብሪካ ኮፍ ኢሎም ክመያየጡ ጀመሩ። ዛዕባ ዝርርቦም ፡ ንኽልቲኡ ስራሕ ብኸመይ ነመሓድሮ ዝብል ነጥቢ'ዩ

ነይሩ። ነቲ ሓሳብ ብዝያዳ ዘበገሶን ዝደፍኣሉን ሃብቶም ኢዩ ነይሩ።

ሽዑ ሃብቶም ነታ ምይይጥ ብምኽፋት ፡ "ከምቲ ዝተረዳዳእናዮ ንተክኒካዊ መዳይ ናይ ክልቲኡ ስራሕ ኣነ ክሕዞ ፡ ንምምሕዳርን ፡ ንገንዘብን ፡ ንሕሳብን ዝምልከት ከኣ ፡ ንስኻ ክትሕዞ ኢና ተሰማሚዕና ዘሎና ሓቀይ?"

"እወ ጽቡቕ ኣለኻ።"

"ንኽልቲኡ ስራሕ ካብ ሓደ ናብ ሓደ ብቐጻሊ እናተመላለስና ክንሰርሖ ግን ክጽግመና ይኽእል'ዩ። በዚ ምኽንያት'ዚ ክልቲኦም ኣሕዋትና ፡ ደርማስን ኣርኣያን ከም ዝሕግዙና እንተ ንገብር ዝሓሸ ኾይኑ ይስመዓኒ።"

"ጽቡቕ ሓሳብ'ምበር። እሞ ኣርኣያ ኣብ ፋብሪካ ፡ ደርማስ ከኣ ኣብ እንዳ ባኒ ኾይኖም ይሐግዙና ፡" በለ ተስፎም ህውኽ ኢሉ።

"ኖኖ ኣርኣያ ኣብ እንዳ ባኒ ፡ ደርማስ ከኣ ኣብ ፋብሪካ ክሕግዙና ኢዩ እቲ ዝሓሸ ፡" በለ ሃብቶም ትርር ኢሉ።

"ከምኡ መበልየይ'ኮ ኣርኣያ ሓወይ ንደርማስ ሓውኻ ፡ ብትምህርትን ብሕሳብን ስለ ዝበልጾ ፡ ደርማስ ኣብ እንዳ ባኒ ፡ ኣርኣያ ኸኣ ኣብ ፋብሪካ መታን ክሕግዙና ኢለ'የ። ከምኡ እንተ ጌርና ኣርኣያ ኣብቲ ዝዓበየ ትካል ክሕግዘና ይኽእል።"

"እሞ ጽቡቕ ኣሎኻ'ኮ ፡ ኣነ'ውን ከምኡ እየ ሓሲበ።"

"እሞ ኣብ ምንታይ ደኣ ኢና ንፈላለ ዘለና?"

"ፍልልይናዶ? ከምቲ ዝበልካዮ ኣርኣያ ሓውኻ ብትምህርትን ሕሳብን ካብ ደርማስ ስለ ዝሓይሽ ፡ እንዳ ባኒ ኸኣ እቲ ገንዘብ ውሑድ ይኹን'ምበር ፡ ብዝሒ ዓሚልን ምንቅስቓስን ስለ ዘለዎ ፡ ንሱ ብዝያዳ ክቆጻጸሮ ይኽእል ኢዩ። ኣብ ፋብሪካ ግን ንሕሳብ ብዝምልከት ንስኻ ኣሎኻዮ ፡ ኣብ ቴክኒካዊ መዳይ ከኣ ደርማስ ይሕግዘኒ ዝብል እምነት ስለ ዘሎኒ'የ ግድን ዝብለካ ዘለኹ።"

"ኩሉ ግዜ እታ ኣነ ዝበልኩዋ እንተ ዘይኮይና ጥራይ ኢኻ እትብል መቸም ፡" ኢሉ ክምስ በለ ተስፎም።

"ከምኡ ኣይኮነን ተስፎም። ደሓር ከኣ ኣይትረስዕ'ባ ፡ ኣነ'ኮ'የ ኣብቲ ስራሕ ሙሉእ መዓልቲ ዝውዕል ፡" በለ ሃብቶም ብግደኡ ክምስ እናበለ።

"ንሱስ'ወ ሓቅኻ። በል ሕራይ ደስ ይበልካ ከምቲ ዝበልካዮ ይኹን።"

ሽዑ ሃብቶም ብውሽጡ ዕግበት ተሰምዖ። እቲ ዕግበት ፡ ነቲ ንነዊሕ ዝሓሰበሉን ዝወጠኖን ፡ ንኣኡ ዝጥዕሞ ሜላ ስርርዕ ኣብ ምውሳን ስለ ዝተዓወተሉ ጥራይ ግን ኣይኮነን ነይሩ። እቲ ኻልእ ዕጋበቱ ፡ ተስፎም ንኽምጽኦ ዝኽእል ሓሳባትን ተቓውሞታትን ፡ ብኸመይ ከም ዝምክቶ ፡ በቲ ኣቐዲሙ ሓሲቡሉን ተቐሪቡሉን ዝጸንሐ ሜላ ብምዕዋቱ ኢዩ ነይሩ። ልዕሊ ኹሉ ግን ተስፎም ምሁር እናተባህለ ፡ ንሱ ከም ድላዩ ክጠዋውዮ ምኽኣሉ ኣሐጎሶን ኣኹሮዖን። ክይተፈልጦ ኸኣ እዚ ዕግበት'ዚ ኣብ ገጹ ክንጸባረቕ ጀመረ።

"ናበይ ደኣ ተዓዚርካ ጸኒሕካ?" ዝብል ድምጺ ተስፎም ካብ ሓሳቡ መለሶ።

ሃብቶም ከምዚ ክሰርቕ ከሎ ኢድ ብኢድ ዝተታሕዘ ሰብ ፡ ፎቕ ኢሉ ንኻልኢታት ሰንበደ። ቀልጢፉ ስምዒቱ ናብ ንቡር ብምምላስን ብምትዕጽጻፍን ፡ "ሓቅኻ ተዓዚረ ጸኒሐ። እቲ ከምዚ ኢልና ብስምምዕን ብምርርዳእን እንጓዓዞ ዘለናን ፡ ኣብ መጻኢ ከመይ ከም እንዕወትን'የ ክሓልም ጸኒሐ ፡" በሎ ክምስ እናበለ።

"ደሓን እዝስ ጽቡቕ ሕልሚ'ዩ ፡" በሎ ተስፎም እናሰሓቐን እናሓጨጨን።

ክልቲኦም ብሓባር ካዕ-ካዕ ኢሎም ሰሓቑ። በል ንሎሚ ዝኣክል ቁምነገር ጌርና ኣሎና ፡ ሕጂ ይኣኽለና ተበሃሂሎም ተፈላለዩ።

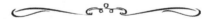

አልማዝ ኣብ ፋብሪካ እንዳ ፊኖ እትሰርሕ ፡ ጓል 22 ዓመት መንእሰይ ኢያ። እቶም ኢጣልያውያን ዋናታት ከለው ኣትሒዛ ኢያ ኣብቲ ፋብሪካ እትሰርሕ ነይራ። በቶም ኢጣልያውያን ኣዝያ ፍትውትን ህብብትን ኢያ ነይራ። ብኣኡ ምኽንያት ከኣ ገሊኦን መሳርሕታ ፡ ኣረጋጊጸን ዝረኣየኦን ዝፈለጣኦን'ኳ እንተ ዘይነበረን ፡ ይጥርጥራኣን ይሓምያኣን ነይረን። ንሳ ኸኣ ብመልክዐይ ስለ ዝቐንኣ ኢየን'ምበር ፡ ካልእ ክረኽባለይ ዝኽእላ የብለንን ብምባል'ያ ነቲ ሕሜታ እትምልሰሉ ነይራ።

አልማዝ ማእከላይ ቁመት እትውንን ፡ ቀያሕ ፡ ኣዒንታ ፍሩያት ፡ ኣፍንጫኣ ተሪር ፡ ጸጉራ ኣብ መንኩባ ዝበጽሐ ፡ ኣይ ቀጣን ኣይ ረጓድ ኮይና ፡ ክብደት ሰውነታ መጠናዊ ኢዩ ነይሩ። እተን ሓለፋ ክብደት ተሰኪመን ዝነበራ ክፉል ኣካላታ ፡ ዳናጉኣን ፡ ኣስላፋን ፡ መቐመጭኣን ፡ ብውሱን ደራጃ ኸኣ ኣጥባታን ደረታን ኢየን ነይረን። ኣብ ካልእ ክፍሊ ኣካላታ ትርፊ ወይ ዝያዳ ዝበሃል ኣይረኣያን ኢዩ። መዓንጥኣ ብኢድ ክዕተር ዝኽእል ፡ ጥልቕ ኢሉ ሸጥ ዝበለ ፡

ነቲ ላዕለዋይን ታሕተዋይን ክፋል ኣካላታ ንምምልካዕ'ምበር፣ ንኽስከም ከም ዘይተፈጥረ ዘመስክርን፣ ዘረጋግጽን ቅርጺ ኢዩ ነይሩዎ።

ኣስናና እናተመዘኑን፣ እናተለከዑን፣ ኣብ በቦትኡም ተር ከም ዓተር ተባሂሎም፣ ብመስመር ዝተሰርዑ ኢዮም ነይሮም። ኣዒንታን፣ ኣፍንጫኣን፣ ኣፉን፣ ግምባራን፣ ምዕጉርታን፣ መንከሳን ኩሎም፣ ካብቲ ዘዝተመደበሎም ራሕቂ ከይቀርቡን ከይድሕሩን፣ ከምኡ ኸኣ ካብቲ ዘዝተወሰነሎም ዓቐን፣ ከይንእሱን ከይዛይዱን ተባሂሎም፣ ብልዑል ክእለትን ትዕግስትን ውዒሉ ዝተሓድረሎም ኢዮም።

ኣልማዝ ኣብ ልዕሊ እቲ ባህርያዊ መልክዓን ማራኺ ቁመናኣን፣ ክምስ ክትብልን፣ ፍሽኽ ክትብልን፣ ክትስሕቕን ከላ፣ ንሰብ ፍስሃ ክትፈጥርን ሓጎስ ክተስንቕን ዝተፈጥረት ጓል ሄዋን ኢያ ነይራ። ብሓጺሩ ኣልማዝ ንዘረኣያ ኩሉ እተዋናውንን ኣዝያ ባህ እትብልን፣ ብኹሉ ኹሉ ጎደሎ ዘይነበራ ምልክዕትን ተፈታዊትን መንእሰይ ኢያ ነይራ።

ብተወሳኺ ብጠመተኣን ክምስትኣን ጥራይ ንኹሉ ዝጠመታ፣ ብኣኡ ከም ዝተማረኸትን ንኣኡ ኢላ ከም ዝተፈጠረትን፣ ተመስጦኣ እተረድኦን እትገልጸሉን ዘላ ኾይኑ ከም ዝስመዖ ናይ ምግባር፣ ፍሉይ ባህርያዊ ተውህቦን ክእለትን ኢዩ ነይሩዋ።

ናእሽቱ ቆልዑ ኸለው፣ ተስፎምን ሃብቶምን ብሓባር ኮይኖም ኢዮም ኣብ ግዜ ማርያ፣ ኣብ ቅዱስ ዮውሃንስን፣ ኣብ መስቀልን ሆየ-ሆየ ዝብሉ ነይሮም። ሽዑ እተን ካብ ገገዛኦምን ጎረባብቶምን ዝወሃባኦም ሰናቲም ኣኪቦም፣ ይማቐልወን ወይ ብሓባር ይሕሽሽወን ነበሩ። ሽዑ ኣዝዮም ሃባታማት ዝኾኑ ይመስሎም ነበረ። ብናይ ሆየ-ሆየ ዝኣከብዎ ገንዘብ ጥራይ ኢዮም ክሕሽሹ ዝፍቀደሎም ነይሩ።

ብተወሳኺ በዓል ተስፎምን ሃብቶምን፣ ሓድሽ ክዳን ዝግዝኣሎም፣ ኣብ ግዜ ዓበይቲ በዓላት ጥራይ ኢዩ ነይሩ። ስለዚ ኣውደዓመት ምስ ኮነ፣ ዝተገዝኣሎም ክዳውንቲ ከወዳድሩን፣ ናተይ ይጽብቕ፣ ናተይ'ባ ክበሃሃሉን፣ እቲ ሓደ ነቲ ሓደ ከቕንእን'ዮም ግዜኦም ዘሕልፍዎ ነይሮም።

ተስፎምን ሃብቶምን ኣብ ዝገዝእዎ ሓድሽ ገዛ፣ ጎረባብቲ ድሒሪ ምኻኖም፣ ኣብ ደቆምን ኣንስቶምን ዝነበረ ርክብን ፍቕርን፣ ዝያዳ ማዕበለን ረጎደን። ቆልዑ ብሓባር ኮይኖም ይጻወቱን፣ ካብን ናብን ትምህርቲ ብሓባር ይኸዱን ነበሩ። ኣብ

ግዜ ሆየ ኸኣ ፡ ከም ናይ ወለዶም ብሓባር ሆየ-ሆየ ይብሉ ነበሩ።

ኣብቲ እዋን'ቲ ብሱሩ ፡ ኣብ ውሽጢ ገዛ ዝጽወት ጸወታ ስለ ዘይነበረ ፡ ቆልዑ ኣብ ደገኦም ኢዮም ዝጻወቱ ነይሮም። ኣብቲ ግዜ'ቲ ኣብ ከተማ ዝነብሩ ኣወዳት ቆልዑ ፡ ኣብ በበይኑ ግዜታት ህቡባት ዝኾኑን ፡ ጸጸኒሖም ብኻልእ ዝትክኡን ዓይነት ጸወታታት ኢዮም ዝጻወቱ ነይሮም። በዚ መሰረት ኣወዳት ደቂ ተስፎምን ሃብቶምን ፡ ብኹዕሶ ጨርቂ ናይ ኩዕሶ እግሪ ጸወታ ፤ በበይኑ ዝሕብሩ ባሊናታት ንምውናንን ዝግበር በበይኑ ዓይነት ጸወታታት ፤ ኣናጫጫዕ ዓካት ፡ ባላሊበስ ፡ ኣኹድር ፡ ኣሰራር ፡ ወዘተረፈ ክጻወቱ ጸሓይ ትዓርቦም ነበረት።

ኣወዳት ናይ ስራሕ ገዛ ዕማም ከም ዘይምልከቶም ሸለል ስለ ዝበሃሉ ዝነበሩ ፡ ሙሉእ መዓልቲ ኣብ ደገን ኣብ ጸወታን ኢዮም ዘሕልፍዎ ነይሮም። ኣዋልድ ግን ከምዛ ንኣእን ጥራይ እትምልከተን ፡ ናይ ግድን ኣብ ገዛ ነ'ደአን ክሕግዛ ይግደዳ ነበራ። እንተ ተጻወታ'ውን ስርሐን ድሕሪ ምውዳአን ኢዩ ነይሩ። ብኣኡ ምኽንያት ኣዋልድ ደቂ ተስፎምን ሃብቶምን ፡ ዝጻወታኦ ውሱን ኮይኑ ፡ ከም ገዛ-ገዛ ፡ ኣተሓባባእ ፡ ብገመድ ዝል-ዝል ምባል ፡ ገበጣ ፡ ሓንዳይን ካልኦት ውሱናት ጸወታታት ኢየን ዝጻወታ ነይረን። እዚ ብሓባር ከምዚ ኢልካ ምጽዋት ኸኣ ፡ ኣብ ኩሎም ደቆም ዝያዳ ምቅርራብን ምሕዝነትን ኣማዕበለ።

ኣልጋነሽን መድህንን ከኣ ብዙሕ ግዜ ክራኸባን ከዕልላን በቕዓ። በቲ ብሰብኡተን ፡ በቲ ብጉርብትነአን ፡ በቲ ብደቀን ፡ ብሕልፊ በቶም ብሓንቲ መዓልቲ ዝተበኮራኦም ማናቱ ደቀን ፡ ኣዝየን መቓርብትን መተዓልልትን መማኽርትን ኮና። ሓደ መዓልቲ መድህንን ኣልጋነሽን ፡ ኣብ እንዳ ሃብቶም ብሓባር ቡን ይሰትያን የዕልላን ነበራ። ካብ ካልእ ናይ ቡን ዕላል ፡ ናብ ስራሕ ሰብኡተን ሰገራ።

"ካብታ ቅድሚ እዛ ፋብሪካ ፓስታ ምግዛኣ ፡ ንዓይን ንግራዝማችን እንታይ ይመስለኩም ኢሉ ርእይቶና ዝሓተተና መዓልቲ ጀሚሩ'ኳ ፡ ተስፎም ዳርጋ ዕረፍቲ ዝበሃል ኣይረኸበን። ነዞም ቆልዑ ዘዛውሮም ዝነበረ'ኳ ረሲዕዎም ፡" በለት መድህን።

"ንዓይ ደኣ ሃብቶም ብዛዕባ ስራሑ ጨሪሱ ዘየዛርበኒ። ሰበይቲ ናይ ገዛ ስራሕ ጥራይ ኢዩ ዝምልከታ ኢዩ ዝብለኒ።"

"መቸም ደሓን ፡ ሃብቶም ካልእ ኣመላት ስለ ዘይብሉ ፡ ካብ ክንደይ ካልኦት ዝሓሸ ኢዩ ፡" በለት መድህን።

"እወ ግን ፡ እዛ ንቐልዓ እንጌራን ክዳንን ኣይስኣን'ምበር ፡ ካልእ እንታይ የድልዮ

እትብል ዘረባ ከምጽእ ከሎ ቅጭ'ዩ ዘምጽኣለይ ፧" በለት ኣልጋነሽ።

"ሓቂ'ኺ'ምበር ጓለይ! ቆልዓ ልዕሊ ኹሉ ፍቕርን ግዜን ወለዱ ከም ዘድልዮን ፧ ከም ዝጠቕሞን ብዙሓት ወለዲ ኣይርድኦምን ኢዩ። መግብን ክዳንን ከከም ገዛኡን ፧ ከከም ዝረኽቦን ገይሩ ብዙሕ ከይሃሰዮ ክሰግሮ ይኽእል'ዩ። ቀደም ወለድና እንታይ ትሕዝቶዶ ነይሩዎም'ዩ ብመግብን ክዳንን ኩሉ ዘድልየና ክገብሩልና ፧ ግን እታ ዘላቶም ግዜን ፧ እታ ፍቕርን የጽግቡና ነይሮም።"

"ኣየ'ወ ሓቅኺ!"

"ዝኾነ ኮይኑ ደሓን'ዩ። ገሊኡ እናተቐበልካን ፧ ሽለል እናበልካን'ዩ ዓለም። ደሓር ከኣ ሙሉእ ሰብዶ'ልዩ ኾይኑ?"

"ናይ ሙሉእ'ሲ ንሕናስ ምሉኣትዶ ኼንና። ብጀካ እቲ ጐይታ መንዶ ሙሉእ ኣሎ ኢዩ?"

ከምኡ ኢለን ናይ ልበን እናዕለላ ፧ "ከመይ ውዒልኩም እንዳ ሃብቶም ፧" ዝብል ድምጺ ሰበይቲ ሰምዓ።

ሓንቲ ከበጽሓ ዝመጸ ዘመድ ኢየን ነይረን። ቡን ኣይሰማማዓንን ኢዩ ስለ ዝበላ ፧ ኣልጋነሽ ሻሂ ከተፍልሓለን ብድድ በለት። ሽዑ መድህን ፧ "ኣብኡ ከለኺ በሊ ኣብዝሕ ኣቢልኪ ሰኽትትያ ፧ እዞም ቆልዑ ግዜ ጠዓሞቶም ኣኺሉ'ዩ ፧" በለታ።

"ዋይ'ወ ሓቅኺ ፧ ወረ እንቋዕ ኣዘከርክኒ ፧" ኢላ ናብ ሻሂ ምፍላሕ ኣተወት።

ኣልጋነሽ ሻህን ቁርስን ምስ ቀራረበት ፧ መድህን ኣነ ክጽውዖም ኢላ ንደገ ወጸት። እቶም ከጻወቱ ዝጸንሑ ደቂ ተስፎም ፧ ብሩኽን ትምኒትን ፧ ከምኡ ኸኣ ደቂ ሃብቶም ፧ ክብረትን ሳምሶንን ተመራሪሖም ኣተው።

"ዋይ! ኣይ ደቅኹም ደኣ ጎቢዞምልኩም'ንድዮም። ክንደይ ዕድመ ገይሮም?" ሓተታ ወየን ጋሻ።

"ሕጂ ትሽዓተ ዓመቶም ወዲኦም ፧ ዓሰራዮም ሒዞም ኣለው ፧" በለት ኣልጋነሽ።

"ኣርባዕተኦም ናትኩም ኣይኮኑን ፧ ሓቀይ እንድየ?"

"ሓቕኽን እቶም ክልተ ፧ ደቂ እዛ መሓዛይን ጎረበይተይን ፧ ደቂ ተስፎም'ዮም። እቶም ክልተ ኸኣ ማናቱ ደቅና ኢዮም። ብሓደ መዓልትን ሰዓትን ኢና ወሊድናዮም። ተለልየኦምዶ ኣየኖት ምኻኖም ደቅና? ኣየኖት ይመስሉ ንዓይን ንሃብቶምን?"

ኢላ ሐተተተን ኣልጋነሽ እናስሓቐት።

"ዋይ እስከ ጽንሒ ኣጸቢ'ቕ ከስተብህል። እስከ ንዑ እዞም ደቀይ ፥ ኣብኡ ከለኹ ኸኣ ይስዕመኩም ፥" ኢለን ኣተኲረን ክጥምታኦም ጀመራ። ዝኣኽለን ምስ ኣስተብሃላ ኸኣ ፥ ሓደ ወድን ጓልን ብየማነን ፥ እቶም ካልኦት ወድን ጓልን ከኣ ብጸጋመን ሒዘን ፥ ንብሩኽን ክብረትን ፥ "እዚኦም ደቅኹም ፥ እዚኦም ከኣ ፥ " ኢለን ንሳምሶንን ትምኒትን ፥ "ደቂ ጎረቤትኩም ፥" ምስ በላ ቆልዑ ትዋሕ ኢሎም ሰሓቑ።

"ዋይ ቆልዑ ስሒቖምኒ ፥ ተጋግየ እየ ማለትዩ ፥" እናበላ ሰሓቓ። ሽዑ ኣልጋነሽ ፥ "ደሓን ኢኺን ፥ ፍርቂ ፍርቂ ረኺብክን ኢኺን። ኣወዳት ኢኺን ተጋጊኽን'ምበር ፥ ኣዋልድ'ኳ ረኺብክነኣን ኢኺን። እዚኦም ብሩኽን ትምኒትን ደቂ እዛ መሓዛይ ፥ እዚኦም ሳምሶንን ክብረትን ከኣ ደቀይ ኢዮም ፥" ኢላ ኣረድኣተን።

በሉ ኮፍ በሉ እዞም ደቀይ ኢላ ኸኣ ጠዓሞቶም ሃበቶም። ቆልዑ ናብ ጠዓሞቶምን ሕሹኽሹኾምን ፥ ኣንስቲ ኸኣ ናብ ዕላለን ተመልሳ። ቆልዑ ጠዓሞቶም ምስ ወድኡ ኸኣ ፥ መድህን በሊ ኣነ ክኸይድ ኢላ ፥ ንጋሻን ነ'ልጋነሽን ተፋንያ ፥ ደቃ ሒዛ ንገዝኣ ኸደት።

ተስፎምን ሃብቶምን ጅምር ከየበሉ ከለው ኢዮም ፥ ናይ ኣልማዝ መልክዕን ቁመናን ተፈታውነትን ዘስተብሃሉሉ። ኣብቲ መጀመርያ መዓልታት ሙሉእ ኣተኲሮኦምን ኣድህቦኦም ፥ ኣብ ምውድዳብ እቲ ዝገዝእዎ ፋብሪካ ኢዩ ነይሩ። ከምኡ ስለ ዝነበረ ዋላ'ኳ እናናሻዕ ክርእይዋ ከለው በቲ ካብ መልክዓ ፥ ቅርጺ ኣካላታን ዝወጽእ ብርሃን ይድገሑ እንተ ነበሩ ፥ ኣድህቦኦም ናብ ስራሖም ብምግባር ይቕጽሉ ነበሩ።

ኣልማዝ ወናኒት ናይቲ ብዝያዳ ዝተዓደላ ሓላፋታት ምንባራ ፥ ኣጸቢቑ ይፍለጣ ነይሩ ኢዩ። ናይ ዝኾነ ዝጠመታ ሰብ ተምሳጥን ኣድህቦን እንተ ዘይረኺባ ፥ የገርማን የደንጽዋን ኢዩ ነይሩ። ከምኡ እንተ ኾይኑ ኸኣ ነቲ ዘየቕለበላ ሰብ ፥ ትብሃን ኣይትብሃን ሃነይነይ ንኽተብሎ ህልኽ ኢዩ ዝሕዛ ነይሩ።

ናይ ተስፎም ድኽመት እታ መስተ ኢያ ነይራ'ምበር ፥ ኣብ ከምዚ ዘይዓይኑ ምርኣይ ፥ ጨሪሱ ኣይናፍቱን ኢዩ ነይሩ። ነ'ልማዝ ክርእያ ኸሎ ከም መልክዐኛም'በር ፥ ከም ንኣኡ እትምልከት ኣርእስቲ ገይሩ ኣይወሰዳን'ዩ ነይሩ።

ስራሕ ቁሩብ ምስ ኣጻፈፋን መስርዕ ምስ ኣትሓዙዎን ግን ፡ ካብ ሃብቶም ብዝያዳ ተስፎም ኢዩ ነ'ልማዝ ከቕልበላ ዝጀመረ። ሃብቶም ብቐደሙ'ውን እንተ ኾነ ፡ ኣብ ስራሕን ገንዘብን እንተ ዘይኮይኑ ፡ ንኻልእ ዝጠፍእ ግዜ'ውን ኣይነበሮን። ተስፎም ኣብዚ ግዜ'ዚ ወዲ 33 ዓመት ኢዩ።

ኣልማዝ ናብቲ ቦታኦም ገጻ ክትመጽእን ክትምለስን ከላ ፡ ተስፎም ብተገዳስነትን ብተመስጦን ይዕዘባን ስለረቐ ይርእያን ምንባሩ ከተስተብህሎ ግዜ ኣይወሰደላን። ኣልማዝ'ውን ብመልክዕን ቁመናን ኣከዳድናን ተስፎም ፡ ድሮ ተወናዊናን ተሳሒባን ነበረት። ተስፎም ኣብ ዝህልወሉ ግዜ ፡ ብዘድልን ብዘየድልን ናእሸቱ ናይ ስራሕ ምኽንያታት ፡ ናብ ቤት ጽሕፈት ምምልላስ ኣብዘሐት።

ምርዑውን ኣቦ ቆልዑን ፡ ብዕድመ ከኣ ካብኣ ኣዝዩ ከም ዝዓብን ፈሊጣ ነይራ ኢያ። ግን እዚ ይኹን'ምበር ፡ ስምዒታ ክትገትእን ክትኣልን ግን ኣይደለየትን። ኣብ መጻኢ እንታይ ክትከውንን ፡ ኣብ ምንታይ ክትበጽሕን ከም እትደሊ ፡ ቀይሳን መዲባን እትኸይድ ፡ በላሕ ጓል'ንስተይቲ ኢያ ነይራ። መደባን ዕላማኣን ብኸመይን ብምንታይን ትወቅዕ እንተ ዘይኮይኑ ፡ ስብ ከይብለኒ ዝብል ኣተሓሳስባ ፡ ሰኸኽ ዘየብላ ሓያል መንእሰይ ኢያ ነይራ።

ተስፎም ብወገኑ ፡ ቅድሚኡ ሓሲብዎን ገጢምዎን ዘይፈልጥ ስምዒት ፡ ክወርሮን ክሓድሮን ጀመረ። ማዕረ ኣብ ባንክ እናሰርሐ ከሎ ብዛዕባኣ ክሓስብን ክትረኣዮን ጀመረት። ነብሱ ክገትእን ክቆጻጸርን እንተ ደለየ ግን ፡ መሊሱ ክጉተት ተሰምዖ።

ኣልማዝ ናይ ተስፎምን ናታን ስምዒት ተራኺቡ ምንባሩ ክርደኣ ጀሚሩ ነበረ። ብናታ ኣበሃህላ ብውሽጣ ፡ "ኮኾብና ተራኺቡ ፡" ኢያ እትብል ነይራ። ድልየቱ ዘረጋግጽን ዘግህድን ተበግሶ ክወስድ ተጸበየቶ። ተስፎም ግን ጌና ኣብ ውሳነ ከም ዘይበጽሐን ፡ ከም ዘዕጠጢ ዘሎን ተረድኣ። እዚ ምስ ፈለጠት ፡ ክትደፋፍኦን ከተወናውኖን ከም ዘድልያ ተገንዘበት። እቲ ኩሉ እትውንኖ ጸጋ ተጠቒማ መሊሳ ሃነይነይ ከተብሎ ዝከኣላ ገበረት።

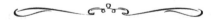

ሃብቶም ካብ ቀደሙ ገንዘብ ንምዝንጋዕን ንመስተን ኢሉ ፡ ንኸንቱ ዘየጥፍእ ጥንቁቕ ኣካይዳ ኢዩ ነይሩዎ። ካብ ጥንቃቐ ሓሊፉ ብቑ እውን ስለ ዝነበሮ ፡ ንደቁን ሰበይቱን ስድራቤቱን'ውን ከይተረፈ ፡ ተገዲዱ እንተ ዘይኮይኑ ባህ ኢሉዎ ዝገብሮ ዝኾነ ወጻኢ ኣይነበረን። በዚ ኸኣ ብሰበይቱን ብስድራ ቤቱን ብደቁን'ውን ከይተረፈ ፡ 'ሃብቶም ደኣ ፡ ባባ ደኣ ኢዱ ዘይፍታሕ ኢዩ ፡' ዝብሃል ነይሩ።

ብኻልኦት ኣዝማድን ፈለጥትን መሳርሕትን፣ ኣብ ልዕሊ ሃብቶም ዝወርድ ዘረባን ሕሜታን'ሞ መወዳእታ ኣይነበሮን። ካብዚ እቲ ዝደጋገም፣ 'ኣንታ ጌና ከምታ ቀደም ድኻ ዘሎ ኮይኑ ኢዩ ዝስመዖ ይመስለኒ ፤ ከም ዝሃብተመ ጌና ኣይኣመነን'ዩ ዘሎ ፤ ወረ ሕጂ እንተ ዘይነቢሩሉ፣ እዚ ኹሉ ገንዘብ ንመዓስ ኢዩ ክኾኖ ፤ እተን ገንዘብ ከይጎድላ ክቖጽረን ኢዩ ዝሓድር ይመስለኒ፣' ወዘተ፣ ዝብሉ ዘረባታት ነበሩ።

ዝበዝሕ ካብዚ ዘረባታት'ዚ፣ ንሃብቶም በቲ ኾነ በቲ ይበጽሖን ይሰምዖን ነይሩ'ዩ። ይኹን'ምበር ሃብቶም፣ እዝኒ ኾነ ዋጋ ኣይህቦን'ዩ ነይሩ። በታ ባህሩን ልምዱን፣ ዝተባህለ እንተ ተባህለ ንቕድሚት ምቕጻል ጥራይ'ያ መትከሉ ነይራ።

ካብ ስኑይ ክሳዕ ሰንበት ክዳኑ ናይ ስራሕ ኢያ ነይራ። ዋላ ምስ ሰብ ክሕወስ ከሎ'ውን፣ ነተን ክዳውንቲ ገይሩ ኢዩ ዝኸይድ ነይሩ። ኣልጋነሽ ወይ ስድራኡ ናይ ግድን ክቕይር ምስ ተዛረብዎ'ውን፣ እና'ዕዘምዘመ'ዩ ዝቕይር ነይሩ።

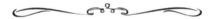

ተስፎም ኣብ ናይ ህይወት ተመኩሮኡ፣ ንዝገጠሞ ጸቡቕን ሕማቕን፣ ንዝጎነፎ ብድሆን ግድልን፣ ወይ ምስ ስድራ ቤቱን በዓልቲ ቤቱን፣ ወይ ከኣ ምስ ብጾቱን ኣዕሩኽቱን፣ ብሓባር ብምክፋልን ብምምኽኻርን'ዩ፣ ከከም ኩነታቱ ዝቋደሶን፣ ወይ'ውን ዝገጥሞን ዝቃለሶን ነይሩ።

እዚ ምስ ኣልማዝ ገጢምዎ ዝነበረ ብድሆ ግን፣ ንዝኾነ ፍጡር ከማኽሎን፣ ንዝኾነ ሰብ ክገልጾን ዘይክእል ብምንባሩ እቲ ጾር ከበዶ። ክንድ'ቲ ፈታው ሰብን፣ መብዝሒ ኣዕሩኽትን ምኳኑ፣ ኣብዚ ሕጂ እዋን ግን ኣብ ዓለም ከምዚ ሰብ ዘይብሉ፣ ንጹልን ብሕቱውን ፍጡር ኮይኑ ተሰምዖ። ብኽምዚ ኸኣ ካልእ ሰብ ኣብ ዘይሕወሶ፣ ኣብ ናይ በይኑ ዒላ ጥሒሉ፣ ንሰሙናት ብስቓይ ተጓዕዘ።

ኣልማዝ በቲ እትመልኮ ዝተፈላለየ ኣገባባት ገይራ፣ ሓንሳብ ብናይ ኣፍን ኣዒንትን ክምስታ፣ ካልእ ሻብ ብናይ ኣጥባትን መቐመጫን ወስታ፣ ገሊኡ ግዜ ኸኣ ብግሁድ ኣካላዊ ምንቅስቓስ፣ ስምዒታን ድልየታን ብዝያዳ ተርባጽ ንተስፎም ከተግህደሉ ጀመረት።

ተስፎም ነቲ መልእኽቲ ከንብቦን፣ ክትርጉሞን፣ ክርድኦን ኣይተጸገመን። ሓዲኡ መልሲ ምሃብ'ውን፣ ክንድ'ዚ ኣይመሸገሮን ነይሩ። እቲ ዘጨንቖን ሓዲኡ ከይገብር ኣልሚስዎ ዝነበረን፣ ናብ ሓዲኡ ክውስን ስለ ዘይከኣለ ኢዩ ነይሩ። 'በቲ

እንተ ኼድክን ወድኽን ይሞተክን ፡ በቲ እንተ ኼድክን ሰብኣይክን ይሞተክን ፡' ኢዩ ኩይንዎ ነገሩ።

እዚ ኹሉ ምልክት እና'ርኣየቶ ዘይምንቅስቓሱ ፡ ነ'ልማዝ ኣጠራጠራ። ምኽንያቱ ንሳ ኣሽንኳይ ምልክት ገይራትሎምስ ፡ ዝኾነ ከይገበረት'ውን ፡ ከምዚ ኣናህብ ተኣኪቦም ኣብ ከባቢ ዕምባባታት ዝዓስሉን ዚዝ ዝብሉን ፡ ኣጉባዝ ከዓጉዋን ከጸቓቐጡላን ፡ ዚዝ ክብሉላን'ያ ለሚዳ።

ኣልማዝ ዘምልኽ'ምበር እተምልኾ ወዲ ተባዕታይ ፤ እትመልኮ'ምበር ፡ ዝመልካ ወዲ ተባዕታይ ኣይትፈቱን ኢያ ነይራ። በዚ ምኽንያት'ዚ እዚ ብተስፎም ክንድኡ ኣብ ስምዒት ምእታዋ ፡ ኣይተፈተዋን ጥራይ ዘይኮነ ፡ ኣሰከፋ'ውን።

ኣብ ውሽጢ ተስፎም ዓቢ ውሽጣዊ ቃልሲ ኢዩ ዝካየድ ነይሩ። በቲ ሓደ ወገን ብመልክዓን ኩሉንተነኣን ተለኺፉ ፡ ልቡ ተሰሊቡ ፡ ስምዒቱ ምቁጽጻር ስኢኑ ፡ ብሙሉእ መትንታቱን ጭዋዳታቱን ህዋሳቱን በሃጋን ፡ ደለያን።

ብኣኡ ምኽንያት ምስ ነብሱ ከምዚ ብምባል ክዛረብ ጀመረ ፡ *"ኣፍቂረያ'የ ፡ ካልእ ትርጉም የብሉን እዚ። ፍቕሪ ኢዩ እዚ! ስለዚ ናይ ፍቕሪ ግዙእ እየ ኾይነ። እዚ ኸኣ ፈትየን ደልየን ዘምጻእኩዎ ኣይኮነን። መላእ ህዋሳተይን መትንታተይን ጭዋዳታተይን'ዮም ብሂንግን ፡ ብፍቓዶም ግዙኣታ ክኾኑ ዝትምነዩን ዘለው። ስለዚ ኣነ ኣብ ከምዚ ኩነታት እንታይ ክገብር እኽእል?"* ኢሉ ንነብሱ ሓራ ከውጽኣ ብቑዕ'ዩ ዝበሎ ነጥብታት ከቐምጥ ጀመረ።

በዚ ተተባቢዑ ፡ ለካ ካብ ሓላፍነት ሓራ ዝገብሩኒ ርትዕታት መሊኦምኒ'ዮም ብምባል ፡ እንደገና ካልኦት ነጥብታት ክድርድር ጀመረ። ከምዚ ኸኣ በለ ፡ *"ፍቕሪ ኸኣ ጸቡቕ ስምዒት'ምበር ፡ ሕማቕ ኣይኮነን። ጸቡቕ ስለ ዝኾነ'ንድዩ ፡ ኩሎም ኣባላት ኣካላተይ ፡ ተሓባቢሮምን ሰሚሮምን ዝብህግዎ ዘለው። ኣነ'ሞ እንታይ ዘይገበርኩ'የ! ኣንጻር ኣካላተይን ፡ ህዋሳተይን ፡ ልበይን ፡ ኩለንተናይን ክቃለስን ፡ ንዕኣቶምን ንድልየታቶምን ክኸሕድን ኣይክእልን እየ!"* ኢሉ ፡ ንስምዒቱ ምኽኑይን ርትዓውን ቅኑዕን ክገብር ፈተነ።

በቲ ኻልእ ከኣ ኣእምሮኡን ሕልናኡን ፡ በታ ውሽጣዊት ድምጺ ገይሮም ፡ *"ግደፍ ንሳቶም ምስ ስጋኻ ኮይኖም ፡ ደላዮም ምስ ረኸቡን ምስ ዓገቡን ፡ ቀሊሕ ኣይብሉኻን'ዮም። ኣብቲ ናይ ግድን ዝስዕብ ሰበብን ሕልኽልኻትን'ውን ፡ ኣይክሕግዙኻን'ዮም ፡"* እናበሉ ይትኽቱኹዎ ነበሩ። ተስፎም ነዚ ናይ ሕልናኡን ኣእምሮኡን ምጉትትን ርትዕን ክሰምዖ ስለ ዘይደለየ ፡ ቀልጢፉ ኣቓልቦኡ ናብ ድልየት ስጋኡ የዘውር ነበረ።

ተስፎም ናብ ምስናፍ ገጹ የምርሕ ምንባሩ ፡ ቅድሚ ዝኾነ ኻልእ ቀልጢፎም ዘንበብዎን ዝነቕሑን ፡ ሕልናኡን ኣእምሮኡን' ዮም ነይሮም። ሕልናኡን ኣእምሮኡን ፡ ኣብ ወሳኒ መድረኽ ተቖርቊሮም ምንባሮም ቀልጢፎም ቆብ ኣበልዎ። እታ ወሳኒት ግዜን ፡ እታ ወሳኒት ዕድልን ከይሓለፈት ፡ ብህጹጽ እንተ ዘይተንቀሳቐሶም ከኣ ፡ እታ ግዜን ዕድልን እቲኣ ተመሊሳ ከም ዘይትርከብ ምስ ራዕዱ ተፈለጦምን ተሰወጦምን።

ብኣኡ ምኽንያት ሕልናን ኣእምሮን ፡ ነቲ ውሁብ መድረኽ ከይተቐደሙን ከይተመንጠሉን ፡ ድምጾም ዓው ኣቢሎም ፡ *"ሓንሳብ'ባ ኣብዚኣ! ንሕና'ኮ ብግቡእ ኣይተሰማዕናን። ሓሳባትና ብግቡእ ክንገልጽን ክንውድእ'ውን ዕድል'ኮ ኣይተዋህበናን። በጃኻ ርእይቶናን ድምጽናን ፡ ብሙሉእ ከነስምዕ ዕድል ሃበና ፡"* እናበሉ ድቃስን ሰላምን ኸልእዎ።

ናይ ተስፎም እዝንን ኣተኩሮን ምስ ረኸቡ ኸኣ ፡ *"ፍቕሪ ጽቡቕ ምኳኑ ምሳኻ ንሰማማዕ ኢና። ፍቕሪ ጽቡቕ ዝኸውን ግን ፡ ኩሉ ፍረኡን ውጽኢቱን ፡ ጽቡቕ ክኸውን እንተ ኾይኑ ኢዩ። ፍቕሪ ሕማቕ ዘየስዕብን ፡ ሕማቕ ዘየምጽእን ጽቡቕን ሓላልን ነገር ኢዩ ፡"* ብምባል ጀመሩ። ተስፎም ነዚ መእተዊ ምጉት ምስ ሰምዐ ፡ እምበኣር ካባይ ብዙሕ ኣይተፈለዩን ዝብል ተስፋ ስለ ዝረኸበ ፡ ብዝያዳ ኣድህቦ ክሰምዖም ወሰነ።

ነዚ ምስ ኣስተብሃሉ ፡ *"እዚ ሕዝከዮ ዘሎኻ ግን ፍቕሪ ኣይኮነን። ካብዚ ፍቕር'ዚ ጽቡቕን ሓላልን ኣይክርከብን ኢዩ። ምናልባሽ ብግዝያውነት ፡ ንስጋኻን ንስምዒትካን ፡ ከተርውዮምን ከተሕጉሶምን ምኽኣልካ ፡ ከም ጹቡቕ ነገርን መኽሰብን ትሓስቦ ትህሉ። ግን ኣይትዓሹ ፡ እዚ ርውየትን ሓጎስን'ዚ በናኒ'ምበር ፡ ነባሪ ኣይኮነን። ብድሕሪኡ ግን ብሳዕቤኑ ኣብ ዙርያኻን ፡ ኣብ ዙርያ እታ ኣዚኻ እትፈትዋ ስድራ ቤትካን ፡ ክንደይ ንብዓትን ጓህን ብስጭትን ፡ ከምኡ ድማ ክንደይ ምብትታንን ፋሕፋሕን ክስዕብ ምኳኑ ኣይትረስዕ!"* በልዎ ብትሪ።

ከነቓንቕዎ ከም ዝጀመሩ ምስ ተረድኡ ፡ እታ ናይ መወዳእታ ዝያዳ ከተድምዓሉን ክትዝርሮን ትኽእል'ያ ዝበልዋ ነጥቢ ከምዚ ብምባል ሰንደውሉ ፡ *"ንስኻ ሓንቲ ነብሲ ኢያ ዘላትካ! እዛ መስሪትካያ ዘሎኻ ሓዳርን ወሊድካዮም ዘሎኻ ቆልዑን ፡ ብሓፈሻ መላእ ስድራ ቤትካ ክንደይ ነብሲ ሒዞም ከም ዘለው ዘክር! እዚ ንሓንቲ ስጋ ኣሕጉሱ ፡ ንኽንደይ ንጹሃት ዘጉህን ዘሕዝንን ዝበታትንን ደኣ'ም ፡ ብምንታይ መለክዒ ኢዩ ፍቕሪ ክበሃል? ንዓ ደኣ ናብ ልብኻ ተመለስ!"* በሉዎ።

ተስፎም ብኸምዚ ተቖርቊሩን ተዋጢሩን ፡ ሓንሳብ ናብዚ ሓንሳብ ናብቲ ምባሉ

ቀጸለ። መላእ ኣካላቱን ፡ መትንታቱን ፡ ኣዒንቱን ፡ ህዋሳቱን ፡ ተሓባቢሮም ምቁጽጻር ክሳብ ዝስእኖም ደፋፍእዎ። በቲ ኻልእ መዳይ ከኣ ፡ ኣእምሮኡን መንፈሱን ፡ ብስምዒቱ ክጉተት ከም ዘይብሉ ፤ ኣልማዝ ኣብ ሓንቢሱ ዘይወጾ ቀላይ ከተጥሕሎ እትኽእል ምዃና ፡ ስምዕታኦምን መጠንቀቕታኦምን ብቐጻሊ የተሓላልፉሉ ነበሩ።

ናብ ኣልማዝ ክዘዙ ክደሊ ኸሎ ፡ እታ ስምዕታኣ ዘይተቋርጽ ሕልናኡ ፡ ሐሓንሳብ ነታ ሓላይትን ፈቃርን እምንትን በዓልቲ ቤቱ መድህን ከም እትረኣዮ ትገብር ፥ ገሊኡ ግዜ ከኣ ፡ እቶም ልዕሊ ህይወቱ ዝፈተዎምን ዘፍቀሮምን ደቁ ፡ ኣብ ቅድሚ ዓይኑ ኩድጭ ኢሎም ከም ዝረኣይዎ ትገብር ነበረት። በዚ ምኽያት'ዚ ተስፎም ኣብ ሞንጎ ድፍኢት ስጋኡን ፡ ኣብ ሞንጎ ስምዕታን ሕሹኽታን መንፈሱን ተቐርቂሩ ፡ ኣብ ወጥሪ ኣተወ።

ሽው ድሕሪ ክንደይ ውረድ ደይብ ፡ ተስፎም ኣብ ውሳነ ክበጽሕ ከኣለ። ኣብ መወዳእታ'ውን ክውስን ዝሓገዞ ትብዓቱ ኣይኮነን ነይሩ። ተስፎም ከም ተፈጥሮ ፍትሓዊ ኢዩ ነይሩ። ወላዲኡ ካብ ንእስነቱ ጀሚሮም በታ ወርቃዊት ትእዛዝ ፡ *"ከምቲ ሰብ ኪገብረልኩም እትደልይዎ ዘበለ ኹሉ ፡ ንስኻትኩም'ውን ከምኡ ግበሩሎም ፡"* ወይ ከኣ ፡ *"ከምታ ንኣኻ ክገብሩኻ ዘይትደሊ ፡ ንስኻ ኸኣ ንኻልእ ኣይትግበር ፡"* እትብል መርሆ ተቐይዱ ከም ዝዓቢ ኢዮም ገይሮም። በዚ ምኽንያት'ዚ ንመድህንን ንደቁን ኽዕምጾምን ፡ ክዕምጽጾምን ኣይደፈረን። ብተወሳኺ ነታ ዘዕበየቶ መርሆ ኸኣ ፡ ሸለል ክብላን ክስግራን ክቐብራን ነብሱ ምግባር ኣበዮ።

ሽው ኣብ በይኑ ኸሎ ዓው ኢሉ ፡ *"ኣይይይ! ፍቕሪ ዕዉር ክብልዎ ደኣ ኣንታ ሓቆም እንድዮም! ግን ብልክዕ ዕዉር ኣይኮኑን ክብልዎ ነይርዎም። ዘዕውር ኢዮም ክብልዎ ነይርዎም። ኣይ ጨሪሰ እንድየ ዓዊረ ጸኒሐ! እዚ ደኣ ፍቕሪ መዓስ ኮይኑ። እዚ ሃንይነይ ኢዩ! እዚ ቀልብኻ ምጥፋእን ፡ ውኖኻ ምስሓትን ኢዩ! እዚ ዕብዳን ኢዩ! ሓቀ'ንድዩ ሕልናይ ፡ ፍቕሪ ደኣ ንኹሉ ናትካ ጸቡቕ ዝደሊ እንዳእሉ ፤ ፍቕሪ መሊሱ ዘቀራርብን ፡ መሊሱ ዘተሓቛቑፍን ፡ መሊሱ ዘሟሙቕን'ምበር ፤ መሊሱ ዘረሓሕቕን ፡ መሊሱ ዝበታትንን ፡ ዝገደደ ዘቑርርን መዓስ ኮይኑ ክብለኒ! ኣካላተይ መታን ክማሙቕን ክዓግበንስ ፡ ሓዳረይን ደቀይን ክበታተኑን ፡ ክቖሩን ክስተማስሉን!"* ብምባል ብድድ በለ።

ክልተ ኣእዳው ንድሕሪት ጠውዩ ፡ ግምባሩ እስር ኣቢሉ ፡ ንኻልኢታት ንየው ነጀው በለ። ሽው ኣብ ውሳነ ከም ዝበጽሐ ፡ ኣእዳው ንቕድሚት ኣምጺኡ ዓሞኾም። ሽው ድምጹ ኣልዕል ኣቢሉ ፡ *"ነዛ ስጋይ መታን ክጥዕማ ፡ ነታ ዝመስረትኩዋ ሓዳርን*

ዝወለድኩዎም ቆልዑን ፣ ናብ ገደልን ጸድፍን ሸው ኣቢለ ክስንድዎም ተደናዲነ ነይረ! 'ኣይ ኤም ሶሪ' ተስፎም! ተሕዝነኒ ተስፎም ኣብዚ ብምውዳቕካ! ሕጂ ግን 'ኢናፍ ማድነስ'! እቲ ጸላለ ይኣክል!" ኢሉ ትምብርክኽ በለ።

ሸዑ ኣዒንቱ ዕምት ኣቢሉ ፣ ርእሱ ኣጎምብስ ኣቢሉ ፣ *"ካብዚ ፈተና'ዚ ዘድሓንካኒ ኣመስግነካ ጐይታ! ንድሕሪት ከይጥምት ብስም እዞም ደቀይ መብጽዓ ይኹነኒ!"* ኢሉ ብኹለንተንኡ ወሲኑ ብድድ በለ።

ተስፎም ኣብ ውሳነ በጽሐ። ካብቲ ግዝያዊ ዕብዳን ኢሉ ክጽውዖ ጀሚሩ ዝነበረ ኣዋጣሪ ኩነታት ተናገፈ። ኣብ ውሳነ ምስ በጽሐ ፈኾሶ። ውሳነኡን መርገጺኡን ነ'ልማዝ ብኸመይ ገይሩ ከም ዘረድኣ ፣ ንተስፎም ጨሪሱ ኣየሸገሮን። ካብታ መዓልቲ'ቲኣ ጀሚሩ ኸኣ እቲ ንሰሙናት ተላቢስዎ ዝነበረ ኣካይዳን ኣካላዊ ቋንቋን ጥንጥን ኣቢሉ ፣ ኣዝዩ ዕትብን ክብድብድን ክበለላ ጀመረ።

መጀመርያ እዚ ለውጢ'ዚ ዘይተጸበየቶ ስለ ዝጸንሐት ፣ ነ'ልማዝ ኣደናገራን ኣሰንበዳን። ድሒሩ ግን ኣዝዩ ኣቆጥዓን ፣ ኣበሳጨዋን። ኣሸንኳይ ብምርዑውን ኣቦ ቆልዑን ፣ ካብ ካልእ እንተኾነ'ውን ፣ ከምዚ ገጢምዋ ዘይፈልጥ ኣልማዝ ፣ ኣብ ዓቕሊ ጽበት ተሸመመት።

ሃብቶም መጀመርያ ነ'ልማዝ ጨሪሱ ኣየስተብሃለላን'ዩ ነይሩ። ድሒሩ ግን በብቑሩብ ብመልክዓን ፣ ብኽምስታኣን ፣ ብቕርጺ ኣካላታን ክሰሓብን ክምስጥን ጀመረ። ከምዚ ንመጀመርያ ግዜኡ ዝርእያ ዝነበረ ኮይኑ ተሰምዖ።

ኣልማዝ ኣብዚ ግዜ'ዚ ንሃብቶም ፣ ከም ዋና ትካልን ሓለቕኣን እንተ ዘይኮይኑ ፣ ንኻልእ ኣይትሓስቦን ኢያ ነይራ። ብኣኡ ምኽንያት ንኣኡ ንምስሓብን ንምምራኽን ዝተኸተለቶ ፍሉይ ኣገባብን ፣ ዝወሰደቶ ስጉምትን ኣይነበረን።

ተገዳስነት ሃብቶም ምስ ረኣየት ግን ፣ ንሃብቶም ክትጥቀመሉ መደበት። ካብቲ ንተስፎም ከም እተማረኸትሉ እተርእዮ ዝነበረት ምልክታት ፣ ንሃብቶም ቁሩብ ፈይ ከተብለሉ ወሰነት። ተስፎም ነዚ ርእዩ እንተ ቖንእን ፣ መሊሱ ናብ መጽወድያኣን ሕቁፍኣን እንተ ኣተወን ውጥን ኣማዕበለት።

ኣብ መጀመርያ ኣልማዝ ኣብ ልዕሊ ተስፎም ኣማዕቢላቶ ዝነበረት ስምዒት ፣ ሃብቶም ኣየቕለበሉን'ዩ ነይሩ። ድሕሩ ከስተብህለሉ ምስ ጀመረ ግን ፣ እቲ ኣብ

ውሽጡ ዝተደንገለ ስምዒት ቅንእን ህልኽን ተጎሃሃረ። ንተስፎም ብመልክዕን ቁማናን ኣከዳድናን ከም ዘይበልጾ ፡ ካብ ቀደም ኣትሒዙ ኣጸቢቑ ዝፈልጦ ሓቂ ኢዩ ነይሩ። ሃብቶም ኢዩ ዘይፈለጠ ነይሩ'ምበር ፡ ኣብዚ ግዜ'ዚ ድሮ ተስፎም ፡ ካብቲ ውድድር ብገዛእ ፍቓዱ ኣንሳሒቡ ነይሩ ኢዩ።

ተስፎም ተገዳስነት ሃብቶም ኣብ ልዕሊ ኣልማዝ ከስተብህሎ ግዜ ኣይወሰደሉን። ሃንደበታዊ ተገዳስነት ኣልማዝ ኣብ ልዕሊ ሃብቶም ኣገረሞ። ኣብ መጀመርያ ነቲ ዝተደንገለ ጌና ሙሉእ ብሙሉእ ዘይቀሃመ ስምዒቱን ፡ እቲ 'እሞ እዚ ከወስዳ' ዝብል ኒሑን ፡ ከምኡ'ውን ነቲ ብውሱን ደረጃ ከሰንፎን ከቆጻጽሮን ጀሚሩ ዝነበረ ስምዒቱን ኣለዓዓሎ። ድሒሩ ግን ተስፎም ቀልጢፉ ስምዒቱ ተቖጻጺሩ ፡ ነብሱ ገቲኡ ፡ ኣብ ውሳነኡ ቀጥ በለ።

ነዚ ውሽጣዊ ውሳነ ተስፎም ዘይፈለጠ ሃብቶም ግን ፡ እቲ ኣንጻር ተስፎም ብሕቡእን ብሰላሕታን ዝካየድ ኩናት ፡ ነዊሕን መሪርን ከኸውን ኢዩ ኢሉ ስለ ዝሓሰበ ፡ ብዝግባእ ክዳለወሉ መደበ። ንተስፎም ብመልክዕን ብቁመናን እንተ ዘይበልጾ ፡ ብምንታይ ካልእ ክስዕሮ ከም ዝኽእል ክሓስብን ክጽንዕን ወሰነ። ኣልማዝ ኣብ ተስፎም ድልየት ካብ ኣሕደረት ፡ ምስ ምርዑዉን ኣቦ ቆልዑን ዝኾነ ሰብ ፍቕሪ ምምስራት ዘየተሓሳስባን ዘየሰክፉን ኣርእስቲ ምኻኑ ፡ ተገንዚቡ ነይሩ ኢዩ። ንዝደለየቶ መንእሰይ ክትረክብ ዘይትሽገር ከላ ናብ ከምኡ ምውዳቓ ግን ፡ ዝያዳ ፍቕሪ ካልእ ዘገድሳ ረጃሒ ከም ዝነበረ ተረድአ።

መጻኢ ህይወታ ኣብ ዱልዱል መሰረት ከተቐምጥን ፡ ብገንዘብን ንብረትን ከይተሸገረት ክትነብር እትብህግ መንእሰይ ክትከውን ትኽእል ኢያ ኢሉ ሓሰበ። ከምቲ ዝገመቶ እንተ ኾይኑሉ ፡ ዕላማኡ ክዕወት ርሒብ ተኽእሎ ከም ዝነበሮ ገምገመ። ነዚ ንምርግጋጽ ከኣ ፡ ቅድሚ ፋብሪካ ምርካቦም ምስቶም ኢጣልያውያን ብዛዕባ ዝነበሩ ርክብ ፡ ኣጣሊሉን ኣረጋጊጹን ክፈልጥ ተበገሰ። ብተወሳኺ ድሕሪ ባይትኣ ብሓፈሻ ፡ ከምኡ'ውን ባህታኣን ሃረርታኣን ፡ ናይ ህይወት ትምኒታን ሕልማን ፡ ድልየታን ዕላማኣን እንታይ ምኻኑ ጠያይቑ ብቑዕ ሓበሬታ ኣከበ።

ናይ ኣልማዝ ድኽመት ኣብ ምንታይ ምኻኑ እንተ ፈሊጡ ፡ ጽቡቕ ከሰጉሞን ከዕውቶን ከም ዝኽእል ተረድአ። ብድሕሪኡ ነ'ልማዝ ንምስዳዕን ፡ ናብ ሕቑፉኡ ንምእታውን ዘዕውቶ ሜላ ሓንጸጸ። ሃብቶም መጀመርያ ብጨረርታኣ ምስ ተለኸፈ ብፍርሃት ኢዩ ቀሪብዋ። ቅድሚ ድልየቱ ዘንጸባርቕ ዝኾነ ኣካላዊ ምልክትን መልእኽትን ምትሕልላፉ ፡ ትም ኢሉ ብተደጋጋሚ ዘዋናውን ህያባትን ገንዘብን ከበርክተላ ጀመረ።

ኣብዚ ግዜ'ዚ ኣልማዝ ፡ ናይ ተስፎም ጉዳይ ከም ዘብቅዐ ክርደኣ ጀመረ። ናይ ተስፎም ኩነታት ከምዚ ኢሉ ኸሎ ፡ ሃብቶም ፈተነኡ ብዝያዳ ናህሪ ቀጸለሉ። ኣልማዝ ድሕሪ ናይ ተስፎም ኩነታት ከም ዘይሰልጥ ምርግጋጻ ፡ ነቲ ሃብቶም ዝገብሮ ዝነበረ ምንቅስቓስ ኣይተተባብዖን ኢያ ነይራ። ግን ከኣ ኣወሃህባ ህያባቱ ደረት ስለ ዘይነበሮን ፡ ወናኒ ትካል ምዃኑን ፡ ከምኡ'ውን ዝነበሮ ሃብቲ ስለ ዘወናወናን ሕቶኡ ሙሉእ ብሙሉእ ኣይነጸገቶን።

እዚ ናይ ኣልማዝ ናይ ምውልዋል ኩነታት ንሃብቶም ተስፋ ስለ ዘየቑረጾ ፡ ንስምዒቱ መሊሱ ደፋፍኦ። ድልየቱ ንምርካብ ከኣ ገይርዎ ዘይፈልጥ ፡ ህያባትን ኣዋርቕን ገንዘብን ክፍስስላ ጀመረ። ነዚ ዝረኣየትን ዘስተውዓለትን ኣልማዝ ፡ ንተደጋጋሚ ሕቶ ሃብቶም መርሓባ ኢላ ተቐበለቶ።

አብዚ ግዜ'ዚ ኩነታት ሃብቶም ክቀያየር ጀመረ። ብዛዕባ ጽርየቱን ትርኢቱን ኣከዳድናኡን ተገዲሱ ዘይፈልጥ ዝነበረ ፡ ሕጂ ክከዳደንን ክማላኸዕን ጀመረ። ናይ ሃብቶም ሓድሽ ናይ ምክድዳን ኣገባብ ግን ፡ ነተን ዝርካበን ክዳውንቱ ብምቅይያር ጥራይ ኣይኮነን ነይሩ። ኣዝዮም ክቡራት ክዳውንትን ጫማታትን ክገዛዝእ ጀመረ። ኣሸንኳይ ንሱ ክገዝኦም ፡ ነቶም ዝገዝእዎም ንኸም በዓል ተስፎም ዝኣመስሉ ዘባጨን ዝኾነን ዝነበረ ፡ ሎሚ ንሱ ተገምጢሉ ክገዝኦም ተራእየ። በዚ ኣገባብ'ዚ ሃብቶም ፡ ኣዝዮም ክቡራት ዓይነት ክዳውንትን ጫማታትን ክውንን ጀመረ። ኣብ ፋብሪካ ናይ ስራሕ ክዳን ጥራይ ዝኽደን ዝነበረ ፡ ሕጂ ነቲ ናይ ስራሕ ክዳን ደርብዩ ፡ ከመይ ዝኣመሰለ ክዳውንቲ ምልባስ ኣዘውተረ።

ናይ ሃብቶም ምቅይያር ግን ፡ ኣብ ግዳማዊ ትርኢቱ ጥራይ ዘይኮነ ፡ ዋላ ኣብ ገዛ ዝኣትወሉን ዝበልዓሉን ሰዓታት'ውን ክንጸባረቕ ጀመረ። ዋላ'ውን ምኽንያቱ ጌና እንተ ዘይበርሃላ ፡ እዚ ለውጥታት እዚ ግን ነ'ልጋነሽ'ውን ኣይተኸወላን። በቲ ሓደ መዳይ ኣብ ትርኢቱን ጽርየቱን ምግዳሱን ፡ ለውጢ ምግባሩን ከም ጽቡቕ ምዕባለ ረኣየቶ። ምስኡ ተተሓሒዙ ኸኣ ንኣኣን ንቖልዑን ኣብ ዘድሊ ወጻኢታት ኣብ ምሃብ ፡ ካብ ቀደሙ ቁሩብ ይኹን እምበር ፡ ናይ ለውጢ ምልክት ተዓዘበት። እዚ'ውን እወታዊ ለውጢ ምዃኑ ኣመነት።

በቲ ኻልእ መዳዩ ግን ንገዛ ዝኣትወሉ ሰዓታት ፡ ቅጥዒ ዘይብሉ ክኸውን

ምጅማሩን ፡ ብዙሕ ግዜ ኸኣ ወይ ጨሪሱ ኣይበልዕን ፡ ወይ ከኣ ንማለቱ ጥዕም-ጥዕም ኣቢሉ ምግዳፋን ግን ባህ ኣይበላን። ከምኡ ምስ ኮነ ፡ ነቲ ኩነታት ቀስ ኢሉ ብዓቕሊ ክትከታተሎ ወሰነት። ምስ ግዜ ግን ኩነታት ሃብቶም ክገድድ'ምበር ክመሓየሽ ኣይራኣየቶን። ሽው ቀዳም መዓልቲ ከም ኣመሉ ፡ ኣዝዩ ኣምሰዩ ሰዓት ዓሰርተው ሓደን ፈረቓን መጸ።

"ድራርዶ ክቕርበልካ?" በለቶ።

"ይትረረፈኒ ሕጂ ደኺመ'ሎኹ ኣይበልዕን'የ ፡" በለ።

"ብዛዕባ'ዚ ሓድሽ ጠባይ ኣምጺእካዮ ዘለኻ ፡ ኣነ'ኳ ይገርመኒ ኢዩ ዘሎ። እትኣትወሉ ሰዓታት ካብ ዝለዋወጥ ነዊሕ ኮይኑ ኢዩ።"

"እንታይ ሓድሽ ጠባይ'ዶ ርኢኽለይ ኢኺ? ኣነ'ኮ ትፈልጢ ኢኺ ፡ ለይትን መዓልትን እየ ዝሰርሕ። ስለዚ ሰዓታተይ እንተ ተለዋወጠ ፡ እንታይ ከተውጽእሉ ደሊኺ ኢኺ?"

"ዘይ መግብስ ወይ ኣይበልዕን'የ ትብል ፡ ወይ ከኣ ንማለቱ ጥዕም ጥዕም ኢኻ እተብል ዘሎኻ።"

"ስምዒ ብስራሕ ምኽንያት ምስ ዓማዊል ወይ ነጋዶ ፡ ካብ ስራሕን ሰዓታት ስራሕን ወጻኢ ክራኸብ ግድን ኢዩ። ገሊኡ ግዜ'ውን ምስኦም ንእሽቶ ነገር ምጥዓም ይመጽእ። ስለዚ ካብ ከምኡን ፡ ካብ ክቱር ድኻምን መግቢ ቃሕ እንተ ዘይበለኒ ፡ ብሓይሊ ዲኺ ክተብልዕኒ ደሊኺ?"

"ብሓይሊ ደኣ ከመይ ገይረ? ቀደምስ መዓስ ብሓይሊ ሰብ ኳንካ ትበልዕ ኔርካ።"

"እሞ ባህ ከይበለንስ ኣይበልዕን'የ በሊ።"

"ባህ ከይበለካ ብላዕ'ኳ ኣይኮንኩን ዝብለካ ዘለኹ።"

"እንታይ ደኣ ትብሊ ኣለኺ?"

"ኣነ'ስ እንታይ ኢዩ እቲ ምኽንያቱ እየ ዝብለካ ዘለኹ?"

"ምኽንያቱ ነጊረኪ እየ። ግን ደንቆሮ *ኖራንታ* ስለ ዝኾንኪ ፡ ቀልጢፋ ስለ ዘይርደኣኪ ፡ ሙሉእ መዓልቲ ኣብ ስራሕ ድፍእ ኢለ ዝወዓልኩዎ ከይኣኽለኒ ፡ ኣብ ዘይጠቅም ዘረባ ጸሚድኪ *ስቶፋረ* ትገብርኒ'ለኺ። ሕጂ ይኣኽለኪ! ኣብ ዘይሽይጣነይ ከይተእትውኒ!" ኢሉ ነቲ ቅድሚኡ ዝነበረ መንበር ንቕድሚት

ደርብዩ ፡ ሓፍ ኢሉ ተላዒሉ ፡ ናብ መደቀሲኡ ኣምረሐ።

ኣልጋነሽ ነዳርን ሓያል ባህርን ሰብኣያ ፡ ኣጸቢቓ ትፈልጥ ነይራ ኢያ። ናይ ሎሚ ነድርን ግብረ መልስን ግን ፡ ኣሰንበዳን ኣጠራጠራን። ምናልባሽ ተሃዊኽ'የ እመስለኒ ጌጋ ተዛሪበ ኢላ ኸኣ ፡ ንነብሳ ወቐሰት። ከምታ ናይ ቀደማ ኸኣ ኩሉ ነገር ንእዝግሄራ ገዲፋ ፡ *"ጐይታይ ይቕረ በለለይ ፡ ኣይትፍረዶ እናበልካና ተቖዳዲመ ፈሪደ ኢላ !"* ጸሎታ ገይራ ደቀሰት።

ኣልጋነሽ'ያ ዘይፈለጠት'ምበር ፡ ነ'ልማዝ ብዝምልከት ሃብቶም ፡ ኣብተን ውሱናት ኣዋርሕ ኣዝዩ ቁልጡፍን ብዙሕን ስጉምትታት'ዩ ዝወሰድ ነይሩ። ኣብተን ዝሓለፈ ሳምንቲ ነ'ኣልማዝ ዝኸውን መንበሪ ገዛ ከጠያይቕ ቀንዩ ፡ ኣብታ ዝዘራረቡላ ዝነበሩ መዓልቲ ሰሊጥዎ ቤት ተኻርዩላ ነይሩ'ዩ። ኣልጋነሽ እዚ እንተ እትፈልጥ ፡ ተሃዊኽ ይፈርድ ከይህሉ ኢላ ነብሳ ኣይምወቐሰትን ነይራ።

ሃብቶም ነቲ ነ'ልማዝ ዝተኻረየላ ገዛ ፡ ዘድሊ ዘበለ ናውቲ ገዛ ገዛዚኡ መልኦ። ብድሕሪኡ ኣልማዝ ካብቲ ዝነበረቶ ናብ ሓድሽ ናይ ገዛ ከንሻ ገዝኣ ገዓዘት። ደሕሪ ምግዓዛ ደሕሪ ቁሩብ ከኣ ካብቲ ስራሕ ከም እትፋኖ ገይሩ ፡ ከም እመቤት ኣቐመጣ።

ተስፎም ፡ እቲ ሃብቶም ነ'ልማዝ ዝምልከት ዝወስዶ ዝነበረ ቁልጡፍ ስጉምትታት ከስተብህለሉ ግዜ ኣይረኸበን። ግን ኣብቲ ስራሕ ትሒም-ትሒም ዝብል ዘረባታት ከዋናጨፍ ምስ ጀመረ ፡ እታ ዘረባ ንተስፎም'ውን በጽሓቶ። ተስፎም ግን ባህሪ ሃብቶም ኣጸቢቑ ስለ ዝፈልጥን ፡ ገንዘብ እትበሃል ንኸንቱ ዘየውጽእ ምስ ምኻኑን ፡ ሕሜታ'ምበር ካልእ ክኸውን ኣይክእልን'ዩ ዝብል እምነት ሓደሮ።

ተስፎም'ዩ ዘይፈለጠ'ምበር ድሕሪ ቁሩብ ከኣ ብሽሙን ብሽማን ፡ ሓደ ፍቓድ ስራሕ ኣውጺኡ ፊራሜንታ ከፊቱ ነይሩ'ዩ። እቲ ፊራሜንታ ኣብቲ ዓቢ ጎደና ቀዳማዊ ምንሊክ ፡ ኣብ ጥቓ ቤት ክርስትያን እንዳ ማርያም'ዩ ነይሩ። ሃብቶም ካብ ሓዳሩ ብዝያዳ ናብ ኣልማዝ ክዘዙ ጀመረ። እተን ካብ ፋብሪካ ዝእለየለን ግዜ ፡ ዳርጋ ዝበዝሓ ምስ ኣልማዝ ኣብቲ እንዳ ፊራሜንታ ፡ ወይ ኣብ ገዝኣ ኢዩ ዘሕልፎ ነይሩ። ገዛ ተኻርዩ ከም ዘቐምጣ ዘሎን ፡ ፊራሜንታ ብናይ ክልቲኦም ስም ከም ዝኸፈተላን'ውን ብዙሕ ሰብ ክፈልጥ ጀመረ።

ስድራ ቤት ባሻይ'ውን እዚ ወረ'ዚ ካብ ዝበጽሖምን ፡ ኣረጋጊጾም ካብ ዝፈልጥዎን

ነዊሕ ገይሮም ኢዮም። ግን ዋላ ሓደ ካብኦም'ውን ፡ ንሃብቶም ደፊሩ ዝተዛረቦን ዝተቓወሞን ኣይነበረን። ኣቦኡን ኣደኡን'ሞ ፡ ከም ሕማቕን ዘይግባእን ነገር ገይሮም'ውን ኣይወሰድዎን።

ተስፎም ኣብዚ ግዜ'ዚ ነ'ልማዝ ካብ ሓንጎሉን ፡ ካብ ስምዒቱን ኣውጺኡዋ ነበረ። ካብ ኣልማዝ ሙሉእ ብሙሉእ ተገላጊሉን ረሲዕዋን'ዩ ነይሩ ፥ ተዘክሮኣ ከኣ ናብ ናይ ቀደም ውሻጠ ተዘክሮ ሓንጎሉ ግዒዙ ነበረ።

ንሃብቶም ካብ ክሳዱ ንላዕሊ ዝረኣዮ ሰብ ፡ እዚኣ እትበሃግ ጽብቕቲ ክፋል ኣላቶ ክብሎ ዝኽእል ኣይነበረን። እንተ ኾነ ካብ ክሳዱ ንላዕሊ ምልኩዕ ኣይኹን'ምበር ፡ ከም ስብእነትን ቅርጺ ኣካላት ወዲ ተባዕታይን ግን ፡ ዝወጾ ኣይነበሮን።

ቀላጽሙን ፡ እንግድዓኡን ፡ ኣስላፉን ፡ ብጭዋዳታት ጥቕጥቕ ዝበለ ኢዩ ነይሩ። ኣልማዝ ንሃብቶም ከም ሰብኣይ ካብ እተእትዎን ፡ ብሓባር ክውዕሉን ክሓድሩን ክፋቐሩን ካብ ዝጅምሩ ንደሓርን ፡ ክትፈትዎን ክተፍቅሮን ጀሚራ ነበረት። ናይ ሓቂ ድዩ ናይ ምረት እዝግሄር ዋንኣ ፡ ግን ብውሽጣ ፡ "ወረ እንቋዕ ካብቲ ንዓይነይ ጥራይ ዝኾነ ተስፎም ኣናገፈኒ ፡ ሰብኣይሲ ከም ሃብቶም'ዩ'ምበር ፡" ክትብል ጀሚራ ነበረት።

ኣልማዝ ድሮ ንሃብቶም ካብ እትቕበሎ ኣዋርሕ ሓሊፉ ነበረ። ከምኡ ስለ ዝኾነ ኸኣ በ'ልማዝ ዝመጸ ፡ ሃብቶም ተረጋጊኡ ነበረ። ሃብቶም ንዝደለዮን ንዝበሃገን ብምርካቡ ፡ ኣዝዩ ዕጉብ ኢዩ ነይሩ። ናይ ሃብቶም መዐቀኒ ዓወትን ዕጋበትን ፡ ንዝኾነ ዝደለዮን ዝበሃገን ፡ ብዝኾነ መንገድን ኣገባብን ፡ ምርካብን ምውናንን ጥራይ ኢዩ ነይሩ።

ኣብ ሕልናኡ ዝኾነ ሕርኽርኽ ዝብሎን ፡ ዘጠራጥሮን ፡ ድቃስ ዝኸልኦን ነገር ኣይነበሮን። *ምስ ሕልናኻን ምስ ነብስኻን ምዝራብ ፤ ንሕልናኻን ንነብስኻን ምፍታሽ ፤ ንርትዓውነት ድልየታትካን ስጉምትታትካን ብትብዓት ምብዳህ ፤ ዝብሉ ኣምራትን ፍልስፍናታትን ፡ ኣብ ሃብቶም ቦታ ኣይነበሮምን። ሳዕቤን ናይ ስጉምትታቱ ዝፍትሽ ሕልናን ኣእምሮን ስለ ዘይነበሮ ፡ ንነብሱ ጥራይ ስለ ዝጠዓማ ፡ ተደሲቱን ተሓጒሱን ፡ በጥ ኢሉ ደቂሱ ይሓድር ነበረ።*

በዚ ምኽንያት እዚ ኣብ ልዕሊ ኣልማዝ ዝነበሮ ፍቕሪ ፡ ካብቲ መጀመርያ ክብህጋ ኸሎ ዝነበሮ ፡ ካብ ወርሒ ናብ ወርሒ ብዝያዳ ክተዓጻጸፍን ክዓዝዝን ጀመረ።

በ'ንጻሩ ኸኣ ኣብ ልዕሊ ኣልጋነሽን ደቁን ዝነበሮ ተገዳስነት ፡ እናጎደለ ኸደ። በዚ መሰረት ኣብ ገዛኡ ዘሕልፎ ግዜ ኣዝዩ ውሱን ክኸውን ጀመረ። ምሳሕ ሒሒሊፉ ይበልዕ'ኳ እንተ ነበረ ፡ ድራር ግን ዳርጋ ኣብ ገዛ ምብላዕ ገዲፍዎ ኢዩ ነይሩ።

ኣልጋነሽ ከም በዓልቲ ሓዳሩን ጓል ኣንስተይትን መጠን ፡ ናይ ሃብቶም ለውጢ ቅድሚ ኹሉ ሰብ'ያ ኣስተብሂላትሉን ፈሊጣቶን። ግን ምስቲ ቅድሚኡ ከምኡ ዓይነት ኣመላት ዘይትፈልጠሉ ዝነበረት ፡ ተጋግየ ይፈርዶን ይሓጥእን ከይህሉ ብዝብል ትጠራጠር ነበረት።

ምስ ሃብቶም ዘረባ ምስ መረረ ፡ ሓደ ግዜ ንሓሞኣ ባሻይ ጎይትኦም ተዛረበቶም። ንሶም ግን ብዙሕ ገጽ ኣይሃቡዋን። "ኣብ ሓዳርኪ ዝጎድለኪዶ ኣሎ'ዩ? ኣብ ሓዳርኪ ደኣ ኣየጉድልኪ'ምበር ፡ ሰብኣይ ደኣ ከምኡ እንድዩ እዛ ጓለይ። ሰበይቲ ክሳዕ ንኣኣን ንደቃን ዝጎደላ ዘይብላ ፡ ጸኒዓ ሓዳራ ክትገብር ኣለዋ ፡" ብምባል'ዮም ፡ ዕጽው-ዕጽው ኣቢሎማ።

ብቐደሙ'ውን ዘይፍትን ኢላ'ያ'ምበር ፡ ካብ ስድራ ቤት ኣቶ ሃብቶም ብዙሕ ኣትጽበን'ያ ነይራ። ኩላቶም ንሃብቶም ከም ኣምላኾም ከም ዝርእይዎን ፡ ከም ዝፈርሕዎን ትፈልጥ ነይራ'ያ።

ኣልጋነሽ ብዙሕ ግዜ ተዛሪባ ዘምጽኣቶ ለውጢ ኣይነበረን። ኩነታት ሃብቶም ክገድድ'ምበር ክመሓየሽ ጨሪሳ ኣይረኣየትን። ሓደ መዓልቲ ቅድሚኡ ገይሩዎ ዘይፈልጥ ገዛ ከይመጸ ሓደረ።

ንጽባሒቱ ንጉሆ መጺኡ ፡ ብቐጥታ ኣብ ምቕያር ክዳኑ ኣተወ። ዋላ'ኳ ተዛሪባ ለውጢ ከምጽእ'የ ኢላ እንተ ዘይሓሰበት ፡ እቲ ማዕረ ገዛኻ ዘይምሕዳር ግን ክትጻወሮ ኣይከኣለትን። ሽው ከምዛ ገለ ሓድሽ ነገር ዘይተረኸበ ፡ ቀያይሩ ክወጽእ ክቀራረብ ከሎ ፡ "ካን እምበኣር ሕጅስ ኣፍሊጥካ! ካብ ገዛኻ ወጻኢ ምሕዳር'ውን ጀሚርካ ፡" በለቶ።

"ነጊረኪ እኮ እየ ቅድሚ ሕጂ። ኣብ ድላየይ ክውዕል! ኣብ ድላየይ ክብለዕ! ኣብ ድላየይ ከምሲ ዝኽልክለኒ ከም ዘየሎ!"

"ንሱ ደኣ ገዛኻ ኣይትውዕለሉ ፡ ኣይተምስየሉ ፡ ኣይትብልዓሉ ካብ ትኸውን'ኮ ነዊሕ ኮይኑ'ዩ። ሕጂ ናይ ምሕዳር ሓድሽ ነገር እየ ዝዛረብ ዘለኹ።"

"በሊ ክትፈልጢ ምሕዳር'ውን ኣብ ድላየይን ፥ ኣብ ቃሕ ዝበለንን ክሓድር'የ! ሰብኣይ እየ'ኮ ኣነ!"

"ገዛኡ ገዲፉ ኣብ ካልኡ ዝሓደረ ሰብ ድዩ ደኣ ሰብኣይ ዝበሃል! በል ክትፈልጥ ሰብኣይ እየ ዝብል'ዩ ፥ ሓዳሩ ከኽብርን ክኣልን ዘለዎ!"

"ኣብ ሓዳረይ'ሞ እንታይ ጎዲሉኪ? ንደቀይከ እንታይ ስለ ዘጉደልኩ'ዩ እዚ ኹሉ ሃተፍተፍ?"

"ቆልዑ እንጀራ ጥራይ ድዩ ዘድልዮም?"

"ደቀይ ካልእከ እንታይዶ ጎዲልዎም'ዩ?"

"ደቅኻ ደኣ ኣቦኦም ጎዲልዎም ግዲ!"

"ኣነ'ኮ ከም ካልኦት ደቀይን ሓዳረይን ኣይደርበኹን።"

"ኦይ! እንታይ ዲኻ ክትውስኽ ደሊኻ? እቲ ቃል ኪዳንካ ዘይምኽባርከ? ብእንጀራ ጥራይ ድዩ ቃል ኪዳንካ ዝኽበር?"

"ቃል ኪዳነይ የኽብር'የ ዘሎኹ ኣነ። ኣብ ገዛይ ምስ ደቀይ እየ ዘለኹ። እቲ ንጉሆ ንጉሆ ንቤተ ክርስትያን ዞኽ-ዞኽ እትብልዮ ፥ እንታይ ድዮም ዝምህሩኺ ዘለው? ዶስ ናብ ካልእ ሃይማኖት ኢኺ ትመላለሲ ዘለኺ!" ኢሉ እታ ጉድለት ናብኣ ከብላን ፥ ከጸግዓን ደለየ።

"ክንደይከ ትኽእሎን ትደርቕን ኢኻ ወደይ?! እምበኣር እቲ ኣርእስትስ ብዛዕባይ ጌርካዮ ፥" በለት ኣልጋነሽ ፥ ጸወታኡን ዕላማኡን ቆብ ስለ ዘበለቶ።

ሃብቶም ክምልሶ ብዘይክእል ርትዒ ስለ ዝተወጠረ ዕንይንይ በለ። ሽው ናብታ ዝመልካ ኣካይዳኡ ብምጽጋዕ ፥ "ይኣኽለኪ ሕጂ ኣብ ዘይሸይጣነይ ከይተእትውኒ። ደፋር! ወይ ደፋር! ኣነ ኾይነ'ምበር ፥ ምስ ከማኺ ሃታፍን ተጨቓጫቒትን ፥ መን ክነብር?" እናበለ ፥ ዝርካበን ኣዒንቱ እና'ፍጠጠን ፥ እንቅዓ እና'ስተንፈሰን ፥ ገልጠምጠም እናበለ ብድድ ኢሉ ጠንጢኑዋ ዕዝር በለ።

ኣልጋነሽ ንቑሩብ ደቓይቕ ምስ ዓይናን ንብዓታን ተቓለሰት። ብዕድላን ዕጫኣን ከኣ ኣማረረት። ድሕሪ ቁሩብ ግን ፥ "*በስም ኣብ ወወልድ*" ኢላ ናብ ነብሳ ተመልሰት። "*እንታይ ኮይነ'የኸ ብዕድለይ ዘማረርኩ? ጐይታ ኣይትሓዘለይ። ክንደይ ካባይ ኣብ ዝገደድን ዝኸፍእን ኩነታት ኮይነን ፥ ቆልዑ ሒዘን ዝሳቐያ ኣየለዋ'ንዶ።*

ሃብቶም ተጸሊሉ ሐዳሩን ደቁን ክድርቢ እንተ ደለየ፣ ኣነ ከይሕግዞ ኣምላኽ ሓግዞ!" ኢላ ጸሎታ ገይራ፣ ዓይና ሓናሲሳ፣ ናብ ደቃ ከደት።

ሃብቶም ሽዑ ምስ ወጸ፣ ሙሉእ መዓልቲ ከይመጸ ውዒሉ ብኡ ኣቢሉ ሓደረ። ኣልጋነሽ ኣስደሚሙዋ፣ ደቃ ሒዛ ከምታ ልማዳ ተንበርኪኻ ጸሎታ ገይራ፣ ከጽበየ ከይበለት ንዝግሄራ ኣመስጊና ደቀሰት።

ንጽባሒቱ ንጉሆ ተንሲኣ ኸኣ፣ መደቀሲኣን ዓራታን ፈለየት። ከምኡ ከም ዝገበረት ዘስተብሃለ ሃብቶም ዋላ ዕጅብ ከይበሎ፣ ሓንቲ ቓል'ውን ከየውጽአ፣ ከም ዘይግድሶ ብስኽታ መልእኽቱ ኣተሓላለፈ።

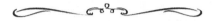

ኣብዚ ደረጃ'ዚ፣ ምስ ካልኦት ደቀ'ንስትዮ ኣቃይሐ ከም ዘሎ ርግጸኛ ኾነት። ጌና ዘይፈለጠቶ ኣበይን ምስ መንን፣ ብኸመይን ክሳዕ ምንታይ ደረጃን ከም ዝበጽሐን ጥራይ'ዩ ነይሩ። ኣልጋነሽ ኣብ ከምዚ ኩነታት ከላ፣ መድህን ነ'ልጋነሽ ክትረኽባ ንገዛ ኸደታ። መድህን እትው ኢላ፣ "ከመይ ቀኒኺ ኣልጋነሽ?" በለት።

"እዋይ መድህን ቀመይ ቀኒኺ? ሎምቅነ ደኣ እንታይ ኢኺ ኴንኪ? ኣነ እንተ ጠፋእኩስ፣ ንስኺ ኸኣ ህልም ኢልኪ?"

"ኣይ ሕጅስ ከምኡ እናበልኩ እንድየ መጺአ። እንታይ ደኣ ክብድብድ ዝበለኪ ትመስሊ፣ ደሓን ዲኺ?"

"እዚ'ኳ እቲ ጐይታ ባዕሉ የኽእለኒ ኣሎ'ምበር፣ ኣብ ምንታይ ድየ ዘሎኹ መሲሉኪ? ሕጂ'ሞ ካብቲ ቅድሚ ሕጂ ዝነገርኩኺ፣ ናብ ካልእ ደረጃ ኢዩ ተሰጋጊሩ። ሕጂ ጨሪሱ ኣግሂድዎ ኢዩ። ለይቲ'ውን ምሕዳር ኣምጺኡ።"

"ወረ ኣነስ መምጽእየይ'ውን ንሱ ኢዩ። ሓደ ጥሉል ሓበሬታ ረኺበስ፣ እንተ ፈለጠት ይሓይሽ ኢለ'የ መጺአኪ። ካልእ ብኣኺ ወገን ዝፈለጥክዮ የለንዶ?"

"ወሪዱኒ ኣነ ደኣ ከምታ ትፈልጥኒ፣ ምስ መንዶ ይራኸብ'የ? ካብ ገዛ ንቤተ ክርስትያን፣ ካብኣ ኸኣ ናብዚ እምበር፣ ናብ ካልእ ዘየብል።"

"ኣይፍለጥን ኢለ'የ'ምበር ንሱስ ሓቕኺ፣ ንዓይዶ ጠፊኡኒ።"

"ከመይ'ሉ ክጠፍኣኪ፣ ካባኺ ዝቐርብዶ'ልዩኒ።"

"ዝኾነ ኾይኑ ከም ትፈልጥዮ፣ ተስፎም ብዛዕባ ከምዚ'ታት ተገዲሱ ኣይከታተልን'ዩ። እንተ ፈለጠ'ውን ኣይዛረብን'ዩ።"

"ናይ ተስፎም ደኣ ይፈልጥ'ወ። ኣብ ዘየእትዎ ዘይኣቱ።"

"ልክዕ ኣለኺ። በሊ ብዛዕባ ሃብቶም ሓድሽ ሓበሬታ ረኺበስ፣ ስቕ ኢልካ ዝናፈስን ዝጋነንን ወረ ከይከውን ፈሪሀ፣ ነ'ርኣያ ከምዚ ሰሚዐ'ሞ ነዛ ዘረባ ኣረጋግጸለይ ኢለዮ። ነታ ወረ ንሱ'ውን ሰሚዕዋ ጸኒሑ፣ ግን ደሓን ዝያዳ ከጥልላ ኢሉኒ። ሕጂ ድሕሪ ሳልስቲ፣ ትማሊ እታ ዘረባ ሓቂ ምዃና ነጊሩኒ።"

"ዋይ ኣነ ጉዳም። እስከ በሊ ንገርኒ።"

"እዛ ለሚድዋ ዘሎ መንእሰይ ኣልማዝ'ያ ትበሃል።"

"ኣነ'ስ ከምኡ ዓይነት ምዃኑ'ስ ነብሰይ ነጊሩኒ'ንድዩ።"

"ጽንሒ ደኣ ዝገደደ ኣለዎ። ሕጂ ኸኣ ብጽሕቲ ወርሒ'ያ፣ ጥንስቲ'ያ ይብሉኺ።"

"እዋይ ኣነ! እንታይ ደኣ እየ ዝገብሮ ዓለይ?"

"እንታይ'ሞ ክግበር'ዩ ኣልጋነሽ ሓብተይ። ሰብኡት ሓበሻ ምስ ሃብተሙ፣ ናብ ናእሽቱ እንዳ'ማረጽካ፣ ናብ ካልኣይትን ሳልሰይትን ሰበይቲ ምምጥጣርን፣ ተደራቢ ሓድሽ ሓዳር ምጥያስን'ዩ ምዕባለኦም። ቃል ኪዳን ኣይዓጅቦም፣ ቆልዑ ኣይዓጅቡዎም!"

"እዚ ኹሉ ዓመታት ጠባዩ ክኢለ፣ ተጸሚመን ተጸቒጠን ቆልዑ ኣዕብየስ፣ ከምኡ ክፈድየኒ! ደሓን ኣምላኽ ከኣ ኣሎ'ንድዩ። እቲ መድሃኔ ኣለም ስራሑ መዓስ ይርስዕ። ሃብቶም ናቱን ናይ ወድሰብን ስራሕ ይሰርሕ ኣሎ፣ ናይ ኣምላኽን ናይ እዝግሄርን ከኣ ብትዕግስቲ እጽበዮ። ነዘን ንብዓተይን፣ ነዞም ኣቦኦም ከይሞቶም ዝዝኾትሙ ዘለው ደቀይን ይርኣየለይ!" በለት ኣልጋነሽ ብምረት።

"ንኸምዚኣቶም'ሲ እተን ሃብቲ ምስ ተረኸበ ካልኦት ኣጉባዝ ዝለምዳን፣ ኣብ መወዳእታ ኸኣ ገንዘበን ጠርኒፈን፣ ጠንጢነንኦም ዝኸዳን ደኣ ይርከበኦም። ኣበይ'ሞ ከምኡ ክረኽቦም። ዘይ ነነቶም ጠጥዑያቶም'ዩ ከምኡ ዝወርዶም!" በለት መድህን።

"ኣየ'ወ! እሞ ሕጂ ደኣ እንታይ'ዩ ዝሕሸኒ ኣንቲ መድህነይ?"

"ቀስ ኢልኪ ከይተሃወኽኪ ሕሰብሉ። በቲ ሓደ ወገን ንሰብኡትካ ፡ ንኸምዚኣተን ዝኣመሰላ ገዲፍካለን ክትከይድ የብልካን ፡ የብለካ'ዩ። በቲ ኻልእ ወገን ከኣ ፡ ምስ ከምዚኣቶም ሰብኡት ክትማራሳሕ ፡ የሰክፈካን የባሳጭወካን ኢዩ።"

"ናይ ምምርሳሕ'ሲ ኣይትሰከፊ። ድሮ መደቀሲየይን ክፍለይን ፈልየ'የ። ድሕሪ ሕጂ ናባይ ገጹ'ኳ ኣየቕርቦን።"

"ጽቡቕ ጌርኪ። ምስ ስድራ ቤትኪ'ውን ምምኻር ከድሊ ኢዩ። ግን ሓሪቐ ኢልኪ ፡ ዝኾነ ህዉኽ ስጉምቲ ከይትወስዲ ሓደራ። ምኽንያቱ ናትኪ ጥራይ ዘይኮነ ፡ ናይዘም ቆልዑ'ውን ኣብ ግምት እና'እቶኻ'ዩ ክስጎም ዘለዎ።"

"የቐንየለይ በሊ መድህን ሓብተይ። ተስፎምከ ከመይ ኣሎ?"

"ክሳዕ ሕጂ ለውጢ የለን ፡ ከምቲ ዝበልኩኺ ኢዩ።"

"ምሽኪን ተስፎም። ተስፎም እዚ ርህሩህን ፡ ሓላልን ፡ ሓላይን'ሲ ኣብ ከምዚ ክወድቕ?"

"እንታይ ምሽኪን ደኣ ፡ ዘይባዕሉ ኢዩ ዘምጽኦ ዘሎ።"

"ከምኡ ኣይትበሊ መድህን። ሕማም'ዩ ወሪድዎ ተስፎም። ግዝያዊ ሕማም። ናይ በዓል ሃብቶም'ዩ ፡ ባዕሎም ዘምጽእዎ ጽላለ ዝበሃል!"

"መቸም?"

"መቸም ኣይኮነን መድህን። ተስፎምሲ'ኳ ጓለይ ፡ ጌጋኡ ይፈልጥን ይቕበልን። ኣብ ዝኸደ ኸይዱ ኸኣ ገዝኡን ፡ ሰበይቱን ፡ ደቁን ኣይርስዕን። ሃብቶም'ኮ ፡ ንዓይን ንደቀይን ሸይጡና'ዩ!"

"ንሱስ ፍልልይ ከም ዘለዎ ፍሉጥ'ዩ።"

"ፍልልይ ጥራይ ኣይኮነን ፡ ናይ ሰማይን ምድርን ፍልልይ'ምበር። ናተይ'ሲ'ምበር ናይ ቃል ኪዳን ጥልመት'ዩ። ደሓን ኣጆኺ ፡ ኣነ ርግጸኛ'የ ተስፎም ከምኡ ኢሉ ከም ዘይተርፍ።"

"እስከ ኣፍኪ ይበሎ። ኣጆኺ ንስኺ ኸኣ ኣይትደሃሊ። ከምቲ ዝበልክዮ ንዓኺን ንደቅኽን ኣምላኽ ኣሎ። በሊ ሕጅስ ክኸይድ ፡" ኢላ መድህን ንገዝኣ ኸደት።

መድህን ምስ ከደት ፡ ኣልጋነሽ ኩሉ እቲ ዝሰምዓቶ ኣስደሚምዋ ፡ ካብታ ኩፉ ዝበለታ ከይተንሰአት ፡ ንብዓታ እናኸዓወት ፡ ተዓኒዳ ንሰዓታት ከይተነቓነቐት ደሪቓ ተረፈት። ብድሕር'ዚ ኣልጋነሽ ንስድራ ቤታ ክትነግርን ፡ ምስኣታቶም ብቕልጡፍ ክትማኸር ከም ዘድልያን ተረድአት። ብዛዕባ እቲ ገጢምዋ ዝነበረ ሽግር ከኣ ኣብ ውሳነ በጽሐት።

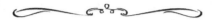

ሃብቶም ኩሉ ተቓሊዑ ኢዩ ካብ ዝብል'ዩ ዝመስል ፡ ገዛ ዘይመጸሉን ዘይውዕለሉን ግዜ እናበዝሐ ከደ። ሃብቶም ንመጀመርያ ግዜ ብተኸታታሊ ፡ ንሳልስቲ ከይምጸ ቀነየ። ኣብ ሳልሳይ መዓልቲ መድህን ተሃዊኻ'የ ዘሎኹ እናበለት ነ'ልጋነሽ ተቐልቀለታ። ሓንቲ ኣዝያ ኣገዳሲትን ህጽጽትን ሓበሬታ ስለ ዝረኸብኩስ ፡ ብደወይ ረኺበኪ ክኸይድ'የ በለታ።

ሰላምታ ምስ ተለዋወጣ ኸኣ ብደዋ ፡ "እታ ዝበልናያ ደኣ ሆስፒታል እንድያ ቀንያ። ትማሊ ወዲ ተገላጊላ ኣላ። ካልእ ዝሕብረኪ ሰብ ስለ ዘይብልክስ ንሱ ክነግረኪ ኢለ'የ። ሕጂ ክኸይድ ጽባሕ ኩፉ ኢልና ከነዕልል ክመጸኪ እየ።"

"የቐንየለይ መድህን ሓብተይ ፡" ኢላ ኣምስጊና ኣፋነወታ።

ንሓደ ሰዓት ዝኸውን ቆልዑ መታን ከይርእይዋ ፡ ንበይና ተዓጺያ ምስ ዓይናን ፡ ንብዓታን ፡ ዕድላን ተቓለሰት። ንጽባሒቱ ኣብ ራብዕቱ ማለት ኢዩ ፡ ሃብቶም ንገዛ መጸ። ነቶም ቆልዑ ከይዱ ንማለቱ ርእይ-ርእይ ምስ ኣበሎም ፡ ትኽ ኢሉ ናብ ኣርማድዮ ብምኻድ ናብ ክዳውንቱ ምቕያር ኣተወ።

ኣልጋነሽ ኩነታቱ ኣስደሚምዋ ትም ኢላ ትዕዘቦ ነበረት። "ሰብዶ ኣብ ሓጺር እዋን ክንድ'ዚ ይቀያየር'ዩ ደቀይ ፡" ኢላ ኸኣ ሓሰበት። እንተ ተዛረብኩዎ ዘይ መሊሱ ክፎኽሶ'ዩ ፡ ኣይዛረቦን'የ ኢላ ኣብ ውሳነ በጽሐት። ጽንሕ ኢላ ግን ኣብ ሞንጎ ምኽኣል ኣስኢንዋ ፡ "እንታይከ ከምጽእ" ብምባል ፡ "እንቋዕ ኣሐጎሰካዶ ክብለካ ፡ ናይ ንደቅኻ ብወሰን ድቓላ ዝወለድካሎም!"

"ንዓይ መዓልታዊ ዝከታተሉን ፡ በብግዜኡ ሓበሬታ ዘስንቑኽን ሰለይቲ ኢኺ እምበኣር ኣዋፊርኪ?"

"ምሉዕ ዓለም ዝፈለጦ ንምፍላጥ እንታይ ሰለይቲ ኣድለዩኒ። ሕጂ ካልኣይቲ ሰበይቲ ስለ ዝገበርካ ፡ ዝያዳ ሰብኣይ ኳንካ ማለት ኢዩ። ዘሕዝን ኢዩ!"

"ከምዚ ሰብ ዘይገብሮ ዝገበርኩ ጌርኪ ክትዛረቢ ኣይትፈትኒ። ኣነ ካልኦት ደቂ ተባዕትዮ ዝገብርዎ እየ ዝገበርኩ።"

"ደሓን ንስኻ እቲ ዝግበር ጌርካ ኣለኻ። ኣነ ኸኣ ኣምላኸይ ሒዘ እቲ ዝገብሮ ቀሰይ ኢለ ይሓስበሉ።"

"እቲ ትገብርዮ ፡ ክትገብርዮ ትኽእሊ ኢኺ! ኣነ በዝን ወድዝን ዝፈራራሕ ኣይኮንኩን!"

"ብዝግባእ ምስ ስድራይ ተላዚበን ተማኺረን'የ ፡ እቲ ውሳነይ ዝወሰድ።"

"ክብድኺ እንተ ሓጺብክያ ክትዕዘሪ ትኽእሊ ኢኺ። ደሓር ብጣዕሳ ኣይርከብን'ዩ ፡ ከም ሃብቶም ብኸምዚ ጣዕምን ምቕትን ዘናብር!"

"ጣዕሚ? ጣዕሚ ኢልካዮ'ምበኣር ፡ እዚ ኣብ ሓዊ ትጠብሰኒ ዘለኻ! ሓቕኻ! ንዓይ ከምኡ እንተ ዝገብሩኒ ፡ ወይ ንሓብተይ ወይ ነደይ ከምኡ ኣንተ ዝገብሩወንከ ኢሉ ዝፍትሽ ሕልና ስለ ዘይሓዝካ ፡ ዝገበርካ ጌርካ ደቂስካ ትሓድር ኣለኻ። ግን ደሓን ፡ ኣነ ከምዚ'ለ ክቖሎ ከም ዘይነብር ክርእየካ'የ።"

"ተዓዘሪ! ዓሰርተ ግዜ ተዓዘሪ! ሕጂ ሕጂ'ውን ክትከዲ ትኽእሊ ኢኺ!"

"ክትፈልጥ ኣነ ክውስን ከለኹ ፡ ምሳኻ ንምትህልላኽ ኣይኮንኩን ዝውስን ፤ ወይ ከኣ ከም ናትካ ፡ ንዓይ ጥራይ እንታይ'ዩ ዝሕሸኒ ኢለ ኣይኮንኩን ዝውስን። ናይ ወላዲት ሓላፍነት ስለ ዘሎኒ ፡ ውሳነይ ብዝያዳ ነቶም ደቅና ፡ ወረ ደቀይ ክብል'ዩ ዝግባእ ፤ ንደቀይ ዝሓይሽ ውሳነ ኣየናይ'ዩ ብምባል'የ ክውስን። ዝሓልየሎም ኣቦ ስኢኖምሲ ፡ ብሂወተይ ከለኹ እትሐልየሎም ኣደ ኸኣ ክስእኑ ኣይደልን'የ!"

"ንስኺ ሓሊኺ እንታይ ትገብርሎም? ንደቀይ ኣነ እየ ኩሉ ዘድልዮም ክገብረሎም ዝኽእል። ንስኺ እንታይ ኣሎኪ ኢኺ'ሞ ክትገብርሎም? ሓንቲ ሰሙን'ውን ክትናብይዮም ኣይትኽእልን።"

"እቲ ኹሉ ዘሎካ'ኮ ንስኻ ንበይንኻ ሰሪሕካ ዘጥረኻዮ ኣይኮነን።"

"ሃሃ ሃሃ ሃሃ!! መን ደኣ ኣጥርይዎ? ለይትን መዓልትን ሰሪሐ ዘምጻእኩዎ'ምበር ፡ ንስኺ ደኣ ኣየነይቲ ቀያሕ ሳንቲም ኣምጺእክላ ነዛ ገዛ!"

"ካን ከማኻ ምስ ካልኦት ፊዕ እንተ ዘይበልኩስ ፡ ዋላ ሓንቲ ዘይፈልጥ ኢኻ ጌርካኒ እምበኣር። እቲ ኹሉ ኣሎኒ ትብሎ'ኮ ፡ ንስኻ ብደገ ፡ ኣነ ኸኣ ኣብ

ገዛ ኾይነ ሓዳር እናኣለኹን ቆልዑ እናዕበኹን ዝመጸ ገንዘብ'ዩ። ናትካ ናይ በይንኻን ፡ ብበይንኻን ዝመጸ ኣይኮነን!"

"እምቧእ ሓቅኺ ዲኺ? ሄ ሄ ሄ!" ኢሉ ከላግጸላ ፈተነ።

"ሓቀይን ፈረቓን! ቆልዓ ኣብ ከብድኻ ንትሽዓተ ወርሒ ምስካም ፤ ህይወትካ ኣብ ሓደጋ ኣእቲኻ ምውላድ ፤ ኣጥቢኻን ተኸናኺንካን ሓሙሽተ ቆልዑ ምዕባይን ፥ ፡ ኣብ ገዛ ሙሉእ መዓልቲ ድፍእ እናበልካ ሓዳር ምምራሕን ፤ ብገንዘብ ስለ ዘይተተመነ ዲኻ ሓንቲ ከም ዘየበርከትኩ ከተረድኣኒ ደሊኻ? በል ክትፈልጦ እንተ ዝትመን ፡ እቲ ኣነ ዝገበርኩዎ ይበዝሕን ፡ ይዓሙቅን ፡ ይዓዝዝን!"

"ሰበይትስ በቃ ንነገር ኢኺ ተዓጢኽኪ እምበኣር። በሊ ምስቶም እዚ ኹሉ ዘማኽሩኽን ዘዕጥኹኽን ዘለው ኳንኪ ፡ ድላይኪ ግበሪ። ጽባሕ ንጉሆ ዝሕግዙኺ እንተ ኾይኖም ክንርኢ ኢና። ኣነ ሕጂ ስራሕ ኣሎኒ ፡ ክኸይድ እየ ግደፍኒ!"

"ስራሕ እንተ ዘይብልካኸ? ካልኣይ ሓድሽ ሓዳር ሒዝካ ደኣ ክትከይድ ኢኻ'ምበር ፡" እናበለቶ ኸላ ዘረብኣ ከይወደአት ፡ ሱሩ ተገታቲሩ ፡ ኣዒንቱ ደም ሰሪቡ ፡ ስኑ እናሓራቐመን ፡ እንቅዓ እናስተንፈሰን ጥንጥን ኣቢሉዋ ኸደ።

ኣልጋነሽ እትገብሮ ለውጢ ከም ዘየሎ'ኳ እንተ ተረድኣት ፡ ኣብ ውሽጣ ዝስምዓ ዝነበረ ስለ ዘውጸኣቶ ግን ፡ ውሱን ባህታ ፈጠረላ። ውሳነኣ ኣብ ዝቐልጠፈ ብህጹጽ ከተጻፍፍን ፡ ክትውድእን ከም ዘለዋ ተረድአት።

ሃብቶም ካብ ሓዳሩ ወጻኢ ፡ ካብ ጓል 23 ዓመት ዝኾነት ኣልማዝ ክወልድ ከሎ ፡ ወዲ 36 ዓመት ፤ ኣልጋነሽ ከኣ ጓል 32 ኢያ ነይራ። ማናቱ ደቆም ክብረትን ሳምሶንን ፡ ደቂ 11 ዓመት። ሓድሽ ፡ ሸሞንተ ዓመት ፡ ራህዋ ፡ ሽዱሽተ ዓመት ፡ ምንኣስ ኩሎም ነጋሲ ኸኣ ፡ ወዲ ኣርባዕተ ዓመት ኮይኖም ነበሩ።

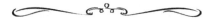

ስድራ ቤት ኣልጋነሽ ኣብ ዓዲ ይቕመጡ ስለ ዝነበሩ ፡ ብዛዕባ ኩነታት ሓዳር ጓሎም ዝፈልጥዎ ኣይነበሮምን። ኣቦ ኣልጋነሽ ቀሺ ኢዮም ነይሮም። ኣብ ከተማ ዝቕመጡ ሓው'ቦኣን ኣኮኣን ግን ፡ ስለ ዝሰምዑ ከዛርብዋ ንገዛ መጹ። ሻሀን ቁርስን ቀሪባ ኮፍ ምስ በሉ ኸኣ ፡ ብዛዕባ በዓል ቤታ ዝሰምዕዎ ኩሉ ነገርዋ።

ንሳ ኸኣ ብወገና ዋላ'ኳ ትጥርጥር እንተ ነበረት ፡ ኣረጋጊጻ ዝፈለጠት ግን ኣብ ቀረባ ግዜ ምዃኑ ሓበረቶም። ቀዲሞማ'ምበር ንሳ'ውን ክትልእኸሎም ሓሲባ

ከም ዝነበረት ነገረቶም። ሕጂ'ውን ቅድሚ ብዝርዝር ናብ እንታይ ንግበር ዝብል ኣርእስቲ ምሕላፍና፡ መታን ክንመያየጥ ነ'ቦይ ልኣኹሉ'ሞ ይምጻእ በለቶም። በዚ ተሰማሚዖም ከኣ ኣቦኣ ምስ መጹ ክራኸቡ ቆጸራ ብምግባርን፡ ኣጆኺ ኢሎም ድሕሪ ምጽንናዕን ምትብባዕን፡ ተፋንዮማ ከዱ።

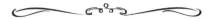

ብቖጸራኦም መሰረት ድሕሪ ሳልስቲ ኣቦኣ ምስ መጹ፡ ምስ ሓው'ቦኣን ኣኮኣን ኮይኖም ብዕቱብ ክመያየጡ ጀመሩ። ቅድም ናትኪ ርእይቶ ክንሰምዕ እንተ በሉዋ፡ ኣይፋልን ቅድም ናታትኩም ክሰምዕ ይሓይሽ በለቶም። ስለስቲኦም ከኣ ተመሳሳሊ ሓሳብ ኣቕረቡ። ካብዚ ገይሩኪ ዘሎ ዝኸፍእ እንታይዶ ክደግመኪ'ዩ? እዚ ናይ ውሱን መዓልታት ጌጋ፡ ናይ ብወሰን ምውላድ ጉዳይ ጥራይ ኣይኮነን። እዚ እውጅ ካልኣይ ሓዳር ምምስራት ኢዩ። ስለዚ ብሕጊ እንተ ተፈላለኺ ኢዩ ዝሓይሽ በሉዋ። ኩሉ ሓሳባቶም ብትዕግስቲ ድሕሪ ምስማዕ፡ በሉ ሕጂ ናተይ መርገጺ ክነግረኩም በለቶም።

"ኣነ ነዚ ጉዳይ'ዚ ለይትን መዓልትን ኣጸቢቐ'የ ሓሲበሉ። እቲ መጀመርያ ምስ ሕርቃነይን ጓሂየይን ከለኹ፡ ኣብ ከምዚ ናታትኩም መደምደምታ እየ በጺሐ ነይረ። ግን ኣነ ሕጂ ንዓይ ጥራይ ኣይኮንኩን ክሓስብ ዘሎኒ። ብዝያዳ እቲ ዝወስዶ ስጉምቲ፡ ንደቀይ ብኸመይ ይጸልዎምን ይትንክፎምን'የ ክሓስብ ዘሎኒ። ኣነ ተበዲለን ተወጺዐን ሕርርን ኢለ ከሎኹ፡ ናተይ ከይኣክል፡ ንደቀይ ዝጎድእ ውሳነ ክይወስድ'የ ክጥንቀቕ ዘሎኒ። ብድሕሪ ሕጂ ንዓይ ሓዳር ምስ ሃብቶም፡ ብመንፈስን ብስጋን ኣብቂዑ'ዩ። ንብድሕሪ ሕጂ'ውን እንተ ኾነ፡ ኣነ ምስ ሃብቶም ተፈላልየ፡ ንኻልእ ሰብኣይ ቁሊሕ ክብል ኣይኮንኩን። ቆሪበ፡ ነብሰይን ኣካይዳይን ሓሊየ፡ በቲ ጐይታ ዝእዝዞ መንገዲ ክመላለስ፡ እታ ኣደና እግዝእትነ ማርያም ትሓግዘኒ!" በለት ሕንቕንቕ እናበለት።

"ቆልዓ እንዲኺ ዘለኺ፡ እንታይ ኮይኑ'ዩ ናይ ነብስኺ ዘይግድስኪ፡" በሉዋ ሓው'ቦኣ።

"ዓለም እንታይ ኣልዒልኪላ ኢኺ'ሞ፡ ካብ ብሕጂ ናብ ቁርባን ዝተመጣጠርኪ?" በሉዋ ኣኮኣ።

"ናይ ዕድመይ ጥራይ እኮ ኣይኮነን ኣብ ግምት ክኣቱ ዘለዎ። ኣነ ሓንቲ ነብሲ ኢያ ዘላትኒ። ናይቶም ሓሙሽተ ነብሲ ዝሓዙ ሓሙሽተ ንጹሃት ቆልዑ'ዩ ክዓዝኒ ዘለዎ። ንሓንቲ ነብሲ መታን ክጥዕማ፡ ሓሙሽተ ነብሳት ክልበትበት ክብል

ኣይደልን'የ ፡" በለት ብቖራጽነት።

"እዚ እትብልዮ ዘሎኺ ዘረባን እትሓስብዮ ዘሎኺ ሓሳባትን ፡ ዘይስገር ዓቢ ቁምነገር'ኳ እንተ ኾነ ፡ ዕድመን ግዜን ኩነታትን ኣብ ግምት ኣእቲኺ ኢዩ ዝትግበር ፡" በሉዋ ሓው'ቦኣ።

"ኣነ ሕጂ ዘገድስኒ ደቀይ ከይበታተኑንን ፡ ከልበትበት ከይብሉንን ኢዩ። ብመጀመርያ ምስ ሃብቶም ብሕጋዊ መንገዲ ምእንታን ክፈላለ ፡ ኣብ ቤት ፍርዲ ምምልላስ ዘምጽኦ ነውጺ ኣሎ። እቲ ንሱ ከስዕበሎም ዝኽእል ጸቕጥን ጭንቀትን ከውግደሎም እደሊ።"

"ኣብ ሕጊ እንተ ዘይኬድኪ ደኣ ፡ መሰልኪ ብኸመይ ክትረኽቢ?" በሉዋ ኣኮኣ።

"ኣነ ምእንቲ ብሕጊ ተፈላልየ መሰለይ ክረክብ ፡ ኣብ ምፍልላይ ግዜ ገሊኦም ምስኡ ፡ ገሊኦም ምሳይ ኮይኖም ክበታተኑ ኣይደልን'የ። ካብኡ ብዝያዳ ኸኣ እቶም ምስኡ ዝኾኑ ፡ በዛ ሕጂ ካልኣይቲ ሰበይቱ ጌሩዋ ዘሎ ክእለዩን ፡ ካባይ ተፈልዮም ምስኣ ክኾኑን ፡ ብህይወተይ ከለኹ ጨሪሰ ኣይፈቕድን'የ። ካብ ንሱ ምርኣይ ሕርር እናበልኩ ፡ ደቀይ ኣብ ትሕተይ ሒዘ ፡ ንይምስሉ ሓዳርን ናብራን ከም ዘሎኒ ኣምሲለ ምጉዓዝ ይሕሸኒ ፡" ዝብል ፡ ተባዕ ዝኾነ ኣተሓሳሳብኣን ውሳነኣን ገለጸትሎም።

ሓው'ቦኣን ኣኮኣን ጨሪሶም ሓሳባታ ኣይተቐበሉዎን። ክልቲኦም ንኸረደእዋ በብግደ ነዊሕ ድሕሪ ምዝራብ ከኣ ፡ ብሓባር ከምዚ ኢሎም ደምደሙ ፡ "ሕጂ እዚ ስጉምቲ'ዚ እንተ ዘይወሲድኪ ፡ ደሓር ከጣዕሰኪ ክነብር'ዩ። ባዕልኺ ኣብ ገሃነም ክትነብሪ! ብሓደ ኣፊቱ!" ኢሎም ገንሕዋ። ኣልጋነሽ ግን ኣብ ውሳነኣ ጸንዐት።

ኣብ መወዳእታ ኣቦኣ ፡ "በሉ ስምዑ። እዚ ዝርርብና ብኣተኩሮ ክሓስበሉ'የ ጸኒሐ። እዛ ጓለይ እትዛረቦ ዘላ ኣዝዩ ከቢድ'ዩ። ናታ ኣይኮነትን እትሓስብ ዘላ። ነብሳ ሰዊኣ ደቃ ከተድሕንን ፡ ንደቃ ክትከላኸለን ኢያ እትሕልን ዘላ። ንሕና ኣምላኽ ክሕግዛን ኣብ ጎና ክኸውንን ብጸሎትን ብመንፍስን ንርደኣያ። ንሳ በዛ ወሲናታ ዘላ ትኺድ። ከምዚ ጽንዓትን ትብዓትን ንዘርኢ ሰብ ፡ እቲ ጐይታ'ውን ባዕሉ ይሕግዞ'ዩ። ስለዚ ኣምላኽ ይሓግዝኪ እዛ ጓለይ። ንሕና ኸኣ ኣብ ጎንኺ ኣሎና ፡" ኢሎም ነታ ዘረባ ደምደምዋ።

ሽዑ ድራር ቀሪባ ምስ ተደራረሩ ፡ ሓው'ቦኣን ኣኮኣን ነናብ ቤቶም ከዱ። ኣቦኣ ኸኣ ደኺሞም ስለ ዝነበሩ ሽዑ ንሽዑ ደቀሱ። ኣልጋነሽ ኣብ ሐደ ውሳነ

ብምብጻሓ ፡ እቲ ከጣራጥራ ዝቐነየ ተወጊዱላ ሩፍታ ተሰምዓ። ንሃብቶም ምጽባይ ዝበሃል ካብ ሓንጎላ ስለ ዘውጸኣቶ ኸኣ ፡ ንሳ'ውን ከይጸንሓት ደቀሰት። ንጽባሒቱ ኣንጊሃ ተንሲኣ ፡ ነ'ቦኣ ኣቶራሪባ ኣፋነወቶም።

ኣልጋነሽ ብኸምዚ ኣገባብ ንደቃ'ምብር ንነብሳ ከይሓለየት ፡ ኣብ እትውስነሉ ዝነበረት ግዜ ፡ ሃብቶም ኣብ ካልእ ሓሳብ'ዩ ተጸሚዱ ነይሩ። ናይ ኣልጋነሽ ምፍርራሕ ዝተሓወሶ ዘረባ ስለ ዘሰከፎ ፡ ኣብ ካልእ ስጉምቲ ብዛዕባ ምውሳድ'ዩ ዘሰላስል ነይሩ።

ኣብዚ ግዜ'ዚ ሃብቶም ዳርጋ ብኹሉ ኹሉ ፡ ብህይወቱ ፡ ብስራሑ ፡ ብናብራኡ ፡ ኣዝዩ ሕጉስ ግዜ ኢዩ ዘሕልፍ ነይሩ። ብተወሳኺ ብሓዳስ ሰበይቱ ፡ በ'ልማዝ ከኣ ኣዝዩ ሕጉስን ዕጉብን ኢዩ ነይሩ። ኣልማዝ ተፈጥሮ ብዝዓደላ መልክዕን ቅርጽን ጥራይ ኣይኮነትን መወዳድርቲ ዘይነበራ። ከም ሰብ'ውን ንኹሉ እንታይ-እንታይ ከም ዘሕጉሶን ፡ ከም ዘዕግቦን ብደቂቕ ፈላልያ እትፈልጥ ጓለ'ንስተይቲ'ያ ነይራ። ኣብ ኣዘራርብኣን ኣወጻጽኣ ቃላታን'ውን እንተ ኾነ ፡ ንመን ፡ እንታይ ፡ ከመይ ፡ ኣበየናይ ግዜ ከም እትዛረብ ፡ ኣጸቢቓ ዝመለኸቶ ጥበብ'ዩ ነይሩ።

ከምኡ ስለ ዝኾነ ፡ ወለዲ ሃብቶም ካብታ ዝፈለጥዋ መዓልቲ ጀሚሮም'ዮም ፡ ነ'ልማዝ ክውድስዋን ክምልኽዋን ጀሚሮም። ኣቦይ መዓረይ ፡ ኣደይ መዓረይ ፡ መን ኢሉዎ ኢዩ'ሞ። መልሓሳ ወለላ መዓር ኢዩ ነይሩ። ንገዝኣ ከመጹ ከለው ኣበይ ከም እተቐምጦምን ፡ እንታይ ከም እትገብረሎምን ኢዩ ዝጠፍኣ። ስዋ ጸጸኒሓ እናጸሞቐት ፡ እንተ ዘይተጠዓማ ኸኣ ፡ ኣዚዛ ኣስሪሓ ከምዛ ባዕላ ዝገበረቶ ገይራ ብቐጻሊ ኢያ እትወስደሎም ነይራ። ኣብ ግዜ በዓላት ከኣ ፡ ክዳውንትን ጫማታትን ጋቢታትን ፡ ካልእ ህያባትን ፡ በቲ ካብ ሃብቶም እትቕበሎ ገንዘብ ገይራ ገዛዚኣ ተሑጉሶም ነበረት።

ብተወሳኺ ኣደይ ወሪዱወን ክንደይ ግዜ ክሰርሓ ፡ ነ'ቦይ ከኣ ለውጢ ይኾኖም እናበለት ፡ ጸጸኒሓ መግቢ እናኸሸነት ትወስደሎም ነበረት። ኣብ ልዕሊ እቲ ኹሉ እትገብረሎም ዝነበረት ፡ በቲ ክኢላ መልሓሳ'ውን ፡ "እዚ ኹሉ'ኮ ንዓኻትኩም ሐዝና ኢዩ ተረኺቡ ፡ ንስኻትኩም እንተ መሪቕኩምና ከኣ ኢዩ ዝርከብ ፡" እናበለት መንፈሶም ተረስርሶ ነበረት።

ወለዲ ኸኣ በቲ ኹሉ ዝገበረሎም ዝነበረ ፡ ኣንታ እዚ ጐይታ ከመይ ዝኣመስለት ብርኽቲ ቆልዓ ኢዩ ሂቡና እናበሉ ፡ ብቐጻሊ ይውድስዋን ይምርቕዋን ነበሩ። ኣብ

ሓጺር ግዜ ኸኣ ፣ ባሻይን ወ/ሮ ለምለምን ፣ ኣልማዝ-ኣልማዝ ክብሉ ጀመሩ። ድሕሪ ሓጺር እዋን ፣ ንዝኾነ ዝደለዩዎ ነገር ንሃብቶም ዘይኮነ ፣ ነ'ልማዝ ኢዮም ዝነግሩ ነይሮም። ኣብ ሓጺር እዋን ከኣ ዳርጋ ንኹሎም ደቆም ፣ ዋላ ንሃብቶም'ውን ከይተረፈ ኣወዳጽኣቶም። ድሕሪ ቁሩብ ቅድሚ ካልኦት ደቆም ፣ ዳርጋ ንሳ ብቐዳምነት ካብ ኣብራኾም ዝወጸት ጓሎም ኮይና ክትረኣዮም ጀመረት።

ሓጎስን ዕግበትን ሃብቶም ግን ፣ ንስድራ ቤቱ ከምኡ ገይራ ስለ ዝማረኸትሉ ጥራይ ኣይኮነን ነይሩ። ኣልማዝ እቲ ኹሉ ንስድራ ቤቱ እትገብሮ ክንክንን ኣኽብሮትን ፣ ንሃብቶም ብዝተዓጻጸፈ ደረጃ ኢያ እትገብሮ ነይራ።

ንወዲ ተባዕታይ እንታይ የሕጉሶን ፣ ከመይ ጌርካ ኣብ ኢድካ ተሸከርክሮን ፣ ብተፈጥሮ ዝመለኸቶን ውዒላ ዝሓደረትሉን ጥበብ ኢዩ ዝመስል ነይሩ። ንሃብቶም ብዘይካ ሃብቶመይ ፣ ሃብተይ ፣ ሃብቲ ነብሰይ እንተ ዘይኮይኑ ፣ ሃብቶም ኢላ ጸዊዓቶ ኣይትፈልጥን ኢያ ነይራ። ምሸት ገዛ ክመጽእ ከሎ ፣ ንውላዳ ኣደቓቒሳ ፣ ከመይ ዝኣመስለ ንሱ ዝፈትዎ መግቢ ከሻሺና ፣ ሰውነታ ተሓጻጺባን ቀያይራን ኢያ እትጸበዮ ነይራ። "ንስኻ'ኮ ገዛ መጺእካ ከተዕርፍን ፣ ክትቀስንን ፣ ክትሕጎስን ጥራይ ኢዩ ዘሎካ። ኣብ ስራሕ ተኸኺ ኢልካዮ እትውዕሎ ይኣኽለካ ኢዩ ፣" ኢያ እትብሎ ነይራ።

መጀመርያ ሃብቶም ስለ ዘይለመዶ ፣ ስኽፍክፍ ኢዩ ዝብሎ ነይሩ። ግን ዳርጋ እቲ ንጉስ ገዝኣን ፣ ንጉስ ዓለማን ገይራ ከም እትርእዮን ፤ ከምኡ ኸኣ ከም እተኽብሮን ፣ ከም እትከናኸኖን ብቐጻሊ ብግብሪ ምስ ኣርኣየቶ ፥ ሃብቶም ካብቲ ቅድሚ ምትእኽኻቦም ዝነበረ ግዜ ፣ ብዝተዓጻጸፈ ክፈትዋን ክፍቅራን ጀመረ። በዚ ኸኣ ሃብቶም ጨሪሱ ተማረኸን ፣ ተሰልበን። ሙሉእ ዓለሙ ንሳ ኾነት። ንዝኾነ ሰብ ዘየማኽሮ ነገር ፣ ነ'ልማዝ ኢዩ ዘማኽራ ነይሩ። ብኹሉ መለክዒ ኣልማዝ ፣ ምልእቲ ዓለሙን ኣባት ነብሱን ኮነት።

እታ ሓንቲ ንሃብቶም እተሰክፎን እተስግኦን ዝነበረት ፣ ኣልማዝ ነ'ልጋነሽ ፍትሓያ ኢላ ከይትውጥሮ ኢዩ ነይሩ። ግድን እንተ እትብሎ ፣ ሃብቶም ዓይኑ'ውን ኣይምሓሰየን። ከይወዓለ ከይሓደረ ፣ ሕቶኣን ጠለባን ምፈጸመላ ነይሩ ኢዩ። ኣልማዝ ከምኡ ኢላ ግድን ዘይምባላ ይገርሞ ነበረ። ከምኡ ብምባል ኣብ መዋጥር ኣእትያ ከተሸግሮ ብዘይምድላያ ፣ ብውሽጡ የመስግናን የድንቓን ነበረ። ኣልማዝ ግን ንሃብቶም ምሉኡ ብሙሉእ ኣብ ኢዳ ኣእትያቶ ምንባራ ትፈልጥ

ስለ ዝነበረት ፡ ኣድላይ እንተ ኾይኑ ፡ መዓልቱ ምስ ኣኽለን ምስ መጸን ነርክበሉ ብምባል ፡ ብናታ ናይ ግዜ መደብ ኢያ እትጎዓዝ ነይራ።

ሃብቶምን ስድራ ቤቱን ነ'ልማዝ ብኸምዚ ገይሮም የምልኽዋ'ምበር ፡ በዚ ምስ ሃብቶም ዝመስረተቶ ዝምድና ፡ ጨሪሶም ዘይተሓጎሱ ወገናት'ውን ነይሮም ኢዮም። መጀመርያ እቲ ርክብ ብምስጢር ትሕዞ ስለ ዝነበረት ፡ ኣባላት ስድራ ቤታ ኣይፈለጡን ኢዮም ነይሮም። ድሒሮም ምስ ፈለጡ ግን ፡ ብቐጻሊ ክዛረብዋን ክኹርዩላን ጀመሩ። በ'ተሓሳስብኦም ኣልማዝ ዝኸልኣ ዘይብላ ፡ እንታይ ምስ ኮነት ኢያ ምስ ሓሙሽተ ዝወለደን ፡ ብዕድመ ኣዝዩ ዝዓብያን ፡ እሞ ከኣ ዘይተፋትሐን ሰብኣይ እትዋሰብ ዝብል ቅሬታን ተቓውሞን ነይሩዎም።

እንተ ተዛረብዋን እንተ ገሰጽዋን ግን ፡ ጨሪሳ ክትሰምዖም ኣይደለየትን። ኣልማዝ በቲ ሓደ ወገን ብሃብቲ ሃብቶም ፡ በቲ ኻልእ ከኣ ብኣምልኾቱን በቲ ዝንስንሰላ ዝነበረ ኣዋርቕን ሰዲዓ ፡ ንዘረባኦም ፈዓራ ኣይገበረትሉን። ሸው ኣምሪሮም ኮነኑዋን ፡ ንውሱን ግዜ ኸኣ ገለሉዋን። ድሕሪ ምውላዳ ግን ፡ ክቕይርዎን ክልውጥዎን ዝኽእሉ ነገር ስለ ዘይነበሮም ፡ እቲ ክውንነት ክቕበልዎ ተገደዱ።

ብኸምዚ ኸኣ ሓድሽ ሓዳር ሃብቶም ክዕምብብን ክመውቕን ከሎ ፤ በ'ንጻሩ ምስ ኣልጋነሽ ዝነበሮ ሓዳርን ደቁን ከኣ ፡ ብመንፈስን ብሞራልን ክቖርሩ ጀመሩ።

ኣልጋነሽ ከም ተፈጥሮኣዊ ትዕድልቲ ፡ ብመልክዕ ካብ ኣልማዝ ኣይምስነፈትን። መልክዕ ጥራይ ዘይኮነ ግን ፡ ዋላ ብስነ ስርዓት ፡ ዋላ ብኣእምሮን እተሓሳስባን ፡ ነ'ልማዝ እንተ ዘይበሊጻታ ፡ ኣይትሓምቃን'ያ ነይራ። በዚ ጥራይ ዘይኮነ ግን ፡ ንሓዳራን ፡ ንስድራ ቤታን ፡ ንደቃን ብዝነበራ ፍቕርን ፡ ሓልዮትን ፡ ሓላፍነትን'ውን ፡ ኣልጋነሽ ውሑዳት መዳርግቲ ዘይርከበኣ ሰበይቲ ኢያ ነይራ።

እዚ ይኹን'ምበር ኣብ ኣገባብ ኣዘራርባ ፡ ክእለት ፡ ላዛን ፡ ሰብ ብምንታይን ብኸመይን ይሕጎስን ደስ ይብሎን ዝብሉ ኣምራት ግን ፡ ነ'ልማዝ ጨሪሳ ኣይትቐርባን ኢያ። ንወዲ ተባዕታይ ብኸመይ ትምስጦ ፡ ንስድራ ቤት ብኸመይ ትማርኾም ፡ ንሰብ መታን ክሕጎስ ብኸመይ ትውድሶ ፡ ወዘተ ፡ ኣልማዝ ውዒላ ዝሓደረትሉን ዝተመረቐትሉን ዓውዲ ኢዩ ነይሩ።

ኣልጋነሽ ብሕልፊ ኣብ ስድራ ቤትን መቕረባን ንዘረኣየቶ ጉድለትን ፡ ጌጋን ፡ ሕማቕ ኣካይዳን ግብርን ፡ ብኸመይ ትምዕድን ትመክርን ትእርምን'ዩ ዝረኣያን

ዘገድሳን ነይሩ። ከምኡ እንተ ኢለዮም ሕማቕ ከይስመዖም ፣ እንተ ኢለዮ ሕማቕ ከይስምዖ ዝብል ኣተሓሳስባ ሚዛን ኣይትህቦን'ያ ነይራ። ምኽንያቱ ንሓኣ ዝረኣያ ፣ እቲ እትእርሞ ዝነበረት ካብ ፍቕርን ሓልዮትን ተበጊሳ ትገብሮ ምንባራ ጥራይ ኢዩ። እዚ ኸኣ ብዝኾነ መለክዒ መግለጺ ፍቕርን ሓልዮትን'ምበር ፣ ብኻልእ ክትርጎም ኣይግባእን ኢዩ ኢላ ኢያ እትኣምን ነይራ።

ሃብቶም ግን እቲ ካብ ፍቕርን ኣኽብሮትን ዝተላዕለ እትእርሞ ፣ እቲ ዝሓሸ ክኾነላ ብሂጋ እትመኽሮ ምኽሪ ፤ ከም ካብ ኣነነት ዝተበገሰ ንነብሳ ኣልዒላ ፣ ንኣኡ ከተንኣእሶን ዝግበኦ ክብረት ክትነፍጎን ብምሕላን ፣ እትገብሮ ዝነበረት ኮይኑ ኢዩ ዝርደኦ ነይሩ። ስለዚ ሃብቶም ቁምነገር ኣልጋነሽ ኣይርድኦን ኢዩ ነይሩ። ንምንታይ ንኣይ ንሃብቶም ዝኣመሰልኩ እትዛረበኒ? ወይ ጉድለት ዘይብለይ ከም ጎዶሎ እትገብረኒ? ዝብል ቅርሕንቲ ጥራይ ኢዩ ነይሩዎ። ከም ሃብቶም ዝኣመሰሉ ፍጹማት ኢና በሃልትን ፣ መአረምታ ናይ ዝኾነ ሰብ ዘይደልዩን ዘይቅበሉን ሰባት ፣ ክጸድፉ ከለው'ውን ከማኻ መን ኣሎ እናበለ ዘፋንዎም ኢዮም ዝመርጹ።

ኣልጋነሽ ብዛዕባ ደቂ ሰባት ፣ ሓደ ዘይተገንዘበቶ ክውንነት ነይሩ ኢዩ። ደቂ ሰባት ካብቶም ካብ ሓልዮት ተበጊሶም ዝእርሙናን ዝመኽሩናን ፣ ከምኡ'ውን ጉድለታትና ብግልጺ ዘረድኡና ፤ እቶም እቲ ክንሰምዖ ጥራይ እንደሊ ዘስምዑናን ፣ ብቓላት ዝጥብሩናን ዘዕሽውናን ከም እንፈቱን ፣ ከም እነቕርብን ኣልጋነሽ ዋላ እናተረድኣ ፣ ኣይትቕበሎን ኢያ ነይራ።

ኣልጋነሽ ግን ምስ ተረድኣ'ውን ፣ ንሰብ ምቕሻሽ ከም ዘይግቡእን ዓገብን ገይራ ስለ እትርደኦ ዝነበረት ፣ ኣገባባ ጨሪሳ ኣይትቕይርን ኢያ ነይራ። ብሓቂ ንምዝራብ ኣልጋነሽ ኣይኮነትን ጸገም ዝነበራ ፥ እቲ ቀንዲ ጸገም ደቂ ሰባት ከምኡ ምዃንናን ፣ ዓለም ከኣ ብዓቢኡ ከምኡ ምዃናን ኢዩ ነይሩ።

ሓድሽ ፋብሪካ ፓስታ ዓቲቦምን ተጠንቂቖምን ስለ ዝሓዝዎ ፣ ኣብ ሓጺር ግዜ ጽቡቕ ምዕባለ ኣርኣየ። ደርማስ ምስ ሃብቶም ሓው ኣቦቲ ፋብሪካ ፣ ኣብ መዳይ ዕድግን መሸጣን መኽዘንን ይታሓጋገዝ ነበረ። ጽቡቕ ስራሕ ስለ ዝነበሮም ከኣ ፣ ኣብ ክልቲኡ ትካላቶም እኹላትን ብቑዓትን ሰራሕተኛታት ምቑጻር ኣይተጸገሙን። ርቡሕ እቶትን መኽሰብን ዝነበሮ ዓይነት ስራሕ ስለ ዝነበረ ኸኣ ፣ ናይ ባንካ ዕዳኦም ክኸፍሉ ኣይተጸገሙን። ብተመሳሳሊ እንዳ ባኒ ምስቲ ፋብሪካ ብምትሕሓዝ ፣ እኹልን ጽሩይን ፊኖ ናይ ምርካብ ዕድሎም ስለ ዝረሓበን ፣ ኣርኣያ ኸኣ ነቲ ስራሕ

ቀልጢፉ ስለ ዝለመዶን ፡ ዝያዳ ቀደሙ ክሰርሕ በቕዐ። ስምምዕን ፡ ሽርክነትን ፡ ዓወትን እንዳ ተስፎምን እንዳ ሃብቶምን ኣብ ጥርዙ በጽሐ።

ፋብሪካ ፓስታ ካብ ዝገዝእዎ ድሮ ክልተ ዓመት ፡ እንዳ ባኒ ካብ ዝገዝእዎ ኸኣ ዓሰራይ ዓመቱ ሓዘ። ማናቱ ደቆም ኣብዚ ግዜ'ዚ ፡ ደቂ ዓስርተ ሓደ ዓመት ኮይኖም ፡ ብኣካላትን ብትምህርትን ጽቡቕ ይሰጉሙ ነበሩ። ድሮ ተመሃሮ ራብዓይ ክፍሊ ኮይኖም ነበሩ።

ተስፎምን ሃብቶምን ብናይ ስራሕ ምዕባለ ፡ ብኸምዚ ፈጣን ስጉሚ ንቕድሚት ክውንጨፉ ዝረኣየ ኹሉ ኣድናቖቱ ክገልጽ ጀመረ። እቶም ዝበዝሑ ካብዚኣቶም ኣብ ግዜ ሃብትን ፡ ራህዋን ፡ ሽመትን ዝቃላቐሉን ዝዕምብቡን ፡ ፈተውትን ኣዕሩኽትን ኢዮም ነይሮም። ካብዚኣቶም እቶም ዝበዝሑ ፡ ናይ ተስፎም ለጋስን ዘርዛርን ባህሪ ስለ ዘስተብህሉ ናብኡ'ዮም ዕጉግ ዝብሉ ነይሮም።

ተስፎም እታ ናይ ቀዳም ጥራይ ዝነበረት መስተን ምምሳይን ፡ ኣብ ሞንጎ ሰሙን እውን ክውስኸላ ጀመረ። እታ ናይ ሰንበት ናይ ጠላዕን መስተን ውዕሎ'ውን ፡ እንሓንሳብ ናብ ክሳዕ ድሕሪ ፍርቂ ለይቲን ኣጋ ወጋሕታን ገጻ ተመጠጠት። መድህን ነታ ናይ ቀዳመ ሰንበት'ውን ኣዝያ ትቃወማ ዝነበረት ፡ ነዚ ሓድሽ ኣመላት በዓል ቤታ ክትቅበሎ ኣይከኣለትን።

ካብ ኣብ ዝሰተየሉን ኣብ ኣዝዩ ዘምሰየሉን ግዜ ፡ ኣብ ደሓን ሰዓታትን ደሓን ኩነታትን ዘለወሉ ምዝራቡ ይሓይሽ ኢላ ኸኣ ተቐሪባ ክትጽበ ወሰነት። ካብታ ዝወሰነትላ መዓልቲ ጀሚራ ኸኣ ፡ ቆልዑ መታን ተኣልዮም ክጸንሑ ብዝብል ፡ ቀልጢፉ ኣደራሪራ ከም ዝድቅሱ ትገብር ነበረት። ኣጋጣሚ ረቡዕ መዓልቲ ቀልጢፉ ኣተወ። "ቆልዑኸ ደኣ ኩሎም ቀልጢፎም ደቂሶም?" በለ።

"እወ ጸወታን ትምህርትን ግዲ ኣድኪምዎም ፡ ቀልጢፉ ድቃስ መጺኡዎም ፡" ኢላ ተቐላጢፋ ናብ ድራር ምቕራብ ከደት።

ንሱ ኸኣ ከምቲ ኹሉ ግዜ ብደሓን እንተ መጺኡ ዝገብሮ ፡ ናብ መደቀሲ ቆልዑ ከይዱ ረኣዮምን ሰዓሞምን። ድራር ብሰላም በሊዖም ምስ ወድኡ ፡ ኩሉ ኣለዓዒላ ክሓጽቦ ገለ ከይበለት ፡ ቀልጢፉ ሻሂ ሒዛትሉ መጸት። ካብታ መግቢ ዝበልዑላ ጣውላ ከይተንስኡ ከለው ኸኣ ፡ "ስማዕንዶ ተስፎም ፡ ክንዘራረብ ደልየ ነይረ።"

"እሂ ናይ ምንታይ? ናይ ደሓን?"

"ናይ ደሓን'ዩ ፣ ናይ ደሓን ከኣ ኣይኮነን።"

"ኢሂ እንታይዶ ተረኺቡ ኢዩ?"

"ንዓኻ ደኣ ኣይፍለጠካን ኣሎ'ምበር ፣ ኣነሲ ብዛዕባ'ዚ ሓድሽ ኣካይዳኻን ፣ ሒዝካዮ ዘለኻ ኣመላትን'የ ከዛርበካ ደልየ።"

"ሕራይ ደሓን ተዛረቢ። ኣነ ግን ዘይትፈልጥዮ ኣመል የብለይን።"

"ሎሚ ጽባሕ ከዛርበካ እናበልኩ ብስክፍታ ክሳዕ ሎሚ ጸኒሐ። ነዚ ሓድሽ ኣካይዳኻ ከም ዘስተብሃልኩሉን ፣ የጉህየኒ ከም ዝነበረን ግን ንዓኻ'ውን ጠፊኡካ ኣይኮነን። መስተ ከይሰተኻ ጠባይካን ፣ ሓልዮትካን ፣ ኣካይዳኻን ኩሉ ጽቡቕን ደስ ዘብልን ኢዩ። መስተ ጥዕም እንተ'ቢልካ ግን ፣ ናብ ካልእ ሰብ ኢኻ እትቕየር።"

"ነጊረኪ እኮ'የ ቅድሚ ሕጂ። ምስቲ ዘሎኒ ጻዕቂ ስራሕ ፣ ምስ መሳቶይ ምዝንጋዕ የድልየኒ'ዩ።"

"እሞ'ታ ተስፎም ፣ ሓሓንሳብ ኣብ ባር ድዩ ኣብ ካልእ ምስ መዛኑኻን ኣዕሩኽትኻን ተራኺብካ ክትዘናጋዕን ፣ ዋላ'ውን ክትሰትን ቅቡል ክኸውን ይኽእል'ዩ። ግን ከምዚ ሕጂ ሰብኡት ሒዝኩሞ ዘለኹም ፣ መዓልታዊ ካብ ቤት ጽሕፈታት ሰዓት ሸዱሽተ ተፈዲስካ ፤ ሰዓት ሸዱሽተን ፍረቓን ናብ ባራት ኬድካ ፣ ክሳዕ ሰዓት 11 ወይ ፍርቂ ለይቲ ምምሳይ ፣ ብድሕሪኡ ናብ ገዛኻ ኬድካ ምድራርን ምድቃስን ኢዩ ኾይኑ ዘሎ።"

"ዋእ?" ምስ በለ።

"እወ! በዚ ኣገባብ'ዚ እቲ ባራት ናይ ምሸት ቤት ጽሕፈታት ፣ እቲ ገዛኻ ከኣ ቤተ መግብን መደቀስን ኢዩ ኾይኑ ማለት'ዩ። እዚ ኸኣ ብዝኾነ ምኽንያት ፣ ሓደ በዓል ሓዳርን ኣቦ ቆልዑን ክኽተሎ ዝግበኦ ቅኑዕ ኣገባብ ክኸውን ኣይኽእልን'ዩ ተስፎም ፣" ዝብል ዘይንቕንቕ ዘረባ ደርበየትሉ።

"እሞ ኣንቲ መድህን ህይወት ብዘይ ምዝንጋዕን ምሕጓስን ደኣ እንታይ ትርጉም ክህልዎ'ዩ?" ዝብል ሓይሊ ዘይብሉ ሕቶ ሓተተ።

"ሰብ ኣብ ባራትን ብመስተን ጥራይ ድዩ ዝዛናጋዕን ዝሕጎስን ተስፎም? ካልእ ምዝንጋዕ የለን ድዩ? ከምኡ እንተ ኾይኑ'ሞ ፣ እቲ ሓጎስ ካባኹምን ናትኩምን

ኣይኮነን። ናይ ጥርሙዝን ናይ ባርን ኢዩ። ንግዜኡ ኢኹም ትልቅሕዎን ትሰርቅዎን ዘለኹም ፡" ዝብል ዝገደደ ተሪር ዘረባ ሰንደወትሉ።

"ኖኖ ማለተይ'ሲ" ምስ በለ ፡ "ኖኖ ኣይኮነን ተስፎም። ሓጎስን ምዝንጋዕን'ኮ ካብ ካልኦት ጎዳኢ ሳዕቤናት ዘይብሎም ንጥፈታት'ውን ትረኽቦ ኢኻ።"

"ትብልዮ ዘለኺ ይርደኣኒ'ዩ። ግን ንስኺ ኽኣ ክርደኣኪ ዘለዎ ወዲ ተባዕታይ ክዛናጋዕ ከሎ ፡ መስተ ምውሳድ ኣካል ናይቲ ምዝንጋዕ ምዃኑ'ዩ ፡" በለ ተስፎም ኣብ ኮፍ መበሊኡ እናʼዕጠጠየ።

"ሓንቲ ኽልተ መስተ ምውሳድ ምናላባት ምስ ምዝንጋዕ ይኸይድ ኢዩ ንበል። ግን ክሳብ ባህርኻ ትቕይርን ፡ ነብስኻ ምቁጽጻር ትስእንን ምስታይ ፡ ምስ ምንታይ ይቑጸር?"

"ስቕ ኢልኪ'ኺ ሕጂ ተጋንኒ ዘለኺ'ምበር ፡ ትፈልጢ ኢኺ ኣነ ናብ ከምኡ ኩነታት ዝበጽሕ ዓይነት ሰብ ከም ዘይኮንኩ። ኣነ'ኮ ሰኽራም ኣይኮንኩን ፡ ወይ ናይ መስተ ወልፋን ወይ ግዙእ ኣይኮንኩን። ንሕና ከነዋግዕን ክንዘናጋዕን ኢልና ኢና መስተ ንወስድ።"

"ተስፎም እቶም ናብ ከምኡ ዝበጽሑ'ውን'ኮ ፡ ንሕና ከምኡ ኣይኮንናን ፡ ንሕና ሰኽራማት ኣይኮንናን እናበሉ ኢዮም ናብኡ ዝጥሕሉ ፡" በለቶ።

ተስፎም ነታ ኣርእስቲ መኣዝና ክቕይራ ብዝብል ፡ "ምስ ሰብ ምርኻብ ንኣሳልጦ ስራሕን ቢዚነስን ወሳኒ ምዃኑ ከኣ'ባ ይረዳእኪ። ስለዚ ሓደ ንእሽቶ ክፋል ናይ ስራሕን ሓላፍነትን'ውን'ዩ።"

"እሞ እዚ ኹሉ እትብሎ ዘለኻ ስራሕን ቢዝነስን ፡ ኣብ መውዳእታኡ ነታ መሰረትካያ ዘለኻ ስድራ ቤትን ፡ ነቶም እተፍቅሮም ደቅኻንዶ ኣይኮነን'ዩ?"

"ኦፍ ኮርስ! ንመን ደኣ?!"

"እሞ እቲ ካብኦም ተፈሊኻ ንዕኦምን ብስሞምን ተጥፍኦ ዘለኻ ግዜ'ኮ ፡ ናቶም ኢዩ። እቲ ግዜ ካብኦም ኢኻ ትሰርቆ ዘለኻ። ንሳቶም ከኣ ሕጂ ቆልዑ ከለው ኢዮም ዝደልዩዎ'ምበር ፡ ሓንሳብ ምስ ዓበዩ'ኮ ዋላ ንዑ እንተ በልካዮም ኣይክትረኽቦምን ኢኻ። ሽዑ ከኣ ኣይክጠቕሞምን'ዩ ፡" ዝብል እንደጌና ነቕ ዘይብል ዘረባ ደርበየትሉ።

"ጽቡቕ ኣለኺ መድህን። ኣነ ደቀይ ኮኑ ኣቦይ ፡ ናተይ ዝኾነ ሕማቕ ነገር ክሪኡ

ኣይደልን'የ። ኣነ ኣቦይ ከምዚ ገይሩ ኣዕቢዩኒ ፣ ናቱ ዋላ ሓንቲ መዓልቲ'ውን ሕማቅ ነገር ወይ ኣብነት ርእየ ኣይፈልጥን'የ። ስለዚ ሓደራኺ በ'ቦይን ብደቀይን ኣይትምጽእኒ። እንተ ኾኢልኪ ሓግዝኒ።"

"መታን ክሕግዘካ እየ እኮ'ሞ እዚ ኩሉ ዝዛረብ ዘሎኹ ተስፎም።"

"እዚ ቀሊል ነገር'ዩ ፣ ባዕለይ ከኣልዮን ክቖጻጸሮን ይኽእል'የ። ትፈትውኒ እንተ ኾንኪ ተዓገስንን ርድእንን።"

"ኣነ ደኣ እፈትወካ ጥራይ ዘይኮንኩስ ፣ እኽብረካ'ውን'የ። ኣቦይ ግራዝማች ኩሉ ግዜ ፣ "*ጥዕና ከምዚ ኣብ ባንካ ዘቐመጥካዮ ገንዘብ'ዩ። ከምቲ ገንዘብ ኣብ ንእስነትካ እንተ ዘይኣርነብካዮን እንተ ዘየጥረኻዮን ደሓር ዘይርከብ ፤ ምሕላው ጥዕናና ኸኣ ከምኡ ካብ ንእስነትና ፣ ምስ ሓይልናን ምስ ጥዕናናን ከሎና ኢና ክንሕልዎ ዘሎና !*" ኢሎም ብዙሕ ግዜ ዝደጋግሙልና ዘረባ ትዝክሮ ኢኻ። ኣነ ኸኣ ስለ ዘፍቅረካ ፣ ንስኻ መታን ከይትጠፍኣንን ከይትጉደኣንን ኢለ እንደኣለ እዚ ኹሉ ዝዛረበካ ዘሎኹ።"

"ለባም እንዲኺ መድህነይ ፣" በላ ፈኹስዎ ፍሽኽሽኽ እናበለ።

"ንስኻስ እንታይዶ ይጎድለካ'ዩ? ዘይ እዛ ሰንካም መስተ ከይትሕድገኒ'የ ዝቃለስ ዘሎኹ።"

"ደሓን ኣጆኺ ዝኾነ ዘሕድገኪ ሓይሊ ከም ዘይህሉ የረጋግጸልኪ። በሊ ሕጂ መስዩ'ዩ ነዕርፍ።"

"ሕራይ በል ሕለፍ ንስኻ ፣ ነዞም ቆልዑ ርእየ ከርክበካ'የ።"

ናብ ቆልዑ እናኸደት ፣ "ኣይ ብሓደ ወገንሲ ፣ መን ኣሎ ሰብኣይ ከምዚ ገይሩ ንኽትዛረብ ዕድል ዝህበካን ዝሰምዓካን። ደሓር ከኣ ፈታው ደቁን ሓዳሩን'ዩ። ጌጋኡ ኸኣ ይስመዖ'ዩ። ተጣዓሳይ ከኣ ኢዩ። ጸቕጢ ናይ መሳትኡን ኣዕሩኽቱን መሳርሕቱን ከኣ ኣለዎ። ኣነ'ውን ክርደኦን ትዕግስቲ ክገብርን ኣሎኒ። ተመስገን ከኣ የድሊ እንድዩ ፣" እናበለት ነብሳ ኣደዓዒሳ ናብ ድቃሳ ከደት።

ደርማስ ምንኣሱ ንሃብቶም ኮይኑ ፣ ከም ባህሪ ዕጉስን በዓል ጽቡቕ ጠባይን ኢዩ። ትምህርቲ ብዙሕ ኣይሰጎመን። ኣብ ራብዓይ ክፍሊ'ዩ ኣቋሪጹ። ኣብ ስራሕ

ዓለም'ውን ብዙሕ ኣይነፍዐን። ኣብ ልዕሊ'ዚ ኣብ ግዜ ንእስነቱ ፡ ሃካይን ፡ ዘዋርን ፡ ኣዝዩ ሓሻሽን ሰታይን'ዩ ነይሩ።

ባሻይን ወ/ሮ ለምለምን ንኽምርዖ ብዙሕ ግዜ ለሚኖሞ ኢዮም። ሃብቶም ግን እዚ ነብሱ ዘይከኣለ ፡ ዘይተመርዓኻ ኸኣ ትብልዎ ኢሉ ይቃወሞም ነበረ። ደርማስ ግዜኡ ኣብ ዘይበሊ ንእስነት ፡ ኣይ ኣብ ትምህርቲ ኣይ ኣብ ስራሕ ስለ ዘጥፍኦ ፡ ሕጂ ድሮ ሰላሳን ሓደን ዓመቱ ኣሕሊፉ ነይሩ'ዩ። በ'ካይዳኡን ፡ እዛ ንነብሱ ዘይምኻኑን ፡ ግዜኡ ንኽንቱ ምጥፋኡን እንተ ዘይኮይኑ ፡ ከም ሰብ ግን ባህሩ ኣዝዩ ጥዑምን ፡ ሕማቕ ነገር ዘይፈቱን ፍትሓውን'ዩ ነይሩ።

ካብቲ ብዙሕ ግዜ ሃብቶም ክሕግዞ ኢሉ ዝገበሮ ሃቐነታት ፡ እዛ ንተስፎም ግድን ኢሉ ኣብታ ፋብሪካ ፓስታ ዘእተዎ ዝያዳ ዕውትቲ ኮነት። ሃብቶም ብቐደሙ'ውን ፡ ንተስፎም ግድን ደርማስ ኣብ ፋብሪካ ክኸውን ኣለዎ ኢሉ ከገድዶ ኸሎ ፡ ዝወጠኖ ድርብ ሸቶ ነይሩዎ'ዩ። እቲ ኩነታት ኩሉ ከምቲ ዝወጠኖን ከምቲ ዝሓሰቦን ይኸደሉ ስለ ዝነበረ ኸኣ ፡ ድርብ ሸቶኡ ዝወቕዐ ኾይኑ ተሰምዖ።

ደርማስ ካብ ሃብቶም ሓው ብሓሙሽተ ዓመት ኢዩ ዝንእስ። ኣብቲ ፋብሪካ ስራሕ ኣብ ዝቖጸለሉ ግዜ ፡ ኣብ ባህሩን ኣመላቱን ብዙሕ ምዕባለ ከርኢ ጀመረ። መጀመርያ ንግዜኡ ኢዩ'ምበር ናብታ ዝነበራ ክምለስ'ዩ ኢሎም ፡ ሃብቶም ኮነ ስድራ ኣይኣመኑን ነበሩ። ግዜ እናሓለፈ ምስ ከደ ግን ፡ ናይ ብሓቂ ከም ዝለወጠን ከም ዘመሓየሸን ተርድኦም።

ኣብዚ ግዜ'ዚ'ዮም'ምበኣር ባሻይ ፡ እሞ ከምርዖ ዘይንሓቶ ኢሎም ንሃብቶም ዘማኸርዎ። ሃብቶም ምስቲ ሓሳብ ምስ ተሰማምዐ ኸኣ ንደርማስ ኣዛረብዎ። ደርማስ ቀደም ኣብ መርዓ ተገዳስነት እውን ዘይነበሮ ፡ ሽው ግን ንሱ'ውን ይሓስበሉ ከም ዝጸንሐን ከም ዝሰማምዓሉን ሓበሮም።

እሞ እምበኣር ንኣኻ ደስ እትብለካን ፡ ዓይንኻ ዘውደቕካላ ጓልን ክትረክብ ንኽልተ ሰለስተ ወርሒ ግዜ ክንህበካ ፥ ንስኻ እንተ ዘይተዓውትካ ኸኣ ፡ ንሕና'ውን ብወገንና ንሕግዘካ በልዎ። በዚ ኸኣ ይርሓሰና ተበሃሂሎም ተሰማምዑ።

ደርማስ ድሕሪ ሓደ ወርሒ ፡ ንጓል ግራዝማች ሰልጠነ ፡ ንሰላም ከም ዝመረጸ ነ'ቦኡን ንሓዉን ነገሮም። ምስ ነገሮም ዘይተጸበይዎ ነገር ኮይኑዎም ሰንበዱ። ካብ ስንባደኡ ቀልጢፉ ተገላጊሉ ፡ "እሂ'ቦ እንታይ ትብል?" ኢሉ ዝሓተተ ሃብቶም'ዩ ነይሩ።

"ኣነ ዝኾነ ጸገም ኣይረኣየንን'ዩ። ምኽንያቱ ደቂ ዓዲ ጥራይ ዘይኮንና ፡

ጎረባብቲ ፡ መሓዙት ፡ መሻርኽቲ ኢና። ንመውስቦ ዝኸልክል ዝኾነ ዝምድና ኸኣ የብልናን። ደቂ ግራዝማች ከኣ እንታይ ይወጸን ኮይኑ ፡ እርኑባት'የን ፡" በሉ ባሻይ።

"እዚ ዝበልካዮ ኩሉ ሓቂ ኢዩ። ኣነ ግን ብወገናምከ ነቲ ሕቶና ብኸመይ ይቕበልዎ ይኾኑ ኢለ'የ ክሓስብ ጸኒሐ?" በለ።

"ኣሸንኳይ ሕጂ ፍቕርና ኣብዚ ደረጃ'ዚ በጺሑ ፡ ቀደም እንተ ዝኸውን'ውን ኣነስ ዝኾነ ጸገም ኣይረኣየንን'ዩ ፡" በሉ ባሻይ።

"ናይ ቀደም ግደፍ ኣቦ! ቀደም ደኣ ቁሊሕ'ኳ ኣይምበሉናን ፡" በለ ሃብቶም።

"ኣይ ከምኡ ኣይትበል ሃብቶም ወደይ። ግራዝማች ጥዑይ ሰብ'ዩ።"

"ናይ ኣቦይ ግራዝማች ኣይበልኩን ኣነ። ኣነ ኣደይ ብርኽትን ደቂ ግራዝማች ኩሎምን ፡ ብፍላይ ከኣ ተስፎም ኣባና ንዝነበሮ ልዕልና'የ ዝዛረብ ዘሎኹ። ሕጂ ግን ብልግና ተታሓሒዝናን ተሻሪኽናን ጥራይ ዘይኮንናስ ፡ ብዝያዳ ኸኣ ብኹሉ ተመዓራሪናን'ውን ስለ ዝኾንና ፡ ኣነ'ውን ጸገም ግዲ ኣይህሉን እየ ዝብል።" በለ ሃብቶም።

"እሞ ጽቡቕ እምበኣር ፡ ብኸመይን ምስ መንን ኴንና ነዘራርቦም ምስ ሃብቶም ኴንና ክንውድኦ ኢና። እዝግሄር ይታሓወሶ ፡" በሉ ባሻይ።

"ኣሜን ፡ ኣሜን" ኢሎም ፡ ክልቲኦም ኣሕዋት ብድድ-ብድድ በሉ።

"በሉ ሕራይ እዞም ደቀይ ኪዱ ነናብ ስራሕኩም። እዝግሄር ይባርኽኩም ፡" ኢሎም ኣፋነውዎም።

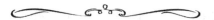

ባሻይን ሃብቶምን ፡ ምስ እንዳ ግራዝማች ንምዝርራብ ፡ ከምቲ ልምድን ግቡእን ካልእ ስድራ ቤት ምውሳኽ ኣየድልየናን ኢዩ ኢሎም ሓሰቡ። ሓደ ስድራ ቤት ስለ ዝኾንና ፡ ክልቴና ምስ ግራዝማችን ተስፎምን ንዘራረብ ተበሃሂሎም ተሰማምዑ።

ብኣኡ መሰረት ከኣ ንኽራኽቡ ብጠለብ ባሻይ ፡ ኣብ እንዳ ግራዝማች ቆጸራ ሰርዑ። ዘረባኦም ብዛዕባ ምንታይ ምዃኑ ስለ ዘይሓበርዎም ግን ፡ ምናልባሽ ዓበይቲ ወለዲ'ውን ክካፈልዎ ዘድልዮም ናይ ስራሕ ጉዳይ ኢዩ ዝኸውን ኢሎም'ዮም

ግራዝማችን ተስፎምን ገሚቶም ነይሮም።

ቆጸራ ንቐዳም ኣጋምሸት'ዮም ገይሮም። መዓልቲ ቆጸራ ኣኺሉ ፡ ባሻይን ሃብቶምን ኣብ እንዳ ግራዝማች ምስ በጽሑ ፡ ተስፎም ተቐቢሉ ናብቲ ግራዝማች ዝነበርዎ ክፍሊ ኣእተዎም። ግራዝማች ኣብታ ንዝኸነ ሰብ ዋላ ንጋሻ'ውን ይኹን ኣሕሊፎም ዘይህብዋ ቡናዊት መንበሮም ተቐሚጦም ነበሩ። ድሕሪ ምስ ክልቲኦም ሰላምታ ምልውዋጦም ፡ ወ/ሮ ብርኽቲ መጺኣን ብግደኣን ምዉቕ ሰላምታ ሃባኦም።

"በሊ ገለ ቁርሲ ኣምጽእልና ፡" ምስ በሉወን ፡ ወ/ሮ ብርኽቲ ናብ ቁርሲ ምቕራብ ከዳ።

ግሩም ዝኾነ ስሉም ሕምባሻ ሒዘን መጻ።

"እሞ እንታይ ይሓይሽ ፡ ቡንዶ ከፍልሓልኩም ወይስ ሻሂ?" በላ።

"ስራሕ ወዲኦም እንድዮም መጺኦም ፡ ካብታ ጥዕምቲ ስዋኺ እንተ ኣምጻእክሎም ይሓይሽ'ምበር ፡" በሉ ግራዝማች።

ተስፎም ብድድ ኢሉ ፡ "ጽቡቕ ሓሳብ'ዩ ፡ ኣነ ክሕግዛ እ'የ ፡" ኢሉ ከደ።

ንኹላቶም ዝኸውን ስዋ ሒዙ መጺኡ ኸኣ ቀድሓሎም።

ሽው ግራዝማች ፡ "በል ባሻይ ፡ እዚ ሕምባሻ ባሪኽካ ቁረሰልና።"

ባሻይ ነቲ ሕምባሻ ካብቲ መብልዕ ቁርሲ ኣልዕል ኣቢሎም ፡ ብኽልተ ኢዶም ሒዞም ነቲ ሕምባሻ እናቖረሱ ፡ "በስመ ኣብ ወወልድ ወመንፈስ ቁዱስ ፡" እናበሉ ጸሎቶም ከዕርጉ ጀመሩ። ኣብ መወዳእታ ኸኣ ፡ "ጐይታ ነዚ ቁርስናን ነዚ ዝርርብናን ባርኸልና ፡" ኢሎም ንኹሎም በብሓደ ባረኹሎም።

ከምቲ ባህልን ኣገባብን ግራዝማችን ወ/ሮ ብርኽትን ፡ ካብ መንበሮም ከይተንቀሳቐሱ ፡ ርእሶም እናድነኑ ኣሜን ኣሜን እናበሉ ብኽልተ ኣእዳዎም ተቐበልዎም። ተስፎምን ሃብቶምን ከኣ ብተመሳሳሊ ኣገባብ ፡ ግን ካብ መንበሮም ሓፍ ብምባል ተቐበልዎም። ተባሪኹ ምስተወድአ ወ/ሮ ብርኽቲ ተንሲኣን ፡ "በሉ ሕዙ ስተዩ። ተስፎም ቅድሓሎም ኢኻ ፡" ኢለን ብድድ ኢለን ንሰብኡት ገዲፈናኦም ወጻ።

ድሕሪ ሒደት ደቓይቕ ናይ ዕላል ከኣ ባሻይ ፡ "በሉ ናብቲ ቀንዲ ዘምጽኣና ጉዳይ ክንኣቱ። ኣቐዲምና ንምንታይን ፡ ብምንታይን ክንረኽበኩም ከም ዝደለና ስለ

ዘይሓበርናኩም ይቕረታ ንሓተኩም።"

"ኣሕዋት እንዲና ፡ እንታይ ይቕረታ ዘብል ኣሎካ ባሻይ። ደሓር ከኣ እንታይ ዘህውኽ ኣልዩና'ዩሞ ዘይነገሩና ክንበልኩም። ሓደ ኼንካ እኮ ክልተ ኣይክወንን'ዩ ፡ " በሉ ግራዝማች።

"ክብረት ይሃብካ ግራዝማች። ንሕና ኣምላኽ ሂቡና ፡ ደቂ ዓዲ ፡ ጎረባብቲ ፡ ሕጂ ኸኣ ብስራሕ ንሕና ጥራይ ዘይኮንና ፡ ደቅና'ውን መሻርኸትን መሳርሕትን ኮይኖም። ሎሚ መምጽኢና ኸኣ ነዚ ፍቕሪ'ዚ ዝያዳ ከነራጉዶ ስለ ዝበሃግና ኢና።"

"ጽቡቕ ደስ ይብለና ፡" በሉ ጌና ኣንፈት ዘረባ ባሻይ ዘይተረድኦም ግራዝማች።

"ጽቡቕ ይሃብካ። እምበኣር እነህልኩምደኣሲ ፡ ደጊም መምጺኢና ብሓጺሩ ጓልኩም ሰላም ንደርማስ ወድና ክትህቡና ኢዩ ፡" በሉ ባሻይ ፡ ነተን ኣብ መንከሶም ዝነበራ ጭሕሚ እናወጠጡ።

ግራዝማች ዘይተጸበይዎ ነገር ኮይኑዎም እቲ ዘረባ ኣስንበዶም። ግን ብውሽጦም እንተ ዘይኮይኑ ፡ ብግዳም ሓንቲ ምልክት'ውን ኣየርኣዩን። ኣብ ተስፎም ወዶም'ውን ተመሳሳሊ ምግራም ረኣዩ። ኣብ ኩነታቶም ዝኾነ ግዳማዊ ምልክት ከይርኣዩ ናብ መልሲ ምሃብ ሰገሩ።

"ብቐዳምነት ነቲ ዘሎ ርክብና ንክብርኽን ፡ ንዝያዳ ከድልድልን ብምሕሳብ ዓጽምና ደሊኹም ብምምጻእኩም ነመስግነኩም። ሓቂ ክንዛረብ እዚ ሕቶ'ዚ ኣይተጸበናዮን። ሓደ ካብቲ ናይዚ ዘመንና ኣገባብ ፡ እቶም መንእሰያት ፍቕሪ ይምስርቱ'ሞ ፡ ብሓባር ክነብሩ ምስ ወሰኑ ፡ ንኽልቲኦም ወለዶም ይነግርዎም። ሽዑ ወለዲ ፍቓድ ደቆም ክገብሩ ይራኸቡ።"

ባሻይን ሃብቶምን ርእሶም ክንቕንቑ ምስ ረአዩዎም ፡ ቅጽል ኣቢሎም ፡ "እቲ ካልኣይ ንቡር ኣገባብ ከኣ ባሻይ ኣጽቢቕካ ትፈልጦ ኢኻ። ኣቐዲምካ ነቲ ዝሕተት ዘሎ ስድራ ቤት ፡ ቅድሚ ብቐጥታ መጺእካ ምሕታት ፡ ብሓደ ንኽልቲኡ ቤተ ሰብ መቕርብ ዝኾነ ሰብ ጌርካ ይሕተትን ፡ ሓሳባት ወለዲ ይፍተሽን። ድሒሪኡ'ዩ ናብቶም ዝሕተቱ ስድራ ቤት ዝኸየድ። እዚ ኣገባብ'ዚ ጠፊኡኩም ዘይኮነስ ፡ ካባና ዝያዳ ዝቀራረብ ዘየሎ ፡ ንምንታይ ሳልሳይ ኣካል ነእቱ ብዝብል ከምኡ ከም ዝገበርኩም እርደኣኒ'ዩ ፡" በሉ ግራዝማች።

"ልክዕ ኣለኻ ግራዝማች ፡ ኣገባብ ዘይተኸተልና በታ ዝበልካያ ምኽንያት'ያ ፡"

በሉ ባሻይ።

"ሓንቲ ሕቶዶ ክሓትት? ንሕና ክይፈልጥና ደርማስ ምስ ሰላም ዝተራኸብዎ ፡ ወይ ዝተቐራረብዎ ነገር ኣሎ ድዩ? ዋላስ ሕጂ ኢዩ ዝጅምሮ ዘሎ?" በለ ተስፎም።

ስቕ ኢሉ ክሰምዕ ዝጸንሐ ሃብቶም ፡ "ኣይፋሉን ደርማስ ምስ ሰላም ኣይተራኸበን። እቲ ድልየቱ ክንሓተሉ ንዓና ኢዩ ነጊሩና። ኣመጻጽኣና ግን ነቲ ሕቶና ሕጂ ክትምልሱልና ኣይኮነን ትጽቢትና።"

ግራዝማች ከምቲ ኣብ ክቱር ሓሳባት ክኾኑ ከለው ዝገብርዎ ፡ ነዚ ናይ ተስፎምን ሃብቶምን ምልልስ ፡ ነተን ኣብ ልዕሊ ክንፈሮም ዝነበራ ጭሕሚ እናጠዋወዩ ይከታተሉ ነበሩ። ሽው ሃብቶም ምስ ወድአ ፡ "ልክዕ ኣለኻ እዚ ወደይ። ሎሚ ምስ ግዜን ኩነታትን ኢና ክንጎዓዝ ዘሎና። ብቐዳምነት ናይ ጓልና ድልየትን ስምዒትን ክንፈልጥን ፡ ኣብ ግምት ክነእትዎን ኢና። ብድሕሪኡ ኸኣ ምስ ኣደኣን ኣሕዋታን ስድራ ቤትናን ተማኺርና ፡ መልሲ ክንህበኩም ኢና ፡" በሉ ግራዝማች።

"ይርሓሰና ጽቡቕ ፡" በሉ ባሻይ።

"እሞ ጽቡቕ ፡ በሉ ስተዩ ፡" በሉ ግራዝማች።

ብድሕሪኡ ናብ ናይ ስራሕን ስድራ ቤትን ዕላላት ኣትዮም ፡ መስተኦም ምስ ወድኡ ተሰናበቱ።

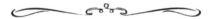

ግራዝማች ን'ንዳ ባሻይ ኣፋንዮሞም ተመልሱ። ግራዝማች ንበዓልቲ ቤቶም ንወ/ሮ ብርኽቲ ጸውዕወን።

"ሰላም መጺኣዶ'ላ?

"ሕጂ'ንድዩ ሰዓታ። ግን ጌና ኣይኣተወትን። ድሕሪ ርብዒ ሰዓት ክትመጽእ'ያ።"

"ብምንታይ ደኣ ደሊኹማ? እንዳ ባሻይ ናይ ደሓኖም ድዮም?"

"ናይ ደሓን'ዮም። ሰላም'ሞ ትምጻእ ፡ ሓደ ኣፊቱ ሓደ ዘረባ ይኾነልና። ሽው ብሓባር ጌርና ንነግረክን።"

"ዋእ! ብዛዕባ ምንታይ ድዩ?"

"ደሓን ቁሩብ ተዓገሲ። እዛ ቆልዓ'ሞ ትምጻእ ከነርድኣኪ ኢና ፡" በሉወን ከም ቁጥዕ ኢሎም።

"እእእ! በሉ ከም ድላይኩም ፡" ኢለን ደስ ከም ዘይበለን ፡ ኣፈን ብምጥውዋይን ብገጸንን ብግልጺ ኣርእየኦም።

ተስፎም ኮፍ ኢሉ ነቲ ናይ ወለዱ ዝርርብ ይከታተል ነበረ። ግራዝማች ናብ ተስፎም ጥውይ ኢሎም ፡ "ካብ ካልእ ግዜ ነባኹረካ ፡ ሓደ ኣፊቱ ሕጂ ክንበትካ ደልየ'የ። ስለዚ ቁሩብ ተዓገስ።"

"እወ ደሓን ጸገም የለን። ሕጂ'ንድያ ኸኣ ክትመጽእ። ኣደይ ክሳዕ ሰላም ትመጽእ ፡ እታ ጥዕምቲ ሻሂኺ'ንዶ ኣስትይና ፡" በለን።

"ሕራይ ዝወደይ ፡" ኢለን ተኣሳሲሩ ዝነበረ ገጸን ፈታቲሐን ፡ ንኽሽነ ገጸን ከዳ።

"እዚ ቖልዓ ብሓቂ ሻሂ ደልዩ ድዩ ፡ ዋላ'ስ ነቲ ዝነበረ ኩነታት ንምንፋስን ንምፉኳስን ኢሉ'ዩ ነ'ደኡ ልኢኹዎ" ኢሎም ብውሽጦም ሓሰቡ። *"ፈሊጡ እንተ ኾይኑ ፡ ጸቡቕ ልቦናን ኣገባብን'ዩ ፡"* በሉ ብውሽጦም።

ብድሕሪኡ ክልቲኦም ኣቦን ወድን ፡ ብዛዕባ ኢድ ሰላም ጓልኩም ሃቡና ዝብል ሕቶ እንዳ ባሻይ ኣብ ምስልሳል ተጸምዱ። ኣብ ሓሓሳቦም ጥሒሎም ከኣ ፡ ሓንቲ ቃል'ውን ከይተለዋወጡ ንሰላም ኣብ ምጽባይ ኣተዉ።

ኣብቲ ግዜ'ቲ ንቤት ትምህርቲ ወፊረን ዝመሃራ ፡ ከም በዓል ሰላም ሰልጠነ ዝኣመሰላ ደቀንስትዮ ኣዝየን ውሑዳት ኢየን ነይረን። ንሳተን ከኣ ኣዝየን ሓፋራትን ቁጡባትን ኢየን ነይረን። ካብ ካልኦት መሳቱአን ሓንቲ እትፈልየን ዓባይ ነገር ፡ እታ ንትምህርቲ ምምልላስን ጥራይ ኢያ ነይራ።

በ'ከዳድናን ካልእ ኣገባባተንን ግን ፡ ካብተን ናይቲ ግዜ'ቲ መሳቱአን ኣይፍለያን ኢየን ነይረን። ከምኡ ስለ ዝኾነ ኸኣ ዋላ ኣብ ውሽጢ ክፍሊ እንተኾነ ፡ ርእሰን ብነጸላ ተሸፊነን'የን ዝመሃራ ነይረን። ጓለ'ንስተይቲ ደገ ክትወጽእ ከላ ርእሳ ክትቀልዕ ነውሪ ኢዩ ነይሩ። ድሒረን ኣዝየን ውሑዳት ካብኣተን ፡ ካብ ነጸላ ናብ ሻሽ ወይ መንዲል ምሽፋን ተሰጋገራ።

ንኽዳን ዝምልከት ኣብቲ እዋን'ቲ ፡ ሓጺር ክዳን ወይ ስረ ናይ ጓለ'ንስተይቲ ዝበሃል ኣይሕሰብን ኢዩ ነይሩ። ኣብቲ ግዜ'ቲ ጸጉሪ ምቑናን እንተ ዘይኮይኑ ፡ ምምሻጥ ዳርጋ ኣይፍለጥን ኢዩ ነይሩ። ነተን ሓደ ኽልተ ዘበናውያን ዝበሃላ ዝምሽጣ ዝነበራ ኸኣ ፡ እቲ ሕብረተሰብ ብምሻጦአን ክገልጸን ከሎ ፡ ኮረሻ ርእሳ

ዝብል ቅጽል'ዩ ዝጥቀም ነይሩ። እቲ ናይ ሽው ምሻጦ ፡ ንላዕሊ ከም ኮረሻ በቕሊ ክብ ዝበለ ስለ ዝነበረ ፡ ምስኡ ብምምስሳል'ዩ እቲ መግለጺ ተለሚዱ።

ሰላም ነዊሕ ክሳብ ኩሩኹሮኣ ዝበጽሕ ክዳን ለቢሳ ፡ ኣብ ርእሳ ሻሽ ገይራ መጸት። ምምጽኣ ምስ ረኣያ ፡ ወ/ሮ ብርኽቲ ሰላምታ'ውን ከየጽገብኣ ፡ ናብ በዓል ግራዝማች ከይደን ሰላም ከም ዝመጸት ሓበራኦም።

ከምኡ ኢለን እናነገርኦም ከለዋ ፡ ሰላም ደድሕሪአን ኣትያ ምስ ኣቦኣን ሓዋን ሰላምታ ተለዋወጠት። ድሕሪ ሰላምታ ፡ "ደሊኹምኒ ዲኹም?" በለት።

"እወ'ዛ ጓለይ ኮፍ በሊ ፡" በሉዋ።

ብድሕሪኡ ግራዝማች ነታ ጉዳይ ፡ ንጓሎምን ንበዓልቲ ቤቶምን ብዝርዝር ገለጹለን። ጸብጻቦም ምስ ወድኡ ኸኣ ፡ "ሕጂ እዛ ጓለይ ከም እትፈልጥዮ ኣብ ገዛና ፡ ንዝኾነ ውሳነ ተመያይጥናን ተላዚብናን ብምስምማዕ ኢና ኹሉ ግዜ እንውስን። ከምኡ ሳላ እንገብር ከኣ ፡ ኣምላኽ ነቲ ውሳነና ይባርኸልና። ሕጂ ኸኣ ነዛ ዝገለጽኩልኪ ሕቶ ናይ እንዳ ባሻይ ፡ ካብ ኩሉ ሰብ ንኣኺ እትምልከትን እትትንክፍን ስለ ዝኾነት ፡ እታ ስምዒትኪ ከይተሰከፍክን ከይሓባባእክን ግለጽልና። ንሕና ኸኣ ንኣኺ ዝኸውንን ዝጠቅምን ጥራይ ክንገብር ስለ እንደሊ ፡ ንዝኾነ ኣብ ጎንኺ ኣሎና ፡" በሉዋ ግራዝማች።

"ናይ መርዓ ሕቶ ክለዓል ከሎ ፡ ብዙሓት ኣዋልድ ኣብ ብዙሕ ስድራ ቤት ፡ ክንደይ ሽግር ከም ዝረኽባ ፡ ካብ ብዙሓት መማህርትናን መሓዙትናን ንሰምዕ ኢና። ንሕና ግን ስምዒትና ስለ እንሕተትን ፡ ርእይቶና ክንዛረብ ስለ ዝፍቀደልናን ዕድለኛታት ኢና ፡" በለት።

"እሰይ እዛ ጓለይ!" በላ ወ/ሮ ብርኽቲ።

"ግርም እዛ ጓለይ ፡ ይባርኽኪ! ሕጂ ናብቲ ርእይቶኺ እስከ ንስገር ፡" በሉዋ።

ብድሕር'ዚ ርእይቶን ሓሳባትን ጓሎም ፡ ጽን ኢሎም ክሳዕ እትውድእ ከየቛረጹዋ ሰምዑ። ብድሕሪኡ በብተራ ፡ ወ/ሮ ብርኽትን ተስፎምን ግራዝማችን ርእይቶኦም ኣፍሰሱ። ኣብ መደምደምታ ነቲ ሕቶ ብኹሉ ሸነኻቱ ፡ ኣጸቢቖም ተዛረቡሉን ዘተየሉን። ን'ንዳ ባሻይ ንዝወሃብ መልሲ ብዝምልከት ከኣ ፡ ኣብ ሓደ መደምደምታ በጽሑ።

"በሉ ጽቡቕ ተላዚብናን ተረዳዲእናን ኣሎና። ንኹሉ ኹሉ ኣምላኽ ይሓግዘናን ይተሓወሰንን። እቲ ምስ እንዳ ባሻይ እንገብሮ ቆጸራ ፡ ምስ ተስፎም ተላዚብና

ክንውድኦ ኢና። ሽዑ መታን ክትቀራረባ ፣ ኣቐዲምና ክንነግረክን ኢና። በላ ሕጂ ድራርና ቀርባልና። ተስፎም ምሳና ተደረር'ምበር ፧" በሉዎ።

"ከኸይድ ኣቦ። ቆልዑ ከይደቀሱ ከርክቦም። ትማሊ ኣብ ስራሕ ኣምስየስ ፣ ደቂሶም ጸኒሖምኒ ኣይረኸብኩዎምን ፧" በሎም።

"ሕራይ እዚ ወደይ ፣ ደሓን ኪድ ፧" ምስ በልዎ ንኹሎም ተፋንዩዎም ከደ።

እንዳ ግራዝማች ከኣ እቲ ናይቲ መዓልቲ'ቲ ውዕሎ ፣ ካብ ሓንጎሎም ከይተፈለየ ናብ ድራሮም ሰገሩ። ብዝያዳ ኹሎም እቲ ሓሳባት ምስ ግራዝማች ሓደረን ፣ ቀነየን።

ምዕራፍ 4

እንዳ ግራዝማች ኣብ ሞንጎኦም ድሕሪ ዝገበርዎ ምይይጥ ፣ ግዜ ረኺቦም ምስ እንዳ ባሻይ ብግቡእ መታን ክዘራረቡ ፣ ቆጸራኦም ንሰንበት ክኸውን ወሰኑ። ብኣኡ መሰረት ቆጸራኦም ንሰንበት ሰዓት ሓደ ከም ዝኸውንን ፣ ምሳሕ ከኣ ብሓባር ክበልዑ ምዃኖምን ን'ንዳ ባሻይ ሓበርዎም።

ባሻይ ከኣ እሞ ከምቲ ንቡር ኣገባብ ፣ ካልኦት ኣባላት ስድራ ቤትና ወሲኽናዶ ክንመጽእ ኢሎም ንግራዝማች ሓተትዎም። ግራዝማች ግን ኣይፋሉን ሓደ ስድራ እንዲና ፣ ካልእ ሰብ ምውሳኽ ኣየድልየናን ኢዩ ፤ ንስኻ ምስ ሃብቶም ትመጹ ፣ ኣነ ኸኣ ምስ ተስፎም ንጸንሓኩም በልዎም። ባሻይ ብመልሶም ብዙሕ ከም ዘይተሓጎሱን ፣ ካልኦት ቤተ ሰቦም ሒዞም ክመጹ ተሃንጥዮም ምንባሮምን ፣ ካብ ዘረባኦም ተረድኡ። ግራዝማች ግን ኣብታ ውሳነኦም ጸንዑ።

መዓልቲ ቆጸራ ኣኺሉ ወ/ሮ ብርኽቲ ጽቡቕ ናይ ምሳሕ እንግዶት ኣዳልየን ተቐረባ። እንዳ ባሻይ ኣብ ሰዓቶም ምስ መጹ ፣ ጽቡቕ ገይሮም ተቐቢሎም ኢድ ዘቐርጥም ምሳሕ ጋበዝዎም። ድሕሪ ምሳሕ ፣ ናይ ቡን ስነ ስርዓት ምስ ዕምባባን ሕምባሻን ተቐሪቡ ፣ ብሓጎስ ብሓባር ተጃደሱ። ቅድሚ ምልዕዓሉ ኸኣ ባሻይ ፣ "ብሓቂ ጽቡቕ መዓልቲ። እንሄልኩምደኣሲ ከመይ ዝኣመሰለ እንግዶት ቀሪብኩምልና። ነዚ ኸኣ ምስጋና ዝያዳ ንኣኺ ንብርኽቲ ኢዩ ዝግባእ ፥ ብርኽቲ ከም ሽምኪ ስለ ዝኾንኪ።"

"ኣይ እንታይ ቀሪብናልኩም ወሪዱኩም። ግን ሰብ ገዛ ስለ ዝኾንኩም ደሓን'ዩ ፣" በላ ወ/ሮ ብርኽቲ።

"ካብዚ ዝያዳ'ሞ እንታይ ክትገብርልና። ጥራይ ክብረት ይሃበልና፡" በሉ ባሻይ።

ግራዝማች ነታ ምምስጋን፡ ብስከፍታ ኢዮም ዝከታተልዋ ነይሮም፡ "በሊ ኣለዓዕልዮ'ሞ፡ ናብ ቁምነገርና ክንኣቱ፡" በሉ።

ኩሉ ተለዓዒሉ ወ/ሮ ብርኽቲ ምስ ገደፋኦም ከኣ ግራዝማች፡ "በሉ ናብ ቁምነገርና ክንኣቱ። ክሳዕ ሕጂ እዘን ክልተ ስድራ ቤትና፡ ካበይ ነቒለን ኣበይ ከም ዝበጽሓ፡ ካብ ኩላትና ዝተሰወረ ኣይኮነን። ናተይን ናትካ ጎይትኦምን ፍቕርን ስኒትን ከኣ፡ ካባና ሓሊፋ ኣብ ደቅና ሰጊሩ፡ ፍረኡ ከኣ ንሪኦ ኣሎና። እዚ ፍቕሪ'ዚ ካብ ደቅና፡ ናብ ደቂ ደቅና'ውን ካብ ብሕጂ ክስጋገር ንዕዘብ ኣሎና፡" ኢሎም ኣዕርፍ ኣበሉ።

ቀጺሎም፡ "እንተ ተፋቒርካን እንተ ተሳኒኻን፡ ኣምላኽ ይህበካ ጥራይ ዘይኮነ፡ ይውስኸልካ'ውን'ዩ። እንጀራን ሰላምን፡ ኣብ ፍቕርን ስኒትን ኢዩ ዝስስን። ኣብ ባእስን፡ ምቅይያምን፡ ዘይምስናይን ከኣ ይሃድም፡" ኢሎም ናብ ኩሎም በብተራ ጠመቱ።

"ብሓቂ፡ *ኤ ቬሮ! ኤ ቬሮ!*" በሉ ባሻይ።

"ስኒትን ምርድዳእን ፍቕርን ግን፡ ኣብ ጽቡቕ ግዜ፡ ኣብ ጸገምን ዕንቅፋትን ዘይገጠመና ግዜ ጥራይ ኣይኮንናን ክንትግብሮ ዘሎና። እቲ ናይ ሓቂ መንፍዓትን እቲ ናይ ሓቂ ስምምዕን ስኒትን፡ ዋላ ጸገም ዋላ ዕንቅፋት እንተ ገጠመና ምስምማዕን ምጽውዋርን ኢዩ፡" በሉ።

"ልክዕ ኣለኻ ግራዝማች፡" ኢሎም ባሻይ ርእሶም ንላዕልን ታሕትን ነቕነቑ።

ኩሎም ብኣተኩሮን ብሃንቀውታን ይጥምትዎም ከም ዝነበሩ ኣስተብሃሉ። ንግራዝማች፡ ናይ ባሻይ ግብረ መልሲ፡ ክንዲ ዘተባብዖም መሊሱ ዘሰከፎም መሰሎ። ግራዝማች ንኻልኢታት ኣዕጠጠዩ። ንውሱን ካልኢታት ርእሶም ኣድኒኖም ትም ድሕሪ ምባል፡ ነዊሕን ዓሙቕን ትንፋስ ኣስተንፈሱ። ሽው ከም ዝወሰኑ ብዘርኢ ኣካላዊ ቋንቋ፡ ርእሶም ኣቕንዕ ኣበሉ።

"ነዚ ዘረባ ብኸመይ ከም ዝጅምሮ'ኳ ጠፊኡንን ከቢዱንን። ዝኾነ ኾይኑ ሕጂ ንሕና ሕቶኹም ክንምልስን፡ ንሕና ክንሕጎስን ንዓኹም'ውን ከነሕጉሰኩምን፡ ኩሉ ዝከኣለና ጌርና ኢና። ኣብ መወዳእታኡ ግን፡ ክንዕወተሉ ኣይከኣልናን። ጨሪሱ ምኺን ኣብዩና፡" ኢሎም ተኩሱሎም።

"እእእ? ምኺን ኣብዩና ዲኻ ዝበልካ ግራዝማች?!" በሉ ባሻይ፡ ዳርጋ ሓፍ

ኢሎም ፡ ብእዝኖም ንዝሰምዕዎ ምእማን ስኢኖም።

"ከምኡ ክንብለኩም ከለና ኩላትና ፡ ኣነ ፡ ተስፎም ፡ ብርኽቲ ፡ ብሓቂ የጉህየና። ግን ቆልዓ ኣቕቢጻትና። መርዓ ዝበሃል ኣይተሰምዑኒ ኢላትና ፡" ዝብል ነቲ መርድእ ዘረጋግጽን ፡ ዘቕብጽን ዘረባ ደርጉሑሎም።

"*ማደና!* እንታይ ዘይተጸበናዮ ዘረባ ኢኻ እተሰምዓና ዘለኻ ግራዝማች?" በሉ ባሻይ።

"እንታይ'ሞ ክንብል ኢና ፡ ንዓና'ውን ከቢዱና'ዩ ዘሎ ፡" በሉ ግራዝማች።

"እዚ ኣይዘረባን'ዩ ግራዝማች። ንደርማስ ወደይ እትኽውን ጓል ብቐሊሉ ከም እንረኽበሉ ፡ ንስኻትኩም እውን ኣይትስሕትዎን ኢኹም። ደርማስ ኮነ ንሕና ግን ፡ ዝኾነት ጓልን ፡ ጓል ዝኾኑን ዘይኮነትስ ፡ ጓልኩም ኢና ደሊና መጺእና። ጓልኩም ምድላይ ማለት ከኣ ፡ ንዓኹም ምድላይ ማለት'ዩ። ባህግና ከኣ ብስጋ'ውን ክንተኣሳሰር'ሞ ፡ እዚ መስሪትናዮ ዘሎና ፍቕሪ ዝያዳ ክስስንን ክድልድልን'ዩ።"

"እትብሎ ዘለኻ ኩሉ ቅኑዕ ኢዩ ጎይትኦም ሓወይ!" በሉ ግራዝማች።

ደቀቕቲ ኣዒንቱ ደም መሲለንን ፡ መሊሰን ጠፊአንን ፡ ሰራውር ግምባሩ ተገታቲሩ ትም ኢሉ ክከታተል ዝጸንሐ ሃብቶም ፡ "እሞ ኣቦይ ዝበሎ ልክዕ እንተ ኾይኑ ደኣ'ሞ ፡ ኣብ ክንዲ ኣብያትና ኢልካ ኢድካ ምልዓል ፡ ንዕኣ ምርዳእን ፡ ሕራይ ከም እትብል ምግባርን ኢዩ'ምበር ኣቦይ ግራዝማች!" በለ።

"ሃብቶም ኣነ ብሓቂ ክነግረካ ፡ ኣቦይን ኣደይን ኣነን ከነረድኣን ክትቅበለናን ፡ ዘይገበርናዮ ነገር የለን ፡" በለ ክሳዕ ሽዑ ኣብቲ ዘረባ ቃሉ ከይሓወሰ ዝጸንሐ ተስፎም።

"እንድዒኽ? ኣነ'ኳ ነዚ ክቕበሎ የሸግረኒ'ዩ። ንሕናስ ከምቲ ብጉርብትናን ብብልግናን ብስራሕን ተቐራሪብናዮ ዘሎና ፡ ብስጋ'ውን ትብህጉናን ትደልዩናን ኢኹም ኢልና ኢና ተበጊስና ኔርና ፡" በለ ሃብቶም ብምረት።

"ከምኡ ኣይትበል ሃብቶም ወደይ ፡" ምስ በሉ ግራዝማች ፡ "ጽንሓኒ ግራዝማች ፡ ከምዚ እንተ ገበርናኽ። ንሕና ግዜ ክንህበኩም ዝያዳ ክትሓስቡሉን ክትመኽሩሉን ፡ ከምኡ ኸኣ ንጓልኩም መታን ክተረድእዋን። እኹል ግዜ ክንህበኩምን ክንጽበን ዘሸግረና ኣይኮነን ፡" በሉ ባሻይ ብዓቕሊ ጽበት ብዝመስል ኣዘራርባ።

"ዝሓለፈ ሰሙን ኩሉ ዝከኣልን ዝበሃልን ፈቲንና ቀቢጽና ኢና። ምግዳድ ኢዩ

ተሪፉ'ምበር ፡ ዘይገበርናዮ የለን። ግዜ ምሃቡ ፍታሕ ዘምጽእ ኣይኮነን ፡" በሉ ግራዝማች ትርር ኢሎም።

"ደሓን ግደፎም ኣቦ ፡ ንኺድ!" በለ ሃብቶም ፡ ብሕርቃን ገጹ ተኾማቲሩን ፡ ኣዒንቱ ደም ሰሪቡን።

"እሞ ብቐደሙ ናብ ወለዲ መጺእካ ፡ ጓልኩም ሃቡና ዝበሃል'ኮ ግራዝማች ፡ ወለዲ ንደቆም ክእዝዙን ክሰምዑን ከም ዝኽእሉ ብምእማን'ዩ። ደቅኻ ምእዙዛት ኢዮም። ሕጂ *ብሮብሮ* ኣባና በጺሕካ እዚኣ ክትጠፍኣካ ኣይትኽእልን ኢያ ፡" በሉ ባሻይ።

"ስማዕ ባሻይ ፡ ሓቂ ክንዛረብ እንተ ኼንና ፡ ደቅና ካባና ኢዮም ዝፍጠሩ እምበር ፡ ናትና እኮ ኣይኮኑን። ናቶም ህይወትን ፡ ናቶም ናይ ህይወት ጸዊዕትን ፡ ናቶም ዕላማን ናቶም ዓለምን ኣለዎም። ንናትና ድልየትን ዕግበትን ከገልግሉ ኣይኮኑን ተፈጢሮም ፡" በሉ ግራዝማች።

"እንታይ ኢኻ ትብል ዘለኻ ግራዝማች?" በሉ ባሻይ ፡ ብናይ ግራዝማች ዘረባ ከም ዝተደናገሩ ብዘስምዕ ቃና።

"ኣነን ንስኻን መታን ደስ ክብለና ፡ ደቅና ህይወቶም ክንወስደሎም ኣይግባእን'ዩ'የ ዝብል ዘሎኹ። ደሓር ኣገዲድና እንተ ቛሪንናዮም ፡ ሓዳር ምስ መስረቱን ፡ ቆልዑ ምስ ተወልዱን እንተ ዘይተሰማምዑ ምፍልላይዶ ይሓይሽ ኢዩ? ከምኡ እንተ ገጢሙ ፡ ንሳቶም ይበኣሱ ፡ ንሕና ንበኣስ ፡ ዝተወለዱ ቖልዑ ኸኣ ፋሕ-ፋሕ ይብሉ። ስለዚ ኣብ ገዛና ንወዶም ጓሎም ፡ ኣገዲድና ኣይንፍልጥን ኢና። ብሕጂ ኸኣ ኣይነገድድን ኢና!" በሉ ቁጥዕ ኢሎም ፡ እቲ ኹሉ ክጥንቀቕዎ ዝወዓሉ ዳርጋ ካብኡ ኣይሕለፍ ኢሎም።

"ግራዝማች ብሂግናኩምን ደሊናኩምን ኢና'ኮ እዚ ኹሉ ዘዛርበና ዘሎ። ደሓር ከኣ ኣዚና ተሓጒስና ውዒልናስ ፡ ጥራይ ኢድና ክንምለስ ብሓደ ኣፊቱ?" በሉ ባሻይ ፡ ዳርጋ ናይ መወዳእታ ፈተነኦም ብዝመስል ቃና።

"ከምኡ ኣይትበል ባሻይ። ንስኻ ነዞም ቆልዑ ኣብነት ክትኮኖም ኢዩ ዝግባእ። እታ ከሳዕ ሎሚ ዘላ ፍቕርናን ስኒትናን ፡ ከምኣ ኢላ ከይተቛርመመትን ከይተሸረፈትን እንተ ቐጺልናያ ፡ ጥራይ ኢድና ኣይንተርፍን ኢና። ነዛ ናይ ሎሚ ዝገጠመትና ዕንቅፋት ፡ ብጽቡቕ ኣንተ ሰጊርናያ ፡ ደቅናን ደቂ ደቅናን ኣብ ካልእ ፍቕሪ ከበጽሑ ኢዮም። ብሕልፊ ሃብቶምን ተስፎምን ፡ ኣብ ስራሕኩምን ስኒትኩምን ዝኾነ ነቓዕ ከይፍጥር ሓደራ ፡" በሉ ዕትብ ኢሎም።

"ደሓን በሉ ከምኡ ካብ ኮነ መልስኹምስ ክንከይድ ፡" በሉ ባሻይ።

"ተጻውቱ ሓንሳብ። ተስፎም ስዋ እንዶ ወስኽና።"

ኣዝዩ ከም ዝጎሃየን ፡ ብውሽጡ ይነድድ ምንባሩን ኣብ ገጹ ዝረአ ዝነበረ ሃብቶም ፡ ቅጭ ስለ ዝመጾ ከይተዛረበ ትም ኢሉ ንነዊሕ ድሕሪ ምጽናሕ ፡ "ደሓን ይኣኽለና ክንከይድ ፡" ኢሉ ብድድ በለ።

ባሻይ ከኣ ምስኡ ብድድ በሉ።

"ሕራይ በሉ" ኢሎም ፡ ግራዝማችን ተስፎምን ከኣ ፡ ብድድ ኢሎም ክሳብ ደገ ኣፋነውዎም። ማዕጾ ተዓጽዩ ክምለሱ ምስ ረኣየኦም ፡ ወ/ሮ ብርኽቲ ናብቲ ዘለውዎ ስጉም ኣቢለን ጎፍ በላኦም። ጌና ኮፍ ከይበሉ ኸኣ ፡ "እሞኸ ከመይ ተቐቢሎሞ?" በላኦም።

"ካብ ዝፈራሕናዮ ኣይወጻእናን ፡" ኢሎም ፡ ብሓጺሩ እቲ ዝወዓልዎ ኩነታት ገለጹለን። ግራዝማች ደኺሞም ስለ ዝነበሩ ኸኣ ፡ በሉ ኣነ ከዕርፍ ግደፋኒ ኢሎም ፡ ናብ መደቀሲኦም ሓለፉ። ድሕሪ ቁሩብ ተስፎም ፡ ኣነ'ውን ሕጅስ ክኸይድ ኢሉ ነ'ደኡ ተፋነወን።

ግራዝማች ግብረ መልሲ ባሻይን ሃብቶምን ፡ ፈሪሖሞን ገሚቶሞን'ኳ እንተ ነበሩ ፡ ክንድኡ ይኸውን ኢሎም ግን ኣይተጸበዩን። ኣብ'ቲ ግዜ'ቲ ኣብ ውሽጢ'ቲ ቆልዓ ሃብቶም ፡ ንልዕሊ 30 ዓመታት ኣጽቂጡን ተዓቢጡን ደቂሱን ዝነበረ ስምዒት ሃብቶም ፡ ብኽንድኡ ደረጃ ከም ዘባራብርዎን ከም ዝወልዕዎን ፡ ካብ ኩሎም ዋላ ሓደ ዝገመቶ ኣይነበረን።

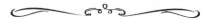

ሃብቶም ካብ እንዳ ግራዝማች እግሩ ከይወጸ'ዩ ፡ ነድርን ብስጭትን ዝተሓወሶ ዘረባ ክዛረብ ጀሚሩ። "ንስኻ ኢኻ ዘይተረድኣካ'ምበር እዚኣቶም ፡ እቲ ኣባና ካብ ቀደም ዝነበሮም ንዕቀት ጌና ኣይወጸሎምን። ነዚኣቶም ክንሓቶም'ውን ኣይነበረናን። ተጋጊና ኢና! ዋይ ኣነ! ተዋሪድና'ባ!" እናበለ ኣንጸርጸረ።

ሃብቶም ምስ ሓረቐ ጨሪሱ ስለ ዘይሰምዕ ፡ ቁሩብ ምስ ዘሓለን ኣብ ገዛ ምስ ኣተናን ምዝርራብ ይሕሸና ብዝብል ፡ ትም ኢሎም ብዘይ መልሲ ሰምዕዎ። ከምኡን ካልእን እናበለን እና'ንጸርጸረን ከኣ ኣብ እንዳ ባሻይ በጽሑ።

ኣብ ገዛ ወ/ሮ ለምለምን ደርማስን ክጽበዩዎም ጸንሑ። ኣብ ገጽ ሃብቶምን ፣ ኣብ ማዕጾ ኣተዓጻጽውኡን ኣብ እንቅዓ እና'ስተንፈሰ ኮፍ ኣባሃህላኡን ብዘንበብዎ ፣ ነገር ኣይደሓንን ምዃኑ ገመቱ። ባሻይ ኮፍ ክሳዕ ዝብሉ ንሃብቶም ክሓትዎ ግን ኣይደፈሩን።

ባሻይ ኮፍ ምስ በሉ ወ/ሮ ለምለም ፣ "እንታይ ደኣ እዚ ኹነታትኩም ደስ ዘይብል። እዚ ጉዳይ ኣይሰለጠን ድዩ?"

ደርማስ ብስክፍታ ፣ ኣዒንቱ ካብ ኣቦኡ ናብ ሓው ፣ ካብ ሓው ናብ ኣቦኡ ሽንኮለል ኣበለን።

"ናብ ዝደልዩኻን ናብ ዘኽብሩኻን እንተ ኼድካ ኢዩ ዝሰልጥ። ናብ ዝንዕቁኻን ፣ ዋላ ኣርኪብካ እንተ ሓለፍካዮም'ውን ማዕሪኦም ክሪኡኻ ዘይወሓጠሎምን እንተ ኼድካ ፣ ከመይ ገይሩ ክሰልጠካ?" በለ ሃብቶም ፣ ምስቲ ቓላቱ ሓዊ ዝተፍእ ዘሎ ብዝመስል ኣዘራርባ።

"ወይ ጉድድድ? እስከ'ሞ ቅድም እቲ ዘጋጠመኩም ኩሉ ብዝርዝር ንገሩና ፣" በላ ወ/ሮ ለምለም።

"*ላሺያ ስታረ!* ኣደይ ከኣ! እንታይ ክገብረልኪ ኢዩ ዝርዝር? ዝገደደ መሊሱ ከጉህየኪ'ምበር!" በለ ሃብቶም።

"ድሓን ሓቃ'ያ። እቲ ዝዋዓልናዮ ኹሉ ክፈልጡን ክሰምዕዎንሲ ይግባእ ኢዩ ፣" ኢሎም ባሻይ ውዕሎኦም ብዝርዝር ኣዘንተውሎም።

ሃብቶም እዚ ኹሉ ክትረኽ ከሎ ፣ ክውስኸሎም ወይ ክእርሞም ወይ ክሕግዞም ኣይሃቀነን። ኣዝዩ ቅጭ ስለ ዝመጾ ፣ ገጹ ጸሎሎ ተኸዲኑ ፣ ጸጸኒሑ ብብርቱዕ እና'ስተንፈሰ ፣ ሓንሳብ ኣንቃዕሪሩ ንናሕሲ ገጹ ፣ ሓንሳብ ተደፊኡ ንመሬት ገጹ'ዩ ዝጥምት ነይሩ።

ባሻይ ምስ ወድኡ ፣ ትም ኢሉ ርእይቶ ከይሃበ ክሰምዕን ክከታተልን ዝጸንሐ ደርማስ ፣ "እሞ ሓቆም እንተ ኾይኑኸ? ሰላም ክምርያ ኣይደልን'የ ኢላ ኣቕቢጻቶም እንተ ኾይናትከ?"

"ሓወይ እንተ ዘይትኸውን ፣ 'ከም ጨው ሕቖቕ' ምበልኩኻ ነይረ። ወለድን ስድራ ቤትን'ኮ'ዮም ዝውስኑ። ንሳቶም ከኣ እዚ ጠፊእዎም ኣይኮነን!" በለ ሃብቶም ብነድርን ብዓውታን።

"ሓቑ ኢዩ ሃብቶም ወደይ። ብሓደ ኣፊቱ! እንታይ ኮይናም እቶም ግራዝማችከ? ተስፎምን ኣደኡን'ኳ ናይ ቀደሞም'ዮ። ንሕና ኢና በሃልቲ እንድዮም ፡ ካብኣቶም ካልእ ኣይንጽበን ፡" በላ ወ/ሮ ለምለም ዓይነን ሰለምለም እናበላ።

"ኣቦይ ኢኻ ከምኡ ኣይትበል ፡ ከምኡ ኣይትሕሰብ ኢልካኒ'ምበር ፡ ኣነ'ኮ ካብ ቀደም ነጊረካ'የ። እዚኣቶም እቲ ንዕቀትን ልዕልናን ኣይገድፎምን'ዩ ፡" በለ ሃብቶም።

"ኣነ'ውን ካብ ቀደም ነጊረኩም'የ። ምስ እዚኣቶም ብሕልፊ ምስቲ ተስፎም ዘለዎ ንዕቀት ፡ ተሻሪኽካ ምስራሕ ከም ዘየዋጽእ ተዛሪበ'የ ፡" በላ ወ/ሮ ለምለም።

"ስቕ በሊ ሕጂ *በር ፋወረ* ፡ ነቲ ዘረባ ናብ ካልእ *መኣዝን* ኣይትእለይዮ ፡" ኢሎም ባሻይ ተቐጥዕወን።

"ሓቃ ኢያ! እንታይ ናብ ካልእ ኣይትውሰድዮ ደኣ። ዱኳን ክትሸየጥ ከላ ጀሚረ ፡ ስኽፍክፍ እናበለኒ'የ ሕራይ ኢለካ'ቦ ፡" በለ ሃብቶም።

"ንሳቶም ንዓና ደልዮምና ወይ ሓልዮምልና መዓስ ኮይናም ክሻረኹና ደልዮም። ዘይ ሃብቶም ወደይ ህርኩትን ጻዕረኛን ምዃኑ ስለ ዝፈለጡ ፡ ሰሪሑ ከም ዘብልዖም ፈሊጦም'ዮም ፡" ኢለን ወ/ሮ ለምለም ነቲ ዘረባ መሊሰን ሓዊ ለኰሳሉ።

"ዋእ ኣንቲ ሰበይቲ ፡ *ማደና!*" ምስ በሉ ባሻይ ፡ ሃብቶም ከኣ ፡ "ኣንቲ ሰበይቲ ኣይትበል ኣቦ። እዚ ዝበለቶ ሓቂ ዶሞ ኣይኮነን? ዘይ ንበዓል ተስፎም ባዕልና ሰሪሕና ኢና ነኹልሶም ዘለና። ደሓን ናይዚ ሎሚ ዝገበሩና'ኳ ፡ ተጣዕሶም መዓልቲ ክትመጽእ ኢያ። በቲ ኾነ በቲ ደሓን ክኸፍልዎ'ዮም!" በለ ሃብቶም።

"ስምዑ'ስከ እንታይ ዓይነት ዘረባ ኢኹም እትዛረቡ ዘለኹም? ሳላ ምስኦም ዝተሻረኽና ንሕናስ ኣበይ ዲና በጺሕና ዘለና? ኣነ ኣብ እንዳ ባኒ ከም ሰራሕተኛ ፡ ሃብቶም ከኣ ኣብ ዱኳንዶ ኣይኮናን ተሰሚርና ኔርና? ንሳቶም ሳላ ገንዘብ ዝነበሮም ፡ ንሕና ኸኣ ሳላ ዝሰራሕና ተጠቓቒምና። ንዓናስ እዚ ሽርክነት እዚ መዓስ ከፊኡና። ሓደ ኣፊቱ እዝግሄር ዘይፈትዎ ዘረባ ኣይንዛረብ በጃኻትኩም ፡ " በሉ ባሻይ ብቑጥዐ።

ወ/ሮ ለምለም ዘረባኦም ከም ዘይተቐበላኦ ዘስምዕ ድምጺ ኣስምዓ። ባሻይ ናብኦን ገጾም ኣፍጢጦም ጠመቱ። ንዕኦን ክቋየቑወን ዝሓሰብዎ ጥንጥን ኣቢሎም ፡ ናብ ክልተ ደቆም እናጠመቱ ፡ "ኣነ'ውን እዞም ደቀይ ፡ ከማኹም በዚ ሎሚ ዝገበሩና

ጉሁይ'የ። ግን ክልተ ዘይራኽብ ነገር ኣይንሓዋውሶ። እዛ ዘላ ናይ ስራሕ ርክብናን ሽርክነትናን እንተ ተጎዲኣ ፣ ንኽልቴና'ዩ እቲ ጥፍኣት። ግራዝማች'ውን ብዙሕ ዝተዛረበ ንሳ ኣስኪፋቶ ኢያ። ስለዚ ሓደራ እዞም ደቀይ ፣" ኢሎም ደምደሙ።

"ደሓን ዝኾነ ኹይኑ ሕጂ ደርማስ ሓወይ ስኽፍ ኣይበልካ። ንስኻ ዝደለኻያን ዝመረጽካያን ኣምጺእና ከነመርዕወካ ኢና። ንሳን ንሳቶምን ሰብ ክንዕቁን ፣ ክትመሃር'ያ ክብሉን ከነብሩ ኢዮም። ከምኡ ኢላ ንበይና መበለት ኮይና ከም እትተርፍ ርግጸኛ'የ። ደሓር ከኣ ከምዚኣተን ዝኣመሰላ ፣ ኣንስትኻ ዘይኮናስ ጎይቶትካ'የን ዝኾና። ስለዚ እቲ ግብሮም ኢዩ ዝስመዓካ'ምበር ፣ እንቋዕ ተረፊትካ!" በለ ሃብቶም።

"ሓቁ ኢዩ ሃብቶም ኣጆኻ ዝወደይ ስኽፍ ኣይበልካ ፣ ንጽቡቕካ ክኸውን ኢዩ። ንስኻ ኣስተብህል ፣ ንሕና'ውን ብወገንና ከነስተብህል ኢና ፣ ጸገም ዝበሃል የብልናን። ኣምላኽ ንኣኻን ንኣናን እትኸውን ኣቐሚጡልካ'ሎ ፣" በሉ ባሻይ።

"ግን ደሓን! ከመይ ገይሮም ከም ዝርእዩና *ላዝም* ግርም ገይሮም ኣረዲኦምና'ለው። ኣበይ ኣቐሚጦምና ከም ዘለው ምፍላጥ ጽቡቕ'ዩ! ንሕና ኸኣ ኣበይ ከም እነቐምጦም ንፈልጥ!" ኢሉ ሃብቶም ፣ ርእሱ እናንቕነቐን እናሓንሓነን ሓፍ በለ።

ደርማስ'ውን ደድሕሪኡ ሓፈ በለ። በዚ ኸኣ እንዳ ባሻይ ፣ ናይ ሓጎስን ናይ ኣሳልጦን ኢሎም ዝሓሰብዋ መዓልቲ ፣ ሓንቲ ከየፍረዩ ብጓህን ሕማቕ ስምዒትን ዛዘምዋ።

ባሻይ ፣ ሃብቶም ወዶም ብኽምኡ ኣዝዩ ምጉሃዩ ኣስከፎም። ሃብቶም ወዶም ካብ ቀደሙ ነካስን ፣ ቂምታኡ ዘይርስዕን ምዃኑ ይፈልጡ ነይሮም'ዮም። ብኣኡ ምኽንያት ከኣ መጻኢ ርክብ ክልቲኡ ስድራ ቤት ኣሻቐሎም።

ሃብቶም ፣ ኣብ ኣልማዝ ከበጽሕ ከሎ'ውን ሕርቃኑ ኣይዘሓለሉን። ኣልማዝ ፣ ንሃብቶም ግርም ገይራ ተንብቦ ስለ ዝነበረት ፣ ኩነታቱ ምስ ረኣየት ዘይተጸበይዎ ኣሉታዊ መልሲ ከም ዝሃቡዎም ተገንዘበት። ሽው ተቐላጢፋ በቲ እትመልኮ ጥበብ ገይራ ፣ ንሃብቶም ኣብ ምዝሕሓል ኣተወት። ብፍላይ ንተስፎም ዝበሃል ሰይጣን እና'ራገመትን እናኮነነትን ከኣ ፣ ኣብ ሓጺር እዋን ከተዘሓሕሎ ከኣለት።

ኣብ ዝቕጽል መዓልታት እንተ ኾነ'ውን ፣ ኩሎም ስድራ ቤት ብሓባር ኣብ

ዝህልዉሉ ግዜ ፡ ሓደ ዓይነት ዘረባ ፤ ኣብ በበይኖም ኣብ እትረኽቦም ከኣ ፡ ምስ ናይ ነፍሲ ወከፎም ስምዒት ዝተቓነየ ዘረባ እናተዛረበት ፤ ስምዒታ ምስ ስምዒቶም እና'መሳሰለትን እና'ዳረገትን ፡ እንዳ ግራዝማች ብዝገበርዎ ንዕቀት ፡ ኣዝያ ብልቢ ከም ዝተተንከፈት ከተረድኦምን ከተረጋግጸሎምን በቕዐት።

በቲ ኣልማዝ ኣብ ጹቡቕን ሕማቕን ፡ ኣብቲ ስድራ ቤት እትጻወቶ ዝነበረት ተራ ኩሎም መሊሶም ተደነቑን ተማረኹን። ብሕልፊ ኣብ ልቢ ወይዘሮ ለምለም ዘይንቕንቕ ሓወልቲ ነደቐት። ኣልማዝ ድሮ ኣብቲ ስድራ ቤት ኣኻዕቢታቶ ዝነበረት ተፈታውነትን ተደናቕነትን መሊሱ በረኸ። በዚ ኸኣ ኣልማዝን ኮኾባን ፡ ሰማይ ዓረጋ።

ኩነታት ክልቲኡ ስድራ ቤት ከምዚ'ሉ ኸሎ ፡ ኩነታት ተስፎም ግን ብዙሕ ለውጢ ከየርኣየ'ዩ ዝቕጽል ነይሩ። ተስፎም ኣብ ስራሕ ዝነበሮ ተገዳስነት ፡ ኣብ ዝሓለፉ ኣዋርሕ ኣዝዩ ከም ዝጎደለ ፡ ኣሸንኳይ በዓል ሃብቶም ፡ ዋላ ሰራሕተኛታት ናይቲ ትካል'ውን ከስተብህልሉ ጀሚሮም ነበሩ። ምኽንያት መጥፊኢኡ ኸኣ ፡ ተስፎም ኣብ ጥርሙዝ ብቐጻሊ ይእለኽ ስለ ዝነበረ ምዃኑ ሃብቶም ብተገዳስነት ሓቲቱ ኣረጋጊጹ'ዩ።

ቀደም ካብ ስራሕ ከብኩርን ክእለን ዘይደልዮ ዝነበረ ፡ ሕጂ ግን ብኩራት ተስፎም ዕጅብ'ውን ኣይብሎን ነበረ። ሓሓንሳብ ዳርጋ ምረቓ ገይሩ ዝወስዶ ግዜ'ውን ነይሩ ኢዩ። ብኣኡ ምኽንያት ምስ ደርማስ ሓው ኾይኖም ፡ ስራሕ ዳርጋ ተቐጻጺሮሞ ነበሩ።

ሃብቶም ብዙሕ ግዜ ምስ ደርማስ ፡ "እዚኣቶም ምሩቓት'ዮም ፡ ባዕልና ፈትፊትና ኢና ነኾልሶም ፡" እትብል ዘረባ ክደጋግማ ጀሚሩ ነበረ። ሃብቶም ደኣ'ዩ ዘይኣምነሉ ነይሩ'ምበር ፡ ሳላ ተስፎም ፡ ንፋዓትን ግዱሳትን ሰራሕተኛታት'ውን ነይሮሞም'ዮም። ብሕልፊ ኣብ ምምሕዳርን ሕሳብን ፡ ሃብቶም ነቲ ፋብሪካ ዘካይድ ዓቕሚ ኣይነበሮን።

ኩነታት ምዝንጋዕን መስተን ተስፎም ፡ ካብ ግዜ ናብ ግዜ እናበኣሰ ስለ ዝኸደ ፡ ንመድህን ከሻቕላን ከጉህያን ጀመረ። ንተስፎም ብተደጋጋሚ ካብ ምዝራብን ምቕያቕን ዓዲ ኣይወዓለትን። እንተ ኾነ እንትርፎ ከም ዝልውጥን ከም ዝእርምን መብጽዓ ምግባር እንተ ዘይኮይኑ ፡ ብግብሪ ለውጢ ኣይረኣየትን።

ተስፎም ከኣ ግዙእ ናይ መስተ ይኸውን ከም ዘሎ ክርድኦ ስለ ዝጀመረ፡ በቲ ድኽመቱ ንጽባሒቱ ክጠዓስን ክበሳጮን ይውዕል ነበረ። ክእርም'የ ኢሉ ዝመባጽዖን፡ ምስ ነብሱ ዝገብሮ ዝነበረ ውሳነን፡ ካብ ዘረባ ሓሊፉ ውጽኢት ክምጽኣሉ ኣይከኣለን።

እቲ ፈተነ ንኸንቱ ይኸውን ብምንባሩ ኸኣ፡ ናብ ምሸትን ለይትን ብመስተ፡ ቀትሪ ኸኣ ብነብሰ ወቐሳን ብስጭትን ክጉዳእ ጀመረ። እዚ ኩነታት'ዚ ኣብቲ ጽቡቕ ጠባዩን ሕጉስ ባህሩን፡ ኣሉታዊ ጽቕጢ ክገብር ስለ ዝጀመረ፡ ንመድህን ተወሳኺ ስክፍታ ኣሕደረላ።

ንግራዝማች ሰልጠነ ከይትነግሮም፡ ካብ ንኽልቲኦም ኣዚኻ ምጉዳእ፡ ካልእ ፋይዳ ኣይክህልዎን ኢዩ ኢላ ኣመነት። በቲ ቀትሪ ቀትሪ ዝጠዓሶን ዝበሳጨዎን ዝነበረ፡ ተስፎም ክቆጻጸሮ ዘይከኣለ፡ ዘሰንፎ ወልፊ ይሕዞ ከም ዝነበረ ተረድኣ። ብዛዕባ'ዚ ወልፊ እዚ ኸኣ ነ'ርኣያ ከተማኽሮ'ሞ፡ ክልቲኦም ተሓጋጊዞም እንተ ፈተኑ ከም ዝሓይሽ ኣብ ውሳነ በጽሐት።

አርኣያ ድሕሪ ናይ ሻሙናይ ክፍሊ ማእከላይ ደረጃ ትምህርቱ ምዝዛሙ ትምህርቲ ኣይቀጸለን ፤ ዋላ'ኳ ሃረርታን ትምኒትን ግራዝማች ካልእ እንተ ነበረ። ብሓፈሻ ግራዝማች ነ'ርኣያ ወዶም፡ እታ ናይ ትምህርቲ ዝተሓሰማ እንተ ዘይኮይናም፡ ካልእ ከውጽኡሉ ዝኽእሉ ኣበር ኣይነበረን። ኣርኣያ መምህር'ዩ ነይሩ። ኣዝዩ ዕጉስን፡ ብዙሕ ዘንብብን፡ ለባምን፡ ቁምነገረኛን ርጉእን'ዩ ነይሩ። ግራዝማች በ'ርኣያ ወዶም ኣዝዮም ዕጉብ'ዮም ነይሮም።

ኣርኣያ ምንኣስ ተስፎም ይኹን'ምበር፡ ትምህርቲ ስለ ዘይቀጸለ፡ ኣብ 20 ዓመቱ ምስ ተስፎም፡ ኣብ ሓደ ግዜ ኢዮም ተመርዕዮም። ኣርኣያ ምስ ብጾይቱ፡ ኣብ መባእታ ቤት ትምህርቲ ከለው ኢዮም ዝፋለጡ ነይሮም። ቀስ ብቐስ ዝማዕበለ ምቅርራብን ሕውነትን ምሕዝነትን፡ ድሒሩ ናብ ዲቕ ዝበለ ዓሙቕ ፍቕሪ ሰገረ። ብኽምዚ'ሎም ቅድሚ መርዓኦም፡ ንኣርባዕተ ዓመታት ብሓባርን ብፍቕርን ብምርድዳእን ተጓዕዙ። ድሕሪ'ዚ ነዊሕ ዝምድና'ዮም እምበኣር ናብ መርዓ ዝሰገሩ።

ካብ ዝምርዓው ልዕሊ ዓሰርተ ዓመት ይግበሩ'ምበር፡ ውላድ ግን ኣይሰለጦምን። ኩሉ ሕክምናዊ ምርመራታትን፡ ዘዝተባህሎም ሕክምናን'ኳ እንተ ፈተኑ፡ ክሳዕ'ዚ ግዜ'ዚ ግን ጌና ኣይኮነሎምን። እዚ ነ'ደኦ ንወይዘሮ ብርኽቲ ኣዝዩ ይስመዐንን

የጉሀየንን ነበረ። ንግራዝማች ብምፍራሕ ብትሪ ክደፍኣሉ ኣይከኣላን'ምበር ፡ ማዕረ ምስ ተስፎምን ምስ ኣርኣያን ፡ ካልእ ምፍታንዶ ነውሪ'ዩ ዝብል ሓሳብ'ውን ፡ ብዙሕ ግዜ ኣቕሪበናሎም ነይረን'የን። ኣርኣያ ግን ጨሪሱ ኣይተቐበለንን።

ግራዝማች ንሰይቲ ኣርኣያ ፡ ንዕምባባ ይፈትውዋን የኽብርዋን ነይሮም'ዮም። እዚ ናታ ጉደለት ወይ ድኽመት ብዘይኮነ ነገር ፡ ከመይ ጌርና ኢና ብኣሉታ ክንፈርዳ? ኣምላኽ'ዩ ዝሀብን ዝኸልእን ዝብል መርገጺ ሒዞም ፡ ናይ ኣርኣያ ወደም ኣተሓሳስባ'ዮም ዝድግፉ ነይሮም።

ካብኡ ሓሊፎም ፡ *"ወረ እዚ ናይ ውላድ ጸገም ኣብ ክንዲ ናታ ፡ ናይ ኣርኣያ ወድና ነይሩ እንተ ዝኸውን ከ ፡ እንታይ ምበልናን ምገበርናን ኔርና ፡ ንሳ ካልእ ክፍትን ፍቐዱለይ እንተ ትብለናኸ ፡ እንታይ ምበልናያን ከም ምንታይ ምቑጸርናያን"* ዝብሉ ከበድቲ ሕቶታት የልዕሉ ነበሩ።

ግራዝማች ከምኡ ክብሉ ኸለው ፡ *"ኦይ! እዚ ተሰሚዑ ዘይፈልጥን ዘይተባህለን ነገር ክትብሉ ኸኣ ንስኹም"* ይብላኦም ነበራ ወ/ሮ ብርኽቲ።

ግራዝማች ብተፈጥሮኦም ዋላ ንተገይሩን ንተሰሚዑን ዘይፈልጥ ኣተሓሳስባታት'ውን ይኹን ፡ ኩሉ ግዜ ምስ ዳህሰስዎን ፡ ምስ ፈተሽዎን ምስ ገጠምዎን'ዮም ነይሮም። መለከዒኦም ፡ እሞ እዚ ተገይሩ ዘይፈልጥ ፡ ተሰሚዑ ዘይፈልጥ ዝብሉ ኣይኮኑን ነይሮም። መዐቀኒኦም ቅኑዕ ድዩ? ንኹሉ ሰብ ዝጠቅም ድዩ? ፍትሓዊ ድዩ? ኣብ ግብሪ ክውዕል ይኽእል ድዩ? ኣብ ግብሪ እንተ ወዓለ ንሰብ ይጎድእ ድዩ? ዝብሉ ጥራይ'ዮም ነይሮም።

ግራዝማች ብተፈጥሮን በ'ተሓሳስባን ፡ ካብ ምስ ዘበኖምን ምስ ዕድመኦምን ምስ መሳቱኦምን ፤ ምስቲ ዘሎ ግዜን ምስቲ ዘሎ ኩነታትን ምጉዓዝን ፡ እንተ ተኻኢሉ'ውን ምቕዳሙን'ዮም ዝመርጹ ነይሮም። በዚ ኸኣ ካብቶም ዝያዳ ብቐረባ ዝፈልጥዎም መሳቱኦም ፡ *'ግራዝማች እኮ ፍሉይ ኢዩ !'* ዝብል ልዝብ ዝበለ መግለጺ ክወሃቦም ከሎ ፤ ካብቶም ብዝያዳ ዓቃባውያን ዝኾኑ ግን ፡ ተሪር ወቐሳን ኩነኔን ኢዩ ዝወርዶም ነይሩ።

ወ/ሮ ብርኽቲ በዚ ኣተሓሳስባኦም'ዝን ፡ በዚ መርገጺኦም'ዝን ኩሉ ግዜ ቅጭ ምስ በለን ኢዩ። ብሕልፊ ኣብ ናይ ኣርኣያን በዓልቲ ቤቱን ዝነበሮም ኣረኣእያ ክደጋገሙ ክሰምዕኦም ከለዋ ኸኣ ፡ "ኦኦኦይይ! ወላድን ዓብን ዝመኽሮ ምኽሪ ግዳ ዘይትመኽሩ ፡" ይብላኦም ነበራ።

ግራዝማች ከኣ እቲ ንሰን ጨሪሰን ክሰምዓኦ ዘይደልያ ዘረባ ፡ "ኣንቲ በሊ ሓቂ

እንተ ደሊኺ ፡ ካብዚ ብደገኡ ዘይፍትን ዝብል ሓዳር ዝጥርንፍ ዘይኮነስ ፡ ሓዳር ዝፈታተንን ከበታትን'ውን ዝኽእል ሓሳብ'ዚ ፡ ቆልዓ ኣምጺእካ ምዕባይ'ኳ ደኣ ሚእቲ ግዜ ይሓይሽ ፡" ይብሉወን ነበሩ።

"ኣየ ንስኹም! እዚ ደኣ'ሞ ብምንታይ'ዩ ክሓይሽ?" ክብላኦም ከለዋ ኸኣ ፡ *"ከምኡ ክትገብር ከሎኻ ድርብ'ዩ እቲ ረብሓኡ ፤ በቲ ሓደ ወገን ንሓደ ብዘኽታሙ ክዓቢ ዝነበሮ ህጻን ፡ ፍቅርን ናይ ህይወት ዕድልን ትልግስ ፥ ፡ በቲ ኻልእ መዳይ ንስኻ ኸኣ ፡ ኩሉ'ቲ ካብ'ቲ ባዕልኻ ዝወለድካዮ ቆልዓ እትረኽቦ ሓጎስን ፍቕርን ዕጋበትን ትረክብ። ምውላድ'ኮ ኣይኮነን ወላዲ ዘብል ፡ እቲ ነቲ ዝተወልደ ቆልዓ ብፍቕርን ብሓልዮትን ብሓላፍነትን ምዕባይ'ዩ !"* ይብሉ ነበሩ።

"ኦኦይይ! ድርብ ረብሓስ'ባ እቲ ንሕና እንብሎ ኢዩ ነይሩ። ግን ኣቦን ወድን ኣብይ ትሰምዑ ኼንኩም!" ኢለን ብሕርቃንን ብብስጭትን ፡ ጥንጥን ኣቢለናኦም ንኽሽነአን ይዕዘራ ነበራ።

መድህን ብናይ ተስፎም ጉዳይ ነ'ርኣያ ዝመረጸት ፡ እቲ ኹሉ ቁምነገሩ ትፈልጥ ስለ ዝነበርት'ያ። መድህን ኩሉ ግዜ ነ'ርኣያ ክትገልጾ ኸላ ፡ *"ካብ ምህሮ ሓእምሮ እንደዩ !"* ኢያ እትብል ነይራ። ኣርኣያ ካብ ተስፎም ሓው ብኽልተ ዓመት ኢዩ ዝንእስ።

መድህን ነ'ርኣያ ፡ ተስፎም ኣብ ዘይብሉ ቆጸራ ገበረትሉ። ኣርኣያ በታ ዝተቛጸሩዋ መሰረት ናብ ገዛ መጸ። ምኽንያት መጸዊዒኣ ስለ ዘይነገረቶ ዝነበረት ከኣ ኮፍ ከይበለ ፡ "ብደሓን ዲኺ ደኣ መድህን ፡ ብኣካል ክንዘራረብ ደልየ'ሎኹ ኢልክኒ?" በላ።

"ኣይ ናይ ደሓን እየ። ንበር ኮፍ በል። ዝስተ ነገር እንታይ ከምጽኣልካ?"

"ደሓን ኣይትስከፊ ፡ ኣነ መዓስ ጋሻ ኾይነ። ደሓር ከኣ ተሃዊኸ ኣሎኹ። ስለዚ ናብቲ ከተዛርብኒ ዝደለኺ ንሕለፍ።"

"እንታይ ጋሻኡ ደኣ ፡ ካባኻ ዝቐርብ ስለ ዘይብለይ እንድየ ብዛዕባ ሓዳረይ ምሳኻ ክዛረብ ዝወሰንኩ።"

"ብዛዕባ ሓዳርኩም? እሂ እንታይዶ ተረኺቡ'ዩ?"

"ተስፎም ክሳዕ ሕጂ ብቐጥታ ንዓይ ኮነ ንደቀይ ዝገበረና የብሉን?"

"እንታይ ደኣ?"

"ንነብሱ ግን የቃጽላን ፣ ዕምሩ'ውን የሕጽርን'ዩ ዘሎ። ብዛዕባ ናይ ተስፎም ናይ መስተን ናይ ምዝንጋዕን ኩነታት ክንድምንታይ ኢኻ እትፈልጥ?"

"እታ ኣዕሩኽቲ ምብዛሕን ፣ ምፍታው ምዝንጋዕን መስተን ከም ዘላ እፈልጣ'የ። ግን ከኣ ክንድ'ቲ ዘኽፈአ ስለ ዘይኮነስ ፣ ኣብ ዝበዝሐ ሰብኡት ዘሎ ኢዩ ኢለ ፣ ብዙሕ ተሰኪፈሉ ኣይፈልጥን'የ።"

"በል ክርደኣካ እዚ ትብሎ ዘሎኻ ናይ ቅድም ኢዩ ነይሩ። እዚ ዝሓለፈ ኣዋርሕ ግን ፣ ዳርጋ ምሸታዊ ብመስተ ተሰኒፉ ለይቲ'ዩ ዝኣቱ ዘሎ። ምስኡ'ውን ስለ ዝጣልው ፣ ኣብ ርእሲ ጥዕናኡ ምጉዳኡ ፣ መዓት ገንዘብ ከም ዘጥፍእ ዘሎ ርዱእ'ዩ። ኣነ ብዙሕ ግዜ ኮፍ ኣቢለ ኣዛሪበዮ'የ። ኣነ ክዛረብን ፣ ንሱ ክገድፎ'የ ኢሉ ክማባጻዕን ፣ ንጽባሒቱ ተመሊሱ ናብታ ዝነበራ ክእለኽን ተረባሪብና ኢና። ሕጂ ግን ካብኡ ብዝያዳ ዘሻቕለኒ ነገር የስተብህል ስለ ዘሎኹ ፣ ኣስጊኡኒ።"

"እንታይ ካብኡ ብዝያዳ ዘሻቕል ካልእ ጓለይ?" በለ ኣርኣያ ብናይ ሻቕሎት ድምጺ ፣ ኢዱ ኣብ መንከሱ ብምቕማጥን ፣ ገጹ ኣሳሲሩ ንቕድሚት ገጹ ውጥውጥ ብምባልን።

"እቲ ምሸት ምሸት ምዝንጋዕን ምስታይን ፣ ናብ ወልፍን ናብ ጽግዕተኛ ናይ ኣልኮላዊ መስተ ምኻንን ኣብጺሕዎ'ሎ። ብሓጺሩ ተስፎም ኣይኮነን ፣ ንተስፎም ዝመርሖን ዝእዝዞን ዘሎ። እቲ ወልፊ'ዩ ንተስፎም ዝዝውሮ ዘሎ። እዚ ዘብለኒ ኸኣ ኩሉ ግዜ ንጽባሒቱ ክጠዓስን ክስቆርቆርን ተኪዙን ፣ ተበሳጭዩን'ዩ ዝውዕል። ኣይስሕቕ ፣ ኣይዛረብ ፣ ኣይዋዘ። ዋላ ምስ'ዞም ቆልዑ ከማን ፣ ኣይ ከም ቀደሙን። በዚ ምኽንያት'የ ኸኣ ካብቲ መስተ ፣ እዚ ሓድሽ ተርእዮ ብዝያዳ ዘሻቕለኒ ዘሎ ዝበልኩኻ።"

"እምባእ እንታይ ትብሊ ጓለይ ፣ ክሳዕ ክንድ'ዚ ድዩ ደኣ?! ኣነ ገለ ሰባት ሓውኻ ደኣ ገለ ዝበሉኒ ነይሮም ፣ ግን ኣብ'ዚ ደረጃ'ዚ ዝበጽሐ ኣይመሰለንን ነይሩ።"

"ወይ ኣርኣያ ኣበይ ድዩ በጺሑ?!"

"ወይ ጉድ?! ሓደ ዘስተብሃልኩዎ ነገር ግን ኣብዚ ስራሕ እንዳ ባኒ ፣ ቀደም ነቲ ሕሳብ ብስርዓት'ዩ ዝከታተሎ ነይሩ ፥ ካብዚ ቀረባ እዋን ንደሓር ግን ፣ ደሓን

ንስኻ እንዶ ኣየለኻዮን እናበለ ፣ ዳርጋ ብምሉኡ ናባይ'ዩ ገዲፍዎ ዘሎ። ኣነ ግን ብኣይ ተኣማሚኑ ኢዩ ኢለ ካልእ ኣይሓሰብኩን። እሞ ከምኡ እንተ ኾይኑ ደኣ ፣ ዋላ እቲ ፋብሪካ ፓስታስ ክንደየናይ ይከታተሎ ከይህሉ?"

"ወይ ኣርኣያ! ናይ ስራሕ ትዛረብ ኣለኻ? ነብሱ ዘይኣለየን ዘይተቐጻጸረንሲ ኸኣ ንስራሕ ክቆጻጸር?!"

"እሞ እንታይ እንተ ገበርና ኢዩ ዝሓይሽ?"

"ኣነ ብዙሕን ነዊሕን'የ ሓሲበሉ። ዋላ ሓደ ግዜስ ነቦይ ግራዝማችዶ ክነግሮም እንተ መኸሩዎን እንተ ተቛየቑዎን ኢለ'ውን ሓሲበ ነይረ። ሓደ ግዜ ክነግሮም'የ እንተ በልኩዎ ግን ፣ ከጽለል ደልዩ። ከምኡ ኾይኑ'ኳ ርእየዮ ኣይፈልጥን።"

"ከመይ ማለት?"

ሽዑ መድህን ኩሉ እቲ ዝተዛራረቡዎ ሓንቲ ከየትረፈት ነገረቶ።

"ምሽኪናይ ተስፎም ሓወይ። ብዛዕባ ናይ ኣቦይ ዝበሎ'ኳ ፣ ኣነ'ውን ነቦይ ምንጋር ኣይድግፎን'የ። ምኽንያቱ ኣቦይ ኣብ ተስፎም ዘለዎ ኣረኣእያን ትጽቢትን ላዕሊ ስለ ዝኾነ ፣ ኣዝዩ ክጉሂ ኢዩ። ካልእ ፋይዳ ከኣ ኣይክህልዎን'ዩ።"

"ኣነ'ውን ንኽንቱ ነቦይ ከነጉህዮም ኣይደልን'የ። ንዘይሕገዘሉ ነገር'ውን ፣ ንተስፎም ከጉህዮን ክቕየመንን'ውን ኣይደልን'የ።"

"ጽቡቕ ኣለኺ። እሞ ከመይ እንተ ገበርና ይሓይሽ?" በለ ንኻልኣይ ግዜኡ።

"ኣነ'ኮ ብቐደሙ ናይ በይነይ ዘረባ ካብ ዘይጠቐመስ ፣ ምስኻ ኼንና መታን ክንዛረቦ ኢለ እየ ጸዊዐካ። ንስኻ ምንኣሱ ሓው ነቲ ዘረባ እንተ ተሓዊስካዮስ ፣ ዝያዳ እንተ ተሰምዖን እንተ ኣስቆርቆሮን ኢለ'የ። ፍልይ ዝበለ ሓሳብ እንተ'ልዩካ ኸኣ ክሰምዓካ።"

"ኣይ ኣነ'ውን ካብኡ ዝፍለ ሓሳብ የብለይን። እሞ መዓስ ይሓይሽ?"

"እቲ ዝሓሸ ሰንበት ንጉሆ ኢዩ። ኣራፊዱ ሰዓት ሸሞንተ እንድዩ ዝትንስእ ፣ ሽዑ እንተ መጺእካ ጽቡቕ ኢዩ።"

"ሕራይ ጽቡቕ ከምኡ ንግበር። ክሳዕ ሽዑ ኸኣ ኣነ ነቲ ኩነታት ኣጸቢቐ ክስተብህሎ ክፍትን'የ። በሊ ኣነ ሕጂ ክኸይድ ፣" ኢሉ ብድድ በለ።

"ሕራይ በል ኣርኣያ ሓወይ ፡" ኢላ ብድድ ኢላ ኣፋነወቶ።

መድህን ምስ ኣርኣያ ሽግራ ስለ ዘተንፈሰት ብመጠኑ ፈኾሳ። እቲ ካብኣ ብመጠኑ ዝተላዕለ ጾር ግን ፡ ናብ ኣርኣያ ከም ዝጸዓነቶ ኣይሰሓተቶን። ኣርኣያ ኣብ ሓሳባትን ኣብ ሻቕሎትን ተዋሒጡ ይፍለያ ከም ዝነበረ ፡ ኣብ ኩነታቱ ብግልጺ ይረአ ነበረ። ብኣኡ ምኽንያት ከኣ ኣርኣያ ኣደንገጻ።

ኣርኣያ ካብ መድህን ምስ ተፋነወ ፡ ኣብ ዓሙቕ ሓሳብ ተዋሒጡ ኢዩ ዝጓዓዝ ነይሩ። ካብ ንጽባሒቱ ጀሚሩ ኸኣ ኩነታት ሓው ብዕቱብ ክከታተል ወሰነ።

ኣርኣያ ብዝመደቦ መሰረት ፡ ሙሉእ ሰሙን ኩነታትን ምንቅስቓሳትን ሓው ክከታተል ቀነየ። ኩሉ እቲ ዝኣከቦ ሓበሬታ ፡ ነቲ መድህን ዝበለቶ ዘራጉድ እንተ ዘይኮይኑ ፡ ንኣኡ ዘፍርስ ኮይኑ ኣይጸንሖን። እዚ ኸኣ ኣዝዩ ኣሕዘኖን ኣጉሃዮን። ምስ መድህን ብስልኪ ኣብ ዝመያየጡሉ ዝነበሩ ግዜ ኸኣ ፡ እቲ ዝሰምዖ ኹሉ ካብቲ ዝበለቶ ከም ዘይፍለ ነገራ።

መዓልቲ ቆጸራ ኣኺሉ ሰንበት ንጉሆ ናብ እንዳ ሓው ኣምረሐ። መድህን ክትጸበዮ ጸኒሓ ተቐላጢፋ ከፈተቶ። ተንሲኡ ይተሓጻጸብ ከም ዘሎ ኸኣ ነገረቶ። ናብ ተስፎም ከይዳ ኣርኣያ መጺኡ ከም ዘሎ ሓበረቶ። ተስፎም ክዳኑ ምስ ቀያየረ ናብ ኣርኣያ ብምኻድ ፡ "ከመይ ቀኒኻ ኣርኣያ ፡" ኢሉ ብፍሽክታን ሓጎስን ፡ ንሓው ክሪኦ ደስ ከም ዝበሎ ብዘረጋግጽ ኣገባብ ፡ ምውቕ ሰላምታ ኣቕረበሉ።

ኣርኣያ ኸኣ ዋላ ብውሽጡ ከቢድዎ እንተ ነበረ ፡ ብደገኡ ግን ዓጸፋኡ መለሰሉ።

ድምጺ ኣሕዋት ዝሰምዐት መድህን ተቐላጢፋ ተሓወሰቶም።

"ሎም ቅነ ስራሕ በዚሑኒ ኣብ እንዳ ባኒ ኣይተቐልቀልኩኻን። ደሓን ድዩ ስራሕ?" ሓተተ ተስፎም።

"ኣይ ደሓን'ዩ ኣብኡ ጸገም የለን። ኣይ ጨሪስካ እንዲኻ ኸኣ ሸርብ ኢልካ ፡ " በሎ ኣርኣያ።

"ንጉሆ ብምምጻእካ ኣሰኪፍካኒ እንዲኻ ጸኒሕካ ፥ እንታይ ደኣ ናይ ደሓንድዩ ኢለ። ምጥፈአይ ግን *'ትኣምኖ ልኢኽካ እንታይ ተረፈኒ ኣይትበል ፡'* ኢዩ። ንስኻ ብምህላውካ ቀሲነ'የ ይመስለኒ ፡" በለ ተስፎም ክምስ እናበለ።

"ከምኡ ኢልካ እንተ ትኸውን ጠፍኢካስ ጽቡቕ ነይሩ፡" በለ ኣርኣያ።

"ዋእ? እንታይ ማለትካ ኢዩ? ብምንታይ ካልእ ምኽንያት ደኣ?" በለ ተስፎም ብናይ ምጥርጣር ድምጺ፡ ተፈታቲሑ ዝነበረ ገጹ ብስክፍታ ቁሩብ እስርስር እና'በሎ።

"ቁርሲዶ ከምጽእ ቅድም?" በለት መድህን ተቓላጢፋ።

"ደሓን መድህን ቅድም ክንዘራረብ ይሓይሽ። ምስ ወዳእና ተቖርስና፡" በለ ኣርኣያ።

"ክንዘራረብ? ዋእ? ክንዘራረበሉ ዘድልየና ጉዳይ ኣሎ ድዩ? *ኦኪይ!* በሊ መድህን ግደፍና፡" በለ ተስፎም።

"ኣነ'ውን ዘለኹዎ ዘረባ'ዩ፡" ምስ በለቶ ተስፎም ብዛዕባ ምንታይ ምኳኑ ቀልጢፉ ተረዲእዎ፡ ምልኩዕ ገጹ በርበረ ክመስልን ወጅሁ ክሃድሞን፡ ፍሩያት ኣዒንቱ ብቕጽበት ካብ መድህን ናብ ሓው፡ ካብ ሓው ናብ መድህን ክሰጋገረንን ተራእየ።

ድሕሪኡ ኣርኣያ፡ መድህን ጸዊዓ ዘዛራረበቶ ኩሉ በብሓደ ብዝርዝር ነገሮ። ምስ መድህን ድሕሪ ምዝርራቦም፡ ኣርኣያ ብወገኑ ዝሰምዖን ዝረኸቦ ሓበሬታን ኩሉ ኸኣ፡ ሓደ ብሓደ ዘርዘረሉ። ተስፎም ሓንቲ ቓል'ውን ከየውጽአን ከየቋረጾን፡ ትም ኢሉ ክሳዕ ዝውድእ ሰምዖ። ሽዑ ኣርኣያ ምስ ወድአ፡ "ሕጂ ናባኺ'ዩ መድህን፡" በላ።

መድህን ትቕብል ኣቢላ፡ "ስማዕ ተስፎም ሕጂ ብዛዕባ ናይ ውሽጢ ሓዳርና፡ ከመይ'ላ ንዓይ ከየፍለጠት ነ'ርኣያ ትነግሮ ኢልካ ትሓስብ ከም ዘሎኻ ይርደኣኒ ኢዩ። ኣነ ግን ፈርሐ ተስፎም። ንዓኻ ፈሪሐልካ። ንነብሰይን ንደቀይን ከኣ ፈሪሐ። የኽብረካን የፍቅረካን ስለ ዝኾንኩ ትም ኢለ ክርእየካ ኣይከኣልኩን። ነ'ቦይ ግራዝማች ምንጋር ምሳኻ ምቕይያምን፡ ንዕኦም ከኣ ምጉሃይን ስለ ዝኾነ ገዲፈዮ። ካብ ካልኦት ቤተ ሰብና ዝሰምዕዎ ጸገምካ፡ ሓውኻ ኣርኣያ ይሓይሽ ኢለ ነጊረዮ፡ መታን ክሕግዘና፡" ኢላ መድህን ናብ ኣርኣያ ጠመተት።

ኣርኣያ ካብኣ ትቕብል ኣቢሉ፡ "ስማዕ ተስፎም ሓወይ። ንስኻ ንዓይ ኣያይ ኢኻ። ብትምህርቲ፡ ብስራሕ፡ በ'እምሮ፡ ብተመኩሮ፡ ብኹሉ ኢኻ እትበልጸኒ። ንስኻ ኢኻ ንዓይ ትምዕደንን ትምህረኒ'ምበር፡ ኣነ ንዓኻ ክመኽረካ ኣይክእልን እየ። ካብ ንእስነትና ንስኻ ኢኻ ንዓና ትመኽረና ዝነበርካ። ክንነፍዕን ንወለድና ክነኹርዕን፡

ወለድና ከይነጉህን። ሕጂ ግን ክሓስቦ ከለኹ እምበርዶ ንሱ ኢዩ፣ እምበርዶ ተስፎም'ዩ እዚ ዝገብሮ ዘሎ የብለኒ። ክውን ስለ ዝኾነ'የ ተቐቢለዮ'ምበር፣ ሕጂ'ውን ምእማኑ የጸግመኒ'ዩ። ሕጂ'ውን ልዕለይ ኢኺ። ኣካይዳኺ ግን፣ ናይ ካባይ ንላዕሊ ዝኾነ ኣያይ ኣይኮነን። እንታይ ኢዩ ወሪዱካ?"

ኣርኣያ ክዛረብ ከሎ፣ ተስፎም ደኒኑ ኢዩ ሰሚዕዎ። ንንእሽቶ ሓው ቀኒዑ ክሪኦ'ውን ኣይከኣለን። ኩነታት በዓል ቤታ ትከታተል ዝነበረት መድህን፣ ተስፎም ኣዝዩ ኣሕዚናን ልባ በልዓን። ብውሽጣ ኸኣ "ዋይ ኣነ! ተስፎም'ሲ ከምዚ ክትከውን!" እናበለት ምስ ነብሳ ተዛረበት።

ተስፎም ነዊሕ ድሕሪ ምስትንፋስ፣ "ኣሕሕ! ኣሕሕ! ዋይ ኣነ!" ኢሉ ደኒኑ ክሳዱ ንየማንን ጸጋምን ኣወዛወዘ። ሽዑ ክሳዱ ኣቕንዕ ኣቢሉ ጎሮሮኡ ስሒሉ፣ "ስማዕ ኣርኣያ ሓወይ። ስምዒ መድህን፣ በዓልቲ ሓዳረይን መኻሪተይን፣ ኣደ'ዘም ዝፈትዎም ደቀይን። እንታይ'ሞ ክብለኩም'የ። እንታይ ከም ዝወረደኒ ንዓይ እውን ምርዳእ ኢዩ ኣብዩኒ ዘሎ። ሰኒፈ! ግዙእ ኮይነ! ንመድህን እብድላ እየ ዘሎኹ። ሕጂ ኸኣ ንእሽቶ ሓወይ ክመኽረንን ክሕግዘንን መጺኡ። ቀትሪ-ቀትሪ እማባጻዕ፣ ውሳነታት እወስድ፣ እምድብ፣ እምሕል፣ ምሸት ምስ መጸ ንገዛይ ክኸይድ እንተ ደለኹ፣ ናብታ ባርን መስተን እጉተት፣" ኢሉ ኣዕርፍ ኣበለ።

ብድሕሪኡ ሕንቕንቕ እናበለ፣ "ሓገዝ ከም ዘድልየኒ ዘሎ ተረዲኡኒ'ሎ። ኣነ ዘይሕግዘኩም እንተ ኾይነ፣ ብኸመይ ከም እትሕግዙኒ ግን እንድዒ፣" ኢሉ ርእሱ ብኽልተ ኢዱ ሒዙ ንታሕቲ ተደፊኡ።

"ኣጆኻ ደሓን ተስፎም ሓወይ። ንሕና ብዘሎና ዓቕሚ ክንሕግዘካ ኢና፣" በለት በዓል ቤታ ልባ ዝበልዓ መድህን።

ኣርኣያ ንሓው ኣብ ከምዚ ኩነታት ወዲቑን፣ ከምዚ ኢሉ ክዛረብን ሰሚዕዎ ስለ ዘይፈልጥ፣ ሰንበደን ኣዝዩ ሓዘነን።

"ኣጆኻ ተስፎም ሓወይ። ነዚ ግዝያዊ ጸገም'ዚ ብሓባር ኴንና ክንሰግሮ ኢና። ንስኻ ነቲ ዘሎካ ጸገም እንተ ዘይትኣምንሉን እንተ ዘይትቕበሎን፣ ጨሪስና ክንስዕሮ ኣምበይ ምኽኣልናን ኔርና። ሕጂ ግን ንስኻ'ውን ስለ ዝተቐበልካዮ፣ ጸገም ኣይክህልወናን ኢዩ፣" በለ ኣርኣያ።

"ሕጂ ብምንታይን ብኸመይ ኣገባብን ኢና፣ ነዚ ወልፊ'ዚ እንገጥሞን እንቃለሶን ንዘራረብ፣" በለት መድህን።

"ከምቲ ግቡእ ደኣ ሓሚመ እንድየ ዘሎኹ። ኣብ ሕክምና እየ ክአቱ ዝግበኣኒ። ግን ኣብ ሃገርና ጌና እዚ ሕክምና'ዚ ኣይተጀመረን። ሐቂ'ሓይሽ፡ *ኦንስትሏይ* እንተ ዝጅመር'ውን ኣብ ከምኡስ ኣይምኣተኹን።"

"ደሓን ኣብ ከምኡ ዘብጽሕ የብልካን። በብቑሩብ ኣብ ከምዚ ደረጃ ዝበጽሐ ጸገም ስለ ዝኾነ፡ ምፍትሑ'ውን በብቑሩብ'ዩ። ካብታ ሕክምና እየ ክኣቱ ዝግበኣኒ ዝበልካኒ ግን ሓንቲ ሓሳብ መጺእትኒ፡" በለ ኣርኣያ።

"ከመይ ዝበለ ሓሳብ?" በለት መድህን ተሃንጥያ።

"እዚ ወልፊ'ዚ ብቐንዱ ናይ መስተ ይኹን'ምበር፡ ተሓጋገዝቲ ኣካላት ኣለውዎ። ንሳቶም ከኣ እቶም መሳትይቱን፡ እቲ ዝለመድዎ ቤት መስተታትን ኢዮም። ስለዚ መስተ፡ መሳትይትን፡ ቤት መስተን ኢዮም እቶም ሰለስተ ቀንዲ ተጻባእቲ ኣካላት። ቅድሚ ንመስተ ምግጣምና፡ እንድሕር ተስፎም ተሓባቢሩና፡ ንመሳትይትን ንቤት መስተን ንግጠሞም፡" በለ ኣርኣያ።

"ብኸመይ?" በሉ ብሓባር መድህንን ተስፎምን።

"ተስፎም ናይ ስራሕ ኩነታት ቁሩብ ወጋግን'ሞ፡ ድሕሪ ሓጺር እዋን ዕረፍቲ ካብ 15 ክሳዕ 30 መዓልታት ትወስድ። ሽዑ ንስኻን መድህንን ካብ ኣስመራ ወጻኢ፡ ከረን ድዩ ምጽዋዕ ትኸዱ።"

"ሕራይ፡" በለ ተስፎም።

"በዚ ኣገባብ'ዚ ካብ መሳትይትን ቤት መስተን ንሓጺር እዋን ትእለ። መስተ ንዘምልከት ከኣ ምሳኺ ኾይኑ ንግዜኡ፡ ብመጠኑ እንተ ሰተየ ጸገም የብሉን። እንድሕር ንመሳትይትን ቤት መስተን ተዓዊቱሎም፡ ብድሕሪኡ ንመስተ ክገጥሞን ክዕወተሉን ኣየጸግሞን'ዩ፡" በለ ኣርኣያ።

"ቆልዑኸ ከመይ ክንገብሮም?" ሓተተት መድህን።

"ናይ ቆልዑ ነገር ኩላትና ኼንና ክንኣልዮም ኣየጸግመናን'ዩ። ነ'ቦይን ነ'ደይን ከኣ ተስፎምን መድህንን ብሓባር ኣዕሪፎም ስለ ዘይፈልጡ፡ ከዕርፉ ኢዮም ንብሎም። እዚ እንታይ ይመስለኩም?" ኢሉ ሓሳባቱ ብሕቶ ደምደመ።

"ኣንታ ኣርኣያ ካብ ዘማኽረካ ነዊሕ ግዜ'ኳ ዘይገበርኩ? ኣሻብካ ነዛ ጸገም ከምዚ ጌርካ በታቲንካ፡ ናብ ከምዚ ዝኣመሰለ ፍታሕ ከተቕርብ በቒዕካ?" በለት መድህን፡ በ'ተሓሳሰባኡ ተመሲጣን ተሓጒሳን።

"እሞ እዚ ሓሳባት ኣይጸላእክዮን ማለት ድዩ ሓቀይ?"

"እንድዒ ተስፎም ዝብሎ'ምበር ፡ ንዓይሲ ኣዝዩ ጽቡቕ ሓሳብ ኢዩ። እሂ ተስፎም?"

"ኣነ ዝበልኩምኒ ከፍትን ድሉው'የ። ኣርኣያ ግን ስራሕ ከበዝሓካ'ዩ። ምኽንያቱ ሕሳብ ናይ ፋብሪካ እውን ንስኻ ኢኻ ክትከታተሎ። ምኽንያቱ ኣነ በ'ገባብ ገይረ ክከታተሎ ኣይጸናሕኩን ፡" ምስ በለ ዝጥርጥርዎ ዝነበሩ ነገር ስለ ዘረጋገጸሎም ፡ መድህንን ኣርኣያን ንኻልኢት ተጠማመቱ።

ኣርኣያ ሽዑ ተስፎም ምጥምማቶም ከየስተብሀለ'ሞ ከይስምዖ ኢሉ ተቐላጢፉ ፡ "ብዛዕባ ስራሕ ደሓን ሽግር የለን። ቅሰን ናባይ ግደፎ። ግን ኩሉ ምድላዋትና ምስ ገበርና ንሃብቶም ባዕልኻ ፡ ኣርኣያ ኣብ ፋብሪካ እናተመላለሰ ሕሳብ ክከታተሎ ኢዩ ትብሎ።"

"ሕራይ ጽቡቕ። እሞ ወዲእና እንተ ኼንና መድህን ቁርሲ ኣምጽእልና ፡ ኣነ ብጽምኣትን ብጥሜትን ተላሒሰ'የ ዘሎኹ ፡" በለ ተስፎም።

"ኢሂ ኣርኣያ ዝተረፈና ኣሎ ድዩ?" ሓተተት መድህን።

"ዋላ ሐደ ዝተረፈ ነገር የብልናን። ካልእ ቀሰይ ኢልና ነጻፍፎ። ናብ ቁርስና ንሕለፍ ሕራይ።"

"በሉ ኣምላኽ ይሓግዝና። እምበኣር መጻእኹ ፡ ቁሩብ ጥራይ ተዓገሱኒ ኣይድንጉየኩምን'የ ፡" ኢላ ንኽሽነ ገጻ ኸደት። መድህን ምስ ከደት ኣርኣያ ፡ "ስማዕ ተስፎም ሓወይ ፡ ከመይ ዝኣመሰለት በዓልቲ ቤት ኢያ ዘላትካ። መስተውዓሊት ፡ ዕግስቲ ፡ ሓላይትን ፈቃርን ኢያ። ተጠንቀቕ ከይተጥፍኣ ፡ ደቕኻን ነብስኻን ከይትጎድእ!"

"እቲ ውሕልናኣን ቁምነገራን ኣጸቢቐ'የ'ኮ ዝፈልጦ ፡ እቲ ጸገም ኣነ ምኻነይ ተረዲኡኒ'ሎ። ንዝኾነ እስከ ኣምላኽ ይሓግዘና ፡" ምስ በለ መድህን ቁርሲ ሒዛ ደበኽ በለት።

ሽዑ ዘረባኦም ኣቋሪጾም ናብ ቁርሶም ሓለፉ። ድሕሪ ቁርሲ ነ'ርኣያ ኣመስጊኖም ፡ ብሓባር ከይኖም ኣፋነውዎ።

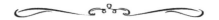

ነ'ርኣያ ምስ ኣፋነውዎ ተስፎም ናብ ደቁ ከይዱ ፡ ክዳውንትኹም ቀያይሩ ምስ ማማ ኩላትና ብሓባር ክንዛወር ኢና በሎም። ቆልዑ ቅድም ተጠራጠሩ ፡ ምኽንያቱ ቀዳም ጥራይ'ዩ ዘዛውሮም ነይሩ። ደሓር ናይ ሓቁ ምዃኑ ምስ ፈለጡ ግን ፡ ብታሕጓስ ገሊኦም ነ'ደኦም ክነግሩ ጎየዩ ፡ ገሊኦም ከኣ ነነጢሮም ሰዓምዎ።

እንታይ ደኣ ኢዮም ዝብሉኒ ዘለው ኢላ ፡ መድህን ምስ ሓተተቶ ፡ ባዕሉ ከም ዝበሎም ምስ ኣረጋገጸት ፡ ብውሽጣ "ተመስገን እስከ ይመልኣዮ" በለት። ንመጀመርያ ግዜ ድሕሪ ነዊሕ እዋን ፡ ተስፎም ሰንበት መዓልቲ ምስ ሰበይቱን ደቁን ክዛወር ወዓለ። ንመጀመርያ ግዜ ኸኣ ሰንበት ካብኦም ከይተፈለየ ኣብ ገዛ ወዓለ።

መድህን በቲ ሓደ ወገን ደስ በላ ፡ በቲ ሓደ ወገን ከኣ ተሰከፈት። ተስፎም ካብ ኣዕሩኽቱ ተፈልዩ ንበይኑ ምውዓሉ ኣሰከፋ። ሓንሳብ ውጽእ ኢልካ ዘይትምለስ ክትብሎ ክንደይ ግዜ ተደናደነት ፡ ግን ከኣ እንተ ወጺኡ እንታይ ከም ዝኸውን ስለዝተረድኣ ትም በለት። ጽቡቕ ውዒሎም ፡ ጽቡቕ ተዛዊሮም ፡ ጽቡቕ ኣምሲዮም ከኣ ብሰላም ደቀሱ።

ንጽባሒቱ ተስፎም ንስራሕ ምስ ወፈረ ፡ ነ'ርኣያ ደዊላ ናይ ሰንበት ውዕሎኦም ነገረቶ። ንሱ ኸኣ ደስ በሎ። ክልቲኦም ከኣ እቲ ጉዕዞ ነዊሕን ፡ ውረድ ደይብ ዝበዝሖን ፡ ፈታንን ከም ዝኸውን ተረዳድኡ። ግን ብትዕግስትን ብፍቕርን ብሓልዮትን ክሳዕ ዝተንቀሳቐሱ ፡ ኣብ መወዳእታ ንተስፎም ከድሕንዎ ከም ዝኽእሉ ተሰማምዑ።

እቲ ዘደንቕ ደቂሰባት መጻኢና ክንርእን ፡ ክንትንበን ዘይንኽእል ምዃንና ኢዩ። ኣርኣያን መድህንን'ውን ተስፋኦም ኢዮም ዝገልጹ ነይሮም። ዕጫን ጉዕዞን ህይወትን ተስፎም ግን ፡ ከምቲ ንሳቶም ዝትስፈውዎ ዝነበሩ ድዩ ክኾናሎም ፡ ወይስ ዝተፈለየ ዝፈልጥዎ ኣይነበሮምን።

እንዳ ግራዝማች ንሰላም ትብጻሕኩም ክብልዎም ከም ዘይከኣሉ ካብ ዝነግርዎም ንደሓር ፡ ርክብ ሃብቶምን ተስፎምን ካብ ቀደሙ ዝሕልሕል ክብል ጀመረ። ደርማስ'ውን ብግደኡ ክንድ'ቲ ናይ ሃብቶም ኣይኹን'ምበር ፡ ብውሱን ደረጃ ሰላምታኡን ኣቀራርባኡን ዝሕልሕል በለ። እዚ ንተስፎም ኣይተኸወሎን ፡ ግን ከም ዘየስተብሃለሉ ስቕ ኢሉ ከም ቀደሙ ይቕጽል ነበረ።

ሃብቶም ነዚኣቶምሲ ከነርእዮም ኣሎና ፣ ንደርማስ ሓወይ ቀልጢፍና ንኣኡ እትኸውን ረኺብና እንተ ኣመርዒናዮ'ዩ ዝርድኦም እናበለ ፣ ዳርጋ እቲ ጉዳይ ለይትን መዓልትን ኣይደቀሰሉን። ብዝቐልጠፈ ኸኣ ጓል ረኺቦም ትብጻሕኩም ተባህሉ። ግዜ ከየጥፍኡ ኸኣ መርዓ ቆጸሩ።

ኣብ ምምዳብን ፣ ምውዳብን ፣ ምቅርራብን መርዓ ደርማስ ፣ ኣልማዝ ዕዙዝ ተራ ኢዩ ነይሩዋ። በ'ንጻሩ ኣልጋነሽ ብወሰን ኮይና ፣ ዳርጋ ከም ርሕቕ ዝበለት ዘመድ ተቐጺራ ፣ ብዙሕ ተራ ኣይነበራን። ኣልማዝ ድሕሪ ኣልጋነሽ ፣ ናብ ሃብቶምን ናብቲ ስድራን ትጸንበር'ምበር ፣ ቅድሚ ኣልጋነሽ'ምበር ድሕሪኦ ከም ዘይኮነት ዝተመስከረሉን ፣ ብሰላሕታን ብዓውታን ዝተኣወጀሉ ፣ ናይ መጀመርያ ኣጋጣሚ ኢዩ ነይሩ። ኣብ መርዓ ደርማስ ፣ ኣልጋነሽን ደቃን ጥራይ ኣይኮኑን ቦታኦም ፈሊጦም። ንሙሉእ ስድራ ቤትን መቕረባን'ውን ፣ መን ኣብ ምንታይ ደረጃ ኣሎ ዝተጋህደሉ ግዜ ኢዩ ነይሩ።

መርዓ ደርማስ ኣብ ወርሒ ጥሪ ኢዩ ተኻይዱ። ሃብቶም ን'ንዳ ግራዝማች ንምርኣይን ፣ ንዕኦም ዝረኸበ ስለ ዝመሰሎን ፣ ብኣዝዩ ገፊሕን ምዕሩግን ኣገባብ'ዩ ገይሩዎ። ኣልማዝ ብዛዕባ ምግፋሕ መርዓን ዘየድሊ ወጻኢታት ምግባርን ፣ ንሃብቶም ከተርድኦ ፈቲና ነይራ ኢያ። ካብ ኩሉ ደስ ዘይበላ ዝጥቀምሉን ዝረብሑሉን ንዘይብሎም ፣ ሃብቶም ን'ንዳ ግራዝማች ምእንቲ ከርእን ፣ ምስኦም ክተሃላለኽን ኢሉ ከንድኡ ገንዘብ ምጥፋኡ ኢዩ ነይሩ።

ሃብቶም ግን ኣብ ውሳነኡ ብምጽናዕ ግድን በለ። ብዝግባእ ተዛሪባቶ ምስማዕ ምስ ኣበየ ግን ፣ ከምዛ ምስኡ ተሰማሚዖም ብሓባር ዝወስድዋ ውሳነ ገይራ ፣ ደስ መታን ክብሎ ኩሉ ፈጸመት። በዚ ኸኣ ሃብቶም በ'ልማዝ ኣዝዩ ተሓጎሰ።

ዋላ ኣቦኡ ፣ ኣቶ ባሻይ'ውን ከይተረፉ ፣ እቲ ውራይ ምግፋሑ ስለ ዘሰከፎም ተዛሪቦሞ ነይሮም'ዮም ፣ ግን ክሰምዖም ኣይደለየን። ደርማስ'ውን እንተ ኾነ ፣ ኣብ ከንዲ ንውራይ ከንድኡ ገንዘብ ምጥፋእ ፣ እቲ ፍርቂ ናይቲ ወጻኢታት ንመትከል እግሪ ሓዳሩ ክኾኖ እንተ ዝወሃቦ ከም ዝበልጾ ፣ ንሃብቶም እንተ ነገሮ ክሰምዖ ኣይደለየን።

ሃብቶም ኣብ ንቡር ከንድኡ ገንዘብ ዘወጽእ ሰብ ኮይኑ ኣይኮነን ዝገብሮ ዝነበረ። ን'ንዳ ግራዝማች ፣ ብሕልፊ ኸኣ ንተሰፎም ከመሓላልፎ ዝደሊ መልእኽቲ ስለ ዝነበሮ ጥራይ'ዩ። ሽው'ዩ ሃብቶም ኣብ ልዕሊ እንዳ ግራዝማች ከም ዝተዓወተ ክስመዖን ፣ ቁሩብ ክዝሕልን ዝጀመረ።

ግራዝማች መርዓ ደርማስ ካብ ዝቑጸር ጀሚሩ ክሳዕ ዝዛዘም ፣ ካብቲ ቤትን

ካብ ባሻይን ጨሪሶም ኣይተፈለዩን። እዚ ኸኣ ኮነ ኢሎም ፣ ነቲ ኣብ ሞንጎ ስድራ ቤታቶም ተፈጢሩ ዝነበረ ንእሽቶ ነቓዕ ፣ መታን ከጽግኑን ከሕውዩን ካብ ዝብል'ዩ ነይሩ። ሃብቶም ከሕልፎ ዝደሊ ዝነበረ መልእኽቲ ፣ ንግራዝማች ኣቐዲሙ ተረዲእዎም ነይሩ'ዩ። ግን ንሙሉእ ስድራ ቤቶም ፣ ብሕልፊ ንተስፎም ፣ በዚ ከይትንከፉን ኣብ ኩነታቶም ከየንጸባርቕዎን ፣ ኣትሪሮም ኣጠንቂቖሞም ነበሩ።

በዚ ምኽንያት ከኣ ልቢ ዝልቦም ፣ ስድራ ቤት ግራዝማች ፣ ዓቢ ምስ ንእሽቶ ፣ ኣብቲ ውራይ ዝከኣሎም ተሳቲፎምን ነጢፎምን'ዮም። እዚ ኣካይዳ ስድራ ቤት እንዳ ግራዝማች ፣ ንደርማስን ባሻይን ኣዝዩ ኣሐጎሶም። ሃብቶምን ወ/ሮ ለምለምን ግን ፣ በዚ እቲ ዝገበሩና እንርስዖን እንሽፈጥን መሲልዎም ድዩም ዝብል መርገጽን ሓዙ። ብኣኡ መሰረት ከኣ እንዳ ግራዝማች ብዘርኣዩዎ ተሳትፎ ከም ዘይተመሰጡን ከም ዘይዓጀቦምን ፣ ኣብ ኩነታቶም ኮነ ኢሎም የንጸባርቕዎ ነበሩ።

መርዓ ደርማስ ብጽቡቕን ብሰላምን ሓለፈ። ግራዝማች ስምዒት ሃብቶምን ወ/ሮ ለምለምን ብዘየገድስ ፣ በቲ ስድራ ቤቶም ብሙሉኦም ዝገበርዎ ተሳትፎ ዓገቡ። ገዛ ምስ ተመለሱ ኸኣ ንስድራ ቤቶም ፣ *"ክልቴኽ ሓደ ክትክውን የብልካን። እንቋዕ ጥራይ ንሕና እታ እትግበኣና ገበርና። ሳላ ከምኡ ዝገበርና ኸኣ ካልእ እንተ ተረፈ ፣ ካብ ዘላታ ተወሰኽታ ካብ ዝበሃሎ'ኳ ድሒንና ።"* ኢሎም ንኹሎም ኣረድእዎም።

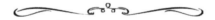

ሃብቶም ካብ ኣልማዝ ምውላዱ ንተስፎም ብዙሕ ኣየገረሞን። እቲ ዝገርሞ ዝነበረ ብሓፈሻ ለውጢ ናይ ሃብቶም ኢዩ ነይሩ። ልዕሊ ኹሉ ዝገረሞ ግን ፊራሜንታ ከም ዝኸፈተላ ምስ ሰምዐ ኢዩ። ብዛዕባ ሃብቶምን ኣልማዝን ክሓስብ ከሎ ኩሉ ግዜ ፣ ኣነ እንተ ዝኸውንከ ዝብል ኣተሓሳስባ ሕልፍ ይብሎ ነይሩ ኢዩ። ግን ሽዑ ተቐላጢፉ "እዝግሄር'ባ ከዲኑኒ ፣" ኣብ ምባል'ዩ ዝሰግር ነይሩ።

"ሃብቶም እቲ ንሰበይቱ ፣ ንደቁ ፣ ዋላ'ውን ንነብሱ ገንዘብ ከውጽእ ዘይደሊ ሰብ ፣ ነ'ልማዝ ማዕረ ፊራሜንታ ከውጽኣላስ ወይ ጨሪሱ ተቐይሩ'ዩ ፣ ወይ ንሱ ኣይኮነን ማለት'ዩ ፣" ኢሉ ሓሰበ ተስፎም። ንፊራሜንታ ዝኸውን ገንዘብ ምውህላሉ'ኳ ብዙሕ ኣይገረሞን። ሃብቶም ኣመላት ዘይብሉን ፣ ገንዘብ ዘየውጽእን ፣ ኣዝዩ ቆጣብን ምዃኑ ይፈልጥ ነይሩ'ዩ።

ደርማስ ዘካይዶ ካልኣይ ፊራሜንታ ከም ዝኸፈተ እንተ ዝፈልጥ ግን ፣ ምናልባሽ ከኣምኖ መጸገሞ። ሃብቶም ዝኸፈቶ ካልኣይ ፊራሜንታ ፣ ካብቲ ዓቢ ጎደና

ቀዳማዊ ምንሊክ ንጸጋም ተኣሊኹ፡ ጥቓ ካቶሊካዊት ቤተ ክርስትያን ኪዳነ ምህረት'ዩ ነይሩ።

ናይ ሃብቶም ካልኣይ ፈራሜንታ ምኽፋት፡ ኣቐዲሙ ኣብ መደቡ ዘይነበረን ዘይሓሰበሉን ናይ ታህዋኽ ስጉምቲ ኢዩ ነይሩ። ብተርባጽ ነቲ ስጉምቲ ዝወሰዶ ኸኣ፡ ኣልጋነሽ ምውላዱ ምስ ሰምዐት ብዝተዛረበቶ ተሪር ዘረባ ኢዩ ነይሩ። ምናልባሽ ናብ ሕጊ እንተ ኸይዳ፡ ነተን ገንዘብ ብሸም ኣልማዝ ኣልዩወን ክጸንሕ ኢሉ ኢዩ ሓሲቡ።

ተስፎም ከምዚ'ሉ ብዛዕባ ሃብቶም ክሓስብን ክገረምን ድሕሪ ምጽናሕ፡ "ናይ ነብስኻ መዓት ጸገም ከለካስ፡ ናይ ሃብቶም ኩነታት ብዝያዳ ዓጢጡካ፡" ኢሉ ናብ ናቱ ኩነታት ተመልሰ። ብዛዕባ እቲ ምስ ኣርኣያ ሓው፡ ምስ መድህን ንዕረፍቲ ክኸዱ ዝተሰማምዕዎ ክሓስብ ጀመረ።

ከምቲ ሰለስቲኦም ዝተሰማምዕዎ፡ መጀመርያ ንኽልተ ሰሙን ንምጽዋዕ ክኸዱ፤ እንድሕር ናይ ምጽዋዕ ጉዕዞ ዕውት ኮይኑ፡ ንሰሙን ነ'ስመራ ተመሊሶም፡ እንደጌና ንኽልተ ሰሙን ንኸረን ክኸዱ ከም ዝተሰማምዑ ዘከረ። ብሓቂ ክኽእሎ ድዩ'ምበር ብምባል፡ ብድልውነቱ ተጠራጠረ።

ብድሕሪኡ ንሃብቶም ብዛዕባ እቲ ዝሓሰብዎ ዕረፍትን፡ ኣብ ክንድኡ ንግዜኡ ነቲ ሕሳብ ናይ ፋብሪካ፡ ኣርኣያ ክከታተሎ ክነግሮ ከም ዘለዎን ትዝ በሎ። ናብ ፋብሪካ ከይዱ ንሃብቶም ረኺቡ ኩሉ ምስ ኣረድኦ፡ ብዛዕባ ዕረፍቲ ጸገም ከም ዘየሎ ተሰማምዑ።

ነ'ርኣያ ናብ ፋብሪካ ምምጻእ ንዝምልከት ግን፡ ሃብቶም ፈጺሙ ክቕበሎ ኣይደለየን። ምጥዓም ስኢኑካ ኣብ ዘይትመጸሉ ብዙሕ ግዜ፡ ባዕልና እንዲና ሕሳብ እንሕዞ፤ ስለዚ ናይ ኣርኣያ ናብ ፋብሪካ ምምጻእ ጨሪሱ ኣድላይነት የብሉን ብምባል ተኸራኸሮ። ተስፎም ግን፡ ኣርኣያ ድሮ ዕረፍቲ ወሲዱ ስለ ዝነበረ ጸገም ከም ዘይብሉ፡ ደሓር ከኣ ይሕግዘኩም'ምበር ካልእ እንታይ ጸገም ኣለዎ ብምባል፡ ኣብ ሓሳባቱ ስለ ዝጸንዐ ሃብቶም ዳርጋ ደስ ከይበሎ ተቐበሎ።

ተስፎምን መድህንን ድሕሪ ሳልስቲ፡ ኩሉ ናይ ቆልዑን ገዛን ስራሕን ምስ ወጋገኑ፡ ንምጽዋዕ ንኽልተ ሰሙን ነቐሉ። መገዲ ብኑጉሆኡ ኢዮም ተታሓሒዞሞ።

መገዲ ምጽዋዕ ካብ ሕዳር ክሳዕ ለካቲት ፣ ብሕልፊ ካብ ሰዓት ሰለስተ ድሕሪ ቀትሪ ክሳዕ ንጉሆ ሰዓት ሸውዓተ ዘሎ ግዜ ፣ ብኣዝዩ ብርቱዕ ግመ ኢዩ ዝሽፈን። እዚ ኸኣ ካብ ኣፍደገ ኣስመራ ጀሚሩ ፣ ክሳብ ዶንጎሎ ታሕታይን ፣ ገሊኡ ግዜ'ውን ክሳብ ጋሕቴላይ ኢዩ ዝዝርጋሕ።

ምስቲ መገዲ ኣዝዩ ጸቢብን ጥውይዋይን ምኻኑን ፣ ከምኡ ኸኣ ብየማነ ጸጋሙ ሃው ዝበለ ጸድፊ ምስ ምኻኑን ፣ ገፊፍ እናበልካ ብኽቱር ጥንቃቐ ኢዩ ዝዝወር። እቲ ጽርግያ ጨሪሱ ስለ ዘይረአ ፣ እቲ ገምገም ጽርግያ ኣበይ ይውድእ ፣ ጸድፊ ኸኣ ኣበይ ይጅምር ክትግምቶ ኣዝዩ ኣሸጋሪ ኢዩ። ግመ ክብርትዕ ከሎ ዋላ ክልተ ሰለስተ ሜትሮ'ውን ንቅድሜኻ ዘሎ ስለ ዘይረአ ፣ እቲ ጽርግያ ይጥወ ድዩ ዘሎ ፣ ዋላስ ትኽ ኢሉ'ዩ ዝቕጽል ክትፈልዮ ጨሪሱ ኣይከኣልን ኢዩ።

ከምኡ ክኸውን ከሎ መራሕ መኪና ፣ ነተን ብኽልቲኡ ወሰን ጽርግያ ዝተተኽላ ጻዕዳን ጸሊምን ዝተቐብኣ መኸልከልን መሐበርን ኣእማን ኣሚኑን ፣ ብእኣተን ተመሪሑን ኢዩ ዝጎዓዝ። ብሕልፊ ጽልግልግ እንተ ኢሉ ወይ እንተ መሰዩ ፣ መገዲ ምጽዋዕ ኣዝዩ ሓደገኛ ኢዩ ዝኸውን።

ተስፎምን መድህንን ንምጽዋዕ ዝኸዱሉ ዝነበሩ ግዜ ግን ፣ ሚያዝያ ስለ ዝነበረ ፣ ግመ ዝበሃል ኣይነበረን። ካብ ገዛኦም ነቚሎም ንመቓብር ህንዲ ብጸጋም ፣ ንመቓብር እንግሊዝ ብየማን ሓሊፎም ፣ ንቤት ጊዮርጊስ ሰንጢቖም ኣብ ብሎኮ በጽሑ።

ድሕሪኡ ንታሕቲ ብምንቋት ፣ እቲ ኣርባዕተ እግሩ ዝበሃል መሳጢ ድልድል መገዲ ባቡር ንየማን ገዲፎም ፣ ሸግርኒ በጽሑ። ቀጺሎም ነቲ ምቁርን ጥዑምን ፍረኡ ዝሓለፈ ክራማት ኣረኪቡ ፤ ንዝቕጽል ክራማት ከይሰልቸዎ እንደጌና መታን ንብዙሓት ክዕንግል ፣ ተኸናኺኑኒ ከይበለ ብትዕግስቲ መስርሑ ዘካይድ ዝነበረ ተኽሊ በለስ ፤ ከምኡ ኸኣ እቲ ንሱ ዝሸፈኖን ዝኸደኖን ጎቦታትን ኣጻድፍን ሽንጭሮታትን ሸግርኒ ብተመስጦ እናተዓዘቡ ሓለፍዎ።

ብድሕር'ዚ በጸጋሞም ብዓበይቲ ጎቦታት ስለ ዝተጋረዱ ዝረአ'ኳ እንተ ዘይነበረ ፣ ብየማኖም ግን ብርሑቕ ንኽትሪኦም ዝምስጡን ዝማርኹን ሰንሰለታዊ ጎቦታትን ሽንጭሮታትን እናተዓዘቡ ንዓርበ ሮቡዕ በጽሑ። ኣብ ዓርበ ሮቡዕ ባቡር ብትሕትን ብውሽጥን ጎቦ ዝሓልፈሉ ፣ ብኢጣልያንኛ ጋለርያ እናተባህለ ዝጽዋዕ ፣ ሰብ ዝሰርሖ በዓቲ ብምድናቕ እናተዓዘቡ ሓለፍዎ።

ብድሕር'ዚ ንሳቶም ብላዕሊ ላዕሊ እናተጓዕዙ ፣ ባቡር ከኣ ብትሕቲኦምን ብየማኖምን ፣ ኣብ ቅድሚኡ ዘዝጸንሖ ጎቦ እናበሰዐ ፣ ሓንሳብ ንደገ እናተቕልቀለ ፣

ሓንሳብ እናተሓብአ፣ መዓት ትኪ እናተፍአን እናኀሰዐን፣ ከይተሃወኸ ጉዕዞኡ ከሰላስል ብተመስጦ ተመልከቱ።

ካብኡ ናብቲ ኢጣልያውያን ሰይዲቼሲማ ኢሎም ዝጽውዕዎ፣ ካብ ኣስመራ ኣብ መበል 16 ኪሎሜተር ዝርከብ ቦታ በጽሑ። ኣብኡ ምስ በጽሑ እቲ ንወገን ባሕሪ ብርሑቕ ከይርእዩ ጋሪድዎም ዝነበረ ጎቦታት ተወዲኡ ጋህ በለሎም። ኣብኡ ጠጠው ኢሎም ካብ መኪና ወረዱም፣ በጸጋሞምን ብፊቶምን ብየማኖምን ዓይኖም ክሳብ ክሪኦ ዝኽእል ንኪሎሜትርታት ዝተዘርግሐ፣ ኣዝዩ ዘደንቕ ሰንሰለታዊ ጎቦታትን ስንጭሮታትን ብተመስጦ ተዓዘቡ።

መኪናኦም ኣልዒሎም እንደጌና በቲ ጥውዋይ ዝበዝሖ መገዲ ንታሕቲ ተነቐቱ። ንነፋሲት ቅድሚ ምውራዶም፣ ኣብ ልዕሊ ነፋሲት ዘሎ ጎቦ ኾይኖም፣ መኪና ጠጠው ኣቢሎም ካብ መኪና ከይወረዱ፣ ብየማኖም ወገን ማይ ሓባርን ዓላን፣ ፊት ንፊቶም ከኣ ብርሑቕ እቲ ምዕሩግ ጎቦ ደብረ ቢዘንን፣ ገዳም ደብረ ቢዘንን ብተመስጦን በ'ድናቖትን ተዓዘቡ።

መገዶም ብምቕጻል ብየማኖም እቲ ኣብ ውሽጢ ጎቦ ብዘደንቕ ጥበብን ብልሓትን ብኢጣልያውያን እተሃንጸ፣ ንመኸዘኒ ኣጽዋርን ነዳድን ዘገልግል በዓትታት እና'ድነቑን ንታሕቲ እናተነቐቱን፣ ነቲ ጥውይዋይ ዝበዝሖ ጽርግያ ሓሊፎም ናብታ ኣብ እግሪ ጎቦ ደብረ ቢዘን እተደኮነት ሓውሲ ከተማ ነፋሲት በጽሑ።

ጎቦ ደብረ ቢዘን ንየማኖም ገዲፎም፣ ብተዛማዲ ጎልጎል ኣብ ዝኾነ መልክዓ ምድሪ ስለ ዝበጽሑ ናህሪ ብምውሳኽ ተመርቀፉ። ኣብ ትሕቲ እቶም ብየማኖም ዝነበሩ ናእሽቱ ጎቦታት እናተጓዕዙ፣ ከክንዲ ዓበይቲ መካይን ዝኣኽሉ ገዘፍቲ ኣኻውሕ ኩድጭ-ኩድጭ ኢሎም፣ ነተን ብትሕቲኦም ዝውንጨፋ መካይን ዝዕዘቡን ዝሕልውን መሲሎም ይረኣዩ ነበሩ። ተስፎም ምዝዋሩ ከየቋረጸ፣ "እዚኦም እትርእይዮም ኣኻውሕ፣ ንዓና ናይ ክብሪ ሰላምታ ክህቡ ዝተመዘዙ፣ ናይ ክብሪ ዘብዐኛታት'ዮም፣" ኢሉ ንመድህን ኣስሓቓ።

ቅጽል ኣቢሉ ኸኣ፣ "ከምኡ እንተ በልናኺ ግን፣ እቶም ደጊፎሞም ዘለው ናእሽቱ ኣኻውሕን መሬትን፣ እዝግሄር ኣብ ዝወሰነሎም መዓልትን ሰዓትን ብውሕጅ እንተ ተቧሕጊጎም፣ መዓልቱ ንዝኣኸለ ሰብ ብኽብረት ናብቲ ዝቕጽል ዓለም ተማሊኦሞ ክኸዱ ቁሩባት ምዃኖም ክትፈልጢ'ለኪ፣" እናበለ እና'ላገጸላ ምዝዋሩ ቀጸለ።

ካብኡ ከይደንጎየ ሓውሲ ከተማ እምባትካላ በጽሑ። ነታ ከተማ ብማእከል ሰንጢቖም፣ ነቲ ብተዛማዲ ጎላጉል ግን ከኣ ጥውይዋይ መገዲ ሒዞም፣ ንድልድል ማይ ኣድከሞም ሰጊሮም ከተማ ጊንዳዕ በጽሑ። ኣብ ጊንዳዕ ጠጠው ኢሎም ቁርሲ

በልዑን ፡ ንሓደ ፍርቂ ሰዓት ዝኸውን ኣዕረፉን።

ጊንዳዕ ከም ክሊማ ዳርጋ ፍርቂ ናይ ኣስመራ ፡ ፍርቂ ኸኣ ናይ ምጽዋዕ ሓዋዊሳን ደባቢሳን ኣመዓራርያን ኣልዚባን እትጸንሓካ ከተማ ኢያ። ከምኡ ስለ ዝኾነ ብዙሓት ምኩራት ተጓዓዝቲ ፡ ንኸተማ ጊንዳዕ ከም ሻህን ቡንን መስተይትን መዐንገሊትን መነቓቓሒትን ጥራይ ዘይኮነት ፥ ከም ነቲ ዝጽበዮም ክሊማ መቀራረቢትን መለማመዲትን ስለ ዝጥቀሙላ ፡ ኣብኣ ውሱን ግዜ ከየዕረፉ ኣይሓልፉን'ዮም።

ካብ ጊንዳዕ መገዶም ቀጺሎም ናብ ዶንጎሎ ላዕላይ በጽሑ። ካብኡ ኸኣ እንደጌና ንታሕቲ ብምንቋት ነቲ ጥውይዋይ መገዲ ተተሓሓዝዎ። ቅድሚ እቲ ኣጻድፍ ናይ ዶንጎሎ ታሕታይ ምውዳኦም ፡ ብየማነ ጸጋም እቲ ጽርግያ ዓበይትን ምዕሩጋትን ኣእዋም ፡ ብላዕሊ ጨናፍሮምን ኣቖጽልቶምን ኣራኺቦም ነቲ መገዲ ዓቢ ዳስ ኣምሲሎሞ ጸንሕዎም።

ሽዑ ተስፎም ፡ "እዞም እትርእይዮም ዘሎኺ ኸኣ ፡ ናይ ክብሪ ኣጋይሽ ስለ ዝመጻእናዮም ፡ ጽላልና ዘርጊሕና እናሰገድና ብኽብሪ ንቀበሎም ኢሎም'ዮም እናተቐባበሉ ዘሕልፉና ዘለው ፡" እናበለ ኣስሓቓ።

ዶንጎሎ ታሕታይ ወዲኦም መገዶም ናብ ጋሕቴላይ ኣቕንዑ። ጋሕቴላይ ሓሊፎም ፡ ለጥ ዝበለ ጎላጉል ደማስ እናተዓዘቡ ተመርቀፉ። ብድሕር'ዚ እቲ ኢጣልያዊ ጀነራል ሜናብራ ብላቲን ፡ *"ካ ኩስታ ፡ ሎን ካ ኩስታ !"* 'ዝተኸፍለ ይከፈል ፡ ዝወድአ ይወድእ'ምበር ክስራሕን ክዛዘምን ኢዩ ፡' ኢሉ ዘህነጾ ኣዝዩ መሳጢ ድልድል ጋሕቴላይ በጽሑ።

ንኣኡ ሰጊሮም ንማይ ኣጣልን ፡ ነቲ ታሪኻዊ ቦታ ዶግዓሊን ብፍጥነት ተሓምቢቦም ሰገርዎ። ካብኡ ንደሓር ዝኾነ ልሙዕ ነገር ዘይረኣዮ ፡ ዝሓረረ ዝመስል መልክዓ ምድሪ ተቐበሎም። ምስቲ መልክዓ ምድሪ እቲ ኣየር'ውን ብተዛማዲ እናሞቐ ከደ። መድህን በቲ ዝነደደ ዝመስል መሬት ተገሪማ ፡ "እንታ'ዩ ኣንታ እዚ ቦታ ፡ ኦም የብሉ ተኽሊ የብሉ ፡ ካን ጨሪሱ ዝሓረረ ሞቐሎ ይመስል ፡" በለት።

ተስፎም በ'ገላልጸኣ እናተገረመ ፡ "እሞ ኣብ ዝሓረረ ሞቐሎ ደኣ እንታይ ህይወት ዘለዎ ተኽሊ ደሊኺ ኢኺ ፡" ኢሉ እናተዋዘያ ኣብቲ ጎልጎል ተዛንዩ ምዝዋሩ ቀጸለ።

ብድሕሪኡ ኣብቲ ሰጣሕ መሬት ፍጥነቶም ወሲኾም ተሓንበቡ። ባጽዕ ከም ዝቐረቡ ኸኣ ፎርቶ ባጽዕ ብርሑቕ ኮይኑ ፡ ኣብዚ ኣሎኹ በሎም። ምጽዋዕ ቅድሚ

ምእታዎም ፡ እቲ ብዘመን ጣልያን ዝተሃንጸ ኣዝዩ ምዕሩግ ድልድል ተቐበሎም። ንኣኡ ሰጊሮም ብሎኮ ባጽዕ በጽሑ። ኣብ ምጽዋዕ ምስ ኣተው ሕንጡብሎን ኣማተረን ሰጊሮም ፡ ንዕዳጋ ሓሊፎም ቀይሕ ባሕሪ ብሰላም ክርእዩዎ በቕዑ።

ስጋለት ቀጣን ምስ በጽሑ እቲ ባሕሪ ብየማነ ጸጋሞም ኮይኑ ፡ እንቋዕ ብደሓን መጽእኩም ዝብሎም ዝነበረ ኮይኑ ተሰምዖም። እቲ ዝተቐበሎም ናይ ባሕሪ ሽታ ኸኣ ብሶርናኦም ኣትዩ ፡ ንሳናቡኦምን ንሙሉእ ኣካላቶምን ብፍስሓ መልኦ።

ንጥዋለት ሓሊፎም ናብ ውሽጢ ባጽዕ ክኣትው ከለው ፡ ብጸጋሞም እቲ ምዕሩግ ብናይ ቱርኪ ስነ ህንጻ ቅዲ ዝተሃንጸ ቤተ መንግስቲ ፡ ፊት ንፊቶም ከኣ ወደብ ምጽዋዕ ተቐበሎም። ንሳሾያን ንቶሪኖን ዝበሃሉ ፍሉጣት ህንጻታትን ፡ ንውሽጢ ባጽዕን ንጸጋም ገዲፎም ፡ ብየማን ንወገን ርእሲ ምድሪ ተዓጺፎም ናብቲ ሒዞሞ ዝነበሩ ሆቴል ገጾም ኣምርሑ። ብየማኖም ከበብ መዘናግዒ ጀላቡ ፡ ከፉት ናሕሲ ዘይብሉ ሲነማ ቤት ምጽዋዕ ፡ ከምኡ ኸኣ ዳንሲ ማርያ ዝበሃል ናይ ሳዕስዒት ማእከል ሓሊፎም ኣብ ሆቴሎም በጽሑ። ኣቕሑቶም ካብ መኪና ኣወራሪዶም ናብ ክፍሎም ኣተው። ብድሕሪኡ ሰውነቶም ተሓጻጺቦም ኣዕረፉ።

ንመጀመርያ ክልተ ሰለስተ መዓልታት ብቖልዑ ተሰኪፎም ብዙሕ ኣይቀሰኑን። ኣርኣያ ካብን ናብን ትምህርቲ ንቖልዑ የመላልሶም ፤ ዓባዮም ወ/ሮ ብርኽቲ ኣብ እንዳ ተስፎም ኮፍ ኢለን ንቖልዑ ይከናኸናኦም ፤ ከምኡ'ውን ኣቦሓጎኦም ግራዝማች ቀትሪ-ቀትሪ ምስኦም ይውዕሉ ስለ ዝነበሩ ፤ ቆልዑ ጨሪሶም ከም ዘይተሸገሩ ምስ ኣረጋገጹ ግን ፡ ክቐስኑን ዕረፍቶም ብግቡእ ክጥቀሙሉን ጀመሩ።

ተስፎምን መድህንን ፡ ኣብ ሓንቲ ምጥንቲ ኣስመራ ሆቴል እትበሃል መዕረፊት ኣጋይሽ ኢዮም ኣትዮም። እታ ሆቴል ኣብቲ ናብ ርእሲ ምድሪ ዝወስድ መገዲ ኢያ ተደኲና። ኣብኡ ኾይኖም እታ ኣብ ርእሲ ምድሪ ኾይና ምሸትን ሙሉእ ለይትን ክይሰልከየት ፡ ንኹለን ብቐይሕ ባሕሪ ዝሓልፉ መራኽብ ብዘይ ኣፈላላይ ፡ ወደብ ምጽዋዕ ኣበዚ እየ ዘሎኹ ኢላ እተበስርን እትመርሕን ግምቢ ብርሃን (ላይት ሃውስ) መብራህታ ኣብ ፍሉጥን ውሱንን ካልኢታት ውልዕ ጥፍእ ከተብል ይርእይዋ ነበሩ። ብድሕሪ'ታ መዕረፊት ኣጋይሽ ፡ ኣብ ናይ ሜትሮታት ርሕቀት ባሕሪ ክትመልእ ከላ ፡ እቲ ማዕበል ናብቲ ገማግም ሻሕ-ሻሕ ጫዕ-ጫዕ እናበለ ክሃርም ከሎ ፡ ኣብ መዳቕሶኦም ኮይኖም ይሰምዕዎን ፡ ከም ዘይምኖ ተፈጥሮኣዊ ሙዚቃ የስተማቕርዎን ነበሩ።

ብድሕሪ'ቲ ሆቴሎም ኮይኖም ንጸጋሞም ጎቦ ገደም ፡ ንየማኖም ከኣ በቑጽልቲ ዝማዕረገት ሓምላይ ደሴት ክርእዩ ይኽእሉ ነበሩ። ተስፎምን መድህንን ኣጋጣሚ

ንምጽዋዕ ዝኸዱሉ ግዜ፣ ወርሒ ሚያዝያ'ዩ ነይሩ። ወርሒ ሚያዝያ እቲ ብተዛማዲ ዝሑል ክሊማ ከባቢ ባጽዕ ኣብቂዑ፣ ኣብ ወርሒ ግንቦት ዝጅምር ምዉቕ ወቕቲ ቅድሚ ምእታው ስለ ዝኾነ፣ ኣዝዩ ምጡንን ጥዑምን ክሊማ ዘለዎ ወቕቲ'ዩ።

ቀትሪ ፊሽ-ፊሽ ዝብል ማኣከላይ ኩነታት ኣየር፣ ምሸት ከኣ ጥዑም *'ኮፍ ኢሉ ትብል ውጻእ፣ ውጻእ'ሞ ነቲ ባህሪ ዝህብ ጥሉል ኣየር፣ ካልእ ግዜን ኣብ ካልእ ቦታን ዘይርከብ በፍጫንኻን ብጎናቡእካን ሐሓፊስካ ጉስም፣'* ዝብል'ዩ ነይሩ። ባሕሪ ኸኣ ብግደኡ ከምዚ ሰውነትካ ንኽትሕጸብ፣ ማይ በታ እትደልያ መጠን ሙቐት ኣሙቒካን ደባቢስካን እትቕርቦ ብዝመስል ኣገባብ፣ ብቴርሞሜተር ተለኪዑ እየ ተቐሪበ ዘሎኹ *'ስለዚ እቶ'ሞ፣ እንተ ኣቲኻ ግን ከም ዘይትወጽእ ፍለጥ፣'* ዝብል ዓይነት'ዩ ነይሩ።

ነዚ ምረቓ'ምበር ካልእ ክበሃል ዘይክኣል ክሊማ፣ ተስፎምን መድህንን ብሓባር ኮይኖም ብፍቕርን ብሰላምን፣ ሓደ ዕላማን ሸቶን ሒዞም ክቋደስዎ ጀመሩ። ብኣኡ መሰረት ቀትሪ-ቀትሪ ንባሕሪ ኸይዶም ክሕምብሱን ክዘናግዑን ይውዕሉ ነበሩ። ምሸት-ምሸት ከኣ በቲ ምቹእ ክሊማ እናተፈስሑን፣ ኦክስጅንን ጠልን ዝመልኦ ኣየር እና'ስተንፈሱን ክዛወሩ ቀነዩ።

ኣብቲ ኩነታት'ቲ ንዝረኣዮም፣ ግን ከኣ ንዘይፈልጦም ሰብ፣ ሸዑ ዝተመርዓው'ሞ ሕጽኖቶም ዘሕልፉ ዝነበሩ ሓደስቲ መርዑት'ዮም ዝመስሉ ነይሮም። ኣብቲ ግዜ'ቲ ተስፎም ወዲ 36፣ መድህን ከኣ ጓል 31 ዓመት ኢዮም ነይሮም። ደቆም ከኣ ድሮ ፈርዚኖም፣ ማናቱ ብሩኽን ትምኒትን ደቂ 13፣ ለገሰ ወዲ ትሽዓተ፣ ሕርይቲ ከኣ ሽዱሽተ ዓመታ ገይራ ነይራ።

ከምዚ'ሎም ከኣ ነቲ ዳርጋ ካልኣይ ሕጽኖቶም ዝኾነሎም ግዜ፣ ብሓጎስን ብፍስሓን ከድሰቱሉን ክዓግቡሉን ቀነዩ።

ኣርኣያ ኣብ ልዕሊ ከም ቀደሙ ን'ንዳ ባኒ ከይዱ ሕሳብ ምግባር፣ ናብ ፋብሪካ እውን ክመላለስን ክተሓጋገዝን ጀመረ። ኣርኣያ ንፋብሪካ ክኸይድ ካብ ዝጀምር ንደሓር፣ ኩነታት ሃብቶምን ደርማስን ዝያዳ ከም ዝዘሓለ ተዓዘበ። ኣብ ስራሕ'ውን ክተሓባበርዎ ከም ዘይደልዩን፣ ዘድልዮ ሰነዳት ክገላብጥ ከሎ ብዙሕ ባህታ ከም ዘይህቦም ዝነበረን ክርእይዎ ጀመሩ። ኣርኣያ ግን ብሓወይ ተወኪለ ኣብዚ ክሳብ ዘለኹ ድላዮም ይሰምዓዮም፣ ሓላፍነተይ ክፍጽም እየ ብዝብል

ስራሑ ቀጸለ።

መድህንን ኣርኣያን ንኹነታት ተስፎም ብዝምልከት ፡ ብቐጻሊ ብስልኪ ይራኸቡ ነበሩ። ተስፎም ጽቡቕ ከም ዘሎ ፡ እንድሕር ከምኡ ቀጺሉ ኸኣ እታ ናይ ከረን'ውን ከትቕጸል ከም እትደሊ ነ'ርኣያ ሓበረቶ። ኣርኣያ በዚ ኣዝዩ ተተባብዐ። ብወገኑ እቲ ኣሰራርሓ ኩሉ ስለ ዝለመዶ ፡ ብዛዕባ ስራሕ ዝኾነ ሽግር ከም ዘይነበረ ንተስፎም ገለጸሉ።

ኣብቲ ለሚደዮ ዝበሎ ግዜን ፡ በዓል ተስፎም ካብ ዝኸዱ ኣብ መበል ሻሙናይ መዓልቶምን ግን ፡ ኣብ ስራሕ ሓደ ዘጣራጥር ነገር ኣስተብሃለ። ደርማስ ክልተ ሰለስተ መሸጣ ብዘይ ቅብሊት ሸይጡ ፡ ነቲ ኣታዊ ኣብ ካዝና ከም ዘየእተዎ ኣስተብሃለ። እስከ ዝያዳ ክከታተሎን ክጽንዮን ኢሉ ኸኣ ፡ እታ ሓበሬታ ንነብሱ ሒዝዋ ትም በለ።

ድሕሪ ሳልስቲ እታ ተርእዮ ደርማስ እንደጌና ደገማ። ሽው እቲ ዝፈረየን ዝተሸጠን ፓስታ እንተ ኣወዳደሮ ፍልልይ ረኸበሉ። ከምኡ ምስ ኮነ ደርማስ ይሰርቖም ከም ዝነበረ ርግጸኛ ኾነ። እቲ ርክቦም ከም ቀደሙ ዘይምኻኑን ፡ ደርማስ ከኣ ሓው ሃብቶም ብምኻኑ ግን ፡ ተስፎም ክሳዕ ዝመጽእ ንሃብቶም ክየዛረቦ ትም ምባል ይሓይሽ ኢሉ ወሰነ። ንበዓል ተስፎም'ውን እታ ዕረፍቶም ብጽቡቕ መታን ክዛዝሙዋ ኣብ ስራሕ ጸገም ከም ዘየሎ እናሓበረ ኣቐነዮም።

ተስፎምን መድህንን ክልተ ሳምንቶም ኣእኪሎም ፡ ብሰላምን ብጽቡቕን ተመለሱ። ሽው መዓልቲ ምስ ደቁን ስድራን ይታሓጎስ ኢሉ ፡ ንተስፎም ከይነገሮ ክሓድር ወሰነ።

ንጽባሒቱ ንተስፎም ብዛዕባ ስራሕ ጸብጻብ ክህበካ ኢሉ ተቛጸሮ። ኩሉ እቲ ዝረኸቦ ኸኣ ሓደ ብሓደ ብዝርዝር ኣረድኦ።

መጀመርያ ኣይተቐበሎን። "እዚ ክኸውን ኣይክእልን'ዩ ፡" ጥራይ እትብል ዘረባ ደጋገመ።

ኣርኣያ ንተስፎም ፡ "እታ 'ዋና ዘይብሉ ማል ሰራቒ የጥሪ' ይብሉ ዓረብ ክምስሉ ኢሉ ፡ ኣቦይ ዝደጋግመልና ዘረባ ረሲዕካያ ዲኻ?" በሎ።

ድሒሩ ኣርኣያ ኹሉ እቲ ሕሳብ ብሰነዳት ኣሰንዩን ኣመሳኺሩን ምስ ኣቕረበሉ ፡

ክቕበሎ ተገደደ።

ኣርኣያ ምስ ከደ ፡ ተስፎም ንበይኑ ክሓስብን ክዝክርን ጀመረ።

"ኣነስ'ኳ እዚ ዝሓለፈ ኣዋርሕ ስራሕ ስለ ዘይተኸታተልኩዎ ፡ ከምዚ እንተ ረኺበኒ ይግበኣኒ'ዩ። ሃብቶም ግን ካብቲ ፋብሪካ ዘይፍለ ኸሎ ፡ ንሱ'ውን ከስተብህሎ ዘይከኣለ ዘገርምዩ ፡" ኢሉ ሓሰበ። "*ደርማስሲ ብዙሕ ዘይበሊሕን ሕያዋይን ሰብ እናመሰለ ንኹላትና ከፀንዘዘና ፡ ዘሰደምም ኢዩ። ምኳን ስንፍናይ'ዩምበር ፡ ዝነዓቕካዮን ዘንኣኣስካዮን ዝያዳ ከም ዘዘንግዓካን ከም ዘድምዓልካን ፡ ኣጸቢቑ ይፈልጦ'ንድዩ !*" እናበለ ኣስተንተነ።

ሽው ግራዝማች ኩሉ ግዜ ፡ "*ኣብ ሕማቕ ምስራሕን ፡ ኣብ ምቕጣፍን ኣብ ምትላልን መን ዘይንፋዕን ፡ መን ዘይበሊሕን !*" ኢሎም ዝደጋግሙዋ ዘረባ ትዝ በለቶ።

ድሕሪኡ ናብ ፋብሪካ ከይዱ ፡ ቅድሚ ሃብቶም ምምጽኡ ኩለን እተን ኣርኣያ ዝበለን ሰነዳት ፡ ሓደ ብሓደ ገናጺሉ ረኣየንን ኣወዳደረንን። ሃብቶም ምስ መጸ ብህጹጽ ክንዘራረበሉ ዘድልየና ነገር ስለ ዘሎ ፡ ንድሕሪ ቐትሪ ንራኸብ ኢሉ ቆጸራ ገበረሉ።

ሽው ድሕሪ ቀትሪ ምስ ሃብቶም ተራኺቦም ኮፍ ምስ በሉ ፡ "ስማዕ ሃብቶም እዚ ክንዘራረበሉ ደልየ ዘለኹ ኣርእስቲ ፡ ምስቲ ድሮ ብጉዳይ ሰላም ሓብተይ ደስ ዘይበለካ ተሓዊሱ ፡ ዝያዳ ቅር ከብለካን ከቕሕረካን ይኽእል ኢዩ። ስለዚ ምእንቲ ርክብናን ሽርክናናን ፡ ህድእ ኢልካ ብትዕግስቲ ከተስተብህሎን ክትርድኦን እምሕጸነካ ፡" በለ ተስፎም።

"እንታይ ዓይነት ኣርእስቲ ኢዩ'ዚ?" ሓተተ ሃብቶም ዝሕልሕል ብዝበለ ኣዘራርባ።

"እዚ ኣነ ገይሸሉ ዝነበርኩ ግዜ ኣርኣያ ዘስተብሃሎ ሓደ ነገር ኣሎ።"

"እንታይ ዘስተብሃሎ?" ሓተተ ሃብቶም ብተርባጽ።

"ጽናሕ'ሞ ፡ ናብኡ'የ ክመጸካ። ንስኻ'ውን ዘየስተብሃልካዮ ነገር ክኸውን ኣለዎ።"

"ኣነ ዘየስተብሃልኩዎ? እንታይ?" በለ እንደጌና ርብጽ ኢሉ።

"ደርማስ ሓውኻ ብዘይ ቅብሊት እናሸጠ፡ ኣብ ክንዲ ናብ ካዝና፡ ብተደጋጋሚ ግዜ ናብ ጁባኡ ኣታዊ ዝገበሮ ንብረት ኣሎ፡" ኢሉ ደርጉሓሉ።

"እንታይ ኢኻ ትብል ዘለኻ ተስፎም? እዚ ንደርማስ ከኽፍኦ ኢሉ ዝብሎ ዘሎ ነገር'ዩ። ካብ ርእስና'ምበር ምውራድ ኣቢኹም!"

"ኣይትተሃወኽንዶ ሃብቶም።"

"እንታይ ኮይነ እየ ዘይህወኽ! ንሓወይ ብስርቂ'ኮ ኢኹም ትኽስዎ ዘለኹም።"

"ንሓወይ ንስኻ እንተ ትረኽበሉ'ውን'ኮ ስቕ ኣይምበልካን። ሕጂ ሓንሳብ ህድእ ኢልካ ስምዓኒ፡ እቲ ዝረኸቦ ሓደ ብሓደ ክጽብጽበልካ።"

"ጸብጺብካ ተምጽኦ የብልካን። ግን ጸብጽብ፡" በለ ሃብቶም ሰራውር ገጹ ተገታቲሩን፡ ኣዒንቱ በርበረ መሲሉን፡ ገጹ ቁሩብ ታህ ታህ ከም ዝበለ ብግልጺ እናተንጸባረቖን።

ሽው ተስፎም እተን ዝተገብራ መሸጣን፡ እቲ ዝፈረየን፡ እቲ ኣታውን፡ ካልእ ዝርዝራትን ገይሩ ኩሉ ኣቕረበሉ። በብሓደ ኸኣ መልሲ ክረኽበሉ ከም ዘይክእል ገይሩ ኣረድኦ። ሃብቶም ዝብሎ ዝገብሮ ከም ዝጠፍኦ፡ ኣብ ኩነታቱ ይረአ ነበረ። ካልእ ክብል ስለ ዘይከኣለ፡ ብትሑት ርእሰ ተኣማንነቱ ዘጥፍአ ሰብ ድምጽን ቃናን ገይሩ ኸኣ፡ "እዚ ክእመን ዘይክእል ነገር'ዩ። ብመጀመርታኡ ንደርማስ ጠርጢርካዮ እንተ ኔርካ፡ ንምንታይ ነ'ርኣያ ከየምጻእካ ንዓይ ዘይነገርካኒ? ዶስ ካብ መጀምርታኡ ኢኻ ተንኩልካ ኔርካ?" ኢሉ ሓተቶ።

ተስፎም ኣይተረድኦን'ምበር፡ ሃብቶም መስቀላዊ ዓይነት ሕቶ ኢዩ ዝሓቶ ነይሩ።

"ፈጺመ። ጥርጣረ ዝበሃል ኣይነበረንን። ብቕንዕናን ኣብ ክንዳይ ቁሩብ እንተ ሓገዝኩምን ኢለ'የ፡ ግድን ይምጻእ ዝበልኩኻ፡" በሎ ብንጽህና።

"ሕራይ ሓቂ እንተ ኾይኑስ ደሓን። እሞ ኣነ ነዚ ኣብ ልዕሊ ደርማስ ሓወይ ተቕርቦ ዘለኻ ክሲ፡ ሓቅነት እንተ'ልይዎ ክምርምሮን ክፍትሾን እደሊ እየ። ንደርማስ'ውን ከዛርቦን ክሓቶን'የ።"

"ጽቡቕ ጸገም የለን። እሞ ንጽባሕ ከምዚ ሕጂ እንተ ተራኺብናኸ?"

"ቁሩብ ግዜ የድልየኒ ኢዩ። ንድሕሪ ጽባሕ ይኹነልና።"

"ሕራይ ጽቡቕ ፡" በሎ ተስፎም።

ሽው ክልቲኦም ብድድ-ብድድ ኢሎም ፡ ካልእ ቃል ከይወሰኹ ነናብ ስርሖም ከዱ።

ኣብ ሳልስቱ ተስፎምን ሃብቶምን ከም ቆጸራኦም ኣብ ፋብሪካ ተራኸቡ። ተስፎም ተቐዳዲሙ ፡ "ሰላም ሃብቶም ፡" በሎ።

ሃብቶም ንሰላምታ ተስፎም ፡ ብሰላም ምባል ዘይኮነስ ፡ ኣብኡ ኸሎ ፡ "እም ፡" ብዝብል ዘይንጹር ድምጺ ኢዩ መልሲ ሂቡሉ።

ተስፎም ንግብረ መልሲ ሃብቶም ሸለል ብምባል ፡ "እሞ ናብ ጉዳይና ንእቶ እምበኣር ፡" በለ።

"ሕራይ ፡" በለ ሃብቶም።

"እሞ ናባኻ ኢዩ ዘረባ።"

"ምስ ደርማስ ብሰፊሑ ተዘራሪብና። እቲ ሰነዳት እውን ብሓባር ኣጸቢቕና ርኢናዮ። ናይ ኣሰራርሓ ጉድለትን ጌጋን እንተ ዘይኮይኑ ፡ ኣነ ኣይወዓልኩዎን ኢሉ ነቲ ኽሲ ብትሪ ነጺግዎ። ኣነ'ውን ደርማስ ከም ሰብ መጠን ህርኩትን ጥንቁቕን ስለ ዘይኮነ ፡ ካልእ ኩሉ ነገር ኣብ ግምት ኣእትየ ነቲ ንሱ ዝብሎ እየ ዝድግፍ ፡ " በለ ብጥንቃቐ ብዝተቐረበሉ ዘረባ ብዝመስል።

"ኣነ ብዘየወላውል መንገዲ ብሰነድ ደጊፈ እየ ኣቕሪበልካ። ኣይወዓሎን ዝበሃል እንተ ኾይኑ ፡ ወይ ንዓይ ወይ ንኻልእ ብደገ እንጽውዖ በዓል ሞያ ፡ ከም ዘይወዓሎ ብሰነድ ደጊፍኩም ከተረድኡ ክትክእሉ ኣሎኩም። ኣብ ሓዲኡ ኢና ኸኣ ግድን ክንዓልብ ፡" በለ ተስፎም ትርር ኢሉ።

"ነዚ ናይ ክልቴና ዝተፈላለየ ርእይቶን ዘይንሰማማዓሉ ዘሎና ነገርን ንጎድኒ ገዲፍና ፡ ኣብ መደምደምታኡ ነዚ ጉዳይ ብኸመይ ክንዓጽዎ ኣሎና ኢልካ ኢኻ እትሓስብ ዘለኻ?" በለ ሃብቶም ብናይ ምጥርጣርን ፡ ነብሰ ምትእምማን ከም ዘጉደለ ብዘስምዕ ቃናን።

"ሕራይ ፍልልይና ኣብ ቦትኡ ሃልዩ ፡ ናብቲ ሓሳብ'ቲ እንተ ሰገርና ተቓውሞ የብለይን። ከም ናተይ ኣተሓሳስባ ደርማስ ጓና እንተ ዝኸውን ፡ ምኽሰስናዮን

ኣብ ሕጊ መቕረብናዮን። ደርማስ ግን ኣባል ናይዚ ስድራ ቤት ስለ ዝኾነ ንገብሮ የብልናን። ካብ'ዚ ስራሕ ግን ካብ ብሕጂ ግድን ክእለ ኣለዎ ፡" በለ ተስፎም ብዘየወላውል ኣዘራርባ።

"ክእለ? ካልእ ካብኡ ዝሓይሽ ሓሳብ የብልካን ማለት ድዩ?"

"እወ ኣጸቢቐ ሓሲበሉ'የ። ካልእ ካብኡ ዝሓይሽ ኣገባብ የለን።"

"ደሓን ከምኡ ኢልካ ኣብቲ ውሳነ'ቲ እንተ ነቒጽካ ፡ ደርማስ ካብ ብሕጂ ክእለ ይኽእል'ዩ ፡" በለ ሃብቶም ብናይ ተሰዓርነት መንፈስ።

"ምንቃጽ ዘይኮነስ ፡ እቲ ዝሓሸን ዝቐለለን መፈጸምታ ናይዚ ጉዳይ ከምኡ ኢዩ። ንደርማስ ክልቴና ካብ ነዛርቦን ዘይተደልየ ስምዒት ካብ ዝሓድሮን ፡ ባዕልኻ ንበይንኻ ኣዛሪብካ ወድኣያ ፡" በለ ተስፎም።

"ደሓን ከምኡ ክገብር ይኽእል'የ ፡" በለ ሃብቶም ተቐላጢፉ ፡ ኣብ ገጹ ከም ዘይተሓጎሰ ዘርኢ ኣካላዊ ቋንቋ እና'ንጸባረቐ።

ሃብቶም ኣብ ገጹ ከምኡ የንጸባርቕ'ምበር ፡ ተስፎም ግን ኣብ ገጽ ሃብቶም ፡ በቲ ዘቕረበሉ ሓሳባት ፍኹስ ከም ዝበሎ'ዩ ዘንብብ ነይሩ። ኣረዲኢዮን ብቐሊሉ ተቐቢሉኒን ኢሉ ኸኣ ሩፍታ ተሰምዖ።

ተስፎም'ዩ ዘይፈለጠ'ምበር ፡ ሃብቶም ዋላ ኣብ ገጹ ከም ዘይተሓጎሰ ከርኢ እንተ ሃቀነ ፡ በቲ መደምደምታ ግን ሩፍታ ተሰሚዕዎ ነይሩ'ዩ።

"ሓንቲ ተወሳኺት ሓሳብ ኣላትኒ ፡" በለ ተስፎም።

"እንታይ ተወሳኺት?" በለ ሃብቶም ብቕጽበት ፡ ጥርጣረን ስግኣትን ብዝተሓወሶ ድምጺ።

"ደርማስ ካብዚ ካብ ኣልገስናዮ ፡ ኣርኣያ ሓወይ ኣብዚ ምትሕግጋዙ ክቕጽል ይሓይሽ ፡" በለ ተስፎም።

"እንታይ ናይ ኣርኣያ ምምጻእ የድልየና። ኣነን ንስኻን ክንዓሞ ንኽእል ኢና ፡" በለ ሃብቶም ተቐላጢፉ።

"ብመጀመርታኡ ሓገዝ ስለ ዘድለየናዶ ኣይኮንናን ንደርማስ ኣምጺእናዮ። ስለዝስ ሓገዝስ የድልየና ኢዩ።"

"ኣነ ነዚ ሓሳብ'ዚ ጨሪሰ ኣይሰማምዓሉን'የ።"

"እሂ ንምንታይ?"

"ሓቂዶ ክነግረካ፤ ሎሚ ብናይ ደርማስ ሓወይ ብኸምዚ ኣብ ግርጭት በጺሕና ኣሎና። ጽባሕ ከኣ ብናይ ኣርኣያ ሓውኻ ኣብ ከምኡ ክንበጽሕ ኣይደልን'የ። ከምታ መጀመርያና ክልቴና ጥራይ ንሓዞ፤" በለ ሃብቶም።

"ሃብቶም'ኮ ሕጂ፤ ጽባሕ ድሕሪ ጽባሕ ኣርኣያ እንተ ሰረቐናኽ ኢሉ ኢዩ ዝሰግእ ዘሎ" ኢሉ ሓሰበ ተስፎም። ሽው "ከምኡ እንተኾይኑ'ኳ፤ ኣብያ ሃብቶም ቅቡልን ምኽኑይን'ዩ" ኢሉ ደምደመ። ሽው፤ "ከምኡ ስክፍታ እንተ'ልዩካስ ደሓን በል ሕራይ፤" በለ ከይተጠራጠረ።

"ሕራይ በል። ወዲእና እንዲና ሓቀይ፤" በለ ሃብቶም እናተንሰአ።

"እወ ወዲእና ኢና፤" ኢሉ ተስፎም'ውን ብድድ በለ።

ነናብ ዋኒኖም ክኸዱ ከኣ ተፈላለዩ።

ተስፎም ተፈላልዮም ክኸዱ ኸለው ኣትሒዙ፤ ሓንቲ ክጭብጣን ከለልያን ዘይከኣለ ስምዒት ሕርኽርኽ እናበለት ምኽድ ኣበየቶ። ክሕዛ በል እንተ በለ ኸኣ ዕጭ ሓንፈፈትሉ። ሽው እንታይ ገደሰኒኸ'የ፤ ንዘይጭበጥን ምናልባሽ'ውን ንዘየሎን ክሕዝ ሓንጎለይ ዝበጽበጽኩ ኢሉ ክርስዓ ወሰነ።

እታ ምስ ሃብቶም ክዘራረቡ ከለው ሕርኽርኽ እናበለት ዘሸገረቶ ነገር፤ ንተስፎም ካብ ሓንጎሉ ምልጋስ ኣበየቶ። ድሕሪ ነዊሕ ምሕሳብን ምቅላስን ግን እንታይ ምዃና ክሕዛ በቕዐ። ንሳ ኸኣ ናይ ደርማስ ምጥፍፋእ ምስ ነገሮ፤ ሃብቶም ንዘርኣዮ ግብረ መልሲ እትምልከት ኢያ ነይራ። ኣዝዩ ክንድርን ከዕገርግርን፤ ከምኡ'ውን ተሪር መርገጺ ክወስድን ኢዩ ተጸብይዎ ነይሩ። ናይ ሃብቶም ግብረ መልሲ ግን ኣዝዩ ዝሑልን ልኡምን ኮይኑ ኢዩ ረኺብዎ። ብሓጺሩ ልክዕ ከምዚ ነቲ ጉዳይ ኣቐዲሙ ዝፈልጦ ዝነበረ ኮይኑ ኢዩ ተሰሚዕዎ።

በዚ ምኽንያት'ዚ ኸኣ "ይፈልጥዶ ነይሩ ይኸውን?" ዝብል ሕቶ መጾ። ይፈልጥ እንተ ነይሩኸ፤ ብናይ ሃብቶም ፍቓድን ምትሕብባርን ይካየድ ነይሩ ማለት ድዩ? ከምኡ እንተ ኾይኑ እቲ ጉዳይን እቲ ቅጥፈትን፤ ካብቲ ረኺቦሞ ዝነበሩ ኣዝዩ

ዝዓሞቐን ዝሰፍሐን ክኸውን ዓቢ ተኽእሎ ከም ዝነበሮ ገመተ።

ከምኡ ክይከውን'ሞ ፡ ኣብ ካልእ ዕግርግርን ምብትታንን ከይኣትው ብልቡ ተመነየ። ዝሓለፉ ኣዋርሕ ብሰንኪ ድኽመቱን ናይ መስተ ኣመሉን ፡ ትም ኢሉ ብግቡእ ስራሕ ክይተኸታተለ ብእምነት'ዩ ዝንዓዝ ነይሩ።

ጥርጣረኡ ንምዕራፍ ግን እታ እንኮ ኣማራጺት ፡ ዓይኑን እዝኑን ከፊቱ ስራሑ ብዕቱብ ምክትታል ምዃኑ ገምገመ። ከምኡ'ውን ከም ቀደም ዘዝቐረበሉ ሕሳብ ተቐቢሉ ምስምማዕ ዘይኮነስ ፡ ብዕትበት ኩሉ መስርሕ እቲ ትካል ካብ ሀ ክሳብ ፐ ክከታተሎ ከም ዘድልዮ'ውን ተረድአ። እዚ ማለት ናይ ጥረ ነገራት ዕድጊ ፡ ኣብ ፋብሪካ ምምስራሕ ፡ መሸጣ ፡ መዓልታዊ ኩነታት መኽዘን ፡ ቁሙጥ ንጥረ ነገርን ፡ ውዱእ ፓስታ ምቁጽጻርን ከጠቓልል ምዃኑ ገምገመ።

ከቢድን ቀጻልን ስራሕ ከም ዝኸውን ፡ ግን ከኣ ናይ መስተ ድኽመቱ ኣብ ሞንጎ ኣትያ እንተ ዘየታዓናቕፋቶ ፡ እቲ ስራሕ ልዕሊ ዓቕሙ ከም ዘይኮነ ርግጸኛ ኾነ። ሽውን ኣብኡን ከኣ ምስ ነብሱ መብጽዓ ኣተወ።

"ብሽም እዞም ዝፈትዎም ደቀይ ፡ ነዚኣ ከይወዳእኩ ፡ ናብ የማን ይኹን ጸጋም ከይብል ፡" ኢሉ ኸኣ መሓለ።

ተስፎም ከም ዝተመባጽዐ ኢዩ ዝፈልጥ'ምበር ፡ ግብራውነቱ ዘረጋግጾ ግን ተስፎም ዘይኮነስ ፡ ግዜ ምዃኑ ሽው ዘዘክሮ ኣይረኸበን። ብዝያዳ ግን ኣጆኻ ግዜ'ሎ ንኹሉ ዝምዝግብን ዘይርስዕን ዝብሎ ምደለየ። መብጽዓኡ ብውሽጡ እናደጋገመ ኸኣ ንገዛኡ ተጓዕዘ። ገዛ ምስ ኣተወ ንመድህን ኩሉ እቲ ምስ ሃብቶም ዝተበሃሃልዎ ገለጸላ። እቲ ሓሳቡን መደቡን መብጽዓኡን'ውን ብዝርዝር ኣረደኣ። እታ ዝሓሰብዋ ዕረፍቲ ተሰሪዛ ፡ በዛ መደብ እዚኣ ከም ዝተተከኣት ብቐራጽነት ገለጸላ። መድህን እንድሕር ነቲ ስራሕ ቀጥ ኢሉ ሒዝዎን ካብታ መስተ ርሒቑን ፡ ዝኾነ ዓይነት ተቓውሞ ከም ዘይህልዋ ነገረቶ።

ንጽባሒቱ ነ'ርኣያ ሓው'ውን ፡ ኩሉ እቲ ንመድህን ዝበላ ደገመሉ። ኣርኣያ'ውን ከም ናይ መድህን ኣብ ጎድኑ ጠጠው ከም ዝብልን ፡ ኣድላይ እንተ ኾይኑ ነቲ ናይ ዝሓለፈ ዓመት ሰነዳት ኣብ ምልቃምን ምጥንኻርን ክሕግዞ ፡ ድሉው ምዃኑ ብምሕባር ኣተባበዖ። ናይ መድህንን ኣርኣያን ምትብባዕ ሞራል ኮይኑዎ ፡ ፍናኑ ሰማይ ዓረገ። ኣብ ውሳነኡ ንኽጸንዕ ተደራቢ ሓይሊ ከም ዝኾኖ ኸኣ ተኣማመነ።

ተስፎም ስራሕ ብዕቱብ ሓዞ። ኣብ ውሽጢ ሰሙን ብዙሕ ሰጎመ። እቲ መስርሕ ምጥፍፋእ'ውን ኣብ ደርማስ ዘይተሓጽረ ከም ዝነበረ ከረጋግጽ ግዜ ኣይወሰደሉን።

ግን ብኣኡ ከይዓገበ እኹል መርትዖታትን ሰነዳትን ከእክብ ኣሎኒ ብዝብል ፡ ርኽበቱ ንሃብቶም ምልክት ከየርኣየ ስራሑ ቀጸለ። ሃብቶም ናይ ተስፎም ሓድሽ ህርኩትነት ኣይተረደኦን ፡ ግን ብዙሕ ደስ ከም ዘይበሎ በቲ ንተስፎም ዘርእዮ ዝነበረ ግብረ መልሲ ብሩህ ነበረ።

ዝያዳ ብዝፈለጠን መርትዖ ብዝረኸበን ፡ ብስንፍናኡን ብሸለልትነቱን ዝያዳ ይሓርቖን ይበሳጮን'ኳ እንተ ነበረ ፡ ስምዒቱ ዓጊቱ ትም ኢሉ ስራሑ ብናህሪ ይቕጽል ነበረ። ቅዳሕ ናይ ኩሉ ዘድልዮ መርትዖ ምስ ሓዘ ፡ ንሓደ ኽልተ ዝኣምኖም ሰራሕተኛታት'ውን ከዘራርብ ጀመረ። ኩሉ ዘድልዮ ሰነዳትን ሓበሬታታትን ምስ ኣከበ ኸኣ ፡ ሃብቶም ነቲ ቅጥፈት ብዘየጠራጥር መንገዲ ፡ ብሰፊሕን ንነዊሕ እዋንን ከም ዘካየዶ ከረጋግጽ ከኣለ።

እቲ ዝተርፍ ብዛዕባ እቲ ከወስዶ ዝነበሮ ስጉምትን ኣገባቡን ስለ ዝኸውን ፡ ኣቐዲሙ ከሓስበሉን ምስ ሰብ ክማኸረሉን ከም ዘለዎ ተረድአ። ብልምዲ ዝኾነ ዝገብሮ ነገር ምስ ወላዲኡ ከይተማኸረ ዘይገብር'ኳ እንተ ነበረ ፡ እዚ ግን ባዕሉ ብስንፍናኡ ዘምጽኦ መዘዝ ስለ ዝነበረ ፡ ነ'ቦኡ ንኽማኽርዎ ሓቲቱ ከጉህዮም ኣይደለየን። ምስ ሓደ ናይ ሕጊ ከኢላ ዓርኩን ፡ ምስ መድህንን ኣርኣያን ምስ ተማኸረ ኸኣ ፡ ክወስዶ ዘለዎ ስጉምቲ ዝያዳ ተነጸረሉ።

ብኣኡ መሰረት ምስ ሃብቶም ናይ ምፍጣጥ ግዜ ስለ ዝኣኸለ ፡ ኩሎም ሰራሕተኛታት ምስ ወጹ ብሒቶም ምሸት ከዘራረቡ ቆጸራ ገበሩ። ብዛዕባ መጻኢ መደብን ኣካይዳናን ክንዘራረብ ስለ ዝኾንና ፡ ክልቲኦም ከኣ ከድልዩና ስለ ዝኾኑ ፤ ኣነ ነ'ርኣያ ፡ ንስኻ ኸኣ ንደርማስ ሒዝናዮም ክንመጽእ ኣሎና ኢሉ ፡ ሕራይ ኣበሎ።

እቲ ዝሓለፈ ቅንያት ተስፎም ለይቲ-ለይቲ ፡ ብሓሳብን ብጓህን ከይደቀሰ ክገላበጥ'ዩ ዝሓድር ነይሩ። ነዚ ዘስተብሃለት መድህን ፡ ይደክም ስለ ዝነበረ ከይጉዳእ ሰግአት። ከዛርቦዶ እናበለት'ውን ተወላወለት። ግን ከኣ በቲ ሓደ ወገን ኣብ ምስታይን ምዝንጋዕን'ኳ ከይደቀሰን ከየዕረፈን ዝቕኒ ዝነበረ ኢላ ፡ ከይተዛረበቶ ትም ምባል መረጸት።

ኣብቲ ምሸት ቆጸራ ኣርባዕቲኦም ተኣኻኸቡ። ኣብታ ተስፎምን ሃብቶምን ከም ቤት ጽሕፈቶምን ፡ ከም ክፍሊ ምምሕዳርን ዝጥቀሙላ ክፍሊ'ዮም ነይሮም። ተስፎም ኣብታ ኣዝያ ገፋሕን ነዋሕን ጣውላኡ ፡ ኣብ ቅድሚኡ ፋይላትን ሰነዳትን ቀሪቡ ፡ ኣብ ቅድሚ ኩሎም ኮፍ ኢሉ ነበረ። ሃብቶምን ደርማስን ብጸጋሙ ፡ ኣርኣያ ሓው

ኽኣ ብየማኑ ተቐሚጦም ነበሩ።

ኣዒንቲ ተስፎም በርበረ መሲለን ነበራ። ንኹነታቱ ዘይተረድአን ፣ ነቲ ዝቐነየ ሃልክን ሓሳባትን ሕርቃንን ዘይፈለጠን ፣ በታ መከረኛ ኣመሉ ፈሪዱ ፣ ሓዲሩላ ኢዩ ኢሉ ምደምደመ። ኩሎም በቦትኦም ሒዞም ጸጥታ ምስ ሰፈነ ፣ "እምበኣር ናይ ሎሚ ዘረባና ፣ ካብ ናይ ቅድሚ ሕጂ ዝገበርናዮም ምይይጣት ዝተፈለየ ፣ ኣብ ርክብና ኽኣ ወሳኒ ተራ ክህልዎ ስለ ዝኾነ ፣ ብትዕግስትን ብህድኣትን ክትሰምዑኒ እላበወኩም። ኣርኣያን ደርማስን ናይ ዝርርብና ናይ ጽሑፍ ደቓይቕ ነጥብታት ፣ ንኹላትና ብዝኣክል ቅዳሕ ሓዙልና። ፈሪምና ከም ሰነድ ክንሕዞ ኢና ፣" በሎም።

ደርማስን ሃብቶምን ብስንባደ ተጠማመቱ።

"እንታይ ድዩ'ቲ ጉዳይ ክንድ'ቲ ምስናድ ዘድልዮ? ኣቐዲምካ ብዛዕባ ምንታይ ምዃኑ ዘረባና ዘይትነግረና ፣" በለ ሃብቶም ናይ ምህንጣይ ምልክት እና'ርኣየ።

"ናብኡ ክመጸካ'የ ፣" በለ ተስፎም ንደርማስን ኣርኣያን ፣ መጽሓፊ ወረቓቕትን ካርቦንን እናዓደሎም።

"ናብቲ ኣርእስትና ንምእታው ፣ በየን ከም ዝጅምሮን እንታይ ከም ዝብልን'ኳ ጠፍኣኒ። ግን ጎቦ-ጎቦ ኢልካ ዝዝረብን ዝፍታሕን ስለ ዘይኮነ ፣ ቶግ ኣቢለ ክነግረኩም'የ'ምበር ካልእ ምርጫ የብለይን ፣" በለ ተስፎም።

"ጎቦ-ጎቦ እንዲኻ'ሞ ትብል ዘለኻ ሕጅስ። እንታይ ድዩ እቲ ጉዳይ?" በለ ሃብቶም ፣ ዓቕሊ ስኢኑን ተሃንጥዩን።

"ሓቅኻ ኢኻ ሃብቶም። በል ብሓጺሩን ትኽ ኢለን ክነግረካ። እዚ ዝሓለፈ ክልተ ሰሙን ለይትን መዓልትን ፣ ኩሉ ነገራት ገላቢጠን ሓታቲተን ዝረኸብኩዎ ሓቂ ፤ ንስኻ ሃብቶም ካብ ነዊሕ እዋን ነዚ ፋብሪካ'ዝን ንዓናን ክኸውን ዝገበኦ ኣታዊ ፣ ናብ ጁባኻ ተእትዎ ምንባርካ'ዩ!"

"እንታይ ኢኻ ዝበልካ? ብጥዕናኻ ዲኻ? ትብሎ ዘለኻዶ ይርድኣካ ኣሎ ኢዩ?" በለ ሃብቶም ካብ መንበሩ ሓፍ ኢሉ ፣ ሰራውር ገጹ ተገታቲሩን ገጹ ተኾማቲሩን።

"ኣይትተሃወኽ ሃብቶም ፣ ኮፍ በል። ነቲ ዝብሎ ዘሎኹ ሓደ ብሓደ ከረድኣኩም ዘኽእል ሰነዳት ሒዘ'የ።"

"ኖእ ፍሉጥ'ዩ'ኮ! ንሕና ጥራዩ'ዩ ዘይተረደኣና ነይሩ። ብቐደሙ'ውን ምሳና መውስቦን ሽርክነትን ስለ ዘይደለኹሞ ኢኹም'ኮ ፣ ንሰላም ከሊእኩምናን ፣

ድሒርኩም ከኣ ንደርማስ ብዘይጠቅም ዝወንጀልኩሞን!" በለ ሃብቶም ርእሱ እናንቐነቐን፡ ቀስ ኢሉ ኣብ መንበሩ ኮፍ እናበለን።

"እቲ ዝገርም'ኮ በቲ ሓደ ወገን ኢድ ሓብትና ትሓቱን ምሳና መውስቦ ትደልዩን ፤ በቲ ኻልእ ከኣ ንዓኻ ለላህመቱ እናወሰደካ፡ ምሳና መማዩ ትማቐል ምንባርካ'ዩ። ግን ሕጂ ግደፈና፡ ናብ ካልእ ኣርእስቲ ኣይትውሰደና፡" በለ ተስፎም ኢዱ እና'ወሳወሰ።

"ካልእ ኣርእስቲ መዓስ ኮይኑ። እዚ ኹሉ ነዛ ሽርክነት ስለ ዘይደለኻያ፡ ንዕኣ ንምፍራስ ተምጽኦ ዘለኻ ክስታት እንዳእሉ።"

"እዚ ተልዕሎ ዘለኻ ኣርእስቲ'ውን ደሓር ዝመጽእ ኢዩ። ብዛዕባ ናይ መጻኢ ኢኻ ትዛረብ ዘሎኻ። ሓንሳብ ተዓገስኒ ካልእ እንተ ተረፈ፡ ብሓጺሩ ንምንታይ ከምኡ ከም ዝበልኩ ክገልጸልካ።"

"ሕራይ ቀጽል፡ ግን ዕላማኻ ካብቲ ዝበልኩዎ ከም ዘይፍለ ፍሉጥ'ዩ።"

"ደሓን ክቕጽል'ሞ። ስለዚ ኣነ ዘይፈልጦን፡ ኣብ ሕሳብን ኣብ መኽዚኖን ዘይጽብጸብን ፊኖ ብደገኻ ገዚእካ..."

"ይገዝእወ! ንስኻ ኣበይዶ ኔርካ ኢኻ? ንዓኻ እንተ ተጸቢና ደኣ ከመይ ጌርና ክንሰርሕ!" በለ ሃብቶም።

"ንሱ ደኣ ሓቅኻ፡ ብሱሩ ናተይ ስንፍናን ድኻምን እንድዩ ነዚ ኣምጺእዎ። ግን ሕጂ ዝብል ዘለኹ ፊኖ ብደገኻ ገዚእካ፡ ኣብ ሕሳብ ናይ ፋብሪካ ከየእተኻ፡ ፓስታ ተሰሪሑ ንደገ ብዘይ ቅብሊት ሼጥካ፡ ኣብ ጁባኻ ተእትዎ ኔርካ'የ ዝብለካ ዘለኹ።"

"ከምኡ እንተ ዝኸውን ደኣ ከመይ ገይሩ ዕዳ ናይ ባንካ ተኸፊሉ? ስቕ ኢልካ ሰብ ክትጥክን ኣይትፈትን። ኣነ እቲ ትብሎ ዘለኻ ጠቐነ ጨሪስ ኣይቅበሎን'የ። ነዚ ካብ መሬት ተላዒልካ፡ ሽመይ ንምብላል ትገብሮ ዘለኻ ዘረባ ኾኣ ትም ኢለ ዝሪኦ ከይመስለካ!"

"ሽምካ ከኽፋኣካ እንተ ዝኸውን ዕላማይ፡ ናብ ሕግን መጋባእያን ቃልዕን መውረድኩዎ እቲ ጉዳይ'ምበር፡ ብኸምዚ ሰቲረ ኣይምተዛረብኩሉን። ነቲ ካብ መሬት ተላዒልካ ዝበልካዮ ኾኣ፡ ደሓን ሰነዳትን መሰኻኽርን ዝገልጽዎ ኢዩ። ኣነ እቶም ዝበዝሑ ብኸምኡ ትዕድገሎምን ትሸጠሎምን ዝነበርካ ፈሊጠዮምን ረኺበዮምን'የ። ዝበዝሑ ምሳይ ተሰማሚዕካ ትገብሮ ዝነበርካ ኢዩ ዝመስሎም

ነይሩ ፡" በለ ተስፎም።

"ሰብ ከተኸፍእ እንተ ደሊኻ ደኣ እንታይ ዘይግበር? ዋላ ናይ ሓሶት መሰኻኽር ተር ከተብል ትኽእል እንዲኻ ፡" በለ ሃብቶም ርእሱ ተኣማንነት ብዘይብሉ ድምጽን ኣዘራርባን።

"ኣነ ብዘይ ምኽንያትን መርትዖን ከምዚ ኣይከሰካን'የ። ኣነ ነቲ ዝረኸብኩዎ መርትዖታት ፡ ንናይ ሕጊ በዓል ሞያን ክኢላ ሕሳብን ኣማኺረ ፡ ብሕጊ እንታይ ክገብር ከም ዝኽእል ኣረጋጊጸ ፈሊጠ እየ።"

"ንመን ኢኻ ብኸምዚ ታህዲድ ከተፋራርሖ ትፍትን?" በለ ሃብቶም ንቅድሚት ተወጢጡ ፡ ሕጂ'ውን ብዙሕ ሓይሊ ብዘይብሉ ኣዘራርባ።

"ኣነ የፈራርሓካ ወይ ይህድደካ ኣይኮንኩን ዘሎኹ።"

"እንታይ ደኣ ትገብር ኣለኻ?"

"ኣነ ከምታ ብሰላም ጀሚርና ኣብዚ ዝበጻሕና ፡ ኣብዚኣ ብዘሎና ኣርባዕተ ሰባት ብስምምዕን ብሰላምን እንተ ወዳእናያ ከም እትሓይሽ'የ ከረድኣካ ዝፍትን ዘለኹ። እንተ ዘየሎ ናብ ኩሉ ሰብ ዝሰምዖ ናይ ሕጊ ዋጢጥ ክንኣቱ ኢና። ነዚ ንምውጋድ ከኣ ኣነ ዝሓሰብኩዎ ክነግረካ ፡ ክትሰምዓኒ ፍቓደኛ እንተ ኼንካ?"

"ሕራይ እንታይ ኢኻ ክትብል ደሊኻ ተዛረብ ፡" በለ ሃብቶም ርእሱ ንላዕሊ እናሰደደ።

"ጽቡቕ። ድሕሪ ከምዚ ዝኣመሰለ ገዚፍ ናይ እምነት ምጉዳል መስርሕ ፡ ድሕሪ ሕጂ ንሕና ብሓንሳብ ክንሰርሕ ኣይንኽእልን ኢና።"

"ጠንጥንዎ! ብቐደሙስ መንዶ ደልዩኩም'ዩ?! ንዓና ብማዕርነት ርኢኹምና ወይ ደሊኹምና መዓስ ኴንኩም ምሳና ሽርክነት ኣቲኹም። ዘይ ክንሰርሓልኩምን ከነገልግለኩምን ኢልኩም ኢኹም!"

"ንዓንዶ ሃብቶም ናብ ካልእ ኣርእስቲ ኣይትውሰደና። ነዚ ኣይምልሽልካን'የ ናብ ካልእ ስለ ዝኣልየና። እንተ ሰሚዕካኒ እቲ ዝጀመርክዎ ክቕጽለልኩም።

"ሕራይ ቀጽል!" በለ ሃብቶም እንደጌና ርእሱ ንላዕሊ ገጹ እናደርበየ።

"ሕጂ'ውን ኣነ ንዓኻ ክኸሰካን ፡ ኣብ ሕጊ ከብጽሓካን ኣይደልን'የ። ምኽንያቱ ብወለድናን በ'ንስትናን ብደቅናን ካብ ነዊሕ ፡ ብፍቕሪ ተኣሳሲርና ኢና ጸኒሕና።

ስለዚ...”

“እንታይ ስለ ዝተረኽበኒ’ኺ’ሞ ኣብ ሕጊ ከተብጽሓኒ። ካን ባዕልኺ ሕሳብ ገባሪ፣ ባዕልኺ ከሳሲ፣ ባዕልኺ ፈራዲ ክትኮነለይ። ብትምህርቲ ትበልጸኒ እንተ ኾንካስ፣ ከምዛ ትማሊ ዝተወለድኩ ህጻን ክትገብረኒ? እዚ ጨሪስ ኣይቅበሎን’የ!” ኢሉ ጨደረ ሃብቶም።

“እሞ ደሓን፣ እስታይ ዘይንገብር? ቅዳሕ ናይቲ ሰነዳት ቀሪበዮ ስለ ዘለኹ ከህበካ። ንስኻ ባዕልኻ ድዩ፣ ምስ እትኣምኖ ሰብ ድዩ ረኣዮን ተመራመረሉን። ምስ ኣጽናዕካዮ እቲ ጉዳይ ብዕቱብ ሕሰበሉ’ሞ፣ ሽው ንራኸብ። ሓደ ሰሙን ይኣኽለካዶ?”

“እወ ይኣኽለኒ’ዩ። ከምኡ ንግበር፣” በለ ሃብቶም ኣብ ገጹ ናይ ብስጭትን ሕርቃንን ምልክት እናተነበበ።

“ጽቡቕ እምበኣር፣ ነዚ ደርማስን ሃብቶምን ዝጸሓፍኩሞ ደቓይቕ ንፈርመሉ’ሞ፣ ንሎሚ ጉዳይና ወዲእና ማለት’ዩ፣” በለ ተስፎም።

ካብ ኩሎም ሓንቲ ቃል’ውን ከይሞለቐት፣ ክፍርሙን ወረቓቕቲ ክለዋወጡን ጀመሩ። ኣብቲ ግዜ’ቲ እንትርፎ ናይ ወረቐት ሕሸሸሽ፣ ዝኾነ ካልእ ድምጺ ኣይስማዕን ነበረ። ምስ ወድኡ ኸኣ ከይተዘራረቡ፣ ብድድ ብድድ ኢሎም ተፈላለዩ።

ምዕራፍ 5

ግጭት ምስ በዓል ተስፎም ካብ ዘጋጥም ንደሓር ፥ ሃብቶም መዓልታዊ ምዕባለ ናይቲ ጉዳይ ነ'ልማዝ ብቐጻሊ'ዩ ብዝርዝር ዝሕብራ ነይሩ። ሃብቶም ኣብ ልዕሊ ተስፎም ፥ ካብ ቁልዕነቶም ሕዱር ናይ ቅንእን ህልኽን ሕማም ነይሩዎ ኢዩ። ብተመሳሳሊ ብዝኾነ ወዲ ተባዕታይ ተነጺጋ ንዘይትፈልጥ ኣልማዝ ፥ ተስፎም ስለ ዝነጸጋ ኣብ ውሽጣን ብውሽጣን ቅርሕንትን ጽልእን ኣማዕቢላ ነይራ'ያ። በዚ ዝተፈላለየ ገሊኡ ናይ ጥንቲ ገሊኡ ናይ ቀረባ ፥ ዘይዘራረቡሉን ዘይገልጽዎን ውሽጣዊ ስምዒታቶም ፥ ክልቲኦም ኣብ ልዕሊ ተስፎም ሕኒን ይብሉ ነበሩ።

እዚ ናይ ሕጂ ክሲ ናይ ተስፎም ምስ ተወሰኸ ፥ ክልቲኦም መሊሶም ተቓጸሉ። ሃብቶም ኳህን ሕርቃንን ኣልማዝ ፥ ምስኡ ካብ ምድንጋጽን ንኣኡ ካብ ዘለዋ ሓልዮትን ጥራይ ስለ ዝመስሎ ዝነበረ ፥ ብተኣማንነታ መሊሱ ኣድነቓን ኣመስገናን። ኣብ ንቡር ኣልማዝ ዝጠ'ቕማን ዘይጠ'ቕማን ፥ ዝጠቅምን ዘይጠቅምን ስጉምቲ ፈልያን ኣለልያን እትስጉም ሰብ ኢያ ነይራ። ምስ ተስፎም ብዝተሓሓዘ ነገር ግን ብርትዒ ዘይኮነ ፥ ብዕሙት ናይ ቅርሕንቲ ስምዒት'ያ እትምራሕ ነይራ። ከምኡ ስለ ዝኾነ ምስ ሃብቶም ኮይና ፥ ንተስፎም ዝበሃል ሰይጣን ፥ ኩሉ ዘሎ ሕማቕ ተመነየትሉን ኮነነቶን ረገመቶን።

እቲ ጉዳይ ናብ ዘይምለሰሉ ደረጃ ምብጽሑ ዝተገንዘበ ሃብቶም ፥ ንስድራኡ ብዛዕባ እቲ ምስ ተስፎም ዝተረኸበ ዘይምቅዳው ክነግሮም ወሰነ። ነ'ልጋነሽ ግን በቶም ሰለይታ ክትፈልጦ'ያ ፥ እንተ ዘይፈለጠቶ'ውን እንታይ ይምልከታ ኸይኑ ካብ

ዝብል ትዕቢት ፡ ክነግራ ኢሉ'ውን ኣይሓሰቦን።

ሃብቶም ነ'ደኡ ፡ "ጽባሕ ብዛዕባ ሓደ ጉዳይ ክነዘራርበኩም ምስ ደርማስ ኴንና ክንመጽእ ኢና። ነ'ቦይ ንገርዮ'ሞ ፡ ምሳሕ ክኣ ኣዳልውልና ኢኺ ፡" ኢሉ ነገረን።

ከም ቆጸራኦም ንጽባሒቱ ተራኺቦም ፡ ምሳሕ በሊዖም ሻሂ ሰትዮም ምስ ወድኡ ሃብቶም ፡ "ንዒ በሊ'ደይ ፡ ሓደ ዘረባ ምእንታን ክኾነልና ኮፍ በሊ'ሞ ክንዘራረብ ፡" በለን።

"ናይ ደሓን ድዩ'ዚ ዘረባኹም ደኣ?" በላ ወ/ሮ ለምለም ፡ ኩነታት ደቀን ካብታ ዝመጹላ ኣትሒዞም ክብድብድ ኢሉ ከም ዝነበረ ፡ በቲ ናይ ኣንስተይቲ እትውንኖ ሻድሻይ ህዋስ ግዲ ነብሰን ነጊርወን።

"ደሓን ኢዩ ፡ ደሓን ክኣ ኣይኮነን ፡" በለ ሃብቶም።

"እሂ?! እንታይ ኼንና ዲና?" በሉ ባሻይ ብስንባደ ፡ ሰውነቶም ንቕድሚት ብምቕራብ ፡ ክሳዕ ሽው ዝኾነ ሕማቕ ዝጠርጠርዎ ነገር ከም ዘይነበረ ብዘመልክት ኣካላዊ ቋንቋ።

"ዋይ ደቀይ ፡ ኣይ ደሓንናን ዲና?" በላ ወ/ሮ ለምለም ገጸን እስርስር እናበላ።

"ኖእ ዘሰንብድ ወይ ዘሻቕል ነገር'ኮ ኣይኮነን። እንዳ ግራዝማች ፡ ብፍላይ እቲ ተሰፎም ዝብልዎ የሸግረና'ሎ ፡" በለ ሃብቶም።

"ብኸመይ?" በሉ ባሻይ ፡ ካብ መቐመጢኦም ኣጸቢቖም ንቕድሚት ብምቕራብ።

"ዋይ ኣነ ደቀይ! እዚ ትዕቢተኛ ኣርኪቡልኩም እምበኣር ፡" በላ ወ/ሮ ለምለም።

"ጽንሒ'ቲ ሰበይቲ! *ቦርካ ሚዘርያ!* ኣይትተሃወኺ! እስከ ቀጽል ዝወደይ።"

"ቅድሚ ወርሒ ፡ 'ዕረፍቲ ወሲደ ምስ መድህን ንባጽዕ ክኸይድ እየ'ሞ ፡ መታን ከሕግዘኩም ኣርኣያ ሓወይ ኣብዚ ይቑኒ' ኢሉኒ ሕራይ ኢለዮ። ካብ መገሽኡ ምስ ተመለሰ ፡ 'ደርማስ ሓውኻ ካብ ፋብሪካ ፡ ፓስታ እናኣውጸአ ሸይጡ ናብ ጁባኡ የእትዎ ከም ዘሎ ኣርኣያ ረኺብዎ'ሎ' ይብለኒ ፡" በለ።

"እንታይ?! እንታይ ዘረባኡ'ዩ'ዚ!" በሉ ባሻይ ፡ ብግደኦም ክይተፈለጦም ስንባደኦም ብምግላጽ።

"እወ ከምኡ ኢሉኒ። ኣነ ኸኣ ብፍጹም ሓወይ ከምኡ ኣይገብርን'ዩ ኢለዮ። ከምኡ ከም ዝገብር ዘሎ ብጭብጢ ብሰነድ ኣረጋጊጽና ኢና ይብለኒ። እዚ ትብሎ ዘለኻ ፍጹም ፈጠራን ጠቐነን ኢዩ ይብሎ። ኣነ'ኮ ሰራቒና ኢለ ክኸሶ ኣይኮንኩን ደልየ፣ ግን ካብዚ ስራሕ ክእለ'ለዎ ይብለኒ። ደርማስ ካብቲ ስራሕ ክእለ ይኽእል'ዩ፣ ግን ምእንቲ ከተልግሶ እዚ ኹሉ ክሲ ኣይመድለየካን ኢለዮ።"

"ወይ ጉጉጉድ! ወይ ጽጋጋጋብ!" በላ ወ/ሮ ለምለም።

"ዝኾነ ኾይኑ ክውድኣልኩም። ደርማስ ካብቲ ስራሕ እንተ ተኣልየ፣ ንደርማስ ይኹን ንዓይ ጸገም የብልናን ኢለ ሕራይ ይብሎ። ናይ ደርማስ ውድእ ምስ ኣበልና ከይሓፈረ፣ 'እሞ ሓገዝ ስለ ዘድልየና ኣብ ክንዲ ደርማስ፣ ኣርኣያ ኣብዚ ፋብሪካ ክተሓጋገዘና' ይብለኒ። እቲ ሕቶኡን ድርቅንኡን ኣሰደሚሙኒ ካልእ ክዛረቦ ኣይደለኹን፣ ኣይከውንን ኢዩ ኢለ ጥራይ ኣቕቢጸዮ።"

"ዋይ ደርማስ ወደይ ዘይረኽቦ ዘይብሉ! ቅድም ብናይ'ዛ ሸልፋፍ ጓሎም ዝገበርዎ ከይኣኽሎምስ፣ ሕጂ ኸኣ ብስርቂ ክውንጅልዎ!" በላ ወ/ሮ ለምለም፣ ገጸን ብሕርቃን ተቓጺሉን ደም መሲሉን።

"ደሓን ኣደይ ኣይትጉሃይ፣" በለ ደርማስ።

"ካብዚ ዝያዳኸ እንታይ ክገብሩና ደሊኻ ኢኻ፣" በላ ወ/ሮ ለምለም።

"በዚ ዘብቅዐ ድዩ መሲሉኩም ጽጋቦም፣" ብምባል ሃብቶም ናብ ዝያዳ ሻቕሎት ሸመሞም።

"እንታይ ካልእ ክብሉ ኢዮም'ሞ ልዕሊ'ዚ?" በሉ ባሻይ።

"እንታይ ካልኡ'ታ?" በላ ወ/ሮ ለምለም።

"ናይ ደርማስ ከይኣኽሎም ናባይ ሰጊሮም'ምበር፣" በለ ሃብቶም።

"ለይትን መዓልትን ለፊዕካ እና'ብላዕካዮም፣ ንኣኻ'ሞ እንታይ ከውጽኡልካ'ዮም?" በላ ብልዑል ርእሰ ተኣማንነት፣ ብቦኽሪ ወደን ዝመጸን ጨሪሰን ዘይፈትዋን ቅጭ ዘምጽኣለንን ወ/ሮ ለምለም።

"ቅድሚ ሳልስቲ ናባይ መጺኡ፣ ናይ ደርማስ ንስኻ'ውን ትፈልጥ ኔርካ ኢኻ። ወረ ብሓባር ተሻሪኽኩም ኢኹም ትገብርዎ ኔርኩም ኣይብለንን። ክበልዖ ደልየ! ቁሩብ ዝሕል ምስ በልኩ፣ ድሕሪ ኣብ ልዕለይን ኣብ ሓወይን ከምዚ ዝኣመስለ

ጥርጣረን ክስን ምድርባይካ ፡ ካብዛ ግዜ'ዚኣ ንደሓር ምሳኻ ብሓባር ክሰርሕ ኣይደልን'የ ኢለዮ።"

"ጽቡቕ ገበርካዮ!" በላኦ ወ/ሮ ለምለም።

ሃብቶም እታ ንወለዱ ብጥበብ ዝቐረባ መፈንጥራ ፡ ኣብ ኣፍደገ ዓወት ከም ዝነበረት ቀልጢፉ ብምግንዛብ ፡ እቲ ረኺብዎ ዝነበረ ረብሓ ከይጠፍኦ ፡ ካልኦት ንኽዛረቡ ዕድል ከይሃበ ተቐላጢፉ ፡ "ካብዚ ንደሓር ብኸመይ ንስጉም ሓሲበ ክነግረካ'የ ፡ ግን ድሕሪ ሕጂ ምሳኻ ዘረባ የብለይን ኢለዮ ፡" ኢሉ ብጥንቃቐን ብሜላን ፡ ነታ ንወለዱ ሒዛ ዝነበረት መጻወድያን ነታ ዘረባን መዕጸዊ ገበረለን።

ደርማስ ብቐደሙ ብዙሕ ኣይዛረብን'ዩ። ሕጂ ኸኣ ዓቢ ሓው ነታ ጉዳይ ብኸመይ ይኣልያ ምንባሩ እናተገረመ ፡ ቃል ከየውጽአ ትም ኢሉ ምዕዛቡ ቀጸለ።

"ወይ ጉትጉድ! ተስፎም እምበኣር ከምኡ ጌሩ። ናይ ቅድም ከይኣክል'ሲ ፡ ሕጂ ኸኣ ሰረቕቲ ንበሃል ኣሎና። ደሓን ክንረአአ ኢና። ንግራዝማች ክረኽቦ'የ። ንወድኻ ዓገብ ዘይትብሎ ኢኻ ፡ እዞም ቆልዑ ደም ክፋሰሱ ዲኻ ደሊኻ ክብሎ'የ ፡" በሉ ባሻይ ፡ ዓይኖም ደም ተኸዲኑ ፡ ገጾም ጸሎሎ መሲሉ ብብርቱዕ እናʼስተንፈሱ።

"ብቐደሙ ምስ እዚኣቶም ዘይንስኹም ኣቢኹምና'ምበር ፡ ኣነን ሃብቶምን መዓስ ደሊናዮም ኔርና ፡" በላ ወ/ሮ ለምለም።

"*ማይደና!* ኩነታት ምስ ተኸሰተ ከምኡ ኢለኩምዶ ኣይነበርኩን ምባል ክትፈትውሲ! እዚ ኹሉ ዓመታት ተሰማሚዖምን ነፊዖምን ፡ ካብ ሓደ ትካል ናብ ክልተ ትካል ፤ ከምኡ'ውን መነባብሮኦምን መነባብሮናን ክቕይሩ ኸለው ደኣ ከምኡ ዘይትብሊ ዝነበርኪ?" በሉ ባሻይ።

"ካብ ዝፈራሕናዮ ኣይወጻእናን ምባል'ሞ እንታይ ኣበሳ ኣለዎ? ምስ እዚኣቶምሲ ሽርክነት ካብ መጀመርታኡ ክተርፈና ኢዩ ነይሩዎ ፡" በላ ኣብ ሓሳበን ብምድራቕ።

"ትፍልጢ እንዲኺ ግራዝማች ካብ ቀደሙ ጥዑይ ሰብ'ዩ ነይሩ። እንድዕሉ ሕጂ ከመይ ኢዩ ተቐይሩ'ምበር። ደሓር ምስ ሰብ ክትሰርሕ እንተ ኼንካ ፡ ካብኣቶም ዝቐርብ ሰብ ኣይነበረናን። ደቂ ዓድና ፡ ጎረባብትና ፡ ኣብ ጽቡቕን ሕማቕን መቕርብና ንሶም እንድዮም ኔሮም። እንታይ ዘይገበርኩ ኢልኪ ኢኺ?" በሉ ፡ ብውሱን ናይ ጣዕሳን ነብሰ ወቐሳን ዘስምዕ ቃና።

"ደሓን ኣቦ ንስኻ ጌጋ የብልካን። ሰብ ክቕይርን ክብድልን እንተ ደልዩ መን

ይኽልክሎ ፧" በለ ሃብቶም።

"ግዲ የብልኩምን ጓሎም ክኣብዩና ከለው ኣትሒዞም ፣ እዚ መደብ'ዚ ኣብ ሓሳቦም ነይሩ'ዩ ፧" በላ ወ/ሮ ለምለም።

"ይኽደነና ፣ ክሳዕ ክንድኡ ምትንኳል'ሞ ናበይ ክብጽሕ'ዩ?" በሉ ባሻይ።

"ናብ ብሙሉኡ ስድራ ቤትና ሽም ምጥፋእ'ምበር! ደሓን ሃብቶም ወደይ ሰናፍ እንተ ኾይኑስ ክረኽቡዋ ኢዮም!" በላ ክንፈረን እና'ረማጠጣ።

"ኣቦ ፣ ኣደ ፣ ክሳዕ ክንድ'ቲ ክትጉህዩን ክትሻቐሉን ኢልና ኣይኮንናን ምስ ደርማስ ሓወይ ክንነግረኩም ወሲንና። ንሕና መታን እቲ ጉዳይ ፈሊጥኩሞ ክትጸንሑ ኢልና ኢና ነጊርናኩም። እቲ ዝቕጽል ከኣ ብሓባር ኳንና ንርእዮ። ሕጂ ክንከይድ ፧" ኢሉ ብድድ ምስ በለ ፣ ደርማስ ከኣ ሰዓቦ። ሽው ተታሓሒዞም ከዱ።

ንቑሩብ ደቓይቕ ከይተዘራረቡ ትም ኢሎም ክኸዱ ድሕሪ ምጽናሕ ፣ "ኣሕጽር ኣቢለ ዝነገርኩዎም'ኮ ፣ ካብኡ ዝያዳ ናብ ዝርዝር ምእታው ከደናግሮም'ምበር ፣ እንታይ ክገብረሎም ኢሉ'ዩ ኢለ'የ ፧" በለ ሃብቶም።

"እወ ተረዲኡኒ'ንድዩ ጽቡቕ ጌርካ" ኢሉ ደርማስ ፣ ምስ ኣተሓሕዛኡ ምስምምዑ ገለጸሉ።

"እቲ ዝርዝር ናይቲ ጉዳይ ፣ ኩሉ ግዜ ኣባይን ኣባኻን ጥራይ ክተርፍ ኣለዎ ፧ " በለ ሃብቶም።

"እወ ደሓን ይርደኣኒ'ዩ ፧" በለ ደርማስ።

"በል ኣነ ቆጸራ ኣላትኒ ክገድፈካ እየ ፧" ምስ በለ ሃብቶም ፣ ክልቲኦም ኣሕዋት ተፈላለዩ።

ተስፎም ብዛዕባ ናይ ሃብቶም ቅጥፈትን እምነት ምጉዳልን ፣ ነ'ቦኡ ክይነገሮም ብምጽንሑ ስኽፍኽፍ ክብሎ'ዩ ቀንዩ። ምኽንያቱ ኣብ ገዛኦም ከም ባህሊ ፣ ንዝኾነ ብሓባር ኳንካ መኺርካ ምውሳን'ዩ ልምዶም።

ኣብ'ዛ ጉዳይ እዚኣ ግን ባዕለይ ብዘምጻእኩዎ መዘዝ ከጉህዮ የብለይን፡ ብውሑዱ ነቲ ጉዳይ ኣቐዲመ መኣዝን ከትሕዞ'ለኒ ብዝብል'ዩ ከይነገሮም ጸኒሑ። ሕጂ ግን እቲ ጉዳይ ኣብ ወሳኒ መድረኽ ስለ ዝበጽሐ፡ ናይ ግድን ተቐላጢፉ ክነግሮም ወሰነ።

ወለዶም ኣብቲ ሰዓት'ቲ ካብ ገዛ ከም ዘይወጹ ኣረጋጊጾም፡ ምሸት ሰዓት ሸውዓተ'ዮም ተስፎምን ኣርኣያን ናብ እንዳ ስድራ ቤቶም ከይዶም። ወለዶም ድራር በሊዖም፡ መኣዲ ክለዓዓል ጸንሖም።

"ሕጂ እንዲና እዛ ድራርና ነለዓዕላ ዘለና። ዘሎ ከምጽኣልኩም ኢድኩም ተሓጻጸቡ፡" በላኦም ኣደኦም።

"ምስ ኣቦይ ሓንቲ ንዛረበላ ጉዳይ ኣላትና፡ ቅድም ንሳ ክንውድእ። ክሳዕ ንውድእ እታ ጥዕምቲ ሽሮኺ ስርሕልና፡ ምስ ወዳእና ንድረር፡" በለ ተስፎም።

"ሕራይ ዝወደይ ሽሮ ደኣ ግዜ መዓስ ትወስደለይ ኮይና፡" በላ።

ወ/ሮ ብርኽቲ ምስ ከዳ፡ ተስፎም እቲ ኩነታት ካብ መጀመርያ ክሳዕ'ቲ በጺሕዎ ዝነበረ ደረጃ ብዝርዝር ኣረድኦም። ኣብ መደምደምታ ክሳዕ'ቲ ግዜ'ቲ ክነግሮም ዘይደፈረሉ ምኽንያት ገሊጹ ደምደመ።

ግራዝማች እቲ ጉዳይ ከቢድ ምዃኑ እናተገንዘቡ ምስ ከዱ፡ ናይ ክልቲኡ ኣእዳዎም ኣጻብዕቲ ኣመሓላሊፎምን ክልቲኡ ኣእዳዎም ጨቢጦምን፡ ኣብ መንከሶም ብምቕማጥ'ዮም ዝከታተልዎ ነይሮም። ሓንሳብ'ውን ትኹን ከየቋረጽዎ ክሳዕ ዝውድእ ሰምዕዎ።

"ወይ ግሩሩም! እንታይ ይበሃል እዚ ደቀይ! ኣየ ንሕና ደቂ ሰባት! ነሕዝን ኢና! ዝኾነኾይኑ እዚ ኣልዒልኩሞ ዘለኹም ዘረባ ከቢድ'ዩ። ብኸቢድ ገበን ኢኹም ትኽሰዎ ዘለኹም። እዚ ኸኣ ቀሊል ክሲ ኣይኮነን። ክንድምንታይ ኢኹም ርግጸኛታት? ምኽንያቱ ነዚ ወድን ነዞም ስድራን፡ ብኸምዚ ዝኣመሰለ ገበን፡ ሚእቲ ካብ ሚእቲ ርግጸኛታት ከይኮንኩም ክትውንጅልዎም ጨሪሱ ኣይግባእን'ዩ። ኣነ'ውን ኣይፈቕዶን'የ!" በሉ ግራዝማች ትርር ኢሎም።

"ከምቲ ዝነገረካ መጀመርያ ተስፎም ምስ ገሸ፡ ኣነ'የ ንደርማስ ረኺበዮ። ተስፎም ምስ መጸ ምስ ነገርክዎ ክኣምን ኣይከኣለን። ነቲ ዘቕረብኩሉ ሰነዳት ደጋጊሙ ምስ ፈተሾን ኣነጻጸሮን'ዩ ክቕበሎ ተገዲዱ፡" በለ ኣርኣያ።

"ብድሕሪኡ ኣነ ንሃብቶም ምስ ነገርኩዎ ዘርኣዮ ግብረ መልሲ ስለ ዘጠራጠረኒ፡

ብስርዓት ንድሕሪት ተመሊሰ ናይ ሓደ ዓመት ሰነዳት ኣገላቢጠ ፡ እቲ ቅጥፈት ነዊሕ ከም ዝገበረ ከረጋግጽ ክኢለ። ብድሕሪኡ ኩሉ ሰነዳት ኣርኣያ ንኽነጻጽሮን ክፍትሸን ሂበዮ። ንሱ'ውን ናብታ ኣነ ዝበጻሕኩዋ መደምደምታ'ዩ በጺሑ። ስለዚ ናይ ርግጸኛነት ፡ ሚእቲ ካብ ሚእቲ ርግጸኛታት ኢና ፡" በሎም ተስፎም ብሙሉእ ርእሰ ተኣማንነት።

"ሕራይ እምበኣር ጽቡቕ ፡" ኢሎም ንዘይበርሃሎም ነገራት ንምርዳእ ንተስፎም ሕቶታት ኣቕረቡሉ። ተስፎም በብሓደ ምስ መለሰሎም ፡ ናብ ኣርኣያ ጥውይ ኢሎም ፡ "ኣርኣያኸ ንሓውኻ ትምልኣሉ ኣሎካዶ?" በልዎ።

"ካልእ ዝውስኽ ነገር የብለይን ፡" በሎም።

"ከምዚ ክኸውን ኣይነበሮን ፡ ከመይ ኢልኩም ከምኡ ትገብሩ ፡ እንታይ ወሪደኩም ብሓደኣፊቱ?! ኢለ ብዙሕ ክዛረብ ምኽኣልኩን ፡ ምናልባሽን'ውን ምተገብኣንን። ኣብ ክውንን ሕሉፍን ከምዚ ክኸውን ነይርዎ ፡ ከምዚ ክኸውን ኣይነበሮን ኢልካ ምዝራብ ግን ቁምነገርን ፋይዳን ኣይርከቦን'ዩ። ናይ ሕሉፍ እንዛረብ ፡ መታን ክንመሃረሉን ክንእረመሉን ጥራይ'ዩ። ስለዚ ካብዚ ተመኩሮ'ዚ ዝቕሰም ትምህርቲ እንተ ተማሂርኩሞን ፡ ነዚ ተሞኩሮ'ዚ ካልእ ግዜ ንኸይትደግምዎ እንተ ተጠቒምኩሙሉን ፡ ካልእ ማዕዳ የብለይን ፡" በሉ ግራዝማች ዕትብ ኢሎም። ሓንሳብ ኣዕርፍ ኣቢሎም ፡ ናብ ክልቲኦም ደቆም በብተራ ጠመቱ።

"ሓንቲ ክምሕጸነኩም ዝደሊ ነገር ግን ኣላ። እዛ ጉዳይ'ዚኣ ካብ መጀመርያ ክሳዕ መወዳእታ ብሰላም ክትዛዘም ኣለዋ። እዞም ስድራ ቤት ደቂ ዓድና ፡ ንዝበዝሐ ዕድመና ጎረባብትና ፡ መሻርኽትና ፡ ኣምላኽ ኣይፈቐዶን'ምበር ምናልባሽ ከምቲ ዝሓተቱና መዋስብትና'ውን ምኾኑ ነይሮም ፡" በሉ ግራዝማች።

"ንሕና መቸም ናትካ እምነትን መትከልን ኣጸቢቕና ስለ'ንፈልጦ ፡ ክሳዕ ዝከኣለና ነዛ ጉዳይ ብሰላም ክንውድኣ ክንፍትን ኢና ፡" በለ ተስፎም።

"ብዝከኣለና መጠን ምባል ንኣይ እኹል ኣይኮነን ተስፎም። ብሰላም ጥራይ ኢና ንውድኣ ኢልካ ምሕላንን ምጽዓርን ኢዩ ዘድሊ። እዚ ሽርክነት'ዚ ብፍቕሪ ፡ ብምትሕልላይ ፡ ብሰላምን ብጽቡቕ ትምኒትን'ዩ ተጀሚሩ። ክሳዕ መጨረስታ ብሰላም ክቕጽል ዘይምኽኣሉ ኣዝዩ ዘሕዝን'ዩ። ከምኡ ስለዝኾነ ብሰላምን ብስልጡን ኣገባብን ትፈላለዩ'ምበር ፡ ናብ ጽልእን ቂምታን ከተእትዉና ኣይንደልን ኢና።"

"እቲ ዘጉህየካ'ኮ በቲ ሓደ ወገን ምሳና መውስቦ ደልዩ ይሓተና ፡ በቲ ካልእ

ወገን ከኣ ይሰርቀና ፡" በለ ተስፎም።

"ደሓን እዚ ንርእሱ ገደዶ። ግን ንሃብቶም ኣብ ከምኡ ዘብጽሖ'ኮ ፡ ብኸፊል ናትካ ዘይምክትታልን ሸለልትነትን'ዩ ተስፎም። ኣብ ዝርዝር ኣትየ ክዛረብ ስለ ዘይደለኹ'የ ዓንተቦይ ብድብድቡ ዝተዛረብኩሉ። ሕጂ'ውን ሳላ ኣርኣያ ተገዲሱ ዝተኸታተለ'ዩ ፡ ኣብዚ ደረጃ'ዚ ኸሎ ኣብ ሙሉእ ዕንወት ከይተበጽሐ እቲ ጉዳይ ተቓሊዑ ዘሎ።"

"ሓቅኻ ኢኻ'ቦ። ንሱስ ይቕበሎ'የ። ብሙሉኡ ናተይ ስንፍና'ዩ!" ብምባል ተስፎም ጉድለቱ ተኣመነ።

"መቸም ኩሉ ግዜ ንቕድሚት'ምበር ንድሕሪት ስለ ዘይከየድን ፡ ክኽየድ ስለ ዘይከኣልን ፡ ናይ ሕሉፍ ገዲፍና ናብቲ ናይ መጻኢ መደብኩም ንመለስ። ከመይ ከመይ ክትገብሩ ኢኹም ሓሲብኩም ዘለኹም?" ሓተቱ ግራዝማች።

"ብሓጺሩ ናይ ክልቲኣን ትካላት ህሉው ዋግኣን ይትመን'ሞ ፡ ሽው ሓሓንቲ ምስ ተማቐልናየን ፡ ፍርቂ ናይቲ ዝተተመነ ዋጋ ንከፋፈል ፡" በለ ተስፎም።

"ጽቡቕ ደሓን ፡ ብሰላም ጥራይ ወድእዎ። ዝተረኽበ ምዕባለ ኸኣ በብግዜኡ ሓብሩኒ። ነ'ደኹም ባዕለይ እቲ ዘድልያ ሓበሬታ ክነግራ'የ። ሕጂ ጸውዕዋ'ሞ ተደረሩ ፡" በሉ ግራዝማች።

ኣርኣያ ተንሲኡ ፡ ነ'ደኡ ድራር ንኽቕርባሎም ነገረን። ተደራሪሮም ከኣ ንወለዶም ተፋንዮሞም ከዱ።

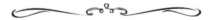

ደቀን ከይዶም ድራር ኣለዓዒለን ምስ ወድኣ ንበዓል ቤተን ፡ "እዞም ቆልዑ ደኣ ናይ ደሓኖም ድዮም?" በላኦም ወ/ሮ ብርኽቲ።

"ደሓን'ዮም። ንዒ ኮፍ በሊ ዘዛረቡኒ ክነግረኪ ፡" በሉወን።

ወ/ሮ ብርኽቲ ኮፍ ምስ በላ ፡ ሃብቶም ምስ ደርማስ ሓው ኾይናም ፡ ንነዊሕ ግዜ ፊኖ ብደገኦም እናገዝኡ ፡ ፓስታ ሰሰሪሖም ሸይጦም ፡ ናብ ጁባኦም የእትውዎ ከም ዝነበሩ ከም ዝረኸብዎም ክነግርወን ምስ ጀመሩ ፡ ወ/ሮ ብርኽቲ ጨርቀን ከድርብያ ደለያ። ሽው ቅድም ከይተሃወኻ ክሰምዕኦም ተማሕጸንወን። ብዝርዝር ክነግርወን ምስ ጀመሩ ፡ ኣብ ሞንጎ ሞንጎ እናቋረጻ ንሶም ምስማዕ ስለ

ዝኣበዩወን'ምበር ፣ ንሰንስ እቲ ሽርክነት ካብ መጀመርታኡ ባህ ከም ዘይበለን ኣዘኻኸረኦም።

ኣብቲ ሽዑ እዋን ከምኡ ኢለን ስክፍተአን ከም ዝገለጻ ግራዝማች ተኣመኑ። ከምኡ ይኹን'ምበር እዚ ኹሉ ዓመታት ተሰማሚዖም ክንዓዙ ኸለው ዘየልዓለኦ ነጥቢ ፣ ሕጂ ጸገም ምስ ተፈጥረ ኢለኩም ምባል ፣ ሃናጺ ከም ዘይኮነ ከረድእወን ፈተኑ። ወ/ሮ ብርኸቲ ነቲ ዘቕርብዎ ዝነበሩ ምጉትን ርትዕን ኣይተቐበላኦን። ሽዑ እታ ኢለኩም ነይረ እትብል ኣርእስቲ ምስ ዘሓለት ፣ ብቕጽበት ናብታ ተሰፎም ብግቡእ ስለ ዘይተኸታተለ እትብል ነጥቢ ሰገራ።

"በቲ ሓደ ወገን ክልተ ስራሕ ፣ በቲ ካልኣይ ወገን ናይ ሎም ዘመን ሓዳር ፤ ኩሎም ነታ ዝተረፈቶ ግዜ ዝመናጠሉ ቆልዑን ሰበይትን ሒዙ'ሞ እንታይ ዘይገበረ'ዩ? ሕጂ ሕጂዶ ንሰበይቱ ከዛውር ንምጽዋዕ ክይዱ ኣይነበረን። ምስ'ዚ ኹሉ'ሞ ከመይ ገይሩ'ዩ ኩሉ ክከታተሎ?" በላ።

"ንመድህን ከዛውር ጥራይ'ኳ ኣይኮነን ክይዱ ፣ ንነብሱ ኸኣ ከዕርፍ'ምበር። ደሓር ከኣ ሳላ ንምጽዋዕ ዝኸደ ኣርኣያ ኢዩ ብድሕሪኡ ነቲ ነገር ረኺብዎ ፣ " በሉ።

"ምስ'ቲ ህልኸኛ ሃብቶም ኣብ ነገር ክኣቱ የብሉን። ኣብ ዘይ ሕማሙን ኣብ ዘይ ሰይጣኑን ከየእትዎ። ባዕልኹም ተኸታተልዎ።"

"ደሓን ኣምላኽ ይሓግዘና። በሊ ሕጅስ መስዩ'ዩ ናይ ምድቃስና ንግበር ፣" ኢሎም ነታ ዘረባ መደምደምታ ገበሩላ።

ኣልማዝ ኣብ ዝቕጽሉ መዓልታት ፣ ናብ ባሻይን ወ/ሮ ለምለምን እናኸደት ፣ ነቲ ድሮ ሃብቶም ወሊዕዎ ዝነበረ ሓዊ ፣ ብጥበብን ብስልትን ከተሳውሮ ቀነየት። በዚ ኸኣ ዓበይቲ ወለዲ መሊሶም ቀሓሩን ጎሃዩን።

ባሻይ ሙሉእ ቅነ እንዳ ግራዝማችስ ቀዳማዮም ከይሃሰሰን ንሱ ከይኣክልንሲ ፣ ሕጂ ኸኣ ከምዚ ክገብሩና ኢሎም ክሕንሕኑ'ዮም ቀንዮም። እታ ምስ ግራዝማች ቆጸራ ዝገበሩላ መዓልቲ ክሳዕ እትመጽእ ኸኣ ፣ ተሃዊኾም'ዮም ቀንዮም። መዓልትን ሰዓትን ቆጸራ ኣኺላ ናብ እንዳ ግራዝማች እና'ምርሑ ፣ ኩሉ ክብልዎ ዝመደቡ ዘረባ እናደጋገሙ ከይተፈልጠም በጽሑ።

ወ/ሮ ብርኽቲ ምስ ከፈታኦም ብዙሕ ሰላምታ ከየጽገብወን ፡ "ኣሎዶ ግራዝማች?" ናብ ዝብል ሕቶ ቀልጢፎም ሰገሩ።

"እወ ይጽበዩኹም ኣለው ፡ እቱው ፡" በላኦም ፡ ዝሕልሕል ዝበለ ሰላምታኦም ከም ዘይተኸወለን ብዘርኢ ግብረ መልሲ።

ግራዝማች ክጽበዩዎም ስለ ዝጸንሑ ናብ ማዕጾ ውጽእ ኢሎም ተቐበልዎም።

"ከመይ ቀኒኻ ባሻይ እንቋዕ ደሓን መጻእካ ፡" በልዎም።

"እግዚኣቢሄር ይመስገን ከመይ ቀኒኻ ግራዝማች ፡" በልዎም ካብ ናይ ካልእ ግዜ ሰላምታኦም ቁሩብ ኣዝሒል ኣቢሎም።

ግራዝማች'ውን ነዚ ቀልጢፎም'ኳ እንተ ኣስተብሃሉሉ ፡ ግን ከም ዘይተርድኦም ኣመሲሎም ምዉቕ ኣቀባበል ገበሩሎም።

"እሞ መዕለሊ ክኾነና እንታይ ትግበረልና?" በሉ ግራዝማች።

"ደሓን-ደሓን ፡ ተሃዊኽ ኸኣ ስለ ዘለኹ ፡ ናብታ ከዛርበካ ደልየ ዘለኹ ጉዳይ ንሕለፍ ፡" በሉ።

ነዚ ዝርርብ'ዚ ዘይሰምዓ ወ/ሮ ብርኽቲ እትው ኢለን ፡ "እሞ ቡንዶ ክገብረልኩም?" በላኦም።

"ደሓን ተሃዊኸ'የ ይብል ኣሎ። ገለ እንተ ኣድለየና ኸኣ ንጻሃየኪ ፡" በሉወን።

ወ/ሮ ብርኽቲ ክይድ ምስ በላ ባሻይ ተቐላጢፎም ፡ "ስማዕ ግራዝማች ፡ ትፈልጠኒ ኢኻ ኣነ ዝተሰምዓኒ ምዝራብ'የ ዝፈቱ። ኣጸቢቑ ጉህየ'የ ዘሎኹ። ወድኻ ተስፎም ፡ ንሃብቶም ወደይ ዝገብሮ ዘሎ ግብሪ ኣይኮነን!"

"እዚ ተረኺቡ ዘሎ ጉዳይ ብሓፈሻ ዘጉሂ ስለ ዝኾነ ፡ ክትጉሂ ሓቅኻ ኢኻ ፡" በሉ ግራዝማች።

"እቲ ኣቐዲምኩም ብጓልኩም ዝገበርኩምና ቁስሊ ከይሓወየ ፡" በሉ ባሻይ።

"ንዓ ደኣ ኣይፋልካን ባሻይ ዘይራኽብ ነገር ኣይትሓዋውስ ፡" በሉ ግራዝማች።

"*ኮሜ ኖ!* ይራኽብ'ምበር! እንታይ ኮይኑ ዘይራኽብ? ኣቐዲምኩም ብስጋ ከም ዘይትደልዩና ኣፍሊጥኩምና። ሕጂ ኸኣ ብስራሕ'ውን ከም ዘይትደልዩና ተርእዩና ኣለኹም ፡" በሉ ባሻይ ፡ ቁጠዐኦም ኣብ ገጾምን ድምጾምን እናተንጸባረቐ።

"ንዓ'ሞ ባሻይ መታን ናብ ክትዕን ዘይምርድዳእን ከይንኣቱ፡ ቅድም ክልቲኡ ነገራት ፈሊና ንሓዞ። ደሓር ርክብ ኣለዎዶ የብሉን ቀስ ኢልና ብሓባር ንሪኦ። ሕጂ እንተ ፈቒድካለይ፡ ቅድም እታ ናይ ጓልኩም ሃቡና ንእትብል ሕቶኹም፡ ቁሩብ ነገራት ጠቓቒስ ከዛኻኽረካ። ፍቓድካ ድዩ?"

"ሕራይ ደሓን ቀጽል፡" በሉ ባሻይ ርእሶም እናጠዋወዩ፡ ደስ ከም ዘይበሎም ብዘርኢ ምንቅስቓስ።

"ናይ ሰላም ክሳዕ ለይቲ ሎሚ ንኣይ ኣዝያ ተጉህየኒ ነገር'ያ። ንኣኻትኩም ጸሊእና ዘይኮንናስ፡ ልዕሊ ዓቕምና ስለ ዝኾነና ኢዩ። ሽው'ውን ደጋጊመ ሓደራ ኢለኩም'የ፡ እታ ናይ ሰላም ጉዳይ ንርክብና ከይትትንክፎ ኢለ። ሕጂ ዝለምነካ ነዛ ሒጂ ተረኺባ ዘላ ሽግር ክሳዕ ንውድእ፤ ነዛ ናይዛ ጓልና ነገር በይና ክየልዓልናያ ክንጸንሕ ሕራይ በለኒ።"

ባሻይ ብዙሕ ደስ ከይበሎም፡ "ሕራይ ደሓን፡" በልዎም።

"ሕራይ ይበልካ። ሕጂ ንስኻ ቀጽል፡" በሉ ግራዝማች ንእሽቶይ ሩፍታ እናተሰምዖም።

"ወድኻ ተስፎም መጀምርታ ንደርማስ ወደይ፡ ሕጂ ኸኣ ንሃብቶም፡ ነዞም ደቀይ በብተራ ኢዩ ዝውንጅሎም ዘሎ። ብሓደኣፊቱ፡ '*ክንዲ ዘኾለስኩስ ኢደይ ተንኸስኩ?!*' ኣብዚ ደረጃ'ዚ ክበጽሑ ብሕልፊ ሃብቶም፡ ለይትን መዓልትንዶ ኣይኮነን ለፊዑ! እዚ ድዩ ኢዱ ሃብቶም! ኣብ ደም ምፍሳስ እንተ በጽሑ ጽባሕ ንጉሆ ጽቡቕ ድዩ። ንስኻስ ስቕ ኢልካ ዲኻ እትርኢ? እዚ ኣይግብርን'ዩ ግራዝማች!" በሉ ባሻይ ሕርቃኖም ጥርዚ በጺሑ።

ክሳዕ ዝውድኡ ትም ኢሎም ክሰምዕዎም ዝጸንሑ ግራዝማች፡ ብህድእ ዝበለ ኣገባብን ቃላትን ገይሮም ዘረባኦም ጀመሩ፡ "ከምዚ ክርክብ ክሎ ክትቁጣዕን ክትጉህን ሓቅኻ ኢኻ ባሻይ። ብሕልፊ ክልቴና ክንጅምሮ ከለና፡ ካብ ፍቕርን ሕውነትን ተላዒልና፤ እቲ ፍቕሪ መታን ናብ ስድራ ቤትና'ውን ክሓልፍ ኢልና ሓሊንና ኢና ጌርናዮ። ከምዚ ክርክብ ክሎ ኣዝዩ ዘጉሂ ፍጻመ'ዩ። ይኹን'ምበር ኣብ ዓለም ብዙሕ ነገር ከም ዘጋጥም፡ ንኣይን ንኣኻን ዕደመ ምሂሩና'ዩ። እዚ ተርእዮ'ዚ ኸኣ ብኣኦም ዝተጀመረ ኣይኮነን። ኣነን ንስኻን ግደፉ ክንብል፡ ዓገብ ክንብል ይግበኣና ኢዩ፡" እናበሉ ኸለው ግራዝማች፡ "ንስኻ ኢኻ ዓገብ ክትብል ዝግባእ ግራዝማች። ደቅኻ'ዮም ዝብድሉ ዘለው!" በሉ ባሻይ ህውኽ ኢሎም።

"ስምዓኒ ባሻይ፡ ደቀይ ደርማስን ሃብቶምን ኢዮም በዲሎም ይብሉ። ደቅኻ ኸኣ

ኣርኣያን ተስፎምን ኢዮም በደልቲ ይብሉ። እቲ ናይ ብሓቂ ዝብድል ዘሎ ዝያዳና ንሳቶም ኢዮም ከረጋግጽዎ ዝኽእሉ። ምኽንያቱ እቲ ሕሳባትን ሰነዳትን ምስኣቶም ስለ ዝርከብን ፡ ንሳቶም ስለ ዝርድእዎን። ኣነን ንስኻን ንሳቶም ብዝበልዎ ደደቅና እንተ ደጊፍና ፡ ከምኦም ኣብ ዘይምርድዳእ ጥራይ ኢና ክንከይድ። እዚ ኸኣ ንኣና ኣይጠቕመና ፡ ንኣኣቶም ኣይሕግዞም።"

"እሞ እንታይ ደኣ ንሕና ትም ንበል ፡ ይኺሳተሩ?" በሉ ባሻይ።

"ኣይፋልን ትም ኣይንብልን። ኣነን ንስኻን ነንደቅና ግደፉ ፡ ተሰማምዑ ፡ ተረዳድኡ ኢልና ንገንሕ።"

"እንተ ኣበዩኸ?" በሉ ባሻይ።

"ጨሪሶም ክረዳድኡ እንተ ዘይከኣሉን ምስምማዕ እንተ ስኢኖምን ከኣ ፡ ናብ ካልእ ከይበጽሑ ከም ኣሕዋት ብሰላም ክዕርፍዎን ብሰላም ክፈላለዩን ጸቕጢ ንገብረሎም።"

"ከምኡ ብምግባር'ሞ እንታይ ኣፍሪና ማለት'ዩ?"

"እንታይ ኣፍሪና ዘይኮነስ ፡ ካብ ምንታይ ድሒንና ኢዩ እቲ ሕቶ ፡" ምስ በሉ ግራዝማች ፡ "ከመይ ማለትካ'ዩ?" በሉ ባሻይ ፡ ግር ከም ዝበሎም ኣብ ገጾም እናተነበበ።

"ክሳነዩ እንተ ዘይከኣሉ ፡ ካብ ነገርን ፡ ነገር ዘምጽኦ ኮለልን ፡ ከም ሳዕቤኑ መሪር ጽልእን ቂምታን እንተ ኣድሒንናዮም'ውን ቁምነገር ጌርና ማለት'ዩ። ልዕሊ ኹሉ ግን ሓንቲ ክምሕጸነካ ዝደሊ ነገር ኣላ ባሻይ።"

"ንኣይ ክትምሕጸነኒ? ንኣይ ደኣ እንታይ ኢልካ ክትምሕጸነኒ?" በሉ ባሻይ ፡ ሕጂ'ውን ግራዝማች እንታይ ክብሉ ከም ዝደለዩ ክግምቱ ብዘይ ምኽኣሎም።

"ናብኡ እንድየ ክመጽካ። ርኢኻ ባሻይ እዚ ፍቕሪ'ዚ ፡ ኣነን ንስኻን ኢና ጀሚርናዮ። ካብ ዓዲ ጀሚርና ፡ ብድሕሪኡ ኸኣ ከም ጎረባብትን ኣሕዋትን ኴንና ንመዋእልና ነቢርና። ደቅና ብሓባር ኣዕቢና ፡ ኣብ ስራሕ እውን ተኪኦምና። እቲ ፍቕርና ናብ ደቅናን ደቆምን ክሰጋገር ተመኒንና ኸኣ ሽርክነት መስሪትና። ክሳዕ ሕጂ ኸኣ ነፊያምልናን ተሰማሚዖምልናን ኔሮም። ሕጂ ኸኣ ብስራሕ ክሰማምዑ እንተ ዘይከኣሉ ፡ ኣብ ጽልእን ቂምታን ከይኣትው ግን ክንጽዕርን ክንደክምን ኣሎና።"

"ኣብ ምብትታን እንተ በጺሖም'ኮ እቲ ቂምታ ዘይተርፍ'ዩ ግራዝማች። ብሕልፊ ሃብቶምን ተስፎምን ትፈልጦም እንዲኻ ህልኽኛታት ኢዮም።"

"ካብ ቂምታ ክንከልከሎምን ክነድሕኖምን እንተ ዘይክኢልና'ውን፡ ካልእ ክንገብሮ ንኽእል ኣሎ፡" ምስ በሉ ግራዝማች፡ "ብድሕሪኡ ደኣ ኩሉ ተወዲኡ ማለት'ንድዩ። እንታይ ክነድሕን?" በሉ ባሻይ።

"ናብዛ ሕጂ ዝሓተትካያ ኣዝያ ኣገዳሲት ሕቶ እየ ክመጸካ ደልየ። ዋላ ንሳቶም ይቀያየሙ፡ ኣነን ንስኻን ናይ ደቅና ጸግዒ ክይወስድና ነታ ናትና ፍቕሪ ንዓቅብ። ናቶም ባእስን ምቅይያምን፡ ናባና ክሰግር ዕድል ኣይንሃቦ። *ንሕና ንሶም ክፋቖሩ ንፋቖር፡ ንሶም ክብኣሱ ንበኣስ ቆልዑ ኣይኮንናን!*"

"ግራዝማች፡" ምስ በሉ ባሻይ፡ "ክውድኣልካ ጎይትኦም ሓወይ። ንሕና ፍቕርና ዓቂብና እንተ ተኻዒዝና፡ ውዒሉ ሓዲሩ ክነተዓርቖም ንኽእል ኢና። ክነተዓርቖም እንተ ዘይከኣልና'ውን፡ እቲ ጽልእን ቂምታን ናብ ሙሉእ ስድራ ቤትና ከይለሓመ፡ ኣብኦም ተሓጺሩ ይተርፈልና። ኣብ መወዳእታ ኸኣ ዋላ ንሳቶም እንተ ዘይተዓረቑ፡ ኣሕዋቶምን ኣንስቶምን ደቆምን መባእስትን መቀያይምትን ኣይኮኑን። እዚ እንተ ጌርና ኢና ኣነን ንስኻን ዓበይቲ ወለዲ ክንበሃል እንበቅዕ። እዚ ክንገብር ግን ናይ ቆልዓ ሰበይቲ ዘረባን ጸቕጥን ክንምክት ክድልየና'ዩ። ትስዕበኒዶ'ለኻ ባሻይ?" በሉ ግራዝማች ነዊሕ እና'ስተንፈሱ።

"ይስዕበካ ኣለኹ፡" በሉ ባሻይ፡ እተን ኣብ መንከሶም ዝነበራ ጭሕሚ እናወጠጡ፡ ገጾም ኣሲሮም ኣዕሙቖም ይሓስቡን ይከታተሉን ምንባሮም ብዘርኢ ኩነት።

"ብሓጺሩ ናብ ሓዲኦም ከይወገንና ክሰማምዑ ንጽዓር። እንተ ዘይተዓዊትና ብሰላምን ብዘይ ጽልእን ቂምታን ክውድእዎ ጸቕጢ ንግበር። ኣብዚ'ውን እንተ ዘይተዓዊትና፡ ንሕና ናትና ፍቕርን ሰላምን ከይብረዝን ከይዝረግን ሓሊንና፡ ኣብ ሞንጎ ስድራ ቤትና ጽልእን ቂምታን ከም ዘይነግስ ንግበር። እዚኣ'ያ ናተይን ናትካን ብድሆን ሓላፍነትን። እዚ ወዳሓንካ!" በሉ ግራዝማች።

"እንታይ ከም እትብል ዘሎኻ ይርደኣኒ'ሎ ግራዝማች። ግን ቀሊል ነገር ኣይኮነን። ኩሉ ክኽእሎ'የኳ እንተ ዘይበልኩ፡ ዝከኣለኒ ግን ክፍትን'የ። ካልእ እንተ ተረፈስ፡ ኣነን ንስኻን ተረጋጊጽናሉ እንሓልፍ መዓልቲ ክይመጽእ ግን ክጽዕር'የ። እዚኣ'የ ክማባጽዓልካ ዝኽእል!" በሉ ባሻይ።

"ዝከኣለና እንተ ጌርና ኣምላኽ ከኣ ክሕግዘና'ዩ። *'ሰብ ይሓስብን ይፍትንን፡ ኣምላኽ ከኣ ይፍጽም፡'* እንድዩ። ሕጂ ዝኣክል ተላዚብና እንዲና፡ ንብርኽተ

እንታይ ግበርልና ክብላ?" ብምባል ግራዝማች ነታ ዝርርብ መደምደምታ ክገብሩላ መረጹ።

"ኣይ ደሓን ከምታ ዝበልኩኺ ቆጸራ ስለ ዘላትኒ ክኸይድ'የ ፡" ኢሎም ብድድ በሉ። ግራዝማች ኸኣ ብድድ ኢሎም ፡ "ብርኽቲ ንዒ ባሻይ ይኸይድ ኣሎ ሰላም በልዮ ፡" በሉ።

"እሞ ገለ ከይወሰድኩም ደኣ ክትከዱ?" በላ ወ/ሮ ብርኽቲ።

"ንግራዝማች ክነግሮ እንድየ ጸኒሐ ፡ ተሃዊኺ'የ ፡" በሉ ባሻይ።

"በሉ ሕራይ ብሩኽ መዓልቲ ይግበረልና ፡" ኢለን ማዕጾ ከፊተን ኣፋነዋኦም።

ኣብ ኩነታትን ገጽን ባሻይ ፡ ካብቲ ክኣትው ኸለው ዝነበርዎ ውሱን ለውጢ ስለ ዝረኣያ ተገረማ። ምልስ ኢለን ከኣ ንበዓል ቤተን ሓተታኦም። ግራዝማች ከኣ ኣብቲ ንበዓልቲ ቤቶም'ውን ይጠቕመን'ዩ ዝበልዎ ነጥብታት ዝያዳ ብምትኳር ፡ እቲ ቀንዲ ቀንዲ ዝተዘራረቡሉን ዝተረዳደኡሉን ነጥብታት ገለጹለን።

"ሓደራኺ እዚ ነጥብታት'ዚ ንስኺ'ውን ብዕቱብ ክትርድእዮን ፡ ክትክተልዮን ፡ ክተተግብርዮን ኣሎኪ!" ብምባል ከኣ መጠንቀቕታኦም ዛዘሙ።

ናይ ሃብቶም ምዕግርጋር ንኸምስል ዝገብሮ ዝነበረ ምንግርጋር'ምበር ፡ እቲ ቅጥፈት ኣጸቢቑ ከም ዝወዓሎ ተስፎም ክንዲ ጣፍ'ውን ትኹን ጥርጥር ኣይነበሮን። ግን ሃብቶም ኣዝዩ ህልኽኛ ስለ ዝኾነ ፡ ዝመጸ ይምጻእ ኢሉ ናብ ዘይውዳእ ነገርን ኮለልን ከየእትዎም ስክፍታ ነይርዎ። ንሱ'ውን ብህልኽ ካብኡ ስለ ዘይሓምቕ ፡ ክሳዕ መወዳእታ ምተጣማጠሞ ነይሩ። ጸገሙ ግን ናይ ግራዝማች ባህርን ፡ ናቶም ድልየትን ባህግን ክፍጽም ዝነበሮ ምእዙዝነትን'ዩ ነይሩ። እዝን ካልእን እና'ሰላሰለ ኸኣ ናብ ቆጸራኡ ይስጉም ነበረ።

ከም ቆጸራኦም ኣርባዕቲኦም ተራኸቡ። ኩሎም በቦታኦም ሒዞም ኮፍ ኮፍ ምስ በሉ ፡ ገዛ ንውሱን ካልኢታት ጸጥ በለት። ሽዑ ተስፎም ፡ "ቀዳማይ ብቖጸራ ዝተፈላለናሉ ፡ ሃብቶም ክትሓስበሉን መልስኻ ንኽትነግረናን ኢዩ ነይሩ። ስለዚ ዘረባ ናባኻ ኢዩ ፡" በለ ናብ ሃብቶም ገጹ ከይጠመተ።

"ንሕና ኢዩ ዘይተረድኣና ነይሩ'ምበር ካብ መጀመርታኡ ኣትሒዝኩም ፡ ብንጹር

ንዓና ከም ዘይደለኹምና ብብዙሕ ኣገባባት ኣርኢኹምና ኢኹም ፡" በለ ሃብቶም።

"*ካምን ፡ ንዓን'ዶ ንድሕሪት ኣይትምለሰና ሃብቶም ፡*" በለ ተስፎም።

"ንድሕሪት ኣይኮንኩን ዝመልሰካ ዘሎኹ። ናብቲ ተሃንጢኻሉ ዘሎኻ ቅድሚት'የ ዝኸይድ ዘሎኹ። ብሓጺሩ ብሓንሳብ ከይንሰርሕ እንድዩ ዝድለ ዘሎ ፡ ኣነ'ውን ብድሕሪ ሕጂ ምሳኻ ብሓባር ክሰርሕ ድልየት የብለይን። ስለዚ ናብቲ ዝቕጽል ስጉምቲ እንተ ኸድና ተቓውሞ የብለይን። ንሱ'ዩ መልሰይ *ባስታ!*"

"ጉድ! ጽቡቕ ዘረባ። ሕጂ ዝተርፈና ክንፈላለ ስለ ዘሎና ፡ ብኸመይ ንፈላለ ኢና እንዘራረብ። እዘን ክልተ ትካላት ፡ እንዳ ባኒን እዛ ፋብሪካን ኢየን ዘለዋና። ስለዚ ብኸመይ ኣገባብ ንማቐለን?" በለ ተስፎም።

"እሞ ንስኻ እንዲኻ ንበይንኻ ንነዊሕ ወጢንካዮን ሓሲብካሉን። እስከ እቲ ንነዊሕ ዝሓሰብካሉ ክንስምዖ ፡" በለ ሃብቶም ብባጫ ዝጥዕም ኣዘራርባ።

ተስፎም ነቲ ባጫ ክምልሰሉ'ውን ኣይደለየን።

"ጽቡቕ ሕራይ። መጀመርያ ክልቲኡ ትካላት ፡ ናይ ሕሳብ ክኢላታት ጌርና ፡ ዕዳኡን ርእሰ ማሉን ተሓሲቡ ፡ እቲ ናይ ሕጂ ዋጋኡ ይትመን። ድሕሪኡ ሐሓንቴና ንማቐለን። ሽው ነታ ትካል ዝወሰደ ፡ ነቲ ካብታ ትካል እቲኣ ዝፋኖ ዘሎ ኣካል ፡ እቲ ፍርቂ ብገንዘብ የድቅሶ። ኣብታ ካልኣይቲ ትካል ከኣ ከምኡ ፡" በለ ተስፎም።

"ዝገርም'ዩ! *ቤራሜንተ* ኩሉ ኣቐዲምካ መደብን ፕሮግራምን ሰሪዕካሉ ኢኻ ጸኒሕካ መቸም። መን ኣየናይ ትካል ይወስድ'ውን ሓሲብካሉ ኢኻ ማለት'ዩ?!"

"*ሹር!* ከመይ ደኣ ሓሲበሉ'ወ! እንዳ ባኒ ንዓኻትኩም ኣዕቢያትኩም'ያ። ቅርሲ ናይ ስድራ ቤትኩም'ያ። ክትመጽእ ከላ'ውን ዋላ'ኳ ገንዘብ ስለ ዝሓጸረኩም ኣቦይ ኣለቂሕኩም እንተ ነበረ ፡ ብሱሩ ግን ሳላ ኣቦይ ባሻይ'ያ ተረኺባ። ፋብሪካ ኸኣ ክንረኽባ ከሎና ካብ'ቲ ሓሳብ ምምንጫው ኣትሒዝካ ፡ ምስቶም ሰባት ምርኻብ ፡ ናይ ባንኪ ልቓሕ ምውዳእን ፡ እቲ መስርሕ ብሙሉኡ ብናተይ ጻዕሪ'ዩ ተኻይዱ።"

"እዚ ኹሉ ናብ ምንታይ ክትበጽሕ ኢኻ ኮለል ትብል ዘለኻ?" በለ ሃብቶም።

"ብሓጺሩስ ንስኻትኩም እንዳ ባኒ ትወስዱ ፡ ንሕና ኸኣ ፋብሪካ ንወስድ ፡" ምስ በለ ተስፎም ፡ ሃብቶም ብቕጽበት ሓፍ ኢሉ ብነድርን ዓውዓውታን ፡ "ቁሩብ ኣይትሓፍርን ዲኻ?! እዚ ኹሉ ኮለል ክትብሎ ዝጸናሕካ ካብ ሰብኣዊ ሓልዮት

ተበጊስካ ፡ ቅርስና መታን ከይትጠፍኣናን ክትሕግዘናን ኢልካ ከም ዘይትብገስ'ኳ ንዓይስ ኣይጠፋኣንን'ዩ። ኣገባብካ ግን ዘስደምምዩ! ረሲዕካዮ ዲኻ? ኣነኮ'የ ደመይን ረሃጸይን ኣንጠብጢበ ነዚ ፋብሪካ'ዚ ኣብዚ ኣብጺሐዮ!" ኢሉ ኮፍ በለ።

"ረሃጸይ ኣንጠብጢበ በሊዐዮ በል! ስለ ዝበላዕካዮ ኸኣ ካልኦት ትካላት ትጫጭሕ ኣለኻ!" በለ ተስፎም ብተመሳሳሊ ነድሪ።

"ካልኦት ትካላት እንተ ገበርኩ'ኮ ፡ ሳላ ከማኻ ገንዘበይ ንመስተን ንኣመላተይን ዘይበተንኩ'ዩ!" በለ ሃብቶም።

"በል ስማዕ። መንቀሊኹም እተን እንዳ ባኒ ክንጅምር ከሎና ዝነበራኹም ገንዘብ ጥራይ'የን። ካልእ ካብኡ ወጻኢ ዝነበረኩም ካፒታል ኣይነበረን። እዚ እንዳ ፓስታ ንስኻ ዝኣኸለካ ተጠቒምካሉስ ፡ ካልኦት ትካላት'ውን ክትውንኑ ከም ዝኸኣልካ ፡ ብሕሳብን ብሕግን ክረድእ ዘኽእል ብቑዕ መርትዖ ኣሎኒ ኣነ። ንስኻ ኸኣ ካብ ክልቲኣን ትካላት ፡ ንኽልቴና ብዝበጽሓና ዝነበረ ኣታዊ ጥራይ ጌርካ ፡ እዚ ወኒንካዮ ዘሎኻ ሃብቲ ከም ዘጥረኻዮ ከተረጋግጽ ክትግደድ ኢኻ!" በለ ተስፎም።

"ክትግደድ ኢኻ?" በለ ሃብቶም።

"እወ ክትግደድ ኢኻ! ኣብኡ እንተ በጺሕና ግን ፡ ኣብ ቃልዕ ክትወጽእን ክትዋረድን ፡ ምናልባሽ'ውን ክትእሰር ከም እትኽእል ፍለጥ! ምኽንያቱ ንኣና ምጥፍፋእካ ጥራይ ዘይኮነ ፡ ንመንግስቲ'ውን ነቲ ኹሉ ብደገኻ ትሸጦ ዝነበርካ ክኽፈሎ ዝነበሮ ግብሪ ስለ ዘይከፈልካሉ። ክንሰማማዕ እንተ ዘይክኢልና ፡ ኣብ ሕጊ ጠልጠል ከብለካ ምኻነይ ተረዳእ!" በለ ተስፎም ብነድርን ብትርን።

"*ሚዲስብያሽ!* ተፈራርሓኒ ኣለኻ'ምበኣር ፡" በለ ሃብቶም ፡ በቲ ሓደ ወገን ርእሱ ንላዕልን ታሕትን ብምንቕናቕ እናሓንሓነ ፥ በቲ ኻልእ መዳይ ከኣ ኣብ ገጹ ናይ ረሃጽ ታህታህታን ፡ ናይ ፍርሀን ሻቕሎትን ምልክት ብግልጺ እናተረኣየ።

"*ኦፍ ኮርስ!* ምርዳእ እንተ ኣቢኻ ደኣ ፡ መታን እቲ ዝመጸካ ሰበብ ክትፈልጥ ጽቡቕ ገይረ እነግረካ'ወ! ሕጂ ስማዕ ፡ እኹል ተዘራሪብና ኢና። ነዛ ዘቕረብኩዋ ሓሳብ ኣጸቢቕካ ክትሓስበላ ፡ ናይ ሓደ ሰሙን ግዜ ክህበካ'የ። ነዚ ዘቕረብኩዎ ሓሳብ እንተ ተሰማሚዕካሉ ፡ ኣብ ሕጊ ከይቀረብካን ዕዳጋ ከይወጻኻን ህድእ ኢልና ናብቲ ዝቕጽል ስጉምትታና ንኣቱ። እዚ ዘቕረብኩዎ ኣይሰማማዓሉን እየ እንተ ኢልካ ኸኣ ፡ ብሕግን ብሕሳብን ንታሓታተት!" በለ ተስፎም።

"ካልእ የብልካን? ናይ መወዳእታ ውሳነኻ ንሱ'ዩ ማለትድዩ?" በለ ሃብቶም ዓይኑ ደም መሲሉ ፡ ሰራውር ግምባሩ ተገታቲሩ።

"እወ ንሱ'ዩ ውሳነይ።"

"በል ከትፈልጥ ፡ ካብ ብሕጂ ክነግረካ ኣነ። ነዚ ትብሎ ዘለኻ ፈጺመ ኣይቅበሎን እየ!" በለ ሃብቶም ዓው-ዓው እናበለ።

"ንሱ ናትካ ምርጫ'ዩ። ግን ኣጸቢቕካ እንተ ሓሰብካሉ ይሕሸካ!" በለ ተስፎም ዕትብ ኢሉ።

"ንዓይ እንታይ ከም ዝሕሸኒ ባዕለይ'የ ዝፈልጥ ፡ ንስኻ ኣይኮንካን ትፈልጠለይ!" በለ ሃብቶም ብዓውታ።

"ጽቡቕ ፡ እምበኣር ኣነ ኣብዚ ወዲአ'ሎኹ። ኣርኣያን ደርማስን እዚ ናይ ሎሚ ወረቓቕቲ ኣፈርሙና'ሞ ፡ ክንዓጹ።"

ብዘይ ሓንቲ ቃል ተፈራረሙን ቀቅድሑም ሓዙን።

"ከምዛ ሎሚ ኣብዛ ሰዓት እዚኣ ንራኸብ ፡" ኢሉ ተስፎም ብድድ ምስ በለ ፡ ኩሎም ብድድ-ብድድ ኢሎም ወጹ።

ተስፎም ምስ ኣርኣያ ፡ ሃብቶም ከኣ ምስ ደርማስ ከዱ።

ተስፎምን ኣርኣያን በይኖም ምስ ኮኑ ፡ "እታ ናይ ኣቦይ ዘረባ ዘኪርካያዶ ኣሎኻ?" ሓተተ ኣርኣያ።

"ኣየነይቲ ዘረባ?" በለ ተስፎም።

"እታ ብሰላም ጥራይ ኢያ ክትውዳእ ዘለዋ ኢሉ ዝተማሕጸነና ዘረባ።"

"የስ ፡ እወ ዘኪረያ'ሎኹ። ተሰኪፍካ ዲኻ?"

"ዋእ እወ እታ ዘረባ ቁሩብ ዘትረርካያ ኮይኑ ተሰሚዑኒ።"

"ኣጆኻ ደሓን ብሰላም ክንውድኣ እንተ ዘይንደሊ ደኣ ፡ ነዚ ኹሉ ዘጣፋፊእ ገንዘብ ምለሶ ኢልካ ጠልጠል ምባሉ እንድዩ ዝግባእ ነይሩ። ፈሊጠ እየ ሃዲደዮ።

ንሱ ኸኣ ብጀካ ምቕባላ ካልእ ዘዋጽኦ መንገዲ ከም ዘይብሉ ኣይጠፍኦን'ዩ። ፊሊጡ ኢዩ ዝህድድ ነይሩ።"

"ሕራይ በል ትብሎ ዘለኻ ይግበሮ ፡" በለ ኣርኣያ ብናይ ተስፎም ርእሰ ተኣማንነት ስለ ዘይቀሰነ ፡ ጌና እናተጠራጠረን እናተሰከፈን።

"ነ'ቦይ ግን መታን ከይሻቐል ፡ ዝርዝር ናይዚ ሎሚ ዝተዘራረብናዮ ከይነገርናዮ ክንጸንሕ ይሓይሽ። እንተ ሓተተና ብሓፈሻ ጌና ንዘራረብ ኣሎና ንብሎ ፡" በለ ተስፎም።

"ሕራይ ከም ፍቓድካ ፡" ምስ በሎ ኣርኣያ ፡ ነናብ ዋኒኖም ክኸዱ ተፈላለዩ።

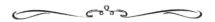

ካብታ ዝተዘራረቡላ መዓልቲ ጀሚሩ ሃብቶም ፡ ንተስፎም እታ ናይ እግዚኣብሄር ሰላምታ'ውን ከልኦ። ተስፎም ሰላም ክብሎን ክዘራርቦን'ውን እንተ ፈተነ ፡ ሃብቶም ግን ክዓጽዎን ክርሕቖን ክርሕቓን ጀመረ። ኣብቲ ቆጸራ መዓልቲ ሰለስቲኦም ኣብ ግዜኦም ክርከቡ ኸለው ፡ ሃብቶም ግን ጌና ከም ዘይመጸ ምስ ረኣየ ተስፎም ተጠራጠረ። ናብ ደርማስ ምልስ ኢሉ ፡ "ሃብቶምከ ይመጽእዶ'ሎ?" በሎ።

"ሃብቶም ኣይመጽእን'ዩ ፡" በለ ደርማስ።

"እዚ ብኸመይ?"

"ዝሃበኒ መልእኽቲ ግን ኣሎ ከንብበልካ'የ።"

"ሕራይ ፡" በለ ተስፎም ኩነታት ስለ ዘይተረድኦ ፡ ብስክፍታን ብታህዋኽን።

ደርማስ ካብ ጁባኡ ሓንቲ ብደንቢ ዝተዓጻጸፈት ወረቐት ኣውጽአ። ቀስ ኢሉ ዘርጊሑ ኣብቲ ቅድሚኡ ዝነበረ ጣውላ ኣቐሚጡ ፡ ብትሑት ድምጺ ከንብብ ጀመረ።

"1ይ ፡ ነቲ ክሳዕ ሕጂ ኣብ ልዕለይ ዘቕረብካዮ መሰረት ዘይብሉ ጸለመን ጠቐነን ፡ ብኣይ ንጹግን ውዱቕን ምኺኑ ክትፈልጥ እደሊ። ኣብ ዝኾነ መጋባእያ ኬድካ'ውን ፡ ክተጥብቐለይ ወይ ክተልግበለይ ከም ዘይትኽእል ርግጸኛ'የ። ኣነ ግን ከማኻ ንኸለል ዝጠፍእ ግዜ የብለይን። ኣነ ናይ ስራሕ ሰብ'የ። ከምኡ ስለ ዝኾንኩ ኢኹም ኸኣ መታን ብረሃጸይ ክትጥቀሙ ፡ ክሳዕ ዘድለየኩም

ጥብቕ ዝበልኩምኒ። ኣነ ሎሚ ንዝዓመጽኩምኒ ሰሪሐ ክመልሶ ስለ ዝኽእልን፡ ምሳኻትኩም ናብ ኮለል ክኣቱ ስለ ዘይደልን፡ በቲ ዝሓለፈ ሰሙን ዘቕረብኩሞ ሓሳብ ክንውድእ ቁሩብ'የ። እቲ ዘድሊ ሕሳባትን ቅጥዕታትን ኣዳልዎ'ሞ ክሪኦ'የ፡" ኢሉ ከንብብ ድሕሪ ምጽናሕ፡ ሓንሳብ ኣዕርፍ ኣበለ።

"2ይ፡ ብድሕሪ ሕጂ ምሳኻ ክዛረብ፡ ወይ ኣብ ሓደ ጣውላ ኮፍ ክብል ጨሪሰ ኣይደልን'የ። ስለዚ ክሳዕ እዛ ጉዳይ'ዚኣ እትዛዘም ብደርማስ ጌርና ኢና እንዘራረብ።"

"3ይ፡ ብድሕሪ ሕጂ ናብ ገዛይ ወይ ስድራይ ወይ ናብ ደቀይ ገጽካ ክትጽጋዕ ስለ ዘይደሊ፡ ብዝኾነ ምኽንያት ናብ ገዛይ ከይትቕልቀል።"

"4ይ፡ ነዚ ካብ ቀደም ክሳዕ ሕጂ ኣብ ልዕለይን ኣብ ልዕሊ ስድራ ቤተይን ዝፈጸምካዮን ትፍጽሞ ዘለኻን በደልን ክሕደትን፡ ሕነ ዝፈድየሉን እትኽፍለሉን መዓልቲ ከም እትመጽእ ፍለጥ!" ኢሉ ደርማስ ሃንደበት ትም በለ።

በዓል ተስፎም ክቕጽል ስለ ዝጽበይዎ ዝነበሩ፡ ዓይኒ ዓይኑ ይጥምትዎ ነበሩ። ደርማስ ግን ድሮ ወረቐቱ ዓጺፉ ናብ ጁባኡ ከእቱ ጀሚሩ ነይሩ'ዩ።

ሽዑ ተስፎም፡ "ንሳ ድያ እታ መልእኽቲ?" ኢሉ ሓተቶ።

"እወ ንሳ'ያ፡" ኢሉ ደርማስ ትም በለ።

ደርማስ ብዙሕ ስለ ዘይዛረብ፡ ኣብ ሙሉእ ህይወቱ ኣብ ዕቱብ ጉዳይ፡ እታ ዝነውሐት ዝተዛረባ ዘረባ ግዲ ኮይናቶ ካዕበት እናተንፈሰ ኢዩ ወዲእዋ።

"ሕራይ እምበኣር መልእኽቲ ሃብቶም ሰሚዕናዮ ኣሎና። ነቲ ኻልእ ዝተዛረቦ ትርፎ ዘረባታት ከይመለስኩ ንጎድኒ ክገድፎ'የ። እቲ ጽቡቑ፡ በቲ ብቐዳማይ ዘቕረብክዎ ሓሳብ ምስምማዑ'ዩ። ናብ ትግባረ ብቕጽበት ክንሰግር ኢና፡" በለ ተስፎም ዕትብ ኢሉ። ሓሳቡ ክጥርንፍ ሓንሳብ ኣዕርፍ ድሕሪ ምባሉ፡ ጎሮሮኡ ጽርግ ኣበለ።

"ናይቲ ክርእየካን ክዛርበካን ኣይደልን'የ፡ ናብ ደቀይን ስድራይን ክትቀርብ ኣይደልን'የ ዝበሎ ኣዝዩ ዘሕዝን'ዩ። ነቲ ዘይምርድዳእ ናብ ካልእ ናይ ጽልኢ ደረጃ ኢዩ ዘሰጋግሮ ዘሎ። ግን ንሱ እንተ ዘይደልዩኒ፡ ኣነ እውን ከም ዘይደልዮ ንገሮ!"

"እቲ ሳልሳይ ናይ ሕነ ምፍዳይ ግን፡ ደሓን ብሓባር ንሪኦ። ሕነ ክፈዲ ኣሎኒ

ክብል ዝገበኣኒ ኣነ'የ ነይረ። ንሱ ኣይኮነን ተበዲሉ። ግን ደሓን ካብ ደለዮ ብኸምኡ ዝፋራራሕ ከም ዘይኮንኩ ግን ንገሮ!" ኢሉ ዘረባኡ ደምደመ።

"ይቕረታ ደርማስ ከይረሳዕናያ ኸሎና፡ እታ ዘንበብካላ ወረቐት'ንዶ ሓንሳብ ከቐድሓ ሃበኒ። ሽው ኣብዚ እንሕዞ ዘሎና ደቓይቕ መታን ከነስፍራ፡" በለ ኣርኣያ።

ደርማስ ብቕጽበት ኣውጺኡ ሃቦ። ኣርኣያ ኸኣ ከቐድሓ ጀመረ። ኣርኣያ መዝገቡ ምስ ወድአ፡ ንውሱን ደቓይቕ እቲ ሃዋህውው ከቢዱ ስቕ-ስቕ በሉ። ሽው ተስፎም ሳንጣኡ ከፊቱ ወረቓቕቲ ከዋጻጽእ ጀመረ። ወረቓቕቲ ኣውጺኡ ናብ ደርማስ ጠመተ።

"እዚ ብሰላምን ብስምምዕን ክንፈላለን፡ ንሕና ፋብሪካ፡ ንስኻትኩም ከኣ እንዳ ባኒ ክትወስዱ፡ ሕሳብ ምስተዛዘመ ኸኣ እቲ ፍልልይ ክንከፋፈል ከም ዝተሰማማዕና ዝገልጽ ናይ ስምምዕ ወረቐት'ዩ። ንሃብቶም ኣርእዮ'ሞ እንድሕር እቲ ቃላት ተሰማሚዑሉ፡ ኣፈሪምካ ጽባሕ ሒዝካለይ ምጻእ። ንስኻትኩም'ውን ትፍርምሉ'ሞ፡ ቀቅዳሕና ምስ ሓዝና፡ መታን ናብ ትግባረ ቀልጢፍና ክንሰግር።"

ነተን ወረቓቕቲ ምስ ሃቦም፡ "ብተወሳኺ ካብቶም ቅድሚ ሕጂ'ውን ሕሳብ ዝገብሩልና ዝነበሩ ክልተ ክኢላታት ሕሳብ፡ ነቲ ዋጋ ናይ ክልቲኡ ትካላትን ምስኡ ዝዛመድ ሕሳብን ኣጠናኺሮም ክቕርቡልናን፡ ክሳዕ መወዳእታ ከፈጽሙናን ንሓዲኦም መታን ክንስይም ንሃብቶም ምረጽ በሎ። መን ከም ዝመረጸ ምስ ነገርካኒ ደብዳበ ንጽሕፈሎም፡" በሎ ተስፎም።

ደርማስ ከኣ "ሕራይ፡" ኢሉ ተቐበሎ።

"እተን ናይ ሎሚ መዓልቲ ዝርርብና ደቃይቕ እምበኣር ንፈርመለን፡" በለ ኣርኣያ። ኩሎም ፈራሪሞም ቀቅድሖም ምስ ሓዙ ተስፎም፡ "እሞ ካልእ ዘድልየና ነገር ስለ ዘየሎ፡ ንሎሚ ኣብዚ ንዛዝም። ጽባሕ ክጽበየካ'የ፡" ኢሉ ብድድ ምስ በለ፡ ኩሎም ተተንሲኦም ከዱ።

ሃብቶምን ተስፎምን ኣብዚ ግዜ'ዚ ብሓባርን ብስምምዕን እናሰርሑ፡ ድሮ ኣብ እንዳ ባኒ ዓሰርተ ሰለስተ፡ ኣብ ፋብሪካ ኸኣ ሓሙሽተ ዕዉታት ናይ ሽርክነት ዓመታት ኣሕሊፎም'ዮም።

ድሕሪ ማዕረ ብልግና ምትሕሓዝን፡ ንብዙሓት ዘቕንእ ስድራ ቤታዊ ዕዉት ሽርክነት እንዳ ባንን ፋብሪካ ፓስታን፡ ኣብ ከምዚ ዝኣመስለ ምብትታን ክበጽሑ

ኸለው ፣ ናብ ኣርብዓ ዓመቶም ዝገማገሙ ዝነበሩ ኣብ ማእከላይ ዕደመ ዝርከቡ ድልዱላት ሰብኡት’ዮም ነይሮም። ወለዶም ከኣ ፣ ግራዝማች ኣብ ፍርቂ ስሳታት ፣ ባሻይ ከኣ ናብ ሰብዓ ተገማጊሞም ነበሩ።

ምዕራፍ 6

ንጽባሒቱ ደርማስ ነቲ ሃብቶም ዝፈረመሉ ናይ ስምምዕ ወረቐት ንተስፎም ኣረከቦ። ብተወሳኺ ናይ ሕሳብ ክኢላ ንዝምልከት ፡ ሐደ ካብ ክልቲኦም እንተ ገበሩ ሃብቶም ተቓውሞ ከም ዘይብሉ ነገሮ። ብድሕሪኡ ደብዳበ ብምጽሓፍ ፡ ነቶም ክኢላታት መዚዞም ፡ ናብ ትግባረ ስምምዖም ክሰጋገሩ ጀመሩ። እዚ ኣብ ምፍልላይ ዝበጽሑሉ ዝነበሩ ግዜ ወርሒ መስከረም 1966 ኢዩ ነይሩ።

እቲ ስምምዕ ምስ ተፈረመ ተስፎም ግዜ ከይወሰደ ፡ ብዛዕባ መጻኢ መደብ ክዘራረቡ ምስ ኣቦኡ ተቛጸሩ። ሽው ምሸት ምስ ኣቦኦም ከመያየጡ ክልቲኦም ኣሕዋት ኣብ ቆጸራኦም ተረኸቡ። ተስፎም ቅድሚ ዘረባ ምጅማሩ ፡ ነቲ ዝተፈራረሙሉ ወረቓቕቲ ንግራዝማች ክርእይዎ ሃቦም። ነቲ ናይ ስምምዕ ሰነድ ግራዝማች ብህድኣት ኣንበብዎ።

"እሞ ብዘይ ባእሲ ብኸምዚ ብሰላም ክትውድእዎ ብምብቃዕኩም ፡ ንኹልኻትኩም ምስጋና ይግበኣኩም'ዩ። ክሳዕ መወዳእታ ብኸምኡ ክትቅጽልዎ ኸኣ ተስፋ እገብር ፡" በሉ ግራዝማች።

"ደሓን ኣቦ ብኸምኡ ክንውድኦ ኢና ፡" በለ ተስፎም ርእሰ ተኣማንነት ብዝዓሰሎ ድምጽን ቃናን።

"ጽቡቕ ኣምላኽ ይሓግዝኩም ፡" በሉ ግራዝማች።

"ሕጂ ካልእ ክንዛረበሉ ደሊና ዘለና ፡ ብዛዕባ መጻኢ ኣካይዳን ምሕደራን ምወላን ፋብሪካ ዝምልከት'ዩ። ንሕና ሓሳባትና'ሞ ክንነግረካ ፡ ሽው ርእይቶኻን ምኽርኻን

ክትህበና። እቲ ናይ ቅድም ዝነበረ ናይ ባንክ ልቓሕ ተኸፊሉ ተወዲኡ'ዩ። ሕጂ ንሃብቶም ፍርቂ መታን ክንከፍሎ፣ ካብ ባንክ ልቓሕ ክንሓትት ከድልየና'ዩ። ክንድ'ቲ ዘድልየና ገንዘብ ክንሓትት እንተ ኺንና ኸኣ፣ ከም ትሕጃ ኣብ ልዕሊ ገዛይ፣ እዚ ዓቢ ገዛና ከድልየና ስለ ዝኾነ ፍቓድካ ከድሊ ኢዩ፣" በለ ተስፎም።

"ብዛዕባ ናይ ባንካ ልቓሕ ዝምልከት፣ ከም ውሕስነት ገዛና እንተ ተጠቐምክሙሉ ጸገም የለን። ካብኡ ንላዕሊ'ውን ንመንቀሳቐስን ንንብረት መግዝእን ተወሳኺ ጥረ ገንዘብ እንተ ኣድልዩ፣ ንሕና ክንሕግዘኩም ንኽእል ኢና። ብሓጺሩ ዝኾነ ንኽእሎ ዘበለ ሐገዝ ክንውፍየልኩም ቁሩባት ኢና፣" በሉ።

"ንስኻ ስርዓቱ ፍቓድካ ንምርካብ ኢና ከምኡ ሓቲትናካ'ምበር፣ ሙሉእ ህይወትካ ንብረት ዘይኮነስ፣ ኩለንተናኻ ንዓና ምስ ወፈኻልና ስለ ዝኾንካስ ብዛዕብ'ዚ ተጠራጢርና'ውን ኣይንፈልጥን ኢና፣" በለ ተስፎም።

ግራዝማች መልሲ ከይሃቡ፣ ነቲ ተስፎም ዝበሎ ርእሶም ብምንቅናቕ'ዮም ኣፍልጦ ሂቦሞ። ከም ባህሪ ብዛዕባ ነብሶም ምዝራብ ኮነ፣ ካልእ ሰብ ኣብ ቅድሚኦም ብዛዕባኦም ክዛረብ ስኽፍክፍ ዘብሎም ነገር'ዩ። ተስፎም እዚ ስለ ዝፈልጥ መልሲ ከይተጸበየ፣ "ብዛዕባ ምሕደራ ንዝምልከት ከኣ፣ ኣነን ኣርኣያ ሓወይን ኴንና ከነካይዶን ክንቆጻጸሮን ኣይክንጸገምን ኢና፣" በለ።

"ኣነ'ውን ሕጂ ብዛዕባ ምሕደራ'የ ክንዛረብ ዝደሊ። ነዚ ኹሉ ቅድሚ ምግባርና፣ ቅድም ቀዳድም ኣብ ምሕደራ ለውጢ ክግበር ኣለዎ!" በሉ።

"ከመይ ለውጢ?" በለ ተስፎም ህውኽ ኢሉ።

"ቅድሚ ሕጂ ኣብዘን ክልተ ትካላት፣ ንስኻን ሃብቶምን ንበይንኹም ኢኹም ተመሓድርወንን ትውስኑን ኔርኩም። ካብ ሕጂ ንደሓር ግን ንምሕደራን ውሳነን ብዝምልከት፣ ኣነን ንስኻን ኣርኣያን ብሓባር ኴንና ክንውስን'የ ዝደሊ። ምኽንያቱ እዚ ፋብሪካ እዚ ንገዛኻን ገዛናን፣ ብሓጺሩ ንዘሎና ንብረት ኩሉ ኣብ ሓደጋ ከእቱ ስለ ዝኽእል፣ ልዑል ጥንቃቐ ከድሊ ኢዩ። ብሓደ ሰብ፣ ብኣኻ ጥራይ ክመሓደርን ክውዳእን ጽቡቕ ኣየምጽእን'ዩ፣" በሉ ግራዝማች።

"ደሓን ዝበለጸ እንዳኣሉ። ጸገም የለን ኣቦ። ከምቲ ዝበልካዮ ንገብር፣" በለ ተስፎም፣ ነቲ ንሱ ብዘይ ምኽትታሉ፣ ብሃብቶም ዝሰዓበ ጥፍኣት ኣብ ግምት ብምእታው ይዛረቡ ምንባሮም ብምግንዛብ።

"ጽቡቕ። ካልእ ኣገዳሲ ነጥቢ፣ ክልቴኹም ኣብ ስራሕኩም እናወዓልኩም፣

ፋብሪካ ብግቡእ ከተካይድዎ ትኽእሉ ኩይኑ ኣይስመዓንን። ስለዚ ብውሑዱ ሓዴኹም ካብ ስራሕ ተሳናበ.ትኩም ፡ ሙሉእ ትኹረትኩምን ኣድህቦኹምን ኣብኡ ጌርኩም ክትሰርሑ ኢዩ ዝሓይሽ ፡" በሉ ግራዝማች።

"እሞ ኣነ ስንብት ክሓትት ይኽእል'የ ፡" በለ ተስፎም ህውኽ ኢሉ።

"ኣይፋልን ፡ ኣነስ'ባ ንስኻ ኣብታ ዘለኻያ ስራሕ ጸኒሕካ ፡ ኣርኣያ ስንብት እንተ ሓተተ ይሓይሽ'የ ዝብል። እዚ ክብል ከለኹ ግን ነ'ርኣያ እቲ ሕጂ ዝወስዶ ዘሎ ደሞዝ ዘይኮነስ ፡ ዘዕግብ ደሞዝን ኣብቲ ትካል ከኣ ንኣኡ ዝመጣጠንን ዝበቅዕን ብርኪ ከም ዝረክብ ክግበር ኣለዎ። ኢ.ሂ ኣርኣያ ወደይ እንታይ ትብል?" በሉ ግራዝማች ፡ ናብ ኣርኣያ ርእሶም ጥውይ ኣቢሎም።

"እቲ ፋብሪካ ብዕቱብ ክንሕዞ እንተ ዄንና ፡ ከምቲ እትብሎ ዘለኻ ግድን ሓዴና ብቐዋሚ ክንውዕሎ ከም ዘሎና ይስማምዓሉ'የ። እንድሕር ተስፎም ሓወይ ዕቃበ ወይ ተቓውሞ ዘይብሉ ፡ ኣነ ፍቓድካ ክመልእ እኽእል'የ ፡" በለ ኣርኣያ።

ግራዝማች ናብ ተስፎም ግልብጥ ኢሎም ፡ "ኢ.ሂ ተስፎም ወደይ ፡ እንታይ ትብል?" በልዎ።

"ንኸምዚ ዝበለ ጽቡቕ ሓሳብ'ሞ እንታይ ተቓውሞ ክህልወኒ'ዩ ፡ ደስ ይብለኒ'ምበር ፡" በለ ተስፎም ቃልዓለም ብዘይብሉ ዘረባ።

"ብተወሳኺ እቲ ቅድሚ ሕጂ ንስኻ ሒዝካዮ ዝነበርካ ውክልና'ውን ፡ ኣርኣያ ሙሉእ ግዜኡ ኣብኡ ስለ ክኸውን ዝኾነ ፡ ናብ ኣርኣያ እንተ ሓለፈ ይሓይሽ እብል ኣነ ፡" በሉ ግራዝማች።

"ንሱ ደኣ እንታይ ጸገም ኣለዎ ፡ ዋላ ከም ቀደሙ ብተስፎም ሓወይ ዘይከውን?" በለ ኣርኣያ።

"ኣይፋልን ፡ እዚ ኣቦይ ዝበሎ ጽቡቕ ሓሳብ'ዩ። ንዝኾነ ይኹን ነገር ፡ ሕጂ ንስኻ ካብ ስራሕ ናጻ ስለ እትኸውንን ፡ ሙሉእ ግዜኻ ኣብኡ ስለ እትጽመድን ፡ እቲ ውክልና ብኣኻ እንተ ኾነ ዝበለጸ'ዩ ፡" በለ ተስፎም።

"በቃ ብኡ ንወድእ እምበር ፡ ይርሓሰና። ከምዚ ጌርካ ተላዚብካን ተማኺርካን ተሰማሚዕካን ንእትገብሮ ውሳነ ፡ ኩሉ ግዜ ኣምላኽ ከኣ ይባርኾ'ዩ። ስለዚ ኣምላኽ ምሳና ይኹን። ልዕሊ ኹሉ ግን ኣምላኽ ዕድመን ጥዕናን ይሃብኩም እዞም ደቀይ ፡" በሉ ግራዝማች ፡ እቲ ልዝብ ብኸምኡ ብምዝዛሙ ፡ ዕግበቶም ኣብ ድምጾምን ኩነታቶምን ብግልጺ እናተንጸባረቐ።

"ኣሜን ኣቦ ፡" ፡ "ኣሜን ኣቦ ፡" በሉ ተስፎምን ኣርኣያን በብተራ።

ብኸምዚ ምርድዳእ ዝዓሰሎ ልዝብ ከኣ ፡ ዘድልዮም ውሳነታት ወሲዶም ፡ ርክቦም ደምዲሞም ፡ ንወለዶም ተፋንዮም ከዱ።

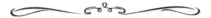

ሃብቶም ምስ ደርማስ ኮይኑ እዚ ዳሕራይ ዝተበጽሐ ውሳነ ንወለዱ ክነግሮም ከሎ ፡ ኣቃሊሉን ንኣኡ ብዝጥዕሞ ኣገባብን ገይሩ'ዩ ነጊርዎም። መን እንታይ ወሰደ ብዕጫ ክውስንዎ ይኽእሉ ምንባሮም ፤ በዓል ተስፎም ካብ ክቱር ስሰዐ ፋብሪካ ከም ዝደለዩን ፡ ይግበኣና'ዩ ከም ዝበሉን ፤ ንሳቶም ግን እቲ ኣቕሑ ፋብሪካ ናብ ምእራጉ ስለ ዝኾነ ፡ ብዙሕ ከም ዘይደለይዎ ፤ ንግዜኡ እቲ ኽልተ ፊራሜንታን ፡ እታ እንዳ ባንን ምክያድ ከም ዝኣኽሎም ፤ ፋብሪካ ክወስዱ እንተ ኾይኖም ፡ ተወሳኺ ገንዘብ ንበዓል ተስፎም ምኽፋል ከም ዘድልዮም ፤ ተወሳኺ ገንዘብ ብምኽፋል ኣብቲ ካልእ ስራሖም ጸቕጢ ከገብረሎም ከም ዘይደለዩ ፤ ኣብ ዝደለይዎን ኣብ ዝተቐረበሉን ግዜ ኸኣ ፡ ማሽነሪታት ኣምጺኦም ፋብሪካ ፓስታ ከገብሩ ከም ዘይጽግሞም ፤ በዓል ተስፎም ፋብሪካ እንተ ወሰዱ ዘይተቓወምዎም ፡ በዚ ኹሉ ምኽንያታት'ዚ ተደሪኾም ምዃኖም ኣረድኦም።

ወለዲ በቲ ሃብቶም ዝሃቦም መግለጽን መረዳእታን ዓገቡ። እቲ ቂምታን ጽልእን ግን ኣብ ቦትኡ ከም ዘሎ መታን ክርድኦምን ክፈልጥዎን ከኣ ኣብ መወዳእታ ፡ "እዚ ኹሉ ይኹን'ምበር ፡ ነዚ ንዓይን ንሓወይን ዘዋረድካናን ዝጠቀንካናን ግን ፡ መዓልቲ ኣለዎ ክትከፍሎ ኢኻ!" ከም ዝበሎ ነጊሩ ደምደመ።

ወለዶም ከኣ ብሕልፊ ኣደኡ ፡ ናብቲ ሒዘናኦ ዝነበራ ክቱር ጽልእን ኣብ ልዕሊ ተስፎም ምሕንሓንን ተመለሳ።

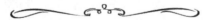

ሃብቶም ብቐደሙ ነ'ልጋነሽ ብዛዕባ ስራሕ ከም ዘይምልከታ ገይሩ ስለ ዝወስዶ ፡ ናይ ምንጋር ልምዲ ኣይነበሮን። ሕጂ'ሞ ምስቲ ካልኣይ ሓዳር ምምስራቱን ፡ ናብ ኣልማዝ ምሽራውን ፡ ብዛዕባ እቲ ምስ ተስፎም ዝተረኽበ ዘይምስምማዕ ክካፍላ ኢሉ ኣብ ሓሳቡ'ውን ኣይመጾን።

ሕጂ ግን ንተስፎም ናብ ደቀይን ሓዳረይን ክትቀርብ ኣይደልየካን'የ ስለ ዝበሎ ፡

ነ'ልጋነሽ ብዛዕባ ቆልዑ ክዛርባ ግድን ኮኖ። ሽዑ ሰዓት ሓሙሽተን ፈረቓን ኣጋምሸት ንገዛ ከደ። ገዛ ምስ ኣተወ ነ'ልጋነሽ ጸዊዑ ፡ ኣብ ብዙሕ ዝርዝር ከይኣተወ ፡ "ምስ'ቲ ተስፎም ተባኢስና ኣሎና። እዚ ኹሉ መዓልትን ለይትን ረሃጸይ ኣንጠብጢበ ኣብ ዝብጻሕ ምስ ኣብጻሕኩዎም ጠሊሞሙኒ። ዝኾነኾይኑ ድሕሪ ሕጂ ንዕኡ ክሪኡ ኮነ ፡ ምስኡ ብሓባር ክሰርሕ ስለ ዘይደሊ ክንፈላለ ኢና።"

"መዓስ ደኣ ኢዩ እዚኸ? ተስፎም ደኣ ከምኡዶ ኣለዎ ኢዩ?" በለት ኣልጋነሽ።

"ንስኺ ተስፎም-ተስፎም ምስ በልኪ ኢኺ። ኣጠሚቕኪ ኢዩ። ዘይትፈልጥዮ መልኣኽ ዝመስል ሰይጣን'ዩ። ዝኾነኾይኑ ናቱ ብዙሕ ክዛረብ ኣይደልን'የ። ድሕሪ ሕጂ ግን ንዕኡ'ውን ነጊረዮ እየ ፡ ንዓኺ ኸኣ ሕጂ ይነግረኪ ኣለኹ ፡ ተስፎም ዝበሃል ሰብ ንገዛይ ገጹ ክቕልቀልን ፡ ናብ ደቀይ ገጹ ክቐርብን ኣይደልን'የ። ከምኡ ኸኣ ደቀይ ንገዝኡ ክኸዱ ፡ ወይ ደቁ ንገዛይ ክመጹ ኣይደልን'የ!" በለ ብኹቱር ሕርቃን።

"ናይ ተስፎምሲ ደሓን ፡ እቶም ቆልዑኸ እንታይ ገይሮም? እዚ ኹሉ ዓመታት መጻውትን መማህርትን ጎረባብትን ኔሮም ፡ ሕጂ ከመይ ኢሎም'ዮም ብቕጽበት ካብኦም ክፍለዩ?"

"ድሕሪ ሕጂ ደቀይ ምስ ደቁ ክመሓዘውን ክጻወቱን ኣይደልን'የ! ይርድኣኪዶ?" በለ እንደጌና ብትሪ።

"እቲ ባእሲ ኣብ ሞንጎኻን ኣብ ሞንጎኡን ዝተረኽበ'ሞ ፡ ንምንታይ'ዩ ናብዞም ቆልዑ ክወርድ ትደልዮ ዘለኻ? እንታይ ኣበሳ ኣለዎም ደቂ ተስፎም ይኹኑ ደቅና? ኩሎም ንጹሃት ኢዮም።"

"ናይ ንጽህናኦም ንስኺ ንዓይ ክትነግርኒ ኣይኮንክን። ቆልዑ ስለ ዝኾኑን ስለ እቲ ዝገበረኒ ክርድእዎን ክበጽሕዎን ዘይክእሉ'ምበር ፡ ኣነ ከይበልኩዎም ንሳቶም'ውን ባዕላቶም ናብ እንዳ ተስፎም ዝበሃል ክንቀርብ ኣይንደልን ኢና ምበሉ ነይሮም።"

"እሞ ክሳዕ ዝርድኦምን ባዕላቶም ኣብ ከምኡ ምባል ዝበጽሑን ፡ ዕድልን ግዜን ዘይትህቦም ፤ ኣብ ዘይርድእዎ ነገር ኣእቲኻ ተደናግሮም።"

"የዳናግርኪ! ንስኺ ኢኺ ንደቀይ ተደናግርዮም'ምበር ፡ ንሳቶም ኣይደናገሩን'ዮም። ኣነ ኸኣ ንደቀይ ምስ ዝኾኖም ሰብ ከም ዝቐርቡን ፡ ንዘይኮኖም ሰብ ከም ዝርሕቑን ፡ ከም ወላዲ መጠን ናይ ምእላዮም ሓላፍነት ኣሎኒ።"

"ኦይ ጸላኢና! እዝስ ሐላፍነትና ኣይግበሮ! ክበኣስ ከለኹ ተበኣሱ ፡ ክተዓረቕ ከለኹ ተዓረቑ ምባል ደኣ ፡ እንታይ ዓይነት ኣቦታዊ ሐላፍነት'ዩ! ሐላፍነት'ሲ ኣብ ሓዳርካ ጸኒዕካ ፡ ንደቅኻ ኣብነታዊ ኴንካ ሓዳርካ ምእላይ'ዩ ነይሩ!" ኢላ ድርብ ሞራላዊ ጽፍዒት ሰው ኣበለትሉ።

"ኣንቲ ሰበይቲ ሃተፍተፍ ኣይትበሊ! ኢሉ ክጥሕራ ከም ዝደለየ ሓፍ በለ።

ኣልጋነሽ ከኣ ከይሃርማ ስለ ዝሰግኣት ፡ ነብሳ ኣሳሲራ ናብ ተጠንቀቕ ሰገረት። ሃብቶም ድሕሪ ናይ ካልኢታት ምውልዋል ፡ ሓሳቡ ቀይሩ ፡ "ኣሕሕ" ኢሉ እንቅዓ እና'ስተንፈሰ ፡ ኮፍ በለ።

"ሕጂ እቲ ዝበልኩኺ ትገብሪ ዲኺ ኣይትገብርን?" በላ ሃብቶም ኢዱ እና'ወሳወሰ ፡ ክጥሕራ ከም ዝደለየ ብዘርኢ ኣካላዊ ቋንቋ። ኣካላትን ጭዋዳታትን ቀላጽምን ሃብቶም ከምቲ ዝበለ መልእኽቲ የተሓላልፉ'ምበር ፡ ኣብ ገጹ ግን በ'ተሓሳሰባን ብርትዕን ክምክታ ስለ ዘይከኣለ ፡ ብስጭቱ ብግልጺ ይንጸባረቕ ነበረ።

"ኣነስ ምስ ውኖይ ከለኹ ፡ ኣቦኹም ምስ ባባ ተስፎም ስለ ዝተባእሰ ፡ ምስ መሓዙትትኩም ደቁ ተበኣሱ ኣይብልንየ! እንተ ደሊኻ ባዕልኻ በሎም!" ዝብል ቁርጺ ውሳነኣ ፡ ብዘይ ምውልዋልን ብዘይ ፍርሕን ብትሪ ገለጸትሉ።

"ገታር ወይ ገታር! *ስቱቢዳ ወይ ስቱቢዳ!* ወዮ ሓንጎል ስለ ዘይብልኪ'ምበር ፡ ንዓይ ክጎድእ ዝፍትን ፡ ብተዘዋዋሪ መንገዲ ንደቀይ'ውን ክጎድኦም ይፍትን ኣሎ ማለት ምኻኑ ኣበይ ክርደኣኪ!" በላ ዓው-ዓው እናበለ።

"*ከምዚ ዓይነት ኣተሓሳስባ ዝውንን ሓንጎልሲ ፡ እንቋዕ ከይሃለወኒ ተረፈ! ከምዚ ዓይነት ርትዒ ኸኣ እንቋዕ ከይተረደኣኒ ተረፈ!*" በለት ኣልጋነሽ ፡ ሃብቶም ብቐላጽም'ምበር ፡ ብሓንጎልስ ከም ዘይበልጻ ብዘግህድ ቃላትን ኣተሓሳስባን።

"ናይ ዘረባ ፈላስፋ ክትኮንለይ እምበኣር ደሊኺ! ምኻን ሓቕኺ እንታይ ካልእ ስራሕ ኣሎኪ!" በለ ሃብቶም ፡ ነቲ ኣልጋነሽ እተምጽኦ ዝነበረት ኣተሓሳስባን ርትዕን ፡ ጨሪሱ ከም ዘይበጽሖን ከም ዘይርድኦን ዝነበረ ብዘግህድ ኣተሓሳስባ።

ኣብ መወዳእታኡ እቲ ኹሉ ዝውንኖ ናይ ምፍርራሕ ሜላታት ተጠቒሙን ፡ እተን ደቀቕቲ ኣዒንቱ ካብ ሰፈረን ተሰንጢቐን ክወጻ ክሳብ ዝደልያ ፡ ኣፍጢጡን ዓው-ዓው ኢሉን እንተ ኣፈራርሖን እንተ ገዓረን ከም ዘይሰልጦ ስለ ዝተርድኦ ፡ "ኣሕሕ! ኣሕሕ!" ኢሉ ፡ ነቲ ኣብ ቅድሚኡ ዝነበረ ጣውላ ክልተ ግዜ ዘቢጡ ፡

ኣብ ውሳነ ከም ዝበጽሐ ብዘመልክት ኣካላዊ ቋንቋ ሓፍ በለ።

"ጸውዕዮም'ቶም ቆልዑ ደሓን። ባዕለይ ክነግሮም'የ!" በላ ፡ ብሕርቃን ሰራውር ግምባሩ ተገታቲሩ።

ኣልጋነሽ ተንሲኣ ናብ ደቃ ከደት። ሃብቶም ብሕርቃን ነዲዱ ፡ ክልቲኡ ኣእዳው ዓቲሩ ፡ ኣስናኑ እናሓራቐመ ፡ ከምዚ ሰብ ክንብጥን ክጥሕርን ዝጸበ ዝነበረ እንስሳ መሰለ። ከምኡ ኢሉ ደቁ ክሳዕ ዝመጹ ዝተጸበየን ውሱናት ካልኢታት ፡ መዋእል ኮይነን ተሰመዐኦ። ብኣኡ ምኽንያት ዓቕሉ ስለ ዝጸበቦ ፡ እንቅዓ እናስተንፈሰን ብውሽጡ ንበይኑ እናተዛረበን ፡ ርእሱ ኣድኒኑ ነታ ክፍሊ ብየማንን ብጸጋምን ኮለላ።

ኣልጋነሽ ከይደንጎየት ንቖልዑ ሒዛቶም ተመልሰት። ደቁ ክመጹ ምስ ረኣዮም ፡ ምንቅስቓሱ ኣቋሪጹ ኣብቲ መንበር ኮፍ በለ። ቆልዑ በብሓደ ነ'ቦኦም ሰላም በሉዎ።

"ኮፍ በሉ እዞም ደቀይ። ብዛዕባ ሓደ ነገር ከዛርበኩም ደልየ'ለኹ ፡" በሎም ልዝብ ኢሉ።

ከምኡ ምስ በሎም ፡ ከምዚ ሓደ ነገር ትዝ ዝበሎ ብምምሳል ትም በለ። ሽዑ ኣብ ውሳነ ከም ዝበጽሐ ብዘርኢ ኣካላዊ ቋንቋ ፡ ናብ ኣልጋነሽ ጥውይ ኢሉ ፡ "ግደፍና ንበይናም'የ ከዛርቦም ዝደሊ!" በላ።

ኣልጋነሽ ከምዛ ዘይሰምዓቶ ኣጽቅጥ ኣቢላ ትም በለት። ቆልዑ ኣደኦም ዘይሰምዓቶ ኾይና ድያ ፡ ወይስ እንታይ ኮይና'ያ ስለ ዘተይረድኦም ፡ ነንሕድሕዶም ተጠማሚቶም ትም በሉ። ድሕሪ ውሑዳት ካልኢታት ሃብቶም ፡ "ንዓኺ'የ! ኣይትሰምዕን ዲኺ?! ግደፍና ንበይናም'የ ከዛርቦም ዝደሊ ፡" በላ ኣብ ቅድሚ ደቃ ብተዛማድን ብናይ ሃብቶም መዐቀንን ልዝብ ብዝበለ ዝመስል ኣዘራርባ።

"ኣደኦም እንድ'የ ፡ ከተዛርቦም ከለኻ ምስኦም'የ ዝኸውን!" በለት ኣልጋነሽ ትርር ኢላ።

ቆልዑ ብናይ ኣደኦም ዘይለመድዎ ትሪ ተሰናቢዶም ፡ ብስክፍታ ዓይኖም እናሰረቑ ፡ ካብ ኣቦኦም ናብ ኣደኦም ፡ ካብ ኣደኦም ናብ ኣቦኦም በብተራ ክጥምቱ ጀመሩ። ኣብ ገጾም ከኣ ናይ ስግእት ምልክት ይረአ ነበረ። ድሕሪ እቲ ግዝያዊ ጸጥታ ፡

እቲ ከም ዘይተርፍን ናይ ግድን ከም ዝስዕብን ዝፈልጥዎ ናይ ኣቦኦም ነጎድጓድ ማዕበል ፣ ኣሰኪፍዎምን ኣፍሪሕዎምን ምንባሩ ኣብ ገጾምን ኣብ ኣዒንቶም ይንበብ ነበረ።

ሃብቶም ንቑሩብ ካልኢት ትም ኢሉ ድሕሪ ምጽባይ ፣ ዘይንቡር ትሪ ኣልጋነሽ ግዲ ኣስጊእዎ ፣ "ክትጸንሒ ትኽእሊ ኢኺ። ኣብ ሞንጎ ዘረባይ ግን ሓንቲ ነገር ከይትሕውሲ!" በላ ፣ ኣብ ቅድሚ ደቁ ባዕሉ ከም ዘፍቀደላ ንኸምስል።

ማናቱ ደቆም ክብረትን ሳምሶንን ፣ ከምኡ ኸኣ ምንኣሶም ሓድሽ ፣ እቲ ዝጽበዮም ዘረባ ኣዝዩ ከቢድን ኣስጋእን'ዩ ዝኸውን ኢሎም ስለ ዝሓሰቡ ፣ ንኽሰምዕዎ ህንጡይነቶምን ፍርሃቶምን ብሓንሳብ ሰማይ ከም ዝተሰቕለ ኣብ ገጾም ይንበብ ነበረ።

ነጋስን ምንኣሱ ራህዋን ግን ፣ ኩነታት ስለ ዘይተርድኦም ዓይኒ ዓይኒ ዓበይቲ ኣሕዋቶም ጥራይ ይጥምቱ ነበሩ። ሽዑ ሃብቶም ፣ "ስምዑ እዞም ደቀይ። ንስኻትኩም ናእሽቱ ኢኹም። ሕጂ ቆልዑ ስለ ዝኾንኩም ብዙሕ ናይ ዓበይቲ ኣይርድኣኩምን'ዩ። ስለዚ ክሳዕ ምስ ዓበኹም ዝርደኣኩም ፣ ንሕና ብዝበልናኩምን ብዘረዳእናኩምን ክትከዱ ኣሎኩም። ሕራይዶ?" በሎም።

ኩሎም ብሓባር ፣ "ሕራይ ፣ ሕራይ ፣" በሉ ከምዚ ወተሃደራዊ ትእዛዝ ፣ ዋላ'ኳ ጌና ኣንፈትን መኣዝንን ዘረባ ወላዲኦም እንተ ዘይተረድኦም።

"ዓበይቲ ገሊኡ ግዜ ብደገ-ደገ ጥዑያትን ጥዑማትን መሲሎም ፣ ብውሽጢ-ውሽጢ ርጉማትን ተንኮለኛታትን ክኾኑ ይኽእሉ'ዮም። ዝብለኩም ይርደኣኩምዶ'ሎ?" በሎም።

ዋላ'ኳ ጌና እቲ ሃብቶም ዝብሎ ዝነበረን ፣ ብዛዕባ ምንታይ ምዃኑን እንተ ዘይተረድኦም ፣ ሕጂ'ውን ኩሎም ብቕጽበት ርእሶም ነቕነቑ።

"ሕጂ ኣቦኹም ተስፎም ፣ ጥዑይ ይመስለናን ይመስለኩምን ነይሩ። ግን ኣብዚ ቀረባ ግዜ ነ'ቦኹም ሕማቕ ክገብሮን ክጎድኦን ብዙሕ ነገር ኢዩ ገይሩ። ነ'ቦኹም ሕማቕ ምግባር ከኣ ፣ ንዓኹም'ውን ሕማቕ ምግባር ማለት'ዩ። ሓቀይዶ?" ሓተቶም።

እንደጌና ኩሎም ብሓባር ፣ "እወ ሓቅኻ ፣" በሉ።

"ስለዚ ድሕሪ ሕጂ ናብ ተስፎም ክትቀርቡ ፣ ወይ ንሱ ናባኹም ክቐርብ ኣይደልን'የ። ትሰምዑኒዶ ኣለኹም? ይርዳኣኩምዶ'ሎ?" በሎም።

ቆልዑ እንደጌና ኩሎም ርእሶም ብምንቅናቅ ከም ዝሰምዕዎ ኣረጋገጹሉ። እቲ ኹሉ ዝፈርሕዎ ክንድኡ ዘሰንብድ ነገር ከም ዘይኮነ ስለ ዝገመቱ ግዲ ኾይኑ ፣ እስትንፋሶም ናብ ንቡር ከም ዝተመለሰን ፣ ናይ ምዝናይ ምልክት ከርእዩ ከም ዝጀመሩን ኣልጋነሽ ኣስተብሃለት።

"ብተወሳኺ ፣" ምስ በለ ፣ ኩሎም ወይለይ ነገር'ባ ጌና ኣይተወድኣን ብዘመልክት ግብረ መልሲ ፣ ናብ ናይ ተጠንቀቕ ኩነት ክምለሱ ተራእዩ።

"ብተወሳኺ ድሕሪ ሕጂ ናብ እንዳ ተስፎም ክትከዱ ፣ ወይ ደቁ ናብዚ ገዛ ክመጹ ኣይደልን'የ። ብሓጺሩ ምስኦም ምሕዝነትን ጸወታን ዝበሃል ጨሪሱ ክተርፍ ኣለዎ!" በለ ብትሪ።

ሽዑ ቆልዑ ብስንባደን ብዘይ ተጸበይዎ ነጠባ ዘረባን ተደናገሮም ፣ ነንሕድሕዶም ተጠማመቱ።

ደገሙ ፣ "ተረዲእኩምዶ? በሎም።

እቶም ክልተ ናእሽቱ ርእሶም ክንቕንቑ ኸለው ፣ እቶም ሰለስተ ዓበይቲ ግን ከም ዘይተረድኦምን ፣ ግር ከም ዝበሎምን ኣብ ገጾም ይንበብ ነበረ።

"ተርዲእኩምዶ?" ደገመ ሃብቶም።

ሽዑ ጓል 14 ዓመት ዝኾነት ክብረት ፣ ዘለዋ ሓቦ ኣኻኺባ ፣ "ባባ ደቂ ባባ ተስፎምከ ንዓኻ ሕማቕ ክገብሩኻ ሓሲቦም ድዮም?" በለት።

ኩሎም ክሓስብዋ ዝጸንሑ ሕቶ ስለ ዝነበረት ፣ መልሲ ንምስማዕ ብህርፋን ንቕድሚት ተወጢጦም ክጠባበቑ ጀመሩ።

"ንሳቶም ደኣ ቆልዑ እንድዮም ንዓይ ሕማቅ ክገብሩኒ ኣይክእሉን ኢዮም ግን ፣"

"እሞ ባባ ንምንታይ ደኣ ምስ በዓል ብሩኽ ትበኣስ ኣለኻ ፣" በለ ወዲ 14 ዓመት ዝኾነ ሳምሶን ፣ ንቑንዲ ዓርኩ ብሩኽ ብምጥቃስ። ኣዘራርባኡ ካብ ሓብተይዶ ከሓምቕ ኮይነ ዘሰምዕ'ዩ ነይሩ።

"ዋእ ኣይርድኣኩምን ድዩ ዘሎ? ኣነ ምስ ተስፎም'የ ተባኢሰ ምስ ደቁ ኣይኮንኩን ግን ፣"

"እሞ እንታይ ደኣ ምስ ደቂ ባባ ተስፎም ተጻልኡ ትብለና ኣለኻ?" በለት ክብረት ሕጂ'ውን ዘለዋ ዓቕሚ ኣኻኺባ ፣ ንሎሚ ዘይኮነ ንመዓስ ብዘርኢ

ድፍረት።

"ቆልው ስለ ዝኾንኩም ሕጂ ኣይርደኣኩምን'ዩ። ስቕ ኢልኩም ጥራይ እቲ ዝበልኩኹም ግበሩ ፡" በሎም ሃብቶም ዓቕሉ እናተጸንቀቐ።

"እሞ ኣታ ባባ ንሳቶም እንድዮም ካብ ቀደም መጻወትናን ኣዕሩኽትናን ፡" በለ ሳምሶን።

"ኦፋ! ባስታ! ሕጂ ካልእ ዘረባ ክሰምዕ ኣይደልን'የ! እቲ ዝተበሃልኩሞ ጥራይ ግበሩ!" ኢሉ ኣፋራርሒምን ዓጸዎምን።

እቶም ዓበይቲ ድሕሪኡ ዘረባ ምውሳኽ ከም ዘየዋጽእ ተገንዚቦም ደኒኖም ኣጽቀጥ ኣበሉ።

ከይተዛረበት ዝወዓለት ሕሳስ ልደት ጓል ሽውዓተ ዓመት ራህዋ ፡ "ባባ ፍትው ምስ ኮንኩምክ ፡ ፍትው ክንከውን ዲና?" ዝብል ንኣኣ ክብደቱ ዘይተረድኣ ፡ ከቢድ ዘረባ ደርበየት።

ዕምቆት ዘረባ ጓሉ ዘይተረድኦ ሃብቶም ክምስ እናበለ ፡ "ዓበይቲ እንተ ተባኢሶም ፡ ንኹሉ ግዜ ፍትው ኣይኮኑን'ዮም!" በለ ብቑዕን ርትዓውን መልሲ ዝመለሰ መሲልዎ ፡ ብመልሱ ተሓጒሱ ክምስምስ እናበለ።

ሃብቶም ቅኑዕነትን ርትዕን ዘለዎ ዘረባ ዝተዛረበ መሲልዎ ክምስምስ ይበል'ምበር ፡ ንራህዋ ግን ኣዘራርባ ወላዲኣ ኣዝዩ ኢዩ ኣደናጊሩዋ። ኣብቲ ግዜ'ቲ ራህዋ ፡ *"እውይ እዞም ዓበይትስ እንታይ ዓይነቶም'ዮም! ሓንሳብ ጽልእ ምስ ኮኑስ ንኹሉ ግዜ ጽልእ ይኾኑ?! ዓበይቲ ከለውስ ፡ ከም ናትና ከማነይ ዘይከእልዎ! ሓንሳእ ጽልእ ምስ ኮኑስ ፡ ዘየሕልፉን ዘይድምስሱን ዘይርስዑን ፡ ከምኡ'ሎም ንኹሉ ግዜ ጽልእ ኮይኖም ይተርፉ?! ዓበይቲ ከለውስ ንሕና ከማነይ ንሓይሽ ካብኣታቶም! እንተ ሒሽምምስ ፡ ደሓር መጻውትን መሓዙትን ኣሕዋትን ዘይብሎም ክተርፉ'ዮም! ኣደድ ንሕናስ ዓበይቲ እንቋዕ ኣይኮንና!"* ኢላ ብውሽጣ እናሓሰበት ከላ ፡ ምንቅስቓስ ኣቦኣ ካብ ሓሳባታ ኣበራበራ።

"በቃ ሕጂ ወዲእና ኣሎና። ናብኦም ገጽኩም ክትቀርቡ ጨሪሰ ኣይደልን'የ!" ኢሉ ዘረባኡ ክድምድምን ክትንስእን ሰምዓቶን ረኣየቶን።

ድሕሪኡ ዘይዓጅቦ ሃብቶም ጽቡቕ ገይረ ኣረዲኣዮም ኢሉ ፡ በ'ዘራርባኡን ብርትዓውነቱን ዓጊቡ ፡ ክምስምስ እናበለ ብድድ ኢሉ ዕዝር በለ።

ቆልዑ ኣቦኦም ምኻዱ ምስ ኣረጋገጹ ፡ ኩሎም ነ'ደኦም ከበብዋ። ሸዑ እቶም ዓበይቲ ፡ "ማማ! ማማ! ማማ!" በሉ ብሓንሳብ። ኣልጋነሽ እታ ኩነታት ስለ ዝተረድኣታ ተቐላጢፉ ፡ "ካልእ ግዜ ኢና እንዘራረብ ፡ ሕጂ ነጋስን ራህዋን ጠምዮም ኣለው ጠዓሞቶም ክገብረሎም'የ። ክብረት ንዒ ሓግዝኒ ፡" በለታ ንዓባይ ጓላ።

ንበይነን ምስ ኮና ኣብ ቅድሚ'ቶም ናእሽቱ መታን ከይትዛረብ ኢላ ምኺና ፡ ካልእ ግዜ ኢና እንዘራረብ ዝበለቶም ንዓባይ ጓላ ሓበረታ። ብተወሳኺ ቆልዑ ጠዓሞቶም ምስ ሓዙ ፡ ንሰለስቲኦም ዓበይቲ ኣብ በይኖም ክተዘራርቦም ምኺና ሓበረታ። ኩሉ ምስ ወዳድኡ ፡ ኣልጋነሽ ምስ ዓበይቲ ደቃ ኮፍ በለት። ደቃ ዘረባ እናተመናጠሉ ፡ ኣቦኦም ምስ ቀንዲ መሓዙቶም ተበኣሱ እናበሎም ፡ ዝኾነ ተቓውሞ ከየስመዐት ትም ኢላ ስለ ዝረኣየቶም ቅሬታኦም ገለጹላ።

ኣልጋነሽ ኣቐዲሞም ምስ ሃብቶም ነዊሕ ከም ዝተዘራረቡን ፡ ብትሪ ከም ዝተቓወመቶን ፡ ንገርዮም ምስ በላ ከም ዝኣበየቶን ፡ ብኣኡ ምኽንያት ምኺኑ ተገዲዱ ባዕሉ ዘዘራረቦምን ገለጸትሎም። ብሓጺሩ ከም ዘይጠለመቶምን ፡ ኣብ ክንደኦም ጠጠው ከም ዝበለትሎምን ሕንቕንቕ እናበለት ገለጸትሎም።

ደቃ ኣደኦም ከም ዘይበደለቶምን ፡ ኣብ ክንድኦም ደው ከም ዝበለትን ምስ ፈለጡ ኣዝዮም ተሓጎሱ። ኣልጋነሽ በዚ ተተባብዐት። ግን ከኣ መግለጺኣ ብምንታይ ከም እትጅምርን ፡ ምስ ዕድመኦም ዝኸይድ መረዳእታ ብኸመይ ከም እተቕርበሎምን ጠፊእዋ ፡ ንውሱናት ካልኢታት ዕንድ ኢላ ትም በለት። ደቃ ኸኣ ድምጺ ከየምሎቑ ዓይኒ ዓይና ምጥማቶም ቀጸሉ።

ድሒሪኡ ዓሙቕ ትንፋስ ብምስትንፋስ ፡ "ነ'ቦኹም ከም እትፈርሕዎን ፡ ድላይኩም ክትዛረብዎ ከም ዘይትኽእሉን ኣጸቢቐ እፈልጥ'የ። እዚ ኸኣ ናታትኩም ሕምቀት ወይ ጉድለት ኮይኑ ዘይኮነስ ፡ ስለ ብዙሕ ዘየቕረበኩምን ዕድል ዘይሃበኩምን'ዩ። ኣቦኹም እዚ ዝገበረ ጸሊኡኩም ዘይኮነስ ፡ ሰብኣይ ከምኡ ክኸውን ኣለዎ ካብ ዝብል ግጉይ እምነት'ዩ። ከምኡ ዋላ ይኹን'ምበር ፡ ምስ ፍርሓትኩም ነ'ቦኹም ዘቕረብኩሙሉ ዘዋጥር ሕቶ ግን ኣኹሪዑኒ'ዩ። ብሓቂ'የ ተሓጒሰ እዞም ደቀይ!" ኢላ ሓሳባታ ክትሰርዕ ፡ ንውሱናት ካልኢታት ኣዕረፈት።

ደቃ ኸኣ በቲ ወላዲቶም ዝሃበቶም ኣፍልጦን ናእዳን ፡ ፍናንን ሓጎስን ከም ዝተሰምዖም ኣብ ገጾም በሪሁ ይንበብ ነበረ። እዚ ግብረ መልሲ ደቃ ነ'ልጋነሽ

ሓይሊ ስለ ዝሃባ ፡ መግለጺኣ ከምዚ ብምባል ቀጸለት ፡ "እዚ ባእሲ'ዚ ናይ ተስፎምን ሃብቶምን ባእሲ'ዩ። ተስፎም ንዓይ ወይ ንኣኹም ክሳዕ ዘይበደለና ፡ ምስ ደቁን ስድራኡን'ሲ ይትረፍ ፡ ምስኡ'ውን ዘባእስ ኣይነበረናን። ከምኡ ኸኣ ሃብቶም ንመድህንን ንደቂ ተስፎምን ክሳዕ ዘይበደሎም ፡ ንሳቶም ምስ ሃብቶም ዘባእስ የብሎምን። ግን ብዙሕ ግዜ ዓበይትን ወለድን ከሎና ዘይግባእን ጌጋን ስጉምትታት ንወስድ ኢና። ከምዚ ጸገም ከጓንፍ ከሎ ፡ ብጥበብን በ'ገባብን ኢዩ ዝፍታሕን ዝስገርን ፡" በለት ኣልጋነሽ።

ቀሩብ ግር ዝበሎ ወዲ 12 ዓመት ሓድሽ ፡ "ኣነ ብጥበብ ዝበልክዮ ኣይተረድኣንን ማማ?" ምስ በላ ፡ እቶም ካልኦት'ውን ርእሶም ነቕነቑ።

"ሓቅኹም ኢኹም ዘይተረድኣኩም እዞም ደቀይ ፡ እቲ ዘረባ ሓላሊኽልኩም'ንድየ። ብሓጺሩ እንታይ ማለተይ ኢዩ ፡ ከም ቀደምኩም ብቕሉዕን ኩሉ ሰብ ዝርእዮን ርክብ እንተ ጌርኩም ፡ ኣቦኹም ክበኣሰኩም'ዩ። ድሕሪ ሕጂ ብሙሉኣቶም ስድራ ቤት ሃብቶምን ፡ ካልኦት ነ'ቦኹም ዝቐርብዎ ሰባትን ምስ ደቂ ተስፎም ዘለኩም ርክብ ክርእይዎ የብሎምን። ኣነን እንዳ ተስፎምን ግን ፡ እቲ ርክብኩም ተጠንቂቕኩም እንተ ቐጸልኩሞ ኣይንቃወመኩምን ኢና።"

"እሞ እንታይ ኰይናም ኢዮም እዚኦም? እንታይ ጌርናዮም ኢዮም ከምዚ ዝኸቱና ኢሎም ክበኣሱና'ንድዮም ፡" በለ ሳምሶን።

"ልክዕ ኣለኻ እዚ ወደይ። ኣነ'ውን ሓሲበሉ እየ። መታን ከምኡ ኢሎም ከይሓስቡ ኣነ ምስ መድህን ክዘራረብ'የ። መድህን ባዕላ ከም እተረድኦም ክንገብር ኢና። ተረዲኡኩም ድዩ እዚ ዝበልኩኹም?" በለቶም።

ኩሎም ብሓባር ፡ "እወ ማማ ተረዲኡና'ዩ ፡" ኢሎም መለሱላ።

"በቃ በሉ ወዲእና ኢና ፡" ምስ በለቶም ፡ ኩሎም በብሓደ ሓፍ-ሓፍ ኢሎም ፡ ኣብ ምዕጉርታ ስዕም-ስዕም ኣቢሎማ ከዱ።

ኣልጋነሽ ብቕልጡፍ ምስ መድህን ክትዘራረብ ከም ዘድልያ ተረድአት። ደቃ ምስ ከዱ ኣብ ሓሳብ ጠሓለት። ምስ ነብሳ ኸኣ ከምዚ እናበለት ተዛረበት ፡ *"ቆልዑ ዝረኽቡዎ ርክብ'ሲ እንታይ ከበሃል'ዩ! እቲ ወላዲ ዝበሃል ከም ቆልዓ ዝተሃላለኽን ፡ ንውላዱ ዘይግባእ ንኽገብሩ ዘገድድን። እቲ ውላድ ወይ ቆልዓ ዝበሃል ከኣ ከም ዓቢ ወጠርቲ ሕቶታት ዝሓትትን ፡ ዘይግባእ ከይገብር ዝስክፍን ዘይገብርን። እቲ ዓቢ ሓይልን ዓቕምን ስለ ዘለዎ ፡ ንቖልዑ ሕማቕ ንኽገብሩ የገድዶም። ምሽኪኖት ቆልዑ ኸኣ ኣብ ንኡስ ዕድመኦም ፡ ሕማቕ ባህርን*

ኣገባብን ፣ ካብቶም ከምህርዎምን ከመርሕዎምን ከኣልዩዎምን ዝግበኦም ወለዶም ይመሃሩ። ገሊኡ ግዜስ መን'ዩ እቲ ዓቢ ኢዩ ዘብለካ!" ብምባል ኣስተንተነት።

ከምኡ ኢላ ኸላ ንእሽቶ ጓላ ራህዋ ፣ *"ማማ! ማማ!"* ኢላ ክትውጭጭ ሰሚዓ ፣ ካብ ሓሳባ ተገላጊላ ሰንቢዳ ብድድ በለት። ናብኣ ገጻ ክትከይድ ብግስ ክትብል ከላ ፣ *"ማማ ረአዮ'ሞ ነጋሲ ዝገብረኒ ዘሎ ፣"* ምስ በለት ፣ ልባ ምልስ ኢላ ናብ ምትዕራቖም ከደት።

ንጽባሒቱ ኣልጋነሽ ኣንጊሃ ናብ መድህን ከደት። ኣቐዲማ እቲ ኣብ ሞንጎ ሃብቶምን ተስፎምን ገጢሙ ዝነበረ ዘይምቅዳው ፣ ብግቡእ ስለ ዘይተነግራን ዘይበርሃላን ንመድህን ሓተተታ። መድህን ከኣ እቲ ኣብ ምፍልላይ ኣብጺሕዎም ዝነበረ ጉዳይ ብዝርዝር ኣረድኣታ። ብድሕሪኡ ቅድሚኡ መዓልቲ ሃብቶም ምስኣን ምስ ደቃን ዝተዛረቦን ፣ ዝሃቦ መጠንቀቕታን ብዝርዝር ንመድህን ነገረታ። ቀጺላ ኸኣ እቶም ቆልዑ ዘቕረብዎ ሕቶታትን ፣ ዘርኣይዎ ተቓውሞን ብሓበን ገለጸትላ።

"ኣንቲ መድህን ሓብተይ ፣ እቲ ንምሕዝነቶምን ንፍቕሮምን ክንድ'ቲ ምሽቃሎም እንተ ትርእይሲ ፣ ልብኺ ምበልዓኪ ፣" በለት ኣልጋነሽ።

"ዋይ ኣነ ደቀይ! ሓቖም'ምበር ኣንቲ! ዳርጋ ሙሉእ ህይወቶም ብፍቕሪ ኣሕሊፎሞ ደኣ ፣ ሕጂ ከምዚ ክበሃሉ ፣" በለት መድህን።

"እንታይ'ሞ ክንገብር ኢልክና ኢኺ?" በለት ኣልጋነሽ ብጓሂ።

"ምግባር ደኣ እንታይ ክግበር። ግንሲ ኣነስ ኣዝዩ ኢዩ ዝገርመኒ። ቆልዑ እንሓንሳብ በ'ደኦም ፣ እንሓንሳብ በ'ቦኦም ዝረኽብዎ መከራን ፈተነን'ኮ እዚ ኣይበሃሃልን'ዩ። ከምኡ ክርኢ ከሎኹስ ፣ ቅድሚ ሰብ ሓዳር ምፍጻሙን ፣ ህጻውንቲ ወሊዱ ናይ ቆልዑ ሓላፍነት ምስካሙን ፤ ብቑዕነቱን ፣ ቁሩብነቱን ፣ ብስለቱን ፣ ክፍተሽን ከመስክርን ከረጋገጽን እንተ ዝቕሰብሲ ምጠቐመደኾን የብለኒ። ማለተይሲ ልክዕ ከምዚ ንዝኾነ ስራሕ ፣ ናይ ስራሕ ፍቓድ ወይ ሊቸንሳ ከተውጽእ እትግደድ ፣ ዝኾነ ሰብ ንኽምርዖ ከኣ ፣ ሕጋዊ ፍቓድ ከም ዝተዋህቦ ዘረጋግጽ ምስክርነት ከውጽእ እንተ ዝግደድ ዝብል ሓሳብ ይመጸኒ ፣" በለት መድህን።

"ከመይ ማለትኪ'ዩ?" በለት ኣልጋነሽ ፣ እቲ መድህን እትዛረቦ ዝነበረት ዘረባ ስለ ዘይበርሃላ ፣ ገጻ እስርስር ኣቢላ።

"ማለትይሲ ንግኡዝ ነገርን ንስራሕን'ኳ ከምዚ ዝኣመሰለ ብቅዓትን ረቛሒታትን ትምህርትን፣ ክንድ'ዚ ዝኣክል ተመኩሮን ተባሂሉ ዝፍተሽን ዝጸረን'ሲ ፤ ናይ ጽባሕ ዜጋታት ንኽተፍርን ከትኣልን፣ ብቅዓትካን ቁሩብነትካን እንታይነትካን ዘይትሕተትሲ ግሪምቢጥ ኮይኑ እስመዓኒ!" በለታ።

"ኣየ መድህን መቸም ዘይተምጽእዮ ዘረባ የብልክን። ከመይ ኢሉኸ ከምኡ ሓሳብ መጸልኪ ጓለይ?" በለታ፣ እቲ ሓሳብ ምስ ተረዳኣ፣ በ'ተሓሳሰባ መድህን ብምድናቕ።

"ኣብ ጋዜጣ ንደለይቲ ስራሕ ዝወጸ ሙሉእ ገጽ ምልክታ ምስረኣኹ፣ ሽው'ዩ ኣይይይ! ዘይዓቕምናን ዘይንፈልጦን ስራሕ ሒዝና ስራሕ ከይነባላሹ ክንድ'ዚ እናተፈተሽናስ፣ ንናይ ጽባሕ ዜጋታት ዝኾኑ ቆልዑ ከም ድላይና ከነባላሹ ግን፣ መምዘኒ ብቕዓት ዝሓተናን ዝምርምረናን ዘይምህላው ከተሓሳስበኒ ጀሚሩ!" በለት መድህን።

"በቲ ሓደ ወገንስ ሕስብ እንተ'በልካዮስ ሓቕኺ ኢኺ። ኣብ ክንዲ ንቖልዑን ንሰብን፣ ንስራሕን ንነገራትን ቀዳምነት ይወሃብ ኣሎ ማለት'ኮ ኢዩ፣" በለት ኣልጋነሽ።

"ልክዕ ኣለኺ ኣልጋነሽይ። ግን ናይ ዓለምን ናይ ህይወትን ነገር ኣይርደኣካን'ዩ በጃኺ።"

"ብሓቂ'ምበር! እሞ ሕጂ ናይዞም ደቅና ከመይ'ዩ ዝሓይሽ?" ሓተተት ኣልጋነሽ።

ብድሕሪኡ እቲ ናይ ቆልዑ ጉዳይ ብኸመይ እንተ ሓዛኦ ከም ዝሓይሽ፣ ብሰፊሑ ተመያየጣን ሜላ ቀየሳን። ንደቃ ብዝምልከት ከኣ፣ ምስ ተስፎም ኮይኖም ከረድእዎም ምዃኖም መድህን ኣረጋገጸትላ።

ብድሕሪኡ ኣልጋነሽ፣ "በሊ ሕጅስ ክኸይድ፣" ኢላ ንመድህን ተፋንያታ ኸደት።

እቲ ኣልጋነሽ ዝነገረታ፣ ንመድህን ሙሉእ ረፍዲ ካብ ሓንጎላ ምውጻእ ኣበያ። ተስፎም ምስ መጸ ምእንቲ ክትነግሮ ስለ ዝተሃወኸት፣ ናይ ምሳሕ ሰዓት ምእካል ኣብዩዋ ወዓለ። ምስ መጸ ድሕሪ ምሳሕ፣ ኩሉ እቲ ኣልጋነሽ ዝነገረታ ብዝርዝር ገለጸትሉ። ንሸው ምሸት ግዜ ከይወሰዱ ንደቆም እቲ ኩነታትን፣ ብዛዕባ ክገብርዎ

ዘልዎም ጥንቃቐታትን ፡ ኣገባብ መጻኢ ርክቦምን ከረድእዎም ተሰማምዑ።

ብኣኡ መሰረት ከኣ ምሸት ቆልዑ ኮፍ ምስ በሉ ፡ ተስፎም ዘረባኡ ከምዚ ብምባል ጀመረ ፡ "ኣብ ህይወትና ኩሉ ግዜ ምፍቓርን ምብኣስን ዘሎ'ዩ። ከምቲ ናእሽቱ ጸጸኒሖም ዝበኣሱ ፡ ዓበይቲ እውን ንበኣስ ኢና ፡" ምስ በለ ፡ ኣብ ገጽ ማናቱ ብሩኽን ትምኒትን ፡ ናይ ስክፍታን ፍርሃትን ምልክት ተራእየ።

"እሂ ባባ ፡ ምስ ማማ ተባኢስኩም ዲኹም?" በለት ጓል 14 ዓመት ትምኒት ብሻቕሎት።

"ዋይ'ዞም ደቀይ! እንታይ ደኣ ናብ ከምኡ ኣሕሰበኩም? ባባ ዝዛረበኩም ዘሎ ናተይን ናቱን ኣይኮነን። ንሕና ኣይተበኣስናን ፡ ኣይክንበኣስን ከኣ ኢና ፡" በለቶም መድህን።

"ናብ ከምኡ ሻቕሎት ዘእተዎም ናተይ ግጉይ ኣገባብ ኣገላልጻ'ዩ። ንኸንቱ ኣሰኪፉኩም ኣይትሓዙለይ'ዞም ደቀይ ፡"

"ደሓን ባባ ዘይ ብዙሓት መማህርትና ፡ ባባናን ማማናን ተባኢሶም ኢሎም ስለ ዝነግሩና ኢና ሰንቢድና ፡" በለ ወዲ 14 ዓመት ብሩኽ።

"ልክዕ ኣለኻ ዝወደይ። ሕጂ ክገልጸልኩም ደልየ ዘለኹ ብዛዕባ ባባ ሃብቶምን ኣነን ፡ ብስራሕ ምስምማዕ ምስኣንና'ዩ። ተባኢስና'ውን ኣይኮንናን ፡ ምስምማዕ ጥራይ ኢና ስኢንና ፡" ኢሉ ኩሉ እቲ ምስ ዕድመኦም ይኣኽሎም ኢዩ ዝበሎ ሓበሬታ ነገሮም።

ብድሕሪኡ መድህን ፡ እቲ ሃብቶም ንደቁ ዝበሎም ኩሉ ገለጸትሎም። ቆልዑ እቲ ብሓባር ከይትጻወቱን ፡ ነናብ ቤትኩም ከይትባጻጽሑን ዝብል ትእዛዝ ጨሪሱ ምርዳእ ኣበዮም። ኣብ መወዳእታ ክልቲኦም እናተሓጋገዙ ቀስ ኢሎም ከረድእዎም በቕዑ።

ኣብ መወዳእታ ኸኣ ተስፎም ፡ "ካብ ብሕጂ ንንየው ንስኻትኩም ፡ ጨሪስኩም ን'ንዳ ባባ ሃብቶም ክትከዱ የብልኩምን። ምኽንያቱ እንተ ረኺቡኩም ፡ ነቶም ቆልዑ ከሸግሮም ስለ ዝኽእል። ርክብኩምን ጸወታኹምን ብዝተኻእለ መጠን ፡ ባባ ሃብቶም ወይ ካልኦት ካብቶም ስድራ ቤት ከም ዘይርእዩኹም ጌርኩም ብጥንቃቐ ተካይዱ። ንሳቶም ንገዛና ክመጹ ይኽእሉ'ዮም። ግን ንሱ'ውን ብጥንቃቐ ክኸውን ኣለዎ ፡" ኢሉ ብዛዕባ ክገብርዎ ዘለዎም ጥንቃቐታትን ፡ ክኽተልዎ ዘለዎም ሜላታትን ኣረድኦም።

በዚ ኸኣ ልዝቦም ወድኡ። ሽው ቆልዑ ፡ "ደሓን ሕደሩ ፡" ኢሎም ፡ ንወለዶም ስዕም-ስዕም ኣቢሎሞም ከዱ።

ደቁን በዓልቲ ቤቱን ናብ መደቕሶኦም ምስ ሓለፉ ፡ ተስፎም ኣብ ሓሳብ ጠሓለ። "ንሕና ዓበይትስ ከም ዝኾነ'ኳ ንወጾ። እዞም ንጹሃት ቆልዑኸ ነዚ ፈጢርናሎም ዘሎና ሽግር ፡ ብኸመይ'ዮም ክብድህዎን ክሰግርዎን ኢሉ ነብሱ ሓተተ። ሽው ወረ ጥራይ የድሕነና ፡ ካልእ ካብዞም ቆልዑ ዝብገስ ተወሳኺ ሕልኽላኻት ከይመጸና። እስከ ግዜን ኣምላኽን'ዩ ንኹሉ መጻኢ ዝፈልጥን ዘምጽእን'ሞ ፡ ባዕሉ ይኸደነናን ይሓልወናን ፡" ኢሉ ንሓሳባቱ መደምደምታ ገበረሉ።

ኣብ ሞንጎ ፋብሪካ ፓስታን እንዳ ባንን ዘሎ ናይ ዋጋ ፍልልይ ፡ ናበይ ከም ዝዘዙ ኩሎም ይግምትዎ ነይሮም'ዮም። ስለዚ ንበዓል ሃብቶም ፍልልይ ዝኽፍልዎም ፡ በዓል ተስፎም ምኽንያቶም ብሩህ ኢዩ ነይሩ። ተስፎም እዚ ብምግንዛብ ፡ ናይ ሕሳብ ክኢላታት ክሳዕ ሕሳቦም ዘጻፍፉ ትም ኢሉ ክጽበ ኣይመረጸን። ስቕ ኢሉ ክጽበ ዘይመረጸ ፡ እቲ ዝኽፈል ገንዘብ ሃንደበትን ዘይተቐረቡሉን ከይከውን'ሞ ፡ ሽው ብሃብቶም ከይሸገሩ ብምሕሳብ'ዩ ነይሩ።

ስለዚ ምስ ኣርኣያ ሓው ተረዳዲኡ ፡ ኣብቲ ዝነበረ ሰነዳት ተመርኲሶም ፡ ሓርፋፍ ገምጋም ክገብሩ ወሰኑ። ድሕሪ ቁሩብ መዓልታት ከኣ ሕሳቦም ኣጻፊፎም ፡ ብገምጋም ክንደይ ዝኣክል ክኸፍሉ ምኽንያቶም ደምደሙ። ካብኡ ተበጊሶም ከኣ ክንደይ ናይ ባንክ ልቓሕ ከም ዘድልዮም ገመቱ። ብድሕሪ'ዚ ተስፎም እቲ ናይ ባንክ ልቓሕ መስርሕ ፡ ኣብ ትሕቲኡ ስለ ዝነበረ ከይተጸገመ ጀመሮ።

ናይ ሕሳብ ክኢላታት ፡ ናይ ክልቲኡ ትካላት ሕሳብ ብዝግባእ ሰሪሖም ፡ ኣጻፊፎም ወድኡ። ብኣኡ መሰረት ከኣ ሃብቶም ናይ እንዳ ባኒ ብጽሒት ፡ ንተስፎም ክንደይ ክኸፍሎ ከም ዝግብኦ ፤ ብተመሳሳሊ ኸኣ ተስፎም ናይ ፋብሪካ ፓስታ ብጽሒት ፡ ንሃብቶም ክኸፍሎ ዝግብኦ መጠን ገንዘብ ሰሪሖም ኣቕረቡሎም።

ከም ስምምዖም ነቲ ሕሳብ ክልቲኦም ተቐበልዎ። ካብታ ዕለት'ቲኣ ጀሚሮም ከኣ ትካላት ተረኪቦም ፡ ነናቶም ትካል ከመሓድሩን ክካይዱን ተሰማምዑ። ንኽፍሊት ገንዘብን ንንብረት ምትሕልላፍን ዝምልከት ከኣ ፡ ኣብ ውሽጢ ክልተ ሰሙን ክውዳእ ተፈራረሙ። እዚ ኹሉ መስርሕ ሃብቶም ከም ፈኸራኡ ፡ ምስ ተስፎም ኣብ ሓደ ኮፍ ኣይብልን'የ ኢሉ ስለ ዘንቀጸ ፡ ደርማስ ካብን ናብን እናተመላለሰን እቲ ሰነዳት እና'ቀባበለን ኢዩ ፈጺምዎ።

ተስፎም ሓቲትዎ ዝነበረ ናይ ባንክ ልቓሕ ፡ ሳልስቲ ድሕሪ ክኢላታት ሕሳብ ስሪሖም ምውዳኦም ሰለጠ። ብኣኡ መሰረት ከኣ ንገንዘብ ብዝምልከት ፡ ፋብሪካ ተረኪቦም ብዝግባእ ንምክያድን ፡ ነቲ ፍልልይ ገንዘብ ንሃብቶም ንምኽፋልን ድሉዋት ኮኑ። ድሕሪ ክልተ ቕነ ኸኣ እቲ ክከፋፈልዎ ዝግባእ መጠን ገንዘብ ተኸፋፊሎምን ፡ ካልእ መፈጸምታ ንምግባር ዘድልዩ ቅጥዕታትን ሰነዳትን ተፈራሪሞምን ፡ ንብረት ተረኻኺቦምን ፡ ሽርክነቶም ናይ መጨረስታ መደምደምታ ገበሩሉ።

ኣርኣያ ካብ ስራሕ ተሰናቢቱ ሙሉእ ግዜኡ ኣብ ፋብሪካ ክውዕሎ ጀመረ። ምስ ተስፎም ሓው ኾይኖም ከኣ ፡ እቲ ስራሕ ከጻፍፍዎን መስርዕ ከትሕዝዎን ግዜ ኣይወሰደሎምን። ተስፎም ክስዕርር ጀሚሩ ዝነበረ ናይ መስተ ኣመሉ ፡ ብኽፊል ከም ዝተቖጻጸሮ መድህንን ኣርኣያን ተገንዘቡ።

ሓደ መዓልቲ ምስ ኣርኣያ ክዘራረቡ ኸለው ኸኣ መድህን ፡ "ኣንታ ኣርኣያ ካብ ምጽዋዕ ካብ ንምለስን ፡ ካብቲ ናይ ደርማስን ሃብቶምን ምድንጋራት ዝጋለጽን ኣትሒዙ'ኮ ፡ ሸይጣን ኣይስማዕ'ምበር ተስፎም ሓውኻ ንመስተ ብዝምልከት ፡ ብዙሕ ምምሕያሽ'ዩ ገይሩ ፡" በለቶ።

"እወ ኣነ'ውን ኣስተብሂለዮ'ንድየ። ብዙሕ ምምሕያሽ ጥራይ ዘይኮነስ ለዊጡ'ምበር!" በላ ኣርኣያ።

"እታ ቀዳመ ሰንበት ናብ ኣዕሩኽቱ ምኻድን ፡ ብመጠኑ ምስታይን'ኮ ኣላ ኢያ!" በለት መድህን።

"ንሱ ደኣ ብሓንሳብ ሚኢቲ ካብ ሚኢቲ ዝበሃልዶ'ልዩ?" በለ ኣርኣያ።

"እወ! ወረ ኣነስ ከምኡ ሐሓሊፋ ክኸይድን ክዘናግዕንሲ ይደልዮ'የ። ኣብ ገዛ ጥራይ ኮፍ እንተ ኢሉ ኸኣ የሰክፈኒ ኢዩ ፡" በለት መድህን።

"ሓቅኺ መድህን። መቸም ኩሉ ነገር ጽቡቕ ኢኺ እተስተብህሊ። ኣዝዩ ንሰብ ምጭኳንን ምዕጻውን ከኣ ካልእ ሳዕቤናት ኣለዎ'ንድዩ ፡" በለ ኣርኣያ።

"እወ ሓቅኻ። ኣንታ እዞም ለባማት ፡ *'ኩሉ ሕማቕ ንኽንጎድኣካን ንሕማቕካን ጥራይ ኣይኮነን ዝመጽእ ፡'* ዝብልዎስ ክንድምንታይ ሓቂ ኢዩ። ብኻልእ ሸነኩስ በዓል ሃብቶም ዘምጽእዎ ጸገምስ ፡ ጥቕሚ እውን ተረኺብዎ ኢዩ። ምኽንያቱ እዚ ናይ ደርማስን ሃብቶምን ጸገም ምስ ገጠመኩም'ዩ ቀጥ ኢሉ። ጥራይ ሕጂ ይመለኣዮ!" በለት መድህን።

"ድሕሪ ሕጅስ ግዲ ንድሕሪት ኣይምለስን ፡" ኢሉ ብድድ በለ። ሽዑ ፡ "በሊ

ተሃዊኽ ስለ ዘሎኹ ሕጅስ ከኸይድ ፥" ኢሉ ተሰናቢትዋ ከደ።

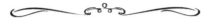

ምስ ሃብቶም ዘይምርድዳእ ካብ ዝፍጠር ንደሓር ፥ መድህንን ኣርኣያን ብእርኑብ ኣካይዳ ተስፎም ተሓጉሶምሉ ነይሮም'ዮም። ንሳቶም በዚ ሓድሽ ኣካይዳኡ ንተስፎም ይተሓጎሱሉ'ምበር ፥ ካልኦት በዚ ዘይተሓጎሱሉ ወገናት ግን ነይሮም'ዮም።

ንሳቶም ከኣ እቶም ኣዕሩኽቱን መሳትይቱን'ዮም ነይሮም። እዞም ኣዕሩኽቱ ካብ ቀረባ ግዜ ጀሚሮም ፥ ተስፎም ሙሉእ ሰሙን ጠፊእዎም ይቕኒ'ሞ ፥ ሽዑ ቀዳመ ሰንበት ክሕወሶም ከሎ ፥ ብጭርቃንን ብማስያን'ዮም ዝቕበልዎ ነይሮም።

ተስፎምን ኣዕሩኽቱን ዝበዝሕ ግዜ ፥ ኣብ ትሕቲ ላሊበላ ሆቴል ኣብ እትርከብ ባር'ዮም ዘማስዩ ነይሮም። ላሊበላ ሆቴል ፥ ዳርጋ ፊት ባር ትሬ ስቴሌ ፥ ንመገዲ ገዛ ከንሻ ኣብ ዝወስድ ማንታ መገዲ ፥ ብየማን ዝርከብ በዓል ሓሙሽተ ደርቢ ሆቴል'ዩ። ኣብ ፊት እቲ ሆቴል እንዳ ነዳዲ ኣለዎ። ጠጠው መበሊ መካይኖም ከኣ ብኽልቲኡ ወገን ናይቲ ሆቴል ነይሩዎም። ኣብኡ ኮይኖም ጠላዕ ይጻወቱ ፥ ይሰትዩ ፥ የዕልሉ ፥ እንተ ጠምዮም ከኣ ዝብላዕ የምጽኡሎም'ሞ ይዕንገሉ ነይሮም።

ተስፎም ከም ኣብ ካልኡ ኣብ መስተ'ውን እንተ ኾነ ፥ ኩሉ ግዜ እቲ ኣሎ ዝበሃል ዝኸበረን ዝበለጸን መስተ'ዩ ዝእዝዝን ዝሰትን ነይሩ። ቢራ እንተ ኾይኑ ፥ ሄኔከን ዝበሃል ናይ ወጻኢ ሃገር ፤ ካብ ቢራ ናብ ኣልኮል ኣብ ዝሰግረሉ እዋን ከኣ ፥ ወይ ጂን ጎርዶን ዝበሃል ናይ ዓዲ እንግሊዝ ፤ ወይ ከኣ እቲ ናይቲ ግዜ'ቲ ዝበለጸ ጆኒ ዎከር ዝበሃል ዊስኪ ኢዩ ዝሰቲ ነይሩ። ኣዕሩኽቱ ኩሉ ግዜ ፥ ንተስፎም ዝኾነ ነገር ክቡር እንተ ኾይኑ ጥራይ'ዩ ጥዑም ፥ ኢሎም የላግጹሉ ነበሩ።

ቀዳም መዓልቲ ተስፎም ነ'ዕሩኽቱ ድሕሪ ናይ መዓልታት ምጥፋእ ምስ ተሓወሶም ፥ እቲ ቀንዲ ተላጋጽን ተጫራቕን ዓርኩም ወረደ ፥ "በዓል ማይ ጨሎት መጺኦም ፥ ብድድ ኢልና ንቀበሎም!" በለ እና'ላገጸ።

"ንመን ኢኻ? ንዓይ ዲኻ?" ሓተተ ተስፎም ንየማኑን ንጸጋሙን እናጠመተ ፥ ናይ ከም ዘይተረድኦን ግር ከም ዝበሎን ብዘስምዕ ድምጽን ኣካላዊ ቋንቋን።

"ንመን ደኣ ንስኻ እንዲኻ ትሕወሰና ዘለኻ ፥" በለ ወረደ።

"ዋእ ዓርከይ ማይጨሎትዶ ኸኣ ጀሚርካ ኢኻ?" በለ ዘርኡ።

"ይብል ኣሎ'ምበር ኣነስ ወሪዱኒ፣ ካብዛ ኣስመራ'ኳ ኣይወጻእኩ፡" በለ ተስፎም።

"ንስኻ ትገድድ ንተስፎም ትሓቶ። ኣነ'ንድየ ነቲ ዘረባ ኣምጺአዮ፡" በለ ወረደ።

"ሓቁ እኮ ኢዩ እዚ ዓርከይ። ኣብ ክንዲ ንበዓል ሓድሽ ሓበሬታ ምሕታትሲ፣ ነብሱ ኣበይ ከም ዝቐነየት ንዘይፈልጥ ተስፎም ትሓትት? ዓገብ!" በለ በርሀ እና'ላገጸ።

"እንታይ ዓይነት ላግጺ'ዩ'ዚ? ዘይትእገዙልና ግዳ፡" በለ ተስፎም።

"ትመጽእ ኣላ'ታ ትፊትዋ። ክትመጽእ ምስ ረኣኹኻ፣ እዚ ዓርከይ ብደገኡ ኢዩ ማይ ጨሎት ተሓጺቡ ክጥልቂ ቀንዩ'ምበር፣ ብውሽጡስ ጽምእን ነቕጽን ኣለዎ ኢለ ብህጹጽ ኣዘዘልካ!" በለ ወረደ እና'ኽመስመሰ።

ተስፎም ብዘረባ ወረደ ርእሱ እናነቕነቐ ክምስ ክብል ከሎ፣ ኩሎም ካልኦት ግን ትዋሕ ኢሎም ሰሓቑ።

"መቸም እታ ዘይትዓርፍ መልሓስ ኣልያትካ'ያ'ምበር፣ ቁምነገርሲ መሊኣ'ያ" በለ ተስፎም፣ ድሮ እታ ወረደ ዝኣዘዘሉ መስተ ክትመጽእ ምስ ረኣየ።

"ዓርከይ ዘረባ ከጠፋፍእን ክድልለካን ደልዩ'ዩ ዝንእደካ ዘሎ። ስለዚ ሳዕስዕ'ሞ ዘረባኻ ኣይትረስዕ፡" በለ ዘርአ።

ብዘረባ ዘርአ ኸኣ ኩሎም እንደጌና ትዋሕ ኢሎም ሰሓቑ። ብድሕሪኡ በርሀ ቅድሚ ኹሎም ሰሓቑ ወዲኡ፣ "እወ'ወ! ንዓ ደኣ እዛ ናይ ማይ ጨሎት ኣምጻኣያ፣ " በለ።

"ሓቅኹም ዲኹም ኣይተረዳኣትኩምን?" በለ ወረደ ብቓል ኣጋንኖን፣ ከመይ ኢሉ እዚ ዝኣክል ጉዳይ ዘይተረድኣኩም ብዘስምዕ ቃናን።

"ኣታ ስቕ ኢሉኩም'ዩ'ዚ ሓንቲ የብሉን። ትፈልጥዎ ኢንዲኹም ናይዚ ምግናን። ሰማይን መሬትን'ንድዩ ዘላግብ፡" በለ ተስፎም።

"በሉ ስምዑ ንዝሓለፈ ክልተ ኣዋርሕ፣ ብጀካ ቀዳመ ሰንበት ተስፎም ክጽንበረና ርኢኹሞ ትፈልጡ?" ኢሉ ናብ ኩሎም ጠመተ። ኩሎም ርእሶም ብኣሉታ ንየማንን ጸጋምን ነቕነቑ። ሽው ብኣካላዊ መልሰም ተተባቢዑ፣ "ቅድሚ ክልተ ወርሒኸ እንታይ ተረኺቡ ነይሩ ኢልኩም፣ እስከ ነብስኹም ሕተቱ፡" በለ ወረደ

ብቓል ኣጋንኖ።

"ቅድሚ ክልተ ወርሒ? ቅድሚ ክልተ ወርሒ?" በሉ ክልቲኦም ኣዕሩኽ ፡ ከም ዘይበርሃሎም ብዘስምዕ ድምጺ።

"በሉ እቲ ሕንቅልሕንቂሊተይ ክንፈትሓልኩም ፡" በለ ወረደ እናተነፋፍሐ። "ቅድሚ ክልተ ኣዋርሕ ፡ ሰበይቱ ንኽልተ ሰሙን ማይ ጨሎት ከተሕጽቦ ወሲዳቶ ነይራ። ኣበየናይ ማይ ጨሎት ንዝበሃል ከኣ ፡ ኣብ ቀይሕ ባሕሪ ፡ ኣብ ናይ ምጽዋዕ ማይ ባድ። ሕጂ ነዚ ሓቂ'ዚ ሓሶት'ዩ ኢሎም ይጥቅዑ እዞም ዓርከይ!" ኢሉ ኢዱ ዘርጊሑ ፡ ገጹ ናብ ተስፎም ጠወየ።

"ኦይ?! ኣይይይ! ነዚ ከተምጽእ ዲኻ ኸኣ እዚ ኹሉ ኮለል ዝበልካ?" በለ ተስፎም።

"ክልተ ሸውዓተ ከም ዝተሓጽበ ኣሚኑ'ሎ! ማይ ጨሎት ድዩ ደኣ ባጽዕ? ክብል እንተ ደልዩ ኸኣ ፡ ማይ ጨሎት ከም ዝኾነ ከእምን ይፈቐደለይ ፡" በለ ወረደ ተንሲኡ ናብቶም ኣዕሩኽቱ ገጹ እናሰገደ።

"ብኸመይን ካብ መዓስን ደኣ'ዩ'ሞ ባጽዕ ማይ ጨሎት ዝኾነ?" በለ ተስፎም።

"ኢሂ ዓርከይ ዘረባ ናባኻ ኢያ ፡" በለ ዘርኦ።

"ትዝክሩ እንዲኹም ምቁር ምሸት ኣምሲና ፡ ሞይቀኣና ተሓጉስና ከሎና ፡ ኣብ ሞንጎኡ ተስፎም 'እዚ ቀዳመ ሰንበት ምሳኻትኩም ብሓንሳብ እንሕልፎ ግዜ'ኳ መድህን ኣይትቃወሞን'ያ። እዚ ሰኑየ ሰሉስ ግን ጨሪሳ ኣይትቕበሎን'ያ ዘላ። ከምኡ ስለ ዝኾነ ኸኣ እናተዛረበት ኣሸጊራትኒ' ክብለና ፡" በለ ወረደ።

"እወ'ወ!" በሉ ክልቲኦም ኣዕሩኽ።

"እሞ ብድሕሪኡ ተስፎም ዓርክና ምቅርቲ ህይወት ስለ ዝፈልጥን ስለ ዘስተማቕርን ፡ ሰበይቲ ትዛረብ'ምበር ምምጽኡ ኣየቋረጸን። እዚ ከም ዘይገድፎ ዘስተብሃለት ሰበይቲ ፡ ንባጽዕ ወሲዳ ክልተ ሸውዓተ ከም ዝሕጸብ ገበረቶ። ብድሕሪኡ ተስፎም ሆየ ካብ ሰኑይ ክሳዕ ዓርቢ ፡ ከም ደርሆ ቀልጢፉ ከም ዝሰፍር ጌራቶ ዓሪፉ ፡" በለ ወረደ ፡ ዕቱብ ኣርእስቲ ከም ዝሓዘ ንኽምስል ዕትብ ኢሉ።

"እዝስ ሓቅኻ ኢኻ መንግስቲ ይሙት!" ኢሉ ኣላገጸ በርሀ። በዚ ዝተተባብዐ ወረደ ፡ "ማይ ጨሎት'ኮ ሓደ ነገር ንኽምስለልካ ኬድካ እትሕጸበሉ ቦታ ኢዩ። እቲ ማይ ጨዋም ድዩ ፡ ጽሩይ ድዩ ፡ መንጫዕጫዕታ ድዩ ፡ ካብ ኣኻውሕ

ዝሉሑኽ ድዩ ፡ ዋላ ካብ መሬት ዝፍልፍል ብዘየገድስ!" ምስ በለ ፡ ኩሎም ኣዒንቶም ክሳብ ዝነብዕ ሰሓቑ።

"ኣምጺኻያ ኣምጺኻያ ፡" በለ ዘርአ።

"ጌርካሉ ወዲ ሓራም ፡" በለ በርሀ።

ተስፎም እውን ርእሱ እናንቕነቐ ፡ "ኣየ ንስኻ ፡" እናበለ ከር-ኪር ኢሉ ሰሓቐ። ተስፎም ቀጺሉ ፡ "ንስኻ'ኮ ጠበቓ ኢኻ ክትከውን ነይሩካ። ካብዞም ዕቱባት ጠበቓታት ዘይኮኑስ ፡ ካብዞም ኣብ ደቓይቕ ነገራት ኣለጋግብ ኣጸጋግዕ ኣመሳስል ዘብሉ ተበለጽቲ ክትከውን ኔሩካ" በሎ።

ከምዚ እናበሉ ክጫረቑን ክላጋገጹን ክሰትዩን ፍርቂ ለይቲ ምስ ኮነ ፡ ጸጊቦምን ደኺሞምን ነንገዛኦም ክኸዱ ተፈላለዩ። ተስፎም ካብታ ጥዕምቲ ዕላል መሓዙቱ ምስ ተፈለየ ፡ ናብታ ናይ ሓቂ ዓለም ተመሊሱ ፡ ናይ ሃብቶምን ብዛዕባ ሃብቶምን እናሓሰበ'ዩ ገዛ በጺሑ።

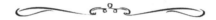

ምስ ሃብቶም ካብ ዝፈላለዩ ወርሒ ኣብ ዘይመልእ ግዜ ፡ ንተስፎምን ኣርኣያን ብዙሕ ዘረባታት ክመጾም ጀመረ። ተስፎምን ኣርኣያን ፡ ናይ ሃብቶም ጉዳይ ከም ዕጹው ምዕራፍ ቆጺሮም ፡ ብዛዕባኡን ንኣኡ ዝምልከትን ጨሪሶም ኣየልዕሉን ኢዮም ነይሮም። መፈላለይኦም ንዝሓትዎም ሰባት ከኣ ፡ "ሓደ ኽልተ ናይ ኣርኣእያ ፍልልያት ክጋጥመና ስለ ዝጀመረ ፡ ኣብ ዘይምስምማዕ ከይበጻሕና ብሰላም ሐሓንቲና ተማቒልና ክንፈላለ ወሲንና" ኢዮም ዝብሉ ነይሮም።

በ'ንጻሩ ሃብቶም መፈላለይኦም ንዝሓቱዎ ንዝተፈላለዩ ሰባት ፡ ዝተፈላለየ መልሲ ይህብ ነበረ። ንገሊኦም ብዝያዳ ዝቐርብዎን ዝፈለጥዎን ፡ ተስፎም ከም ዘይሕግዞ ዝነበረ ፡ ኩሉ ባዕሉ ጽዒሩ ለፊዑ ፡ ንኣኣቶም ብኾፎም ምቕላብ ስለ ዝሰልቸዎ ከም ዝኾነ ፤ ብምርጫኡ እንዳ ባኒ ከም ዝወሰደ ፡ ምኽንያቱ እቲ ፋብሪካ ነዊሕ ከም ዘይስጉም ስለ ዝተረደኦ ምኻኑ ፤ እቲ መሳርሒታት ናይቲ ፋብሪካ ኩሉ ስለ ዝኣረገ ክንቅየሮ እንተ በልክዎ ኸኣ ፡ ኣብ መስተኡን ምዝንጋዑን ጥራይ ገንዘቡ እናደርበየ ፡ ገንዘብ ስለ ዘይነበሮ ከም ዘይከኣለ ፤ ካብዚ ከምኡ ኢልካ ምቕጻል ከኣ ፡ ኣጽኒዑን ተዳልዩን ናቱ ፋብሪካ ክተክል መደብ ስለ ዘውጸአ ምኻኑ የረድእ ነበረ።

ንዝበዝሑ ርሕቕ ዝበሉ ኸኣ ፡ ንሱ ለይትን መዓልትን ኣብ ስራሕ ተጃሪኑ ኸሎ ፡ ተስፎምን ሓውን ከኣ ኣብ ሕሳብን ገንዘብን ምድንጋራት እናገበሩ ከም ዘሸገሩዎ ፤ ተስፎም ሓንቲ ከም ዘይበርከት ፡ እተን ዝመጽኣለንን ዝሰርሓለንን ከኣ ኣብ ምድንጋር ጥራይ እናተኮረ ምስራሕ ከም ዝኸልኦ ፤ ናቱ ሓድሽን ዘመናውን ፋብሪካ ከተክል ድሮ ይሓታትት ከም ዘሎ ይነግሮም ነበረ።

ነቶም ዓማዊሉም ዝነበሩ ፡ ብሕልፊ ነቶም ንሱ ብደገ ዝሸጠሎም ዝነበረ ኸኣ ፡ ፍልይ ዝበለ ታሪኽ ይነግሮም ነበረ። ንኣኣቶም ከኣ ቀንዲ መባኢሲኦም ፡ ተስፎም መኸሰብ ንምርካብ ሌሺቶን እንቋቑሖን ካብቲ ዝግበኦ ዓቕን ክጎድል ኣለዎ እናበለ ከም ዘሸገሮ ፤ ብተወሳኺ ኣነ ዋላ ይኽበር ከም ቀደምና እቲ ዝጸረየ ዓይነት ፊኖ ኢና እንገብር እንተ በልኩዎ ፡ ምስኡ ዝሕወስ ካልእ ፊኖ ብደገ ገዚእና ንሓውሰሉ እናበለ ምስራሕ ከም ዝኸልኦ ይገልጸሎም ነበረ። ውስኽ ኣቢሉ ኸኣ ክሳዕ እታ ዝነበርኩዋ'ኳ ፡ እናተበኣስኩን እናተቓለስኩን ብጽፈት ሰሪሕና። ብድሕሪ ሕጂ ግን ክንደየናይ ከምኡ ከይቅጽል ይብሎም ነበረ።

ሃብቶም ብሓደ መዳይ ንበዓል ተስፎም ከነኣእሶምን ከካፍኦምን ፡ በቲ ኻልእ መዳይ ከኣ ዓማዊል ከህድመሎምን ክወስደሎምን ይጽዕር ነበረ። ነዚ ንምትግባር ከኣ ኣብቲ ጥቓ እንዳ ባኒ ሓደ ስፍሕ ዝበለ ቦታ ረኺቡ ፡ ብኢድ ፓስታ ዝሰርሓ ተወሰኽቲ ማሽናት ገዚኡ። ሰራሕተኛታት ወሲኹ ኸኣ ፡ ነቶም ምጡን ዓቕን ጠለብ ፓስታ ዝነበሮም ዓማዊሉም ፡ ናትና ይጽርየልኩም እናበለ ወሰዶም።

እቲ ሃብቶም ዝገብሮ ዝነበረ ፈተነታት ፡ ንበዓል ኣርኣያ ኣብ ስራሕ ዝኾነ ለውጢ ወይ ጸገም ኣየምጽኣሎምን። ስራሕ ጽቡቕ ገይሮም ስለ ዝሓዝዎ ፡ ጽቡቕ ይኸዱ ነበሩ። ጽቡቕ ይኸዱ ከም ዝነበሩ ብስለይቱ ኣቢሉ ዘረጋገጸ ሃብቶም ከኣ ዕረ ጠዓሞ። ብድሕር'ዚ ናይ ምክፋኦምን ሽሞም ምጽላምን ዘመተኡ ናብ ዝለዓለ ደረጃ ኣሰጋገሮ።

መትሓዚ ዘይነበሮ ዘረባታት ሃብቶም ፡ ገሊኡ ከም ዘለዎ ፡ ገሊኡ ኸኣ ብዝተጋነነ መልክዑ ንተስፎምን ኣርኣያን በቐጻሊ ይመጽኦም ነበረ።

ተስፎም ምስ ሰምዐ ፡ "እዚ በዓለገ ኣይሓፍርን'ዩ። መሊሱ ብላዕሊ ክኾነልና? ከነቃልዖን ከነዋርዶን ኣሎና ፡" በሎ ን'ርኣያ።

ኣርኣያ ኸኣ ፡ "ካብ ብስጭቱ ዝተላዕለ እንዳኣሉ። ነዚ ዋጋ ኣይትሃቦ ፡" እናበለ ንግዜኡ የዛሓሕሎ ነበረ።

ዘረባ ከበዝሕ ምስ ጀመረ ግን ፡ ተስፎም ክጸሮ ኣይከኣለን። ኣርኣያ ግን ፡ "ካብ

ኣቐዲምና ምስ ዘይጠቅም ሰብ ኣብ ህልኽ እንኣቱስ ፡ ኣቐዲምና ብደርማስ ጌርና ግደፍ ንበሎን ነጠንቅቆን። ዘይሩ ዘይሩ ደሓር ኣቦይ እንተ ሰምዐ ክጉሂ ኢዩ ፡" በሎ።

ተስፎም ናይ ኣርኣያ ሓሳባት ብዙሕ ኣይተቐበሎን ፡ ግን ንኽብሪ ኣቦኡ ኢሉ ሕራይ በሎ። ንደርማስ ኣጸዊዖም ከኣ ኣዘራረብዎ።

"ንሃብቶም እዚ ብዛዕባና ትነዝሖ ዘለኻ መካፍኢ ዘረባታት ኩሉ ይበጽሓና ኢዩ ዘሎ ፤ ግደፍ ክብረትካ ሓሉ በሎ። ዝዘረብን ዝበሃልን ስኢንና ኣይኮናን ትም ኢልና ዘሎና ፤ ኣብ ሞንጎና ካልእ ዝለዓለ ጽልኢ ኣይትትከል ፤ ንስድራ ቤታትና ናብ ካልእ ምፍሕፋሕን ቂምታን ኣይትንቆቶም በሎ ፡" ኢሉ ተስፎም ኣትሪሩ ተዛረቦ።

ደርማስ ነቲ መልእኽቲ ከም ዘለዎ ክብጽሓሉ ምኽኑ ኣረጋጊጹሎም ከደ።

ሃብቶም እዚ ዘረባ'ዚ ብደርማስ ምስ መጾ ፡ "እምበኣር የሕምሞምን የድምዕን እየ ዘሎኹ ፡" ብምባል ኣብ ክንዲ ዝእበድን ዘረባታቱ ዝንክን ፡ መሊሱ ቀጸለሉን ኣጋነኖን።

ተስፎም ብድሕሪኡ እምበኣር ካብኡ ኣይሕለፍ ኢሉ ፡ ብግደኡ እቲ ኣብ እንዳ ፓስታ ዘካየዶ ስርቅን ምድንጋራትን ከቃልሖ ጀመረ። በዚ ኸኣ ህልኽን ምትፍናንን ተስፎምን ሃብቶምን ፡ ሰማይ ዓረገ። ናብቲ ብቑልዕነቶም ዝነበሮም ህልኽን ኣይትሕለፍያ ባእስን ብዓበይቶም ተመሊሶም ጠሓሉ።

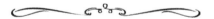

እዚ ህልኽን ምትፍናንን ዝሓዘለ ዘረባታት'ዚ ፡ በብቑሩብ ናብ ወለዶም ክበጽሕ ጀመረ። ግራዝማች ምስ ሰምዑ ከኣ ኣዝዮም ጎሃዩ። ንተስፎምን ኣርኣያን ከዛርብዎምን ክምዕድዎምን ወሲኖም ከኣ ጸውዕዎም። ተስፎምን ኣርኣያን ከፍ ምስ በሉ ፡ ሰላምታ'ውን ከይጸገብዎም ዕትብ ኢሎም ፡ "እንታይ'የ ዝሰምዕ ዘለኹ? እንታይ'ዩ እዚ ኣብ ሞንጎኻን ኣብ ሞንጎ ሃብቶምን ተካይድዎ ዘለኹም ዘየድሊ ዘረባታት?!" በሉ ግራዝማች።

"ኣነ ኾንኩ ኣርኣያ ሓወይ ንነዊሕ እዋን ፡ ሃብቶም ስምና ንምኽፋእ ዝተዛረበ እንተ ተዛረበ ትም ኢልና ኢና ርኢናዮ ፡" ኢሉ ኩሉ እቲ ንሱ ዝበሎ ብዝርዝር ኣረድኦም። ተስፎም ወሲኹ ፡ "ደሓር ግን ዘረባ ኣግዲድዎ ፡ ጨሪስና መዕገቲ

ስኢንናሉ።"

"መጀመርያ ንሱ ኢዩ ጀሚርዎ። ደሓር ግን ዝኣኽለና ተጸሚምና ክገድፎ ስለ ዘይከኣለ፡ ስዒብናዮ ዲኻ ትብለኒ ዘለኻ?" በሉ ግራዝማች።

"ማለተይሲ፡" በለ ተስፎም።

"ጽናሕ ተስፎም። ናብቲ ንሱ ዝጀመሮ ጸይቂ ክይኣተኹ ተጸሚመ ስጊረዮ እንተ ትብለኒ ምኾራዕኩ። ሕጂ ግን ትብለኒ ዘለኻ ተጸሚመ፡ ግን ኣብ መወዳእታ ስዒሩኒ፡ ናብቲ ናቱ ጸወታ፡ ናብቲ ንሱ ዝደለዮን ዝጀመሮን ኣእትዩኒ ኢኻ እትብል ዘለኻ። ብሓጺሩ ክምኡ ገይሩካ፤ ናብቲ ናቱ ደረጃ ኣውሪዱካ ማለት'ዩ!" በሉ ግራዝማች።

በዓልቲ ቤቶም ወ/ሮ ብርኽቲ፡ "ዋእ እንታይ ደኣ ኼንኩም ኢኹም! ብሓደ ኣፊቱ! ንሱ ጸሎሎ እናቐብኦም ደኣ፡ እንታይ ዘይገበሩ ኢዮም?!" በላ ንደቀን ብምሕጋዝ።

"ኣንቲ ጽንሒ'ንዶ ክንደይ ትህወኺ ኢኺ! ንኣይ'ውን'ኮ ደቀይ'ዮም። ንኣኣቶም ምድጋፍ ጠፊኡኒ ኣይኮነን፡" በሉ ሕርቃኖም ክይከወሉ።

ሽው ካብ በዓልቲ ቤቶም ገጾም ናብ ደቆም ጥውይ ኣቢሎም፡ ኣተኲሮኦም ናብኦም ኣቕንዑዎ። ዓሙቕ ድሕሪ ምስትፋስ ከኣ ከምዚ በሉ፡ "ዘይምስምማዕ፡ ሓሓሊፉ'ውን ምብኣስ ዘየጋጥም ኣይኮነን። ምስ ተበኣስካ ግን እንተ ወሓደ፡ ናይ እግዚኣብሄር ሰላምታ ክትወሃሃብ ይግባእ። እዚ ናይ ስልጡናትን ናይ ምዕቡላትን መስተውዓልትን ባእሲ ይበሃል። ሕራይ ከኣ ወዲ ባሻይ ንኻስን ህልኽኛን ስለ ዝኾነ፡ ሰላም ክትበሃሃሉ ኣይከኣልኩምን። ባእስኹም ግን ኣብኡ ኢዩ ክብቅዕ ነይርዎ።"

"እንታይ ይመስለካ'ቦ፡" ምስ በለ ኣርኣያ። "ጽናሕ ኣርኣያ ወደይ፡ እዛ ዘልዓልኩዋ ክውድኣልካ፡" ኢሎም፡ "ነቲ ባእሲ ካብኡ ንላዕሊ ክወስዶ እንተ ደለየ ግን፡ ከምዛ ኣብ ዓለም ዘየለ ጌርካ፡ ብዛዕባኡ ምሕሳብን ዘረባታቱ ምጽንጻንን ምስማዕን ትገድፎ። ነቶም ከምዚ ዘረባታት ዘምጽኡልካ፡ ክትሰምዖን ክመጸካን ከም ዘይትደልን፡ ከም ዘይትግደስን ተርእዮምን ትነግሮምን። እቲ ሕሜት ዘምጻኣልካ፡ ምስቶም ሓማዮ ኾይኑ ዝሓሚ ኢዩ፤ ብሓጺሩ ሕሜት ዘመላልስ'ዩ።" በሉ።

"ልክዕ ኣለኻ ኣቦ። እዚ ትብሎ ዘለኻ እርደኣኒ ኢዩ። ከምኡ ክይከውን ከኣ

ዝከኣለና ፈቲንና ኢና። ግን ንስራሕናን ንኽብረትናን ንሽምናን ዘካፍእ ፡ ዘይኮነን ዘይተገብረን ነገር እናበለ ከኽፍኣና ኸሎ ፡ ብውሑዱ እቲ ዝኾነን ዝተገብረን ሓቂ እንተ ተዛሪብና እንታይ ኣበሳ ኣለዎ?!" በሎም ተስፎም።

"ሓቂ ኢዩ እዚ ወደይ። እቲ ወዲ ባሻይ ካብ ቀደሙ ህልኸኛ እንድዩ ፤ ንሱ ኢዩ ዝብድል ዘሎ። ግደፍ ኢሉ ካብ ምጥንቃቕ ሓሊፉ ደኣ እንታይ ዘይገበረ?!" በላ ወ/ሮ ብርኽቲ።

"ኣነ'ኮ ምስ ሃብቶም ኣይኮንኩን ከዋዳድሮ ዝደሊ እቲ ወደይ። ካብኡ ዝያዳን ካብኡ ዝሓሸን ክኸውን'የ ዝጽበዮን ዝደልዮን ፡" በሉ።

"ሕራይ ኣቦ ፡" በለ ተስፎም ንድሕሪት ናብታ ኮፍ ኢሉዋ ዝነበረ መንበር እናተጸግዐ።

"ስሚዕካ ተስፎም ወደይ ፡ ንዘዝተዛረቦ ዘረባ ብእዝንኻ ኣእቲኻ እንድሕር ናብ ሰውነትካ ኣእቲኻዮ ፡ ምሳኻ ኢኻ ንገዛ እትወስዶ። ሽው ምሳኻ ይውዕልን ይሓድርን። ዘረባኡ እና'ኮማሳዕካ ኸኣ ክትነድድን ክትሓርርን እህህ ክትብልን ትሓድር። ከምኡ እንተ ኣግቢሩካ ፡ ኣሰኒፉካን ተዓዊቱልካን ማለት'ዩ። ብሓጺሩ ንህይወትካ ገዚእዎን ተቖጻጺሩዎን ኣሎ ማለት'ዩ። ትስዕበኒዶ'ለኻ ዝወደይ?" በልዎ።

"እወ ፡" በሎም ተስፎም።

"ከምኡ እንተ ኾይኑ ክልተ ግዜ ሃሪሙካ ማለት ኢዩ። እቲ መጀመርታ ዝጸረፈካን ፡ እቲ ባዕልኻ ንገዛኻ ዝተማላእካዮን ናብ ዓራትካ ዘደየብካዮ ጸርፍን ሕሜታን!" ኢሎም ኣዕርፍ ኣበሉ። ቀጽል ኣቢሎም ፡ "ካብ ከምኡ ግን እቲ ዝቐለለ ፡ ነቲ ዝመጸካ ዘረባ በቲ ሓደ እዝንኻ ኣእቲኻ ፡ በቲ ካልኣይ ጉሒፍካ ምድርባዩ'ዩ። እቲ ከምኡ ክገብረካ ዝህቅን ዘሎ ሰብ ፡ ናብ ሓንጎልካን ገዛኻን ዓራትካን ከይኣቱ ፡ ርግጥ ኣቢልካ ትኽልክሎ። ሽው ኣብ ልዕለኻ ዝኾነ ሓይሊ ይኹን ጽልዋ ኣይህልዎን'ዩ። ብሓጺሩ ንኣኻ ብዝምልከት ፡ እዚ ሰብ'ዚ ኣብ ዓለም ኣይህሉን። ሽው ብሓቂ ተዓዊትካሉን ኣሰኒፍካዮን ማለት ኢዩ ፡" ኢሎም ናብ ኩሎም ጠመቱ።

"ስለዚ ፡" ምስ በሉ ፡ "ዋዋይይ! ኣቱም ይኣኽለኩም በሉ ሕጅስ! ዘረባ ምንዋሕ ክትፈትውስ ፡" በላ ከም ዝሰልቸወን ብዝርኢ ምልክት።

"በጃኺ'ደይ! ንህይወትና ዝጥቅም ማዕዳ'ዩ ዝህበና ዘሎ ፡" በለ ብቱኩርነትን ሙሉእ ኣድህቦን ዝከታተል ዝነበረ ኣርኣያ።

"ደሓን ሓቃ'ያ። ንሳ ኸኣ ዘረባ እንተ ነዊሑ ዓቕሊ የብላን'ንድያ። ዝኾነኾይኑ ኣነ'ውን መደምደምታ'የ ዝገብር ነይረ'ምበር ወዲኣ'የ ፡" በሉ።

"ደሓን ወድኣልና ደኣ'ቦ ፡" በሎም ተስፎም ፡ ንሱ'ውን ብናይ ኣደኡ ዘረባ ከም ዘይተሓጎሰ ብዘስምዕ ቃና።

"እወ እንታይ'የ ክብል ደልየ ፡ እቲ ባእሲ ናብ ናይ በዓለገታት ባእሲ እንተ ስጊሩ ግን ፡ በዳልን ተበዳልን ብሓደ ኢኻ እትፍረድን እትኹነንን። ስለዚ ህልኽን ጽልእን ፡ ሰላምካን ቅሳነትካን ቀንጢጡ ፡ ኣብ ህውተታ ኢዩ ዘእትወካ። ሰዓራይን ተሳዓራይን ዘይብሉ ፡ ንኽልቴኻ ሰብ ነገር ከኣ'ዩ ኣብ ሓደ ጉድጓድ ዝደፍኣካ። ስለዚ ሓደራኹም እዞም ደቀይ ኣብዚ ኣይትጥሓሉ!" ኢሎም ንደቆም ምስ ሃብቶም ንዝገጠሞም ጸገም ጥራይ ዘይኮነስ ፡ ኣብ ህይወት ንዝገጥሞ ጸገማትን ኣተኣላልይኦምን ፡ ምኽርን ማዕዳን ኣስኒቖም ኣፋነውዎም።

ግራዝማችን ደቆምን'ዮም ዘይተረድኦም'ምበር ፡ ሃብቶምሲ በቲ ዝገብሮ ዝነበረ ስለ ዘይዓገበ ፡ ሕንን ካብ ምባልን ፡ ካልእ ዘዕውቶ ሜላ ካብ ምድህሳስን ዓዲ ኣይወዓለን'ዩ ነይሩ።

ናይ ሃብቶም ናይ ምክፋእ ዘመተ ፡ ንተስፎምን ነ'ርኣያን መኣዝኖም ከየስሓቶም ፡ ስርሖም ብዕትበትን ብጽፈትን ስለ ዘካየዱ ፡ ስራሖም ጽቡቕ ሰጎመ። ሃብቶም'ውን ዋላ ንተስፎም ስለ ዘየውድቖ ፡ መንፈሱ ይረበሽን ይረበጽን'ምበር ፡ ብስራሕሲ ጽቡቕ ኢዩ ዝኸይድ ነይሩ። እንዳ ባንን ክልቲኦን ፈራሜንታን ፡ ጽቡቕ ይሰርሓሉ ነይረን'የን።

እዚ ይኹን'ምበር ንዳርጋ ሓደ ዓመት ዝቐጸለ ተጻብኦኡ ፍረ ከም ዘየፍረየሉ ምስ ረኣየ ፡ ሃብቶም ዝያዳ ኣብ ብስጭት ጠሓለ። ናብ ፋብሪካ ፓስታ ተኺለ ከኽስሮምን ከዕጽዎምን ኣሎኒ ፡ እትብል ሓሳብን መደብን ክዛዙ ጀመረ።

ሓደ መዓልቲ ምሳሕ እናበልዑ ኸለው ኣልማዝ ፡

"ኣብቲ እንዳ ባንን እቲ ደርማስ ዝውዕሎ ፈራሜንታን ፡ ስራሕ ብጣዕሚ ጽቡቕ ከም ዘሎ ኢኻ እትሕብረኒ ኩሉ ግዜ *ምሽ?*" ኢላ ሓተተቶ።

"እወ ብዛዕባ ስራሕ ደኣ ጽቡቕ ጥራይ ዘይኮነስ ፡ ካብ ጽቡቕ ንላዕሊ'ምበር ፡ " በለ ሃብቶም።

"እዚ ኣነ ዝውዕሎ ኸኣ ኣዚና ጽቡቕ ከም ዘሎና ትፈልጥ ኢኻ።"

"ከመይ ደኣ ዘይፈልጥ? ንምንታይ ኢኺ ብዛዕባ ኩነታት ስራሕ ኣልዒልኪ ሕጂ እትዛረቢ ዘለኺ?"

"ኣነስ ክሳዕ ክንድ'ቲ ጽቡቕ እናኸድናስ ፡ ቅድም ኣጸቢቕካ ንዕኡ ዘይተደላድሎን ዘይተጣናኸሮን ፡ ካብ ናብ ካልእ መደብ ሕጂ ምምጥጣር ክብለካ ኢለ'የ።"

"ኦይ ነዚ ክትብሊ ዲኺ? ስራሓውትና ደኣ እንታይ ምድልዳልን ተወሳኺ ምጥንኻርን የድልዮ። ካብዚ ዘለዎ ክዓብን ክሰፍሕን ኣየድልዮን'ዩ።"

"እሞ ዋላ ከምኡ እንተ ኾነ ነተን ዘለዋኻ ስራሕ ብጽቡቕ ምክያድዶ ኣይሓይሽን ፤ ካብ ሕጂ ናይ ባንክ ዕዳ ተለቂሕካ ፡ ናብ ካልእ ምግፋሕን ኣብ ሓደጋ ምውዳቕን።"

"ኣብ ሓደጋ ዘውድቕ የብሉን።"

"ኩሉ ዘሎካ ንብረት ኣትሒዝካ ምልቃሕ ደኣ እንታይ ኮይኑ ሓደጋ ዘይብሉ?"

"እቲ ስራሕ'ኮ ኣጸቢቐ'የ ዝፈልጦ። ትም ኢለ ጌሮሞ ኢለ ፡ ሃንደራእ ኢለ ክኣትዎ ዝሓስብ ዘሎኹ ስራሕ ከም ዘይኮነ ትፈልጢ'ንዲኺ። ደሓር ከኣ እቲ ስራሕ ፋብሪካ ፡ ኣዝየ'የ ዝፈትዎ ከም ስራሕ።"

"ስለ ዝፈተኻዮን ፡ ስለ እትፈልጦን ጥራይ ኢልካ ዲኻ'ሞ ክትኣትዎ ትደሊ ዘለኻ?" ኢላ ሓተተቶ ፡ ነታ ቀንዲ ምኽንያቱ መታን በርቢራ ከተውጽኣ ብምሕላን።

ሃብቶም ነ'ልማዝ ኣየሕፈራን። ነታ ባዕሉ ብልሳኑ ከነጽራ ዝደለየቶ መልሲ ፡ ብዘይልማኖን ብዘይምውልዋልን ነጢሩ ብምንቋት ከምዚ በላ ፡ "ነቲ በዓለገ ተስፎም ከኣ'ባ ከርእዮን ክቖጽዖን! ብኡ'ቢለ ኸኣ ኣብ መወዳእታ የሰክሐ!" በላ ስኑ እናሓራቐመ።

"ንዕኡ ክትብልን ምስኡ ክትተሃላለኽን ኣብ ጸገም ከይትኣቱ'የ'ምበር ፡ ንዕኡ ደኣ ባዕሉ ይፈልጥ! መንዶ ፈትዩዎ'ዩ?" በለቶ። ነቲ ብኣፋን ብዓውታን ክትብሎ ዘይከኣለት ከኣ ብልባ ፡ "ናትካስ ባዕልኻ ትፈልጥ ፡ ክትተሃላለኽ ክትብል ንዓይን ንደቀይን ከይትልክመና'ምበር?!" ኢላ ሓሰበት።

"ኣጆኺ *ስታይ ትራንኩላ!* ኣነ ከይጉዳእ ኢልኪ ኣይትጠራጠሪ። ኣነ'ኮ'የ ንዕኡ እናደገፍኩን ፡ ታተ እናበልኩን ኣብዚ ኣብጺሐዮ ፡" በላ እናተነፋፍሐ ብዘረባኡ ተተባቢሁ።

"ንሱ ደኣ ከመይ ኢሉ ከጠፍኣኒ ፣ ባዕለይ ዝርእዮ ዝነበርኩ'ንድዩ!" ኢላ ኣራጎደትሉ።

ከትጋገን ዘይኮነን ከትብልን ከሎኻ ሓደው ዝእርመካ ፣ እንተ ዘይከኣለ ኸኣ ትም ዝብል ሰብ ከትረክብ ጸጋ'ዩ። መሊስካ ካብ ጌጋ ናብ ዝገደደ ጌጋ ከትጥሕል ዘተባብዓካን ፣ ከትጸድፍ ትም ኢሉ ዝርእየካን ፣ ናተ'ዩ እትብሎ ሰብ ኣብ ጎንኻ ከህልወካ ግን ፣ መርገም ምኽኑ ንሃብቶም ዝነገሮ ምደለየ። ሃብቶም ግን ከምኡ ዝኣልዮን ዝእርሞን ሰብ ዝፈቱ ዓይነት ኣይነበረን። እዚ ኸኣ ኣልማዝ ኣጸቢቓ እትፈልጦን ፣ ከድልያ ኸሎ ደጋጊማ እትጥቀመሉን ሜላ ኢዩ ነይሩ።

ሽው ግን ካብ ጽልኢ ተስፎም ተበጊሳ ንሃብቶም ዝበለቶ ፣ ዝያዳ ከይተተባብዖ ዝሰግኣት መሰለት። ስለ ዝተጠራጠረትን ስለ ዝተጣዕሰትን ኸኣ ኣንፈት ዘረባኣ ብምቕያር ፣ "ግን ሕጂ ኸኣ ንበይኑ ምስ ኮነ ፣ ከይፈተወ ሰጥ ኢሉ ስለ ዝሓዞ ፣ ጽቡቕ ይኸይድ ኣሎ።"

"ኣይተረድኣክን! ንሱ ደኣ እታ ቀደም ዝረኸባ ዲፕሎም እና'ንበልበለ ፣ ንሳ ባዕላ ከም እትሰርሓሉ ኮፍ ኢሉ ከበልዕን ፣ ሙሉእ ለይቲ ከሰትን ጥራይ'ዩ ዘሕልፎ። ሳላ እቲ ኣርኣያ ሓው ኢዩ ተሰቲሩ ዘሎ።"

"መቸም ኣነ'ኳ እዛ መደብካ ስኽፍክፍ'ያ እትብለኒ ዘላ። ግን ንስኻ ምስ ኣንቀልካ ኸኣ ፣ ንድሕሪት ስለ ዘይትብል ፣ ዝብለካ የብለይን ፣" በለት ካብኡ ዝያዳ ከትብሎ ስለ ዘይደለየትን ስለ ዘይከኣለትን።

"ሕነኡ ዘይፈዲ ወዲ ኣድጊ ፣ ክብሉ ሰሚዕኪዶ ኣይትፈልጥን ኢኺ? እንታይ ገዲፋለይ ድዩ ንዓይ?! ንዓይ'ኮ ኣዋሪዱኒን ጥራይ ኢደይ ገዲፋንን'ዩ። ብሮብሮ ነዚ እንተ ዘየርእየዮ'ሞ ፣ እዛ ስረ ኣይዓጠቕኩዋን ማለት ኢዩ!" በለ እናሓንሓነን ርእሱ እናንቕነቕን።

"በል ደሓን ድልየትካ ግበር። ግን ኣብቲ ባንካ ልቓሕ ምስ ሓተትካሽ ኣየሸግረካን ድዩ?"

"ክፍትን ይኽእል'ዩ ፣ ግን ኣብ ዝበጽሖ የብሉን። ሰባት ገይረ'ለኹ ስልጣኑ ተጠቒሙ ከይትንከፋ። እንተ ዘየሎ ጠልጠል ከብልዎ'ዮም ፣" በላ ብርእሰ ተኣማንነት።

"ኣፍካ ይበሎ እምበር ኣብቲ ባንካ'ኳ ተሰማዕነት ኣለዎ'ዩ ዝበሃል።"

"ብኣኡ ኣይትሰከፊ ፣ ካብኡ ዝያዳ ተሰማዕነት ዘለዎም ሰባት ኣለውኒ። በሊ ሕጂ

ቆጸራ ኣሎኒ ክኸይድ ፡" ኢሉዋ ተንሲኡ ኸደ።

ዋላ ስድራ ቤቱን ኣሕዋቱን'ውን እንተኾኑ ፡ ነቲ ኹሉ ንብረት ኣትሒዝካ ናይ ባንክ ልቓሕ ወሲድካ ፡ ፋብሪካ ፓስታ ምትካል ዝበሀል ኣይደገፍዎን። ክዛረብዎ እንተ ፈተኑ ኣሸንኳይ ክሰምዖም ፡ ዘረባኦም እውን ኣየወድኦምን ነበረ።

ንተስፎም ስለ ዘየውደቖ ጥራይ ፡ ዳርጋ እቲ ኹሉ ዝነበሮ ጸጋ ፡ ከም ዘይብሉ ኮይኑ ይሰምዖ ነበረ። ለይትን መዓልትን ብዛዕባ ከመይ ገይሩ ንተስፎም ከም ዝጎድኦን ከም ዘውድቖን እንተ ዘይኮይኑ ፡ ካልእ ጽቡቕ ሓሳባትን ውጥናትን ካብ ሓንጎሉ ረሓቐ። እዚ ኸኣ ቅሳነት ከሊኡ ፡ ተርባጽን ጭንቀትን ኣሕደረሉ።

ፋብርካ ንምትካልን ማሽነሪ ካብ ወጻኢ ንምምጻእን ፡ ዘድልዮ ቴክኒካውን ፊናንስያውን ምድላዋት ዘጽንዕሉ ክኢላታት ቆጺሩ ፡ መጽናዕቲ ክካይድ ጀመረ። መጽናዕትታቱ ምስ ኣጻፈፈ ፡ ብመጀመርያ ነቲ ፋብሪካ ዝበቅዕ ገዛ ብኽራይ ወይ ብዕድጊ ክሓታትት ጀመረ።

ዕድጊ ልዕሊ ዓቕሙ ስለ ዝኾና ፡ ኣድህቦኡ ናብ ክራይ ገዛ ምድላይ ቀየሮ። ምኽሪ ናይቶም ክኢላታት ሸለል ብምባልን ብምንጻግን ፡ ካብቲ ንሳቶም ዝሓንጸጽዎ ዓይነት ፡ ኣዝዩ ዝነኣሰን ዝተፈለየን ገዛ ተኻረየ። ብድሕሪኡ ናይ ባንክ ልቓሕ ንምርካብ ፡ ዘድልይዎ ቅጥዕታትን ሰነዳትን ክዳሉ ጀመረ። ኩሉ ዘድሊ ምቅርራባት ኣጻፊፈ ወዲኡ'የ ምስ በለ ኸኣ ፡ ንኹሉ ናይ ስድራ ቤቱን ኣልማዝን ተቓውሞ ዕሽሽ ብምባል ፡ ንኹሉ ስራሓውቲን ገዛኡን ኣትሒዙ ፡ ልቓሕ ንኽረክብ ናብ ባንክ ወግዓዊ ሕቶ ኣቕረበ።

ምዕራፍ 7

ናይ ሃብቶም ናይ ባንክ ልቓሕ ምልከታ ፣ በቶም ዝምልከቶም ኣካላት ሓሊፉ ፣ ንኽምራሕ ናብ ናይ ተስፎም ጠረጴዛ በጽሐ። ሃብቶም ብስራሕ ካብተን ትካላቱ ፣ እኹልን ጽቡቕን ኣታዊ ይረክብ ምንባሩ ተስፎም ይፈልጥ ነይሩ'ዩ። ናይ ስራሑ ኩነታት ከምዚ ይንበር'ምበር ፣ ሃብቶም ግን ብተፈጥሮ ተመስገንን ይኣኽለንን ዘይፈልጥ ስሱዕ ምንባሩ ፣ ተስፎም ካብ ንእስነቱ ኣጸቢቑ ዘስተብሃለሉ ባህሪ'ዩ ነይሩ።

እዚ ናይ ሕጂ መደቡ ግን ካብ ስስዐ ዘይኮነስ ፣ ካብ ምስኡ ንምትህልላኽን ፣ እንተ ተኻኢሉ ንኣኡ ንምውዳቕን ኢሉ ይወስዶ ምንባሩ ርግጸኛ ነበረ። እዚ ኸኣ ኣሕዘኖን ኣስቆርቆሮን። ወላዲኡ ኩሉ ግዜ ደጋጊሞም ፣ *'መባእስትኻ ለባም ይግበረልካ'* ዝብልዋ ዘረባ ኸኣ ትዝ በለቶ።

ምልከታ ሃብቶም ብኹሉ ሸነኻቱ ፣ ክሳብ ኣቀራርባኡን ትሕዝቶኡን ብዝግባእ ምስ ተመልከቶ ፣ ናብ ሓደ ካብቶም ሸለልትነት ዘየርእዩን ስራሖም ብዕትበትን ብጽፈትን ዘሰላስሉን ኣባላቱ መርሐ። እታ ፋይል ንኽህቦ ምስ ጸወዶ ፣ "እዚኣ ጽቡቕ ጌርካ ፈትሻን መርምራን ፣" በሎ።

እቲ ኣባል ነቲ ትርጉም ናይቲ ዝመሓላለፈሉ ዝነበረ መልእኽቲ ንኽርድኦ ከም ዘየሸግሮ ፣ ተስፎም ይፈልጥ ነይሩ'ዩ። እቲ ኣባል'ውን ከም ዝተረድኦ ንኸፍልጦ ፣ "ጸገም የለን ባዕለይ ብዝግባእ ክርእያ እየ ፣" በሎ።

ኣብ መወዳእታ እቲ ኹሉ ምጽራይ ምስ ተኻየደ ፣ ናይ ቀደም ናይ ባንክ ዕዳኡ ኣብ ግዜኡ ናይ ምኽፋል ታሪኹ ክፍትሽ ሰነዳት ከገላብጡ ጀመሩ። ኣብ ግዜ

ሽርክነቶም ነቲ ናይ ባንክ ልቓሖም ቀዳምነት እናሃበ፣ ተስፎም ባዕሉ'ዩ ከም ዝኸፈል ዝገብር ነይሩ። ከምኡ ስለ ዝኾነ እዚ ሞያ'ዚ፣ ከም ናይ ሃብቶም እወታዊ ታሪኽ ክሕሰበሉ ከም ዘይግባእ ኣረድኦም። ኣብነት ናቱ ኸኣ ንሓንቲ ግዜ ጥራይ ገይሹ፣ ንመጀመርያ ግዜ ከይተኸፈለ ከም ዝጸንሖን፣ ምስ ተመለሰ ባዕሉ ከም ዘኽፈሎን መረዳእታ ኣቕረበሎም።

ንእምነትን ተኣማንነትን ዝምልከት ከኣ፣ ባዕሉ ዝፈልጦ ዓቢ ናይ እምነት ምጉዳል ተግባር ዝፈጸመ ስለ ዝኾነ፣ ሃብቶም ከም እሙን ወይ ቅድሚ ሕጂ ረከርድ ከም ዘይብሉ ጌርካ ክውሰድ ከም ዘይግባእ ኣረድአ። ብኣኡ መሰረት በቲ ንሱ ጥራይ ዝፈልጦ ሕቡእ ሓቅታት ተመርኩሱ፣ ልቓሕ ንኸይወሃቦ ከልከሎ።

ሃብቶም ክጽለል ደለየ።

"እቲ ትካል ናቱ ጌሩዎ። ጽልኡ መውጽኢ ኾይኑ። ንዝፈትዎ ክህብን፣ ንዝጸልኦ ክኸልእን መን ስልጣን ሃቦ፧" ወዘተ፣ ዝብሉ ዘረባታት ኣቃለሐን ደጋገመን።

በቶም ዝኣመኖም ሰባት ገይሩ ኲሉ ፈተነ። እቶም ሰባት ንተስፎም፣ "እዛ ልቓሕ ምኽልካል፣ ናይ ግሊ ባእስኹምን ቅርሕንትኹምን ተውጽኣላ ዘለኻ መሲላ። ምኽንያቱ ኲሉ ካልእ ቅጥዕታት ኣማሊኡ ከብቅዕ፣ ብንስኻ እትፈልጦ ክትክልክሎስ ንዓኻ'ውን ጽቡቕ ኣይኮነን፧" በሉዎ።

ተስፎም ግን፣ "ኣነ ከም ሓላፊ ናይዚ ክፍሊ ኣብ መወዳእታ ዘጽድቐን ፊርማይ ዘንብረሉን፣ ኣነ ዘይፈልጦ ኣበር እንተ ዘይብሉ ጥራይ'ዩ። ከምኡ ከይበሃልን ከይመስልን ኢለ ግን፣ እናፈለጥኩ እንተ ኣሕሊፈዮ፣ ሽው'የ ብዝያዳ ሓላፍነተይ ብዝግባእ ኣይፍጽምን ኣሎኹ ኢለ ነብሰይ ዝወቅስ፧" ብምባል ኣብ መርገጺኡ ጸንዐ።

ብድሕሪኡ ሃብቶም ናብ ጠቕላላ ኣማሓዳሪ ናይቲ ባንካ ጥርዓንን ክስን ከቕርብ እየ በለ። እቶም ናቱ ወገናት፣ ጽናሕ ቅድሚ ዕላዊ ክሲ ናብ ኣማሓዳሪ ምቕራብካ፣ ናይ መወዳእታ ንተስፎም ከነዛርቦ በሉዎ።

ንተስፎም ምስ ተዛረብዎ መሊሱ ተቛጥዐን ነደረን። ንሃብቶም እተብጽሕሉ ናይ መወዳእታ መልእኽተይ ክነግረኩም ኢሉ፣ ከምዚ ዝስዕብ በሎም፣ "ኣነ ኣብዛ መንበርን ሓላፍነትን ክሳዕ ዘለኹን ዘይተኣለኹን፣ ልቓሕ ዝበሃል ንኽትወስድ ስለ ዘይትበቅዕ ሳንቲም ኣይክትረክብን ኢኻ። ኣነ ካብዚ ኣብ ዝእለየሉ ግዜ ግን፣ እቲ ጉድ ኣነ ጥራይ ስለ ዝፈልጦ፣ ልቓሕ ንኽትወሃብ ርሒብ ተኽእሎ'ለካ። ክሲ እንተ መስሪትካ፣ እቲ ኹሉ ኣብ ኢደይ ዝርከብ ናይቲ ዝፈጸምካዮ ምጥፍፋኣት

መርትዖ ፡ ብዕሊ ከቕርቦ ምኽኣነይ ፍለጥ። እቲ መርትዖ ኸኣ ከም ረከርድ ኣብቲ ባንካ ንዘልኣለም ክዕቀብ'ዩ። ስለዚ ከይተዋረድካ ብኽብረትካ ከለኻ ፡ እዚ ውሳነ ተቐቢልካ ፡ ኣፍካን ኢድካን እግርኻን ምእካብ ይሕሸካ በልዎ ፡" በሎም።

እቶም ናይ ሃብቶም ወገናት ፡ ተስፎም ዝበሎ ኹሉ ሓንቲ ቃል'ውን ከየትረፉ ነገርዎ። ሃብቶም ክዓብድ ደለየ። ኣብ ዝብጻሕ ከብጽሖ'የ ኢሉ ፈከረ። ስምዒቱ ዝሕል ክሳዕ ዝብል ተጸብዮም ከኣ ፡ እቲ ተስፎም ዝብሎ ዝነበረ መርትዖ ኣብቲ ባንካ ሓንሳብ እንተ ተሰኒዱ ፡ ንሓዋሩ'ውን ዋላ ተስፎም ካብቲ ቦታ እንተ ተኣልየ ፡ ልቓሕ ክሓትትን ክፍቀዶን ከሸግሮ ከም ዝኽእል ገለጹሉ።

እቲ ዝበሃል ዝነበረ መርትዖ ኣብቲ ባንክ ክሳዕ ዘይቀረበ ግን ፡ ኣብ ዝኾነ ግዜ ተስፎም እንተ ተቐይሩ ፡ ካብቲ ክፍሊ ልቓሕ ክሓትትን ክቐንዖን ከም ዘየሸግሮ ብሰፊሑ ኣረድእዎ። ሃብቶም እዛ ንእሽቶ ጩራ ናይ ተስፋ ከም ዘላ ምስ ተረድአ ፡ ንሳ'ውን ንኸይከስራ ብምባል ምኽሳስ ዝብል መደቡ ኣወንዚፉ ምልክታኡ ሰሓበ።

ሃብቶም ዝሓሰቦ መደብ ስለ ዝተጓናበዶን ፡ ኣብ ልዕሊ ተስፎም ክጎናጸፎ ዝሓንጸጾ ዓወት ስለ ዝፈሸሎን ፡ ኣዝዩ ጎሃየን ተበሳጨወን። ኣብ ልዕሊኡ እቲ ነቶም ዘጽንዑሉ ክኢላታት ዝኸፈሎ ገንዘብን ፡ ዋላ ነቲ ንዘይሰልጥ ንፋብሪካ ክኾነኒ ኢሉ ተቐዳዲሙ ዝተኻረዮ ገዛ ዘውጽኦ ወጻእን ተደማሚሩ ፡ ቆጭ-ቆጭ ኣበሎ።

ብሰንኩ ኸኣ ኣብ ልዕሊ እቲ ናይ ቀደም ቀጢን ጠባዩ ፡ ምስ ኩሉ ሰብ ገጭ-ገጭ ምባልን ፡ ቀልጢፍካ ምቑጣዕን ምንጽርጻርን ብርኡይ ክንጸባርቕ ጀመረ። ብተወሳኺ ዕረፍትን ሰላምን ክስእንን ፡ እታ ደኺሙ ውዒሉ ጥዑምን ልዋምን ድቃስ ለይቲ ዝረኽባ ዝነበረ'ውን ክትርሕቆ ጀመረት። ኣብ ናብራኡን ሂወቱን ስራሑን ጥዕናኡን ዝኾነ ዝጎደሎ ነገር ከይሃለዎ ፡ ባዕሉ ኣብ ሓንጎሉ ብዝፈጠሮ ሸግር ክቖሎ ጀመረ።

ኣልማዝ ንኣኡ ብግሁድ ከተርእዮን ክትብሎን'ኳ እንተ ዘይደፈረት ፡ ብውሽጣ ግን ፡ "እንቋዕ ኣይሰለጦ። ዘይክተሃላለኽ ክብል ኣብ ሸግር ከኣቱን ከእትወናን'ዩ ነይሩ ፡" ኢላ ተሓጐሳ'ያ።

ብተመሳሳሊ ስድራ ቤቱ'ውን እንተኾኑ ፡ ልቓሕ ባንካ ብዘይምስላጡ ብዙሕ ኣየጓሃዮምን። ኣብ ቅድሚኡ ግን ኩሎም ከም ዝጎሃዩ ንኽምስሉን ንኽርእዩን ፡ ብዙሕ ዘረባታት ክደጋግሙን ፡ ንተስፎም ዝበሃል ሰይጣን ብተደጋጋሚ ክራገሙን ይርኣዩ ነበሩ።

ተስፎምን ኣርኣያን ኣብ ፋብሪካ ርኡይ ለውጥን ምዕባለን ኣምጽኡ። ሃብቶም'ውን

ብዘይካ ንተስፎም ብዘይ ምርካቡ ዝነበሮ ሕንሕነ ገዲፍካ ፡ ኣብ ስራሑ ጽቡቕ ኢዩ ዝኸይድ ነይሩ።

ድሕሪ ናይ ሃብቶም ናይ ልቓሕ ሕቶ ፡ ብዘይ ዝኾነ ሓድሽ ተርእዮን ኩነታትን ኣዋርሕ ሓለፈ። ኣብዚ ግዜ'ዚ ኸኣ'ዩ በዚ መጸ ዘይተባህለን ፡ ዝኾነ ሰብ ዘይተጸበዮን ሓደጋ ዝተኸሰተ።

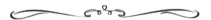

ግዜኡ ከራማት ወርሒ ሓምለ 1968 ዓ.ም ኢዩ ነይሩ። ኣብቲ ወርሒ'ቲ ኣብ ኤርትራ ብሓፈሻ ፡ ኣብ ኣስመራን ከባቢኣን ኸኣ ብፍላይ ፡ ኣዝዩ ብርቱዕ ዘይንቡር ዝናብ ይዘንብ ነበረ። ሽው መዓልቲ ካብ ኣጋ ግዜ ጀሚሩ ፡ ብበርቅን ነጎዳን በረድን ብርቱዕ ንፋስን ዝተሰነየ ከቢድ ዝናብ ፡ ሙሉእ ምሸትን ለይትን ሓደረ። ዕለተ ሰንበት ስለ ዝነበረ ፡ ዝበዝሕ ስራሓውቲ ተዓጽዩ'ዩ ነይሩ።

ማይ ዘዕለቕለቖ ብዙሕ ገዛውትን ትካላትን ስለ ዝነበረ ኸኣ ፡ ክፍሊ መጥፋእቲ ሓዊ ወተሃደራት ከተማ ኣብ ትንፋስ ዘይህብ ስራሕ ተጸምዱ። ሐሓሊፉ'ውን ናይ ምቅጻልን ባርዕን ሓደጋታት ተኸሰቱ። እዚ ኸኣ ዝያዳ ጻዕቅን ህጹጽነትን ስራሕ ኣኸተለ። መኻይኖም ድምጸን እናነፋሓን ፡ ናይ ሓደጋ ምልክት መብራህትታተን ውልዕ ጥፍእ እናበለን ፡ ንየው ነጀው ክብላ ኣምሰያን ሓደራን።

ቀዳምነት ንህይወት ምድሓን ክህቡ ስለ ዝነበሮም ከኣ ፡ ንብዕልቕልቕ ማይ ወይ ባርዕ ኣብ ስድራቤታት ዝስዕብ ሓደጋታት ከተኩሩ ትእዛዝ ተዋህቦም። ብተወሳኺ ኣብ ብዙሕ ከባቢታት ፡ ናይ ኤለክትሪክን ቴሌፎንን ኣገልግሎት ምብታኽን ምቁራጽን ኣጋጢሙ ነበረ። ብዙሓት ብዕልቕልቕ ማይ ወይ'ውን ባርዕ ዝተጠቕዓ ትካላት ፡ ህጹጽ ናይ ሓደጋ ስልኪ እንተ ደወላ ዝቕበለንን ዘቕልበለንን ኣካል ኣይረኸባን።

ተስፎምን መድህንን ምስ ደቆም ብሓባር ኣምስዮም ፡ መብራህቲ ስለ ዝጠፍኦም ቀልጢፎም ደቀሱ። ብተመሳሳሊ ኣብ ክልቲኡ ገዛ እንዳ ሃብቶም'ውን ፡ ኣደታት ነንደቀን ድሕሪ ደራሪበን ምድቓቕሰን ፡ ደቂሰን ኢየን ነይረን። ኣብ ሰለስቲኡ ስድራ ቤት ጥዑም ድቃስ ደቂሶም ከለው ኸኣ'ዩ ፡ እዚ ዘይተጸበይዎ ሓደጋ ዝገጠመ።

ኣብቲ ገዛ ክበጽሕ ከሎ ወጋሕታ ሰዓት ኣርባዕተ ኮይኑ ነየሩ። መብራህቲ እቲ ኸባቢ ጠፊኡ ስለ ዝነበረ፡ ዳርጋ ርብዒ ሰዓት ዝኸውን ኳሕኩሑ ዝሰምዖ ኣይረኸበን። ጌና ዝናብ ይሃርም ስለ ዝነበረ፡ ክዳውንቱን ሰውነቱን ኩሉ ጀብጂቡ ነበረ። ዓቕሉ ምስ ጸበቦ ዋላ ብሓጹር ክነጥር ክፍትን ኢሉ እና'ስተንተነ ኸሎ፡ "መን?" ዝብል ድምጺ ዝሰምዐ መሲልዎ ብተስፋ፡ "ኣነ'የ! ኣነ'የ!" እናበለ ብዘለዎ ዓቕሚ እናጨደረ፡ ንማዕጾ ኸኣ ብሓይሊ ክሰሃሎ ጀመረ።

እታ ተሰፋ ዝሃበቶ ድምጺ ግን እንደጌና ተሰወረቶ። ነቲ ነዊሕ ሓጹር ምዝላል ቀሊል ከም ዘይከውንን፡ ብሕልፊ ምስ ዝናብን ሸታሕትሐን ሓደገኛ ክኸወን ከም ዝኽእልን ተረዲእዎ ነይሩ'ዩ። ግን ካልእ ኣማራጺ ከም ዘየሎ ብምግንዛብ ንኽነጥር ስረኡ ክሰባስብ ጀመረ። እናተቐራረበ ኸሎ ካብታ ዝፈርሃ ምዝላል እተድሕኖ እትመስል፡ "መን?" እትብል ድምጺ እንደጌና ሰምዐ።

"እዝነይ ድዩ ናይ ብሓቂ ሰሚዑ፡ ዋላስ ሓንጎለይ'ዩ ነቲ ተሃንጥየ ክስመዖ ዝብህጎ ዘሎኹ እና'ስመዐ ዝጻወተለይ ዘሎ" እናበለ ኣተኩሩ እዝኑ እናጸለወ፡ ኣጸቢቑ ናይ ዘለዎ ሓይሊ ኳሕኩሐን ተዳህየን።

"መን? መን?" ዝብል ብንጹር ናይ ሰብኣይ ድምጺ ሰምዐ።

"ኦ! ተመስገን!" ኢሉ ናይ ዘለዎ ሓይሊ'ቦኡ ድምጺ ገይሩ፡ "ኣነ'የ! ኣነ ኣርኣያ!" ኢሉ ጨደረ።

"ኣርኣያ ሰልጠነ?" ዝብል ናይ ተባዕታይ ድምጺ ብግልጺ በጽሐ።

ደድሕሪኡ ኸኣ፡ "መን'ዩ ተቐዳዲምካ ኣይትኸፈት በጃኻ!" ዝብል ናይ ኣንስተይቲ ድምጺ ሰምዐ።

"ኣነ ኣርኣያ እየ! ኣጆኹም ክፈቱኒ፡" በለ።

"ዋይ ኣነ ሓወይ! ደሓን ዲኻ ደኣ በዚ ጸልማት'ዚ?" እናበለ ተስፎም ተቐላጢፉ ናብ ምኽፋት ማዕጾ ቀጽሪ (ካንቸሎ) ተጓየየ። ማዕጾ ምስ ከፈትዎ፡ "እዋይ ሓወይ! ኢሂ'ታ ኣርኣያ? ኣይደሓንናን ዲና?" ሓተተት መድህን ርእሳ እናሓዘት።

"ደሓን ኢና፡ ደሓን ከኣ ኣይኮንናን፡" በለ።

"ኣቦይ ድዩ?" ክብል ተስፎምን፡ "ኣደይ ድየን?" ክትብል መድህንን ሓደ ኾነ።

"ኖኖ ደሓን ኢዮም። ኣብ ዝኾነ ቤተ ሰብና ዝሰዓበ ሓደጋ የለን። ገዛ'ሞ ንእቶ ክንዘራረብ ፡" በሎም።

ከምኡ ምስ በሎም ውሱን ሩፍታ ከም ዝተሰምዖም ፡ ኣብ ገጾም ይንበብ ነበረ። እዚ ሩፍታ'ዚ ድሕሪ ውሱናት ካልኢታት ፡ ናብ ሻቕሎትን ስክፍታን ክቕየር ነ'ርኣያ ተራእዮ። እቲ ጉዳይ ከቢድ ነገር እንተ ዘይከውን ፡ ኣብ ከምዚ ኩነታትን'ዝን ኣብ ከምዚ ሰዓትን ፡ ትም ኢሉ ኣይምመጸን ኢሎም ካብ ምሕሳቦም ዝነቐለ ምኧኑ ተገንዘበ።

በቲ ኣብሪሆሞ ዝነበሩ ሽምዓ ቀሪቦም እንተ ረኣይዎ ፡ ካብ ጸጉሪ ርእሱ ክሳብ ጽፍሪ እግሩ ጠልቀዩን ጀብጂቡን ምንባሩ ኣስተብሃሉ። ካብ ክዳውንቱ ዝነጠበ ማይ ፡ ነቲ ዝሓለፈሉን ዝቖመሉን ምድሪ ቤት'ውን ከይተረፈ ፡ ማይ ከም ዝኧዓኻሉ ከም ዘምስሎ ተዓዘቡ። ኣርኣያ ክንፈጥፍጥን ክንቀጥቅጥን ፡ ስኑ ክሓራቕምን ጀመረ።

ነዚ ምንቅጥቃጥ ምስ ተዓዘቡ ኣድህቦኦም ካብቲ እንታዩኾን ወሪዱና ዝብል ሻቕሎት ፡ ብቕጽበት ናብ ኩነታት ኣርኣያ መለሱ።

"መድህን በጃኺ ቀልጢፍኪ ካብቲ ዘምውቕ ክዳውንተይ ኣምጽእሉ። ኣነ ኸኣ ገለ ዘሙቖ ነገር ክቕድሓሉ ፡" በላ ተስፎም ድሮ ብተርባጽ እናሰጎመ።

ተስፎም ዘረባ ቅድሚ ምውድኡ'ያ መድህን ግልብጥ ኢላ ንውሽጢ ገዛ ዘቕነዐት። ተስፎምን መድህንን ተኋይዮም ኣረቅን ክዳውንትን ሒዞሙሉ ደበኽ በሉ። ተስፎም ብዝሕ ዝበለ ኣረቂ ቀዲሑ ነ'ርኣያ ኣቐበሎ። ኣርኣያ በብቑሩብ ፊት-ፊት ክብሎ ምስ ጀመረ ፡ "ኣታ በጃኻ ኣብዚ ሰዓት'ዚ ከምኡ ጌርካ ኣይኮነን ዝስተ። ጠም-ጠም በሎ ፡" በሎ።

ሽው ኣርኣያ እናተጸወገ ከም ዝተባህሎ ገበረ።

"በል ክሳዕ ንስኻ ክዳውንቱ ትቕይረሉ ገለ ውዑይ ነገር ስኽቲተ ክመጽእ ፡" ኢላ መድህን ንኽሽነ ኀየየት።

መድህን ምስ ከደት ዝጠልቀየ ክዳውንቱ ደርብዩ ቀልጢፉ ቀያየረ። መድህን ሻሂ ስኽቲታ ብቕጽበት ተመለሰት። ሽው ኣርኣያ ካብቲ ምንቅጥቃጥ ብመጠኑ ስለ ዝተናገፈ ፡ "በሉ ኮፍ በሉ ፡" በሎም።

ብኹነታት ኣርኣያ ሰንቢዶምን ሰጊኦምን ስለ ዝነበሩ ፡ ክልቲኦም ኣብ ጫፍ መናብሮም ንቕድሚት ተወጢጦም ተቐመጡ። ሽው ኣርኣያ ፡ "ከምቲ ዝበልኩኹም ኣብ ዝኾነ ኣባል ስድራ ቤትና ዘጋጠመ ሞት ወይ ሓደጋ የለን። ኣሻቒለኩም

ኣይትሓዙለይ ፡" በለ። ኣብ ናይ ክልቲኦም ገጽ ናይ ምግራምን ምድንጋርን ምልክት ተራእየ።

"ብሓቂ? እንታይ ደኣ?" በሉ ክልቲኦም ብሓባር።

"ግን ፡" በለ።

ነታ ግን እትብል ቃል ምስ ሰምዑ ፡ እንደጌና ኽልቲኦም ናብ ምሽቃልን ተጠንቀቕን ኲነት ጠሓሉ። ቃል ከየውጽኡ ኸኣ ፍንጪ እንተ ረኸቡ ፡ ዓይኒ ዓይኑ ክጥምትዎ ጀመሩ።

ኣርኣያ ቅጽል ኣቢሉ ፡ "ግን ኣብ ስራሕ ከቢድ ሓደጋ ገጢሙና'ሎ። ስልክን መብራህትን ስለ ዘየሎ ፡ እቶም ዋርድያ ናባይ ስለ ዝቐርቦም ፡ ብኽንደይ ሽግር ናባይ በጺሖም ክነግሩኒ በቒዖም። ክፋል ፋብሪካ ብሓዊ ተቓጺሉ'ሎ"

"ሓዊ? እንታይ ሓዊ'ንታ? ዋይ ኣነ!" በለት መድህን።

"ሕጂ'ኸ እቲ ሓዊ ጠፊኡ ድዩ?" ሓተተ ተስፎም።

"ሕጂ ደኣ ድሕሪ ንኣስታት ክልተ ሰዓታት ንምጥፍኡ ዝተገብረ ምኹን ፈተነ ፡ ሳላ እዝግሄር ባዕሉ ጠፊኡ'ሎ።"

"ሳላ እዝግሄር?" በለት መድህን።

"እንታይ ደኣ ሳላ እዝግሄር'ዩ'ምበር። ሰዓት ሓደ ለይቲ ይኸውን'ዩ ፡ ትክን ድምጺ ናይ ምንታጉን ዝጥዕም ሰሚዖም ፡ ክልቲኦም ዋርዲያታት ናብቲ ቦታ ብጉያ ከይዶም። ኣብኡ ምስ በጽሑ ብርቱዕ ባርዕ ምኻኑ ኣስተብሃሉ። ሽው ብቕጽበት እቲ ሓደ ቡምባ ማይ ገይሩ ንምህዳኡ ክኽዕወሉ ፡ እቲ ኻልኣይ ከኣ ጎይዩ ናብ ክልቴናን ፡ ናብ እንዳ መጥፋእቲ ሓውን ክድውል ተሰማምዑ።

ብድሒሪኡ'ኸ?" ሓተተት መድህን ተረቢጻ።

"ብድሕሪኡ ናብ እንዳ መጥፋእቲ ሓዊ ምስ ደወለ ፡ ኩለን መካይንን ኣባላትን ኣብ ህጹጽ ህይወት ኣድሕን ዘመተ ስለ ዝተጸምዱ ፡ ኣብ ሰብ ቅጽበታዊ ሓደጋ ናብ ዘየስዕብ ቦታታት ዝመጽእ ስለ ዘየሎ ፡ ብዝኾነ ኣገባብ ዝተሓጋገዝዎም ሰባት ጸዋዊዖም ዝከኣሎም ክገብሩ ነገርዎም።"

"ወይ ጉድ! እንታይ ይበሃል ወደይ'ዚ? ድሕሪኡ'ኸ?" በለ ተስፎም።

"ብድሕሪኡ ናብ ክልቴና እንተ ደወሉ ስልክና ኣበያኦም። ኣብቲ ስዓት እቲ ብዙሕ ሰብ ክረኽቡ ስለ ዘይከኣሉ ፡ ውሱን ፈተነታት እንተ ገበሩ መመሊሱ በርትዐ። ብድሕሪኡ ንሕና ገለ እንተ ሓሰብና ብምባል ፡ ሓዲኦም ኣብ ፋብሪካ ክጸንሕ ፡ ሓዲኦም ከኣ ገዛይ ስለ ዝቐርበሎም ናባይ ክኸይ ተሰማምዑ ፡" ኢሉ ትንፋስ ከረክብ ኣዕርፍ ኣበለ።

"ሽውኸ?" ሓተተ ተስፎም ዓቕሊ ገይሩ ክጽበ ስለ ዘይከኣለ።

"ብድሕሪኡ ናባይ ምስ በጽሐ ድሕሪ ክንደይ ምኹኳሕ ሰሚዐዮ ክነግረኒ ከኢሉ። ሒዘዮ ናብ ፋብሪካ ብቕጽበት ኣምሪሕና። ብሰብ ክትቋጻጸሮ ዘይትኽእል ባርዕ ምኳኑ ምስ ኣስተብሃልኩ እንደጌና ባዕለይ ናብ እንዳ መጥፋእቲ ሓዊ ደዊለ። እቲ ዕብየትን ስፍሓትን ናይቲ ባርዕ ክረድኦም እንተ ፈተንኩ ፡ ነታ ኣቐዲሞም ዝበልዋ እንተ ዘይኮይኑ ፡ ካልእ ክግበር ዝኽእል ነገር ከም ዘየሎ ደጊሞም ኣቕበጹኒ።"

"ወይ ጉድ! እንታይ ዓይነት ለይቲ ኢዩ ወደይ? ደሓርከ?" በለ ተስፎም ኢዱ ካብ ግምባሩ ናብ ኣፉ ፡ ካብ ኣፉ ናብ ሰለፉ እናቐያየረን ፡ ክልቲኡ ኣእዳው እናጨበጠን እናዘርገሐን።

"ብድሕሪኡ ንሳቶም ዝገብርዎ ዝነበሩ ፈተነ ክቕጽሉ ፡ ኣነ ኸኣ ንተስፎም ሒዘዮ ክመጽእ ኢለዮም ብግስ ክብል ክሎኹ ፡ እዚ ዘይበሃል ብርቱዕ ዝናብ ካብ ሰማይ ተኻዕወ። ክትቅጽለልና እናጸለና ኸኣ ፡ ማይ እናዘበጠና ኩነታት ክንዕዘብ ጀመርና። እቲ ማይ ብዘይለውጥን ብዘይንፋስን ብርታዐኡ ብምዝያድ ቀጸለ። ኣብ ውሽጢ ፍርቂ ሰዓት ሓዊ ሙሉእ ብሙሉእ ቀሃመ። ስለዚ በዚ ምኽንያት'የ ብእዝግሄር ዝበልኩኹም። ከምኡ እንተ ዘይከውን ግን ፋብሪካ ሙሉእ ብሙሉእ ሓንቲ ከይተረፎ ምተሃሞኸ ነይሩ ፡" ኢሉ ዘረባኡ ደምደመ።

"ወይ ናይ ጐይታ ተኣምራት!" በለት መድህን።

"እቲ መንቀሊ ናይቲ ባርዕከ እንታይ ይመስል?" ኢሉ ሓተተ ተስፎም።

"እንታይ'ሞ ክበሃል'ዩ።ብርቱዕን ተደጋጋምን በርቂ ፡ ብርቱዕ ንፋስ ንናይ ኤለክትሪክ ኣዕኑድ ዘውድቕን ኣግማድ ዝበታትኽን'ዩ ነይሩ። ብተወሳኺ ኣዝዩ ብርቱዕ ዝናብ ስለ ዝነበረ ፡ እቲ ባርዕ እንታይ ከም ዘስዓቦ ክትፈልጥ ኣሸጋሪ ኢዩ። ሓደ ኻብኡ ወይ ሳዕቤን ናይ ኩሉ ክኸውን ይኽእል ኢዩ። ምናልባሽ ህድእ ኢልና ግዜ ወሲድና ብደቂቕ ምስ መርመርናዮ ፡ ገለ ናይ መንቀሊ ፍንጪ እንተ ረኺብና'ዩ እቲ ተስፋ ፡" በለ ኣርኣያ።

"ስቕ ኢለ እየ ዘጨንቐካ ዘለኹ'ምበር፣ እቲ ዝኾነስ ኩይኑ'ንድዩ፣" በለ ተስፎም።

"ንሱ ደኣ ዘይሕተት መዓስ ኴንካ ሓቲትካ። ንዓይስ ኣብ ሓንጎለይ ክንደይ ግዜ ዝተመላለሰ ሕቶ'ንድዩ። ግን ክምቲ ዝበልካዮ'ን ክምቲ ኣቦይ ብተደጋጋሚ ዝብሎን፣ *ኩነ ኣይበሉኸ'ምበር፣ ምስ ኩነ ብጃካ ምቕባሉ እንታይ ዝግበርዶ ኣሎ'ዩ!* በለ ኣርኣያ እና'ስተንተነ።

"ሓቕኻ ኢኻ። በል ንኺድ ሕጂ ዝተረፈ እናኸድና ንዛራረብ፣" በሎ ተስፎም።

"ሕራይ ንኺድ እወ፣" በለ ኣርኣያ።

"ብኣኡ ኣቢልኩም ሙሉእ መዓልቲ ኣብ ሃለኽለኽ ክትውዕሉ ስለ ዝኾንኩም፣ ገለ ቁርሲ ጌርኩም ዘይትኸዱ?" በለቶም መድህን።

"ኣይ ደሓን ንሱ ዘሸግረና ኣይኮነን፣" ኢሎም ክልቲኦም ብድድ ብድድ ኢሎም ከዱ።

ኣብ ስራሕ ወጋሕታ ሰዓት ሓሙሽተ በጽሑ። ኣብኡ ክበጽሑ ኸለው ናብ ምውግሑ ይቀራረብ'ምበር፣ ጌና ጽልግልግ ዝበለ ኢዩ ነይሩ። ብላምፓዲና ተሓጊዞም ነቲ ዝነደደ ክፋል ፋብሪካ፣ ናይ መጀመርያ ኩለላ ብምግባር፣ ናይቲ ዝተኸሰተ ዕንወት ሓርፋፍ ግምት ክረኽቡ ፈተኑ። ካብ ቦታ ናብ ቦታ እናዞሩን እናተዓዘቡን፣ ከይተፈለጦም ወግሐ። ብዘይ ላምፓዲና ንኹሉ ጽቡቕ ገይሮም ክርእዎ ኣብ ዝኽእሉሉ ኩነታት ስለ ዝበጽሑ፣ ዋላ ነቲ ዝሓለፍዎ'ውን እንደጌና ተመሊሶም ኩለልዎ።

ፋብሪካ ፓስታ ብኽልተ ሸነኹ፣ ማለት ብደቡብን ብምብራቕን ምስቲ ቀጽሪ ናይቲ ፋብሪካ ብሓደ መንደቕ ለጊቡ'ዩ ተሰሪሑ። ብወገን ምዕራብን ሰሜንን ግን፣ ካብቲ ቀጽሪ ኣዝዩ ዝተፈንተተ'ዩ ነይሩ። እቲ ዝዓበየ ክፋል ፋብሪካ ኣብ ደቡብን ምብራቕን ናይቲ ቀጽሪ'ዩ ተደኲኑ። ብወገን ሰሜን እቲ ንምምሕዳር ዘገልግሎም ህንጻ ተደኲኑ ነበረ።

ኣብዚ ህንጻ'ዚ ሓንቲ ግፍሕ ዝበለት ክፍሊ፣ ንኣካያዲ ስራሕ ክጥቀመላ ተባሂላ ዝተዋደደት፣ ሕጂ ተስፎምን ኣርኣያን ብሓባር ከም ቤት ጽሕፈቶም ዝጥቀሙላ ነበረት። ብተወሳኺ ሓንቲ ናይ ሕሳብ ክፍሊ፣ ሓንቲ ናይ ዕድግን መሸጣን ክፍሊ፣

ሓንቲ ኸኣ ናይ ንጽህና ክፍሊ ነበራኦም።

እቲ ሓይሊ ባርዕ ብዝያዳ ፡ በቲ ነቲ ፋብሪካ ናይ ልዑል መጠን ኤሌክትሪክ ቮልተጅ ዝኣትወሉ ደቡባዊ ክፋል'ዩ ነይሩ። ብኣኡ ምኽንያት ከኣ እቲ ባርዕ ፡ ዝናብ ናብቲ ኤሌክትሪክ ማይ ብዘልሓኾን ፡ ብኣኡ ሰንኪ ብዝተፈጠረ ብልጭታን ክኸውን ይኽእል'ዩ ኢሎም ገምገሙ።

እቲ ፋብሪካ ብዙሕ ከም ዝተሃስየ ካብቲ ናይ መጀመርያ ኮለላኦም ክግንዘቡ ከኣሉ። ብሓፈሻ እቲ ባርዕ ብምዕራብ ወገን ናይቲ ፋብሪካ ከም ዝጀመረ'ዩ ዝረአ ነይሩ። እዚ ወገን'ዚ እቲ ፊኖ ምስ ማይን እንቋቑሖን ለቪቶን ካልእን ዝተሓዋወሰሉን ዝበዓጠሉን ፡ ዝልወሰሉን መሳርሒታት ዝሓዘ ክፋሉ'ዩ። እቲ ባርዕ ከኣ በዚ'ዩ ጀሚሩን ዝያዳ ሃስያ ኣውሪዱን።

እቲ ናይ ፊኖ መኽዚና ምስኡ ዝተተሓሓዘ ስለ ዝነበረ ፡ ብሙሉኡ ኣብኡ ዝነበረ ንብረት ተሃሙኹ'ዩ። ካብ ፍርቂ ፋብሪካ ንደሓር ፡ ኣብተን ፓስታ ዝሰርሓ ማሽናትን መዐሸጊ ክፍልታትን ግን ፡ ሳላ እዝግሄር ከይተንደአ ድሒኑ'ዩ። እቲ ቤት ጽሕፈታት'ውን ብሙሉኡ ዋላ ሓደ ኣይተተንከፈን።

ሰዓት ሸሞንተ ኮይኑ ቤት ጽሕፈታት ዝኽፈተሉ ሰዓት ምስ ኣኸለ ፡ ኣርኣያ ናብቲ ዘውሓሶም ትካል መድሕን (ኢንሹራንስ) ንኽፍልጦምን ፡ ናታቶም መርመርትን ዝምልከቶም ሰብ መዝን መጺኦም መታን ክርእይዎን ከመልከት ከደ። ተስፎም በወገኑ ንባንክ ኩነታት ክሕብሮም'ሞ ፡ ባንክ'ውን ናታቶም መርመርትን ሰብ መዝን ሰዲዶም መታን ከዕዘብዎ ክፍልጥ ከደ።

ነዚ ፈጺሞም ድሕሪ ሓደ ሰዓት ኣብ ፋብሪካ ክራኸቡ ብዝተሰማምዕዎ መሰረት ከኣ ፡ እንደጌና ተመሊሶም ተራኸቡ። ሰራሕተኛታት ፋብሪካ ተኣኻኺቦም ጸንሕዎም። ዝኾነ ሰብ ብርሑቕ ምዕዛብ እንተ ዘይኮይኑ ፡ ዝኾነ ነገር ከይሕዝ ኣጠንቀቕዎም። ብድሕሪኡ ነቶም ሓለፍቲ ዝተፈላለያ ክፍልታትን ፡ ካልኦት ክሕግዙና የድልዩና'ዮም ዝበልዎምን ፈልዮም ፡ ነቶም ካልኦት ክሳዕ ዘፍልጥዎም ዕረፍቲ ክወጹ ነጊሮም ኣፋነውዎም።

ክሳዕ ሰብ መዚ ባንክን ኢንሹራንስን ዝመጽዎም ፡ ኣርኣያን ተስፎምን ምስ'ቶም ሓለፍቲ ክፍልታት ኮይኖም ፡ ነናቶም መዛግብቲ ሒዞም ፡ ነቲ ጉድኣት ሓደ ብሓደን ብዝርዝርን ክምዝግብዎ ጀመሩ። ኣባላት ኢንሹራንስ ክሳዕ ሰዓት 11 ከይመጹ ስለ ዝደንጎዩዎም ፡ ከዘኻኽሩን ክሓቱን ስልኪ ደወሉ። በቲ ሰንበት ካብ ንቡር ዝያዳ ዝነበረ ዝናብን ንፋስን ፡ ኣዝየን ብዙሓት ትካላት ስለ ዝተጎድኣ ፡ ኣባላቶም ንኹሉ ብሓደ ግዜ ክርክብሉ ስለ ዘይከኣሉ ፡ ክሳዕ ዝመጽዎም ብትዕግስቲ ክጽበዩ

ነገርዎም።

ክሳዕ ሽሁ ንወላዲኦም ግራዝማች ሰልጠነ ከይነገርዎም'ዮም ጸኒሖም። ተስፎም ባዕሉ ከይዱ ቀስ ገይሩ ኣረዲኡ ሒዝዎም ክመጽእ'ሞ ፡ ብዓይኖም ክርእይዎ ከም ዝሓይሽ ተሰማምዑ።

ተስፎም ነቲ ዝተረኽበ ኣነኣኢሱ ነጊሩ ሒዝዎም መጸ። ኣብቲ ፋብሪካ ምስ በጽሑ ነቲ ዝረኣዩዎ ክኣምንዎ ኣይከኣሉን።

"ዋእ ኣንታ ቖልዓ! ክሳብ ክንድ'ዚ ዕንወት ከም ዝሰዓበ ደኣ ዘይነገርካኒ?" በሉ ርእሶም እናሓዙ።

"ካብ ብርሑቕ ነሰንብደካስ ፡ ባዕልኻ ብኣካል እንተ ረኣኻዮ ይሓይሽ ኢልና ስለ ዝሓሰብና እንዳኣሉ ፡" በለ ተስፎም።

ብድሕሪኡ ንኹሉ ሓደ ብሓደ እናኾለሉ ክርእይዎም ጀመሩ። ግራዝማች ዝኾነ ነገር ከይበሉ ፡ ብስቕታ ንኹሉ ተዘዋዊሮም ተዓዘቡዎ። ኩሉ ርእዮም ምስ ወድኡ ፡ ሰለስቲኦም ናብ ቤት ጽሕፈት ከዱ። ኣትዮም ኮፍ ምስ በሉ ፡ "ንምኺኑ ብኸመይን ብምንታይን'ዩ እዚ ባርዕ'ዚ ተኸሲቱ?" ኢሎም ሓተቱ።

ሽሁ ተስፎምን ኣርኣያን እናተሓጋገዙን እናተባራረዩን ፡ እቲ ኩነታትን እቲ ክሳዕ ሽሁ ክግምትዎ ዝኽኣሉ ነገራትን ሓደ ብሓደ ኣረድእዎም። ግራዝማች ከም ባህሪ ዝኾነ ኩነታት ብቐሊሉ ኣየዛናብሉምን'ዩ። ሽሁ ግን ኣዝዩ ስለ ዝተሰምዖምን ስለ ዘጉሃዮምን ፡ ገጾም ብቕጽበት ትኪ ተኸድነ።

"ንምኺኑ ናይ ኢንሹራንስ ነገር ከመይ'ዩ"? ኢሎም ሓተቱ።

ተስፎም ተቐላጢፉ ፡ "ካብ ንግሆ ጀሚርና ኢና ኬድናዮም ፡ ግን ክሳዕ ሕጂ ስለ ዘይመጹ ንጽበዮም ኢና ዘሎና ፡" በለ።

"ናይ ምምጽኦም ዘይኮነስ ፡ ናይ መድሕን ክፍሊት ብሙሉኡ ተኸፊሉ ድዩ ማለተይ'የ ፡" ኢሎም ሓተቱ።

መልሲ እናተጸበዩ ኸለው ክልቲኦም ደቆም ፡ ንኻልኢታት ሰጋእ መጋእ ክብሉን ከዕጠጥዩን ኣስተብሃሉ። ሽሁ ፡ "ናይ ኢንሹራንስ ሙሉእ ሸፈነ እንድዩ ዘሎና ሓቀይ?" ዝብል ተወሳኺ ሕቶ ብተርባጽ ኣቕረቡ።

ተስፎም ገጹ ንመሬት ብምድናንን ርእሱ እናሓኸኸ ፡ "ምኽፋል ክፋል'ዩ ፡ ግን

ሙሉእ ሸፈነ የብልናን ፡" በለ።

"ሙሉእ ሸፈነ የብልናን?! ከመይ ማለት'ዩ ሙሉእ ሸፈነ የብልናን?" ደገሙ ግራዝማች ምእማን ብምስኣንን ብምስንባድን።

"እቲ ሸፈነ ነቲ ባንክ ዘለቅሓና ክፋል ናይቲ ካፒታል ጥራይ'ዩ ዘጠቓልል። ባንክ ንዝኾነ ተለቃሓይ ፡ ናይቲ ዘለቅሖ መጠን ገንዘብ ኢንሹራንስ ንኽኣቱ የገድድ'ዩ። ስለዚ ብጠለብ ባንክ'ዩ እቲ ኢንሹራንስ ተኣትዩ። ነቲ ዝተረፈ ግን ኣየእተናዮን ፡ " በለ ተስፎም።

ግራዝማች ብዘረባን መግለጽን ወጾም ተገሪሞም ፡ "ወይ ግሩሩም! ኣንታ ተስፎም! እንታይ ኢኻ እተሰምዓኒ ዘለኻ። ኣብ ባንክ ሓላፊ ናይ ልቓሕ ኳንካ ፤ ናይ ባንክ ኣሰራርሓ እናፈለጥካ ፤ ባንክ ነቲ ዘለቅሖ ንብረት ኢንሹራንስ ዘእቱ ፡ ኣብ ሓደጋ ከይወድቕ ኢሉ ምዃኑ እናተረድኣካስ ፤ ንንብረትካ ኢንሹራንስ ኣእቲኻ ኣይተውሕስን?! እንታይ ዓይነት ኣተሓስስባ'ዩ'ዚ?! ዶስ ካልእ ምኽንያት ነይሩካ ኢዩ?" በሉ።

"ማለትሲ እቲ ኣብ ከምዚ ናትና ዓይነት ትካል ሓውን ባርዕን ከጋጥም ዘሎ ተኽእሎ ኣዝዩ ውሑድ ስለ ዝኾነ ፤ እቲ ናይ ሓዊ ዝኽፈል ክፍሊት (*ፕረምዩም*) ከኣ ብዙሕ ስለ ዝወሰኹሉ ፤ ክሳዕ ነዚ ናይ ባንካ ዕዳ ከፊልና ንውድእን ንድልድልን ፡ ውሕስነት ከየእተናዮ ንጽናሕ ኢልና ስለ ዝሓሰብና ኢና ፡" በለ ተስፎም።

"ኣንታ ተስፎም ውሕስነት ደኣ ጌና ከይደልደልካ ከለኻ እንድዩ ብዝያዳ ዘድልየካ። እምበር ምስ ደልደልካ ደኣ ዋላ ዝመጸ ዕዳ'ውን ባዕልኻስ ዘይትኽፍሎ?" በሉ ግራዝማች ብሓውሲ ተግሳጽ።

ናብ ኣርኣያ ጥውይ ኢሎም ፡ "ኣርኣያኸ እንታይ ወረደካ? ኣየማኸረካን ድዩ?" በልዎ።

"ኣማኺሩኒ'ባ። ግን ምስ ኣረድኣንስ ፡ ኣነ'ውን ነቲ ናቱ ኣተሓሳስባ ተቐቢለዮ። ተጋጊና ኢና'ቦ ፡" በለ ርእሱ እና'ድነነ።

"ኣዚኹም እምበር ተጋጊኹም! ግን ሕጂ ተወቃቒስና ንመልሶ ነገር ስለ ዘየለ ፡ ነዚ ንድሕሪና ጌርና ብኸመይ ንወጾ ናብ ዝብል ፡ ናብ ቅድሚት ዝጥምት ኣተሓሳስባ ምትኳር ጥራይ'ዩ ዘዋጽኣና ፡" ኢሎም ነታ ኣርእስቲ ዓጸውዋ።

ንውሱን ካልኢታት ስቕ-ስቕ ምስ በሉ ተስፎም ፡ "በል ኣቦ ንስኻ ሕጂ ኪድ

ዕረፍ። ክንደየናይ'ኳ ከይትዓርፍ ፡ ከም እተዕርፍ ኣይገበርናካን። ግን ደሓን ገዛ ኺድ ፡ ሕጂ ኣብዚ እትገብሮ የብልካን። ንሕና ነቶም ናይ ኢንሹራንስ ክንጽበዮም ኢና። ዝኾነ ሓድሽ ምዕባለ እንተ'ሎ ክንሕብረካ ኢና ፡" በሎም።

"እወ እንታይ ደኣ ሓቅኺ ፡ እንተ ኽድኩ ኢዩ ዝሓይሽ ፡" ኢሎም ከኸዱ ብድድ በሉ።

ሽው ናብ ማዕጾ ገጾም ምስ ኣቕንዑ ፡ ነተን ኣብ ልዕሊ ክንፈሮም ዝነበራ ጭሕሚ ብየማኖት ኣጻብዕቶም ብየማንን ብጸጋምን እናዓኾለሉ ፡ ሓንሳብ ጠጠው በሉ። ሓድሽ ሓሳብ ከም ዝመጾም ከኣ ናብ ደቆም ገጾም ግልብጥ በሉ ፡ "ዝኾነኾይኑ ሓደ ክትፈልጥዎ ዘለኩም ነገር ኣሎ። ከም ደቂ ሰባት ከምዚ ክገበር ነይሩዎ ፡ ከምዚ እንተ ዝገበር ምሓሸ ኢልና ንዛረብ'ምበር ፡ ኣብ መወዳእትኡስ እዚ ርካብ'ዚ ፍቓድ ኣምላኽ'ዩ። ስለዚ ፍቓድካ ኢዩ ጐይታ ፡ ካብዚ ሽግር እዚ ኸኣ ባዕልኻ ከም እተውጽኣና ንተኣማመን ኢና ክንብል ኣሎና። ስለዚ ኣጆኹም እዞም ደቀይ። በሉ ብሩኽ መዓልቲ ይግበረልና ፡" ኢሎም እንደጌና ጥውይ ኢሎም ከዱ።

ግራዝማች ምስ ከዱ ተስፎም ፡ "ኣሕሕ! ነቦይ ኣጉሂናዮ! ከጉሂ ዘይግብኦ ወላዲ'ባ ኣጉሂናዮ!" በለ ኣስናኑ እናሓራቐመ።

"ኣቦይ ኮይኑ'ዩ'ምበር ፡ ካልእ ሰብ ነይሩ እንተ ዝኸውን ክንደይ ውሑድን ብዙሕን ትርፊ ዘረባታት ምተዛረበ ይመስለካ!" በለ ኣርኣያ።

"እወ ይርደኣኒ'ዩ። ንሱ'ንድዩ ደኣ ዝያዳ ዘጉህየካን ዘሕርረካን!" በለ ተስፎም።

"ክስምዖ ባህሪያዊ'ዩ። ግን ኣቦይ ትፈልጦ እንዲኻ ፡ ንዓለምን ንህይወትን ከም ኣመጻጽኣንን ፡ ከምቲ ዝተረኽበ ክውንነትን'ዩ ዝገጥመን። ስለዚ ጉህዩ ገለ ኢልካ ብዙሕ ኣይትሻቐል ፡" በሎ ኣርኣያ ንዓቢ ሓው ሞራል ንምሃብ።

በዚ ነታ ኣርእስቲ ዓጽዮም ፡ ናብ ናይቲ ሓደጋ ሓሳቦምን ምስትንታኖምን ሓለፉ። ክልቲኦም ሓንቲ ቃል ከየምሎቑ ንደቓይቕ ትም በሉ። ግራዝማች ምስ ከዱ ወዮ ቅድሚኡ ምሸት እንተ ዘይኮይኑ ፡ ዝኾነ ዝብላዕ ይኹን ዝስተ ዘይሓለፎ መዓናጡኦም ክጉረምርም ጀመረ።

"ንዓ ኣርኣያ በጃኻ ሰብ ልኢኽካ ፡ ዋላ ባንን ሻህን ከም ዘምጽኡልና ግበር'ምበር ፡ እዚኣቶም ዝድንጉዩ'ዮም ዝመስሉ ፡" በለ ተስፎም።

"ኣነ'ውን ወረ ኣዝዩ'ዩ ጥምየት ተሰሚዑኒ። በል ክነግሮም'የ ፡" ኢሉ ፡ ነቶም ናይ ቀትሪ ዋርድያ ሓቢርዎም ተመለሰ። ሻህን ባንን ምስ መጸ ከምዛ ሰሙን

ዘይበልዑ ፣ ነንሕድሕዶም ሓንቲ ቃል'ውን ከየውጽኡ ተመናጢሎም ብሓንሳብ ኣቃበጽዎ።

ብዕድልን በ'ጋጣምን ከውድኡን ፣ እቶም ናይ ባንክን ኢንሹራንስን ሰብ መዚ ክመጹን ሓደ ኾነ። ምስኦም እናኾለሉ እቲ ዝገጠመ ባርዕ ሓደ ብሓደ እናተዘዋወሩ ኣርኣዩዎም። እቲ ዘድሊ ነጥብታት ኣብ መዝገብ እናመዝገቡ ፣ ነቲ ዝተረፈ ብመስኣሊት ካሜራ እናቐረጹ ፣ ጽጹይን ዝርዝርን ሓበሬታታት ኣከቡ።

ብንጹር ጠንቂ ናይቲ ባርዕ ክለልዩ ዝገበርዎ ጻዕርታት ግን ፣ ፍረ ክህቦም ኣይከኣለን። ከምቲ ሓሓሊፉ ዝገጥም ፣ ዋናታት ባዕላቶም ኣባሪዮም ፣ ናይ ኢንሹራንስ ገንዘብ ንኽእክቡ ዝገብርዎ ፈተነ ከም ዘይኮነ ብሓደ ክውን ነገር ደምዲሞም ነይሮም'ዮም። ምኽንያቱ እቲ ፋብሪካ ፣ ብጀካ እቲ ብባንካ ናይ ዝተለቀሐዎ ክፋል ፣ እቲ ዝዓበየ ክፋሉ ውሕስነት ኣይነበሮን።

እቲ ተቓጺሉን ተጎዲኡን ዝነበረ ኸኣ ፣ ካብቲ ኢንሹራንስ እትኸፍሎም ኣዝዩ ዝዛየደ ኢዩ። ነቲ ፋብሪካ ናብቲ ዝነበሮ ኩነት ንምምላስ ፣ ኣብ ልዕሊ ናይ ኢንሹራንስ ገንዘብ ፣ ካብ ጁባኦም ክውስኹ ምኻኖም ርዱእ'ዩ ነይሩ። በዚ ምኽንያት'ዚ ጥርጣረ ኣብ ልዕሊ ወነንቲ ፣ ውዱቕ ገበርዎ።

ብድሕር'ዚ ምርመራኦም ናብ ካልእ ኣንፈት ቀይሮም ክፍትሹ ጀመሩ። ዋላ'ኳ ምስቲ ሰንበት ዝሐደረ ኩነታት ዝናብን በርቅን ንፋስን ፤ ብሳዕቤኑ ኣብ ፈቖዶኡ ዘጋጠመ ባርዕን ዘይመስል እንተ ነበረ ፣ ገለ ጸላኢ ወይ ገባር ኩፉእ ውዒልዎ ከይከውን እውን ሕቶታት ኣቕረቡሎም። ናብኡ ዝእንፍት ኣሰራት ወይ ምልክታት ንምርካብ'ውን ከቢድ ጻዕሪ ኣካየዱ። ግን ዝኾነ ናብ ከምኡ ዘመልክት ፍንጪ ኣይረኸቡን።

ክሳዕ ዘፍልጥዎም ዝኾነ ነገር ክይተናኸፉ ከም ዘለዎ ክጸንሕ ከም ዝደልይዎ ሓበርዎም። ዘድልዮም ምርመራ ኩሉ ምስ ገበሩ ኸኣ ፣ ዘዋህለልዎ ነጥብታትን መርትዖታትን ጠራኒፎም ተሰናቢቶሞም ከዱ። ብድሕሪኡ ተስፎምን ኣርኣያን ኣብቲ ፋብሪካ ተሪፎም ዝገብርዎ ተወሳኺ ዕማም ስለ ዘይነበረ ፣ ነናብ ቤቶም ክኸዱ ወሰኑ።

መድህን ንበይና ኾይና ክትጭነቕ ኢያ ውዒላ። ተስፎም ገዛ ምስ መጸ ፣ ከፍ ከይበለ ፣ "እሂ'ታ ተስፎም ደሓን ዲና?" በለቶ።

"እንታይ ክንድሕን ኢልኪዮ ኢኺ! ተሃሲና ኢና፡" በላ።

ዋላ'ኳ እቲ ኩነታት ብዝርዝር ክትፈልጥ ተሃንጥያ እንተ ነበረት፡ ተካል ለይትን መዓልትን ውዒሎምስ፡ ቅድሚ ምትሕጽጻቡን ምምጋቡን፡ ኩሉ ንገረኒ ኢላ ከተሸግሮ ኣይደለየትን። ስለዚ ህንጡይነታ ተቖጻጺራ፡ "በል ኮፍ በል'ሞ ዝብላዕ ከምጽኣልካ። ዶስ ዋላ ቅድም ክትተሓጻጸብ?" በለቶ።

"ክሳዕ ትቐራርብለይ ክሕጸብ ይሕሸኒ፡" ኢሉ ናብ ምትሕጽጻቡ ኣምረሐ። ምስ ወድአ መግቢ ቀራሪባ ጸኒሓ ናብ ምምጋቡ ሓለፈ። ምስ ተመገበ ሻሂ ቀሪባ ኮፍ በለት።

"በል እስከ ሕጂ በጃኻ እቲ ኩነታት ብዝርዝር ንገረኒ፡" በለቶ። ተስፎም ኩሉ እቲ ዝተረኸበ ብሰፊሑ ገለጸላ። ኣብ መደምደምታ፡ "ነዞም ቆልዑ ካብ ብኻልኦት ቆልዑ ወይ ሰብ ዝሰምዕዎ፡ ኣብ ብዙሕ ዝርዝር ከይኣተኺ ባዕልኺ ንገርዮም። ኣነ ደኺመ'ሎኹ ቁሩብ ከዕርፍ፡" በላ።

"ደሓን ኪድ ኣዕርፍ ንሱ ናባይ ግደፎ፡" በለቶ። ንሱ ኸኣ ከዕርፍ ናብ መደቀሲኡ ኣምረሐ።

እንዳ ግራዝማች ዘይተጸበይዎ ሓደጋን ጸገምን ወሪድዎም ክጭነቑ ከለው፡ ሃብቶም ግን በ'ንጻሩ ኣብ ናይ ሓጎስ ሃዋህው'ዩ ዝሕምብስ ነይሩ።

ሃብቶም ሰንበት ለይቲ ናብ ገዛኡ ባዕሉ ብመፍትሑ ከፊቱ ኢዩ ኣትዩ። ኣልጋነሽ ገልጠም ሰሚዓ ተንሲኣ ምስ ረኣየቶ ተገረመት። ግን ገለ ከይበለት ብቕጽበት መደቀሲኣ ዓጽያ ደቀሰት። ንጉሆ ምስ ተንስአ ዘይኣመሉ ቆልዑ ክሳዕ ዝትንስኡ ተጸብዩ፡ ምስኦም ብሓባር ቆረሰ። ብድሕሪኡ ብፍሱሕ ገጽን መንፈስን ተፋንይዎም ከደ።

ሃብቶም ቀትሪ እንተ ዘይኮይኑ ምሸት ብዙሕ ግዜ ኣይመጽእን ኢዩ ነይሩ። ካብኡን ካብቲ ብሓባር ምቑራሱን ዝገደደ፡ ነ'ልጋነሽን ንደቁን ዝደነቖም ግን፡ ሽዑ መዓልቲ ካብ ትምህርቲ ዝምለሱሉ ግዜ ሓልዩ፡ ምቁር ሕብስቲ ሒዙ መጺኡ ምስ ጋበዞም'ዩ። እቶም ዓበይቲ ደቂ ምስጢሩ ጠፊእዎም፡ ተገሪሞም ነንሕድሕዶም ክጠማመቱ ከለው፡ ወዲ ሸሞንተ ዓመት ነጋሲ፡ "ባባ ናይ መን ዓመት'ዩ? ኢሉ ሓተተ።

"ናይ ዝኾነ ሰብ ዓመት ኣይኮነን ነጋሲ ወደይ። ባባ ዘሕጉሶን ደስ ዘብሎን ነገር ስለ ዝረኸበ ፡ ናይ ደስ ደስ'ዩ! ናይ ዓበይቲ ስለ ዝኾነ ግን ንዓኻትኩም ዝንገር ኣይኮነን ፡" በሎም።

እቲ ኣቦኦም ዝብሎ ዝነበረ ዋላ ሓደ ካብኦም'ውን ዝተረድኦ ኣይነበረን። እቶም ሕቶታት ዝነበርዎም ዓበይቲ'ውን እንተኾኑ ፡ ንሃብቶም ደፊሩ ክሓቶ ዝኽኣለ ኣይነበረን። ነተን ዝተዓደላኦም ምቁራት ሕብስቲ እናበልዑ ፡ ገለ መልሲ እንተ ረኸቡ ሰሰሪቖም ነ'ደኦም ይጥምትዋ ነበሩ።

ነ'ልጋነሽ ንርእሳ እንተ ኾነ'ውን ፡ እቲ ንስሙ በዓል ቤታ ዝድግሶ ዝነበረ ናይ ደስ-ደስ ፡ ናይ ምንታይ ምኻኑ ፈጺሙ ክርደኣ ኣይከኣለን። እቲ ምኽንያት ካብ ሃብቶም ከም ዘይትረኽቦ ርግጸኛ'ያ ነይራ። 'ተዓቢጡን ተቐቢሩን ዝነብር ነገር ስለ ዘየሎ ግን ፡' ውዒላ ሓዲራ ከም እትፈልጦ ርግጸኛ ኾነት። ከምዚ ኢላ እና'ሰላሰለት ከላ ፡ "በሉ ኽይደ ቻው ፡" ዝብል ድምጺ ሃብቶም ካብ ሓሳባታ ኣበራበራ።

ኣቦኦም ክወጽእን ዓበይቲ ደቃ ብቕጽበት ክኸብዋን ሓደ ኾነ። ትጽበዮ ስለ ዝነበረት ግን ኣይገረማን።

"ማማ! ማማ! ናይ ምንታይ'ዩ?" በሉዋ።

"ክሳዕ ሕጂ ናይ ምንታይን ብምንታይን ናይ ደስ-ደስ ይገብር ከም ዘሎ ኣይፈለጥኩን። ግን ከኣ ኣብዚ ቀረባ ክፈልጦ'የ። ምስ ፈለጥኩዎ ክነግረኩም'የ ፡ " በለቶም።

"እሞ ኣይትጠልምን ዲኺ ማማ? ብሓቂ ክትነግርና ዲኺ?" በለታ ክብረት።

"መብጽዓ ይኹነኒ እዛ ጓለይ ፡ ክነግረኩም'የ። ሕጂ በሉ ኪዱ ጉዳይ ትምህርትኹም ግበሩ። ዕዮ ገዛኹም ስርሑ። ኣነ ኸኣ ድራር ክሰርሓልኩም'የ ፡" ኢላ ነታ ዘረባን ፡ ነታ ናይ ሃብቶም ናይ ግብጃ መደብን መዐጸዊት ገበረትላ። ኣብቲ ግዜ'ቲ ኣልጋነሽን ደቃን'ዮም ዘይፈለጡ'ምበር ፡ ሃብቶምሲ ነቲ ናይ ሓጎስ ጽምብል ፡ ቅድሚ ናብኣታቶም ምምጽኡ ፡ ኣብ ካልኣይ ሓዳሩ ድሮ ፈሊምዎ ነይሩ'ዩ።

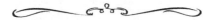

ኣብ ሞንጎ ደቂ ተስፎምን ሃብቶምን ዝነበረ ፍቕርን ምቅርራብን ፡ ብኣብነት ዝጥቀስ ሕልፍ ዝበለ ዓይነት'ዩ ነይሩ። ካብኡ ናብኡ ግን ፍቕርን ምቅርራብን

ምትሕልላይን ክብረትን ብሩኽን ፡ ዝተፈልየ'ዩ ነይሩ። ቆልዑ ኸለው ኣትሒዞም ነቶም ደቀ'ቦኦምን ደቀ'ነኦምን ዘይገብርዎ ፡ ኣብ ሞንጎ ክልቲኦም ግን ፍሉይ ምትሕልላይን ምዝርራይን የዘውትሩ ነበሩ።

ኣልጋነሽ ኣብ ቦኽሪ ጓላ ክብረት ተስተብህሎ ዝነበረት ኩነታት ፡ ምስ መድህን ክትዘራረበሉ ካብ እትሓስብ ነዊሕ ግዜ'ያ ኣሕሊፋ። ግን ከኣ ባዕላ ዘለዓዓለቶ ስምዒትን ፡ ጌጋ ትዕዝብትን ከይከውን ስለ እትሰክፍ ዝነበረት ትም ትብል ነበረት።

ነ'ልጋነሽ ሙሉእ ምሸትን ለይትን ፡ ናይ ሃብቶም ኩነታትን ምስጢርን እንታይ ምዃኑ ኣገሪሙዋ ኢዩ ሓዲሩ። ንጉሆ ክትንስእ ከላ ግን ምስቲ ናይ ቅድሚኡ መዓልቲ ናይ ሃብቶም ዘይልሙድ ተግባር ፡ እታ ኣርእስቲ ናይ ክብረት'ውን እናኣተሓሳሰበታ'ያ ካብ ድቃሳ ተበራቢራ።

ኣልጋነሽ ንጽባሒቱ ኣንጊሃ ናብ መድህን ከደት። ሰላምታ ምስ ተለዋወጣ ኸኣ ብመጀመርያ ናብታ ብዛዕባ ክብረት ተተሓሳሰባ ዝነበረት ኣርእስቲ ኣተወት።

"ኣንቲ መድህን ሓብተይ ፡ ገለ ኣብ ክብረት ጓለይ ወይ ብሩኽ ወድኺ ዘስተብሃልክዮ ፍሉይ ነገር ኣሎዶ?" ኢላ ሓተተታ።

መድህን ኣንፈትን ትርጉምን ዘረባ ኣልጋነሽ ስለ ዘይተረድኣ ፡ "እንታ'ዩ እቲ ዝስትብሃል ነገር እትብልዮ ዘለኺ?" ብምባል ንሕቶኣ ብሕቶ መለሰትላ።

"ማለተይሲ ኣነ ኣብ ሞንጎ ክብረትን ብሩኽን ዘሎ ምቅርራብን ፍቕርንሲ ኣጠራጢሩኒ ፡" በለት ኣልጋነሽ።

"ወይለይ! ብፍላይ ናይ ክልቲኦም ዲኺ እትብሊ ዘለኺ? እንታይ ደኣ ዘይኣመልኪ ጎቦ-ጎቦ እትብሊ? ከም ሓቂ ፍሉይ ፍቕሮም ሓድሽ ነገር ኣይኮነን። ካብ ቁልዕነቶም ጀሚርና ክልቴና ኣጸቢቕና ንፈልጦ'ዩ። ሕጂ ምስቲ ምጉባዞም ግን የጠራጥረካ ኢዩ። ግን ኸኣ ኩሉ ነገር ዘጠራጥረናን ፡ ዘየምልጠናን ኣደታትን ደቀንስትዮን ምዃንና'ውን ተራ ኣለዎ። እምበር ሕጂ'ውን ሓቂ ክንዛረብ እንተ ኼንና ጌና ቆልዑ'ዮም ፡" በለት መድህን።

"ቆልዑስ ቆልዑ'ዮም። ግን ከኣ ሎሚ ጓለይ ኣይፍለጡን'ዮም። ሕውነታውን ምሕዝነታውን ፍቕርን ምቅርራብን'ዩ እናበልና ከየዘንግዑና ፡" በለት ኣልጋነሽ ክምስ እናበለት።

"ጌና ጌና'ዮም ኣብኡስ ግዲ ኣይበጽሑን። ግን ከምዚ ዝበልክዮ ንዝኾነ ኣጸቢቕና ነስተብህለሎምስከ ፡" በለት መድህን።

"ጽቡቕ እምበኣር ፣ ከምኡ ንግበር። ወረ ቀንዲ ከዛርበኪ ዝደለኹዎ ጉዳይሲ ካልእ'ዩ ፤" ኢላ ናብቲ ቅድሚኡ መዓልቲ ሃብቶም ዝገበሮ ስጊራ ኩሉ ክትነግራ ጀመረት።

ብመጀመርያ ሃብቶም ካብ ነዊሕ እዋን ቀትሪ እንተ ዘይኮይኑ ፣ ምሸት ንኽድረር ወይ ንኽሓድር ናብ ቆልዑ ምምጻእ ዳርጋ ገዲፍዎ ከም ዝነበረ ፤ ሰንበት ግን ብመፍትሑ ከፊቱ ከም ዝኣተወ ፤ ገልጠም ሰሚዓ ተንሲኣ ንሱ ምዃኑ ምስ ረኣየት ፣ ቃል'ውን ከየውጽአት ተቐላጢፋ ክፍላ ዓጽያ ከም ዝደቀሰት ነገረታ። ብድሕሪኡ ንኣኣን ንቖልዑን ዘሰደመሞም ሃብቶም ሰኑይ ዝገበሮ ኩነታት ብዝርዝር ኣዘንተወትላ።

ክሳዕ ትውድእ ብትዕግስቲ ክትሰምዓ ዝጸንሐት መድህን ፣ "እዋይ ሃብቶምሲ ብእውነት ናይ ብሓቂ ነውሪ ዘይፈልጥ በዓለገ ሰብ'ዩ!" በለት።

ሽው ኣልጋነሽ ሰንቢዳን ተደናጊራን ፣ "እንታይ ድዩ እቲ ከምኡ መግበሪኡ? ፈሊጥክዮ ኣለኺ ዲኺ?" ኢላ ሓተተት።

"ወሪዱኒ ክሳዕ'ዛ ሕጂ ዝፈለጥኩዎ ነገር ኣይነበረን። ሕጂ ግን ክትነግርኒ ከለኺ ፣ ምስ ዘሎ ኩነታት ከገናዝቦ ከለኹ በሪሁለይን ፈለጠዮን። ኣልጋነሽ ሓብተይ ኣዝዩ ዘጉሂ ነገር ተረኺቡ'ሎ ፤" በለት መድህን።

"ኢሂ? እንታይ ሕማቕ ዝተረኸበዶ'ሎ'ዩ?" በለት ኣልጋነሽ ፣ ብስንባደ ብኽልተ ኣእዳዋ ብየማንን ጸጋምን ርእሳ እናሓዘት።

"ዝገርመኪ ኢዩ ሰንበት ፋብሪካ ፓስታ ሓደጋ ባርዕ ኣጋጢሙዎ ነዲዱ'ሎ ፤" በለት መድህን።

ኣልጋነሽ በቲ ዝነገረታ ሓደጋ ባርዕ ስለ ዝሰንበደት ፣ ነቲ ሃብቶም ዝገበሮ ግብጃን እቲ ሓደጋን ፣ ኣብ ሓንጎላ ጌና ስለ ዘየራኸበቶን ዘየተሓሓዘቶን ፣

"እውይ ኣነ! ተስፎም ሓወይ! ዘይግብኦ! ኣንቲ መድህን ሓብተይ ንስኻትኩም ዘይግበኣኩም! ዋይ ኣንታ ኣምላኽ ፣ ገበርቲ ክፉእ ኩፍ ኢሎም ከለውስ?!" በለት ኣልጋነሽ።

"ዝኾነ-ኾይኑ ፍቓዱ ኾይኑ። ንኣምላኽ ክንፈርዶ ኣይንኽእልን ኢና። ኣሰረርሓኡን ኣገባቡን ልዕሊ ዓቕምናን ኣተሓሳስባናን ስለ ዝኾነ ፣ ንሕና ምስጢሩ ክንበጽሖ ኣይንኽእልን ኢና ፤" በለት መድህን።

"እወ ሓቕኺ መድህን ሓብተይ። ሰንቢደ'የ'ምበር ከምኡ ዘይበሃል። ጐይታይ መሓረኒ፡" ኢላ ብኢዳ ናይ መስቀል ምልክት እናገበረት 'በስመኣብ' በለት።

"ስለዚ እዚ ዓንጃል ሃብቶም ንኣና ባርዕ ከም ዝገጠመና ስለ ዝሰምዐ'ዩ ሓጎሱ ዝገልጽ ዘሎ!" በለት መድህን።

"እዋይ ናይዝስ ዘዝገደደ ኢኻ ትሰምዕ! ዋይ ናትና ይገድድ! ካብቲ ዘምጽኦ ናይዚ ዝተረገመ ሰይጣን ቁርሲ ኣነ ምጥዓመይን፡ ደቀይ ምብልያምን ከኣ ዝኸፍአ! ዋይ ኣነ! ዋይ ኣነ!" ኢላ ኣዝያ ሓዘነት።

ከምኡ እናበላ ብስምዒት እናተዘራረባ ከለዋ፡ ቆልዑ ስለ ዝመጹ መድህን ምልክት ጌራትላ፡ ነታ ዘረባ ኣቋረጽኣ። ሽዑ መድህን፡ "በሊ ኣልጋነሽ ሓብተይ ካልእ ግዜ ንቕጽሎ፡ ኪዲ ደሓን፡'" በለታ። ኣልጋነሽ እቲ ጉዳይ እና'ስደመማ ንገዝኣ ከደት።

ዝበዝሐ ሰብ ካልኣይ ሓዳር መስሪትካ ብወሰን ምውላድ፡ ከም ዘይግባእን ዝሕባእን ዘሕብእን ስጉምቲ'ዩ ዝውስዶ። ሃብቶም ግን ብምውላዱ፡ ኣዝዩ ተሓቢኑን ኮሪዑን ስለ ዝነበረ፡ ንዝተወልደ ህጻን ወዱ ኮነ ኢሉ፡ ሓበን ሃብቶም ዝብል ስም'ዩ ኣጠሚቕዎ። ሕጂ ሓበን ወዲ ሰለስተ ዓመት ኮይኑ'ዩ። ብድሕሪ ክልተ ዓመት ጓል ወሊዶም'ውን፡ መቐረት ሃብቶም ዝብል ስም'ዮም ሂቦማ። መቐረት ድሮ ጓል ሓደ ዓመት ኮይና'ያ።

ሃብቶም ቅድሚኡ ለይቲ ምስ ኣልማዝ ስለ ዘይሓደረ፡ ኣብ እንዳ ፈራሜንታ ሰኑይ ረፋድ ከይዱ፡ ለይቲ ኣብ ብዙሕ ቦታታት ባርዕን ዕልቕልቕን ከም ዘጋጠመ ሓበራ። ብዛዕባ እቲ ገጢሙ ዝነበረ ጸገም ምስ ፈለጠ፡ ኩነታት ትካላቶም በብሓደ ክቆጻጸር ተካል ከም ዝሓደረ ነ'ልማዝ ነገራ። ከምኡ ምስ ኮኖን ኣዝዩ ምስ መሰዮን፡ ከምኡ ኸኣ ምስቲ ዝነበረ ብርቱዕ ዝናብ ስለ ዝተሸገረ፡ ናብ እንዳ ኣልጋነሽ ከይዱ ከም ዝሓደረ ኣረድኣ።

ሰኑይ መዓልቲ ቀትሪ ቅድሚ ምሳሕ፡ ሃብቶም ተሰኻኺሙ ከኣቱ ምስ ረኣየቶ፡ ናይ ምንታይ ደኣ'ዩ ኢላ ኣልማዝ ተገረመት። ቅድሚኡ ለይቲ ከይመጸ ስለ ዝሓደረ፡ መደዓዓሲ ኢዩ ኢላ ከይትሓስብ፡ ድሮ ብዛዕባኡ ብግቡእ ኣረዲእዋ ነይሩ'ዩ። ምኽንያቱ ስለ ዘይተረድኣ ኸኣ ተሃንጥያ ብታህዋኽ፡ "እንታይ ደኣ ኢኻ ሒዝካ? ካብ መዓስ ደኣ ሃብቶም ተሰኻኺምካ ትመጽእ?" ብዝብል ሕቶ

ተቐበለቶ።

"ናይ ደስ-ደስ ምቁር ሕብስቲ ሒዘልኩም መጺአ፣" በለ ሃብቶም ብኣዝዩ ዑጉብን ፍስሑን መንፈስ።

"ደስ-ደስ? ናይ ምንታይ ደስ-ደስ ደኣ?" ዝብል ሕቶ ብቕጽበት ኣቕረበትሉ።

"ከፍ በሊ'ሞ ስቕ ኢልካ'ኺ ኣይኮነን ናይ ደስ-ደስ ዝንገር። ከፍ ኢልካ ሕብስትኻ እናቖረስካ'ዩ፣" በላ ንፍሕፍሕ እናበለን እና'ኣኽመስመሰን።

"ኦይ ሎምስ ናይ ብሓቂ ኢዩ ተበሪሁካን ተፈሲሑካን ዘሎ። ናይ ብሓቂ ዓቢ ነገር ክኸውን ኣለዎ'ሞ፣" በለት ክምስምስ እናበለት፣ ብውሽጣ ኸኣ እቲ ዝሓለፈ ሰሙናት ተጻዒንዎ ዝነበረ ብስጭት ተቐንጢጡሉ ይመስል ኢላ እናሓሰበት።

"ዓቢ ነገር'ምበር! በሊ ነዞም ቆልዑ'ሞ ኣምጽእዮም፣" በላ። ኣልማዝ ንቖልዑ ከተምጽኦም ክትብገስ ከላ፣ "ኣነ ኮኛክን ቬርሙጥን ክቕርብ'የ። ነዞም ቆልዑ ኸኣ ቢቢታ ኣሎኪ'ንድዩ፣ ንሱን ቢያትን መቑረጽን ሒዝኪ ምጺ፣" በላ።

ኣልማዝ ነተን ዘድልያ ሒዛ መጺኣ ምስ ደቃ ከፍ በለት።

"ኦ *ግራሴ ዲዮ!* ተመስገን ጐይታ! በሊ ሃቢ እቲ መቑረጺ ምቁር ሕብስትና ክንቆርጽ፣" ኢሉ ኢዱ ዊጥ ኣበለ።

"ዋእ ከይነገርካናስ ምቑራጽ የለን። ከምኡ ዘይግበር፣" ኢላ ሒዛቶ ዝነበረት ካራ ካብኡ ኣርሓቐቶ።

ሓበን ወደም ምቁር ሕብስቲ ርእዩ፣ ተሃንጥዩን ተሃዊኹን'ዩ ነይሩ።

"በሊ ቅድም ነዞም ቆልዑ ንሃቦም። ቆልዑ ሙቁር ሕብስቲ እንተ ርእዮም ክጽበዩ ኣይክእሉን'ዮም።"

"ሕራይ በል ፍቓድካ፣" ኢላ ካራ ኣቐበለቶ። ድሕሪኡ ቆራሪሶም ቺን ቺን በሉ።

"በል ንገረና፣ ጠልጠል ኣቢልካ ወዲእካና'ምበር!"

"ሓቕኺ እንዲኺ'ሞ፣ ጠልጠል ዘብል እኮ'ዩ!"

"ዋእ ኣታ እንታይ ኬንካ ኢኻ? ንገረና'ንዶ!"

ሃብቶም ቅድሚ ምንጋሩ ክልቲኡ ኣጻብዕቱ ኣላጊቡ ነንሕድሕዱ ምስ ሓሰየ፣

ክልቲኡ ኣእዳው ዓሙኹ ንላዕሊ ብምስዳድ ፡ ናይ ዓወት ምልክት እናገበረ ብዓውታ ፡ "በሊ ገባር ክፋእ ፡ ካባይን ካብ ፍርዱ ምርካብን ከም ዘየምልጥ ተረጋጊጹ'ሎ !"

"ገባር ክፋእ? ፍርዲ?" ሓተተት ኣልማዝ ደንጽዩዋ።

"ትማሊ ለይቲ ፋብሪካ ፓስታ ህሙኽ ኢሉ ተቓጺሉ !" በለ ክሳብ መንጋጋኡ ክቕደድ ዝደሊ እና'ኽመሰመሰ።

"ናይ በዓል ተስፎም ፋብሪካ?" በለት ኣልማዝ ፡ ምእማኑ ስለ ስኣነት ዓይና ኣፍጢጣ ፡ ዳርጋ ካብ መንበራ ሓፍ ክትብል እናደለየት።

"ናይ በዓል ተስፎም ፋብሪካ ኢልኪዮ'ምበኣር?" በለ ኩነታቱ ብቕጽበት ቅይይር ኢሉ ፡ ገጹ እናኣሳሰረ።

"ኖእ ማለተይ'ሲ ስለ ዝተማቐልኩሞ ኢለ እንዳኣለ ፡" በለት ኣዘራርባ ከም ዝተጋገየት ብምርዳእ።

"ዝተማቐልኩሞ? ዝተማቐልናዮ ኣይኮነን ! ብዓመጽ ካባይ ዝወሰዶ ፋብሪካ'ዩ !" በለ ስኑ እናነኸሰ። "ዝኾነ ኾይኑ ሕጂ ዳርጋ ፋብሪካ ዝበሃል የብሉን። ተሃሚኹ ኢዩ።"

"ሙሉእ ብሙሉእ ድዩ ተቓጺሉ?"

"እንታይ ደኣ ተሪፍዎ። ዝተረፎ የብሉን።"

"ንዒ በሊ ሕጂ ቢከሪኺ ኣልዕሊ ፡ እንደጌና ቺን-ቺን ንበል። ከምታ ኣሕርር ዘበለኒ ፡ ሕርር ይበል'ዚ በዓለገ !"

ኣልማዝ ንኣዋርሕ ዘይረኣየቶ ናይ ሃብቶም ፍሽክታን ሰሓቕን ፍስሓን ደስ በላ። ግን ከኣ ኣዝዩ ኣደነቓ። ሃብቶም ምስ ጸልኣን ተቐየመን ፡ ክንድምንታይ ነኻስን ቂምተኛን ምዃኑ ኣገረማን ኣሰከፋን።

ሃብቶም ዝደገሶ ጽንብል ብፍሱሕን ሕጉስን ኩነታት ተዛዘመ። ኣብ መጨረስታ ኩሉ ምስ ወዳድኡ ፡ ሃብቶም ክኸይድ ሓፍ እናበለ ፡ "በሊ ክኸይድ ስራሕ ርእይ ከብሎ። እቶም ስራሕ ዘለና ስራሕና ክንርኢ። እቶም ስራሕ ዘይብሎም ኣብ ገዛ ይኮርመዩ !" ኢሉ ኪርኪር ኢሉ እናሰሓቐ ወጸ።

ሃብቶም ብምንዳድ ፋብሪካ ፓስታ ዝተሰምዖ ሓጎስ ፡ ካብ ገዛኡ ወጻኢ'ውን

ይጽንብሎ ነበረ። በዚ መሰረት ኣብተን ዝቐጸላ መዓልታት ፡ ኣብ ክልቲኡ ፊሪሜንታን ኣብ እንዳ ባንን ንመሳርሕቱ ደጊሱሎም'ዩ። ኣብ ደገኡ ኸኣ ነ'ዕሩኽቱ ናይ ደስ-ደስ እናበለ ፡ ክሳብ ጠራሙዝ ኮኛክን ጂንን እና'ውረደ ከእንግድ ቀነየ።

"እዚ ጠላም ቅድም ዝገበረኒ ከይኣኽሎ ፡ ንሱ ጥራይ በዓል ፋብሪካ ፓስታ ክኸውን ፡ በዘይግባእ ልቓሕ ኣኸልኪሉኒ። ሕማቕ ግብሪ'ሞ መዓስ ይስድድ ኮይኑ!" ዝብልን ፡ ካብኡ ዝኸፍእ ካልእ ዘረባታትን እናወሰኸ ንዝረኸቦ ምውዕውዑ ቀጸለ።

እዚ ብቑሉዕን ብእውጁን ፡ ንበዓል ተስፎም ሓደጋ ሓዊ ስለ ዝገጠሞም ዝገብሮ ዝነበረ ናይ ታሕጓስ መግለጺ ግብጃታትን ዘረባታትን ፡ ቀስ ብቐስ ክበጽሖም ጀመረ። እዚ ሕማቕን ኣነዋርን ተግባር ሃብቶም ፡ ናብ በዓል ግራዝማች'ውን በጽሐ። ኩሎም ስድራ ቤት እንዳ ግራዝማች ኸኣ ፡ ኣብ ልዕሊ ዘላታ ተወሰኽታ ኮይኑዎም ኣዝዮም ጎሃዩ።

ሃብቶም ከምኡ ኢሉ ክስሕቕን ክፍሳህን ከሎ ፡ ተስፎም ግን ስኑ እናሓራቐመ ፡ ኣብ ዕቱብ ሓሳብ'ዩ ተዋሒጡ ነይሩ። ባርዕ ምስ ኣጋጠመ ካብ ንጽባሒቱ ኣትሒዙ ፡ ተስፎም ካብ ስራሑ ናይ ወርሒ ዕረፍቲ ወሰደ። ጌና ፍቓድ ስለ ዘይተዋህቦም ፡ ዝኾነ ናይ ምጽርራይን ምውጋንን ምትዕርራይን ስራሕ ክጅምሩ ኣይከኣሉን። ክሳዕ ሽው ምስ ኣርኣያ ኣብ ቤት ጽሕፈት ኮይኖም ክመዛግቡ ጀመሩ። ኣብ ዝቕጽል መዓልታት ከኣ ሓርፋፍ ዝርዝር ናይቲ ክጻራረን ክኀሓሓፍን ዘለዎ ነገራት ሰርሑ።

ብድሕሪኡ ዝርዝር ናይቲ ክቀያየር ዘድሊ ንብረት ወድኡ። ኣብ መወዳእታ ኸኣ ዝርዝር ናይቲ ክስዕብ ዝኽእል ወጻኢታት ሰርሑ። በዚ መሰረት ሓርፋፍ ገምጋም ናይቲ ነቲ ፋብሪካ ናብ ዝነበሮ ኩነታት ንምምላስ ከድልዮም ዝኽእል መጠን ገንዘብ ቀመሩ። ካብዚ እቲ ኢንሹራንስ ክኸፍሎም ዝኽእል መጠን ገንዘብ ኣጎዳዲሎም ከኣ ፡ እቲ ንሳቶም ካብ ገንዘቦም ከዳልውዎ ዘድልዮም መጠን ገንዘብ ገምጋም ረኸቡ።

ነቲ ፋብሪካ ናብ ዝነበሮን ልክዕ ከም ቀደሙ ንኽሰርሕን ዘድልዮም መጠን ገንዘብ ፡ ብዙሕን ልዕሊ እቲ ከእከብዎ ዝኽእሉን ምኳኑ ተገንዘቡ። ተወሳኺ ናይ ባንካ ልቓሕ ክወስዱ ከም ዘይኽእሉ ይፈልጡ ነይሮም'ዮም። ዘለዎም ገንዘብ ኣኻኺቦም ፡ ካብ ፈተወቲ ዘለቅሕዎም እንተ ረኺቦም ወሳሲኾም'ውን ፡ ነቲ ዝድለ ዘሎ መጠን ገንዘብ ከም ዘይበጽሕዎ ገምገሙ። እቲ ዝተርፍ ኣማራጺ

ኣብተን ኣገደስቲ ስራሓውቲ ጥራይ ብምትኳር ፡ ነተን ዝተረኽባ ገንዘብ ናብኣተን ምምቕራሕ ከም ዝኸውን ተረድኡ። ስለዚ እቲ ፋብሪካ ሙሉእ ብሙሉእ ናብ ቀደሙ ከይተመለሰ ፡ ብውሱን ዓቕሚ ከም ዝሰርሕ ምግባር ጥራይ ከም ዘዋጽእ ተረዳድኡ። ብሰንኩ ስራሕተኛታት ከውጽኡን ፡ ንገሊኦም ከኣ ግዝያዊ ናይ ደሞዝ ምጉዳል ክገብሩን ተገደዱ።

ድሕሪ'ቲ ሓደጋ ኩሎም ስራሕተኛታት ፋብሪካ ፓስታ ብዘይ ኣፈላላይ ፡ በቲ ዝተረኽበ ባርዕን ዝሰዓበ ክሳራን ኣዝዮም ከም ዝጎሃዩ ብግልጺ ኣርኣዩዎም። ብኣኡ መሰረት ከኣ ኩሎም ዝከኣሎም ክትሓጋገዙን ኣብቲ ተሃድሶን ምጽርራይን ከበርክቱን ድልውነቶም ኣረጋገጹሎም።

እዚ ኸኣ ነቲ ናይ ተስፎም ኣተሓሕዛ ስራሕተኛታት ዝመስክር ስለ ዝነበረ ፡ ብመጠኑ ባህታ ሃቦ። ዝሕግዞ ነገር'ኳ እንተ ዘይነበረ ፡ ናይ ሞራል ደገፍ ግን ኮኖ። 'እንቋዕ ኮኑ!' ዝብል ብዘይ ምንባሩ ኸኣ ዕግበት ፈጠረሉ። ይኹን'ምበር ምንጪ ናይቲ ዝወረዶም ጸገም ኣነ'የ እናበለ ፡ ካብ ምጉሃይን ምብስጫውን ኣይደሓነን።

ብኣኡ ምኽንያት ከኣ እዚ ኹሉ ሰለሎ ብሰንከይን ብሸለልትነተይን ዝመጸ'ዩ ካብ ዝብል ፡ ናብታ ኪዳን ኮይና እትስምዖ ፡ ግን ከኣ ዝኾነ ፍታሕ ዘይተምጽእ ኣመል ናይ መስተ በብቑሩብ ክእለኽ ጀመረ።

ኣርኣያ ብቐጻሊ ነቲ ሓደጋ ዝገጠሞ ክፋል ፋብሪካ ፡ ርእሱ ኣድኒኑ ብሓሳብ ተዋሒጡ ብቐጻሊ ይኸሎ ነበረ። ነዚ ዝተዓዘቡ ስራሕተኛታቶም ከኣ ፡ "እዚ ወድስ ኣብ ከብዱ ኣትዩዎ'ዩ'ዚ ሓደጋ ፡ ወረ ኣብዘይ ሕማሙ ከይበጽሕ?" እናበሉ ይዛረቡ ነበሩ።

ድሕሪ ክልተ ሳምንቲ ፡ ናይ ምጽርራይን ናይ ምትዕርራይን ስራሑም ክጅምሩ ፍቓድ ተዋህቦም። ኣርኣያ ንኹሎም ስራሕተኛታት ኣኪቡ ፡ ኣብ ግዜ ምጽርራይን ምጉሓፍን ፡ ንሱ ከይረኣዮ ዝኾነ ነገር ከይጓሓፍን ከይድርበን ሓበሮም። ኩላ እታ ስራሕ ከኣ ንሱ ኣብ ዘለዋ ጥራይ ክትካየድ መምርሒ ኣሕለፈሎም።

"ከተዳናጉየና ኢኻ ፡ ትም ኢሎም ዋላ ንስኻ ኣብ ዘይብሉ ስራሑም እንተ ዘሳልጡ ምሓሸ ፡" በለ ተስፎም።

"ደሓን በጃኻ ተስፎም ሓወይ። ምድንጓይን ብጽፈት ምስራሕን ይሓይሽ፡ ካብ ተሃዊኽና እንታይ ንድርቢ ኣሎና፡ እንታይከ ረኺብናን ኣይረኸብናን ከይረኣና ብሃታሃታ ንሰርሕ።"

"እንታይ ከትረክብ ዲኻ ትጽበ ዘለኻ?"

"በቲ ሓደ ወገን ዝጠቕምን ከድርበ ዘይግብኦን ኣቕሓ ከይጉሓፍ ነስተብህል። በቲ ኻልኣይ መዳይ ከኣ እንታይ ይፍለጥ፡ እቲ ክሳዕ ሕጂ ምስጢር ኮይኑና ዘሎ ጠንቂ ናይቲ ባርዕ'ውን፡ ከረድኣናን ከእምተልናን ዝኽእል ሓበሬታ'ውን ምናልባሽ ንረክብ።"

"እንታይ'ሞ ክጠቕመና ኢዩ ሕጂ። እቶም ናይ ኢንሹራንስ ክኢላታት ከማን ሓንቲ ፍንጪ ዘይረኸቡ። ግን ደሓን ባህ ይበልካ ቀጽል እንተ ዘየሎ ኣይትቐስንን ኢኻ።"

ድሮ ኣርኣያ ሓው ከይስሕቆ ኢሉ'ዩ ዘይነገሮ'ምበር፡ ብምናልባሽ ዝሓዘን ዘይጠቕማ ዝመስላ ሓደ ኽልተ ነገራት ነይረን'የን። እዘን ንግዜኡ ንኣኡ ጥራይ ዝምልከታ ምስጢር ከኣ ካብ ተስፎም ከዊሉወን ነበረ።

ኣቐዲሞም ኩሉ ዘድልዮም ምቅርራባት ዛዚሞም ስለ ዝነበሩ፡ ድሕሪ ፍቓድ ምርካቦም ስራሕ ቀልጢፎም ብዕትበት ተተሓሓዝዎ። እዚ ይኹን'ምበር ኣብ መፍረ ክበጽሑ፡ ብውሑዱ ኣርባዕተ-ሓሙሽተ ኣዋርሕ ከም ዘድሊ ገምጊሞም ነይሮም'ዮም። ኣብቲ ግዜ'ቲ ኸኣ ናይ ባንካ ወለድ፡ ደሞዝ ሰራሕተኛታትን፡ ካልእ ወጻኢታትን ብዘይ ኣታዊ ክኽፍሉ ክግደዱ ምኻኖም፡ ነቲ ብድሆ ዝያዳ ከቢድ ከም ዝገብሮ ይርድኦም ነይሩ'ዩ።

ኣብዚ ኹሉ ጸገም ዘእተዎም ሙሉእ ናይ ኢንሹራንስ ሽፈነ ውሕስነት ስለ ዘይጸንሐም ምኻኑን፡ እዚ ኸኣ ሙሉእ ብሙሉእ ናቱ ጉድለት ምኻኑ እናዘከረ ተስፎም ክበሳጨን ክጉህን ጀመረ። ነዚ ጓህን ብስጭትን ክርስዕ ብዝብል ከኣ፡ በብቑሩብ እታ ናይ ቀደም ናይ መስተ ኣመሉ ክትደግሶ ጀመረት።

ነዚ ከስተብህሉሉ ዝጀመሩ መድህንን ኣርኣያን ከኣ፡ ሕጅስ ምስቲ ዘለዎ ብርቱዕ ጸቕጢ ክንርደኣሉ ይግበኣና'ዩ ብምባል፡ ካብ ምዝራቡ ተቖጠቡ። ድሒሩ ግን መድህን፡ በጃኻ ኣርኣያ ከይገደዶ ንዛረቦ በለቶ። ኣርኣያ ግን ኣይፋልን፡ ናብ ዝያዳ ጸቕጥን ጭንቀትን ከነእትዎ ኢና ብምባል ሓሳባታ ነጸጎ።

ናይ ተሃድሶን ምትዕርራይን ስርሖም እና'ሰላሰሉ፡ ድሕሪ ናይ ሽዱሽተ ኣዋርሕ

ከቢድ ጻዕሪ ኣብ ለካቲት 1969 ፣ ብውሱን ዓቅሚ ናብ ምጅማር ደረጃ በጽሑ። ካብ ሓንቲ ምንጪ ዝረኸቡዋ ነታ ኻልእ እናዓበሱ ፣ ብስንክልክል ስራሖም ከሰላስሉ ጀመሩ።

በ'ጻብዕቲ ዝቑጸሩ ምስ ሃብቶም ጥቕሚ ዝነበሮምን ወገኑ ዝኾኑን ገዲፍካ ፣ ኩሎም ሰራሕተኛታት ፋብሪካ ንተስፎም ኣዝዮም ኢዮም ዝፈትውዎን ዘኽብርዎን ነይሮም። ምስ ሃብቶም ድሕሪ ምፍልላዮም ፣ ኣብቲ ግዜ'ቲ ኣርኣያ ነቶም ወገን ሃብቶም ዝኾኑ ሰለስተ ሰራሕተኛታት ፣ "ነዚኦም ዘይንኣልዮም ፡" ኢሉዎ ነይሩ'ዩ። ተስፎም ግን ፣ "ኣይ ደሓን በጃኻ ግደፎም እንታይ ገበሩ ፣ ዘይንሱ ዘጋገዮም'ዮም ፡" ኢሉ ሸው ከቕበሎን ከሰምዖን ኣይደለየን።

ኣብቲ ኹሉ ዝሓለፈ ሽዱሽተ ኣዋርሕ ፣ ነ'ርኣያ ሓንቲ ሕርኽርኽ እናበለት ምኽድ ዝኣበየቶ ነገር ነበረት። ግን ምስ ነብሱ እንተ ዘይኮይኑ ፣ ዋላ'ውን ንተስፎም ሓው ከካፍሎ ኣይደፈረን። ሓሐንሳብ ኣብ ሞንጎ ስራሕ ዝን ክብል ዝርእዮ ዝነበረ ተስፎም ከኣ ፣ እንታይ ሓሳብ ከም ዝሓዞ ይሓቶ ነበረ።

"እቲ እንሓልፎ ዘሎና ጽንኩር ኩነታት'ዩ'ምበር ፣ ካልእ ደኣ እንታይ'ሞ ዘሕስብ ኣሎኒ ፡" እናበለ እቲ ናይ ሓቂ ዘስተንትኖ ዝነበረ ጉዳይ ከይገለጸሉ ይኃዓዝ ነበረ።

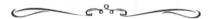

ግራዝማች ሰልጠነ ነቲ ክውን ተቐቢልካ ንቕድሚት ምጥማትን ምስጓምን ኢዩ እቲ ቕኑዕ ኣካይዳ ካብ ዝብል ፣ ንደቆም ሞራል ክህቡን ከተባብዑን እንተ ዘይኮይኑ ፣ ብዛዕባ እቲ ሕሉፍ ሓደጋ ሓንቲ ቃል'ውን ኣየውጽኡን ነበሩ።

ነዚ ንኸረድእዎም ከኣ ፣ "ስምዑ'ዞም ደቀይ ፣ ኩሉ ግዜ ጸገም ክመጸካ ኸሎ ፣ ኣብቲ ዝወረደካ ጸገም ጥራይ ብምትኳር ፣ ንኣይሲ እዚ ክበጽሓኒ እናበልካ ምስትንታን ፣ ነቲ ጸገምካ ምስስሳይን ምህጣርን ጥራይ'ዩ ትርፉ። ንኻልኦት ዝበጽሖም እንዳኣሉ በጺሑኒ። ኣነዶ ካብኦም ብምንታይ ይሓይሽ'የ። ካብዚ ናተይ ዝገደደን ዝኸፍኣን ጸገም ዝወርዶም ኣሸሓት እንድዮም ምባል'ዩ ብልሀነት ፡" ይብልዎም ነበሩ።

ኣስዕብ ኣቢሎም ከኣ ፣ "ደሓር ከኣ እንቋዕ ኣይገበሮ'ምበር ፣ እዚ ባርዕ'ዚ ንስኻትኩምን ኩሎም ሰራሕተኛታትን ከለው እንተ ዘጋጥምን ፣ ህይወት እንተ ዝልክምንስ እንታይዶ ክንብል ኔርና ኢና?!" እናበሉ መዓልታዊ ይምዕድዎም ነበሩ።

ከዛረብዎም ከለው ተስፎም፣ "ሓቁ ኢዩ'ኮ እዚ'ቦይ" ይብል'ኳ እንተ ነበረ፣ ጸኒሑ ግን ናብ ጓሂኡን ብስጭቱን ይምለስ ነበረ። ብተደጋጋሚ፣ "ኣቦይ ኣይዛረብ'ምበር፣ እቲ ኹሉ ሙሉእ ህይወቱ ሰሪሑ ብጥንቃቐን ብቑጠባን ዘዋህለሎ ገንዘብን ዘጥረዮ ንብረትን፣ ኣብ ሓደጋ ዘውደቕኩ'ኮ ኣነ'የ፣" ይብል ነበረ። ብተወሳኺ ንዝነበሮም ኩሉ ከም ዝሕንኮኽ ዝገበረ፣ ንሱ ምንባሩ ካብ ኣእምሮኡን ተዘክሮኡን ክእለየሉ ስለ ዘይከኣለ፣ መመሊሱ ኣብ ብስጭት ይጥሕል ነበረ።

ፋብሪካ ብውሱን ዓቕሚ ስራሑ ካብ ዝጀምር ድሮ ሸዱሽተ ኣዋርሕ ኣሕለፈ። ተስፎምን ኣርኣያን ዝከኣሎም'ኳ ይገብሩ እንተ ነበሩ፣ ፋብሪካ ግን ንፋይናንስ ብዝምልከት ብሰንከልከል ይኸይድ ስለ ዝነበረ፣ ብዙሕ ጸቕጢ ይገብረሎም ነበረ። ኣርኣያ ነቲ ጸቕጢ ብዓቕልን ብትዕግስትን ይምክቶ ነበረ። ተስፎም ግን ክብርትያ ኸሎ ናብታ ሁቕባኡ ይጎይ ነበረ።

ሓደ መዓልቲ ተስፎምን ኣርኣያን ኣብ ፋብሪካ ኮፍ ኢሎም ነበሩ።

"ስማዕን'ዶ ተስፎም ይዝከረካ'ዶ ኣብቲ ፈለማ፣ ፋብሪካ ናባና ጠቕሊልና ኣብ እንሰርሓሉ ዝነበርና ግዜ፣ ሓደ ገብረኣብ ዝበሃል ሰራሕተኛና ሐሓሊፉ ምስ ሃብቶም ይርእዮ ክብለካ?"

"*ያያ*፣ እወ እወ፣ ናይ ሓደ ገለ ከምኡ ነገራት ክትብለኒ ይዝከረኒ። እቲ ሰብኣይ ግን ኣይዝከረንን'ዩ። ኣየናይ'ዩ?"

"እቲ ሃብቶም ኣብ ክፍሊ መሸጣ መዲቡ ዘሰርሖ ዝነበረ ሓጺር ጸሊም ሰብኣይ። ደሓር ከማን ምስ ሃብቶም ርክብ ስለ ዝነበሮ፣ ነታ ሰንሰለት መታን ክንበትኻ ኢልና ናብ መኽዘን ዝቐየርናዮ።"

"*ያያ! ራይት* እወ ዘኪረዮ። እቲ'ኳ ብዓመታተይን ብተመኩሮይን ናብ ዝለዓለ ይሰግር'ምበር፣ ከመይ ገይረ ንድሕሪት ይምለስ ኢሉ ብዙሕ ዘዕገርገረ። ብድሕሪኡ ንስኻ ጨሪስና ዘይነሰናብቶ እዚ ሰብኣይ፣ ደስ ኣይብለንን'ዩ ኢልካኒ። ኣነ ግን ደሓን ብዙሕ ዓመታት ዘገልገለ'ዩ ኢለ ኣብየካ።"

"እወ ልክዕ ኣለኻ ንሱ። ብዙሓት ካብቶም መሳርሕቱን ፈለጥቱን ከኣ፣ ኣዝዩ ነኻስን ቂመኛን'ዩ'ዮም ዝብልዎ።"

"እንታይ ኢኻ'ሞ ሽው *ኢግዛክትሊ* ኢልካኒ ኔርካ?"

"እዚ ሰብኣይ ካብቶም ኣነ ዘይፈትዎም ምስ ሃብቶም ርክብ ዝነበሮ ሰብ'ዩ። ሕጂ ኸኣ ሐሓሊፉ ምስ ሃብቶም ይሪኦ'ሎኹ'ሞ ፡ ገለ ሓበሬታ ይህቦ ከይህሉ ደጊመ ዘይነሰናብቶ ኢለካ። ንስኻ ኸኣ እንታይ'ሞ ክነግሮ'ዩ። ደሓር ኸኣ ብጭቡጥ ገለ ነገር ከይረኸብና ከመይ ጌርና ትም ኢልና ነፋንዎ? ግቡእ ኣይኮነን። ብተወሳኺ ነዊሕ ዓመታት ዘገልገለን ስድራ ቤት ዝሓዘን'ዩ ኢልካ ኣቢኻኒ።"

"*ያ* ሕጂ ኣጸቢቑ ተዘኪሩኒ። እንታይ'ሞ ብዛዕባኡ? ብኸመይ ኢኻ ኣልዒልካዮ ሕጂ?"

"ሕጂ ድሕሪ'ዚ ሓደጋ ምግጣሙ ኸኣ ሓደ ሰራሕተኛና ፡ "እዚ ወዲ ምስ ሃብቶም ገለ ነገር ኣለዎ ፡ ብዙሕ ግዜ'የ ዝሪኦ" ኢሉኒ። ኣነ ኸኣ ከስተብህሎ ጸኒሐ ፡ ባዕለይ ብኣካል ብዙሕ ግዜ ምስ ሃብቶም ርእየዮ።"

"እሞ እንታ'ዩ ኣተሓሳሲቡካ?"

"እንታይ'ዩ ዘራኽቦም? እንታይ'ዩ እቲ ንኽልቲኦም ብሓባር ዘገድሶም? ንኣና ዝጎድእ ነገርዶ ይኸውን? ዝብሉን ካልኦት ሕቶታትን ዘለዓዕል ኢዩ።"

"*ዌል* እቲ በዓለገ ሃብቶም ናትና ሕማቕ ጥራይ ስለ ዝደሊ ፡ ብዛዕባ ጸገምና ርፍራፍ ወረ እንተ ረኸበ ይኸውን'ምበር እንታይ ክይከውን ኢኻ?"

"ድሕሪ'ዚ ሓደጋ'ዚ'ውን ምስኡ ምርኻቡስ ፡ ደስ ዘይብልን ዘሰክፍን ነገር'ዩ። ምስ ዓው ኢሉ ብዕሊ ታሕጓሱ ብግብጃን ፌስታን ዝጽንብል ሃብቶም ፡ ጌና ርክብ ምህላው ገለ ከይህልዎ ዘጠራጥር'ዩ።"

"*ዌል የስ!* ምጥርጣር ከጠራጥር ይኽእል'ዩ። ግን ካብ ምጥርጣር ተበጊስካ እንታይ ክገበር ይከኣል?"

"ስማዕ'ንዶ ተስፎም ፡ ንምንታይከ ኣብ ገዛእ ስራሕና እናተጠራጠርናን እናተሰከፍናን እንነብር። መሰሉ ሂብና ነፋንዎ!"

"ሓንቲ ነገር ዘይብሉ እንተ ኾንኸ? ብዘይወዓሎ ንብድሎ'ሎና ማለት'ኮ'ዩ። ጭቡጥ ነገር ከይረኸብና ናብ ከምኡ ስጉምቲ ክንሰጋገር ፍትሓዊ ኣይኮነን።"

"ንዕኡ'ኮ ንሕና መሰሉ ኣይክንገፎን ኢና። ግን ነብስና ንከላኸል ኣሎና ማለት'ዩ። ደሓር ከኣ ኣነ ዋላ ኣብ ስራሕ ክሪኦ ከለኹ ፡ ገለ ነገር ነብሰይ ዝነግረንን ዝስመዓንን ኣሎ ፡ ጌና እንታይ ምኺኑ'የ ዘይበጻሕኩዎ'ምበር!"

"እዚ ስምዒት እንድዩ። ስምዒት ከኣ ቅኑዕ ክኸውን ወይ'ውን ግጉይ ክኸውን ይኽእል'ዩ። ካብኡ ተበጊስና ግን ናብ ስጉምቲ ክንስጋገር ኣነ ኣይድግፎን'የ። ገለ ነገር እንተ'ለዎ ግን ምስትብሃሉን ምክትታሉን ሕማቕ ኣይምኾነን።"

"ንሱ ደኣ ኣነ ሎሚ ዘይኮነስ ካብ ቅድም ደስ ስለ ዘይብለኒ ፡ ካብ ምክትታሉ ቦኺረ ኣይፈልጥን'የ። ሕጂ ኸኣ ደሓን ካብ ኣበኻ ኣጸቢቐ ክከታተሎ'የ።"

"በቃ ጽቡቕ ከምኡ ግበር ፡" ኢሉ ተስፎም ነታ ዘረባ መደምደምታ ገበረላ።

መስዩ ስለ ዝነበረ ኸኣ ፡ "ደሓን ሕደር ፡" ተበሃሂሎም ተፈላለዩ። እዚ ዝውስኑሉ ዝነበሩ ግዜ ኣብ መስከረም 1969 ኢዩ ነይሩ።

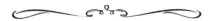

ኣርኣያ ምስ ተስፎም ድሕሪ ምዝርራቡ ተቐላጢፉ ፡ ካብ መንጎ ሰራሕተኛታቶም ንገብርኣብ ክከታተለሉ ዝኽእል ሰብ ኣብ ምሕራይ ተጸምደ። ድሕሪ ብዙሕ ምሕሳብን ምስልሳልን ፡ ነታ ዕማም ብብቕዓት ክሰርሓ ይኽእል'ዩ ኢሉ ዝገመቶ ተኽለኣብ ዝበሃል ሰብ መረጸ።

ተኽለኣብ ምስ ሃብቶም እንተ ዘይኮይኑ ፡ ምስ ኩሉ ሰብ ዝሰማማዕ ኣዝዩ ሕዉስን ወትሩ ሕጉስን ሰብ'ዩ። ምስ ገብረኣብ ኣብ መኸዘን ተመዲቡ ኢዩ ዝሰርሕ። ምስ ገብረኣብ'ውን ሓሓሊፉ ንዙረትን ምዝንጋዕን ብሓባር ከም ዝወጹ ፈሊጡ ነይሩ'ዩ።

ን'ንዳ ግራዝማች ብሕልፊ ንተስፎም ፡ ከምኡ'ውን ን'ርኣያ ኣዝዩ ኢዩ ዘኽብሮም። ሓደጋ ባርዕ ምስ ተረኽበ ኸኣ ፡ ዘይግብኦም ሰባት ከምዚ ክረኽቡ እናበለ ጓሂኡን ሓልዮቱን ብልቢ ኣመስኪሩ'ዩ። ኣብ ምጽርራይን ምትዕርራይን ተሃድሶን ፋብሪካ ፡ ካብ መጠን ንላዕሊ ካብ ዝተሓባበርዎምን ዝሓገዝዎምን ሰራሕተኛታቶም ሓደ'ዩ ነይሩ።

ኣብ እንዳ ባኒ'ውን ሓደ ምስ ሃብቶምዶ ይሰራሕ? በጃኻትኩም'ንዶ ከም ገለ ኣብቲ ፋብሪካ ቦታ ድለዩለይ ዝብሎም ዝነበረ ወልደኣብ ዝበሃል ሰራሕተኛ ነይሩ። ኣርኣያ ክሕግዞ ይደሊ'ኳ እንተ ነበረ ፡ ሰራሕተኛ ይወስዱለይ ኣለው ኢሉ ሃብቶም ከየተዓባብየ ብምስጋእ ተስፋ ኣይህቦን ነይሩ። ከም ካልኣይ ሕጹይ ኣርኣያ ንኣኡ መረጸ።

ኣርኣያ ንኽልቲኦም በበይኖም ረኺቡ ኸኣ ፡ እቲ ስክፍታኦምን እቲ ዝደልይዎ

ዝነበሩ ዓይነት ሓበሬታን ኣረድኦም። እቲ ከም ሸርካ ኮይኖም ክሰርሑ ክለው ዝነበረ ርክብ ሃብቶምን ገብረኣብን ፡ ይፈልጥዎን ይርድእዎን ከም ዝኾኑ ነገሮም። ድሕሪ ፋብሪካ ምርካቦምን ብሕልፊ ድሕሪ ሓደጋ ባርዕን ዘሎ ርክቦም ግን ፡ ክርድኦም ከም ዘይከኣለ ገለጸሎም።

ወሲኹ ኣብ ኣዝዩ ተነቃፍን ሕማቕን ኩነታት ስለ ዝርከቡ ፡ እታ ርክብ ናይ ገብረኣብን ሃብቶምን ንኣኦምን ነቲ ፋብሪካን እትጎድእ ጥጅእ እንተ ኾይና ፡ ካልኣይ ከም ዘይትንስኡ ገይራ ክትሉኽስሶም ስለ እትኽእል ከም እተሰግኦም ፤ ሃብቶምን ገብረኣብን ተራኺቦምን ተተኣሳሲሮምን ዘላ መደብ ኣቐዲሞም እንተ ፈሊጦማ ግን ፡ ከምክኑዋ ስለ ዝኽእሉ ክተሓጋገዝዎም ተማሕጸኖም። እንተ ሓጊዞሞም ከኣ ጻማኦም ከም ዝረኽቡ ኣረጋገጸሎም።

ንወልደኣብ ኣብታ እንዳ ባኒ ኾይኑ ፡ ገብረኣብ ዝመጸሉ ግዜን ዝተባህለን ዝተገብረን ጥራይ ከስተብህልን ፡ ዓይኑን እዝኑን ክኸፍትን ኣኻሊ ምኽኑ ሓበሮ። ንተኽልኣብ ግን ካብ ስራሕ ወጻኢ ምስ ገብረኣብ ብሓባር ዝወጹሉ ግዜ ከዛይዶን ኣጸቢቑ ክቐርቦን ፡ ነዚ ዘድሊ ወጻኢ ኸኣ ኣርኣያ ባዕሉ ክሽፍነሉ ምኽኑን ኣረጋገጸሉ። ህጹጽን ኣዝዩ ኣገዳስን ነገር እንተ ዘይተረኺቡ ኸኣ ፡ ሓንሳብ ኣብ ሰሙን እናተራኸቡ ጸብጻብ ክህብዎ ተረዳድኡ። እዚ ስርርዕ'ዚ ድሕሪ ኣስታት ሓደ ዓመት ፡ ድሕሪ ሓደጋ ባርዕ'ዩ ተጀሚሩ።

ኣብ ሓጺር እዋን ክልቲኦም ተሓባበርቲ ኣርኣያ ፡ ገብረኣብን ሃብቶምን ብቐጻሊ ከም ዝራኸቡ ዘለው ከረጋግጹ ከኣሉ። ብምንታይን ንምንታይን ይራኸቡ ከም ዝነበሩ ግን ፡ ክሳዕ ሽው ዝኾነ ፍንጨ ኣይረኸቡን። ነ'ርኣያ ክተሓባበርዎ ካብ ዝጅምሩ ኣብ ካልኣይ ወርሖም ፡ ኣብ ወርሒ ሕዳር 1969 ካብ ወልደኣብ ካብ እንዳ ባኒ ሓደ ሓድሽ ሓበሬታ ተረኸበ።

ኣርኣያ እቲ ሓድሽ ሓበሬታ ምስ ረኸበ ንተስፎም ክነግሮ ተሃዊኹ'ዩ ውዒሉ። ሽው ምስ ተራኸቡ ፡ "ቅድሚ ትማሊ ደኣ ሃብቶም ንገብረኣብ ፡ ኣብ ስታሪት ገይሩ ገንዘብ ክህቦ ኸሎ እንድዩ ወለደኣብ ርእዩዎ ፡" በሎ ኣርኣያ።

ተስፎም ዘይተጸበዮ ሃንደበት ኮይኑዎ ፡ "*ዋት?!* እንታይ?" በለ።

"ኣስጊልካ ዲኻ ጸኒሕካ ዘይሰማዕካኒ?"

"ኖኖ ምስማዕሲ ሰሚዐካ'የ። ሃንደበት ኮይኑኒ'የ ስቕ ኢለ እንታይ ኢለካ።"

"ገንዘብ ይኸፍሎ እንተ'ልዩ መቸም ፡ ሓገዝ ወይ ልግሲ ከም ዘይኮነ ፍሉጥ'ዩ ፡

" በለ ኣርኣያ።

"እዚ ደኣ ንሕሙቶዶ ሕቶ። ገንዘብ ሃብቶም ደኣ ብኸንቱ ኣሸንኪይ ንጓና፣ ንገዛእ ደቁ'ኳ ኣይወጽእን።"

"እወ! እሞ ገለ ይገብረሉ'ሎ ማለት'ዩ።"

"ራይት፣ ወይ ከኣ ገለ ንኽገብረሉ ኣቐዲሙ ይኸፍሎ'ሎ ማለት'ዩ።"

"ልክዕ! እሞ እንታይ ምኻና እዛ ነገር ቀልጢፍና ክንፈልጣ'ለና።"

"ያ፣ እወ፣ ግን ብኸመይ ኢኻ'ሞ ቀልጢፍካ ክትፈልጣ?"

"ዋእ ንወልደኣብን ንተኽለኣብን እቲ ክትትሎም ከቀላጥፍዎን ከጽዕቕዎን ክንነግሮም ኣሎና ማለት'ዩ።"

"ምህዋኽ'ኮ ናቱ ሓደጋታት ኣለዎ ኣርኣያ። ክህወኹን ክቕልጥፉን ክብሉ እንድሕር ሃብቶምን ገብረኣብን ፈሊጦምን ነቒሖምን፣ ጉዳይ ኣብቂዓ ማለት'ዩ። ስለዚ ክጥንቀቑ ከድሊ'ዩ።"

"እሞ ክንጥንቀቕ ክንብል እታ ጉዳይ ከይበጻሕናያን ከየፍሸልናያን፣ ከይቅድመና ሃብቶም'ምበር። ሕጂ እንድሕር ሓደ ሸርሒ ጌሩ ጎዲኡና መተንስኢ የብልናን!"

"ስክፍታኻ ይርደኣኒ'ዩ። ይኹን'ምበር ሕጂ'ውን ጥንቃቐ የድሊ'ዩ። ግን ስማዕ'ንዶ ኣርኣያ፣ መን ይፈልጥ እዚ ገንዘብ'ዚ እቲ ሸርካ ከሎና ዝሰርቀና ዝነበረ፣ ከይሃቦ ዝጸነሐ ምቅሊቱ ገንዘብ እንተ ኾነ'ከ?"

"ዘይመስል፣ ናይ ሽው ክሳዕ ሎሚ ከይሃቦ ክጸንሕ?"

"እንታይ ኴንካ ኣርኣያ?! ንሃብቶም ከም ዘይትፈልጦ?! ዓመጽ እንዲያ ስራሑ ሃብቶም። ካብ ብሕግን ብግቡእን ሽሕ ክረክብ፣ ብዓመጽ ሚኢቲ ክረክብ ዝያዳ ዕግበት ይህቦ። ስለዚ ክሳዕ ሎሚ እና'መኽነየ፣ ሎሚ ጽባሕ እናበለ ከይሃቦ ጸኒሑ'ውን ይኸውን።"

"ዋላ'ኳ ከምኡ ክኸውን ንእሸቶ ተኽእሎ እንተ'ለዎ፣ ንሕና ግን ንድሕንነትና፣ ካልእ ሕጂ ዝገብሮ ዘሎ፣ ወይ ብሕጂ ኣብ ልዕሌና ክገብሮ ዝደሊ ነገር ክኸውን ከም ዝኽእል ጌርና እንተ ወሰድናዮ ይሓይሽ።"

"ኣብኡ ጽቡቕ ኣለኻ። ጽቡቕን ጥንቁቕን ኣተሓሳስባ'ዩ። ስለዚ ክትትልና

ከይተሃወኽና ብጥንቃቕ ንቐጽል።" በለ ተስፎም።

"ግርም እምበኣር ደሓን። ብኽምኡ ክንሕዛ ኢና። ንዓኣቶም ከኣ ከምኡ ጌረ ከረድኦም'የ።"

"*ጉድ ፡ ሼሪ ጉድ !*" በለ ተስፎም ብምርድዳኦም ዕግበቱ ብምግላጽ።

"በል ኣነ ሓንቲ ቆጸራ ኣላትኒ ክኸይድ'የ ፡" በለ ኣርኣያ።

"ኪድ ሕራይ። ኣነ'ውን ድሕሪ ቑሩብ ክኸይድ'የ ፡" ምስ በሎ ተፈላለዩ።

ተኽለኣብ ብወገኑ ምስ ገብረኣብ ዝነበሮ ምቅርራብ ዝያዳ ኣዕሞቖ። ድሕሪ ቑሩብ ብቐጻሊ ብሓባር ክዞሩ ጀመሩ። ሽው'ዩ ኸኣ ኣወዳጽኣ ገንዘብ ገብረኣብ ፡ ካብቲ ዓቕሚ ደሞዙ ኣዝዩ ንላዕሊ ምዃኑ ዘስተብሃለ። ብሕልፊ ኣብ ግዜ መስተ ፡ በተደጋጋሚ ምኽፋል ጨሪሱ ኣይግድሶን ነበረ።

እዚ ተርእዮ'ዚ ኸኣ ነ'ርኣያ ነገሮ። እዚ ሓበሬታ'ዚ ነቲ ቅድሚ ሕጂ ሃብቶም ንገብረኣብ ገንዘብ ይህቦ ከም ዘሎ ዝረኸብዎ ሓበሬታ ዘራጉዶ'ኳ እንተ ነበረ ፡ ንእንታይነትን ምስጢርን ርክቦም ግን ጌና ፍንጨ ዝህብ ኣይነበረን። ንተስፎም ከም ተወሳኺ ሓበሬታ ጥራይ ነገሮ'ምበር ፡ ልዕሊኡ ክትንትንዎ ወይ ክዘራረብሉ ኣድላይነት የብሉን ብምባል ኣይዘተይሉን።

ድሕሪ ኣስታት ሓደ ወርሒ ፡ ኣብ ታሕሳስ 1969 ዓርቢ መዓልቲ ፡ ገብረኣብ ከም ኣመሉ ናብ እንዳ ባኒ መጺኡ ፡ ምስ ሃብቶም ንውሽጢ ኣተወ። ድሒሪ ሓሙሽተ ደቓይቕ ፡ ዝጸናጸን ዝነበረ ወልደኣብ ቁሩብ ናይ ዓው-ዓው ድምጺ ሰምዐ።

"ገንዘበይ ክትህበኒ ኣሎካ። ከም ቀለብ ቆልዓ ጨራሪምካ ብልማኖ ኣይኮንካን ክትህበኒ ዝግባእ ፡" ዝብል ድምጺ ገብረኣብ ኣብ እዝኑ በጽሐ።

ድሕሪኡ ሃብቶም ፡ "ዓው-ዓው ኣይትበል ፡" ክብሎን ፡ ድሕሪኡ ዝተበሃሃልዎ ግን ፡ ጨሪሱ ምስማዕ ክስእኖን ሓደ ኾነ።

"ድሕሪ ሒደት ደቓይቕ ገብረኣብ ብሕርቃን ገጹ ተጨማዲዱን ተኾማቲሩን ፡ መዓት እና'ስተንፈሰ ክወጽእ ተዓዚበዮ። ሃብቶም ካብ ውሽጢ ምስ ወጸ'ውን ፡

ኣብ ግምባሩ ረሃጽ ታህታህ ኢሉ ፡ ናይ ሻቕሎት ምልክት ኣብ ገጹ እናተነበበ ፡ ደኒኑ ኣብ ሓሳብን ሻቕሎትን ክጥሕል ኣስተብሂለ ፡" ኢሉ ጸብጻቡ ደምደመ።

ኣርኣያ ብግደኡ ጸብጻብ ወልደኣብ ፡ ንተስፎም ኣዘንተወሉ።

"እሞ እዝስ ብርግጽ ጌና ዘይበጻሕናዮ ነገር'ዩ ዝመስል። ምኽንያቱ እቲ ገብረኣብ ዝሓቶ ዘሎ ገንዘብ ብዙሕ'ዩ ማለት'ዩ ፡" በለ ተስፎም።

"እወ ብርግጽ። ካብ'ዚ ሓበሬታ'ዚኸ ካልእ ዘስተብሃልካዮ ነገር ኣሎዶ?"

"ከም ምንታይ ማለትካ'ዩ?"

"ከምቲ ዝበልካዮ ብዝሒ ገንዘብ ጥራይ ዘይኮነ ፡ ገብረኣብ ንሃብቶም ዓው-ዓው ክብለሉ ኸሎ'ውን'ኮ ዘርእዮ ምልክት ኣሎ ፡" በለ ኣርኣያ።

"እንታይ የርኢ ማለትካ ኢዩ?"

"ኣብ ክንዲ ሃብቶም ኣብ ልዕሊ ገብረኣብ ሓይሊ ዘርኢ ፡ ገብረኣብ እኮ'ዩ ኣብ ልዕሊ ሃብቶም ላዕላይ ኢድ ከም ዘለዎ ዘርኢ ዘሎ!"

"*ኦ ማይ ጎድ!* ብኸምኡ ደኣ ዘይረኣኹዎ! ሓቕኻ'ምበር!" ስለዚ ገብረኣብ ብኸመይን ንምንታይን ንሃብቶም ከፈራርሖን ፡ ዓው-ዓው ክብለሉን ይኽእል ኣሎ ኢዩ እቲ ምስጢር?!" በለ ተስፎም።

"ልክዕ! ብግቡእ ሒዝካኒ'ለኻ! ሃብቶም'ዩ ኣብ ልዕሊ ገብረኣብ ሓይሊ ከርእን ፡ ላዕለዋይ ኢድ ክህልዎን እትጽበ።"

"እሞ ኣብ ከምዚ እንተ በጺሖም ፡ ውዒሉ ሓዲሩ ስስዐ ሃብቶም ዶቡ ምስ ሓለፈ ፡ ገብረኣብ ቶግ ከብላ ስለ ዝኽእል ዝያዳ ጽዑቕ ምክትታል ከድሊ'ዩ። ብሓፈሻ ግን እዞም ሰባት ጽቡቕ ምዕባለ የመዝግቡ ስለ ዘለው ፡ ምትብባዕ የድልዮም'ዩ። ኣብኡ ኣይትሕመቕ ፡" በለ ተስፎም።

"ጸገም የለን ደሓን ብኣኡስ ኣይትስከፍ ናባይ ግደፎ።"

"ግርም ፡ በቃ ቀጽሉ ፡" ኢሉ ተስፎም ነታ ዘረባ ምስ ደምደማ ፡ ነናብ ስራሖም ከዱ።

ኣብዚ ግዜ'ዚ ተኽለኣብን ገብረኣብን ኣዝዮም ተቐራሪቦምን ተዓራሪኾምን'ዮም። ብዙሕ ግዜ ብሓባር ክምስዩን ክዘናግዑን ጀሚሮም ነበሩ። ድሕሪ ኣስታት ሓደ ወርሒ ኣብ ጥሪ 1970 ፡ ሓደ ቀዳም ምሸት ብሓባር ክዘሩን ክሰትዩን ኣምሰዩ። ገብረኣብ ካብ ካልእ እዋናት መስተ ኣዝዩ ኣዛይዱ ኣብ ዝነበረሉ ግዜ ከኣ'ዩ ንተኽለኣብ ሓደ ዘረባ ዘምሎቖሉ።

"እዚዚ በዓዓለለገ ሃብቶም ገንዘበይ በሊዑ ዝተርፍ መሲልዎ ፡ ከርርእዮ እየ!" በለ መልሓሱ እናኾላተፈ።

"ገንዘብ ትእውዶ ዲኻ?" በሎ ተኽለኣብ።

"ይእውዶን ፈረቓን! ኣብ ክንዲ ከም ስምምዕና ብሓንሳብ ጠቕሊሉ ዝህበኒ ፡ እናጨራረመ ተኸኽ ኣቢሉኒ። ተኸኽ የብላ'ንኡ!" በለ ገብረኣብ።

"እሞ ብዙሕ ገንዘብ ኢኻ ትእውዶ ማለት'ዩ ፡" በለ ተኽለኣብ።

"ብዙሕ ጥራይ!"

"ኣብ ክንዲ ንሱ ሃብታም ከሎ ገንዘብ ዘለቕሓካስ ፡ ብኸመይ ደኣ ወደይ ንስኻ ኣለቂሕካዮ?" በለ ተኽለኣብ ፡ ንጽህነት ከም ዘለዎን ዝኾነ ጥርጣረ ከም ዘይብሉን ንኽምስል።

"ኖኖ ኣለቂሐዮ ኣይኮንኩን። *ሸወያ* ብሓባር ናይ *ቢዝነስ* ዝገበርናዮ ብጺሒተይ'ዩ። ብሓደ ኣታዊ ደኣ ህይወት ኣበይ ክትከኣል ዓርከይ! ኣብዚ ግዜ'ዚ ሓደ ኣታዊ ጥራይ ዘለዋ'ሞ ሕጂ ምዛር ኣበይ ክትሓስቦ ፡ ድሮ ተጠቕሊላ ደቂሳ'ላ ፡" በለ ገብረኣብ ካዕ ካዕ ኢሉ እናሰሓቐ።

"ዋእ እወ ሓቕኻ ወይ ከኣ ከምዚ ኸማና ፡ ብደገ ገንዘብ እናስደዳ ዝምውላ ኣሓት የድልያኻ ፡" በለ ተኽለኣብ ንሰሓቑ ብሰሓቕ እና'ሰነየ። እታ ዝተጀመረት ዘረባ ከይትጠፍኦ ተቐላጢፉ ፡ "እሞ እቲ ንሃብቶም እትእውዶ ፋብሪካ ክይገደፎ ዝነበረ ናይ ቀደም ሕሳብ'ዩ ማለት'ዩ። ከምዚ እንተ ኾይኑ ሓቕኻ ኢኻ ክትሓርቕ!" በለ ተኽለኣብ።

"ኖኖ ናይ ሕጂ ድሕሪ ፋብሪካ ምግዳፉ'ምበር። ገንዘበይ'ኳ ኣበይ ክይጠፍኣኒ በፍንጫኡ ክምጽእ'ዩ!" ኢሉ ነታ ኣሳሳይት ቢራ ክትውስኾም ተዳሃየ። ንሳ ኸኣ ቢራ ሒዛ ደበኽ በለት።

ሽው ምስኣ ፡ "ንዒ'ስከ ኮፍ በሊ ኣብዚ። እንታይ ክጋብዘኪ? ሎም ቅነ እንታይ

ኢኺ ኩርዕርዕ እትብሊ ዘለኺ?!" እናበለ ክዋዘ ምስ ጀመረ፣ ሒዞማ ዝነበሩ ዘረባ መወዳእታኣ ኾነ።

ተኽለኣብ ዝያዳ ሓበሬታ ክረክብ ተሃንጥዩ'ኳ እንተ ነበረ፣ ነታ ዘረባ ከም ብሓድሽ እንተ'ልዓላ ከይጥርጥሮ ፈሪሑ ክገድፋ መረጸ። ተኽለኣብ ነዚ ኹሉ ሓበሬታ ኣብታ ቆጸራኦም ነ'ርኣያ ጸብጸበሉ።

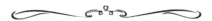

አርኣያ ሽው ኣጋምሽት ንተስፎም ክንዘራረበሉ ዘድሊ ሓድሽ ኣገዳሲ ምዕባለ ስለ ዘሎ፣ ኣብ ቤት ጽሕፈት ንራኸብ ኢሉ ደወለሉ። ምስ ተራኸቡ ብኡ ንቡኡ ናይ ተኽለኣብ ጸብጻብ ብዝርዝር ክገልጸሉ ጀመረ።

አርኣያ መግለጺኡ ምስ ደምደመ ተስፎም፣ "ማይ ጎድ፣ እንታይ ዓይነት ሕንቅልሕንቅሊተይ ኢዩ'ዚ ወደይ? ካብዚ ዝረኸብካዮ ጸብጻብ፣ እቲ ናይ ሃብቶምን ገብረኣብን ምስጢር ናይ ቅድም ሽርካ ክሎና ዘይኮነስ፣ ናይ ነናትና ሒዝና ምስ ተፈላለና ምኻኑ ብሩህ'ዩ። ካልኣይ ብሕጂ ንኽገብረሉ ዝሓጽዮ ዘሎ ነገር ዘይኮነስ፣ ኣቐዲሙ ድሮ ናይ ዝገበረሉ ስራሕ ምኻኑ'ውን ግልጺ'ዩ። ክሳዕ ሕጂ ጽቡቕዶ ኣሎኹ?"

"ጽቡቕ ኣሎኻ፣" በለ ኣርኣያ።

"እሞ ከምዚ እንተ ኾይኑ እዚ ናይ ሓባር ስራሖምን ምስጢሮምን፣ ዋላ'ኳ ናይ ግድን ዘይሕጋዊ ነገር ክኸውን ተኽእሎ ይሃልዎ'ምበር፣ ንኣና ዝምልከት ነገር ግን ኣይመስለንን። ከምኡ እንተ ኾይኑ ኸኣ ድሕሪ ሕጂ፣ ነዚ ተወሳኺ ክትትል ክንገብረሉ ዘድሊ ኣይመስለንን፣" በለ ተስፎም።

"ንዓ ደኣ ተስፎም! ናበይ ደኣ ኢኻ ሃጺጽካ? እዚ እትብሎ ዘሎኻ ልክዕ ክኸውን ተኽእሎ ኣለዎ። ግን እዚ ኹሉ ተደኺምዎ ብልክዕ እንታይ ምኻኑ ከይፈለጥና ምቁራጹ ግን፣ ኣነ ጨሪሰ ኣይሰማምዓሉን'የ። ደሓር ከኣ ቀሪብና ኢና እንመስል። ገብረኣብን ሃብቶምን ክባተኹ ዝቐረቡ'ዮም ዝመስሉ። ገብረኣብ ከኣ ንተኽለኣብ ኣዝዩ ኣቕሪብዎን ኣሚንዎን'ዩ ዘሎ። ድሮ ብድልየቱ ክለፋለፍ ጀሚሩ'ሎ። ኣብዚ ደረጃ'ዚ በጺሕናስ ኣይንገድፎን ኢና!" በለ ኣርኣያ ትርር ኢሉ።

"ንኣና ኣብ ዘይምልከተና ነገር'ሞ፣ እንታይ ተወሳኺ ሃልክን ገንዘብን ግዜን ዘጥፍእ ኣሎና?"

"ንኣና ከም ዘይምልከተና ኣረጋጊጽና ምስ ፈለጥና ጥራይ ኢኻ ከምኡ ክትብል እትኽእል። ኣነ ክገልጾን ብጭቡጥ ከቐምጦን ዘይክኣልኩ ፡ ጌና ሕርኽርኽ ዝብለንን ዘሰክፈንን ነገር ኣሎ።"

"ሕራይ በል ደስ ክብለካ ቀጽል'ምበር ፡ ኣነስ ድሕሪ'ዚ ሕጂ እዋን ምክትታሎም ኣይረኣየንን'ዩ።"

"ደሓን ግዲ የብልካን ኣይፍለጥን'ዩ። ዝጀመርናዮ ኣብ መደምደምታ ምብጽሑ ይሓይሽ።"

"ሕራይ ደሓን *ኦኪይ ፡* ስምዒትካን ጥርጣረኻን መታን ክዓርፈልካን ክትቀስንን ቀጽል'ምበር ፡ ንዓይሲ ሓቂ ዘረባ ኣድላይነቱ ፈጺሙ ኣይረኣየንን'ዩ ዘሎ። በል ሕጂ ንኺድ መስዩ'ዩ ፡" ኢሉ ተስፎም ብድድ በለ።

"ሕለፍ ንስኻ ከርክበካ'የ።"

"በል ቻው ፡" ኢሉዎ ኸደ ተስፎም።

ዓቢ ሓው ምስ ከደ ፡ ኣርኣያ ኣብታ መንበሩ ኮፍ ኢሉ ኣብ ሓሳብ ጠሓለ። ሓደጋ ካብ ዝገጥም መዓልቲ ጀሚሩ ሕርኽርኽ እናበለት ምኻድ ዝኣበየቶ ጥርጣረ ኔራቶ። ንዝኾነ ሰብ ዋላ'ውን ነቲ ዝፈትዎ ዓቢ ሓውን ወላዲኡ መዓርኡን ፡ ክነግሮም ዘይደፈረሉ ምኽንያት ከኣ ንጥርጣረኡ ምኽኑይ ዝገብር ፡ ዝኾነ መግለጺ ክቕርበሎም ዘይኽእል ስለ ዝነበረ'ዩ። ኣሽንኳይ ንኣኣቶም ንነብሱ'ውን ብስምዒት እንተ ዘይኮይኑ ፡ ከረድኣ ወይ ብዘዕግብ ክገልጸላ በቚዑ ኣይፈልጥን'ዩ።

እቲ ናይ ምጽርራይን ምጉሕሓፍን ስራሕ ክካየድ ከሎ'ውን ፡ ኣነ ዘይብሉን ኣነ ዘይረኣኹዎን ዝኾነ ነገር ክይትንከፍን ክይድርበን ኢሉ ግድን ዝብል ዝነበረ'ውን ፡ በታ ክገልጻ ዘይኽእል ጥርጣረን ሕርኽርኽን ተደሪኹ'ዩ ነይሩ።

ካብ ንእስነቱ ወላዲኡ ፡ " *ንነብስናን ንስምዒትናን ጽን ኢልና ክንሰምዖ ኣሎና ፡"* ይብልዎ ምንባሮም ፡ ኩሉ ግዜ ኢዩ ዝዝክሮ። ወሲኾም ከኣ ፡ " *ግን እዚ ማለት ብስምዒትና ጥራይ ክንምራሕ ኣሎና ማለት ኣይኮነን ፤ እንታይ ደኣ ነቲ ዝስመዓና ነገር ፡ ግዜ ሂብና ክንሓስበሉን ክንፍትሾን ክነረጋግጾን ኣሎና ፡"* ይብልዎ ነበሩ።

"ምናልባሽ በዚ'ውን ይኸውን ንማንም ክይነገረኩ ፡ ነታ ሕርኽርኽ እትብለኒ ዝነበረት ንኽንድ'ዚ ዝኣክል ክስዕባ ዝኽኣልኩ ፡" 'ኢሉ ሓሰበ። ብድሕሪኡ ሓሳባቱ ናብታ ካብቲ ብዙሕ ዘይጠቅም ዝመስል ዝኣከቦ ፡ ግን ከኣ ኣብ ተሰሓቢት ጣውላኡ ብኽብረት ዝዓቀባ ነገር ቀንዐ።

ተሳሓቢቱ መዚዙ ኸኣ ንመበል ሽሕ ግዜ ዝኸውን፣ "ምስቲ ጥርጣረይዶኸን ርክብ ይህልወኪ ይኸውን?" ኢሉ ሓተታ።

ካብ ግኡዝ ነገር መልሲ ከይተጸበየ ኸኣ ከይተፈለጦ ዓው ኢሉ፣ "ደሓን ቀሪብና ኢና፣ ኣብዚ ቀረባ እዋን መጋረጃኺ ክኸንጠጥ'ዩ። ተራ ነይሩኪዶ ኣይነበረክን ሓዲኡ ክንፈልጥ ኢና!" በላ።

በይኑ ይዛረብ ከም ዝነበረን ከም ዝመሰየን ተፈሊጥዎ፣ ብቕጽበት ብድድ በለ። ተቐላጢፉ ቤት ጽሕፈት ዓጽዩ፣ ርእሱ ኣድኒኑ፣ መሬት መሬት እናጠመተ፣ ኣብ ሓሳብ ተዋሒጡ ካብ ፋብሪካ ወጺኡ ከደ።

ምዕራፍ 8

ኣርኣያ ንተኽልኣብን ወልደኣብን ካብ ዝምልምሎምን ዘዋፍሮምን ፡ ልክዕ ኣርባዕተ ኣዋርሕ ኣቑጺሩ። ድሮ ብዙሕ ነገራት'ኳ ክፈልጡ ክኢሎም እንተ ነበሩ ፡ እታ ቀንዲ ነ'ርኣያ ትቖልዎ ዝነበረት ቁልፊ ግን ጌና ኣይፈለጥዋን።

'ገብረኣብ ንሃብቶም እንታይ ስለ ዝገብረሉ ኢዩ ገንዘብ ብቐጻሊ ዝህቦ? ከፈራርሖን ዓው ዓው ክብለሉ ክሎንከ ንምንታይ'ዩ ዝጽመሞን ዝጻወሮን?' እትብል ሕቶ'ያ እታ ዘይተመለሰት ሕንቅልሕንቅሊተይ።

ተሰፎም ንሓው 'ደስ ይበሎ' ብዝብል እምበር ፡ ንኣና ዝምልከት ወይ ቁም ነገር ዘለዎ ነገር ኣይከውንን'ዩ ኢሉ ካብ ዝድምድም ነዊሕ ሓሊፋ'ዩ። ዳርጋ ብዛዕባኡ ምሕሳብን ምሕታትን ገዲፍዎን ኣዋዲቕዎን'ዩ ነይሩ። በ'ንጻሩ ኣርኣያ ነቲ ዘይዓረፈሉ ሕርኽርኽ ዝብሎ ዝነበረ ስምዒቱን ፡ ነቲ ጌና ዘይተመለሰ ሕቶን ምስጢርን ፡ ዝምልሰሉ ክኸነሉ ብምትስፋው'ዩ ጌና ብዕቱብን ብቐጻልን ዝከታተሎ ዝነበረ።

ኣብ ከምዚ ኩነታት ከለው ፡ ተኽለኣብ ሰንበት ንጉሆ ሓደ ለካቲት 1970 ፡ ነ'ርኣያ ደወለሉ።

"ብህጹጽ ክንራኸብ ኣሎና!" ኸኣ በሎ።

"ክሳዕ ሰኑይ ክጸንሕ ዘይክእል ነገር ኮይኑ ድዩ ደኣ ፡ ሎሚ ሰንበት መዓልቲ ንራኸብ እትብለኒ ዘለኻ?" በለ ኣርኣያ።

"እወ ናይ ግድን!" በለ ተኽለኣብ።

"እሞ ጽቡቕ ክንድኡ ህጹጽ እንተ ኾይኑ ፡ ንስኻ ናብ ገዛ ምጸኒ መታን ብሕትው ኢልና ክንዘራረብ ፡" በሎ ኣርኣያ።

"ጽቡቕ ፡ እሞ ድሕሪ ሓደ ሰዓት ክምጸካ'የ።"

"ክጽበየካ'የ ፡" ኢሉ ኣርኣያ ስልኪ ዓጸዋ።

"እስከ እዛ ህጽጽቲ ዝብላ ዘሎ ሓበሬታ ፡ ንምስጢር ሃብቶምን ገብረኣብን ንሓንሳብን ንመወዳእታን ግዜ እትኽሽሕ ይግበራ። ብኡ ኣቢላ ኸኣ ወይ ነታ ሕርኽርኽ እናበለት ምኽድ ዝኣበየትኒ ጥርጣረይን ስምዒተይን ተግህዳ ፡ ወይ ከኣ ንሓዋሩ ትቐብራ'ሞ ሰላም እረክብ ፡" ኢሉ ሓሰበ።

ከምኡ ኢሉ እና'ሰላሰለ ኸሎ ኸኣ ተኽለኣብ ደበኽ በለ። ሰላምታ ተለዋዊጦም ኮፍ ምስ በሉ ኸኣ ፡ ኣርኣያ ተሃንጥዩ ስለ ዝነበረ ናብታ ጉዳይ ብቐጥታ ብምእታው ፡ "ኣይ መጀምርታ ደኣ ኣሻቒልካኒ እንዲኻ ፡ ድሓኑ ድዩ ኢለ። ደሓር ኣዘራርባኻ ርጉእ ምዃኑ ምስ ኣስተብሃልኩ ግን ቀሲነ። ህጽጽቲ'ያ ስለ ዝበልካያ ኸኣ ተሃዊኸ ጸኒሐ። እስከ በል ንገረኒ ፡" በሎ።

"ኣዝያ ኣገዳሲት ሓበሬታ ስለ ዝኾነት'ያ'ምበር ፡ ቀስ ኢልና'ንዶ ምተዘራረብናሉ። ኣነ ንርእሰይ ትማሊ ለይቲ ዳርጋ ሰለስተ ሰዓታት'የ ደቂሰ። ዝኾነ ኾይኑ ትማሊ ምስ ገብረኣብ ኢና ኣምሲናን ዳርጋ ሓዲርናን!"

"ኣሃ? ሕራይ?" በለ ኣርኣያ ታህዋኹን ህንጡይነቱን ክኽውል እናፈተነ።

"ትማሊ ቀዳም ናይ ንጉሆ ኣብ ስራሕ ከለና ፡ ገብረኣብ 'ሎሚ ብሓንሳብ ኢና እነምሲ ፡ ክንገብረላ ኢና!' ኢሉኒ። ሸው ተራኺብና ቅድም ተደሪርና። ደሓር ግደፎ ካብ ሓደ ባር ናብቲ ኻልእ ክንዘውርን ብዘይ ዕረፍቲ ክንሰትን ሓዲርና።"

"ሕራይ ሸውኸ?" በለ ኣርኣያ ፡ ተኽለኣብ ነቲ መእተዊ ናይቲ ጉዳይ ነጢሩን ዘሊሉን ናብቲ ቀንዲ ነጥቢ ብቐጥታ ክኣትወሉ ስለ ዝደለየ ፡ ታህዋኹን ህንጡይነቱን ጥርዚ ከም ዝበጽሐ ብጋህዲ እና'ንጸባረቐ። ተኽለኣብ ኩነታት ኣርኣያ ግዲ ኣንቢቡዎ ኾይኑ ፡ ተቐላጢፋ ናብቲ ጉዳይ ኣተወ።

"ሰዓት ክልተ ወጋሕታ ይኸውን ገብረኣብ ገው ኢሉ ፡ መዓት ዘረባታትን ጃህራታትን ክነፍሕ ጀመረ። ደሓር እታ ዘረባ ናብ ሃብቶም ኣዞራ።"

"ሃብቶምኳ ደሓን'ዩ ካልእ እንተ ተረፈ ፡ ይበልዕን የብልዕን! ጽላእ እዞም ናትና በለኒ።"

"ናንታ? ነየናት ማለካት'ዩ ናትና? ኢለ ሓተትኩዎ።"

"እቲ ተስፎምን ኣርኣያን'ምበር። ኣይበልው ኣየብልው! ልኹታት! ግን ግደፈን ደኣ ኣብ መወዳእታስ ረኺበየን'የ! ረኺበየን! በለኒ ስኑ እናነኸሰ።"

"ብኸመይ? በልኩዎ።"

"ግደፈን ደኣ ፋብሪካ ኣሎና ኢለን ሰብ ክንዕቃ ፡ ባዕ-ባዕ ከም'ትብል ገይረያ እየ! ምስ በለኒ ፡ መጀመርያ ኣይተረድኣንን። ሽው ኣነ ፡ "ከመይ ማለትካ'ዩ? በልኩዎ።"

"እወ ባዕ-ባዕ ኣቢለያ እየ! ባዕ-ባዕ ትበል ኣዲኦም! ነቲ ሃብቶም ከኣ እዚ ኹሉ ፈጺመሉ ፡ ሎሚ ጽባሕ እናበለ ተኸኽ ኣቢሉኒ'ሎ። እንተ ዘይተኣሪሙ ንዕኡ'ውን ኣይገድፎን'የ! ምስ በለኒ ፡ ሰንቢደ ዳርጋ ስኽራነይ በኒኑ ይብለካ።"

"ርግጸኛ ዲኻ ፋብሪካ ባዕ-ባዕ ከም'ትብል ገይረያ'የ ኢሉካ?!" በለ ኣርኣያ ፡ ዳርጋ ካብ መንበሩ ክትንስእ ቁሩብ እናተረፎ።

"ዋእ! ርግጸኛ ጥራይ ድየ! ክንደይ ግዜ'ንድዩ ደጋጊሙለይ ፡" በለ ተኽለኣብ ብርእሰ ተኣማንነት።

"እዚ ኹሉ ፈጺመሉስ ሎሚ ጽባሕ ክብለኒ ሃብቶም ፡ ከም ዝበለካኸ ርግጸኛ ዲኻ ተኽለኣብ?" በለ ኣርኣያ እቲ ንነዊሕ ዘጠራጠሮን ፡ ሕርኽርኽ ዝብሎን ዝነበረ ሕንቅልሕንቅሊተይ ፡ መፍትሒ ክረክብ ግዲ'ዩ ብዝብል ህንጡይነት።

"ርግጸኛ ጥራይ ድየ?! ሚኢቲ ካብ ሚኢቲ'ምበር!" በለ ተኽለኣብ ብትሪ።

"ሰቲኹም ኢኹም ኔርኩም ፡ ሚኢቲ ካብ ሚኢቲ ርግጸኛ ኢኻ?" ደገመ ኣርኣያ።

"በዚ ኣጆኻ ኣይትጠራጠር። ኣነ ምስ ሰተኹ ይሞቐኒን ደስ ይብለንን ብዙሕ ይስሕቐን ይጻወትን'ምበር ፡ ኩሉ ዝገብሮን ዝተገብረን ብግቡእ የስተውዕልን ይዝክርን'የ። በ'ንጻሩ ገብረኣብ ኣጸቢቑ ምስ ሰኸረን ድሕሪ ሓደ ደረጃ ስኽራንን ፡ ኣበይ-ኣበይ ከም ዝኸደን ፡ መን-መን ከም ዝረኸበን ፡ እንታይ ከም ዝበለን'ውን ጨሪሱ ኣይዝክሮን'ዩ ፡" ኢሉ ኣዕርፍ ኣበለ።

"ሕራይ ቀጽል ፡" በለ ኣርኣያ ኩነታት ተሓዋዊሰዎን ደንጽዩዎን።

"ዝገርመካ'ዩ ብዙሕ ግዜ እንድሕር ዓሚርና ሓዲርና ፡ ብዛዕባኡ ንጽባሒቱ ንዘራረብ ኢና። ኣነ ኣብዚ ምስ ከድና ፡ ኣብቲ ከሎና ፡ እከለ ምስ ረኸብና እንተ

በልኩዎ ጨሪሱ ኣይዝክሮን'ዩ። ኣይፍለጠንን ነይሩ'ዩ ዝብለካ። ግን እቲ ሽው ክዛረብን ከዕልልን ከሎ ፡ ኖርማል ዘሎ'ዩ ዝመስለካ። ስለዝስ ኣጆኻ ኣጸቢቐ ባህሩ ስለ ዝፈልጦን ዝርደኦን ኣይትጠራጠር!" በለ ብርግጽነት።

"ወይ ጉጉድድ! ዝገርም'ዩ! ዋላ ክትኣምኖ'ውን ቀሊል ኣይኮነን። ርግጸኛ እየ ተስፎም ሓወይ ነዚ ክቕበሎ ከሸግሮ'ዩ ፡" በለ ኣርኣያ።

"ኣሽንኳይ ተስፎም ኣነ ብእዝነይ እናሰማዕኩዎ'ንድየ ምእማን ስኢነ። ምሽ ነጊረካ ካብ ስኽራነይ ብስንባደ'ኮ'የ ነቒሐ!"

"ይርደኣኒ'ዩ። ኣነ ግን ዝገርመካ ብዛዕባ ምንዳድ ፋብሪካ ፡ ካብ መጀመርትኡ ሕርኽርኽ ዝብለኒ ነገር ነይሩ'ዩ።"

"ዋእ ሓቅኻ ዲኻ? እሞ እዚ ክንከታተሎ ከሎና ከምኡ ዓይነት ጥርጣረ ነይሩካ ማለት ድዩ?" ሓተተ ተኽለኣብ ብምግራም።

"ኖኖኖ ቀጥታዊ ጥርጣረ'ኳ ክብሎ ኣይክእልን ፡ ግን ኣሎካንዶ ገለ ይስመዓኒ ነይሩ። ተረፍ ሓዊ ፋብሪካ ሒዝና ከምዚ ኢልና ከይደልደልና ከሎና ፡ ከይጎድኣና ንምክልኻል'ዩ ነይሩ እቲ ቀንዲ ናይ ክትትልና ዕላማ። ኣነ ግን ብውሽጠይ ክገልጾ ዘይክእል ካልእ ትጽቢት ነይሩኒ ፡" ምስ በለ ፡ ሓደ ነገር ትዝ ዝበሎ መሰለ።

ብቕጽበት መኣዝን ናይቲ ዘረባ ናብ ካልእ ኣርእስቲ ብምቕያር ፡ "ስማዕስከ'ባ ፡ በ'ጋጣሚ ቁጽሪ እግሪ ገብረኣብ ትፈልጦ ዲኻ?" ሓተተ ኣርኣያ።

"እንታይ?" በለ ተኽለኣብ ብስንባደ። ዘይተጸበዮ ዘረባን ኣርእስትን ስለ ዘደናገሮ ፡ እንታይ ኢዩ ዝብለኒ ዘሎ ብዘስምዕ ቃና።

"ቁጽሪ እግሪ ፡" እናበለ ኣርኣያ ፡ "ምስማዕ ደኣ ሰሚዐካ'ንድየ። ዘይ ሓድሽ ዘረባ ኣምጺእካ ኣደናጊርካኒ ኢኻ'ምበር። ሓቂ ዘረባ ብርግጽ ኣይፈልጦን'የ። ንምንታይ ኢኻ ሓቲትካኒ?" በለ ተኽለኣብ።

"ንሓንቲ ነገር ኣድልያትኒ ኣላ። ካብቲ ብዙሕ ዝኣረኹዎን ዘቐመጥኩዎን ነገራት ፡ ሓንቲ ካብ ሽው ኣትሒዛ ኣዝያ ተሕስበኒ ዝነበረት ነገር ኣላ። ቀስ ኢልካ'ሞ ኣረጋግጽ ፡ ሽው እቲ ዝጠርጠርኩዎ እንተ ኾይኑ ክነግረካ'የ።"

"ሕራይ ጽቡቕ። ጸገም የብሉን'ዚ በ'ገባብ ገይረ ከረጋግጾ'የ። ካልእ ብዛዕባ ብድሕሪ ሕጂ'ኸ? እቲ ክትትልን ርክብናን ምስ ገብረኣብ ከመይ'ዩ ክኸውን?"

"ቀዲምካኒ'ምበር ኣነ'ውን ናብታ ኣርእስቲ'የ ክሰግር ሓሲበ ነይረ። ኣዝያ ኣገዳሲት ኣርእስቲ'ያ። ነቲ ኹሉ ክሳዕ ሕጂ ዝተሰርሐ ፡ ብኣሉታ ወይ ብእወታ እትጸሉ ተነቃፊት ኣርእስቲ'ያ። መቸም ንሕና እዚ ካብ ፈለጥናን ፡ ብሰባት ካብ ኮነ እዚ ዕንወት'ዚ ዝወረደናን ፡ ናይ ግድን ነቲ ጉዳይ ኣብ ሓቂ ከነብጽሖን ብሕጊ ክንሓተሉን ምኺንና ኣይጠፋኣካንዩ።"

"እወ ይርደኣኒ'ዩ። ንገባር ክፉእ ክትፍረዶ ደኣ ናይ ግድን ኢዩ'ምበር!"

"እወ። ሕጂ ንስኻ ሓንቲ ነገር ከም ዘይተረኸበ ፡ ነታ ምስ ገብረኣብ መስሪትካያ ዘለኻ ዕርክነት ክትቅጽላ ኣሎካ። እቲ ሓበሬታ ካባኻ ከም ዝመጸ እንተ ዘይፈለጠ'ዩ ዝሓይሽ። ንሕና'ውን እንተ ዘይተገዲድና ክሳዕ መወዳእታ ፡ እቲ ሓበሬታ ብኻልእ ኣገባብ ከም ዝፈለጥና ጌርና ክንሕዞ ኢና።"

"ብጣዕሚ ጽቡቕ ሓሳብ። ቁሩብ ኣሰኪፉትኒ ነይራ'ያ ፡" በለ ተኽለኣብ ሻቅሎቱ ከይሓብእ።

"ኣብ ዝቕጽል መዓልታት ከኣ ብመስተ ልቡ ምስ ኣጥፈአ ፡ ዝበሎን ዝነበሮን ዝገበሮን ኣይዝክርን'ዩ ንዝበልካዮ ፡ ደጊምካ ከተረጋግጾ ኣሎካ። ጨሪሱ ዘይዘክሮ ምኺኑ እንተ'ረጋጊጽካ ኣዝዩ ጽቡቕ'ዩ። ምኽንያቱ ንዓኻ ፈጺሙ ኣይክጥርጥረካን'ዩ።"

"በዚ'ኳ ርግጸኛ'የ። ግን ደሓን ከምዚ ዝበልካዮ ፡ ዓቢ ሕቡእ ምስጢር እንድዩ ኣምሊቑ ዘሎ ፡ መረጋገጺ ይኾነኒ'ዩ።"

"ልክዕ ኣለኻ። ብተወሳኺ ከምቲ ዝሓለኻልናን ዝረዳእካናን ፡ ንሕና ኸኣ ናትካ ጥቕምን ድሕንነትን ክንሕሉ ሓላፍነት ኣሎና። ክሳዕ ዝከኣልን ክሳዕ መወዳእታን ከኣ ፡ ክንጽዕት ኢና ፡" ኢሉ ኣርኣያ ኣረጋግኦ።

"ምኺን ብኣኻትኩም ኣነ ይተኣማመን'የ።"

"ካልእ እዚ ተረኺቡ ዘሎ ሓበሬታ ቀሊል ነገር ኣይኮነን። ክሳዕ ኣብ ናይ መወዳእታ መስርሕ እንበጽሖን እንዕወትን ምዕጋስ ከድሊ'ዩ። ካብቲ እንረኽቦ ካሕሳ ንሕና ጥራይ ከም ዘይንረብሕን ፡ ብዝገባእ ከነሕውየካ ምኺናን ግን ካብ ብሕጂ ክረጋግጸልካ እደሊ።"

"ይኣምነለይ'ዩ። በዚ ኣይጠራጠርን'የ።"

"ጽቡቕ እምበኣር። ዳርጋ ኩሉ ዘድሊ ዝተዛራረብናሉ እመስለኒ። ኣብ ተነቃፊ

መድረኽ በጺሕና ስለ ዘሎና ፡ ርክብና ካብ ናይ ቅድሚ ሕጂ ንገብሮ ዝነበርና ጥንቃቐ ፡ ብኣዝዩ ዝዛየደ ኣገባብ ክነካይዶ ኣሎና። በዚ መሰረት ርክብና ኣብ ስራሕ ጥራይን ፡ ምስ ስራሕ ብዝተኣሳሰረ ጉዳይ ኣዛሚድና ጥራይን ኢና ክነካይዶ። ካብኡ ወጻኢ ኣብ ገዛ ወይ ካልእ ቦታ ጨሪስና ኣይክንራኸብን ኢና።"

"ጽቡቕ ሓሳብ።"

"ብተወሳኺ ነዚ ጉዳይ'ዝን ነዚ ሓበሬታ'ዝን ፡ ብጥንቃቐን ብምስጢርን ክንሕዞ ኣሎና። ዝኾነ ሰብ ብዛዕባ'ዚ ክፈልጥን ክሰምዕን የብሉን። ኣብ ሰለስቴና ፡ ኣባይን ኣባኻን ኣብ ተስፎምን'ያ ክትተርፍ ዘለዋ። ምኽንያቱ ኸኣ ፍሉጥ'ዩ። ብቐንዱ ንድሕንነትካ'ዩ። ብተወሳኺ ኸኣ ንዓወት ናይ'ዚ ጉዳይ ምስጢራውነት ኣገዳሲ ረቛሒ'ዩ!"

"በዚ ኣይትሰከፍ። ብዝያዳ ንዓይ ዝሓይሽ እንዳኣሉ። ብዛዕባ ምርኻብ ክኣ ተርዲኡኒ'ሎ። ዘይ ናይ ሎምስ ኣዝያ ኣገዳሲት ስለ ዝነበረት ፡ ክሳዕ ሰኑይ ክትጸንሕ ኣይግባእን'ዩ ኢለ'የ።"

"ጽቡቕ ኢኻ ጌርካ ናይ ሎሚ ደኣ ፡" ኢሉ ኣርኣያ ስክፍታኡ ኣፋኾሰሉ።

"እሞ እምበኣር ካብ ወዳእናስ ክኸይድ ፡" ኢሉ ተስናቢትዎ ኸደ።

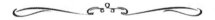

ተኽለኣብ ምስ ከደ ኣርኣያ ኣብ ከቢድ ተፈራራቕን ተጋራጫውን ሓሳብ ጠለቐ። በቲ ሓደ ወገን ናይ ገንዘብን ፋብሪካን ሽግሮም ክፍታሕ ተኽእሎ ከም ዘለዎ ብምሕሳብ ደስታን ተስፋን ተሰምዖ። በቲ ኻልእ ሸነኽ ከኣ እቲ መስርሕ ክወስዶ ዝኽእል ግዜን ፡ ዝጠልቦ ሃልክን ዘኸትሎ ሕልኽልኻትን ኣዝዩ ኣናዋጽን ኣዋጣርን ከም ዝኸውን ተራእዮ። እዚ ኸኣ ኣብቲ ድሕሪ ደጊም ጸገም ኣይክህሉን'ዩ ዝብል ስምዒቱ ተጽዕኖ ፈጢሩ ፡ ንተስፋኡ ቁሩብ ድብንብን ኣበሎ።

ብቕጽበት ዓው ኢሉ ፡ "እንታይ'የ ኾይነኸ? እዚ ተረኺቡን ኣብዚ ተበጺሑንሲ ፡ ኣብ ክንዲ ተመስገንን ጸጽቡቕንሲ ፡ ጸገም ክረኣየኒ?!" ኢሉ ነብሱ ገኒሑ ፡ ብድድ ኢሉ ፡ ንደገ ወጸ።

ኣርኣያ ካብ ገዛኡ ምስ ወጸ ትኽ ኢሉ ናብ እንዳ ሓው ኢዩ ክይዱ። ብስልኪ ብዛዕባ'ቲ ኣርእስቲ ዝኾነ ነገር ክዛረብ ስለ ዘይደለየ ፡ መታን ብኣካል ክረኽቦ'ዩ ኸኣ ንገዛ ዝኸደ። ኣብ ገዛ ምስ በጽሐ ግን መድህን ፡ "ደንጒኻ ሰንበት እንድዩ።

ቆራሪሱ ናብታ ትፈልጣ ግሩፖና ዝብላ ኢዩ ከይዱ ዝኸውን። ሕጂ ዋላ ቀትሪ ዋላ ምሸት ፣ ንምሳሕን ድራርን ኣይመጽእን'ዩ። ድሕሪ ፍርቂ ለይቲ'ዩ ምምጽኡ። ንዛረቦ እንተ በልኩኻ ኸኣ ኣቢኻኒ ኢኻ ፣" በለቶ።

"ኣነ'ኮ ግዜኡ ኣይኮነን ቁሩብ ንጽናሕ ፣ ሕጂ ብዙሕ ጸቕጢ ኣለዎ'የ ኢለኪ'ምበር ፣ መዓስ ኣብየኪ ፣" በላ ንሓው ንኸረኽቦ ዝነበሮ ህንጡይነት ከይተስተብህለሉ ብምጥንቃቕ።

"ወይ ኣነ ደንቆሮ ፣ ስቕ ኢለ ኸኣ ሃለውለው እብል። ብደሓን ዲኻ'ኳ ዘይበልኩኻ? ብደሓን ዲኻ ደኣ ሰንበት ደሊኻዮ? ካብ መዓስ ደኣ ሰንበት ትመጸ?" በለቶ መድህን ኩነታቱ ኣገናዚባ።

"ደሓን ብሓንቲ ጉዳይ'የ ደልየዮ ፣" በላ ኣርኣያ። መድህን ኣዝያ መስተውዓሊትን ዝኾነ ነገር ዘየምልጣን ምኻና ኣጸቢቑ ስለ ዝፈልጥ ፣ "እቲ ዝብሎ ዘሎኹ'ውን ሸለል ኢያ ክትብለኒ'ምበር ፣ ነቲ ዝዛረቦ ዘሎኹስ ብዙሕ ዋጋ ከምዘይትህቦ ርግጸኛ እየ ፣" ኢሉ ሓሰበ።

"ናይ ደሓን ይግበሮ። እሞ ህጹጽ እንተ ኾይኑ ኣብቲ ዝኣትውዎ ኬድካ ኢኻ ክትረኽቦ ፣" በለቶ።

"ደሓን እወ በሊ ኺይደ ፣" ኢሉዋ ብድድ በለ።

"ኮፍ በል ገለ ውሰድ'ኳ ኣይብለካን'የ ፣ ኩነታትካ ይሪኦ ስለ ዘሎኹ። ደሓር ከኣ ንስኻ ጋሻ ኣይኮንካን ፣ በዓል ገዛ ኢኻ ፣" በለቶ።

"እወ ሓቅኺ ፣ እንተ'ድልዩኒ ባዕለይ ዘይሓትት ፣ ከድኩ ደኣ። ቻው በሊ ፣" ኢሉዋ ወጺኡ ከደ።

ኣርኣያ ካብ መድህን ክፉኖ ኸሎ ፣ ኣብ ከቢድ ሓሳባትን ሻቕሎትን ጥሒሉ'ዩ ዝኸይድ ነይሩ። ቀንዲ ስክፍታኡ ሓው ምስቲ ቅድሚ ሕጂ ዝነበሮ ኣረኣእያ ፣ ነዚ ሓድሽ ሓበሬታ ብዕቱብ ምቕባል ክኣብየኒ'ዩ ዝብል'ዩ ነይሩ። ኣብ መገዲ ኸኣ ንተስፎም ንምርዳእ ዝሕግዝዎን ፣ ዝጠቕምዎን ነጥብታት ፣ እናሰርዐን እናቐረበን'ዩ ዝኸይድ ነይሩ።

ሸው መዓልቲ ሰንበት ብንጉሆኡ ፣ ተስፎም ምስ ሰለስተ ኣዕሩኽቱ ፣ ኣብታ

ዝተኣኻኸቡላ ላሊበላ ሆቴል ተራኺቦም ጠላዕ ክጻወቱ ጀሚሮም ነበሩ። ዝበዝሕ ዕላሎምን ጭርቃኖምን ኣብ ግዜ ጠላዕ'ዩ ዝካየድ። ድሮ ኩሎም በቢራኦም ሒዞም ነይሮም'ዮም። ተስፎም ሄኔኬን ፡ ካልኦት ከኣ ሜሎቲ ሒዞም ነበሩ።

ከምኡ ኢሎም ከለው ሓደ ሰብ ተሓወሶም። ስሙ ሓይሎም'ዩ ዝበሃል። ካብቶም ተስፎም ዘይረሓቖምን ዘይረሓቑዎን መስተውዓልቲ መማህርቱን ፡ ናይ ቀደም ኣዕሩኽቱን ሓደ'ዩ።

ሓይሎም ሓደ ካብቶም ደስ ክብሎ ኸሎ ሓደ ኽልተ ምጥዓም እንተ ዘይኮይኑ ፡ መስተ ዘየብዝሕን ገዛኡ ዝኣትወሉ ሰዓታት ዘኽብርን'ዩ ነይሩ። ምስ ኣዕሩኽቲ ተስፎም ካብ ዝፋለጥ ነዊሕ'ኳ እንተ ገበረ ፡ እታ ምስኣታቶም ዝነበረቶ ርክብ ኣርሒቕ ኣቢሉ ክሕዛ ኢዩ መሪጹ። ዕላሎምን ስሓቖምን ስለ ዝፈትዎን ስለ ዝስሕቦን ግን ፡ ጸጸኒሑ ንሓጺር ግዜ ይጽንበሮም ነበረ።

ሓይሎም ምስኣቶም ምሕዋስ ይብህጎ ስለ ዝነበረ ክጽንበሮም'ውን ደስ ምበሎ ነይሩ'ዩ። ግን እንተ ተሓዊስዎም ፡ እተን ምስታ ጥዕምቲ ዕላልን ስሓቕን ናይ ግድን ክኸዳ'ለወን ዝብልወን መስተን ጠላዕን ምምሳይን ከኣ ክቕበለን ክግደድ'ዩ። ከምኡ ስለ ዝኾነ ኣብ መትከሉ ብምጽናዕ ፡ እናደለዮም ኣካይዳኡ ዓቂቡ ምጉዓዝ'ዩ መሪጹ።

"ኦ ሓይሎም! *ዌልካም ፡* ንዓ ንበር ጠፊእካ እንዲኻ። ካብታ ብቐዳማይ ኣብ ስራሕ መጺእካ ዝተራኸብናላ ዳርጋ ክልተ ሰሙን ኮይኑ ከይተረኣኣና ፡" በለ ተስፎም።

ንኹሎም ሰላም-ሰላም ኢሉ ኮፍ እናበለ ፡ "እወ ሓቅኻ ጠፊእካ። ግን ሓደ መዓልቲ'ኮ ብገዛ ሓሊፈ ነይረ'የ። ግን ኣይረኸብኩኻን። መድህን ኣይነገረትካን ድያ?" በለ ሓይሎም።

"ኦ እወ ሓቅኻ! ረሲዐዮ'ምበር ነጊራትኒ ነይራ ፡" በለ ተስፎም።

"ካብ ደገ ጀሚረ ክርእየኩም ከለኹስ ፡ ኣነ መጺአ ኣቋሪጸኩም'ምበር ፋሕ-ፋሕ ዝበለት ውዕይቲ ዕላል ኢኹም ሒዝኩም ነይርኩም ትመስሉ። በጃኹም ቀጽሉ ፡ " በለ ሓይሎም።

"ይኣኽሎም'ባ በጃኻ! እንታይ ክቕጽልሉ? ሎምቅነ ኣብ ርእሰይ'ዮም ዘለው ፡ " በለ ተስፎም።

"እሞ ሓሊፋትና። ከመይ ድያ ነይራ?" ሓተተ ሓይሎም።

"እዚኦም ዘይብልዎ የብሎምን በጃኻ ፡ እንታይ ክትሰምዓሉ ኢኻ? ክልተ ግዜ ዲኻ ከተህርመኒ ደሊኻ?" በለ ተስፎም።

'እሞ እዚኣስ ክሰምዓ'ለኒ። ተስፎም ክንድ'ዚ ካብ ፈራሕካያስ ኣገዳሲት'ያ። ሃየ ደኣ በጃኻትኩም ፡" በሎም።

ሽው እታ ዝነበረት ዕላል ኣሕጽር ኣቢሎም ምስ ነገርዎ ፡ ብሰሓቕ ክፈሓስ ደልዩ ፡ ንብዓት ብንብዓት ኮነ። ንተስፎም ዝምልከትን ፡ ናይ ደቂ ኣንስትዮን ፡ ካልእ ቀንጠ መንጥን ከዕልሉን ክስሕቁን ድሕሪ ምጽናሕ በርሀ ፡ "ኣነ ግን እዚ ሰበይቲ ክምዚ ግበር ክምዚ ኣይትግበር ፡ በዚ እቶ በቲ ውጻእ ክትብለካ ጨሪስ ኣይቅበሎን'የ። ወረ ክምኡ እንተ ተባሂለ ከማን ፡ መሊሱ'ዩ ቅጭ ዘምጽኣለይ ፡" ብምባል ሓድሽ ኣርእስቲ ከፈተ።

"እሞ እቲ እትብሎ ዘላ ቅኑዕ ድዩ ኣይኮነን'ዩ እኮ'ዩ እቲ ወሳኒ። ቅኑዕ እንተ ዘይኮይኑ ቅጭ ክምጻኣልካ ሓቅኻ ኢኻ ፡" በለ ሓይሎም።

"ኖእ እቲ ኣገዳሲ ቅኑዕ ድዩ ፡ ወይስ ኣይቅኑዕን ኣይኮነን። እቲ ኣገዳሲ ባዕልኻ ሓሲብካ ክትገብር ኣሎካ'ምበር ፡ ናይ ሰበይቲ ትእዛዝ ክትቅበል የብልካን'ዩ ፡ " በለ በርሀ።

"ባዕልኺ ሓሲብካ ትገብሮ እንተ'ሊኻ ደኣ ፡ እንታይ ዘዛርብ ክህልዋ ኢሉ። ካልኣይ ከኣ ንምንታይ ነቲ ናይ ሰበይትኻ ዘረባ ከም ትእዛዝ ትወስዶ?" በለ ሓይሎም።

"ከም ምንታይ ደኣ ክወስዶ? ሓንሳብ እንድሕር ሕራይ ክትብል ጀሚርካ ትእዛዝን ምልክን ኣንስቲ መወዳእታ የብሉን ፡" በለ በርሀ ብትሪ።

"ሓቁ ኢዩ ፡ ሓቁ ኢዩ ፡" በሉ ወረደን ዘርኣን።

"ቅኑዕ ኣንተ ኾይኑ እቲ ዘረባ ኣብ ክንዲ ከም ትእዛዝ ጌርካ እትወስዶ ፡ ከም ምኽሪ ከም ሓልዮት ከም ካብ ጌጋ ምእላይ ጌርካ ዘይትወስዶ? ቅኑዕ ከለኻ ግን ትም ኢልካ ክትምለኽ ኣለካ ማለተይ ኣይኮንኩን ፡" በለ ሓይሎም።

ትም ኢሉ ክከታተል ዝጸንሐ ተስፎም ፡ "ናባይ እንድያ ከተቕንዕ ኣርፊዳ ዘላ እዛ ዱላ። እስከ ኣነ ገለ ኽብል። እዚኦም ከም ንማሕረድቲ ዝተቐረበት ገንሸል ደኣ ከይገብሩኒ'ምበር !" በለ ተስፎም እናሰሓቐ።

"ኣጆኻ ደሓን። ሕጂ ደኣ ዓርክኻ ኣብ ጎንኻ ሒዝካ እንዲኻ ፡ እንታይ

ከይትኸውን?" በሎ ወረደ ክምስምስ እናበለ።

"ኩሉ ግዜ ንስኻትኩም 'ሰበይቲ ኣፍሪሓትካ፣ ቀጥቀጥ ኣቢላትካ' ክትብሉኒ ከለኹም፣ ብዛዕባ መድህን ዝደጋግመልኩም ዘረባ ትዝክርዋ እንዲኹም?" በለ ተስፎም።

"ናይ መድህን ደኣ ክንደይ ዘረባ ኢልና ክንዝክር? ኣየነይቲ ዘረባ ማለትካ'ዩ?" ሓተተ ወረደ።

"እታ ቅልጽማ ወይ ሓይላ ኣይኮነን'ኮ ዘፍርሓንን ክምክቶ ዘይክእልን፤ እቲ ገሊኡ ግዜ እተምጽኦ ኣብ ሓቅነት እተመስረተ ሓሳባትን ርትዕን'ዩ ዝብለኩም፣ " በለ ተስፎም።

"ግደፊና *ያሆ!* በዛ ዘረባ'ዚኣ'ኮ ጸሚምና። ሰበይቲ፣ ሰበይቲ ምኻና ኣይተርፋን'ዩ። ዲል እንተ ሂብካየን፣ ኣየንብራኻን'የን። ሰበይቲ ሓንሳብ እንተ ኣሕሚቓትካ፣ ህይወት ተወዲኡ ማለት'ዩ። ሓቀ'የ፣ *ኣይ ኤም ሲርየስ*! ብሓንጎላ ብገለ ኢልካ ኣይትተሃመል!" በለ ወረደ ትርር ኢሉ።

"ሓቑ'ዩ! ነታ *መጀመርያ* ዝበልኩዋ'ዩ ዘትርራ ዘሎ እዚ ዓረከይ። እንድሕር ሓንሳብ ኣብ ሑቕፊኣንን ኣብ እግረንን ኣእትየናኻ፣ ዝገብራኻ ኢዩ ዝጠፈኣን!" በለ በርሀ።

"መልሲ ክረኽበሉ ዘይክእል ሓሳባትን ርትዕን ከተምጽእ ከላ፣ ኣነ ብእውነት እንታይ ከም ዝብላ'ዩ ዝጠፍኣኒ፣" በለ ተስፎም።

"ኦይ! ሱቕ ኢልካ ኢኻ ንስኻ። ንሰበይቲ ደኣ ክንድ'ዚ ዲል እንተ ሂብካያ እንታይ ዘይትብል? ኣብ ከምዚ ነገራት ዘረባ ኣይደልን'የ ዘይትብላ፣? በለ ወረደ።

ብኣተኩሮን ብምስትውዓልን ዝከታተል ዝነበረ ሓይሎም፣ "እዚ'ሞ ብርትዕን ኣተሓሳስባን ናታ ከም ዝተሰነፈን ከም ዝተረትዐን የረጋግጸላ'ሎ ማለት እንዳኣሉ!" በለ።

"እንታይ ምስናፍ ደኣ! ክንድ'ዚ ሃተፍተፍ ክትብል ከላስ፣ *ኣስኩቲ* ዕጸዊ ክትበሃል ኣለዋ'ምበር!" በለ በርሀ።

"እዚ'ሞ ሓቂ ስለ ዝተዛረበትን ሓቂ ስለ ዝሓዘትን፣ ብሓይሊ ዓምጺ ማለት'ዩ። ዓመጽ ከኣ ናይ ንፉዕን፣ ናይ ብነብሱን በ'ተሓሳስባኡን ዝተኣማመን ሰብ

መሳርሒ ኣይኮነን። ንሰበይቲ ኾነ ንደቅና ቆልዑ ብሓይሊ ምዕማጽ ፣ ናይ ስንፍናን ድኽምን ምልክት ኢዩ። ንግዜኡ ሓይልና ፈሪሖም ከይፈተው ክቕበሉና ወይ ክእዘዙና ይኽእሉ'ዮም። ብውሽጦም ግን ይንዕቁና'ምበር ፣ ኣኽብሮትን እምነትን ኣይህቡናን'ዮም። ጸላውን መሃርን መራሕን ተራ ክህልወካ እንተ ኾይኑ ኸኣ ፣ ክትፍራሕ ኣይኮንካን ዘሎካ። ክትክበር ኢዩ ዘሎካ። ክብሪ ኸኣ ብሓይሊ ኣይኮነን ዝርከብን ዝመጽእን። ሰብ ምስ ኣኽበረካ ፣ ብፍታዉን ደስ እናበሎን ዝህበካ ነገር'ዩ ፣" በለ ሓይሎም።

"እሞ ተሰፎምሲ ነዛ ዘረባ ዘምጻእካያስ ፣ ናይ ሓይሎም ሐገዝ ተኣማማኒንካ ኢኻ ፣ " በለ ዘርአ እና'ላገጸ።

'ግን ይርደኣካዶ'ሎ ሓይሎም ፣ ንደቂ ኣንስትዮ ከምዚ ፍጹማት ጌርካ ተቕርበን ከም ዘለኻ?" በለ ወረደ።

"ስምዑንዶ ኣነ'ኮ ሰበይቲ ፣ ድኻምን ጸገምን የብላን ኣይኮንኩን ዝብል ዘሎኹ። ኩሉ ዝበለቶን ዝደለየቶን ክትገብር ኣሎካ ማለተይ'ውን ኣይኮንኩን። ንሕናን ደቀ'ንስትዮን ከም ደቂ ሰባት ፣ ኣጸቢቕና ንመሳሰል'ኳ እንተኾንና ፣ ፍልልያት ግን ኣሎና። ብኡ ምኽንያት ከኣ ብተፈጥሮ ዘይራኸብን ዝተፈላለየን ፣ ነናትና ስምዒታትን ድልየታትን ኣሎና። ከም ንቡር ከኣ ኣንስቲ'ውን ፣ ከማና ናታተን ድኽምን ጉድለትን ኣለወን ፣" በለ።

"እሞ እንታይ ደኣ ትብል ኣለኻ?" በለ ዘርአ።

"ኣነ ዝበልኩ'ኮ ዘይግባእን ፣ ዘይኮነን ዘረባን ጠለብን ከተቕርብ ከላ ጨሪስካ ክትቅበላ የብልካን። ሓቅን ቅኑዕ ርትዕን ከተቕርብ ከላ ግን ፣ ምዕማጻን ምጽቃጣን ኣይግባእን'ዩ'የ ዝብል ዘለኹ ፣" በለ ሓይሎም።

"እሞ ሐንሳብ ዲል እንተ ሂብካየን ፣ ነታ ዝረኸባኣ ቀዳድ መዝሚዘን ሰላም እንድየን ዝኸልኣኻ ፣" በለ ዘረአ።

"ኣብኡ እንድዩ'ሞ ሚዛን ዘድሊ። ኣበየናይ ልክዕ ኣለኺ ኢልካ ትቕበላ ፣ ኣበየናይ እዚ ሃለውለው'ዩ ኢልካ ትነጽጋ ምፍላጥ የድሊ። *እምበር እንድሕር ኣብታ ቤትና ፍትሒ ኣጥፊእናን ፣ ዓማጺ ኣካይዳ ኣተኣታቲናን ደኣ ፣ እቶም ናይ ጽባሕ ወለድን ዜጋታትን ዝኾኑ ቆልዑኽ እንታይ ንምህሮም ኣሎና ማለት'ዩ?"* በለ ብዕትበት።

"ወይ ሓይሎም! ናብ ቆልዑ ኸኣ ሰጊርካ?!" በሎ ወረደ።

"ወረ እንተ ደሊኻስ ኣብ ቆልዑ ጥራይ ዝሕጸር ነገር መዓስ ኮይኑ። ሓቂ ክንዛረብ እንተ ኼንና፣ ፍትሕን ዲሞክራስን ኣብታ ንእሽቶ ንስኻ ንኽተመሓድራ ዝተመርጸካላ ስድራ ቤት ክትፍጸም እንተ ዘይክኢልካ፣ ብኸመይን ካበይን ደኣ'ዩ ኣብ ሕብረተሰብን ሃገርን ክሰርጽ?" ኢሉ ሓይሎም፣ ከቢድ ዘረባን ዓሙቕ ኣተሓሳስባን ስንደወሎም።

ነቲ ሓይሎም ዘልዓሎ ዓቢ ዘረባ ዋላ ሓደ ካብ ኩሎም ኣይገጠሞን። ኣብ ክንድኡን ኣብ ክንዲ ናብኡን፣ ናብ ካልእ ዝቐለለትሎም ኣርእስቲ ምልዓል'ዮም መሪጾም። ሽዑ ወረደ፣ "ስማዕንዶ ሓይሎም፣ ዝበዝሓ ደቀንስትዮ'ኮ ብርትዒ ዘይኮነ፣ ብስምዒት'የን ዝያዳ ዝምርሓ። ከምዚ ፍጹማት ጌርካ ኣብ ሓወልቲ'ባ ኣይትስቀለን!" በሎ።

"ንሱ ደኣ ካበይ ዝመጸ ፍጹምነት። ንሳተን'ውን ከማና ብዙሕ ጸገማት ኣለወን፣" በለ ሓይሎም።

"ከማና? እንታይ ከማና *ያሆ!* ሰብኣይስ'ኳ ወደይ እናዓበየ እናበለየሉ እናዘሓለን እናለምለመን ይኸይድ። ንሳተን'ኮ እናዓበያ፣ እናወዓያን እናሸይጠናን'የን ዝኸዳ፣" በለ ዘርኢ።

"ቅድም ብሰብኣይን ብናብራን ተጸቒጠን ቆልዑ ከዕብያ ትም ኢለን ይጻወራኦ። ደቀን ምስ ኣዕበያን ናብራ ምስ ሓሸለንን ከኣ፣ ብዛዕባ ነብሰንን መሰለንን ክሓስባ ይጅምራ። እዚ'ሞ ግቡእን ንቡርን'ንድ'ዩ፣" በለ ሓይሎም።

"ስምዑ! ስምዑ! ኣነ ኣብ ቀረባ ግዜ ዝሰማዕኩዋ፣ ነዚኣ ግርም ጌራ እትገልጻን መስሓቕን ኣገራሚትን ኣበሃህላ ክነግረኩም፣" በሎም ወረደ።

ኩሎም ክሰምዕዎ ከም ዝተሃንጠዩ ብዘርኢ ኣካላዊ ቋንቋ፣ ንቕድሚት ተወጢጦም ተጠባበቑ።

"እንታይ ኢሎም ይመስለኩም። ሰይጣን ንሰብኣይ ብርእሱ ገይሩ'ዩ ዝኣትዎ። ሰይጣን እንተ በልኩኹም ከኣ ጋኔን ብኣካሉ ማለተይ ኣይኮንኩን፣ እንታይ ደኣ እቲ ንደቂ ሰባት መዕገርገርትን ኣሸገርትን ዝገብሮም ባህሪ ማለተይ'ዩ፣" ኢሉ ክምስ በለ። ሽዑ ቅጽል ኣቢሉ፣ "ስለዚ ንእሽቶ ኸሎ ሰይጣን ኣብ ርእሱ ደይብዎ ስለ ዘሎ፣ ውዑይን መዕገርገርን ሰይጣንን'ዩ ዝኸውን። ሽዑ ዕድመ እናወሰኸ እቲ ሰይጣን በብቑሩብ፣ ካብ ርእሱ ናብ ደረቱ፣ ካብኡ ናብ መዓናጡኡን ኣስላፉን እናወረደ፣ ናብ ሓምሳታትን ስሳታትን ክጽጋዕ ከሎ፣ ብእግሩ ገይሩ ይወጽእ!" ምስ በለ ኩሎም ብምግራም ስሓቕ ሞቱ።

"ጽንሑ! ጽንሑ! ኣይተወድአትን፡" ምስ በሎም፡ ኩሎም እንደጌና ኣቓልቦኦምን ኣተኩሮኦምን ናብኡ መለሱ። ሽው፡ "ንሰበይቲ ኸኣ ሰይጣን ብእግራ ገይሩ'ዩ ዝኣትዋ። ሽው ንእሽቶ ኸላ ሰይጣን ጌና ኣብ እግራ'ምበር ኣብ ርእሳ ስለ ዘይደየበ፡ ዝሕልትን ዕግስትን ተጸማሚትን መልኣኽን ኢያ። ሽው ዕድመ እናወሰኸት ካብ እግራ ናብ ዳናጉኣ፡ ካብኡ ናብ ኣስላፋ፡ ካብ ኣስላፋ ናብ መዓናጡኣን ደረታን ሓሊፋ፡ ሓምሳታትን ስሳታትን ክትኣቱ ኸላ ሰይጣን ሆየ ኣብ ርእሳ ኩድም ይብል። ሽው'ያ ሰበይቲ ሓያልን መዕገርገሪትን ሰይጣንን እትኸውን። ድሕሪ ኽንደ'ዩ ሽው ብርእሳ ዝወጽላ!" በሎም። ኩሎም ብምግራምን ብምድናቕን ክሳዕ ዝነብዑ ሰሓቑ።

ሓይሎም ቅድሚ ኩሎም ካብ ሰሓቑ ተገላጊሉ፡ "ኣገዳሲ ኣበሃህላ'ዩ። ግን ዋላ ነዚ ዝበልካዮ ከም ዘለዎ እንተ እንቕበሎ፡ ኣነ እንቋዕ ክልተና ሓደ ኣይኮንና'የ ዝብል።"

"እንታይ ማለትካ'ዩ?" ሓተተ ወረደ ርእይቶ ሓይሎም ስለ ዘይበርሃሉ። ካልኦት ኩሎም'ውን ዘረባ ሓይሎም ስለ ዘይተረደኦም መልሱ ክሰምዑ ብእሽታ ክጠባበቑ ጀመሩ።

"ምኽንያቱ ንሳተን'ውን ከማና ኣብ ግዜ ንእስነተን ሰይጣውንቲ እንተ ዝኾና፡ ሓዳረንን ደቀንን ክልዕላን ክናብያን፡ ኣብ ዝብጻሕ ክብጽሓን ኣይምኸኣላን። ብሰንኩ ኸኣ ሓዳርን ቆልዑን ዘርሞ-ዘርሞ ምኾኑ ማለት'ዩ። ስለዚ እቲ እናተጸቐጣን እናተበደላን ከለዋ፡ ሓላፍነተን ስለ ዘይርስዓን ዘቕድማን፡ ስይጥንና ሰብኣይ ተጻዊረን ደቀን ክሳዕ ዘዕብያ ምምካተን'ውን፡ የንእደንን የሞጉሰንን'ምበር መዓስ የጽረፈንን የንዕቐንን። ግን ከምኡ እንተ በልኩ ኸኣ ጸገማት የብለንን፡ ፍጹማት'የን ማለትይ ኣይኮንኩን፡ በለ ሓይሎም ቅድሚ ኹሎም ካብ ሰሓቕ ተገላጊሉ።

"ጸገማት ጥራይ ድዩ ዋእ? ቀዳማይ ነገር ደቀ'ንስትዮ በቲ ዘለወንን ዝረኸባኦ ጸጋን ኣይዓግባን'የን። ነታ ዝጎደለተንን ናብቲ ዝጎደለን ጥራይ'የን ዘተኩራ። ከምኡ ስለ ዝኾነ ኸኣ፡ ብህይወትን ዓለምን ናብራን ኣይዓግባን'የን፡" ወሰኸ ወረደ።

"እዚ'ሞ ደቂሰባት ብተፈጥሮና ከምኡ'ንዲና። ኣበየናይ ጾታ ዝያዳ ይንጸባረቕ ንዝብል ግን፡ ቀሊል ኣርእስቲ ስለ ዘይኮነ፡ ኣስፊሕካ'ዩ ክግምገምን ክረአን ዘለዎ፡" በለ ሓይሎም።

"ስምዑ! ስምዑ! ምስ እዚኣ እትኽይድ'ውን ሓንቲ'ላትኒ ክነግረኩም፡" በለ

ወረደ።

"እዚ እንተ ጀሚሩ መዓስ ይከኣል! በል ሕራይ ንገረና ፡" በለ ተስፎም።

"ሰብኣይን ሰበይትን ክፍጠሩ ኸለው ፡ ከክልተ ጁባ'ዩ ተዋሂብዎም ይብሉኹም። ሓንቲ ጁባ ብየማን ፡ ካልኣይቲ ጁባ ኸኣ ብጸጋም። እታ የማነይቲ ጁባ ኩሉ ኣብ ህይወቶም ዝረኸብዎ ጸጽቡቑ ነገር ክቐምጡላ'ያ ተዋሂባቶም። እታ ጸጋመይቱ ጁባ ኸኣ ኩሉ ዘጋጠሞም ሽግርን ጸበባን ጓህን በደልን ዘቐምጡላ'ያ ፡" በለ ወረደ።

"ወይ ግሩም! ዘይትብሎን ዘይተምጽኦን የብልካን ንስኻ ፡" በለ ሓይሎም።

"ጽናሕ! ጽናሕ! ብሕጂ'ዩ እቲ ጸጽቡቑ። ሕጂ ኢሎምኹም ፡ ናይ ሰብኣይ ክልቲኣን ጁባኡ ቀዳዳት'የን። ማለትሲ ዝረኸቦ ጽቡቕ ይኹን ዝገጠሞ ጸገም ዘቐምጠሉን ዝዝክረሉን መትሓዚ የብሉን። ኩሉ ምስ ኣቐመጦ በቲ ቐዳድ ወጺኡን ወዲቑን ይጠፍእን ይርሳዕን ፡" በለ ወረደ። ኩሎም ብኣተኩሮ ከም ዝከታተልዎ ዝነበሩ ምስ ኣረጋገጸ ፡ ክቕጽል ክብል ከሎ ፡ "ጓል ኣንስተይቲኸ?" በለ በርሀ።

"ናብኣ ናብታ ዝበለጸት ኣበሃህላ እንድየ ክመጸካ ዓርከይ። ናይ ጓል ኣንስተይቲ ግን ሓንቲ ጁባኣ ጥዕይቲ'ያ። እታ ካልኣይቲ ግን ቀዳድ'ያ ይብሉኹም ፡" በለ ወረደ። ሕጂ'ውን በታ ዘረባ ዝተመሰጠን ዝተሃንጠየን በርሀ ፡ "ኣየነይተን ጥዕይቲ?" በለ።

"ኣንታ ጽናሕ'ንዶ ባዕሉ ክነግረና'ንድ'ዩ ፡" በሎ ተስፎም።

"ኣየነይቲ ቀዳድ'የ ዝነግረኩም ቅድም። ቀዳድ ይብሉኹም ፡ እታ ኩሉ ጽቡቕ ዝገጠማን ዝረኸበቶን እትሕዘላ ጁባ'ያ። ሕጂ ኹሉ ጸጽቡቑ ዝገበርካላን ዝተገብረላን መቐመጥን መዘከርን ጁባ የብላን። እታ ሐሕማቑ ዝገበርካያን ዝገጠማን እተቐምጠላ ጁባ ግን ጥዕይቲ'ያ። ሕጂ ዝኾነ ዝበደልካያን ዝተጋገኻየን ዝጎደላን ፡ ዝገጠማ ጸገምን ሓዘንን ኩሉ ብዝርዝር ስለ ዝዕቀብ ፡ ሰተት ኣይተብልን'ያ። ብሓጺሩስ ዝኾነ ሕማቕ ኣይትርስዕን'ያ። እዚ ወዳሓንኩም!" ኢሉ ደምደመ።

ኩሎም ዘረባ እናተመናጠሉን ፡ ሓደ ንሓደ እና'ቋረጾን ፡ ዓው-ዓው እናበሉን እናሰሓቑን ፡ ንቑሩብ ደቓይቕ ርእይቶኦምን ስምዒቶምን ኣፍሰሱ። ሽው ሓይሎም ፡ "ኣንታ ተስፎም ፡ እዞም ኣዕሩኽትኻ ኣይከኣሉን'ዮም። ኣቐዲሞም ነቲ ከቐድምዎ ዝደልዩ ኣተሓሳስባ ዝድግፍ መስሓቕ ኣበሃህላታትን ፡ ትዕዝብትታትን ተዓጢቖም'ዮም ዝጸንሑ ፡" በለ ሓይሎም።

"ዋእ! እዚኣቶም ደኣ መንድዮም መሲሉካ?!" በለ ተስፎም።

"ካልኣይ ከኣ እታ ኣርእስቲ ብዛዕባና ብዛዕባ ደቂ ተባዕትዮ ኢያ ጀሚራ። ንሕና ኸኣ ኣብዚ ስለ ዘሎና ፣ ንነብስና ክንከላኸልን መግለጽን መረዳእታን ክነቕርብን ስለ እንኽእል ጸገም የለን ፣ ንሳተን ግን ፡" ምስ በለ ሓይሎም።

"እሞኸ? እንታይ ኢኻ ክትብል ደሊኻ ሕጂ? ኣንታ እዚ ጠበቓ ምኻን ሽግር'ዩ!" በለ ዘርኣ።

"ኖእ ዋላ ሓንቲ። ግንሲ ሕጂ ካብዘን ኣሓትና ዋላ ሓንቲ'ውን ኣብዚ ስለ ዘየላ ፣ ብዛዕባ ጾታአን ክከራኸራን ክምልሳን ዕድል ኣብ ዘይብለን ፣ ክንዘትየላን ፍርዲ ክንህበላን ዝግባእ ኣይመስለንን'የ ክብል ደልየ። እንተ ደሊኹም ግን ክንዕድመን'ሞ ፣ ሽው ኣብ ቅድሚአን ዓቲብና ክንሕዛ እዛ ዘረባ ፡" በሎም እናስሓቐ።

"ስማዕስከ ሓይሎም ፣ ገለ ከይፈለጥናዶ ናይ ማሕበር ደቀ'ንስትዮ ጠበቓ ኬንካ ተወኪልካ ኢኻ?" ኢሉ ወረደ ኣላገጸሉ።

"ጽናሕንዶ ወረደ ዓርከይ ፣ ኣነ ክምልሰሉ ነዚኣ። ስማዕ ሓይሎም ፣ ኣብ ክንዲ መድህን ወይዘሮ ተስፎም ኣለው'ብዚ። ኣብ ክንዲ ኹለን ከኣ ንስኻ ጠበቓአን ተረኺብካንዶ የለኻን ዘይትብሎ?" በሎ ዘርኣ።

"ኣታ ንስኻትኩም ክንደይ ትሓስሙ ኢኹም። ግን ነዚ ዝበልካዮ ኸኣ ፡" ምስ በለ ሓይሎም ፣ "በል-በል ተስፎም ፣ እዚ ዓርክኻ ሕጅስ ይኣኽለካ በሎ'ምበር ፣ ናብ ካልእ ዘይውዳእ ኣርእስትን ክትዕን ኣእትዩ ፣ ክቡር ናይ መስተን ናይ ምዝንጋዕን ግዜና ንኽንቱ ክቐትለልና'ዩ። ደሓር ከኣ ተጋጊና ኢና'ምበር ፣ ብቐደሙ ምስ ጠበቓን በዓል ሞያንዶ ክትዕ ይግጠም ኮይኑ?" በለ በርሀ እናስሓቐ።

"ንስኻትኩም'ውን ኣይትሰንፉልን ኢኹም በጃኻትኩም። ወረ ኣነስ እዛ ኣርእስቲ መሲጣትኒ'ምበር ፣ ክንድዚ'ውን ክጸንሕ ኣይሓሰብኩን ፡" ኢሉ ብድድ በለ።

"በሉ ከፉንዎ ፡" ኢሉ ብድድ በለ ተስፎም።

ተስፎም ንሓይሎም ኣፋንይዎ ተመሊሱ ኮፍ በለ። ጠላዮምን ሰሓቖምን ቀጸሉ። ሰንበት ስለ ዝኾነ ከይተፈላለዩ ሙሉእ መዓልትን ሙሉእ ምሸትን ክውዕሉሉን ክምስዩሉን ምኺኖም ስለ ዝፈልጡ ዝነበሩ ፣ ኩሎም ኣዝዮም ተዛንዮም'ዮም ነይሮም።

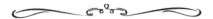

ኣርኣያ ካብ መድሀን ምስ ተፈለየ ብቐጥታ ናብቲ በዓል ተስፎም ዝተኣኻኸቡሉ ላሊበላ ሆቴል'ዩ ኣምሪሑ። ኣብ ደገ ከሎ ኣትሒዙ እታ ጋንታ (ግሩፖ) ተኣኪባ ከም ዝነበረት ኣስተብሃለ። እታ ልማደኛ ጠላዕ ሒዞማ ከም ዝነበሩ'ውን ረኣየ።

እትው ክብል ከሎ ሓደ ካብ ኣዕሩኽቲ ተስፎም ኣቐዲሙ ረኣየ። ንተስፎም ሓውኻ ይመጽእ ኣሎ ስለ ዝበሎ፣ ተስፎም ገጹ ብቕጽበት ናብኡ ሸነኽ ኣዞረ። ጌና ኣብኡ ከሳብ ዝበጽሕ ከኣ ተስፎም ካብ መቐመጢኡ ተንሲኡ፣ "ደሓን ዲኻ?" በሎ።

"ደሓን'የ፣" ኢሉ ንኹሎም ሰላም ክብሎም ጀመረ።

ጌና ረፍዲ ስለ ዝነበረ ኣብ ቢራ'ዮም ነይሮም። እናመሰየ ምስ ከደ ናብ ዊስክን ጂንን ከም ዝሰግሩ፣ ናይ ሓው ኣመል ስለ ዝርድኦ ይፈልጥ ነይሩ'ዩ። ምስ ኩሎም ሰላምታ ተለዋዊጡ ምስ ወድአ፣ "ኮፍ በል፣" በልዎ ብሓባር።

"ደሓን ክኸይድ'የ። ንተስፎም ሓንሳብ ክወስደልኩም'የ፣" በሎም።

"ዝተበልዖ ዝኽፈል ሕሳብ ስለ ዘለዎ ምኽንያት ገይሩ ከይሃድም፣ ቀልጢፍካ ምለሶ'ምበር ጸገም የለን፣" በለ ወረደ እና'ላገጸን እናሰሓቐን።

"ደሓን ቀልጢፉ ክምለሰኩም'ዩ። በሉ ቻው፣" ኢሉዎም ምስ ተስፎም ተተሓሒዞም ወጹ።

ኣብ ደገ ምስ ወጹ ተስፎም፣ "ደሓን ዲኻ? እንታይዶ ተረኺቡ'ዩ?" በሎ።

"ቅድም'ኮ ንገዛ እየ ከይደ። ኣብኡ ምስ ሰኣንኩኻ'የ ናብዚ መጺአ። ንፋብሪካ ዝምልከት ሓደ ሓድሽ ምዕባለን፣ ኣዝዩ ኣገዳስን ህጹጽን ሓበሬታ ተቐቢለ'ሎኹ። ናይ ግድን ሕጂ ክንዛረበሉ ኣሎና።"

"እሞ ናይ ግድን ሎሚ ሰንበትን ሕጅን ክንዛረበሉ ዘድሊ'ዩ?"

"እወ ግድን። ከምኡ እንተ ዘይከውን'ሞ ትፈልጥ ኢኻ ናብዚ ኣይምመጻእኩኻን፣" በሎ ኣርኣያ ብትሪ።

ኣርኣያ ብኸንቱ ከምኡ ከም ዘይብል ይፈልጥ ስለ ዝነበረ ካልእ ከይወሰኸ፣

"ሕራይ'ምበኣር ከምኡ እንተ ኾይኑ ፡ ነዞም ኣዕሩኸተይ ከዱንጊ ምኽንየይ ነጊረዮም ክመጽእ ፡" ኢሉ ከደ።

ተስፎም ክሳዕ ዝምለሶ ኣርኣያ ገጹ ኣሲሩ ፡ ርእሱ ኣድኒኑ ኣብ ሓሳብ ጠሓለ። ከምኡ ኢሉ ኸሎ ፡ "እሞ ንኺድ። ኣበይ ይሕሸና?" ዝብል ዘረባ ተስፎም ካብ ሓሳባቱ ኣበራበሮ። ኣርኣያ ቅልጥፍ ኢሉ ፡ "ኣብ ስራሕ'ዩ ዝሓይሽ ፡" በሎ።

ሽው ካልእ ዘረባ ከይወሰኹ ንስራሕ ኣምርሑ። ኣብ ስራሕ በጺሖም ብቐጥታ ናብ ቤት ጽሕፈቶም ኣተው። ተስፎም እቲ ጉዳይ ክፈልጦ ኣዝዩ ተሃንጥዩ ስለ ዝነበረ ኮፍ ከይበለ ፡ "እንታይ ኣገዳስን ህጹጽን ሓበሬታ ደኣ ረኺብካ?" ብምባል ሓተቶ።

"ኮፍ በል። ነዊሕን ኣዝዩ ዘደንጹን ከእመን ዘይከእልን ጉድ'ዩ። ገብረኣብ ሰኺሩ ኸሎ ንፋብሪካ ባዕሉ ሓዊ ከም ዘእተወሉ ተለፋሊፉ።"

"እንታይ?! *ካምን* ኣርኣያ! እንታይ ኴንካ ኣርኣያ? እሞ ነዚ ናይ ሰኽራም ሃተፍተፍ ኢኻ ኣዝዩ ኣገዳሲ ሓበሬታ ትብለኒ ዘሎኻ?"

"ጽናሕ'ሞ ቅድም እቲ ኩነታት ሓደ ብሓደ ክትርኽልካ። ሽው ምስ ወዳእኩ ስምዒትካን ርእይቶኻን ትዛረብ ፡" በሎ ኣርኣያ ህድእ ኢሉ።

"ሕራይ ደሓን ቀጽል ፡" በለ ተስፎም ብናይ ኣርኣያ ዘምጽኦ ሓበሬታ ፡ ብዙሕ ከም ዘይተመሰጠን ከም ዘይተገደሰን ብዘርኢ ኣዘራርባ።

ሽው ኣርኣያ ኩላ እታ ኣብ ሞንጎ ተኸለኣብን ገብረኣብን ዝነበረት ናይታ ምሸት ኩነታትን ፡ እቲ ገብረኣብ ዝበሎ ኩሉን ካብ መጀመርያ ክሳብ መወዳእታ ኣዘንተወሉ።

"እምቧእ! እንታይ'ዩ እዚ ወደይ? እሞ ንስኻ ኣሚንካሉ ዲኻ?"

"እዚ ኹሉ ንከታተሎ ዝነበረናን ፡ እቲ ሕንቅልሕንቅሊተይ ዝኾነና ርክብ ሃብቶምን ገብረኣብን ስለ ዝፈትሕ ፡ ከምኡ ኸኣ ሃብቶም ንገብረኣብ ገንዘብ ናይ ምንታይን ፡ ንምንታይን ይኸፍሎ'ሎ ዝብል ሕቶናን ፡ ኣብ መወዳእታ ኸኣ ገብረኣብ ከመይ ኢሉ ብላዕሊ ኾይኑ ንሃብቶም የፈራርሖ'ሎ ንዝብል ግሪምቢጥ ዝመስል ተርእዮ ፡ ኹሉ ዝፈትሕን ዝገልጽን ኮይኑ ስለ ዝረኸብኩዎ ተቐቢለዮ'የ!" በለ ኣርኣያ ብትርን ብርእሰ ተኣማንነትን።

"እቲ እተቐርቦ ዘለኻ ደኣ ዝመስልን ቅቡልን ኣተሓሳስባን መደምደምታን'ንድ'ዩ።

ግንሲ ሰኺሩ ብዝተዛረቦ ክንድምድም ኣይከብድንዶ?"

"እንታይ ኴንካ ተስፎም፣ 'ሰኽራምሲ ናይ ልቡ ይዛረብ' ክበሃል ሰሚዕካ ኣይትፈልጥን ዲኻ? ደሓር ከኣ እቲ ዝተዛረቦ ዘረባ ሃጠው ቀጠው፣ መትሓዝን መእሰርን ዘይብሉን፣ ምስ እንፈልጦ ነገር ከተሓሓዝን ክራኸብን ዘይክእል ዘረባ እንተ ዝኸውን፣ ከምኡ ኢልና ክንጠራጠር ምኸኣልና። እዚ ዘረባ'ዚ ግን ዳርጋ ነቲ ንኸንድ'ዚ እዋን ዝተኸታተልናዮን፣ መግለጺ ስኢናሉን ዝነበርና ሕንቅልሕንቅሊተይ ብዘይጸገም ገጢሙ ዝፈትሕ መፍትሕ'ዩ!" በለ ኣርኣያ ናብ ምቁጣዕ ገጹ እናዛዘወ።

"*መቸም ኣይ ደንት ኖው*፣ እንድዒ ወደይ?!" እትብል ጌና ብናይ ኣርኣያ ዘቕርቦ ዝነበረ ሞጎት፣ ሙሉእ ብሙሉእ ከም ዘይተቐበሎ እትርኢ ቃል ደርበየ።

ሽዑ ኣርኣያ፣ "ካልእ ክወስኸልካ። ይዝከረካ ድዩ እቲ ናይ መጀመርያ ሰሙን ድሕሪ ባርዕ፣ እንታይ ኴንካ ኢኻ ብዙሕ ግዜ ዝን እትብል ክትብለኒ?"

"እወ እወ ይዝከረኒ፣" ኢሉ ኣቋረጾ ተስፎም።

"ጽናሕ ሕጂ'ውን ክውስኸልካ'የ። ብተወሳኺ ይዝከረካዶ፣ "እዚ ሓውኻ ንጉሆን ኣጋምሸትን ነዚ ዝነደደ ክፋል ፋብሪካ ኣብ ሓሳብ ተዋሒጡ ዓሰርተ ግዜ ይዞሮ'ሎ፤ እዚ ሓደጋ ኣብ ልቡ ኣትዩዎ'ሎ፣ ኣብዘይ ሕማሙ ከየብጽሖ ተጠንቀቐሉ ኢሎምኒ ክትብለኒ?"

"*ያያ*፣ እወ ኣጸቢቑ ይዝከረኒ'ምበር! ኣነ'ኮ ሽዑ ተሰክፊኒ ኢኻ ኔርካ።"

"በል ኣነ ካብ ሽዑ ኣትሒዘ ክሳዕ ለይቲ ሎሚ፣ ምቅጻል ፋብሪካ ብሓደጋ ምዃኑ ሙሉእ ብሙሉእ ክቕበሎ ኣሸጊሩኒ'ዩ ነይሩ። ንዓኻ ነጊረካ ኣይፈልጥን፣ ምኽንያቱ ተጸሊልካ ዲኻ ክትብለኒ ኢኻ። ኣብ'ቲ ግዜ'ቲ ኸኣ ኣነ መልሲ ኣይምረኽብኩልካን ነይረ። ግን ዋላ ንወልደኣብን ንተኽለኣብን ክከታተሉልና ክንሓጽዮም ከሎና፣ ብውሽጠይ ገለ ነገር እጽበ ነይረ'የ።"

"ካብ ሽዑ ግዜ? እዋይ ኣርኣያ! ንምንታይ ግን ዘይነገርካኒ?"

"ሽዑ'ሞ እንታይ ሒዘ ክነግረካ?"

ሽዑ ሓደ ነገር ትዝ ከም ዝበሎ ብዘርኢ ኣገባብ፣ ካብ መንበሩ ብድድ ኢሉ ናብታ ናቱ ጠርጴዛ ገጹ ሰጎመ።

ተስፎም እንታይ ደኣ ኾይኑ ኢዩ ኢሉ ብምግራም ቀው ኢሉ ጠመቶ።

"በል ካልእ'ውን ክውስኸልካ። ክትግረም ኢኻ ፤" እናበለ ናብ ጠረጴዛኡ ድንን በለ። እታ ሳልሰይቲ ተመዛዚት ናይታ ጣውላ ከፊቱ ፤ ሓንቲ ፍርቂ ሽዳ ኣውጺኡ ናብ መንበሩ ተመልሰ።

"እዚኣ ትሪኣዶ'ለኻ?"

"እንታይ'ያ እዚኣ?" በለ ተስፎም ብምግራም።

"እዚኣ ትሪኣ ዘለኻ ፍርቃ ዝነደደት ኮንጎ ፤ ድሕሪ'ቲ ባርዕ ኣብቲ ሓሙኽሽቲ'የ ረኺበያ። ካብ ሽዑ ጀሚረ ኸኣ 'ኮንጎ ጫማ ምስጢር ደኾን ይህልወኪ?'' እናበልኩ ፤ መዓልታዊ'የ ዝሕዛን ዝሓታን ነይረ። ሎሚ ምስጢራ ክትቀልዕ ዝተቐረበት ኮይና ትስመዓኒ'ላ።"

"ኣይተርዳእኩኻን ፤ *ሃው?* ብኸመይ? እስከ ምስቲ ንብሎ ዘሎና ኣተሓሕዘለይ ፤ " በለ ተስፎም ተደናጊሩ።

"እዛ ኮንጎ ጫማ ምስቲ ገባር ክፉእ ምትሕሓዝ ደኾን ይህልዋ ይኸውን ኢለ ፤ ካብ ነዊሕ ግዜ ይሓስብ ነይረ። ናይቶም ናትና ዋርድያታት ከም ዘይኮነት ኣረጋጊጸ ፈሊጠ ነይረ እየ። ስለዚ እቲ ክፉእ ግብሩ ወድዩዋ ዝነበረ ጫማ ዶኾን ትኸውን? እንተ ኾይና ድሕሪ'ቲ ባርዕ ፤ ተሰናቢዱ ክሃድም ከሎ ሞሊቓቶ ገዲፍዋ ክይዱ ክኸውን ይኽእል'ዩ። ሽዑ ብኽፋል ነዲዳ ደሓር በቲ ዝናብ ብሙሉኣ ክይተቓጸለት ተሪፋ ትኸውን ኢለ'የ ፤ ክሳዕ ለይቲ ሎሚ ዝጠራጠር ነይረ።"

ተስፎም ብሰፊሕ ኣተሓሳስባን ነዊሕ ዝጠመተን ፤ ንኹሉ ኣብ ግምት ዘኣተወን ዓሙቅ ኣጠማምታ ንእሽቶ ሓው ኣዝዩ ተደነቐ።

"*ዋው! ማይ ጎድ!* ኣንታ ኣርኣያ! ከም'ዝን ክንድ'ዝን ጌርካ ነገራት ብደቂቕ ተገናዝብን ተተሓሕዝን?! ኣነ ምዕባይካ ሓውኻ ተባሂለ እዚ ኹሉ ክትጠራጠርን ክትከታተልን ከሎኻ ፤ ዳርጋ ዘይነበርኩ'ዩ! ጨሪሰ ኣይነበርኩን ማለት'ዩ! *ኣይ ኤም ሶሪ!* ይሓዝን ጨሪሰ ዋላ ሓንቲ ዘይሓገዝኩኻ!" በለ ተስፎም ርእሱ እናንቕነቐ ፤ ብምስትንታን።

"ኣነ ንርእሰይ ስለ ዘስተውዓልኩ ፤ ወይ ዝያዳ ሰበይ ስለ ዝሓሰበኩ ኮይነ ኣይኮንኩን'ኮ ነዚ ተኸታቲለዮ። ኣሎን'ዶ ገሊኡ ግዜ ክትገልጾ ዘይትኽእል ዝመጽካ ስምዒት። በቃ ስምዒት'ዩ። ከምዚ ገሊኦም ሰባት ሻድሻይ ህዋስ ዝብልዎ ዓይነት'ዩ ፤" በለ ኣርኣያ ኣብ ገጹ ናይ ሩፍታ ስምዒት እናተነበበ ፤ ንሓው

ከረድኦ ስለ ዝበቕዐ ሓጎስን ዕጋበትን ስለ ዝተሰምዖን ዝወረሮን።

"ጽቡቕ ደሓን ስምዒትካ ይስዓር። እዚ እንተ ኾይኑልና ደኣ ፡ ከምዚ ክልተ ሁፍ ብሓንቲ እምኒ ዝብልዎ ዓይነት ምኾነልና። በቲ ሓደ ካብዚ ገጢሙና ዘሎ ዕዳን ሰንከልከልን ምተገላገልና። በቲ ኻልእ ከኣ እቲ በዓለገ ሃብቶም ኢዱ ምረኸበ!"

"ኣየወ! እስኪ ይበሎ!" በለ ኣርኣያ።

"እሞ ሕራይ ኣብዝስ በጺሕና ኣሎና። ኖኖ ፡ *ካምን* ተስፎም! ናይ ምንታይ ዘይናትካ ዓወት ምምንጣልዩኸ እዚ? ኣብዝስ በጺሕካ ኣለኻ'የ ክብል ዘሎኒ!" በለ ተስፎም ነብሰ ወቐሳ ብዘስምዕ ኣዘራርባ ፡ ንነብሱ እናገንሐ።

"ኖኖ ኖኖ እንታይ ኴንካ ተስፎም ፡ ከምኡ ኣይትበል ዋእ!" በለ ኣርኣያ ብግደኡ።

"ደሓን ሕራይ እሞ ሕጂ ኣብዚ ካብ በጻሕና ፡ ናበይ ገጽና ኢና? ብኸመይ ኢና ክንሕዞ? ቁሩብ ገለ ሓሲብካሉ ዲኻ? ንኹሉ ብደቂቕ ከም እትሓስበሉ ይርኢ'ሎኹ።"

"መቸም ቁሩብ-ቁሩብ ደኣ ሓሲበሉ'ለኹ። ግን እቲ ቀንዲ ኣካይዳና ከመይ ኢዩ ክኸውን ዘለዎ ንዝብል ግን ፡ ሕጂ ሓሲብናን ተዛቲናን ክንወስኖ ኢዩ እቲ ዝሓሸ።"

"ጽቡቕ እሞ ኣብዚ ምውዓልና እንድዩ ዝመስል ፡ እዞም ግሩፖ ክትመጸና ክንጽበየካ ውዒልና ኢሎም ከይከሱኒ ደዊለ ኣይመጽእን'የ ክብሎም። ኣነ ክሳዕ ዝድውል ነዞም ዋርድያ ካቾቺናን ፒሳን ኣምጽኡልና በሎም። ኣብዚ ካብ ተበጽሐስ እጅገኻ ሰብሲብካ'ያ!"

"ከምኣ'ያ እንታይ ደኣ! መጻኹ'ምበኣር ፡" ኢሉ ኣርኣያ ክትንስእ ከሎ ፡ ኣብ ገጹ ናይ ዕጋበትን ዓወትን ምልክት ይንበብ ነበረ።

ኣርኣያ ክሳዕ ዝምለስ ስልኩ ወዲኡ ጸንሐ ተስፎም።

"እስከ በል ከም *መጀመሪ* ክኾነና እቲ ንስኻ ዝሓሰብካሉ ንገረኒ'ሞ ፡ ካብኡ ክንቅጽል። ኦ! ቅድሚኡ ግን እዛ ጉዳይ ተነቃፊት ስለ ዝኾነት ፡ ክሳዕ መኣዝን እትሕዝ ብምስጢር ክትዕቀብ ኣለዋ። ኣባይን ኣባኻን ትተሓጸር ንግዜኡ። ዋላ ኣቦይ ዋላ መድህን ፡ ዋላ ካልኦት ከይፈለጡዋ እንተ ጸንሑ ይሓይሽ ፡" በለ ተስፎም።

"ቀዲምካኒ'ምበር ቅድሚ ናብ ዝርዝር ዘረባ ምእታውና ክምኡ'የ ክብለካ ሓሲበ ነይረ። ስለዚ ጽቡቕ ብሓንሳብ ኢና ዘሎና።"

"ጽቡቕ ቀጽል በል።"

"ኣነ ድሮ ንተኽለኣብ እንተ ኽኢልና እዛ ዘምጻእካያ ሓበሬታ ፡ ካባኻ ዘይኮነስ ብኻልእ ኣገባብ ከም ዝረኸብናያ ክነምስል ዝከኣል ኩሉ ክንገብር ኢና ኢለዮ'የ።"

"ብኸመይ ካልእ ኣገባብ ማለትካ'ዩ?" ሓተተ ተስፎም።

"ማለተይሲ ብወገን ሕግን ፖሊስን ከመይ ምኺኑ ዝፈለጥኩዎ የብለይን ፡ ግን ዝከኣል እንተ ኾይኑስ ብኸመይ ከም ዝፈለጥና ከይተዛረብና ፡ ነቲ ወንጀል ግን መነመን ከም ዝፈጸምዎ ከም ዝፈለጥናዮ ጌርና ክንከስስ ፡ ዝፍቀድን ዘዋጽእን እንተ ኾይኑ ክንፍትን ማለተይ'ዩ።"

"ደሓን ናቱ እቲ ዘዋጽእ መንገዲ ፡ ብኹሉ ሸነኻቱ ኣጽኒዕና ንገብሮ ፡" በለ ተስፎም። ውስኽ ኣቢሉ ፡ "ካልእ ሓሳብከ እንታይ ኣሎካ?"

"ንሓፈሻዊ ኣተሓሕዛ እዚ ጉዳይ ዝምልከት ፡ ብናተይ ኣረኣእያ እዚ ዝቕጽል ክልተ ሰሙን ሓንቲ ነገር ከም ዘይፈለጥና ንኽውን። ብውሽጢ ወሽጢ ግን ብኸመይ ኣገባብ ክንሕዞ ከም ዘሎና ሜላ ንቕይስ። ብተወሳኺ ዘድልዩና ሰባት ምልላይን ምርካቦምን ፡ ካብኦም ዘድሊ ሓበሬታ ምእካብን ከድልየና'ዩ። ብሓጺሩ ነቲ ጉዳይ ክንዕወተሉ ብእንኽእል ኣገባብ ፡ ናብ ሕጊ እነቕርበሉ ዘድሊ ምድላዋት ኣብ ምጥጣሕ ክነተኩር ኣሎና።"

"እዚ እተቕርቦ ዘለኻ ሓሳባት ሙሉእ ብሙሉእ'የ ዝሰማምዓሉ። ምኽንያቱ ኣዝዩ ጥንቁቕን ውሕሉልን ውጥን ኢኻ ኣሚምካ ዘለኻ። ሕጂ እምበኣር ናብ ዝርዝሩ ንእቶ ፡" በለ ተስፎም።

"እቲ ዝበዝሕ ብደገ ዝግበር'ኳ ብወገንካ ኢዩ ክካየድ። ምኽንያቱ ንስኻ ኢኻ ኣገደስቲ ሰባት እትፈልጥ። ኣነ ከምታ ሒዘያ ዝጸናሕኩ ጉዳይ ገብረኣብን ተኽለኣብን ወልደኣብን ፡ ካብ ቅድም ብዝያዳ ተጠንቂቐ ክከታተሎ'የ ፡" በለ ኣርኣያ።

"ደሓን እምበኣር ኣነ ብመጀምርታ ንሕጋዊ መዳዩ ብዝምልከት ፡ ንዓርከይ ሓይሎም ከማኽሮ'የ። ንፖሊስን ጥርዓንን ገበን ምምልካትን ብዝምልከት ከኣ ፡ ንዓርከይ ኮሎኔል ሃብተ ከማኽሮ'የ ፡" በለ ተስፎም።

"ሕራይ ግርም። ንግዜኡ ግን ከምቲ ኣቐዲምና ዝተዘራረብናሉ፡ ኣብ ዝርዝር ከይኣተኻ ሓፈሻዊ ሓበሬታ ከም ዝደለኻ ጌርካ እንተ ትሓቶም ምሓሸ ዝብል ስምዒት ኣሎኒ፡" በለ ኣርኣያ።

ብጥንቃቐን ኣርሒቕካ ምሕሳብን ንእሽቶ ሓው እንደጌና ብምምሳጥ ከኣ፡ "ደሓን ቅሰን ኣጆኻ፡ ኣነ'ውን ብኸምኡ'የ ሓሲበ ዘለኹ፡" ኢሉ ኣረጋገኦ። ውስኽ ኣቢሉ ከኣ፡ "ወግዓዊ ጥርዓን ኣብ እንቕርበሉ ግዜ ግን፡ ግድን ዝርዝር ክንነግሮም ስለ ዝኾንና፡ ሕማቕ ከይስምዖም ኣብቲ ግዜ'ቲ እቲ ሓበሬታና፡ ጌና ጥርኑፍን ርጉጽን ስለ ዘይነበረ'ዩ እብሎም፡" በለ ተስፎም።

"ግርም ጽቡቕ ሓሳብ፡" በለ ኣርኣያ።

እዝን ካልእን ከውርዱን ከደይቡን ብዝርዝር ክመያየጡን፡ ከይተፈለጦም ሰዓት ሽዱሽተ ኾነ። ብዘይካ ካፑቺኖን ፒሳን ካልእ ዘይጠዓማ ከብዲ ከጉረምርማ ጀመራ። ዳርጋ ኩሉ ዝበሃል ኢሎሞ፡ ኩሉ ዝሕሰብ ሜላ ተኻቲዖምሉን ኣጻፊፎሞን ስለ ዝነበሩ ኸኣ፡ ዝያዳ ግዜ ዘጽንሕ ኣይነበሮምን። ስለ ዝኾነ ኸኣ ኣርኣያ ተቐዳደሙ፡ "እሞ ካልእ ክንዛረበሉ ዘድሊ ዝተረፈና እንተ ዘየሎስ ይኣኽለና'ምበር። ኣነስ ካብ ወጋሕታ ስለ ዝጀመርኩስ፡ ሕጂ ኩሉ ኹሉ ጥምየቱን ድኻሙን ተደራሪቡ ኣዝዩ ተሰሚዑኒ፡" በለ ኣርኣያ እና'ምባሃቐን እናተማጣለዐን።

"ዋላ ሓንቲ ዝተረፈና ነገር የለን። ካልእ እንተ'ሎ ኸኣ ዘይ ብሓንሳብ ዘሎና። እምበር ናይ ድኻምን ጥምየትን ደኣ፡ ኣሽንኳይ ንስኻ ካብ ወጋሕታ ዝጀመርካ ንዓይ'ኳ ተሰሚዑኒ። ስለዚ ንኺድ፡" ምስ በለ ሓድሽ ሓሳብ መጺእዎ፡ "ግን ብሓንሳብ ንገዛ ዘይንኸይድ፡ ኣብኡ ንምገብ" በሎ።

"ኖኖ ጥምየት ጥራይ ዘይኮነ፡ ደኺመ ኸኣ ኣለኹ። ቀልጢፈ በሊዐ ግምስስ ምባል'ያ ተዋጽኣኒ። ብተወሳኺ ሰንበት ምስ ምኳንን፡ ሙሉእ መዓልቲ ገዛ ስለ ዘይኣቶኹን ከኣ ዕምባባ ክትጽበየኒ ኢያ። ስለዚ ክኸይድ። ደሓር ከኣ ብሓንሳብ ሕጂ ንገዛ እንተ ኼድናስ፡ መድህን ከም'ትፈልጣ ዘምልጣ ስለ ዘይብላ፡ እንታይ ደኣ ተረኺቡ'ዩ ሰንበት ኣጋምሽት ብሓንሳብ ጸኒሖም ክትብል'ያ።"

"እይ ሓቅኻ፡" ኢሉ ነታ ዘረባ ዓጸዋ።

ብውሽጡ ግን ዘረባ ሓው ክልተ ትርጉም ዝሓዘለት ምኺና ተገንዚቡ፡ ምስ ነብሱ ክምስ በለ። ካልኣይ ትርጉም ዘረባ ሓው፡ 'ካብ መዓስ ኣነን ንስኻን ሰንበት ንራኸብን፡ ካብ መዓስ ደኣ ሰንበት ሰዓት ሽዱሽተ ከይጸዓንካ ትኣቱን' ዝብል ትርጉማት ከም ዝነበርዋ ተረደኦ። ብኣኡ ኸኣ'ዩ ነይሩ፡ ብኽእለትን ብልህነትን

ሓው ተገሪሙ ከምስ ዝበለ።

ኣርኣያ ዓቢ ሓው ብሓሳብ ርሒቑ ከም ዝነበረን ፡ ከምስ ከም ዝበለን ኣስተብሂሉ ፡ "እንታይ ደኣ ከይተፈላለና ከለና ተፈሊኻኒ ፡" በሎ።

ሽዑ ተስፎም ከቖጻጸሮ ዘይከኣለ ሰሓቕ ስዒርዎ ትዋሕ ኢሉ ሰሓቐ።

"እሂ እንታይዶ ከንድ'ዚ ዘስሕቕ ተዛሪበ'የ?" ኢሉ ብምግራም ሓተቶ።

"ሓንቲ ቅድሚ ምምጻእካ እቶም ግሩፖ ዝነገሩኒ መስሓቕ ነገር ዘኪረ'የ ከምስ ኢለ። እቲ ከይተፈላለና ከሎና ተፈሊኻኒ ዝበልካዮ ዘረባን ፡ ኣሰኻኺዓ ቃላትካን ኸኣ ኣዝዩ ኣስሒቑኒ ፡" ኢሉ ነታ ውሽጣዊት ትርጉም ዘረባ ንእሽቶ ሓው ከይጠቐሳ ሓለፈ።

"ኦ ፡ ብኡ ዲኻ? ስቕ ኢሉ'ዩ መጺኡለይ'ምበር ፡ ሓሲበ ዝበልኩዎ ነገር ኣይኮነን ፡" በለ ኣርኣያ ከምስ እናበለ።

"በል-በል ምሳይ ምኻድ ካብ ኣበኻስ ፡ ንሽንቱ'የ ናይ ዕርፍትኻን ድቃስካን ግዜ ዘጥፍኣልካ ዘለኹ። ስለዚ ንኺድ ፡" ኢሉ ተስፎም ብድድ ኢሉ መሪሕዎ ወጸ። ኣብ ደገ ወጺኦም ሰላምታ ተለዋዊጦም ተፈላለዩ።

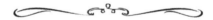

ተስፎም ሰንበት ኣብቲ ሰዓት'ቲ ንገዛ ኣትዩ ስለ ዘይፈልጥ ፡ መገዲ ገዛኡ ሰኽፍክፍ እናበሎ'ዩ ተተሓሒዝዎ። ገዛ ምስ ከደ እታ ውስጢ ትርጉም ናይ ኣርኣያ ዘረባ ፡ እትው ከይበለ ኣብ ገጽን ዓይንን ኣካላዊ ቋንቋን መድህንን ደቁን ኣንበባ። ኩሎም ዘረባ ከየምሎቑ ፡ *'ዋእ እንትይ ደኣ ተረኺቡ'ዩ ሎሚ ፡ ኣብዚ ሰዓት'ዚ? እሞ ኸኣ ዓይኒ ከይፈዘዘ? መልሓስ ከይተኸላተፈ? ሰራውር ከይተገታተረ?'* ዝብልዎ ዝነበሩ መሰሎ።

ከምኡ ዝብሉ እንተ ነይሮም ብናቱ ድኽመት ከም ዘምጽኦን ፡ ፍርዶም ትኽክል ከም ዝነበረን'ውን'ኳ እንተ ተቐበሎ ፡ ከም ኩርማጅ ንሕልናኡ ጫይ ከብሎ ኸሎ ግን ተሰምዖ።

ናይ በዓልቲ ቤቱን ደቁን ቋንቋ ኣካላት ግን ፡ ካብ ምግራም ፡ ኣብ ካልኢታት ናብ መርሓባ እንቋዕ ደሓን መጻእካ ክቕየራ ተራእየኦ'ሞ ፡ ብፍቕሮምን ትዕግስቶምን ክንዲ ምንታይ ዕድለኛ ምዃኑ ብውሽጡ እና'መስገነ ፡ ፍሽኽታኡ ደርጓሓሎም።

ከምዚ ኣቐዲሙ መዲብዎን ሓሲብዎን ዝጸንሐ ብምምሳል ከኣ ፡ “ከዳውንት'ኹም ቀልጢፍኩም እንተ ቐያይርኩም ፡ ሎሚ ምሸት ፓስተን ፒሳን ከብልዓኩም ክወስደኩም'የ ፡” በሎም።

ንደቁ ምስ ወለዶም ምውጻእ'ኳ ሓድሽ ነገር እንተ ዘይነበረ ፡ ናይ ሰንበት ብምዃና ግን ክግረሙን ክጠራጠሩን ኣብ ገጾም ተራእየ። ግብረ መልሶም ካብ ምግራም ናብ ሓጎስ ክቕየር ግን ቅጽበታዊ ነበረ። እቶም ዓበይቲ ብታሕጓስ ፍሸኽሽኽ ክብሉ ኸለው ፡ እቶም ናእሽቱ እናነጠሩን እናዘለሉን ናብ ክዳውንቶም ምቕያር ተጓየዩ።

ደቁ ምስ ከዱ መድህን እንታይ ደኣ ተረኺቡ'ዩ ክትብሎ ተጸበያ። ኣብ ክንድኡ ግን ፡ “እሞ ቅድሚ ናብ ምቕያር ምኻደይ ገለ ነገርዶ ከምጽኣልካ?” በለቶ።

ብብልህነት በዓልቲ ቤቱ ከም ወትሩ ተደነቐ። ልቡ ብፍቕርን ኣድናቖትን ፡ ንረኺብዎ ዝነበረ ጸጋ ኸኣ ብምስጋና ተመልአት። “መዓስ'የ ኾን ኣካይዳይ ኣሪመ ፡ ነዚ ልብ'ዚ ዘረስርሶን ፡ ሙሉእ ብሙሉእ ዘደስቶን ዘዕግቦን?” ከኣ በለ ብውሽጡ። መድህን መልሲ ከም እትጽበ ዝነበረት ስለ ዝተፈለጦ ፡ ካብ ሓሳቡ ብምብርባር ፡ “ወረ ኣነስ ኣዝየ ጠምየ ስለ ዘለኹ ፡ ዘይትሸገሪ እንተ ኼንኪ ፡ ገለ ንእሽቶይ መጻንሒ ነገር እንተ ትህብኒ ጽቡቕ ነይሩ ፡” በለ።

ካልኣይ ቃል ከየድገመቶ ኸኣ ፡ “በል ኩፍ በል መጻኹ ፡” ኢላቶ ንኽሽነ ገጻ ከደት። ድሕሪ 10 ደቓይቕ ከኣ ኩሉ ኣወዓዕያ ቀረበትሉ።

“በል ፒሳን ብሓንሳብ ምውጻእን ስለ ዘስማዕካዮም ፡ ተሃንጥዮምን ተሃዊኾምን ስለ ዘለው ፡ ደንጒኺና ኢሎም ከይመዓቱኒ ክሳዕ ትበልዕ ክቕያይር ፡” ኢላቶ ንመደቀሲ ከደት።

በሊዑ ክሳዕ ዝውድእ መድህን ምክድዳና ወድአት። ቆልዑ ድሮ ኣቐዲሞም ወዲኦም ኣብ ምጽባይ'ዮም ነይሮም። ኣቦኦም ከም ዝወድአ ምስ ረኣዩ ፡ “ማማ ምስ ተመለስና ባዕልና ክንሓጻጽቦ ኢና ፡” በልዋ።

ከም ዝትሃንጠዩን ከም ዝተሃወኹን ርእያ ኸኣ ፡ “ሕራይ በሉ'ዞም ደቀይ። ኪዱ በሉ ኣብ ክሽነ ኣጽንሕዎ ፡” በለቶም።

ብኡ ንቡኡ ኩሎም ብሓባር ተታሓሒዞም ወጹ። ጽቡቕ ምሸት ኣምስዮም ከኣ ናብ ቤቶም ብሰላም ተመልሱ።

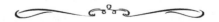

ገዛ ኣትዮም መድህን ክዳና እናቐያየረት ከላ ኣብ ሓሳብ ኣተወት።

"ተስፎምሲ ሓጎስ ደቁን ሓጎስይን ክንዲ ምንታይ ከም ዘደስቶ ዝገርም'ዩ!" በለት ብውሽጣ። ቀጺላ ኸኣ ፡ "እንታይ'ሞ?!" በለት። ውስኽ ኣቢላ ኸኣ ፡ "ሕልናኡን ሓሳቡን ድልየቱን ኩሉ ጽቡቕ ስለ ዝኾነ ፡ መዓልቲ ግዲ ይመጽእ ይኸውን እዚ ኹሉ ድሕሬና ዝኾነሉ። ምእንታና ጥራይ ዘይኮነስ ፡ ዝያዳ ምእንትኡ!" በለት።

"ይከኣለካ'ዩ ጐይታ ፡" እናበለት ትምኒታን ሃረርታኣን ከተስተንትን ድሕሪ ምጽናሕ ፡ "ዋይ ጐይታይ ይቕረ በለለይ! እንታይ ኮይነ እየ'ኸ ፡ ናብታ ንእሽቶ ዝጎደለትኒ ጥራይ ኣቶኪረ ዝሓስብ? እቲ ኹሉ ኻልእ ሂቡኒ ዘሎ ዘኪረ ተመስገን ዘይብል?" ብምባል ነብሳ ድሕሪ ምግናሕ ፡ ናብ ኣምላኻ ምምስጋን ተመልሰት።

ከምዚ ኢሎም ከኣ እንዳ ተስፎም ፡ ሕጉስን ብሩኽን ምሸት ኣምስዮም ብግዝየኦም ደቀሱ።

ኣርኣያ ንተስፎም እቲ ዝረኸቦ ሓበሬታ ንኽነግሮ ምስ ጸወዖ ፡ ሕጂ ነዛ ጉዳይ ቀልጢፋ ኣይርደኣንን'ዩ ፡ ከሸግረኒ ኢዩ ብዝብል ብዙሕ'ዩ ተሰኪፉ ነይሩ። ነታ ጉዳይ በቲ ዝሓንጸጾ ኣገባብ ምስ ኣረድኦን ቀልጢፉ ምስ ተቐበሎን ፡ ኣርኣያ ከቢድ ጾር ከም ዘውረደ ኮይኑ'ዩ ተሰሚዕዎ። ደኺሙን ጠምዩን ቀልጢፉ ንኽድቅስ ዝወጠኖ ግን ፡ ገዛ ምስ ከደ በነነ። ናይቲ መዓልቲ ውዕሎ ኣብ ሓንጎሉ ክደጋገም ጀመረ።

ብዛዕባ ካብ ንጽባሒቱ ጀሚሩ ዝጽበዮም ጥንቃቐ ዝመልኦ ምክትታልን ፡ ሓበሬታ በብወገኖም ምእካብን ፡ ውሳነታት ምውሳድን ፡ በብሓደ ኣብ ሓንጎሉ ክሕንጽጽ ጀመረ። ኩሉ ከውርድ ከደይብ ኣብ ዓራት ክገላበጥ ድሕሪ ምጽናሕ ከይተፈልጦ ድቃስ ወሰዶ።

ንጉሆ ክትንስእ ከሎ ኸኣ ካብ ዝባኑ ብዙሕ ሰኸም ከም ዝተቐንጠጠሉ ኮይኑ ተሰምዖ። ብኣኡ ምኽንያት ከኣ ተበሪሁዎ'ዩ ተንሲኡ። ስራሕ ምስ በጽሐ ፡ ቀልጢፉ ከጥልላ ዝደሊ ዝነበረ ሓበሬታ ብዛዕባ ዓቐን ጫማ ገብረኣብ ምርግጋጽ'ያ ነይራ። ግን ብርዱእ ምኽንያት ተኽለኣብ ባዕሉ ከይመጾ ጸዊሁ ክሓቶ ኣይደለየን።

ሰዓት ዓሰርተ ምስ ኮነ ተኽለኣብ ካልእ ናይ ስራሕ ወረቓቕቲ ከብጽሕ መጸ። ኣብ ሞንጎ እቲ ሰነዳት ሓንቲ ፡ 'ዓቐን ጫማ ቁ. 40' ዝተጻሕፋ ወረቐት ገደፈሉ።

ምስ ረኣያ ብሓጎስ ክፍንጫሕ ደለየ። ምኽንያቱ እታ ኣብ ትሬቶኡ ተኻርያ ፡ ንኣዋርሕ ተቐሚጣ ዝኸረመት ምስጢረኛ ጭራም ኮንጎ ጫማ ፡ ቁጽሪ 40 ኢያ ነይራ።

ድሕር'ዚ ብዛዕባ ገበን ገብረኣብን ሃብቶምን ዳርጋ ርግጸኛ ኾነ። ንሓው ክነግሮ ኸኣ ተሃንጠየ። ግን ዝኾነ ነዚ ጉዳይ ዝምልከት ዝርርብ ብኣካል ጥራይ ክካየድዎ ተረዳዲኦም ስለ ዝነበሩ ፡ ክሳዕ ዝራኸቡ ምጽባይ ግድን ኮነ።

ለካቲት ክልተ ሰኑይ ንጉሆ ፡ ተስፎም ግርም ደቂሱ ሓዲሩ ቆራሪሱ ንቤት ጽሕፈቱ ኸደ። ሰንበት ኣርኣያ ዘምጽኦ ሓበሬታ ፡ ንመጀመርያ ክሰምዖ ኸሎ ዓቢ ነገር ኮይኑ ኣይተሰምዖን ነይሩ። ድሒሩ ምስ ሓው ብዝርዝር ምስ ተዛረበሉ ግን ፡ ድልዱል ነገር ምዃኑ ተረደኦ። ክምቲ ኣርኣያ ዝበሎ ነቲ ክፈትሕዎ ዘይክኣሉ ዝነበሩ ሕንቅልሕንቅሊተይ ፡ ከምዛ ንዝተረገጠ ማዕጾ ልክዕ ብልክዕ ግጥም ኢሉ ዘርሑ መፍትሕ ምዃኑ'ውን ኣመነሉ። በዚ ምኽንያት'ዚ ሽው ንጉሆ ተስፎም ተበሪህዎ'ዩ ተንሲኡ።

ሽው መዓልቲ ተስፎም ኣብ ስራሕን ካብ ስራሕ ወጻእን ፡ ሓፈሻዊ ሓበሬታ ክኣኻኽብ ወዓለ። በቲ ዝረኸቦ ሓበሬታ ኸኣ ኣዝዩ ተተባብዐ። ኣፈናዊ ሓበሬታ ብምዃኑ ግን ፡ ጌና ብዙሕ ዝጣለል ነገራት ከም ዝህልዎ ኣይዘንገዐን። ብዝኾነ ግን እቲ ጉዳይ ኣዝዩ ትስፍው ምዃኑ ኣሐጎሶ።

ንኣጋምሸቱ ተስፎም ካብ ቤት ጽሕፈት ብቐጥታ ናብ ፋብሪካ ከደ። ኣርኣያ ኸኣ ሕጅስ ምምጽኡ'ዩ እናበለ ተሃንጥዩ ክጽበዮ ስለ ዝጸንሐ ፡ ምስ ረኣዮ ብናይ መርሓባ ፍሽኽታን ሓጎስን ተቐበሎ።

"እሂ ውዕሎ ኸመይ? ገለ ሓድሽ ነገር ኣሎ ድዩ ብወገንካ?" በለ ተስፎም።

ኣርኣያ ቅድሚ ምምላሹ ፡ ናብ ተሳሓቢቱ ድንን ኢሉ ፡ ነታ መከረኛ ኮንጎ ብጸጋመይቲ ኢዱ ኣንጠልጢሉ ፡ ብየማን ኢዱ ናብኣ እና'መልከተ ፡ "እነህትልካ ኮንጎ ጫማ ምስጢራታ ክትጋልህ ጀሚራ'ላ። ድሕሪ ሕጂ ታሪኻዊት ኮንጎ'የ ክብላ!" በሎ።

"ናይ ብሓቂ?" ኢሉ ሓተተ ተስፎም ብምህንጣይ።

"ቁጽሪ እግሪ ገብረኣብ 40 ኢዩ። ነዚኣ ኸኣ ባዕልኻ ረኣያ፡" ኢሉ ከምዛ ተሰባሪት ክብርቲ ኣቕሓ ብጥንቃቐ ኣቐበሎ።

ተስፎም ተቐላጢፉ ግልብጥ ኣቢሉ ረኣያ። ክልተ ሰለስተ ግዜ ብፋጻ ምግራሙ ገለጸ። ብኣኡ ከየብቀዐ እንደጌና ክልተ ግዜ፡ *"ዋውዋው! ዋውዋው! ማይ ጎድ!"* ብምባል ኣድናቖቱን ሓጎሱን ገለጸ። ደጊሙ ኸኣ፡ "እሞ እዛ ሻድሻይ ህዋስ ዝበልካያስ ሰሪሓ'ያ። ኣገናዕ! ጨብጦ!" ኢሉ ኢዱ ሰዲዱ፡ ዓትዒቱ ጨበጦ።

"ግዲ የብልካን ጉዳይ ልክዕ ብልክዓ፡ ኣብ ለዓታ ኢያ እትኣቱ ዘላ! ከምዚ ክትፈትሐ ኣብዩካ ዝጸንሐ ናይ ትኹልን ናይ ጎድንን ግድል'ሞ፡ ሽው በብሓደ ኣብ በቦትአን ምስ ሰኺዕካየን በሪሁ ዝረኣየካ፡ ከምኡ'ያ ትኸውን ዘላ፡" በለ ኣርኣያ ንኣዋርሕ ኣርእይዎ ብዘይፈልጥ ሓጎስን ፍስሓን።

"በል ብወገነይ ከኣ ከምዚ ናትካ ኣንጸባራቒ ርኽበት ኣይኹን'ምበር፡ ኣተባባዒ ሓበሬታ ረኺበ'ለኹ፡" በለ ተስፎም።

"ግርም'ምበር፡" በለ ኣርኣያ።

"ኩሉ እቲ ሓበሬታ ከም ዕላል፡ ከም ዘይትፈልጦ ዝነበርካ ነገር ንምፍላጥ፡ ግን ከኣ ብዙሕ ተገዳስነት ከየርኣኻ ዝሕተት ዓይነት ገይረ'የ ኣኪበዮ።"

"ጽቡቕ።"

"ስለዚ ሓደ ሰብ ሰኺሩ ኸሎ፡ ናይ ዝፈጸሞ ገበን ክፍክረሉ ኢሉ እንተ ተዛሪብዎስ፡ ከም መርትዖ ክቐርብ ይኽእልዶ? ዋላስ ዘረባ ሰኽራም ተባሂሉ ከም ዘይበቅዕ'ዩ ዝቑጸር ኢለ፡ ንኽልተ ሰለስተ ሰባት ሓቲተ።"

"ሕራይ?"

"እቲ ዘረባ ምስ ዝኾነ ነገር ክተኣሳሰር ዘይኽእል ሃጠው-ቀጠው ዓይነት ሓበሬታ እንተ ኾይኑ፡ ከም ዘረባ ሰኽራም ተቖጺሩ ቁሊሕ ዝብሎ'ውን ኣይረክብን'ዩ። ግን ዋላ ሽው ንሽው፡ ዋላ ድሕሪ ነዊሕ እዋን፡ እቲ ገበን ምስኡ ርክብ ወይ ጽልኢ ምስ ዘለዎም ሰባት ክዛመድ ወይ ክተኣሳሰር እንተ ኽኢሉ፡ ክምርመረሉን ኽኽሰሰሉን ይኽእል'ዩ ኢሎምኒ፡" በለ ተስፎም።

"ብጣዕሚ ጽቡቕ!" በለ ኣርኣያ ገጹ ብሓጎስ እና'ንጸባረቐ።

"እሞ ብሕጂ ናበይ ገጽናን፡ እንታይ እንተ ገበርናን ይሓይሽ ትብል?" ኢሉ ንንእሽቶ ሓው ሓተቶ።

"ኣነስ ወደይ ብቑዕ ዝብሎ ምኽንያት'ኳ የብለይን፡ ግን ቁሩብ ክንዕገስን ክንጸንሕን ምፈተኹ። ዋላ እንተ ደሊኻ እታ ሻድሻይቲ ህዋስ በላ። ግን ከምዚ እዛ ጉዳይ ግዝየኣ ኣኺሉ፡ ባዕላ ትበስል ዘላ ኾይኑ'ዩ ዝስመዓኒ ዘሎ። ኣብዚ ቀረባ እዋን ካልእ ዘራጉድ ሓበሬታ ንረክብ ኮይኑ ይስመዓኒ'ሎ። ግን ስምዒት ጥራይ'ዩ፡ ዝሓዝኩዎ ወይ ብርግጽ ዝጽበዮ ነገር ሃልዩኒ ኣይኮነን፡" በለ ኣርኣያ እናተሰከፈ።

"ብዛዕባ ስምዒት ደኣ፡ ሳላ ስምዒትካ ዝነገረካ'ንድዩ ኣብዚ ደረጃ'ዚ በጺሕና ዘለና። ግን እስከ ቁሩብ እንታይ ገለ እንተ ረኺብና ኢኻ እትጽበን ተስፋ እትገብርን ዘለኻ?" ኢሉ ሓተተ ተስፎም።

"ኣነስ እዛ ናይ ሃብቶምን ናይ ገብረኣብን ርክብሲ፡ ንኸትስበር ዝተቓረበት ኮይኑ'ዩ ዝስመዓኒ ዘሎ። ሽው ዝያዳ ዝሕግዘና ነገር እንተ ረኺብና'የ ዝትስፎ ዘለኹ። ድሕሪኡ ዝያዳ ድልዱልን ዘይነቓንቕን ነቓዕ ዘይብሉን ጉዳይ ሒዝና ንኸስስ ኢለ'የ ከምኡ ዝብለካ ዘለኹ፡" በለ ዓይኒ ዓይኒ ዓቢ ሓው እናጠመተ።

ተስፎም ብወገኑ ንንእሽቶ ሓው፡ ከምዚ ንመጀመርያ ግዜ ኣጸቢቑ ዝርእዮን ዝዕዘቦን ዝነበረ ብምምሳል'ዩ ኣተኩሩ ዓይኑ ዓይኑ ዝጥምቶ ነይሩ።

"ኣንታ ኣርኣያ ሓወይ፡ ኣነ'የ ዓቢ ሓውኻ። ግን ሕጂ ካልእ ሰብ ምሳና እንተ ዝህሉስ፡ ንዓኻ እዚ'ዩ ዓብን መራሕን ናይዚ ስድራ ቤት ኢሉ ምሓሰበ። ብኣኻ ኣዝየ'የ ሕቡን! ብዝያዳ ብልቦናኻን በ'ተሓሳስባኻን ብነዊሕ ኣጠማምታኻን!" በሎ ተስፎም ካብ ልቡ ብዝፈልፈለ ስምዒት።

"ኣየ ተስፎም ሓወይ፡ ንስኻ ንዓይ ብዕድመ ጥራይ ዘይኮነ፡ ብትምህርቲ ብተመኩሮ ብኹሉ ኢኻ እትበልጸኒ። ከመይ ኢለ'የ'ሞ ኣነ ልዕሌኻ ክመስል?"

"ልቦናን ምስትውዓልን'ኮ ብትምህርቲ ዝመጽእ ኣይኮነን። ሓቂ'ዩ እቲ ልቦናን ምስትውዓልን ዝተዓደለ ሰብ፡ ትምህርቲ ክውስኸሉ ኸሎ ዝያዳ ለባምን መስተውዓልን ክኸውን ይኽእል'ዩ። በዓል ኣቦይ እንዶ ረኣዮም። ትምህርቲ ደኣ ዘይ ራብዓይ ክፍሊ'ዮም በጺሖም። ግን ኣብ ቅድሚኦም ኣየናይ ዩኒቨርሲቲ ዝወደአ ኢዩ ጠጠው ዝብል። በ'ንጻሩ እቲ ልቦናን ምስትውዓልን ዘይውንን ግን፡ ዋላ እንተ ተማህረ፡ ኣብ ክንዲ ዝያዳ ዝልብምን ዝስተውዕልን፡ ኣነ'ኮ ምሁር'የ ብምባል ክሳዱ ነፊሑ ስለ ዝንዓዝ፡ ሽው ዝያዳ'ዩ ዝድንቁር!" በለ ተስፎም።

"እዚ ትብሎ ዘለኻ ኩሉ እርደኣኒ'ዩ። ኣነ ግን ኩሉ ዝፈልጦ ፡ ዘይ ካባኻን ካብ ኣቦይን ዝተመሃርኩዎ'ዩ። ንስኻ'ኮ በ'ተሓሳሰባን ብሚዛናውነትን እንታይዶ ይጎድለካ'ዩ?"

"ኤ ኣርኣያ ፡ እታ ትፈልጣኸ? ንእሽቶይ መዓስ ኮይና?" በለ ተስፎም

"ሓቂ ንምዝራብ'ኳ እዛ ኣዕሩኽቲ ምብዛሕን ምምሳይን ፡ ልዕሊ ኹለን ከኣ እታ መስተ ምብዛሕሲ ኣላትካ ፡" በሎ ኣርኣያ ደፊሩ።

"እሞ ካብኡ ዝያዳ እንታይ ደሊኻ? ዶስ ሓውኻ ኮይነካ'የ ከተነኣእሳ ደሊኻ?" እናበሎ ኸሎ ፡ ቴሌፎን ጭርር-ጭርር ትብል።

ተስፎም ተቐበላ። ኣጋጣሚ መድህን ኢያ ነይራ።

"ምስ ኣርኣያ ኢና ዘሎና። ሕጅስ ወዲእና ኢና ክመጽእ'የ ፡" ኢሉ ስልኪ ዓጸዋ።

ናብ ኣርኣያ ተጠውዩ ፡ "መድህን'ያ ፡ ቆልዓ ተራሲኑ'ያ ትብለኒ ዘላ። እንታይ ዝተረፈና'ሎ ድዩ?" በሎ።

"በቃ በታ ቁሩብ ዕግስ ኢልና ንርኣያ ዝበልኩኻ እንድሕር ትሰማምዓላ ኜንካ ፡ ካልእ ዝዝረብ የብልናን።"

"በቃ በታ ዝበልካያ ንኺድ። ስለዚ እንተ ወዲእና ሕጂ ኣነ ክኸይድ።"

"ደሓን ድዩ ቆልዓ? ምሳኻዶ ክመጽእ?"

"ኖ ደሓን'ዩ'ኮ። ከምዚ ናይ ጉንፋዕ ረስኒ ገለ'ዩ ጌሩሉ። መድህን ቀልጢፋ ስለ ትሸገር'ያ'ምበር ፡ ሕጂ ገለ ፈውሲ ረስኒ ጌርና ክንፍትኖ ኢና ፡" በለ ተስፎም።

"ሕራይ እምበኣር ኪድ ቻው። ኣነ'ውን ሕጅ'ስ ክኸይድ'የ ፡" በለ ኣርኣያ።

"ቻው በል ፡" ኢሉ ብድድ ኢሉ ከደ።

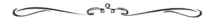

ዝቕጽል ኣርባዕተ መዓልታት ካብ ሰሉስ ክሳዕ ሓሙስ ፡ ዝኾነ ሓድሽ ነገር ኣይተረኽበን። ተስፎም ንሓው ዝሃቦ መብጽዓ ንኽይጠልም'ምበር ፡ ጽልኢ ሃብቶም ካብ ዓይኑ ምልጋስ ኣብይዎ ተሃንጥዩን ተረቢጹን'ዩ ነይሩ። ኣርኣያ'ውን ብተፈጥሮ ዕጉስ ኮይኑ'ምበር ፡ ሓድሽ ነገር ክኽሰትን ክርከብን ተሃዊኹ'ዩ ነይሩ። ክልቲኦም

ዝነበሮም ጸቕጥን ህንጡይነትን ብቓላት'ኳ እንተ ዘይገለጽዎ ፡ ንቕርብ ኢሉ ዘስተውዓለን ዘስተብሃለን ግን ፡ ካብ ኣካላዊ ቋንቋኦም ክርደኦ ኣይምተጸገመን።

ከምኡ ይኹን'ምበር ፡ ተስፎምን ኣርኣያን መዓልታዊ ምርኻቦምን ምዕባለ እንተ'ሎ ምትሕታቶምን ፡ ከምኡኸኣ መደባቶምን ስልቶምን ምሕንጻጾምን ምጽፋፎምን ኣየቋረጹን። ዓርቢ ለካቲት ሽዱሽተ ግን ፡ ተኽለኣብ ሰብ ኣብ ዘይብሉ ፡ ኣብ ቤት ጽሕፈት መጺኡ ፡ "ብዛዕባ'ቲ ሰኺሩ ዝተለፋለፎ ኣይዝክሮን'ዩ ኢለካ ዝነበርኩ'የ ክነግረካ ደልየ ፡" በሎ።

"ሕራይ እሞ ሓድሽ ነገር ኣሎ ድዩ?" በለ ኣርኣያ ህውኽ ኢሉ ፡ ገብረኣብ ዝተለፋለፎ እንተ ተፈሊጥዎን እንተ ተዘኪርዎን ፡ ከገጥሞም ዝኽእል ዕንቅፋት ስለ ዘሰከፎን ዘሻቐሎን።

"ዋላ ሓንቲ ዘሰክፍ ነገር የለን። ጨሪሱ ድሕሪ'ታ ብኽቱር ስኽራን ልቡ ዘጥፋኣላ ሰዓት ጀሚሩ ፡ ዋላ ሓንቲ'ውን ኣይተዘከሮን። ኣሽንኳይ ዝተዛረቦስ ፡ ዝኸድናዮም ባራትን ዝረኸብናዮም ሰባትን'ውን ፈጺሙ ኣይዘከሮን። ብዘይካ 'ቀዳም ጌርናላ! ተኽይፍና ምሽ?!' ምባል ፡ ካልእ ዝበሎ ነገር የለን ፡" በሎ።

"ብጣዕሚ ጽቡቕ። ዓባይ ቅሳነት'ያ። እሞ ቀዳም ናይ ግድን ከም እትራኸቡ ግበር። ሎሚ ብዝያዳ ንስኻ ጋብዞን ክፈልሉን ፡" ኢሉ ገንዘብ ኣውጺኡ ሃቦ።

"ሕራይ ከምኡ ክገብር'የ ፡" በለ ተኽለኣብ።

"በል ሕጂ ኪድ ደሓን ፡" ምስ በሎ ተኽለኣብ ተቐላጢፉ ወጸ።

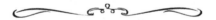

እንዳ ባኒ ጋቻ ብጠቕላላ ሰለስተ ዓበይቲ ክፍልታት ፡ ከምኡ'ውን ሓንቲ መጠነኛ መኽዘንን ፡ ሓንቲ ንእስ ዝበለት ናይ ንጽህና ክፍልን ዝሓዘት'ያ ነይራ። እታ ናይ መጀመርያ ክፍሊ ፍርያቶም ንዓማዊል ዝሸጡላ'ያ ነይራ። እተን ክልተ ዓበይቲ ክፍልታት ፡ መስርሒ ባኒ ፎርኖታት ዝሓዛ'የን ነይረን። እታ መሸጢ ክፍሊ ምስቲ ፎርኖ ዝነበሮ ሓንቲ ማዕጾ መተሓላለፊትን ፡ ሓንቲ ንእሽቶ መስኮት መቆጻጸርን ነበረታ። ከድልዮም ከሎ ብኣኣ ኢዮም ቅልቅል ኢሎም ምስቲ መሸጢ ክፍሊ ዝራኸቡ ነይሮም።

ቀዳም ለካቲት ሸውዓተ ፡ ሰዓት ክልተ ወልደኣብ ስልኪ ደወለ። ወልደኣብ'የ ምስ በሎ ጥራይ ፡ ልቢ ኣርኣያ ዘይኣመላ ሓንቲ ህርመት ዝነጠረት ኮይና ተሰምዓቶ።

ሰውነቱ ኸኣ ብቕጽበት ፎቕ በሎ። ወልደኣብ ሓድሽ ጸብጻብ ስለ ዝነበሮ ፡ ንሰዓት ኣርባዕተ ንኽራኽቡ ምስ ኣርኣያ ቆጸራ ገበሩ። ስልኪ ምስ ተዓጽወት ኣርኣያ እንቅዓ ኣስተንፈሰ። ምስ ነብሱ ኸኣ ፡ "እስከ ጽቡቕ የስምዓና ፡" በለ።

ሰዓት ኣርባዕተ ክሳዕ ትኣክል ዳርጋ ስራሕ ክሰርሕ ኣይከኣለን። ሓደ ክሕዝ ሓደ ክገድፍ ፡ ምዕጥይጣይ ኮነ ስራሑ። እንተ ተሃዊኽካን እንተ ተረቢጽካን ፡ ግዜ ቀልጢፉ ስለ ዘይሓልፍ ምጽባይ ገደዶ። ብዝኾነ ከም ዘይሕለፍ የለን ፡ ሰዓት ኣርባዕተ ኾይኑ ምስ ወልደኣብ ተራኸቡ። ሰላምታ ምስ ተለዋወጡ ፡ ኣርኣያ ብቐጥታ ናብታ ጉዳይ ከኣቱ'ዩ ተጓይዩ።

"እሞ በል ሓንቲ ተህውኽ ቆጸራ ኣላትኒ'ሞ ፡ እስከ እንታይ ሓድሽ ነገር ኣሎ?" ኢሉ ሓተተ።

"ትማሊ ምሸት ገብረኣብ ከም ኣመሉ ስራሕ መጺኡ ነይሩ። ሃብቶም ኣይጸንሐን። "ቆጸራ ኣላትና ቅድሚ ቁሩብ ኢና ተደዋዊልና ፡ ክሳዕ ዝመጽእ ክጽበዮ'የ ፡" ኢሉ ኮፍ በለ። ድሕሪ ሓደ ፍርቂ ሰዓት ምጽባይ ፡ ገብረኣብ ከዕጠጥን ዓቕሊ ክጽብብን ጀመረ። ኮፍ ክብል ፡ ክትንስእ ፡ ክኣቱ ፡ ክወጽእ ፡ ከዕለብጥ ጀመረ።"

"ድሕሪኡኸ?" ሓተተ ኣርኣያ ፡ ናብቲ ቀንዲ ዘገድሶ ቁምነገር ናይቲ ጉዳይ ቀልጢፉ ክሰግር ብምድላይ።

"ሃብቶም ድሕሪ ሰዓት መጺኡ ፡ 'መጺእካ ዲኻ ፡' በሎ ንገብርኣብ።"

"ቅድሚ ሰዓት እኮ'ዩ ቆጸራና። ሰዓት ቀንፈዘው ኣቢልካኒ ፡" በሎ ገብረኣብ።

"ዘይሓሰብኩዋ ጉዳይ እንድየ ረኺበ። ንዓ በል እቶ' ኢሉዎ ተታሓሒዞም ንውሽጢ ኣተው።"

"ኣጋጣሚ ኩሉ ግዜ እትዕጾ መስኮት ተኸፊታ ስለ ዝነበረት ፡ ንርብዒ ሰዓት ዝኸውን ብዙሕ ፍረኡ ዘይስማዕ ክትዕ ዝመስል ምምልላስ ዘረባ ንሰምዕ ኔርና። ሐሓንሳብ ግን ዝደጋገማ 'ገንዘብን ፡ ዝግበኣንን' ዝብላ ቃላት ብንጹር ንሰምዕ ኔርና። ገብረኣብ ካብ ዝመጽእ ኣትሒዝና እታ ኩነታት ኩላትና ስለ ዝተዓዘብናያ ፡ ዳርጋ ኩላ ሰራሕተኛ'ያ እዝና ትጸሉ ነይራ።"

"ሕራይ ቀጽል" በለ ኣርኣያ። ገብረኣብ ከም ዝቕጽል ዝነበረ ኣይጠፍኦን። ከምኡ ምባሉ ግን ካብ ከቱር ታህዋኽን ተርባጽን ዝተላዕለ'ዩ ነይሩ።

"ሽው እቲ ዝትሕትን ዝልዕልን ዝነበረ ድምጺ ፡ ብቕጽበት ንሒደት ካልኢታት

ብዓው ዝበለ ንጹር ድምጺ ተቐየረ።

"ገንዘበይ ብሙሉኡ እየ ዝብለካ ዘለኹ። ዝዓየኹሉ ገንዘብ'የ ዝሓተካ ዘለኹ። ናይ ልማኖ ገንዘብ ኣይኮነን' ክብል ገብረኣብ ብንጹር ኩላትና ሰሚዕናዮ።"

"ሽው ሃብቶም ፡ 'ኣንታ ወዲ ዓው-ዓው ኣይትበል። ከተፈራርሓኒ ኣይትፈትን!' ክብልን ፡ ሃብቶም ሽው ግዲ መስኮት ተኸፊታ ከም ዝነበረት ኣስተውዒሉዋ ኾይኑ ፡ እታ መስኮት ብቕጽበት ክትዕጾን ሓደ ኾነ። ሽው ኩላትና ነንሕድሕድና ተጠማሚትና ፡ እታ ዘረባ ከም ዝሰማዕናያ ብዓይንና ተዘራሪብና ትም በልና።

"ብድሕሪኡ ዓው-ዓው ዝብል ፍረኡ ዘይልለ ድምጺ ንቑሩብ ደቓይቕ ቀጸለ። ኣብ መጨረስታ ገብረኣብ ማዕጾ ከፊቱ ፡ ብሓይሊ ገው ኣቢሉ ዓጽዩ ፡ ሰራውሩ ተገታቲሩን ዓይኑ በርበረ መሲሉን ፡ ካብ እንዳ ባኒ ቃል ከይወጸአ ተመርቀፈ። ሃብቶም ሓደ ርብዒ ሰዓት ዝኸውን በይኑ ኮፍ ኢሉ ድሕሪ ምጽናሕ ፡ ኣብ ገጹ ሕርቃንን ብስጭትን ብርኡይ እናተንጸባረቐ ወጸ። ምስ ዝኾነ ካባና ሓንቲ ቃል ከይተዛረበ ኸኣ ወጺኡ ኸደ ፡" ኢሉ ወልደኣብ ዘረባኡ ደምደመ።

"ብዓውታ ዝተሰምዓ ዘረባ ገብረኣብን ሃብቶምን ኩሉኹም ዲኹም ብርግጽነት ሰሚዕኩመን?" ሓተተ ኣርኣያ።

"ሚኢቲ ካብ ሚኢቲ ኩላትና ሰሚዕናየን'ምበር። ዘይነገርኩኻ ሃብቶም ምስ ወጸ ፡ ኩላትና ነንሕድሕድና 'ሰሚዕኩማዶ'ዛ ዘረባ' ተባሃሂልና ተዘራሪብናላ። ገሊኣ 'ናይ ምንታይ ገንዘብ'ዩ ደኣኸ ዝእውዶ?' ትብል ፡ ገሊኣ 'ከመይ ደኣ ኢዩኸ ዓው-ዓው ኢሉ ዘፈራርሖ?' ትብል። ኩላ ኸኣ ብናይ ሃብቶም ልኡም ግብረ መልሲ ተገሪማ። ስለዚ ብዛዕባ ኩላትና ምስማዕ ኣይትጠራጠር!" በለ ወልደኣብ ብትሪ።

"ኖኖ ብዘረባኻ ተጠራጢረ ኣይኮንኩን። ኣጸቢቐ ከጥልላን ከረጋግጻን ስለ ዝደለኹ ጥራይ'የ ፡" ኢሉ ድሕሪ ምርግጋጹ ፡ ኣልግብ ኣቢሉ ፡ "ናይዚ ኹሉ ውዕለትካ ብዝደለኻዮ ኣገባብ ክነሕጉሰካ ምኻንና ተኣማመን ፡" በሎ ኣርኣያ።

"ይኣምነለይ'ዩ። ንስኻን ተስፎምንስ'ምበር ሰብ ኢኹም ኣታ! ኣነ ኻልእ ዝደልዮ የብለይን ፥ ኣብ ዝጥዕመኩም ግዜ ካብዚ ሰይጣን ኣገላግልኩም ፡ ንዓይ ዝኸውን ስራሕ ኣብ ፋብሪካ እንተ ኣትሒዝኩምኒ ካልእ'ኳ ኣይብለኩምን!" በለ ወልደኣብ።

"ደሓን ኣጆኻ ቅሰን ፡ እዚ ቀሊል'ዩ። ኣብቲ ዝጠዓመ ግዜ ክንገብሮ ኢና ፡"

በሎ ኣርኣያ።

በዚ ወዲኦም ፡ ተመሳጊኖም ፡ ምስ ወልደኣብ ተፈላለዩ።

ሰዓት ሸዱሽተ ተስፎም ምስ መጸ ፡ ኣርኣያ ምስ ተኸለኣብን ወልደኣብን ዘካየዶ ዝርርብ ብዝርዝር ጸብጸበሉ። ተስፎም በቲ ምዕባለ ኣዝዩ ተተባብዐ።

"እሞ ሰኑይ ንጉሆስ ፡ ናብ ኮሎኔልን ናብ ሓይሎምን ምኻድ'ያ ፡" በለ ተስፎም።

"እወ እንታይ ደኣ ናብኡ ኢና ሕጅስ። ግን ኣይፍለጥን ናይ ሎሚ ምሸት ርክብ ተኽለኣብን ገብርኣብን ፡ ሓድሽ ነገር ከይህልዎ ክሳዕ ሰሉስ ንጸበ። ምኽንያቱ ተኽለኣብ ሰኑይ'ዩ ፡ ገለ ሓድሽ ነገር እንተ'ሎ ክነግረኒ ዝኽእል ፡" በለ ኣርኣያ።

"ኣብዚ በጺሕና እንታይ ሽግር ኣለዎ። ሕራይ ደሓን። ንስኻ ቀጠልያ መብራህቲ ምስ ወላዕካልና ኢና ንብገስ ፡" ኢሉ ክምስ በለ።

"ኣጆኻ ቀሪብካ ኢኻ ነዚ በዓለገ ንኽተንጠልጥሎ!" በሎ ኣርኣያ እናሰሓቐ።

"ኣየ'ወ! *ኦነስትሊ* ሎምቅነ ቀትርን ለይትን ፡ ብጀካ ንሱ ካልእ ሕልሚ'ኳ የብለይን ፡" በለ ተስፎም።

"ሓቅኻ'ምበር ፡ እንታይዶ ገዲፉልና'ዩ!" በለ ኣርኣያ።

"በል ሕጂ ንስኻ ተካልካ ኢኻ ውዒልካ ኪድ ተዛናጋዕን ኣዕርፍን። ኣነ ቁሩብ ክጸንሕ'የ ፡" በለ ተስፎም።

"እወ ሓቅኻ ፡ ኣነ'ውን ወረ ደኺመ እየ ዘለኹ። በል ቻው ፡" ኢሉዎ ተፋንይዎ ኸደ።

ሰኑይ ትሽዓተ ለካቲት ንጉሆ ፡ ተስፎምን ኣርኣያን ከም ቀደሞም ነናብ ስራሖም ወፈሩ። ንሰሉስ ሓድሽ ነገር ይሃሉ ኣይሃሉ ፡ ተስፎም ናብ ኣዕሩኹቱ ከይዱ ፡ ኩነታት ከም ዘለዎ ኣረዲኡ ፡ ምኽርን ሓበሬታን ክሓትት ክልቲኦም ኣሕዋት ድሮ ተሰማሚዖም'ዮም። ስለዚ ኣርኣያ ድሮ እቲ ውሳነ ተወሲዱ ስለ ዝነበረ ፡ ተኽለኣብ ሓድሽ ነገር ይህልዎዶኾን ኣይህልዎን ኢሉ ብዙሕ ኣይትጨነቐን። ብኣኡ

መሰረት ብዙሕ ትጽቢት ከይገበረን ፣ ናብ ናይ ተኽለኣብ ነገር ከየስገለን ስራሑ ብዕቱብ ይሰርሕ ነበረ።

ሰዓት ዓሰርተ ኣቢሉ ተኽለኣብ ብስራሕ ናብ ቤት ጽሕፈት ገጹ ክመጽእ ረኣየ። ብድሕሪኡ ምስተን ጸሓፍቲ ይዘራረብ ከም ዝነበረ ኣስተብሃለ። ሓድሽ ነገር እንተ ዘይብሉ ፣ ነ'ርኣያ ክረኽቦ ከም ዘየድሊ ድሮ ተሰማሚዖም ነይሮም'ዮም። ስለዚ እምበኣር ሓድሽ ነገር የብሉን ማለት'ዩ ኢሉ ኣርኣያ ደምደመ። ተኽለኣብ ምስተን ጸሓፍቲ ናይ ስራሕ ሓበሬታ ተለዋዊጡ ክምለስ እናተጸበየ ፣ ናብኡ ገጹ ክምርሕ ረኣየ።

ሰላምታ ምስ ተለዋወጡ ኸኣ ፣ ተኽለኣብ ብቐጥታ ናብ ጸብጻቡ ኣተወ።

"ቀዳም'ኳ ብዙሕ ሓድሽ ነገር ኣይነበረን። ግን ደጋጊሙ 'እዚ ጠማዕ! እዚ ቆርማድ ሃብቶም! ዝለፋዕኩሉ ገንዘበይ ሎሚ ጽባሕ እናበለ ኣትኪኹኒ። ሎሚ ኣዋሪደዮ'የ! ኣነ ገብረኣብ ኣነ ዝገድፎ መሲሉዎ'ዩ! ክርእዮየ!' ክብል ኣምስዩ።"

"ገለ እንተ ወሰኸ ኢለ ክሳዕ ሎሚ ገንዘብካ ኣይሃበካንድ'ዩ እንተበልኩዎ ፣ 'እንታይ ኣደኡ ክህበኒ! ግን መሲልዎ'ምበር በፍንጫኡ ከምጽኦ'ዩ። ወድ'ዛ ሳሕሳሕ ማእምን!' ምባል እንተ ዘይኮይኑ ካልእ ኣይወሰኸን ፣" ኢሉ ጸብጻቡ ደምደመ።

"በቃ ጽቡቕ ደሓን ፣ ኪድ በል ፣" ኢሉ ኣፋነዎ ኣርኣያ።

ኣጋምሸት ምስ ተስፎም ምስ ተራኸቡ ፣ ኣርኣያ ብሓጺሩ ጸብጻብ ተኽለኣብ ነገሮ። ብዙሕ ሓድሽ ነገር'ኳ እንተ ዘይነበሮ ፣ ነቲ ወልደኣብ ዝነገሮም ጸብጻብ ግን ዘረጋግጽን ዘራጉድን ምንባሩ ተረዳድኡ። ብኣኡ መሰረት ከምቲ ኣቐዲሞም ዝተረዳድእዎ ፣ ተስፎም ንጽባሒቱ ናብ ኣዕሩኽቱ ከይዱ ፣ እታ ጉዳይ ብዕቱብ ክሓተላ ተሰማሚዖም ተፈላለዩ።

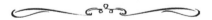

ተስፎም ሰሉስ ለካቲት 10 ስራሕ ምስ ኣተወ ፣ መጀመርያ ምስ ንሸው መዓልቲ ብህጹጽ ክረኽቦም ናብ ዝደለየ ኣዕሩኽቱ ሓይሎምን ኮሎኔልን ደዊሉ ቆጸራ ሓዘ። ብድሕሪኡ ኣብ ቤት ጽሕፈቱ ህጹጻት ዝነበራ ጉዳያት ምስ ፈራረመን ወዳድኣን ፣ ንመሳርሕቱ ከም ዝወጽእ ሓቢርዎም ከደ። ካብ ቤት ጽሕፈቱ ብቐጥታ ናብ ቤት

ጽሕፈት ኮሎኔል ሃብተ ኢዩ ኸይዱ።

ቤት ጽሕፈት ኮሎኔል ብማእከል ቤተ መንግስትን ክበብ መኮንናትን ሐሊፍካ፣ ንቤት ጽሕፈት ኣታዊ ውሽጢ ሃገር ሰጊርካ፣ ኣብ ትሕቲ ቺነማ ካፒቶል ኣብተ ዓቢ ጎደና፣፣ ብየማን ኣብ ዝርከብ ማእከላይ ቤት ጽሕፈት ፖሊስ'ዩ ነይሩ።።

ተስፎም ካብቲ ኣብ ጎደና ቀዳማዊ ሃይለ ስላሴ ዝርከብ ቀንዲ ቤት ጽሕፈት ባንካ ወጺኡ፣ ብእግሩ ንጸጋም ተዓጺፉ፣ ናብቲ ብእንዳ ፈኒሊ ዝፍለጥ ቦውሊን ዝጻወቱሉ ዓቢ ህንጻ ናብ ዝርከብ መገዲ በጽሐ። ኣብኡ ኣብ ትሕቲ ጽላል ኣቕሚጥዋ ዝነበረት መኪናኡ ተሰቒሉ ኣልዓላ።

ካብኡ ብቐጥታ ናብቲ ዝነቐለሉ ከባቢ ብምምላስ፣ ኣብ ጎድኒ እቲ ባንካ ምስ በጽሐ፣ ናብቲ ዓቢ ጎደና ንጸጋም ተዓጽፈ። ትኽ ኢሉ ነቲ ዓቢ ጎደና ሒዙ ንላዕለዋይ ቤት ፍርድን ንህንጻ ማዘጋጃ ቤትን ሲነማ ኢምፐሮን ንካተድራለን ትኽ ኢሉ ሓሊፉ፣ ንየማን ወገን ተጠውዩ ናብ ቤት ጽሕፈት ኣብያተ መንግስቲ በጽሐ። ካብኡ ንታሕቲ ብምንቋት፣ ኣብ መንጽር ቤተ መንግስቲ ጥቃ ቺነማ ካፒቶል መኪናኡ ጠጠው ኣበላ። ካብ መኪናኡ ወሪዱ ብቐጥታ ናብ ቤት ጽሕፈት ኮሎኔል ሃብተ ክበጽሕ ግዜ ኣይወሰደሉን።

ኮሎኔል ክጽበየ ስለ ዝጸንሐ ጠጠው ክይበለ ከም ዝኣቱ'ዩ ገይሩ። ድሕሪ ሰላምታ ምልውዋጦም ከኣ ተስፎም፣ "በል ግዜ ከየጥፍኣልካ ትኽ ኢለ ናብታ ዘምጽኣትኒ ጉዳይ ክኣቱ፣" በለ።

"ምስ ደወልካለይ'ኮ ተስፎም ደኣ ካብ መዓስ ምስ ፖሊስ ዘራኽብን፣ ንፖሊስ ሓበሬታ ዘሕትትን ጉዳይ ረኺቡ ይፈልጥ ኢለስ ገሪሙኒ'ዩ።"

"ስማዕ ቀደም ሮማውያን፣ 'ኩሉ መንገድታት ዘይሩ ዘይሩ፣ ናብ ሮም ኢዩ ዘምርሕን ዝወስድን' ይብሉ ከም ዝነበሩ ኣዕሪኻ ትፈልጥ ኢኻ። ሕጂ ኸኣ ይሕጸር ይንዋሕ'ምበር፣ ዜርካ ዜርካ ብጽቡቕን ብሕማቕን ኩልኻ፣ ፖሊስ ዝህቦ ኣገልግሎት ዘየድልዮ ሰብ ኣበይ ክርከብ ኢሉ!" በለ ተስፎም እናሰሓቐ።

"ሃሃሃ! ኣየ ንስኻ መቸም ዘረባ ኣይትስእንን ኢኻ። እሞ ሕጂ እንታይ ክእዘዝ?"

"እዛ ዘማኽረካ ጉዳይ ንግዜኡ፣ ክሳዕ ተላዚብና ኣገባብ ቀይስና ናብ ስጉምቲ እንምርሕ፣ ኣባይን ኣባኻን ትተርፍ ነገር'ያ። ብሓጺሩ ሕጂ ከም ዓርከይን ከም በዓል ሞያን፣ ክትመኽረንን ክትመርሐንን'የ መጺአካ ዘለኹ'ምበር፣ ከም ኣብዚ መንበር'ዚ ኮፍ ዝበልካ በዓል መዚ ኣይኮንኩን መጺአካ ዘለኹ።"

"ጽቡቕ ፣ ተረዲአካ'ለኹ።"

"ነቲ ጉዳይ ከም ድሕሪ ባይታ ክኾነና" ኢሉ ፣ ብዛዕባ ምስ ሃብቶም ዝነበሮም ሕውነትን ጉርብትናን ሽርክነትን ፤ ጠንቂ ሽርክነት ምፍራስን ፣ ድሕሪኡ ዝሰዓበ ሕልኽልኻትን ቅርሕንትን ቂምታን ፤ ምቅጻል ፋብሪካን ዘይተቛረጸ ጥርጣረ ኣርኣያን ፤ርክብ ሃብቶምን ገብረኣብ ዝበሃል ሰራሕተኛኦምን ስለ ዘጠራጠሮም ፣ ክልተ ሰባት ዝከታተሉሎም ከም ዝመዘዙን ፤ ካብኣታቶም ዝረኸብዎ ሓበሬታን ብሰፊሑ ገለጸሉ።

ኮሎኔል ወረቐትን ፒሮን ሒዙ ፣ ጸጸኒሑ ነጥብታት ምጽሓፍ እንተ ዘይኮይኑ ፣ ዋላ ሓንሳብ'ውን ከየቋረጸ ኣወደኦ። ብድሕሪኡ ሕቶታትን መብርሂታትን ክሓትት ጀመረ።

"ሃብቶም ሽርካ ከለኹም ዝገበሮ ቅጥፈት ብዝምልከት ፣ ናይ ጽሑፍ መርትዖ ኣሎኩምዶ?"

"እወ ብዝግባእ ናይ ሰነዳት መርትዖ ኣሎና።"

"ጽቡቕ። ኣብቲ ዝተፈላለኹሙሉ ግዜ ፣ ነዚ ዝገበርካኒ ሕነ ክፈዲ ምኽንየ ፍለጥ ኢሉ ከም ዘፋራርሓካ ፣ እንታይ ምስክርነት ኣሎካ?"

"ኣርኣያ ሓወይን ፣ ደርማስ ሓው ሃብቶምን ክምስክሩ ይኽእሉ'ዮም።"

"ብዘይካኦም ካልእ ምስክር የብልካን?" ዝብል ሕቶ ኣስዓበ ኮሎኔል።

"ብተወሳኺ ዝጸሓፍናዮን ዝተፈራረምናዮን ደቓይቕ ኣሎ ፣" በለ ተስፎም።

"ጽቡቕ። ካልእ ብዛዕባ ሃብቶም ዘይነገርካኒ ነገር ኣሎድዩ?"

"ኣይ ዋላ ሓንቲ። ዳርጋ ኩሉ ነጊረካ እየ።"

"ሕራይ እምበኣር ናብ ካልእ ክሓልፍ ፣" ክብል ከሎ ኮሎኔል ፣ ተስፎም ናብ ካልእ ሓሳብ ከም ዝሰገረን ፣ ምስኡ ከም ዘይነበረን ኣብ ገጹ ብግልጺ ይረአ ነበረ።

ኮሎኔል ከምኡ ስለ ዘስተብሃለ ፣ "ኢሂ ተስፎም ገለ ኣሎካ'ድዩ?"

"ኣገዳስነት ኣለዎዶ የብላን እንድዒ'ምበር ፣ ሓንቲ ብዙሕ ዋጋ ዘይሃብኩዋ ነገር እንድያ ትዝ ኢላትኒ ፣" በለ ካብ ሓሳባቱ ብምብርባር።

"ክርደኣካ ዘለዎ ንፖሊስ ዝኾነ ይጥቀም ኣይጥቀም ፣ እትዝክሮን እትፈልጦን

ኩሉ ነገር ኢኻ እትነግሮ። ምኽንያቱ ገሊኡ ግዜ እቲ በዓል ነገር ኣይጠቅምን ኢዩ ዝበሎ ፡ እቲ ቀንዲ መፍትሒ ናይቲ ተሓቢኡ ዘሎ ግድል ኮይኑ ይርከብ'ዩ። ስለዚ ኣገዳሲ ድዩ ኣየገዳስን ፡ ይጠቅም ድዩ ኣይጠቅምን ንፖሊስ ኢኻ እትገድፎ ፡" ኢሉ ንእሽቶ ኣስተምህሮ ምስ ሃቦ ፡ "በል ቀጽል ፡" በሎ።

"እቲ ብርቱዕ ዝናብን በርቅን ንፋስን ዕልቕልቕን ዝሓደረሉ ለይቲ ፡ ማለት እቲ ፋብሪካና ዝተቓጸለሉ ለይቲ ፡ ሃብቶም ንገዛ ሰዓት ክልተ ናይ ለይቲ'ዩ ኣትዩ። ሃብቶም ጨሪሱ ዘምሲ ሰብ ኣይኮነን። ካልኣይ ከም ቀዳመይቲ ሰበይቱ ወ/ዘሮ ኣልጋነሽ ዝበለቶ ፡ ቀትሪ እንተ ዘይኮይኑ ናብኣ ንኽሓድር ምምጻእ ካብ ዝገድፎ ነዊሕ ግዜ ገይሩ ነይሩ'ዩ። ሽው ለይቲ ግን ልክዕ ሰዓት ክልተ ፡ ባዕሉ ብመፍትሑ ከፊቱ ክኣቱ ገልጠም ሰሚዓ ተንሲኣ ርእያቶ'ያ። ንጽባሒቱ ምስ ደቁ ፡ ብድሕሪኡ ኸኣ ኣብ ስራሕን ኣብ ደገኡን ፡ ናይ ደስ-ደስ እናበለ ክጽንብል ቀንዩ'ዩ ፡" ኢሉ ተዘክሮኡ ደምደመ።

"ኣየ ተስፎም እዚ ደኣ ካብቲ ቀንዲ ኣዝዩ ኣገዳሲ ሓበሬታ'ንድዩ። ዝኾነ ኾይኑ እንቋዕ ጥራይ ከይነገርካኒ ኣይስገርካዮ።"

"ኣነስ በል ከምዚ ቆሎ ጥጥቓ ዘረባ ኮይኑ'ዩ ተሰሚዑኒ ነይሩ።"

"ስማዕ ተስፎም ከምቲ ንዝጠመየ ሰብ ቆሎን ጥጥቓን ልዕሊ ዝኾነ መግቢ ዝኾነ ፡ ከምኡ ኸኣ ንፖሊስ ቆሎ ጥጥቓ ኢዩ ቀንዲ ንስራሑ ከም ኣገዳሲ መተኣሳሰሪ ሓበሬታ ዘገልግሎ መግቢ ፡" በለ ኮሎኔል እናሰሓቐ።

"ተማሂርና ኣሎና ድሕሪ ሕጂ። ኣብ ባንካ ጥራይ ተዓጺና ብዙሕ ነገር ዘይንፈልጦን ዘይንርድኦን'ዩ ዘሎ ፡" በለ ተስፎም ክምስ እናበለ።

"*ኦኬይ!* እምበኣር ሕጂ ካብ ወዳእካ ፡ እዞም ክልተ ሰባት እእእ ፡" ኢሉ ደኒኑ ወረቐቱ ተወኪሱ ፡ "እዞም ወልደኣብን ተኽለኣብን ዝበልካዮም ፡ ነቲ ዝረኣዩዎን ዝሰምዕዎን ክምስክሩ ፍቓደኛታት ድዮም?" ሓተተ ኮሎኔል።

"እወ ጸገም የብሎምን ፡ ክምስክሩ ፍቓደኛታት'ዮም ፡" በለ ተስፎም ብርእሰ ተኣማንነት።

"እዚ ተኽለኣብ ከም ሰብ መጠን ኣጸቢቕኩም ትፈልጥዎ ሰብ ድዩ? ማለተይሲ ተኣማንነቱ ዕቱብነቱ ፡ ብሓጺሩስ ናይ ምግናን ወይ ምውቃዕ ዝመስል ጠባይ ርኢኹሙሉ ትፈልጡ ዲኹም?"

"ከም ሓቂ እዚ ኣዝዩ ከቢድ ሕቶ'ዩ። ግን ዝፈልጦ ክነግረካ። ነዊሕ እዋን ምሳና

ስሪሑ'ዩ። ከም ሰብ መጠን ኣዝዩ ትሑትን ሓቀኛን'ዩ። ኣብ ስራሑ እሙንን ዕቱብን እርኑብን'ዩ። ከም መጋነንን መዋቕዕን ኣይንፈልጦን ኢና።"

"ኣብ ግዜ መስተኸ ከመይ ኢዩ? ልቡ ናይ ምጥፋእ ፡ ዝተባህለ ናይ ዘይምዝካር ወይ ናይ ምግናን ባህርያት ኣለዎዶ?"

"ኣብ ግዜ መስተ ንዝበልካያ ሓቂ ይሓይሽ ንፈልጦ የብልናን። ግን ገብርኣብ ልቡ ኣጥፊኡ ከዛረብ ከሎ ፡ ነቲ ዝተባህለ ኩሉ ብምዝካሩን ፡ ዝኾነ ነገር ኣብ ዘይረኸበሉ ኸኣ ሓድሽ ነገር ከም ዘይረኸበ'ዩ ዝነግር'ምበር ፡ ዘይተባህለ ወይ ዘይመስል ጸብጻብ ከቕርብ ኣይረኣናዮን። ብዝሃብኩኻ መልሲ ዘይዓገብካ ክትከውን ትኽእል ኢኻ ፡ ግን ንስን ጥራይ እየ ዝፈልጥ ፡" ኢሉ ኣመኽንየ ተስፎም።

"ኖኖ ልዕሊ ዝተጸበኹዎ እኹል መልሲ ኢኻ ሂብካኒ።"

"ከተሕጉሰኒ ኢልካ ከይትኸውን'ምበር ጽቡቕ።"

"ኖ ናይ ሓቀይ'የ። ስማዕን'ዶ ግዳ ተስፎም ፡ እታ ሓውኻ ዝረኸባ ቁራጽ ሽዳ ኣብ ኢድኩም ኣላ'ንድያ ሓቀይ?"

"ምህላው ጥራይ ድዩ? ከመይ ገይሩ ድዩ ብኽብረትን ብኽንክንን ኣብ ተመዛዚኡ ገይሩ ፡ ንጉሆን ምሸትን ምስኣ ዝዛረብ መሲሉካ!" ኢሉ ሰሓቐ ተስፎም።

ኮሎኔል ከኣ በ'ጋንኖን ላግጽን ተስፎም ዓርኩ ተዛንዩ ፡ ካዕ-ካዕ ኢሉ ሰሓቐ። ገጹ ብቕጽበት ካብ ምዝናይ ናብ ዕቱብነት ብምቕያር ከኣ ፡ "እዚ ንነዊሕ ዝተሰወረን ዝተሓብአን ገበን'ኮ ፡ ሃንደራእ ኢልኩም ኣይኮንኩምን በጺሕኩሞ። ሳላ ነታ ሽዳ ሻላ ዘይረኣያን ፡ ነቲ ናኣሽቱ ዝመስል ሓበሬታታትን ኩነታትን ብዕቱብ ዝሓዞን ኢኹም'ኮ ኣብዚ ክትበጽሑ በቒዕኩም!"

"ኣይ ንሱስ ሓቂ'ዩ። ዘይከዋዘየካ ኢለ'የ'ምበር ፡ ንዕኡ ሐንሳብ ዘይኮነስ ዓሰርተ ግዜ ዝኸውን'የ ሳላኺ'ዩ ኣብዚ ተበጺሑ ኢለዮ ፡" በለ ተስፎም።

"መቸም ካብ ክልቴኹም ኣሕዋት ፖሊስ ቁጸሩ እንተ ንበሃል ፡ ንሓውኻ'ምበር ንዓኻ ኣይምወሰድናካን!" ኢሉ ሰሓቐ ኮሎኔል።

"ኣየ ንስኻ! ባዕለይ'ባ ነገር ኣምጺአ ፡" ኢሉ ካዕ-ካዕ ኢሉ ሰሓቐ።

"እዚ ገብረኣብ ዝበልካዮ ቀንዲ ጥርጡር ፡ እንታይ ምኽንያት ስለ ዝነበሮ'ዩ ንዓኻትኩም ክንድኣኩም ዝተደፋፍአ?" ኢሉ ኮሎኔል እንደጌና ናብ ሕቶታቱ

ተመለሰ።

"ቀዳማይ ነገር ሃብቶም ከጠፋፍኣና ኸሎ ፡ ንዕኡ ወዲቡ ከም መሳርሒ ይጥቀመሉ ምንባሩ ክንፈልጥ ክኢልና ኔርና ኢና። ከም ዓስቢ ኸኣ ገለ ዘይረብሕ ገንዘብ ይድርብየሉ ነይሩ'ዩ። ስለዚ ምስፈለጥናን ንሃብቶም ምስ ኣልገስናዮን ፡ እታ ጥቕሚ ስለ ዝተረፈቶ ቅሬታ ነይሩዎ'ዩ።"

"ከምኡ ንዝነበረ ሰብ ደኣ ንምንታይ ኣብቲ ስራሕ ኣቐጺልኩሞ?" በለ ኮሎኔል።

"ዝገርመካ'ዩ ኣርኣያ ሓወይ ክንደይ ግዜ ነፋንዎ ኢሉ ተዛሪቡኒ'ዩ። ኣነ ሃላይ ግን ዘይኣጋግዩዎ'ዩ ፡ ደሓር ከኣ ስድራ ቤት ሒዙስ ኢለ ኣብየዮ። ስለዚ ንፖሊስ ጥራይ ኣይኮንኩን ዘይበቅዕ!" በለ ተስፎም ርእሱ እናነቕነቐ።

"ደሓን ብዙሕ ኣይተስተማስል ፡ ባንካ ሒዝካ'ለኻ እንታይ ከይትኸውን ፡" ኢሉ እናስሓቀ ኣላገጸሉ።

"መዓስ'ሞ ተጋጊኻ ንሱ ኣይሰኣን ጥራይ'የ ክብል ዘሎኒ ፡" ኢሉ ሰሓቐ ተስፎም።

"በል ቀጽለለይ ናይ ገብረኣብ ፡" ኢሉ ኮሎኔል እንደጌና ናብ ቁምነገሩ ተመለሰ።

"ካልኣይ ቅድሚ ምስ ሃብቶም ምፍልላይና ሓላፊ ናይ መሸጣ ኢዩ ነይሩ። ድሕሪኡ ግን ብርዱእ ምኽንያት ፡ ካብቲ ኣገዳሲ ክፍሊ ኣልዒልና ናብ ዝተሓተ ደረጃ ፡ ናብ መኽዘን ለዊጥናዮ። በዚ ኸኣ ካልእ ቅርሕንቲ ነይሩዎ። ሳልሳይ ከኣ ድሮ ካብ ናይ ሃብቶም ሎቕመጽመጽ ፡ ዘይዓቕሙ ገንዘብ ምጥፋእ ለሚዱ'ዩ ጸኒሑ። እቲ ምንጪ ምስ ደረቐን ገንዘብ ምስ ወሓዶን ፡ ሃብቶም ንዝዘርግሖሉ ናይ ገበን ዕድመ ፡ ብገንዘብ ዓዊሩ ዓይኑ ከይሓሰየ ዝኣተዎ ኾይኑ እስመዓኒ ፡" ኢሉ ደምደመ ተስፎም።

"ንሎሚ እኹል ሓበሬታ ሂብካኒ'ለኻ። ምናልባሽ ንተወሰኽቲ ሕቶ ወይ መብርሂ ብሓንሳብ ስለ ዘለና ይሓተካ ፡" በለ ኮሎኔል።

"ሕጂ ክትነግረኒ ዝደሊ ካብዚ ዝነገርኩኻ ኩሉ ተበጊስካ ፡ ክንከስስን ክንዕወተሉን እንኽእል ጉዳይ *(ከይዝ)* ኣሎናዶ ትብል?" ኢሉ እታ ልዕሊ ኹሉ ወሳኒትን ቁልፍን ፡ ልዕሊ ኹሉ እተገድሶምን ሕቶ ኣቕረበ ተስፎም።

"ዋእ ዲኞ ዝበለ ጉዳይ ኣሎኩም'ምበር! ግን ኣዝዩ ጥንቁቕ ኣተሓሕዛ ዝሓትት ጉዳይ'ዩ። ስለዚ እታ ጉዳይ ብዕትበትን ብምስጢራውነትን ክትተሓዝ ኣለዋ ፡" በለ ኮሎኔል።

"ጽቡቕ። ኦ ተመስገን። ኣዝየ ተሰኪፈ ነይረ። እሞ ካብዚ ብኸመይ ኢና ንቕጽል። ብኣና ወገን ዝግበር እንታይ'ዩ?"

"ብመጀመርታ ደረጃ ክሲ ብጽሑፍ ከተቕርቡ ኣሎኩም። እቲ ኣገባብ ኣጸሓሕፋ ዋላ ባዕለይ ክርቅቐልካ እኽእል'የ። ብድሕሪኡ ብወግዓዊ ኣገባብ ናባይ ተምጽኣ። ተቐዳዲምና ንኽልቲኦም ክሱሳት ፡ በበይኖም ጌርና ክንሕዞም ኢና። ነዛ ጉዳይ ብጥንቃቐ ዝሰዕባ ፡ ዕቱብን ጥንቑቕን ምኩርን መርማሪ ባዕለይ ክምድበላ'የ። ባዕለይ ከኣ ክከታተላ እየ። ብድሕሪኡ እቲ ኣመራምራን ፡ መስቀላዊ ሕቶታትን ፡ ንኽልቲኦም ክሱሳት በበይኖም ፈሊኻ ኣጋጨኻ ንዝርከብ ሓበሬታ ናባና ትገድፎ። ብዙሕ ጸገም ዘለዎ ኣይመስለንን ፡" በለ ኮሎኔል ብርእሰ ተኣማንነት።

"ይኣምነለይ'ዩ እዚ ደኣ። *ታንክ ዩ!* ሓዊ ኣይሰኣን ወደይ ፡" በለ ተስፎም ፍኹስ ኢሉዎ።

"እዚ እንተ ዘይጌርና ደኣ'ሞ እንታይ ክንገብረልካ። ኣሸንኳይ ንዓኻ ፡ ሓደ ካብቲ ተልእኾ ፖሊስ'ኮ ፡ ንኹሉ ብዓመጽትን በደልትን ንዝተበደለ ከም ዝከሓስ ምርግጋጽ'ዩ። ብተወሳኺ ኸኣ ቀንዲ ስራሕና ፡ ገበነኛታት ኢዶምን ፍርዶም ምእንቲ ክረኽቡ ፡ ነገራት በርቢርካ ብምውጻእ ምግላጾምን ናብ ሕጊ ምቕራቦምን'ዩ። ስለዚ ብዙሕ ምስጋና ኣየድልየንን'ዩ። እንተ ኾነ ከኣ ምስ ተዓወትናን ፡ እዞም ገበነኛታት ኢዶም ምስ ረኸቡን ፡ ብሓባር ንጽምብለሉ ፡" ኢሉ ክምስ እናበለ ደምደመ ኮሎኔል።

"ክመይ ደኣ ዲቕ ዝበለ ጽምብል'ምበር። በል ሕጂ ዝኣክል ግዜ በሊዐልካ'የ ክኸደልካ ፡" ኢሉ ብድድ በለ ተስፎም።

"በቃ ንጽባሕ ከዳልወልካ'የ እታ ጽሕፍቲ ፡" ኢሉ ብድድ ኢሉ ፡ ምዉቕ ሰላምታ ጌሩ ኣፋነዎ።

ተስፎም ካብ ኮሎኔል ከፋኖ ኸሎ ኣዝዩ ተበሪህዎ ኢዩ ወጺኡ። ጉዳዮም ብዙሕ ተስፋ ከም ዘለዎ ምፍላጡ ፡ ንሞራሉ ሓፍ ኣቢሉ ኣበሪኽዎ'ዩ። ስለዚ ናብ ሓይሎም ዓርኩ ክኸይድ ከሎ እናፋጸየን እናተዛነየን ኢዩ ዝዝውር ነይሩ።

ተስፎም ካብ ኮሎኔል ምስ ተፋነወ ፡ ትኽ ኢሉ ናብ ቤት ጽሕፈት ጠበቓ ሓይሎም ኢዩ ከይዱ። ቤት ጽሕፈት ሓይሎም ፡ ንቺነማ ክሮቸ ሮሳ ሕልፍ ኢሉ ኣብ ዝርከብ

ቀዳማይ ደርቢ ኢዩ ነይሩ።

ኣብ ቤት ጽሕፈት ሓይሎም በጺሑ ሰላምታ ተለዋዊጦም ኮፍ ምስ በለ ፡ "ኣብ ቤት ጽሕፈት ክመጽካ'የ ምስ በልካኒ ደኣ ኣሰኪፍካኒ እንዲኻ ፡" ብዝብል ዘረባ'ዩ ተቐቢልዎ ሓይሎም።

"ምኽንያት ሓቅኻ ኢኻ። ኩሉ ግዜ ኣብ ገዛ ወይ ኣብ ደገና ኢና እንራኸብ። ብዝኾነ ምኽንያት ኣብዚ መጺአካ ኣይፈልጥን'የ ፡" በለ ተስፎም።

"እሞ! ዘይንሱ ደኣ እንታይዶ ኣሻቒሉኒ'ዩ ይመስለካ? ሓሚምካ ናባይ ክም ዘይትመጽ'ኮ ይፈልጥ'የ ፡" ኢሉ ክምስ በለ ሓይሎም።

ተስፎም ከኣ ትርጉም ዘረባኡ ተረዲእዎ ፡ ካዕ-ካዕ ኢሉ ሰሓቐ።

"ግን ናይ ሓቂ ካብ መዓስን እንታይ ስለ ዝተረኸበን ደኣ ተስፎም ፡ ናብ ናይ ሕጊ ቤት ጽሕፈት ይመጽእ ኢለ'የ'ኮ ተሰኪፈ።"

"ኣቐዲምካ ባዕልኻ መሊስካዮ እንዲኻ። እንተ ሓሚምካ ናብ ሓኪም ፡ ሕጋዊ ምኽሪ እንተ ደሊኻ ኸኣ ናብ ጠበቓ ፡" ኢሉ ሰሓቐ። ሓይሎም ከኣ ብሰሓቕ ንተስፎም ኣሰነዮ።

ሽዑ ተስፎም ፡ "ሕጂ ከም ዓርከይ ጥራይ ዘይኮነ ፡ ከም ናይ ሕጊ በዓል ሞያ ክንማኸረሉ ዝደሊ ጉዳይ ስለ ዘሎ'የ መጺአካ።"

"ሕራይ ጽቡቕ ናይ ደሓን ይኹን'ምበር ፡ ደስ ይብለኒ ፡" ኢሉ ክሰምዖ ቁሩብ ምህላው ፡ ሰውነቱን ቁመናኡን ኣተኣኻኸለ።

ተስፎም ካብ መጀመርያ ክሳዕ መወዳእታ ፡ እቲ ንኮሎኔል ዝነገሮ ኩሉ ብዝርዝር ኣረድኦ። ሓይሎም ኣቶኲሮኡ ብሙሉኡ ናብቲ ተስፎም ዝነገሮ ዝነበረ ጉዳይ ብምግባር ፡ "ሕራይ ፡ ደሓርከ ፡ ተረዲኡኒ ፡ ቀጽል ፡" እናበለ ሰምዖ።

ተስፎም ኣብ መደምደምታ ፡ ኮሎኔል ዘቕረበሉ ሕቶታትን ፡ ንሱ ዝሃቦ መልስን ብዝርዝር ጸብጸበሉ። ሓይሎም ጸጸኒሑ ኣብቲ ዘዳለዎ ወረቐት ፡ በታ ሰማያዊት ብርዑ ነጥብታት ምሕንጣጥ እንተ ዘይኮይኑ ፡ ሓንሳብ'ውን ኣየቛረጾን።

ተስፎም ምስ ወድአ ፡ "እምቧእ! ኣንታ ተስፎም እዚ ኹሉ ዕርክነትናስ ፡ ነዚ ኹሉ ኣገራሚ ፍጻመን ገበንን ፡ ንኽንድ'ዚ ዝኣክል ግዜ ከየተንባህካለይ ጸኒሕካ?" በለ ሓይሎም።

"እንታይ ድዩ መሲሉካ ሓይሎም ሓወይ ፡ ኣነ ነቲ ጉዳይ ክሳዕ ዝሓለፈ ሰሙን ፡ ቁምነገር የብሉን ብዝብል ጨሪሰ ዋጋ ከይሃብኩዎ'የ ጸኒሐ። ኣርኣያ ግድን ክሳዕ መወዳእታ ክንከታተሎ ኣሎና ክብለኒ ከሎ'ውን ፡ ነቲ ሓሳቡ ተቐቢለዮ ዘይኮንኩስ ፡ መታን ደስ ክብሎ ኢለ'የ ሕራይ ዝብሎ ነይረ። ስለዚ ንዓይ'ውን ዳርጋ ሓድሽ ነገር'ዩ። እምበር ቁምነገር ኣለዎ ኢለ እንተ ዝኣምን ደኣ ፡ ምሳኻ ዘይተዛረብኩ ምስ መን ክዛረብ?"

"ዋእ ገሪሙኒ እንድዩ ጸኒሑ። ከምኡ ዲና ዄንና ኢለ። ዝኾነ ኾይኑ ከምዚ ኮሎኔል ዝበለካ ዓቢ *ክይዝ* ኢዩ ዘለኩም። ንዓወት ብዝምልከት ከኣ እቲ ወሳኒ ረቛሒ ፡ እቲ ናይ ፖሊስ ስራሕ ኢዩ ክኸውን።"

"ከመይ ማለት?" ኢሉ ተስፎም ብታህዋኽ ኣቋረጾ።

"እንድሕር ፖሊስ ጽቡቕን ጥንቁቕን ስራሕ ሰሪሖም'ሞ ፡ ገብረኣብን ሃብቶምን ንገበናም ኣሚኖም ፡ እቲ ጉዳይ ከም ውዱእ ክውሰድ ይከኣል'ዩ። ማለትሲ ድሕሪኡ ንቤት ፍርዲ ዝኸየድሲ ዳርጋ መታን ንገበኖም መቕጻዕቲ ክውሰነሎም'ምበር ፡ ገበነኛታት ምኻኖምን ዘይምኻኖምን ንምክርኻር ኣይክኸውንን'ዩ ማለት'ዩ።"

"ፖሊስ ጽቡቕ ስራሕ እንተ ሰሪሖም ኢልካ። ጽቡቕ እንተ ዘይሰሪሖምከ እንታይ ማለት'ዩ?"

"ጽቡቕ እንተ ዘይሰርሑ እትብል መግለጺ'ኳ ፡ ጽብቕቲ መግለጺት ኣይኮነትን። ብኡ ምኽንያት ከኣ ንዓኻ'ውን ኣደናጊረካ እመስለኒ። ጽቡቕ እንተ ሰሪሖም ማለተይ ፡ ኩሉ ምርመራታቶምን ፈተሽኦምን እንተ ቀኒዑዎምን እንተ ተዓዊቶምን ማለተይ'የ። ብተመሳሳሊ ኣብ ክንዲ ጽቡቕ እንተ ዘይሰሪሖም ምባል ፡ ከም ዝወዓሉዎ ከእምንዎም እንተ ዘይክኢሎም ማለተይ'ዩ።"

"ሕራይ ተረዲኡኒ። ከእምንዎም እንተ ዘይሰለጦምከ እቲ ከይዲ ፍርድን ፡ እቲ ናይ ምዕዋትና ተኽእሎን ከመይ ይመስል እስከ ኣረድኣኒ።"

"*ቌል!* እንተ ዘይኣሚኖም ኣኽባር ሕጊ ፈጺሞሞ'ዮም ኢሉ ፡ መሰኻኽርን መርትዖታትን ኣቕሪቡ ፡ ክከራኸር'ዩ። ጠበቓኦም ከኣ ኣይፈጸምዎን ኢሉ ፡ ነቲ ብኣኽባር ሕጊ ዝቐረበ መርትዖን መሰኻኽርን ውዱቕ ክገብር ክከራኸር'ዩ። ብተወሳኺ ብወገኑ ኸኣ ፡ ነቲ ዝቐረበ ክሲ ውዱቕ ዝገብሩ መሰኻኽርን መርትዖን ከቕርብ'ዩ። እዚ ብዙሕ ግዜ ክወስድን ፡ ክውጠጥን ክምጠጥን ተኽእሎ'ለዎ። ሚኢተ ካብ ሚኢቲ ከተእምን ከይክኣልካ ፡ ብቐሊሉ ክውሰነልካ ዝኽእል ጉዳይ ኣይኮነን። ምኽንያቱ እቲ ክሲ ፡ ናይ ገበን ክሲ ስለ ዝኾነ። ኣብ መወዳእታ ኸኣ

ብርግጽነት ንስኻትኩም ክትረትዑ ኢኹም ኢልካ ፣ ብቐሊሉ ክትንብየሉ ዘድፍር ጉዳይ ከም ዘይኮነ ክትፈልጡ የድሊ'ዩ። እዚ ኢዩ እቲ ሓቂ። ኩሉ ፈሊጥኩም ክትኣትውዎ ስለ ዘለኩም'የ ፣ ከምዚ ገይረ ብዝርዝር ዝገልጸልካ ዘለኹ!"

"ጽቡቕ ጌርካ። ከምኡ ዝኣመሰልካ ዓርክን በዓል ሞያን ስለ ዝኾንካ'ድ'የ ናባኻ መጺአ። እሞ ኣብዛ ጉዳይ'ዚኣ ናይ ኮሎኔል ተራስ ፣ ኣዝያ ወሳኒትን ቁልፍን'ያ ማለት'ዩ ሓቀይ?"

"እወ! *ኤክስትሪምሊይ* ኣዝያ ወሳኒትን ቁልፍን'ያ። ግን ጽቡቕ ርክብ ስለ ዘለኩምሲ ፣ ከም ፍልይቲ *ኬዝ* ገይሩ ባዕሉ እንተ ተኻታቲሉልካን እንተ ኣፈጺምዋን ፣ ጸገም ዝህሉ ኣይመስለንን ፡" በለ ሓይሎም ንወሳኒ ተራ ኮሎኔል ብምስማርን ብምድማቕን።

"ኩሉ እዚ ዝበልካኒ ብንጹር ፣ *ክሊርሊ* ተረዲኡኒ'ሎ።"

"ካልእ ኣብዚ ናይ ምእማን ጉዳይ ሓንቲ ኣዝያ ኣገዳሲት ነጥቢ'ላ። ኮሎኔል'ኳ ኣጸቢቑ ይፈልጦ ስለ ዝኾነ ጸገም ኣይክህልዎን'ዩ። ግን ንስኻ መታን ክትፈልጦ እየ ከረድኣካ ደልየ።"

"*ኦኬይ ጉድ !*" በለ ተስፎም።

"እቶም ተኸሰስቲ ገበኖም ምስ ኣመኑ ፣ ፖሊስ ሽዑ ንሽዑ ናብ ዳኛ ወሲዶም ኣብ ቅድሚ ዳኛ ነቲ ገበኖም ብዘይ ማህረምትን ምፍርራሕን ከም ዝኣመኑሉ ፣ ቃሎም ከም ዝህቡ ክገብሩ ኣለዎም። እንድሕር ከምኡ ዘይተገበረ ግን መጀመርያ ይኣምኑ'ሞ ፣ ደሓር እቲ ጉዳይ ናብ ቤት ፍርዲ ምስ ሓለፈን ቤት ፍርዲ ምስ ቀረቡን ፣ ብሓይልን ማህረምትን ተገዲድና ኢና ኣሚንና'ምበር ፣ ኣይወዓልናዮን እንተ ኢሎም ፣ እቲ ጉዳይ ተቐባልነት ኣይህልዎን'ዩ።"

"ግርም ፣ ጽቡቕ ገይሩ ተረዲኡኒ'ሎ ፡" በለ ተስፎም እቲ ኩነታት ኩሉ ከም ዝበርሃሉ ብምርግጋጽ።

"ግርም ተረዳዲእካ ምጅማር'ዩ ጽቡቕ። ኩሉ ዝነገርካኒ ነጥብታት ሒዘዮ'ለኹ። ቀስ ኢለ ምስ ደገምኩዎ ሕቶ እንተ'ልዩኒ ክሓተካ'የ። ንኻልእ ግን ብሓንሳብ ኣሎና ፡" ኢሉ ነታ ዘረባኦም መደምደምታ ገበረላ። ተስፎም ንዓርኩ ኣመስጊኑ ተፋነዎ።

ተስፎም ምስ ኮሎኔልን ሓይሎምን ዝገበሮ ርክብ ኣዝዩ ዕዉት ብምንባሩ ፣ ክቱር ሓጎስን ዕግበትን ተሰምዖ። ኣብ መኪናኡ ምስ ኣተወ ሰዓቱ እንተ ረኣየ ፣ ዳርጋ

ፍርቂ መዓልቲ ክአክል ቁሩብ ከም ዝተረፎ ኣስተውዓለ። ሽዑ ንስራሕ ምእታው ፋይዳ የብሉን ብምባል ንገዛኡ ኸደ።

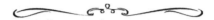

ናይ ኣጋምሸት ተስፎም ካብ ስራሕ ምስ ወጸ ብቐጥታ'ዩ ናብ ፋብሪካ ከይዱ። ኣርኣያ ደሃይ ውዕሎ ክረክብ፡ ኣዝዩ ተሃንጥዩን ተሃዊኹን ምንባሩ ተረዲእዎ ነይሩ'ዩ። ከምታ ዝገመታ ኸኣ ተስፎም ኮፍ ከይበለ'ዩ ኣርኣያ ሕቶ ጀሚሩ።

ብድሕሪኡ ተስፎም መጀመርያ ርክብ ምስ ኮሎኔል፡ ደሓር ከኣ ርክብ ምስ ሓይሎም ሓደ ብሓደ ብዝርዝር ገለጸሉ። ቀጺሉ ዘቕረቡሉ ሕቶታትን ብዛዕባ እቲ ጉዳይ ዘለዎም ርእይቶን ግምታትን፡ ዝለገሰሉ ምኽርን ከግበር ዘለዎ ጥንቃቐታትን፡ ከምኡ ኸኣ እቲ ጉዳይ ዘለዎ ናይ ዓወት ተኽእሎታት ንዝምልከት ዝሃብዎ ሓበሬታ ገለጸሉ።

"እሞ እንድሕር ኮሎኔል ነቲ ጽሑፍ ጽባሕ ክህበካ ኮይኑስ፡ ዳርጋ ቀልጢፍና ኢና ናብ ትግባረ ክንሰጋገር ማለት ድዩ?"

"እወ እንታይ ደኣ ናብኡ ገጽና ኢና'ምበር። ነቲ ኮሎኔል ዝጸሓፎ ረቒቕ ንሓይሎም'ውን ክርእዮ'የ። እቲ ጥርዓንን ክስን እንተ ወሓደ፡ ቅድሚ እዚ ሰሙን'ዚ ምውዳኡ ከነእትዎ ክንፍትን ኢና። ብድሕሪኡ ኣብ ዲቕ ዝበለ ቅልስ ኣቲና ማለት'ዩ። ንድሕሪት ምምላስ ዝበሀል ኣይክህሉን'ዩ፡" በለ ተስፎም ብትሪን ብዕትበትን።

"እሞ ቅድሚ እቲ ክሲ ምምስራትና ንስድራ ቤት፡ ብሕልፊ ንመድህንን ነ'ቦይን ክንነግሮም ኣሎና'ምበር።"

"እዛ ናይ ኮሎኔል ጽሕፍቲ'ሞ ንወድእ፡ ብድሕሪኡ ብሕልፊ ነ'ቦይ ንኸነረድኦ ክትሕግዘና ትኽእል'ያ። እንተ ዘየሎ ትም ኢልና፡ ካብ ታህዋኽን ካብ ጽልእን ጥራይ ተበጊስና እንወስዶ ዘሎና ስጉምቲ ክመስሎ ይኽእል'ዩ፡" በለ ተስፎም።

"ጽቡቕ ሓሳብ። እሞ ከም ሓርፋፍ መደብ፡ ሓሙስ ንበዓል'ቦይ ኣዛሪብና፡ ዓርቢ ነቲ ክሲ ከነእትዎ እንተ ሓሰብናኸ?"

"ደሓን ኩሉ ነገራትን ኩነታትን ኣብ ግምት ኣእቲና፡ እቲ ዝያዳ ኣድማዒ ውሳነ ክንወስድ ኢና፡" ኢሉ ተስፎም ነታ ዘረባ ደምደማ።

ብድሕሪኡ ንናይ ፋብሪካ ስራሕ ዝምልከት ሰነዳትን ሕሳባትን ከጠናቕቑ ኣምስዮም፣ ስራሖም ዛዚሞም ነናብ ቤትም ከዱ።

ንጽባሒቱ ረቡዕ ለካቲት 11፣ ተስፎም ከም ቆጸራኡ ከባቢ ሰዓት ዓሰርተ ከይዱ ንኮሎኔል ሃብተ ረኸቦ። ኮሎኔል ኣኼባ ይጽበዩዎ ስለ ዝነበሩ ብዙሕ ክዘራረቡ ኣይከኣሉን። ነታ ዘዳለዋ ናይ ክሲ ወረቐት ንተስፎም ሃቦ። ነታ ክሲ ዱሮ ቀዳመ ሰንበት ካብ ምእታዋ፣ ሰኑይዶ ምሓሽ እትብል ነጥቢ ብደዎም ሓተቶ።

ኮሎኔል'ውን ከምቲ ተስፎም ዝሓሰቦ፣ ዝበለጸ ግዜ ሰኑይ ምዃኑ ነገሮ። ካልእ ተስፎም ዘይሓሰቦ ነጥቢ ዝነገሮ ግን፣ ኣብ ቀዳመ ሰንበት ገበናትን ሓደጋታትን ስለ ዝበዝሕ፣ ኩሉ ኣባል ስለ ዝተሓዝ፣ ሰኑይ ከም ዝሓይሽ ብተወሳኺ ኣረድኦ። በዚ ኸኣ ተስፎም ኮሎኔል ንዝገበረሉ ኹሉ ኣመስጊኑ፣ ተፋኒይዎ ናብ ስራሑ ተመልሰ።

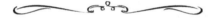

ኣብ ስራሑ ኾይኑ ንሓይሎም ደወለሉ። ንድሕሪ ቐትሪ ክራኸቡ ኸኣ ተሰማምዑ። ከም ቆጸራኦም ድሕሪ ቀትሪ ተራኺቦም ከኣ፣ ነታ ኮሎኔል ዝጸሓፋ ጽሕፍቲ ብሓባር ኣንበብዋ። በ'ጸሓሕፋ እታ ናይ ክሲ ደብዳቤ፣ ሓይሎም ዝኾነ ዝተፈለየ ርእይቶ ይኹን ዕቃበ ኣይነበሮን። ተስፎም ንፖሊስ ክሲ ንምምስራት ብዝምልከት፣ ንሰኑይ ክቕርብዎ ከም ዝመደቡ ገለጸሉ። ብኹሉ ሓሳባትን መደባትን ተርዳዲኦም ተፈላለዩ።

ንምሸቱ ምስ ኣርኣያ ምስ ተራኸቡ፣ ብቐዳምነት ነታ ናይ ኮሎኔል ጽሕፍቲ ንኸንብባ ሃቦ። ኣርኣያ ኣንቢቡ ምስ ወድአ ኸኣ፣ ንሓይሎም'ውን ከይዱ ከም ዘርኣዮ ሓበሮ። በዚ መሰረት ከኣ ንስድራ ከም ዝጠዓመ፣ ዓርቢ ወይ ቀዳም ክነግርዎም ኣብ ውሳነ በጽሑ።

እታ ናይ ክሲ ደብዳበ ካልእ ሰብ ከይርእያን፣ መታን ብምስጢር ተዓቂባ ክትጸንሕን፣ ባዕላቶም ጽሒፎም ዘድሊ ፊርማን ማሕተምን ገይሮም ኣዳልዮም ኣብ ውሑስ ቦታ ዓቀብዋ። ንወላዲኦም ንግራዝማች ስልጠነ ንቐዳም ዝዘራረቡሉ ኣገዳሲ ጉዳይ ስለ ዘለዎም፣ ብሓባር ክምስሑ ምዃኖምን ካልእ ቆጸራ ከይሕዙን ነገርዎም።

ቀዳም 14 ለካቲት ቀትሪ ተስፎም ብሓባር ከም ዝምስሑ ንመድህን ነጊርዋ ስለ ዝጸንሐ ፡ ግሩም ምሳሕ ኣዳልያ ኣርባዕተኦም ብሓባር ተመስሑ። ምሳሕ ምስ ተለዓዓለ መድህን ዝበልዕሉ ኹሉ ክሓጻጽብዎን ፡ ባዕላቶም ክወጋግንዎን ንደቃ ነገረቶም። መድህን ምስ ተጸምበረቶም ከኣ ተስፎም ዘረባኡ ጀመረ።

"እዚ ሎሚ ነዛርበኩም ጉዳይ ፡ ንዓኻን ንመድህንን ሓድሽ ነገር ስለ ዝኾነ ክስንብደኩም'ዩ። ኣነን ኣርኣያ ሓወይን ነዊሕ ጌርና ኢና ካብ እንከታተሎን እንስዕቦን። ካባይ ብዝያዳ ኸኣ ኣርኣያ'ዩ ኣብዚ ደረጃ'ዚ ንኽንበጽሕ'ውን ዝደኸመን ዝሰርሐሉን። ንድሕሪት ተመሊስ ካብ ፋብሪካና ዝነደደሉ ዕለትን ኩነታትን ክጅምረልኩም ፡" ኢሉ ብሰፊሑ ፡ ድሕረ ባይታን ፡ ከይድን ፡ ምዕባለን ናይቲ ጉዳይ ብዝርዝር ገለጸሎም።

ኣብ ሞንጎ ዘረባኡ እንትርፎ እናናሻዕ ከይተፈለጣ ዝወጽእ ፡ "ወይ ጉድ ፡ " ናይ መድህንን ፤ ናይ ግራዝማች ገጽ ካብ ንቡር ፡ ናብ ናይ ጓሂ ምልክት ምቅይያርን ፤ እናናሻዕ ርእሶም ኣብ ኢዶም ኣቐሚጦም ዓይኒ ዓይኒ ወዶም ምጥማትን ፤ ብተወሳኺ ኸኣ ነተን ኣብ ልዕሊ ከንፈሮም ዝነበራ ጭሕሚ ፡ ብየማንን ብጸጋምን ብየማነይቲ ኢዶም ምዕኹላልን ምጥዋይን እንተ ዘይኮይኑ ፡ ሓንሳብ'ውን ከየቋረጽዎ ዘረባኡ ኣወድእዎ።

"ካልእ ዝተረፈኒ ነገር እንተ'ልዩ ኣርኣያ ክምልኣለይ'ዩ ፡" ብምባል ንመጀመርያ ግዜኡ ናብ ኣርኣያ ገጹ ጠመተ።

"ኩሉ ዝበሃል ኢልካዮ ኢኻ። ብዙሕ ዝውሰኽ ነገር የብሉን። ግን ክሳብ ኣብዚ ደረጃ'ዚ ዝበጽሕ ንምንታይ ዘየካፈሉና ኢልኩም ክትሓስቡ ትኽእሉ ኢኹም። ብሓቂ ግን ንሕና ንነብስና'ውን ከነእምና ዘይከኣልና ጉዳይ ሒዝና ፡ ንዓኻትኩም ክንነግረኩም ስለ ዝኸበደና ኢና ዘይነገርናኩም። ካልእ ዝውሰኽ ነገር የብለይን።"

"እዚ ንምንታይ ክሳዕ'ዚ ግዜ'ዚ ዘይነገርኩምና ኢልና ከይንወቕሰኩም ኢልኩም ብዙሕ ኣይትሰከፉ። ኣሸንኳይ ኣብቲ መጀመርያ ብዙሕ ዝፈለጥኩሞ ጉዳይ ኣብ ዘይነበረሉ ግዜስ ፡ ብሕልፊ ንኣይ ፡ ዋላ ሕጂ'ውን ክቕበሎን ክኣምኖን ኣዝዩ ኢዩ ከቢዱኒ ዘሎ ፡" ኢሎም ግራዝማች ዘረባ ከም ዝጠፍኦም ፡ ድንን ኢሎም ትም በሉ።

ግራዝማች ስቕ ስለ ዝበሉ ፡ መድህን ኣነ'ውን ገለ ክብል ኣሎኒ ብምባል ፡

"ከምዚ ኣቦይ ዝበልዎ፣ ንዓይ'ውን ከምዚ ክገጥምን ክርከብን ይኽእል'ዩ ኢለ ክሓስቦን ክኣምኖን ኣዝዩ'ዩ ዘሸግረኒ።"

ግራዝማች ርእሶም ኣቕንዕ ኣቢሎም፣ "ሓንቲ ሕቶ ኣላትኒ። እዚ ተልዕልዎ ዘለኹም ቀሊል ጉዳይን ቀሊል ክስን ኣይኮነን። ሳዕቤኑ ኸኣ ድሮ ተቓሲሉ ንዝጸንሖ ክልቲኡ ስድራ ቤት ቀሊል ኣይክኸውንን'ዩ። እቲ ዝነገርኩምና ኹሉ ሰሚዕናዮ ኢና። ግን ሕጂ'ውን ደጊምኩም ከተረጋግጹለይ ዝደሊ፣ ክንድምንታይ ርግጸኛታት ምኻንኩም'የ ክፈልጥ ዝደሊ፣" በሉ ብትርን ብዕትበትን።

"ዋእ ንሕና ንርእስና ርግጸኛታት ኳንና ኢና'ሞ፣ ብቐጥታ ናብ ክሲ ነምርሕ ኢልና ኣይተሃወኽናን። ንዝምልከቶምን ብቑዕ ተመኩሮ ንዘለዎምን ሰብ ሞያ ሕግን ፖሊስን፣ ከምዚ ዝኣመሰለ ጉዳይ ኣሎና'ሞ እንታይ ይመስለኩም ኢልና ኣማኺርና ኢና። ንሳቶም ከኣ ነቲ ጉዳይ ብደቂቕ መርሚሮምን ንኣና ዝምልከት ሕቶታት ሓቲቶምን፣ ናብ ክሲ ዘብጽሕ ድልዱል ጉዳይ ከም ዘሎና ኣረጋጊጾምልና'ዮም!" በለ ተስፎም።

"እንታይ'ሞ ክንብል ኢና። ንብሎ'ኳ ጠፊኡና። እንታይ ዝኣመሰልዎ ዘመን ኢና በጺሕና። ንምንታይ ኢና ኾን ንሕና ደቂ ሰባትሲ፣ ኣምላኽ ዘድልየና ኹሉ ከይከልኣና ኸሎ፣ ንኹላትና ዝኣክል ቀሪቡልና ኸሎ፣ ናብ ሕማቕን ተንከልን እንጓየ?" በሉ ብኣስተንትኖ።

መድህን ኣእዳዋ ጨቢጣ ርእሳ ንላዕልን ታሕትን ተወዛውዝ ነበረት። ሽዑ ግራዝማች ቅጽል ኣቢሎም፣ "ባሻይ ነዞም ቆልዑ ለፊዑን ተጸሚሙን ተጸቒጡን'ዩ ኣዕቢዩዎም። እዚ ካብ ኩላትኩም ዝተሰወረ ኣይኮነን። ፍረ ጻማኡ ኸኣ ኣምላኽ ኣብ መወዳእታ ሂብዎ። ሃብቶም ሕጅስ ኣበይ ነይሩ፣ ኣበይ በጺሑ ኩላትና ንፈልጠ'ዩ። ውዒልዎ እንተ ኾይኑ፣ እንታይ ስለ ዝሰኣነ ኢዩ ሕጂ ናብ ከምዚ ክፉእ ተግባር ዝጠሓለ? ወረ ካብ ከምዚ ሰይጣናዊ ተግባር እንታይ መኽሰብን ጥቕምን ክረክብ ስለ ዝኽእል'ዩ ናብዚ ወዲቑ?" በሉ ርእሶም ንየማንን ንጸጋምን እናʼወዛወዙ።

"እንታይ ክረክብ ደኣ፣ መታን ንስድራ ቤትና ብፍላይ ከኣ ንተስፎምን ንዓይን ኩምትር ኣቢሉ ከጉህየናን ክኽስረናን'ምበር!" በለ ኣርኣያ።

"ንኣኻትኩም ኣሸጊሩን ኣጸጊሙን ንሱ ዝረብሕን ዝጥቀምን እንተ ዝኸውን'ስኳ፣ ደሓን ዓማጺ ስለ ዝኾነ እንዳኣሉ ኢልካ ምተሰግረ። ንሱ ንዘይረብሓሉ፣ ንኣኻትኩም ጎዲኡ ሓጎስን ዕግበትን ክረክብ ምፍታን ግን፣ ብሓቂ ሰይጣናዊ ጥራይ'ዩ ክበሃል ዝከኣል። ከም ናቱን ክንዲ ናቱን ሃበኒ ኢልካ ምጽላይን፣

ምምናይን ምስራሕን ምርሃጽን'ዩ'ምበር ፡ ንኣኡ እንተ'ውዲቕካለይ ንኣይ ከም ዝሃብካኒ'ዩ ኢልካ'ሎ?! እዋይ! እዝ'ስ ጉድ'ዩ! ሕማቕ ዘመን በጺሕና! ኣምላኽ ከኣ ኣሸንኲይ ሕማቕ ንዝገብር ፡ ሕማቕ ንዝሕልንን ንዝሓስብን'ውን ከይተረፈ ውዒሉ ሓዲሩ ኢዱ ከይሃቦ ኣይተርፍን'ዩ።"

ተስፎም ወላዲኡ ኣዝዮም ጉህዮም ፡ ኩምትር ኢሎም ይዛረቡ ምንባሮም ስል ዝተረደኦ ሕማቕ ተሰምዖ። ከምዚ ከኣ በሎም ፡ "ደሓን ኣቦይ ብዙሕ ኣይትጉሁ። ንኻልኦት ዘይወረደም መዓስ ወሪዱና።"

"ንኣይ ዝያዳ ዘጉህየኒ ዘሎ'ኮ ፡ እቲ ንኣኻትኩምን ንስድራ ቤትናን ብሓፈሻ ዝወረደና ፡ ወይ ነዚ ህልኽኛን ቂመኛን ዝኾነ ሃብቶም ብሕጂ ዝወርዶ ጸገም ኣይኮነን። እቲ ቀንዲ ዘሕስበኒ ነቶም ስድራ ቤቱ ዝመጾም ሳዕቤን'ዩ። እንታይ ዝገበሩ ወለድን ፡ እንታይ ዝገበራ ደቀ'ንስትዮን ፡ እንታይ ዝገበሩ ቆሎውን'ዮም ተኻፈልቲ ጽላለኡ ዝኾኑ?" በሉ ብኽቱር ጓሂ።

"ኣየ'ወ ሓቅኹም ኣቦ!" በለት መድህን።

"ዝኾነ ኾይኑ ትም ኢሉ'የ ዘህተፍትፍ ዘለኹ'ምበር እንታይ ፋይዳ'ለዎ። ከም ሎሚ ኣምላኽ ኣይሃበን ፡ ግን ከኣ ክንድኡ ክፍኣትን ተንኮልን ጥራይ ኮይኑ ስራሕና። ሕጂ'ውን እንተ ኾነ ፡ ከምኡ ቂምታ ሒዝኩም ክትገድእዎን ክትሃስይዎን ከይትሕልኑን ከይትፍትኑን። ዕላማኹም ጥራይ ፍትሒ ንምርካብ ክኸውን ኣለዎ። ካብኣ ተንክስ ኢልኩም ከይትሰግሩ ሓደራ እብለኩም። እንተ ዘይኮይኑ ንስኻትኩም ኳንኩም ንሕና ፡ ካብኡ ኣይክንሓይሽን ኢና። እዚ ወዳሓንኩም ፡" ኢሎም ዘረባኦም ደምደሙ።

"በቃ'ሞ ኣቦ መርቖና ፡" በሎም ኣርኣያ።

"ይቕናዕኩም ይሓግዝኩም ኢለ ኣይኮንኩን ዝምርቐኩም። እንታይ ደኣ ኣምላኽ ፍትሒ ይሃብ ፡ ነታ ሓቂ ከም እትግለጽ ይግበራ'የ ዝብለኩም። እዚ ማለት ከኣ ሃብቶም ውዒልዎ እንተ ኾይኑ ፡ ዝግበኦ ፍርዲ ይሃቦ። ንዘይ ወዓሎ ትውንጅልዎ እንተ'ሊኹም ከኣ ፡ ከም እትሓፍሩን ዝግባእ ካሕሳ ከም እትኸፍሉን ከም እትቕጽዑን ይግበር!" በሉ ግራዝማች ስልጠነ።

"ኣየ'ቦይ! መቸም ነታ ፍርዲ ዋላ ነቶም ቀንዲ ትፈትውዎም ክልተ ደቅኹም ኢልኩም ፡ ቁሩብ ቅኒን ኣይተብልዋን ኢኹም!" በለት መድህን ንሓሞኣ ዘለዋ ኣድናቖትን ክብረትን ብምግላጽ።

"ኣንቲ መድህን ኳለይ ኣነ ፍርዲ እንተ'ቕኒነ ፡ ንደቀይ ይኅድኦም'ምበር መዓስ ይጠቕሞም። ብዓቢኡ ባዕሉ እቲ ጐይታ እንዶ የሎን ኩሉ ዝርኢ!"

ሽው ብድድ እናበለ ፡ "ወዲእና ኢና እመስለኒ። ከምኡ እንተ ኾይኑ ኣነ ከዕርፍ ክኸይድ። እዚ ሕማቕ ዘስማዕኩምኒ ብሓቂ ከቢዱኒ'ሎ። ንስኻትኩም ከኣ ነናብ ስራሕኩም ትኸዱ ፡" ኢሎም ነታ ርክብ መደምደምታ ገበሩላ።

"ኣነ ገዛ ኣብጺሐካ ብኡ ኣቢለ ንስራሕ ክኸይድ ፡" ኢሉ ኣርኣያ ብድድ በለ።

"ንኺድ ሕራይ ይባርኽካ ዝወደይ ፡" ኢሎም ንመድህንን ተስፎምን ተሰናቢቶሞም ከዱ።

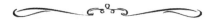

ሰኑይ 16 ለካቲት ንጉሆ ሰዓት ሸሞንተ ፡ ተስፎም ስራሕ ከይኣተወ ፡ ምስ ኣርኣያ ሓው ተታሓሒዞም ብቐጥታ ናብ ፖሊስ'ዮም ኣምሪሖም። ነታ ጽሕፍቲ ሒዞም ናብ ኮሎኔል ኣተው። ኮሎኔል እታ ጽሕፍቲ ኩሉ ከም ዘማልአት ምስ ኣረጋገጸ ፡ ናብ ቤት መዝገብ ኣመዝጊቦም ኣእትዮማ ክምለስዎ ሓበሮም። ከምታ ዝነገሮም ከይዶም ኣታዊ ገበርዋ።

ካብ ቤት መዝገብ ናብ ኮሎኔል ተመለሱ። ከፍ ምስ በሉ ኮሎኔል ኣብ ቅድሚኦም ደዊሉ ፡ ነታ ጽሕፍቲ ኣብ ፋይል ኣተሓሒዞም ብቐጥታ ክሰድሉ ኣዘዞም።

"ሕጂ ከምጽኡለይ'ዮም ፡ ሽው በቐጥታ ነቲ ዝመረጽኩዎ መርማሪ ጸዊዐ ከረክቦ'የ። ካብ ሎሚ መዓልቲ ጀሚሩ ስጉምቲ ክወስድ ከእዝዞ'የ ፡" በሎም።

ኮሎኔል ዝብሎ ዝነበረ ከም ዝተረደኦም ንምርግጋጽ ፡ ክልቲኦም ርእሶም ነቕነቑ። ሽው ናብ ኣርኣያ ጥውይ ኢሉ ፡ "ብቐዳምነት መርማሪ ጸዊዑ ቃልካ ክወስደልካ'ዩ። ብድሕሪኡ ናትና ስራሕ'ዩ ዝተርፍ። ብሕጂ እቲ ሓቂ ኩዒትካ ምውጻእ ፡ ኣብ ናትና መንፍዓት'ዩ ክምርኮስ። ብዙሕ ኣይትሰከፉ ፡ ብወገንና ኹሉ ዘድሊ ጌርና ነዛ ጉዳይ ክሳብ ሱራ ክንኣትዋ ኢና ፡" ብምባል ተስፋ ሃቦም።

"ባዕልኻ ዝሓዝካዮ ጉዳይ ደኣ እንታይ ዘጣራጥር ነገር ኣሎና። ሙሉእ ብሙሉእ ንተኣማመን ኢና። ነሸግረካ ዘለና'ዩ ዘስክፈና'ምበር ፡" በለ ተስፎም።

"ስራሕና ኢዩ'ኮ። ኣብዚ ጣውላ ከፍ ኢልና ዘሎና'ኮ ፡ ንዕኡ ክንገብር ስለ ዝተመዘዝናን ሓላፍነትና ስለ ዝኾነን'ዩ። እምበር ጣውላ ከነማሙቕ ጥራይ እንተ

ኼንና'ሞ ፡" ኢሉ ክምስ በለ። ወሲኹ ኸኣ ፡ "በሉ ሕጂ ኪዱ ደሓን። ንዝኾነ ሓድሽ ኩነታት ብስልኪ ክሕብረካ'የ ፡" በለ ናብ ተስፎም እናጠመተ።

"በል ክብረት ይሃበልና ፡" በለ ኣርኣያ።

"ቻው በል ብሩኽ መዓልቲ ፡" በለ ተስፎም።

"ቻው ፡" ኢሉ ሰላምታ ገይሩ ተሰናበቶም ኮሎኔል።

ተስፎምን ኣርኣያን ካብ መደበር ፖሊስ ወጺኦም ፡ ናብ ፋብሪካ'ዮም ኣምሪሖም። ኣብኡ ክሳብ ዝበጽሑ ክልቲኦም ኣብ ሓሳብ ጥሒሎም ፡ ሓንቲ ቓል'ውን ትኹን ከይተዘራረቡ'ዮም መጺኦም።

"ሕጂ እቲ ብኣና ወገን ክግበር ዘለዎ ኹሉ ጌርና ኢና። እታ መንደራጋሕ ነቒላ'ያ ፡ ድሕሪ ሕጂ ጠጠው ክነብላ ኣይንኽእልን ኢና። ካብ ቁጽጽርና ወጻኢ'ያ። ብሓጺሩ 'እታ ዘላ ኣብኣ ኣላ' ኢዩ ነገሩ ፡" በለ ተስፎም።

"እወ እንታይ ደኣ ዝተረፈስ ናይ ኣምላኽ'ዩ። ክሳዕ ካብ ኮሎኔል ደሃይ ንረክብ ፡ ከምዛ ጥንስቲ መዓልትናን ሰዓትናን ምጽባይ'ዩ ፡" በለ ኣርኣያ።

"በል ኣነ ሕጂ ንስራሕ ክኸይድ። ኣጋምሸት የራኽበና ፡" ኢሉዎ ተፋንይዎ ኸደ።

ምዕራፍ 9

ሰኑይ ሰዓት ሓሙሽተ ድሕሪ ቐትሪ ፡ ኮሎኔል ናብ ተስፎም ደዊሉ ፡ "እቲ ጉዳይ ጀሚርናዮ'ሎና። ነቲ ንእሽቶ ኣምጺእናዮ'ሎና ፡" ብምባል ሓበሮ።

"*ታንክ ዩ!*" ብምባል ፡ ካልእ ቃል ከይወሰኸ ከም ዝተረደኦ ኣፍለጦ።

"ናይቲ ዓቢ ኸኣ ኩነታት ገምጊምና ክንውስን ኢና።"

"በቃ ንሕና'ኮ ናባኻ ደርቢናዮ ደቂስና ኢና። ኣይትሰኣን ጥራይ።"

"ደሓን ከምኡ ኣይትበል። ካልእ ምዕባለ እንተ'ሎ ክድውለልካ'የ። ቻው ንሕጂ።"

"ሕራይ ቻው ፡" ኢሉ ተስፎም ስልኪ ዓጸዋ። ሽዑ ንሽዑ ናብ ኣርኣያ ደዊሉ ኸኣ ፡ "ኣርኣያ ከመይ ውዒልካ?" በሎ።

"ወይ ተስፎም! ብጣዕሚ ጽቡቕ! ደሓንዶ?"

"ግርም! እንታይ ከወጾ። ፈሊጥካዶ'ሎኻ? እታ ናይቲ ነዊሕ መገዲ መጀመርያ ስጉምቲ ተወሲዳ'ላ።"

"እወ ተረዲኡኒ'ሎ። እቲ ኣቕሓ ካብዚ ስለ ዝወሰድዎስ ፈሊጠ።"

"ጽቡቕ። በል ደሓር ኣይመጽእን'የ ጽባሕ ኢና እንራኸብ።"

"ሕራይ ጸገም የለን። ንጽባሕ የራኽበና ፡" ኢሉ ኣርኣያ ስልኪ ዓጸዋ።

ተስፎም'ዩ ዘይፈለጠ ነይሩ'ምበር ፡ ሰዓት ሰለስተ ሲቪል ክዳን ዝተኸደኑ ፖሊስ

ካብ ፋብሪካ'ዮም ንገብረኣብ ወሲዶሞ። አርኣያ እቲ ጉዳይ ብዕቱብ ከም ዝተጀመረ ፡ በቲ እተወሰደ ቅልጡፍ ስጉምቲ ተገንዘበ።

እቲ ኩነታት ኣብ ምንታይ ደረጃ በጺሑ ከም ዝነበረ ኣርኣያ ሓቢሩዎ ስለ ዝነበረ ፡ ተኽለኣብ በቲ ዝተወሰደ ስጉምቲ ኣይተገረመን። ኣብ ገጽ ገብረኣብ ግን ናይ ምግራምን ምድንጻውን ምልክት ይረአ ነበረ። ኩነታት ስለ ዘይተረድኦን ካልእ ዓቢ ነገር ስለ ዘይጠርጠረን ግን ፡ ናይ ፍርሓት ወይ ጭንቀት ዝበሃል ምልክት ኣብ ገጹ ወይ ሰውነቱ ኣይተራእየን።

ንጽባሒቱ ሰሉስ 17 ለካቲት ፡ ዝኾነ ሓድሽ ነገር ኣይነበረን። ኣርኣያን ተስፎምን ግን ፡ ብኣብ ውሽጦም ዝኸወልዎ ተርባጽን ሽቑልቁልን ተዋሒጦም ነበሩ። ምኽንያቱ እተን ዝቕጽላ ክልተ ሰለስት መዓልታት ፡ ኣዝየን ወሰንቲ ምንባረን ይርድኦም ነይሩ'ዩ። ድሕሪ ቀትሪ'ውን ዋላ'ውን ጽን ክብሉ እንተ ወዓሉ ፡ ካብ ኮሎኔል ደሃይ ኣይተረኸበን። ድሕሪ ስራሕ ተስፎም ናብ ፋብሪካ ኸደ። ኣርኣያ ካብ ሓው ገለ ደሃይ እንተ ረኸበ ክጽበ ስለ ዝወዓለ ፡ ገጽ ሓው ብምርኣዩ ብመጠኑ ስለ ዝፈኾሶ ፡ ንተስፎም ብፍሕሹው ገጽ ተቐበሎ።

"በይንኻ ትጽቢትን ተርባጽን'ሲ ሕሱም'ዩ ፡" ብምባል ከኣ ተስፎም ብምምጽኡ ከም ዝተሓጎሰ ገለጸሉ። ተስፎም ክብድብድ ኢሉዎ ፡ ዋላ ዘረባ'ውን ተጸሊእዎ ከም ዝነበረ ይረአ ነበረ። ኣርኣያ ከምኡ ምስ በለ ፡ ናይ ሻቕሎትን ጭንቀትን እስትንፋስ ድሕሪ ምስትንፋስ ፡ ነቲ ሓው ዝብሎ ዝነበረ ከም ዝሰማማዓሉ ርእሱ ብንቕናቕ ጥራይ ኣፍለጠ።

"እሞ'ዛ ጉዳይ ደኣ ደሓንዶ ትህሉ ኢልካያ ኢኻ? ኣነስ ድሕሪ ገብረኣብሲ ፡ ንሃብቶም'ውን ቀልጢፎም ክወስድዎ'የ ዝጽበ ነይረ ፡" በለ ኣርኣያ ኩነታት ሓው ምስ ኣስተብሃለ ፡ ሻቕሎቱ ዝያዳ እናዓረገ።

"ሓቂ ንምዝራብ ኣነ'ውን ከምዛ ናትካ ትጽቢት'ያ ነይራትኒ። ስለዚ እታ ኩነታት ተሰክፍ'ያ። ብውሑዱ ክሳዕ ሕጂ ጌና ኣይሰለጠምን ማለት'ዩ ፡" ብምባል ስክፍታኡ ገለጸሉ።

ተስፎም እንደጌና ዓሙቕ እስትንፋስ ኣስተንፈሰ። ሸው ብድድ እናበለ ፡ "በል በጃኻ ሕጂ ንኺድ። ዋላ ሓንቲ ከይሰራሕኩ'የ ውዒለ ፡ ግን ብጾቕጢ ጥራይ ተዳኺመ'የ ፡" በሎ።

"ንሱ'ንዶ ኣይከፍእን ካብ ስራሕ። ኣነ'ውን ከማኻ'የ ውዒለ። ሓቅኻ ኢኻ ምኽድ'ዩ ዝሕሸና ሕጂ ፡" ኢሉ ብድድ በለ። ተታሓሒዞም ከኣ ከዱ።

ተስፎም ረቡዕ ንጉሆ 18 ለካቲት ፡ ቤት ጽሕፈቱ ካብ ዝኣቱ ኣትሒዙ ፡ ነፍሲ ወከፍ ደቂቕ ዓይኒ ዓይኒ ቴሌፎኑ ኣብ ምጥማት'ዩ ተጸሚዱ ኣርፊዱ። ጸጸኒሓ ጭርር ክትብል ከላ ፡ ካልኣይ ከይደወለት ብቕጽበት ሓፍ ኣቢሉ ሃለው ይብል ነበረ። ግን ኩለን እተን ዝተቐበለን ጻውዒት እታ ዝጽበያ ስለ ዘይነበረት ፡ ዳርጋ ብህዉኽን ዘይርጉእን መንፈስ'ዩ ዝምልስንን ዝዓጽወንን ነይሩ።

ከምዚ እናበለ ግዜ ምሕላፍ ኣብይዎ ንሰዓታት ዝተጸበየ መሰሎ። ሰዓቱ እንተ ረኣየ ግን ፡ ካብ ዝኣቱ ሓደ ሰዓት ጥራይ ከም ዝሓለፈ ኣስተብሃለ። ዓቕሊ ምጽባብን ምርባጽን ዘምጽኦ ኩነታት ምዃኑ ተረድኦ። ካብ ዓቕሊ ጽበት እንተ ኣህደኦ ብዝብል ፡ ድሮ ክልተ ግዜ ቡን ኣዚዙ ዋላ'ውን እንተ ሰተየ ካብ ጭንቀቱ ግን ኣየናገፎን።

ሰዓት ዓሰርተን ፈረቓን ክኸውን ከሎ ስልኪ ጭርር በለት። ፎቕ ኢሉ ሰንቢዱ ቅድሚ ምልዓሉ ፡ "እስከ ካብዚ ተርባጽን ጭንቀትን'ዚ ተናግፈኒ ናይ ኮሎኔል ጻውዒት ይግበራ ፡" ኢሉ ኣብ ካልኣይ ደወል ኣልዓላ።

"ሃለው ፡" በለ ሃንቀውታ ብዝተመለአ ድምጺ።

"ሃለው ተስፎም ፡" እትብል ድምጺ ኮሎኔል ኮነትሉ። ሽው ከይተፈለጦ ፡ "እፍፍ ፡ " ዝብል ናይ ቅሳነት ድምጺ ኣምለቐ።

"እሂ ተስፎም? ኣነ ኮሊኔል ሃብተ'የ። ደሓን ዲኻ ደኣ?"

ዝብሎ ጠፊእዎ ንኻልኢታት ብስንባደ ምስ ተዓነደ ፡ ብቕጽበት ብምትዕጽጻፍ ፡ "ኦ ኮሎኔል ከመይ ሓዲርካ? ኣብዚ ብዘይ ትጠቅም ስራሕ ደጋጊሞም ሰለስተ ኣርባዕተ ግዜ ደዊሎምለይሲ ፡ ንሳቶም መሲሉኒ'የ ከይተፈለጠኒ 'እፍፍ' ዝብል ድምጺ ኣሙሊቐ። ይቕረታ በጃኻ ኣይትሓዘለይ።"

"ኖ እንታይ ጌርካኒ። ጠፊኣካዶ?"

"ብፍጹም! እንታይ ምጥፍኡ! ኣብ ግዜ ዘይህብ እናናሻዕ ከይተጸበኻዮ ህሩግ ዝብለካ ፡ ህጹጽ ዓይነት ስራሕ እንዲኹም ተጸሚድኩም ዘለኹም ፡" በሎ ተርባጹን

ጭንቀቱን ንምኽዋል።

"ዝገርማካ ካብ ትማሊ ክድውለልካ እናበልኩ'የ። ግን ከምቲ ዝበልካዮ ዘዘይተጸበኻዮ ህጹጽ ነገር ይርከብ፣ ብሰንኩን ኣብ ልዕሊኡን ኸኣ ኣኼባታት ኣሎ፣፣ ብኡ ምኽንያት ጨሪሱ ኣይጠዓመንን። ምሸት ንገዛይ ዋላ ክድውለሉ ኢለ ሰጋእ ኢለ ነይረ፣ ግን እንታይ ገበረ ዘሸግሮ ኢለ ሓሲበ ገዲፈዮ።"

"ኣይይ! ተሸገርካ ኣሰኪፍናካ በቃ፣" በለ ተስፎም። ብውሽጡ ኸኣ፣ "ኣየባ ዋላ ኣብ ገዛ እንተ ትድውለለይ፣ ዋላ ዝኾነ ዓይነት ደሃይ እንተ ዝረክብ ክንደ ምንታይ ምፈኾሰኒ ነይሩ፣" በለ።

"ተሰኪፈ'ኮ ኣይኮንኩን። ግን ክጽበየኒ'ዩ ኢለ'የ። ዝኾነ ኾይኑ ኩነታት ዳርጋ ጽቡቕ ኢዩ ዝኸደልና ዘሎ።"

"ኦይ ጽቡቕ ብስራት ኣስሚዕካና!" በለ ብታሕጓስ ስምዒቱ ምቁጽጻር ዘንጊዑን፣ "እሞ ሃብቶምሲ ኣይተርፈላን'ዩ" ኢሉ እናሓሰበን።

"ነገራት ጽቡቕ ስለ ዝኸደልና ኸኣ፣ ብዛዕብ'ቲ ዓቢ እንታይ ስጉምቲ ንውሰድ ኣብ ዝብል ተኣፋፊ መድረኽ ኢና ዘሎና።"

"እዚ ደኣ ዓቢ ስጉምቲ ንቕድሚት እንድዩ፣" በለ ተስፎም ብውሽጡ ብታሕጓስ ክፍንጫሕን ተንሲኡ ክዘልልን እናደለየ።

"ኣብ ዝቕጽላ ሰለስተ ኣርባዕተ መዓልታት ኣብ ሓደ መደምደምታ ክንበጽሕ ኢና። ሽዑ ኣብ ሓደ ውዱእ ነገር ምስ በጻሕና ክድውለልካ'የ።"

"ሕራይ ጽቡቕ። *ታንክ ዩ!*"

"በል! ብኻልእ መስመር ስልኪ ይጽበዩኒ'ለው። ንሕጂ ቻው፣" በለ ኮሎኔል።

"ቻው ኮሎኔል፣" ኢሉ ስልኪ ዓጸዋ።

ስልኪ ክዓጽዋን፣ ናይ ምቕሳንን ምዕጋብን መርኣያ እንቅዓ ከስተንፈሰን ሓደ ኾነ። ካብ መንበሩ ተንሲኡ ኸኣ ከም ናእሽቱ ደቁ ክሕጎሱ ኸለው ዝገብሩዎ፣ ክልቲኡ ኢዱ ጨቢጡ ንላዕሊ እናወሳወሰ፣ "*የስ! የስ! የስ!*" በለ።

ሰብ ዝኻኸሐ መሲልዎ ሰንቢዱ ብቕጽበት ኮፍ በለ። ድሒሩ ጽን እንተ በለ ግን፣ ድምጺ ሰብ ዝበሃል ኣይነበረን። "እዋይ ሰብ እንቋዕ ኣይመጸም'በር፣ ከም ቆልዓ ክዘልል እንተ ዝርእዩኒስ ሎምስ ተጸሊሉ'ዩ ምበሉ፣" ኢሉ ኸኣ ናብ

ውኖኡ ተመልሰ።

"እንታይ ኮይነ'የ'ኸ ፡ ከምዚ ድሮ ሙሉእ ብሙሉእ ሽቶና ዝወቓዕና ዝመስል ስምዒት ወሪሩኒ? ሓንቲ ክልተ መሳልል ደይብና ኢልካስ እዚ ኹሉ!" ኢሉ ንነብሱ ገንሐ።

ካብቲ ወሪርዎ ዝነበረ ናይ ፍስሓ ኩነት ርግእ ምስ በለ ፡ ኣርኣያ ሓው ተዘከሮ። "ዋይ ዝሓወይ ረሲዐዮ ጸኒሐ ፡ ከምቲ ኣደይ እትብሎ ሞት ደኣ ትረስዓኒ'ምበር" ክኣ በለ። ናይ ካብ ብንእሽቶኡ ኣትሒዘን ኣደኡ ዝብለኦ ዘረባ ምዝካሩ ፡ መርኣያ ናይ ከመይ ተበሪህዎ ከም ዝነበረ መግለጺ ብምኳኑ ኸኣ ፡ ብስምዒቱ ተገሪሙ ክምስ በለ። ብቕጽበት ስልኪ ብምልዓል ናብ ኣርኣያ ሓው ደወለ።

"ሄለው ፡" በለ ኣርኣያ ብታህዋኽ ፡ ኣብ ብርቱዕ ጭንቀት ከም ዘሎ ከይከወለ።

"ሄለው ኣርኣያ ፡" በለ ተስፎም።

"ሄለው ተስፎም። እሂታ ገለ ደሃይ የለን?"

"ረኺበ'ምበር። ብኡ'ንድየ ዝድውለልካ ዘለኹ።"

"ኣይትበል? እሞኸደኣ?"

"ኩሉ ጽቡቕ ኢዩ ዝኸይድ ዘሎ ኢሉኒ። ናይቲ ዓቢ እንታይ ውሳነ ንውሰድ ኣብ ዝብል መድረኽ ኢና ዘሎና ኢሉኒ።"

"እዋይ ተመስገን ፡ ደሃይካ ይጥዓም! እዚ ኹሉ ክንሻቐል ውዒልናን ሓዲርናንሲ ፡ ኣብ መወዳእትኡ እምበኣር ትስፍው ደሃይ ተረኺቡ።"

"በቃ ክትቀስን ኢለ'የ ደዊለልካ። ንዝተረፈ ምስ ተራኸብና ንዛረበሉ።"

"እወ እወ ፡ ሕጅ'ስ ደሓን። ቻው ንሕጂ ፡" ኢሉ ኣርኣያ ስልኪ ዓጸዋ።

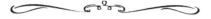

ደርማስ ዓርቢ ምሸት 20 ለካቲት እንዳ ባኒ ምስ ከደ ሓው ኣይጸንሐን። ከም ንቡር ሃብቶምከ ደኣ ኢሉ ምስ ሓተቶም ፡ ምስ ሰባት ኣቐድም ኣቢሉ ተታሓሒዙ ከም ዝኸደ ነገርዎ። ደርማስ ዘድልዮ ሕሳብ ገይሩ ፡ ቁሩብ ንሃብቶም ተጸቢዩ ፡ ከይመጸ ምስ ደንጎየ ንገዛኡ ከደ።

ሃብቶም ዓርቢ ከይመጸ ምሕዳሩ ፣ ካብ ሙሉእ ቤተ ሰብ ብዘይካ ኣልማዝ ዝፈለጠ ኣይነበረን። ሃብቶም ናብ ኣልጋነሽን ደቁን ካብ ዝኸዶ ዘይከዶ'ዩ ዝበዝሕ ነይሩ። ብኣኡ ምኽንያት በዓል ኣልጋነሽ ፣ ዝኾነ ነገር ክጥርጥሩ ኣይክእሉን'ዮም ነይሮም።

ኣልማዝ'ውን ከይመጸ ምሕዳሩ ብዙሕ ኣየተሓሳሰባን። ምኽንያቱ ድሕሪ ነዊሕ ናብ እንዳ ኣልጋነሽ እንተ ኸደ'ውን ብዙሕ ኣይትስከፍን'ያ ነይራ። ንጉሆ ቀዳም 21 ለካቲት ረፋድ ፣ ነብሳ ስኽፍክፍ ኢሉዋ ናብ እንዳ ባኒ ደዊላ ከቕርቡላ ሓተተቶም። ንሳቶም ከኣ ሎሚ ካብ ንጉሆኡ ኣይመጸን ዝብል መልሲ ምስ ሃቡዋ'ውን ፣ ሕማቅ ኣይጠርጠረትን። ንምሳሕ ክመጽእ'ዩ ኢላ'ኳ ነብሳ ከተረጋግእ እንተ ፈተነት ፣ ገለ ክትገልጾ ዘይከኣለት ስምዒት ግን ወረራ።

ናይ ምሳሕ ሰዓት ኣኺሉ ሕጂ ይመጽእ ደሓር ይመጽእ ኢላ እንተ ተጸበየት ግን ፣ ሃብቶም ደሃይ ኣጥፊኡ። ሽዑ እንደጌና ን'ንዳ ባኒ ደዊላ ክሳዕ ሽዑ ከም ዘይመጸ ምስ ኣረጋገጸት ግን ፣ ኣዝያ ተሻቐለት። ሽዑ ኢያ ኸኣ ናብ ደርማስ ዝደወለት።

"ሄሎ?" በለ ደርማስ።

"ሄሎ ደርማስ ከመይ ውዒልካ ፧" በለት።

"ሀይ ኣልማዝ ደሓንዶ?"

"ደሓን'የ። ምስ ሃብቶም ሎሚ ተራኺብኩምዶ ኔርኩም?"

"ኖ ኣይረኸብኩዎን። ኢሂ ደሓንዶ?"

"ሃብቶም ካብ ትማሊ ተመሲሑ ምስ ከደ ፣ ክሳዕ ሕጂ ደሃዩ የብለይን'ሞ ተሰኪፈ።"

ደርማስ ሰዓቱ ርእይ እንተበለ ፣ ናይ ምሳሕ ሰዓት ኣዝዩ ሓሊፉ ፣ ድሮ ሰዓት ሰለስተ'ዩ ኮይኑ ነይሩ።

"ናብ ስራሕከ ሓቲትኪ ኔርኪ?"

"ደዊለ'ወ ፣ ንሳቶም'ውን ካብ ትማሊ ድሕሪ ቀትሪ ኣይረኣዩዎን።"

"ዋእ እንታይ ትብሊ! እስከ በሊ ሓታቲተ ክድውለልኪ'የ። ብዝኾነ ክሳዕ ዝድውለልኪ ግን ንዝኾነ ኣይትሕተቲ ፧" በላ ስክፍታኡን ሻቕሎቱን እናወሰኸ።

"ሕራይ በል ክጽበየካ'የ ፡" ኢሉ ስልኪ ዓጸወታ።

ብድሕሪኡ ደርማስ መጀመርያ ን'ንዳ ባኒ ኸደ። ኣብኡ ቀስ ኢሉ ስራሑ እናሰርሐ ፡ እቶም ሰራሕተኛታት ገለ ነገር ክይጥርጥሩ ብምጥንቃቕ ክሓታትቶም ጀመረ።

"ሃብቶም ደኣ ኣይመጸን ድዩ? ኣብዚ ንራኸብ ኢሉ ደዊሉለይ ነይሩ'ንድዩ" በሎም።

"ሎሚ ካብ ንጉሆኡ ኣትሒዙ ኣይተቐልቀለን ፡" በለ ሓደ ካብኣቶም።

"እንታይ ካብ ሎሚ ደኣ ፡ ትማሊ ኣጋምሸት ምስቶም ክልተ ሰባት ካብ ዝኸይድ ንደሓር ዘይረኣናዮ ፡" በለ እቲ ካልኣይ ሰራሕተኛ።

"መን ድዮም መጺኦሞ ነይሮም ሸው?" ሓተተ ደርማስ ፡ ባዕላቶም ናይቶም ክልተ ሰባት ስለ ዘልዓሉሉ ፡ ብዛዕባኣቶም ንኸሓቶም ዕድል ስለ ዝረኸበ።

"ዋላ ኣብዚ ገዛ ቅድሚ ሕጂ መጺኦም ኣይፈልጡን'ዮም። ርኢናዮም ከማን ኣይንፈልጥን ፡" በለ እቲ ቀዳማይ ሰራሕተኛ።

"እወ መጺኦም ኣይፈልጡን'ዮም። ነቲ ሓደ ግን ምስ ኣነ ዝፈልጦ ካፕተን ናይ ፖሊስ ክኸይድ ብዙሕ ግዜ'የ ዝሪኦ ፡" በለ እቲ ካልኣይ ሰራሕተኛ።

"ሰዓት ክንደይ ኣቢሎም ድዮም ከይዶም?" እንደጌና ሓተተ ፡ ዓርኪ ፖሊስ እትብል ቃል ምስ ሰምዐ ብውሽጡ ሰውነቱ ስኽፍኽፍ እናበሎ።

"ከባቢ ሰዓት ሓሙሽተ'ዩ ነይሩ ፡" በለ እቲ ቀዳማይ ሰራሕተኛ።

"ደሓን ምኻን ሃብቶም ከኣ ናብዚ ይኸይድ ኣለኹ ኣይብል ገለ ኣይብል ፤ ክገይሽ ክሎ'ኳ ዘይዛረብ ፡" በለ ፈሊጡ ነታ ዘረባ ናብ ካልእ ኣንፈት ምእንቲ ክጠውያ።

ብድሕሪኡ ኣዝዩ ተሰኪፉ'ኳ እንተ ነበረ ፡ ገለ ከይጥርጥሩ ብምባልን ነቲ ዘረባ ዋጋ ከም ዘይሃቦ ንምምሳልን ፡ ንውሑዳት ደቓይቕ ናብ ካልእ ስራሑ ኣድሃበ። ብድሕሪኡ ቁሩብ ጸኒሑ ወጸ።

ብመጀመርያ ደርማስ ናብ ኣልጋነሽ ከይዱ ፣ ሃብቶም ገዛ ሓዲሩ እንተ ኾይኑ ተወከሳ። ኣልጋነሽ ግን ከይመጸ መዓልታት ከም ዝገበረ ነገረቶ። ብድሕሪኡ ገለ ሓደጋ ረኺብዎ ከይከውን ብዝብል ፣ ናብ ኩለን ሆስፒታላት ተዘዋዊሩ ሓታተተ። ይኹን'ምበር ዝኾነ ሓበሬታ ብዛዕባ ሓው ክረክብ ኣይከኣለን።

ካብኡ ቀጺሉ ናብተን ኣብ ኣስመራ ዝነበራ መደበራት ፖሊስ በብሓደ ሓተተ። ብኣኡ መሰረት ኣብ ማእከል ከተማ ፣ ኣብ ጎዳይፍ ፣ ኣብ ዕዳጋ ዓርቢ ፣ ኣብ ዝርከባ መደበራት ፖሊስ ሓተተ። ኣብ መወዳእታ ካብ ዕዳጋ ዓርቢ ፣ ናብ ከባቢ ገዛ ብርሃኑ ዝርከብ ካርሾሊ ከይዱ ሓተተ።

ካርሾሊ ነዊሕ ዝገበረ መደብር ፖሊስን ፣ ኣዝዩ ከቢድ ገበን ዝፈጸሙ ገበነኛታት ዝእሰሩሉን ፣ ክትርእዮ ከሎኻ ዘፍርሕን ቤት ማእሰርቲ'ዩ ነይሩ። ደርማስ ኣብ ንቡር ኩነታት ኣሸንኪይ ናብኡ ክኣቱ ፣ ብጥቓኡ ክሓልፍ'ውን ስኽፍክፍ ዘብሎ ቦታ'ዩ ነይሩ። ብተወሳኺ ጽርየትን ጽፈትን ዘይነበሮ ፣ ኣዝዩ ዝኣረገ ህንጻ ዝውንን መደበር ፖሊስ'ዩ ነይሩ።

ኣብኡ ኣፍቂዱ ኣትዩ ብዛዕባ ሃብቶም ምስ ሓተተ ፣ ቁሩብ ፍንጪ ዝረኸበ መሰሎ። ሃብቶም ጎይትኦም ኢሉ ዕድመኡ ፣ ስራሑ ፣ ኣድራሻኡን ፣ ካብ ቅድሚኡ መዓልቲ ንገዛ ከም ዘይመጸን ኩሉ ሓበሮም። ቀጺሎም መንነቱን እንታዩ ምኽኑን ሓተትዎ። ሓው ምኻኑ ኸኣ ሓበሮም። ብድሕር'ዚ ነቲ ሓበሬታ ኩሉ ጽሒፎም ፣ ሓቲቶምሉ ክመጹ ምኽኖምን ቁሩብ ክጽበን ሓበርዎ። ከምኡ ኢሎም ከኣ ንውሽጢ ቤት ጽሕፈት ናብ ሓለቓኦም ኣተዉ።

ፍርቂ ሰዓት ምስ ተጸበየ ኣስታት ሰዓት ሽዱሽተን ፈረቓን ፣ ሓደ ወተሃደር ፖሊስ መጺኡ ሽሙ ጸዊዑ ሒዝዎ ንውሽጢ ኣተወ።

"ካፕተን ከዘራርበካ'ዩ ፣" ኢሉ ኸኣ ናብ ሓደ ቤት ጽሕፈት ኣእተዎ። ኣብዚ ግዜ'ዚ ገለ ነገር ከም ዘሎ ተገንዘበ። ኣትዩ ኮፍ ክብልን ፣ "ደርማስ ጎይትኦም?" ኢሉ ክሓቶን ሓደ ኾነ። ደርማስ ርእሱ ነቕነቐ።

"ሓው ዲኻ ንሃብቶም ጎይትኦም?" ዝብል ሕቶ ደገመ ካፕተን።

"እወ ንእሽቶ ሓው እየ ፣" በለ ደርማስ።

"እምበኣር ብሓጺሩ ሓውኻ ሃብቶም ፣ ሓደ ክሲ ስለ ዝተመስረቶ ኣብዚ ምሳና'ዩ ዘሎ።"

"ክሲ? ናይ ምንታይ ክሲ? መን ከሲስዎ?" ኢሉ ብስንባደ ሓተተ ደርማስ።

"እንታይ ዓይነት ክስን ፡ መን ከሲስዎን ዝብሉ ሕቶታት ሕጂ ንምልሶም ኣይኮኑን። ኣብዚ ምሳና ከም ዘሎን ፡ ጽቡቕ ከም ዘሎን ጥራይ ኢና ክንሕብረካ ንኽእል ሕጂ። እዚ'ውን እቲ ስድራ ቤት ክይሻቀል'ዩ ፡" በለ ካፕተን ዕትብ ኢሉ።

"እሞ ብወገንና ሕጂ መግቢ ክዳንን ፡ ካልእ ዘድሊ ነገራትን ከነምጽኣሉ ይፍቀደና ድዩ?"

"ሕጂ እቲ ክሱስ ይምርመር ስለ ዘሎን ፡ እቲ ጉዳይ ይረአ ስለ ዘሎን ዝኾነ ነገር ፍቑድ ኣይኮነን። ዘድልዮ ኹሉ ብኣና ይግበረሉ'ሎ።"

"እሞ ብኣና ወገን እንታይ'ሎ ክንገብሮ እንኽእልን ዝፍቀደናን?"

"ንሕጂ ዋላ ሓንቲ። ምርመራኡ ምስ ወድኣ ፡ ካብ ኣርባዕተ ሓሙሽተ መዓልታት ኣይሓልፍን'ዩ ፡ ሽው ከም ኩነታቱ ዘድሊ ነገር እንተ'ሎ ክንሕብረኩም ኢና። ካልእ ኣባል ስድራ ቤት ናብዚ መጺኡ ክሓትትን ክመላለስን ንግዝይኡ ፍቑድ ኣይኮነን። ኣድራሻኻን ስልኪ ቁጽርኻን ሃበና ፡ ባዕልና ደዊልና ክንጽወዓካ ኢና።"

ሽው ደርማስ ስልኪ ቁጽሩን ኣድራሻኡን ንካፕተን ኣጽሓፎ።

"እሞ ወዲእና ኣሎና ፡" ኢሉ ኸኣ ኣሰናበቶ።

ፖሊስ ንሃብቶም ካብ እንዳ ባኒ'ዮም መጺኦም ወሲዶሞ። ሲቪል ዝተኸደኑ ስለ ዝነበሩን ፡ ምስኡ ጥራይ ተዘራሪቦም ተተሓሒዞም ስለ ዝኸዱን ፡ ሰራሕተኛታት ዝኾነ ነገር ኣይጠርጠሩን። ሃብቶም'ውን ናብ መደበር ምሳና ክትከይድ ምስ በልዎ ፡ ከም ዓቢ ነገር ስለ ዘይቆጸሮን ፡ ሕጂ ክምለስ'የ ኢሉ ስለ ዝሓሰበን ንሰራሕተኛታት ዝኾነ ነገር ከይበሎም'ዩ ከይዱ።

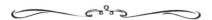

ካብ መደበር ፖሊስ ምስ ወጸ ፡ ደርማስ ኣብ ሓደ ጥቓኡ ዝነበረ ባር ኣትዩ ናብ ፊራሜንታ ስልኪ ደወለ።

"ሄሎ ፡" በለት ኣልማዝ ብሻቕሎት ዝዓብለሎ ድምጺ።

"ኣልማዝ ከመይ ጸኒሕኪ? ሕጂ ንገዛ ኺዲ'ሞ ክንዘራረበሉ ዘድሊ ጉዳይ ስለ ዘሎ ፡ ድሕሪ ፍርቂ ሰዓት ኣብኡ ንራኸብ ፡" ኢሉ ነታ ስልኪ ብቕጽበት ዓጸዋ።

"ገለ ደሃይ ፡" ክትብል ኣልማዝ ሰምዓ። ደርማስ ነታ ስልኪ ብቕጽበት ኣብ

እዝና ኮነ ኢሉ'ዩ ዓጽይዋ። "እንድሕር ንምዝራብ ዕድል ሂበያ ፡ ኣብ ስልኪ ከተሸግረኒ'ያ ፡" ኢሉ'ዩ ነቲ ውሳነ ወሲድዎ።

ደርማስ ከምታ ነ'ልማዝ ዝበላ ፡ ብቐጥታ ካብ መደበር ፖሊስ ናብ እንዳ ሃብቶምን ኣልማዝን ገዛ ከደ። ከም ዝተሰማምዕዎ ኸኣ ድሮ ገዛ በጺሓ ክትጽበዮ ጸንሐት። ኮፍ ከይበለ ፡ "ኢሂ'ታ ደርማስ ፡ እንታይ ደኣ ኼንካ? ኣብ ሞንጎ ዘረባ ስልኪ ምስ ዓጸኻያ'ኮ ነብሰይ ፈጥ-ፈጥ'ዩ ኢሉኒ። ደሓንና ዲናኸ? ሓተተት ህውኽ ኢላ ፡ ኣብ ገጻ ናይ ሻቕሎት ምልክት ብግልጺ እናተነበበ።

"ደሓን'ዩ ፡ ደሓን ከኣ ኣይኮነን።"

"እሂ እንታይ ድዩ ረኺብዎ?"

"ፖሊስ ኢዮም ኣብ ካርሸሊ ሒዞሞ ዘለው።"

"ፖሊስ? ካርሸሊ?"

"እወ ፡" እትብል ሓጻር መልሲ ሃባ።

"እንታይ ገይሩ? ብምንታይ ምኽንያት?"

"ብገበን ተኸሲሱ።"

"ገበን? መን ከሲስዎ? ናይ ምንታይ ገበን?"

"ኣብ ምርመራ ስለ ዘሎ ዝኾነ ሓበሬታ ሕጂ ኣይወሃብን'ዩ ፤ ምርመራኡ ምስ ወድኣ ፡ መን ከም ዝኸሰሶን ብምንታይን ክንሕብረካ ኢና ኢሎም ኣቕቢጾምኒ!"

"ቁሩብከ?" እንደጌና ሓተተት።

"ዋላ ሓንቲ ካልእ ሓበሬታ የለን። ምርመርኡ ምስ ወድአ ባዕልና ደዊልና ክሳዕ ንጽውዓኩም ዝኾነ ቤተ ሰብ ናብዚ ክመላለስ ፍቑድ ኣይኮነን ኢሎምኒ ፡" ዝብል ካልእ ሕቶ ከለዓዕል ዘይክእል ፡ ናይ መወዳእታ ቃል ኣስምዓ።

"እንታይ ደኣልና እንገብር ሕጂ?" ዝብል ፡ ሕቶታታ ከም ዘይወድኣት ዘርኢ ተወሳኺ ሕቶ ኣቕረበትሉ።

"ብዛዕባኡ ክንማኸር እንደየ መጺአ።"

"ኢድና ኣጣሚርና ትም ክንብል ኣይንኽእልን ኢና። ዋላ ብኻልእ ገለ ፍንጪ

ክንረኽበሉ እንኽእል መንገዲ ሃሰስ ክንብል ኣሎና'ምበር!"

"ኣነ'ውን ከምኡ'የ ዝሓስብ ዘለኹ።"

"ስማዕንዶ ደርማስ፡ ብወገንካ ኣነ ዘይፈልጦ ገለ ትጥርጥሮ ጽልኢ ወይ ባእሲ ነይሩዎ ድዩ?"

"ዋላ ሓንቲ! ብዘይካ'ታ ትፈልጥያ ምስ በዓል ተስፎም ዘላቶ ጽልኢ ካልእ ዝፈልጦ የብለይን። ንሳቶም ከኣ ኣነ ከም ዝፈልጦ ዘካስስ ነገር የብሎምን፡" በላ ብርእስ ተኣማንነት።

"ወይ ጉጉጉድድድ!" በለት፡ ክልተ ኣእዳዋ ኣብ ክልቲኡ ምዕጉርታ ኣጸጊዓ።

"ብወገንኪኸ ገለ እትጥርጥርዮ ወይ እትፍልጥዮ ነገር ኣሎድዩ?" ብምባል ነታ ሕቶኣ ናብኣ ብምቅናዕ ሓተታ።

"ወሪዱኒ ዋላ ሓንቲ ዝፈልጦ ነገር የብለይን።"

"እሞ ሰብ ምፍላጡ ኣይተርፎን'ዩ። ስለዚ ኣብ እንዳ ባኒ፡ ነቶም ሰራሕተኛታት ዝረኣዩዎ ወይ ዝሰምዕዎ ነገር እንተ'ሎ ክንሓቶም።"

"እንታይ ደኣ ከምኡ'ዩ ዝሓይሽ። ዋላ ነቶም ኣዕሩኽቱ'ውን ምንጋሮምን ምሕታቶምን ክሓይሽ'ዩ።"

"ጽቡቕ ሓሳብ እምበኣር በዚ ተሰማሚዕና'ሎና። ብዛዕባ ንስድራ ምንጋር ዝምልከትከ እንታይ ሓሳብ ኣሎኪ?"

"እታ ኣልጋነሽ ክትንገር የብላን። ክትሕጎስን ምስ'ንዳ ተስፎም ኮይና መስተይ ቡን ክትገብሮ'ምበር፡ እንታይ ክትዓብስ ኮይና። ንስድራ ግን ገለ ብሰብ ከይሰምዕዎ'ሞ ከይስንብዱ፡ ቀስ ጌርካ ኣፋኹስካ ምንጋሮም ይሓይሽ ይብል።"

"ኣልጋነሽን ቆልዑን'ውን'ኮ ብገለ ክሰምዑ ይኽእሉ'ዮም። ግን ደሓን ንግዜኡ ዋላ ትም ንብል፡" በለ ደርማስ፡ ነታ ዘይምንጋራ እትብል ሓሳብ ዋላ'ኳ እንተ ዘይተቐበላ፡ ግን ምስ ኣልማዝ ኣብቲ ግዜቲ ኣብ ትርኽ ክኣቱ ስለ ዘይደለየ።

"ጽቡቕ። እሞ ናይ ክዳን ወይ መንጸፍ ወይ መግቢ ነገርከ ሓቲትካ ዲኻ?"

"እወ ሓቲተ። ግን ክሳዕ ምርመራ ዝውድእ፡ ዘድልዮ ኹሉ ብኣና'ዩ ዝግበረሉ ኢሎም ኣቕቢጾምኒ።" በላ።

“ወይ ጉጉድድ! እንታይ መዓቱ’ዩ ወደይ?!”

“እንታይ ከም’ንብል’ኳ ጠፊኡና። በሊ ክኸይድ ንበዓል’ቦይ ከኣ ከም ዝወረደኒ ከነግሮም። ጽባሕ ምንገርናዮም፡ ግን ካብ ሰንበት ንጉሆ ሕጂ ይሓይሽ። ናይ ሃብቶም ነገር ከኣ ክልቲኦም ኣየኽእሎምን’ዩ።”

“ሓቆም’ምበር ኣንታ! ወለዲ’ንድዮም ግዲ። ደሓር ከኣ ቦኽሪ ገዛ’ምበር’ዩ፡” በለት። ‘ሃብቶምሲ’ምበር፡ ሃብቶም’ዩ!’ እትብል ተቐሪባ ዝነበረት ዘረባ ካብ መልሓሳ ከም ዝመለሰታ ደርማስ ርግጸኛ ነበረ።

“ሕራይ በሊ ከየደ፡” ኢሉዋ ከሳዱ ኣድኒኑን፡ ኣብ ሓሳብ ተዋሒጡን ተፋነዋ።

ደርማስ ካብ ኣልማዝ ናብ ካልእ ከይተኣልየ፡ ናብ እንዳ ስድራኡ ኢዩ ኣምሪሑ። ገዛ ከበጽሕ ኸሎ ሰዓት ሸውዓተን ፈረቓን ኮይኑ ነበረ። ኣብ መገዲ ንወለዱ ናይቲ ልዕሊ ኹሉም ፍቱውን ክቡርን ዝኾነ ወዶም ማእሰርቲ፡ ብኸመይ ከም ዝነግሮም እናሓሰበን እና’ሰላሰለን’ዩ ተጓዒዙ። ገዛ በጺሑ ምስ ከፈትዎ ግን እቲ ኹሉ ዝሓሰቦ ተሓዋወሶ። ነቲ ዘረባ በየንን ብኸመይን ከም ዝጅምሮ ሓርበቶ። ጠንቀ-መንቂ ዘረባ ከዘራረቡ ድሕሪ ምጽናሕ ከኣ፡ ዘሎ ሓቦኡ ኣኻኺቡ፡ “ሃብቶም ሽግር ረኺቡ’ሎ፡” ዝብል ዘይተጸበይዎ ዘረባ ደርበየሎም። ኣእዛኖም ከም ዘይሰምዓን፡ ከም ዘይሰምዕዎን ከኣ ክልቲኦም ወለዲ፡ ሓደ ድሕሪ ሓደ፡ “እንታይ? እንታይ ኢኻ ዝበልካ?” “እንታይ? እንታይ ኢኻ ዝበልካ?” በሉዎ።

“ሃብቶም ሽግር ረኺቡ’ሎ፡” ደገመ።

“ኣንታ እንታይ ሽግሩ ኢኻ እትብል ዘለኻ?” በላ ወ/ሮ ለምለም ከም ሓፍ እናበላን፡ ርእሰን ብኽልቲኡ ኣእዳወን እናሓዛን።

“ኣንቲ ቀስ በሊ፡” ኢሎም ኢዶም ሰዲዶም፡ ኮፍ ከም ዝብላ ገበሩ። ናብ ወዶም ምልስ ኢሎም ከኣ፡ “እንታይ ሽግር ረኺቡ ኢኻ እትብል ዘለኻ’ዚ ወደይ?” በሉ ባሻይ።

“ተኣሲሩ’ሎ!” ደርጓሓሎም ደርማስ።

“ተኣሲሩ?!” ኢለን ሓፍ በላ ወ/ሮ ለምለም።

"ተኣሲሩ?!" ኢሎም ባሻይ'ውን ሐፍ በሉ።

"ኮፍ በሉ ደሓን ኣይትሰንብዱ። ክንድ'ቲ ዘሸግር ጉዳይ ኣይኮነን። ሎሚ እንተ ተኣስረ ጽባሕ ይወጽእ፡" በሎም ከረጋገኦም ብምባል።

"ዘሰንብድን ዘሸግርን ጉዳይ ኣይኮነን ክትብል?! ሃብቶም'ኮ'ዩ ተኣሲሩ እትብለና ዘለኻ!" በላ ወ/ሮ ለምለም።

"እወ ግን፡" ምስ በለ ደርማስ፡ "መዓስ'ዩ ተኣሲሩ እትብለና ዘለኻ? እንታይ ኮይኑ'ዩኸ ተኣሲሩ?" ሓተቱ ባሻይ።

ሽው ደርማስ እተን ዝፈልጠን ኩለን ብዝርዝር ገለጸሎም።

"እሞ ብምንታይ ተኸሲሱ ከም ዝተኣስረ ዘይፈለጥካ ደኣ፡ ከመይ ኢልካ ኢኻ ደሓን'ዩ ዘሰንብድ ኣይኮነን እትብለና?" ዝብል ኣዋጣሪ ሕቶ ኣቕረባሉ ወ/ሮ ለምለም።

"እዚ ወደይ ከተሃዳድኣና ኢሉ እንዳኣሉ፡" ብምባል ባሻይ ኣናገፍዎ።

"እወ ከምኡ ኢለ'የ። ግን ከኣ ኣደይ ካብ ማእሰርቲ ዝገድድ'ኮ ብዙሕ ነገራት ኣሎ'ዩ።"

"ንሱስ ሓቅኻ ዝወደይ፡" ኢለን ተቐበላኦ።

"ቁሩብከ እንታይ ትጥርጥርዎ ኣሎኹም?" ሓተቱ ባሻይ።

"ዋላ ኣነ ዋላ ኣልማዝ፡ ክሳዕ ሕጂ ዝኾነ ናብ ከምኡ ዘብጽሕ ባእሲ ወይ ጽልኢ እንፈልጠሉ የብልናን።"

"እቲ ሰይጣን ወዲ ግራዝማች እንተ ኾነ'ኸ?" በላ ወ/ሮ ለምለም።

"ክትህወኽስ! ዝፈለጥክዮ ዘይብልኪ ነጢርኪ ንተስፎም ክትከስሲ?" ብምባል ገንሕወን ባሻይ።

"እሞ ካላእስ'ባ ንሃብቶም ወደይ ከምኡ ገይሩ ዝተናኾሎ የለን!" ብምባል ኣብ ዘረባኣን ጸንዓ።

"ብምንታይ ክኸሶ'ዩ'ሞ ተስፎም? ዘኽሰስ እንተ ዝነብሮ ቀደም ክፈላለዩን ክበኣሱን ከለው ምኸሰሶ'ምበር፡ ሎሚ ደኣ ብምንታይ ክኸስሶን ከእስሮን?" በለ ደርማስ።

"ሓቁ'ሎ እዚ ወደይ። ዝስማዕ ዘረባ'ዩ ዝዛረብ ዘሎ ፡" በሉ ባሻይ።

"ይኹነልኩም ሕራይ። ዋይ ሃብቶም ወደይ! ኣብ ማሕቡስ ክትውዕልን ክትሓድርን?! ዋይ ኣነ ወደይ!" በላ ርእሰን ንየማንን ንጸጋምን እናነቕነቓ። ድሕሪ ውሱናት ካልኢታት ርእሰን ኣቕንዕ ኣቢለን ፡ "ዋይ ኣነ ጉዳም! ዋይ ኣነ ተካሊት! እሞ ኻልእ ደኣ እንታይን ንመንን እየ ክብል?" ኢለን ዓቕሊ ጽበተን ገለጻ።

"ደሓን ኣደ ፡ ደሓን ኣቦ። ትም ኣይክንብልን ኢና። ካብ ጽባሕ ጀሚርና ቀስ ኢልና ኣብ ኩሉን ንኹሉን ክንሓታትት ኢና። ብዝኾነ ንግዝይኡ ኩነታት ክሳዕ ንፈልጦ ንሰብ ምዝራብ ኣየድልን'ዩ። ዝኾነ ነገር ኣብ ዝፈለጥናዮ ክሕብረኩም'የ። ሕጂ ኣነ ክኸይድ ፡" ኢሉ ብድድ በለ።

"ሕራይ በል እዚ ወደይ ፡ እስከ ኣምላኽ ምሳና ይኹን። ኣምላኽ ይሓግዝካ። ጽቡቕ የስምዓና ፡" በሉ ባሻይ።

"እታ እግዝእትነ ማርያም ባዕላ'ላ። ባዕልኺ ጽቡቕ ኣስምዕና ፡" በላ።

ድሕሪ'ዚ ደርማስ ተፋንይዎም ከደ።

ልክዕ ሓደ ሰሙን ድሕሪ ምእሳር ሃብቶም ፡ ኮሎኔል ናብ ተስፎም ስልኪ ደወለ። ዕለቱ ዓርቢ ለካቲት 27 ፡ ድሕሪ ቐትሪ'ዩ ነይሩ።

"ሰዓት ኣርባዕተን ፈረቓን ምስ ኣርኣያ ተታሓሒዝኩም ናብ ቤት ጽሕፈት ምጹኒ።"

ተስፎም ምስ ኮሎኔል ምስ ወድአ ናብ ኣርኣያ ደዊሉ ፡ "እታ ወሳኒት ግዜ ኣኺላ'ያ ግዲ ፡ ኮሎኔል ምስ ሓውኻ ተታሓሒዝኩም ምጹ ኢሉ ደዊሉለይ ፡" በሎ።

ኣርኣያ ተቐሪቡ ንኽጸንሖ ብዝተሰማምዕዎ መሰረት ከኣ ፡ ከም ዝተባህልዎ ተታሓሒዞም ናብ ኮሎኔል ከዱ። ኣብኡ ምስ በጽሑ ፡ ኮሎኔል በዓል ጉዳይ ሒዙ ስለ ዝነበረ ንሓደ ርብዒ ሰዓት ተጸበዩ። ተሃንጢዮምን ተሃዊኾምን ስለ ዝነበሩ ግን ፡ ዳርጋ ሰዓት ዝተጸበዩ ኾይኑ ተሰምዖም። ኮሎኔል ናጻ ምስ ኮነ ሸዕ ንሸው ኣተው። ምውቕ ሰላምታ ተለዋወጡ።

"ኣጸብየኩምዶ?" በለ።

"ዘይተጸበና ፣ ሕጂ እንዳኣልና መጺእና ፡" በለ ተስፎም።

"በሉ መቸም ድሕሪ ጥንቁቕን ጽዑቕን መርመራ ፣ ኣብ መደምደምታ በጺሕና'ለና። እቲ ቀንዲ መዐወቲና ንኽልቲኦም ነንበይኖም ጌርና ሒዝና ስለ ዘጋጨናዮም'ዩ። ነዊሕ ግዜ ክንከታተሎም ከም ዘጸናሕና ፤ ድሮ ኸኣ ብዙሓት ቃሎም ዝሃቡ መሰኻኽርን መርትዖታትን ከም ዘለውና ፤ ገብረኣብ ደኣ ከምዚ እንድዩ ዝብል ዘሎ ፤ ሃብቶም ደኣ ከምዚ እንድዩ ዝብል ዘሎ እናበልና ፤ ብዙሕ ውረድ ደይብ መስርሕ'ዩ ተኻይድዎ ፡" ኢሉ ኣዕርፍ ኣበለ።

ቀጺሉ ኸኣ ፣ "ኣብቲ ባርዕ ፋብሪካ ዝተኸሰተሉ ለይቲ ፣ ንኽልቲኦም ኣብቲ ከባቢ ዝረእዩዎም ሰባት ከም ዘለውን ፣ ከም ዝመስከሩን ፈሊጥና ገሊጽናሎም። ገብርኣብ'ኳ ብዙሕ ግዜ ኣይወሰደልናን። ሃብቶም ግን ቅድም ኣቕቢጹና ነይሩ። ደሓር ግን ንገብረኣብ ብቴፕ ቀሪጽና ፣ ነቲ ሃብቶም ክሰምዖ ዝደለናዮ ክፋል ምስ ኣስማዕናዮ ፣ ክይፈተወ ተኣሚኑ'ሎ። ስለዚ ተዓዊትና'ለና።"

"እንታይ'ሞ ክንብለካ ኢና ፣ ክብረት ይሃበልና በል!" በለ ኣርኣያ ኣብ ገጹ ብግልጺ ምልክት ፍስሃን ሩፍታን እናተነበበ።

"ኣርኣያ ወዲእዎ'ዩ። ሕጂ ብዙሕ እንተ ተዛረብና እንታይ ፋይዳ'ለዎ። እዚ ሞያ'ዚ ጨሪስና ከም ዘይንርስዖ ከረጋግጸልካ እፈቱ።"

"ተስፎም ክንደይ ግዜ ነጊረካ'ኮ'የ ፣ ምስጋና ዘድልዮ ነገር ኣይኮነን። ገበነኛ ምቕላዕን ናብ ሕጊ ምቕራብን ስራሕና ኢዩ። ንሱ እንተ ዘይጌርና ደኣ እንታይ ክንረብሕ መንበር ሒዝና'ለና።"

ዘረባ ክይወሰኹ ኸለው ተቐላጢፉ ፣ ነታ ኣርእስቲ ብምቕያር ፣ "እቲ ዝርዝር ኩሉ ስለ ዘየድለየኩም ብሓጺሩ እየ ኩሉ ገሊጸልኩም። ሓንቲ ካብተን ኣዝያ እትገርመኩምን እተገድሰኩምን ካብ ገብረኣብ ዝረኸብናያ ሓበሬታ ግን ክነግረኩም። ሃብቶም ንገብረኣብ ነቲ ፋብሪካ እንተ ኣቃጺሉሉ 10,000 ቅርሺ ክኸፍሎ ኢዮም ተሰማሚዖም።"

"እንታይይ?" ሓተተ ተስፎም ብምድናቕ።

"እዋዋዋይ?!" ወሰኸ ኣርኣያ።

"ጽንሑ ደኣ። እቲ ዘባእሶም ዝነበረ ብቐንዱ ፣ ሃብቶም ኩሉ ስለ ዘይነደደ ፍርቂ

5,000 እየ ዝኸፍለካ ስለ ዝብሎ ዝነበረ ኢዩ። ብተወሳኺ ገብረኣብ ኩሉ ገንዘበይ ሃበኒ ክብለን፣ ሃብቶም ከኣ እና'ማኸነየ በብቑሩብ ይድርብየሉ ስለ ዝነብረን'ዮም ብተደጋጋሚ ዝጨቓጨቑ ዝነበሩ።"

"ዘስደምም'ዩ! ሃብቶም ኣሸንኳይ 10,000፣ ዋላ 100 ኢዩ ንኸንቱ ከውጽእ ዘይደሊ። ክንድ'ዚ ዝኣክል ከውጽእ ምስምምዑ፣ ኣብ ልዕለና ክንድምንታይ ቂምታን ጽልእን ኣሕዲሩ ምንባሩ'ዩ ዘርኢ፡" በለ ተስፎም።

"እቲ ጽልኢ ኣዕዊርዎ'ንድዩ ደኣ ኣብ ከምዚ ዝኣመሰለ ገበን ጥሒሉ፡" በለ ኮሎኔል ሰዓቱ ኣናረኣየ።

"በል ሕጂ ዝኣክል ግዜ ቀቲልናልካ ኢና፣ ክንገድፈካ፡" በለ ተስፎም ኮሎኔል ሰዓቱ ከም ዝረኣየ ምስ ተዓዘበ።

"ጽቡቕ፣ ኣነ'ውን ሓንቲ ኣኼባ ኣላትኒ። ናይ ዝቕጽል መስርሕ ብሓንሳብ ኣሎና፡" ኢሉ ብድድ በለ። ንሳቶም'ውን ብሓባር ብድድ ኢሎም ኣመስጊኖም ተፋነውዎ።

ካብ ቤት ጽሕፈት ኮሎኔል ወጺኦም ናብ መኪናኦም ክሳብ ዝበጽሑ፣ ተርባጽ ክልቲኦም ብግሁድ ኣብ ኩነታቶም ይረአ ነበረ።

ካብ ቤት ጽሕፈት ኮሎኔል ተፋንዮሞ ክወጹ ኸለው፣ ሰዓት ሸዱሽተ ኮይኑ ነይሩ። ገጽ ክልቲኦም ኣሕዋት ብሓጎስን ዕግበትን የንጸባርቕ ነበረ። ሓጎሶም ጥርዚ ስለ ዝበጽሐ፣ ዘረባታት እናተማናጠሉን እናደጋገሙን ዝብልዎ'ውን ኣይፈልጡን ነበሩ። ኣብ ሞንጎ እቲ ወኻዕኻዕን ሰሓቕን፣ ተስፎም መኪናኡ ናብ ካልእ ኣንፈት ከም ዘቕንዓ ኣርኣያ ኣስተብሃለ።

"ናበይ ደኣ ኢና? ናበይ ትኸይድ ኣለኻ?" ክብል ሓተተ።

"ናብ ድላይና'ታ!! ሎሚ ናብ ድላይና ዘይከድና ደኣ መዓስ ክንከይድ?!" ዝብል ነ'ርኣያ ዘሰንበዶ መልሲ ሃቦ።

"ኣነ'ኮ እዚ ሓወይ ደኣ ብቐትሩ ኣንፊቱ ስሒቱ፣ ብሓጎስ ግዲ'ዩ ሰኺሩ ኢለ'ኮ'የ ተገሪመ!" በለ ኣርኣያ።

"ሎሚ ብኹሉ ኹሉ እንተ ሰኸርና የጥዕመልና'ምበር ፡ መዓስ የኽፍኣልና!" በለ ተስፎም ፡ ከይሰተየ ድሮ ናብ ስኽራን ገጹ ከም ዝኸደ ብዝመስል ኣዘራርባ። ቅጽል ኣቢሉ ፡ "ሎሚ ዘረባ ኣይደልን'የ! ንስኻ ንእሽቶይ ሓወይ ኢኻ! ናብ ዝወሰድኩኻ ትኸይድ! ዘስተኹኻ ትሰቲ! ወዘብላዕኩኻ ትበልዕ!" በለ ተስፎም ብትሪ።

"ደሓን ተረዳዲእና ንስጉም ፡" በለ ኣርኣያ ንሓው ከየቐይም ብምስካፍ።

"ምርድድዳእ ማለት ሎሚ ፡ ኣነ ብዝበልኩኻ ምኻድ'ዩ! ዋላ ንእሽቶይ ሓወይ ከለኻ ዓመት ሙሉእ ሕራይ እናበልኩ'ንድየ ኣሕሊፈዮ። ትኽሕዶ ዲኻ'ዚ?"

"ኣይክሕዶን።"

"በቃ'ሞ *ፊኒሽድ ፡* ወዲእና!"

"ሕራይ ባህ ይበልካ ተስፎም ሓወይ! በቲ ሓደ መዳይ'ኮ ነዚ ሓጎስ'ዚ ፡ ምስ ካልእ ኣሽንኳይ ክትጽንብለሉ ፡ ክትዘራረበሉ'ኳ ዘይከኣልሲ ሓቅኻ ኢኻ። ናብ ዝበልካዮን ናብ ዝደለኻዮን ንኺድ!"

"በቃ እዚ'የ ክሰምዕ ዝደሊ! ሃበኒ ሓሙሽተ!" ኢሉ ንኢድ ሓው ብኢዱ ጫፅ ኣቢሉ ኣጋጭዩ ፡ ሓጎሱ ገለጸሉ።

ብድሕር'ዚ ተስፎም መዘወሪ መኪናኦም ጥራይ ኣይኮነን ተቖጻጺሩ ነይሩ ፡ ዋላ ንታ ምሽቶም ብምልእታ'ውን ባዕሉ'ዩ ክዘውራ ኣምሲዩ። ደስ ይበሎ ኢሉ ስለ ዝወሰነ ፡ ግን ከኣ ንምሽቱ ዝርከብ ስለ ዘይፍለጥ ኢሉ ፡ ተቐዳዲሙ ናብ በዓልቲ ቤቱ ዕምባባን ናብ መድህንን ንደውለለን ኢሉ ፡ ብሓባር ከም ዘለውን ከይጽበያኦምን ከይስከፋን ሓበርወን።

ብድሕር'ዚ ዙረት ብስርዓት ተተሓሓዝዎ። ኣርኣያ ንመጀመርያ ግዜኡ'ዩ ምስ ሓው ብሓባር ኣብ ምዝንጋዕ ዝሳተፍ ነይሩ። ኣርኣያ ንባዕሉ ሓሓሊፉ ምስ ኣዕሩኽቱ ፡ ብምጡን ደረጃ ንምዝንጋዕ ይወጽእ ነይሩ'ዩ። ግን ኩሉ ግዜ ካብ መጠኑ ዘይሓለፈ ምስታይን ምምሳይን እንተ ዘይኮይኑ ፡ ካብ መስመሩ ኣይወጽእን'ዩ ነይሩ።

ተስፎም ዓቢ ሓው ብምንባሩ ፡ ኣርኣያ ካብ ብንእሽቶኦም ይፈርሆን የኽብሮን'ዩ ነይሩ። ኣሽንኳይ ምስኡ ክዛወርሲ ምስ መሓዙቱ ክወጽእ ከሎ'ውን ፡ ኣጋጣሚ ተስፎም እንተ ርእይዎ ስኽፍክፍ ይብሎ ነይሩ'ዩ። ሎሚ ግን እነሆ ምስ ሓው ክዘውር በቒዑ። ተስፎም ከኣ ኣብ ቅድሚ ንእሽቶይ ሓወይ ኢሉ ከየተሰከፈን ባህሩ ከይሓብእን'ዩ ዝዘናጋዕ ነይሩ። ኣርኣያ ሽው'ዩ ንመጀመርያ ግዜኡ እቲ ካልእ

ባህሪ ሓው ብቐረባ ክዕዘብ ዝኽኣለ።

መጀመርያ ኣብ ሓደ ኣርኣያ ኣትዩዎ ዘይፈልጥ ቦታ ወሲዱ ፡ ከመይ ዝኣመሰለ ጻዕዳን ቀይሕን ቁልዋን ዝልዝልን ተመገቡ። ተስፎም'ኳ ምስ መግቢ ፡ ንኽልቲኦም ሄኔኬን ናይ ጀርመን ቢራ እንተ ኣዘዘ ፡ ኣርኣያ ግን ኣነ ሜሎቲ'የ ዝሰቲ ኢሉ ስለ ዘቕበጾ ፡ ከምኡ ተቐረበሎም። መግቦም ብዝግታ በሊዖምን ቢራኦም ሰትዮምን ካብቲ ቦታ ወጹ።

ብድሕሪኡ ካብ ሓደ ቦታ ናብ ካልእ ክኸዱን ክሰትዩን ክዛናግዑን ጀመሩ። ምስይ ምስ በለ መጀመርያ ኣብ ባቢሎን ስኴየር ፡ ኣብቲ ብዙሓት ባራት ኣብ ሓደ ከባቢ ዝተደኮናሉ ህቡብ ቦታ ፡ ካብ ሓደ ባር ናብቲ ካልእ እናኸዱ ተዘናግዑ።

ብድሕር'ዚ ኣርኣያ ኣስማተን ዘይፈልጠን ፡ ኣብ ጥቓ ሞኖፖልዮ ዝነበረት ሓንቲ ባር ፤ ኣብ ጥቓ ፖስታ ቤት እትርከብ ካልእ ባር ፤ ቀጺሉ ብድሕሪኡ ናብ ገዛ ባንዳ ኣብ ሓደ ብሰግሬቶ ዝፍለጥ ፡ ሕቡእን ማዕጾኡ ዕጹውን ባር ወሰዶ። ኣብ መወዳእታ ሰዓት 11 ምስ ኮነ ፡ ናብ ኣብ ካምቦ ቦሎ ዝርከብ ካልእ ሰግሬቶ ኸዱ። ዳርጋ ኩሉ ዝኸድዎ ቦታታትን ሰግሬቶታትን ፡ ኣርኣያ ኣትይዎ ዘይፈልጥን ዘይፈልጠን ቦታታት'ዩ ነይሩ። ኩሉ እቲ ዝኣትውዎ ዝነበሩ ቦታታት ሽው ዝመስየሉ ዘይኮነስ ፡ ሽው ዝወግሓሉ ዝነበረ'ዩ ዝመስል ነይሩ። ኩሉ ኸኣ ብሽጋራ ዒግ ዝበለ ፡ ሰሓቕን ዋዕዋዕን ሙዚቃን መስተን ታዕታዕን ዝዓሰሎን ዝዓብለሎን'ዩ ነይሩ። ኣርኣያ ዘይለመዶ ኹይኑዎ ቁሩብ ተሸገረ ፡ ግን ከኣ ናይ ተስፎም ሓጎስ ከይዘርገሉ ብምባል ፡ ተጸሚሙ ምስ ሓው ሰጎመ።

እናመሰየ ብዝኸደሉ መጠን ፡ ተስፎም ብዙሓት ኣዕሩኽትን ፈተውትን መዛውርትን ዝነበርዎ ምኽንያት ክበርሃሉን ዝያዳ ክገሃደሉን ጀመረ። ተስፎም ካብ ካልእ ግዜ ብዝያዳ ኣብ ግዜ ምዝንጋዕ ፡ ዕላሉን ዘረባኡን ጸወታኡን ፡ ምቁርን ጥዑምን ደስ ዘብልን ከም ዝኾነ ክዕዘብ ከኣለ። ብተወሳኺ ንዝረኸቦ ዝፈልጦ ሰብ እንተ ዘይጋበዝኩኻ ኢሉ ፡ ወጠጥ ዝብልን ከይተወላወለ ዝኸፍልን ምዃኑ'ውን ኣስተብሀለ። ብሓፈሻ ምስ ተስፎም ከምስን ከዘናጋዕን ዘይደሊ ሰብ ዳርጋ ከም ዘይርከብ ገምገመ። "ስታያትን ዘወርትን ደኣ ፡ ከምዚ ከም ሓው ምቁር ሰብ ረኺቦም ክልሕስዎ'ዮ'ምበር ፡ እንታይ ኢሎም ክርሕቅዎ!'' ኢሉ ኸኣ ሓሰበ።

ብሓቂ ተሓጒሶምን ተፈሲሖምን ከኣ ኣምሰዩ። ኣርኣያ ኣብ መስተ ምስ ተስፎም ክስጉም ኣይከኣለን። ብዙሕ ግዜ ዝተቐድሓሉ ከይወድኦ ክገድፎን ፡ ተስፎም ክደግም ከሎ ኸኣ ከይደገመ ክሓልፎን ኣምሰየ። ፍርቂ ለይቲ ምስ ኮነ ግን ፡ መስዩ'ዩ ጽባሕ ከኣ ስራሕ ክንኣቱ ኢና ኢሉ ፡ ንሓው ለሚኑን ኣገዲዱን ሕራይ

ኣበሎ። ኣብ መኪና ምምራሕ ናይ ተስፎም ኩነታት ስለ ዘሰከፎ ፣ መኪና ባዕለይ ክሕዛ እንተ በሎ ፣ ተስፎም ብፍጹም ዘይከውን በለ። ብተደጋጋሚ ፣ "ኣነ'ኮ! ኣነ ሓውኻ! ኣብ ከምዚ ኩነታት ይሞቐኒ'ምበር ፣ ልብኻ ኣጥፊእካ ምስካር የለን ኣጆኻ!" ኢሉ ኸኣ ኣቕበጾ።

ካልእ ምርጫ ስለ ዘይነበሮ ፣ ደስ ከይበሎ ሕራይ በል ኢሉ ተሰቕለ። ክኸዱ ምስ ጀመሩ በ'ዘዋውራ ተስፎም ኣዝዩ ተደነቐ። ንሱ ክሰቀል ከሎ ፣ ሎምስ ንሓዲኣ ኢያ እናበለ'ዩ ተሰቒሉ። ተስፎም ግን ምስቲ ኹሉ እናዘወረ ዘዕልሎ ዕላል ፣ ዝዋዘዮ ዝስሕቆ ፣ ኣብ ምዝዋር ዝነበሮ ጥንቓቐን ትኩርነትን ግን ገረሞ። ከይሰተየ'ውን ብኸምኡ ምስትውዓልን ጥንቃቐን ክዝውር ተዓዚብዎ ኣይፈልጥን'ዩ ነይሩ። ነዚ ምስ ኣስተውዓለ ተረጋጊኡን ኣራጢጡን ኮፍ ክብልን ፣ ተዛንዩ ክኸይድን ጀመረ።

"እሞ ንገዛኹም ንኺድ'ሞ ኣነ ካብኡ ቀስ ኢለ ንፋስ እናተወቓዕኩ ንገዛይ እኸይድ ፣" በለ ኣርኣያ።

ኣርኣያ ኣብቲ ግዜ'ቲ ዋላ'ኳ እቲ ናይ መኪና ሓደጋ ስክፍታኡ ተቐንጢጡሉ እንተ ነበረ ፤ ንዓይ ቅድም ገዛ እንተ ኣብጺሑንስ ፣ ናብ ካልእ ከይእለ ብዝብል ስክፍታ'ዩ ከምኡ ዝብል ነይሩ።

"ዋእ ተጸሊልካ ዲኻ! መኪና ኸላስ ኣብዚ ሰዓት'ዚ ብእግረይ ክኸይድ ክትብል?" በሎ።

"እወ ደሓን ዘይ ቀስ ኢለ ንፋስ እናተወቓዕኩ'የ ዝኸይድ። ካብዚ ዝሰተናዮ ቁሩብ ከኣ እንተ በነነለይ ይጠቕመኒ'ዩ ፣" በሎ እታ ናይ ሓቂ ስክፍታኡ ክገልጻ ስለ ዘይኽእል።

"ኣታ ወዲ! እንታይ'ዩ ሓሳባትካ? ዶስ ዋላ እዚ ዘምሰናዮ ተፈትዩካ ንዓይ ገዛ ዓሺግካ ፣ ክትምለስ ኢኻ ደሊኻ?" ዝብል ድቦላ ሕቶን ክስን ኣቕረበሉ።

ኣርኣያ ብዘይ ተጸበዮ ሓሳባት ሓው ተሰናቢዱን ፣ ተስፎም ብዘረባኡ ኣሳቢቡ ንቐጽል ዙረት ከይብሎ ተሰኪፋን ብቕጽበት ፣ "ኖኖ ኖኖ! ዋእ? ኣይባዕለይ እንድየ ሕጂስ መስዩ'ዩ ንኺድ ኢለካ ፣ እዚ ተስፎምሲ!" በለ ናብ ርእሰ ምክልኻል ብምእታው።

"እሞ ከምኡ እንተ ኾይኑ ገዛ'የ ዘብጽሓኻ። ካልእ ዘረባ ኣይደልን'የ ሕጂ ፣ " በለ ተስፎም።

"ሕራይ ደሓን ፍቓድካ ፣" ኢሉ ዘረባ ከም ዘይተዋጽኦ ፈሊጡ ትም በለ።

ብድሕሪኡ ኣርኣያ ብሰላም ኣብ ገዛኡ በጽሐ። ደሓን ሕደር፣ ተበሃሂሎም ተፈላለዩ።

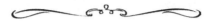

መድህን ከይደቀሰት'ያ ንተስፎም ክትጽበዮ ጸኒሓ። ሽዑ ምጽኢ ምስ በለ፣ ብኡ ንቡኡ ከፊታ ኣእተወቶ። ኣጸቢቓ ስለ እትፈልጦን፣ ሽታ ሰውነቱ ሃንገፍ ስለ ዝበላን ክሰቲ ከም ዘምሰየ ተረድኣ። ምስ ኣርኣያ ካብ ኮነስ፣ ኣብ ስራሕ'ዩ'ም ኣምስዩ'ም ኢላ ገሚታ ስለ ዝነበረት ግን፣ ኩነታቱ ግር በላ።

ንተስፎም ኣብቲ ሰዓት'ቲ ክትሓቶን፣ ኣብ ዘየድሊ ዘረባ ክትኣቱን ስለ ዘይደለየት ግን፣ ኣጽቂጣ ትም በለት። ከምዚ ኢላ ሓሳባት እናውረደትን፣ እና'ደየበትን ከላ፣ ስልኪ ጭርር-ጭርር በለት።

"ኣብዚ ሰዓት'ዚ ደኣ እንታይ ዝኾኑ'ዮም፣ ናይ ደሓን ድዩ እናበለት ተንይያ ኣልዓለታ። ከተልዕላን፣ "ብስመይ ኣይትጸውዕኒ፣" ዝብል ድምጺ ክቕበላን ሓደ ኾነ። ንኻልኢታት ከም ምድንጋር ኢላ'ኳ እንተ ነበረት፣ እቲ ድምጺ ግን ቀልጢፉ ተረድኣ። ነታ ስም ከይየድመጸት ካብ መልሓሳ መለሰታ።

"ኣብየት?" ጥራይ ኢላ ኸኣ መለሰት።

"ፈሊጥክኒዶ'ለኺ ሓቀይ?" ሓተተ ደዋሊ።

"እወ፣" ብ'ትብል ሓንቲ ቓል መለሰት።

"ደሓን ምእታው'የ ክፈልጥ ደልየ፣" በለ።

"እወ ደሓን፣" መለሰት።

"በቓ ካልእ ጽባሕ ንዛረብ፣" ኢሉ ስልኪ ዓጸዋ። ንሳ ኸኣ ስልካ ዓጸወት።

ንመደቀሲ ምስ ከደት ተስፎም ናይ ለይቲ ክዳኑ ክቕይር ጸንሐ። ተስፎምሲ ስልኪ ኣይሰምዓን ማለት'ዩ ኢላ እናሓሰበት፣ ናብ ዓራት ክትድይብ ትቀራረብ ነበረት። ሽዑ ሃንደበት ዘይተጸበየቶ፣ "መን ደኣ'ዩ ስልኪ ኣብዚ ሰዓት'ዚ?" በላ።

"ቁጽሪ ዝተጋገዩ'ዮም፣" ኢላ ዓጸወቶ።

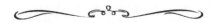

ንጽባሒቱ ቀዳም ሓደ መጋቢት ረፋድ ፡ ተስፎም ናብ ዓርኩ ጠበቓ ሓይሎም ደዊሉ ቆጸራ ሓዘ። ተስፎም ከም ቆጸራኦም ሰዓት ዓሰርተ ናብ ቤት ጽሕፈት ሓይሎም በጽሐ። ሓይሎም ብምውቕ ሰላምታ ተቐበሎ።

"እዞም ጠበቓታት ብቖጸራ እንተ ዘይኮይኑ ፡ በቃ ብዘይ ቆጸራ መን ከኣትወኩም። ናትና ግን ከፉት ማዕጾኡ ቤት ጽሕፈት ሒዝና ከም ድላይካ ህሩግ ምባል'ዩ። ንፍትሒ ኢና ቛምና ኸኣ ትብሉ ፡ ግን እዚ ፍትሒ ድዩ?" በለ ተስፎም እናሰሓቐን እና'ላገጸን።

ሽዑ ሓይሎም ነታ ተስፎም ዝጠቐሳ ኣርእስቲ ብዝምልከት ፡ ቅድሚ ነዊሕ እዋን ሙሉእ ምሸት ከተካትዖም ከም ዘመሰየት ዝዝክራ እንተ ኾይኑ ሓተቶ። ተስፎም ነታ ክትዕ ክዝክራ ኣይከኣለን። ሽዑ ሓይሎም ቅድሚ ኣስታት ኣርባዕተ ዓመታት ፡ ናይ ሓለፍቲ ቤት ጽሕፈታት ማዕጾኡ ዕጽው ስለ ዝኾነ ፡ ኣብ ልዕሊ'ቲ ኣሰራርሓኦም ግሉጽነት ከም ዘይህልዎ ዝገብሮ ፤ ስራሕ ከይሓዙ ስራሕ ሒዝና ፡ ኣኼባ ዘይብሎም ኣብ ኣኼባ ኢና ዘሎና እናበሉ ፡ ነቲ ከገልግልዎ ዝግበኦም ሕብረተሰብ ስራሕ እናዓትቱ ስለ ዝብድልዎ ፤ ቤት ጽሕፈታቶም ወይ ማዕጾ ዘይብሉ ወይ ከኣ ማዕጾኡ ኩሉ ርሑው ክኸውን ኢዩ ዝግባእ-ኣይግባእን ኣብ ዝብል ኣርእስቲ ዘካየዱዎ ርሱን ክትዕ ኣዘኻኸሮ። ነቲ ግዜ ዘኪሮም ንሓጺር እዋን ኣዕለሉን ሰሓቑን።

ሽዑ ተስፎም ፡ "በል ግዜ ከየጥፍኣልካ ናብ ጉዳይና ከኣቱ ፡" በለ።

"ግርም ሕራይ ፡" በለ ሓይሎም ፒሮኡን ወረቐቱን እና'ዳለወ።

"በል ክትሕጎስ ጉዳይ ቀኒዑ'ሎ።"

"ዋይ እንታይ ትብል? ብጣዕሚ ጽቡቕ! እሞ ናይ ብሓቂ እንቋዕ ኣሓጎሰና ምባል ዘድልዮ ኢዩ።"

"ሓጎስ ይሃብካ። ብሓቂ ኣዚና ተሰኪፍና ኢና ኔርና። እዘን ዝሓለፋ መዓልታት ፡ ኣብ ከቢድ ጸቕጥን ጭንቀትን ኢና ተሸሚምና ቀኒና።"

"እወ ይርደኣኒ'ዩ። ንስኻትኩም ከኣ ወሪድኩም ከም ስድራ ቤት ፡ ናብ ፖሊስን ነገርን ሕግን ቀሪብኩም ስለ ዘይትፈልጡ ክትሽገሩ ባህርያዊ'ዩ። እስከ በል ሕጂ እቲ ጉዳይ በጺሕዎ ዘሎ ደረጃ ብዝርዝር ግለጸለይ።"

ተስፎም ኩሉ እቲ ኮሎኔል ዝነገሮም ሓደ ብሓደን ብዝርዝርን ኣረድኦ። ሓይሎም ኩሉ ዘድልዮ ነጥብታት ኣብ መዝገቡ መዝገበ። ብድሕሪኡ ንዘይበርሃሉ ነጥብታት

መብርህን መርዳእታን ክህቦ ሓተቶ። ተስፎምን ንኹሉ ዝሓተቶ ብቑዕ መልሲ ሃቦ። ሽው ሓይሎም ፡ “ኣብ ልዕሊ'ዚ ዝበልካኒ ፡ ክልቲኦም ክሱሳት ነቲ ገበን ከም ዘወዓልዎ እንድሕር ብፊርማኦም ከም ዝኣመኑ ኣረጋጊጾምን ፡ ኣብ ቅድሚ ዳኛ ኣቕሪቦሞምን ፡ ዳርጋ እቲ ስራሕ ውዱእ'ዩ።”

“እወ ምስ ኣመኑ ብኡ ንቡኡ ኣብ ቅድሚ ዳኛ ኣቕሪቦም ፡ ብዘይ ምፍርራሕን ድፋኢትን ማህረምትን ከም ዝኣመኑ ፡ ብቓሎምን ብፊርማኦምን ከም ዘራጋግጹ ከም ዝገበሩ ፡ ኮሎኔል ሓቢሩና ኢዩ።”

“ብጣዕሚ ጽቡቕ። ብድሕር'ዚ ፖሊስ ነቲ ጉዳይ ናብ ኣኽባር ሕጊ ከሕልፍዎ'ዮም። ኣኽባር ሕጊ ኸኣ ኩሉ ዘድልዮ ስራሓውቲ ምስ ኣዳለወ ፡ ናብ ቤት ፍርዲ ክሰዶ'ዩ። ነዚ ጉዳይ ኣጸቢቑ ብደቂቕ ፈሊጠዮ ስለ ዘሎኹ ነ'ኽባር ሕጊ'ውን ክኸዶ'የ። ምስኡ ጽቡቕ ርክብ'ዩ ዘሎና።” በለ ሓይሎም።

“ይኣምነለ'ዩ! ንዓኻ ሒዝና ደኣ እንታይ ክይንኸውን?”

“ደሓን ጸገም የለን። ሕጂ ኸኣ በዓል ኮሎኔል ነቲ ስራሕ ኣቃሊሎሞ'ንድዮም። ብዙሕ ግዜን ምምልላስን ኣይክሓትትን'ዩ። ብድሕሪኡ ዝተርፈና ነቲ ገበኖም ዝመጣጠን መቕጻዕቲ ንኽውሰነሎም ምክርኻር'ዩ።”

“ብዛዕባ እቲ ዝነደደን ዝጠፍኣን ንብረትን ፡ ፋብሪካ ጠጠው ዝበለሉን ፡ ብሓፈሻ ብዛዕባ እቲ ክሳራታትና ክኸፈለናን ካሕሳ ክንረክብን ዝግበኣና ክሲ'ሞ ሕጂ ዲና ክነቕርቦ?”

“ኖኖ ኣይፋልን። ንሱ ብድሕሪ እቲ ገበናዊ ክሲ ኢዩ ክስዕብ። ቅድም ገበነኛታት ምዃኖም ቤት ፍርዲ ምስ ወሰነ ፡ ንዕኡ ኣኸቲልና ነቲ ዝበልካዮ ካሕሳ ዝምልከት ሲቪላዊ ክሲ ክንምስርት ኢና።”

“ኣነ ደኣ ክልቲኡ ብሓንሳብ ዝቐርብ እንድዩ መሲሉኒ ነይሩ።”

“ኖ ኣይኮነን ከምዚ ዝገለጽኩልካ'ዩ።”

“እሞ ነቲ እነቕርቦ ሲቪላዊ ክሲ ከም ናትና ጠበቓ ንስይመካ ምህላውናን ፡ ንስኻ ኸኣ ነቲ ጉዳይና ክትጣበቐልና ምስምማዕካን ፡ ምስኡ ዝኸይድ ስምምዓትን'ሞ ኣዳልዎ ክንፈራርሞ።”

“እወ ደሓን እቲ ረቂቕ እታ ጸሓፊት ከተዳልዎ'ያ።”

"እሞ ካልእ ብኣና ወገን ዝድለ ተወሳኺ ነገር እንተ'ሎ ትነግረኒ።"

"ንግዜኡ ዋላ ሓንቲ የለን። ደሓር ካልእ ዝድለ ነገር እንተ'ልዩ ብሓባር ኣሎና።"

"እሞ በል ወዲእና ኢና ይመስለኒ። ስለዚ ናብ ካልእ ስራሕካ ክትሓልፍ ክገድፈካ። ኣነ'ውን ንቤት ጽሕፈት ክምለስ'የ ፡" ኢሉ ብድድ በለ ተስፎም።

ሓይሎም ከኣ ብድድ ኢሉ ፡ ኢዱ ስዲዱ ብሓይልን ብትርን ጨበጦ።

"ምፍርራም ምፍርራም ከኣ ኣይተብዝሕ ፡ ናተይን ናትካን ስምምዕ በዚ ምጭብባጥ'ዚ'ዩ ዝጥመርን ዝጸንዕን'ምበር ፡ ብ'ንንብሮ ፊርማ ኣይኮነን!"

"*ታንክዩ!* ይኣምነለ'ዩ! ብኹሉ ኹሉ ናይ ብሓቂ ዓርኪ ኢኻ ፡" ኢሉ ትርጉም ዘረባኡ ከም ዝተረድኦን ከም ዝመሰጦን ንምርኣይ ፡ ኢድ ሓይሎም ንነዊሕ ግዜ ጨቢጡ ዕትዕት ኣቢሉ ሓዞ።

ብድሕር'ዚ ተስፎም ፡ ንሓይሎም ገዲፍዎ ናብ ቤት ጽሕፈቱ ከደ።

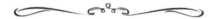

ኣርኣያ ዘይለመዶ ናይ መስተ ዓቐንን ዙረትን ኣዳኺምዎ ፡ ርእሱ ፍንቅል ክትብል ደልያ'ዩ ተንሲኡ። ብኣኡ ምኽንያት ከኣ ፡ ካብ ዝጅምር ንመጀመርያ ግዜኡ ንፋብሪካ ደንጕዩ'ዩ ኣትዩ። ሰዓት ዓሰርተ ኣቢሉ ምስ ኣተወ ፡ መድህን ክልተ ግዜ ደዊላ ከም ዝሰኣነቶ ነገርዎ።

"ዋይ ምሽኪነይቲ መድህን ፡ ሓቃ'ያ ጽባሕ ክገልጸልኪ'የ ኢለያስ ፡ ክሳዕ ሕጂ ባዕለይ ጠልጠል ኣቢለያ ውዒለ ፡" ኢሉ እናሓሰበ ደወለላ።

"ሄለው" በለት መድህን።

"ሃለው መድህን።"

"ሄለው ኣርኣያ። ደዊለ ነይረ'ንደየ።"

"እወ ነጊሮምኒ። ይቕረታ ቀልጢፈ ስለ ዘይደወልኩልኪ ኣሻቒለኪ።"

"ኣይይ! ክሳብ ክንድ'ቲ ዘሻቕል ነገር እንታይዶ ነይሩ'ዩ? ኣነ'የ ተሃዊኸ እመስለኒ። እንታይ ከም ዝተረኸበ ንምፍላጥ ተሃንጥየ'የ።"

"ምህዋኽ ኣይኮነን። ከትህንጠይ ንቡር'ዩ ፡ ቀልጢፍኪ ከትፈልጢ ኸኣ ግቡእ ኢዩ ነይሩ። ኣነ'የ በዳሊ ግን በቲ ምስ ተስፎም ዘምሰናዮን ዝሰተናዮን ከቢዱኒ ፡ ስለ ዘይከኣልኩ ኣብ ገዛ ደንጕየ።"

"ወሪዱካ'ዩ'ምበር ፡ ዘይለመድካዮ ኣካይዳ ምስ ገዳይም ገጢምካ ደኣ ሓቅኻ'ምበር ፡" በለት እናሰሓቐት። ውስኽ ኣቢላ ኸኣ ፡ "እንታይ ደኣ'ዩኽ ናይ ትማሊ?"

"ክሳብ ባዕሉ ዝነግረኪ ደኣ ከምዛ ዘይፈለጥኪ ኩኒ'ምበር ፡ እታ ጉዳይ እንድያ ሰሊጣ!"

"ሓቅኻ ዲኻ?"

"እወ ክልቲኦም ከም ዝወዓልዎ ኸማን ኣሚኖም።"

"እዋይ ተመስገን። በል ጽቡቕ ኣስሚዕካኒ። እሞ ትማሊሲ ናቱ ክንጽንብል ኣሎና'ዩ ኢሉካ ማለትዩ ፡" ኢላ ሰሓቐት።

"እወ ቅድም'ኳ ኣብየዮ ነይረ ፡ ግን ደሓር ባህ ይበሎ ኢለ ሕራይ ኢለዮ።"

"ኣይ ደሓን ሕጅስ ኩሉ ተረዲኡኒ። ዋላ እቲ ለይቲ ምድሪ ተሌፎን ምድዋልካ'ውን ተረዲኡኒ። በል ይኣኽለና ደንጒኻ ካብ ኣቶኻስ ፡ መሊስ ከየብኩረካ ቻው።"

"ቻው መድህን ፡" ኢሉ ስልኪ ዓጸዋ።

ንኣጋምሸቱ ተስፎም ንፋብሪካ ምስ ከደ ፡ ምስ ኣርኣያ ፍሽኽታ ዝተሓወሶ ምዉቕ ሰላምታ ተለዋወጡ።

"እሞ ናይ ትማሊ ምሸት ከመይ ነይሩ?" ሓተተ ተስፎም ክምስ እናበለ።

"ደሓን'ዩ ጽቡቕ ኣይከም ዝፈራሕክዎን። ግን ኣዳኺሙኒ። ርእሰይ ፍንቅል ክብል ደልየ።"

"ጨሪስካ ዘይለመድካዮ ስለ ዝኾንካ'ኮ ኢኻ። ሓሓንሳብ'ሲ የድሊ'ዩ። ንህይወት መማቕርታ'ንድዩ!" በለ ተስፎም እናሰሓቐ።

"ኖ ሐሓንሳብ'ኮ ምስ ኣዕሩኽትና ንፈታትን ኢና ፡ ግን ብውሱን ደረጃ'ዩ። ከምዚ

ናይ ትማሊ ኣይኮነን ፡" በለ። "ጨሪስ ሓንቲ ዘይፈልጥ ድዩ'ታ ዝመስሎ'ዚ ፡ " ኢሉ እናሓሰበ።

"ናይ ትማሊ'ሞ እንታይ ነይሩዋ? ግሩፆና እንተ ትርኢ ደኣ ፡" ምስ በለ ፡ እታ ዘራባ ነብስ ምግላጽ ከም እትኾኖ ስለ ዝተገንዘበ ብሃንደበት ኣቋረጻ።

ኣርኣያ'ውን ነታ ኩነታት ብሓንሳብ ቆብ ስለ ዘበላ ፡ ሕማቕ ከይስምዖ ካብ ዝብል ሓልዮት ፡ ኣርእስቲ ብምቕያር ፡ "ሎሚ እንታይ ጌርካ ብዛዕባ ጠበቓ?" ናብ ዝብል ኣርእስቲ ኣስገሮ።

"ኦ ሎሚ ንጉሆ ከም ቆጸራና ንሓይሎም ረኺበዮ ፡" ኢሉ ኩሉ እቲ ዝተዘራረቡሉ ነጥብታት በብሓደ ገለጸሉ።

ተስፎም ምስ ወድአ ፡ "ብጣዕሚ ጽቡቕ። ጉዳይ ኣብ ግሩም ኩናታት'ያ ዘላ። እሞ ኣብዚ እንተ ተበጺሑስ ንመድህንን ንስድራን ክንነግሮም ኣሎና።"

"ሓቅኻ ኢኻ ብድሕሪ ሕጂ ኸኣ ፡ ዋላ ስድራ ቤት ሃብቶም'ውን እንተ ወሓደ ምእሳሩ ፈሊጦም ይህልው'ንድዮም።"

"እሞ መዓስ እንተ ገበርናዮ ይሓይሽ?"

"ግድን ብሓንሳብ ክነግሮም'ኮ ኣየድልን'ዩ። ዋላ ሎሚ ኣነ ብገዛ ሓሊፈ ቅድም ንስድራ ይነግሮም ፡ ደሓር ምሸት ከኣ ንመድህን ይነግራ።"

"ዝበለጸ'ምበር ፡ ጽቡቕ'ሞ ከምኡ ግበር።"

ድሕሪኡ ብዛዕባ ንቡር ዕለታዊ ስራሖም ዝነበሮም ጉዳያት ኣልዒሎም ተዘራረቡ። ናቱ ምስ ወድኡ ፡ ተስፎም ብ'ንዳ ስድራኡ ከሓልፍ ስለ ዝነበሮ ኣቐዲሙ ኸደ።

ምስ ኣርኣያ ምስ ተፈላለየ ፡ ተስፎም ብቐጥታ ናብ እንዳ ስድራኡ'ዩ ኣምሪሑ። ተስፎምን ኣርኣያን ላዕልን ታሕትን ክብሉ ስለ ዝቐነዩ ፡ ንወለዶም ጠፊኦሞም'ዮም ቀንዮም። ግራዝማችን ወ/ሮ ብርኽትን ናፊቖሞም ስለ ዝቐነዩ ፡ ንተስፎም ምስ ረኣዩዎ ኣዝዮም ተሓጎሱን ፡ ናይ ናፍቖት ኣቀባብላ ገበሩሉን።

ተስፎም ኮፍ ከይበለ ወ/ሮ ብርኽቲ ፡ "በ'ጋጣሚ እታ እትፈትዋ ሽሮ'የ ሰሪሐ ዘለኹ። ሕጂ ብሓባር ክንድረር ኢና ፡" በላኦ።

"ደሓን ኣደይ ቁሩብ ኣዕሊለኩም ክኸይድ'የ። መድህንን ቆልዑን ከኣ ክጽበዩኒ'ንድዮም።"

"ዋእ እሞ ንሓንቲ መዓልቲ ምሳና ተደሪርካ በይኖም እንተ ተደረሩ እንታይ ከይኮኑ'ዮም?" በላኦ።

"ሓቃ'ያ ንሎምስ ደሓን ምሳና ተደረር። ከይጽበዩ ዋላ ንመድህን ንድውለላ። ብርኽቲ ንመድህን ደውልላ፡" ኢሎም ነታ ዘረባ መደምደምታ ገበሩላ።

ተስፎም ከኣ ኣቦኡ ነታ ኣርእስቲ ከም ዝዓጸውዋን፡ ካልእ ምዝራብ ከም ዘየዋጽኦን ስለ ዝተገንዘበ፡ "ሕራይ በሉ ፍቓድኩም ይኹን።"

ብድሕሪኡ ግርም እናኣዕለሉ፡ ጥዑም ድራር በሊዖም መኣዲ ተላዕለ። ድሕሪ ድራር ወ/ሮ ብርኽቲ ሻሂ ኣፍሊሐን እናሰተዩ ከለው፡ "እሞ ሓንቲ ጉዳይ ክሕበረኩም ዝደለኹ'ላ፡" ኢሉ ዘረባኡ ጀመረ ተስፎም። "ነቦይ'ኳ ቅድሚ ቁሩብ መዓልታት ጫፍ ጫፉ ነጊርናዮ ኔርና፡" ኢሉ ኣሕጽር ኣቢሉ ክነግረን ምስ ጀመረ፡ ወ/ሮ ብርኽቲ ክጽለላ ደለያ።

"ዋይ ኣነ ደቀይ! እዚ ኹሉ ዝገነፈኩም ስቓይን ገልታዕታዕንሲ፡ በዚ እከይ ሃብቶም'ዩ ነይሩ? ኣነስ ካብ ቀደሙ ዝሰምዓኒ ስኢነ'ምበር፡ ሽርክነት ምስዚ ህልኽኛን ቂመኛን ሃብቶም ይትረፈና ኢለ'ንድየ!" በላ ከንፈረን ነኺሰን፡ ርእሰን ንላዕልን ታሕትን እና'ወዛወዛ።

"ዘረባኻ ቀጽል ዝወደይ፡" በሉ ግራዝማች፡ ነቲ ትርፍን ዘየድልን ኢሎም ዝሓሰብዎ ዘረባ በዓልቲ ቤቶም፡ ከም ዘይሰምዕዎ ዕሽሽ ብምባል።

ብድሕሪኡ ተስፎም ዘረባኡ ብምቕጻል ክገልጸሎም ጀመረ። ኣብቲ ውጽኢት ምርመራ ፖሊስ ከይበጽሐ እንደጌና ኣደኡ፡ "ዋይ ኣነ ደቀይ! ብስንፍናኹም ከም ዘምጻእኩሞ'ባ ተወቒስኩምሉን ተሳቒኹምሉን፡ ክፉኣት ግብሪ በጥ ኢሎም ደቂሶም ከለው። ብቐደሙ ምስ ከምዚኣቶምዶ ትሻረኽ?" በላ።

"ንድሕሪት እንዶ ኣይትምለስና ብርኽቲ። ሕጂ እንተ ዘይንሻረኽ ኔርና ብምባል እነምጽኦ ፍታሕ የለን።"

"እንታይ ኮይነ እየ ንድሕሪት ዘይምለስ? ዘረባይ ስለ ዘይተሰምዐ እንዳኣሉ እዚ መጺኡ ዘሎ!"

"ነገር ምስ ኮነ ከምዚ ኢለ ነይረ ምባል'ሞ፡ እንታይ ፍታሕ ክኸውን'ዩ። በጃኻ

ቀጽል ፡" በሉ ግራዝማች ቅጭ ክም ዝመጾም ብዘርኢ ኣዘራርባ።

ብድሕሪኡ ተስፎም ክልቲኦም ክሱሳት ነቲ ገበን ክም ዝወዓሉዎ ኣሚኖም ክም ዘለው ፤ ድሕሪኡ ዝስዕብ ስጉምቲ ናብ ቤት ፍርዲ ኬድካ ክሲ ምምስራት ምዃኑ ኣብረሃሎም።

ተስፎም ምስ ወድአ ግራዝማች ፡ "እቲ ምእማን ካብ ብዙሕ ኮለልን ፡ ብዘይገበርናዮ ጠቂኖም ወንጂሎምና ካብ ምባልን ፡ ዘድሕን ኣዝዩ ኣገዳሲ ምዕባለ'ዩ። ኣብ ክምዚ ምውዳችና መቸም ዘሕዝን'ዩ። ግን ወሪዱ'ንድዩ ፡ ዝግበር የለን!" በሉ ንሂኦም ክይከወሉ። ብድሕሪኡ ንቑሩብ ብዛዕባ'ቲ ጉዳይ ምስ ተመያየጡ ፡ "በሉ ሕጅስ መስዩኒ ክኸይድ ፡" ኢሉ ተስፎም ተሰናቢትዎም ከደ።

ተስፎም ገዛ ምስ ኣተወ ፡ ናይ ለይቲ ክዳኑ ክሳዕ ዝቐያይር ፡ "ምድራር'ኳ ፈሊጥና'ለና ፡ እሞ ሻሂዶ ክገበረልካ?" በለቶ መድህን።

"ዋላ ሻሂ'ውን ተቐዲምኪ ኢኺ። ሰትየ'የ መጺአ። ግን መጻኹ'ሞ ሓንቲ ነገር ክዛርበኪ'የ ፡" በላ። ምስ ቀያየረ ኸኣ እቲ ዝነበረ ሓድሽ ምዕባለ ገለጸላ። መድህን ከየቋረጸቶ ክምዛ ንመጀመርያ ግዜ ትሕበር ዘላ ኣምሲላ ጽን ኢላ ሰምዓቶ። ምስ ወድአ ኸኣ ኣገዳስን ወሳንን ምዕባለ ምዃኑን ፡ ካብ ክንደይ ገልታዕታዕ ክም ዘድሕኖምን ተረዳዲኦም ፡ ነታ ዘረባ ዛዚሞም ናብ ምድቃሶም ሰገሩ።

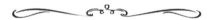

ዋላ'ኳ ፖሊስ ባዕልና ክሳዕ እንጽውዓካ ኣይትምጻእ ኢሎሞ እንተ ነበሩ ፡ ደርማስ ግን ካብ ጭንቀቱ ዝተላዕለ ምምልላሱ ኣይገደፈን። መልሲ ፖሊስ ግን ሓንቲ'ያ ነይራ።

"ምርመራኦም ስለ ዘይወድኡ ንነግረካ ነገር የብልናን ፡" እትብል'ያ ነይራ። ንደርማስ ዝያዳ ካብ ማእሰርቲ ሓው ፡ ሃብቶም ብምንታይ ምኽንያት ክም ዝተኣስረ'ያ ድቃስ ከሊኣቶ ነይራ። ደርማስን ኣልማዝን ስድራ ቤት ባሻይን ፡ ክምዚ ኢሎም ምስጢሩ ጠፊእዎም እናተጨነቑ ከለው ፡ ሓሙስ 26 ለካቲት ናይ ድሕሪ ቀትሪ ፡ ካፕተን ካብ መደበር ፖሊስ ደዊሉ ንደርማስ ንኽመጽእ ሓበሮ።

ደርማስ ክም ዝጸውዕዎ ነ'ልማዝ ብስልኪ ክነግራ ዘጥፍኣን ካልኢታት እንተ ዘይኮይነን ፡ ደቂቕ'ውን ከየጥፍአ'ዩ ናብ መደበር ፖሊስ ተጓይዩ ከይዱ። ኣብ

መደበር ምስ በጽሐ ፡ ካፕተን ሰብ ሒዙ ስለ ዝጸንሐ ክሳዕ ዝውድእ ክጽበ ሓበርዎ።

እተን ንኽጽበ ኮፍ ዝበለን ደቃይቕ ፡ እተን ኣብ ሙሉእ ህይወቱ ዝነውሓ ኮፍ ኢሉ ዝተጸበየለን ሰዓታት ኮይነን ተሰምዐኦ። እቲ ምስ ካፕተን ዝጸንሐ ሰብ ክወጽእ ከሎ ሰዓቱ እንተ ረኣየ ግን ፡ ሰላሳ ደቃይቕ'ውን ከም ዘይተጸበየ ተረድኦ። ብድሕሪኡ ድሕሪ ሓሙስተ ደቃይቕ ተጸዊዑ ኣተወ።

ከኣቱ ከሎ ካፕተን መዝገብ ሒዙ ክገናጽል ጸንሐ። ሰላምታ ሂቡዎ ኮፍ ንኽብል ምልክት ገይሩሉ ፡ ናብ መዝገቡ ምንባብን ምግንጻልን ተመልሰ። ድሕሪ ቁሩብ ደቃይቕ መዝገቡ ዓጽዩ ፡ ናብ ደርማስ ገጹ መለሰ።

"ደርማስ ብዛዕባ ሃብቶም ሓውኻ ጽቡቕ ዜና ኣይኮንኩን ክህበካ ፡" በለ ካፕተን።

"እእእ?" ኢሉ ናይ ስንባደ ድምጺ ኣስመዐ ደርማስ።

"በቲ ጽቡቕ ዜና ክጅምር። ካብ ጽባሕ ጀሚርኩም ዘድልየ ክዳውንትን መንጸፍን መግብን ክተእትውሉ ትኽእሉ ኢኹም።"

"ሕራይ ፡" በለ ደርማስ ብኣዝዩ ትሑትን ዝተሾቘረረ ድምጽን ፡ ሕማቕ ፍርዲ ክሰምዕ ምኺኑ ብናይ ዝጽበ ሰብ ኣካላዊ ቋንቋ።

"ሓውኻ ሃብቶም ኣዝዩ ከቢድ ገበን'ዩ ፈጺሙ። ነቲ ዝፈጸሞ ገበን ከኣ ተኣሚኑሉ'ሎ።"

"ከቢድ ገበን? እንታይ ዓይነት ገበን? ኣብ ልዕሊ መን ዝተፈጸመ ገበን?" ኢሉ ኩሉ ዘለዎ ሕቶታት ብሓንሳብ ኣውረደ።

"ሃብቶም ንሓደ ተሓባባሪኡ ብገንዘብ ኣስዲዑ ፡ ብተፈጥሮ'ዊ ኩነታት ከም ዝተቓጸለ ብምምሳል ፡ ፋብሪካ ብሓዊ ከም ዝባራዕ ምግባሩ ተረጋጊጹ'ሎ።"

"ፋብሪካ? እንታይ ዓይነት ፋብሪካ? ናይ መን ፋብሪካ?" ሓተተ ደርማስ ፡ ነቲ ካፕተን ዝህቦ መልሲ ንምስማዕ ኣእምሮኡን ኣካላቱን እናረዓደ።

"ቀደም ናታትኩምን ናይ በዓል ተስፎምን ዝነበረ ፋብሪካ እንዳ ፓስታ።"

ደርማስ ርእሱ ብኽልተ ኣእዳው ሒዙ ኩርምይ በለ። ብቕጽበት ቅንዕ ኢሉ ኸኣ ፡ "እሞ ውዒለዮ'የ ኢሉ ኣሚኑ ዲኻ እትብለኒ ዘለኻ?"

"እወ ፡" እትብል ሓጻርን ተራርን መልሲ ሃቦ።

"እዋይ ኣነ! ምስ ውዓኡን ኣእምሮኡን ክሎ'ሞ ነዚ ክውዕሎ? ኣይውዕሎን!" በለ ደርማስ።

ካፕተን ንናይ ደርማስ ዘረባ መልሲ ክህቦ ኣይፈቐደን። ንኣኡ ዋጋ ከይሃበ ናብ ካልእ ኣርእስቲ ሰገረ።

"ሓንቲ ዘይነገርኩኻ ዝውስኸልካ ነገር ኣላ ፡" በለ ካፕተን።

"ካብዚ ዝኸፍእ'ሞ እንታይ ክትውስኸለይ ኢኻ?"

"ጽናሕ ደኣ። ምስ ሃብቶም ካብ ጽባሕ ጀሚርኩም ፡ ብፖሊስ ቁጽጽር ብጽሑፍ ክትራኸቡ ትኽእሉ ኢኹም። እቲ ናይ ገበን ክሲ ናብ ቤት ፍርዲ ክሓልፍ ስለ ዝኾነ ፡ ምስ ሓውኻ ተመያይጥኩም ጠበቓ ክትስይሙ ከድልየኩም'ዩ። ካብ ሰኑይ ሰለስተ መጋቢት ንደሓር ፡ እቲ ዝምዘዝ ጠበቓ ንኽሱስ ኣብ በይኑ ክዘራርቦ ይፍቀደሉ'ዩ ፡" ኢሉ ርክቦም ከም ዝወድኣ ንምርኣይ ሓፍ በለ።

"እሞ ኣብዚ ወዲእና ኣሎና ፡" ኸኣ በሎ።

ካልእ ክብሎን ክገብሮን ዝኽእል ነገር ስለ ዘይነበረ ፡ ደርማስ ሓፍ ኢሉ ርእሱ ኣድኒኑ ወጸ።

ደርማስ ነቲ ኹሉ እቲ ካፕተን ዝነገሮ ብእዝኑ ዋላ እንተ ሰምዖ ፡ ሓንጎሉ ግን ክምዝግቦን ክቕበሎን ኣይከኣለን። እዚ ዝሰማዕኩዎ ኩሉ ብጋህዲ ዝኾነ ዘይኮነስ ፡ ሓንጎለይ ዝጻወተለይ ዘሎ ሕልሚ'ዩ ክኸውን ዝኽእል እናበለ ኸኣ ንደገ ወጸ።

ኣብ ደገ ንፋስ ምስ ሃረሞ ግን ፡ ካብ ሕልሙ ክበራበርን እቲ ዝሰምዖ ኹሉ ክበንን ኣይከኣለን። ዕረ እናጠዓሞን ፡ *"ከመይ ገይሩ ግን እዚ ይኸውን? ኣይከውንን'ዩ?!"* እናበለን ፡ ሓንጎሉ ከይፈተወ ክቕበሎ ተገደደ።

"ሃብቶምከ ኣድቂቑ ዘዋጽኦን ዘየዋጽኦን ዝፈለጥ ሰብ ፡ ከመይ ገይሩን እንታይ ኮይኑን'ዩ ፡ ኣብ ከምዚ ናይ ዕብዳን ውሳነ ናብ ምውሳድ ዝበጽሐ?! እንታይ'ዩ ናብዚ ናይ ጸላለን ተስፋ ምቕባጽን ጸድፊ ፡ እናረኣየን እናሰምዐን ሸታሕታሕ እናበለ ከጽድፎ ዝኸኣለ!"

"ሃብቶም እቲ ከይነኣስ ዝዓበየ ፤ ሃብቶም እቲ ካብ ሓንቲ ዘይትጠቅም ዱኳን ፡ ናብ ብዙሓት ትካላት ናብ ምውናንን ምምሕዳርን ዝበጽሐ ፤ ሃብቶም እቲ ካልኣይ ደረጃ'ውን ዘይወድአ ክነሱ ፡ ኣብ ስራሕን ንግድን ግን ንልዕሊ ዩኒቨርሲታት ዝወድኡ ተዳሪጉ ዘሰንፍን ዝበልጽን ሰብ ፤ ሃብቶም ፡ ሃብቶም ፡ ሃብቶም !" እናበለ ዘይውዳእ ርትዒ እናደርደረ ኣስተንተነ።

እዚ ኹሉ ንድሕሪት ተመሊሱ ዝደርደሮ ሕቶታት ግን ፡ ሓንቲ ትበቅዕ መልሲ'ውን ክረኽበሉ ኣይከኣለን። ከንቱነት ናይቲ ክምለስ ዘይክእል ሕቶታት ምቕራብ ቀልጢፋ ተረድኦ። ዝግ ኢሉ ነቲ ክውንነት ምስ ተቐበሎ ፡ ኣተኩሮኡ ናብ ንስድራ ቤት ምንጋር ዝብል ሓሳብ ገበረ።

"ነልማዝ'ኳ ደሓን ፡ ንስድራ ግን ከመይ ገይረ'የ ነዚ ዝነግሮም ፧" ናብ ዝብል ሕቶ ምስ ሰገረ ፡ እቲ ከቢድ ግድል ሓንጎሉ ኣናወጾ። ወለዱ ኣዝዮም ከይተጎድኡን ኣብ ከቢድ ስንባደ ከይወደቑን ክነግሮም ዝኽእሎ ዝበለጸ ኣገባብ ንምቕያስ ዝገበሮ ፈተነ ክዕወተሉ ኣይከኣለን።

ብኽምለሱ ዘይክእሉ ሕቶታት ሓንጎሉ ክናወጽ ምስ ደለየ ፡ "በቃ! *ባስታ! ባስታ!* እንታይን ከመይን ዝብሉ ሕቶታት ገዲፈ ፡ ሸሁ ብዝመጸለይ ዘረባን ኣገባብን ክነግሮም'የ! ቅድሚ ዝኣገረ ሓንጎለይ ክናወጽ ኣይኮንኩን!" በለ። ኣብቲ ውሳኔ'ቲ ምስ በጽሐ ፈኾሶ።

ነ'ልማዝ ደዊሉ ንገዛ ሓሊፉ ክትጸንሖ ሓበራ። ኣብ ገዛ ክበጽሕ ከሎ ድሮ ኣልማዝ ቀዲማቶ ኣብኡ ጸንሓቶ። ኣብ ገጽ ደርማስን ኣብ ኣቃውማ ኣካላቱን ዝረአ ናይ ዝነበረ ትርጉም ስእሊ ፡ ነ'ልማዝ ኣይተሓብኣን።

ርእሳ ሒዛ ኸኣ ፡ "ኢሂ'ታ ደርማስ ኣይደሓንናን ዲና?" በለቶ።

"እንታይ ደሓኑ ፡ ሃብቶም ምስ ተሓባባሪኡ ኾይኑ ፡ ከቢድ ገበን ከም ዝፈጸመ ተኣሚኑ'ሎ ኢሎምኒ!" ኢሉ ተኮሰላ።

"ገበን?"

"ገበን እንተ በሉኺ'ኸ! ካልእ እንተ ዝኸውን ዲኺ ጸሊእኪ? ንፋብሪካ ፓስታ ምስ ተሓባባሪኡ ኾይኖም ከም ዝቃጸል ገይሮሞ ኢዮም ዝብሉ ዘለው!"

ኩሉ ብሓንሳብ ስለ ዝደርጎሓላ ፈኾሶ። ነ'ልማዝ ግን እቲ እትሰምዖ ዝነበረት ፡ ጨሪሱ ክትቅበሎን ክርደኣን ዝኽእል ዘረባ ኣይነበረን።

"እንታይ ኢኻ ትብል ዘለኻ? ብጥዕናኻ ዲኻ? ፋብሪካ ፓስታ ደኣ ብበርቅን ብንፋስን ከቢድ ዝናብንዶ ኣይኮነን ዝተባርዐ?" ሓተተት።

ብድሕር'ዚ እቲ ዝተነግሮ ኩሉ ፣ ካብ መጀመርያ ክሳዕ መወዳእታ ክገልጸልኪ ኢሉ ፣ ኩሉ ካፕተን ዝበሎ ሓንቲ ነገር ከየትረፈ ነገራ።

"እንታይ ስለ ዝሰኣነን ስለ ዝጎዶሎን'ዩሞ ኣብ ከምዚ ዝወደቐ! ኣነ ክኣምኖ ኣይክእልን'የ'ዚ። ምኽንያት ሓውኻ ብህልኽ ዝኸሓነ እንድዩ! ትርፉ ኸኣ እዚ'ዩ!" በለት ብምረት።

"ነዚ ፈጺምዎ እንተ ኾይኑ'ኳ ብጥዕናኡ ነይሩዶ ትብልዮ ኢኺ?"

"ዋይ ኣነ! ዋይ ኣነ! ዋይ ኣነ! ሃብቶም'ባ መስሓቅ ሰብ ገበረና። መፍቶ በዓል ተስፎም ገይሩና! ሕጂ ደኣ'ሞ እንታይ'ዩ ዝግበር?"

"ኣነ ከም ዝወረደኒ ክይደ ንስድራ ክነግሮም'የ ፡" በለ።

"ብዛዕባ ሃብቶም'የ ዝብለካ ዘለኹ!" በለት ከም ቁጥዕ ኢላ።

"ጽባሕ እቲ ዘድልዮ ኹሉ ሒዝና ምስ ከድና ፣ ዝለእከልና መልእኽቲ ርኢና ኢና ንስጉም ፡" በላ።

"እዋይ ከምዚዶኸ'ሎ'ዩ ወደይ? ከምዚስ ኣይተሰመዐን! እዋይ ጉድ!" በለት ብዓቕሊ ጽበት።

"እሞ ሕጂ ኣነ ክኸይድ። ጽባሕ ኩሉ ዘድሊ ቀራሪብኪ ትጸንሕኒ ብሓባር ንኸይድ ፡" ኢሉ ብድድ በለ።

"በል ሕራይ ኪድ። ዋይ ኣነ! ሃብቶም'ባ መዓት ኣውረደልና!" ኢላ ብድድ ኢላ ኣፋነወቶ።

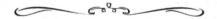

ደርማስ ካብ ኣልማዝ ክወጽእ ከሎ ፣ ካብቲ ተሰኪምዎ ዝጸንሐ ጽዕነት ቁሩብ ዘራገፈ ኾይኑ ተሰምዖ። ብመጠኑ ፍኹስ ኢሉዎ ኸኣ ናብ ገዛ እንዳ ወለዱ ኣምረሐ። ናብኡ ብዝቐረበ ግን ፣ ስክፍታኡን ሻቕሎቱን እናተመለሰን እናዛየደን ከደ። ግድን ክገብሮ ስለ ዝነበሮ ግን ፣ ዘለዎ ሓቦ ኣኻኺቡ ገዛ ኣተወ።

ወለዱ ምስ ረኣዩዎ ገለ ደሃይ ሒዙ'ዩ መጺኡ ኢሎም ተስፋ ገበሩ። ብቐረባ ምስ ረኣዩዎ ግን ፡ እቲ ከኽውሎ ዝፍትን ዝነበረ ስምዒቱን ኩነታቱን ክሕበኦም ኣይከኣለን። ኩፍ ከይበለ ኸኣ ኣደኡ ፡ "ኣይደሓንን ድዩ ሓውኻ?" በላኦ።

"ሃብቶም ደሓን'ዩ ፡ ኣይደሓንን ከኣ ኢዩ። ብህይወቱን ብጥዕናኡን ስለ ዘሎን ፡ ብኡ ዝመጾ ዝኾነ ይኹን ነገር ስለ ዘየሎን ደሓን'ዩ ፡" በለ በታ ነዊሕ ግዜ ዝሓሰበላ መእተዊት ዘረባኡ ክገብራ ዝወሰነ ዓረፍተ ነገር።

"ብምንታይ ደኣ'ዩ ዘይደሓን?" በላ ወ/ሮ ለምለም።

"በቲ ተኸሲሱሉ ዘሎ ግን ኣይደሓንን'ዩ። ከቢድ ገበን ከም ዝፈጸመ ተኣሚ'ኑሉ ኢሎምና ፖሊስ።"

"እንታይ ከቢድ ገበኑ? እንታይ ኢኻ'ታ ከተስምዓና?" በሉ ባሻይ።

"ገበን? እቲ ወደይ? ዘይናቱ!" በላ ወ/ሮ ለምለም።

"ምስ ተሓባባሪኡ ኾይኑ ንፋብሪካ ፓስታ ከም ዝባራዕ ከም ዝገበሮ ተኣሚኑ'ዮም ዝብሉ ዘለው።"

"ነቲ ተስፎም ዝወሰዶ ፋብሪካ ፓስታ?! ዘይከውን!" በሉ ባሻይ።

"ገለ ምስቶም ሓለፍቲ ፖሊስ ተሰማሚዑ ፡ ወዲ ግራዝማች ዝፈሓሶ ተንኮል እንተ ዘይኮይኑ'ምበር ፡ ወደይሲ እዚ ኣይውዕሎን'ዩ!" በላ ወ/ሮ ለምለም ፡ ጸጋመይቲ መመልከቲት ኢደንን ገጸንን ንየማንን ጸጋምን ብትርን ብቑጥዐን እናጠዋወያ።

"እቲ ዘረባ ከምኡ'ዩ ዘሎ።" በለ ደርማስ።

"ኣነስ ካብ መጀመርያ ኢለ'ንድየ። ትማል-ትማል ከኣ ንሱ'ዩ ዝኸውን ከሲስዎ ኢለ ፤ ግን መን'ሞ ይሰምዓኒ ንኣይ?" በላ ብምረት።

ባሻይ ንዘረባአን መልሲ ክረኽብሉ ኣይፈተኑን። ናብ ወዶም ብምጥዋይ ፡ "ናይ ኣሚኑ'ሎ ዝበልዎ ድዩ'ሞ? ትም ኢልካ መዓስ ኮይኑ ወዲ ሰብ ዝውንጀል። ኣብ ዝብጻሕ ክንበጽሕ ኣሎና!" በሉ ብቑጠዐ ሰራውር ገጾም ተገታቲሩ።

"ወዲ ግራዝማች ቅድም ዘወንጀለኩምን ዘተጻወተልኩምን ከይኣክልስ ፡ ሕጂ ኸኣ ብዘይ ወዓሎ ንወደይ ኽኸሶን ክእስሮን?" በላ ወ/ሮ ለምለም።

"ደሓን ኣደ! ኣቦ! ኣጆኹም ትም ኢልካ ዝኸውን ነገር የለን። ጽባሕ ዘድልዮ

ነገራት ክነእትወሉ ፈቒዶምልና'ለው። ብኣካል ክንሪኦ'ኳ ዘይፍቀድ እንተ ኾነ፣ ንሳቶም ዝቆጻጸርዎ ጽሑፍ ክንሰደሉን ካብኡ ክንቕበልን ግን ተፈቒዱ'ዩ። ስለዚ ጽባሕ ሓደ ሓበሬታ ካብኡ ምስ ረኸብና ኩናታቱ ብዝያዳ ክበርሃልና'ዩ።"

ድሮ ወ/ሮ ለምለም ካብ ቁጠዐ ናብ ጓሂ ተሰጋጊረን፣ ኣብ ንብዓተን'የን ኣትየን ነይረን። ባሻይ ከኣ ርእሶም ሒዞም፣ ነዚ ዘይተጸበይዎ ሕማቕ ዜና ናበይ ከም ዘብልዎ ጠፊእዎም፣ ከይተፈልጠም ብጓሂ ንየማንን ጸጋምን ይሕቆኑ ነበሩ።

ድርማስ በቲ ሓደ ወገን ጾሩ ስለ ዘራገፈ ፈኾሶ፣ በቲ ኻልእ መዳይ ከኣ ወለዱ ከምኡ ኢሎም ክሪኦም ኣዝዩ ኣሕዘኖንን ኣጉሃዮን። ካብቲ ጓሂኦም ክናግፎም ዘይምኽኣሉ ሕማቕ ተሰምዖ። ሓንቲ ንዘይገብረሎምሲ ትም ኢሉ ስቓዮም ካብ ምርኣይ፣ ካብኦም ምርሓቕ ይሕሸኒ ብምባል ከኣ፣

"በሉ ኣነ ሕጂ ክኸይድ። ጽባሕ ሓድሽ ነገር እንተ'ሎ ክሕብረኩም'የ፣" ኢሉ ብድድ በለ።

"ኪድ ደሓን ዝወደይ፣ እንታይከ ክትገብር ኢልካ። ንኣኻ'ንድዩ ዝያዳ ከቢዱካ ዘሎ፣" በሉዎ ኣቦኡ።

ኣደኡ'ሞ ደኒነን ምብካይን፣ ጸጸኒሐን ዓይነን ምሕሳስን እንተ ዘይኮይኑ፣ ቁሊሕ ኢለን'ውን ኣይረኣየኦን። ካልእ ቃል ከይወሰኸ ኸኣ ወጸ።

ኣብ ዝቐጸለ መዓልታት ዝበዝሐ ኣባላት ስድራ ቤት ባሻይ፣ ብዛዕባ ገበንን ማእሰርትን ሃብቶም ክፈልጡ ኸለው፣ ጌና ብዛዕባ'ዚ ኣንፈት'ውን ዘይነበራ ስድራ ግን ነይራ'ያ።

ኣብቲ ግዜ'ቲ ማእሰርቲ ሃብቶም፣ ዳርጋ ኩሉ ሰብ ሰሚዕዎ'ዩ ነይሩ። ዘይሰምዐት ስድራ ቤት፣ እታ ሃብቶም ቅድሚ ኹሉ ምስ ኣልጋነሽ ዝመስረታ ስድራ ጥራይ'ያ ነይራ።

"ኣታ እዛ ኣልጋነሽ ፈሊጥኩም ከለኹም ከይትብለና፣ ከመይ ክንገብር ኢና፣ " እናበለት መድህን ንተሰፎም ብተደጋጋሚ ክትዛረቦ ቀነየት። ንሱ ግን ተሰኪፉ፣ "እስከ ጽንሕ ንበል፣ እንተ ተኻኢሉስ በቶም ስድራ ቤት እንተ ፈለጠት ይሓይሽ፣ " ይብላ ነበረ።

ካብ ስክፍታ ዝተላዕለ መድህን ናብ ኣልጋነሽ ምኻድ ተቐጢባን እግሪ ኣሕጺራን'ያ ቀንያ። ቀዳም ንጉሆ መጋቢት ሓደ ኣልጋነሽ፣ ብዛዕባ ምስ ዓበይቲ ደቀን ንድሕሪ ቐትሪ ገይረናኦ ዝነበራ ቖጸራ ከተዛኻኽራ፣ ናብ መድህን ከደት።

መድህን በቲ ናይ በዓል ተስፎምን ሃብቶምን ኩነታት ተዓብሊላ፣ ምስ ኣልጋነሽ ገይረናኦ ዝነበራ ቖጸራ ጨሪሳ ረሲዓቶ'ያ ነይራ። ኣልጋነሽ ከኣ ብዛዕባ'ቲ ንሸው መዓልቲ ኣጋምሸት፣ ንኽብረትን ብሩኽን ንኽሓትኦምን ንኽዘራርባኦምን ዝወሰናኦ ጉዳይ ኢያ ከተዛኻኽራ ከይዳ።

ኩነታት ከቱር ፍቕርን ምትሕልላይን ብሩኽን ክብረትን፣ ንመድህንን ኣልጋነሽን ኣዝዩ እናጠራጠረን ምስ ከደ'የን፣ ክሓታኦምን ከዛርባኦምን ዝወሰና። መድህን ኣብ ከምዚ ኩነታትን፣ ፍርቂ ልባ ከላን ኢየን፣ ቀዳም ድሕሪ ቐትሪ ምስ ክልቲኦም ደቀን ዝተራኸባ።

ክልቲአን ብሓባር ኮይነን ከኣ፣ ኩነታት ርክቦም ካልእ ኣንፈት ይሕዝ ዘሎ ኾይኑ ከም ዝተሰምዐንን፣ ከም ዘጠራጠረንን ብግልጺ ነገራኦም። ኣብቲ ክልቲኦም ዝርከብዎ ዕድመን ግዜን፣ ክልቲኦም ኣብ ትምህርቶም ከተኩሩ ከም ዘለዎምን፣ ናብ ከምኡ ኩነታት ከድህቡ ከም ዘይግባእን ተግሳጸንን ምኽረንን ኣተሓላለፋሎም።

ንሳቶም ግን ርክቦምን ፍቕሮምን ጨሪሱ፣ ናብ ጾታዊ ፍቕሪ ገጹ ከም ዘይዛዘወን ከም ዘይተቐየረን ብትሪ ገለጹለን። እቲ ነቲ ጥርጣረአን ዘበገገሶ፣ እቲ ካብ ዝፍለጦም ኣትሒዞም ዝነበሮም፣ ፍሉይ ምቅርራብን ምሕዝነትን ፍቕርን ምኳኑ'ምበር፣ ኣብ ርክቦም ዝኾነ ዝተቐየረ ነገር ከም ዘይነበረ ደጊሞም ኣረጋገጹለን።

መድህንን ኣልጋነሽን ነቲ ዝርባኦም ሚኢቲ ካብ ሚኢቲ'ኳ እንተ ዘይተቐበላኦ፣ ንግዜኡ ግን ብመግለጺኦም ከም ዝዓገባ ኣምሲለን ተቐበላኦም። ነቲ ኩነታት ኣብ መጸኢ ዝያዳ ኣተኩረን ክስተውዕላኦን ክከታተላኦን ብምስምማዕ ከኣ ርክብ ምስ ደቀን ዛዘማ።

ድሕሪኡ ብዛዕባ ሓዳረንን ደቀንን፣ ከምኡ ኸኣ ካልእ ቀንጠ መንጢ ኣዕለላ። መድህን ካብ ኩነታትን ኣዘራርባን ኣልጋነሽ፣ ብዛዕባ ጉዳይ ሃብቶም ጌና ከም ዘይሰምዐትን ከም ዘይፈለጠትን ተረድኣ። ንሸው እትብሎ ጠፊእዋ ዝኾነ ከይበለት ኣፋነወታ።

ተስፎም ምሸት ምስ መጸ ፡ ናይ ግድን ጽባሕስ ክንነግራ ኣሎና በለቶ። ተስፎም'ውን ሓቅኺ ኢኺ ካብዚ ንደሓርሲ ፡ ናይ ግድን ክትንገር ይግባእ'ዩ በለ። ነ'ነጋግራ ዝምልከት ግን ፡ ከምታ ባዕልኺ ዘምጻእክያ ፡ ነዛ ዕማም'ዚኣ ባዕልኺ ውጽእያ በላ። መድህን ከኣ ቀስ ኣቢላ ባዕላ ብጥበብ ንኽትነግራ ተሰማምዐት።

ሽው ንጽባሒቱ ሰንበት ንጉሆ ሰዓት ዓሰርተ ፡ ንበይንና ክነዕልል ኢላ ነ'ልጋነሽ ተቛጸረታ። ንቕልው ናይ ዓበይቲ ዘረባ ስለ ዘሎና ኢለን ንበይነን ኮና። ኮፍ ምስ በላ መድህን ብቐጥታ ናብቲ ኣርእስቲ ክትኣቱ'ያ መሪጻ።

"ስምዒ'ስከ'ባ ኣልጋነሽ ኣብዚ ዝሓለፈ መዓልታት ፡ ካብ ስድራ ቤት ሃብቶም ዝመጸኪ ወይ ዝደወለልኪዶ ነይሩ'ዩ?" ሓተተት መድህን።

"ወሪድዎም! ኣሻርዮም እንድዮም! ንዓይ ደኣ ካብ ዝውግኑኒ ነዊሕ ኮይኑ'ንድዩ። ንሱ ኸኣ ሎምቅነ ኣይተቐልቀለን። ድሮ ከምኡ ካብ ዝኸውን ነዊሕ ስለ ዝገበረስ ፡ ሕጂ ደኣ ኣሸንኳይ ኣነስ ቆልዑ'ኳ ለሚዶሞ። እቶም ዓበይቲ ስለ ዝጎርሑ ፡ ንዓይ ከይጎድኡ ኢሎም ኣይሓቱንን'ዮም። እቶም ናእሽቱ ኸኣ በቃ ሕጅስ ከምዚ ንቡር ጌሮሞ ኣቦናኸ'ኳ ኣይብሉን!" በለት ኣልጋነሽ ብምረት።

"ንስኺ'ውን እንታይ ጽቡቕ ረኺብኪ ፡ ግን ብዝያዳ ቆልዑ ይጉዱኡ'ዮም ዘለው።"

"ኣነ'ኳ ካብ ልበይን ኣእምሮይን ስለ ዘውጻእኩዎ ፡ ዋላ ሓንቲ'ኳ ኣይስመዓንን'ዩ። ግን ቆልዑ ከምቲ ዝበልክዮ ተበዲሎም'ዮም ዘለው። ግን መድህን ሓብተይ ዕድልካ ንመን ትህቦ?"

"ለባም ኢኺ ኣልጋነሽ ሓብተይ። ዕድልካን ጽሑፍካን ፡ ብሕልፊ ንኽትቅይሮን ንኽተማሓይሾን ኩሉ ዝከኣለካ ድሕሪ ምግባርካ ፡ እንተ ዘይኮይኑልካ ከም ዘለዎ ምቕባሉ'ውን ዓቢ ልቦና ኢዩ!"

"ነዚኦም ወሊድካኸ ፡ እንተ ዘይተቐቢልካዮ ናበይ ከእቶ መድህን ሓብተይ? ኣቦ ስኢኖምሲ ፡ ኣደ ኸኣ ክስእኑ?"

"ርኢኺ ኣልጋነሽ ፡ ከምዚ ከማኺ ለባም ኣደ ፡ ንደቃ ክንድ'ቦን ክንድ'ደን'ያ ትኾኖም። ከመይ ኢልና ኢናኸ ናብዚ ዘረባ መጺእና? ወረ እቲ ከዛርበኪ ዝደሊ ኣርእስቲ'ውን ምስዚ ዝተእሳሰረ'ዩ።"

"እንታይ ኣርእስቱ?" ሓተተት ኣልጋነሽ።

"ብምንታይ'ኳ ከም ዝጅምረልኪ እንድዕለይ ኣብለይ። ኣዝዩ ዘሕዝን ጉዳይ'ዩ ተረኺቡ ዘሎ። በዓል ተስፎም ንዓይ'ውን ሓቢኦምለይ'ዮም ቀንዮም።"

"ኢሂ ሕጂኸ ምሽኪናት በዓል ተስፎም እንታይ ረኺቦም? ኣብለይ'ዚ ጥዑም ሰብሲ ዘይረኽቦ ዘይብሉ!" በለት ፡ ጨሪሳ ሓንቲ ነገር'ውን ከም ዘይጠርጠረት ብዘገህድ ኣዘራርባ።

"ኣይይይ ኣልጋነሽ ሓብተይ! ሕጅስ ናይ በዓል ተስፎም ኣይኮነን።"

"ዋእ! ናይ መን ደኣ'ኸ እትዛረቢ ዘለኺ?" በለት ኣልጋነሽ ጨሪሳ ከም ዝተደናገረትን ፡ ከም ዘይትስዕባ ዝነበረትን ብዘርኢ ኣካላዊ ቋንቋን ኣገባብን።

"ናይ ሃብቶም'ምበር።"

"እንታይዶ ኾይኑ'ዩ?"

"ሕማቕ'ዩ በጃኺ። ተኣሲሩ'ዩ ቀንዩ ዘሎ!" ኢላ ቶግ ኣበለትላ።

"ተኣሲሩ?! ተኣሲሩ?! እምበኣ?! እሞ ኹሎም እዞም ስድራ ቤት ፈሊጦም ኣለው?" ሓተተት ኣልጋነሽ።

"እወ! ኣጸቢቖም'ምበር!"

"ዋላ ዓበይቶም?!"

"ዋላ ዓበይቶም ዋላ ናእሽቶኦም ፡" በለት መድህን።

"እዋይ ጉዳማት! ካብ ቀዳማዮም ዳሕረዋዮም ዝገድድ! ዝኾነ ኾይኑ ደሓን!" በለት ኣልጋነሽ ርእሳ እናነቕነቐት። ቅጽል ኣቢላ ፡ "ቁሩብከ ብምንታይ ደኣ ኣሲሮሞ?"

"ሕማቕ'ዩ ኣልጋነሽ ሓብተይ።"

"ዋእ ደሓንኪ ዲኺ ሎሚ መድህን? እዚ ኣዘራርባኺ ኣይተፈተወንን!"

"ሓቅኺ ኢኺ ኣልጋነሽ ሓብተይ። ዘይቲ ዘረባ'ዩ ከቢዱኒ። ፋብሪካ ፓስታ ዝተቓጸለ ብሓደጋ ዘይኮነስ ፡ ሃብቶም ምስ ተሓባባሪኡ ኾይኖም ከም ዝቃጸል ስለ ዝገብርዎ'ዩ ተባሂሉ።"

"እዋዋእእ! ኣንቲ እንታይ ኢኺ እትብሊ?!" በለት ኣልጋነሽ ርእሳ እናሓዘት ፡

እቲ ዘረባ ደንጽይዋ።

“ከምዛ ዝብለኪ ዘለኹ! ክትኣምኖ ዝከኣል ነገር'ኮ ኣይኮነን። ብኡ እንድየ ደኣ እንታይ ከም ዝብለኪ ጠፊኡኒ ዘዕንድንድኩ።”

“ኣንቲ እንታይ ኢኺ እትብሊ ዘለኺ?! ከምዚ ዝበሀል ነገርከ ኣሎድዩ?!” በለት ኣልጋነሽ ፣ ነገራቱ ኹሉ ኣስደሚምዋን ምእማን ስኢናን። በቲ ኻልእ መዳይ ከኣ በዓል መድህንን ተስፎምን ፣ ዘይከውንን ዘይኮነን ዘረባ ከም ዘይዛረቡ ስለ እትፈልጥ ፣ ነየናይ ከም እትቕበል ከቢድዋ።

“እቲ ኩነታት ኩሉ ክነግረኪ ፣” ኢላ ፣ ኣርኣያን ተስፎምን ምስ ተጠራጠሩ ዝኸታተሉሎም ሰባት ከም ዝመዘዙ ክይነገረት ፣ ፖሊስ ብዝገበርዎ ክትትል ኢላ ፣ ገብርኣብ ዝበሃል ሰራሕተኛ ፋብሪካ ፓስታ ከም ዝተኣስረን ፣ ብድሕሪኡ ንሃብቶም ከም ዝሰሓቦን ፣ ኣብ መወዳእታ ኸኣ ክልቲኦም ገበኖም ከም ዝተኣመኑን ብዝርዝር ገለጸትላ።

“እዋይ! እዋይ! እዋይ! ከምዝስ ኣይተሰምዐን! ነዞም ቆልዑ ደኣ ሕጂ እንታይ'የ ክብሎም ኻለይ?”

“እቶም ስድራ ቤት እንተ ዝነግርዎም'ዩ ጽቡቕ ነይሩ።”

“ሃብቶም ጥራይ እኮ ኣይኮነን ንዓይን ንደቀይን ኣቃይሑ ጠሊሙና። ዋላ እቶም ዓበይቲ ወለዲ'ውን ምስኣ ወጊኖም'ዮም። ብተወሳኺ ኸኣ ሃብቶምን ተስፎምን ምስ ተበኣሱ ፣ ኣነ ምሳኻን ምስ ተስፎምን ስለ ዘይተበኣስኩ ፣ ወገኖም'ያ ተባሂለ'የ ዝንጸል ዘሎኹ!” በለት ኣልጋነሽ ብምረት።

“ዝኾነኾይኑ እቲ ዝሓሸ ኣብ ዝርዝር ከይኣተኺ ፣ ምኽንያቱ ጌና ኣይተፈለጠን ግን ኣቦኹም ተኣሲሩ'ሎ። እቲ ኩነታት ምስ በርሃለይን ምስ ፈለጥኩዎን ክነግረኩም'የ ትብልዮም።”

“ከምኡ እንተ በልኩ'ዩ ዝሓይሽ ሓቅኺ ፣” በለት ጌና እቲ ክውንነት ሓንጎላ ንክቕበሎን ክምዝግቦን ከም ዝተሸገረ ብዘርኢ ኣካላዊ ቋንቋን ኩነታትን።

ብድሕሪኡ ኣልጋነሽ ተወሳኺ ሕቶታት ክትሓትት ፣ መድህን ከኣ ንዝፈለጠቶ ኹሉ ክትምልሰላን ክትገልጸላን ንውሱን ደቓይቕ ቀጸላ። ክይተፈለጠን ኣጋ ምሳሕ ብምእካሉ ኸኣ ተፈላለያ። ኣልጋነሽ ምስ ከደት ፣ መድህን እቲ ብጭንቀትን ጸቕጥን ተወጢሩ ዝነበረ ሓንጎላ ብቕጽበት ካብ ወጥሩ ክገላገል ተፈለጣ። ክይተፈለጣ ኸኣ ዓው ኢላ ፣ “እዋይ ተመስገን ጐይታ። ምሽኪነይቲ ኣልጋነሽ።”

ካብኡ ናብ ናይ ምሳሕ ምድላውን ምቅርራብን ሓለፈት። ንግዜኡ ናይ ሃብቶም ጉዳይ ረሲዓ ፣ ሙሉእ ኣድህቦኣ ናብ ደቃ ቀይራ ፣ ናብ ንቡር ናብራኣ ተመልሰት።

ኣብቲ መድህንን ኣልጋነሽን ዝርርብን ዝውድኣሉ ዝነበራ ግዜ ፣ ባሻይ ብሓሳብ ተዋሒጦም ንበይኖም እናተዛረቡ ይጓዓዙ ነበሩ። በቲ ዝኸድዎ ዝነበሩ መገዲ ፣ ሰብ ይሃሉ ኣይሃሉ'ውን ጨሪሶም ኣየቅለቡን። በይኖም ከም ዝነበሩ ኢዶም እና'ወሳውሱ ጉዕዞኦም ይቕጽሉ ነበሩ። ኣብ ሓደ ኩርናዕ ምስ በጽሑ ፣ ቅንዕ ኢሎም ቁሊሕ እንተ በሉ ፣ ነቲ ዝደለይዎ ገዛ ሓሊፎሞ ከም ዝኸዱ ተገንዘቡ።

ካልእ ግዜ እንተ ዝኸውን እታ ንእሽቶ ኸለው ፣ ዓምና 'ጕይታና' ዝብልዎ ዝነበሩ ኣስራሒኦም ዝደጋግመሎም ዝነበረ ዘረባ ፣ ብቕጽበት ምዘከርዋ ነይሮም። ንሳ ኸኣ እቲ ዝተላእከዎ እንተ ረሲዖም ፣ ካልኣይ ግዜ ክምለሱን ፣ ግዜ ንኸንቱ ከባኽኑን ስለ ዝግደዱ ፣ *"ኪ ኖን ቻ ቴስታ ፣ ቻ ጋምቤ !"* ዝብሎም ዝነበረ ኢያ ነይራ።

እዛ ካብ ኣስራሒኦም ዝለመድዋ ኣዘራርባ ፣ ንሶም ብግደኦም ካብ ደቆም ጀሚሮም ፣ ንብዙሓት መልእኽቶም ዝረስዑ ካልኦት ይደጋግሙሎም ነይሮም'ዮም። ካልእ ግዜን ኣብ ካልእ ሕጉስ ስነ ኣእምሮኣዊ ኩነታትን እንተ ዝነብሩ ፣ ነታ ትርጉማ ቃል ብቓላ ፣ *'እቲ ርእሲ ዘይብሉ ፣ እግሪ'ለዎ !'* ምኻና ኣጸቢቖም ዝፈልጥዋ ብሂል ዘኪሮም ፣ ንነብሶም ምስሓቑዋ ነይሮም'ዮም። ሎሚ ግን ኣብ ከምኡ ኩነተ ኣእምሮ ስለ ዘይነበሩ ፣ ዋላ'ኳ እንተ ዘከርዋ ፣ ኣሽንኳይ ንነብሶም ከላግጹላ ፣ ክምስ'ውን ኣይበሉን።

ገዛ እንዳ ግራዝማች ፣ ናብ ኣዲስ ኣለም ናይ ቀደም ገዛ ባንዳ ጣልያን ምስ ደየብካ ፣ ቅድሚ ቤተ ክርስትያን መድሃኔ ኣለም ፣ ክልተ ብሎክ ኣቐዲምካ ኣብ የማናይ ኩርናዕ'ዩ ነይሩ። ባሻይ ፣ ን'ንዳ ግራዝማች ኣጸቢቖም ከም ዝሓለፍዎ ዘስተብሃሉ ፣ ኣብ ኣፍደገ እንዳ መድሃኔ ኣለም ቤተ ክርስትያን ምስ በጽሑን ፣ ዝሳለሙ ሰባት ምስ ረኣዩን'ዩ። ሸው ሰንቢዶም ርእሶም እናንቀነቑ ንድሕሪት ተመልሱ።

ብኹነታቶም እናተገረሙ ኸኣ ፣ ንድሕሪት ክልተ ብሎክ ክምለሱ ተገደዱ። ኣብቲ ገዛ ምስ በጽሑ ከኣ ማዕጾ ኳሕኲሖ። ወ/ሮ ብርኽቲ መን እናበላ መጺኣን ከፊታኦም። ቅድሚ ሰላም ምባሎም ተቐዳዲሞም ፣ *"ግራዝማች ኣሎ'ዶ?"*

ቅድሚ ምምላስን ፡ ከምዛ ሰላም'ውን ዘይመበሊኦም ሓንቲ ዘይፈለጣ ፡ "ከመይ ቀኒኹም ባሻይ? እወ'ለው። ብኀቦ ደኣ ኾይኖም ኣለው'ምበር ፡" በላኦም።

"ከጽበዮ'የ።"

"እተው በሉ። ደሓን ከተንስኣልኩም'የ። ከሳዕ ዝመጹኹም ኮፍ በሉ'ሞ ፡ ሻሂ ክገብረልኩም'የ።"

ሕራይ ወይ ኣይፋል ከይበሉ ትም ኢሎም ኮፍ በሉ። ባሻይ ተቖጢዖም ከም ዝነበሩ ወ/ሮ ብርኽቲ ተረዲወን ስለ ዝነበረ ፡ ብኹነታቶም ብዙሕ ኣይተገረማን።

ባሻይ መጺኦም ይጽበዩዎም ከም ዝነበሩ ንግራዝማች ነጊረናኦም ፡ ናብ ሻሂ ምፍላሕ ተመልሳ። ሻሂ ኣፍሊሐን ከውርደኣን ፡ ድምጺ ግራዝማች ክሰምዓን ሓደ ኾነ። ተቐዳዲመን ከኣ ቢከሪታትን በራድን ሒዘን ፡ ናብ መቐበል ኣጋይሽ ሰዓባኦም። ሰላምታ ክለዋወጡ ጸንሑወን። ባሻይ ፡ ንግራዝማች'ውን ክብድብድ ኢሎም ሰላም ይብልዎም ከም ዝነበሩ ኣስተብሃላ። ሻሂ ቀዲሐን ከኣ ፡ "በሉ ስተዩ። ዋይ እንታይ ኮይነ ደኣ'የኸ ቁርሲ ረሲዐ?" ኢለን ብድድ በላ።

ቁርሲ ሒዘን ብቕጽበት ተመልሳ።

"ከመይ ቀንያ ለምለምከ?" ሓተቱ ግራዝማች።

"ደሓን'ያ።"

ትም ትም ምስ ኮነ ፡ ግራዝማች ነቲ ስቕታ ንምስባር ኢሎም ፡ "እዘን ደቅኻ ብሩርን ልዕልትንሲ ነዊሕ ጌረ'የ ካብ ዘይርእየን። ደሓንዶ'ለዋ?"

"ደሓን'የን።"

"ደሃይ ዓዲ ኣሎካዶ? ነዊሕ ገይረ'የ ሰብ ካብ ዘይረከብ። ደሓንድ'ዩ ዓዲ?" ሓተቱ ግራዝማች።

"ደሓን'ዩ ፡" በሉ እንደጌና ባሻይ ፡ ሓንቲ ቓል እንተ ዘይኮይኑ ከምዛ ካልእ ቃል ዘይፈልጡ ፡ ሓንቲ ዝመልሶም መሰሉ።

ግራዝማች እቲ ኩነታት ኣጸቢቑ ተረዲእዎም ስለ ዝነበረ ፡ ነታ ሻሂ ቀልጢፎም ፊት-ፊት ኢሎም ፡ "ትደግም ዲኻ ባሻይ?"

"ይኣኽለኒ።"

"በሊ ኣልዕልልና ፡" በሉወን ግራዝማች።

ወ/ሮ ብርኽቲ ተቐላጢፈን ኣቕሒተን ጠራኒፈን ፡ ገዲፈናኦም ከዳ። ወ/ሮ ብርኽቲ ምስ ከዳ ፡ ባሻይ ተቐላጢፎም ፡ "መምጽእየይ መቸም ተረዲኡካ ከም ዝኸውን ፍሉጥ'ዩ ግራዝማች።"

"እወ ዳርጋ ተረዲኡኒ'ሎ። ንመጀመርያ ግዜ ትማሊ'የ እዚ ዘሕዝን ጉዳይ ዝሰምዖ ዘሎኹ ፡" መለሱ ግራዝማች።

"እሞ ዳርጋ ተረዲኡኒ'ሎ ኢልካ ፡ *ብሮብሮ* ትም ኢልካ ዝስገር ጉዳይ ድዩ ግራዝማች?"

"ኣይፋልን ፡ ክሰግሮ እንተ ዝደሊ'ውን ክስገር ዝኽእል ጉዳይ መዓስ ኮይኑ'ዚ። ካብ ጌጋ ኣዘራርባ'ዩ ፡ ይቕረታ ግበረለይ።"

"እዞም ደቅኻ ነዚ ወደይ እንታይ'ዮም ዝደልይዎ ዘለው? ካብዛ ዓለም ሓኺኾም ከጥፍእዎ!?" በሉ ባሻይ ብስጭቶምን ሕርቃኖምን ብምግሃድ።

"ኤ ባሻይ ህድእ ደኣ በል ፡ ኣብ ከብድኻ ኣይተእትዎ።"

"ህድእ ደኣ በል?! ህድእ ደኣ በል?! እዚ ህድእ ዘብል ጉዳይ ድዩ ግራዝማች?! ቅድሚ ሕጂ ህድእ ኢልና ብትዕግስቲ ክንሕዞ'ለና ኢልካኒ። ሕራይ ኢለ ቃልካ ኣኽቢረ ስለ ዝኸድኩ ፡ ሕጂ ናብ ምንታይ ድዩ ኣብጺሑኒ ዘሎ?!"

"እሞ ህድእ ስለ ዘበልናን ፡ ካልእ እንተ ተረፈ ንሕና'ኳ ከይተቐያየምና ምስ ፍቕርና ስለ ዝጸናሕናን ፡ እነሆ'ኳ ከም ሓውኻ መጺእኻኒ ንዘራረብ ኣሎና። እምበር ብናታቶም መንገዲ እንተ ንኸይድ'ሞ ቀደም ምተባተኽና።"

"ስምዓኒ ግራዝማች ሃዲእና ቁምነገር እንተ ንገብር ፡ ንዝበደለ ሃዲእና ገሲጽና እንተ ንመልስ እዚ ትብሎ ዘለኻ ምተቐበልኩዎ። ግን ደቅኻ እቲ ቅድም ነዞም ደቀይ ዝገበርዎም ከይኣክል ፡ ሕጂ ኸኣ ነዚ ዓይነይ ዝኾነ ወደይ ከጥፍእዎ ይደናደኑ'ለው!"

"ብቐዳምነት መታን ክንረዳዳእ ፡ እቲ ናይ ቅድምን ናይ ሕጅን ከይሓዋወስና ንሓዞ።"

"ብኸመይ'ዩ'ሞ ክፈላለ ግራዝማች። በቲ ቅድም ዝገበርዎ ስለ ዘይጸገቡዎ'ንድዮም ፡ ሕጂ ኸኣ ብህይወቱ መጺኦሞ ዘለው!"

"ንዓ'ንዶ ባሻይ ናብ ፍርዲ ኣይትቀዳደም።"

"ናብ ፍርዲ ኣይትቀዳደም?! ኣነ'ኮ ግራዝማች ርኡይን ክውንን ነገር'የ ዝዛረብ ዘለኹ!"

"ሕጂ ባሻይ ናብ ቁምነገር ወይ ፍታሕ ዘሰጋግር ዓይነት ዝርርብ ወይ ልዝብ ኣይኮንናን እነካይድ ዘሎና። ክልቴና ኣብ ቃላት ኢና ኮለል እንብል ዘሎና። ብኸምዚ ኸኣ ክንተሓራረቕን፣ ዘይደለናዮን ዘይሓሰብናዮን ደሓር ዘጣዕሰናን ዘረባ ክሞልቀና እንተ ዘይኮይኑ፣ ቁም ነገር ኣይንገብርን ኢና።"

"እሞ እንታይ ክብል ኢኻ ትደልየኒ ዘለኻ?" በሉ ባሻይ።

"ጽቡቕ። እሞ ኣነስ ናብታ ናይዛ ሕጂ ተረኺባ ዘላ እተሕዝን ፍጻመ ኣተኲርና ንዛረብ'የ ዝብል።"

"ሕራይ ደሓን ብዛዕባኣ ንዛረብ።"

"ግርም በል ቀጽል፣" በሉ ግራዝማች።

"እዞም ደቅኻ ንሃብቶም ወደይ ማዕረ ከእስርዎን ክዳጉንዎን ክልውስ፣ ከም ወላዲ መጠን ትም ኢልካ ክትርኢ ግቡእ ድዩ? ፍትሒ ድዩ? ሃብቶም'ውን'ኮ ካብ ኣብራኽካ ኣይውጻእ'ምበር ውላድካ'ዩ!"

"ደሓን ባሻይ ሕጂ'ውን ናብ ፍርዲ እንዲኻ ትኸይድ ዘለኻ፣ ግን ፈቲኻን ደሊኻዮን ዘይኮንካስ፣ ኣዚኻ ስለ ዝጎሃኻን ስለ ዝሓረቕካን ኢኻ። ሕጂ ክሓተካ። ትም ከም ዝበልኩ መን'ዩ ነጊሩካ? ብኸመይከ ኢኻ ፈሊጥካ?"

"ብሮብሮ ትም እንተ ዘይትብል ደኣ ደቅኻ ነዚ ወደይ ድላዮም ይገብርዎ'ለው?"

"ደሓን ባሻይ፣ ከምዚ ክገበር ከሎስ እንታይ ጌርካ ኢልካ ክትሓተኒ'ዩ ዝግባእ ነይሩ።"

"እሞ እንታይ ማይ ሓሊፍዎ ሕጅስ ዘይሓተካ፣" በሉ ባሻይ።

"ኣነ ኣቐዲመ እንተ ዝፈልጥ ነይረ፣ ንሕና ከይዘተናሉን ከይተዘራረብናሉን ናብ ሕግን ፖሊስን ከይከዱ ምተማሕጸንኩዎም ነይረ። ግን ቆልዑ ሎሚ ልዕሌና ኮይኖም'ዮም። ስለ ዝሸምገልና ኸኣ ይንዕቁና'ዮም። እቲ ምስ ኮነ ዝነግሩና'ውን፣ ብናታቶምሲ ኣኽቢሮምና ኢሎም'ዮም።"

"ሕጅስ መዓስ ኣብቲ ዘለውዎ ጠጠው ክብሉ ኮይኖም። ንወደይ *ብሮብሮ* ከጥፍእዎ'ኮ'ዮም ዝህንደዱ ዘለው። ሕተተኒ ካብ በልካ ግን እስከ ክሓተካ። ሕጂኸ ደቅኻ ክህንደዱ ከለው እንታይ ትብልን ትገብርን ኣለኻ?"

"ምስ ነገሩኒ ዝበልኩዎም ኣብነት ገይረ ክምልሰልካ። 'ብዘይ ወዓሎ ትጥቅንዎን ትኸስዎን እንተ'ሊኹም፡ እዛ ትገብርዋ ዘለኹም ናባኹም'ያ ክትምለስ ኢለዮም'። ኣብ መደምደምታ ኸኣ መርቐና ኢሎምኒ። 'ኣነ ይሰለጥኩም ኢለ ኣይምርቕን'የ። ኣነ ግን ከምዚ ኢልኩም ካብ ከሰስኩም፡ በዓል ሓቂ ይተዓወት እየ ዝብል' ኢለዮም።"

"*ማክ!* እዚ'ሞ ጠጠው ኣብልዎ፡ ትብድሉዎ ኢኹም ዘለኹም ምባልን ምግናሕን መዓስ ኮይኑ ግራዝማች!" በሉ ባሻይ፡ ብመልሶም ከም ዘይተሓጎሱሎም ብግልጺ ብምግሃድ።

"እቲ ኩነታት ክሳዕ ሕጂ፡ ሓደ እዝግሄር እንተ ዘይኮይኑ ብግልጺ ዝፈልጦ የለን። ሓቂ ክንዛረብ ንስኻ'ውን ስለ ዝጎሃኻን ስለዝሓረርካን ኢኻ'ምበር፡ ብርግጽ እቲ ሓቂ ኣየናይ ምዃኑ ኣይትፈልጦን ኢኻ። ኣነ ኸኣ ሓደ ነገር ብርግጽነት ከይፈለጥኩ፡ እዚ'ዩ በዲሉ እቲ ኸኣ ተበዲሉ ክብል ኣይክእልን'የ!" በሉ ግራዝማች ትርር ኢሎም።

"እሞ እንተ ወሓደ *ኣልሜና*፡ኣብ ሞንጎ ኣሕዋት ናብ ከምዚ ክእቶ ኣይግባእን'ዩ፡ ግደፉ ጠጠው ኣብልዎ ክትብል ኣይትኽእልን ማለት ድዩ?!"

"ባሻይ ሐደ ጉዳይ ኣብ ፖሊስን ኣብ ሕግን ምስ በጽሐ፡ ዋላ እንተ ደለኻዮ'ውን ጠጠው ከተብሎ ዝከኣል ኣይኮነን። ምኽንያቱ በዳልን ተበዳልን ክሳዕ ዝረጋገጽ፡ መንግስቲ ባዕሉ'ዩ ዝከታተሎ።"

"ካን ኮይኑካ! ንሱ'ዩ ዘረባኻ?!"

"ኣነ ዝትምንዮ ግን ነዚ ጉዳይ'ዚ ሃብቶም ዘይወዓሎ ክኾነልና ፤ ከምኡ ምዃኑ ብሕግን ብዕልን ክረጋገጸሉ ኸኣ ብልቢ ይምነየሉ። እንድሕር እዞም ቆልዑ ከየረጋገጹ፡ ወይ'ውን ክጎድእዎ ኢሎም ነዚ ነገር'ዚ ውዒሎሞ ግን፡ ግቡእ መቕጻዕቶምን ፍርዶምን ክረኽቡ ምሳኻ ሓቢረ ጠጠው ክም ዝብል ቃለይ እህበካ!"

"ኣንታ ግራዝማች፡ ተስፎም ወድኻ በዓል ስልጣን ስለ ዝኾነን፡ ሰበ ስልጣን ስለ ዝፈልጥን ደ'ይኮነን ሕጂ ንወደይ ዳጉንዎ ዘሎ?!"

"ኣነ ወደይ ብኽምኡ ገይሩ ፣ ኮነ ኢሉ ሰብ ንኽጥቀዕ ይለዓል'ዩ ኢለ ኣይሓስብን'የ። ግን ዋላ'ዚ እትብሎ ዘለኻ እንተ ዝኸውን'ውን ፣ ሃብቶም ኣብ ቤት ፍርዲ ከይዱ ንጽህናኡ ከእምን ስለ ዝኽእል ፣ ጸገም ኣይክህልዎን'ዩ። ተስፎም ከኣ ነዚ እንተ ውዒልዎ ፣ ሕጊ ጥራይ ዘይኮነ እዝግሄር'ውን ኣይሰዶን'ዩ!"

"ደሓን ግራዝማች ኣብኡ በጺሒካ ደኣ ፣ ንኣይን ንኣኻን ዝምልከት መዓስ ኮይኑ። ኣነስ ኣሕዋት ኢና ፣ መተዓብይቲ ኢና ፣ ጎረባብቲ ኢና ፣ መማኽርትን መሻርኽትን ኢና ፣ ብዓቢኡ ኸኣ ወለዲ ኢና ፤ ስለዚ ኣነን ፣ ብሕልፊ ኸኣ ንስኻ ግደፍ-ግደፍ ክትብል'ዩ ትጽቢተይ ነይሩ!" በሉ ርእሶም እናንቕነቑ።

"ሓቅኻ ባሻይ መዓስ'ሞ ተጋጊኻ ፣ ጽቡቕ ኢኻ ተዛሪብካ። ግን ሕጂ መታን ደስ ክብለካ ኢለ ፣ ዘይከውንን ዘይትግበርን መብጽዓ ኣይገብረልካን'የ። እዚ ጉዳይ'ዚ ካብ ኢድና ወጺኡ ኢዩ። ኣነ ይኹን ንስኻ ፣ ሕጂ ክንኣልዮን ክንውግኖን ንኽእል ጉዳይ ኣይኮነን። ኣምላኽ ንኽልቲኡ ስድራ ቤትና ፣ ካብዚ ተንጠልጢሉ ዘሎ መዓት ብኽእለቱ የውጽኣዮ። እዚ ወዳሓንካ!" ኢሎም ዘረባኦም ደምደሙ።

ባሻይ ንኻልኢታት ዝኸውን ሓንቲ ቃል ከየውጽኡ ደኒኖም ድሕሪ ምጽናሕ ፣ ብድድ ኢሎም ፣ "ደሓን ግራዝማች ፣ *ፉ ኗንተ!* ደሓን ንኹሉ ኹሉ ኣምላኽ ኣሎ። *ቻ ዲዮ!"* ኢሎም ክኸዱ ብግስ በሉ።

ግራዝማች ኸኣ ቃል'ውን ከይወሰኹ ምስኦም ብድድ ኢሎም ሰዓብዎም። ክሳብ ደገ ዝወጹ ኸኣ ሓንቲ ቃል'ውን ከይተለዋወጡ ሰጎሙ። ኣብ ደገ ምስ በጽሑ ግራዝማች ፣ "ደሓን ውዓል ፣" በሉ።

"ደሓን ውዓል ፣" በሉ ኸኣ ባሻይ ፣ ቁሩብ ካልኢታት ድንጉዩ ኢሎም።

በዚ ኸኣ ዳርጋ ንመጀመርያ ግዜ ፣ ግራዝማችን ባሻይን ብሓሳብ ከይተቐራረቡን ከይተረዳድኡን ተፈላለዩ።

ስድራ ቤት ሃብቶም ማእሰርቲ ወዶም ግዝያዊ ነገር ዘይኮነስ ፣ ብኣዝዩ ኸቢድ ገበን ዝተኸሰሰሉ ጉዳይ ምዃኑ ኣብ ዝግንዘቡሉ ዝነበሩ ግዜ ፤ ተስፎምን ኣርኣያን ድሮ ካብ ማእሰርትን ምእማንን ሃብቶም ሓሊፎም ፣ ብዛዕባ'ቲ ዝቕጽል ዝጽበዮም መስርሕ ክሓስቡን ክቕረቡን ጀመሩ።

ተስፎምን ኣርኣያን ኣብ ከምዚ ምንቅስቓስ ተጸሚዶም ከለው ፣ ደርማስን ኣልማዝን

ከኣ ብሓባር ጽሑፍ ኣብ ምድላው ነበሩ። ጽሑፎም ኣዳልዮም ምስ ወድኡ ከኣ ፣ ንሃብቶም ዘድሊ ከዳውንትን መንጸፍን መግብን ሒዞም ናብ ካርሾሊ ከዱ።

እታ ብሓባር ኮይኖም ዘዳለውዋ ጽሕፍቲ ኸኣ ነቲ በዓል ተራ ፖሊስ ኣረከቡዎ። ንሱ ኩሉ ትሕዝቶኣ ኣንቢቡ ተቐበሎም። መልሲ ከህበኩም ዝደሊ እንተ ኾይኑ ከምጽኣልኩም'የ ተጸበዩ በሎም።

እታ ጽሕፍቲ ፣ "ዝተፈቶኻን ዝኸበርካን ሃብቶም። ሙሉእ ስድራ ቤት ዓቢ ምስ ንእሽቶ ጽቡቕ ኣሎና። ካብ ኩላትና ሰላምታ ይብጻሕካ። ብኹነታትካን በቲ ዝሰማዕናዮን ፣ ኩላትና ኣዚና ጉሂናን ተሻቒልናን ኢና ዘሎና። ኩሉ ዘድልየካን ብኣና ክግበር ዝግበኦ ነገርን ፣ ኩነታት እቲ ጉዳይን ብዝቐልጠፈ ሓብረና። ካብ ደርማስን ኣልማዝን ፣" ኢያ እትብል ነይራ።

ተጸበይቲ ስለ ዝኾኑ ንደርማስን ኣልማዝን ፣ ኣዝዩ ነዊሕ ኮይኑ ንዝተሰምዖም ግዜ ተጸበዩ። ብድሕሪኡ እቲ ፖሊስ ሓንቲ ንእሽቶ ዝተዓጻጸፈት ወረቐት ሒዙሎም መጸ።

ካብታ ዝነበርዋ ቦታ ከይተንቀሳቐሱ ፣ ብታህዋኽ ከፊቶም ብሓባር ኣንበብዋ። ከምዚ ከኣ ትብል ነበረት ፣ "ሰላምታ ይብጻሕኩም። ኣነ ደሓን'የ ዘሎኹ። ዘድልየኒ ኩሉ ኣምጺእኩምለይ ኢኹም። ንግዜኡ ካልእ ዘድሊ የብለይን። ብዝቐልጠፈ መጺኡ መታን ከዘራርበኒ ጠበቓ ቈጸሩለይ። ናይ ገንዘብ ከይተሰከፍኩም ሓደራ እቲ ዝበለጸ ጠበቓ ርኸቡለይ። ካብ ሃብቶም ኀይትኦም።"

ብዛዕባ ናይ ሃብቶም መልእኽቲ ዝኾነ ዘረባን ሓሳብን ከይተለዋወጡ ፣ ካብቲ መደበር ፖሊስ ወጹ። ደገ ምስ ወጹ ናይ ሃብቶም መልእኽቲ ዝኾነ ሓድሽ ነገር ስለ ዘይነበራ ፣ ኣልማዝ ቅር ከም ዝበላ ንደርማስ ገለጸትሉ።

ጠበቓ ምስ መዘዙሉን ምስኡ ብዝርዝር ምስ ተዘራረቡን ፣ ብሩህን ዝሰፍሐን ስእሊ እንተ ተረኽበ'ዩ እቲ ተስፋ'ምበር ፣ ንናይ ሃብቶም መልእኽቲ ብዝምልከት ምስቲ ትብሎ ዝነበረት ከም ዝሰማምዓሉ ደርማስ ገለጸላ። ብተወሳኺ ዋላ ክብሎ ዝደሊ ነገር እንተ ዝህሉ'ውን ፣ ኣብ ቅሉዕ መልእኽቲ ጽሒፉ ክልእከሎም ክጽበይዎ ከም ዘይግባእን ግብራዊ ከም ዘይኮነን'ውን ተረዳድኡ። በዚ ተሰማሚዖምን ተጸናኒዖምን ንገዛ ኣምርሑ።

ደርማስን ኣልማዝን ካብ ሽው መዓልቲ ድሕሪ ቐትሪ ጀሚሮም ፣ ንዝፈልጥዎም ኩሎም ብምውካስ ፣ ዝሓሸ ጠበቓ ንኽሕብርዎም ተማሕጸንዎም። ድሕሪ ነዊሕ ምስልሳልን ናይ ምምራጽ መስርሕን ከኣ ፣ ኣብ ናይ ገበን ጉዳያት ዝያዳ ተመኩሮን

ክእለትን ዘለዎ ጠበቓ ቆጸሩ። ሽዑ መዓልቲ እቲ ዘድሊ ስምምዓት ምስቲ ጠበቓ ተፈራረሙ። እቲ ጉዳይ ህጹጽ ስለ ዝነበረ ከኣ ፡ ካብ ንጽባሒቱ ኣትሒዙ ናብ መደበር ፖሊስ ከይዱ ቆጸራ ንኽወስድ ተሰማምዑ።

ደርማስ ነዚ ምስ ወዳድአ ፡ ሰኑይ ሰለስተ መጋቢት ነ'ልጋነሽ ክኸዳ ወሰነ። ብዛዕባ ሃብቶም ብሰብ ክሰምዑስ ኣይጽቡቕን ኢዩ ኢሉ ፡ ነ'ልማዝ ከይነገረ ናቱ ውሳነ ወሲዱ ከደ። ገዛ ኣትዩ ምስ ቆልዑን ምስ ኣልጋነሽን ሰላምታ ተለዋወጠ። ብድሕሪኡ ንቐልዑ ናይ ዓበይቲ ዘረባ ኣሎና ኢሉዎም ንበይኖም ተረፉ።

"ብኸመይ'ኳ ከም ዝጅምሮ እንድዒ። ኣቐዲመ ክመጸኪ ኢዩ ዝግባእ ነይሩ ፡ ግን ንየው ነጀው ክብል ከይጠዓመኒ ቀንዩ ፡" በለ ደርማስ።

ኣልጋነሽ መልሲ ከይሃበቶ ፡ ምስምዓ ክትቅጽል ምዃና ብዝንበብ ገጽ ትም በለት።

መልሲ ወይ ሕቶ እናተጸበየ ኸሎ ትም ምስ በለት ፡ ኩነታታ ከቢድዎ ኣብ ኮፍ መበሊኡ ኣዕጠጠየ። ኣልጋነሽ ከም ዘይትምልሰሉ ምስ ኣረጋገጸ ኸኣ ፡ "ሕማቅ ተረኺቡ'ሎ ኣልጋነሽ ፡" በላ።

ናይ ግድን መልሲ ከም ዝረክብ ርግጸኛ ኾይኑ'ኳ እንተ ነበረ ፡ ኣልጋነሽ ግን ዋላ ሕጂ'ውን መልሲ ከይሃበት ፡ ዓይኒ ዓይኑ እናጠመተቶ ትም በለት። ኩነታት ኣልጋነሽ ንደርማስ ኣዝዩ ኣገረሞን ከበዶን።

"ሰሚዕኪ ዲኺ?" ዝብል ሕቶ ክሓታ ኸኣ ተገደደ።

"ናይ ምንታይ?" ዝብል ንሕቶኡ ብሕቶ ዝምልስ ቃል እንተ ዘይኮይኑ ፡ ሕጂ'ውን ኣልጋነሽ ትም ኢያ መሪጻ።

ደርማስ ብቕጽበት ሰራውሩ ክገታተርን ፡ ገጹ ታህ-ታህ ክብልን ፡ መቐመጢኡ ከም ዝኾርኩሖ ሰብ ከዕጠጥን ተራእየ።

"ዋእ?" ዝብል ናይ ምግራምን ምድንጋርን ድምጺ ኣስመዐ።

"እንታይ ዋእ? ኣነ ደርማስ እትብሎ ዘለኻ ኣይተረድኣንን!"

እትብሎ ዝነበረት ሓቂ ስለ ዝመስሎ ንውሱን ካልኢታት ፡ ኣብ ገጹን ስምዒቱን ክፎኽሶን ክዛነን ተራእየ። ቁሩብ ከም ክምስ ከም ምባል ኢሉ ኸኣ ፡ "እዋይ

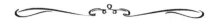

ሐቅኺ ኢኺ ኣነ'የ ኣደናጊረኪ። ኣይ ሃብቶም እንድዩ ኻለይ ተኣሲሩ!" በለ።

"መዓስ ደኣ ተኣሲሩ?"

ካልእ ናይ ምስንባድ ወይ ምግራም ስምዒት ከየርእየት ፥ ከምኡ ጥራይ ምሕታታ እንደጌና ኣገረሞን ኣደናገሮን። ግን ክምልሰላ ስለ ዝነበሮ።

"ዝሓለፈ ዓርቢ።"

"ቅድሚ ራብዕቲ?" ኢላ ደጊማ ሓተተቶ።

"ኣይፋልን ፥ እቲ ቅድሚኡ ዝነበረ ዓርቢ'ባ።"

"እሞ ኣነን ደቁን ኣብ ዓሰርተ መዓልቱ ኢና እንንገር ማለት ድዩ ደርማስ?"

"ሰሚዕኪ ኔርኪ ማለትድዩ? እንታይ ደኣ ሰሚዕኪ ከሎኺ ፥ ክንድ'ዚ ተጨንቕኒ ኣንቲ ኣልጋነሽ?"

"ኣነን ደቀይንከ ካብ ሙሉእ ቤተ ሰብ ተገሊልናን ተሓቢኡናን ፥ ብፈተውቲ ክንሰምዕ ከሎና ፥ ከመይ ከም ዝስመዓና ቁሩብ ክትግምቶ ትኽእል ደኾን ትኸውን ደርማስ?"

"ኖ ከምዚ ዝበልኩኺ ፥ ዘይ ናይ ዘይምጥዓምዩ'ምበር ካልእ መዓስ ኮይኑ።"

"ስለ ዘይጠዓመ ኩሉ ኻልእ ከይፈለጠ ድዩ ቀንዩ? ኣነ እየ'ኮ ናይ መጀመርያ በዓልቲ ቃል ኪዳኑ። ኣነ'ኮ ኣይኮንኩን ንሃብቶም ጠሊመዮ ፥ ንሱ'ዩ ጠሊሙኒ። ወረ ደሓን ናተይሲ ፥ እዞም ደቀይ'ኮ'ዮም ናይ መጀመርያ ደቁ። ብሓደ ኣፊቱ ኣንታ ደርማስ ፥ ሓደ ልቢ ኣዕብዩ የኽፍኣልና'ዩ ዝብል ተሳኢኑ? ጽባሕ ንጉሆ'ኮ ከዓብዩ ኢዮም'ዞም ቆልዑ! እንታይ ክብሉና ንሳቶምከ ኣይበሃልን ድዩ?!"

"ኣንቲ ኣልጋነሽ ሓቅኺ ኢኺ ግን ፥" በለ።

ሽው ኩነታት ደርማስ ነ'ልጋነሽ ስለ ደንገጻ ፥ "ደሓን ደሓን ደርማስ ሓወይ ፥ ዘይ ኣነ ንዓኻ የዝንበልካን የሸግረካን ኣለኹ'ምበር ፥ ንስኻ ደኣ ዘይ ኣብ ሞንጎ ተቐርቂርካ ተጨኒቕካ ኢኻ ዘለኻ። ስለዚ ንዓኻ ኣይሕዘልካን'የ ደርማስ" በለቶ።

ደርማስ ብዘርባኣ እፎይታ ተሰሚዕዎ ኣስተንፈሰ። ደኒኑ ኸኣ ፥ "ኣይትሓዝለይ ኣልጋነሽ ፥" በላ።

ብዛዕባ ምእሳር ሃብቶም ካልእ ተወሳኺ ሕቶታት ከተቕርበሉ ምኽና ርግጸኛ ኾይኑ

ይጽበ ነበረ። እንተኾነ ኣልጋነሽ ካልእ ሕቶ ኣብ ክንዲ ምቕራብ ፣ "ደሓን ደርማስ ኣይትሸገር። በዚ ብዙሕ ኣይትጨነቕ። እሞ ሕጂ ሻሂዶ ክገብረልካ?" ብምባል ከኣ ፣ ነቲ ጭንቀቱ ከተፋኹሰሉ ኢላ ነታ ዘረባ ኣለየታ።

ደርማስ ካብታ ኣርእስቲ ስለ ዝተገላገለ ፣ ከም ዝፈኾሶ ኣብ ገጹን ኣብ ኣካላዊ ኣቃውማኡን ብግሁድ ተራእየ።

"ደሓን ኣልጋነሽ ሓብተይ ሕጅስ ክኸይድ ፣" ኢሉ ብድድ በለ። ኣልጋነሽ ካልእ ከይወሰኸት ፣ "ሕራይ በል ፣" ኢላ ብድድ በለት።

ሓውቦኦም ይኸይድ ስለ ዝነበረ ሰላም ክብልዎ ንደቃ ጸውዓቶም። በብሓደ መጺኦም ከኣ ሰላም በልዎ። እቶም ናእሽቱ ብዙሕ ስለ ዘይርድኦም ፣ ብኣካላቶም ኮነ ብገጾም ዘርኣይዎ ለውጢ ወይ ዘሕለፍዎ መልእኽቲ ኣይነበረን። እቶም ዓበይቲ ግን ሰላምታኦም ስምዒት ዘይብሉ ፣ ንኣኡ ከይጠመትዎ ፣ ኢዶም ጥራይ ከም ዝሰደዱሉ ደርማስ ኣስተብሃለ። ብውሽጡ ኸኣ ሕማቕ ተሰምዖን ተሸቑረረን። ስምዒቱ ንውሽጡ ብምግባር ተቐላጢፉ ተሰናቢትዎም ወጺኡ ከደ።

ምዕራፍ 10

ኣኽባር ሕጊ ኩሉ ምድላዋቱ ምስ ዛዘመ ፣ ናብ ቤት ፍርዲ ክሲ ኣቕረበ። እቲ ክሲ ዝረኣየሉ ቤት ፍርዲ ፣ ኣብ ጎደና ቀዳማዊ ሃይለ ስለሴ ኣብ ዝርከብ ፣ ኣብ ላዕለዋይ ቤት ፍርዲ'ዩ ነይሩ። ክሲ ኣብ ቤት ፍርዲ ብወግዒ ምስ ተኸፈተ ፣ ኣብ ሞንጎ ስድራ ቤት ግራዝማችን ባሻይን ዝነበረ ርክብ ፣ እና ተፈናተተን እና ተተፋነነን ከደ። ኣብ ሞንጎ ግራዝማችን ባሻይን ዝነበረ ምዉቕ ርክብን ፍቕርን ፣ እታ ናይ እግዚኣቢሄር ሰላምታ'ያ ተሪፉ'ምበር ፣ ዳርጋ ክትቅህም ቁሩብ'ዩ ተሪፍዋ ነይሩ።

ናይ ወ/ሮ ብርኽትን ወ/ሮ ለምለምን ርክብ'ሞ ዳርጋ ተበቲኻ'ያ። ብዝኾነ ኣብ ዝተራኸባሉ ግዜ ፣ ወ/ሮ ብርኽቲ ዋላ'ውን ክርእየአን ደስ ዘይብለን እንተ ነበረ ፣ *'ሰላምታ ዘይ ናይ እዝግሄር'ዩ'* ብምባል ፣ ሰላም ክብለአን ይፍትና ነይረን'የን። እንተኾነ ወ/ሮ ለምለም ፣ ኣዝየን ጉህየንን ተቖጢዐንን ስለ ዝነበራ ፣ ሰላም ክብለአን'ውን ኣይፈቕዳን ነበራ። ብድሕር'ዚ ኣሸንኳይ ኣብ ካልእ ቦታ ፣ ዋላ ኣብቲ ቤተ ሰላምን ቤተ ፍቕርን ቤተ ይቕረታን ክኸውን ዝግበኦን ፣ ነቲ ዕላማ'ቲ ኢለን ዝመላለስኦ ዝነበራ ቤተ ክርስትያን'ውን ክራኸባ ከለዋ ፣ ተረጋጊጸን ክተሓላለፉ ጀመራ።

ግራዝማች ኣብቲ ናይ ጽልእን ቂምታን ዕንክሊል ከይኣተው ፣ ኣተሓሳስባኦምን ስምዒቶምን ኣማእዚኖምን ተቖጻጺሮምን'ዮም ዝጓዓዙ ነይሮም። ናይ ባሻይን ወ/ሮ ለምለምን ስምዒትን ኩራን ቂምታን ፣ ከም ክኸውን ዘይነበሮን ፣ ከም ከምኡ ፈጺሞም ክገብሩ ዘይነበሮምን ገይሮም ኣይወሰድዎን።

"ንሳቶም'ኮ ከምኡ ክስምዖም ባህርያዊ'ዩ ፣ ሰባት እንድዮም። ንሃብቶም ወድና

ኣብ ከምዚ ዓይነት ሽግር ዘውደቑዎ ፡ ደቂ ግራዝማች ተስፎምን ኣርኣያን'ዮም ኢሎም ስለ ዝኣምኑ ፡ ንግዜኡ እንተ ተቐየሙን እንተ ኾረዩን ክንድ'ቲ ኣየኽፍኣሎምን'ዩ። ልክዕ ይገብሩ ኣለው ፡ ኣይተጋገዩን ማለት ኣይኮነን ፡ ግን ከኣ ክንርድኣሎም ኣሎና ጸንምም !" እትብል ዘረባ ይደጋግሙዋ ነበሩ።

እቲ ናይ ግራዝማች ዘገርም ግን ፡ ዋላ ንሃብቶም ብዝምልከት'ውን ፡ *"እዚ ተግባር'ዚ ውዒልዎ እንተ ኾይኑ ፡ እዚ ቆልዓ ብሓቂ ከደንግጸንን ከሕዝነንን'ዩ። ንኸምዚ ሰብ ፡ ኣይይይ! ምሽኪናይ! እንታይ ምስ ወረዶ'ዩ ኣብ ከምዚ ዝወደቐ ብምባል ከደንግጸና'ምበር ፡ ክንኩንኖን ክንጸልኦን ኣይኮነን ዝግባእ !"* ይብሉ ነበሩ።

ከምዚ ዝኣመሰለ ኣተሓሳስባ ከልዕሉን ክጠቕሱን ኸለው ፡ ደቆም'ኳ ነ'ቦኦም ኣጸቢቖም ስለ ዝፈልጥዎምን ስለ ዝርድእዎምን ይቕበልዎም ነይሮም'ዮም። ወ/ሮ ብርኽቲ ግን ፡ "እዚኦም ከኣ!" እናበላ ክጽለላ'የን ዝደልያ ነይረን።

ብኸምዚ ኩነታት ዳርጋ ብሙሉኦም ኣባላት ከልቲኡ ስድራ ቤት ፡ ብጽልእን ቂምታን ይሕመሱ ነበሩ። በዚ ንፋስ ዘይተጸልዉን ዘይተተንከፉን ፡ ኣልጋነሽን መድህንን ፡ ከምኡ ኸኣ ክልቲኣን ዝወለደኦም ደቀንን ጥራይ'ዮም ነይሮም። እቲ ኩነታት ከምዚ ዝኾነሉ ብብዙሕ ምኽንያታት'ዩ ነይሩ። ብቐዳምነት ኣልጋነሽን ደቃን ፡ ካብ መድህንን ተስፎምን ሕማቕ ነገር ርእዮምን ጎኒፍዎምን ኣይፈልጥን'ዩ ነይሩ። ብኻልኣይ ደረጃ ኸኣ ሃብቶም ባዕሉን ስድራ ቤቱን ፡ ምስ ኣልማዝ ብምሽራው ፡ ኣብ ልዕሊ ኣልጋነሽን ደቃን ዘውረድዎ ምግላልን ንሱ ዘስዓቦ ተነጽሎን ኢዩ ነይሩ።

ባሻይን ወ/ሮ ለምለምን ፡ ብሕልፊ ንተስፎምን ኣርኣያን ፡ ከም ክልተ ሰይጣውንቲ ብኣካሎም ገይሮም ኢዮም ክርእይዎም ጀሚሮም ነይሮም። ናይዚ ቀንዲ ምኽንያት ከኣ ብርዲኢቶም ሃብቶም ወዶም ፡ ንኽሕበስን ንክኽሰስን ቀንዲ ሃንደስቲ ናይቲ ውዲትን ተንኮልን ፡ ክልቲኦም ደቂ ግራዝማች'ዮም ኢሎም ስለ ዝደምደሙ'ዩ ነይሩ።

ድሕሪ ሃብቶም ምእሳሩ ፡ ባሻይን ወ/ሮ ለምለምን ፡ ሳልሰይቲ ሰይጣን ኣብ ሰይቲ ወዶም ኣልጋነሽ'ዮም ረኺቦም። በ'ባሃህላ ወ/ሮ ለምለም ፡ ንሃብቶም ብጎዲም ካራ ንኽሓርድዎ ምስ ዝቀራረቡ ዝነበሩ ስድራ ቤት ፡ ጌና ጽቡቕን ንቡርን ዝምድና ብምቕጻላ'ዩ ነቲ ስም ከጠምቕኣ ዝበቕዓ።

እቶም ናእሽቱ ደቂ ሃብቶም ጌና ልቢ ስለ ዘይገበሩ ፡ ምእሳር ኣቦኦም ፡ ምስ ደቂ ተስፎም ከይተሰከፉ ናይ ምጽዋት ናጽነት ከም ዘንናጸፎም ገይሮም ስለ ዝወሰድዎ ፡ ዝኾነ ነገር ኣይተሰምዖምን። እቶም ዓበይቲ ኸኣ ኩነታት ማእሰርቲ ኣቦኦም ፡

ኣደኦም ብደንቢ ገሊጻትሎም ስለ ዝነበረት ተረዲኡዎም'ዩ። ብተወሳኺ ስድራ ቤት ኣቦኦም ዘውረዱሎም ተነጽሎ ይስምዖም ስለ ዝነበረን ፤ ከምኡ'ውን ቀደም ኣትሒዙ ኣቦኦም ፡ ምስ መሓዙቶም ደቂ ተስፎም ክፈላልዮም ዝገበሮ ሃቀነ ጌና ይዝክሮም ስለ ዝነበረን ፤ ኣብ መደምደምታ ኸኣ ተስፎምን መድህንን ዘርኣዩዎም ሓልዮትን ፍቕርን ፡ ኣብ ዝኾነ ኩነት ዘይተለወጠን ዘይተቐየረን ስለ ዝነበረን ፤ እዚ ኹሉ ኣብ ግምት ብምእታው ፡ ምስ እንዳ ተስፎም ከይተቐያየሙ ፡ ጽቡቕ ርክቦም ከም ቀደሞምን ከም ዝነበሮን ይቕጽልሉ ነበሩ።

እዚ ኸኣ ን'ንዳ ባሻይ ተወሳኺ ርእሲ ሕማም ኮኖም። "ናታ ከይኣክልሲ ምስ ደቅና ኸኣ ፈላልያትና ፡" ብዝብል ፡ ኣብ ልዕሊ ኣልጋነሽ ዘማዕበልዎ ጽልኢ ፡ ዝያዳ ንክኸሕንን ንኽዓሙቕን ምኽንያት ረኸቡ።

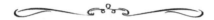

ኣብ ሞንጎ ክልቲኡ ስድራ ቤት ከምዚ ዓይነት ዘሕዝንን ፡ ንርክቦም ዝፈታተንን ዝምርዝን ኩነታት እናተኻየደ ኸሎ ፡ ናይ ክሲ ጉዳይ መስርሑ ሒዙ ይቕጽል ነበረ። ኣብ ሓጺር ግዜ እቲ ክሲ ፡ ነቲ ጉዳይ ናብ ዝርእይዎ ደያኑ ተመርሐ። ክሲ ዝረኣየሉ መዓልቲ ቆጸራ'ውን ተቐጽረ።

ኣብቲ ቤት ፍርዲ ኣብቲ መዓልቲ ቆጸራን ኣብ ዝቐጸለ ቆጸራታትን ፡ ብ'ንዳ ባሻይ ባዕሎም ባሻይን ደርማስን ኣልማዝን ይርከቡ ነበሩ። ብወገን እንዳ ግራዝማች ግን ፡ ክልቲኦም ኣሕዋት እንተ ዘይኮይኑ ፡ ግራዝማች ካልእ ሰብ ክኸይድ ኣየድልን'ዩ ስለ ዝበሉ ፡ ካልእ ዝኸይድ ኣይነበረን።

ድሮ ኣብ ቤት ማሕቡስ ከለው ክልቲኦም ነቲ ገበን ከም ዘወዓልዎ ኣሚኖምሉ ስለ ዝነበሩን ፤ ኣብ ቅድሚ ዳኛ ቀሪቦም እምነቶም ኣረጋጊጾም ስለ ዝነበሩን ፤ እቲ ክሲ ክንተትን ብዙሕ ግዜ ክበልዕን ኣየድለየን። እቲ ቁሩብ ግዜ ዝወሰዶ'ውን ፡ ኣብ ነቲ ገበን ውዒሎሞዶ ኣይወዓልዎን ዝብል ክርክር ዘይኮነስ ፡ ኣብ ነቲ ገበን ዝመጣጠን መቕጻዕቲ ምውሳን'ዩ ነይሩ።

መስርሕ ክሲ ኣብ መወዳእታ ደረጃኡ ተቓረበ።

ናይ ቆጸራ መዓልቲ ብዝተቓረበሉ ፡ ስድራ ቤት ባሻይ ኩሎም ከብዶም ሓቐፎምዮም ቀንዮም። ኣብቲ ቆጸራ መዓልቲ ኸኣ ባሻይን ደርማስን ኣልማዝን ፡ ብሻቕሎት ተሸቑሪሮም'ዮም ንቤት ፍርዲ ክኸዱ ዝቀራረቡ ነይሮም።

ብወገን እንዳ ግራዝማች ግን ብዙሕ ህንጡይነት ኣይነበረን። እዚ ኸኣ ብኽልተ ምኽንያት ኢዩ ነይሩ። እቲ ሓደ ምኽንያት ፡ ንሕና ነዚ ወድን ነዞም ስድራ ቤትን ፡ እቲ መቕጻዕቲ ክኽብዶምን ክነኽብደሎምን ኣየድልየናን'ዩ ፤ እንተ ደልዮም መንግስትን ሕግን ባዕሎም ይወስኑሎም ኢሎም ፡ ግራዝማች ብተደጋጋሚ ንደቆም የጠንቕቕዎም ስለ ዝነበሩ'ዩ።

እቲ ኻልኣይ ከኣ ተስፎምን ኣርኣያን'ውን እንተኾኑ ፡ ቀንዲ ኣተኩሮኦምን ተገዳስነቶም ኣብ ምኽባድ መቕጻዕቲ ሃብቶም ዘይኮነስ ፡ ኣብቲ ዝጠፍኦም ንብረት ዝከሓሱሉ ጉዳይ ስለ ዝነበረ ኢዩ ነይሩ።

መዓልቲ ብይንን ውሳነን ኣኺሉ ፡ ክልቲኦም ስድራ ቤት ኣብ ቤት ፍርዲ ተረኽቡ። ስድራ ቤት ገብርኣብ'ውን ኣብኡ ተረኽቡ። ኣዕሩኽቲ ሃብቶምን ኣዕሩኽቲ ተስፎምን'ውን ፡ ናይ መወዳእታ ብይንን ውሳነን ክሰምዑ መጹ። እዚ ወሳኒ ፍርዲ ኣብ ዝወሃበሉ ዝነበረ ግዜ ፡ ሃብቶም ወዲ 43 ዓመት ፡ ተስፎም ከኣ ወዲ 41 ዓመት ኢዮም ነይሮም።

ን'ንዳ ባሻይ እተን ሸውዓተ ናብቲ ቤት ፍርዲ ዘእትዋ መሳልል ፡ ከም ክትወጾ ዘሸግር ዓቢ ዓቐበት ፤ እቲ ህንጻ ኸኣ ከም ኣብ ጸገም ንኽእትዎም ተባሂሉ ዝተሃንጸን ዝተዳለወን ኮይኑ ተሰምዖም። እቲ ጉዳይ ዝረኣየሉ መጋባእያ ፡ ኣብ ቀዳማይ ደርቢ ኢዩ ነይሩ። እቲ ድሮ ዝጸልእዎ ቤት ፡ መሊሶም ንላዕሊ ክሓኹሩ ስለ ዘገደዶም ፡ ን'ንዳ ባሻይ መሊሱ ቅጭ ኣምጽኣሎም። በ'ንጻሩ ተስፎምን ሃብቶምን ካብ ህንጡይነቶም ዝተላዕለ ፡ እቲ ህንጻ'ውን መሳልል ዘለዎ ገይሮም ከይቆጸርዎ ጥር-ጥር እናበሉ'ዮም ደይቦሞ።

ኣብቲ ውሽጢ መጋባእያ ፡ ኣብ ልዕል ዝበለ ቦታ ዝተቐመጡ ፡ ንሰለሰት ደያኑ ዝተዳለው ሰለስተ ዓበይቲ ምዕሩጋት መናብር ነበሩ። ልክዕ ኣብ ቅድሚኦምን ኣብ ትሕቲኦምን ከኣ ፡ ሓደ ኣዝዩ ዓብን ሰፊሕን ጠረጴዛ ነበረ።

ኣብ የማናይ ኩርናዕ ናይቲ ቤት ፍርዲ ፡ ከይዲ ፍርዲ ንኽምዝግብን ንኽጽሕፍን ዝተመዘዘ ኣባል ቤት ፍርዲ ፡ ኣብ መንበሩ ኮፍ ኢሉ ይረአ ነበረ። ኣብ ፊት ደያኑ ዝቕመጡሉ ፡ ብየማንን ብጸጋምን ወገን ናይቲ መጋባእያ ኸኣ ፡ ኣኽባር ሕግን ጠበቓ ክሱሳትን ፡ ሰነዳቶም ኣብ ቅድሚኦም ዘርጊሖም ኣብ መመንበሮም ተቐሚጦም ነበሩ።

ክልቲኦም ክሱሳት መሳርያ ብዝተዓጥቁ ፖሊስ ተዓጂቦም ፣ ብውሽጢ ውሽጢ'ቲ ቤት ፍርዲ ናብቲ መጋባእያ ኣተው። ኣብ ጸጋማይ ወገን ናይቲ መጋባእያ ፣ ብፍሉይ ክሱሳት ንኸቕመጥሉ ተባሂሉ ኣብ ዝተዳለወ ሰፈር ቦታኦም ሓዙ።

መስርሕ ፍርዲ ክከታተሉ ዝመጹ ግዱሳትን ቤተ ሰብን ከኣ ፣ ብድሕሪ ኣኸባር ሕግን ጠበቓን ዝነበርዎ ቦታ ኮፍ ኢሎም ይጠባበቑ ነበሩ። ኩሎም ናይ ደያኑ ምምጻእ'ዮም ዝጽበዩ ነይሮም። ደያኑ ክኣትው ከለው ኩሎም ብድድ ንኽብሉ ምስ ተነገሮም ፣ ብቕጽበት ብድድ ንኽብሉ ኣብ ተጠንቀቕ ዝነበሩ'ዮም ዝመስሉ ነይሮም።

ደያኑ ብፖሊስ ተመሪሖም ክኣትው ከለው ፣ ኩሎም ሓፍ ኢሎም ተቐበልዎም። ደያኑ ኣብ ፊት መመንበሮም ጠጠው ምስ በሉ ፣ ፖሊስ ሰላምታ ሃቦም። ርእሶም ብምድናን ንሰላምታኡ ድሕሪ ምቕባል ፣ ቦታኦም ሒዞም ኮፍ በሉ።

ድሕር'ዚ ኩሎም ኣብቲ ውሽጢ መጋባእያ ዝነበሩ ፣ ኣብ በቦትኦም ኮፍ በሉ። ሽው ኣብቲ ክፍሊ እዚ ዘይበሃል ጸጥታ ሰፈነ።

ማእከላይ ዳኛ መንበቢ መነጽሮም ወድዮም ፣ መዝገቦም ገንጺሎም ፣ "ክሱሳት ገብርኣብ ወልደዮውሃንስን ፣ ሃብቶም ጎይትኦምን ፣" ምስ በሉ ክልቲኦም ክሱሳት ሓፍ በሉ።

ዳኛ ቀጺሎም ከምዚ እናበሉ ኣንበቡ ፣ "ክሱስ ገብረኣብ ወልደዮውሃንስ ፣ ካብ ዘይጠቅም ቅርሕንቲ ተበጊስካ ፣ ብኽቱር ስስዐ ገንዘብ ሰዲዕካ ፣ ንብረት ከተጥፍእ ብምብጋስካን ብምትግባርካን ፤ እቲ ገበን ከኣ በቲ ኣዝዩ ሓደገኛን ኣዕናውን ኣገባብ ፣ ሓዊ ብምቅጻል ብምፍጻምካ ፤ ገበን ምፍጻምካ ብመሰኻኽርን መርትዖን ጥራይ ዘይኮነ ፣ ባዕልኻ'ውን ስለ ዝተኣመንካ ፣ ኣዝዩ ከቢድ ገበን ፈጺምካ'ለኻ ፣ " ኢሎም ኣዕርፍ ኣበሉ።

ሽው ጠመተኦም ናብ ሃብቶም ብምዛር ፣ "ክሱስ ሃብቶም ጎይትኦም ፣ ካብ ቅንኣትን ጽልእን ተበጊስካ ፤ ንሓደ ብስሰዐን ህርፋን ገንዘብን ዝዓወረ ሰብ ኣስዲዕካ ፤ ንድኻ ሰብ መጋበርያ ናይ ክፉእን ጨካንን መደብካን ሓሳብካን ብምግባርካ ፤ እንትርፎ ብሕማቕ ግብርኻ ንሕማቕ ሕልናኻ መርወዩ እንተ ዘይኮይኑ ፣ ዝኾነ ረብሓ ኣብ ዘይትረኽበሉ ፣ ንብረት ሰብ ብሓዊ ከተጥፍእ ብምሕላንካ ፤ ነዚ ገበን ምፍጻምካ ቀዳማይ ክሱስ ምምስካሩ ጥራይ ዘይኮነ ፣ ባዕልኻ'ውን ኣብ መወዳእታ ስለ ዝተኣመንካ ፣ ከቢድ ገበን ፈጺምካ'ለኻ ፣" ኢሎም እንደጌና ኣዕርፍ ኣበሉ።

"ስለዚ ቤት ፍርዲ ብሙሉእ ድምጺ ፣ ክልተኹም ክሱሳት ብሓባርን ብተናጸልን ፣

ገበናዊ ተሓታትነት ከም ዘለኩም በይኑ'ሎ ፡" በሉ።

እዚ ብይን'ዚ ምስ ተሰምዐ ፡ ካብ በዓልቲ ቤትን ኣደን ገብረኣብ ናይ ብኽያት ድምጺ ፡ ካብ ሰብኡት ከኣ ናይ ሕሹኽሹኽ ደምጺ ተሰምዐ። ማእከላይ ዳኛ ብቕጽበት ጸጥታ ይከበር ኢሎም ኳሕ ኣበሉ። እንደጌና ቤት ፍርዲ ጸጥ በለ።

ብድሕሪኡ ንኣኽባር ሕግን ጠበቓን ፡ ናይ መወዳእታ ርእይቶ መቕጻዕቲ ክቕርቡ ዓደምዎም። ክልቲኦም ነናቶም ርእይቶ በብተራ ኣቕረቡ። ኣስዒቦም ደያኑ ውሳነ ቅድሚ ምውሳዶም ፡ መታን ብሓባር ክመኻኸሩ ፡ መጋባእያ ናይ ውሱን ግዜ ዕረፍቲ ከም ዝገብር ኣፍለጡ።

ደያኑ ድሕሪ ፍርቂ ሰዓት ናብ መጋባኢያ ተመልሱ። ሰለስቲኦም ደያኑ በቦታኦም ሒዞም ኮፍ ምስ በሉ ፡ ማእከላይ ዳኛ ፡ "ክሱሳት ገበረኣብ ወልደዮውሃንስን ፡ ሃብቶም ጎይትኦምን ፡" በሉ። ሽው ክልቲኦም ክሱሳት ሓፍ በሉ።

"ክልቴኹም ክሱሳት ዝፈጸምኩምዎ ገበን ኣዝዩ ከቢድ'ኳ እንተኾነ ፡ ናይ ቅድሚ ሕጂ ምዝጉብ ናይ ገበን ሪኮርድ ስለ ዘይጸንሓኩም ግን ፡ ቤት ፍርዲ ውሱን ኣረኣእያ ገይሩልኩም ኣሎ ፡" በሉ።

"ቤት ፍርዲ ብሙሉእ ድምጺ እዚ ዝስዕብ ፍርዲ ወሲኑ'ሎ።"

"ውሳነ ፡ "ክሱሳት ገብረኣብ ወልደዮውሃንስን ሃብቶም ጎይትኦምን ፡ ካብ ዝተኣሰርኩሙሉ መዓልቲ ዝሕሰብ ፡ ናይ ሸሞንተ ዓመታት ማእሰርቲ ፈሪዱኩም ኣሎ!"

ፍርዲ ምስ ተነበበ ኣልማዝ ፡ "እዋይ ጥፉኣት! እዋይ ቅብጸት!" ኢላ ኢዳ ኣብ ርእሳ ሒዛ ፡ ድንን በለት።

ባሻይ ትሑት ናይ ቃንዛን ናይ እህህታን ድምጺ ብምውጻእ ፡ ጽርውርው ኢሉዎም ናብ ደርማስ ገጾም ግምብው በሉ።

ደርማስ ንርእሱ እቲ ውሳነ ምስ ሰምዐ ኣዝዩ ስለ ዝሰንበደ ፡ ንቑሩብ ካልኢታት ናይ ባሻይ ኩነታት ኣይተረደኦን። ኩነታት ኣቦኡ ምስ ኣስተብሃለ ግን ብስንባደ ዓው ኢሉ ፡ "ኣቦ! ኣቦ! ኣቦ! ምስ በለ ፡ ኩሉ ሰብ ጠመተኡን ኣቓልቦኡን ናብኣቶም ሰደደ።

ኣልማዝ ከኣ ድምጺ ደርማስ ሰሚዓ ቅንዕ እንተ በለት ፡ ባሻይ ናብ ደርማስ ከም ጉንብስ ኢሎም ምስ ረአየት ብስንባደ ፡ "እዋይ ተወሳኺ!" ኢላ እናወጨጨት ሓፍ በለት።

ደርማስን ኣልማዝን ናይ ባሻይ ኩነታት ኣሰንቢድዎም ፡ ናይ ሃብቶም ፍርዲ ብኡ ንብኡ ረስዕዎ። ኩሉ ሰብ ተሰናቢዱ ንኽረድእ ዕጉግ በሎም። ኩሎም ካልኦት ብዘይ ዝኾነ ግብራዊ ስጉምቲ ዓንጎሞም ከለው ፡ ተስፎም ሕልፍ ኢሉ ፡ "ሓግዙኒ ንሕክምና ክንወስዶም ኣሎና ፡" ኢሉ ብሓደ ጎኖም ሓፍ ኣበለ። በቲ ኻልእ ጎድኒ ኸኣ ኣርኣያ ሓው ሓገዞ።

ተስፎምን ኣርኣያን እዚ ክገብሩ ኸለው ፡ ደርማስን ኣልማዝን ፈዚዞምን ተዓኒዶምን ስቕ ኢሎም ይርእይዎም ነበሩ። ባሻይ ዘልሓጥሓጥ ኢሎም ምስ ኣሸገርዎም ተስፎም ፡ "ሳንቦ ሳንቦ ንበሎም ፡ ደርማስ ብእግሪ ወገን ሓግዘና ፡" በሎ።

ደርማስ ካብ ሕልሙ ከም ዝተበራበረ ሰብ ሰንቢዱ ዝተባህሎ ገበረ። ተሓጋጊዞም እቲ ንታሕተዋይ ደርቢ ዘውርድ መሰላል ብጥንቃቐ ኣውረድዎም። ብድሕሪኡ ነቲ ገፊሕ ኮሪዶር ሰጊሮም ፡ ነቲ ንደገ ዘውጽእ ስካላ ወሪዶም ንደገ ኣውጽእዎም። ኣብ ደገ ምስ በጽሑ ተስፎም ንደርማስ ፡ "መኪናኻ ኣበይ'ያ ዘላ?" በሎ።

"ብድሕሪት'ያ ዘላ ፡" በለ ደርማስ።

"ናተይ ትቐርብ ፡" ኢሉ ናብ መኪናኡ ዘቐመጠሉ ጎየየ።

ብቕጽበት ከኣ መኪናኡ ሒዙ ደበኽ በለ። ተስኪሞም ኣብ መኪና ሰቒሎሞም ፡ ብማእከል ከተማ ሰንጢቖም ፡ ትኽ ኢሎም ናብ ኢቴጌ መነን ሆስፒታል በጽሑ። እቲ ማዕጾ ሆስፒታል ምስ ተኸፈተሎም ብቐጥታ ኣትዮም ፡ ንየማናዎም ተዓጺፎም ፡ ኣብ ህጹጽ ረዳኤት ብቕጽበት ኣብጽሕዎም። እዚ ሕማቕ ሓደጋ ክበጽሖም ከሎ ፡ ባሻይ ወዲ 73 ዓመት ሽማግለ'ዮም ነይሮም።

ኣብ ህጹጽ ረዲኤት ተቐቢሎም ተጓየዩሎም። ንባሻይ ናብ ሓኪይም ምስ ኣረከብዎም ፡ ካልእ ዝገብርዎ ስለ ዘይነበሮም ጠጠው-መጠው በሉ። እቲ ኹሉ ሸበድበድ ክብሉ ጸኒሖም ምስ ረግኡ ፡ ኣብ ሞንጎኦም ዘይንቡርን ከቢድን ጸጥታ ሰፈነ።

ክዛረብዎ ዝኽእሉ ስለ ዘይነበሮም ፡ ዳርጋ ከይተፈለጠም ኣርኣያ ምስ ተስፎም ፡ ደርማስ ከኣ ምስ ኣልማዝ ኮይኖም ፡ ተፈናቲቶም ኣብ ሐሓሳቦም ጥሒሎም ትም በሉ። ካብ ሕማም ባሻይ ፡ እቲ ኣብ ሞንጎኦም ዝተፈጥረ ስቕታ ከበዶም።

ድሕሪ ኣስታት ፍርቂ ሰዓት ሲስተር መጺኣ ፡ ካብቲ ከቢድዎም ዝነበረ ኩነታት

ከምዚ ብምባል ኣናገፈቶም ፡ "ሳላ ተቐላጢፍኩም ዘምጻእኩሞም ሰብኣይ ድሒኖም ኣለው። ናይ ልቢ ወቕዒ ኢዩ ነይሩ። ጸጋማይ ጎኖም ንግዜኡ ውሱን መልመስቲ ኣለዎም ፡ ግን ምስ ግዜን ምንቅስቓስን ክምለሰሎም ይኽእል'ዩ። ሕጂ ንውሱን ደቓይቕ በብሓደ ኣቲኹም ፡ ክትርእይዎም ትኽእሉ ኢኺም። ግን ከተዛርብዎም ኣይፍቀድን'ዩ ፡" በለቶም።

ኩሎም ኣመስጊኖም ብመጀመርያ ደርማስ ኣትዩ ከም ዝርእዮም ገበሩ። ብድሕሪኡ ኣልማዝ ፡ ብድሕሪኣ ተስፎም ፡ ኣብ መወዳእታ ኸኣ ኣርኣያ ፡ ኩሎም ኣትዮም በብሓደ ክይደንጎዩ ርእዮሞም ወጹ። ኩሎም ርእዮሞም ምስ ወጹ ፡ ካብ ኩሎም ዋላ ሓደ'ውን ዝዛረብ ተሳእነ። ሽው ተስፎም ፡ "እሞ ናብ መኪናኹም ከብጽሓኩም ንኺድ ፡" በሎም።

ክይተዘራረቡ ደየቡ። ኣብ መገዲ'ውን ሓንቲ ቓል ክይተለዋወጡ ኣብ መኪናኦም በጽሑ። ማዕጾ ከፊቶም ንደርማስን ኣልማዝን ኣውጽኡዎም። ኣልማዝ ምስ ወጸት ፡ ጠጠው ይኹን ቁሊሕ ክይበለት መገዳ ቀጸለት።

ደርማስ ወጺኡ ናብ ኣልማዝ ዝነበረቶ ገጹ ኣምርሐ። ሓንቲ ስጉምቲ ምስ ወሰደ ጠጠው በለ። እንደጌና ካልኣይቲ ስጉምቲ ወሲዱ ጠጠው ክብልን ፡ ብቕጽበት ጥውይ ኢሉ ናብ መኪናኦም ገጹ ክቕንዕን ኣስተብሃሉ። ብኣዝዩ ትሑት ድምጺ ርእሱ ከየቕንዐ ኸኣ ፡ "በሉ የቐንየልና ኣሸጊርናኩም ፡" ኢሉ መልሲ ከይሃቡዎ ፡ ጥውይ ኢሉ ናብ ኣልማዝን ናብ መኪናኡን ገጹ ተዓዘረ።

ተስፎምን ኣርኣያን ተጠማሚቶም ትም በሉ። ደርማስን ኣልማዝን ናብ መኪናኦም ክበጽሑን ፡ በይኖም ክኾኑን ከም ዝተሃወኹ ኣብ ኩነታቶም ብብሩህ ይረአ ነበረ።

ተስፎምን ኣርኣያን እቲ ኣጋጣሚ ስለ ዝደንጸዎም ፡ ብዛዕባ ኩነታት ባሻይ ኣብ ሆስፒታል ይኹን ኣብ መገዲ ክይተዘራረቡ'ዮም ኣብ ስራሕ በጺሖም።

"ኣንታ ኣርኣያ እዚ ናይ ኣቦይ ባሻይ ኣይገርመካን?" በሎ ፡ ንመጀመርያ ግዜ ብዛዕባ ምሕማሞም ብምልዓል።

"ዋእ እንታይ'ሞ ክበሃል'ዩ። ኣቦይ እንቋዕ ኣይነበረ። ብስንባደን ጓህን ኣብ ዘይሕማሙ ምበጽሐ ነይሩ ፡" በለ ኣርኣያ።

"ብጣዕሚ'ምበር። ብዓቢኡ እዝግሄር'ዩ ኣውጺኡና'ምበር ፡ እንተ ዝሞቱ'ኮ

ካልእ ጸገም'ዩ ነይሩ።"

"ኣሸንኳይ ንሳቶምሲ ዋላ ኣቦይ'ውን ፡ ኣብ ሞት ኣብጺሕኩሞም ምበለና ነይሩ።"

"እወ ኣቦይ ደኣ ፡ "ብቐደሙ ክንደይ ግዜ ነጊርናኩም እንዲና ፡ ነገርን ህውከትን በረኸት ኢዩ ዝሰድድ ኢልና ፤ ሕማቕ ከኣ ሕማቕ'ዩ ዘምጽእ ፤ እዚዶ ኣይዝነን?!" ምበለ ነይሩ። ግን ንግዜኡ ምስ ጎሃየ ደኣ ከምኡ ምበለ'ምበር ፡ ድሒሩስ "ፍቓድ ኣምላኽ'ዩ ነብስኹም ኣይትውቀሱ ፡" ምበለ ፡" በለ ተስፎም።

"ዝኾነ ኾይኑ ሕጂ ፡" እናበለ ኸሎ ስልኪ ጭርር-ጭርር በለት።

"ሄሎ ፡" ኢሉ ምስ ኣልዓላ ፡ "ሄሎ ተስፎም ፡ ሓይሎም'የ። እሂታ ከመይ ኰኑ ሰብኣይ?"

"እዝግሄር ሓጊዙናን ሓጊዙዎምን ደሓን ኮይኖም ዝገርማካ'ዩ።"

"እዋይ ጽቡቕ ወደይ። ሕማቕ ኣጋጣሚ'ዩ ተረኺቡ ነይሩ። ንስኻትኩም እንዳ'ቦይ ባሻይ ፡ ወድና ንነዊሕ ዓመታት ንኽእሰር ዘይገበርዎ ነገርን ዘይፈንቀልዎ እምንን ኣይነበረን ክብሉ ኣይንደልን ኢና እናበልኩምስ ፡ ብጎኒ ኸኣ ከምዚ ዝኣመሰለ ነገር ክርከብ ዘስደምም'ዩ!"

"እዚ'ሞ ንስኻ ኢኻ ትፈልጦ'ምበር ፡ መን ክፈልጠልና መሲሉካ።"

"እወ እዚ ደኣ ክትጽበይዎ ዘለኩም ነገር'ንድዩ። ሰብ ምስ ተቐየመን ምስ ጸልኣን ፡ ብዘይካ ሕማቕ ዋላ ክንዲ ፍረ ጣፍ ትኸውን'ውን ጽቡቕ ኣይረኽበልካን'ዩ። ግን እቲ ሎሚ ነዘም ሰብኣይ ኢልኩም ዝጎየኹሞን ዘርኣኹምዎ ድንጋጸን ሓልዮትን ፡ ኩሉ ርእዩዎ እንድ'ዩ ጽቡቕ'ዩ።"

"ግን ቀቲሎሞም ነይሮም ኣይተርፍን'ዩ በጃኻ።"

"ስማዕ ተስፎም ንስኻትኩም ብውሽጥኹም ፡ ሕርኽርኽ ዝብለኩምን ሕልናኹም ዝኹርኳሓኩምን ግብሪ ኣይትፈጽሙ'ምበር ፡ ናይ ሰብ ደኣ ክንደይ ኢልካ ክትቆጻጸሮ!"

"ሓቅኻ ንስስ። ወረ ብድሕሬናኸ ኣብቲ መጋባእያ እንታይ ሓድሽ ነገር ነበረ?"

"ዋላ ሓንቲ ሓድሽ ነገር ኣይነበረን። በ'ጋጣሚ እቲ መጋባእያ ስራሑ ኣብ ምዝዛሙ ስለ ዝነበረ ፡ ዝኾነ ሽግር ኣይነበረን።"

"ኣይ ጽቡቕ'ሞ ፡ ንኻልእ ብሓንሳብ ኣሎና"

"በቃ'ሞ ቻው።"

"ሕራይ'ሞ ቻው ፡" ኢሉ ተስፎም ስልኪ ዓጸዋ።

ተስፎም ነቲ ሓይሎም ዝበሎ ፡ ኣሕጽር ኣቢሉ ነ'ርኣያ ገለጸሉ። ብድሕሪኡ ሽው መዓልቲ ብዛዕባ ባሻይ ፡ ነ'ልጋነሽን ንመድህንን ንስድራ ቤቶምን ክነግርዎም ከም ዘለዎም ተረዳድኡ። ሽው ኣርኣያ ፡ "ናይ ኣልጋነሽ'ሞ ንዓኹም'ዩ ዝምልከት ፡ ናይ ስድራዶ'ሞ ኣነ ክሕግዘካ ፡" በሎ።

"እንተጌርካዮዶ? በጃኻ ጽቡቕ ነይሩ። ብሕልፊ ነ'ቦይ ምዝራቡ ኣዝዩ ኣሰኪፉኒ'ሎ።"

"ደሓን ሎሚ ከይደ ባዕለይ ክነግሮም'የ። በል ሕጂ ንኺድ ዝወዓልናዮ ይኣኽለና ፡ " በለ ኣርኣያ እና'ምቧሃቕን እናተንሰአን።

"እወ ሓቅኻ ንኺድ ፡" ኢሉ ተስፎም ከኣ ብድድ በለ። ሽው ተታሓሒዞም ወጺኦም ከዱ።

ኣርኣያ ንተስፎም ምስ ተሰናበቶ ፡ ብቐጥታ ናብ ኣቦኡን ኣደኡን'ዩ ከይዱ። ወ/ሮ ብርኽቲ ክሽፍታኦ ኸለዋ ኣትሒዘን'የን ንወደን ብሕቶ ዝተቐበላኦ ፡ "ኢሂ ኣርኣያ ወደይ ፡ ፍርዲ ከመይ ከይዱ?"

"ጽቡቕ ኢዩ'ደይ ፡" በለን ብድብዱቡ።

"ክንደይ ፈሪዶሞ?" ወሰኻ።

ኣርኣያ ምስ ኣቦኡ ብሓባር ክነግሮም ኢሉ'ዃ ሓሲቡ እንተ ነበረ ፡ ኩነታት ኣደኡ እንተ ረአየ ግን ክይነገረን ንውሽጢ ከም ዘየየእትውኦን ፡ ኣብኡ ጠጠው መጠው ከም ዘብላኦን ስለ ዝተገንዘበ ፡ ክነግረን ወሰነ።

"ሽሞንተ ዓመት ማእሰርቲ ፈሪዶሞ።"

"ኣስይ በዓል ሕማቕሲ ኢዱ ደኣ ይርከብ። ብስራትካ ይጥዓም 'ዝወደይ ፡" ኢለን ንወደን ሓቑፈን ፡ ስዕም ኣቢለናኦ ፡ ንውሽጢ ገዛ መሪሒናኦ ኣተዋ።

ናይ ኣቦኡ ኣቀባብላን ግብረ መልስን ፣ ከም ናይ ኣደኡ ከም ዘይከውን ስለ ዝፈልጥ ፣ እናተሰከፈ ስዒብወን ንውሽጢ ኣተወ።

ግራዝማች ርእይ ምስ ኣበልዎ ፣ "እሂ ኣርኣያ ወደይ ከመይ ውዒልካ?" ምባል እንተ ዘይኮይኑ ካልእ ኣይወሰኹን።

"ይመስገን ኣቦ። ንስኻኸ ከመይ ውዒልካ?"

"እግዚኣቢሄር ይመስገን ፣" ኢሎም ትም በሉ።

ኣርኣያ ዘረባ ናብኡ ምኻና ተረድኦ። "ኣቦ እሞ እቲ ፍርዲ ተወዲኡ'ሎ። ሸሞንተ ዓመት ፈሪዶሞ።"

"ኣይይይ!! እንታይ ሕማቕ ስማዕ ተስማዕና'ለኻ። ኣየ ምሸኪኖት ወለዲ! ኣየ ምሸኪኖት ቆልዑን ሰበይትን! ብዘይ ወዓልዎን ብዘይ ኣበስዎን ክጉህዩን ክሳቐዩንሲ ዘሕዝን'ዩ!" ኢሎም ርእሰም ሓዙ።

"ንሱስ'ባ ኢዱ ኢዩ ረኺቡ!" በላ ወ/ሮ ብርኽቲ።

"እሞ ሕጂ ንሱ ኢዱ ረኺቡ ኢልና ክንሕጎስ ዲና?! ንኽልቲኡ ስድራ ቤትና እዝግኣቢሄር ኩሉ ሂቡ ከይከልአ ኸሎ ፣ ብጽጋብን ብህልኽን ብጽልእን ኣብ ከምዚ ክንወድቕ እንታይ ዘሕጉስ ነገር ኮይኑ ኢዩ'ሞ'ዚ!" በሉ።

ወ/ሮ ብርኽቲ ስለ ዝፈልጥኦም ክምልሳሎም'ውን ኣይደለያን።

"ምስኺኖት ወለዲ። ነይሩዶ ባሻይ?"

"እወ ነይሮም።"

"እንታይ በለ ደኣ ምሸኪናይ ጎይትኦም?" ኢሎም ሓተቱ።

"ወረ ሽው ኣቦይ ባሻይ ኣብቲ ቤት ፍርዲ ከለው ተጸሊእዎም ፣" በለ ኣፍኩስ ኣቢሉ ከተኣታትዎም ብዝብል።

"ኣብቲ ቤት ፍርዲ? ከመይ ገይሩዎ? ምኻን እንታይዶ ጽቡቕ ረኺቡ'ዩ። እዚ ደኣ ዘይተርፍ!"

"እቲ ፍርዲ ምስተነበበ ከምገለ ገይሩዎም ውኖኦም ኣጥፊኦም።"

"ዋይ ሓወይ! እሞኸ ድሒሩ ደሓንዶ ኾይኑ?"

"ንሆስፒታል ወሲድናዮም።"

"መን ንስኻትኩም?" ሓተታ ወ/ሮ ብርኽቲ።

"እሞኸ ኣብ ሆስፒታል ምስ በጽሐ ደሓንዶ ኾይኑ?" ሓተቱ ግራዝማች።

"ናይ ተስፎም መኪና ኣብ ቀረባ ስለ ዝነበረት ፡ ኣነን ተስፎምን ደርማስን ኣልማዝን ኴንና ወሲድናዮም። ኣብኡ ምስ በጽሑ ተቐላጢፎም ተንይዮም ካብ ሞት ኣድሒኖሞም'በር ፡ ሕማቕ'ዩ ነይሩ።"

"ወይ ግሩሩምም! እንታይ ዝኣመሰልዎ ነገር'ዩ። ብሓቂ ብሓቂ ዘሕዝን'ዩ! እሞ ሕጂኸ ኣበይ'ሎ?"

"ኣብ ሆስፒታል'ዮም ዘለው። ጽባሕ ብሓባር ኬድና ንሪኦም ፡" በለ ኣርኣያ።

"ኣነ ሎሚ'የ ክሪኦ ዝደሊ። ሕጂ ኢኻ እትወስደኒ።"

"ንሎሚ ሰብ ኣይኣትዎምን'ዩ ኢሎም ፡ ንኹላትና ኢዮም ሰዲዶምና'በር ምወሰድኩኺ።"

"እሞ ተወጺዑ'ዩ። ምሽኪናይ ጎይትኦም። *'ተረካቢ ይዓድዮ'* ዝበሃል ከምዚ'ንድዩ ፡" በሉ ርእሶም እናነቕነቑ።

ኣርኣያ መልሲ ከይሃበ ትም በለ።

"እስከ እዝግሄር ባዕሉ የቕልለሉን ፡ የቕልለልናን'በር ፡ እዚ እንታይ ይበሃል ኮይኑ" ኢሎም ፡ ርእሶም ኣድኒኖም ትም በሉ።

ኣርኣያ ሕጂ ምሙላቕ ትሕሸኒ ኢሉ። "እሞ ኣነ ሕጂ ክኸይድ። ጽባሕ መጺእና ናብ ኣቦይ ባሻይ ክንወስደኩም ኢና።"

ግራዝማች ካብታ ደኒኖማ ዝነበሩ ከይተንቃሳቐሱን ርእሶም ከይቕንዑን ፡ "ሕራይ በል ፡" ጥራይ በልዎ።

ኣደኡ ግን ፡ "ሕራይ በል ኪድ ዝወደይ። ኣምላኽ ምሳኹም ይኹን ፡" በላኦ።

ኣርኣያ ኽኣ ካልእ ቃል ከይወሰኸ ወጺኡ ከደ።

ተስፎም ገዛ ምስ ኣተወ ንመድህን ኩሉ እቲ ናይ ፍርዲ ከይድን ፣ ናይ ባሻይ ምሕማምን ብዝርዝር ኣረድኣ። መድህን ብጣዕሚ ሰንበደት። ብዝያዳ ዘሰከፉን ዘጉሃያን ፣ ናይ ኣልጋነሽን ናይ ቆልዑን ኩነታት'ዩ። ኣልጋነሽን ደቃን ብዘይ ኣበስዎ ፣ ተኻፈልቲ እቲ ሽግር ክኾኑ ፈጺሙ ክወሓጠላ ኣይከኣለን። ብዝያዳ ኸኣ እቲ ሽግርን ጸበባን ንሓጺር ግዜ ዘይኮነስ ፣ ንሸሞንተ ዓመታት ምዃኑ ኣሰከፉን ኣጨነቓን። ብሰንኩ ኸኣ መድህን ኣዝያ ጎሃየት።

"ሓቅኺ ኢኺግን እንታይ'ሞ ይገበር ፣" በለ ተስፎም። ተቐላጢፉ ናብ ካልእ ኣርእስቲ ብምስጋር ፣ "እሞ ን'ልጋነሽ ግድን ሎሚ ክትነግርያ'ለኪ።"

"እንድዒ ወደይ? ዋላ ንስኻ እንተ ትነግራዶ ምሓሸ? ንዓይሲ ክኸብደኒ'ዩ።"

"ንሕጅስ ባዕልኺ እንተ ነገርክያ ይሓይሽ። ድሕሪ ቁሩብ ግን ፣ ዋላ ንኣኣ ዋላ ንቖልዑ ክዛርቦም እደሊ'የ።"

"ሕራይ በል ደሓን ፣ ካብ ዝወረደንስ ክፍትን። እሞ ሕጂ ክኸዳ'ምበር።"

"ጽቡቕ ሕራይ።"

መድህን ብድድ ኢላ ሻሽ ኣብ ርእሳ ግብር ኣቢላ ፣ ናብ ኣልጋነሽ ከደት። ካብ ቆልዑ ተፈልየን ንበይነን ኣብ ሓደ ክፍሊ ኮይነን ክዘራረባ ጀመራ።

መድህን ኩሉ ተስፎም ዝነገራ ናይ ሃብቶም ፍርድን ፣ ናይ ባሻይ ወቕዕን ብዝርዝር ነገረታ። ኣልጋነሽ ብቐንዱ ብዕድላ ፣ ብዝያዳ ኸኣ ብዕድል ደቃ ኣዝያ ጎሃየት። ንብዓታ ወረር-ወረር ክብል ምስ ጀመረ ፣ መድህን ከኣ ምኽኣል ስኢና ናብ ብኽያታ ኣተወት። ዝእብድ ዘይብሉ ኩነታት ኮይኑ ኸኣ ፣ ተታሓሒዘን ንብዓተን ኣውረዳኦ።

ድሕሪኡ መድህን ንብዓታ ሓናሲሳ ናብ ምእባዳ ኣተወት። ስቕ ምስ ኣበለታ ከኣ ፣ ብዛዕባ ንቖልዑ ብኸመይ ኣገባብ ምንጋሮም ከም ዝሓይሽ ተመያየጣ። ባዕላ ንደቃ ምስ ኣዛረበቶም ከኣ ፣ ንሳን ተስፎምን'ውን ቀስ ኢሎም ከዛራርብዎም ምዃኖም ነገረታ። ብተወሳኺ ኸኣ ንዝኾነ ይኹን ነገር ፣ ብኹሉን ኣብ ኩሉን ፣ ተስፎምን ንሳን ካብ ጎና ከም ዘይፍለዩ ኣረጋገጸትላን ተመባጽዓትላን።

ኣልጋነሽ ብተገዳስነትን ሓልዮትን መድህን ተተንከፈትን ተመሰጠትን። ልዑል

ምስጋና ኸኣ ኣቕረበትላ። ናብ ባሻይ ምብጻሕ ብዝምልከት ግን ፡ ናይቲ ስድራ ቤት ስምዒት ንምሕላው ፡ ምስ እንዳ ተስፎም ዘይኮነስ ፡ ኣልጋነሽ በይና ከይዳ ክትበጽሖም ተሰማምዓ። በዚ ኸኣ ተማሳጊነን ተፈላለያ።

ባሻይ ኣብ ቤት ፍርዲ ካብ ዝሓምሙ ፡ ኣልማዝን ደርማስን ሓንቲ ቓል'ውን ክዘራረቡ ዕድል ከይረኸቡ'ዮም ጸኒሖም። ተስፎም ናብ መኪናኦም ኣብጺሕዎም ምስ ከደ ግን ፡ ቁሩብ ብተዛማዲ ፎኽሱዎም ኣስተንፈሱ።

"ናበይ ኢና ሕጂ? እንታይ እንተ ገበርና'ዩ ዝሓይሽ ፡" ሓተተት ኣልማዝ።

"እቲ ጠበቓና ጌና ኣብዚ ቤት ፍርዲ እንተ'ሎ'ሞ ቅድም ንርኣዮ ፡ እንተ ዘየሎ ንድውለሉ ፡" መለሰ ደርማስ።

ተታሓሒዞም ናብቲ ቤት ፍርዲ ኣትዮም ምስ ሓተቱ ፡ ኣቐድም ኣቢሉ ከም ዝኸደ ነገርዎም። ሽው መታን ብሕት ኢሎም ክዘራረቡ ተታሓሒዞም ናብ ገዛ ከዱ። ኣብ ገዛ ምስ በጽሑ ተቐዳዲሞም ንጠበቓኦም ደወሉሉ።

ጠበቓ ንደርማስ ብዛዕባ ኩነታት ኣቦኡ ሓተቶ። ካብ ሞት ከም ዝደሓኑ ፡ ግን ሓደ ክፋል ሰውነቶም ግዜኣዊ መልመስቲ ከም ዝህልዎም ከም ዝሓበርዎም ገለጸሉ። ዝኾነ ኾይኑ ጥራይ እንቋዕ ሞት ኮይኑ ኣይመጸ በሎ ጠበቓ። በዚ ብዛዕባ ኩነታት ባሻይ ወድኡ።

ብድሕር'ዚ ደርማስ ንጠበቓ ፡ ብድሕሪኡ እንታይ ከም ዝገበረ ሓተቶ። ብድሕሪኡ እቲ ናይ ሰነዳትን ወረቓቕትን ጉዳይ ወዳዲኡ ፡ ንቤት ጽሕፈቱ ከም ዝተመልሰ ነገሮ። ናቱ ምስ ወድኡ ናብ ብይን ፍርዲ ማእሰርቲ ሰገሩ ፡ ፡ ሽው እቲ ጠበቓኦም ምስቲ ዝተፈጸመ ገበንን ፡ ምስቲ ምእማኖምን ኣገናዚቡ ክርእዮ ከሎ ፡ እቲ ዝተበየነ ፍርዲ ካብኡ ንላዕሊ ክኸይድ ከም ዝኽእል ዝነበረ ፡ ስለዚ ንሱ በቲ ፍርዲ ዕጉብ ምዃኑ ንደርማስ ገለጸሉ። ነቲ ዝቕጽል ከይዲ ፍርዲ ካብ ብሕጂ ምቕርራብ ከም ዘድሊ ምስ ተረዳድኡ ፡ ጉዳዮም ወዲኦም ስልኪ ዓጸውዋ።

ኣልማዝ እንታይ ከም ዝበለ ክትፈልጥ ተሃንጥያ ስለ ዝጸንሐት ፡ ስልኪ ከቐምጣን ፡ "እሂ'ታ እንታይ'ሉ?" ኢላ ክትሓቶን ሓደ ኾነ።

ደርማስ ኩሉ እቲ ዝተዘራረብዎ ገለጸላ።

"ዕጉብ'የ ብዝተዋህበ ፍርዲ ኢሉካ?" ሓቁ ንሱ ደኣ እንታይ ከይከውን! መዓስ ንሱ ኾይኑ ንሸሞንተ ዓመታት ክዳጎን? መዓስ ሰበይቱ ኾይና ንኽንድኡ ግዜ ስልጣንያ ከተመላልስ?!" በለት ብኣንጸርጽሮትን ብምረትን።

"እወ እንታይ ደኣ፣ ንዕኡ ደኣ ዘይ ስራሕ'ዩ። ከማና ክስምዖን ክትንክፎን ኣይክእልን'ዩ። ደሓር ከኣ ንሳቶም ብዙሕ እንድዮም ዝርእዩ።" በለ ደርማስ።

"እዚኣቶም ገንዘቦም'ምበር ናይ ሰብ ርህራሄ ዝበሃል የብሎምን በጃኻ። እምበር ኣነ ከማና ዘይሓመመ ማለተይ መዓስ ኮይኑ። ግን እንተ ወሓደ ሕማቕ ረኺብኩም ይበሃል'ምበር፣ ዕጉብ'የ?! ብሓደ ኣፊቱ!" በለት ጌና ቁጠዐኣ ከይዘይዘሓለላን ካብ ብስጭታ ከይሃድአትን።

"መቸም ናይ ሰብ ነገር ከምኡ'ዩ፧" በለ ነ'ልማዝ ከዝሕላን፣ ነታ ኣርእስቲ ክቕይራን ብምሕሳብ።

"ወረ እንታይ'ዩ ክግበር ኣንታ ደርማስ? ሸሞንተ ዓመት ኢልካ'ሎ!" በለት።

"እንታይ'ሞ ክግበር ኣልማዝ። ሞት ኮይኑ ስለ ዘይመጸ'ዩ'ምበር፣ እንታይዶ ተሪፍዎ'ዩ ሃብቶም ሓወይ!" በለ።

"ክላ በጃኻ ገሊኡ ግዜ'ኮ፣ ሞት'ውን ክዳን'ዩ'ኮ!" በለት።

"ሞትሲ ኣይትበሊ ደኣ! ሞት ደኣ ዝዳረጋ ካልእ መዓስ ኣሎ፧" በለ ከም ቁጥዕ ኢሉ፣ "ጡፍ በልዮ'ቲ፣ ክንደይከ ትጭክኒ፧" ክብላ ቁሩብ እናተረፎ።

ኣልማዝ ጌና ከይጀመረቶ፣ ድሮ መጻኢ ህይወታ ከመርራ ከም ዝጀመረ ኣስተብሃለ። *'ካብ ብሕጂ ዝነቀወ ዝብእስ ነየሕደረኒ፧'* እትብል ብሂል ትዝ በለቶ።

"ከምዚ ክትዋረድን መስሓቕን መስተይ ቡንን ኣንስቲ ክትከውንን፣ እሞ ኸኣ ንኽንድ'ዚ ዝኣክል ዓመታት እንታይ ሓለፉ ኣለዎ!" በለት ኣብ ሓሳባታ ብምጽናዕ።

ደርማስ ነታ ዘረባ ክቕጽላ ስለ ዘይመረጸ፣ መልሲ ከይሃባ ትም በለ።

"ተጨኒቐ'ኮ'የ ሃተፍተፍ እናበልኩ ዘሸግረካ ዘለኹ ኣንታ ደርማስ!" በለቶ።

"ንሱ ደኣ ሓቅኺ፣ እንታይ ጽቡቕዶ ረኺብና ኢና።" በለ።

ብውሽጡ፣ "ምጭናቕን ሕማቕ ምዝራብን ሓደ ድዩ?" እናበለን፣ "ወረ እዚ

ዘረባ'ዚ እንቋዕ ኣብ ቅድሚ ኣቦይን ኣደይን ኣይተዘርበ፡" ኢሉ እናሓሰበን። ከምኡ ኢሉ ክሓስብን፡ ናይ ኣቦኡ ኩነታት ከተሓሳስቦን ሓደ ኾነ።

"ወረ ሎሚ እንቋዕ ኣቦይ ኣይጠለመና፡" በላ ነታ ኣርእስቲ ብምቕያር።

"እዋይ'ወ ሓቅኽ ከዲኑና'ዩ ሎሚ። ናይ ሃብቶም ክይኣክልሲ ናቶም እንተ ዝውስኾ'ሞ፡ ኣደይ ለምለም ሰብ ኣይምኾናን።"

"ወረ ሕጂ ነደይ ቀልጢፍና ክንነግራ'ለና። ኣይፍለጥን'ዩ ኸኣ ገሊኦም ሰሚዖም፡ እንታይ ደኣ ተረኺበ ክይብሉዋ።"

"እወ ሓቅኺ ካብ ሆስፒታል ካብ ንወጽእ'ኳ ድሮ ፍርቂ ሰዓት ኮይኑ።"

"እሞ ምሳይ ኪዲ'ምበር፡ ኣነ በይነይ ክረእያ ኣይክእልን'የ!"

"ደሓን ምሳኻ እኸይድ። ሰበይቲ'ኳ ክጽለላ'የን!"

"እወ ክትጽለል'ያ። ተጸሊልካ'ሞ ኣብ ምንታይ ይእቶ። ኣቦይ'ዩ ቁሩብ ዘስምዓ ነይሩ። ሕጂ ግን ኣቦይ ኣሸንኳይ ንኣኣ፡ ንርእሱ'ውን ኣይኮነን ዘሎ።"

"ከመይ ጌርና ኢናኽ ክንነግረን ወደይ?"

"ዋእ ምንጋራ'ዩ'ምበር፡ እንታይ ከመይ ኣለዎ ኢልክዮ ኢኺ።"

"ኖ ማለተይ፡ ብምንታይ ኢና ክንጅምር? ብናይ ሃብቶምዶ ብናይ ኣቦይ ባሻይ ማለተይ'ዩ፡" ኢላ ገለጸትሉ።

"ኦ ሕቶኺ ዘይተረደኣኒ ነይሩ። እቲ ዝሐሸስ ብናይ ኣቦይ ምጅማር'ዩ። ምኽንያቱስ እትው ምስ በልና ኣትሒዛ፡ ኣቦኻ'ኸ ደኣ ምባላ ኣይተርፉን'ዩ።"

"ልክዕ ኣለኻ ብናይ ኣቦኻ ምጅማር'ዩ ዝሓይሽ። መቸም ይረኣየኒ'ሎ ከሸግራና'የን። ንሃብቶም ከኣ ብፍሉይ እንድየን ዝርእያኦ።"

ንዘረባኣ መልሲ ክህባ'ውን ኣይደለየን። በታ ኣበሃህላ እቲኣ ሙሉእ ህይወቱ ጸሚሙ ኢዩ ነይሩ። ኣብ ክንድኡ፡ "እሞ ንዕናይ በሊ ሕጂ ንኺድ፡" ጥራይ ክብላ'ዩ መሪጹ።

ነጸላ ከሳዕ እትገብር ተጸብይዋ፡ ብድሕሪኡ ተተሓሒዞም ወጹ።

ናብ እንዳ ባሻይ ምስ በጽሑ ፡ ወ/ሮ ለምለም ኣብ ኣፍደገ ከለው'የን ሕቶ ጀሚረን።

"እሂቱም ደሓን ዲና? ከመይ ኮይኑ?" ኢለን ምስ ሓተታ ፡ ቁሊሕ እንተ በላ በዓል ቤተን ዘየለው።

"ኣቦኸኸ ደኣ ኣበይ'ለው?" እትብል ሳልሰይቲ ሕቶ ኣስዓባ።

"ይመጽእ ኣሎ። ኣብዚ ቀረባ ሰብ ረኺቡ'ዩ ፡" ኢሉወን ጠኒኑ ንውሽጢ ገዛ ኣተወ።

ኣልማዝ ከኣ ተኸቲላቶ ኣተወት። ወ/ሮ ለምለም ከይፈተዋን ከይተፈተወንን ደድሕሪኦም ሰዓባ። ኮፍ ከይበሉ ኽኣ እንደጌና ናብ ሕቶአን ኣተዋ።

"ደሓን ዲና ደኣ? ዋላ ዘይተፈተኹምኒ ፡" በላ።

"ኣቦይ እንድዩ ደኣ ተጸሊእዎ ፡" ተኮሰለን ደርማስ።

"እንታይ ምጽልኡ? ኣበይ? ከመይ ገይሩዎም?" ዝብላ ተኸታተልቲ ሕቶታት ሓተታ።

"ኣብቲ ቤት ፍርዲ ብዙሕ ሰብ ስለ ዝነበረስ ፡ ትንፋስ ሓጺርዎ ዕውልውል ኢሉዎ ንሆስፒታል ወሲድናዮ።"

"ሆስፒታል? ዋይ ኣነ! እሞኸ ደኣ?"

"ክሓድሩ ከድልዮም'ዩ ኢሎምና ፡" መለሰ ደርማስ።

"እሞ ከቢድዎም'ዩ ፡" በላ ወ/ሮ ለምለም።

"ኖ ደሓን'ዮም ፡ መታን ክከታተልዎም ኢሎም'ዮም ፡" ኢላ ኣረጋጋኣተን ኣልማዝ።

"እሞ ደሓር ትወስዱኒ ከይደ ክሪኦም ፡" በላ።

"ንሎሚ ሰብ ኣይነእትወሎምን ኢና ፡ መታን ከዕርፉን ዘድሊ ምርመራታት ክንገብረሎምን ፤ ንጽባሕ ግን መጺእኩም ትርእዩዎም ኢሎምና'ዮም ፡" ኢላ ነታ

ዘረባ ኣለየታ ኣልማዝ።

ኣልማዝ ድሮ ብዙሕ ስለ ዝሓገዘቶ ፣ ብሓባር ንኺድ ምባሉ ኣገዳሲ ምንባሩ ኣስተብሃለን ፣ ብውሽጡ ኣፍልጦ ሃቦን። "ሕጂ ናይ ሃብቶም'ዩ ዘሎ ጋዶ'ምበር ፣ ናይ ኣቦይስ ሽተት ኢላትልና ፣ ጽቡቕ ኬድና ኔርና ፣" ኢሉ እናሓሰበ ኸሎ ፣ "እቲ ናይ ሃብቶም ጉዳይከ እንታይ ኮነ?" ኢለን ሓተታ ወ/ሮ ለምለም።

እታ ዝፈርሕዋ ሕቶ ፣ ወ/ሮ ለምለም ስለ ዝወንጨፈኣ ፣ ክልቲኦም ንኻልኢታት ኣዕጠጠዩ። ኣብ መወዳእታ ደርማስ ዘለዎ ሓቦ ኣኻኺቡ ፣ "ኣደ ንኽእሰር ተፈሪድዎ'ሎ ፣" ኢሉ ተኮሰለን።

"ክእሰር? ክእሰር? ንኽንደይ ክእሰር? እዋይ ወደይ!" በላ ወ/ሮ ለምለም።

"ንደሓር ደኣ ገለ ምምሕያሽ እንተ ተገብረ'ምበር ፣ ሕማቕ'ዩ'ደ ፣" በለ ደርማስ።

"እንታይ ሕማቑ'ታ?" በላ ወ/ሮ ለምለም ርእሰን እናሓዛ።

"ንሸሞንተ ዓመት ክእሰር'ዮም ፈሪዶሞ'ደይ ፣" ኢላ ኣልማዝ ክትትኩሰለንን ፣ ወ/ሮ ለምለም ሓፍ ኢለን ርእሰን ሒዘን ፣ ኡኡኡኡይይይይ ኢለን ተጠሊዐን ክእውያን ሓደ ኾነ።

ደርማስ ተንሲኡ ነ'ደኡ ኣብ መንኩበን ሒዙ ክህድኣን እንተ ፈተነ ፣ ክዕገሳን ክዝሕላን ኣይከኣላን። ኣልማዝ ከኣ ንእአን ምስ ረኣየት ፣ ዓጊታቶ ዝወዓለት ሕርቃን ፈንጢስዋ ብምውጻእ ፣ ኣውያታን ብኽያታን ደርጉሓቶ።

ደርማስ ንመነን ከም ዝሕዝ ጠፊእዎ ተዓነደ። "ኣንቲ ንስኺ ከኣ ክትሕግዝኒ ኣምጺእክስ ግደፊባ ፣" እንተ በለ ፣ መን ክሰምዮ። ምዕጋስ ምስ ኣበያኦ ፣ ደርማስ ርእሱ ሒዙ ደኒኑ ድምጺ ከየስመዐ ነብዐ። ብኽምዚ ንዓሰርተ ደቓይቕ ዝኣክል ፣ ገጸን ክሳዕ ዝሕጸብ ነብዓን ኣልቀሳን። ቁሩብ ክዝሕላ ምስ ጀመራ ፣ ደርማስ መንዲሉ ኣውጺኡ ንብዓቱ ምስ ጸረገ ፣ ናብ ኣደኡ ቀረበ። ብመንኩበን ሒዙ ኸኣ ፣ "ኣደ! ኣጆኺ ኣደ! ግደፊ ሕጂ ተዓገሲ ፣" በለን።

"ተዓገሲ?! ተዓገሲ?! ልዕሊ'ዚዶ እንታይ ክመጸኒ'ዩ ኣንታ?! ኣይ ብደውና ንዘመት ኢንዲና ዘሎና! እዚ ደኣ መዓስ ከእሰርዎን ክቐጽዕዎን ኮይኖም ደልዮም ፣ ዘይ ንሕልፈቱ ከጥፍእዎ'ዮም ደልዮም! መዓስ ንዓመታት ኮይኖም ክእስርዎ ደልዮም! ዘይ ህይወቱ ክሳዕ እትሓልፍ'ዮም ኣብኡ ክብልይዎ ደልዮም!"

"ኣደ ፣ ኣደ ፣" እንተበለ ደርማስ መን ክሰምዖ።

"ዋይ ኣነ! ሽሕ ግዜ ከም ዘይበልኩ! ደቂ ግራዝማች'ባ ተጻወቱለይ! እዋይ! እዋይ! እዋይ ኣነ ተካል! ደቂ ሰልጠነ'ባ ተጻወቱለይ! እዋይ! ወረ እንታይ'የ ዝብሎ ኣነ?! ወረ ናበይን ናብ መንን'የ ዝኸዶ ኣነ?!" እናበላ ፣ ካብቲ ከልቅስኦ ዝጸንሓ ብዝገድድ ምረት ፣ የማነ ጸጋም እናተሓቖና ክቖዝማ ጀመራ።

ሕጅስ ዝሒላ ኢያ ኢሉ ዝተዛረቦ ዘረባ ፣ ነ'ደኡ መሊሱ ከም ዘነደረን ከም ዝወለዐን ዘስተብሃለ ደርማስ ፣ ዓቕሉ ጸበቦ። ኣልማዝ እንተ ኾነት'ውን ክትሕግዞ ዘይኮነስ ፣ ንርእሳ'ውን ንብዓታ ጀረብረብ እናበለት ፣ ናብ ከቱር መልቀስ ኢያ ኣትያ። ደርማስ ናይ ኣደኡ ኹነታት ኣዝዩ ኣጉሃዮ። ናይ ኣልማዝ ኩነታት ግን ሕውስዋስ ስምዒት ኣሕደረሉ።

ፍርዲ ብሓባር ኮይኖም ክሰምዑ ከለውን ፣ ከምኡ ከኣ ኣብ ገዛ ብሓባር ኣብ ዝነበሩሉ ግዜ ዝነበራ ኩነታትን ፣ ሕጂ ዝርእዮ ዝነበረ ስምዒትን ኣዝዩ ተፈላለዮ። "ናይ ብሓቃ ድያ እዚኣኸ? ዋላስ ነ'ደይ ክተርእን ፣ ኣይጎሃየትሉን ከይትበሃልን ኢላ ኢያ ፣" ናብ ዝብል ጥርጣረ ወደቐ።

ከምዚ'ሉ እናሓሰበ ኸሎ ኣደኡ ቁሩብ ክዝሕላ ከም ዝጀመራ ኣስተብሃለ። ብኣኡ መጠን ከኣ ኣልማዝ'ውን ክትሃድእ ጀመረት። ገለ ዝኾነ ተስፋ ዝህብ ዘረባ ክዛረብ ኢሉ ፣ እንታይ እንተ በለን ከም ዝሓይሽ ክሓስብ ጀመረ። ነገር ግን እንታይ ክብለን ከም ዝኽእል ጨነቖ። ካብ ዘይጠቅምን ዘይጠቕመንን ዘረባ ተዛሪበ እንደጌና ዘለዓዕላ ፣ ትም ምባል ይሓይሽ ብምባል ከኣ ስቕ በለ።

ድሕሪ ኣስታት ፍርቂ ሰዓት ፣ ኣደኡ ስምዒተን ክቋጻጸራን ብኽያተን ክዓግታን ከኣላ። ኣልማዝ'ውን ኩነታተን ብምርኣይ ፣ ስምዒታ ክትቆጻጸርን ዝግ ክትብልን ጀመረት።

"ለኪመኪዶ ንኣኺኸ 'ዛኻለይ?" በላ ወ/ሮ ለምለም ፣ ንብዓተን እናሓሳሰሳን ፣ ኣልማዝ ንወደን ብዝወረዶ ጸገም ብዘርእየቶ ግብረ መልሲ ከም ዝተሓጎሳላ ብዘስምዕ ቃና።

ደርማስ'ውን ትርጉም ዘረባ ኣደኡ ኣይተኸወሎን።

ኣልማዝ ከኣ ብግደኣ ፣ "ንሕና'ምበር ለኪምናክን ኣደይ። ክትጉህዩ ዘይግባእኩም ፣ ከምዚ ክትረኽቡ እንታይዶ ጽቡቕ ረኺብኩም ኢኹም ፣" ኢላ ብዝያዳ ኣእንገደተን።

"ኣልማዝ ኩነታት ኣደኡ እናተኸታተለት ፣ ብስምዒት ምስእን ተጻሪጋ ፣ ነቲ

ኩነታት ተቖጻጺራ ትጓዓዝ ከም ዝነበረት ኣስተብሂለ። ደቀ'ንስትዮ ስምዒት ሰብ ኣብ ምምዛንን፣ ንስምዒት ሰብ ኣብ ምእንጋድን ብዘለወን ክእለትን ዓቕምን ተደነቐ። ኣብ ከምዚ ኩነታት ግን እቲ ስምዒት ናይ ሓቂ ክኸውን ኣለዎ'ምበር፣ ንኽልእ ንኽተሕጉስን ንኽሕጎስልካን ክኸውን ኣይግባእን'ዩ።" ኢሉ እናሓሰበ ኸሎ ኣልማዝ እንገዶታ ብምቕጻል፣ "ብሕልፊ ንስኸን ከም ወላዲት እንታይ ጽቡቕዶ ረኺብክን ኢኽን? እንታይ ጽቡቕ ነገርዶ ሒዝናልክን መጺእና ኢና።" ክትብል ሰምዓ።

እቲ ንሱ ብድርብ መለከዒ ኢሉ ብውሽጡ ክሓምዮ ዝጸንሐ ኣካይዳን ኣተሓሕዛን ኣልማዝ፣ ኣብ ኣደኡ ባህታ ክፈጥር ብምርኣዩ ተደነቐ። ገለ ክዛረብ ከም ዝግበኦ ተሰምዖ፣ ግን ክብሎ ዝኽእል ነገር ስለ ዘይረኸበ፣ ሕጂ'ውን ትም በለ።

"እንታይ'ሞ ዘይገበርኩም ንስኻትኩም'ዞም ደቀይ። ዘይ መዓልትኹም ተደፊኣ ዝወዓለት።" ኢለን መለሳላ።

ወሲኸን ከኣ፣ "ሕጂኸ ቁሩብ እንታይ'ዩ ዝገበሮ?" ሓተታ።

"ደሓን ኣደይ፣ ምስ'ቲ ጠበቓ ተዘራሪብና፣ ዝከኣል ኩሉ ክንገብር ኢና። ሕጂ ኣነ ነ'ልማዝ ከብጽሓ'ሞ፣ ነቲ ስራሕ ክንረኣእዮ። ምሸት ክመጸኪ እየ። ጽባሕ ከኣ ናብ ኣቦይ ብሓባር ክንከይድ ኢና።" በለን።

"ሕራይ እንታይ ደኣ ኪዱ'ዞም ደቀይ። እዝግሄር ምሳኹም ይኹን።" ኢለን ኣፋነውኦም።

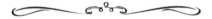

መጀመርያ ደርማስ ከይስንብዳ ኢሉ፣ ኩነታት ባሻይ ኣፋኹሱ'ዩ ነ'ደኡ ነጊሩወን ነይሩ። ቅድሚ ንሆስፒታል ምኻዶም ግን፣ መታን ምስ ረኣየኦም ከይስንብዳ'ሞ ከየእውያ ኢሉ፣ እቲ ናይ ሓቂ ኩነታት ነጊርወን'ዩ ከይዱ።

ክልቲኦም ስድራ ቤት፣ ዳርጋ ኣብ ሓደ ሰዓት ኣብ ሆስፒታል ተራኸቡ። እንዳ ግራዝማች ድሕሪ እንዳ ባሻይ፣ ድሕሪ ውሑዳት ደቃይቕ'ዮም ኣብ ሆስፒታል በጺሖም። ኣልጋነሽ'ውን ምስ ክልተ ዓበይቲ ደቃ፣ ብድሕሪ እንዳ ግራዝማች በጽሐት።

ብምኽንያት ሕማምን፣ ንሕሙም ክርእዩን ደኣ ኹሎም ይተኣኻኸቡ'ምበር፣ ኣብ ሞንጎኦም ግን ፍሕሹውን ፈኩስን ኩነታት ዘይኮነስ፣ ኣዝዩ ከቢድ ወጥሪ

ዝዓሰሎ ኩነታት ምንባሩ ኣብ ገጽ ኩሎም ይንበብ ነበረ። ኩሎም ከኣ ተጎጃጂሎምን ተፈናቲቶምን ተተፋኒኖምን ጠጠው ኢሎም ነበሩ። ዋላ'ቶም በብጉጅለ ዝነበሩ እንተኾኑ'ውን ፡ እቲ ኩነታት ስለ ዝኸበዶም ፡ ነንሕዶም ከዛረቡን ብፍሕሸው ገጽ ከዕልሉን ኣይረኣዩን ነበሩ። ኩሎም ርእሶም ኣድኒኖም ብሰላሕታን ብሕሹኽታን'ዮም ዝዘራረቡ ነይሮም። እቲ ቀንዲ ምኽንያት ናይዚ ኸኣ ፡ ባሻይ ወቕዒ ስለ ዝገጠሞም ዘይኮነስ ፡ እቲ ናይ ቅድሚኡ መዓልቲ ኣብ ልዕሊ ሃብቶም ዝተበየነ ፍርዲ'ዩ ነይሩ።

በዚ ኩነታት ዘይተጸለውን ዘይተተንከፉን ዝመስሉ ፡ ግራዝማች ጥራይ'ዮም ነይሮም። ንኹሎም ኣባላት ስድራ ቤት ባሻይ ፡ በብሓደ በቲ ዝተረኸበ ኹሉ ፡ ጓሂኦምን ስምዒቶምን ይገልጹሎም ነበሩ። ናይ ምእታው ሰዓት ምስ ኣኸለ ኸኣ ፡ ብቐዳምነት ስድራ ቤት ባሻይ ፡ ብወ/ሮ ለምለም ጀሚሮም በብተራ ከም ዝኣትው ገበሩ። ብድሕሪኡ ኣልጋነሽ ምስ ደቃ ኣተወት። ኣብ መወድኣታ ኸኣ ግራዝማች ምስ በዓልቲ ቤቶምን ደቆምን ኣተው።

ባሻይ ድሮ ብዙሕ ለውጢ ከም ዝገበሩ ፡ ነቶም ቅድሚኡ መዓልቲ ሒዞሞም ዝመጹ ርኡይ'ዩ ነይሩ። እንተ እቶም ዘይነበሩ ግን ፡ ኩሎም ካብ ዝተጸበይዎ ንላዕሊ ኮይኑዎም ሰንበዱ። ብሕልፊ ወ/ሮ ለምለም ኣዝየን ሰንበዳ። እቶም ተረኛታት ዝነበሩ ኣለይትን ሓኻይምን ግን ፡ ባሻይ ኣዝዩ ጽብቕ ለውጢ ስለ ዘምጽኡ ፡ ኣብ ሆስፒታል ንውሱናት መዓልታት እንተ ዘይኮይኑ ፡ ብዙሕ ዘጽንሕ ከም ዘይህልዎም ገለጹሎም። ሰለስቲኦም ስድራ ቤት ፡ ንባሻይ ምስ በጽሑዎም ከኣ ፡ ከምታ ዝመጹዋ በበይኖም ነንገዛኦም ተመልሱ።

ባሻይ መዓልታዊ ቅልጡፍ ለውጥን ምዕባለን እና'ርኣዩ ከዱ። ሓኻይም ብኹነታቶም ስለ ዝዓገቡ ኸኣ ፡ ኣብ ሰሙኖም ካብ ሆስፒታል ወጺኦም ንገዛ ክኸዱ ፈቐዱሎም። ኣብ ገዛ ኾይኖም ዝወስዱዎ መድሃኒታትን ፡ ክገብርዎ ዘለዎም ጥንቃቐታትን ምንቅስቓሳትን ንስድራ ቤት ሓበርዎም። በዚ ኸኣ ልክዕ ድሕሪ ሰሙን ባሻይ ካብ ሞት ድሒኖም ፡ ግን ከኣ ብውሱን ደረጃ ሰንኪሎም ንገዛኦም ተመልሱ።

ጠበቓ በዓል ተስፎም ሓይሎምን ጠበቓ በዓል ሃብቶምን ንሲቪላዊ ክሲ ክዳለው ጀመሩ። ሓይሎም በዓል ተስፎምን ኣርኣያን ከቕርብዎ ዝነበሮም ዝርዝር ሰነዳትን ጸብጻብ ሕሳባትን ሓበሮም። ስለዚ ተስፎምን ኣርኣያን ፡ ናይ ቅድም ፋይላት ክገናጽሉ ይውዕሉን የምስዩን ነበሩ። እቲ ብወገን ኢንሹራንስ ዝተኸፈለ ገንዘብ ፡

ድሮ ጽብጹብ ስለ ዝነበረ ሽግር ኣይነበሮምን።

ብወገናም ኩሉ ዝርዝርን ዋጋን ናይቲ በቲ ባርዕ ዝሰዓበ ዕንወት ፤ ንምትካኡ ዝተገበረ ዝርዝር ንብረትን ወጻኢታትን ፤ ካብ መዓልቲ ባርዕ ክሳዕ ፋብሪካ ብውሱን ዓቕሙ ዝጅምር ፡ ዝተኸስረ መዓልታትን ኣታዊታትን ፤ ንኹሉ'ቲ ፋብሪካ ብሙሉእ ዓቕሙ ዘይኮነስ ፡ ብውሱን ዓቕሙ ዝሰርሓሉ ብዝሒ መዓልታትን ፡ ብሰንኩ ዝተኸሰረ ገንዘብን ወዘተን ፡ ከዳልው ኣድለየዮም። ኩሉ ምስ ኣዳለው ኸኣ ሕጋውነት መታን ክህልዎን ፡ ንቤት ፍርዲ ብዝበቅዕ ኣገባብ ክዳሎን ፡ እቲ ዝሰርሕዎ ሕሳብ ብናይ ሕሳብ በዓል ሞያ ከም ዝምርመርን ከም ዝዳሎን ገበሩ።

ደርማስን ኣልማዝን ብቐጻሊ'ዮም ምስ ጠበቓኦም ዝራኸቡ ነይሮም። እቲ ቀዳማይ ክሱስ ገብረኣብ ፡ ንብረት ኮነ ዝጠቅም ገንዘብ ስለ ዘይነበሮ ፡ እቲ ዝመጽእ ዕዳ ኣብ እንግድዓ ሃብቶም ጥራይ ከም ዝወድቕ ተረዲእዎም ነይሩ'ዩ። ስድራ ቤት ባሻይ ብኹሉ ኹሉ ፡ ፈታኒ ግዜ ኢዮም ዘሕልፉ ነይሮም። በቲ ሓደ ወገን ንሃብቶም ኩሉ ዘድልዮ ነገራትን መግብን ሒዝካ ናብ ቤት ማእሰርቲ ምኻድ ፤ በቲ ኻልእ ከኣ ናብ ባሻይ መዓልታዊ ምኻድን ፡ ኩነታቶምን ጥዕናኦምን ምክትታልን ፤ ኣብ ልዕሊኡ ከኣ ፡ ነቲ ኣብ ወደንን ኣብ በዓል ቤተንን ዝወረደ ጸገም ፡ ወ/ሮ ለምለም ክቕበላኦን ክጾሮኦን ስለ ዘይከኣላ ፡ መዓልታዊ ምጽንናዕን ምትብባዕን የድልየን ነበረ።

ኣብ ልዕሊ'ዚ ኹሉ ኸኣ ፡ እቲ በዓል ተስፎም ከቕርብዎ ዝዳለውሉ ዝነበሩ ሲቪላዊ ክሲ ፡ ኣብ ርእሶም ከም ደበና ተንጠልጢሉ ጸቕጢ ፈጢሩሎም ነበረ። ኣብ ከምዚ ኩነታት ከለው'ዮም ፡ በዓል ተስፎም ኣብ ልዕሊ ሃብቶም ሲቪላዊ ክሲ ንኽምስርቱ ምድላዋቶም ከም ዘጻፈፉ ክፈልጡ ዝኸኣሉ።

ተስፎምን ኣርኣያን ድሕሪ ነዊሕን ጽዑቕን ስራሕ ፡ ኩሉ'ቲ ሓይሎም ዝሓተቶም ሰነዳትን ሕሳብን ወዲኦም ኣረከብዎ። ሓይሎም ብወገኑ ዝዳሎ ጽሑፋት ኩሉ ወዳዲኡ ምስ ዛዘመ ፡ ክሲ ንምምስራት ተዳለወ። እቲ ሲቪላዊ ክሲ ዝረኣየሉ ቤት ፍርዲ ፡ ኣብ ፊት ቹነማ ሮማ ዝርከብ ቤት ፍርዲ'ዩ ነይሩ።

ኩሉ ዝዳሎ ምስ ወዳድኡ ኸኣ ፡ ምስ ኣርኣያን ተስፎምን ብሓባር ከይዶም ፡ ንዝወረዶም ክሳራ ዝምልከት ወግዓዊ ሲቪላዊ ክሲ መስረቱ። ሲቪላዊ ክሲ ምስ መስረቱ ፡ ሓይሎም ግዜ ከይወሰደ ፡ ንብረትን ገንዘብን ሃብቶም ከይንቀሳቐስን ከይተሓላለፍን ብቤት ፍርዲ መእገዲ ትእዛዝ ከም ዝውሰን ገበረ።

ብድሕር'ዚ ነቲ ጉዳይ ዝሰምዑ ደያኑ ተመዘዙ። ጉዳይ ዝረኣየሉ መዓልቲ ቆጸራ'ውን ተወሰነ። ኣብ መወዳእታ ኸኣ መስርሕ ፍርዲ ተጀሚሩ ፡ በብግዜኡ

ኣብ ዝነበረ ቆጸራታት ክልቲኦም ጠበቓታት እናተኸራኸሩ ኣብ ምዝዛሙ ተቓረበ።

ደያኑ ውሳነኦም ዝህብሉ መዓልቲ ተቖጽረ። ኣብቲ መዓልቲ ቀዳማይ ክሱስ ገብረኣብን ካልኣይ ክሱስ ሃብቶምን ብፖሊስ ተዓጂቦም መጹ። ናይ ክልቲኡ ወገን ጠበቓታት ብየማንን ብጸጋምን ቦታኦም ሓዙ። ተስፎምን ኣርኣያን ከምኡ'ውን ደርማስን ኣልማዝን'ውን ቦታ ሒዞም ኮፍ በሉ።

ዳኛ ውሳነ ከንብቡ ተዳለው። ብድሕሪኡ ፡ "ክሱሳት ሃብቶም ጎይትኦምን ገብረኣብ ወልደዮውሃንስን ፡ ኣዝዩ ሕማቅ ገበን ከም ዝፈጸምኩም ኣብ ገበናዊ ቤት ፍርዲ ኣቐዲሙ ተረጋጊጹን ብይንን ውሳነን ተዋሂቡሉን ነይሩ'ዩ። ከምኡ ስለ ዝኾነ እዚ ናትና መጋባእያ ፡ ክሱሳት ካሕሳ ክትከፍሉ ይግብኣኩምዶ ኣይግብኣኩምን ዝብል ክርክር ኣይኮነን ከተኣናግድ ጸኒሑ። ምኽንያቱ ክትከፍሉ ከም ዝግብኣኩምን ገበነኛታት ምዃንኩምን ፡ ብፍርዲ ካብ ዝተረጋገጸሉ መዓልቲ ድሮ ርጉጽ ነገር ኮይኑ ተወዲኡ'ዩ። እዚ መጋባእያ'ዚ'ምበኣር ብዛዕባ ክኽፈል ዝግበኦ ካሕሳ ፡ ካብ ግቡኡ ከይጎደለን ካብ መጠኑ ከይሓለፈን ብልክዕ ንምውሳን'ዩ ክሰርሕ ጸኒሑ። እዚ ኸኣ ነቲ ዝጠፈአን ዝዓነወን ንብረትን ፡ ነቲ ብሰንኪ እቲ ገበን ዝተኸሰረ ግዜን ገንዘብን ዝትክእ መታን ክኸውን ፡ ክኢላታት ሓዊሱ ብዕቱብ ዘድሊ ግዜ ብምሃብ ብደቂቕ ክጽንዖ ጸኒሑ'ዩ። እምበኣር ሕጂ ናብ ዝተበጽሐ ቀንዲ ውሳነ ክኣቱ'የ።" ኢሎም ዳኛ ኣዕርፍ ኣበሉ።

መንጽሮም ኣተዓራርይ ምስ ኣበሉ ኸኣ ፡ "ብሓባርን ብተናጸልን ክሱሳት ንዝኾንኩም ፡ ገብረኣብ ወልደዮውሃንስን ሃብቶም ጎይትኦምን ብዝምልከት ፡ ቤት ፍርዲ እዚ ዝስዕብ ፍርዲ ወሲኑ'ሎ።"

"ውሳነ ፡"

"ነቲ በዚ ባርዕ'ዝን ብናቱ ሳዕቤንን ዝሰዓበ ክሳራ ብሙሉኡ ምስ ወለዱ ዝሽፍን ፡ 78,000 ብር ክትከፍሉ ተወሲኑ'ሎ ፡" ኢሎም ኳሕ ኣበሉ።

እቲ ናይ ካሕሳ ፍርዲ ብኸምዚ ውሳነ ኣገባቡ ተኸቲሉ ተፈጸመ። ብድሕር'ዚ ስድራ ቤትን ጠበቓታትን ካብቲ መጋባእያ ብዝመጽዎ ኣገባብ ቀስ ኢሎም ወጹ።

ተስፎምን ኣርኣያን እቲ ውሳነ ፍርዲ እንታይ ከም ዝመስል ፡ ድሮ ኣብቲ ናይ ፍርዲ ከይድን ዝቕጽል ዝነበረ መስርሕን'ኳ ተረዲእዎም እንተ ነበረ ፡ ከምዚ'ሉ ብጽቡቕ ምድምዳሙ ግን ደስታ ፈጠረሎም። በቲ ውሳነ ይተሓጎሱ'ምበር ፡ ፍርዲ ምስ ተነበበ ደስታኦም ኣብቲ ቦታ ከለው ኣብ ኣቃውሞኦም ይኹን ኣብ ኩነታቶም ከይረአ ፡ ኣዝዮም ኢዮም ተጠንቂቖም ነይሮም። ምኽንያቱ ኸኣ ከምኡ ርኡይ

ምልክት እንተ ኣንጸባሪቐም ፡ ኣብ *'ልዕሊ ዘላታ ተወሰኺታ'* ከይኮናም ስለ ዝተሰከፉ'ዩ ነይሩ። በዚ ምኽንያት'ዚ ንሓይሎም ፡ ኣብቲ ቤት ፍርዲ ከለው እንቋዕ ኣዐወተካ ብምባል ፡ ከጭብጥዎን ኣገናዕ ክብልዎን ኣይደለዩን።

ደርማስን ኣልማዝን'ውን እንተኾኑ ፡ እቲ ፍርዲ ናበይ ገጹ ይኸይድ ከም ዝነበረ ይከታተልዎ ስለ ዝነበሩ ፡ ውሳነ ቤት ፍርዲ ኣይገረሞምን። እቲ ቀንዲ ከርክር ናይ ጠበቓኦም ፡ እቲ ዝውሰን ካሕሳን ዕዳን ዝተጋነነን ዘይርትዓውን ከይከውን ፡ ምርግጋጽን ምክትታልን'ዩ ነይሩ። ንጽበዮ ዝነበርና'ዩ ኢሎም ይሕሰቡ'ምበር ፡ ፍርዲ ምስ ተነበበ ግን ሓደሶም። እቲ ኣብ ስድራ ቤቶም ኣብ ሓጺር ግዜ ዝመጸ ጸገምን ፡ ንዝቕጽል ዓመታት ዘምጽኦ ሳዕቤንን ስለ ዝተራእዮም ከኣ ፡ ኣዝዮም ሓዘኑን ጎሃዩን። ከም ኣብ ናይ ገበን ፍርዲ ውሳነ ግን ፡ ሽው መዓልቲ ኣልማዝ ዝኾነ ደጋዊ ምልክት ኣየርኣየትን።

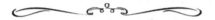

ተስፎምን ኣርኣያን ካብ ቤት ፍርዲ ምስ ተመለሱ ፡ ናይ ኣብ ቤት ፍርዲ ዝተዓወትዎ ዘሕጉስ ብስራት ንሙሉእ ስድራ ቤቶምን ፈተውቶምን ይነግሩ ነበሩ። በ'ንጻሩ ደርማስን ኣልማዝን ከኣ ካብ ቤት ፍርዲ ምስ ተመለሱ ፡ ብስራት ዘይኮነስ ካልኣይ መርድእ'ዮም ንሙሉእ ስድራ ቤቶምን ፈተውቶምን ዝነግሩ ነይሮም። ተስፎምን ኣርኣያን ጸሓዮም መሊአ ባዕ ስለ ዝበለት ክፍስሑን ክድሰቱን ከለው ፡ ሃብቶም ከኣ ብቐትሩ ጸሓዩ ጠፊኣ ጽልግልግ ኢሉዎ ብጓሂ ይሓርር'ዩ ነይሩ።

ከምዚ ክርከብ ከሎ ፡ *'እቲ ዝተዓወተ ክሕጎስ ፡ እቲ ዝተረትዐ ከኣ ክጉሂ ፡ ብኹሉ ሰብ ከም ንቡርን ግቡእን ስምዒት ገይሩ'ዩ ዝወሰድ'* ። ግራዝማች ግን ነዚ ዳሕራይ ዝተዋህበ ፍርዲ ምስ ሰምዑ'ውን እንተኾነ ፡ ከም ዓቢ ዘሕጉስን ዘዕግብን ዓወት ገይሮም ኣይወሰድዎን። ምኽንያቱ እቲ ደቆም ከም ዓቢ ዓወት ዝወሰድዎ ዝነበሩ ኣብ ኣዝዮም ዝቐርብዎምን ክወርዶም ዘይግብኦምን ስድራ ቤት ይወርድ ብምንባሩን ፡ ንሱ ዘስዕቦ ዕንወትን ጸገምን ከኣ ይርኣዮምን ይስመዖምን ስለ ዝነበረ'ዩ።

ግራዝማች *'ዓለም ተራ ምኻና ኣጸቢቖም ዝርደኡን ዝፈልጡን ሰብ ኢዮም ነይሮም። ብተወሳኺ ሰብ ኣብ ዓለም ክሳዕ ዘሎ ፡ ሓጎስን ጓህን ፡ ጣዕምን ጸገምን ፡ በብተራ ተታኻኺእትን ተኸታቲልትን ተርእዮታት ምዃነን ዘይተርፍ ናይ ዓለም ሕጊ ምዃኑ ስል ዝርድኦም ዝነበረ ፡ ብግዝያውን መምስ ኩነታቱ ብዝቀያየር*

ስምዒትን ክዝንግዑን ክስለቡን ኣይፈቐዱን'ዮም ነይሮም።

ነዚ ናይ ግራዝማች ፍልስፍናን ኣተሓሳስባን ፡ ክበጽሕዎን ክርድእዎን ዓቕሚ ይኹን እምነት ዘይነበሮም ኣባላት ክልቲኡ ስድራ ቤት ግን ፡ ኣብ ካልኦም'ዮም ኣተኲሮም ነይሮም። ተስፎምን ኣርኣያን ኩሉ ዝተመነዩዎ ስለ ዝረኸቡ ፡ ብዕግበት ኣብ ሰማይ ኢዮም ዘንሳፍፉ ነይሮም። ድሮ ድሕሪ ኣፈጻጽማ ፍርዲ ዝመጾም መጠን ገንዘብ ክጽብጽቡን ፡ ዝገብርዎን ዘይገብርዎን ክውጥኑን ጀሚሮም ነበሩ።

በ'ንጻሩ ደርማስን ኣልማዝን ኩሉ ነገራት ጸልሚትዎምን ከቢድዎምን ፡ ኣብ ጭንቀት'ዮም ጥሒሎም ነይሮም። ንሳቶም ከኣ ተወሲኑ ዝነበረ ዕዳ ፡ ብኸመይን ካበየናይን እንተ ተኸፊለ ኢዩ ዘዋጽእን ዘየሸግርን ኣብ ዝብል ኣተኲሮም ነበሩ።

ወድ ሰብ ኣሸንኳይ ርሑቕ መጻኢኡ ፡ ድሕሪ ሓንቲ ደቒቕ'ውን ትኹን እንታይ ከም ዝኸውንን እንታይ ከም ዘወርዶን ዘይፈልጥ ፡ ድሩት ፍጥረት ምዃኑ ኣጸቢቖም ዝፈልጡ ግራዝማች ግን ፡ በዚ መንፈስ'ዚ ክይተጸለውን ክይተዘንግዑን ስምዒቶም ተቖጻጺሮም ይጓዓዙ ነበሩ።

ክልቲኦም ስድራ ቤት ፡ መጻኢ ጉዕዞኦም እንታይ ከም ዝመስልን ፡ ብኸመይ ከም ዝገጥምዎን ግን ፡ ግዜ ጥራይ ዝምልሶ ሕቶ ምዃኑ ፍሉጥ'ዩ ነይሩ።

ምዕራፍ 11

ተስፎም ፍርዲ ካብ ዝጅመር ኣትሒዙ ፡ ብዙሕ ግዜ ካብ ስራሕ ክወጽእ ይግደድ ነይሩ'ዩ። ድሕሪ ፍርዲ ግን ንኣፈጻጽማ ንዝምልከት ፡ ኣርኣያ ምስ ሓይሎም እናተመኻኸረ ባዕሉ ክከታተሎ ተሰማምዑ። ናይ ግድን ባዕሉ ተስፎም ክኸዶ ንዘድልዮ ጉዳይ እንተ ዘይኮይኑ ኸኣ ፡ ኩሉ ኻልእ ኣርኣያ ይዓምሞ ነበረ። በዚ ኸኣ ተስፎም ካብ ስራሕ ከይተዘናበለ ፡ ኣብ ናይ ባንካ ስራሑ ከተኩር ከኣለ።

ካብቲ ጠቕላላ ሃብቶም ክኸፍሎ ዝተወሰነ 78,000 ፡ እቲ 30,000 ንኢሹራንስ ተመላሲ ዝኸውን ገንዘብ'ዩ ነይሩ። እቲ ዝተረፈ 48,000 ከኣ ናይቲ ንሳቶም ካብ ገንዘቦም ዝኸፈልዎ ምትዕርራይ ፡ ነቲ ዓቕሚ ስኢኖም ከይሰርሕዎ ንኻልእ ግዜ ክስራሕ ዘመሓላለፍዎ ስርሓውትን ፡ ነቲ ፋብሪካ ጠጠው ብምባሉ ዝሰዓበ ክሳራታት ንኽሸፍን ዝተሰለዐ'ዩ ነይሩ።

ተስፎምን ኣርኣያን ነዚ ናብ ኢዶም ክኣቱ ዝጽበዩዎ 48,000 ፡ ብኸመይ ከም ዝጥቀምሉ ክመያየጡን ክዝትዩን ጀመሩ። ኣየናይ ክፋሉ ንመተዓራረይን መስርሕን ፡ ኣየናይ ክፋሉ ንናይ ባንካ ዕዳኦም መቃለሊ ከም ዝገብርዎ ክሓስቡን ክካትዑን ቀነዩ።

መስርሕ ፍርዲ ኩሉ ስለ ዝተወድአ ፡ ተስፎምን ኣርኣያን ኣቓልቦኦም ኩሉ ናብቲ ዝቕጽል መስርሕ ኣፈጻጽማ ፍርዲ ኣዘሩ። መድህን ብቐጻሊ ንደቂ ሃብቶም ንኸዘራርብዎም ፡ ንተስፎም ተዘኻኽሮ ነበረት። ተስፎም ግን ካብ ብዝሒ ስክፍታ ፡

ከምዛ ባዕላ እትሓልፈሉ ሎሚ ጽባሕ ይብላ ነበረ።

ድሕሪ ካልኣይ ሲቪላዊ ፍርዲ ግን ፡ እቶም ቆልዑ ኣብ ልዕሊ መነባብሮኦምን ፡ ኣብ ንብረት ስድራ ቤቶምን ዝርእይዎ ግሁድ ለውጥታት ምኽሳቱ ዘይተርፎ ብምዃኑ ፡ ንኽዘራርብዎም ሕራይ በላ። ንኹላቶም ዝጥዕም ግዜን ሰዓትን መሪጾን ከኣ ቆጸራ ገበራ።

እቶም ክልተ ዓበይቲ ደቂ ሃብቶም ፡ ክብረትን ሳምሶንን ናብ እንዳ ተስፎም ክመጹ'ሞ ፡ ኣብኡ ኾይኖም ክዘራርብዎም ተሰማምዑ። ብተወሳኺ ኣብቲ ዝርርብ ክልቲኦም ዓበይቲ ደቆም ፡ ብሩኽን ትምኒትን'ውን ክሳተፉ ተረዳድኡ። መዓልቲ ቆጸራ ኣኺሉ ተስፎም ክሳዕ ዝመጽእ ፡ መድህንን ኣልጋነሽን ብወገንን ፡ ቆልዑ ኸኣ ብወገኖም ተኣኻኺቦም ዕላል ሒዞም የዕልሉ ነበሩ። ክልቲኦም ማናቱ ናይ ክልቲኡ ስድራ ቤት ፡ ኣብዚ ግዜ'ዚ ድሮ ደቂ 19 ዓመት ኮይኖም ኢዮም።

ተስፎም ኣብ ስራሕ ኮይኑ ከይተረፈ እታ ርክብ ኣዝያ ኣሰኪፋቶ'ያ ውዒላ። ገዛ ክኣቱ ኸሎ ኣብ ሞንጎ እቶም ቆልዑ ዝረኣዮ ናይ ምቅርራብ ትርኢት ግን ተስፋ ሃቦ። ሰላምታ ምስ ተለዋወጡ ኸኣ ብቐጥታ ናብ ዝርርቦም ኣተው።

"እዚ ሎሚ ክንመያየጠሉ ዝደለናዮ ኣርእስቲ ፡ ክንዘራረበሉ ካብ እንብል ነዊሕ ግዜ ኢዩ ሓሊፉ ፡" ኢሉ ናይ ኩሎም ኣቓልቦ ምርካቡ ከረጋግጽ ንኻልኢታት ኣቋሪጹ ፡ ጠመተኡ ናብ ኩሎም ኣቕነዐ።

ኩሎም ብኣተኩሮ ይከታተልዎ ከም ዝነበሩ ምስ ኣረጋገጸ ኸኣ ፡ "ንሕና ከም ክልተ ስድራ ቤት ኣይኮንናን እንቖጸር። ከም ሓደ ስድራ ቤት ኴንና ፡ ብሓባር ምስራሕ ጥራይ ዘይኮነ ፡ መንበሪና ብሓደ ገዚእና ፡ ደቅና'ውን ብሓባር ከነዕቢ ጸኒሕና ኢና። እዚ ኩሉኹም ካብ ህጻንነትኩም ኣትሒዝኩም ዝረኣኹሞን እትፈልጥዎን'ዩ። ንስኻትኩም ኮንኩም ኣደታትኩም ከኣ ፡ ነዚ ፍቕሪ'ዚ ክሳዕ ሎሚ ከም ቀደምኩም ትቕጽልዎ ስለ ዘለኹም ፡ ኣድናቖትን ምስጋናን ይግበኣኩም'ዩ ፡" ኢሉ እንደጌና ንኻልኢታት ኣዕርፍ ኣበለ።

ኩሎም ርእሶም ክንቕንቑ ረኣየ። ሽዑ ቀጸል ኣቢሉ ፡ "ንሕና ኣቦታትኩም ግን ከምቲ ዝጀመርናዮ ብፍቕርን ብስኒትን ብሽርክነት ክንቅጽል ኣይከኣልናን። ኣብነት ክንከውን ዝግበኣና ዓበይቲ ክነስና ፡ ኣብዚ ምውዳቕና ኸኣ ኣዝዩ የውቅሰና'ዩ። እቲ ዘይምስምማዕና ጥራይ ከይኣክል ፡ ከም ተጻባእትን ተጻላእትን ኣብ ቤት ፍርዲ ክንንተት ከኣ ኣዝዩ ዘሕዝን'ዩ። ግን ገሊኡ ኩነታት ክትዓግቶ ወይ ጠጠው ከተብሎ ስለ ዘይከኣል ፡ ኣብዚ ኣዝዩ ዘሕዝን ክውንነት በጺሕና። መን እንታይ ገይሩ? ብኸመይ? ንምንታይ? ዝብሉ ሕቶታት ፡ ቀስ ኢልኩም ምስ ግዜን ምስ

ዕድመን ባዕልኻትኩም ክትፈልጥዎን ክትርድእዎን ኢኹም። ኣነ እንተ ተዛረብኩሉ ባዕላዊ ስለ ዝኸውን ፡ ናብቲ ዝርዝር'ቲ ኣይኣቱን'የ ፡" ኢሉ ሓሳባቱ ክሰርዕ ፡ ድንን ኢሉ ንኻልኢታት ኣዕርፍ ኣበለ።

ቅንዕ ኢሉ ዘረባኡ ብምቕጻል ፡ "ኣነ ከዛርበኩም ዝደሊ ግን ብዛዕባ ናተይን ናይ ሃብቶምን ርክብ ዘይኮነስ ፡ ብዛዕባ ካብዚ በጺሕናዮ ዘሎና ደረጃ ርክብና ምሳኻትኩም ከመይን ናበይን ገጹ'ዩ ኣብ ዝብል'ዩ። ኣነ ካብ ቀደም ካብ ደቀይ ከይፈለኹ ከም ደቀይ ገይረ ፡ ብዝከኣለኒ ብሓደ ዓይኒ ክርእየኩም'የ ክፍትን ጸኒሐ። ሕጅን ብድሕሪ ሕጅን እንተ ኾነ'ውን ከም ቀደመይ ፡ ከም ደቀይ ገይረ ክርእየኩምን ክሓልየልኩምን ምዃነይ ቃል እኣትወልኩም። ንስኻትኩም ከኣ ከም ወላዲኹም ክትርእዩንን ፡ እቲ ዕድል'ቲ ክትህቡንን'የ ክምሕጸነኩም ዝደሊ ፡" ኢሉ ትንፋሱ ክመልሰ ኣዕርፍ ኣበለ። ክልቲኦም ደቂ ሃብቶም ርእሶም ንላዕልን ንታሕትን እናነቕነቑ ፡ ብኣተኩሮ ከም ዝከታተልዎ ዝነበሩ ኣስተብሃለ።

ሽው በዚ ተተባቢዑ ቅጽል ኣቢሉ ፡ "ነ'ቦና ኣእሲሩዎስ ከመይ ገይሩ'ዩ ከምኡ ዝብለና ዝብል ሓሳብ ክመጸኩም ይኽእል'ዩ። ንሃብቶም ግን ኣነ ከእሰሮን ፡ ካባኹም ክፈልዮን ፈትየን ደልየን ኣይኮንኩን። ብሓቂ ክንዛረብ እንተ ኼንና ፡ ንሃብቶም ኣነ ኣይኮንኩን ኣእሲረዮ። ሕጊ ኢዩ ኣሲሩዎ። ናይ ኣቦኹም ሽግር ምሳና ብዝተኣሳሰረ ጉዳይ ምዃኑ የሕዝነኒ። ኣነ ሕጂ'ውን እቲ ናይ ቀደም ባባኹም ተስፎም'የ ፡ ኣይክቕይርን'የ ኸኣ። ከም ቀደምኩም ክትርእዩንን ክተቕርቡንን ፡ ንዝኾነ ጸገም ከኣ ክተካፍሉንን'የ ዝብህግን ዝደልን። ኣነ ኣብ ኩሉ ዝገጥመኩም ጸገምን ኩነታትን ፡ ኣብ ጎንኹምን ምሳኹምን ክህሉ'የ። በዚ ንኽይጠልመኩም ኣብ ቅድሚ'ዘን ክቡራት ኣደታትኩም ቃለይ እህበኩም!" በለ ተስፎም ብኽቱር ስምዒት። ስምዒቱ ንኽቆጻጸር ውሑዳት ካልኢታት ኣዕርፍ ኣበለ።

ስምዒቱን ሓሳባቱን ድሕሪ ምቁጽጻሩን ምጥርናፉን ፡ "ብዛዕባ ምስ ስድራ ቤትኩምን ኣዝማድኩምን ዘለኩም ርክብ'ውን ቁሩብ ክብል። እዚ ኣንኒፉ ዘሎ ሽግር ንዓኻትኩምን ነደኹምን ፡ ኣብ ሞንጎናን ኣብ ሞንጎ ስድራ ቤትኩምን ቀርቂሩኩም ከም ዘሎ እርደኣኒ'ዩ። እዚ ኸኣ ብሰንኪ ምሳና ዘለኩም ርክብን ፍቕርን'ዩ። ንሕና ምስ ቤተ ሰብኩም ብዝተኻኣለ መጠን ጽቡቕ ርክብ ክህልወኩምን ፡ እቲ ዘሎ ርክብ ከይበላሾን ኢና እንደሊ። ምኽንያቱ ዝኾነ እንተ ኾነ ፡ ኣብ መወዳእትኡ ስድራ ቤትካ ስድራ ቤትካ ኢዩ። ስለዚ እቲ ዘሎኩም ርክብ ከይበላሾን ከይብተኽን ፡ ዝከኣለኩም ክትገብሩ ክንሕገዝኩም ኢና እንደሊ። እንዳ ተስፎም ከምዚ ከይሰምዖም ከምዚ ከይመስሎም ኢልኩም ክትስከፉ ኣይኖድል ኢና። ንሕና ኩሉ እትገብርዎ ክንርዳኣልኩም ስለ ዝኾንና ፡ ብኣና ዕጅብ ከይበለኩም ምስኣታቶም ዘለኩም ርክብ ሰዓብዎን ሓልውዎን!" ኢሉ ገጹ ናብ ኣልጋነሽ

ኣዞረ።

"ኣልጋነሽ ከኣ ኣብ ቅድሜኺ'የ ነዞም ቆልዑ ከዛረቦም ጸኒሑ። ሕጂ ኸኣ ኣብ ቅድሚኦም ሓንቲ ነገር ክብለኪ። ኣብ መጻኢ ኣብ ዝኾነ ኣነ ክገብሮ ዝኽእል ነገር፣ ኣብ ጽቡቕክን ሕማቕክን ጸገምክን ከም ሓው'ኺ ኮይነ ከም ቀደመይ ምሳኺ ጠጠው ከም ዝብል ቃል እኣትወልኪ። ዘረባ ኣንዊሓልኩም ከይከውን ግን ይቕረታ እሓተኩም።"

"ኖኖ፣ ኖኖ፣" በሉ ክብረትን ሳምሶንን።

"ባባ ተስፎም እንታይ ዘረባ ከተንውሓልና ደኣ። ዘይ ንኣና ኢልካ ኢኻ ክትዛረበናን ክትመኽረናን ጸኒሓካ፣" በለት ክብረት።

"ሓቕኹም'ዞም ደቀይ፣ ሓቕኺ እዛ ጓለይ፣" በለት ኣልጋነሽ ናብ ደቃ እናጠመተት።

ናብ ተስፎም ገጻ ጥውይ ኣቢላ ኸኣ፣ "እንታይ ማለትካ'ዩ ተስፎም? ንስኻን መድህንን ንኣና ኩሉ ግዜ ኣብ ጽቡቕናን ሕማቕናን፣ ደገፍትናን ሰብ ጽቡቕናን ኢኹም። እዚ ኸኣ ኣነ ጥራይ ዘይኮንኩ፣ እዞም ቆልዑ'ውን እንተኾኑ ኣጸቢቖም ዝፈልጥዎ ሓቂ'ዩ። እቲ ሕጂ ኣብዚ ዕድመ'ዚ ዘይፈልጥዎን ዘይርድእዎን ከኣ፣ ምስ ግዜ ክርድእዎ'ዮም፣" ኢላ ኣዕርፍ ኣበለት።

ቀጺላ ኸኣ፣ "እዚ ሎሚ ዝተዛረብካና ዘረባ ጥራይ ንርእሱ፣ ናታትኩም ሓልዮትን ኣባና ዘለኩም ፍቕርን ተገዳስነትን ኣጸቢቑ ዘነጽር'ዩ። መን'ዩሞ በዚ ሎሚ ምስ ስድራ ቤትኩምን ኣዝማድኩምን ብሰንክና ክትፈላለዩ ኣይንደልን ኢና ዝብለካ? መን'ዩሞ ንኣና እንተ ወገንኩምና፣ ንሕና ስለ እንርድኦ ኣይትሰከፉ ዝብለካ? ስለዚ በቲ እተርእዩና ዘለኹም ፍቕርን ሓልዮትን ዕጉባት ኢና። ሕጂ'ውን ከም ቀደምና ኣመስጊንና፣ ነመስግንቲ ኢና እንህበኩም። ክብረት ይሃበልና። ኣምላኽ ነዚ ወሪዱና ዘሎ ሽግር ባዕሉ ይሓግዘናን ይቐንጥጠልናን፣" ምስ በለት፣ ኣዒንታ ብስምዒት ቁጽርጽር በላ።

ክሳዕ ሽው ትም ኢላ ዝወዓለት መድህን ቅልጥፍ ኢላ፣ "ንኣና ደኣ ክብረት ይሃበልና ስለ እትርድኡና ዘለኹም። ንሕና ናይ'ዞም ቆልዑ ብሓቂ ኣሰኪፉና'ዩ። በቲ ሓደ ወገን ንሕና'ኮ ወለድኹም ኢና ንብሎም፣ በቲ ኻልእ መዳይ ከኣ ወላዲኦም ምሳና ብዝተተሓሓዘ ጉዳይ ይእሰር። እዚ'ዩ ነይሩ እቲ ቀንዲ ስክፍታናን ሻቕሎትናን።"

"ክትስከፋ ሓቅኹም ኢኹም። ግን ከኣ ሃብቶም ነዚ ዝተፈጸመ ዘሰንብድ ገበን፣ ከም ዝፈጸሞ ባዕሉ ካብ ተኣመነ'ሞ እንታይ ዘይገበርኩም ኢኹም?" በለት ኣልጋነሽ።

ተስፎም እታ ዘረባ ኣብ ቅድሚ እቶም ቆልዑ፣ ናብ ዝርዝር ናይቲ ገበንን ፍርድን ክትከይድ ስለ ዘይደለያ፣ ነ'ልጋነሽ መልሲ ከይሃበ ናብቶም ቆልዑ ጥውይ ኢሉ፣ "ገለ ክትብልዎ እትደልዩ፣ ወይ'ውን ዘይበርሃልኩም ዘረባ እንተ'ሎ ንዓኻትኩም ዕድል ክንህበኩም፣" በሎም።

ክብረትን ሳምሶንን፣ ዝበሃል ከም ዘይብሎም ንምርዳእ ርእሶም ነቕነቑ።

ናብ ደቁ ጥውይ ኢሉ ኸኣ፣ "ንስኻትኩምከ?" በሎም።

ደቁ'ውን ከም መሓዙቶም፣ ሕቶ ከም ዘይብሎም ንምምልካት ርእሶም ነቕነቑ።

"በቃ'ሞ ንሎሚ ኣብዚ ይኣኽለና። ኣብ ዘድለየ ግዜ ከምዚ ጌርና ክንረዳዳእን ክንመያየጥን'ዩ ድልየትና። ኣምላኽ ይሓገዘና፣" ኢሉ ብድድ ኢሉ፣ ንኹሎም ሰላምታ ሂቡዎም ወጸ። በዚ ኸኣ ናይ ሽው መዓልቲ ርክቦም ተደምደመት።

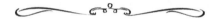

ኣብ ዝቐጸሉ ኣዋርሕ ጸጸኒሑም ነ'ልጋነሽ ብዝከኣል መንገዲ ይሕግዝዋ ነበሩ። በቲ ዝገብሩላ ዝነበሩ ሓገዝ ኣልጋነሽ ብዙሕ ትስከፍ ነበረት። ብድሕር'ዚ ተስፎምን መድህንን፣ ነ'ልጋነሽ ብኸመይ ኣገባብ እንተ ሓገዝዋ'ዩ ዝያዳ ኣድማዒ ዝኸውንን፣ ንሳ ኸኣ ካብ እናናሻዕ ስከፍታ እትድሕንን እናበሉ ክመያየጡ ጀመሩ። ኣብ መወዳእታ እታ ዝበለጸት ሜላ ዝረኸቡዋ ሰፋይት መኪና ገዚኦም፣ ስፍየት ከም እትመሃር ገይሮም፣ ኣብ ገዛ ኾይና እናሰፈየት ውሱን ኣታዊ እንተ ረኸበት ከም ዝሓይሽ ተሰማምዑ። እዚ ኸኣ ንናይ ገንዘብ ኣታዊኡ ጥራይ ዘይኮነ፣ ንሞራላ'ውን ኣዝዩ ሓጋዚ ከም ዝኸውን ተረዳድኡ።

በዚ መሰረት'ዚ እታ መኪና ካብ ኣቐዲማ ኣዋህሊላቶ ዝጸንሐት ገንዘብ ከም ዝተገዝኣት ኣምሲሎም ገዝእዋ። ናብ እንዳ ደናግል እናተመላለሰት ከኣ ስፌት ተማህረት። ብድሕሪኡ ንናይ ጎረባብትን ፈለጥትን ክድውንቲ ዓበይትን ናእሽቱን ከተተዓራርን ክትሰፍን ጀመረት። እዚ ኸኣ ኣብ ልዕሊ'ቲ ንውሱን ወጻኢታት ዝሸፍነላ ዝነበረ ኣታዊ፣ ንርእሰ ተኣማንነታን ሞራላን፣ ከምኡ ኸኣ ንናይ ነብስኻ ምኽኣል ስምዒታን ክብ ኣበሎ።

ተስፎምን መድህንን ነ'ገዛዝኣ እታ ሰፋይት መኪና ዝምልከት ፣ ንዝኾነ ሰብ ዋላ ንደቃ'ውን ከይተረፈ ከይትነግሮም ኣማባጽዕዋ። ከምዚ ገይሮም ሰብ ብዘይርእዮን ብዘይፈልጦን ኣገባብ ገይሮም ይሕግዝዋ ነበሩ። በዚ ኸኣ ኣልጋነሽ ፣ ንተስፎምን መድህንን ካብቲ ሓገዞም እቲ ኣገባቦም ፣ ካብቲ ኣገባቦም እቲ ሓልዮቶምን ስክፍታኦምን ዝያዳ ማረኾን ተንከፋን። በዚ ምኽንያት'ዚ ፍቕርን ምቅርራብን ኣልጋነሽ ምስ እንዳ ተስፎም ዝያዳ ረጎደን ዓሞቐን።

ኣብዚ ግዜ'ዚ በዓል ተስፎም ብዛዕባ ምህናጽን ዝመጾም ገንዘብን ክሓስቡ ኸለው ፣ በዓል ደርማስን ኣልማዝን ከኣ ብዛዕባ ወሪድዎም ዝነበረ ዕዳ ብኸመይ ኣገባብን ካበይን ከም ዝኸፍልዎ ክካትዑን ድቃስ ለይቲ ክስእኑን ጀመሩ። ኣብ ባንካ ዝነበረ ጥረ ገንዘብ ካብ 20,000 ስለ ዘይዛይድ ፣ እቲ ዝተረፈ 58,000 ኣየናይ ንብረት ሸይጦም ከም ዝምልእዎ ክዝትዩሉን ክካትዕሉን ጀመሩ። ኣብዚ ኣርእስቲ'ዚ ኸኣ'ዩ ፣ ኣብ ሞንጎ ኣልማዝን ደርማስን ስድራ ቤቱን ፣ ዘይምስምማዕ ክኸሰት ዝጀመረ።

ሓደ መዓልቲ ደርማስን ኣልማዝን ብዛዕባ'ቲ ጉዳይ ንኽዘራረቡ ተራኸቡ።

"ንሃብቶም ከነማኽሮ ስለ ዝኾንና ናቱ'ውን ኣብ ግምት ከነእትዎ ኢና ፣ ኣነ ከም ዝመስለኒ ግን ዘሎና ኣማራጺ ንኽልቲኣን ፌራሜንታ ምሻጥ'ዩ ዝሓይሽ ፣" በለ ደርማስ ነቲ ምይይጥ ብምጅማር።

"ንኽልቲኣን ፌራሜንታ? ኖ ንምንታይ ክልቲኣን?!" በለት ኣልማዝ ፣ ክልቲኣን ዝበሃል ሓሳብ ባህ ከም ዘይበላ ብዘርኢ ቃና።

"ሓንቲ ጥራይ ተሸይጣ ክንሸፍኖ ስለ ዘይከኣል ፣" መለሰ ደርማስ ርግእ ኢሉ።

"ሓንቲ ጥራይ ተሸይጣ ከም ዘይኣክል ደኣ ርዱእ እንድ'ዩ!" በለቶ።

"እንታይ ደኣ'ሞ?" ሓተተ።

"ካብ ክልቲኣን እዘን እንዳ ፌራሜንታ ፣ ካብታ ንስኻ ዘለኻያ ከም ቦታን ከም ዓማዊልን ብዝሒ ስራሕን ፣ እታ ኣነ ዘካይዳ ከም እትሓይሽ ትፈልጥ ኢኻ። በዚ እንተ ተሰማሚዕና ፣ እታ ናትይ ፌራሜንታ ተሪፋ እታ ናትካ ንሸይጥ።"

"ኣብኡ ደሓን ዘባእስ የብልናን። ግን ንሳ በይና ተሸይጣ ዘይኣኽለና።"

"ናብኡ እንድየ'ሞ ክመጸካ። ምስ እታ ናትካ ፊራሜንታ እቲ መንበሪ ገዛ ናይ ሃብቶም ዘይሽየጥ?"

"እንታይ?!" ኢሉ ሰንበደ። ብቕጽበት ስንባደኡ ተቓጻጺሩ፡ "ዋእ ንሱ ደኣ?" በለ ደርማስ።

"መንበሪ ገዛ ዝኾነ ኣታዊ ዘምጽኣልካ ኣይኮነን። ናይ ንግዲ ትካል ግን ዕዳኻ መኸፈሊ ኣታዊ ትረኽበሉ ኢኻ። ኣነ እዚ ንሕና ዘሎናዮ መንበሪ ናይ ክራይ ኮይኑ'ምበር፡ ናትና ነይሩ እንተ ዝኸውን ንዕኡ ምሸጥኩ።"

"እቲ እተቕርብዮ ዘለኺ ርትዒ እርደኣኒ'ዩ። ግን ጸገማት ኣለዎ። ብዓቢኡ ኸኣ ሃብቶም'ውን ክሰማምዓሉ'ኮ'ለዎ።"

"ንሱስ ደሓን ናባይ ግደፎ ባዕለይ ከረድኦ እኽእል'የ። ንሱ ኸኣ ከም ዘይቃወሞ ርግጸኛ'የ!"

"መንበሪ ምሻጥ እንተ መጺኡ ኸኣ'ኮ ኣልጋነሽ'ውን እንተ ዘይተሰማሚዓትሉ ኣይክከኣልን'ዩ።"

"ንሱ እኮ'ዩ'ሞ ዘዛርበኒ ዘሎ። ንኣኣ ንስኻ ኢኻ ከተዛርባ እትኽእል'ምበር መን ካልእ ከዛርባ።"

"ዋእ ግድን እንተ ኾይኑ ከዛርባ እኽእል'የ።"

"እሞ ጽቡቕ ተዛረባ።"

"ቅድሚ ብዛዕባ'ዚ ምዝራብይ ግን፡ ናይ ሃብቶም ሐሳባት'ውን ከምኡ እንተ ኾይኑ ኣቐዲምና ነረጋግጽ።"

"እንታይ ጸገም ኣለዎ'ሞ ኣቐዲምካ እንተ ተዛረብካያስ?"

"እቲ ሓሳብ'ኮ ደስ ኢሉዋ እትቕበሎ ኣይመስለንን'ዩ ኣነ። ንሳ ኣብ ገዛ እትውዕል በዓልቲ ሓዳር'ያ። ደገ ወጺኣ ተመሓድሮ ወይ ትቆጻጸሮ ስራሕ የብላን። ስለዚ ንኣኣ ዝያዳ እታ ገዛ'ያ ትዓብያ። ደሓር ከኣ ትፈልጢ እንዲኺ ደቀ'ንስትዮ ምስ ገዛ ዝያዳ ምትእስሳርን ስምዒትን ከም ዘሎክን። ስለዚ ሃብቶም ከምዚ ኢሉኪ እንተ በልናያ'ሞ ሕራይ እንተ በለት ምፍታን'ዩ ዝሓይሽ'ምበር፡ ተቐዳዲምካ ምዝራባስ ኣይረኣየንን'ዩ።"

"ስራሕ ደኣ ነይሩ እንድዩ። ግን እንታይ ዓቕምን ተመኩሮን ኣለዋ ኾይና'ያ'ሞ

ክትሰርሕ? እንታይ ጸገም ኣሎዎ ድዩ ሕጅስ ምስ ሃብቶም ቅድሚ ምዝርራብና እንተ ተዛረብካያ? ሽው ንሳ እትብሎ ኽኣ ካብኣ ትሰምዖ፡" በለቶ ካብቲ ቀንዲ ኣርእስቲ ተኣልያ፡ እግረ መንገዳ ነ'ልጋነሽ ሸፈፍ ኣቢላ እናተንከፈትን እና'ነኣኣሰትን።

ብዛዕባ ናይ ስራሕ ዓቕሚ የብላን ዝበለቶ ክምልሰላ'ውን ኣይደለየን። ደርማስ ንባዕሉ ከምኡ ዝበለ ሓሳብ፡ ነ'ልጋነሽ ክዛረባ ድልየት ይኹን ትብዓት ኣይነበሮን። ስለዚ ካብ ምዝራባ ክሃድም የማኽኒ'ዩ ነይሩ። ብቑዕ ምኽንያት ከም ዝነበሮ ንምምሳል ከኣ፡ "ሓንሳብ ተዛሪብናያ ፍቓደኛ እንተ ዘይኮይና፡ ደሓር ዋላ ሃብቶም ኢሉኪ እንተ በልናያ'ውን ኣይክትገብርን'ያ፡" በለ።

"ከይፈተወት በፍንጫ ሕራይ ትብል'ምበር ናበይ ደኣ ክትኣቱ! ንሱ ለይትን መዓልትን ርሂጹ ዘጥረዮ ንብረት እኮ'ዩ!" ብምባል ነድሪ ሓዊሳ ኣብ ሓሳባታ ጸንዐት።

ደርማስ ካብኡ ንላዕሊ ከቕርቦ ዝኽእል ምኽንያት ስለ ዘይነበሮ ዓቕሉ ጸበቦ። ሃብቶም ከምኡ ከይበለ ነ'ልጋነሽ ክዛረባ ጨሪሱ ፍቓደኛ ኣይነበረን። ስለዚ ዘለዎ ሓቦ ኣኻኺቡ፡ "ኣነ ሃብቶም ባዕሉ ከምኡ ከይበለ ነ'ልጋነሽ ኣይዛረባን'የ፡" ኢሉ ተኮሰላ።

"ሕራይ በል። ካብ መጀመርያ ከምኡ እንተ ትብል'ኮ እዚ ኹሉ ዘዛርብ ኣይምነበረናን።"

ደርማስ እቲ ዝደርበየቶ ወቐሳ ኣይሰሓቶን። "ግን እንቋዕ ጥራይ ካብታ ተቐርቂረላ ዝነበርኩ ወጻእኩ'ምበር፡" ብምባል ናይ ሩፍታ እንቅዓ ኣስተንፈሱ ትም በለ። በቃ ሕጅስ ወዲእና ኢና ክብላ እናተቐራረበ ኸሎ፡ ዘይተጸበዮ ሓድሽ ዘረባ ከምዚ ክትብል ከፈተት፡ "ስማዕስከ ደርማስ፡ ምናልባሽ ከምቲ ንስኻ ዝበልካዮ እታ ኣልጋነሽ እንተ ኣበየት፡ ወይ ሃብቶም ነቲ ሓሳብ ናይቲ መንበሪ ምሻጥ እንተ ዘይተሰማምዓሉ፡ ካልእ እንታይ ሓሳብ ኣሎካ?"

"ካልእ'ሞ ካብኡ ወጻኢ እንታይ ዝተረፈ ምርጫ ኣሎና ኮይኑ?" ክብል ንሕቶኣ ብሕቶ መለሰላ።

"ዋእ እንዳ ባኒኸ?"

"እንታይ'ሞ እንዳ ባኒ?!" በለ ብስንባደ ዓይኑ ኣፍጥጥ ኣቢሉ።

"ናይ እንዳ ባኒ ስራሕ ሃብቶም'ዩ ዝፈልጦን ዝመልኮን ነይሩ። ሃብቶም ዘየሎ

ሕጂ መን ብብቕዓት ክሰርሖ ኢሉ'ዩ። ኣቦይ ባሻይ ከኣ ኣብ ልዕሊ እቲ ሸምግልና ፡ ሕጂ እዛ ወቕዒ መጺኣቶም ክሕግዙ ኣይክእሉን'ዮም። ስለዚ ነታ እንዳ ባንን እታ ንስኻ ተካይዳ ፋሪማቺንታን እንተ ሸጥናኸ?"

"ኣንተ ኣልማዝ ፡ እንዳ ባኒ'ኮ ንኣና ትካል ጥራይ ኣይኮነትን። ንዅላትና ዘዕበየትና ቅርሲ'ያ። ብሕልፊ ነ'ቦይ'ሞ ኸኣ ሰውነቱ ምስኣ ዝተቛረነ ክፋል ናይ ህይወቱ'ያ። ነ'ቦይ እንዳ ባኒ ክንሸጣ ወይ ተሸይጣ እንተ ዝበሃል ፡ ሓንቲ ለይቲ'ውን ኣይምጸንሖን። ኣሸንኳይ ሕጂ ኣብ ቀረባ ዘሎ ፡ ዋላ ቀደም ምስ ጥዕናኡ ኸሎ እንተ ዝኸውን'ውን። ስለዚ እዛ ዘረባ'ዚኣ በጃኺ ደጊምኪ'ኳ ኣይትሕሰብያ!" በላ ብኽቱር ስምዒት።

"ስማዕንዶ ደርማስ ፡ ሕጂ'ኮ ህጹጹ ናይ ሸግርን ጸገምን ግዜ'ዩ'ምበር ፡ ናይ ብስምዒትን ብቅርስነትን እንምረሓሉ ግዜ ኣይኮናን ዘሎና። እዚ ስድራ'ዚ እንታይ እንተ ወሰነ'ዩ ነዚ ጸገም'ዚ ክሰግሮ ዝኽእል ጥራይ'ዩ እቲ ኣገዳሲ ክምለስ ዘለዎ ሕቶ!"

"ንዓኺ ከምኡ ክኸውን ይኽእል'ዩ ኣልማዝ። ንስድራ ቤትና ግን እንዳ ባኒ መዳሕንቱ'ያ። ስለዚ ኣነ እዚኣ የለኹላን። እዛ ነገር'ዚኣ ኣሸንኳይ ምትግባራ ከም ሓሳብ ምቕራባ'ውን ፡ ምስ በዓል ኣቦይ ከም ተቐያይመክን ከም ተባእስክን ግን ፍለጢ!" በላ ብትርን ብቖራጽነትን።

ኣልማዝ እቲ ሓሳብ ኮነ እቲ ናይ ደርማስ ምፍርራሕ ፡ ብዙሕ ከም ዘይዓጀባ ካብ ኩነታታ ኣስተብሃለ።

"ደሓን ንኹሉ ኹሉ ጽባሕ ናይ ሃብቶም ርእይቶ ርኢና ንዘራረብ ፡" በለቶ።

"ደሓን ሕራይ። እሞ ኣነ ሕጂ ክኸይድ ኢሉ ተሰናቢትዋ ኸደ።

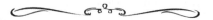

ደርማስ ኣብ መገዲ እናተጓዕዘ ኸሎ ፡ ነቲ ኣልማዝ ዘቕረበቶ እማመታት ብውሽጡ ክደጋግሞ ምስ ጀመረ ኣዝዩ ደንጸዎ። እቲ ሙሉእ ስድራ ቤት ኣብ ልዕሊ ኣልማዝ ዝነበሮ ኣምልኾ ኣጠራጠሮ። ነ'ልማዝ ኩላቶም ኣብ ጽቡቕ ግዜን ብጽቡቕን ኢዮም ዝፈልጥዋ ነይሮም። ካብኡ ተበጊሱ ኸኣ *"ኣንታ እዝግሄር የውጽኣና ፡ እዚኣ ብመዓር ዝተሸፈነት ዕረ ከይትኾነና ፡"* በለ ብውሽጡ።

ሃብቶም ብተደጋጋሚ ነ'ልጋነሽ ፡ እዚኣ'ኮ ሰብ ኣይኮነትን ዕረ ኢያ ክብል ከሎ ፡

ደርማስ ዋላ'ኳ እንተ ዘይመለሰ ብውሽጡ ግን ተሰማማዒዑሉ ኣይፈልጥን ኢዩ ነይሩ። ምኽንያቱ ደርማስ ነ'ልጋነሽ ኣይጸልኣን ኢዩ ነይሩ። ዘጽልእ ምኽንያት ከኣ ርእዩላ ወይ ረኺቡላ ኣይፈልጥን ኢዩ ነይሩ። ኣልጋነሽ ቅንዕቲ ፣ ዝተሰምዓን ዝተረኣያን ብዘይ ሕብእብእ እትዛረብ ፣ ሕልኽልኻት ዘይነበራ ሰብ ኢያ ነይራ።

ኣልማዝ ግን ዋላ ምስቲ ኹሉ ወለላ መዓር ዝኾነ ልሳናን ፣ እቲ ንኽሕጎሱላ ንኹሎም እትገብሮ ክንክንን ፣ ሙሉእ ብሙሉእ ተበሪሃቶ ኣይትፈልጥን ኢያ ነይራ። ደርማስ ነዚ ስምዒትካ ምኽንያት ኣቕርብ እንተ ዝበሃል ፣ ክጭበጥ ወይ ክስማዕ ዝኽእል ምኽንያት ከቕርብ'ውን ኣይምኸኣለን። ስምዒቱ ኢዩ ከምኡ ዝብሎ ነይሩ'ምበር ፣ ንነብሱውን ከረድኣ ዝኽእል ምኽንያት ኣየቕርበላን'ዩ ነይሩ።

እዚ ኹሉ እናተርድኦ ግን ኣብ ቅድሚ ሃብቶምስ ይትረፍ ፣ ዋላ ኣብ ቅድሚ ስድራኡ'ውን ፣ ርእይቶኡ ብዛዕባ ኣልጋነሽ ይኹን ኣልማዝ ኣግሂድዎ ኣይፈልጥን ኢዩ ነይሩ። ሕጂ እቲ ሃብቶም ዝብሎ ዝነበረ ኣዘራርባን መግለጽን ክዝክሮን ክስተንትኖን ምስ ጀመረ ፣ *"ኣልጋነሽ ደኣ'ም ወሪድዋ ካብይ ኣምጺኣቶ ዕረ ክትከውን። ግን ዋላ ብደገኣ ዕረ'ውን እንተ ትኸውን ፣ ብውሽጣ ግን ብርግጽ ብዕረ ዝተሸፈነት ወርቂ ጥራይ'ያ ክትከውን እትኽእል ፧"* ኢሉ ክሓስብ ጀመረ።

ኣልማዝ ኣብዚ ስድራ ቤቶም ኣብ ከቢድ ወጥሪ ኣትዩሉ ዝነበረ ግዜ ፣ ተወሳኺ ሽግርን ሕልኽልኻትን ከይተምጽኣሎም ተሰከፈ። ኣልማዝ ኣዝያ ሓያል ሰብ ምዃና ፣ ድሮ ኣብዘን ውሑዳት መዓልታት ከስተብህለላ ከኣለ። ንሳ ዝሓሰበቶን ንኣኣ ዝሕሻን ዝጥዕማን መንገዲ እንተ ዘይኮይኑ ፣ ናይ ካልኦት ዊንታን ስምዒትን ኩነታትን ኣብ ግምት ከተእቱ ዘይትደሊ ምዃና ተረድአ። ብሓንጎሉ ምስ ኣልጋነሽ ከወዳድራ ከሎ ኸኣ እቲ ፍልልይ ደነቖ።

ከምኡ እና'ስተንተነ ኣብ ጥቓ እንዳ ስድራኡ በጽሐ። ሽው ፣ "ከም ካልእ ግዜ እንተ ዝኸውን'ኳ ዋላ ምስ ኣደይ እንተ ተረፈስ ፣ ምስ ኣቦይ ግን ጉዳይ ኣልማዝ ከማኸረሉ ይግባእ ነይሩ ፧" ኢሉ ሓሰበ። "ኣብዚ ግዜ'ዚ ግን ክልቲኦም ኣብ ሕማቕ ኩነታት ስለ ዝነበሩ ፣ ተወሳኺ ጽዕነትን ጸቕጥን ምስካሞም'ዩ'ምበር ንዓኣቶም ምምኻር ፋይዳ ኣይህልዎን'ዩ ፧" ኣብ ዝብል መደምደምታ ወደቐ።

ካብኡ ንደሓር ናይ ኣልማዝ ኩነታት ንበይኑ ጥራይ ከሕዞን ፣ ኣድላይ ኣብ ዝኾነሉ ግዜ ኸኣ ንበይኑ ጥራይ ክምክቶ ከድልዮ ከም ዝኾነን ተረድኦ። ንስድራኡ ምስ ረኸበ ናይ ኣልማዝ ኩነታት ካብ ሓንጎሉ ኣውጺኡ ፣ ናብ ናይ ውዕሎኦምን ጥዕናኦምን ምሕታት ሰገረ። ንግዜኡ ኣልማዝ ስለ ዝተረሰዐት ከኣ ፈኹስዎ ኣምሰየን ሓደረን።

ኣብዚ ግዜ'ዚ ሃብቶምን ገብርኣብን ፡ ካብቲ ተኣሲሮሙሉ ዝነበሩ ንየማን ካብ ኣባሻውልን ፡ ንደቡብ ካብ ገዛ ብርሃኑን ዝርከብ ካርሸሊ ፡ ናብ ኣብ ሰምበል ዝርከብ ምዱብ ቤት ማእሰርቲ ተወሲዶም ነይሮም'ዮም። ሽው መዓልቲ ደርማስን ኣልማዝን ፡ ምስ ሃብቶም ንኽማኸሩ ናብ ቤት ማኣሰርቲ ሰምበል ብሓባር ከዱ።

ቤት ማኣሰርቲ ሰምበል ኣብ ጫፍ ሰምበል ፡ ካብ ቤተ ክርስትያን ኪዳነ ምህረትን ቅድስቲ ማርያም ስነ ኣእምሮ ሆስፒታልን ፡ ንየማን ሸነኽ ኣብ ጎልጎል ንበይኑ ዝተደኮነ ቤት ማእሰርቲ'ዩ። እቲ ኣዝዩ ገዚፍን ገፊሕን ነዊሕን መካበብያ ብርሑቕ ክትርእዮ ከለኻ'ዩ ዘፍርሓካ። ሐሓሊፉ ወተሃደራት ኣብ ላዕሊ ኮይኖም ፡ እሱራት ንኸይሞልቁ ዝሕልውሉ በሪኽ መቆጻጸሪ ሰፈር ተሰሪሑሉ ነይሩ'ዩ።

ናብቲ ቀንዲ ቤት ማእሰርቲ ዘእቱ ፡ ብዙሓት ወተሃደራት ለይትን ቀትርን ዝሕልውዎ ኣዝዩ ዓቢ ናይ ሓጺን ማዕጾ ነይሩዎ። ቅድሚ'ቲ ቤት ማእሰርቲ ንቕድሚት ፍንትት ኢሉ ፡ መግብን ካልእ ነገራትን ዝሓዙ ስድራ ቤታት ዘፈትሹሉ ብዚንጎ ዝተሰርሐ ጽላል ነበሮ። ምስኡ ኸኣ በጻሕቲ መንነቶም ዝምዝገቡሉን ዘረክቡሉን ብዚንጎ ዝተሰርሐ ጽላል ነይሩዎ።

ደርማስን ኣልማዝን ከባቢ ሰዓት ትሽዓተ'ዮም ኣብ ቤት ማእሰርቲ ሰምበል ዝበጽሑ። ኣቐዲሞም ተሰሪዖም ተርታኦም ሒዞም ፡ እቲ ዝጥለብ ቅጥዕታት ኣማልኡ። ድሕሪኡ ደርማስ ናብ ሃብቶም ፡ ብዛዕባ ኩነታት ስድራ ቤት ፡ ብፍላይ ናይ ኣቦኡን ብዛዕባ ስራሕን መልእኽቲ ጸሓፈሉ። ኣልማዝ ከኣ ነቲ ተበይኑ ዝነበረ ዕዳ ንምኽፋል ዘሎ ኣማራጺታት ፡ ምስቲ ናታ ብዝሰማማዕ ኣገባብ ጽሒፋ ለኣኸትሉ።

ሃብቶም ከኣ እቲ ብዛዕባ ምሻጥ እንዳ ባኒ ዝበለቶ ሓሳብ ፡ ብዙሕ ከም ዘይፈተዎን ከም ዘይድግፎን ጸሓፈ። ንምሻጥ መንበሪ ገዛኦም ዝምልከት ግን ፡ ሓሳባታ ከም ዝድግፎ ገለጸላ። ንምናልባሽ ኣልጋነሽ ከይትቃወም ንዝብል ኣተሓሳስባ ግን ፡ ዘቃውም ምኽንያት ክህልዋ ከም ዘይክእል ፡ ንምውሳን ብዝምልከት ከኣ ንኣኡ'ምበር ፡ ንኣኣ ከም ዘይምልከታ ጸሓፈ። ንኹሉ ኹሉ ግን ደርማስ ከይዱ የዛርባ በለ።

ደርማስ ብዛዕባ ማእሰርቲ ሃብቶም ፡ ነ'ልጋነሽ ኣብ ግዜኡ ዘይነገራ ኣጣዒስዎ ኢዩ ነይሩ። ሽው'ውን እንተኾነ ኣልማዝ'ያ ኣጋግያቶ። ብድሕሪኡ ግን ኩሉ ዝተረኽበ ነ'ልማዝ ከይነገረ ፡ ወይ ብስልኪ ወይ ብኣካል ብምኻድ ክሕብራ ጀሚሩ ነይሩ'ዩ።

እታ ተዋሂባቶ ዝነበረት ዕማም ፡ ከምቲ ሃብቶምን ኣልማዝን ዘቃለልዋ ከም ዘይትኸውን ተረዲእዎ ነይሩ'ዩ። ዝኾነኾይኑ ክገብሮ ስለ ዝነበሮ እናተሰከፈ ናብ ኣልጋነሽ ከደ። ገዛ ምስ በጽሐ ምስኣን ምስ ቆልዑን ሰላምታ ተለዋዊጡም ፡ ንበይኖም ኮፍ ምስ በሉ ደርማስ ከምዚ ክብል ዘረባ ጀመረ።

"ብዛዕባ'ቲ ብቤት ፍርዲ ክኽፈል ተወሲኑ ዘሎ ገንዘብ ቀዳማይ ነጊረኪ ነይረ'የ።"

"እወ ይዝከረኒ'ዩ ፡" በለት ኣልጋነሽ።

"ንዕኡ ንምኽፋል ከኣ ካብዚ ዘሎ ንብረትን ስራሓውትን ፡ ክንሸይጥ ከም ዘድሊ ኣይትስሕትየን ኢኺ ሓቀይ?"

"እወ እንታይ ደኣ እንድሕር ጥረ ገንዘብ ዘይጸንሐስ ፡ ናይ ግድን'ዩ'ምበር። ግን ንዓይ'ኮ ሓውኻ ዝኾነ ነገር ኣየካፍለንን'ዩ ነይሩ። ስለዚ ኣነ እንታይ ዝፈልጦ'ለኒ ኢልካዮ ኢኻ።"

"እወ ሓቅኺ ኢኺ። ሕጂ'ኮ ኣነ ሃብቶም ኣዛርባን ኣረድኣያን ስለ ዝበለኒ'የ መጺአ።"

"ሃብቶም ደኣ ክትፈልጢ ኣየድለየክን'ዩ እንድዩ ዝብለኒ። ካብ መዓስ ደኣ ኣዛራርባን ኣረድኣያን ይብለካ? እዝ'ስ እንድዒኸ?!"

"ብዛዕባ እቲ ዝሸየጥ ንብረትሲ ፡ ግድን ንስኺ ክትፈልጥዮ ስለ ዘድሊ'የ'ኮ ከዛርበኪ ደልየ።"

"ሕራይ ጽቡቕ ፡ ምዝርራብ ደኣ እንታይ ሕማቕ ኣልይዎ።"

"እቲ ቤት ፍርዲ ከይልወጥ ከይሸየጥ ኢሉ ኣጊድዎ ዝጸንሐ ንብረት ፡ ክልቲኡ ፌራሜንታን ፡ እንዳ ባንን ፡ እዚ መንበሪ ገዛኹምን'ዩ ነይሩ። ሕጂ ሃብቶም ዝብል ዘሎ ፡ ኣብዚ እዚ ስድራ ቤት ኣብ ሽግር ወዲቑሉ ዘሎ ግዜ ፡ ኣታዊ ገንዘብ እንረክብ ካብተን ንግዳዊ ትካላት ጥራይ'ዩ። ስለዚ እተን ብዝያዳ ዘርብሓ ንግዳዊ ትካላት ክሸየጣ ስለ ዘይብለን ፡ እታ ሓንቲ ፌራሜንታን እታ እንዳ ባንን ይጽንሓ'ዩ ዝብል ዘሎ ፡" በለ ደርማስ መታን ከየሰንብዳ ፡ ብስልትን በብቑሩብን

ከገንዝባ ብዝብል ጥበብን ሓልዮትን።

"ኣየነይቲ ፊራሜንታ'ያ ክትሸየጥ እትብለኒ ዘለኻ?"

"እታ ኣነ ዘካይዳ ክትሸየጥ።"

"እቲ ዕዳ ብናታ መሸጣ ጥራይ ክሽፈን ይኽእል'ዩ ማለት ድዩ?"

"ኣይፋልን ኣይሽፈንን። ግን ንሳን እዚ ገዛን ይሸየጥ'ዩ ዝብል ዘሎ ሃብቶም፣" በላ እታ ሓሳብ ካብ ኣልማዝ ከም ዝነቐለት ከየምሎቐ።።

"እዚ ገዛ?! እዚ ገዛ ክሸየጥ ኢሉ ዲኻ እትብለኒ ዘለኻ?!" ሓተተት፣ እዝና ምእማን ከም ዝሰኣነት ብዘመልክት ኣካላዊ ቋንቋ ንቕድሚት ተወጢጣ።

"እወ፣" ጥራይ መለሰ ደርማስ፣ ብውሽጡ "ካብ ዝፈራሕኩዎ ኣይወጻኹን፣" እናበለ።

"ኣንታ ደርማስ፣ '*ኣናፍራ ቆቑሕ ዘይፈልጥሲ ኣይሃዳናይን'ዩ፣*' ድዮም ዝበሉ ወለድና። ናይ ኣልማዝ ፊራሜንታን ናይ ሃብቶም እንዳ ባንን ከይትንከፍ ፤ እቲ ደርማስ ዘካይዶ ፊራሜንታን ናይ ኣልጋነሽ ገዛን ክሸየጥ እኳ'ዮም ዝብሉ ዘለው! ይርደኣካ ዶ'ሎ?!"

"ብኸምኡ ዘይኮነስ እንዳ ባንን ኣልማዝ ዘላታ ፊራመንታን'የን፣ ልዕሊ ኹሉ ዝሰርሐ ብዝብል'ዩ ከምኡ ዝብል ዘሎ፣" ኢሉ ኣማኸነየ።

"እቲ ገዛኸ እንታይ ኣቢሱ?!"

"ገዛስ ኣታዊ ዝርከቦ ኣይኮነን። ደሓር ከኣ ንገዛ ነጊድና ብዝረኸብናዮ ኣታዊ ኢና ኣጥሪናዮ። ኣታዊ ዘለዎ ትካላት ካብ ነጥፍእ፣ ንግዜኡ ክሳዕ ዝርህወና ተኻሪና ንቕመጥ'ዩ ዝብል ዘሎ።"

"ኣቦይ ካብ ቀደም ቆልዑ ኸሎና ኣትሒዙ ዝነግረና ዝነበረ ዛንታ ክነግረካ። ዝብእሲ ኣብ በረኻ ኣብ ጎልጎል፣ ስጋ ዝተጻዕነት ኣድጊ ንበይና ይረክብ። ኣዒንቱ ምእማን ስኢንን ገሪሙዎ ኸኣ፣ '*ንስኺ ስጋ፣ ጻዕነትኪ ስጋ፣ ኣብ በረኻ ከይትኾኒ ኣብ ሑጋ፣ ኣስሓቐኒ'ኳ!!*' ኢሉ ብምሒር ህርፋን፣ ኪር-ኪር በለ ዝብእሲ ይብለና ነይሩ። እዚ በ'ንጻራዊ ተመሳስልነቱ ስለ ዝቀራረብ'የ ትዝ ኢሉኒ ዝነግረካ ዘሎኹ፣" ኢላ ዓይኒ ዓይኑ ጠመተቶ።

ደርማስ ትርጉም ናይቲ ዛንታ ኾነ፣ ኣንፈት ናይቲ ዘረባ ስለ ዘይተረደኦ ቀባሕባሕ

ኢሉ ጠመታ። ደርማስ ከም ዝተደናገረ ምስ ተረድአት ፡ ኣልጋነሽ ዘረብኣ ከምዚ ክትብል ቀጸለት ፡ "ሕጂ ኸኣ ኣብዚ ስድራ ቤት ፡ ሓሙሽተ ቆልዑ ሒዘ ንዝወሃበኒ ጥራይ ዝጽበ ኣነ ፤ ስራሕ ዘይወፍር ኣነ ፡ ኣብዛ ገዛ ዝውዕል ኣነ ፡ ኣታዊ ዘይብለይ ኣነ ፥ ፡ ኣብ ዝኾነ ውሳነ ርእይቶይ ዘይሕተትን ሓሳባተይ ዘይስማዕን ኣነ ፤ ሕጂ ኸኣ እታ ኡንኮ ምስ'ዞም ደቀይ ፡ ጸጊብና ፡ ጠሚና ፡ ሓሚምና ፡ ጥዒና ፡ ጉሂናን ተደሲትናን እንነብረላ ቤት ክትሸየጥ ዝብል ዘረባ ክዝረብ ዓገብ'ዩ! ኣሸንኳይ ክዝረብ ክሕሰብ'ኳ ኣይግባእን! ቅድሚ'ዚ ኹሉ ገፋሕፋሕን ፌራሜንታታትን ፡ እዚ ገዛ ደይኮነን ተጠርዩ? ኣነኸ ኣንታ ደርማስ ፡ ምስ ደቀይ ኣበይ'የ ክድርበ? እዚ ኣሸንኳይ ክትግበርሲ ክሕሰብ'ኳ ዓገብን በደልን!" ኢላ ብምረትን ብትርን ተዛረበት።

"ኣነ ሃብቶም ንገራ ስለ ዝበለኒ'የ ዝዛረበኪ ዘሎኹ ፡" በለ ደርማስ ዝብሎ ጠፊእዎ ፡ ኣብ መቐመጢኡ እናʼዕጠጠየ።

"ደሓን ደርማስ። ንስኻ እንታይ ጌርካ? ዝተለኣኽካዮ እንዳኣልካ እተብጽሕ ዘለኻ! እዚ እኩይ ሓሳብ'ዚ ብመነመን ከም ዝተጠጀአ ኣጸቢቐ እፈልጥ'የ! ትማሊ ዝተወለድኩ ህጻን ቆልዓ'ኮ ኣይኮንኩን። ዘሕለፍኩን ዘትረፍኩን ፡ ዳርጋ ኻል 40 ዓመት ፡ ኣደ ሓሙሽተ ቆልዑ እኽልቲ ሰበይቲ እኮ'የ! ካብ ገዛ ዘይወጽእ ፡ ኣብ ገዛ ዝውዕል ሰበይቲ ይኹን'ምበር ፡ ኣእምሮ'ኮ ኣይሰኣንኩን! ደሓን ደርማስ ንስኻ ኣይትሰከፍን ኣይትሸገርን። ፈጺምካ ኣይትሸቑረር ጸላኢኻ ይሾቕረር!" ኢላ ጾሩን ጽዕነቱን ኣቃለለትሉ። ከምኡ ምስ በለቶን ከም ዝተረዳኣትሉ ምስ ተገንዘበን ደርማስ ፈኾሶ።

"ሓቂ ይሓይሽ ግድን ንገራ ስለ ዝተበሃልኩን ፡ ካብ ኣፍኪ ይሰምዖን ኢለ እየ'ምበር ፡ ኣነ'ውን ትቕበልዮ ኢኺ ኢለስ ኣይሓሰብኩን። ብእውነት እቲ ሓሳብ ንርእሰይ'ውን ብልበይ ኣይተቐበልኩዎን!" ኢሉ ክምስ እናበለ ፡ እቲ ናይ ሓቂ እምነቱ ተናዘዘላ።

"ኣየ ደርማስ ንስኻ ደኣ ወሪዱካ ፡" ኢላ ሰሓቐት።

ደርማስ ከኣ ብግደኡ ሰሓቐ። ብድሕሪኡ ቁሩብ ጠንቀ-መንቂ ኣዕሊሎም ተፋንዮዋ ከደ።

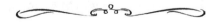

ምስ ኣልማዝ ምስ ተራኸቡ ፣ ደርማስ ኣብ ብዙሕ ዝርዝር ከይኣተወ ፣ ኣልጋነሽ ነቲ ሓሳብ ከም ዘይተቐበለቶ ሓበራ። ምስ ነገራ ኣዝያ ኢያ ነዲዳን ተቓጺላን። ኣልማዝ ብሕርቃን ትዛረቦ'ውን ኣይትፈልጥን ነይራ። ሓንሳብ ሃብቶም ካብ ቀደም ኣጽጊቡዋ ስለ ዝጸንሐ'ዩምበር ፣ ከምዚ'ላ ፍቓዱ ኣይምነጸገትንዶ ካልእዶ ከትብል መዓት ገዓረት። ደርማስ ግን ዝኾነ ከይበለ ትም ኢሉ ኣጽቀጠ። ኩሉ ዝበሃል ምስ በለት ቁሩብ ዘሓለት።

ብድሕሪኡ ናይ ኣልጋነሽ ተስፋ ምስ ቆረጸት ፣ ነታ እንዳ ባኒ ምሻጥ ሃብቶም ሕራይ እንተ በለ ፣ ዳግም ዝከኣላ ፈተነ ገበረት። ግን ከሰልጣ ኣይከኣለን። በዚ ኸኣ ኣዝያ ተቐጥዐት። ሃብቶምን ደርማስን'ውን እንተ ኾንኩም ፣ ካብታ ኣልጋነሽ ዘይትሕሹ ደናቑር ኢኹም ዝእንፍት ኣዘራርባን ሸምጠጣን ደርበየትሉ። ብድሕሪኡ ብውሽጣ እናተራገመት ፣ ከይፈተወት ምሻጥ ክልቲኣን ፊራሜንታታት ተቐበለቶ። ካብኡ ንደሓር ኣብ ዝሓሸ ዋጋ ዝረኸቡሉ ዓዳጋይ ኣብ ምንዳይ ተዋፈሩ።

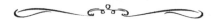

ተስፎም ድሕሪ ፋብሪካ ምንዳዱ ተበሳጨና ካብ ዝብል ምኽኒት ፣ ከም ቀደም ኣይኹን'ምበር እታ መስተ ተመሊስዋ ነይሩ'ዩ። መድህን ኣንታ ነዚ ወዲ ዘይንዛረቦ እንተ በለቶ ፣ ኣርኣያ በጃኺ ግደፍዮ ብዙሕ ጸቕጥን ብስጭትን'ዩ ዘለዎ ፤ ሕጂ እንተ ተዛረብናዮ መሊስና ከይነጋድደሉ ፣ ቁሩብ ንተዓገሶ ይብላ ነበረ። ከምኡ እናበሉ ነዊሕ ግዜ ሓለፈ።

ናይ ሃብቶም ገበን ምስ ተኸሸሐን ናብ ክሲ ገጹም ክቀራረቡ ኸለውን ፣ ተስፎም ኣተኩሮኡ ናብቲ ጉዳይ ስለ ዝገበረ ፣ ናይ መስተን ጠላዕን ኣመሉ ኣመሓይሹ ነይሩ'ዩ። ብድሕሪኡ ኸኣ ገበናዊ ክስን ሲቪላዊ ክስን ምስ ቀጸለ'ውን ፣ ኣብ ጽዑቕ ኣተኩሮን ምክትታልን ስለ ዝተጸመደ ፣ ብዘይካ እተን ከም ግቡኣትን ውሁባትን ገይሩ ዝርእየን ቀዳመ ሰንበት ደሓን'ዩ ነይሩ።

ናይ ካሕሳ ፍርዲ ካብ ዝብየን ኣትሒዙ ግን ምስ ኣዕሩኽቱ ዳርጋ ሙሉእ ሰሙን ፣ ናይ ደስ-ደስ እናበለን እናበሉን ቀነይዎ። መድህን በዚ ተርእዮ ኣዝያ ሓዘነትን ጎሃየትን። ምሸት ምሸት ጽዒንዋ ክመጽእ ከሎ ፣ ምዝራቡ መሊስካ ህውከትን ሕርቃንን ምውሳኽ'ዩ'ምበር ፣ እንታይ ከፍሪ'የ ብምባል ትም ትብል ነበረት።

ሸው ሓደ ቀዳም ከም ኣመሉ ድሕሪ ፍርቂ ለይቲ ተጻዒኑ መጸ። ንጽባሒቱ ሎምስ ግድን ክዛረቦ'የ ኢላ ፣ ንቖልዑ ኣቐዲማ ኣቆራሪሳ ተጸበየት። ተስፎም ኣራፊዱ ተንሲኡ ተሓጻጺቡ ምስ ደቁ ቁሩብ ተጻወተ። ቁርሲ ከም ዝበልዑ ምስ ፈለጠ ፣

በሉ ኣነ ኸኣ ክቖርስ ኢሉ ናብ መቐበል ኣጋይሽ ከደ። ቁርሲ ከይተቐረበ ምስ ጸንሐ ንመድህን ጸውዓ።

"ቁርሲ ኣይገበርክን ዲኺ ደኣ?"

"ገይረ ኣለኹ። ግን ቅድሚኡ ከዛርበካ ደልየ'ለኹ።"

"ከይቆረስና? ደሓር ከኣ ቆጸራ ኣላትኒ፡" በላ መምለጢ እንተ ረኸበ።

"ግዜ ዝወስድ ኣይኮነን፡" ኢላ ኮፍ ምስ በለት፡ መውጽኢ ከም ዘይብሉ ተረዲኡ፡ "ሕራይ በሊ፡" በላ።

"ስማዕ ተስፎም፡ እቲ ከም ግቡእን ንቡርን ኮይኑ ዘሎ ናይ ቀዳመ ሰንበት መስተን፡ ካብ ገዛኻ ዘርሕቕ ኣካይዳኻን ደስ ኢሉኒ ተቐቢለዮ ኣይኮንኩን ዝኸይድ ዘሎኹ። ብተደጋጋሚ እንተ ተመዓድካን እንተ ተመኸርካን'ውን፡ ካብቶም ከምዚ ዓይነት ኣካይዳ ዘለዎም መሓዙትካ ክትፍለ ወይ ከኣ ንዓኣቶም ክትርሕቆም ኣይደለኻን። ንሱ ከይኣክል ግን ሕጂ ዝሓለፈ ዓሰርተ መዓልታት ሒዝካዮ ዘለኻ ኣካይዳ ኣዝዩ ኣስደሚሙኒ'ዩ ዘሎ።"

"እዚ'ኮ ፍሉይ ነገር ስለ ዝተረኸበ'ዩ መድህን። መጀመርያ ድሕሪ'ቲ ፍርዲ እዚ ኹሉ ጠፊኡ ዝነበረ ንብረትኩም ናብ ቀደሙ ክምለሰልኩም'ዩ፡ ስለዚ ናይ ደስ-ደስ ክትጋብዝ ኣሎካ ተባሂለ ክልተ መዓልቲ ጋቢዘዮም። ብድሕሪኡ ኸኣ ኣዕሩኽተይ በብተራ፡ ሎሚ ናተይ'ያ ጽባሕ ናተይ'ያ እናተበሃሃሉ ይጋብዙና ስለ ዝነበሩ'ዩ።"

"እሞ ኣንታ ተስፎም፡ ንስኻትኩም ስለ ዝነፋዕኩም ድዩ እዚ ተረኺቡ። እዝግሄር ገባር ክፉእ ተሓቢኡ መታን ከይነብር ኢሉ ደይኮነን ባዕሉ ኣቃሊዕዎ? እዝግሄር ከምዚ ቁምነገርን ውዕለትን ክገብረልካ ከሎስ፡ ጐይታ ነመስግነካ ይበሃል'ምበር፡ ከምዚ ባዕልኻ ዝፈጸምካዮ ጅግንነት ቆጺርካ ናብ ድግስ? እሞ ኸኣ ናብ ናይ መስተ ድግስ ይእለኽ?!"

"ንቡር እኮ'ዩ እዚ መድህን። እንታይ ደኣ ኼንኪ ኢኺ? ከምዚ ብኣይ ዝተጀመረ ጌርኪ እተቕርብዮ?" በለ ሓይሊ ብዘይብሉ ኣዘራርባ።

"ንቡር ደኣ ኣንታ ተስፎም ጽቡቕ ክትረክብ ከለኻ፡ ምስ ስድራ ቤትካን ደቕኻን ሓዳርካን ምጽምባል። እንተ'ድለየ ኸኣ ኣዕሩኽትኻ ንገዛኻ ጸዊዕካ ምጽምባል'ዩ'ምበር፡ ከምዚ ድዩ? ደሓር ከኣ ሃብቶም ስለ ዝተኣስረን ካሕሳ ክኸፍል ስለ ዝተፈርደን፡ ከምዚ ዓይነት ናይ መስተ ፌስታ ምግባርሲ፡ ከምታ ንሱ

ፋብሪካ ምስ ነደደ ዝገበራዶ ኣይትመስለን? ጽቡቕዶ ሰብ ከምዚ ይገብሩ'ለው እንተ በለ?!"

"ሃብቶም'ኮ ንሱ ጽቡቕ ስለ ዝረኸበ ኣይኮነን ዝጽንብል ነይሩ። ንሱ ንሕና ሕማቕ ስለ ዝረኸብናን ስለ ዝተጎዳእናን'ዩ ፌስታ ዝገብር ነይሩ። ኣነ ግን ንሱ ሕማቕ ስለ ዝበጽሖ ዘይኮነስ ፣ ንሕና ስለ ዝቐንዓናን ጽቡቕ ዝኾነልናን'የ ዝጽምብል ዘለኹ። ከመይ ኢልኪ ምስ ናይ ሃብቶም ተወዳድርዮ?"

"ንዓይ ፍልልዩ ይርደኣኒ'ዩ ተስፎም። ግን ዝረኣየ ኹሉ ይርደኦ'ዶ? ዝገደደ ኸኣ እቶም ስድራ ቤት ኣብ ከምኡ ኩነታት እንተ ዝርእዩኻስ ፣ ምተረድእዎዶ ኢዩ እቲ ሕቶ። ካልኣይ ከኣ እዚ ናይ መስተ ድግስ ንመን'ዩ ክጥቅም? ንጥዕናኻ ድዩ? ንስድራ ቤትካ ድዩ? ንገንዘብካ ድዩ? ንረኣይኻ ድዩ?" ዝብላ ብቐሊሉ ዘይምለሳን ዘይስገራን ሕቶታት ደርደርትሉ።

ተስፎም ከይሰተየ ኣብ ንቡር ኩነታት ከተዛርቦ ከሎኺ ፣ ነታ ሓቂ ክዕምጽጻ ወይ ክሰግራ ዘየኽእል ባህሪ ስለ ዝነበሮ ፣ ዝምልሶ ጠፍኦ።

"ንሱ ደኣ እንታይ ክጠቅም ልማድ ኮይኑና'ምበር ፣" ጥራይ እትብል መልሲ ሃበ። ከምኡ ምስ በላ ኣደንገጻን ፣ ኣብ ሓሳባት ኣእተዋን።

ብውሽጣ ኸኣ ፣ "*ተስፎም ኮይኑ'ዩ'ምበር ካልኦት ሰብኡት ፣ ኣሸንኳይ ብሕቶታት ከተዋጥሮምን ክትብድሆምን ፣ ብዛዕባ ጉድለቶም ብጩቕ ኢልካ'ውን ከተልዕል ኣይፈቕዱን'ዮም። ብሓይልን ብታህዲድን ብዓመጽን ክፍርሑን ክኽበሩን'ዮም ዝፍትኑ። ኣነ ንተስፎም ዘይቀብጾን ፣ ምስዚ ኹሉ ኣመሉ ዘኽብሮን ከኣ በዚ ባህሩ'ዚ እንድዩ ፣*" ኢላ ሓሰበት።

ከምኡ ኢላ እና'ሰላሰለት ከላ ኸኣ ፣ ሓሞኣ ካብቲ መሬት ዘይወድቕ ዘረባኦም ብዙሕ ግዜ ዝደጋገምዋ ትዝ በለታ። "*ሰብ ብሓይልን ብስልጣንን ክፍራሕን ፣ ዝተኸበረ ከመስሎን ይኽእል'ዩ ፣ ክሳዕ ሓይልን ስልጣንን ዘለዎ። ሓይሊ ወይ ስልጣን ስለ ዘለዎ ግን ፣ ክብረት ኣይረከብን'ዩ። ዋላ ነቲ በዓል ሓይልን ስልጣንን ከምኡ እንተ መሰሎ ፣ ክብረት ብሓይልን ብስልጣንን ዝርከብ ኣይኮነን። እቲ ናይ ሓቂ ክብረት ሓይልኻን ስልጣንካን ምስ ሓለፈን ምስ ተረፈን ፣ ስለ ዝግበኣካ ብፍታውን ብደስታን ዝወሃበካ እንተ ኾይኑ ጥራይ'ዩ ክብረት ዝበሃል!*" ክብሉ ተራኣያ።

ሽው በቲ ኣተሓሳስባ ተመሲጣ ከይተፈለጣ ክምስ በለት።

"ኢሂ መድህን?" በላ ተስፎም፣ በቲ ሓደ ወገን ክምስ ምባላ ስለ ዘይተረድኦ፣ በቲ ኻልእ ወገን ከኣ ማዕበል ንሂኣ ሕጅስ ሓሊፉ ኢያ እትመስል ኢሉ እናተተስፈወ።

ተስፎም ኣብ ቅድሚኣ ኮፍ ኢሉ መልሳ እናተጸበየ ኸሎ፣ ናብ ሓሳብ ተዓዚራ ከም ዝጸንሐት ምስ ተረድኣት ሰንበደት። ብቑልጡፍ ምትዕጽጻፍ፣ "ነቲ ዝምልሰልካ'ንድየ ዝሓስብ ጸኒሐ ተስፎም ሓወይ። ዝኾንኾይኑ እቲ ልማድ ኮይኑ'ናምበር ዝበልካዮ'ኮ ይርደኣኒ'ዩ። ግን ነዚ ኣመል'ዝን፣ ነዚ ባህርን'ዚ'ኮ'የ ተሓጋጊዝና ክንፍውሶ ዝደሊ ዘለኹ።"

"ደሓን ደሓን ሕጅስ ፌስታ ተወዲኡ'ዩ። በቃ በብቑሩብ ኣብ መስርዕ ክንእትዋ ኢና፣" ኢሉ ሕቑፍ ኣበላ።

"ይግበሮ ደሓን። ኣነ'ኮ ስለ ዝፈትወካን ዘኽብረካን፣ ከይትጉዳኣኒ ኢለ እንደኣለ።"

"ይርደኣኒ'ዩ። ብኣይን ምእንታይን ከም እትሓምሚ። በሊ ሕጂ ጠምየ'ለኹ በጃኺ ቁርሲ ኣምጽእለይ።"

መድህን ተንሲኣ ቁርሲ ኣወዓዕያ፣ ናብ ቁርሶም ምስ ሰገሩ ዘረባኦም ተረስዐ።

ኣርኣያ'ውን ናይ ዓቢ ሓው ኩነታት ኣስተብሂሉዎ ነይሩ ኢዩ። ተስፎም ካብ ቤት ጽሕፈት መጺኡ ብሓባር ክሰርሑ ይጸንሑ'ሞ፣ ሽው ቀልጢፉ ኣነ ክገድፈካ ቶጸራ ኣላትኒ ምባል ከብዝሕ ጀሚሩ ነይሩ'ዩ። ሽው ሓደ ምሸት ከም ኣመሉ ከምኡ ምስ በሎ፣ "እንታይ ደኣ ሎምቅነ እዚ ቆጸራታትካ ኣይበዝሐንዶ?" በሎ ኣርኣያ።

"ደሓን'ያ ናይ ሎምቅነ ጥራይ'ያ። ዘይ እቲ ሓደ ናተይ፣ እቲ ኻልእ ኸኣ ናተይ እናበሉ'ያ ቁሩብ ከይዳ፣" በለ።

"ንሳ እንድያ'ሞ ሕማቕ። ንኻልእ እንተ ተበራረኻሉ ጽቡቕ'ምበር፣ ንመስተ ጥራይሲ ኣይግድን። ሓደ መግቢ፣ ሓደ መስተ፣ ሓደ ካልእ እናበልካ ምብርራይ ምሓሸ ነይሩ፣" በለ ኣርኣያ።

"ኣንታ ኣርኣያ መግብን ካልእን ደኣ ፣ ኩላ ኣብ ገገዝኣ'ንዶ የለዋን ፧" ኢሉ ሰሓቐ።

"ንሱ ደኣ መስተስ ፣ ዘይ ኣብ ገገዛኹም ከከብሒ ሙሉእ ዘለኩም።"

"ንሱ ደኣ'ወ። ግን እቲ መስተ ንበይኑ'ኮ ኣይኮነን እትብህጎን እትናፍቖን። እቲ መስተ ምስቲ ዕላልን ጸወታን ወኻዕኻዕን'ኮ'ዩ መቐረት ዘለዎ። ንስኻ'ኳ ከም ናትና ኣይኹን'ምበር ፣ ከም ወዲ ተባዕታይ መጠን ቁሩብሲ ይርደኣካ'ዩ። ደቀ'ኣንስትዮ'የን ጨሪሰን ዘይረደኣኻ።"

"እሞ እስከ ሓቂ ንዛረብ ተስፎም። ንሳተንከ ክርደአን ስለ ዝጀመረ ፣ ከምዚ ናታትኩም ጸወታን ወኻዕኻዕን ብመስተ ምድሳትን የድለየና'ዩ እንተ ዝብላ እንታይ ምበልኩም? ንስኻትኩም ትድሰቱን ትዛነዩን ትሕጎሱን ካብ ሃለኹምሲ ፣ ንኣናስ እንታይ ክብለና ኢሉ እንተ ዝብላኺ ፣ እንታይ ምገበርኩም? ድላይክን እንተ ትብልወን'ሞ ምሳኹም ተሰሪዐን ከምኡ እንተ ዝገብራኺ ፣ እቶም ቆልዑ መን ሒዞም ምተረፋ ማለት'ዩ?" ዝብል ካብ ናይ መድህን ዝገድድ ኣዋጣሪ ሕቶ ኣቕረበሉ።

"ኦይ ከምኡስ ኣይትበል ደኣ!"

"ከመይ ዘይብል? ዘይ እዘን ኣሓትና ደቀንስትዮ'የን ከምኡ ዘይኮና'ምበር ፣ ትፈልጥ እንዲኻ ኣብ ምዕራብ ዘለዋ ምሸት ምሸት ምስኦም ተሰሊፈን ከም ዝግጥጣኦ!"

"ዋእ ይኽደነና ወደይ ካብ ከምኡ ደኣ። በዓል መድህን ደኣ ከም እትፈልጦ ንደቀን ጥራይ ዘይኮናስ ፣ ንኣና'ውን እንድየን ዝኣልያናን ዘመሓድራናን።"

"እሞ ንሱ እንተ ፈሊጥካስ ፣ ንኸም መድህን ዝኣመሰላ ምኽባረንን ምክንኻነንን ኢዩ'ምበር!"

"ዋእ እሞ ትፈልጥ እንዲኻ ኣነ ንመድህን ከመይ ከም ዘኽብራ።"

"ተኽብራ እወ ፣ ከመይ ዘይተኽብራ። መድህን ክትክበር ዝግበኣ ሰብ እንድያ። ክትቅበሎን ክትርድኦን ዘለካ'ኮ መድህን ስለ እትሓልየልካ ፣ ከይትጉደኣን ከይትሓምማን ኣብ ዘይሓደጋኺ ከይትወድቕን'ያ እዚ ኹሉ እትዛረበካ።"

"ንሱ ደኣ ይርደኣኒ'ዩ።"

"እሞ እንተ ተረዲኡካ ደኣ ምትግባር'ዩ'ምበር!"

"ቀሊል ኣይኮነን በጃኻ። እንድዒ ኣነስ ብኡነት'የ ዝብለካ ኣርኣያ ሓወይ፣ ገሊኡ ግዜስ ንዕላልን ንመስተን ንጠላዕን ዝምልከትስ፣ ከምዚ ኣነ ዘይቆጻጸሮ ኾይኑ'ዩ ዝስመዓኒ። እቲ ኹሉ ትብሉኒ'ኮ ይርደእንን ይዝከረንን'ዩ፣ ግን ከምዚ ገለ ናብኡ ገጹ ዝደፋፍኣኒ ነገር ዘሎ ኾይኑ'ዩ ዝስመዓኒ። ኣብቲ ክዕወተሉን ክእለየሉን ዝኽኣልኩሉ ግዜ ኸኣ፣ ክንዲ ተዓዊተሉ ኢለ ዝድሰት፣ በ'ንጻሩ በቃ ገለ ምጽእ ኢሉ ይጸዓነንን የተክዘንን። እዚ ኢዩ ጸገመይ!" በለ ተስፎም ብዙሕ ክገልጾ ዘይደሊ ንወልፉ ዝምልከት ናይ ውሽጢ ስምዒቱ ብግልጺ ብምዝርዛር።

"እሞ እቲ ዕላልን ጸወታን ወግዕን ወኻዕካዕን እንተ ኼንካ ናይ ብሓቂ ክንድ'ቲ እትናፍቖ፣ መስተ ከይሰተኻ ምስኦም ተጸንቢርካ ዘይተምሲ።"

"ኦይ! እዚ ደኣ ጨሪሱ ዘይከኣል። ዋላ ኣነ'ውን እንተ ዝኽእሎ፣ ንሳቶም ምስኦም እንተ ዘይሰቲኻ ምስኦም ክተምሲ ወይ ክትቀርብ ኣይደልዩን'ዮም። እንተ ዘይሰቲኻ ጥራይ ዘይኮነስ፣ ዋላ ማዕረኦም እንተ ዘይሰቲኻ ኸማን!"

"እዚ'ሞ፣" ምስ በለ ኣርኣያ።

"ካልኣይ ከኣ ምስኦም እንተ ዘይሰቲኻ፣ ዋላ እቲ ዕላል ዋላ እቲ ናታቶም ጸወታን ላግጽን ንዓኻ ኣይርደኣካን'ዩ። ብተመሳሳሊ ናትካ ኸኣ ንዕኦም ኣይርድኦምን'ዩ።"

"ስማዕስከ ተስፎም እሞ ገሊኡ ግዜ ኩሉኹም ከይሰተኹም፣ ትም ኢልኩም ከተዕልሉን ክትጻወቱን ዘይትፍትኑ።"

"ንፍትን እንዲና ግን ሓደ ካባና ክሰቲ ባህ ይብሎ። ሽው ግድን ዘይሳተኹምኒ ይብል። ድሕሪኡ ከይፈተኻ ኩልኻ ትኣትዎ።"

"ኦይ እዚኣስ ሓደገኛ ምትእኽኻብ'ያ። ናይ ግሊ ናጽነትትን ውሳነን ዘይተፍቅድ። ክትርድኣኒ ዘይትኽእል ዘላን ንኽርደኣ እትኸብደኒ ዘላን ግን፣ እዛ ሓሙሽተ ወይ ሽዱሽተ ሰባትሲ ድሌትን ዊንታን ናይ ሓደ ሰብ ኢና እንፍጽም ዝበልካኒ ኢያ። እቲ ሓደ ደስ ከይበሎ ድሌት ሓሙሽተ ብጾቱ ኸኣ ይገብር'ምበር፣ እዝስ ግሪምቢጥ'ዩ!"

"ሓቅኻ እንዲኻ'ሞ መዓስ ርትዓዊትን ቅንዕትን ነገር ኮይና። ኣብ ኩሉ ካልእ ናይ ህይወት ኣካይዳ ኸኣ እቲ ዝበልካዮ'ዩ ቅኑዕን ግብራውን፣ ኣብ መስተ ግን ከምኡ ኣይኮነትን!"

"እሞ እዛ ዘረባ እኹል ተፈላሲፍናላ ኢና። ግን ኣነ ስለ ዝጀመርኩዋ ኣነዶ ክድምድማ?" ኢሉ ኣርኣያ ፍቓድ ዓቢ ሓው ሓተተ።

"ነዚ ደኣ እንታይ ፍቓድ ደሊኻሉ። ንእሽቶይ ሓወይ ኩን'ምበር ፡ ኣይ ንስኻ ኢንዲኻ እትመኽረኒ ዘለኻ።"

"በል ኣነ ፍታሕ ኮይና እትስመዓንን ፡ ኣጻቢቕካ ክትሓስበላን ክትፍትናን ዝምሕጸነካ ናይ መወዳእታ ርእይቶይ ክህበካ። እዛ ሓደ ዝደለዮ ኢና እንገብር እትብል መምርሒኹም ፡ ናብ ብዙሓት ዝደለይዎ ንግበር ናብ እትብል ንኽትቅየር ፡ ብዘለካ ዓቕሚ ፈትንን ጸዓርን። ኩሉ ዝከኣለካ ጌርካ ክሰምዑኻን ክቕበሉኻን እንተ ዘይከኢሎም ግን ፡ ቅድሚ ኣብ ዘይመውደቒኻ እትወድቕ ፡ ነዞም ኣዕሩኽትኻ ክትርሕቆምን ክትፍለዮምን'የ ዝመኽረካ። ነዚ ክትፍትን ቃልካ ክትህበኒ እልምነካ። ኣነ ኣብዚ ወዲአ ኣሎኹ።"

ተስፎም ዓይኒ ዓይኒ ሓው እናጠመተ ክከታተሎን ክሰምዖን ድሕሪ ምጽናሕ ፡ ንውሱናት ካልኢታት ርእሱ ኣድኒኑ ስቕ በለ። ብድሕሪኡ ቅንዕ ኢሉ ፡ "ኩሉ ዝከኣለኒ ክፍትን ቃለይ እህበካ!"

"*ታንክ'ዩ!* ካብዚ ዝያዳ ክትብለኒ እትኽእል የለን።"

ካብኡ ንደሓር ተስፎም'ውን ቆጸራ ነይሩኒ ዝበሎ ገዲፉ ናብ ስራሕ ኣተወ። ብሓባር ኮይኖም ከኣ ክሰርሑ ኣምሰዩ። ስርሖም ምስ ዛዘሙ ኸኣ ካብ ቤት ጽሕፈት ብሓባር ወጺኦም ፡ ደሓን ሕደር ተበሃሂሎም ተፈላለዩ።

እንዳ ተስፎም'ዮም ካብ ናይ መነባብሮን ህይወትን ሽግር ተናጊፎም ፡ ብዛዕባ ዘድሊ ለውጢ ናይ ባህርን ኣመልን ዝዘትዩ ነይሮም'ምበር ፡ እንዳ ሃብቶምሲ ካብቲ ኣትዮሞ ዝነበሩ ዓዘቕቲ ብኸመይ ከም ዝወጹ'ዮም ዝጭነቑ ነይሮም።

ደርማስን ኣልማዝን ክልቲኦ ፈራሜንታታት ኣብ ምሻጥ'ዮም ተጸሚዶም ቀንዮም። ድሕሪ ብዙሕ ውረድ ደይብ ከኣ ፡ እቲ ዝሓሸ ዝብልዎ ዋጋ ረኺብና ኢና ስለ ዝበሉ ፡ ሸይጦም ገንዘቦም ክቕበሉ በቐዑ። ኣጋጣሚ ካብቲ ዝገመትዎ ዝሕሸ ዋጋ ስለ ዝረኸቡ ፡ ካብ ባንካ ዝነበረ ገንዘብ ከይወሰኹ በቲ መሸጣ ነቲ ዕዳ ክኽፍልዎ ከኣሉ።

ኣልማዝ ኣብዚ ግዜ'ዚ ጓል 30 ዓመት ኢያ። ደቃ ሓበንን መቐረትን ከኣ

ደቂ ሸሞንተን ሽዱሽተን ዓመት ኮይኖም ነበሩ። ድሕሪ ናይ ሸሞንተ ዓመት ጥጡሕ ናብራ ፡ እዚ ንኣኣን ንደቃን ኣብ ናብራኦም ምንቁልቋል ዝፈጥር ኩነታት ብምፍጣሩ ፡ ኣዝያ ጉህያ ነበረት። እቲ ዝያዳ ዘጉሃያ ኸኣ እቲ ጸገም ዝጎናፎም ብኻልእ ዘይኮነስ ፡ ብሰንኪ ጽጋብን ክሑን ጽልኢ ሃብቶምን ኢዩ ኢላ ስለ እትኣምን ዝነበረት ኢዩ።

ኣልማዝን ደርማስን ዝውዕልዎ ዝነበሩ ክልቲኡ ስራሓውቲ ስለ ዝተሸጠን ፡ ሓንቲ እንዳ ባኒ ጥራይ ስለ ዝተረፈትን ፡ መን ኣበይ ይስራሕ ዝብል ሕቶ ተላዕለ። ኣብ መወዳእታ ሃብቶም ክልቲኦም ተሓባቢሮም ክሰርሕዎ ዝብል ውሳነ ወሰደ። ነናቶም ዕማማት ተማቒሎም ንኽሰርሕዎ ኸኣ ተረዳድኡ። ኣልማዝ ገንዘብ ክትሕዝን ክትቆጻጸርን ፤ ደርማስ ከኣ ብሓፈሻ ነቲ ስራሕ ክካይዶን ክመሓድሮን ከም ዝሓይሽ ተሰማምዑ።

ብዝተሰማምዕዎ መሰረት ከኣ ኣልማዝ ኣብ እንዳ ባኒ ስራሕ ጀመረት። በተን ናይ መጀመርያ መዓልታት ከኣ ደርማስ ይኹን ኩሎም ሰራሕተኛታት እንዳ ባኒ ፡ ምስ ኣልማዝ ምስራሕ ቀሊል ከም ዘይከውን ክረኣዩም ጀመረ። ሰራሕታኛታት ትሒ.ም-ትሒ.ም ክብሉ ጀመሩ።

ሽው ደርማስ ፡ "ደሓን ንጸመማን ግዜ ንሃባን። ሕጂ ኢያ ናይዚ ኩነታት ገጫ-ገጭ እትብል ዘላ'ምበር መልሓሳ'ኳ ኣዝዩ ጥዑም'ዩ። ፈጺሙ ሕማቕ ኣይወጾን'ዩ። ስለዚ እዚ ሕጂ እትርእይዎ ዘሎኹም ባህሪ ዘይኮነስ ፡ እቲ ወሪዱዋ ዘሎ ሽግር ዘስዓቦ ኢዩ። ኣብዘን ውሱናት ኣዋርሕ ካበይ ናበይ ዲና ወዲቕና ዘለና? እቲ ዝበዝሐ ጸቕጢ ከኣ ኣብ ርእሲኣ ኢዩ ዘሎ። ስለዚ ደሓን ንቑሩብ ንተዓገሳ ፡" ይብሎም ነበረ።

ተስፎምን ኣርኣያን ቤት ፍርዲ ዝወሰኖ ገንዘብ ተቐበሉ። እቲ ንኢሹራንስ ዝምልከት ሸው ንሸው ነቲ ትካል ኣረከብዎ። እቲ ዝተረፈ ገንዘብ ከኣ ፡ በቲ ድሮ ኣውጺኦሞ ዝጸንሑ ውጥን ንኽጥቀሙሉ ምቅርራብ ጀመሩ። ነቲ ፋብሪካ ናብቲ ዝነበሮ ደረጃ ንኽምለስ ዘድልዮም መጠን ገንዘብ ኣትሪፎም ከኣ ፡ እቲ ዝተረፈ ንናይ ባንካ ዕዳ ንኽኸፈል ናብ ባንካ ኣታዊ ገበርዎ።

ብድሕር'ዚ ተስፎም ኣብ ውሳነ ዘድልዮ ጉዳያት እንተ ዘይኮይኑ ፡ ኣብቲ መዓልታዊ ስራሕ ዳርጋ ነ'ርኣያ ብዙሕ ኣይሕግዞን ነበረ። ኣርኣያ ኸኣ ዋላ'ኳ በይኑ ኣብ ጽዑቕ ስራሕ እንተ ተጸመደ ፡ ንሓው ዘይሓገዘኒ ከይበለ ስራሑ ብዕትበት ይቕጽል

ነበረ። ሓንቲ ጌና ብዛዕባ ሓው ቅር እትብሎ ዝነበረት ኣካይዳ ግን ፣ ንፋብሪካ ንፍርቂ ወይ ሓደ ሰዓት ቅልቅል ኢሉ ናብታ ናይ ኣዕሩኽቱ ምትእኽኻብ ይጎይ ምንባሩ'ዩ።

ኣርኣያ ብጻዕቂ ስራሕ ከየጕረምረመ ለይትን መዓልትን ብምስራሕ ፣ ኩሉ ዝጀመርዎ ስራሓውቲ ከምቲ ዝተሓንጸጾ ተደምደመሎም። ስራሕ ፋብሪካ ከምቲ ቅድም ዝነበሮን ፣ ካብኡ ንላዕልን ጽቡቕ ክኸይድ ጀመረ። ኩሎም እቶም ብናይ ሃብቶም ዘረባታት ተጠራጢሮምን ተጋግዮምን ርሒቖሞም ዝነበሩ ዓማዊል ተመለስዎም። በዚ ኸኣ ስራሕ ብናህሪ ንቕድሚት ክስጕም ጀመረ። ተስፎም ብዘይካ ኣብ ንእሽቶይ ሓው ዝነበሮ ዕግበትን ኣድናቖትን ምግላጽን ፣ ደጋጊሙ ኩሉ ሳላኡ ምዃኑ ምእማንን ፣ ሕጂ'ውን ነ'ርኣያ ብግብሪ ብዙሕ ኣይሕግዞን ነበረ።

ወልደኣብ ሰራሕተኛ እንዳ ባኒ ዝነበረን ፣ ነ'ርኣያ ብሓበሬታ ዝደጋገፎ ዝነበረን ፣ ሃብቶም ድሕሪ ምእሳሩን ምእማኑን ፣ በዓል ተስፎም ኣብ ፋብሪካ ፓስታ ስራሕ ኣጀሚሮሞ ነበሩ። ንተኽለኣብ ናይ ዝተኣስረ ገብረኣብ ቦታ ክህብዎ ኸለው ፣ ንወልደኣብ ከኣ ናይ ተኽለኣብ ቦታ ከም ዝትክእ ገበሩ። ኣብ ልዕሊ'ዚ ኸኣ ገበን ስለ ዘቃልዑን ስለ ዝመስከሩን ፣ ናይ ገንዘብ ጕንዖ ገበሩሎም። ተስፎምን ኣርኣያን መብጽዓኦም ብዘይምጥላሞምን ዝግባእ ስለ ዝገበረሎሞን ኸኣ ፣ ክልቲኦም ተኽለኣብን ወልደኣብን ዓገቡን ኣመስገኑን።

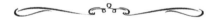

ኩነታት ተስፎምን ሃብቶምን ከምዚ'ሉ ኸሎ ፣ ርክብ ክብረትን ብሩኽን እናዓሞቐ ይኸይድ ምንባሩ ፣ መድህንን ኣልጋነሽን ክስተብህላ ጀመራ። ምስቲ ኣብ ክልቲኡ ስድራ ቤት ዝነበረ ፍጻመታት ግን ፣ ግዜን ኣቓልቦን ክህባኦ ኣይከኣላን። ናይ እንዳ ተስፎም ኩነታት ካብቲ እንዳ ሃብቶም ዝሓልፍዎ ዝነበሩ ከቢድ ፈተነታት ኣዝዩ ዝሓሸ'ዩ ነይሩ። ብኣኡ ምኽንያት መድህን'ያ ብዛዕባ ኩነታት ብሩኽን ክብረትን ዝያዳ እተስተብህልን እትከታተልን ዝነበረት። ከምኡ ስለ ዝኾነ ፣ ነ'ልጋነሽ ብቐጻሊ ንዛረቦም እናበለት ትጭቕጭቓ ነበረት። ድሕሪ ነዊሕ ኣብታ ምስ ብሩኽን ክብረትን ክዘራረባላ መደብ ዝሰርዓላ ኣጋምሽት ፣ ኩሎም ኣብ እንዳ ተስፎም ተኣከቡ።

"ሕጂ ከነዘራርበኩም ዝደለናዮ ኣርእስቲ ገሚትኩሞ ትኾኑ ኢኹም ፧" ኢላ ዘረባኣ ዝፈለመት መድህን'ያ ነይራ። ናብ ክልቲኦም በብተራ ድሕሪ ምጥማት ከኣ ፣ "ሓድሽ ኣርእስቲ ኣይኮናን ክንዛረብ። ብዛዕባ እቲ ቅድሚ ሕጂ ንርክብኩም

ብዝምልከት ተመያይጥናሉ ዝነበርና ኢና ሕጂ'ውን ከነዛርበኩም ደሊና፡" በለቶም።

ክልቲኦም መንእሰያት ዝኾነ ናይ ምግራም ምልክት ኣየርኣዩን። ንኽልቲኦም እቲ ኣርእስቲ ኣይሓደሶምን። ምኽንያቱ ክልቲኦም ነቲ ዛዕባ ናይቲ ጉዳይ ድሮ ጠርጢሮሞን ገሚቶሞን ነይሮም'ዮም። ብኣኡ ምኽንያት ዝኾነ ካልእ ኣካላዊ ቋንቋ ከየንጸባረቑ'ዮም፡ ንናይ መድህን መእተዊ ዘረባ ርእሶም ብምንቕናቕ ኣፍልጦ ብምሃብ፡ ንኽሰምዑ ድልውነቶም ከረጋግጹ ዝተረኣዩ።

ድሕሪኡ ኣልጋነሽ፡ "ቅድሚ ሕጂ ኣብ ዘዘራረብናኩም ግዜ፡ ርክብኩም ካብ ሕውነታዊ ፍቕሪ ሓሊፉ ካልእ ከም ዘይብሉ ክልቴኹም ብትሪ ገሊጽኩምልና ኔርኩም ኢኹም። ሓቂ ይሓይሽ ኣብቲ እዋን'ውን እንተ ኾነ፡ ኣነን መድህንን እቲ እትብልዎ ዝነበርኩም ሚኢቲ ካብ ሚኢቲ ክንቕበሎ ተሸጊርና ኢና። ምኽንያቱ ንሕና ከም ደቂ'ንስትዮን ከም ኣደታትኩምን መጠን፡ ኣሸንኳይ ኣብ ደቅና ኣብ ካልእ'ውን እንተኾነ፡ ዝያዳ ካልኦት ከነስተብህልን ከነቕልብን ስለ እንኽእል'ዩ፡" ኢላ ኣልጋነሽ ናብ መድህን ገጻ ጠመተት።

መድህን እታ ዘረባ ናብኣ ምኻና ተረደአት። ቅድሚ ምዝራባ ናብ ክልቲኦም በብተራ ጠመተት። ድሕሪኡ፡ "መጀመርያ መታን ዘረባና ሃናጽን ውጽኢታውን ክኾነልና፡ እቲ ዘሎ ክዉንነት ብግልጽን ብጋህድን ክትሕብሩና ኢና እንምሕጸነኩም። ብሓጺሩ ሕጂ ርክብኩም ኣብዚ እዋን'ዚ ዘለዎ ደረጃ፡ ከይተሰከፍኩምን ከይሓባባእኩምን ብግልጺ ክትነግሩና ኢና እንደሊ፡" ብምባል፡ ከም ዝወደአት ብዘርኢ ኣካላዊ ቋንቋ፡ ኢዳ ጥምር ኣቢላ፡ ንድሕሪት ጽግዕ ኢላ ኮፍ በለት።

ሸው ዘረባ ናብኣታቶም ምኻና ብምግንዛብ፡ "እቲ ሓደ ግዜ ከተዛራርባና'ኳ፡ ሓቂ ይሓይሽ ኣብቲ ግዜ'ቲ ዝነበረና ስምዒት ንኣናውን ብንጹር ኣይርደኣናን'ዩ ነይሩ፡" በለ ብሩኽ።

"ሕራይ፡" በለት መድህን ርእሳ እናንቕነቐት። ኣልጋነሽ ከኣ ገጻ እስር ኣቢላ፡ ብዝያዳ ኣተኩሮ ንምክትታል ካብ መንበራ ንቕድሚት ተወጢጣ ኮፍ በለት።

"ኣብቲ ግዜ'ቲ እቲ ሙሉእ ህይወትና ዘሕለፍናዮ ምሕዝነታዊ ፍቕሪ ድዩ ዝዓሙቐ ነይሩ፡ ወይስ ካልእ ነገር'ዩ ዝፍጠር ነይሩ ክንፈልዮ ኣይንኽእልን ኢና ኔርና፡" በለት ክብረት።

"ንሕና ንርእስና ርግጸኛታት ዘይነበርና ኸኣ፡ ንዓኻትክን እወ ሓቅኽን ኢኽን ክንብለክን ኣይንኽእልን ኔርና፡" በለ ብሩኽ።

'ድሕሪኡኸ?" ሓተተት ኣልጋነሽ ህውኽ ኢላ።

"ድሕሪኡ ዝሰዓበ ግን ከይሓባባእናን ከየማኸናና እቲ ሓቂ ብግልጺ ኢና ክንነግረክን እንደሊ። ምኽንያት ናይዚ ኸኣ ኣዚና እነፍቅረክን ኣደታትና ጥራይ ዘይኮንክን ፡ ብዝያድኡ ኸኣ ኣዚና እንኽብረክንን እነድንቐክንን ወለድና ስለ ዝኾንክን'ዩ ፡ " በለን ብሩኽ ፡ ንኽልቲአን ዝነበሮ ፍቕርን ኣኽብሮትን ኣብ ገጹ ብግልጺ እናተነበበ።

ክብረት ከኣ እቲ ብሩኽ ዝገለጾ ዝነበረ ስምዒት ፡ ናታ'ውን ምዃኑ ርእሳ ብምንቕናቕ ጥራይ ዘይኮነ ፡ በዒንታን ብሙሉኦም ኣብ ገጻ ዝርከቡ ጅማታውታን ጭዋዳዳታን ገይራ ኣረጋገጸትለን።

ኣልጋነሽን መድህንን ከምኣቶም ዝኣመሰሉ ቃላትን ስምዒትን ካብ ደቀን ብምስምዐንን ብምርኣየንን ኣዝዩ ተንከፈን። መድህን መጀመርያ ትንስእ ኢላ ፡ "ክብረት ይሃብኩም እዞም ደቀይ ፡" ኢላ ንኽልቲኦም ሓሓቑፋ ሰዓመቶም። ኣልጋነሽ ከኣ ብተመሳሳሊ ተንሲኣ ዕትዕት ኣቢላ ሰዓመቶም።

እዚ ናይ ስምዒት ማዕበል ምስ ሓለፈ ፡ ብሩኽ ዘረባኡ ከምዚ ብምባል ቀጸለ። "ክቕጽለልክን። ስለዚ ብድሕሪኡ'ዩ በብቑሩብ ናብ ፍቕሪ ከም እንወድቕ ዝነበርና ክርደኣና ዝጀመረ። እነሆ ኣብዚ ግዜ'ዚ ኸኣ ኣብ ኣዝዩ ዓሙቕ ፍቕሪ ወዲቕና ከም ዘሎና ካባኻትክን ክንሓብኦ እንደሊ ነገር ኣይኮነን።"

"እዋይ ደቀይ!" በለት ኣልጋነሽ ብስምዒት ርእሳ ንየማንን ንጸጋምን እናነቕነቐት።

ክብረት ነታ ዘረባ ካብ ብሩኽ ትቕብል ኣቢላ ፡ "ንኽልቴኽን እቲ ተበግሶ ባዕልና ወሲድና ከነዘራርበክን ኢልና ብዙሕ ግዜ ሓሲብና ኔርና። ግን ድሕሪኡ እዚ ኣብ ሞንጎ ስድራ ቤታትና ዝተረኸበ ጸገም ፡ መሊሱ ካብ ዝኸፍአ ናብ ዝገደደ ስለ ዝተሰጋገረ ፡ ምቹእ ግዜ ክንረክብ ኣይከኣልናን ፡" በለት።

"ወይ ጉድ?!" በለት መድህን ፡ ክልቲኡ ኣእዳዋ ኣብ ምዕጉርታ እና'ቐመጠት።

"ከምዚ ክብረት ዝበለቶ ፡ ርክብ ክልቲኡ ስድራ ቤትና እናገደደን እናተፈናተተን እናኸደ ኸሎ ፡ ንሕና ተፋቒርና ኢልና ክንዛረብ ወይ ከነፍልጥ ዓቕብ ስለ ዝኾንና ኢና ፡ ከይነገርናክን ክንጸንሕ ተገዲድና ፡" በለ ብሩኽ።

ብሩኽን ክብረትን ተቐባቢሎም ኣብ ፍቕሪ ከም ዝወደቑ ብግልጺ ድሕሪ ምንጋሮም ፡ ኣልጋነሽ ኢያ ነቲ ናይ ኣደታት ዘረባ ፈሊማቶ። ብመጀመርያ ነቲ ግሉጽነቶምን ኣኽብሮቶምን ኣመስገነቶም። ድሒራ ዋላ'ኳ መድህንን ንሳን ይጥርጥራ እንተ

ነበራ ፤ ሚኢቲ ካብ ሚኢቲ ርግጸኛታት ክኾና ከም ዘይከኣላ ዝነበራ ተናስሓትሎም። ቀጺላ እተ ሸው ብግልጺ ዝገለጹለን ኩነታት ኣብ በይነን ኮይነን ንሓጺር ግዜ ክመያየጣሉ ስለ ዝደልያ ፤ ንሓንሳብ ኣብ ደገ ክጸንሑለን ሓተተቶም። መንእሰያት ብድድ-ብድድ ኢሎም ወጹ።

ሸው ኣልጋነሽን መድህንን ፤ ስምዒተንን ኣብቲ ጉዳይ ዘለወን ኣረኣእያን ክዝትያሉን ክመኻኸራሉን ጀመራ። ነቲ ኣርእስቲ ብኹሉ ሸነኻቱ ዳህሲሰን ፤ ኣብ ውሳነን ኣብ መደምደምታን ምስ በጽሓ ፤ ንደቀን ክጽንበርወን ጸወዐኦም።

ሸው ኣልጋነሽ ከምዚ ብምባል ዘረብኣ ጀመረት ፤ "ብመጀመርትኡ ፍቕርን ምቅርራብን ፤ ከምኡ'ውን ናይ መዋእል ጉርብትና ክልቲኡ ስድራ ቤትን'ዩ ኣብ ከምዚ ፍቕሪ ኣውዲቑኩም። ኣብ ንቡር ኩነታት እንተ እንህሉ ፤ ንፍቕርና ከተራጉድዎን ከትድርዕዎን ምኸኣልኩም ነይርኩም። ሕጂ ግን ኣብ ሞንጎ ኢኹም ተቖርቂኩም ዘሎኹም። ከምኡ ይኹን'ምበር ኣነን መድህንን ግን ፤ ክሳዕ ብህይወትና ዘሎና ኣብ ጎንኹም ክንህሉ ወሲንና ኣሎና ፤" ኢላ ናብ መድህን ገጻ ጠመተት።

"ከምዚ ጌርኩም ብግልጺ ክትነግሩና ክለኹም ኣዝዩ'ዩ ደስ ኢሉና። ብዝተኻእለና መንገዲ ኸኣ ምስ ክልቴኹም ጠጠው ከም እንብል ነረጋግጸልኩም ፤" በለት መድህን ብግደኣ።

ብሩኽን ክብረትን ብድድ-ብድድ ኢሎም ፤ ነ'ደታቶም ክሳደን ሓሓኒቖም ሰዓምወን። ክልቲአን ኣደታት ብናይ ፍቕርን ሓበንን ስምዒት ተዋሕጣ። ኣዒንተን ቁጽርጽር ኢሉወን ፤ ኣፊን ተሎኩቱ ፤ ብመላሓስተን ዝወጹ ቃላት ሰኣና።

ድሕሪ ንኽልቲአን ነዊሕ ግዜ ዝመሰልአን ውሑዳት ካልኢታት ፤ "ኣብዚ ኣብ ክልቲኡ ስድራ ቤት ጽልእን ቂምታን ባእስን ጥራይ ነጊሱሉ ዘሎ ግዜ ፤ እዚ ናይ ክልቴኹም ፍቕሪ ነዚ ሰሪጹ ዘሎ ሕማቕ ንፋስን መንፈስን ፤ ከህድኦን ከዝሕሎን ኢና ተስፋ እንገብር ፤" በለት መድህን።

"ግን እዚ መድህን እትብሎ ዘላ ዝከኣልን ግብራዊ ዝኾውንን ፤ ብጥንቃቐን ብብልሓትን ምስ እንጉዓዝ'ዩ። ድሕሪ ቁሩብ ምስ መድህን እናተመኻኸርና ፤ ነ'ቦኹም ተስፎም ከነረድኦ ንጽገም ኣይመስለናን። ተስፎም'ውን ብሕማቕ ይሪኦ'ዩ ኣይንብልን። ነ'ቦኹም ሃብቶምን ንስድራ ቤትናን ግን ፤ ነገራት ክይተለወጡ ኣሸንኪይ ክንነግሮምስ ፤ ጨሪሱ ክፈልጡ'ውን የብሎምን ፤" በለት ኣልጋነሽ።

ብድሕሪኡ ፍቕሮምን ርክቦምን ፤ ብኸመይ ኣገባብ ክሕዝዎን ብኸመይ ክንቀሳቐሱን ከም ዘለዎምን ብዝርዝርን ብሰፊሑን ተመያየጡን ተመኻኸሩን። በብግዜኡ

ሓድሽ ምዕባለ ክህሉ ኸሎ ክይሓባብኡ ክመኻከሩ ብምምብጻዕ ከኣ ፣ ርክቦም መደምደምታ ገበሩሉ።

ምኽርን ቀጻሊ ዘረባን መድህንን ኣርኣያን ፣ ንተስፎም ካብቲ ኣማዕቢልዎ ዝነበረ ኣመል ክመልሶ ወይ ክዓግቶ ኣይከኣለን። መድህንን ኣርኣያን ንተስፎም ዝብልዎን ዝገብርዎን ጠፍኦም። እቲ ዝበሃል ኩሉ ክልቲኦም ብተደጋጋሚ ኢሎሞ ነይሮም'ዮም።

ከም ካልኦት ብመስተ ዝተገዝኡን ዝተሰነፉን'ሞ ፣ ተስፋ ዘይብሎም እንተ ዝኸውን ዋላ ተስፋ'ውን ምቖረጹ። ተስፎም ግን ምስ ጠባዩን ምስትውዓሉን ኣእምሮኡን ብምንባሩ ፣ ትም ኢሎም ክርእይዎ ኣይከኣሉን። ከምኡ ዝኣመሰለ ሓንጎልን ባህርን ዝሓዘ ሰብ ፣ ኣብ ጠርሙዝ ጥሒሉ ክጠፍእ ትም ኢልካ ዘይረአ ኾኖም።

ተስፎም ኣብ ከምዚ ኩነታት ከሎ መድህንን ኣርኣያን ይዘራረቡ ነበሩ። መዓልቱ ሰሉስ ኢዩ ነይሩ።

"ካብ'ዚ ንላዕሊ'ሞ እንታይ ክንብሎ ኢና ኣርኣያ? ኣነስ ሕጂ ተወዲኡኒ'ዩ። እታ ሓንቲ ዝተረፈትና ነቦይ ነገርና ፣ ንሶም ከም ዝዛረብዎ ምግባር ጥራይ'ያ።"

"እንታይ ደኣ ኣብ መወዳእታስ ናብኡ ኢና። ግን ኣቦይ እንተ ፈሊጦ ተስፎም እንታይ ክኸውን'ዩ የሰክፈኒ'ዩ። ምኽንያቱ ተስፎም ኣብ ልዕሊ'ቦይ ዘለዎ ኣኽብሮት ትፈልጥዮ ኢኺ። ኣቦይ ብዝኾነ ነገር ብሰንኩ ክጉሂ ወይ ቅር ክብሎ ጨሪሱ ኣይደልን'ዩ።"

"ንሱ ደኣ ኣጸቢቐ እፍልጥ'ንድየ። ዋላ ብሰንኩ ምሳይ ኣብ ምብኣስን ኣብ ምፍልላይን ክበጽሕ ተኽእሎ ከም ዘሎ እፈልጥ'የ። ዳርጋ ከምኡ ኢሉ ዝኣመተለይ ግዜ'ውን ኣሎ። ሕጂ ግን ኣነ ናተይ ኣይኮንኩን ዝሓስብ ዘለኹ። ካብ ከምዚ ዝኣመሰለ ሰብ እናረኣኹዎ ዝጠፍእ ፣ ንዓይ ዝመጸ ይምጸኣኒ ኣብ ምባል'የ በጺሐ ዘለኹ!"

"ጽቡቕ ኣለኺ። ካብ ክቱር ፍቕርን ሓልዮትን ተበጊስኪ እንዳኣልኪ ከምኡ እትብሊ ዘሎኺ። ዝገርመኪ ግን ኣቦይ'ውን ካብ ተስፎም ብዙሕ'ዩ ትጽቢቱ።"

"ይርደኣኒ ኢዩ ኣርኣያ። ነ'ቦይ ግራዝማች ምስ ነገርናዮም ፣ ኣቦይ ንባዕሎም ክንደይ ድዮም ክጉህዩን ክሓርሩን! ኩሉ ግዜ እኮ'ዮም ፣ 'እዛ መርዓ ናትኪ

ብርኽቲ'ያ። ሳላኽን ሳላ እዚ ሓዳር'ዝን ፡ ተስፎም ወደይ ናብ ሕማቕ ክእለ ደልዩ ዝነበረ ድሒኑ ፡' ዝብሉኒ!"

"ሓቅኺ ኣነ'ውን እዛ ዘረባ'ዚኣ ብዙሕ ግዜ ሰሚዐያ'ሎኹ።"

"ስለዝስ እቲ ብወገን ተስፎምን ብወገን ኣቦይን ዝመጽእ ሳዕቤን ፡ ዘንጊዐዮ ወይ ኣነኣኢሰዮ ኣይኮንኩን ነዚ ሓሳብ ዘቕርብ ዘለኹ። ትም እንተ በልና ግን ካብኡ ዝገድድ ዘጣዕስ ክይመጸና ኢለ'የ።"

"ምሳኺ'ሎኹ ሚኢቲ ብምኢቲ። ግን እስከ ኣነ ፡ "ኣንታ ወዲ ፡ ኣነ ኾንኩ መድህን ተወዲኡና'ዩ ፡ ነቦይ ክንንግሮ ኢና ፤ ደሓር ከመይ ጌርኩም ከምዚ ትገብሩኒ ክይትብለና' ፡" ኢለ ኣትሪረ ምእንቲ ክዛረቦ ንቑሩብ ግዜ ተዓገሲ።"

"ጽቡቕ ግን ግዜ ኣይትውሰድ በጃኻ።"

"ደሓን እዛ ቀዳመ ሰንበት ትሕለፍ'ሞ ፡ ኩነታቱ ርእየ ደሓን ኣብ ዝህልወሉ ግዜ ክዛርቦ'የ።"

በዚ ውሳነ'ዚ ተሰማሚዖም ተፈላለዩ።

ኣርኣያን መድህንን ድሕሪ ቀዳመ ሰንበት ኢሎም ክሰማምዑን ክትልሙን ከለው ፡ ክልቲኦም ዘይተረድኦም ፡ ነፍሲ ወከፍ መዓልቲ ካብቲ ንሕና እንሓስቦን እንምድቦን ፡ ናታ ናይ ገዛእ ርእሳ መደብን ፍጻመን ኣዳልያ ከም እትጸንሓና'ዩ።

ምዕራፍ 12

ቀዳም ንጉሆ ወርሒ መጋቢት 1973 ተስፎም ከም ቀደሙ ቆሪሪሱ ፣ ንባንካ ከይዱ ክሰርሕ ወዓለ። ተስፎም ኣብዚ እዋን'ዚ ወዲ 46 ዓመት'ዩ። ድሮ ብየማንን ጸጋምን ቁሩብ ሽበት ዘረር-ዘረር ክብል ጀሚሩ ነይሩ'ዩ።

ቀትሪ ካብ ስራሕ ምስ ተፈደሰ ንገዛ ከይዱ ፣ ምስ መድህንን ደቁን ብሓባር ግሩም ምሳሕ በልዑ። ቁሩብ ምስ ኣዕረፈ ናብ ኣርኣያ ናብ ፋብሪካ ክኸይድ ምዃኑ ንመድህን ሓበራ። ቀዳም ስለ ዝኾነ ከም ቀደሙ ብኡ'ቢሉ ምምሳዩ ከም ዘይተርፎ መድህን ትፈልጥ ነይራ'ያ።

ክወጽእ ከሎ በጃኻ ኣይተምሲ ወይ ካልእ ኢልካ ምዝራብ ኣይትፈቱን'ያ። ካብ ገዛ ክወጽእ ከሎ ዘየሳንዮም ኣርእስቲ ኣልዒልካ ምጭቕጫቕ ከም ሕማቕ ፋል'ያ እትሓስቦ። ዋላ ንግዜኡ ይኹን ፣ ክትፈላለ ከለኻ ብጽቡቕ ክትፈላለ ኣሎካ ዝብል እምነት'ዩ ነይሩዋ።

ሽው መዓልቲ ግን እንታይ ከም ዝወረዳ ፣ በጃኻ ተስፎም ዋላ ንሎሚ መስተ ከየብዝሕካ ብግዜ እቶ በልዮ ዝብል ስምዒት መጻ። ክልተ ሰለስተ ግዜ ክትዛረቦ ኢላ ትንዕ እንተ በለት ግን ፣ ነተን ቃላት ካብ ኣፋ ከተውጽአን ኣይከኣለትን። ኣብ መወዳእታ ግን ዳርጋ ኣብ ኣፍደገ ምስ በጽሐ ምውልዋላ ኣሰኒፉ ፣ "ተስፎም ፣ " ኢላ ጸወዓቶ።

"ኢሂ መድህን ፣" ኢሉ ግልብጥ በለ። ሽው እተን ክትዛረበን ዝሓሰበት ቃላት ዘይኮናስ ፣ "ጽባሕ ዝብጻሕ ከም ዘሎና ዘኪርካዮዶ'ሎኻ?" ዝብላ ካልኦት ቃላትን ካልእ ሓሳብን ካብ መልሓሳ ክወጻ ተፈለጣ።

"እወ ደሓን ዘኪረዮ'ለኹ ክንከይድ ኢና ፡" ኢሉ ግልብጥ ኢሉ ወጸ።

መድህን ብኹነታታ ተደነቐት። እቲ ገይራቶ ዘይትፈልጥ ነገር ክትገብር ዝደፋፍኣ ዝነበረ ስምዒት ኣይተረድኣን። ኣብ መወዳእታ ግን ነታ ስምዒት ተቐጻጺራ ፡ በታ እምነታን ልማዳን ምኽዳ ኣሐጎሳ። ስምዒታ ብምቁጽጻራ ትተሓጎስን ትዕገብን'ምበር ፡ እታ ስኽፍክፍ እትብላ ዝነበረት ስምዒት ግን ክትከደላ ኣይከኣለትን።

ከምኡ ኢላ እናሓሰበት ከላ ሕርይቲ ዓላ መጺኣ ፡ "ናይ ስፖርት ክዳን መዓስ ኢኹም ትገዝኡለይ?" ኢላ ምስ ሓተተታ ፡ ንኣኣ ከተዛርብ ስክፍታኣ ረሰዓቶ።

ተስፎም ካብ ገዛ ብቐጥታ ናብ ፋብሪካ'ዩ ኸይዱ። ኣርኣያ ድሮ ኣብ ስራሑ ተጸሚዱ ኢዩ ጸኒሕዎ። ሰላምታ ተለዋዊጦም ብዛዕባ ስራሕ ሓደ ኽልተ ውሳነታት ዘድልየን ኣገደስቲ ጉዳያት ተዘራሪቦም ወድኡ። ብድሕሪኡ ኣብ ጠጠረጴዛኦም ተቐሚጦም ክሰርሑ ጀመሩ። ተስፎም እናናሸዕ ሓጸርቲ ዕላላት እና'ልዓለ ነ'ርኣያ የዘናግዖን የስሕቖን ነበረ።

ሸው መዓልቲ ተስፎም ኣዝዩ ደስ ኢሉዎን ተበሪህዎን ከም ዝነበረ ፡ ኣርኣያ ቀልጢፉ ኣስተብሃለሉ። "ናይ ዕረፍቲ መዓልቲ ስለ ዝኾነ ድዩስ ፡ ዋላ እታ እንፈልጣ ናይ ቀዳም ምሸት ምትእኽኻብን ምስታይን ስለ ዘላ ኢያኾን ፡" ኢሉ ሓሰበ። ከምዚ ተበሪህዎን ደስ ኢሉዎን ከሎ ፡ እዛ ንመድህን ዝተመባጸዕኩላ ዘረባ ከዛርቦ ዝብል ሓሳብ መጸ። ግን ከኣ ተጠራጠረ።

ከምዚ ኢሉ ተበሪህዎን ተደሲቱን ከሎ ፡ "እንተ ዘየሎ ነቦይ ክንነግሮ ኢና ፡" ብምባል እታ ልዕሊ ኹሉ ዝጸልኣን እተጨንቖን ዘረባ እንተ ደርብየሉስ ፡ ኣብ ጭንቀት ከየእትዎ ኢሉ ተጠራጠረ።

ተስፎም የዕልልን ይዛረብን ፡ ኣርኣያ ኸኣ ምውሳን ስኢኑ ይጭነቕ ነበረ። ኣብ ሞንጎ ምዝራቡን ዘይምዝራቡን ዘለዎ ረብሓን ፡ ክስዕቦ ዝኽእል ጸገምን ክሓስብ ዳርጋ ነቲ ተስፎም ዝብሎ ዝነበረ'ውን የስተውዕለሉ ኣይነበረን።

ተስፎም ፡ ኣርኣያ ሓው ብግቡእ ከም ዘይሰምዖ ዝነበረ ስለ ዘስተብሃለሉ ፡ "ኢሂ'ታ ኣርኣያ? እንታይ ደኣ ኢኻ ሎሚ ምሳይዶ'ምበር ኣለኻ? ገለ ሓሳብ ሒዙካ'ሎ ፡" ኢሉ ኣሰንበዶ።

"ኖኖ ምሳኻ'ሎኹ ፤ ይሰምዓካ'ንድየ ዘሎኹ። ሓንሳብ ግን ሓቂ ይሓይሽ ፡ እዛ

ሑዘያ ዘሎኹ ስራሕ ወሲዳትኒ ነይራ'ምበር ናብ ካልእስ ኣይከድኩን፧" ብምባል ነታ ዘረባ ሕውስውስ ኣቢሉ ሞለቖ።

በዚ ኸኣ፣ "እታ ክነግሮዶ?" እትብል ዝነበረት ሓሳብ፣ "ብበቃ ሎሚ ኣይዛረቦን'የ" ናብ እትብል ተቐየረት። "ንምንታይ'የኸ ወዮ ባዕለይ ቀዳመ ሰንበት ኣሕሊፍና'የ ዝዛረቦ ኢለ ከለኹስ፣ ንሎሚዶ ክነግሮ ኢለ ትንዕ ዝበልኩ?" ኢሉ ተገረመ።

ተስፎም ከምታ ዝጀመራ ፍሱሕን ሕጉስን ኮይኑ'ዩ ቀጺልዋ። "ዋይ እንቋዕ ኣይተዛረብኩዎ። ነዛ ሕጉስቲ ስምዒቱ መበላሸኹሉ ነይረ፧" ኢሉ ብዝወሰዶ ውሳነ ተሓጎሰ። ተስፎም ሰዓት ሽዱሽተ ክኸውን ከሎ፣ "ኣነ ንሎሚ ኣብዚ ይኣኽለኒ። ንስኻ'ውን ምኣኸለካ ሕጅስ። ንነብስኻ ኸኣ ሕለየላ'ባ። ቁሩብ ምዝንጋዕን ምፍትታሕን'ኮ የድልየና ኢዩ፧" በሎ።

"እወ ሓቅኻ ኣነ'ውን ሕጅስ ቁሩብ ጽንሕ ኢለ ክኸይድ'የ።"

"እሞ ከይደ በል።"

"ናብ ኣዕሩኽትኻ ዲኻ?" ኢሉ ሓተተ ኣርኣያ።

"እወ ሎሚ ቀዳም'ንድያ፧" መለሰ።

"እሞ እታ ቀዳማይ ዝተዘራረብናላ ፍታሕ ዘክራ ኢኻ።" በሎ።

"ደሓን ክዝክራ'የ ቻው፧" ኢሉ፣ ካልእ ዘረባ ከይሰዓበ ኸሎ ምህዳም ይሓይሽ ዝብል ውሳነ ዝወሰደ ብዘምስል ግብረ መልሲ ዕዝር በለ።

"ቻው፧" በለ ኣርኣያ ናብቲ ድሮ ዝዕጾ ዝነበረ ማዕጾ እናጠመተን፣ ርእሱ እናነቕነቐን።

ተስፎም ካብ ፋብሪካ ብቐጥታ ናብታ ምስ ኣዕሩኽቱ ዝተኣኻኸቡላ ባር'ዩ ኣምሪሑ። ድሮ ኩሎም ቀዲሞሞ ተረኺቦም ነይሮም'ዮም። እታ ጠላዕ'ውን ከም ዝጀመርዋ ኣብ ኣፍደገ ኸሎ ኣስተብሃለ።

"ሰላማት መዓስ ደኣ ጀሚርኩም?" ሓተተ ተስፎም

"ሕጂ ኢና ደሓን ኣጆኻ ብዙሕ ዝሐለፈካ የለን ፡" በሎ ወረደ።

"እሞ ሓድሽ ዘይትዕድሉ ኣነ ኸኣ ክኣትዋ?" በለ ተስፎም።

"ኖ እዚኣ ክንውድኣ ኢና። ግዜ ኣይትወስድን'ያ። ክሳዕ ሽው ኸኣ ንስኻ ከማና ምሰል ፡ ጎሮሮኻ ኣተርክስ ፡" በሎ ዘረአ።

እቶም ካልኦት'ውን ኣቋሪጾም ክጅምርዋ ከም ዘይደልዩ ካብ ስቕታኦም ምስ ኣረጋገጸ ፡ ናብ ምእዛዙ ሓለፈ። ዝሕልቲ ቢራኡ መጺኣ ፡ ጽቡቕ ገይሩ ኣውርድ ኣውርድ እናበለላ ኸሎ ፡ ኣርኣያ ዝበሎ ዘረባ ትዝ በሎ። ደሓር እናመሰየን እናጠዓመን ምስ ከደ ስለ ዘይትዝክርን ፡ እንተ ተዘከረት'ውን ሽው ዝሰምዕ ይኹን ዝርዳእ ስለ ዘይህሉን ሕጂ ዘይፍትና ኢሉ ሓሰበ።

"ስምዑ'ንዶ! እዚ ናይ ቀዳመ ሰንበት ኣካይዳና'ኳ ጸገም የብሉን። እዚ ናይ ሰኑየ ሰሉስ ግን ገለ ክንገብር ኣሎና ፡" ብምባል ተስፎም ዘረባ ጀመረ።

ኩሎም ኣብታ ጠላዖም ኣተኩሮም ስለ ዝነበሩ ፡ እንታይን ብዛዕባ ምንታይን ከም ዝዛረብ ዝነበረ'ውን ስለ ዘይተረድኦም ፡ ከም ገለ ገይሮም ጠመትዎ። ኣጠማምታኦም ሰኸኽ ኣበሎ።

"ሓቀይ'ኮ'የ ፡ ክንዛረበላ ስለ ዝደለኹ እየ'ኮ ፡" በሎም።

"ዋእ? ብዛዕባ ምንታይ ኢኻ ክትዛረብ ደሊኻን እትዛረብ ዘለኻን'ኮ ዝተረድኦ ዘሎ ኣይመስለንን። ኢሂ'ታ ዝተረድኦ ኣሎ ድዩ?" ኢሉ በርሀ ንኹላ እታ ጣውላ ብዓይኑ ኮለላ። ኩሎም ኣራእሶም ንየማንን ንጸጋምን ብምንቕናቕ ብኣሉታ መለሱሉ።

"ኣታ ፈሊጡ'ዩ! ናብ ዘይሓሰብናዮ ዘረባ ኣእትዩ ፡ ኣዛንዩ ነዛ ጸወታ ክብትና'ሞ ደሓር መታን ክኣትዋ ኢሉ'ዩ ፡" በለ ወረደ።

"ኖኖ! ዋእ! እንታይ ኼንካ'ታ? ብቑምነገር'የ! ኣይ ኤም ሲርየዝ!" በለ ተስፎም።

"እሞ በል እንድሕር ዕቱብ ሓሳብ ኮይኑ ዘሎካ ፡ ዝተረድኦ ሰብ ስለ ዘየሎ ኣረድኣና ፡" በሎ በርሀ።

"ኣነ ዝብል ዘለኹ ቀዳመ ሰንበት ክንዛናጋዕን ክንዛነን ኢልና ፡ ኩላትና ደስ ኢሉና ብመደብ ኢና እንሰቲ። እዚ ካልእ መዓልታት ግን ኩላትና ደስ ክይበለና

ኸሎ ፡ ሓደ ካባና ክሰቲ ደስ ይብሎ። ሸው ንዕኡ ከነሰንዮን ደስ ክብሎን ኢልና ንጅምራ'ሞ ፡ ደሓር ብኡ ኣቢልና ኩላትና ንእለኽ ፡" በለ።

"እሞ እንታይ ኢኻ ክትብል ደሊኻ?" በሎ ወረደ።

"ሕጂ ኣነ ዝብል ዘለኹ ኣብቲ ሰኑየ ሰሉስሲ ፡ እቲ ባህ ዝበሎ እንተ ደልዩ በይኑ ዘይሰቲ ካብ ኩላትና ንለኽኽም። እንተ ተኻኢሉ ኸኣ ዋላ ኩላትና ከይሰተና ምጽዋትን ምዕላልን ዘይንለምድ ፡" በለ።

ተስፎም ኩላ ስለ ዘውጽኣ ፈኾሶ። ከም ዘይሰምዕዎን ከም ዘይቕበልዎን'ዃ ዳርጋ ርግጸኛ ኢዩ ነይሩ። ግን "ከይፈተንኩ ፈቲነ ካብ ዝብልን ፡ ወይ ኣይፈተንኩን ካብ ዝብልን ይሓይሽ'ዩ ፡" ኢሉ ሓሰበ።

ተስፎም ናይ ሓቁን ዓቲቡን ይዛረቦም ምንባሩ ምስ ፈለጠ ፡ ወረደ "ኣነ ኣብዚ ኣርእስት'ዚ ሓሳባተይ ክህብ እንተ ኾይነ ፡ ኣቐዲመ ብመጀመርያ መሓዙት ወይ ኣዕሩኽቲ ማለት እንታይ ማለት ምዃኑ'የ ንተስፎም ክሓቶ ዝደሊ ፡" በለ።

"ነዚ'ሞ እንታይ መልሲ የድልዮ? ርዱእ'ዩ ፡ ኣዕሩኽቲ ማለት ከማናን ከምዚ ምትእኽኻብናን ማለት'ዩ ፡" በለ ተስፎም።

"ግርም ኢልካ። ከምኡ እንተ ኾይኑ ሰባት ዝመሓዘውን ብሓባር ዝተኣኻኸቡን'ኮ ፡ ስለ ሓደ ዓይነት ዝንባለን ድልየትን ዘለዎም'ዩ። ብሓጺሩስ ከምቲ እንግሊዝ ፡ '*በርድስ ኦፍ ኤ ፌዘር ፍሎክ ቱጌዘር* ፡ ወይ ከኣ ፡ *ሓደ ዓይነት ዝኽንቲተን ኣዕዋፍሲ ብሓባር ይበራ* ፡' ዝብልዎ ዓይነት'ዩ ፡" በለ ወረደ።

"እሞ ኣብዚ ኣልዒልካዮ ዘሎኻ ነጥቢ'ኮ ዘፈላሊ የብልናን። ናይ ሓባር ድሌት ክህሉ ኸሎ ፡ ኩላትና በታ ናይ ሓባር ድሌት ንምራሕ። ናይ ሓባር ወይ ናይ ዝበዝሐ ድሌት ምስ ዘይህሉ ግን ፡ ንምንታይ እቶም ዝበዝሑ ብሓደ ወይ በቶም ዝወሓዱ ዝምርሑን ዝእዘዙን'የ ዝብል ዘለኹ ፡" በለ ተስፎም።

"ኣዕሩኽቲ ስለ ዝኾና ኢና ፡ ነቲ ሓደ ወይ ነቶም ውሑዳት ካባና ደስ ክብሎም ንሰዕቦም። ንእዘዞም ግን ኣይኮናን ዘሎና ፡" በለ ትም ኢሉ ክሰምዕ ዝጸንሐ በርሀ።

"ምእዛዝ እትብል ቃል ምጥቃመይ ፡ ካብ ጌጋ ኣመራርጻ ቃል'ዩ ኣይትሓዙለይ። ግን ኣነ'ውን ንዓርኽኻ መታን ደስ ክብሎ ክትሕግዞ ወይ ክትረድኦ እቕበሎ'የ። ግን እዚ ብሓቂ ሓገዝ ድዩ?" በለ ተስፎም።

"ንዓርክኻ መታን ክሕጎስን ደስ ክብሎን እቲ ዝተሰምዖ ንኽገብር ፡ ምስኡ

ምስምማዕን ምስኡ ምሕባርን ደኣ ሓገዝ እወ!" በለ ዘርኣ።

"መስተ ንኽሰቲ ምናልባሽ'ውን ንኽስክር ፡ ገንዘቡን ጥዕናኡን ንኽጥፍእን ክጎድእን እኮ ኢና ንሕግዞ ኣሎና ንብል ዘሎና። እቲ ንብሎ ዘሎናዶ ይርደኣና ኣሎ'ዩ?" በለ ተስፎም።

"ኣንታ ሎሚ እዚ ወዲ እምበርዶ ንሱ ኢዩ?!" በለ ወረደ።

"ክትዕ እንተ ጀሚሩ ደኣ ትፈልጥዎ እንዲኹም። ናይ ደቀ'ንስትዮ ፡ ናይ ገለ ፡ ናይ ገለ ከመጽእ ከሎ'ኮ ምሳና ኩሉ ግዜ'ዩ ዘይሰማማዕ ፡" በለ ዘርኣ።

"እሞ ሎሚ'ኮ ደኒቑኒ ዘሎ ኣንጻር እታ ዝፈትዋ ነገር ይጣበቕ ስለ ዘሎ'የ ፡ " በለ በርሀ።

"ኣየ ንስኻትኩም ፡ እዛ ህዳን ላግጽን መቸም ኣይትገድፍዋን ኢኹም ፡" ኢሉ ክምስ በለ ተስፎም።

"ሕጂ ትሓይሽ ፡" በለ ወረደ ክምስምስ እናበለ።

"ግን ብእውነት ብሓቂ'የ ዝብለኩም ዘለኹ። ክነተግብሮ ንኽእሎ ዲና ኣይንኽእሎን ካልእ ሕቶ'ዩ ፡ ግን እዚ ኣርእስቲ'ዚ ብዕትበት ተኻቲዕና ኣብ መደምደምታ ክነብጽሖ ይደሊ'የ!" በለ ተስፎም እንደጌና ዕትብ ኢሉ።

"በሉ እዚ ወዲ ሎሚ ፡ ነዛ ኣርእስቲ ብዝግባእ መዕለቢ እንተ ዘይጌርናላ ኣይገድፈናን'ዩ ፡ ስለዚ ንቐጽላ ፡" በለ ወረደ።

"እሞ ብዘይካ መወዳእታ ሰሙን ካልእ ግዜ ኣይንስተ ዲኻ እትብለና ዘለኻ?" ሓተተ በርሀ ።

"ዳርጋ እወ ከምኡ'ዩ። ኩላትና እንተ ዘይደሊናዮ ፡ ነቲ ደስ ዝበሎ 'በይንኻ ስተ' ንብሎ። ሽው ወይ በይኑ ይሰቲ ወይ ክይሰተየ ይገድፎ ፡" በለ ተስፎም።

"ኣንታ'ዚ ከምዛ ንሱ ደስ ክብሎ ኸሎ ክንኣብዮ እንተ ደሊና ዘይልምንን ዘይኩርንስ ሕጂ ደፊሩ ከምዚ ይብል!" በለ ወረደ።

"ኣነ'ኮ ነብሰይ ከውጽእ ኢለ ኣይኮንኩን ዝዛረብ ዘሎኹ። ክሳዕ ሕጂ ናይ ኩላትና እምነትን ኣካይዳን ሓደ ኢዩ ጸኒሑ። ሕጂ ግን ኩላትና ዘይንእርም ወይ ዘይንልውጥ እየ ዝብል ዘሎኹ ፡" በለ ተስፎም።

"እዝስ ኣይዘረባን። ዳርጋ ብሓንሳብ ኮፍ ኢልና ከሎናስ በበይንና ንኹን ከም ማለት'ዩ። ሓቂ ተዛረብ ተስፎም ፡ እዚ ኣልዒልካዮ ዘሎኻ ኣርእስትን እዚ እትደፍኣሉ ዘሎኻ ኣተሓሳስባን ፡ ካባኻ ድዩ ነቒሉ ወይስ ከምኡ በል ኢኻ ተባሂልካ?" በሎ ወረደ።

"ኣንታ እንታይ ኴንካ ኢኻ? ንሱ'ኳ ኣይኮነን ዘገድስ። ካብ ሰማይ ይምጻእ ካብ መሬት ፡ ካብ የማን ይንፈስ ካብ ጸጋም ፡ ነቲ ሓሳብ ምልዓለይን ንዛረበሉ ምህላውናን'ዩ እቲ ኣገዳሲ!" በለ ተስፎም ገጹ እስር ኣቢሉ።

"ዎዎዎ! ኣንታ እስከ በቲ ድሕሪኡ ረኣዩለይ። ሎሚ እዚ ወዲ ንመድህን ሒዝዋ መጺኡ ከይከውን?" እናበለ ወረደ ሓፍ ኢሉ ፡ ብድሕሪ ተስፎም የማነ ጸጋም ምስ ፈተሸ ፡ ኩሎም ብሰሓቕ ተፋሕሱ። ኩሎም ሓደ ድሕሪ ሓደ ሰሓቖም ወድኡን ንብዓቶም ጸረጉን።

ሸው በርሀ ፡ "ስማዕ ተስፎም ፡ ደሓን እዛ ኣልዒልካያ ዘለኻ ኣርእስቲ ብቐጸራ ንሰኑየ ሰሉስ ትሰጋገረልና። ቃል ንኣትወልካ ሸው ዓቲብና ንዛራረበላ። ሎምን ጽባሕን ግን መዓልትና እንድየን ፡ ብሰላም ክንሓጎሰለን ኣይትረብሸና!" ምስ በለ ኩሎም ኣንጨብጨቡም ፡ "ይርሓሰና ፡ ይርሓሰና ፡" በሉ።

ሸው ተስፎም'ውን ፡ "ሕራይ በሉ ፍቓድኩም ይኹን። ኣነ'ውን ተጋግየ'የ'ምበር ሎሚ ቀዳም ክልዕላ ኣይነበረንን ፡" በሎም።

በዚ ተሰማሚዖም ናብ መስተኦምን ጠላዖምን ኣተኮሩ። ድሕሪኡ ጠላዕን ዕላልን መስተን ጥዒሙ ፡ ናብ ሰሓቖምን ላግጾምን ተሰጋገሩ። እናመሰየ ምስ ከደ ኩሎም ዓሚሮም ጠላዕ ኣቋሪጾም ፡ ናብ መስተኦምን ወኻዕኻዕኦምን ኣድሃቡ። ተስፎም ግዜ ብዝሓለፈ መጠን ነቲ መድረኽ ክመርሖን ክቆጻጸሮን ጀመረ። ኩሎም በብዘምጽኦ ዘረባታትን መስሓቕ ነበረያ ነበረታትን ዓይኒ ዓይኑ ክጥምቱን ብሰሓቕ ክፈሓሱን ጀመሩ።

ግዜ እናመሰየ ናብ ፍርቂ ለይቲ ገጹ ክዘዙ ምስ ጀመረ ፡ ድምጽን ዋዕዋዕን ክዓርግን ሰሓቕን መስተን ክፈስስን ጀመረ። ብደገ መጺኡ ነቲ ናይ ሸው ኩነታት ዘስተብህል ተዓዛቢ እንተ ዝመጽእ ፡ ተስፎም ቀንዲ ኣቦ ጓይላ ናይቲ ምትእኽኻብ'ምበር ፡ ቅድሚ ሒደት ሰዓታት ሰኑየ ሰሉስ ኣይንስተ ኢሉ ዝካታዕ ዝነበረ'ዩ እንተ ዝብልዎ ኣይምተቐበሎን።

ብኸምዚ ፍርቂ ለይቲ ምስ ኣኸለ ገሊኦም እሞ ሕጅስ ይኣኽለና ክብሉ ጀመሩ። በቃ ሓንቲ ናይ መወዳእታ መፋነዊ ንግበር'ሞ ንኺድ ተበሃሂሉ። በዚ ተሰማሚዖም

ናይ መወዳእታ ዙርያ ኣዚዞም ኣብ ምውዳኡ በጽሑ።

ተስፎም ሽው ፡ "ናይ ምፍናው ሰቲና ኢና ፡ ግን ሕጂ ንዓይ ዕድል ሃቡኒ ፡ ናይ መገዲ ሐሓንቲ ክእዝዝ ፡" በሎም።

ዳርጋ ኩሎም ጸጊቦም ስለ ዝነበሩ ብናይ ተስፎም ዕድመ ብዙሕ ኣይተሳሕቡን። ኣብ መወዳእታ ግን ከም ኣመሎም ንኣኡ ደስ ክብሎ ኢሎም ሕራይ በልዎ። ናይ ተስፎም ሰትዮም ኣብ ዝወድኡሉ ግዜ ሰዓት ሓደ ናይ ለይቲ ኮይኑ ነበረ።

ድሕሪኡ ኩሎም ብሓባር ተንሲኦም ወጹ። ኣብ ኣፍደገ ሰላምታ ተለዋዊጦም ከኣ ነናብ መካይኖም ኣምርሑ። ወረደን በርሀን መኻይኖም ጥቓ ንጥቓ ስለ ዝነበራ ኣብኡ ኾይኖም ከዕልሉ ጀመሩ።

ተስፎም ደገ ምስ ወጸን ንፋስ ምስ ሃረሞን ፡ ሰዓት ኣሕሊፋ ስለ ዝነበረ መድህን ክትሽገር ምኻና ተፈለጦ። እቲ ናይ ቁሩብ መዓልታት ዘረብኣ ኸኣ ተዘከሮ። ተስፎም ብምድንጓዩ ተሰኪፉ ብቕጽበት ኣብ መኪናኡ ኣትዩ መኪናኡ ኣልዒሉ ነቐለ።

መድህን ከም ልምዲ ተስፎም ገዛ ክይኣተወ ናብ መደቀሲ ሓሊፋ ደቂሳ ኣትፈልጥን'ያ። ኣዝያ ደኺማ ድቃስ እንተ ጸቒጥዋ'ውን ፡ ኣብ ሳሎን ኮፍ ኢላ ቀም ተብል'ምበር ፡ ናብ ዓራት ኣይትሓልፍን'ያ። ተስፎም ክኣቱ ኸሎ ከምኡ ኢላ ፍግም እናበለት ክትጸንሖ ኸላ ሕማቕ'ዩ ዝስመዖ ነይሩ። ብኣኡ ምኽንያት ከኣ ብዙሕ ግዜ ተዛሪብዋን ተቛይቑዋን ይፈልጥ ነይሩ'ዩ። መድህን ግን ንዘረባኡ ጨሪሳ ኣይትቕበሎን'ያ ነይራ።

"እንታይ ኳንኪ ኢኺ ዘይትድቅሲ መድህን? ክንደይ ግዜ ክነግረኪ ኢኺ ደሊኺ? ከምዚ ኢልኪ ክትጸንሕኒ ከለኺ ኣነ'ኮ ብዙሕ'የ ዝስከፍን ዝሹቕረርን ፡" ይብላ ነበረ ተስፎም።

"ኣነ ኸኣ ክይኣተኻ ስለ ዘይቀስን ፡ ጥዑምን ልዋም ዘለዎ ድቃስን ኣይወስደንን'ዩ ፡ " ትብሎ ነበረት።

ኣብ ኣመላቱን ምምሳዩን ዝኾነ ምምሕያሽ ክይገበረ ፡ "ዘይትድቅሲ ፡ ተስክፍኒ ፡ " እትብል ዘረባ ምድግጋም ምስ ኣብዘሓላ ግን ፡ መድህን ንተስፎም እተሕንኾን መልሲ ክረኽበላ ዘይክእል ዘረባን ክትድርብየሉ ጀመረት።

"ኣንታ ተስፎም ብግዜ ክድቅስን ክይስከፍን እንተ ደሊኻ ደኣ፣ ኣመላትካ ተቖጻጺርካ ገዛኻ ብግዜ ምእታው እንዳኣሉ ፈውሱ!" ክትብሎ ጀመረት። ብድሕሪኡ ሓንቲ ቃል'ውን መልሲ ክይሃበ ርእሱ ኣድኒኑ ይኸይድ ነበረ።

ብድሕሪኡ ተስፎም ነታ፣ 'ዘይትድቅሲ፣ ተሰክፍኒ' እትብል ዘረባኡ ጨሪሱ ገደፋ።

መድህን፣ "ክምዚ እናበልኩ እቲ ዓይኑ ዘፍጠጠ ሓቂ ክዱርንሓሉ ክሎኹ፣ ተስፎም መልሲ'ውን ዘይምልሸ'ኮ ሓቀኛን ፍትሓውን ስለ ዝኾነ'ዩ!" ትብል ነበረት። ብተወሳኺ፣ *"ዓማጽን ሓሳውን ምስሉይን እንተ ዝኸውን፣ ዝኾነን ዘይኮነን ምተዛረበ ጥራይ ዘይኮነ፤ ነታ ናይ ዝረኣኹዎን ዝተዓዘብኩዎን ናይ ምዝራብ መሰለይ'ውን ምመንጠለንን ኣፈይ ምዓበሰንን ነይሩ!"* ትብል ነይራ። ብኣኡ ምኽንያት ከኣ፣ *"ጌጋ ይገብር ምህላው ይቕበሎ ስለ ዝኾነን፣ ምስ ነብሱ'ውን ስለ ዘየማኽንየሉን ስለ ዘይክሕደን፣ ሓደ መዓልቲ ድኽመቱ ክዕወተሉ'ዩ!"* ኢላ ትኣምንን ተስፋ ትገብርን ነበረት።

ተስፎም ቀዳም ዳርጋ ፍርቂ ለይቲ ገጹ፣ ሰንበት ከኣ ሰዓት ሓደ ገጹ'ዩ ዝኣቱ ነይሩ። ሰኑየ ሰሉስ ከኣ ንገዛኡ ትኽ ኢሉ ኣብ ዝኣትወሉ መዓልታት እንተ ዘይኮይኑ፣ ኣስታት ሰዓት 10 ኢዩ ዝኣቱ ነይሩ።

መድህን ስለ ክይፈተወት ዝተቐበለቶ፣ ሰኑየ ሰሉስ ክሳዕ ሰዓት ዓሰርተ ዝኸውን ኣይትስከፍን'ያ። ቀዳመ ሰንበት እንተ ኾይኑ ኸኣ ዳርጋ ክሳዕ ፍርቂ ለይቲ ኣይትስከፍን'ያ። ጸጺኒሑ ኣብ ቀዳመ ሰንበት ፍርቂ ለይትን ፈረቓን፣ ሓሓሊፉ'ውን ክሳዕ ሰዓት ሓደ ዝጻጋገዕ ዘምስየሉ ግዜ ነይሩ'ዩ።

ሽው ምሸት መድህን ከም ዝወረዳን ከም ቀደማን ንተስፎም ትጽበዮ ነበረት። ሽው ግን ዘይኣመላን ካልእ ግዜ ዘይትገብሮን፣ ካብ ሰዓት ዓሰርተው ሓደ ጀሚራ ክትስከፍን ሸቐልቀል ክትብልን ሰዓት ክትርእን ጀመረት።

"እንታይ ኮይነ'የ? እንታይ ኣምጽኦ እዚ?" ኢላ ንነብሳ እንተ ወጠረትን ስምዒታ ክተረጋግእ እንተ ፈተነትን ግን ክትቀስን ኣይከኣለትን።

ኣብ መወዳእታ ንስምዒታ መግለጽን መቖጻጸርን ስለ ዝሰኣነትሉ፣ ምስ ተርባጻን ምስ ስክፍታኣን ምጽባያ ቀጸለት። ሰዓት ምስ ተጸበኻዮን ምስ ኣቕለብካሉን ስለ

ዘይሓልፍ ግን ፡ ግዜ ዕጭ ሓንፊፉ ምንቅናቕ ኣበያ።

ሽው ግዜ መሕለፍን መህደእን እንተ ኾና ፡ ዘየድልያን ኣብቲ ሰዓት እቲ ዘየድልን ቀንጠ-መንጢ ስራሕ ጀመረት። ብኽምዚ ፍርቂ ለይቲ ኣኸለለ። ግን ተስፎም ጌና ኣይመጸን። ፍርቂ ለይትን ፈረቓን ኮነ። ሕጂ'ውን ተስፎም ኣይመጸን። ክሳዕ ሰዓት ሓደ ዝቐርብ ተቓሊሳን ስምዒታ ተቘጻጺራን ጸንሐት። ሰዓት ሓደን ፈረቓን ምስ ኮነ ግን ኣይከኣለትን።

እቲ ዝርብጻ ዘምሰየ ስምዒትን ስክፍታን ፍርሃት ወሲኻትሉ ዕረፍቲ ኸልኣ። እስትንፋሳ ክሓጽርን ክጸብብን ተሰምዓ። ልባ ተረግ ተረግ እናበለት ህርመታ ከጋልብን ፡ ሰውነታ ብረሃጽ መጠግጠግ ክብልን ክጥልቅን ተፈለጣ። ሽው'ያ ብትሕቲ መልሓሳ ፡ "ዋላ ለይቲ ይኹን'ምበር!" እናበለት ኣብ ውሳነ በጺሓ ፡ ብድድ ኢላ ናብ ተሌፎን ገጻ ዝሰጎመት።

ኢዳ እና'ንቀጥቀጣ መመልከቲት ኣጻብዕታ ኣብታ ቴሌፎን ሰኺዓ ፡ ቁጽርታት ከተዝውር ጀመረት። ስልኪ ትድውል ግን ዘልዕላ ኣይረኸበትን። "ለይቲ ኾይኑ ደቂሶም ኮይኖም'ዮ'ምበር ፡ ናበይ ክኸዱ ኢሎም' ፡" እናበለት ካልኣይ ግዜ ደወለት። ካልኣይ'ውን ክትውዳእ ደለየት። ክትውዳእ ምስ ቀረበትን ክትጠራጠር ምስ ጀመረትን ግን ፡ "ሄሎ ፡" ዝብል ናይቲ ኣጸቢቓ እትፈልጦ ጎሮሮን ፡ ክቕበላ እትጽበዮ ዝነበረት ሰብን ዘይጥዕም ድምጺ ተቐበላ። ንኻልኢታት'ኳ እንተ ተጠራጠረት ፡ ደሓር ግን ናይ ምብዕዛዝ ምኽኑ ብቕጽበት ተረደኣ።

"ሄሎ ኣርኣያ መድህን'የ ፡" በለቶ።

"እሂቲ መድህን እንታይ ደኣ ኼንኪ ኣብዚ ሰዓት'ዚ?" በላ ብስንባደ።

"ኣይትሓዘለይ ኣርኣያ ሓወይ ኣሸገረካ። ተስፎም እንድዩ ክሳዕ ሕጂ ከይመጸስ ተሻቒለ።" በለቶ።

"ሰዓት ክንደይ ድዩ ዘሎ?" ሓተታ። ጌና ብግቡእ ስለ ዘይተበራበረ'ዩ'ምበር ሰዓትስ ምስኡ ነይራ ኢያ።

"ሰዓት ሓደን ፈረቓን ኮይኑ ፡" በለቶ።

"ክሳዕ'ዚ ሰዓት'ዚ ይጸንሕ ድዩ?" ሓተታ።

"ቀዳም እንተ ኾይኑስ ዝበዝሕ ፍርቂ ለይቲ ወይ ቁሩብ ድሕሪኡ'ዩ ዝኣቱ። ዝቑጸራ መዓልታት'ዩ ፡ ልክዕ ሰዓት ሓደ ኣትዩ ዝፈልጥ ፡" በለቶ።

"እሞ ኣነ ናብተን ሓደ ኽልተ ዘማስዩለን ቦታታት ክድውል'የ። ተመሊስ ክድውለልኪ'የ ፣" በለ።

"ሕራይ በል ናተይ ክይኣክልሲ ንዓኻ ኸኣ ለኪመካ ፣" በለቶ።

"ደሓን ክድውለልኪ'የ ብዙሕ ኣይትሻቐሊ ፣" ኢሉ ስልኪ ዓጸዋ።

ኣርኣያ ስልኪ ምስ ዓጸዋ መድህን ካብታ ጥቓ ስልኪ ክይረሓቐት ፣ ገጻ ብኽልተ ኢዳ ሓቝፋ ንየው ነጀው ክትብል ጀመረት። ድሕሪ ሓሙሽተ ደቓይቕ ስልኪ ጭርር ክትብልን ፣ ካልኣይ ክይደገመት መድህን ነጢራ ክተልዕላን ሓደ ኾነ።

"መድህን ኩሎም ብሓባር ጸኒሖም ፣ ቅድሚ ሓሙሽተ ደቓይቕ ወጺኦም ክይዶም ኢሎምኒ። ስለዚ ብዙሕ ኣይትሰከፊ። ክዕልሉ ጠጠው-መጠው ክይብሉ ፍርቂ ሰዓት ዝኸውን ግዜ ንሃቦ'ሞ ፣ ክሳዕ ሽዑ እንተ ዘይመጹ ግን ደውለለይ ፣" በለ።

ብኣፋ ፣ "ሕራይ በል ፣" እንተ በለቶ'ኳ ፣ ስምዒታ ግን ኣርኣያ ብዝሃባ ሓበሬታ ጨሪሱ ክረግእን ክሃድእን ኣይከኣለን።

ተስፎም ካብ ላሊበላ ሆቴል ወጺኡ ናብ መኪናኡ ኣተወ። መኪናኡ ኣልዒሉ ናብቲ ኣብ ፊት ባር ትሬስቴሌ ዝርከብ ክቢ ኣምርሐ። ካብኡ ንጸጋም ናብ ክሊኒካ ኢጀያ ገጹ ቀጸለ። ነታ ንእሽቶ ናይ ጣልያን ሆስፒታል ምስ ሓለፈ ፣ ናብ ኮምቢሽታቶ ፣ ናብቲ ዓቢ ቀዳማዊ ሃይለ ስላሴ ጎደና ክዕጸፍ ተደናደነ። ኣብ ሞንጎኡ ሓሳባቱ ብምቕያር ፣ "ክላ ዋላ እደንጉ'ምበር" ኢሉ ፣ ኣብ ክንዲ ንየማን ዝዕጸፍ ትኽ ኢሉ መገዱ ቀጸለ። ተስፎም ኩሉ ግዜ ንገዛኡ በቲ ዓቢ ጎደና ምዝዋር ኣይፈቱን'ዩ ነይሩ።

ነቲ ዓቢ በዓል ብዙሕ ደርቢ ህንጻ እንዳ ኣባ ሓበሽ ሓሊፉ ፣ ን'ንዳ ደናዳይ ንየማን ገዲፉ ፣ ትሕቲ ማይ ጃሕ-ጃሕ ብዘሎ ዓቢ ጽርግያ ገይሩ ብዝያዳ ናህሪ ተመርቀፈ። ተስፎም ደንጉዩ ሰዓት ኣሕሊፉ ስለ ዝነበረ ካብ ቀደሙ ዝያዳ ይንህር ነበረ።

ብኸምኡ ናህሪ ንዳትሱን ጋራጅ ሓሊፉ ፣ ን'ንዳ ፍንጃል ንጸጋም ገዲፉ ፣ ንየማን ክጥምዘዝ ክሎ ዘይኣመሉ ዝያዳ ካብቲ ዝግበኦ ኣግፊሑ ተጠወየ። ተስፎም ኣብ ዝኾነ ህሞት ፣ ዋላ ሰትዩ'ውን ኣዝዩ ጥንቁቕ ብምንባሩ ፣ "እሂ'ታ ተስፎም እንታይ ደኣ ወሪዱካ?" ኢሉ ንነብሱ ገንሐ። ከምኡ እናበለ ናብ ባር ቶሪኖ

ኣምረሐ። ባር ቶሪኖ ብቐጥታ ሓሊፉ ፣ ንቺነማ ክሮቻ ሮሳ ስጊሩ ፣ ንታሕቲ ብጎደና ሃጸይ ዮውሃንስ ገጹ ምስቲ ቁልቁል ብዝያዳ ናህሪ ተሸንበበ።

ልክዕ ቅድሚ ሚቸል ኮትስ ጋራጅ ምብጻሑ ፣ በቲ ቤት ትምህርቲ ጣልያን ዝቖርጽ መገዲ ፣ ሓደ ነገር ናብኡ ገጹ ብፍጥነት ቀሪጹ ክሓልፎ ከም ዝሕንበብ ዝነበረ ተራእየ። መጀመርያ በዓል ብሽክለታ ኾይኑ ተሰምዖ። ደሓር ግን በቲ ፍጥነትን እቲ መብራህቲ ናይታ ተሽከርካሪትን ፣ ብሽክለታ ከም ዘይኮነት ተረድኦ። እናቐረበ ምስ ከደ'ዩ በዓል ሞቶር ብሽክለታ ምዃኑ ዝተረድኦን ዝሰንበደን።

ብቕጽበት ልጓም (ፍሬኖ'ኳ) እንተ ሓዘ ፣ ፍጥነት መኪናኡን ፍጥነት በዓል ሞቶር ብሽክለታን ተደማሚሩ ፣ ምህራሙ ከም ዘይተርፎ ተረድኦ። ሽው ንመዘወሪ መኪናኡ ብሓይልን ብቕጽበትን ብሙሉኡ ንጸጋም ገጹ ጠወዮ። ንበዓል ሞቶር ብሽክለታ ንስክላ ስሒቱ ከይተንከፎ ፣ መኪናኡ ካብ ቁጽጽሩ ወጸኢ ኾይና ፣ ንጸጋም ናብ ናይ ኤለክትሪክ ዓንድን ፣ ናብቲ ጥቓኡ ዝነበረ ናይ እንዳ ሚቸል ኮትስ መንደቕን ገጹ ተሓንበበ።

መኪናኡ ነቲ ዓንዲ በቲ ንሱ ዝነበሮ ወገን ብሙሉእ ሓይላ ከተላህሞን ፣ ቀጺላ ናብቲ መንደቕ ክትላጋዕን ተሰምዖ። ብቕጽበት መዘወሪ መኪናኡ ንልቡ ክዓብሶን ፣ ርእሱ ምስቲ መስትያት ናይ መኪና ክላጋዕን ፣ ኣብ ጸጋማይ እግሩ ብርቱዕ ቃንዛ ክስመዖን ሓደ ኾነ። ክንቀሳቐስ እንተ በለ ማዕጾ መራሕ መኪና ናብኡ ገጹ ተጨፍሊቑ ኣትዩ ስለ ዝነበረ ምንቕናቕ ከልኦ።

ኣብ ርእሱን ጸጋመይቲ እግሩን ኣፍልቡን ኣዝዩ ብርቱዕ ቃንዛ ተሰምዖ። ደም ካብ ርእሱን ግንባሩን ፣ ብገጹን ምዕጉርቱን ገይሩ ንታሕቲ እናወረረ ፣ ናብ ኣፍልቡን ስረኡን ክነጥብ ኣስተብሃለ። ጸጋመይቲ ኢዱ ንታሕቲ ገጹ ፣ ናብ ጸጋመይቲ እግሩ እንተ ሰደደ ፣ በ'ጻብዕቱ ጥልቁይ ነገር ተንከፈ። ሽው ካብ እግሩ'ውን ደም ይፈስሶ ከም ዝነበረ ተረድኦ። እዚ ኹሉ ኣብ ውሽጢ ክልተ ስለስተ ካልኢታት ክፍጸም ከሎ ፣ ንተስፎም ግን ድሮ ነዊሕ ዝገበረ ኮይኑ ተሰምዖ። ክንቓንቕን ክደህን ስለ ዘይከኣለ ፣ ሓገዝ እንተ ዘይረኺቡ ኣብ ሓደጋ ከም ዝወድቕ ተረድኦ።

በዓል ሞቶር ብሽክለታ ኾነ ቱግቱ ፣ ዝኾነ ዝረአ ጉድኣት ኣይበጽሖምን። በዓል ቱግቱግ ተሽከርካሪቱ ጠጠው ኣቢሉ ፣ ናብ መኪና ተስፎም ጎየየ። ማዕጾ መኪና ተስፎም ፣ በቲ ንሱ ዝተቐመጠሉ ወገን ንውሽጢ ተጨፍሊቑ ከም ዝጠለቐ ኣስተብሃለ። እቲ ምስ መንደቐ ዝታጋጨወ ቅድሚት መኪና ተጨፍሊቑን ፣ ናይ ቅድሚት መብራህትታት ኹሉ ተሰባቢሩን ከም ዝነበረ ረኣየ።

ብተወሳኺ ናይ ቅድሚት መስትያት መኪና ተሰባቢሩን ፣ መራሕ መኪና ኽኣ ካብ

ገጹን ርእሱን ደም ከም ዝፈስሶ ዝነበረን ኣስተብሃለ። ኣጫፋልቓ መኪናን ኩሉ ኩነታትን ምስ ረኣየ ፡ መራሕ መኪና ኣዝዩ ከም ዝተሃስየ ተርድኦ።

ማዕጾ ብወገን መራሕ መኪና ምኽፋት ምስ ኣበዮ ፡ በቲ ሓደ ወገን ከፊቱ እንተ ረኣዮ ፡ ብድኹም ድምጺ ክቕንዞ ሰምዖ። ናይ ሰብን መኪናን ሓገዝ ከም ዘድልዮ ተርድኦ። ናብ ማእከል ጽርግያ ገጹ ብምቕራብ ብርሑቕ እትመጽእ መኪና ኣስተብሃለ።

ንኣኣ ጠጠው ንኽብል እናተቐራረበ ኸሎ ፡ እቲ መራሕ መኪና ባዕሉ ቀስ ክብልን ፡ ክሳዱ ኣውጺኡ ናብታ ዝተጋጨወት መኪና ገጹ ብኣተኩሮ ክስተብህልን ረኣየ። ናብኡ ገጹ ክኸይድ ከሎ ፡ ድሮ በዓል መኪና ብቕጽበት ጠጠው ኢሉ ፡ ካብ መኪናኡ ብስናባደ ክወጽእን ፡ "ተስፎም ፡ ተስፎም ፡" እናበለ ናብታ መኪና ክጽጋዕን ረኣየ። ነቲ ዝተጎድአ መራሕ መኪና ብቐረባ ዝፈልጦ ሰብ ምዃኑ ተረድኦ።

ብሓባር ኮይኖም ንተስፎም ካብ መኪና ክውጽእሉ ዝኽእሉ ሜላታት ፈታተኑ። ግን ተስፎም እግሩ ተጨፍሊቑን ተቐርቂሩን ስለ ዝነበረ ክነቓንቕዎ ኣይከኣሉን። እንተ ፈተኑ ኸኣ ብኣዝዩ ድኹም ድምጺ ፡ "እግረይ! እግረይ!" ይብል ነበረ።

እዚ ኹሉ ክኸውን ከሎ ካብ ተስፎም ብዙሕ ደም ይፈስስ ነበረ። በቲ ተጨፍሊቑ ዝነበረ ወገን ማዕጾ ደም ንደገ ይነጥብ ምንባሩ ኣስተብሃሉ።

"ኣብ መኪናኻ ገለ ናይ መኪና መፍትሒ ሓጺን ኣይትረክብን?" በሎ በዓል ቱግቱግ።

"ይጠቅም እንተ ኾይኑስ ይህልወኒ'ዩ ፡" ኢሉ ናብ መኪናኡ ተንቀሳቐሰ።

በዓል ቱግቱግ ኸኣ ኣርከቦ። ክሳዕ ናይ ድሕሪት መኪናኡ ዝኸፍቶ ኸኣ ከምዚ ክብል ሓተቶ ፡ "ስሙ ክትጽውዖ ሰሚዐካ ትፍልጦ ዲኻ?"

"ዓርከይ እንድዩ ሕጂ እንድዩ ምሳይ ጸኒሑ ፡" በለ በርሀ። "ኔርካ ዲኻ እዚ ሓደጋ ክገጥም ከሎ?" ኢሉ ብግደኡ ሓተቶ።

"ንዓይ ከድሕን'ንድዩ ናብዚ ባሎን መንደቕን ኣትዩ። ኣነ'የ ተጋግየ። ለይቲ ስለ ዝኾነ ብዙሓት መካይን የለዋን ኢለ ፡ ጠጠው ከይበልኩን ከይረኣኹን ናብቲ ማእከል መገዲ ኣትየ። ንሱ ኸኣ ብላዕሊ ብልዑል ፍጥነት ይመጽእ ነይሩ። ድሒሩ ምስ ረኣየኒ ንዓይ ከይገጨ ክብል'ዩ ፍሬኖ ብቕጽበት ብምሓዝን ፡ መኪናኡ ካባይ ብምጥዋይን እዚ ሓደጋ ረኺቡ ፡" በለ ርእሱ እናነቕነቐ ፡ ኣዝዩ ከም ዝጎሃየ

ብዘርኢ ስምዒት።

በርሀ መኪናኡ እንተ ኸፈተ ዘይጠቅም ንእሽቶይ ናይ ጎማ መፍትሒ ጥራይ ረኸበ። ንሱ ከም ዘየገልግሎምን ከም ዘይጠቕሞምን ተረድኡ።

"ኣነ ኣብዚ ኾይነ ንዕኡ ክሪኦን ፡ ገለ ዕብይ ዝበለት መኪና ዝሓዙ ወይ መካኒክ እንተ መጹ ክስተብህል። ንስኻ በዛ ሞቶር ብሽክለታኻ ጌርካ ቅድም ናብ ቀይሕ መስቀል ኬድካ ፡ ኣምቡላንስ ክልእኩልና እዚ ዘሎናዮ ቦታ ሓብሮም። ንዓኣቶም ክይተጸበኻ ምናልባሽ ኣብዚ ዝሕግዙና ሰባት ክይንስእን ፡ ናብ መጥፋእቲ ሓዊ (እንዳ ፖምፒረ) ኬድካ ክሕግዙና ሕተቶም ፡" በሎ በርሀ።

በዓል ሞቶር ብሽክለታ ካልኣይ'ውን ኣየዛረቦን።

"ሕራይ ከድኩ ፡" ጥራይ ዝብላ ቓላት ተዛሪቡ ፡ ናብ ቱግቱጉ ገጹ ጎይዩ ኣልዒልዋ ተመርቀፈ።

በርሀ ሰብ መካይን ጠጠው እናበለ ንኽሕግዝዎም ሓተተ። ዋላ'ኳ ብዙሓት ሰብ መካይን እንተ ተኣከቡ ፡ ዝጠቅም መሳርሒ ዝሓዘ ክረክብ ግን ኣይከኣለን። በቶም ኩሎም ዝተኣኻኸቡ ብሰብኣዊ ዓቕሚ ክኸፍትዎ እንተ ፈተኑ ፡ ማዕጾ ክፍንቀል ኣይተኻእለን። ተስፎም ብርቱዕ ቃንዛ ይቕንዞን ደም ጌና ብቐጻሊ ይፈስሶን ነበረ።

በርሀ ዓቕሉ ጸቢብዎ ዝገብሮ ጠፊእዎ ኸሎ ፡ ቱግ ቱግ ሰሚዑ ጥውይ እንተ በለ ፡ በዓል ሞቶር ብሽክለታ ኣብ ድሕሪት ካልኣይ ሰብ ጸዒኑ ክመጽእ ተዓዘበ። ሞቶር ብሽክለታኡ ብቕጽበት ጠጠው ኣቢሉ ፡ ነጢሩ ብምውራድ ከኣ ፡ ነቲ ጽዒንዎ ዝነበረ ሰብ ሓጻውን ክቕበሎ ምስ ተዓዘበ ፡ ዋላ'ውን እንታይ ከም ዝኾነ እንተ ዘይተረድኦ ኣዝዩ ተሓጎሰ።

"ሰለስቲኦን መጥፋእቲ ሓዊ መካይን ወጺኦን ምስ ጸንሓ ፡ በጃኹም ዋላ ሓደ ሰብ ምስ መሳርሒ ሃቡኒ ባዕለይ ክብጽሖ ኢለዮም ተሓባቢሮምኒ ፡" በለ በዓል ቱግቱግ።

"እዋይ እዝግሄር ይሃብካ ወደይ!" በሎ በርሀ።

"ኣምቡላንስ ደኣ ኣይመጸትን? ቅድም ናብኦም እንድየ ከይደ ፡" በለ በዓል ቱግቱግ።

"ኣይመጸትን ግን ከነውጽኦ እንተ ኸኢልናስ ፡ ክይንሃስዮ ደኣ'ምበር ዋላ ብመኪናይ ንወስዶ ፡" በለ በርሀ።

ሽው ንሽው እቲ ኣባል መጥፋእቲ ሓዊ ፥ መሳርሒኡ ሒዙ ከም ዝተሓጋገዝዎ እናገበረ ስራሑ ጀመረ። ኣብ ውሽጢ ደቓይቕ ከኣ ማዕጾ ክኽፍትዎ በቐዑ። ማዕጾ ተኸፊቱልና ኢሎም ተመስገን ክብሉን ፥ ኣምቡላንስ ናይ ቀይሕ መስቀል ደበኽ ክትብልን ሓደ ኾነ።

ምስቶም ናይ ኣምቡላንስ ሰራሕተኛታት ተሓጋጊዞም ከኣ ፥ ንተስፎም ካብ መኪናኡ ናብ ኣምቡላንስ ኣሰገርዎ። ኣብቲ ግዜ'ቲ ተስፎም ሃለዋቱ ክጥፍእ ጀሚሩ ነይሩ'ዩ።

ኣምቡላንስ ቀይሕ መብራህታ ውልዕ ውልዕ እናበለትን ፥ ድምጻ እና'ስመዐትን ንሆስፒታል ገጻ ተመርቀፈት። በርሀ ከኣ ነቶም ኩሎም ዝተሓባበርዎም ኣመስገኖም። በዓል ሞቶር ብሽክለታ ንሆስፒታል ምሳኻ ክኸይድ'የ በሎ። በርሀ ግን ነቲ ኩሉ ዝገበሮ ኣመስጊኑ ፥ ንሆስፒታል ክኸይድ ከም ዘየድልዮ ነገሮ። ቅድሚ ምኻዱ ኣድራሻን ስልክን ተለዋዊጦም ተማሳጊኖም ተፈላለዩ።

ድሕሪኡ በርሀ ኣብ መኪናኡ ተሰቒሉ ንእቴገ መነን ሆስፒታል ገጹ ኣምረሐ። በርሀ ኣብ ሆስፒታል ክበጽሕን ፥ ንተስፎም ካብ ኣምቡላንስ ናብ ህጹጹ ረዲኤት ከእትውዎ ክጸንሕዎን ሓደ ኾነ።

ሓኪይም ዓርኩ ምጃኑን ንሱ ከም ዘምጽኦን ምስ ፈለጠ ፥ ኩፍ ክብል ዓደምዎ። ንተስፎም ኩሎም ክጓየዩሉ ጀመሩ። ሓኪም ተቐዳዲሞም ኢንፋዥን ክተኽሉሉን ፥ ደም ስለ ዘድልዮ ኸኣ ዓይነት ደሙ መረጋገጺ መርመራ ክገብሩሉን ኣዘዘ።

በርሀ ኩፍ ኢሉ ዝግ ምስ በለ ክሓስብ ጀመረ። እቲ ናይቲ ለይቲ ኣጋጣሚ ደነቖ። ብፍላይ ተስፎም ገይሩዎ ዘይፈልጥ ሽው ምሸተ ዘልዓሎ ክትዕን ፥ እቲ ዝሰዓበ ሓደጋን ኣገረሞ። ከምዚ ኢሉ እና'ስተነተነ ኸሎ ናብ ስድራ ቤት ተስፎም ምድዋል ከም ዘድልዮ ተዘከሮ።

መድህን ክትድውል ከላ ኣርኣያ ኣጸቢቑ ባዕጊጉ'ኳ እንተ ነበረ ፥ ሕጂ ግን ነቒሑ ኢዩ ነይሩ። "ኣየ ተስፎም! ሓቃ ኢያ መድህን! በዚ ዓይነት'ዚ'ኳ ዝመሓየሽን ዝቕይርን ኣይመስልን'ዩ ፥" ኢሉ ክሓስብ ጀመረ። "እዚ'ቦይ ብዛዕባ ወልፊ መስተ ናይ ተስፎም እንተ ፈሊጡስ እንታይ ክኸውን'ዩ?" ኢሉ እና'ስተንተነ ኸሎ ፥ ስልኪ ጭርር-ጭርር በለት። ሰዓት እንተ ረኣየ ጌና ፍርቂ ሰዓት ዘይኣኸለ ምጃኑ ምስ ኣስተብሃለ ፥ "ኦ ተመስገን መጺኡ ማለት'ዩ ፥" እናበለ ስልኪ

ኣልዓላ።

"ሄሎ ፡" ምስ በለ ግን ፡ ኣብ ክንዲ ድምጺ መድህን ፡ ድምጺ ሰብኣይ ተቐበሎ።

"ሄሎ ኣርኣያ ዲኻ?" ኸኣ በሎ።

"እወ መን ኢኻ?" በሎ።

"በርህ'የ ፡" በሎ።

"በርህ?" ሓተተ ኣርኣያ ስክፍታኡ እናዛየደ።

"በርህ ዓርኪ ተስፎም ፡" ምስ በሎ ኣርኣያ ናይ ብሓቂ ሰንበደ።

"ደሓን ድዩ ተስፎም?!" ሓተተ ኣርኣያ ተርባጹን ሻቕሎቱን እናዓረገ።

"ቅድመይ ሰብዶ ደዊሉልካ'ዩ?" ኢሉ ሓተቶ።

"መድህን ተሻቒላ ደዊላትለይ ጸኒሓ። ደሓን ድዩ ተስፎም?!" ዝብል ህጹጽ ሕቶ እንደጌና ሓተተ።

"መቸም ደሓን'ዩ። ግን ሓደጋ መኪና ኣጋጢምዎ'ሎ። ኣብ ኢቴጌ መነን ሆስፒታል ኣብጺሕናዮ'ሎና። ኣብኡ ስለ ዘሎኹ ክጽበየካ'የ ምጽኣኒ ፡" በሎ።

"ዋይ ኣነ ኣርኣያ! ምስኪነይቲ መድህን ካብ ዝፈርሓቶ ከይወጸት?!" በለ ኣርኣያ ልቡ ተረግ ተረግ እናበለት ህርመታ ክቕልጥፍ ብንጹር እናተፈለጠ። ሽዑ ኣስዕብ ኣቢሉ ፡ "መጻእኩ በል በርህ ፡" ኢሉ ስልኪ ዓጸዋ።

መጀመርያ ንመድህን እንታይ ከም ዝብላ ከይተቐረበን ከይተበላሓተን ከሎ ፡ ከይትድውለሉ ብምባል ንስልኪ ካብ መቐመጢኣ ኣልዒሉ ኣቐመጣ። ብድሕሪኡ ንመድህን እንታይ ከም ዝብላን እንታይ ከም ዝገብራን ሓሰበ። ተቓላጢፉ ኸኣ ኣብ ሓደ ውሳነ በጽሐ። ኢዱ ቀጥቀጥ እናበሎ ናብ መድህን ስልኪ ደወለ።

ኣብ ቀዳማይ ደወል መድህን ስልኪ ኣልዒላ ብተርባጽ ፡ "ሄለው ፡ ሄለው?" በለት።

"ሄሎ መድህን ፡" ኢሉ ካልእ ዘረባ ከይተዛረበ ኸሎ ፡ መድህን ብተርባጽ ተቐላጢፋ ፡ "ኢሂ ኣርኣያ ክድውለልካ እናበልኩ ኣይመጸን'ኮ! ገለ ደሃይ ረኺብካ ዲኻ?" ሓተተቶ ብኽቱር ህንጡይነት።

"እወ ረኺበ። ግን እዚኦም ተጸሊሎም'ዮም በጃኺ። ካብቲ ዝነበርዎ ናብ ካልእ ቦታ ክይዶም ኣለው። ሕጂ ባዕለይ ናብኡ ክኸይድ'የ። ባዕለይ ሒዘዮ ክመጽእ'የ። ንስኺ ሕጂ ኣይትሻቐሊ ፣" በላ።

"ወይ ጽጋብ?! ወይ ጽላለ?! በል ደሓን ንስኻ ደኣ ብዘይ ኣበስካዮ ለይትኻ ተደፊኣ'ምበር!" በለቶ።

"ደሓን ደሓን እንታይ ኣለዎ'ዚ። ቻው ደኣ ፣" ኢሉ ኣብ ድምጹ ገለ ለውጢ ከይተስተብህል ብምስካፍ ተቐላጢፉ ስልኪ ዓጸዋ።

ክሳዕ ሽው ንመድህን እንታይ ከም ዝብላ ኣስጊእዎ ስለ ዝነበረ ፣ ብዙሕ ብዛዕባ'ቲ በርህ ዝበሎ ሓደጋ ናይ ሓው ክሓስብን ክስተንትንን ግዜ ኣይረኸበን'ዩ ነይሩ። ንመድህን ስለ ዝተዓወተላን ፣ ክሳዕ ሆስፒታል በጺሑ ኩነታት ዝፈልጥ ፣ ብመድህን ከም ዘይሸገርን ግዜ ከም ዝረከብን ስለ ዘረጋገጸ ቀሰነ።

ካብ ስልኪ ናይ መድህን ጀሚራ ፣ በርህ ክድውልን እንደጌና ኣርኣያ ናብ መድህን ክድውል ከሎን ፣ ተንሲኣ ብስንባደ ትከታተል ዝነበረት በዓልቲ ቤት ኣርኣያ ንሆስፒታል ምስኡ ክትከይድ ሓተተቶ። ኣርኣያ ግን ናታ ምኻድ ዝሕግዞ ነገር ስለ ዘይህሉ ገዛ ክትጸንሕ ነገራ። ዕምባባ ኸኣ ፍቓዱ ንምምላእ ደስ ከይበላ ገዛ ክትተርፍ ወሰነት።

ኣርኣያ ተቐላጢፉ ክዳኑ ለቢሱ ፣ ካቦት ደሪቡ ፣ መኪናኡ ኣልዒሉ ወጸ። ኣብ መገዲ እናኸደ ሓው ከመይ ከም ዝጸንሖ ስለ ዘይፈልጠ ኣዝዩ ተሻቐለ። ዝያዳ ብዛዕባ ተስፎም ምሕሳብ ምስ ጀመረ ፣ ትርግታ ልቡ ክቕልጥፍን ፣ ኢዱ ፈጥ-ፈጥ ክብሎን ተፈለጦ። ኣብ ከምኡ ኩነታት ከሎ ኸኣ ሆስፒታል በጽሐ። መኪና ተቐላጢፉ ጠጠው ኣቢሉ ፣ ዘብ-ዘብ እናበለ ብቕጽበት ኣብ ህጹጽ ረድኤት በጽሐ።

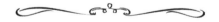

ምስጋና

መጽሓፍ ንኽጽሕፍ ንዓመታት ዝመኸረንን ዝደፋፍኣንን ዝነበረን ፡ ምስ ጀመርኩ ኸኣ መዓልታዊ ምዕባለይ ዝከታተል ዝነበረ ዶ/ር ክብረኣብ ፍረ ስለ ዝኾነ ብልቢ ኣመስግኖ። ድርሰተይ ጽሒፈ ምስ ወዳእኩ ፡ ኣንቢቦም ብዝርዝር ኣዝዩ ኣገዳሲ ነጥብታትን ሓሳባትን ዝሃቡንን ዝኣረሙለይን ፡ ገዲም ፋርማሲስት ኪዳነ ወልደየሱስ ፥ ሓኪምን ደራስን ዶ/ር ክብረኣብ ፍረ ፥ ሰብኣይ ዊንታ ጓለይ ናይ ሕጊ ምሁርን መምህርን ደራስን ዘርእሰናይ ደብረጽዮን ፥ ደራስን ኢንጂነርን ሰመረ ተስፋሚካኤል ፤ ወደይ ኢንጂኔር ሰመረ ተስፋይን ልዑል ምስጋናን ኣድናቖትን ኣቕርበሎም። ዕዙዝ ኣበርክቶኦም ብሓንቲ ዓረፍተ ነገር ዝግለጽ ኣይኮነን። ብዘይ ቃል ዓለም መጽሓፍተይ ዕምቆቱን ጥልቀቱን ክዓዝዝ ኣዝዩ ወሳኒ ተራ ኢዮም ተጻዊቶም። ኣበርክቶኦምን ኣሰሮምን ኣብ ነፍሲ ወከፍ ምዕራፍ ናይ መጻሕፍተይ ሰሪጹን ተንጸባሪቑን ኢዩ። ስለዚ ምስጋናይ ልባዊ ኢዩ። ኣብዚ መዳይ'ዚ ንገዲም ፋርማሲስት ኪዳነ ወልደየሱስ ብፍሉይ ክጠቕሶ እፈቱ።

ኣብ ገበር ዘሎ ፡ ኣዝዩ ውቁብ ስእልን ፡ ቅድን ፡ ዲዛይንን ፡ ብልዑል ተገዳስነትን ስምዒትን ዝሰርሓለይን ዘበርከተለይን ኤርምያስ ዘርኣጽዮን ኢዩ። ንትዕግስቱን ፡ ኣገባቡን ፡ ብቕዓቱን ፡ ሞያኡን ብልቢ ኣመስግኖ።

ኣብ መወዳእታን ልዕሊ ዅሉን ከኣ ፡ ሰለስተ ኣርባዕተ ግዜ ኣንቢባ ዝኣረመትለይ ናይ ሕሳብ ክኢላ ጓለይ ሰገን ተስፋይ ልዑል ምስጋናን ኣድናቖትን ኣቕርበላ። በዓልቲ ቤተይ ፋና ተወልደ ፡ መታን ከይተጸገምኩን ግዜ ረኺበን ክጽሕፍ ፡ ኣብ ገዛ ይኹን ኣብ ስራሕ ብዝገበረትለይ ሓልዮትን ሓገዝን ፡ ከምኡ'ውን ብዝለገሰትለይ ትዕግስትን ፍቕርን ኣመስግና።

ቦኽሪ ጓልና ኣድያም ኣብ 2010 ንኤውሮጳ ወሲዳ ሸሞንተ ኤውሮጳውያን ሃገራትን ፡ 30 ዝኾና ከተማታትን ኣብኣታተን ዝርከቡ ታሪኻዊ ቦታታትን ከተዙረና በቒን። ሓሲብናዮን ሓሊምናዮን ዘይንፈልጥ ብምንባሩ ኣዝዩ ተንኪፋናን ኣዕጊቡናን። ኣብ 2013 ከምኡ'ውን ንኻልኣይ ግዜ ኣብ 2016 ፡ 2017 ፡ 2018 ደቅና ሰመረን ዊንታን ኣድያምን ፡ ኣብ ሕቡራት መንግስታት ኣሜርካ ፡ልዕሊ 12 ዝኾና ዝተፈላለያ ግዝኣታትን ቁጽሪ ዘይብለን ከተማታትን ታሪኻዊ ቦታታትን ከምኡ ኸኣ መክሲኮን ካናዳን ኣርእዮምና።

እዚ ዑደታት'ዚ ኣብ ልዕሊ'ቲ ነ'እምሮናን ኣረኣእያናን ኣተሓሳስባናን ዝሃቦ ስፍሓት ፡ ብተወሳኺ ንመንፈስናን ንሰብነትናን ዝሃቦ ሓጎስን ሓበንን ዕግበትን ብቓላት ክግለጽ ዝከኣል ኣይኮነን። እቶም ካብ ህጻውንነቶም ኣትሒዝና ብእኦም ክንስከፍን ክንሻቐልን ክንሓልን ሙሉእ ህይወትና ዘሕለፍናዮ ቆልዑ ፡ ዓብዮምን ኣብ ዝብጻሕ በጺሖምን ፡ ተመሊሶም ብኣና ክሻቐሉን ፡ ልዕሊ ሰውነቶም ክሓልዩልናን ክገብሩልናን ክፍቅሩናን ክኽብሩናን ፡ ኣበይ ከም ዘቐምጡና ክጠፍኦምን ምርኣይና ፡ ብምረቓ ወለድን ፍቕሪ ኣምላኽን እንተ ዘይኮይኑ ፡ ብኻልእ ክግለጽ ዝከኣል ከም ዘይኮነ ጥራይ'የ ክድምድም ዝኽእል።

ስለዚ ነ'ርባዕተኦም ደቅና ፡ እዚ ኹሉ ዝገበርኩምልና ኣብ ጥዕናኹምን ደቅኹምን ኣብ ህይወትኩምን ብኣምላኽ ርኽብዎ ፡ ይባርኽኩም ክብሎም ከሎኹ ፡ ካብ ልቢ ብዝፈልፈለ ፍቕርን ሓበንን ምስጋናን ምኽኡ ከረጋግጸሎም እፈቱ።

ኣብ ልዕሊ'ዚ ዕድለኛ ኾይነ ፡ ከመይ ዝኣመሰሉ ወለድን ስድራ ቤትን ምርካበይ ከኣ ፍሉይ ትዕድልቲ ኢዩ ገጢሙኒ። ብሓፈሻ ኩሎም ኣባላት ስድራ ቤተይ ኣብ ህይወተይ ዝተጻወትዎ ተራ ኣዝዩ ዕዙዝ'ዩ። ብፍላይ ግን ካብ መጀመርያ ክሳብ መወዳእታ ፡ ነ'ተሓሳሰባይን ኣረኣእያየን እመነተይን ኣካይዳየይን ብዓቢ ደረጃ ዝጸለውዎን መኣዝን ዘትሓዝዎን ፡ ወላድየይን ሓውቦታተይን ኢዮም። በዚ ምኽንያት'ዚ ንኽቡር ወላድየይ ነፍስሄር ቀኛዝማች መንግስ ገብረመድህን ስገድ ፡ ንሓውቦታተይ ኣቶ ፍስሓጽዮን ገብረመድህን ፡ ነፍስሄር መምህር ኣሴር ገብረመድህን ፡ ነፍስሄር ብላታ ደስታ ገብረመድህንን ልዑል ኣድናቖተይን ምስጋናይን እቕርበሎም።

ካልኦት ኩሎም ኣብዚ ዝርዝር'ዚ ዘይጠቐስኩዎም ኣዕሩኽትን ብጾትን ወለድን መምህራንን ፤ ኩሎም ኣብ ፋርማሲ ካቴድራል ክፈልጦም ዕድል ዝረኸብኩ ግለሰባትን ፤ ኩሎም ደረስትን ስነ ጥባውያንን መጻሕፍቶምን ዜማታቶምን ስራሓውቶምን ፤ ብሓጺሩ ኩሎም ኣብ ህይወተይን ኣተሓሳስባይን ጽሑፈይን ብተዘዋዋሪ ዕዙዝ ተራ ዝተጻወቱ ብልቢ እመስግኖም። እዚ ድርሰት'ዚ ብኣይ ይደረስ'ምበር ፡ ምንጩን መሰረቱን ግን ፡ ብሱሩ ካብኦምን ናታቶምን'ዩ።

ኣብ መወዳእታን ልዕሊ ኹሉን ከኣ ፡ ንደቀይ ከዕብን ከምህርን ኣብ ዝብጻሕ ከብጽሕን ፡ ደቀይ ተመሊሶም ንኣይ ክገብሩለይ ክርኢ ክበቅዕን ፡ ከምኡ ኸኣ ንናይ ምጽሓፍ ባህገይን ሃረታየይን ከፈጽምን ፡ ኣብዚ ኹሉ ክበጽሕ ነዊሕ ዕድመን ጥዕናን ሰላምን ቅሳነትን ዝዓደለኒ ልዑል ኣምላኽ ዕዙዝ ምስጋና ኣቕርበሉ።

ደራሲ ፡ ፋርማሲስት ተስፋይ መንግስ

ድሕረ-ጽሑፍ

ተስፎምን ሃብቶምን፣ ብሰንኪ ህልኽን፣ ቂምታን፣ ጽልእን ኣብ ምንታይ ከም ዝወደቑ ተኸታቲልና። እዚ ዕብዳን'ዚ ዘኸትሎ መዘዝን ዘስዕቦ ዕንወትን፣ ኣበየናይ ደረጃ እዩ ደው ክብል? ክልብልቦምን ክቃጽሎምን ክጥፍኦምን ድዩ'ስ፣ ወይስ ክመሓሩሉን ክመሃሩሉን ክልብሙሉን እዮም?

ንጹሃትን ለባማትን፣ ሰብ መትከልን ተወፋይነትን ዝኾና መድህንን ኣልጋነሽን፣ እናተጸመማን ስነን እናንኸሳን ጸኒዐን፣ ኣደታውን እንዳታውን ሓላፍነተን ብኸመይ ከም ዝወጻኦ ኣስተብሂልናን ብኣእምሮና ተዓዚብናን። እሞኸደኣ ኣብ መትከለን ጸኒዐን፣ በቲ ህልኽን ጽልእን ከይተጸልዋን ከይተጠላቐያን፣ ሓላፍነተን ኣብ መፈጸምታኡ ብዓወት ከብጽሓኦ በቕዓዶ? ወይስ ናይቲ ዘይወዓላኦ ነውጺ ግዳያት ኮይነን ብዝበኣሰ ክህሰያን ክጉደኣን'የን?

እቶም ዝጉብዙ ዝነበሩ መንእሰያትከ፣ ፣ብረመጽ ናይቲ ወለዶም ዝኣጎዱዎን ዝሎኮስዎን ሓዊ ድዮም ክልብለቡ፣ ወይስ እቲ ሓዊ ቅሂሙ፣ ክድበሱን ክቐስኑን'ዮም? ብፍላይ ብሩኽን ክብረትንከ፣ እቲ ዝዕንብብ ዝነበረ ፍቕሮም፣ ብናይ ጽልኢ ሃልሃልታ ክጽልምውን ክሓርርን ድዩ፣ ወይስ ሓይሉ ዓቂቡ፣ ኣጉላዕሊዑን በሲሉን፣ ንመሉእ ስድራ ቤት ዝምግብን፣ ዘሕውን፣ እንደገና ዘፋቕርን እዩ ክኸውን?

እታ ድሒራ ናብቲ ስድራ ቤት ዝተጸንበረት ኣልማዝከ፣ ንርእሳን ደቃን ንምድሓን፣ ነቲ ዝተኾለዐ ሓዊ ኣብ ምህዳእ ድያ ክትዋሳእ፣ ወይስ ነቲ ኩነታት ኣንበድቢዳ ኣብ ምምዝማዙ እያ ክትጓየ?

ደርማስን ኣርኣያንከ፣ እዚ ናይ ኣያታቶም ቅልስ፣ ናብኦም ክሰግርን፣ ኣብቲ ክርፍስ ክንገርግሩን፣ ኣብቲ ፍሽለት ክንቆቱን ድዮም፣ ወይስ ከይተበከሉ ክወጹዎ እዮም?

ክልቲኦም ወለዲ፣ ግራዝማች ምስ ወ/ሮ ብርኽቲ፣ ባሻይ ጎይትኦም ምስ ወ/ሮ ለምለምከ፣ ብሰንኪ ዓበይቲ ደቆም ዝተሰምዖም ጓህን ቅሬታን፣ በዚ ድዩ ክብቅዕ፣ ወይስ ተወሳኺ ብድሆን ፈተነን'ዩ ክገጥሞም?

መልሲ ናይዚ ኹሉ ፡ ኣብቲ ንሸሞንተ ዓመታት ዝዝርጋሕ ዝቕጽል ህይወት እዘን ክልተ ስድራ ቤታት ፡ ኣብ መጽሓፍ "ሓደራ መድህንን ኣልጋነሽን" መጋረጃኡ ቐንጢጡ ፡ ሕልኽልኽ ዝበለ ምስጢሩ ብሰፊሑ ከቕላዕን ፡ ከዝርዝርን ከገሃድን እዩ።

ኣብ ታሕቲ ዘሎ ስእሊ ገበር ከም እትርእይዎ ዘሎኹም ፡ መጽሓፍ **"ሓደራ መድህንን ኣልጋነሽን"** ድሮ ተዛዚማ ኣብ መስርሕ ምሕታም ትረከብ ኣላ። ኣብ ዝቕጽል ክልተ ሰለስተ ኣዋርሕ ናብ ኣንበብቲ ክትዝርጋሕ ምዃና ብትሕትና አበስር።

ደራሲ ፋርማሲስት ተስፋይ መንግስ

ደራሲ ፋርማሲስት ተስፋይ መንግስ፣ ኣብ ዝተፈላለዩ ግዜታት ካብ 1993-2015 ኣብ ናይ ኤርትራ መራኸቢ ብዙሓን፣ ማለት ጋዜጣ፣ ሬድዮ፣ ቴሌቪዥን ጽሑፋት ኣበርኪቱን መደባት ኣቕሪቡን፣ ቃለ መሕትታት ኣካይዱን ኢዩ። ሓደ ካብዚ፣ ኣብ 2010 ዓ፡ም፣ ኣብ ኤሪቲቪ፣ ኣብ መደብ "ምኽሪ ሞያውያን፣" ኣብ ሰልሰተ ተኸታተልቲ ነፍሲ ወከፍ ነናይ ሰላሳ ደቓይቕ ክፋላት ሰፊሕ ቃለ መሕትት ኣካይዱ ነይሩ።

እቲ ቃለ መሕትት ብሓፈሻ፣ ኣዝዮም ብዙሓት ዓውድታትን፣ ብዙሓት መኣዝናት ጥዕናን ህይወትን ናብራን ዝዳህሰሰን ዝፈተሸን ኢዩ ነይሩ። ካብቶም ኣዝዮም ብዙሓት ኣርእስትታት ዝተዘርበሎም፣ እዞም ዝስዕቡ ይርከቡዎም።

1. ብዛዕባ ሞያን ሓላፍነትን ኣገልግሎትን ኮማዊ ፋርማስን ፋርማሲስትን
2. ቅኑዕን ግጉይን ኣጠቓቕማ መድሃኒት
3. ተራ ኣመጋግባናን ምንቅስቓስናን ኣብ ጥዕናና
4. ኣብ ሕብረተሰብና ዘለውን ዝረኣዩን ቅኑዓት እብ ጥዕና እወታዊን ሃናጽን ተራ ዘለዎም ጽቡቓት ክኹሉዕን ክድረውን ዘለዎም ልምድታትን ባህልታትን
5. በ'ንጻሩ ክእረመ ዘለዎም፣ ንጥዕናና ብኣሉታ ዝጸልውን ዝጎድኡን ዝሃስዩን ልምድታትን ኣተሓሳስባታትን

6. ብተወሳኺ መንእሰያት ደቂ ተባዕትዮን ደቂ ኣንስትዮን ኣብ ጥዕናኦምን ሰውነቶምን ዘብጽሕዎ ጎዳእን ኣዕናውን ልምድታትን ኣተሓሳባትን ዝፍትሽ

7. ተራ ጓለ'ንስተይቲ ኣብ ሕብረተሰብ ከም ኣደን ኸም ንግስቲ ቤታን፣ መሰረትን ምንጭን ሕብረተሰባን ንኣኡ ንምርግጋጽን ንምኹላዕን ክትክተሎ ዘለዋ ኣገባባትን መትከላትን

8. ካልኦት ብዙሓት ንህይወትን ስድራ ቤታትን ሕብረተሰብን ዘገድሱ ኣርእስትታትን ዘልዓለ ኣገዳሲ ቃለ መሕትት ኢዩ።

እዚ ምስ ደራሲ መጽሓፍ፣ "ህልኽ ተስፎምን ሃብቶምን፣" መላለይን መምዘንን፣ ክኾነኩም ዝኽእል ኣገዳስን መሃርን ዝኾነ ቃለ መሕትት'ዚ፣ ንኽትዕዘብዎን ክትሰምዕዎን እንተደሊኹም፣ ኣብዚ ዝስዕብ መርበብ ሓበሬታ (website) ብምብጻሕ ክትከታተልዎ ከም እትኽእሉ ብትሕትና እሕብረኩም።

www.fltetmenghis.com

ደራሲ ፋርማሲስት ተስፋይ መንግስ

CPSIA information can be obtained
at www.ICGtesting.com
Printed in the USA
FSHW010606120220
66882FS

9 780578 454689